外国文学名著丛书

〔波兰〕普鲁斯／著

玩 偶 上

张振辉／译

"外国文学名著丛书"编委会

人民文学出版社

Bolesław Prus

LALKA

根据 Zakład Narodowy imienia Ossolińskich – Wydawnictwo，Wrocław 1991 年版译出

图书在版编目（CIP）数据

玩偶：上下/（波）普鲁斯著；张振辉译.—北京：人民文学出版社，2022（2022.11 重印）

（外国文学名著丛书）

ISBN 978-7-02-015696-2

Ⅰ．①玩⋯ Ⅱ．①普⋯②张⋯ Ⅲ．①长篇小说—波兰—现代 Ⅳ．①I513.45

中国版本图书馆 CIP 数据核字（2022）第 027846 号

责任编辑　刘　彦
装帧设计　刘　静
责任印制　王重艺

出版发行　人民文学出版社
社　　址　北京市朝内大街 166 号
邮政编码　100705

印　　刷　北京盛通印刷股份有限公司
经　　销　全国新华书店等

字　　数　829 千字
开　　本　850 毫米×1168 毫米　1/32
印　　张　39　插页 4
印　　数　4001—7000
版　　次　2022 年 2 月北京第 1 版
印　　次　2022 年 11 月第 2 次印刷

书　　号　978-7-02-015696-2
定　　价　188.00 元（全二册）

如有印装质量问题，请与本社图书销售中心调换。电话：010-65233595

普鲁斯

出 版 说 明

　　人民文学出版社自一九五一年成立起，就承担起向中国读者介绍优秀外国文学作品的重任。一九五八年，中宣部指示中国科学院文学研究所筹组编委会，组织朱光潜、冯至、戈宝权、叶水夫等三十余位外国文学权威专家，编选三套丛书——"马克思主义文艺理论丛书""外国古典文艺理论丛书""外国古典文学名著丛书"。

　　人民文学出版社与中国科学院文学研究所，根据"一流的原著、一流的译本、一流的译者"的原则进行翻译和出版工作。一九六四年，中国社会科学院外国文学研究所成立，是中国外国文学的最高研究机构。一九七八年，"外国古典文学名著丛书"更名为"外国文学名著丛书"，至二〇〇〇年完成。这是新中国第一套系统介绍外国文学作品的大型丛书，是外国文学名著翻译的奠基性工程，其作品之多、质量之精、跨度之大，至今仍是中国外国文学出版史上之最，体现了中国外国文学研究界、翻译界和出版界的最高水平。

　　历经半个多世纪，"外国文学名著丛书"在中国读者中依然以系统性、权威性与普及性著称，但由于时代久远，许多图书在市场上已难见踪影，甚至成为收藏对象，稀缺品种更是一书难求。在中国读者阅读力持续增强的二十一世纪，在世界文明交流互鉴空前频繁的新时代，为满足人民日益增长的美好生活的需要,人民文学出版社决定再度与中国社会科学院外国文学研究所合作,以"网罗经典,格高意远,本色传承"为出发点,优中选优,推陈出新,出版新版"外国文学名著丛书"。

值此新版"外国文学名著丛书"面世之际,人民文学出版社与中国社会科学院外国文学研究所谨向为本丛书做出卓越贡献的翻译家们和热爱外国文学名著的广大读者致以崇高敬意!

"外国文学名著丛书"编委会

二〇一九年三月

编委会名单

目　次

译 本 序

　　波列斯瓦夫·普鲁斯(这是他的笔名,现在通用,他的真名是亚历山大·格沃瓦茨基,1847—1912)是我们熟悉的波兰十九世纪杰出的批判现实主义作家。早在二十世纪五十年代,我国就先后翻译和介绍过他的中短篇小说和长篇小说《前哨》。现在推出的长篇小说《玩偶》是普鲁斯小说创作的代表作,就像一面时代的大镜,最为广泛和深刻地反映了它所在的那个时代波兰的社会面貌。由于它在思想和艺术上所取得的伟大成就和它的影响,自它问世以来,一直被公认为波兰批判现实主义的代表作,不仅在波兰文学史上,而且在欧洲现实主义文学中,都占有十分重要的地位。

　　这部作品的出现和它的作者人生的经历是以下的时代为背景的:波兰在一七九五年被沙皇俄国、普鲁士和奥地利三国瓜分灭亡之后,长期以来,由于占领者的残酷压迫,波兰人民为恢复民族独立的斗争从未间断,如爱国将领扬·亨·东布罗夫斯基(1775—1818)于一七九六至一七九七年在意大利建立的"波兰志愿军团",爱国贵族一八三〇年十一月在华沙发动和领导的抗俄民族起义,一八四六年二月在克拉科夫爆发的民主革命等虽都遭到失败,但它们不仅在波兰,而且对当时欧洲各国的民族解放运动,都曾产生很大的影响。十九世纪五十年代后期，波兰民族解放运动又走向了高潮，当时在属于沙俄占领区的波兰王国，出现了主要以青年学生组成的秘密革命小组。一八六一年，由于革命形势的发展，这些小组便合成了一个统一的革命组织"红党"。这个组织在华沙，由波兰革命民主主义者领导，参加的除了青年学生外，还有工人、手工业者、城市贫民、市民、农民、军官、中小贵族和中小资产阶级等。其左翼领导认为要发动抗俄民族起义，首先必须动员广大农民，以革命的方式消灭农村的封建制度，同时和俄国革命相结合，才能战胜沙俄专制主义和他们强大的占领军，恢复波兰民族独立。可是与此同时，波兰贵族地主和大资产阶级因为惧怕革命的到来，也组成了反革命的"白党"。"白党"反对举行民族起义，特别是反对有农民参加的民族起义，他们随时准备向沙俄占领者投降。在一八六〇和一八六一年间，华沙大学生和工人不断举行大规模的游行示威，和沙俄军警发生流血冲突。一八六二年起，"红党"左翼开始在华沙的工人和学生中进行起义的宣传和组织准备，成立了中央民族委员会，争取俄国革命力量的支持。一八六三年一月二十二日，中央民族委员会宣布自己为临时民族政府，颁布了宣言和土地法令，宣布废除封建农奴制，农民将无偿地获得土地，同时号召波兰和立陶宛人民参加起义，推翻沙皇统治，为建立独立和民主的波兰而战斗。从一月二十二夜到二十三日，由工人、手工业者、学生和农民组成的六千名起义军，响应临时民族政府的号召，向驻扎在波兰王国的十万沙俄占领军发动了攻击。"红党"左翼也在农村执行土地法令，力图将农民发动起来，把民族起义发展为土地革命。但是由于敌我力量悬殊，装备简陋的起义军，在波兰王国、立陶宛、白俄罗斯都遭到了失败，一些"红党"左翼的领导人被捕牺牲，起义的领导权因此被乘机而入的"白党"篡夺。"白党"掌握了起义的领导权后，马上停止执行一月二十二日的土地法令，因此在他们控制的地区，地主又强迫农民服封建劳役。在这种情况下，许多原先参加过起义斗争的农民又退出了起义队伍。一八六三年秋，由于沙皇政府不断增兵，实行残酷的镇压，势孤力单的起义军连遭失败，这时虽然起义军的罗·特劳古特将军接管了民族政府，继续领导革命，但是沙俄军队已经控制了波兰王国的大部分以及立陶宛和白俄罗斯，"白党"和贵族资产阶级也公开投降了沙皇政府，特劳古特因此无法执行一月二十二日的法令，就在这个时候，沙皇亚历山大二世为了收买人心，于一八六四年三月二日，颁布了在波兰王国废除农奴制度的敕令，规定废除农民的一切封建义务，他们将成为自己份地的主人。农民看到能够获得土地，都离开了起义队伍，四月，特劳古特被俘，后英勇就义，坚持了一年多的起义终于被沙俄占领者镇压下去了。

一月起义失败后，沙俄不仅将成千上万波兰的革命者和爱国者关进监狱、杀害或流放到西伯利亚，而且更加残酷地在波兰王国推行俄罗斯化民族压迫政策。这里的自治机构被彻底消灭，原先自上而下所有的行政机关都归属于沙俄帝国的有关部门，在政府、法院和学校里规定使用俄语，禁止使用波兰语。强迫波兰这样一个视天主教为他们传统的宗教信仰的民族改信俄罗斯的东正教。由沙皇任命的总督兼任华沙军区司令，掌握波兰王国最高军政大权，连波兰王国这个名称也被禁止使用，而代之以"维斯瓦边区"。总之，沙俄占领者不仅要将波兰王国和沙俄帝国合并，使之成为帝国的一部分，而且要通过改变波兰人的母语和他们的宗教信仰，消灭他们的民族性，使之和俄罗斯民族融为一体，这是沙皇对外侵略扩张最凶恶的表现。为了防止波兰人的反抗和各种形式的爱国主义活动，沙俄占领者在王国各地布满了军警和特务，把那些他们认为可疑的分子随时送交军事法庭审判，同时建立严厉的书刊检查制度，要消除波兰人的一切爱国言论。

波兰王国虽然存在残酷的民族压迫，但是它的资本主义经济这一时期却发展很快。早在十八世纪末和十九世纪初，波兰就已经有了资本主义经济的萌芽。十九世纪五十年代初，沙皇政府为使波兰王国在行政管理上成为沙俄帝国的一部分，就撤除了它和帝国之间的关税壁垒，实行了统一的关税保护政策。这种政策虽然反对波兰国家的独立，却为波兰王国的工业生产开辟了广阔的东方市场。此外，在十九世纪四十年代末至六十年代初，华沙至维也纳、柏林、圣彼得堡的铁路也相继修成通车。它们将西里西亚工业中心卡托维兹、波兰王国首都华沙和国外的销售市场连在一起，也有利于王国工业的发展。农奴解放后，许多自由的农民流入城市，为工业的发展提供了廉价的劳动力。由于工业人口的增多和生产工具的革新，各种工业部门的产值便大为增加，例如作为波兰王国工业主要部门的纺织工业在一八六〇至一八七九年间增产了四倍，五金工厂的数目从六十年代到九十年代也增加了五倍，煤的产量增加了十五倍。

在政治上，当时依然占有很高的社会地位的封建贵族和新兴资产阶级对沙俄占领者采取妥协投降的态度，六十年代后期到七十年代，一大批革命者和爱国者被迫流亡国外，波兰王国的民族解放运动处于低潮时期。在政治思想领域中，则出现了华沙的所谓老刊物和新刊物之争,以《华沙图书馆》《华沙报》《华沙信使》和《插图周刊》为代表的老刊物宣扬对占领者妥协投降,维护古老的封建制度和地主对农民宗法制的统治,反对一切资本主义的社会改革,表现了波兰王国旧的贵族地主的政治立场。新刊物有《每周评论》和《田地》等,在它们的周围,聚集着一些华沙中央大学的学生。成立于一八六二年的华沙中央大学当时是波兰王国唯一的高等学府,由于沙俄占领者的民族压迫政策,它于一八六九年就改成了一所俄罗斯的大学。一月起义爆发期间,中央大学有许多爱国学生参加过起义战斗或者支援起义的工作,现在他们又在华沙的新刊物上,极力宣扬资产阶级社会改革的思想,提出了称之为实证主义的政纲。他们最有名的代表亚历山大·希文托霍夫斯基(1849—1938)一八六六至一八七〇年在中央大学和后来的俄罗斯大学毕业后,就参加了《每周评论》的编辑部,在刊物上发了题为《我们和你们》《社会和文学的霉菌》和《面对进步的传统和历史》等一系列文章,阐述了他的实证主义观点。他揭露了封建愚昧和落后,提倡思想解放,男女平等,各社会阶层平等。在实证主义者看来,所谓实证主义就是肯定一切在社会实践中适用的和行之有效的东西。根据这个原则,他们在《每周评论》上发表政论,要求言论自由、宗教信仰自由,但他们反对封建迷信。一八七二年,《田地》杂志又进一步地提出了一个称之为有机劳动的纲领,要求在波兰王国多办工厂和作坊,多开商店,发展科学技术。实证主义者对蒸汽机和火车的制造,发展电力,修建铁路很感兴趣,在他们的文章中,极力颂扬科学家、工程师、企业主、商人和银行家在发展资本主义工商业中做出的巨大贡献。一八七三年,《每周评论》又提出了一个建设农村的纲领:基层工作。这就是在农村办学校,开图书馆,建立医院和防疫站,以提高农民的文化水平,改善农民居住的卫生条件和健康状况,通过村社自治使农民有管理村社的权利。实证主义的宣传在促进波兰王国资本主义经济的发展,建立民主制度和在农村普及教育等方面,起过一定的积极作用,但它并不触及波兰民族独立这一重大的问题,对沙俄占领者也采取了妥协投降的态度,这就很明显地表现了它的局限。在十九世纪六十和七十年代,随着资本主义的迅速发展,波兰无产阶级的队伍也在不断地扩大,由于遭受残酷的剥削和压迫,他们和资产阶级的矛盾也更趋激化,面对贵族资产阶级投降沙俄占领者,争取波兰民族独立和社会革命的任务就历史地落到了波兰王国的无产阶级的肩上。早在七十年代,在华沙和罗兹等地的工人,就组织了大规模的罢工运动。一八七七至一八七八年,华沙成立了第一批有工人和学生参加的社会主义小组。一八八二年八月,卢德维克·瓦伦斯基(1856—1889)在这些小组的基础上,建立了波兰第一个无产阶级革命政党"大无产阶级",它的纲领要使土地从个人所有转为劳动者集体所有和社会主义国家所有,同沙皇专制制度做坚决的斗争,实现民主、自由、和平等,这个党曾领导工人的罢工。它失败后,一八八八年初,它的党员马尔琴·卡斯普夏克在华沙又成立了"第二无产阶级党"。翌年,在无产阶级革命家尤利扬·马尔赫列夫斯基的领导下,又成立了一个波兰工人联合会。一八九二年,"第二无产阶级党"和工人联合会合并,成立了一个新的政党:波兰社会党。一八九二年,原先侨居国外的社会主义者又在华沙建立了波兰王国社会民主党。一八九九年十二月,波兰王国和立陶宛的社会民主党人决定将他们的两个党合并，建立了波兰王国和立陶宛社会民主党。这些无产阶级政党在八十和九十年代，通过领导一系列的工人大罢工和五一游行，同沙俄占领者和投降沙俄的大资产阶级进行了坚决的斗争。

一月起义后，波兰王国的文学创作正是实证主义和批判现实主义文学兴起和走向繁荣的时期，一些著名的作家在他们早期的作品中，依照实证主义的思想观点，热情歌颂了十九世纪六十和七十年代波兰资本主义经济的发展。但是由于社会阶级和民族矛盾的激化，他们对现实有了更加广泛和深入的了解，便把自己的创作迅速转向了揭露社会的黑暗面，或者歌颂波兰过去民族解放斗争的革命传统，希望唤醒在人们中一度沉寂的爱国意识，去为一个独立、自由的祖国和公正、合理的社会做斗争。普鲁斯是这一时期批判现实主义文学的杰出代表，他出身于卢布林省赫鲁别索夫县一个小贵族的家庭，年幼时就失去了双亲，后来由他父母的一些亲戚抚养长大，曾在卢布林的一所实科中学学习。一八六一年二月来到凯尔采，受到当时在这里的他的哥哥"红党"成员列昂·格沃瓦茨基的影响，参加了一月起义，在战斗中受了伤，曾在医院治疗，后来又被关进沙俄占领者的监狱。出狱后进了卢布林的一所中学，毕业后于一八六六年考进华沙中央大学数学物理系，因个人没有经济来源，在那里学了两年就辍学了，后来曾在普瓦维的农林经济研究所进修。来到华沙后，他在利尔波普工厂里当过工人，后来他还当过照相师和统计局的职员，但仍不忘自学自然科学和逻辑学，同时参加了在群众中普及教育的工作。

早在一八六四年，他在《礼拜日信使》上开始发表通讯报道式的文章；一八六六年，在《节日信使》上发表过幽默作品；一八七二年，在《田地》上还发表过普及电的知识的文章。同年在《家庭保护人》上，他首次用波列斯瓦夫·普鲁斯这个笔名发表了一系列以"老阵容的来信"为题的政论。一八七四年，在《苍蝇》杂志上发表了一篇富于哲理性的短篇小说《哲学家和普通人》，这是他发表的第一篇文学作品。一八七五年，他在《田地》上发表短篇小说《顶楼上的房客》。从这一年三月二十三日开始，至一八八七年，除一八八二和一八八三年外，他在《华沙信使》上开辟"每周记事"栏目，连续十年，发表了大量政论文章。与此同时，他在《阿泰内乌姆》和《新闻》上，也发表了大量的随笔和特写，这些文章虽然不长，但内容丰富，涉及华沙生活的各个方面，在社会上影响很大，它们的作者也就成了当时最著名的政论家之一。

普鲁斯在七十年代末和八十年代初，创作和发表了大量中短篇小说，其中重要的有《孤儿的命运》(1876)、《米哈乌科》(1880)、《改邪归正的人》(1881)、《手摇风琴》(1881)、《安泰克》(1881)、《一件背心》(1882)、《他》(1882)、《正在静下去的声音》(1883)、《童年的罪恶》(1883)、《在月亮旁》(1885)等。这些作品描写了下层劳动人民的痛苦生活，颂扬了他们舍己为人的高尚品德，揭露了市民阶层的自私、虚伪和贪婪的面貌。中篇小说《回浪》(1880)写了一个工厂主残酷压迫工人，工人被迫奋起反抗，最后取得胜利的故事，说明作家对波兰资本主义社会的阶级压迫和斗争有深刻的认识。以上作品表现了普鲁斯对被压迫者的同情和他的民主主义思想立场，在艺术上，作家善于在矛盾和斗争中揭示人物的性格，运用抒情、讽刺、虚构、夸张和平易的叙述等多种艺术手法来表现作品的主题思想,显示了他的艺术才华。一八八六年,普鲁斯发表了他的第一部长篇小说《前哨》,通过一个农民由于受到德国殖民者的打击和侵犯而陷入种种灾难的描写,深刻揭示了波兰农村的民族矛盾,穷苦农民在民族和阶级双重压迫下的悲惨命运。小说《玩偶》是普鲁斯的第二部长篇,此后在一八九〇至一八九三和一八九五年间,他还先后发表了长篇小说《解放了的女性》和历史小说《法老》。前者描写一个女性热心农村公益事业,由于社会上的尔虞我诈、自私狭隘,她的努力受到阻碍,落得悲惨的结局。后者以古埃及第十九王朝拉美西斯十二世法老统治末期的社会为背景,反映了埃及统治集团内部的矛盾和农民、手工业者、奴隶遭受祭司、贵族和腓尼基大富商压迫的痛苦。普鲁斯晚年对在沙俄统治下的波兰资本主义黑暗现实不满,但又找不到出路,因而陷入悲观,他这时期的作品在思想和艺术上都不如他的前期作品,影响不大。

长篇小说《玩偶》的创作和发表最初是以边写作边发表的方式,先在华沙《每日信使》一八八七年二百六十九期上开始连载,到一八八九年一百四十二期载完,第二年就出了它的单行本,也就是小说的初版。作品主要写一个破落贵族的子弟沃库尔斯基的一生,但它通过他个人曲折的生活经历的描写,在广阔的背景上,真实展现了波兰王国特别是华沙那个时代的社会面貌。主人公年少时当过饭店里的堂倌。他和他父亲都不满意他们所处的这种被人瞧不起的低贱的地位,他父亲要用钱去打官司,认为只要打赢了官司,就可以收回祖上失去的产业,恢复过去贵族的地位。但沃库尔斯基却把家里的钱拿去买书,不顾别人对他的嘲笑,发奋自学,终于考上了大学。后来他在一位革命者列昂和他的朋友热茨基的影响下，参加了一月起义，起义失败后，他被流放到西伯利亚，在西伯利亚艰苦的条件下，从事科学研究工作，并且取得了成就。可是他一八七〇年回到华沙后，却有半年找不到工作，饱受饥饿的煎熬，最后他不得不和一个比他大许多且新寡的明采尔杂货店的老板娘结婚。过了三年，他的妻子死了，沃库尔斯基继承了明采尔两代人经营的杂货店的全部产业。

一次偶然的机会，他去戏院看歌剧表演，见到了一位出身名门的漂亮的贵族小姐伊扎贝娜·文茨卡，便对她一见钟情。他知道，在当时的社会条件下，要赢得这样一位地位很高的贵族小姐，"就必须不做商人，要做就得做一个富商。至少出身贵族，和贵族阶级的人有关系，首先是要有很多钱"。他很快就给自己弄到了一个贵族出身的证明文件，并趁当时在保加利亚爆发俄土战争的机会，和一个他在西伯利亚认识的莫斯科富商苏津去那里做军需供应的买卖，很快就挣得了几十万卢布的巨款，因而成了一个暴发户。回到华沙后，他又新建了一个规模较大的服饰用品商店，并开始千方百计地想要和伊扎贝娜小姐以及她周围的贵族阶层的人们接近，博得她对他的好感。普鲁斯在小说中，非常真实和生动地描写了按照当时的风俗习惯，一个出身社会下层的人，要进入贵族社会，赢得贵族小姐对他的爱，在社交上所必须做出的努力。

伊扎贝娜的祖辈原是一个有巨额财产的贵族世家，到她父亲托马斯掌管家业的时候，遇到波兰王国的农奴解放，在资本主义的自由竞争中，像他这样的旧式贵族，既不善于经营，在生活中又极端地奢侈浪费，就必然走向破产。沃库尔斯基为了和他拉拢关系，便用自己拥有的大量钱财，以各种方式明里暗里来救助他:他在和托马斯打牌时有意输钱给他,他高价收买托马斯的期票和托马斯祖传的银器和餐具。他给伊扎贝娜小姐的姑妈伯爵夫人开办的保育院慷慨捐款,得到了这位贵妇人的赞赏。后来他甚至以比原价高出很多的价钱竞买了托马斯那栋古旧的房子,因此他很快就得以自由地出入于托马斯和伯爵夫人的门庭,跻身贵族社会。这个时候,一位在贵族社会受到尊敬的公爵还特意请他和贵族合办了一家对俄贸易公司,沃库尔斯基因此成了贵族中的风头人物。为了取悦于伊扎贝娜,他极力装出绅士的派头:购置私人马车,出入风驰电掣;他被请在托马斯家里吃饭的时候,在伊扎贝娜面前炫耀他见过英国的爵士如何吃羊肉,还大谈用刀子吃鱼的道理。他本来对赛马毫无兴趣,但因为打听到了伊扎贝娜和她的姑妈要去看一场赛马,就马上抢买了一匹赛马,在比赛获胜后,又立即把马卖掉,把卖马的钱亲手交给了在场的伊扎贝娜小姐,请她作为对伯爵夫人的保育院的捐资转交给她。为了克热索夫斯基男爵对伊扎贝娜的"冒犯",他还和他进行了决斗。伊扎贝娜所崇拜的意大利演员罗西来华沙表演,他又特意买通许多人去为罗西捧场和献礼。此后,他无论在什么地方,都通过各种关系,尽力想要和伊扎贝娜接近,向她表述他的心意;凡是伊扎贝娜的要求,他无不满足;甚至她的一个举动、一个眼色、一声笑都能使他的情绪产生很大的波动。这个贵族小姐虽不拒绝和他接近,但她始终瞧不起他这个商人,而只是想利用他为自己办事。在作者笔下,伊扎贝娜不仅高傲、自私,而且在作风上十分庸俗和卑鄙,她虽然和沃库尔斯基交往频繁,也不拒绝沃库尔斯基对她的示爱,甚至到最后还接受了他的求婚,但她背地里却和别的男人卖弄风骚,对沃库尔斯基进行无耻的攻击和恶毒的咒骂。沃库尔斯基对这当然不是没有察觉，而且他对她的诚信和爱慕也曾有过几次动摇，但是每次动摇之后，他都反过来进行自责，因此当他终于认清了这个贵族小姐的本来面目后，他就不可避免地陷入了悲观失望，他的结局是他抛下他的全部财产，背着他的朋友和熟人的突然出走，有的说他到莫斯科他的朋友苏津那里去了，有的说"他到敖德萨去了，打算从那里去印度，再从印度去中国和日本，然后横渡太平洋，到美国去"。有的说"他和奥霍茨基两个人也许会在巴黎那个古怪的盖斯特那里会面"，有的说在波兰的一些地方又遇见过他，有的还说他留下了如何分配他的财产的遗嘱，但是根据他的思想性格的发展和他一生的经历和末了的遭遇来看，我以为，他一定是立下遗嘱后自杀了。

在主人公沃库尔斯基的身上，可以看到十九世纪下半叶波兰新兴资产阶级代表人物一些突出的特点：一、他对资本主义市场行情的变化，有敏锐的洞察力，善于抓住时机，大胆进取，迎难而上，获得成功。在资产主义的商业经营上，他所表现出来的才能和魄力，都远远胜过那些旧的贵族。如他在保加利亚挣了巨款后回来，对热茨基说："我一个人仅半年挣的钱就比明采尔家两代人半个世纪挣的钱多了十倍。这些钱我是冒着子弹、匕首和伤寒的危险而挣来的，要得到它就得有一千个明采尔在他们的店里戴着帽子出大汗。"沃库尔斯基在买卖经营上与众不同的是，他有远大的眼光，他根据沙皇在经济上将波兰王国和沙俄帝国视为一体的这个实际情况，在宣布创建那家对俄贸易公司和它的职能的一次会上，向股东们提出了一整套切实可行的计划："华沙是西欧和东欧之间的贸易转运站。一部分法国和德国的货物在这里集中，由我们经手销往俄国,这样我们从中便可获得可靠的利润。"由于他的经济实力雄厚,在那家对俄贸易公司中,他一个人投入的资本就占公司总资产的六分之五。他也经常订购来自巴黎或莫斯科的货物,给俄国商人贷款,他自己的那家服饰用品商店还在莫斯科开了个分店,这更增进了他和俄国广大市场的接触和联系,为他提供了施展才能的广阔天地,因而他只经过一年的努力,就使那家对俄贸易公司的营业总额超过了资本的十倍;当公司的董事会在公司举行的最后一次会上向股东们宣布这个情况时,大家都激动不已地站了起来,向当时没有到会的他表示感谢。二、普鲁斯是把他的主人公作为一个做买卖诚实、守信,关心穷人的疾苦,为社会谋福利的资产者来描写的。如作者写他在保加利亚的战场上虽然到处冒险,但是就连那位贵族阶级的头面人物公爵也说:"我可以给沃库尔斯基担保,伯爵夫人跟我说过,我也问过一些上过战场的军官,其中还有我的外甥,他们对沃库尔斯基只有一个看法:他做军需粮秣的买卖是很正派的。士兵们每吃到好的面包都说,这是用沃库尔斯基的面粉烤出来的。"公爵还说他的诚信"已经引起地位最高的人们的注意"。他做买卖首先想到的是"给消费者供给便宜一点的货色,要打破那些剥削我们的消费者和工人的厂主们的垄断"。这种诚信和关心消费者利益的经营方式,也使他在资本主义市场的竞争中,立于不败之地;但给那些不善经营的厂主们,却带来了极大的威胁,作为一个竞争的参与者,当然不会顾及他的对手。在增进社会福利方面,他在维斯瓦河边散步,曾想到在这里修建林荫道,铺设自来水管,使华沙的居民能够喝到清洁卫生的饮水。他看到那许多无衣无食、身患重病的穷苦人,便想到"就是我这笔并不宽裕的财产,也能解救几千个家庭"。他说他为几十个人安排了工作,为几百个人创造了就业的机会,"还有数以千计的人,由于买了他的价廉物美的商品,他们穷困的处境也有了改变",这并没有夸大,因为他确实救助过一些社会下层的穷苦人和善良的人,为他们安排工作、住处,给他们解决了生活上的困难,甚至让失足的女青年得到了改造,变成了自食其力的劳动者。就是在他自杀身亡之前立下的遗嘱中,他也表示了要把他的全部钱财分送给那些和他有过交往的穷苦人以及他认为对他的祖国波兰的复兴能够做出巨大的贡献的人们,这也充分地表现了他那爱国爱民的高尚情操。在沃库尔斯基这个人物的塑造上,充分表现了普鲁斯受华沙实证主义者的思想影响。可是,就是这样一个作者极力推崇的人却陷入了对一个贵族小姐的爱的追求中,而且他把这看成是他生活的主要目的,任何事情都不能使他放弃这种"幸福",可是他的这种追求却是毫无希望的,这个庸俗可耻的贵族小姐也不值得他爱。普鲁斯认为,他的主人公误入了歧途,他本来是为爱而挣得了财产,当他发现自己受骗上当,失去了这种爱后,他那巨额的财产也就不需要了;同样,他既然失去了生活的目的,那么对他来说,活在这个世界上也没有必要了。作者为他这样耗费了他那有才华和社会责任感的一生感到十分惋惜,他认为,像沃库尔斯基这样的人如果把他的全部智慧和精力奉献给社会,波兰就会得到复兴,只可惜他的主人公所在的这个社会充满了自私和欺骗,到处都是腐化堕落的病象,而主人公的身上也有缺陷,他的这种愿望不能实现。此外,从沃库尔斯基的社会关系和他跟俄国巨商联手经营的情况来看,也反映了一月起义后的波兰资产阶级联合封建贵族,在政治上向沙俄妥协投降的态度。沃库尔斯基年轻时参加过波兰民族解放斗争,但是他从西伯利亚回到华沙后,在一月起义后的社会环境中,就把这件关系到民族存亡的大事置诸脑后了。普鲁斯在这方面,并没有对他的主人公进行批评和谴责,大概是因为沙俄书刊检查机关的干涉,他不可能在小说中更多地反映这些十分敏感的政治问题,或者在当时波兰民族解放运动处于低潮时期,每个人都一心为自己谋利,对民族的命运毫不关心,就像小说中所描写的那样,作为一个现实主义作家的普鲁斯反映了真实情况。

在沃库尔斯基这个人物的塑造中,普鲁斯主要通过他和别的人物的对话和他的心理描写,来反映他的思想和个性。沃库尔斯基生性好强,而且十分执拗,他决定要做的事,或者他坚持的观点,不管谁的劝阻或请求,都改变不了,因此他跟别的人说话,简单明了,斩钉截铁,有时甚至表现出十分粗暴的态度。但是他在追求伊扎贝娜的时候,对这位贵族小姐就不一样了,他对她几乎是百依百顺,说起话来低声下气、小心谨慎、彬彬有礼,但即使在这种情况下,他对那些无所事事、饱食终日、奢侈浪费的贵族的批判,依然是很坚决的。沃库尔斯基遇到下面两种情况,在思想上也曾有过动摇:一是当他发现他所爱的伊扎贝娜小姐在他看来有庸俗、欺骗和使他感到不满的行为的时候,他对她产生过怀疑;二是面对追求个人幸福和全心全意为社会谋福利之间如何进行选择,他也有过动摇,普鲁斯把他的这些动摇看成是他的思想性格最重要也是最真实的表现,因为他在这些方面的动摇和选择就是他对人生道路的选择,决定了他的未来。小说在这方面以较大的篇幅对他做了深入细致的心理描写,有的地方写得引人入胜,激动人心,是普鲁斯的神来之笔。他的主人公沃库尔斯基不仅在波兰十九世纪文学,而且在整个波兰文学史中,都是塑造得最出色、影响最大的资产阶级代表人物的形象,也是古往今来波兰文学的创作中,最突出和最具有经典性的人物之一。

一直是沃库尔斯基店里的老掌柜的热茨基也是一个很重要的人物。他出身于一个有波兰民族解放斗争传统的家庭,父亲在扬·亨·东布罗夫斯基在意大利组织领导的"波兰自愿军团"里当过兵,后来在波兰王国内务部当过差。就像当时波兰许多爱国者和革命者一样,他也是个拿破仑的崇拜者,在热茨基小的时候,他就教导他:"上帝派波拿巴一家来,是要在这个世界上建立秩序","要时刻准备,响应他们的第一个号召!"他还亲自对他的儿子进行军事训练,要他"准备战斗!"热茨基因此很快就锻炼成了一个和他一样,对拿破仑无限崇拜的革命战士,他参加过匈牙利一八四八年的民主革命,在战场上表现了高度的乐观主义的精神,和战友们一起英勇战斗,曾给奥地利占领者以沉重的打击。匈牙利革命失败后,他曾陷入悲观:"匈牙利已经不存在了。平等……从来就没有过平等……公平……永远也不会有。"后来他曾长期流亡在外,到过欧洲许多国家,但他无时无刻不在思念着他的祖国波兰和故乡华沙,"我曾不止一次地打算豁出命来也要去看看那松树林子和用麦秸盖的茅屋。我常常像个孩子似的在梦中喊着我要回家!……醒来之后我泪流满面,又穿上衣服,跑到了街上,因为我觉得那一定是老城街和围墙街。要不是不断传来路易·拿破仑已当上总统,还要建立一个帝国的消息,我或许会在绝望中自杀。"回到华沙后,他在霍普费尔的饭店里认识了沃库尔斯基,还引导他参加了一月起义。可在一月起义后的新的社会环境中,他那自由、平等的理想和他对拿破仑的崇拜却被人耻笑,就连他的模样也被说成"像害胆石症时的拿破仑"。但这时候,他也曾受到实证主义思想的影响,而且他自己也有一定的经商才能,他不论在明采尔的杂货店还是在沃库尔斯基的服饰用品商店里当掌柜的时候,也不管店老板在不在店里,或者管不管他的店铺,他都尽心尽力地工作,使伙计们精诚团结,和睦相处,把生意做得红红火火,赢得了很大的利润。例如沃库尔斯基那一次去巴黎,服饰用品商店由他经营了一段时间,老板回来后,了解到"铺子的交易额每天、每个礼拜都在上升,有几十个新来的商人跟他建立了关系","由于铺子里的货物销路大增,伊格纳齐先生自己做主,租了一间新的库房,还雇了第八个伙计和两个进货的工人"。这里也可看到波兰王国资本主义工商业发展繁荣的景象。热茨基心地善良,乐于助人,富于自我牺牲精神,他尤其关心比他年轻、和他关系十分亲密的朋友沃库尔斯基,他不仅关心他的事业,而且关心他的生活。作为和沃库尔斯基有几十年深交的老朋友,他对他的思想、性格和才能都深有了解,但他自己在新的社会环境中,他那从来关心祖国命运的思想和他的善良品德,却使他跟不上形势的发展。他过去一直认为沃库尔斯基只关心政治,别的什么都不管。所以当沃库尔斯基爱上了伊扎贝娜,一直在追求这位贵族小姐后,他在很长一段时间内都没有发现。他不理解沃库尔斯基为什么有时候毫不关心店里的买卖,却一心一意地去做那些在他看来十分怪异而实际上是为了讨得伊扎贝娜欢心的事情,他更不满意俄国富商苏津邀沃库尔斯基去巴黎做大买卖,可以赚很多钱他却不愿意去。他有时感叹他的斯塔赫要不是遇到各种阻碍,不知道"会替国家做出多少好的事情"来。当他了解到沃库尔斯基在"闹恋爱"后，他理所当然地极力反对他对这个庸俗的贵族小姐的痴迷，而希望他能和纯朴善良的斯塔夫斯卡太太结婚。他本来自己也爱上了斯塔夫斯卡，但他宁愿牺牲自己对她的爱，也一定要把沃库尔斯基和斯塔夫斯卡撮合在一起，他认为只有这样，他的斯塔赫才能得到真正的幸福；如果做不到这一点，他死也不甘心，这是多么伟大的爱。可是他不仅没有做到这一点，而且令他失望的是，沃库尔斯基在失恋之后，不顾他的苦心劝阻，把他的服饰商店卖给了犹太人，还退出了那家大家寄予厚望的对俄贸易公司。在主人公快要了结自己一生的时候，他终于明白了："他为匈牙利的利益战斗过，也曾等待拿破仑的子孙来改造世界，可事实是怎样的呢？不仅世界没有变好，而且拿破仑的子孙都死光了，什兰格巴乌姆倒成了商店的老板。"热茨基的一生是有过革命经历的一生，他热爱他的祖国波兰，心系祖国和人民的命运，但他到最后也没有看到他所期盼的一个平等和公正的世界的出现。普鲁斯在塑造这个人物的时候，以极大的热情和爱充分反映他的许多高贵的品德，但他也指出，像热茨基这样参加过民族解放斗争的爱国者和拿破仑的崇拜者是他那个时代的人，他不可能适应一月起义后的新的社会环境，他对这个环境格格不入，作者以富于幽默感的笔调，通过他的一言一行和心理描写，生动地反映出了他的这种状况。有时候，他对某些事情的发生很不理解或者很不满意，甚至更加突出地表现了他那过于善良的品德，使他变得愚钝了，例如沃库尔斯基要他在罗西演出的时候向这个意大利人献礼，也不说明为什么要这么做，这使热茨基非常恼火，但因为是他亲爱的斯塔赫的要求，他还是勉强地去了。来到戏院里后，他的表现是那么紧张和不自在，他那"华沙人不习惯的礼貌"，"甚至他的那副拿破仑第三的面相，都很令人疑惑不解"。"虽然大家都不认识他，但还是一眼就看出了他的那顶大礼帽是十年前的，那条领带是五年前的，那件深绿色的礼服和那条方格子紧身裤的年代甚至更加久远，人们都把他看成是外国人，因此当他问一个服务员去正厅怎么走的时候，在他们中便爆发出一阵笑声。"作者这些带幽默的描写不仅没有讽刺的意味，反而使得读者觉得这个人物十分可爱。

在小说中，普鲁斯把批判的矛头主要指向封建贵族，在他的笔下，这个阶级的人们不事劳动，生活中挥霍无度、奢侈浪费，作风上庸俗、堕落，充分地反映了一个没落阶级的特征。他们的代表人物也都具有鲜明的思想和个性，他们的言行、举止中所表现出来的个性，正是作者讽刺的对象，但是作者在塑造这些人物时，也没有对他们作简单化的描写。伊扎贝娜的父亲托马斯既自私又贪婪，他极力要把他那少得可怜的本金放在沃库尔斯基那里，利用沃库尔斯基要和他拉关系，便向他大肆敲诈勒索，因为他已经破产到非得靠这种敲诈勒索所得来的利息，来维持他一家人奢侈浪费的生活了。这个贵族虽然在生活上和经济来源上都要依靠沃库尔斯基，但他又瞧不起他眼中的这个商人，他要他的女儿伊扎贝娜常请沃库尔斯基吃饭，尽心地款待他，只是想从他那里得到更多的好处，因为他深信他的女儿是不会嫁给沃库尔斯基的，可是他自己最后却因为女儿的欺骗和卖弄风骚不成功而气死了，作者通过他和沃库尔斯基的交往，对他那卑鄙、可耻而又可怜的面貌，做了入木三分的刻画，而他那最后的结局，也突出地表现了作者对这个人物的厌恶感。他的妹妹伯爵夫人表面上比他冠冕堂皇，她甚至请沃库尔斯基来到了她的大客厅里，让他结识了众多的贵族，使他受到了他们的称颂。她作为一个贵族的代表人物办保育院也不能不说是为了社会公益，这是当时的风俗，因此她同样要利用沃库尔斯基，让他给她的保育院以更多的利益。其实，她骨子里比托马斯更瞧不起这个暴发户，她宁愿让伊扎贝娜跟斯塔尔斯基这个贵族出身的流氓结婚，也不愿把她的侄女嫁给沃库尔斯基。公爵在贵族阶级中地位很高，他成天高喊为了"我们这个不幸的国家"，有时候甚至表现得十分动情，据说"他的感受和思考都是和千百万人联系在一起的，他的期求和受苦都是为了千百万人，但他从来没有做过一件有益的事情"。他自己也承认，他所属的那个贵族阶级的人们既没有能力也没有魄力使这个国家得到复兴。

除了以上作者批判的那些贵族之外，小说中却还有一个这个阶级的代表人物是值得称颂的，这就是议长夫人。这个老妇人有自己的庄园财产，但她平等地对待自己的长工，关心他们的生活和后代，奥霍茨基来到扎斯瓦维克后，对沃库尔斯基说："您看见那些很大的房子吗？那都是长工们住的房子。那边还有一栋是他们子女的保育院，那里有三十来个孩子在玩耍，穿得整齐又干净，像贵公子一样。那边还有一幢别墅是养老院，现在有四个老人住在那里，他们在给客房里的床垫清洁马鬃，从中寻找他们在这里度假的乐趣。我到过这个国家各种各样的地方，看见长工们都像猪一样住在圈里，他们的孩子也和小猪一样在泥潭里嬉戏。可是当我第一次来到这里后，我擦亮眼睛一看，便以为自己到了一个乌托邦岛上。"早在十八世纪下半叶的波兰启蒙运动作家克拉西茨基所刻画的开明地主的典型形象①在这里又出现了。议长夫人不仅对待长工十分友善，而且她和沃库尔斯基的叔父那次感人而又不幸的恋爱，也说明了她反对等级制度对爱情的扼杀，她对爱情是忠贞不贰的。议长夫人虽然有巨额的财产，但她却不像别的贵族那样挥霍无度，她生活上非常简朴，死后把她的大部分财产都无私地捐献给了慈善事业：医院、育婴堂、补习学校和养老院等，而没有给她的孙子斯塔尔斯基。她认为，与其把它拿到摩纳哥赌场里去，还不如用来救济孤儿。作者在刻画这个人物时，将她理想化了，因而也使她和那些腐朽没落的贵族形成了鲜明的对比，反映了普鲁斯的人道主义思想观点。

伊扎贝娜小姐是小说的主要人物之一。普鲁斯在她的身上虽然费了不少的笔墨，但她所表现出来的性格特点并不复杂：娇生惯养，高傲自私，玩弄男性，她和许多男人卖弄风骚，但她没有爱过任何一个男人。她瞧不起沃库尔斯基，当然也不爱他，但她却处处利用沃库尔斯基对她的爱去为她效劳，最可耻的是，有一次，她虚假地表示同意沃库尔斯基对她的求婚，骗得了沃库尔斯基对她的信赖，可是过了不久，她便和她的父亲托马斯要去克拉科夫，让沃库尔斯基给他们买了一个车厢房间的票，还让她的流氓表哥斯塔尔斯基和她同往，她在途中竟用英语和斯塔尔斯基对沃库尔斯基肆意诽谤和攻击，还以为他听不懂，这不仅给沃库尔斯基精神上以致命的打击，也充分暴露了这位贵族小姐的卑鄙和无耻，作者最后让她进了修道院，但舒曼却意味深长地问道："她是想跟上帝卖弄风

---

① 伊格纳齐·克拉西茨基(1735—1801)，波兰启蒙运动时期诗人和作家，他的长篇小说《波德斯托利先生》刻画了一个开明地主的形象。

情,还是要在过分的冲动之后休息一下,以便以后好好地出嫁呢?"说明了普鲁斯对像她这样腐朽没落的封建贵族的代表人物的深恶痛绝,他对这个人物的刻画,是和小说名称《玩偶》有关系的。实证主义政论家亚历山大·希文托霍夫斯基在小说《玩偶》出版后,认为这个"玩偶"就是指伊扎贝娜。但普鲁斯当时对希文托霍夫斯基的回答很明确:小说的"名称是偶然定下来的"。他还着重地指出:"伊扎贝娜小姐不是玩偶,玩偶是斯塔夫斯卡家的洋娃娃。"后来在一八九七年,普鲁斯写给《华沙信使》的主编的一封信中还说,他原想用《三代人》作为小说的名称,即过去的理想主义者热茨基,过渡的人物沃库尔斯基和新时代的理想主义者奥霍茨基。但他这一年在报纸上看到了一个盗窃小孩的洋娃娃的真实案件的记载,"这个事实引发了我对整个小说的构思,借此用'玩偶'一词做了它的名称"。所以"玩偶"这个名称是后来才用的。但是在一九三四年,波兰文学理论家和文学史家亨利克·日琴斯基(1890—1941)又说这个"玩偶"就是伊扎贝娜。这又使一些人想起了沃库尔斯基把他那家服饰用品商店卖给什兰格巴乌姆后,热茨基最后一次把商店里原有的"那些玩具全都拿了出来,摆满了柜台,还上紧了它们的发条。在他的一生中,这已经是第一千次听到那能奏乐的鼻烟壶的旋律,看见那只熊如何爬上了杆子,从玻璃器皿中流出的水推动着磨坊里的水轮车,一只雄猫追着一只老鼠,克拉科夫的青年男女跳舞,一个骑师骑在一匹拉紧了缰绳的马上奔驰。他瞧着那些没有生命的玩具的活动,在他的一生中,也是第一千次重复地说:'玩偶呀!全都是玩偶!我原以为,它们的行动是按照自己的意愿,但它们却是由发条来驱使的,那些发条也和它们一样,是盲目的。'"由此引发的思考,也不是没有道理,例如小说中的奥霍茨基在批判那些腐朽没落的贵族时,对热茨基曾经一针见血地指出:"您想想看,那些整天山珍海味,但没有什么事可干的富翁,或者说那些有钱的人吧,一个人总得用什么办法去消耗他的精力,如果他不干活,就一定会去寻欢作乐,或者至少去刺激一下神经。要寻欢作乐和刺激神经,就少不了漂亮、穿着豪华、风趣、受过良好教育,并且为了他的这种需要还受过特殊训练的女人,这本来就是她们飞黄腾达唯一要做的事情。"像斯塔尔斯基、伊扎贝娜、埃韦莉娜以及"她那个阶层里千百个其他的女人",他们在生活中只知道寻欢作乐,玩弄异性,那么把他们比成是没有灵魂的玩偶也没有错。其实,作者当初在确定小说的名称时,即使有这样的想法,他也没有必要明白地说出来,正像波兰当代著名的现象学美学家罗曼·英加尔登(1893—1970)所说的那样,作家在创作一部作品的时候,在他的作品中会留下一些"空白点"或者"不确定的领域",只有通过读者的具体化得到解释、填充或"重建",才能使作品中的这些"潜在状态的种种要素"得以实现,在这个意义上来说,一部作品也可以说是作家和读者共同完成的。因此,读者对小说《玩偶》的题目这个"不确定的领域",根据小说情节的铺写和人物的塑造,可以有不同的理解或解释。

和普鲁斯憎恶的那些贵族相反的是,小说中那些社会下层的劳动人民正是他所热情歌颂的对象:我们看到,就在沃库尔斯基跟伊扎贝娜和斯塔尔斯基去克拉科夫的途中,听到这两个人对他进行诽谤和攻击而处于绝望境地的时候,他在一个叫斯凯尔涅维采的小站下了车,想卧轨自杀,这时他曾帮助在该地找到巡道工职务的韦索茨基却救了他。作者通过这件事的对比，意味深长地指出："他也明白，在他最不幸的一瞬间，当一切都背叛了他以后，这块土地，这个朴实的人和上帝，总还是忠于他的。"另一处，石匠文盖维克在扎斯瓦夫附近那个城堡的废墟上，给伊扎贝娜和沃库尔斯基讲的那个公主和铁匠的故事是那么美妙和生动，连伊扎贝娜也不由得连声赞叹："我真没想到，在乡下有这样的传说，而且一个普通人会把它讲得那么好听。"普鲁斯这些描写，表现了他对下层劳动人民是多么尊敬和爱戴。除了以上主要人物，小说中的其他人物也都个个性格突出，栩栩如生，形成了一道绚丽多姿的人物画廊，读者在阅读小说的过程中，同样会有更多的体会。

小说的结尾反映了浓郁的悲观情绪：首先，像沃库尔斯基在巴黎所见到的盖斯特那些据说"能够改善世界的面貌"的物质：比白金还重的金属，比绒毛、比水，甚至比空气还轻的金属，像玻璃那么透明的金属只不过是这位化学家的"痴心妄想"，舒曼最后对热茨基说他"完全疯了，全科学院的人都在笑话他的痴心妄想"。而沃库尔斯基这样本来可以寄希望于他复兴波兰的人也死了，那个贵族中最开明和慈善的议长夫人死了，最后一个浪漫主义者热茨基也死了，理想主义者奥霍茨基要到国外去，原来服饰用品商店的老伙计克莱因因为参加宣传社会主义的活动被抓走了，在店里忠于职守的李谢茨基也走了。只留下了大家都不喜欢的犹太人什兰格巴乌姆和骗子马鲁谢维奇。作者通过沃库尔斯基的这家服饰用品商品和他创办的对俄贸易公司从兴旺发达走向衰败的描写，表现了对社会的不满。而且他还将波兰和当时文明高度发展的西方国家如法国和英国加以对比，如沃库尔斯基在巴黎所看到的,是"所有的方面都在为幸福而工作","在那里,劳动就像太阳一样光辉灿烂","每一代人都会通过自己的劳动和创造,使前人的辉煌业绩变得更加完美"。"在英国,有多少商人的家族被授予了爵士的头衔?在英国……社会正处于创造的时代。那里的一切都在走向自我完善,已经到了较高的阶段。"可是在波兰,这里的"一切都在走向堕落腐化和蜕变。一些人死于贫困,另一些人死于寻欢作乐,荒淫无耻。为了喂饱那些无能之辈,大家废寝忘食地干活,怜悯养育了一批厚颜无耻的懒虫。而那些连最简单的家具什物都不具有的穷人,身边只有永远饥饿的孩子,他们最大的利益就是早死"。在普鲁斯看来,像沃库尔斯基这样的能人离去之后,小说中描写的那些虚无主义者,也就是社会主义思想的宣传者的力量是那么微小,他们的行动是那么幼稚,而且作者在有的地方还对他们进行了讽刺,因而对他们也不能寄予希望,在波兰,这个等级森严、贫富悬殊的社会状况是改变不了的。此外,一月起义后,人们,几乎是普鲁斯见到的所有的人,都对恢复波兰民族的独立那么漠不关心,也使他感到失望,由于沙俄书刊检查制度的干涉,他不可能以很大的篇幅,直接描写波兰十九世纪抗俄民族解放斗争,但是他通过热茨基、卡茨参加一八四八年匈牙利革命的描写和以象征和暗示表现革命者列昂引导包括沃库尔斯基在内的一些爱国青年参加一月起义的经过,表现他对波兰民族解放斗争的怀念,特别是像热茨基这样的民族解放运动的老兵死后,他似乎再也看不到恢复国家独立的希望了。他认为,虽然在一月起义后,波兰资本主义经济繁荣发展,但在沙俄占领者统治下的波兰社会的面貌并没有改变,面对他所不满的现实,他找不到出路,因此陷入了悲观失望。小说深刻揭示和剖析了当时有关波兰民族和人民的命运的许多重大的问题，充分表现了作家伟大的爱国主义思想精神。此外它还通过热茨基的回忆，在更大的背景上，真实展现了当时一些欧洲大国争夺势力范围的斗争和各国革命形势的发展，反映了作者的现实主义的深度和广度。

《玩偶》也是一部再现十九世纪下半叶华沙社会生活全景的作品，它除了真实地反映了当时华沙各社会阶层的生活状况之外，对华沙的城市面貌：街道、学校、教堂、工厂、商店、住宅、剧院、公园、法院、赛马场甚至墓地的地理位置和人们在这些地方的活动的情况，也都做了相当详尽的描写，而且在今天看来，它们依然准确无误、生动有趣。但是普鲁斯这里描写的主要是维斯瓦河西岸的城区，他没有或者很少提到维斯瓦河东岸的普拉加城区，因为华沙的西岸是华沙也是波兰的政治、经济（主要是金融和商业）和文化中心，东岸则主要是工业区。作者通过华沙西岸城区的历史再现，可以看到整个波兰王国的社会缩影和人们的生活习惯。例如小说中沃库尔斯基应邀参加华沙各界名流在伊扎贝娜的姑妈伯爵夫人沙龙里的大聚会、伊扎贝娜和她参加赛马以及华沙法院里审案的场面都写得十分真实生动。伯爵夫人邀请沃库尔斯基出席她的沙龙是华沙贵族的一次盛大聚会，他因为是华沙商界最著名的资产者，在这里成了众人注目的中心人物，那个贵族中地位最高的公爵对他赞扬有加，甚至要把他当成自己的"亲兄弟"。那位最受尊敬的议长夫人十分动情地讲述她和沃库尔斯基的叔父有过的那段不幸的恋情。这一切都说明，作者在这里不是单纯地描写高雅豪华的沙龙生活，而是要通过这种描写，突出主人公在当时波兰社会中的巨大声望，由于这种声望,连贵族阶层中一些头面人物也不能不对他表示尊重。此外在这些华沙大贵族的聚会中,一个沙俄占领军的将军也是伯爵夫人邀请的客人之一。波兰当代著名文学评论家尤泽夫·巴胡日认为:这种情况的出现,意味着伯爵夫人要和沙俄占领者当局搞好关系,这在当时的贵族中是常见的,从而充分说明了波兰贵族对沙俄占领者妥协投降的态度。

剧院场面的描写生动地表现了伊扎贝娜对罗西的崇拜和沃库尔斯基对这位他所爱恋的贵族小姐的逢迎,他能够利用自己的巨额钱财和在华沙的声望,按照伊扎贝娜的要求,随意调动许多人去为罗西捧场。小说中描写的法院审讯男爵夫人起诉斯塔夫斯卡偷洋娃娃的案件,结果由沃库尔斯基叫人把那个"被偷"的洋娃娃拆开,里面露出了他的服饰用品商品的商标,这证明被告斯塔夫斯卡的这个洋娃娃是在他的商店里买的,而不是偷的。这看起来非常可笑,可是根据普鲁斯本人的说法,这个案件的审讯当时确有其事,只不过作者在小说中把它写得更加幽默风趣了。有的社会生活的真实场景普鲁斯虽然没有直接写出来,但也对它们做了许多暗示,这在波兰的文学作品中也是独一无二的,因此这部小说也就成了研究十九世纪华沙的一部弥足珍贵的历史文献。由于这个原因,自它发表以来,就引起了波兰许多文学、历史、地理和民俗学家的兴趣,于是形成了一股考证热,这种考证甚至延续到了今天。就像中国的红学界过去和现在存在的"索隐派"一样,但是"索隐派"对《红楼梦》的人物考证大都是一些人的猜想,而波兰学界对《玩偶》的考证则有事实根据,因此大都是可信的,例如根据尤泽夫·巴胡日的考证,普鲁斯在描写他的主人公关心华沙的公益事业时,甚至把自己曾极力支持过的一些公益事业,如上面提到在华沙维斯瓦河边修一条林荫道并铺设自来水管,这是一个真实的事件,他也纳入了他的主人公的想象中,这种虚虚实实、真真假假的描写也是他创作《玩偶》的重要手法之一。

　　华沙不断地发展,正在向维斯瓦河扩展,如果沿着河岸铺设一条林荫道,那里便可建起一个最漂亮的街区,有高楼大厦、商店和大街……

　　……

　　沃库尔斯基来到了维斯瓦河的岸边,他惊奇地发现,在一片面积有好几莫尔格的广阔的平地上,有一大堆令人恶心的垃圾,臭气熏天,在阳光照耀下,它几乎晃动起来了。可是华沙的饮用水,就蓄在距离它只有几十步远的地方。

　　"这里是所有传染病的滋生地,"他想,"今天,如果有人从自己家里倒出了什么东西,那么明天,他又会喝到这些东西,然后,他就会被抬到波翁茨基墓地里去,而这反过来又将他的病传染给他依然活着的亲人。

　　"这里该修一条林荫道,铺设自来水管,山上有洁净的泉水可以饮用,每年可以防止好几千人死亡,好几万人生病……不是什么大工程,但受益却不可估量,大自然是知道如何回报的。"

后来果然有一位英国工程师威廉·林德利做了一个安装输水设备的设计,并得以实施,从此以后,华沙死于流行病的人就明显地少了,一八九七年四月二日的《华沙信使报》还报道了成立一个波兰法国协会的消息,这个协会准备用两千五百万卢布的资金来修建这条林荫道,可是这个计划没有实现。两次世界大战之间,波兰政府还制订了一个修建方案,工程开始后,由于第二次世界大战爆发而被迫停止,这条林荫道战后才建成。以上事实证明普鲁斯的预见是正确的。

　　小说在描写华沙的城市面貌时，其中有许多街道、学校、住宅、剧院、法院、公园等，都是按照普鲁斯生活和创作《玩偶》的那个年代它们所在的地方和面貌反映出来的，普鲁斯对它们中有的没有说出名称，而只是在人物的对话和场景的描写中暗示一下，这当然是他创作的需要，但是由于他的这种暗示准确无误，所以华沙人或熟悉华沙的人一看便知道他所指的是什么。例如普鲁斯在小说中写道："在一些光秃秃的树木的后面，可以看见大学一片黄颜色的大楼。"这里说的是当时华沙的中央大学，普鲁斯年轻时在这里学习过，他在小说中提到它，是颇有感慨的。在第一次世界大战后波兰获得了国家独立，这所大学也改名为今天的华沙大学。小说主人公沃库尔斯基来到华沙耶路撒冷大街，想起了童年时住在新世界大街，听到一个工厂里传来的汽笛声使他感到高兴。巴胡日认为，这就是当时的利尔波普、劳乌和勒文斯坦股份公司的工厂，它是波兰王国最大的工厂。普鲁斯年轻时，在这里干过活。根据小说的主要人物沃库尔斯基和热茨基在华沙的生活状况和活动的范围，波兰的普鲁斯研究家们还认定了这两个人物住在什么地方。在他们看来，前者应当住在今天的克拉科夫城郊街四号，因此根据一位研究家的建议，一九三七年在这幢住宅墙上挂了一块纪念牌，上面写的是："斯坦尼斯瓦夫·沃库尔斯基在名为《玩偶》的长篇小说中赋予了生命的人物，一八六三年起义的参加者、西伯利亚的流放者、商人、首都华沙城的公民、慈善事业家、学者，生于一八三二年，一八七八至一八七九年在这栋房子里住过。"热茨基则住在这条街的七号，一九三七年在这所住宅的一间厢房里，也挂过一块长圆形的纪念牌,牌上写道:"伊格纳齐·热茨基,波列斯瓦夫·普鲁斯的长篇小说《玩偶》中赋予了生命的一个人物在这里住过。他原是一个匈牙利步兵的军官,参加过一八四八年战争。他还是个商人、著名的回忆录作者。"

普鲁斯对小说中这么多的事物和场景按照它们在现实中的原貌或隐或显地去进行描写并不是自然主义单纯的描摹,也不是对现实生活纯客观的写照。他对华沙社会面貌和自然环境这些细节的真实描写,是让每一个波兰的读者在他们的祖国沦亡的时候,不要忘记波兰的解放事业,不要忘记他们的首都和故乡华沙的一草一木和这里发生的一切。因此,波兰人不论在什么地方,只要读到《玩偶》,就一定会引起他们对祖国和故乡的思念以及对童年生活的回忆,而备感亲切。

小说的结构形式和一般现实主义小说情节按时间的先后次序推进,最后形成一个整体的结构不同,它在描写它的主要情节发展的同时,在一些章节中,插进了主人公热茨基的回忆,通过这种回忆,一方面叙说了他所知道的他最亲密的朋友沃库尔斯基的青年时代的经历,而这一切又和小说主要情节的发展,在时空上是颠倒的;另一方面,他又很详细地描述了他参加一八四八年匈牙利革命的经过。有的波兰文学研究家认为,这种结构形式显得凌乱,其实它在波兰十九世纪上半叶的浪漫主义文学作品中已经有过,波兰某些浪漫主义的叙事长诗情节的发展不仅颠倒了时空,而且往往插进一些和主要情节毫无关系的作者对时事的议论。在我看来,《玩偶》采取这种结构形式也有许多好处:它在故事情节的描写上颠倒时空,可以增加悬念,起到引人入胜的效果。而热茨基的回忆更是扩大了小说所反映的时代背景,因为他过去参加一八四八年匈牙利革命和他后来生活在一月起义前后的波兰王国的那个时代是有密切联系的。《玩偶》作为十九世纪波兰批判现实主义的代表作和一部关于华沙的小说，是波兰和世界文学中的一部不朽的杰作，它不仅对它以后的波兰文学的发展产生了巨大的影响，而且它将流传千古而不失其高度的认识价值和艺术魅力。二十世纪初，波兰一位著名的马克思主义政论家和文学评论家路德维克·克日维茨基（1859—1941）曾正确地指出："正像英国的狄更斯和法国的巴尔扎克一样，普鲁斯在我们这里乃是历史自然的见证，这个见证可以告诉千秋万代。在十九世纪后半叶的波兰，人们普遍是怎么生活的。他的小说中的人物是虚构的，但是他们每天所处的环境、他们的生活方式以及他们的思想过程却是形象的现实。"我的这个译本是根据弗罗茨瓦夫奥索林斯基民族出版社一九九一年出版的波兰文原著翻译过来的。这个版本的《玩偶》分两卷，每一卷的每一章都有许多脚注，这些脚注对小说的创作和发表的经过，以及它的文本的含义做了非常详细的考证和说明，因此它们对于读者阅读和研究这部作品会有帮助。正因为这些脚注有较高的学术价值，我将它们在做了一些文字上的压缩后，也都翻译过来，这样不仅丰富了这个译本的内容，而且也为喜爱或者想要进一步地研究和了解普鲁斯和他这部杰作的读者提供了方便。

张振辉

第　一　卷

第一章　透过酒瓶的玻璃，且看扬·明采尔和斯·沃库尔斯基商行是个什么样子

一八七八年初，当政界正关注于圣·斯泰凡诺和约①的缔结，忙着选举新的教皇②，也可能还在期盼一次欧洲战争的爆发③的时候，华沙的商人和克拉科夫城郊街④某街区的知识界却对扬·明采尔和斯·沃库尔斯基商行的服饰用品商店的未来产生了很大的兴趣。

晚上，内衣店和酒铺的老板们、马车厂和制帽厂的厂主们，还有那些靠家产养老的颇有地位的家长们和无所事事的

<hr>

①　圣·斯泰凡诺和约，一八七七至一八七八年爆发的俄土战争（巴尔干战争）结束后，战争双方于一八七八年三月三日在圣·斯泰凡诺（今土耳其的耶希尔科伊）签订和约，称之为圣·斯泰凡诺和约。——原注
②　新的教皇，罗马教皇比尤斯九世于一八七八年二月七日死后，意大利主教温琴扎·焦阿基诺·佩奇（生于1810年）于一八七八年二月二十日被任命为新的教皇。——原注
③　俄土战争结束后，由于俄国的胜利和土耳其的失败，在欧洲又引起了一些国家的领土和利益之争，因此可能爆发一次新的战争。——原注
④　克拉科夫城郊街是华沙的主要街道之一。它将华沙老城、浴室公园和贝尔维德尔等城区连在一起，街上有许多政府机构、著名学府（如中央大学，它是华沙大学的前身），一些报纸杂志的编辑部（如发表过小说《玩偶》的《每日信使》杂志的编辑部）和出版社，都设立在这里。自十九世纪以来，这条街一直是华沙的政治、历史、文化和社交的中心。——原注

房产主们都在一家餐馆里用晚点,大家热烈地谈论着扬·明采尔和斯·沃库尔斯基商行和英国的军事行动①。他们全都伏在深色的酒瓶上,笼罩在雪茄烟一圈圈的烟雾中。有些人为英国人的胜利或者失败打赌,另一些人却下了这样的赌注,说沃库尔斯基会破产;有些人称俾斯麦②是个天才,另一些人又说沃库尔斯基是个冒险家;有些人责备麦克-马洪③总统穷兵黩武,还有一些人则认定沃库尔斯基即便不是一个很坏的人,也是一个无可救药的疯子。

马车厂厂主德克列夫斯基先生通过坚持不懈的努力,在他那个行当中挣得了一大笔产业,又有了地位。参议员文格罗维奇二十年来也一直是这个慈善协会④的会员,他很关心穷苦的人。这些人也很了解斯·沃库尔斯基,早就公开地说他要破产了。

"一个人不始终如一地干他自己那一行,不珍惜仁慈的幸福女神的恩赐,到头来非落得个破产和无力支付的地步不可。"德克列夫斯基先生说。

每当他的朋友说了一句寓意深刻很有教益的话,参议员

①　俄土战争以后,俄军逼近土耳其的伊斯坦布尔,使英国的势力无法控制博斯普鲁斯海峡和黑海地带。英国因此在军事上向土耳其提供支援,以防止帝俄势力的西进。但土耳其曾侵略波兰,是波兰的敌国,所以英国的这一行动当时引起了波兰的反对。——原注

②　俾斯麦(1815—1898),十九世纪普鲁士王国的首相(1862—1890)和德意志帝国宰相(1871—1890)。虽然他在波兰的普鲁士占领区实行德意志化民族压迫政策,但他也曾支持波兰反对沙俄占领者的斗争。

③　麦克-马洪(1808—1893),法国十九世纪著名的军事统帅,一八七三至一八七九年任法国总统。在他执政期间,法国因在和德国的战争中遭到失败,走向衰落,再也无力参与西方大国的称霸斗争,使波兰人寄希望于法国支持波兰恢复国家独立的梦想终于破灭。——原注

④　华沙慈善协会,成立于一八一四年,在普鲁斯发表小说《玩偶》的时候,它的会址在克拉科夫城郊街六十二号卡尔美利特修道院。——原注

文格罗维奇就要接上一句：

"疯子，一个疯子！……一个冒险家！——尤焦，再拿一瓶啤酒来，这是第几瓶啦？"

"第六瓶啦，参议员先生！我就拿来。"尤焦回答说。

"已经是第六瓶了吗？时间是怎么过的呀？疯子，疯子！"参议员文格罗维奇嘟哝着说。

斯·沃库尔斯基和他的服饰用品商店所以遭遇不幸，在那些跟参议员文格罗维奇一起到这家餐馆里吃喝的人和餐馆老板、掌柜、学徒们看来，原因是很清楚的，就像那盏照亮了整个餐馆的煤气灯一样。这一点，从他那不安分的个性，从他的冒险生活，实际上从他最近的行动就可以看得出来。一个人有了可靠的铁饭碗，不时还能够到这种很不错的餐馆里来享受享受，就会感到不满足。为了发财，他自动地放弃了这一切，让他的商店去听从命运的摆布，自己则带着老婆留下的所有现金，参加土耳其战争①去了。

"也许他真的会发财……搞军需供应是一桩很大的买卖。②"商务代表③什普罗特先生插了一句，他是一位不常到这里来的稀客。

"他什么也挣不到，"德克列夫斯基回答说，"他的那个本

① 土耳其战争，一八七七年，土耳其军队和俄国军队在保加利亚境内的多瑙河上打过一次水战。沃库尔斯基大概在六月，即开战后不久就到保加利亚去了。——原注
② 在十九世纪初，波兰就有人做这种买卖，大都是给波兰军队和法国军队供应食品和其他生活必需品，许多犹太人做这种买卖发了大财。——原注
③ 受贸易公司或工矿企业的委托，为公司或企业办理产品购销和广告事务的人。——原注

来很不错的商店会彻底完蛋。做军需供应的买卖只有犹太人和德国人才发得了财,我们没有这样的头脑。"

"但沃库尔斯基也许能够想出一些办法的!"

"疯子,一个疯子!"参议员嘟哝着说,"再给我来一瓶,啤酒,尤焦! 这是第几……"

"第七瓶啦,参议员先生,我马上拿来!"

"已经是第七……? 这时间是怎么过的呀! 时间是怎么过的呀!"

那个商务代表的职责,是了解商人们各方面的所有信息,因此他拿着他的酒瓶和酒盅,凑到了参议员的那张餐桌旁,以甜蜜的眼光注视着参议员那双满噙着泪水的眼睛,压低了嗓音说:

"对不起,参议员先生,您为什么说沃库尔斯基是个疯子? 我可以敬献您一支雪茄烟吗? 我对沃库尔斯基是有一点了解的,我觉得他一直是个性格内向和非常自负的人。对一个商人来说,性格内向是个很大的优点,可自负就不好了。但要说沃库尔斯基有一股疯劲,我却看不出来。"

参议员接过那支雪茄,也没有表示特别的感谢。他的脑门上和他那张发红的脸、腮帮和下巴的周围都围着一簇簇苍白的须发,这时候,看起来就像一块镶着银边的红宝石。

"我们叫他疯子,"他慢慢地咬住那支烟的烟头,把它点燃之后,回答说,"是因为我已经认识他……等一等……十五……十七……十八年了。那还是在一八六〇年,那一年我常常到霍普费尔的店里①去,你认识霍普费尔先生吗?"

---

① 霍普费尔商店当时供应美食和葡萄酒,地址在克拉科夫城郊街。——原注

"认识！"

"沃库尔斯基那时候在霍普费尔的店里当伙计,他已经二十多岁了。"

"是不是供应美食和葡萄酒的那个店?"

"是的。他就像今天尤焦这样,给我端过啤酒和纳尔逊式烤牛肉。"

"他是从这一行里出来去经营服饰用品的买卖吧?"商务代表又问道。

"别急!"参议员打断了他的话,"是从那里出来的,但他并没有马上去做服饰用品的买卖,而是进了中央大学①的一个预科班,后来他又进了这所大学的本科。您知道吗? 他想当一个学者。"

那个商务代表惊异地摇了摇头,说:

"这真是个大笑话,他怎么想到了这个?"

"怎么会想到这个? 很简单,他认识华沙医学院②和美术学校③一些年轻的学生……那时候,每个人都有很大的热情,他也不愿表现得比别人差,白天他在茶点部柜台旁为顾客服务和记账,晚上就学习……"

"这样的堂倌一定很不中用。"

"和别的堂倌一样,"参议员不高兴地摆了摆手,回答道,"不同的是,他在为来店里吃饭的人服务时简直是一头野兽,

---

①　中央大学,全名为华沙中央大学,成立于一八六二年,当时有四个系,一八六九年改为俄罗斯大学,一九一五年改名为华沙大学至今。

②　华沙医学院成立于一八五七年,一八六二年以后和华沙中央大学合并,成了中央大学的医学系。

③　美术学校成立于一八四四年,是一所中等专科艺术学校。

令人憎恶极了。听到一句并无恶意的话，他也会蹙起眉头，露出一副凶相，像强盗一样。是的，我们把怨气也撒到他的身上。他最恼火的是，有人叫他'医学顾问先生'。有一次，他恶狠狠地咒骂一个顾客，弄得两人差点要抓住对方的头发打起来。"

"当然，这样生意就做不好了。"

"可不是嘛！但是，当霍普费尔美食店的堂倌伙计要上中央大学预科班学习的消息在华沙传开之后，人们都成群结队地到他那里去买早点，大学生去得还特别多。"

"他真的进了那个预科班吗？"

"真的进了，后来还考上了中央大学的本科①，可是你猜怎么着？"参议员用手拍着商务代表的膝盖，接着说，"他没有把书念完，而且只读了一年都不到，就把一切都扔下，从大学里走了……"

"他怎么会那样？"

"因为……他和别的人一起，准备好了啤酒，这酒直到今天我们还在喝呢②！后来呢？后来他不得不到伊尔库茨克附近的某个地方去了③。"

"这是笑话，先生！"商务代表叹了口气说。

"这还没有完……一八七〇年，他带了点资金回到了华

① 当时华沙中央大学的入学考试要考波兰语法和文学史知识、俄文和拉丁文翻译，还要考地理、历史、代数、几何和三角等多种学科的知识，要求很高。许多曾在中央大学预科班学习的学生都未能考上这所大学，沃库尔斯基考上中央大学的本科是件大事。——原注

② 华沙中央大学的一些学生以喝啤酒表示对镇压一八六三年一月起义的沙皇刽子手的抗议。——原注

③ 伊尔库茨克当时是沙俄占领者流放波兰爱国者和革命者的地方。

沙,在这里找了半年的工作。这期间,他尽可能避免做他至今依然很不想做的那种调味品的生意。后来,由于他今天的总管热茨基的帮助,总算混进了明采尔太太的店里。那女人刚刚死了丈夫,是个新寡,一年之后,他便和这个年岁比他大得多的寡妇结了婚。"

"他这么做很聪明。"商务代表插嘴说。

"那是当然。他这一下不仅生活有了着落,而且还得到了一个铺子。他本来可以在那里安安稳稳地过一辈子,可是那女人却给他带来了极大的痛苦。"

"女人是干这种事的能手。"

"那么后来呢?"参议员又说,"后来你会看到他又时来运转了。一年半以前,那女人不知吃了什么东西,死了。沃库尔斯基受了四年痛苦的折磨,现在变得像鸟一样自由了。他拥有一家很阔气的商店和三万卢布的现金,这是明采尔家两代人挣来的。"

"他的确很走运。"

"他本来是很走运的,"参议员纠正他说,"但他却不珍惜这种运气。如果在这种情况下换了个别的人,就会和一个真心实意的姑娘结婚,日子过得很不错的。因为,商务代表先生,你知不知道,今天一家有名望的商店,开设在繁华热闹的地区,这意味着什么?可是这个疯子却抛弃了一切,要到战场上去发大财,那里总是有几百万的钱财或者什么魔鬼迷住了他吧?"

"说不定他真的挣得到几百万。"商务代表回答说。

"哼!"参议员火气上来了,"尤焦,再给我拿瓶啤酒来!您以为他在土耳其能够找到比那死去的明采尔家的女人更有钱的阔妇吗？尤焦！"

"我这就拿来！第八瓶来啦！"

"第八瓶？"参议员重复了一遍，"这不可能，等等……原来是第六瓶，后来我们喝了第七瓶……"他把手蒙着脸，小声地说，"也可能真的是第八瓶了。时间是怎么过的呀！"

人们虽然做了悲哀的预料，但他们却清醒地看到了事物的发展：扬·明采尔和斯·沃库尔斯基商行的服饰用品商店不仅没有倒闭，而且生意做得很好。大家对破产的谣言都很好奇，因此越来越多的人都想到这家铺子里来光顾一下，从沃库尔斯基离开华沙那时候起，俄国商人也开始来订货了。订单大量地堆积，国外有很好的信贷，期票正常支付，店里顾客云集，三个伙计几乎忙不过来了。其中有个伙计看起来样子很可怜，金黄色头发，像是害了痨病随时都会死去一样。另一个头发呈深栗色，还留着一绺哲学家式的胡子，言谈举止像一位公爵。第三个穿着打扮很体面，可他那唇上的小胡髭却使女人见了就害怕，他身上还散发着一种化学实验室里的气味。

不过话又说回来，若不是沃库尔斯基的那个朋友和代理人，在这个店里干了四十年的伊格纳齐·热茨基的尽心管理，即使大家都以极大的好奇心到这里来，即使三个伙计加倍努力地服务，即使这个商店的招牌名声再大，也未必能使这家店铺免于破产。

第二章　老掌柜总管

伊格纳齐·热茨基在商店旁边的一间小房子里已经住了二十五年。在那些年,商店换了主人,换了地板、橱柜、玻璃窗和伙计,也改变了经营方式,可热茨基却一直住在那间小房里。房里那扇阴暗的窗子面临庭院,装了栅栏,栅栏格子上的蜘蛛网大概也结了二十五年了。那块原来是绿色的窗帘也用了二十五年,因为它总是面对着太阳,现在都褪色了。

窗子旁边依然摆着那张黑色的桌子,铺在上面的那块原先也是绿色的台布现在布满了斑点。桌上有一个黑色的大墨水壶和一个同样是又大又黑的撒沙器①,都固定在一个底座上。此外还有一对黄铜烛台和一把钢剪子,可是没有人来这里点蜡烛,也没有人来剪烛芯。房里的铁床铺着一床薄薄的褥子,上面挂着一支从来没有用过的双筒猎枪。床底下有一把带套的吉他,看起来就像一口儿童棺材。此外还有一张又窄又小的皮制长沙发、两把皮椅子、一个大的镔铁盆和一个深樱桃红的小柜子,这就是房里所有的家具。这间房因为很长,而且总是那么一片昏暗,与其说是一间住房,还不如说是一座坟墓。

---

① 撒沙器,一种装了沙子的小容器,在吸墨纸发明以前用来吸墨。

11

伊格纳齐先生的习惯和这间房一样,二十五年也没有改变过。

早晨他六点钟就醒来,要仔细地听一会儿那只放在椅子上的怀表是不是在走,看看那两根现在已经形成了一条直线的指针。他想舒缓地、不急不忙地起身,可是那双冷冰冰的脚和快要冻僵了的手却不听他的使唤,因此他只好突然爬起来,跑到房中间。他把睡帽往床上一扔,凑到火炉旁的那个大铁盆跟前,从头到脚不停地擦洗身子,还一边打着喷嚏,哼哼地叫着,就像一匹良种的老马,想起了就要参加竞赛那样。

当他拿着一条粗布毛巾要把身子慢慢擦干的时候,他很满意地望着他那双瘦小的腿和长了毛的胸脯,小声地说:

"是啊,我的身子还是长胖了嘛!"

就在这个时候,他那条被打瞎了一只眼的老狮子狗伊尔便从长沙发上跳了下来,使劲地晃了晃身子,为了消除最后一点瞌睡,它又开始用爪子去抓房门。门外马上传来了茶炊那劲头十足的嗞嗞响声。热茨基急急忙忙地穿着衣服,他把狗放出门外,对仆人道了声早安,从橱柜里拿出了一把小茶壶。他在扣袖扣时扣错了扣子,他跑到了院子里,想看看外面的天气,在喝热茶时又烫了嘴巴。他梳理头发时没有照镜子,到六点半就把所有的事情都做完了。

他检查了一下脖子上是不是打了领带,怀表和钱包是否都放在衣兜里。然后他从桌屉子里拿出一把大钥匙,稍微躬下身来,很严肃地把那扇包着铁皮的商店后门打开。他和仆人一起走进店里,把几盏煤气灯点燃。当仆人开始扫地的时候,他便戴上夹鼻眼镜,按顺序念着他那写在记事本上这一天要做的事情。

"向银行缴纳八百卢布，啊！……给卢布林寄去三本纪念册和十二个钱袋……没错！……给维也纳汇去一千两百古尔登①的现款……去火车站取一批到货……叫马具匠送走那些还没有送去的箱子……零碎事……给斯塔希②写信，都是些小事儿……"

他不愿再念下去了。于是又点燃几根蜡烛，借助明亮的烛光，检查起玻璃橱窗和柜子里的货物来。

"领扣、针、钱包……对……手套、扇子、领带……没错……手杖、伞、行囊……那里还有纪念册、梳妆盒……那个蓝宝石色的昨天卖掉了，那是当然！……烛台、墨水壶、吸墨器……瓷器……奇怪的是，这个花瓶怎么头朝下？……定是……不要紧，它还没有破……带头发的洋娃娃，木偶戏，旋转木马……明天我们要把这套木马展示在橱窗里，那个喷泉的样子已经不时髦了。小事情！……快八点了……我发誓，最先到的一定是克莱因，姆拉切夫斯基要最后了。当然……他最近结识了一个家庭女教师，给她买了个梳妆盒，他买这个梳妆盒不仅打了折扣，还赊了账……是的……但愿他以后买东西不再打折扣和赊账……"

伊格纳齐先生一面不停地唠叨，一面弯着腰身，把手插在衣兜里，在店里来回地走着，那条狮子狗也跟在他的背后。主人有时站着不动，望着一样东西，狗便在地板上坐下，伸出一条后腿扒着自己身上稠密的毛。这时候，柜子里那一排排洋娃娃，小号、中号和大号的，深棕色和金黄色的，都以痴呆呆的

---

① 古尔登，德语国家、荷兰和英国中世纪用过的一种金币。
② 斯塔希，斯坦尼斯瓦夫·沃库尔斯基的爱称。

眼神望着他们。

前厅的门吱呀一声响了。克莱因先生,这个个子瘦小的伙计走了进来,他那发青的嘴唇上露出了一丝忧郁的微笑。

"怎么样,我说你一定是最先到的吧!你好啊?"伊格纳齐先生说,"帕维乌!把灯灭了,打开店门!"

仆人拼命地跑来跑去,逐一关了那几盏煤气灯。过了一会儿,又传来了搬开门闩和取下铁栓的吱吱声响,光线照进来了,这是唯一的一个从来也不欺骗商人的顾客。热茨基在窗前一个写字台的旁边坐下,克莱因总是站在瓷器柜旁的那个老地方。

"老板还没有回来,他来了信没有?"克莱因问道。

"我想他三月中旬会回来,迟的话还得拖一个月。"

"要是新的战争没有把他留住就好了。"

"斯塔希……"热茨基说后,马上改了称呼,"沃库尔斯基先生给我来信说,不会有战争。"

"可是证券还是下跌了。我刚才从报上看到,英国舰队已经开进了达达尼尔海峡①。"

"这没什么,反正仗是打不起来的。再说,没有波拿巴②参加的战争和我们有什么关系?"伊格纳齐先生叹了口气说。

"波拿巴一家人全都完蛋了。"

~~~~~~~~

① 因为俄国对伊斯坦布尔的威胁,土耳其于一八七八年一月初向几个西方国家请求援助,英国派了六艘军舰开进达达尼尔海峡。

② 波拿巴,这里是指拿破仑第三,他于一八七〇年在和德国人的战争中遭到失败,失去王位,成了普鲁士的俘虏,一八七三年死在英国。他的儿子想恢复法兰西帝国,但已没有这种可能。热茨基是一个拿破仑的崇拜者,他以为拿破仑第一的后代能够帮助波兰恢复国家的独立,但这不过是一种幻想。——原注

"这是真的吗?"伊格纳齐先生鄙夷地笑了,他说,"可是麦克-马洪和杜克罗特①发动了一次政变,这对谁有利呢? 克莱因先生,请你相信我,波拿巴主义②有很大的威力!"

"还有一种威力比它更大。"

"还有什么威力?"伊格纳齐先生生气了,"是甘必大③的共和国?……还是俾斯麦?……"

"是社会主义……"那个干瘦的伙计小声地说了一句,便躲到瓷器柜的后面去了。

伊格纳齐先生使劲地按了一下鼻子上的眼镜,从他那张靠椅上站了起来,好像要采取一种攻势,把那个和他的看法相敌对的新理论推翻似的。可是那个留胡子的第二个伙计进来之后,就打乱了他的这种想法。

"啊,我最尊敬的李谢茨基先生!"他转身对那个进来的人说,"今天可真冷,是不是? 街上现在几点钟啦? 我的表一定是太快了,还不到八点四十五分吧!"

"是的,您说得对! 您的表总是早晨走得太快,晚上又太慢了。"李谢茨基摸着他那沾上了霜花的胡子,冷冷地回答说。

"我敢打赌,你昨天玩过牌。"

"那没错。您知不知道,整天瞅着您的服饰用品和您这

---

① 奥古斯特·亚历山大·杜克罗特(1817—1882),法国布尔日部队的指挥官,他想发动政变,推翻法兰西共和国,恢复君主专制,拥戴麦克-马洪为君王。但由于麦克-马洪不愿和他共谋,他的阴谋遭到了失败。

② 波拿巴主义,十九世纪在法国掀起的一个支持拿破仑第一的后代和他们实行的君主专制制度的政治运动。——原注

③ 列昂·甘必大(1838—1882),意大利出身的法国政治家,在拿破仑第三统治时期属于主张共和制度的一派,后曾建立法兰西第二共和国。

一头白发,我真够受的了!"

"算了吧,我的先生!我宁愿头发斑白一点,也不愿秃了顶。"伊格纳齐先生生气了。

"说得好!……"李谢茨基以尖细的声调说,"人们一看见我这个秃头,就知道这是一个家庭不幸的遗产,可是您那头白发和您那个爱唠叨的脾气却说明您已经老了。因此……我很尊敬您。"

第一个走进店来的是个女人,她身披一件带披肩的大衣,扎着头巾。她要买一个铜痰盂。伊格纳齐先生向她深深地鞠了一躬,给她搬了一张椅子,请她坐下。李谢茨基这时跑到柜子后面去了。过了一会儿,他回来后,马上做出一个很严肃的姿态,把女顾客所要的东西递给了她。然后他把痰盂的价钱写在售货单上,越过肩膀递给了热茨基,自己又回到玻璃橱后面去了,那样子活像一个为慈善目的捐出了几千卢布的银行家。

关于白头发和秃顶的争执到这里便结束了。

姆拉切夫斯基快九点钟才来到店里,说得更确切一点,他是冲进店里来的。这是一个漂亮的小伙子,二十几岁年纪,有一双像星星一样明亮的眼睛和带珊瑚红的嘴唇,一撮小胡髭就像上了毒药的匕首。他进来后,在门槛那里便带来了一股香气。他马上叫道:

"说正经的,现在一定是九点半了。我这个人很轻浮,很卑鄙,一点用也没有,可是叫我怎么办呢?我母亲病了,我要去找医生,我找了六个了……"

"你大概是找你送过梳妆盒的那些人去了吧?"李谢茨基问道。

"梳妆盒？……不。我们的医生是个很正派的人，他连一根针都不会要的。热茨基先生！现在九点半了，是不是？我的表停了。"

"马上打九点了。"伊格纳齐先生以特别重的语调回答说。

"才九点钟？唉，谁知道！我本想今天第一个到店里来的，比克莱因还来得早……"

"这样就可以在八点以前离开这里。"李谢茨基插了一句。

姆拉切夫斯基一双天蓝色的眼睛带着非常惊讶的神情望着他，说：

"你怎么知道的？我郑重宣布，这个人有神机妙算的本领。说实在的，我今天晚上七点以前就要到城里去，就是死，就是叫我辞职……我也要到城里去。"

"你就这么去吧！"热茨基怒气冲冲地说，"你现在就可以自由行动了，也不用等到十一点钟，姆拉切夫斯基先生！你本来应该当一个伯爵，而不该做商人。我感到奇怪的是，你当初怎么没有选择那种永远闲着没事干的职业，姆拉切夫斯基先生？"

"好啦，您在他那个年岁，也追逐过女人，在这里装什么正人君子？"李谢茨基说。

"我从来没有追逐过女人！"热茨基用拳头捶着写字台，大声叫了起来。

"至少有一次他抱怨过自己，说这辈子当了傻瓜。"李谢茨基对克莱因小声地说，克莱因微微地笑着，皱起了眉头。

第二个顾客进到店里来后，要买一双套鞋，姆拉切夫斯基迎了上去。

"先生您要套鞋？请问是哪一号的？啊！您一定记不起来了，不是每个人都有工夫去记套鞋号码的，这是我们的事。先生让我给您量一下好吗？……先生劳您驾，就坐在这张凳子上。帕维乌！拿块布来，给先生脱下旧套鞋，把它擦干净！"

帕维乌马上拿着一块抹布跑了过来，扑到顾客的脚跟前。

"啊，先生，实在不敢当！……"那个顾客感到惊异，连忙说道。

"这没什么，"姆拉切夫斯基马上回答说，"这是我们分内的事。我想这一双准合您的意，"他递给顾客一双用绳子捆着的套鞋，接着说，"太棒了，真好看，跟您的脚大小合适，尺码不会错的。您一定还想在鞋上印几个字母吧，那么印什么字母呢？"

"L. P.。"顾客低低地说了一声，他觉得这个殷勤有加的伙计那滔滔不绝的废话简直要把他吞了下去似的。

"李谢茨基先生，克莱因先生，请把你们的姓氏的头一个字母印上去！先生您要不要把您的旧套鞋包起来？帕维乌，把这位先生的套鞋擦干净，用纸包好！也许先生不愿手里提着一个没有用的累赘之物回到家里去吧！帕维乌，把套鞋用盒子装上，售价两卢布五十戈比。先生这双印了字母的鞋是谁都换不了的，用新货去换破旧的东西总不是件痛快的事。请拿这张售货单去付钱，两卢布五十戈比，账房先生，找给这位先生五十戈比……"

这位顾客还没有把事情弄明白，伙计们已经给他把鞋穿上，找给了他钱，以一系列深深的鞠躬把他送到了门口。他在街上还站了一会儿,无可奈何地望着橱窗。在橱窗后面,姆拉切夫斯基向他露出了满意的微笑和炯炯有神的目光。最后他向店里摆了摆手,就走了。但他也许还在思忖,在另一家铺子里,一双没有印上字母的套鞋只花十个兹罗提①就可以买到了。

伊格纳齐先生转身向李谢茨基点了点头,表示他感到很惊讶,也很满足。姆拉切夫斯基从眼角里看到他这样,马上跑到李谢茨基身边,小声地说:

"你看,我们这位老头的侧身像不像拿破仑第三?他的鼻子,他那西班牙女人发型的胡子②……"

"像害了胆石症的拿破仑第三③。"李谢茨基答道。

听到这句开玩笑的话,伊格纳齐先生不高兴地皱着脸皮。可是姆拉切夫斯基还是请准了假,他在晚上七点以前,可以离开店铺。过了几天,热茨基在他的记事本上,记下了这么一件事:

"看了歌剧《胡格诺派教徒》④的演出,和一个叫玛蒂尔达的女人坐在第八排。"

他感到高兴的是,他可以对自己说,这个本子还可以记下他的两个同事的事情,就连那个账房、听差的,还有仆人帕维乌的事情也可以记在里面。热茨基是怎么知道同事们的那些

---

① 兹罗提是波兰货币的基本单位,一个兹罗提等于一百个格罗什。
② 拿破仑第三的妻子是一个西班牙贵族出身的女人,他当时蓄的确实是他妻子的发型也就是西班牙女人传统发型的胡子。——原注
③ 拿破仑第三曾长期患肾结石,做了三次手术都不成功,于一八七三年九月一日病死。——原注
④ 《胡格诺派教徒》系德国作曲家贾科莫·迈耶贝尔(1791—1864)于一八三六年创作的一部歌剧。

生活小事的呢？这个秘密他是从来不向人们透露的。

大约中午一点，伊格纳齐先生把账房的事交给李谢茨基去管，虽然他和这个人老是争执不休，但却最信任他。随后他要到自己那间房里去，把饭馆给他送来的午饭全都吃光。他和克莱因一同离开了店里，克莱因两点就回来了。后来，他又和克莱因留在店里，让李谢茨基和姆拉切夫斯基去吃饭，三点钟，大家又都在店里了。

铺子晚上八点关门，伙计们走了后，只留下了热茨基一个人。他结算了这一天的账目，核对了入账的现金，确定了明天的行动计划。他想了想今天要做的事是不是都做完了。如果有一件小事被忽略了，都会引起他长时间的失眠和苦恼。他不无痛苦地想到过这家铺子也许要倒闭，拿破仑的后代会遭到灭亡，自己这一辈子抱有的一切希望不过是守株待兔而已。

"什么都干不成，我们将无可挽救地全都完蛋。"他在那张硬板床上翻来翻去，唉声叹气。但日子要是过得不错，伊格纳齐先生也会感到心满意足。这样，他在睡觉前就会读读执政时期和帝国的历史①，或者看看那些描写一八五八年意大利战争②的剪报，要不就把床底下那把吉他拿出来，奏起《拉

---

① 执政时期，拿破仑第一于一七九九年十一月九日发动政变，迫使五百人院议会把政权交给三个执政官，自任首席执行官。一八〇四年，参议院宣布他是法兰西帝国的皇帝，称拿破仑第一。——原注

② 这是由萨丁王国总理卡米洛·本索·迪·卡武尔领导的一个民族运动，为了维护国家的统一，反对奥地利对意大利的压迫，为此还和拿破仑第三签订了军事同盟条约，条约规定建立法意联军向奥地利宣战，但意大利要将萨包迪亚和尼斯归还给法国，意法联军于一八五九年在马真塔和索尔费里诺打败了奥国军队。——原注

科奇进行曲》①,并以他那并不那么好听的男高音伴和着。

然后他便进入了梦乡,梦见广阔的匈牙利平原,穿蓝军服和白军服的两条战线的部队都笼罩在战火硝烟中……第二天他感到忧郁,情绪不好,叫头痛。

礼拜天是他比较高兴的一天,因为这一天,他要考虑和布置下个礼拜橱窗里的陈设。

在他看来,橱窗里要展示出所有具有代表性的上等货色,用最时髦的产品、最漂亮的装潢,通过某种逗趣的方式来引起人们的注意。他在右边那个奢侈品的橱窗里,总是要摆一件铜器、一个瓷花瓶和梳妆台上的整套摆设。在它们的周围放一些纪念册、烛台、钱包、手杖、伞和许多别致的小东西。左边的橱窗用以展示各种领带、手套、套鞋和香料的样品,中间还要放一些自动玩具。

老掌柜一个人这么忙忙碌碌,有时竟唤起了他的一颗童心。他把那些机动的玩具全都拿了出来,摆在桌上:一只爬柱子的熊,一只会啼鸣的公鸡,一只会跑的老鼠,一列行驶在铁轨上的火车,一个马戏班的小丑举着另一个小丑骑在马背上奔跑;还有几对男女玩偶跟着模糊不清的音乐,跳起了华尔兹舞。伊格纳齐先生把这些模型的发条拧得紧紧的,让它们全都活动起来。公鸡一边啼叫一边拍打着它那硬邦邦的翅膀。没有生命的男女跳起舞来有时碰到一起,便停了下来。坐在毫无目标地行驶着的火车上的铝制旅客惊异地望着他们。当

① 弗兰齐斯·拉科奇(1676—1735),十八世纪匈牙利民族解放运动的领导者,他曾于一七〇三至一七一一年领导反对哈布斯堡王朝统治的民族起义。他死后有一首以他命名的进行曲流传至今。

21

这个玩偶世界在闪烁的煤气灯光下给老掌柜造成了幻觉,让他以为这是一个有生命的世界的时候,他便把双肘撑在桌上,轻声地笑了起来,还嘟哝着说:

"哈哈!旅客们,你们上哪儿去呀?耍把戏的,你为什么要拿生命去冒险呢?还有这些跳舞的,你们抱在一起干什么呀?发条走完后,你们就得回到柜子里去。真没意思,所有的一切都没意思,可你们如有思考的能力,大概会以为这很伟大吧!"

做了这样和类似这样的独白之后,他很快就把玩具收了起来。他独自一人带着满腔的怨恨在这空寂无人的店里来回地走着,只有那条肮脏的狮子狗依然跟在他的身后。

"做生意没意思……政治没意思……到土耳其去也没意思……人生一辈子都毫无意思,我们甚至想不起它是怎么开始的,也不知道它会有什么样的结局。那么真理究竟在哪里呢?"

其实这些话他以前就大声地、公开地说过,所以人们都说他古怪。一些受到尊敬的夫人因为自己的女儿已经到了出嫁的年龄,总那么说:

"你看呀,老年独身会把一个男人弄成什么样子呀!"

伊格纳齐先生难得离开他那间房,要是离开,通常都是到他的同事或者店里伙计住的那条街上去找他们,而且时间很短。可这时候,他的那件深绿色的阿尔及尔式的大衣①,那件烟褐色的制服,或者那条两边镶着黑宽条的灰裤和褪了色的

①　一种既宽松又很长的男式大衣,样子很像阿尔及尔的阿拉伯人穿的大衣。

大礼帽,特别是他那畏畏缩缩的举动,便引起了普遍的注意。伊格纳齐先生自己也很明白,所以他越来越不愿意出去散步了。他宁愿在假日里躺在床上,整小时地通过窗栅的格子往外望去,外面是邻舍住房灰色的墙壁,那墙上也有一扇装着栅栏的窗子。窗子上面有时还摆着一小罐黄油,或者挂着一只杀了的兔子。

他出门越少,就越经常地想到要去乡下或者到国外去做一次长途旅行。他常常在梦中看见绿色的田野和黑黝黝的森林,他在那里漫步,想到了自己的青年时代,并由此也逐渐产生了一种对于那些景物的默默的思念。他下定决心,只等沃库尔斯基一回来,就要利用整个夏天去哪里走走。

"在生命结束以前至少要旅行一次,而且要去好几个月。"他对同事们说。可他们不知为什么,对他的这个打算只是一笑了之。

自觉自愿地脱离了大自然和人们,陷进了这商业利润转得很快但很狭小的旋涡中后,他越来越觉得有必要把自己的思想和别人谈谈。可是对一些人他不相信,另一些人又不爱听他的谈话,再加之沃库尔斯基又不在,他只好一个人自言自语,并且十分秘密地写起他的回忆录。

第三章 老掌柜的回忆

……这几年来，我很悲哀地看到，世界上好的伙计和比较有理智的政治家越来越少了。所有的人都在赶时髦，一个本来很朴素的小伙计现在每个季度都要去买新式的裤子，戴那些怪模怪样的帽子，衣领的式样也越来越裁剪得不一样了。今天的政治家们大概每个季度都在改变自己的信仰，前天他们还信奉俾斯麦，昨天又改信甘必大，今天却又信起不久前还是犹太人的比肯斯菲尔德①了。

店主们忘了在自己的店里不能囤着时髦的衣领不把它卖掉，因为顾客买不到新的货色，就不会上门来。政治制度的实施也不能只靠那些幸运的统治者，而要靠强大的朝代。梅特涅②和俾斯麦一样有名，帕默斯顿③比比肯斯菲尔德更有名，可今天又有谁会想起他们呢？只有波拿巴一家以拿破仑第一和后来的拿破仑第三的丰功伟绩震撼了欧洲。虽然有些人称拿破仑第三是个破产者，但他今天通过他的忠实仆人麦克-

①　本杰明·比肯斯菲尔德(1804—1881)，英国老牌殖民主义者。

②　克莱门斯·洛塔尔·文策尔·封·梅特涅-芬内堡(1773—1859)，奥地利外交大臣(1809—1848)和首相(1821—1848)。

③　亨利·约翰·帕默斯顿(1784—1865)，英国首相(1855—1858，1859—1865)。

马洪和杜克罗特的努力,对法国的命运依然产生了重大的影响。

你们看吧!那个不声不响地在英国人那里学习军事的拿破仑第四①还会干出一番什么样的伟业来?其实这并不是最重要的,我在我的回忆中不想更多地谈波拿巴一家人,而只想谈谈我自己。我要让人知道,好的伙计是怎么培养出来的,他们虽然不能成为学者,但会成为贤明的政治家。当好伙计用不着上大学,但在家里和店里要做出一个好的榜样。

我父亲年轻时当过兵②,老了在内务委员会③当差。他把身子直起来就像一根铁棍。他还留着短小的连鬓胡和一撮翘得很高的小胡髭,颈上系着一块黑围巾,耳朵上戴着一只银耳环④。

我们曾住在老城⑤的姑妈家里,她当时替官家们浆洗和缝补衣服。我们在四层楼上只有两间小小的房间,虽然日子过得并不富足,但还是有许多乐趣,对我来说至少是这样。房里最华贵的家具是那张桌子,父亲下班回来,就在桌

① 拿破仑第四(1856—1879),拿破仑第三的独生子。拿破仑第三死后,法国的波拿巴主义者们寄希望于他恢复君主制,曾推举他为法国王位继承人,称为拿破仑第四。
② 波兰著名爱国者扬·东布罗夫斯基(1755—1818)一七九六年和一七九七年在意大利组织"波兰志愿军团",为波兰民族独立而战。根据热茨基的回忆,他父亲参加过这个"军团",和军团战士一起,参加过拿破仑指挥的战争。——原注
③ 内务委员会,即波兰王国的内务部,根据沙皇亚历山大一世于一八一五年制定的波兰王国的宪法而成立的。
④ 根据过去的画像,东布罗夫斯基的"军团"士兵耳朵上都戴着一只耳环。
⑤ 老城指华沙老城区。

25

子上糊制信封。对姑妈来说,最重要的当然是那个洗衣盆。我还记得,在天气晴朗的时候,我就到街上去放风筝;遇到阴雨天,便在房里吹肥皂泡。姑妈房里的墙壁上挂的都是圣像,虽然数目不少,但还是没有父亲收藏的拿破仑的画像那么多,因为他就是用这些画像来布置房间的。其中有一张是拿破仑在埃及①的画像,另一张是拿破仑在瓦格拉姆的画像②,第三张在奥斯特利茨③,第四张在莫斯科附近,第五张在他登基当皇帝的那一天④,第六张在他享有盛誉的时候。姑妈因为对那些俗里俗气的人像非常讨厌,她在墙上又挂上了一个黄铜制的耶稣受难像。可是父亲——用他的话说——却不愿意委屈拿破仑,因此他又买了一尊拿破仑的青铜半身像摆在床上。

"瞧,你这个不信神的,"姑妈常常抱怨地说,"你这么胡闹,人们会把你泡在焦油里的。"

"哼!皇帝不会让我受委屈的。"父亲回答说。

父亲的一些老朋友常来我们家,如多曼斯基先生,他也是个听差的,他在财政和收入管理委员会⑤做事,还有拉切克先

---

① 拿破仑曾于一七九八至一七九九年远征埃及。
② 一八〇九年七月五日和六日,拿破仑在瓦格拉姆打败了奥地利军。他的一张骑在马上、手里拿着一份军事报告、身边有一大群军官正观察着战地的画像曾被人们多次复制。——原注
③ 一八〇五年十二月二日;拿破仑在奥斯特利茨(今捷克摩拉瓦河上的斯拉夫科夫)打败了兵力胜过法军的俄奥联军。有许多画家画过他的这次战役。
④ 拿破仑在一八〇四年十二月二日登基当皇帝的时候,他的宫廷画师雅克·路易·达维德曾给他画过一幅巨大的画像。
⑤ 财政和收入管理委员会,存在于一八一五至一八六七年间,是波兰王国最高财政管理机关。

生,他在多瑙小街①摆了一个菜摊。他们虽是一些很普通的人(多曼斯基甚至爱喝一点茴香酒),但他们都是有远见的政治家。这里所有的人,包括姑妈在内,都毫不犹豫地认定,虽然拿破仑第一死在囚禁中②,但波拿巴一家人还是会回来的。第一个拿破仑之后还有第二个,这个结局不好还会出来另一个。这么一个接着一个继续下去,难道就不能把这个世界治理好吗?

"我们都要时刻准备着,响应他们的第一个号召!"我父亲说。

"因为我们不知道是哪一天,也不知道哪个时辰。"多曼斯基先生补充了一句。

嘴边上叼着烟斗的拉切克先生为了表示同意,把一口痰吐到了姑妈的房间里。

"你要吐痰就吐在木盆里,以后再这么吐我就对你不客气了!"姑妈叫了起来。

"太太要是对我不客气,我是不会接受的。"拉切克先生不满地说,把痰又往壁炉里吐。

"哼,这些掷弹兵是多么粗野和下流啊!"姑妈火气上来了。

"当然,只有枪骑兵才合太太的胃口,我知道,我知道……"

后来拉切克先生却和我的姑妈结了婚。

~~~~~~~~~~~~~~

① 多瑙小街,又称多瑙窄街,在华沙老城区和新城区交界的地方。
② 拿破仑在滑铁卢失败后,于一八一五年七月十五日作为英国的战俘被囚禁在大西洋圣赫勒拿岛上,一八二一年五月五日死在该地。

父亲为了使我在正义的钟声敲响之前充分地做好行动的准备，亲自来对我进行训练。

他教我读书、写字、糊信封，首先是对我进行军事训练。当我年纪很小，屁股后面还露着衬衫下摆的时候，他就逼我去做这种训练。这我记得很清楚，因为每当他一发出"向右转"或者"左转弯，前进！"这样的口令，他就拉着我的衬衣下摆，把我往那边拖了过去。

这是一种最标准的训练。

父亲时常在夜里大喊一声"准备战斗！"把我唤醒。不管姑妈怎么流泪和责骂，他却依然故我地那么干，最后他还对我说：

"伊格纳希！要时刻准备好，小淘气呀！我们既不知道是哪一天，也不知道哪个时辰！别忘了，上帝派波拿巴一家人来，是要在这个世界建立秩序，如果皇帝的遗嘱没有实现，世界上就不会有公正和秩序。"

但我不能说，父亲对波拿巴和对公正的坚定不移的信念已经为他的两个朋友所接受。拉切克先生因为脚痛得厉害，他一边呻吟一边埋怨地说：

"唉，老朋友，你也知道，我们等待一个新的拿破仑也等得太久了。我的头发都等白了，身体也越来越不行了，但他总是没有来。要不了多久，我们就得到教堂门口去讨饭了，那时候，拿破仑也许会来和我们一起唱赞美诗的。"

"他会来找年轻人。"

"去哪里找年轻人？他们当中好一点的都比我们先到坟墓里去了。那些最年轻的真是狗屁不值，其中有一些连拿破仑都没有听说过。"

"我儿子听说过拿破仑,他记得很清楚。"父亲对我眨了眨眼睛,回答说。

多曼斯基先生更加悲观失望了,他摇了摇头说:

"这个世界一天不如一天了。食品价格越来越贵,住一间房就得付出你全部的养老金。就是这种茴香酒,也是掺了假的。从前你只要喝一点就会兴奋起来,现在你就是喝一大杯也像喝水一样,什么感觉也没有。就连拿破仑自己也见不到公正了。"

听了这些话,父亲又说:

"就是没有拿破仑,公正也还是有的,但拿破仑还是会出来的。"

"我不相信。"拉切克抱怨地说。

"要是出了个拿破仑,那怎么样?"父亲问道。

"我们活不到那一天。"

"我活得到,"父亲回答说,"伊格纳希还会盼到更多的东西。"

我父亲的话当时已经深深地铭刻在我的记忆中。后来许多事情都证明了它们是那么灵验,简直像预言一样。

大概在一八四〇年,父亲开始闹病了。有时他好几天不去上班,最后终于一病不起了。

拉切克先生每天都来看他。有一次,他看见他的手是那么瘦小,面色发黄,便低声地说:

"咳,老朋友,我们大概活不到看见拿破仑的那一天了。"

父亲听到后,很平静地回答说:

"没有听到他的消息,我不会死的。"

拉切克先生点了点头。姑妈擦干了自己的眼泪,她想,父亲一定在说胡话，要不然，当死神已经找上门来的时候，他怎么会看见拿破仑呢？

父亲的情况已经很糟了，他甚至就要接受圣餐礼了。可是过了几天，拉切克却又带着一种出奇的激动跑到我们家里，站在房中间，大声叫道：

"你知不知道，老朋友，拿破仑出来啦？"

"在哪里？"姑妈叫了一声。

"当然在法国。"

父亲爬了起来，但又跌倒在枕头上。他向我伸出了一只手，望着我小声地说，他当时的眼神我至今还记得很清楚：

"要记住！……记住这一切……"

他就这么死了。

后来，我很信服父亲的看法，他是多么有远见啊！大家都看见了那第二颗拿破仑星唤醒了意大利和匈牙利。虽然它在色当陨落了①，但我不相信它会熄灭。在我看来，俾斯麦、甘必大或者比肯斯菲尔德有什么用呢？如果没有新的拿破仑成长起来，非正义就一直会统治着这个世界。

父亲死了几个月后，拉切克先生、多曼斯基先生和祖扎娜姑妈聚在一起，商量怎么安排我。多曼斯基先生要把我带到他那个委员会里去，慢慢提拔我，让我当上一个职员；姑妈主张我学一门手艺，拉切克先生却要我去做蔬菜买卖。可是他们一问到我有什么志愿，我就回答说："我想在商店里工作。"

"谁知道，也许这是最好的选择。"拉切克先生说，"你想

---

① 指拿破仑第三在一八七〇年七月十九日对普鲁士宣战，九月二日在色当兵败被俘，他的第二帝国告终。

到什么样的商店里去呢?"

"我想到围墙街①上那家门前挂着一把军刀,橱窗里有个哥萨克人的商店里去。"

"我知道了,"姑妈插进来说,"他要到明采尔的店里去。"

"可以让他去试试!"多曼斯基说,"我们大家不都认识明采尔吗!"

拉切克先生为了表示赞同,又把一口唾沫吐到了壁炉里。

"仁慈的上帝啊!"姑妈诉苦道,"如今兄弟不在了,这个痞子就要冲着我吐唾沫了……唉,我这个苦命的孤寡婆子啊!"

"这是什么话! 太太要是找个男人结婚,就不孤寡了。"

"天下哪有这么一个傻子会娶我呢?"

"咳! 说不定我会娶你的,因为我想找个人来给我按摩。"拉切克小声地说道,他很吃力地把腰弯了下去,磕掉了烟斗里的烟灰。

姑妈禁不住掉下了眼泪。多曼斯基先生也插进来说:

"不用举行大的仪式,太太您一个人孤单单的,他那里又没有管家的,你们就结婚吧! 把伊格纳齐带在身边,你们也算有个孩子啦! 这孩子不用花多少钱,因为明采尔家会管他吃住,你们只要给他衣穿就够了。"

"你的意思呢?"拉切克望着姑妈问道。

"好吧! 先把孩子送去当学徒,以后……我只有不顾一切地那么去干了,我总觉得我不会有好的结局。"

---

① 围墙街是华沙老城区的一条街,因为它在一道中世纪作为防御工事的围墙的旁边,所以叫围墙街。

"行,那我们就去找明采尔!"拉切克说着站了起来,"不过,太太你可别叫我失望!"他又添了一句,用拳头向姑妈表示威胁。

拉切克和多曼斯基先生走后,只过了半个小时,他们就回来了。俩人这时脸上都涨得通红,拉切克先生有点喘不过气来,多曼斯基先生连站都站不住了,据说是因为我们的楼梯不好爬。

"有什么消息吗?"姑妈问道。

"那个新出来的拿破仑被关在火药库里①了!"多曼斯基先生回答说。

"不是关在火药库里,而是关在 A-u……A-u 碉堡里。"拉切克先生不同意他的说法,把帽子扔在桌上。

"那么孩子的事呢?"

"叫他明天带着衣服和换洗的被单到明采尔店里去!"多曼斯基回答说,"不是关在 A-u……A-u 碉堡里,而是送到阿姆-阿姆或者阿姆那里②去了……说实在的,我也不清楚……"

"你们都疯了,你们这些酒鬼!"姑妈发出一声尖叫,抓住了拉切克的胳膊。

"别那么亲热!"拉切克先生愤怒地说,"结婚以后再亲热不迟,现在……叫他明天带衣服和换洗的被单到明采尔那里去……可怜的拿破仑呀!……"

~~~~~~~~~~

① 一八四〇年八月六日,拿破仑第三举行滨海布洛涅暴动,失败后被判处终身监禁在法国北方的一座碉堡里,多曼斯基把这个碉堡说成是火药库。

② 一八四〇年十月八日,拿破仑第三被转移到阿姆的一座碉堡里。

姑妈立即把拉切克先生拖到门外,然后把多曼斯基先生推了出去,拉切克的那顶便帽也被扔出去了。

"滚吧!你们这些醉鬼!"

拉切克先生于是高声地喊着:"拿破仑万岁!"多曼斯基则开始唱了起来:

> 过路的人,如果你把目光投向这里,
>
> 走近些,要深刻理解这句题词……
>
> 走近些,要深刻理解这句题词。

可是他的声音渐渐听不见了,好像他自己正在井里沉落下去,最后完全消失了。但这时又传来了街上的声音。过了一会儿,街上突然喧闹起来。我从窗口往外一看,原来是拉切克先生被警察带到市政厅去了①。

这是我开始进商店以前发生的一些事情。

我对明采尔的铺子其实早就熟悉,父亲差我去那里买过纸,我也给姑妈买过肥皂。我总是非常高兴而又好奇地跑到那里,要把那些挂在玻璃橱窗里的玩具看个够。我还记得,那橱窗里有个大个子哥萨克人,它会自动地跳来跳去,同时晃动着胳膊。商店门口还挂着一面鼓、一把军刀,摆着一匹毛皮制成的马,那马尾巴是真的。

店里面看起来像个大地窖。因为光线不足,我一直没有看清它到底有多大。我只知道左边的柜台上出售胡椒、咖啡和月桂枝。柜台后面放着一些很大的柜子,柜子里的抽屉从

---

① 指带到警察局去了。但在主人公拉切克参加十九世纪四十年代末的波兰民族解放运动的时候,华沙的警察局并没有设在市政厅的旁边。——原注

33

地面一直摆到了天花板上。右边的柜台上出售纸张、墨水、盘子和玻璃杯。那里还有一些装上了玻璃的柜子。肥皂和洗衣粉要到店铺的后进去买,那里摆着许多木桶和一大堆木箱。

连天花板也用上了。上面挂着一长排一长排的瓶子,里面装着芥子和颜料;一盏带罩的大灯冬天要点一整天。此外还有一网兜的瓶塞和一只小鳄鱼的标本,它大概有一个半胳膊肘①那么长。

店主扬·明采尔虽然老了,但脸色红润,下巴颏下有一绺花白胡须。他身穿一件天蓝色的绒布长衫,系着一条白围裙,戴着一顶同样是白色的睡帽。白天不论什么时候,他都坐在窗子旁的那张皮靠椅上。他的前面有张桌子,桌上摆着一本记载每天营业额的大账簿。靠近他头顶上的一个地方挂着一捆皮鞭,主要也是出售的。老头儿收款,给顾客找零头,然后记在账簿上。他有时也打瞌睡,可是生意忙的时候,他特别注意店里全部工作的进程。为了吸引街上的行人,他有时把那根牵着橱窗里哥萨克人的细线一拉,那个玩具便跳动起来。可是我们如果犯了各种各样的过错,他就要从那捆皮鞭里抽出一根来教训我们,这是我最不喜欢的。

我说"我们",因为除了我外,还有老头的两个侄儿:弗兰茨·明采尔和扬·明采尔,我们三个人都受过体罚。

老板的惩戒和他能够灵活使用那种鹿脚形柄的皮鞭的本领,我进店第三天就领教过了。

弗兰茨给一个女人称了十个格罗什的葡萄干。我看见有

① 一个胳膊肘的长度根据波兰王国在一八四九年的规定,相当于五百七十六毫米。

一粒葡萄干掉在柜台上（这时老头儿闭上了眼睛），便偷偷捡起来吃了。可是当我正要把那嵌进了牙齿缝的核剔出来时，我就觉得我的背上好像被一根烧红了的铁棍狠狠地揍了一下。

"哼，你这个坏家伙！"老明采尔大喊大叫起来。在我还没有弄清楚是怎么回事的时候，他就用他那根皮鞭从头到脚使劲地抽打我。

我全身痛得蜷成一团，从此我在店里再也不敢拿什么东西往嘴里送了，杏仁、葡萄干甚至香果我都觉得有胡椒的辣味。

老头惩罚了我后，便把那根皮鞭放在那捆鞭子的上面，记上了葡萄干的账。然后他又带着最最和蔼可亲的表情，去拉动那根牵着哥萨克人的细线。当我看见他的那张和善的笑脸和那双半睁半闭的眼睛的时候，我简直无法相信，这个快乐的老头的手能够干出那么狠毒的事情来。我终于发现那个哥萨克人从店里看并没有在街上看那么有趣。

我们这家铺子是出售食品杂货、服饰用品和肥皂的。食品杂货的买卖由弗兰茨·明采尔管，这个年轻人三十开外，火红头发，脸上总是带着睡意。他挨他叔父的鞭子也最多。这是因为他爱抽烟，进柜台又迟，夜里老是从家里溜出来，最重要的是他掌秤太不认真。他的弟弟扬·明采尔经管服饰用品的买卖，他那柔顺的性情是出了名的，但他手脚不灵活，常常因为偷了店里的彩纸给少女们写信而挨打。

只有奥古斯特·卡茨没有受过这种皮肉之苦。这个看起来很可怜的小个子办起事来却特别仔细认真。他总是最先跑到店里来干活，像一台自动机器似的切肥皂，称洗衣粉。店里如果给了他什么，他就躲在一个最昏暗的角落里吃起来。他甚至因为看到自己也是人类所需要的而感到羞愧。到了晚上十点钟，他就跑到什么地方去而见不着了。

我在这个环境里度过了八年。在那些年，这里每天的生活内容都是那么单调划一，就像一滴又一滴的秋雨一样。早晨五点我就起床，洗脸，把店里打扫干净，六点钟打开店门，卸下橱窗外的护板。这时候，奥古斯特·卡茨就已经在街上了。他脱下了大衣，围上一条围裙，一声不吭地站在一桶灰色的肥皂粉和由一块块黄色的肥皂砌成的柱子之间。随后老明采尔走进院子的门里，小声地说一句："早晨好!①"他把他那顶睡帽戴正，从抽屉里拿出他的账簿，把身子挤进那张皮靠椅里坐下，然后拉几下牵着哥萨克人的那根细线。扬·明采尔要到老头进到店里之后才来，他一来便吻吻叔父的手，站在柜台后面。夏天他在柜台上捉苍蝇，冬天他用手指或者用拳头在上面画一些图形。

弗兰茨不派人去叫他是不来的。他一进来就打哈欠，一双眼睛好像总没有睡够似的。他毫不在意地吻一下叔父的肩膀，整天搔着自己的头皮，那样子好像他很想睡觉，或者因为一些不愉快的事情而感到烦恼。差不多每天早晨，他的叔父一看见他的那些动作就皱起眉头，问道：

"嗯……你这家伙又跑到哪里去了？"

这时候，街上热闹起来，越来越多的人从大橱窗前走过。一个女仆、一个伐木工、一个披着斗篷的女士、一个鞋匠的徒弟、一个戴着波兰四角帽的男人，不是朝这个方向，就是朝那

---

① 原文是德文。

个方向走去,就像折光镜中照出来的人物似的。街道的中心有许多车辆和豪华的载客马车在那里行驶,人们将一些木桶往这里或者那里滚去。人和车辆越来越多了,最后汇成了一条车水马龙的巨流。但不时也有一个行人要买东西,从那里出来,走进了我们店里。

"三格罗什胡椒……"

"买一磅咖啡……"

"请给我拿些米来……"

"半磅肥皂……"

"一格罗什的月桂叶子……"

铺子里的人因此多了起来,可是这些顾客大都是些仆人和穿得很差的人。这时候,弗兰茨·明采尔的脸皱得很厉害,他不停地打开抽屉,又关上抽屉,把货物用灰纸包好,然后爬上楼梯,又捆东西。他的脸上总是带着一种痛苦的表情,就好像不得不撑着自己不打瞌睡似的。后来,因为店里的顾客太多,扬·明采尔和我也非得帮他的忙不可了。

那老头也在不停地记账,找零头,有时他用手指拍一下头上那顶白色的小帽,蓝色的帽缨就垂到了他的眼睛上。有时他又牵动一下那个哥萨克人,或者猛然抓住一根皮鞭,朝他一个侄儿的身上抽过去。我不太知道那是怎么回事,因为他的侄儿从来不愿对我讲他发脾气的原因。

八点钟左右,到店里来的顾客少些了。这时候,从店的里进出来了一个胖胖的女仆,提着一篮小面包和陶瓷杯子(弗兰茨转身用背对着她),我们老板的母亲跟在她的后面。这是个干瘦的老婆子,身穿一件黄色的连衣裙,头戴一顶大软帽,双手提着一壶咖啡。她把她的壶放在桌子上,用嘶哑的声音说：

"早晨好，我的孩子们！咖啡煮得啦①……"

随后她便把咖啡倒在那些白色的杯子里。

老明采尔立即走到她跟前，吻了一下她的手，说：

"早安，妈妈！②"

为此他得到了一杯咖啡和三个面包。

接着弗兰茨·明采尔、扬·明采尔、奥古斯特·卡茨也走了上去，最后一个是我。我们每个人都吻了一下老婆子那干瘦的、暴出了青筋的手，说了一句：

"早安，奶奶！③"

因此大家都得到了自己分内的那杯咖啡和三个小面包。

我们急急忙忙喝完咖啡之后，胖女仆便拿起那个空篮子，收拾好用过的杯子，老婆子提起咖啡壶，两人一起走了。

窗子外面，车辆络绎不绝地驶过。那巨大的人流朝两个方向流去，每时每刻都有人从里面跑出来，走进我们的店里。

"买洗衣粉。"

"请给十格罗什的杏仁。"

"买一格罗什甘草。"

"灰肥皂。"

快到中午的时候，食品杂货柜台上的生意比较清淡，店里右手边扬的柜台前的顾客倒是越来越多了。他们在那里可以买到碟子、玻璃杯、熨斗、小磨子、洋娃娃，有时还能买到蓝色或者红色的大伞。那些买主，不管是男的还是女的，都穿着打扮得很体面，不时摆出一副不可一世的架势，坐在靠椅上，叫

---

　　①②③　原文是德文。

人把许多东西都拿出来供他们挑选，讨价还价，还一再要看新的货色。我记得，我在柜台的左边跑来跑去，包装货物，总是累得要命，到了柜台的右边，又因为不知道这个或者那个顾客要什么，或者究竟买不买什么而感到很为难。可最后，那里卖掉的东西还是不少。服饰用品部每天的盈利比出售食品杂货和肥皂的盈利甚至多好几倍。

老明采尔礼拜天也在店里。早晨他做祷告，快到中午的时候，他就要我到他那里去上一门课。"Sag mir，告诉我，was ist das？这是什么？Das ist Schublade，这是抽屉。看看抽屉里有什么？有肉桂，Es ist Zimmt，这是肉桂。做汤和做甜食要用肉桂。肉桂是什么东西？它是一种树的树皮。这种树生长在哪里？在印度。看看这个地球仪，印度在这里。卖给我十格罗什肉桂……O, du Spitzbub！哼，你这个懒鬼！①，非得抽你十鞭子，你才知道十格罗什肉桂是多少。"

我们就这么清理着店里的每一个抽屉，要弄清每一种货物的来历。如果明采尔这时不觉得很累，他还会给我口授一些计算的题目，让我在簿子上做结算，或者为店里写一些商业信件。

明采尔爱整洁，他很讨厌灰尘，即使最小件的物品上有灰尘，他也非得把它擦掉不可。可是皮鞭上的灰尘却不用他去擦，因为他礼拜天要讲授簿记、地理和商品学的课。

几年来，我们之间也渐渐地处得很熟了。老明采尔没有我不行，我也开始认为他的皮鞭是为了维系我们这个家庭的关系。记得有一次，我打破了一个很值钱的茶炊，真的是再难

----

① 以上外文均为德文，它们的意思正文中已经做了说明。

受也不过了;老明采尔却没有去拿皮鞭,他只是说:

"你干了什么呀,伊格纳齐? 你干了什么呀?"

我宁愿人们用所有的皮鞭来抽我,也不愿再听到老板那发颤的声音和看见他那惊慌的目光。

平日午饭我们都在店里吃,先让那两个年轻的明采尔和奥古斯特·卡茨吃,然后才轮到我和老板。遇到节假日,我们都到楼上去,大家围坐在一张桌子旁。每年圣诞节前夕,明采尔都要给我们赠送礼品,他母亲还要亲手为我们(也为她儿子)做一株圣诞树,但事先都不让我们知道。每个月头一天,我们都能领到薪水(我能得到十个兹罗提)。可这时候,我们每个人:卡茨、那两个侄儿和店里其他职工都得让老板知道自己有多少积蓄。谁如果没有积蓄,说得更确切一点,每天没有积下哪怕几个格罗什,那在明采尔看来,和盗窃一样,是犯罪。我记得,有几个来我们店里当伙计和学徒的人后来又走了,就是因为他们没有积攒一文钱被老板辞退的。这个情况被发现的那一天,就成了他们待在店里的最后一天。到那个时候,承诺、赌咒发誓、吻手,甚至下跪都没有用。老头儿坐在那张靠椅上一动也不动,他对那个恳求的人看都不看一眼,只是用手指指着大门,叫几声"滚! 滚!①"就完事了。对储蓄的要求在他那里,已经成了一种病态的怪癖。

可是这个好心的人有个缺点:他憎恨拿破仑。他自己从来不提他,而且他只要听到波拿巴这个名字就大发雷霆,脸色发白,口吐唾沫,大声地叫起来:

"骗子! 流氓! 强盗!"

①　原文是德文。

我第一次听到这些可恶的咒骂时,几乎晕了过去。我本想对这老头表示我强硬的态度,然后跑到拉切克先生那里去,他已经和我的姑妈结婚了。可这时我忽然看见扬·明采尔用手捂着嘴巴,小声地说了些什么,又向卡茨做了个暗示。于是我聚精会神地倾听着,原来扬说了这么一些话:

"奇谈怪论,又是这些奇谈怪论!拿破仑是一条好汉,就说他赶走了那些什瓦布①的刽子手也算是一条好汉。你说是不是,卡茨?"

奥古斯特·卡茨对他眨了眨眼,仍在切他的肥皂。

我一下子惊呆了,可从那时候起,我就特别喜欢扬·明采尔和奥古斯特·卡茨了。后来我也逐渐地信服了,在我们这个虽然不大的店铺里却存在两大派别:老明采尔和他的母亲是一派,他们喜欢德国人;两个年轻的明采尔和卡茨是另一派,他们憎恨德国人。我记得只有我一个人保持中立。

一八四六年,我们听到了路易·拿破仑从监狱里逃出来②的消息。对我来说,那一年很重要,因为我提升为伙计了。我们的老明采尔也死去了,他死得很奇怪。

事情是这样的:我们店里的销售额在那一年稍微减少了些,一是由于普遍动乱的局面,二是因为老板老是那么大声地咒骂路易·拿破仑,人们对我们产生了一种厌恶感。有一天,有人(大概是卡茨)甚至砸碎了我们橱窗的一块玻璃。

但这个事件并没有把顾客吓跑,相反的是,它还招徕了许多顾客。整整一个礼拜,我们的生意从来没有这么好过,连邻

<hr>

① 这里指德国人。
② 被囚禁在阿姆碉堡里的拿破仑第三在一八四六年五月二十五日从碉堡里逃出来,两天之后前往英国。

近的商店都妒忌起来。不过那礼拜过后，这种人为的兴旺很快就消退了，店里又是冷清清的。

有天晚上，老板不在店里——这件事本身就很异常——又有人把一块石头扔进了橱窗。明采尔兄弟给吓坏了，急忙跑上楼去找他们的叔父。卡茨到街上寻找那个肇事的暴徒去了。当时来了两个警察，他们不多也不少地只抓了一个人——你们猜猜，他们抓住了谁？——就是我们的老板，他们指控他今天砸碎了橱窗的玻璃，那么前一次当然也是他自己砸的。

老头不承认，但这不行，因为有人亲眼看见了他的恶行，还有人在他身上搜出了一块石头。这个倒霉的人因此被送进了市政厅。

这件事后来经过许多解释和说明，也就不了了之了。老人的情绪从此低落下去，人也开始瘦了。有一天，他在窗前那个靠椅上坐下来后，就再也没有站起来。他死了，死的时候下巴颏扣在那本大账簿上，手里还拿着那根用来牵动哥萨克人的细线。

老板死后的这几年，他的两个侄儿一直在合伙经营着围墙街上的那个铺子。到了一八五○年，他们商定了采取下面的办法：弗兰茨留在这家铺子里经销食品杂货，扬带着服饰用品和肥皂搬到克拉科夫城郊街上我们现在经营的这家商店里。几年后，扬和漂亮的玛乌戈扎塔·费伊费尔结了婚（但愿她静静地安息）。后来她又当了寡妇，又嫁给了斯塔希·沃库尔斯基。沃库尔斯基这样便继承了明采尔家两代人经营的这档子买卖。

老板的母亲活了很久。我一八五三年从国外回来的时

候,看见她依然很健康。早晨她还是经常到店里来,说她的那句老话:

"早晨好,我的孩子们! 咖啡煮得啦①……"

只是她说话的声音一年比一年小了,到最后永远也听不见了。

在我那个时候,老板既是学徒们的老师,也是他们的父亲,同时,他也是店里最能干的仆人。老板的母亲和妻子是女管家,所有的店员都是这个家庭的成员。今天呢,老板只知道把做买卖赚的钱全都拿走,可他并不懂得做生意,而且他也最不愿意让他的孩子将来成为生意人。我这里说的不是斯塔希·沃库尔斯基,他有更加远大的目标。我只是一般地认为,做生意的人应当坐在店里,如果他要有一些懂规矩的伙计,就得亲自培养。

听说古尧·安德拉希②要了六千万古尔登的额外开支,因此奥地利有了很好的装备。这期间,斯塔希给我来信,说不会打仗。他从来不是一个说话不算数的人,他对政治一定很有研究,他待在保加利亚也不是因为他要做生意。

他究竟干什么呢? 有意思,真有意思!

<hr />

① 原文是德文。
② 古尧·安德拉希(1823—1890),匈牙利政治家。一八七一年起任奥匈帝国外交大臣,后曾任帝国首相。

第四章 归 来

三月里一个天气很坏的礼拜天,快到中午了,华沙的街道上几乎没有行人。人们都不愿从家里出来,有的躲在大门里面,有的紧缩着脖子,想要躲避那劈头盖脑打来的雨雪。同时,也几乎听不到一辆出租马车的声音,因为它们都没有行驶,车夫离开了座位,躲到车篷下面去了。那些满身被大雨淋湿又撒上了雪花的马,看起来好像要藏在车辕底下,用耳朵来盖住自己的身子似的。

天气虽然不好,但也许正因为天气不好,伊格纳齐先生坐在那间窗上装着栅栏的房间里,才感到很高兴。店里买卖兴隆,下礼拜橱窗里的展品也布置好了,而首先是沃库尔斯基马上就要回来了。伊格纳齐先生于是准备把算账和管理店务的重担让另一个人挑起来,自己最迟两个月后去休假。工作了二十五年——那是多么劳苦的工作呀!——也该去休养一下了。到那个时候,他要想一想政治,散散步,跑到田间和森林里去,吹着口哨,甚至像年轻时那样唱唱歌。要是没有风湿病痛就好了,不过到了乡下,风湿痛会好的。

因此,不管那风雪如何猛烈地吹打着带栅栏的窗子,不管雨下得多么大,也不管房间里多么昏暗,伊格纳齐先生的心情却从来没有这么好过。他把床底下那把吉他拿出来,校准音

调,弹出几个和声,便开始用带鼻音的声调唱起了一首很富浪漫情调的歌:

> 春天在大自然中苏醒过来,
> 夜莺以深情的歌声在迎候它。
> 在绿色的林子里,在一条小溪畔,
> 盛开着两朵美丽的玫瑰花。

迷人的乐调惊醒了睡在长沙发上的狮毛狗,于是它便用它那只独眼凝望着主人。那乐调还有更大的魅力,因为它把院子里的一个巨大的黑影也吸引过来了。那黑影原来站在带栅栏的窗子外面,想要探望一下房间里面,这一来,便引起了伊格纳齐先生的注意。

"是的,一定是帕维乌。"伊格纳齐先生想道。

可是伊尔却不这么认为。它从长沙发上跳下来,很不安地嗅了嗅房门,仿佛觉得有生人来了。

过道里有声音。有一只手在找门把手,门终于开了。门槛上站着一个穿皮大衣的人,他的大衣上还有积雪和雨水。

"是谁?"伊格纳齐先生问道,脸上现出了一片强烈的红晕。

"你记不起我啦,老朋友?"客人不慌不忙地低声问道。

伊格纳齐先生越来越感到迷惑。他把那副总是掉下来的夹鼻眼镜重新架在鼻梁上,然后从床底下拿出那个棺材样的盒子,赶快把吉他藏在里面,又把装着吉他的盒子放到床上。

这时候,客人脱下了他那件厚实的皮大衣和那顶羊皮帽子。独眼狮毛狗嗅了他一会儿后,便开始摇着尾巴,表示亲热的样子,并且快活地吠叫着,扑倒在他的脚跟前。

伊格纳齐先生非常激动地向客人走过去,他的背比往常弯得更厉害了。

"我觉得……"他搓了搓手,说,"我觉得,我真幸运……"

然后他把客人领到窗子前,眨巴着眼睛。

"斯塔希……仁慈的上帝啊!"

他拍了拍客人挺起的胸脯,紧紧地握着他的右手和左手,最后又把一只手放在自己剃光了的脑袋上,做了一个动作,好像要在那里涂膏药似的。

"哈哈!哈!……"伊格纳齐先生笑了起来。

"就是斯塔希本人,斯塔希打仗回来啦!你怎么现在才想起你还有一个铺子和一些朋友呢?"他说着又使劲地拍着他的肩膀,"真见鬼,你只是像个士兵,或者像个水手,可一点也不像商人……八个月不在店里了……这是什么样的胸脯呀……这是什么样的脑袋呀……"

客人也笑了。他抱着伊格纳齐的脖子,在他的两边脸上热情地吻了几下。与此同时,老掌柜也把自己的脸依次地凑了过去,但他没有回吻。

"喂!老朋友,你这里怎么样?"客人于是问道,"你瘦了,脸色苍白。"

"虽说这样,可我的体重却增加了一些。"

"你的头发白了……过得好吗?"

"太好啦。店里生意不错,交易额增加了很多。单一月份和二月份,我们就获得了二万五千卢布的盈利……亲爱的斯塔希……有八个月不在家了……变化不小啊……你坐下好吗?"

"好!"客人回答了一声,在那张长沙发上坐下。伊尔也坐在上面,把头搁在他的膝盖上。伊格纳齐先生把一张椅子推了过去。

"要不要吃点东西? 我有火腿,还有一点腌鱼子。"

"好吧。"

"喝点酒好吗? 我有一瓶上好的匈牙利葡萄酒,不过只有一只完好的酒杯。"

"就用喝水的杯子也行。"客人回答说。

伊格纳齐先生开始迈着小步在房间里来回地奔忙,先后打开了橱柜、箱子和桌子的抽屉。他把那瓶葡萄酒拿出来后,又藏了起来。然后他在桌子上摆上火腿和几个小面包。他的双手和嘴唇在不停地颤抖。过了很长时间,他才镇定下来,把方才说的那些东西都放在一起。喝了一杯酒后,他那非常激动的心情终于恢复了平静。

沃库尔斯基这时只顾吃东西。

"说说,有什么新闻吗?"伊格纳齐先生拍了拍客人的膝盖,以平和的声调问道。

"我想你问的是政治吧? 就要和平了。"沃库尔斯基答道。

"那奥国为什么要搞军备呢?"

"奥国支出了六千万古尔登……想要占领波斯尼亚和黑塞哥维那。"

伊格纳齐的瞳孔变大了。

"奥国要侵夺别人的土地?"他重复地说,"为什么?"

"为什么?"沃库尔斯基笑了一笑,"因为土耳其制止不了它那么做。"

"那英国怎么样呢?"

"英国也得到了赔偿。"

"由土耳其赔偿吗?"

"那是当然,强者相争,总是弱者为它们付出代价。"

"这是什么道理?"伊格纳齐叫了起来。

"道理就是强者繁荣强大,弱者就会遭到灭亡。不然的话,世界成为一个残疾人的世界,那才没有道理呢!"

伊格纳齐带着椅子向他移了过去。

"这是你说的,斯塔休①! ……你这是当真,不是开玩笑?"

沃库尔斯基向他投去了平和的目光。

"是我说的,"他答道,"这有什么奇怪呢? 同样的法则对我,对你和我们所有的人不是也都适用吗? 我很同情土耳其,为此不知伤过多少次心。"

伊格纳齐先生垂下眼睛,没有说话。沃库尔斯基在吃东西。

"好啦,你究竟是怎么过的?"热茨基开始用平常的声调问道。

沃库尔斯基的眼里闪出了亮光,他把那个小面包放了回去,背靠着长沙发的把手。

"你还记得,"他说,"我离开这里的时候,带了多少钱吗?"

"三万卢布,都是现款。"

"那你知道我带回了多少呢?"

"五……差不多四万……我猜得对吗?"热茨基有点把握

不定地望着他,问道。

沃库尔斯基倒了一杯酒,不急不忙地把它喝干了。

"二十五万卢布,其中大部分是金卢布,"他很明确地说道,"此外我还叫人买了一些纸币,停战讲和以后我要把它们卖掉,因此我将拥有三十万以上的卢布。"

热茨基把身子向他侧了过去,张着嘴。

"不用担心,"沃库尔斯基接着说,"这些钱是我老老实实,通过艰苦的努力甚至非常艰苦的努力才挣来的。其中的奥妙就在于我找到了一个有钱的人合作,即使比别人少四成或者五成的利润我也会知足常乐的。我的本钱在不断地增加,也在不断地流动。是啊!"歇了一会儿他补充说,"我走了大运……像一个赌徒,一连十次在轮转赌盘上押同一个号码,我都赢了。这真是个大赌博!几乎每个月我都押上了我的全部财产,每天都要冒着生命危险地去干。"

"你到那里去就是为了这个吗?"伊格纳齐问道。

沃库尔斯基讥讽地望着他。

"你想让我成为土耳其的华伦洛德①吗?"

"你在这里本来可以安安稳稳吃一口饭,可你为了发财却要去冒风险。"伊格纳齐喃喃地说,摇着脑袋,皱起了眉头。

沃库尔斯基气得浑身发抖,从长沙发上跳了起来,紧握着拳头,说:

"这口平安的饭压得我透不过气来,六年来我差点要窒息死了。你难道忘了,人家每天都要把明采尔家的两代人或

———————

① 华伦洛德是波兰浪漫主义诗人亚当·密茨凯维奇(1798—1855)的长诗《康拉德·华伦洛德》的主人公。

者我老婆那天使般的仁慈向我说多少次？在那些不管是疏远或者亲近的熟人当中，除了你外，有谁没有用一句话、一个手势或者至少一个眼色来伤害过我？有多少人在背后甚至当面诽谤我靠老婆吃饭，说我的一切都是明采尔家的劳动挣来的？这个杂货店本来是我把它搞得兴旺起来，使它的收入增加了几倍，可是谁也没有，根本就没有人提到过我为此付出的努力……

"明采尔一家人，老是明采尔一家……今天就让明采尔一家和我比一比吧！我一个人仅半年挣的钱就比明采尔家两代人半个世纪挣的钱多了十倍。这些钱我是冒着子弹、匕首和伤寒的危险挣来的，要得到它就得有一千个明采尔在他们的店里戴着帽子出大汗。现在我明白了，我抵得上多少个明采尔。我向上帝发誓，我要为同样的成果再去赌博一次！我宁愿破产，宁愿死，也不会去给那些来我店里买雨伞的人献殷勤，也不会对那些在店里修建了带抽水马桶的厕所的人感激涕零。"

"你还是过去那个样子。"伊格纳齐低声地说。

沃库尔斯基安静了些。他把手放在伊格纳齐的肩膀上，盯着他的眼睛，温和地说：

"你不会生我的气吧，老朋友？"

"为什么要生气呢？一只狼不会去保护羊群，这是当然的事情，难道我这也不懂？"

"给我说说，你们这里的情况怎么样？"

"就是我在信中给你写的那样。生意做得不错，货色很多，订货就更多了。店里还要添一个伙计。"

"我们再雇两个伙计，把店扩充一下，那就再好也不过了。"

"这算不了什么!"

沃库尔斯基从侧面望着老头,看见他情绪又好了,便笑了一下。

"可城里的情况怎么样呢? 有你在这个店里,一定是经营得不错的。"

"城里……"

"过去的老主顾①是不是都不来了?"沃库尔斯基打断了他的话,在房间里快步地踱着。

"他们还是经常到这里来,此外又添了一些新主顾。"

"那……那……"

沃库尔斯基站住不动,好像迟疑了一下,便又斟了一杯酒,一饮而尽。

"那么文茨基还来我们店里买东西吗?"

"他更多的是来赊账。"

"看来他还是需要一些东西的,"说到这里,沃库尔斯基舒了一口气,"他日子过得怎么样?"

"听说他已经彻底破产了,今年他的房子都要被人拍卖掉了。"

沃库尔斯基从长沙发上向前弓着身子,开始逗着伊尔玩。

"还有文茨卡小姐,请你告诉我,她是不是还没有结婚?"

"没有。"

"她不结婚了?"

"这一点我很怀疑。一个女人条件那么苛刻,却又毫无

---

① 原文是德文。

嫁妆,谁会娶她呢? 她虽然长得很漂亮,但她会老的,这很自然……"

沃库尔斯基站了起来,舒展了一下身子。他那张严肃的脸十分奇怪地露出了悲哀的表情。

"我亲爱的老朋友!"他握着伊格纳齐的一只手说,"我真诚的老朋友! 你甚至想象不到,我见到你,尤其是在这间房里见到你,我是多么高兴。你还记得,我在这里度过了多少个黄昏和夜晚……你款待我美食……给我好的衣服穿……这些你还记得吗?"

热茨基目不转睛地望着他,心里想,既然酒是这么打开了他的话匣子,那一定是好酒。

沃库尔斯基又在那张长沙发上坐下,把头靠在墙上,就好像对自己说道:

"我受过的苦你一点也不知道,我远离了大家,不知道还能够见到谁。那么可怕的寂寞,你知不知道,最可怕的寂寞并不是周围环境造成的,而是由于一个人的内心空虚。他在离开家乡的时候,没有见到一个热情的眼色,没有听到一句亲切的话语,没有带走丝毫的希望……"

伊格纳齐先生在椅子上动来动去,想以此表示抗议。

"我要提醒你一下,"他终于插嘴了,"我起初写过一些很亲热的信,当然,也许太重感情了,但我收到你那些简短的回信后很生气。"

"我不会怪罪你。"

"你更不应当怪别的伙计,他们不像我这么了解你。"

沃库尔斯基终于明白了。

"我对他们中的任何一个都没有求全责备呀! 也许我只

是有点怪你,因为你信中对这个城市谈得那么少……在邮寄《华沙信使报》①的时候又老是把它丢失了,使我得不到消息,因而常常为一些最坏的预感所苦恼。"

"那是为什么?我们这里并没有打仗嘛!"伊格纳齐很诧异地答道。

"是啊,你们玩得挺不错嘛!我记得,你们在十二月份还举行了很好看的哑剧表演②,是谁表演的呢?"

"算啦,我才不去看那种愚蠢的表演呢!"

"说得对。但要是我,在那一天,我即使花一万卢布,也要去看看那种表演。这么一来,我也就变得更蠢了……是不是?"

"当然,不过那多半是因为寂寞、无聊……"

"大概还出于思念,"沃库尔斯基插嘴说,"这种思念在我闲暇的每一分钟,在我休息的每个钟头,都刺痛了我的心。给我斟酒吧,伊格纳齐!"

他喝完后,又在房间里来回地踱着,用压低了的声音说道:

"我的第一次思念产生于我们渡过多瑙河的时候,那一天从黄昏一直渡到了深夜。我一个人跟那个吉卜赛船夫坐一条船。没有人和我说话,我只好看看周围的景色。那地方像我们波兰的沙岸,那里的树也像我们的杨柳,山丘上还长满了

---

① 《华沙信使报》发行于一八二一至一九三九年,主要报道华沙社会生活的情况,当时很受波兰社会各界的欢迎。普鲁斯从一八七五年开始,以"每周记事"(简称"记事")为题目,在上面报道过一系列有关华沙社交生活的情况。

② 哑剧表演是十九世纪华沙贵族所喜爱的娱乐活动之一,大都在圣诞节后举行,由华沙慈善协会提供资助。内容主要取材于历史和神话故事。

榛树和松树。有一个时刻，我觉得我好像回到了自己家里，入夜以前，我又可以见到你们了。可是黑夜降临之后，河岸就在我的眼前消失了。在那映照着点点星光的水面上，我又饱尝了寂寞的痛苦。我觉得我离家是那么遥远，现在只有星星能把我和你们连在一起了；可你们也许谁也不会抬头去看星星，谁也不会想到我，谁也……当时我真心如刀割，我才知道我的心灵受了多么严重的创伤。"

"你说得不错，我对星星从来不感兴趣。"伊格纳齐先生低声地说。

"从那天起，我得了一种怪病，"沃库尔斯基接着说，"我只有不断地写信、算账、收货，抬起我那破损的小货车卸货，或者对盗贼的潜入保持警惕，我才能安静一点。如果我不谈生意，或者只要一会儿把钢笔抛到一边，我马上就会感到心痛，就好像，好像有一粒沙子掉进了我心里那样。你能够理解吗，伊格纳齐？我到处走动，散步，吃东西，谈话，冷静地思考，参观美丽的郊外，甚至尽情地欢笑，我很高兴；但尽管如此，我还是感到心中有一种微微的隐痛，一种小小的不安，一种虽不厉害但却永远没完的恐惧。这种一直存在的难以言状的痛苦在我这里，刹那间就可以造成像暴风雨袭来那种不可收拾的局面。一株表面上看很熟悉的树、一个光秃秃的山头、一朵云的颜色、一只飞过的鸟甚至一阵风都会使我陷入极端的绝望，不愿意再见到人。我寻找过僻静的地方，想在那里倒在地上，像狗一样痛苦地号叫而不被人听见。就在我这么想要逃避人世的时候，有时夜晚突然降临。一个灰色的影子便从荆棘丛中、从那些倒下的树干中间、从一些缝隙里向我走过来了，它两眼无神，悲哀地向我点着头。所有树叶的沙沙声、远处辘辘的车声以及潺潺的流水声，都变成了一句感伤的问话：'喂，我们的旅人！你怎么样了？①'啊！我怎么样了……"

"什么乱七八糟的！"伊格纳齐打断了他的话，"我一点也听不懂。"

"你说什么？……这是思念。"

"思念什么？"

沃库尔斯基发出了颤抖的声音：

"思念什么？好啊……思念一切……思念家乡……"

"那你为什么那时候不回来呢？"

"回来有什么好处？实际上，我不能回来。"

"你不能回来？"伊格纳齐问。

"我不能……别再说了！我也没有必要回来，"沃库尔斯基不耐烦地答道，"死在这里死在那里都一样……给我斟酒！"他伸出手来，突然打住了话头。

热茨基望着他那张烧得发红的脸，把酒瓶推开。

"别再喝了，"他说，"你太激动了。"

"所以我才要喝……"

"正因为这样，你才不该喝，"伊格纳齐打断了他的话，"你话说得太多……比你想说的大概还要多。"他又着重补上了一句。

沃库尔斯基不再坚持了。他想了一想，摇着头说：

---

① 这几句话引自密茨凯维奇一八二九年发表的一首名为《致……那不勒斯的召唤》的诗，但其中有误。原诗的最后几句是：所有的一切／都对我以白脸相迎。／我们的朝圣者，／啊！你怎么样了？普鲁斯把"朝圣者"改为"旅人"，大概是考虑到沃库尔斯基到保加利亚去是去做生意，而不是朝圣。

"你误会了。"

"我马上就可以证明,"伊格纳齐以压低的嗓音回答说,"你到那里去不单是为了赚钱。"

"那是当然。"沃库尔斯基想了一想,说。

"因为,你每年一千卢布就够用了,三十万卢布对你来说有什么必要呢?"

"说得对。"

热茨基凑到沃库尔斯基的耳朵边,说:

"我还要说一句,你带回那么多钱并不是为了你自己。"

"谁知道,也许你猜中了。"

"我能够猜到的东西比你想的还多。"

沃库尔斯基突然笑了起来。

"啊,你这么认为!"他大声叫道,"我干脆告诉你吧,你什么也不知道,我的老梦想家!"

"我怕你脑子不清醒,因为你说话像个疯人一样。你明白我的意思吗,斯塔休?"

沃库尔斯基仍然在笑。

"你说得不错,我是喝不惯酒的,我已经喝得头昏脑涨了。但我并没有失去警觉。我要告诉你的是,你完全弄错了。现在,为了不使我大醉,你自己一个人喝吧! ——为我的计划成功而干杯。"

伊格纳齐斟满了自己的酒杯,紧紧地握着沃库尔斯基的手说:

"祝伟大的计划获得成功!"

"对我来说是伟大的,可实际上微不足道。"

"就算是这样吧!"伊格纳齐说,"我这么老了,还是什么都不知道为好。我已经老到这种地步,现在只盼着一件事,就是能够死得体面一点。请你答应我,到了你要做什么事情的时候,你别忘了告诉我。"

"好的,到那个时候,你就给我做个媒吧!"

"我已给你做过一次媒了,还是个不幸的媒呢!"伊格纳齐说。

"就是在七年前,做那个寡妇的媒吗?"

"是在十五年前①。"

"你还要坚持自己的那一套,"沃库尔斯基笑了,"你永远是你自己,一点也没有变。"

"你也没有变呀! 祝你的计划获得成功! 我知道,不管什么计划,对你都是适合的。现在,我没什么要说的了。"

说完他把酒喝光,将杯子扔在地上,咔嚓一声惊醒了伊尔。

"我们到店里去吧!"伊格纳齐说,"说了这些话后,再来谈谈买卖的事不是很好吗?"

他从桌屉里拿出钥匙,便和沃库尔斯基一起往外走去。在便道上,潮湿的雪花向他们吹来。热茨基开了店门的锁,把几盏灯点燃。

"多么漂亮的货物啊!"沃库尔斯库叫了起来,"大概都是新到的货吧?"

"差不多都是新的。你想看看吗? 这里是瓷器。你看……"

① 十五年前即一八六三年,热茨基曾引导沃库尔斯基参加一月起义,这次起义后来失败了。

"以后再看……把账本拿来。"

"进账的账本吗?"

"不,赊账的。"

热茨基打开写字台的抽屉,拿出账本,把那张靠椅挪过去。沃库尔斯基坐下,迅速翻阅上面的名单,终于找到了一个姓氏。

"一百四十个卢布,"他念道,"噢,一点也不多……"

"谁赊的?"伊格纳齐问,"啊……文茨基。"

"文茨卡小姐也公开地赊……太好了,"沃库尔斯基两眼更加挨近账本,好像那上面的字看不清似的,他又说,"嗯……前天她还买了一个钱包……三个卢布?太贵了……"

"一点不贵,"伊格纳齐插进来说,"一个非常好的钱包,是我亲手给她挑的。"

"什么样的钱包?"沃库尔斯基合上账本,毫不在意地问道。

"这个玻璃橱里的。你看,多么精致的东西呀!"

"她一定在里面挑了很久,听说她要求很高。"

"根本就没有挑,干吗要挑呢?"伊格纳齐答道,"她看中了这一种。"

"这一种?"

"她原来就想要这一种。"

"啊,这一种。"沃库尔斯基把钱包拿在手里,小声说道。

"我建议她要另一种,也是这样子的。"

"你知道,这的确是一个很漂亮的产品。"

"我挑的那种更漂亮。"

"我喜欢这个。你知不知道,我自己要买,我的钱包已经不能用了。"

"等一等,我给你找个更好一点的。"热茨基叫了起来。

"算了。给我看看别的货物吧,也许还有我用得着的东西。"

"要不要袖扣……还有领带、套鞋、伞……"

"要一把伞,是的……还要一根领带,我自己来挑。今天只有我这个顾客,而且是付现钱的。"

"这个习惯很好。"热茨基高兴地回答说,他马上从抽屉里拿出一根领带,从橱窗里拿了一把伞,笑着把它们递给沃库尔斯基,又补充了一句,"你是我们的同事,要打折扣,只付七个卢布。一把多么漂亮的伞啊……小意思……"

"现在我们还是去你那里吧!"沃库尔斯基说。

"你不看看铺子啦?"热茨基问。

"哎,和我有什么关系……"

"你自己的铺子,这么漂亮的铺子,和你没有关系?……"伊格纳齐感到很奇怪。

"你又来了,你怎么会想得到呢……我现在有点疲倦了。"

"好啦,好啦,"热茨基回答说,"你总有道理。那我们走吧!"

他把灯熄了,让沃库尔斯基先走,然后锁上店门,在过道里,他又遇到了那潮湿的雪花。帕维乌给他们送来了午餐。

第五章　一个老爷的平民化和一个年轻交际花的幻想

托马斯·文茨基先生和他的独生女伊扎贝娜还有她的表妹弗洛伦迪娜小姐不是住在他自己的住所里,他们在乌雅兹多夫大街上租了一幢有八间房的公寓。那里有一个有三扇窗的客厅,有他自己的办公室和卧室、女儿的会客室和卧室,还有饭厅、弗洛伦迪娜小姐的住房和更衣室;厨房和仆人们住的房间就不算在内了。他们的仆人包括老侍从米科瓦伊、他的那个当厨师的妻子和女仆阿努霞。

这幢寓所有许多优点:它干燥、暖和、宽敞又明亮,有大理石台阶,有煤气、电铃和自来水。每间房根据需要都可以和别的房间打通,或者单独地隔开。家具正好够用,既不嫌少也不嫌多,每一件都显得朴素、方便和实用,而没有那种过分和刺眼的装饰。那个餐具橱一看就有一种安全感,让人觉得里面的银器不会丢失。那张床也使人想起一些功勋卓著的人可以在这里安适地歇息。桌子供你摆放东西,椅子为你提供座位,还有那舒适的沙发,你可以坐在上面自由地遐想。

不管是谁,来到这里都可以自由地活动,不用担心会碰到什么东西,或者损坏什么东西。如果你在等待这一家的主人,那也不会感到闲着无聊,因为周围的东西都可以供你欣赏。

还有那些古香古色却又并不过时,可以用几辈子的物品,也使这里形成了一种庄严肃穆的气氛。

置身于这么一个严肃的环境,便可知道这家住户是什么样的人了。

托马斯·文茨基先生已经六十多岁了,他长得并不高大,可是很肥胖,显得精力充沛。他蓄着一撮白色的胡髭和一头往后梳的苍发。灰色的眼睛显露出机智,身板挺拔,步履坚实。在大街上,人们给他让路。那些普通人都说:"这定是个名门世家的绅士。"

的确,文茨基先生一想到自己的家族,便可数出大批元老院的元老来。他父亲有过几百万的家财,他自己年轻的时候也有过几十万。可是后来,他的财产一部分被某些政治事件吞噬了,剩下的又在他的欧洲之旅和上流社会的交往中花光了。一八七〇年以前,托马斯先生曾在法国的宫廷,后来又在维也纳和意大利的宫廷里当差。维克多·厄马努尔①被他女儿的美貌所迷惑,和他有过友好的交往,甚至想授予他伯爵的名衔。因此毫不奇怪的是,这位伟大的国王死后,托马斯先生在帽子上为他戴了两个月的黑纱。

托马斯先生已经好几年没有离开华沙了,因为他再也没有那么多的钱到外国的宫廷里去炫耀一番了,可那时候,他的寓所倒成了华沙上流社会聚会的地方。一直到后来,在人们中谣传,说托马斯先生不仅赔了自己的产业,而且连伊扎贝娜小姐的嫁妆都置办不起了,他家里的情况才有所改变。

①　维克多·厄马努尔二世(1820—1878),撒丁王国国王(1849—1861),意大利国王(1861—1878)。

首先离去的是那些求婚者①,后来那些带着丑女儿的贵妇们也不来了。剩下的是托马斯先生自己和他们断绝了关系。他把他和人们的一切交往限制在亲属范围之内。后来他看到这些人对他也越来越冷淡了,因此他就完全退出了社交生活。可是与此同时,他却以房产主的身份登记参加了商人俱乐部,这件事曾经引起了一些受到尊敬的人生气。俱乐部里还有人选他当主席,但他谢绝了。

只有他的女儿还间或去拜望一下那个年迈的伯爵夫人卡罗洛娃和她的几个女友。可这又引起了一些谣言,说托马斯先生还有一笔财产,说他退出社交一是因为他这个人脾气很怪,二是他要结识一些实实在在的朋友,为她女儿挑选一个好的丈夫,这个男人不是为了她的嫁妆,而是真心实意地爱她。

于是文茨卡小姐的身边又聚集了一大群崇拜者,在她那会客厅里的小几子上,又堆起了一沓沓名片。这些来客并没有受到接见,但她这种态度在他们中也没有引起太大的不满,因为现在又出现了第三种谣传,说有人要拍卖托马斯的房子。

这一次在社会上却引起了混乱。一些人断言,说托马斯先生已经彻底破产了;另一些人也赌咒发誓,说他在财产问题上保守秘密是为了保证独生女儿的幸福。那些求婚者和他们家里的人都因为情况不明而感到苦恼。他们不愿去冒风险,不愿使自己遭受损失,因此他们在向伊扎贝娜小姐表示爱慕的同时,也不愿意在这件事上陷得太深。他们在她家里虽然悄悄地投放了名片,但他们又祈求上帝,希望在情况没有完全弄明白以前,不要见到她。托马斯先生当然不会去回拜别人,

① 原文是法文。

62

别人也认为他有怪癖再加上为维克多·厄马努尔之死感到悲哀而表示谅解。

这个时期,托马斯先生白天在乌雅兹多夫大街上闲逛,晚上就在俱乐部里玩惠斯特牌。他的面部表情总是那么从容不迫,行为举止是那么矜持,使得他女儿的崇拜者简直摸不着头脑。谨慎一点的人在观望和等待,大胆一点的人则向她暗送秋波,对她发出轻声的叹息,或者战战兢兢地和她握手。可是这位小姐却以冷冰冰的神色,有时还以带轻蔑的冷淡态度去回报他们。伊扎贝娜小姐是一位生得非同寻常的漂亮的姑娘。她身上的一切都是那么真实自然、完美无缺。她那略高于中等身材的个子,匀称优美的身段,十分浓密、带灰白光泽的金黄色的头发,平直的鼻子,微微抿着的嘴唇,像珍珠一样光洁的牙齿还有样子很标准的手和脚板都是举世无双的。她的眼睛有时露出阴暗的带梦幻的神色,有时迸出欢乐的火花,有时呈浅蓝色,像冰那么寒冷,给人一种特殊的印象。

她的面部表情也很引人注目。她说话的时候,她的嘴、眉毛、鼻孔、手和整个姿态好像都在说话。特别是她那双眼睛,看起来好像她要通过它们,把自己的灵魂也展示给对方似的。她如果听别人说话,也很希望能够理解对方的心意。她很善于透过眼睛向人们表示她的亲切和妩媚,可是她的眼里又会露出一种无泪的悲哀,给人以火热或者冰冷的感觉。有时人们以为,充满了幻想的她就要用双手拥抱那个意中人,把她的头靠在那个人的肩膀上,可正当那个幸运儿沉醉于欢乐中的时候,她却突然一个举动,表示要得到她是不可能的,因为她不是从他那里挣脱出来,就是把他推开,或者干脆叫仆人把那个崇拜者赶出门外……

伊扎贝娜小姐的那颗心,是特别令人好奇的。

如果有人老老实实地问她,世界是什么东西,她自己又是什么?她肯定会这么回答,世界是个迷人的花园,到处都是魔幻的城堡,而她则是仙女下凡。

从睡在摇篮里的时候起,她就生活在一个绚丽多姿的,不仅是超人间的,而且是超自然的世界里。她盖的是鸭绒被,穿的是绫罗绸缎,坐的是带雕花和软垫的乌木或红木靠椅。她用水晶杯喝酒,以银器和像黄金那么昂贵的瓷器当餐具。

对她来说,没有什么一年四季,只有一个永远不变的春天,充满了柔和的光照和鲜花的馨香。对她来说,也没有什么白天,因为她有时候,整个月整个月都早上八点钟睡觉,半夜两点钟吃午饭。在她看来,世界上也没有什么地域的差别,因为不论在巴黎,在维也纳、罗马、柏林,还是在伦敦,都是一样的人,一样的风俗,一样的家具,甚至一样的菜肴:太平洋海藻做的汤、北海的牡蛎、大西洋或地中海的鱼、世界各国的野味和各地出产的水果。对她来说,甚至地心引力都不存在,人们把靠椅搬给她坐,把碗碟拿给她进餐,让她坐车子上街,领她上台阶,抬着她上山。

有面纱给她挡风,有马车避雨,有黑貂皮御寒,有伞和手套遮太阳。她就是这样一天又一天,一月又一月,一年又一年自由自在地活着,凌驾于芸芸众生之上,甚至不受自然法则的约束。她曾经遇到过两次暴风雨,非常可怕,一次在阿尔卑斯山,另一次在地中海。当时最勇敢的人都吓得魂飞胆丧,可是伊扎贝娜小姐却笑着倾听那断裂的岩石滚下来的轰隆响声,和那艨艟巨舶被打破了的咯吱声和呻吟声,根本没有想到会有什么危险。大自然常常用闪电、岩石和海水的旋涡给她展示它美好的景象。例如有一次，大自然让她欣赏到了日内瓦湖上的月色，另一次，又为她在莱茵河瀑布上空拨开了遮着太阳的云雾。实际上，剧院里每天都有美丽的布景，就是心神不安的女人看了也不会感到害怕。

在这个永远是春天的世界里，到处都是窸窣作响的绫罗绸缎、雕花家具、绘上了彩图的陶器。这里的居民都是一些特殊的人，他们是王子和公主，伯爵和伯爵夫人，还有年老的和有钱的男女贵族。还有一些结了婚的老爷和太太尽心治理他们高贵的家庭，一些贵妇尤其讲究高雅的规矩礼节和习俗。一些年岁较大的老爷吃饭的时候，坐在首席的座位上。他们教训年轻的晚辈，给年轻人祝福，有时也玩纸牌。还有一些主教，作为上帝在世上的代表，一些高官显爵，有了他们，可以避免社会出现混乱和动荡的局面。此外还有孩子们，小天使们，他们是天上送下来的，目的是使大人能够举办儿童游艺会。

在这个迷人世界的那些老住户当中，有时会出现一个普通人，但他有一定的声望，能够爬到奥林匹斯的峰顶。那通常是一位工程师，他把海洋和海洋连接起来，他打通了阿尔卑斯山，也许还造起了那样一座山。有时又会出现一个船长，他和野蛮人打仗时失去了他的水手，自己也受了伤，幸好一位黑人公主爱上了他，也救了他。此外还有一个旅行家，据说他发现了新大陆。他的船在一个无人的荒岛上撞碎了，他在那里好像还尝过人肉。

那个世界还有一些著名的画家。特别是那些有才华的诗人，他们在伯爵夫人的纪念册上题写美丽的诗篇，毫无希望地追求和一厢情愿地热恋，先在报纸上，后来又用高级白纸发表个人的诗集，想在那些冷酷的女神那里，永远留下美好的印象。

所有这些居民过的都是永无休止的节日。在他们中还有一些当仆从和侍女的,他们总是那么小心翼翼地把自己打扮起来。此外还有他们贫穷的表姊妹和想要往上爬的表兄弟们。

从中午起,这些特殊的居民便开始访客和回访,或者驱车到商店里去,晚上的娱乐活动都在晚饭前后或者就在吃晚饭的时候进行。然后他们坐车去听音乐会或者看戏,在那里可以看到另外一个艺术世界。那个世界的主人公们很少进餐和干活,只是不停地自言自语。女人的不贞乃是一切灾祸的根源。情夫在第五幕被情妇的丈夫打死后,在第二天的第一幕又活过来了,但他活过来后又犯同样的毛病,又开始自言自语,而且不让站在他旁边的人听见。散戏之后他们都聚集在客厅里,由仆人们送上冷热饮料,雇来的艺人给他们唱歌;已婚少妇在倾听那被砍伤了的船长讲述黑人公主的故事;小姐和诗人们谈论灵魂和灵魂的亲属关系;上了年纪的老爷们向工程师提出对工程的意见;中年女人们彼此用简短的话语和眼色,就那个环球旅行家吃过人肉的问题进行辩论。然后大家都坐下来用晚餐,嘴里吃,胃里消化,可是桌底下几双小皮鞋的动作却说明了一些冷酷的心还很敏感,一些没有陷入昏眩状态的头脑还在幻想。那以后,他们便各自回家,极力在真正的梦乡中做一个生活的梦。

除了这个迷人的世界之外,还有另外一个普通的世界。

伊扎贝娜小姐知道那个世界的存在,她甚至爱从马车和别的车子的窗口,或者站在寓所里去望它一眼。她觉得通过窗户,隔着一定的距离去看,它就像图画一样,甚至使她感到亲切。她看见那里有一些农民在田里慢悠悠地干活;骨瘦如柴的老马拖着很大的车子,一些卖水果和蔬菜的小贩,一个在道旁打石头的老头,匆匆忙忙往什么地方跑去的听差们;一些美丽的卖花女硬要向人们兜售鲜花;一个家庭,包括父亲、长得很肥胖的母亲和四个分成两对、手牵手地走在一起的孩子;一个下层阶级的花花公子坐着一辆出租马车,像个懒汉躺在车上,样子很可笑。有时她还见到了葬礼。她对自己说,那个世界虽然地位比较低,但它却是很美的,它甚至比描写日常生活场景的画更美,因为它在活动,它随时都在变化。

伊扎贝娜小姐还知道,就像温室里开花,葡萄园里结葡萄一样,她所需要的东西也是从下面那个世界里来的。她忠实的米科瓦伊和阿努霞都出身于那个世界;雕花靠椅、瓷器、水晶杯和窗帘都是那里制造的;擦地板的仆人、装修房子的匠人、园丁和缝衣服的女工也出生在那个地方。有一次她走进一家商店,叫伙计们领她来到了缝衣室。她看见那里有几十个女工在剪裁、缝缀、给人体模型上的时装打褶,觉得非常有趣。一些姑娘在替她量尺寸或者试衣服式样的时候总是微微地笑着,对她的衣服穿得是否合身也很关心,因此她深信,她们干这一行是很有乐趣的。

此外伊扎贝娜小姐也知道,在那个普通世界里还有一些不幸的人。所以她每遇到一个穷人,都要吩咐给几个兹罗提。有一次,她看见一个骨瘦如柴的母亲怀里抱着一个蜡样苍白的孩子,便送给了她一个手镯,还把糖果给那个求乞的肮脏孩子吃,以对上帝那么虔诚的感情亲吻着他。她觉得,在那些穷人当中,大概每个人都是基督的化身,他如果路遇了她,就是为了给她行善的机会。

总之，她对这个下层世界是怀有好心肠的。她想起了《圣经》里的话："你必汗流满面才得糊口。"①如果他们注定要干活，那显然是因为他们罪孽深重。可是像她这样的天使看到他们的这种命运，就不能没有同情心。对她来说，要做的不过是按一下电铃，或者发一道命令。

只是有一次，这个下层世界给她留下了一个很深的印象。

有一天，她在法国参观一家铁工厂。当她的车子从高处往下行驶，穿过许多林子和草地的时候，她看见在蓝宝石色的天空下有一个深渊，深渊里弥漫着黑色的烟雾和白色的蒸汽。她听到了机器发出的隆隆声、轧轧声和喷气声。她还看见一些像中世纪城堡上的塔楼一样的炉子在喷着火焰；巨大的飞轮像闪电一样快速地旋转；那高大的铁架在轨道上自动地移动；铁水烧到了白热的程度；工人们半裸着身子，像一座座青铜雕像，露出了忧郁的眼神。而在这一切之上，是血红的火光，是轮子的滚动声、风箱的呻吟声、锤子的叮当声、汽锅急促的喘气声以及脚底下那块土地受惊的颤抖声。

当时她觉得她好像是从幸福的奥林匹斯山一下子掉进了武尔坎努斯绝望的冶炼炉里，一些独目巨人在那里修炼雷电，会把奥林匹斯山劈得粉碎。她想起了一些暴动的巨人的传说，想起了她游历的这个美丽的世界面临末日的传说。她，这个连元帅们和参议院的议员们都要向她鞠躬致敬的女神，平生第一次感受到了一阵巨大的恐怖。

---

① 见《圣经·旧约·创世记》第三章。

"这是一些很可怕的人，爸爸！"她对父亲轻声地说。

父亲没有说话，只是使劲地按着她的肩膀。

"他们不会伤害女人吧？"

"不会，他们不会的。"托马斯先生答道。

这时候，伊扎贝娜小姐为自己只关心女人有点不好意思，她连忙补上一句：

"要是不伤害我们，那也不会伤害你们。"

托马斯先生微微地笑着，摇了摇头。那个时候，人们谈得最多的是旧世界即将来到的末日。托马斯先生对这有很深的感受，因为他要从他的委托者那里把钱拿出来是很困难的。

参观这家工厂是伊扎贝娜小姐生活中的一个重要阶段。她怀着像虔信宗教一样的感情读着她那遥远的表亲齐格蒙特①的诗，她今天也好像看见了他那部长诗《非神的喜剧》中的插画。从此，她常常幻想，在黄昏时刻，那座圣三位一体的堡垒屹立在一座阳光照耀的山上，她豪华的马车就是从那座山上朝下往工厂驶去的。在另一方，有一道被烟雾和蒸汽遮住了的山谷，那里有一群暴动的平民，他们随时都会袭击她那个美好的世界，要把它毁掉。

到现在她才明白，她是多么热爱自己那个精神上的故国。在那里，水晶制的枝形大吊灯代替了太阳，地毯代替了土地，雕像和柱子代替了树木。那第二故国包括所有民族的全体贵族，各个时代的豪华和人类文明最辉煌的成就。

①　齐格蒙特·克拉辛斯基(1812—1859)，波兰浪漫主义诗人。长诗《非神的喜剧》是他的代表作。

这一切都应当推翻，应当死去或者弄得支离破碎吗？……那么一个充满热情地唱着歌，跳着美丽的舞，带着微笑地决斗，或者为了一朵掉在湖中心的花能够跳下水去把它捡起来的英俊少年该怎么办呢？……她那些亲爱的女朋友都该死去吗？她们给了她那么多的温情；坐在她的脚跟前，给她讲了那么多的小秘密，或者从很远的地方给她写了那么长、真的是非常长的信。在那些信中，为了表达亲密的友情，甚至把许多字都写错了。

还有那些好心肠的仆人也该死去吗？他们跟自己的主人们那么亲密地相处，就好像他们已经发过誓，要自始至终地爱他们，自始至终地服从他们似的。还有那些女裁缝，她们总是对她笑脸相迎，连她梳妆打扮中的最最微不足道的小地方也不会忘记，而且那么熟悉她所取得的许多胜利的成果。那些疾驰如飞连燕子都为之妒忌的骏马，那些像人一样聪明和忠实的狗，还有那些花园，人的双手在里面建造的假山和流水，塑造的树木的模型……难道这一切终有一天都要被消灭掉吗？

伊扎贝娜小姐考虑到这些之后，她的脸上出现了一种新的表情，那是一种温和的伤感的表情，使她显得更加美丽，人们都说她已经成熟了。

伊扎贝娜小姐知道那个伟大的世界所处的位置很高，因此她也逐渐地明白了，只有借助于出身和财产这两个翅膀，才能飞到那个高高的世界，才能永远居留在那个地方。可是出身和财产是属于上帝挑选的家庭的，就像橙花和橙子属于橙树一样。好心的上帝看见两个有声望的人举行宗教仪式结了婚后，他会增加他们的收入，会给他们送去一个让他们养育的小天使,这个小天使往后会以他高尚的品德、优雅的行为举止和美丽的容貌来保持这个家庭的声望。这一切都是完全可能的。从这里还可得出一个结论:联姻必须慎之又慎,年长的妇人和老爷们对这是最清楚的。一切都决定于财产和门第的选择。因为爱情不是诗人所想象的那种疯狂的爱情,而是真正基督教式的爱情,是在举行宗教仪式结婚之后产生的爱情,这就是说,妻子在家里要知道保持一个美好的形象,丈夫在外面要以严肃的态度去陪伴他的妻子。

以前的婚姻就是这样,所有的老妇人都认为,这是最好的婚姻。可今天它却被人遗忘了,而且更糟的是,门户不当的婚姻多了起来,显赫的家庭衰落下去。

"婚姻不再给人们带来幸福了。"伊扎贝娜小姐轻声地说,因为她听过一些新婚的女人把她们的家庭秘密告诉她。

正因为她们对她泄露这些秘密,她对婚姻便产生了一种厌恶感,对男人们也有点看不起了。

丈夫穿着睡衣在妻子面前打呵欠,满嘴香烟味地和妻子接吻,还老是对她说:"哎,别打扰我!"或者干脆说:"你真傻!"他在家里为了一顶新的帽子和妻子大吵大闹,出了门却甘愿替女戏子付马车费,这绝不是个有身份的男人。最糟糕的是,这些人中的每一个在结婚前都是疯狂的追求者,长时间没有见到自己的情人就会消瘦下去;可是一见到她,又臊得满脸通红,在他们中,许多人还赌咒发誓,说要为爱情自杀。

由于这个原因,伊扎贝娜小姐十八岁时,就对男人施行一种冷酷的虐待政策。有一次,维克多·厄马努尔只是吻了一下她的手,她便要求父亲当天就离开罗马。在巴黎,有个有钱的法国伯爵向她求婚,她回答说她是个波兰女人,不嫁给外国人。她对一个波多莱①贵族只说了一句话,就拒绝了他,这就是她只嫁给她所爱的人,而他却没有这个福分。对一个美国百万富翁的求婚,她甚至大笑了一阵便回绝了。

伊扎贝娜小姐的这种做法几年来使得她的身边冷清了许多。大家都崇拜她,敬仰她,但却和她保持一定的距离,因为谁也不愿遭受她那轻蔑的拒绝。

初次尝到了这种冷淡之苦后,伊扎贝娜小姐懂得了婚姻只能听其自然,该怎么样就得怎么样。她终于下决心要结婚了,但是有一些条件:未来的伴侣是她喜欢的,有声誉和财产。事实上,她也碰到过一些漂亮的、富有的、名衔很高的男人;遗憾的是,没有一个男人同时具备这三个条件,因此她又耽搁了几年。

这时突然传来了她父亲在事业上遇到挫折的消息,在那个求婚者的队伍中,就只剩下两个认真的了:一个男爵和一个元帅,两个都很阔绰,可是年纪一大把。

伊扎贝娜小姐现在才看到,她在这个伟大的世界上已经没有立足之地了。因此她决定降低一些要求,可是,男爵和元帅虽有财产,她对他们却有一种无法克制的厌恶感,所以她只好把事情一天天拖下去,没有对他们做出明确的回答。

这期间,托马斯先生和大家都不来往了。元帅得不到她的答复,到乡下去了,那个男爵感到烦恼,也出国了,只剩下了伊扎贝娜小姐孤单一人。当然,她知道,他们中不论哪一个,只要她一召唤就会回来,可是,到底要哪一个回来呢?怎么克

---

① 地名,在乌克兰。

服对他们的那种厌恶感呢？首先是，有没有必要做那样的牺牲？因为她深信，她能恢复自己的产业，她心里也很明白，到那个时候，她又可以随心所欲地挑选男人，她是要挑选的。可是她也知道，如果脱离沙龙社交，她的处境会多么困难！

结婚要看对方的地位，这对她来说，是不难理解的。实际上，她从来没有爱过什么人，这是因为她生性冷漠，她深信，婚姻是不需要外加什么诗意的。可是她这种最理想和最奇特的爱情观，却是人们无法理解的。

有一次，她在一个雕塑画廊里看见了一尊阿波罗①的雕像。这尊雕像因为给她留下了很深的印象，她便把它那漂亮的复制品买了回来，陈放在自己的会客室里。她整小时整小时地望着它，想着它……谁知道，她曾经用多少个亲吻去温暖过那尊大理石神像的手和脚？奇迹终于出现了：那块受到这个钟情女人爱抚的石头变活了。有一天晚上，当她哭着睡着了之后，那位不朽的神头戴桂冠，全身放射着神秘的光辉，从座子上走下，来到了她的身边。

他坐在她的床边上，长时间地望着她，眼睛里放射出永恒的光芒。然后他把她紧紧地搂在怀里，用他苍白的嘴唇吻干了她的眼泪，使她的狂热冷却下去。

从此以后，他越来越经常地来看望她。当她昏昏沉沉躺在他的怀里的时候，他，这位光明之神便轻声细语地给她讲述天上和人间的秘密，这些秘密是没有谁用凡人的语言讲述过的。通过对她的热恋，他还创造了一个更大的奇迹，那就是在他那张神的脸上，依次地显露出了那些以前给她留下了深刻

①　古希腊神话中的太阳神。

印象的男人的美貌。

这个男人忽而是一位年轻的将军和英雄,他打了胜仗,从马鞍上居高临下地望着几千个勇士战死疆场。忽而又使人想起一位最著名的男高音歌唱家,女人们在他脚前抛鲜花,男人们为他卸马。忽而又成了一位社会地位很高,出身于一个古老家族的快乐和漂亮的公爵。忽而又是一个勇敢的消防队员,他在五层楼上的大火中救出了三个人,为此获得了荣誉团的勋章。忽而又是一位伟大的画家,他那丰富的幻想震惊了世界。他还是个威尼斯河上游艇的划手,一个具有超凡的美貌和力量的马戏团的竞技演员。对这些人,一段时间以来,伊扎贝娜都偷偷地考虑过,但她对他们中的每一个,却只能发出低声的长叹,因为她知道,由于这种或那种原因,她不能爱他们。只是由于神的意旨,他们才出现在她那半虚缈半现实的幻想中,他们各种不同的形象也是神赋予的。伊扎贝娜小姐见到这些幻象的时候,露出了一种新的眼神,一种表现出超凡遐想的眼神。这双眼睛有时离开了周围的人们和世界,向上朝着一个什么地方望去。她脑门上那浅灰色的头发在奇怪地摆动着,好像吹来了一阵神秘的轻风,在周围的人看来,她简直成了一位天使或女神。

一年前,沃库尔斯基就在这样一个瞬间看见了伊扎贝娜小姐,从此,他的心再也不得安宁了。

差不多与此同时,托马斯先生和大家断绝了来往,为了表示自己的进取心,他登记参加了商人俱乐部。他在那里跟那些曾经被人瞧不起的皮革匠、制毛刷的工人和酒厂老板一起玩惠斯特牌。在玩牌的时候,他还对他身边的人说,贵族阶级不应关在自己独有的小天地里,而应带领开明的市民阶层,带领全民族迈步前进。今天,那些自以为了不起的皮革匠,制毛刷的工人和酒厂老板们为了回报托马斯先生的恩典,都称他是唯一认识到对国家应负的责任,并且真心诚意地尽了那份责任的一个贵族。他们还说:他的那份责任每天都从晚九点一直尽到了半夜。

当托马斯先生背着他的贵族地位的枷锁那么尽责的时候,伊扎贝娜小姐守在她那漂亮的闺房里,在孤独和寂寞中憔悴下去。米科瓦伊常常躺在靠椅上睡得很死。弗洛伦迪娜小姐用棉花塞住自己的耳朵,也睡得不错。但伊扎贝娜小姐却不断地回忆她过去的那些事情,她睡不着觉,只好从床上爬起来,穿上一件轻薄的睡衣,整小时整小时在客厅里来回地踱着。客厅里的地毯减轻了她的脚步声,只有那两盏路灯照进来一点点微弱的光线。

她不停地走来走去。这宽大无比的房间布满了她忧郁的思绪和在这里出现过的一些幻影,如年迈的公爵夫人,她在这里打过瞌睡;两位伯爵夫人问主教可不可以用玫瑰水给孩子施洗?在那群年轻的崇拜者中,有的以恋恋不舍的眼神望着她,有的极力装出对她很冷淡的样子,想引起她的好奇心。那边还有一排女人,她们以爱慕的眼光望着她,对她表示赞美或妒忌。房间里到处都是亮光,到处都可听到女人衣裙的窸窣声和窃窃私语声,所有的一切都围在她美丽的身子边打转转,就像蝴蝶围着鲜花转一样。不管她在哪里,她周围的一切都会黯然失色,别的女人成了她的陪衬,男人都是她的奴隶。

可这一切都成了过去……今天,这个客厅既冷清,又阴暗,又空寂……只留下了她一个人和伴随着她的无形的悲哀,这悲哀像一只蜘蛛,在那些幸运儿到过后来又失去了幸福的地方结下了蛛网。是的，幸福已经不存在了！……伊扎贝娜小姐拉扯着自己的手指头，想尽力保持镇定，不让眼泪流出来，因为她即使一个人在夜里，也是羞于落泪的。

除了伯爵夫人卡罗洛娃之外，其他的人都离开了她。伯爵夫人总是在她情绪不好的时候就来了，她来到后便舒展一下身子，坐在长沙发上，连声叹气地对她说道：

"是呀，亲爱的贝尔丘①！你应当承认，你犯了几个不可原谅的错误，我不是说你要有更多的稳重，而是要有更多的经验。我说的也不是维克多·厄马努尔，因为那个国王性情反复无常，有点自由主义，而且他还欠了很多债。"伯爵夫人谦恭地垂下了眼皮，接着说，"但是你如果把圣奥古斯蒂伯爵赶走——或者还要——拒绝他的话，请原谅……这个人年轻，有财产，前程远大，那不是很好吗？现在他正好要率一个代表团去见教皇，不用说，他一定会得到教皇给他全家人的祝福。连沙姆波特伯爵都叫他亲爱的表弟……啊，上帝！"

"姑妈，我以为，现在来为这些事情悲哀已经太晚了。"伊扎贝娜小姐插进来说。

"难道我要让你悲哀吗，可怜的孩子？你已经很不幸了，只有虔诚的信仰才能消除你的不幸。你父亲已经丧失了一切，就连你剩下的那一点嫁妆也赔掉了，你不会不知道吧？"

"我有什么办法呢？"

"不，你是有办法的，也只有你有办法，而且你也应当想出一点办法来。"伯爵夫人强调说，"元帅并不是阿多尼斯②，

---

① 伊扎贝娜的爱称。
② 罗马神话中的爱神维纳斯爱的美少年。

我们的责任如果那么容易尽到的话,就不能算是立了大功。上帝啊! 我们的心中总是希望有个理想,有了它,就是遇到最大的困难也不会感到痛苦。我可以肯定地告诉你,一个漂亮女人嫁了一个上了年纪的丈夫,她的处境绝不是最坏的。大家都对她很感兴趣,都在谈论她,敬佩她的牺牲精神。再说,一个上了年纪的丈夫比一个中年人对她的要求也低一些……"

"哎,姑妈!"

"你别激动,贝尔丘! 你不是十六岁,要现实地对待生活,不能单凭自己的好恶而不顾及你父亲的处境,也不管弗洛娜①和你的仆人。你想想! 你这么高贵的心地,如果有一大笔财产,总要做点好事吧!"

"哎,姑妈! 我很讨厌那个元帅。他要的不是妻子,他是要个奶妈给他擦嘴巴。"

"我也没有非要你去嫁给那个元帅。可是那个男爵……"

"男爵更老了,虽然他的脸上涂了脂粉,头发染了颜色,但他手上有许多斑点。"

伯爵夫人从长沙发上站了起来。

"我不会强求你,我亲爱的! 我不是来给你做媒的,做媒是梅利顿太太的事。但是我要警告你,你的父亲就要大难临头了。"

"我们不是还有一栋房子吗?"

---

① 弗洛伦迪娜的爱称。

"那栋房子最迟过了圣约翰施洗礼者节①就要卖的,到那时候,连你买嫁妆的钱都没有了。"

"为什么——那栋房子值十万,难道只卖六万?"

"它已经不值钱了,你父亲为它花的钱也不少了,我这是听建筑师说的,克热索夫斯卡太太让他去那里看过。"

"到最后没有办法,我们还有成套的餐具……还有银器……"伊扎贝娜小姐把手指头绞在一起,绝望地说道。

伯爵夫人亲了她几下。

"宝贝,我亲爱的孩子呀!"她呜咽着说,"想不到偏偏是我这么伤了你的心!告诉你吧,你父亲还欠了几千卢布期票的债。你可要注意……几天前,就在三月底,有人把那些债票都买走了。我们认为,那一定是克热索夫斯卡干的。"

"真卑鄙!"伊扎贝娜小姐小声说道,"可这也没什么了不起。我那套餐具和银器足够抵几千卢布的债。"

"它们当然很值钱,可是今天谁会买那么贵重的东西呢?"

"不管怎样,我要试一试!"伊扎贝娜小姐心神不定地说道,"我要请梅利顿太太帮个忙,她会替我把它们卖掉。"

"可是你想想,把那么精美的纪念品卖掉不是太可惜了吗?"

伊扎贝娜小姐不觉笑了起来。

"哎,姑妈,为了那些纪念品,难道要我出卖我自己吗?……如果有人要把我的家具拿走,我决不答应。哎,那个克热索夫斯卡……买走那些债票……多么可恶!"

① 每年四月二十四日为圣约翰施洗礼者节。

"行啦,也可能不是她买的呢!"

"那就还有一个敌人,比她更凶恶的敌人。"

"大概是那个霍诺拉塔姑妈吧!"伯爵夫人安慰她说,"我哪里知道?也许她本来是想帮托马斯的忙,却反而使他感到威胁了。祝你健康,我亲爱的孩子,再见。"

谈话到此结束,是用一种装点着许多法语的波兰话来谈的。可是这么一来,就好像谈话人的脸上长满了斑疹一样。

第六章　新人怎么出现在旧的地平线上

四月初,也就是从冬天过渡到春天的那个月份,雪虽已消融,可是大地却还没有呈现一片绿意。黑色的树木,灰白的草地,阴暗的天空,看起来就像布满了银色和淡黄色纹路的大理石。

大约下午五点,伊扎贝娜小姐坐在她那间小客厅里,正在读左拉最新的长篇小说《爱的一页》①。她读得不很专心,不时抬眼望着窗外,不由得产生了这么一个看法:枝丫是黑的,天空是灰色的。她继续往下读,两眼环视着客厅的四周,不觉又想起了那些套着天蓝色套子的家具和那件天蓝色睡衣也带有灰色,白色窗帘的花边就像一些又粗又大的冰溜。可她后来把这一切全都忘了,不声不响地问自己:"我究竟在想些什么呢?啊,是的,我在想复活节前一个礼拜的募捐……"她突然觉得很高兴地想要乘那辆大马车出去,可她却又埋怨天气,天空是那么灰暗,天上露出的金脉搏是那么细小……一种细微的惶恐不安,一种等待给她带来了痛苦,她弄不清她在等待什么:是不是在等待乌云消散,还是等仆人给她送一封信来,请她去参加复活节前一个礼拜的募捐?离那个时候已经不远

---

① 原文是法文。

了,但她并没有接到邀请。

随后她又读起那部小说来。这一章写的是,在一个繁星满天的夜晚,兰波先生替小珍妮修理一个被弄坏了的洋娃娃,海仑因为一种毫无缘由的忧愁而泪流不止,茹夫神父劝她结婚。伊扎贝娜小姐也感到很忧愁,谁知道,要是天上现在驱散了乌云,露出了星星的话,她会不会也像海仑那样泪流满面呢?离募捐没几天了,可她还没有接到邀请信。她知道他们会邀请她,那为什么要拖延呢?

“有些女人那么热切地希望能够找到上帝,因为她们都很不幸。她们的心中激起了狂热的爱情,便来到教堂里向一个男人表示她们的爱慕。”茹夫神父说。

“正直的神父要怎么去安慰那个可怜的海仑呢?”伊扎贝娜小姐这么想的时候,突然把那本书扔到一边。茹夫教父提醒她要给教堂的钟绣一根缎带,可到现在她还没有绣好。她从靠椅上站了起来,把一张小桌往窗子那边推去。桌上放着刺绣架和一盒可以缝制各色图形的五颜六色的丝线。她把那条缎带展开,精心地在上面绣起了一些玫瑰花和十字架。她一面干活一面心中鼓起了勇气,不管是谁,像她这么为教堂效劳,人们在复活节前一个礼拜的募捐中,是忘不了她的。她挑选了一些丝线,把它们插进针孔,便不停地绣了起来。她的眼睛从图形移到了刺绣上,她的手一起一落地动着,可是她却在想耶稣受难节那天该穿什么衣服,复活节那天该怎么打扮。这些问题很快就集中了她的全部注意力,她的眼睛什么也看不见,她的手也停止了工作。大衣、帽子、披肩和伞,都应当是新的,现在剩下的时间不多了,可什么也没有买,甚至还没有选好呢!

这时候,伊扎贝娜小姐想起了她那套餐具和银器正放在一个珠宝商那里,有人要买,今天或者明天就可以把它们卖掉了。她本来为失去那套餐具和那些银器感到心里难受,可是她一想到募捐和那种新的打扮,又好像得到了一点安慰。也许她还能得到一件很漂亮的东西呢,只是不知道是什么东西。

她把那个刺绣架挪到一边。小桌上放着莎士比亚、但丁的作品,一本欧洲名人的相册和几本杂志,她在上面拿了一本《时装指南》①,便饶有兴味地翻阅起来。这是小姑娘和少女们、年长和年轻的已婚女子以及她们的母亲适合在春天穿的服装。这是会客时穿的长裙、参加典礼的礼服和出外散步时穿的衣服,还有六项用十种不同料子制成有十二种颜色的新式帽子……上帝啊,从这里选什么才好呢?……没有跟弗洛伦迪娜小姐和女裁缝师傅商量,大概是选不好的。伊扎贝娜小姐感到烦躁地把那本《时装指南》扔到一边,在那张躺椅上呈半卧状地躺了下来。她把两个手掌叠在一起,支着脑袋靠在椅背上,用一双陷入梦幻的眼睛望着天空。复活节前一个礼拜的募捐、新式化装、天上的云彩,在她的想象中,全都跟对餐具的惋惜和因为不得不把它们卖掉而些微感到的羞愧混在一起了。

"唉,全都一样!"她对自己说,并且重又盼着那乌云哪怕散开一会儿也好。可乌云却更加浓密了,因而也加重了她心中的惋惜、羞愧和惶恐不安的感觉。她的视线骤然落在这时就在躺椅旁边的那张小桌上,她看见了那本镶嵌着象牙的祈祷书,便把那本小书拿过来,慢慢地、一页一页地寻找其中的

① 原文是法文。

《忍受篇》①。她找到那一篇后，便开始念起来：

"虽然你要用这种痛苦来考验我，但是你的名字将永远受到赞美②。"她这么念着的时候，那灰暗的天空便明亮起来。念到最后一句："我静待你神圣的扶助③。"云终于散开，露出了一片湛蓝的天空。伊扎贝娜小姐的客厅里充满了光线，她的心灵充满了宁静。她现在深信她的祈祷人们已经听见了，她将穿上最漂亮的时装，在募捐的时候做最好的祈祷。

这时候，小客厅的门开了，弗洛伦迪娜站在门口。她个子很高，穿一身黑衣服，两个手指夹着一封信，有点迟疑地低声说：

"卡罗洛娃太太寄来的。"

"啊，为了募捐的事，"伊扎贝娜小姐露出了迷人的微笑，她回答说，"你一整天都没有到我这里来过一次，弗洛尔丘！④"

"我不想打扰你。"

"你感到寂寞吗？"伊扎贝娜小姐问道，"如果我们在一起的话，即便有点寂寞，也还是很高兴的。"

"这封信……"那个穿黑衣的小姐畏怯地说，把手向伊扎贝娜伸去。

"我知道它写的是什么，"伊扎贝娜小姐打断了她的话，"你在我这里坐一会儿吧，如果你不感到为难，把这封信给我念一念！"

弗洛伦迪娜小姐在靠椅上有点拘谨地坐了下来，用手从

①②③　原文是法文。
④　弗洛尔丘和弗洛罗都是弗洛伦迪娜的爱称。

83

写字台上轻轻地拿起一把小刀,特别小心地把信封裁开,然后把小刀放回去,打开信纸,用细小的、像音乐一样悦耳动听的声音念起那封用法文写的信来:

亲爱的贝卢! 对不起,我现在要对一件只有你和你的父亲有权决定的事情表示我的看法了。我知道,亲爱的孩子,你要舍弃你那套餐具和那些银器了,因为这是你亲口对我说的。我也知道,已经有人要买了,他只给你们出五千卢布的价钱。虽然目前要卖很多的钱也确实很难,但我还是认为这太少了。这件事我跟克热索夫斯卡太太谈过,我很担心,那些精美的纪念品会落到不很正派的人手里。

我不愿看到这种事情发生,所以我向你提一个建议,如果你愿意的话,我借给你三千卢布,以上述餐具和银器作抵押。我认为,目前,你父亲处于那么困难的境地,那些东西放在我这里要稳当些。你只要愿意,什么时候都可以收回去。如果我死了,你也就不用还这笔债了。

我不强求你,这只是个建议。你想一想,怎么对你方便吧! 最重要的是要想到后果。

根据我对你的了解,可以断定,如果你以后听说,我们家的纪念物成了一个银行家餐桌上的摆设,成了他女儿的嫁妆,你会感到非常难过的。

多多地吻你。

约安娜

又:你想想看,我的保育院是多么走运呀! 昨天,我到那个有名的沃库尔斯基的商店里去,请他给孤儿们捐一小笔款项。我原以为他最多能出二十卢布,可你信不信？他竟拿出了一千卢布，清清楚楚，一千卢布！而且还说，少于这个数目他不好意思交给我。我觉得，如果再有几个这样的沃库尔斯基，我虽然老了，也会成为一个民主派的。

弗洛伦迪娜小姐念完信后，不敢把眼睛抬起来。但她后来还是大胆地看了一下：伊扎贝娜小姐脸色苍白地坐在躺椅上，双手紧紧地合在一起。

"你对这封信是怎么看的，弗洛尔丘？"过了一会儿，她问道。

"我以为，"被问的人轻声地回答说，"在信的开头，卡罗洛娃太太就已经表明了她对这件事的态度。"

"好欺侮人啦！"伊扎贝娜小姐怒气冲冲地用手捶着那张躺椅，大声地说。

"一个不认识的买主尚且愿出五千卢布买这些银器，可她却提出押借三千卢布，这不是欺侮人吗……我没什么好话说。"

"她为什么这样对待我们……难道我们真的破产了？"

"哎，贝尔丘①！"弗洛伦迪娜很激动地插嘴说，"这封尖刻的信正好证明了你们并没有破产。姑妈说话尖刻，但她还是知道同情不幸的。如果你们真的要破产，你们从她那里将会得到殷切的关照和慰问。"

"我非常感谢。"

"你不用担心，明天我们就有五千卢布的收入，可以保证半年的家用了……至少保证一个季度。过几个月……"

① 贝尔丘、贝尔齐和贝卢都是伊扎贝娜的爱称。

"我们的房子就要被拍卖掉了。"

"这只是一个简单的手续问题,没有别的。你们从中还会得到好处,因为今天对你们来说,房子已经成了一个累赘。再说,你们从霍尔滕西亚姑妈那里还能得到近十万卢布的遗产。此外,"弗洛伦迪娜小姐歇了一会儿,皱着眉头,又说,"我也说不准,你父亲是不是还有一笔财产,大家都这么认为……"

伊扎贝娜小姐在躺椅上把身子往前倾斜,一把抓住弗洛伦迪娜小姐的手,低声说:

"弗洛尔丘,你这是对谁说话呀?你真以为我一心想的是要出嫁,别的什么也没有看见,什么也不懂吗?你以为我不知道,"她的声音更加低微了,"他这个月,不得不向米科瓦伊借钱维持家用了吗?"

"你父亲正是这么做的……"

"难道他盼着你每天早晨在他的钱包里塞几个卢布吗?"

弗洛伦迪娜小姐瞅着她的眼睛,摇了摇头,回答说:

"你知道得太多了,但你也不是全都知道。这两个礼拜,也许十天以来,我看你父亲身上总是有几个卢布的……"

"这么说,他借了债……"

"不,他在城里从来没有借过钱。每个债主找上门来,在他那间办公室里都能拿到收据或利钱。这方面,你还不清楚。"

"那么现在,他从哪里能够弄到钱呢?"

"我不知道,但我见过他有钱,我也听说,他总是能够弄到几个钱的。"

"那为什么他允许把银器卖掉呢?"伊扎贝娜小姐执拗地

问道。

"大概就是要让家里的人不高兴吧?"

"那么是谁赎买了他的期票呢?"

弗洛伦迪娜小姐做了个手势,表示她不愿意说。

"克热索夫斯卡太太没有买那些期票,"她说,"这我知道。所以,要不是霍尔滕西亚姑妈,就是……"

"就是谁?"

"就是你父亲自己。难道你不知道,你父亲干了多少使家里人担忧的事情,然后又来取笑他们吗?"

"为什么他要使我和我们担忧呢?"

"我想你不会真的担忧吧? 一个做女儿的应当绝对相信她的父亲。"

"啊,你说得不错。"伊扎贝娜小姐轻声地说道,她陷入了沉思。

那个穿黑衣的表妹从靠椅上慢慢地站起来,悄悄地走了出去。

伊扎贝娜小姐又环顾了一下房间的四周,她觉得这间房呈灰白色。她望着窗子外面那些摆动着的黑色的树枝,望着几只叽叽喳喳地叫着、也许正在争着要做自己的鸟巢的麻雀,望着现已成了一片灰色没有一点明亮之处的天空,她又想起了募捐和新式化装的事。但她认为这两件事实在微不足道,甚至是可笑的,所以她想到它们的时候,只不过耸耸肩膀。

有几个问题使她感到很烦恼,这就是她要不要把那套餐具交给卡罗洛娃伯爵夫人? 父亲的钱又是从哪里来的? 要是他早先就弄到了钱,那为什么还要向米科瓦伊借债呢? 如果他没有钱,那么现在这些钱又是从哪里来的呢? ……要是她把餐具和银器交给了姑妈,她就再也没有机会把那些东西以更好的价钱卖出去了。但如果她以五千卢布卖掉了那些纪念品,它们就真的会像伯爵夫人信中所写的那样,落到不正派的人手里。

思路忽然被打断了,因为她的一双灵敏的耳朵这时候听见那间隔得远一点的房间里传来了一种响声。这是一个男人的脚步声,既平和又均匀。来到客厅里后,地毯使那响声变得轻微了一些,可是到了饭厅里,它又大响起来了,来到她的卧室里后,这脚步声是那么细小,就好像踮着脚尖走路一样。

"请进,爸爸!"伊扎贝娜小姐听见有人敲门,便回应了一声。

托马斯先生走进来后,她正要从躺椅上站起来,但父亲没有让她起来。他把她抱在怀里,吻着她的头,然后向壁上那面大镜扫了一眼,便在她的身边坐下。那面镜子里照出了他那漂亮的脸庞、灰白的胡须,还有那白璧无瑕似的美观合适的上衣,那条笔挺的裤子,看起来好像刚刚从裁缝师傅那里拿来的一样。他认为这一切都是非常体面的。

"我听说,"他对女儿微笑着说,"你收到了一封很不愉快的信。"

"唉,爸爸! 要是你知道姑妈是用什么口气写这封信的话……"

"肯定是用一个神经病人的口气,你不要见怪。"

"要那样也没什么。我怕她没有说错,怕我们的银器真会落在某个银行家的餐桌上。"

她把头依偎在父亲的肩膀上。托马斯先生不高兴地望了一下那面放在小桌上的小镜子,他心里明白,在这一瞬间,他和女儿构成了一幅非常美丽的图像。他的镇静把她脸上的不安衬得特别明显突出，他微微笑了一下。

"银行家的餐桌！"他重复了一句，"我们祖先的银器早就在鞑靼人、哥萨克人和造反的农民们的桌子上了，这对我们来说并不是耻辱，而是一种光荣，谁打仗，谁就会有损失。"

"人们就是因为战争和在战争中遭受了损失。"伊扎贝娜小姐插了一句。

"今天就没有战争了吗？……只不过用来打仗的武器不同罢了，人们使用的武器不是镰刀和剑，而是卢布。约阿霞①很会这一套，她不卖她的餐具，而出卖她家的产业，或者干脆把那古老城堡的废址拆掉，用来造一座仓库。"

"这么说，我们打了败仗。"伊扎贝娜小姐小声说道。

"不，孩子！"托马斯先生挺直了腰杆，回答说，"我们的胜利才刚刚开始，谁知道，我的妹妹以及和她关系密切的那些人对这也许还有点害怕呢！她们老是那样打不起精神，所以我这方面生龙活虎的表现，我每个较为大胆的步骤，对她们都是一个刺激。"他好像在对自己说话似的。

"这就是你的办法吗，爸爸？"

"是的！她们以为我会求她们帮助，约阿霞也很想让我当她的全权代表，可是我不同意，我接近平民阶层，受到了他们的尊敬，这又使我们这个圈子里的人感到惶恐不安。他们以为我会落后，可他们现在看到，我会取得第一名。"

"你吗，爸爸？"

"是呀，是我。我到现在还没有声张出去，因为我缺少一

———————

① 约安娜的爱称。

个能够照我的办法办事的人。今天,我终于找到了一个懂得我的思想的人,我已经行动起来了。"

"是个什么人?"伊扎贝娜小姐惊讶地望着父亲,问道。

"一个商人,叫沃库尔斯基,是个坚强的男子汉。通过他的帮助,我要把我们的平民阶层组织起来,创立一个发展东方贸易的公司,用这个办法来振兴工业……"

"你吗,爸爸?"

"到那时候,我们再来看看谁走在最前面,即使在可能举行的市参议会的选举上①……"

伊扎贝娜小姐眼睛睁得很大地听着。

"爸爸,你说的那个人,"她轻声地说道,"是不是一个骗子,一个冒险家?"

"这么说,你不知道他?"托马斯先生问道,"他还是一个给我们提供货物的人。"

"我知道那家铺子,是个很好的铺子。"伊扎贝娜小姐沉思着回答说,"那里有个老掌柜,看起来有点古怪,但是非常客气。哦,几天前,我好像还认识了那里的店主,那个店主好像很粗鲁。"

"沃库尔斯基很粗鲁?"托马斯先生感到奇怪,"他虽然态度有点生硬,却是很懂礼貌的。"

伊扎贝娜小姐摇了摇头。

"一个令人不快的人,"她说话的时候显得很兴奋,"我想起来了,礼拜二,我在他的店里问了一把扇子的价钱,你看他

---

① 这不过是托马斯的一种幻想,在沙俄占领者统治下的波兰王国,根本不允许有这种选举。——原注

是怎么瞅着我的！他什么也没有回答我，只是把他那只又大又红的手伸向一个伙计（那个伙计的穿着打扮倒是很讲究），用一种听起来有点生气的声调咕哝着说:'姆拉夫斯基先生（莫拉夫斯基还是姆拉切夫斯基，我记不清了），这位女士问扇子的价……' 唉，爸爸找到的这个股东真没意思！"伊扎贝娜小姐笑了起来。

"一个很有魄力的人，一个坚强的人，"托马斯先生回答说，"他们那些人都这样。我要在家里开几次会，你也会认识他们。那些人都很古怪，只是这个人比别的人更怪。"

"爸爸要接待这么一些先生？"

"我非得和一些人商量一下不可。如果说到我们这些人，"他望着她的眼睛，又说，"我可以肯定，他们只要听说有人在我的家里，就会一个不缺地到我这里来。"

这时弗洛伦迪娜小姐进来，请他们去吃午饭。托马斯先生让女儿挽着胳膊，三个人一直往饭厅里走去。那里汤盆已经准备好了，米科瓦伊身穿礼服，打着一条宽大的白色领带，在那里伺候。

"我笑贝尔齐！"托马斯先生对那个往汤盆里倒汤的表侄女说，"你想想看，弗洛罗，沃库尔斯基给她的印象是个粗鲁的人。你认识他吗？"

"今天有谁不知道沃库尔斯基呢？"弗洛伦迪娜小姐说着便把托马斯先生的汤盆递给了米科瓦伊，"是的，他的穿着打扮并不十分讲究，但他给人的印象……"

"像是长着一双红手的树干。"伊扎贝娜小姐笑着插了一句。

"他使我想起了特罗斯蒂，贝卢，你还记得吗？就是巴黎常备军中那个上校军官。"托马斯先生回答说。

"可他却使我想起了古罗马那种常胜的角斗士的雕像。"弗洛伦迪娜小姐用音乐般的声调加上了一句。"你还记得吗，贝卢？在佛罗伦萨，那个把剑高高举起来的角斗士，一副严峻甚至粗野但是又很漂亮的脸①。"

"可那双红色的手呢？"伊扎贝娜小姐问道。

"他那双手是在西伯利亚冻坏了。"弗洛伦迪娜小姐着重地指出。

"他在那里干什么？"

"他为年轻时候的一时冲动而后悔了，"托马斯说，"这是可以原谅的。"

"哦，那他是个英雄喽？"

"他还是个百万富翁。"弗洛伦迪娜小姐补充了一句。

"是个百万富翁？"伊扎贝娜小姐又说了一遍，"我现在相信，爸爸和他合伙，找到了一个好的伙伴，可是……"

"可是什么？"父亲问道。

"可是对这样的伙伴，人们会怎么看呢？"

"一个人只要有势力，世界就会臣服于他。"

米科瓦伊正好把猪肉灌肠送上来时，前厅里的门铃响了。于是那个老仆走了出去，没过多久，便用一个银的或者只是镀银的托盘捧回了一封信。

"伯爵夫人的信。"他报告说。

"是给你的，贝卢，"托马斯先生手里拿着那封信，接着

---

① 佛罗伦萨在一八六〇至一八七一年间是意大利的首都，当时王宫里经常展出一些古罗马角斗士的雕像，吸引贵族阶层的人们去参观。——原注

说，"就让我来替你吞下这粒新的药丸子吧！"

他把信拆开，读了一遍又笑着把它交给了伊扎贝娜小姐。

"是啊，"托马斯先生叫了起来，"这封信里才真的是个约安娜的样子啦！神经病，永远是个神经病！"

伊扎贝娜小姐推开菜盘，心神不安地把信浏览了一下，她的脸色渐渐明亮了。

"听我念吧，弗洛尔丘！"她说，"很有意思。"

姑妈是这么写的：

> 亲爱的贝卢，小天使，忘掉我以前那封信吧！实际上，我对你那套餐具根本就无所谓，你结婚的时候，我们还会有另外一套。但我以为要紧的是，你一定要和我一起去参加募捐，我在前一封信里写的正是这个意思，而不是说餐具。我这个没有用的脑子呀！你如果不愿意伤害它，你就答应我的请求吧！
>
> 我们教堂里的耶稣墓会变得很漂亮。好心的沃库尔斯基捐了一个喷水池、会唱歌的人造鸟、一种能够自动演奏庄严乐曲的乐器和许多地毯。霍哲尔①送了花，爱好音乐的人们要办管风琴、小提琴、大提琴和演唱音乐会。我太高兴了，但要是在这些美妙的场合里没有你，我非生病不可。你说是不是那样？紧紧地拥抱你，多多地吻你，爱你的姑妈。
>
> 约安娜

~~~~~~~~~

① 霍哲尔兄弟确有其人，他们当时在华沙耶路撒冷大街上开了一个花店，很受市民的欢迎。——原注

明天我们去商店给你订一套春天的服装,你如果不接受,我就活不了啦!——又及。

伊扎贝娜小姐满面红光,这封信使她期盼的一切都成了现实。

"沃库尔斯基是无人可比的!"托马斯先生笑着说,"他以突袭的方式征服了约安娜,现在她不仅不拒绝和他合伙,而且还要和我争夺他呢!"

米科瓦伊端来了子鸡。

"那一定是一位天才。"弗洛伦迪娜小姐注意到了这一点。

"沃库尔斯基吗?……得啦,他不是。"托马斯先生说,"这个人很有魄力,但是他所运用的策略,我以为并不高明。"

"在我看来,这正是他的天才的表现。"

"所有这一切都只是证明他有魄力。"托马斯先生回答说,"运用策略的禀赋和天才的智慧只有在另一些事情中才能表现出来,比如说……在赌博中表现出来。我和他赌纸牌赌得够多的了,赌那种牌,一定要有策略,结果是,我只输了八至十个卢布,而赢了将近七十个卢布,可我并不自认为是个天才。"他谦虚地补充道。

伊扎贝娜的叉子从手里掉了下来。她脸色苍白,按住自己的脑门,发出了轻声的叹息:

"唉!……唉!"

父亲和弗洛伦迪娜小姐站了起来。

"你怎么啦,贝卢?"托马斯先生惊慌地问道。

"没什么,"她说着便从座位上站起来,"偏头痛,一个钟头前我就觉得要犯病了。那没什么,爸爸!"

"突然犯的偏头痛马上就会好的，"托马斯先生说，"到她那里去吧，弗洛尔丘！我要进城去一趟，和几个人见见面，很快就回来。这时候，你照顾她一下，弗洛尔丘，拜托你啦！"托马斯先生说话的时候，面部表情显得很从容，就好像世界上的事情没有他的举荐和请求都办不到似的。

"我马上就去她那里，只是让我把这里先收拾一下。"弗洛伦迪娜小姐答道，对她来说，家里的整洁比任何偏头痛都重要得多。

暮色开始笼罩大地。伊扎贝娜小姐那间小客厅里只剩下她一个人了。她在那张躺椅上躺了下来，用双手遮住眼睛。在那像瀑布样一直拖到地板上的裙子下面，露出了她的一只瘦小的便鞋和一截袜子，但是没有人看见，她自己也没有注意到。这时候，愤怒、悲哀、耻辱在煎熬着她的心灵。姑妈已经请求她原谅了。她自己将要穿上最漂亮的衣服，在最神圣的耶稣墓旁募捐，可她依然觉得自己很不幸……她有一种走进了一个宾朋满座的客厅里的感觉，但这时忽然在自己的新衣服上发现了一大块颜色难看的油渍，就像在什么地方擦了厨房的梯子。想到这一点，她觉得很难受，嘴里流出了唾沫。

多么糟糕的处境啊！一个月来，他们一直在向仆人借债，最近十天，她父亲就靠玩纸牌赢得的钱来维持零星的开支。赢钱本是为了开心，有些老爷绅士还可以赢几千块钱，但不是为了维持最必要的开支，而且他们也不会赢商人的钱。唉，要是可以的话，她就会给父亲下跪，恳求他别去跟那些人赌钱，至少现在不要赌，因为他们的经济状况已经是那么糟了。过几天，她就能拿到卖餐具的钱，她要亲手把几百卢布交给父亲，请求他把它们输给那位沃库尔斯基先生。她要慷慨地回报他，就像她要回报米科瓦伊的借贷那样。

但是她那么做，即便只是对父亲说一下，处于她的地位合适吗？

"沃库尔斯基？……沃库尔斯基？"伊扎贝娜小姐窃窃私语着。这个沃库尔斯基究竟是什么人？他今天那么突然地从几个方面，同时以各种各样的姿态出现在她的面前，他和姑妈、和父亲要干什么？

她觉得，好几个礼拜以前就对这个人的一些事情有所听闻了。不久前，一个商人为了行善，捐了几千卢布，可是她不太知道，那个人是做女式服装的生意还是做皮货生意的。后来又有人谈到，某某商人在保加利亚爆发战争的时候，发了一大笔财，她也没有注意到，这个发财的人是那个给她做鞋的鞋匠，还是她的理发师。现在她终于想到，那个捐钱行善的商人和那个发了大财的人是同一个人，他就是那个在玩纸牌的时候，把钱输给父亲的沃库尔斯基。可是她的姑妈，这位骄傲出了名的卡罗洛娃伯爵夫人却称他"我好心的沃库尔斯基"。

这一瞬间，她的脑子里甚至出现了他的面容，他在店里总是要退到那些日本大花瓶的后面，忧郁地望着她，不愿和她说话，可总是那么不停地望着她！

有一天，她和弗洛伦迪娜小姐逗趣，去糖果店里买了巧克力糖。她们在窗子旁边坐下，窗子外面有几个衣裳破旧的孩子正好奇地像饿兽一样馋涎欲滴地望着她们，望着那些巧克力糖和糕点。那个商人也那么望过她。

伊扎贝娜小姐微微地哆嗦了一下，那就是和她父亲合伙的人吗？干吗要那样的伙伴呢？她父亲为什么要创立一家贸易公司，订一些非常远大的、他过去连想都没有想过的计划呢？他想依靠平民阶层的支持，在贵族阶级中起带头作用，他想被选进市参议会，可市参议会从来就没有过，也永远不会有的。

那个沃库尔斯基真狡猾，他说不定是个骗子，为了发展他的商务，要有一个有声望的名字来做招牌。这种情况是有的，比如在德国和匈牙利的贵族中，有多少高贵的名字陷入买卖的勾当而失去了身份。这一点她很不理解，她父亲恐怕也不懂。

天完全黑了，街上亮起了路灯。灯光照进伊扎贝娜小姐的小客厅里，使窗框和卷起的窗帘映照在天花板上。那些影子看起来仿佛是在明亮背景上映出的一个十字架，一团团密云的移过又慢慢把那明亮的背景给遮住了。

"我好像在哪里见过这样的十字架、这样的云团和这样的亮光？"伊扎贝娜小姐问自己道，她开始回想起平生见过的所有地方，她陷入了幻想。

她觉得自己正乘坐一辆华贵的马车驶过一个熟悉的地方，周围的树木和青山形成了一个巨大的圆圈。她的车子就在那个圆圈的边上，它正要往下驶去，车子往下驶去了吗？不，它既没有离开，也没有下去，它好像在原地没有动。可它确实在往下行驶，这从日光的移动中看得出来，日光映照在马车那油漆的挡泥板上，颤动着慢慢地往后移去。最后，她终于听到了车辖辘声……是不是街上一辆出租马车的车轮声？不，那是机器的响声，在那青山和树林形成的圆圈的深处，有机器在开动。那深处看起来像个湖，湖上弥漫着黑色的烟雾和白色的蒸汽，四周的绿草形成了一个边框。

伊扎贝娜小姐看见父亲正坐在她的身旁，聚精会神地察看着自己的手指甲,不时又把目光投向那一片景色。马车依然一动也不动地停留在那圆圈的边上,只有那映照在挡泥板上的日光在慢慢地往后移去。这种看似不动可是在秘密地移动的景象极大地惹火了伊扎贝娜小姐。"我们的车子到底在走呢,还是停着呢?"她问父亲道。但父亲什么也没说,就好像没有看见她似的。他只是看着自己那漂亮的手指甲,偶尔向四周扫了一眼。

这时候(车子不停地颠簸,车轮声依然可以听见),从那笼罩着黑色烟雾和白色蒸汽的湖底冒出了一个人的半截身子。他的头发剪得很短,一张黑脸使人想起那个常备军上校特罗斯蒂(是不是还会使人想起佛罗伦萨的角斗士?)。此外还有一双红色的大手,他身穿一件很脏的衬衫,袖子卷到了肘弯上;他的左手紧贴着胸脯,拿着一副像扇子一样展开了的纸牌,他的右手也拿着一张纸牌,把它举在头顶上,显然是想把它向坐在马车前座上的她扔过去。他的身子的其余部分被烟雾遮住了,看不清楚。

"爸爸,他在干什么?"伊扎贝娜小姐惊恐地问道。

"他在和我玩牌。"父亲回答说,他的手里也拿着纸牌。

"这个人真可怕,爸爸!"

"可是这种人并不伤害女人。"托马斯先生答道。

到现在,伊扎贝娜小姐才发现那个穿衬衫的男人在用一种特殊的眼光盯着她,他把那纸牌依然高举在头顶上。从山谷里升起的一团团烟雾和蒸汽有时把他那件敞开的衬衫和他那副显得十分严峻的脸给遮住了;他已经陷入了烟雾和蒸汽的包围之中,再也见不着他了。只是在烟雾后面,可以看见他那淡淡的目光,在烟雾上面,还露着他那条裸到肘弯的臂膀和那张纸牌。

"那张纸牌是什么意思,爸爸?"

可是父亲却沉着冷静地望着自己的纸牌,没有说话,仿佛根本就没有看见她似的。

"我们什么时候才离开这里?"

虽然马车一直在颠簸,映照在挡泥板上的阳光在慢慢地往后移动,但她还是看见脚跟前那个烟雾腾腾的湖和湖上被烟雾遮住了的人的身子,看见那只高举在头顶上的手和那张纸牌。一种神经过敏的不安攫住了伊扎贝娜小姐,她极力回忆和思考,想要猜出那个人手里拿着那张纸牌要表示什么……

是他在和父亲赌博的时候输的钱?大概不是。是他给慈善协会的捐献?也不是。是他交给姑妈用于捐助保育院的那一千卢布,或者他献出了那装点耶稣墓的喷水池、小鸟和地毯后的收条?都不是。这些都不会使她感到不安嘛!

伊扎贝娜小姐逐渐产生了一种巨大的恐慌。是不是她父亲的期票不久前被人赎去了?……要是这样,她在拿到卖银器和餐具的钱后,只有首先还清那笔债,才能不受那个债主的控制。可是那个站在烟雾中的男人却依然望着她的眼睛,紧紧拿着那张纸牌不肯放。这么说,也可能……唉!

伊扎贝娜小姐从躺椅上跃身而起,在黑暗中碰倒了一张小桌子,她用发抖的手去按铃,按了一次又一次,可还是没有人来。于是她跑到前厅,在门口突然碰见弗洛伦迪娜小姐。弗洛伦迪娜抓住她的一只手,惊讶地问道:

"你怎么啦,贝尔丘?"

遇到前厅里的灯光,伊扎贝娜小姐清醒了点。她微笑着说:

"把灯拿到我房里来,弗洛尔丘。爸爸在吗?"

"他刚才乘车出去了。"

"米科瓦伊呢?"

"他去把一封信交给听差,过一会儿就回来。你头痛得很厉害吗?"弗洛伦迪娜小姐问道。

"不,"伊扎贝娜小姐笑了,"我只是睡了一会儿,好像梦见了什么。"

弗洛伦迪娜小姐举着灯,两个表姊妹走进了小客厅。伊扎贝娜小姐在躺椅上躺下,把手蒙着眼睛,遮住了光线。她说:

"弗洛尔丘,你知道吗? 我已经想过了,我的银器不卖给不认识的人,否则它真不知道会落到什么样人的手里。请你坐在我那张写字台边,给姑妈写封信,说……我同意她的建议,她借给我们三千卢布,就可以把银器和餐具拿走。"

弗洛伦迪娜小姐非常惊异地望着她,最后回答说:

"这不行,贝尔丘。"

"为什么?"

"一刻钟前我收到了梅利顿太太的信,说银器和餐具有人买了。"

"有人买了? 谁?"

伊扎贝娜小姐抓住表妹的手,叫了起来。

弗洛伦迪娜小姐觉得不好意思。

"好像是一个俄国来的商人。"她这么一说,却使人感到她说的不是真话。

"情况你是知道的,弗洛尔丘! 你就直截了当地说出来吧!"伊扎贝娜小姐恳求道,她的眼里满噙着泪水。

"好,我可以把情况告诉你,但你不要向父亲透露这个秘密。"表妹请求道。

"那么是谁? 说吧,谁买的?"

"沃库尔斯基。"弗洛伦迪娜小姐回答。

这一瞬间,伊扎贝娜小姐的眼里不仅泪水干了,而且露出了像钢铁一样坚定的神色。她很生气地推开了表妹的手,一个人在客厅里烦躁地走来走去,最后在弗洛伦迪娜小姐对面的一张小靠椅上坐下。今天她已经不是一个容易受惊和急躁的小美人,而成了一位老成持重的妇人了。她要责骂某个仆人,也许还要把他撵走。

"告诉我,表妹,"她用一种美妙的女低音说,"你们在对我搞什么可笑的阴谋?"

"我……阴谋?"弗洛伦迪娜小姐重复地说,把双手紧贴在胸脯上,"我不懂你的意思,贝卢。"

"难道不是这样,你,梅利顿太太和那个——可笑的英雄,沃库尔斯基。"

"我和沃库尔斯基?"弗洛伦迪娜小姐又说了一遍。这一次,她的惊讶是那么明显,真使人不敢怀疑。

"就算你没有搞阴谋,"伊扎贝娜小姐接着说,"你也是了解情况的。"

"对沃库尔斯基,我知道的大家也都知道。他有一个铺子,我们常常在那里买东西,他在战争中发了大财……"

"他是怎么把父亲拉进他那个贸易股份公司的,你没有听说?"

弗洛伦迪娜小姐那双表情丰富的眼睛睁得很大。

"把你父亲拉进了一个公司?"她耸了耸肩膀问道,"他能把他拉进什么样的公司里去呢?"

可这时候,她对自己说出的话都感到害怕。

伊扎贝娜小姐对她的意图也不能不产生怀疑,于是又在客厅里来回走了几趟,简直像一头关起来了的母狮一样,她忽然问道:

"你起码要告诉我,你对那个人是怎么看的?"

"沃库尔斯基吗? 我只知道他很想出名,想找一些关系,别的我就不知道了。"

"这么说,他送给保育院一千卢布是要出名?"

"那当然,而且他已经拿出了比这多一倍的钱用于慈善事业。"

"可他为什么要买我的餐具和银器呢?"

"他一定会把它们拿去倒卖赚钱,"弗洛伦迪娜小姐答道,"在英国,这样的东西很值钱。"

"那他为什么……要赎买爸爸的期票呢?"

"你怎么知道是他买的呢? 那么做,对他没有一点好处。"

"我什么也不知道,"伊扎贝娜小姐心急地打断了她的话,"但我对这一切却有一种预感,我心里明白……这个人要接近我们。"

"他和你父亲已经认识了。"弗洛伦迪娜小姐插了一句。

"他也想和我接近,"伊扎贝娜小姐愤怒地嚷了起来,"这我已经看出来了,从他……"

她有点害臊地接下去说:"从他的目光中。"

“你是不是对他有成见，贝尔丘？”

“不，我不是对他有什么成见，而是我早有预见。你大概想不到，我早就知道那个人了，说得更确切一点，我早就知道他是不愿意放过我的。现在我想起来了，去年，我不论看戏，听音乐，还是听讲座，没有一次不碰到他。到现在……我才觉得这个白痴很可怕。”

弗洛伦迪娜小姐惊慌得连人带椅地往后退去，她轻声地说：

“那么你认为他敢……”

“向我讨好？”伊扎贝娜小姐笑着打断了她的话，“他如果那样，我甚至不会拒绝。我既不会天真到什么也看不出来，也不会假谦虚地表示我不知道他喜欢我……上帝啊！就是仆人也喜欢我嘛……以前，我对这种事很生气，就像我们在街上遇到叫花子挡了道，穷人跑到家门口来按门铃，或者写信来讨救济那样。可是今天，我对救世主‘因为多给谁，就向谁多取’①这句话的意思更明白了。”

“实际上，”她耸了耸肩，接着说，“男人们用这种献媚讨好的方式向我们表示尊敬是不懂得礼貌，所以我们对他们的讨好和他们那粗野的目光也不会感到奇怪。相反，要是他们不这样，那才令人奇怪呢。如果我在客厅里遇到的人中，没有一个向我诉说他的情意和痛苦，或者以忧郁的沉默来表示他更深的情意和痛苦，或者干脆对我采取冷冰冰的态度（这就表现出了最深的情意和最大的痛苦），那么我会觉得少了什么东西，就像我忘了随身带的扇子和手帕那样……哦，我知道

_____

① 见《新约·路加福音》第十二章。

他们,我对所有的唐璜①们、诗人们、哲学家们、英雄们,那些温情脉脉、大公无私、被损害的、富于幻想和坚强的灵魂都很熟悉。我知道那整个假面舞会是什么东西,我向你保证,我在那种舞会上会玩得很痛快。哈哈哈! ……他们是多么可笑……"

"我不懂你的意思,贝尔丘!"弗洛伦迪娜小姐插了一句,把手垂了下来。

"你不懂吗? ……那你大概不是女人吧!"

弗洛伦迪娜小姐做了个表示不同意的手势,随后又做了个疑惑的手势。

"告诉你吧,"伊扎贝娜小姐接着说,"这一年来我们在社会上已经没有什么地位了,这是无可否认的事实,大家都知道。今天我们已经被毁灭了。"

"你说得太严重了。"

"唉,弗洛罗,你不用安慰我啦,你也不要骗我啦! 吃饭的时候你没有听见,我父亲现在仅有的那几个卢布也都是从赌牌……赢来的。"

伊扎贝娜小姐说到这里,浑身颤抖起来。她的眼睛闪闪发亮,面颊上出现了一片红晕。

"就在这个时候,这个……商人来了,他收买了我们的期票和餐具,愚弄我的父亲和姑妈,而且像猎人捕兽那样,用网从四面八方包围我。这已不是一个可怜的崇拜者,一个可以毫不理睬的求婚者,而是一个……征服者! 他一点也不唉声

---

① 唐璜是十四世纪西班牙传说中的人物,据说是个终日无所事事,寻欢作乐,一味勾引有夫之妇的浪荡公子。

叹气,他骗取了姑妈的信任,捆住了父亲的手脚,他还要逼迫我嫁给他,如果这个不成,就以暴力来把我夺过去……你懂得这么厉害的卑鄙行为吗?"

弗洛伦迪娜小姐大为吃惊。

"在这种情况下,你只有一个简单的办法,就是把这一切都告诉……"

"告诉谁?告诉支持这位先生,要逼我嫁给那个元帅的姑妈吗?告诉父亲,用这来恐吓他,让灾祸快点降临吗?我要做的只有一件事:我不让我父亲参加任何贸易公司,就是要我跪在他脚跟前去求他也可以,就是以我去世的母亲的名义向他发出禁令我也干。"

弗洛伦迪娜小姐非常激动地望着她,说:

"真的,贝尔丘,你说得太严重了。以你的能力和天才的辨别力……"

"你不知道那些人,而我在他们工作时却见过他们。钢轨到他们手里会卷成带子一样。那是一些可怕的人,为了达到自己的目的,他们能够调动世界上的一切力量,那些力量我们甚至一无所知呢!他们懂得破坏,懂得拉拢,懂得求情,懂得拿一切去冒险,甚至懂得耐心地等待。"

"你是根据你所读过的爱情小说来设想的。"

"我是凭我的预感来说的,这些预感对我提出了警告……向我叫喊,那个人去参加战争是为了夺取我。他一回来就从四面八方包围我。可他应当有自知之明!他想收买我吗?好,就让他收买吧!他会知道我的价钱是很贵的。他要撒网来捉我吗?那就让他把网撒开好啦!我会从网里挣脱出来的,即使投入元帅怀抱……上帝啊!我真想不到我们掉进的这个深渊到底有多深,我怎么也看不见这个深渊的底。从奎林拉尔宫到一家商店……这已经不是破产,而是耻辱了。"

她倒在躺椅上,双手抱着脑袋,哽咽起来。

第七章　鸽子去见蛇

文茨基家的餐具和银器已经给卖掉了。珠宝商扣除了他要的保管费和中介费后，把钱交给了托马斯先生。虽说这样，卡罗洛娃伯爵夫人还是很喜欢伊扎贝娜小姐，因为她在出卖这些纪念物上所表现的能力和富于牺牲的精神，使这个老妇人对她又产生了一种亲密的感情。她不仅请伊扎贝娜小姐接受她馈赠的一套美丽的服装，每天都到她那里去，或者把她接到自己家里，而且还在复活节前的那个礼拜三①，把自己的马车都让给她用（这是空前未有的宠爱）。

"乘车子去城里逛逛吧，我的小天使！"伯爵夫人一边说话一边吻着她的侄女，"顺便处理一些小事情……但是要记住，在募捐的时候要打扮得漂亮点……尽量把自己打扮得漂亮点！……这是我对你的请求……"

伊扎贝娜小姐什么也没有回答，但是她的目光和脸颊上升起的一片红晕却使人猜得到，她会做好充分的准备，以实现姑妈的意愿。

在复活节前的那个礼拜三，伊扎贝娜小姐上午十一点，已经准时坐在那辆敞篷马车上，她还带着她那形影不

① 这里是指一八七八年四月十七日。——原注

离的女伴弗洛伦迪娜小姐。大街上吹来的春风散发着特别浓烈的香气，这香气早在树木绽发出新芽和迎春花开之前，就已经弥漫在空气中了。灰色的草皮露出了一丝绿意，太阳光照得那么强烈，女人们都不得不把她们的伞撑开了。

"天气真好。"伊扎贝娜小姐仰望着天空叹了一声，她看见那里一些地方点缀着小朵的白云。

"小姐，到哪里去?"仆人关上车门后，问道。

"去沃库尔斯基的商店。"伊扎贝娜小姐急忙回答说。

仆人跳上了驭者的座位，那些肥壮的枣红马便抬起头，打着响鼻，一本正经地迈开了脚步。

"为什么要到沃库尔斯基的商店里去呢，贝尔丘?"弗洛伦迪娜小姐有点奇怪地问道。

"我要买副巴黎手套和几瓶香水⋯⋯"

"我们在别的地方也买得到嘛!"

"那我要到哪里去呢?"伊扎贝娜小姐生硬地说。

几天来，一种特殊的忧虑在折磨着她，其实，这种忧虑她过去就感受过一次。那是许多年前她在国外的时候，在一个气候公园①里，看见一个铁笼子里有只大老虎。那只老虎靠在笼格子上睡觉，它脑袋的一部分和一只耳朵伸到了格子外面。

伊扎贝娜小姐一见到那只老虎，就产生了一种不可抑制的愿望，要去抓一下它的耳朵。铁笼子里充满了令人恶心的

━━━━━━

①　当时把动物园叫作气候公园，因为野兽在这里要适应气候的变化。——原注

气味,野兽强有力的爪子给她造成了无法形容的恐怖,但她还是觉得至少要去碰一下老虎的耳朵。

不过她又认为,这种奇怪的欲望是危险的,也是可笑的。因此她克制住自己,继续往前走去。过了几分钟后,她又转过身来,往后退了回去,看了看一些别的笼子,还努力去想一些别的事情。可这都没有用,于是她又回到了原来的地方。那只老虎没有睡觉,在哼哼地舔着它那双可怕的爪子。伊扎贝娜小姐跑到笼子旁边,把手伸了进去——她脸色苍白,颤抖不停地触摸了一下老虎的耳朵。

过了一会儿,她为自己这发了疯的举动感到羞愧,同时她也感受到了一种带苦涩的满足,这是人们在重要的事情上,由于听从本能的驱使而得到的一种满足。

今天,她又产生了一个类似的愿望。她很讨厌沃库尔斯基,一想起这个人可能以比实价还要多的钱买了那些银器,她就害怕得心都要停止跳动了。但尽管如此,她依然有一种抑制不住的渴望,要到沃库尔斯基的店里去,瞅着他的眼睛,当着他的面,买几样小东西,就用他拿出的那些钱去付账。她一想起和他见面本来就感到害怕,可是那种说不清的本能却驱使她向前走去。

来到克拉科夫城郊街后,她老远就看见了一块写上了"扬·明采尔"和"斯·沃库尔斯基"字样的招牌,比一栋房子稍近一点的地方,有一个还没开张的新的店铺,店铺临街的一面有五个玻璃橱窗。有几个工人正在那里干活,一些人在里面擦玻璃,另外一些人在给大门和门框镀上金层和涂上油漆,还有一些人在橱窗前安装粗大的铜护栏。

"那是谁家的店铺?"弗洛伦迪娜小姐问道。

"大概是沃库尔斯基的,我听说,他有一栋更大的房子。"

"这铺子是为我开的。"伊扎贝娜小姐一面想一面扯着自己的手套。

马车停下后,仆人先从驭者的座位上跳了下来,然后搀扶着贵妇们下了车。可是当他吱呀一声将沃库尔斯基的店门打开时,伊扎贝娜小姐一下子变得那么虚弱,两条腿也摇摇晃晃地站不住了。霎时间,她又想回到车上去,马上离开这里。可是她很快就恢复了镇静,抬起头,进到店里去了。

热茨基先生已经站立在店铺的中间。他搓了搓手,向她深深地鞠躬,以表示欢迎。站在里面的李谢茨基正在把一些青铜烛台拿出来,给一个坐在椅子上的女人看,他还以一些潇洒而又十分庄重的动作捋着他那漂亮的胡须。那个长得瘦弱的克莱因在为一个年轻人挑选手杖,那个年轻人见到伊扎贝娜小姐就马上戴上夹鼻眼镜。那个满身散发着天芥菜香气的姆拉切夫斯基紧盯着两位脸颊上泛起了红晕的小姐,他还向她们捻着他的胡髭,因为她们正陪着一个贵妇,在仔细地观看那些小装饰品。

在店门的右边,沃库尔斯基坐在一张办公桌的后面,正埋头算账。

伊扎贝娜小姐进去之后,那个挑选手杖的年轻人马上拉正了衣领,店里的两个小姑娘则互相望着。李谢茨基先生那一整套关于蜡烛台式样的夸夸其谈一下子也中断了,但是他那自以为是的态度却没有改变。就连那个听他讲话的女人,也在椅子上把身子使劲地转了过来。过了一会儿,店里陷入一片沉寂,直到伊扎贝娜小姐用她那漂亮的低音开口说话,才打破了这种寂静。

"姆拉切夫斯基先生在吗?"

"姆拉切夫斯基先生!"伊格纳齐先生知道她有什么

要求。

姆拉切夫斯基已经站在伊扎贝娜小姐的身边，他的脸像樱桃一样绯红，全身上下就像一只香炉，喷发着一阵阵香气，他的头低得像一束芦苇。

"请你把手套给我们看看！"

"这是五号半的……"姆拉切夫斯基说，随即拿来了一个小盒子。那盒子由于伊扎贝娜小姐目光的照射，在他的手中微微颤抖起来。

"啊，不是这种！"小姐笑着打断了他的话，"五又四分之三，你忘了尺寸。"

"小姐，有些事情是永远也忘不了的。可是您既然要五又四分之三的，我愿为您效劳，希望您不久再光临一次本店，"姆拉切夫斯基轻声地叹了口气，接着往下说，又把另外几个小盒子摆在伊扎贝娜小姐面前，"因为那五又四分之三号的手套，一定会从您的小手上掉下来的……"

"真是天才！"伊格纳齐先生对李谢茨基眨了眨眼，小声地说道。李谢茨基表示鄙夷地噘着嘴。

坐在椅子上的那个女人把身子转向了那些大烛台，两个姑娘面对着一些橄榄木做的梳妆盒。那个戴夹鼻眼镜的年轻人在挑选手杖。铺子里所有的事情都在安安静静地办理。只有姆拉切夫斯基过于性急，他跳来跳去，一会儿爬上梯子，拉开抽屉，不断拿出一些新的小盒子，既用波兰语，又用法语向伊扎贝娜小姐进行解释，说她只能戴五号半的手套，别的都不行；只能用正牌的爱金生香水①，别的都不能用。她的桌子也

①　一种英国的高级香水。

只能摆设一些法国制的小东西,摆上别的不好看。

沃库尔斯基俯身在办公桌上,脑门上的筋脉都暴出来了。他心里不断地算着:

"二十九加三十六——等于六十五,加十五等于八十,加七十三是……是……"

算到这里,他停住了,朝着正和姆拉切夫斯基谈话的伊扎贝娜小姐那边望去。两个人都侧身对着他,因此,他看见那个伙计正目光炯炯地注视着伊扎贝娜小姐。而她则向他露出了一丝富于表情的微笑,投去了一种稍带激励的目光。

"二十九加三十六等于六十五,加十五……"沃库尔斯基心里算道,可是他手底下的笔尖突然断了。他头也没有抬,就从抽屉里拿出了一个新的钢笔尖,可在这个时候,不知为什么在计算中却出了一个问题:

"我就爱这样一个女人吗?……胡闹!一年来,我害了一种精神病,我觉得,我好像陷入了情网……二十九加三十六……二十九加三十六……我无论如何也没有想到,她对我怎么会这么冷淡?……你看她是怎么瞅着那头蠢驴的……是啊!她很明显是一个和伙计们都可以调情的女人,她和马车夫,和仆人们不也会这么做吗?……我第一次感受到了一种平静,上帝啊,我是多么希望这种平静!"

店里又来了几个顾客。姆拉切夫斯基正慢慢地捆扎着一些小包,这时候,他很不乐意地又转向了他们。

伊扎贝娜小姐便向沃库尔斯基走去,用伞很明确地指着他说道:

"弗洛罗,你把钱付给这位先生,我们要回家啦!"

"账房在这里。"热茨基说完便向弗洛伦迪娜小姐跑去。

等他收完了钱,两个人便退到后面去了。

伊扎贝娜小姐慢慢地向那张办公桌走去,沃库尔斯基就坐在它后面。她的脸色非常苍白,就好像那个人的外貌对她产生了磁性的影响①。

"您是沃库尔斯基先生吗?"

沃库尔斯基从椅子上站起来,毫不在意地回答说:

"我愿为您效劳。"

"您是不是买了我们的餐具和银器?"她用压低了的声音问道。

"是我,小姐!"

伊扎贝娜小姐不知该怎么说下去。过了一会儿,她的脸上又泛起了一阵微微的红晕。她接着说:

"您是不是要把这些东西卖掉?"

"我买它们就是为了转卖的。"

伊扎贝娜小姐的脸更红了。

"未来的买主是不是也在华沙?"她又问道。

"那些东西我不在本地卖,我要拿到国外去卖。那里……会给我高一点的售价。"他看见她的眼里有疑问,又补上了一句。

"您认为可以赚很多钱?"

"我把它们买下来,就是为了赚钱。"

"是不是因为这个,您不让我父亲知道,这些银器在您的手里?"她带讽刺地问道。

沃库尔斯基的嘴角抽搐了一下。

① 磁性影响是指使人失去意志和意识,就像被使了催眠术。——原注

"餐具和银器我是从珠宝商那里买来的,这个我并没有秘密地进行,但我也没有让第三者插手,因为这不合做生意的习惯。"

尽管回答是这么生硬,伊扎贝娜小姐还是松了口气。她的眼光甚至暗淡了一些,那敌视的光芒消失了。

"如果我父亲经过深思熟虑,决定赎回那些东西,您会以什么价格让给他呢?"

"以我买进时的价格。当然,还要加上百分之六……至八的年利……"

"那您就要放弃您所期待的利润啦?……这为什么呢?"她连忙打断了他的话。

"这是因为,小姐,做买卖不是靠预期的利润,而要让现金不断地周转。"

"我要向您告别了……谢谢您告诉我这一切。"伊扎贝娜小姐看见她的女伴已经付了账,便这么说道。

沃库尔斯基鞠了一躬,又在他那本账簿前坐下。

仆人于是把那些小包提了出去,小姐们又在那辆马车上坐下,弗洛伦迪娜小姐这时以责备的口气说:

"你跟那个人谈了话,贝卢?"

"是的,我并不后悔!虽然他说的都是谎话,但是……"

"但是什么?……"弗洛伦迪娜小姐不安地问道。

"别问我……假如你不愿看到我在街上掉眼泪,就别对我说这些……"

过了一会儿,她用法语又补了一句。

"也许我做得不对,也许根本就不该到这里来,不过……一切对我都无所谓!……"

"我认为,贝尔丘!你应当把这件事和父亲或姑妈谈谈。"她那个女伴瘪着嘴,很严肃地说道。

"你的意思是不是,"伊扎贝娜小姐插了嘴,"我应当去和元帅或男爵谈谈?那以后有的是时间,但我今天还没有这个勇气。"

谈话中止了,两人默默无言地回到家里。伊扎贝娜小姐整天都十分气恼。

伊扎贝娜小姐离开铺子后,沃库尔斯基又开始算账。他把两行数字没有差错地加在一起,到了第三行,他算了一半又停了下来,他感到奇怪的是,他的心情为什么那么平静?整整一年他为烦躁和思念所困扰,有时甚至陷入疯狂,现在怎么会变得这么冷淡?一个人如果突然被从舞厅里赶到森林里,从闷热的监狱里来到凉爽和宽阔的田野上,也会有这样的感觉。

"我显然害了一种部分神经错乱症,并且害了一年了,"沃库尔斯基想道,"为了这个女人,没有哪一种危险我没有遇到过,没有哪一种牺牲我没有付出过。可是我一见到她,又觉得这一切都和我毫无关系。"

"你看她是怎么和我谈话的呀!她对一个卑微的商人是多么瞧不起呀……'把钱付给这位先生!'这些高贵的女人真可笑,一个懒汉,一个赌徒,甚至一个贼,只要出了名,对她们来说,都是好的伙伴。即使这个人的相貌不像他的父亲,而像他母亲的仆人也可以。但商人却是帕里亚①……不过这和我有什么相干,让她们慢慢地腐烂发臭吧!"

他又加上了一行数字,甚至没有注意店里出了什么事没有。

---

① 印度最低下和最受歧视的阶层的人,其中包括侍役和挖坟坑的工人,通常称被剥夺了人权的穷人。——原注

"她是怎么知道我买了那套餐具和那些银器的呢?"他继续想,"她为什么问我是不是付了比实价更多的钱?我倒是很高兴把那件小纪念品送给她,我这辈子都应当感谢她,要不是我爱她爱得那么疯狂,我也不会发财,我也许早就在那张办公桌后面发霉了。现在,我感到悲哀的是,我既没有遗憾,也没有失望,也没有期待……愚蠢的人生呀!……我们每个人的心里都有一个幻影,我们追逐它,直到它要离去的时候,我们才发现这是一种妄想……好啊!我绝没有想到,会有这么神奇的疗法。一个小时前,我全身都中了毒,可现在却是这么平静,这么空虚,就好像我的灵魂和内脏都已经离我而去,只剩下了一张皮和一件衣服。我现在怎么办呢?我以后怎么生活呢?……我恐怕只有到巴黎去参观博览会①,然后再登上阿尔卑斯山……"

这时候,热茨基踮起脚向他走了过来,轻声说道:

"姆拉切夫斯基干得不错呀!是不是?你看他多么善于和女人打交道。"

"那么厚颜无耻,像个理发匠。"沃库尔斯基回答说,他的眼睛没有离开账簿。

"我们的女顾客让他那么做的。"老掌柜说,但他看见自己对老板有妨碍,便告退了。沃库尔斯基又陷入了沉思,他向姆拉切夫斯基略微看了一看,这才注意到那个年轻人的相貌有点特别。

"是的。"他想,"他既厚颜无耻而又愚蠢,肯定是因为这

① 这里是指一八七八年五月一日在巴黎举办的世界综合博览会。——原注

个女人才喜欢他。"

他一想起伊扎贝娜对这个年轻人使的眼色,想起自己今天那些幻想的消失,便觉得好笑。

当他听见有人提起伊扎贝娜小姐的名字,看见店里已经没有一个顾客的时候,他的身子突然哆嗦起来。

"唔,今天你对你的风流韵事已经不保密了,"克莱因对姆拉切夫斯基悲哀地笑了一下,说。

"可她是怎么瞅着我的呀!这个,啊!"姆拉切夫斯基叹了一声,把一只手贴在胸口上,另一只手捻着胡髭,"毫无疑问,过几天,我就会收到一封香喷喷的便笺。然后便是第一次约会,她会说:'为了你,我会违反家里教我的规矩。'然后又说,'你不会瞅不起我吧?'在这之前,她很陶醉,可是过了一会儿,就会遇到麻烦了……"

"你在胡吹些什么呀!"李谢茨基打断了他的话,"我们知道你的情人是谁,她叫玛蒂尔达。你用一盘烤肉和一杯啤酒就赢得她对你痴心了。"

"平日的情人是玛蒂尔达,过节的情人是贵妇,在最盛大的节日里,恐怕只有伊扎贝娜才是我的情人了。讲句老实话,在我认识的女人中,没有一个给我留下了像她这么强烈的印象……是啊!因为她对我也很倾心。"

门砰的一声开了。一个两鬓斑白的先生走进店来,他想买一个小小的装饰品配在表上,于是一边叫喊,一边用他那根拐杖狠劲地敲打着地面,那势头就好像他要把店里所有的日本货都买了似的。

沃库尔斯基一动也不动地听着姆拉切夫斯基的吹嘘,他强烈地感觉到,好像有一些很重的东西掉在他的头上和胸脯上。

"说到底,这和我有什么关系呢?"他小声地说。

那个两鬓斑白的先生走后,又来了一个女人,她要买一把伞。随后又来了一个中年人,要买顶帽子;一个年轻人,要买雪茄烟盒。最后来了三个少女,其中一个要看索尔茨工厂生产的手套。她一定要索尔茨厂的,其他的都不要。

沃库尔斯基放下账簿,站了起来,伸手拿了办公桌上的帽子,便朝门外走去。他觉得自己有些透不过气来,脑袋好像要爆炸似的。

伊格纳齐先生拦住了他,说:

"你要走?……还是去看看那家新铺子吧!"

"我哪里也不去,我累了。"沃库尔斯基回答说,没有正眼去看他。

他走后,李谢茨基拍了拍热茨基的肩膀,低声说:

"老板看来已经累了。"

"是啊!"伊格纳齐先生回答说,"要像在莫斯科那样做生意,可不容易,这是很自然的。"

"那他为什么干得那么起劲呢?"

"为了能给我们加薪!"伊格纳齐先生一本正经地回答。

"只要每年给我们加薪,那他就是做一百笔生意也可以的,就是把生意做到伊尔库茨克去也没什么不好。"李谢茨基说,"为了这些事,我不会和他争执。但不管怎样,我还是认为,他变得很厉害,特别是今天。犹太人,先生,那些犹太人,"他又补充说,"只要探听到了他的计划,就会要害他的。"

"犹太人怎么啦……"

"犹太人,我说的是,那些犹太人!……他们要牵着所有的人鼻子走,不许什么沃库尔斯基去干涉他们,因为他既不是犹太人,也不是 meches①。"

"沃库尔斯基和贵族有联系,"伊格纳齐先生说,"在他们那里有他的资本。"

"谁知道哪个更坏,犹太人还是贵族?"克莱因顺便插了一句,抬起了由于烦恼而皱起的眉头。

---

① 希伯来语,意思是为了做生意而改变了信仰的犹太人,受物质刺激或者为提高社会地位而和犹太教决裂的犹太人。——原注

第八章 沉 思

沃库尔斯基来到了街边的人行道上,他站在那里,好像在考虑往哪里去。他什么地方也不想去,他偶然往右边望了一下,看见他的那家新开的商店,门前聚集着一些人,便厌恶地掉过头来,往左边走去。

"奇怪,这一切和我有什么关系?"他自言自语道。可是他想起了那几十个他从五月一日就给了他们工作的人。此外还有几百个人,他在一年中要给他们创造就业的机会。还有数以千计的人,由于买了他的价廉物美的商品,他们穷困的处境也有了改变。但是现在,他对这些人和他们的家庭却丝毫也不感兴趣了。

"我要转让这个店铺,也不准备再开公司,我要到国外去。"他这么想。

"人们都把希望寄托在你的身上,难道你要使他们失望吗?……

"失望?……我自己就没有遇到过失望?……"

沃库尔斯基走着,觉得身子有点不舒服;后来他感到过往的行人太多,他非得不断地让路,便走到了大街的另一边,因为那里的人少些。

"这个姆拉切夫斯基确实是个无耻之徒①,"他想道,"怎么能在店里讲那些事情呢?……'毫无疑问,过几天,我就会收到一封香喷喷的便笺,然后便是第一次约会……'哼! 那要怪她自己,她不应该和小丑调情……可这和我有什么相干!"

他觉得心里有一种奇怪的空虚感,在内心深处的一点上,好像有一种火烧火燎的痛苦的感觉。没有力量,也没有愿望,什么都没有,只有这一点点感觉,轻微到难以察觉,但是它又会毒化整个世界。

"这只是一时的消沉,衰竭,失去了印象……我对生意买卖考虑得太多。"他低声说。

他停住了脚步,朝四周看了一下,节日前夕的气氛和美好的天气把许多人都吸引到街上来了。那一长列马车和五光十色的人流从哥白尼纪念碑②和齐格蒙特圆柱③之间流过,看起来,就像城市上空的一群飞鸟,正向北方飞去。

"真不一般,"他心里想,"天上的每只鸟,地上的每个人都以为自己想去哪里,就可以到哪里去。只有旁观者才会发现,所有的人其实都被一股命运的激流冲到前面去了,这股激流的力量胜过他们的预料和愿望。也许这就是火车头在夜里喷出来的火花的那股力量……它刹那间闪出了光芒,但就此永远熄灭了,这叫作生命。

① 原文是拉丁文。

② 指波兰伟大的天文学家尼古拉·哥白尼(1473—1543)的纪念碑,它由丹麦著名雕塑家贝特尔·托瓦尔森(1770—1844)设计雕塑而成。

③ 顶上竖着波兰国王齐格蒙特·瓦扎三世(1587—1632)雕像的圆柱,高二十二米,是他的儿子弗瓦迪斯瓦夫四世国王请意大利的艺术家们设计雕塑而成。——原注

一代又一代人逝去，
就像浪涛消失在被风
吹得混浊了的大海中。
你不记得他们的欢乐，
也想不起他们的痛苦①。

"我在哪里读到过这首诗？……这都无所谓。"

街上不断响起的车轱辘声和嘈杂的人声使沃库尔斯基觉得难受，他的内心空虚得可怕，他总想干点什么，于是想起了一个外国资本家为计划修建维斯瓦河边的林荫道征求过他的意见。他对那条大道的修建有自己的看法：华沙不断地扩展，正在向维斯瓦河扩展，如果沿着河岸铺设一条林荫道，那里便可建起一个最漂亮的街区，有高楼大厦、商店和大街……

"得先去看一看，那会是什么样子。"沃库尔斯基低声说着便转向了卡罗瓦街②。

他在通往那里的一座拱门旁见到了一个赤着脚、腰上束着麻绳的搬运夫，他正凑在一股喷泉上喝水，他的全身上下洒满了水，可是他的脸上显现出了非常满足的神情，他的眼里也露出了一丝微笑。

"好啊！他的口渴已经解除了。可是我，刚一靠近喷泉，就发现它已经不喷了，我也不感到口渴。人们都妒忌我，要我去怜悯穷人，多么没道理！"

到卡罗瓦街后，他喘了口气，觉得自己也是大都市生活的

---

① 引自弗沃齐米日·扎古尔斯基（1834—1902）的抒情长诗《所罗门王》的第一部分。——原注
② 卡罗瓦街是克拉科夫城郊街在靠近布利斯托尔宾馆处分出来的一条街。——原注

磨盘里碾出来的一把谷糠,在一条挤在一些古老的城墙之间的阴沟里慢慢地飘到下面去了。

"林荫道算得了什么?"他想,"它虽然能够存在一些时候,但过后就会遭到破坏,会荒废,长满杂草,就像那些房屋的墙壁一样。人们辛辛苦苦地建造这些房子,他们想到过健康、安全和财产,也许还想到过有一个娱乐和舒适的环境。可现在他们又到哪里去了呢?……在他们的身后只留下了残垣断壁,像远古时代的贝壳化石一样。这一堆和其他千百堆砖瓦也只是要向未来的地质学家证明它们曾经是人类劳动的产品,就像我们今天把珊瑚礁和白垩层称为原虫的产品一样。

> 一个人从他的劳动,
>
> 从他在世上做的工作能得到什么?
>
> 死亡——是他业绩完成后的结果,
>
> 他的一生也只不过一眨眼工夫①。

"我是在哪里读到过这一段呢?哪里?……这不要紧。"

他在半路上停了下来,眺望着从他脚跟前延伸而去的新兹雅兹德②和塔姆卡③之间的城区。他觉得这个城区好像一个梯子,梯子的一边是好街④,另一边起于加尔巴尔斯卡街⑤,通往托

① 这也是扎古尔斯基的《所罗门王》中的诗句。
② 新兹雅兹德是从城堡广场通往华沙维斯瓦河上第一座现代化大桥的一条大道。——原注
③ 塔姆卡是当时维斯瓦河畔南边的最后一条街,和新兹雅兹德的方向相反。——原注
④ 好街是一条位置和维斯瓦河平行的街道。——原注
⑤ 加尔巴尔斯卡街当时又叫富尔曼斯卡街,它和啤酒街及托皮耶尔街一起,形成了一条和好街平行的大道,但距离维斯瓦河要远一些。——原注

皮耶尔街。十几条横穿而过的小巷①就像这个梯子的横木。

"可是沿着这个放倒在地的梯子,我们哪里都走不通,"他想道,"这是一个肮脏和不健康的角落,一个野蛮的角落。"

他非常痛苦地想起了全城的垃圾都倒在河边的这块土地上。这里只有一些咖啡色、浅黄色、深绿色和橘黄色的单层楼房和平房,只有一些用白色和黑色的篱笆围起来的空旷的场地。在那些场地上,偶尔耸立着一幢有好几层楼的住宅,就像在砍伐殆尽的树林里留下的一株松树,为自己的孤单感到恐惧。

"什么也没有,一无所有!……"他漫步在一些小巷子里,重复地说。他在这里看见了一些破旧的小屋,它们几乎塌陷到了路面上,它们的屋顶上长满了青苔,上面的护窗板白天黑夜都紧紧地关闭着,门扉也用钉子钉得死死的,墙壁东倒西歪,被打破了的玻璃窗上糊了纸或者塞了一些破布。

他继续往前走去,通过肮脏的窗玻璃往一些住户里张望,那些没有柜门的柜子,只有三条腿的椅子,坐垫破了的长沙发,只有一根指针、针盘被打碎了的钟,他真是看得太多了。他一边走,一边看着那些老是在等待工作的短工、那些在缝补破旧衣服的裁缝、那些仅仅有一篮子干饼的女商贩、那些穿得破烂不堪的汉子、瘦弱的小孩和浑身脏臭的女人,他对他们露出轻微的冷笑。

"这是一个国家的缩影,"他想道,"这个国家里的一切都在走向堕落、腐化和蜕变。一些人死于贫困,另一些人死于寻

① 这些小巷叫密巷、维斯瓦巷、糖椴巷、求实巷、莱什琴斯卡巷、木巷和兔巷。——原注

欢作乐、荒淫无耻。为了喂饱那些无能之辈,大家废寝忘食地干活,怜悯养育了一批厚颜无耻的懒虫。而那些连最简陋的家具什物都不拥有的穷人,身边只有永远饥饿的孩子,他们最大的利益就是早死。"

"在这里,单独一个人是没有办法的,因为大家都在玩弄阴谋,要用绳索捆住他的手脚,要让他在一场毫无意义的争斗中,把精力全都耗费掉。"

随后,他大略地回顾了自己的一生,当他还是个孩子的时候,他的求知欲很旺盛,但被送进了一家饭店。他日以继夜拼命地干活,可是作为一个伙计,从店里的厨师到在这里喝醉了的知识阶层的人士都嘲笑他。后来他终于上了大学,但人们又以他不久前端给顾客的一盘菜肴的名称来讽刺他。

到了西伯利亚,他才透了口气。他在那里可以工作,他的工作还赢得了切尔斯基、切卡诺夫斯基和狄波夫斯基[1]的赞扬,把他看成了自己的朋友,回国后他几乎成了一位学者,可是当他想利用他的知识去寻找工作时,人们却大喊大叫地阻拦着他[2],逼得他去做买卖……

"在这艰难的岁月,这真是一个好饭碗啊!"

[1] 杨·切尔斯基(1845—1892)、彼得·亚历山大·切卡诺夫斯基(1833—1876)和贝内迪克特·塔杜施·狄波夫斯基(1833—1930)一八七〇年以前,在西伯利亚做过一些比较零散的科学研究工作,主要是为了逃避惩罚,他们相互之间有过联系。一八七〇年以后,他们对西伯利亚进行了大规模的科学研究。——原注

[2] 在西方,才能和发明能给学者开辟走向飞黄腾达的道路,可是在波兰,却没有人对科学研究感兴趣,人才和发明被浪费了,这个问题在普鲁斯的"记事"中提到过几十次。——原注

于是他又做起买卖来了。那时候，人们大喊大叫，说他出卖了自己，靠妻子的恩赐，靠在明采尔家干活挣来的钱过日子。

几年后，他的妻子在一次偶然的事件中死去，给他留下了一笔数量很大的遗产。沃库尔斯基把她安葬后，丢下了一些活计，又开始读书了，要不是一次在戏院里见到了伊扎贝娜小姐，这个服饰用品商人也许就成了一个很有学问的自然科学家。

他看见她穿着一件白色的裙子，跟她父亲和弗洛伦迪娜小姐一起坐在包厢里。这时候，舞台吸引了所有观众的注意力，可她却不往那里看，而是痴呆呆地朝前望去，谁也不知道她望着什么地方，望什么。她大概是在想阿波罗吧？……

在整个这段时间，沃库尔斯基一直在望着她。她给他留下了一种特殊的印象。他觉得他以前好像见过她，也很熟悉她。他注视着她那梦幻般的眼睛，想起了西伯利亚极端宁静的荒原，有时候它静得连鬼魂西归①的声音都听得见。后来，他又想起他从来没有在任何地方见过她，可是他又好像很久以来一直在等待她。

"你是不是我所期待的人呢？"他心里问道，眼睛却离不开她。

从那以后，他就很少想起他的铺子和书本了，而是不断地寻找机会，想在戏院里、在音乐会或者演讲会上见到伊扎贝娜小姐。他不愿把自己的那种感情称为爱情，他根本就

① 这是波兰浪漫主义诗人尤利乌斯·斯沃瓦茨基（1809—1849）的长诗《安亨利》中的情节。西伯利亚祭师和魔术师沙曼让安亨利的灵魂脱离了躯壳，回到了祖国。——原注

无法肯定,在人类的语言中,究竟有没有一个词能够表达那种感情的内容。他只觉得她已经变成了一个集中了他所有的回忆、渴求和希望的神秘的焦点,变成了一团火,没有它,他的生活就没有风格,甚至毫无意义。在杂货店里干活、上大学、西伯利亚、和明采尔家的寡妇结婚,最后还有那次纯属偶然去戏院看戏——他对看戏本来不感兴趣——所有这一切,都是命运指引他走过的道路和阶段,使他能够见到伊扎贝娜小姐。

从那以后,时间对他来说分成了两个阶段:当他看见伊扎贝娜小姐的时候,他觉得他的心里很平静,就好像他的力量也增强了。如果他见不着她,他就会想她,思恋她。有时他还觉得他的感官有一种错觉:伊扎贝娜小姐在他的灵魂中并未占有中心的位置,她只是一个普普通通甚至很普通的要出嫁的姑娘。可同时他却拟订了一个很奇怪的计划:

"我先认识她,直截了当地问她,你是我这辈子所期待的人吗?……如果你不是,我就可以既没有责难,也毫无遗憾地离开……"

过了一会儿,他看出这个计划是他精神错乱的表现,因此他把"她是什么人,不是什么人?"这个问题摆在一边,下定决心,不管怎样也要去认识伊扎贝娜小姐。

但他深知,在他的熟人中,没有一个能够把他引到文茨基的家里去。更糟的是,文茨基先生和那位小姐是他店里的常客,这种关系不仅没有使他们比较容易地认识,反而使他们更难接近了。

他逐渐明确了结识伊扎贝娜小姐是有条件的,仅仅为了能够和她推心置腹地谈话,而别无所求,就必须:

不做商人，要做就得做一个富商。

至少出身贵族，和贵族阶层的人有关系。

首先是要有很多钱。

要证明自己出身贵族①并不难。

去年五月，沃库尔斯基办过这件事，由于他去保加利亚，也很快就使他这件事办成了②，他在十二月就拿到了证明文件。可是要发一笔财就难多了，在这方面，是命运帮了他的忙。

东方战争③开始的时候，一个莫斯科的富商苏津④路过华沙，他是沃库尔斯基在西伯利亚结交的一个朋友。苏津拜访了沃库尔斯基，一定要他去做军需供给的买卖。

"斯坦尼斯瓦夫·彼得罗维奇⑤，把你搞到的钱都攒起来，"他说，"老实告诉你吧，你会赚得整整一百万块钱的。"

接着他小声地向他说出了自己的计划。

沃库尔斯基听了他的计划后，其中一部分他不能接受，另一部分他虽然接受了，但还是很犹豫。离开这座城市，他有点舍不得，因为在这里，他至少还看得见伊扎贝娜小姐。可正好在六月，伊扎贝娜到姑妈家里去了，苏津来电报催他，他终于

① 证明自己出身贵族是沙皇尼古拉一世在一八三六年下令履行的一个所谓"检查贵族身份证明"的官方的手续。——原注
② 在一个有影响的战争部里，军队的物资运送以及和它有关的军需物资的运送，能够造成极其有利的条件，以便加快证明贵族出身手续的办理。——原注
③ 指俄土战争（前曾称为东方战争），是在一八七七年四月或五月的最后几天爆发的。——原注
④ 这里说的是亚当·苏津（1800—1874），他在维尔诺对"爱知社"和"爱德社"的审讯中，被判监禁，后相继被流放到乌法和奥伦堡。——原注
⑤ 即沃库尔斯基。

下定了决心,把亡妻原先存在银行里从未动用过的三万银卢布①的全部现金提了出来,这是他从妻子那里继承的遗产。

动身前的几天,他到了他的熟人舒曼医生那里。两个人虽然十分友好,但平日却难得一见。舒曼医生是个犹太人,单身汉,个子矮小,黄皮肤,蓄一绺黑胡子,以性情古怪出名。他有一笔财产,所以给人治病不要钱,但这只是在他研究人种学②需要的时候。他给他的朋友们永远只有一个处方:

"什么药都吃,从最小剂量的油类到最大剂量的马钱子素③,对你总有一点帮助,就是治鼻疽病④也有帮助。"

当沃库尔斯基按响医生住宅的门铃的时候,舒曼正在将斯拉夫族、日耳曼族和犹太族人的各种各样的头发进行分类,他借助于显微镜,能够量出这些头发横断面大小不同的直径。

"哦,是你呀!"他掉过头来对沃库尔斯基说,"如果你高兴,就自己把烟斗装上! 如果长沙发容得下你,你就在那里躺下吧!"

来客点燃了烟斗,照主人的吩咐躺了下来,医生仍在工作。两人沉默了一些时候,最后沃库尔斯基开口说:

"告诉我,医学上是否谈到过那么一种精神状态,一个人处在那种精神状态,会觉得他那一向分散的知识和……感情,就好像结合成了一个有机体?"

① 银卢布,用白银铸造的卢布,是一种比纸卢布更可靠的钱币,不会贬值。——原注
② 他研究的并不是人种学(人种学是一种研究不同民族文化的科学),从后面的说明来看,舒曼感兴趣的是解剖学和人类学的研究。——原注
③ 一种剧毒药,用来提神醒脑。
④ 动物,主要是马和驴常患的一种传染病。

"是的。不断进行脑力劳动和有良好的营养,能使大脑形成新的细胞,或者使所有旧的细胞结合起来。到那时候,大脑中的各个不同的部门和各种不同的知识领域就会形成一个整体。"

"可是还有一种精神状态,一个人要是处在那种状态,死亡对他来说都无所谓,但他却很向往那神话传说中的永生,这又是怎么回事呢?……"

"对死亡无所谓,"医生回答说,"是智慧成熟的表现,渴望永生却预示着老之将至。"

两个人又缄默不语了。客人抽着烟斗,主人仍忙于显微镜上的活计。

"你认为,"沃库尔斯基问道,"不追求女人的肉体,只在精神上爱她,这做得到吗?"

"当然,这是种族生存的本能喜欢戴的面罩之一。"

"本能——种族——某种东西生存的本能——一个种族的生存!——"沃库尔斯基重复地说,"三个词汇和四件蠢事。"

"去做第六件蠢事,"医生说,眼睛没有离开眼镜片,"结婚。"

"第六件?……"沃库尔斯基从长沙发上站了起来,问道,"这是第五件吧?"

"第五件蠢事你已经干了:你恋爱了……"

"我?……像我这样的年纪?……"

"四十五岁——这个时候恋爱只能是最后一次,也是最糟糕的一次。"医生回答说。

"行家都说,初恋是最糟糕的。"沃库尔斯基低声说。

"不对。初恋之后,你还要恋爱一百次,到一百零一次以后——就再也不恋爱了。结婚吧!只有结婚才能治好你的病。"

"那么你为什么没有结婚呢?"

"因为我的未婚妻死了,"医生回答说,他把身子往后靠在椅背上,抬头望着天花板,"我想自杀,并且尝试过所有的办法。我吞服过哥罗芳①,那是在外地。上帝给我派来了一个好同事,他撬开了门,救了我。可那是一种最卑鄙的仁慈!……我赔了那扇被撬坏了的门,那个同事却散布谣言,说我疯了,并且取代了我的职位。"

他又转过身去,面对着那些头发和显微镜。

"通过最后一次恋爱,你得出了一个什么看法?"沃库尔斯基问道。

"不要阻止人们去自杀,这就是我的观点。"医生回答说。

沃库尔斯基还躺了差不多一刻钟,然后站起,把烟斗收好,又躬下身来,吻了吻医生。

"祝你健康,米哈乌!"

医生随即离开了桌子。

"你要干吗?……"

"我要到保加利亚去。"

"去干什么?"

"去做军需供应的买卖,我定要发一笔大财。"沃库尔斯基回答说。

"要是发不了财呢?"

---

① 一种毒药,用于镇痛。

"发不了财……我不回来。"

医生凝望着他的眼睛，使劲地握着他的手。

"祝你一切顺利①。"他心平气和地说，把他送到门口后，又开始了自己的工作。

沃库尔斯基正沿着楼梯下去，可医生却跟着他跑了出来，身子俯在栏杆上，大声叫道：

"如果你回来了，别忘了给我带些头发来：保加利亚人的、土耳其人的等等，男人女人的头发都要。可是别忘了，要分成小包，注明一下。怎么个做法，你是知道的……"

沃库尔斯基从这些往事的回忆中醒过来。他既没有看见医生，也没有去他的家里，他甚至有十个月没有见到他了。这里是泥泞的求实巷，那里是啤酒街②。上面，在一些光秃秃的树木的后面，可以看见大学一片黄颜色的大楼③。底下还有一些小平房、空场地和篱笆，再往下是维斯瓦河。

有个男人站在他的旁边，那人身穿一件褪了色的长衣，脸上长满了红色的胡子。他摘下便帽，吻了吻沃库尔斯基的手。沃库尔斯基留心地望着他。

"韦索茨基吗？"他问，"你在这里干什么？"

"我们都住在这里，老爷，住在这房子里。"那人指着一间矮小的泥板房，回答说。

---

① 原文是拉丁文。

② 一条和克拉科夫城郊街平行、沿着维斯瓦河堤岸延伸而去的街，在华沙大学建筑群的背后。求实巷从这里分出来，往下直接通往维斯瓦河。——原注

③ 这是一些属于俄罗斯大学的楼房，这些楼房在中央大学被取消后，就归这所俄罗斯大学所有。今天它们成了华沙大学的主要建筑物。波列斯瓦夫·普鲁斯曾在这里学习。——原注

“你为什么不来运货呢?”沃库尔斯基问道。

“我用什么来运货呢? 老爷,我那匹马新年前就死掉了。”

“那你现在在干什么呢?”

“嗯,什么也没有干。我一家在我弟弟那里过了冬,我弟弟是华沙通往维也纳的铁路上的养路工,他家里也很困难,因为他从斯凯尔涅维采①被调到琴斯托霍瓦②来了。他在斯凯尔涅维采有三莫尔格③土地,本来日子过得很阔绰,可如今他的处境不好了,土地没有人管就会荒掉。”

“那你们现在怎么办呢?”

“老婆去洗点衣服,可那些拿衣服给她洗的人自己也掏不出钱来,我呢——唉……我们要完蛋了,老爷……我们不是第一批,也不是最后一批。在四旬斋④期间,一个人心情好的话便说,今天,你为死者的灵魂斋戒,明天,你是为了纪念耶稣而绝食,后天,你是为了祈求上帝消灾弥难。可是过了这些节日,你就没法向孩子们解释,为什么要他们禁食了……

“但是,老爷,看来您也有点忧郁,大概到了我们都该灭亡的时候了。”那个穷汉叹了一口气。

沃库尔斯基考虑了一下。

“你们的房租付了没有?”他问道。

“老爷,人家是那么赶我们,租金也不用付了。”

---

① 华沙至克拉科夫途中的一个火车站,也是一个铁路的枢纽。
② 波兰著名宗教圣地。
③ 旧时波兰地积单位,过去指一对牛一个上午能够耕种的土地面积。十九世纪在波兰王国,一波兰莫尔格合五千五百九十八平方米,相当于五十六公亩。——原注
④ 复活节前的四十天。

"你为什么不到铺子里去找热茨基先生呢?"

"我不敢去,老爷! 马死掉啦,车子抵押给了犹太人,我穿着这件衣服像个乞丐 …… 我怎么去呢? 去找别人的麻烦?"

沃库尔斯基掏出了钱包。

"这里有十个卢布,给你过节用。"他说,"明天你到店里来,拿一张条子去普拉加①,在马贩子那里挑一匹马,过了节你就来店里干活。你在我这里每天挣三个卢布,这样你就容易把债还清了。实际上,你是有办法的。"

那个可怜人一摸到钱便哆嗦起来。他仔细地听着沃库尔斯基的话,泪水从他消瘦的脸上流了下来。

"是不是有人告诉过您,"过了一会儿他问道,"我们的情况……是这样? 因为有人曾经派一位仁慈的姐妹到我们家里来过,那是差不多一个月前。她认为我是个没有用的人,给了我一张条子,凭这个可以到铁街②去领一普特③的煤。那大概就是您吧?"

"回去吧,明天到店里来。"沃库尔斯基说。

"我就走,老爷!"那人回答说,一个鞠躬几乎触到了地面。

他走了,但在半路上又停了下来,很显然,是在想着这不期而遇的幸福是怎么来的。

~~~~~~~~~~

① 华沙普拉加区肯普纳街附近的维斯瓦河的支流,它已经干涸,这里有一个大的集市广场。——原注

② 铁街是在华沙西边的边界上往北延伸的耶路撒冷大街分出来的一条小街。由于它靠近火车站,这里有许多仓库和货栈。——原注

③ 普特是一九一八年前俄国使用的一种重量单位,相当于十六点三八公斤。——原注

这时候,沃库尔斯基突然产生了一种特殊的感觉。

"韦索茨基!"他喊了一声,"你的弟弟叫什么名字呀?"

"卡斯佩尔。"那人马上跑回来,回答说。

"他在哪个车站工作?"

"琴斯托霍瓦站,老爷!"

"回去吧,说不定他会调到斯凯尔涅维采去。"

那人没有离开,而是更加靠近沃库尔斯基了。

"对不起,老爷,"他怯生生地说道,"要是有人找上我,问我这些钱是从哪里来的,那怎么办?"

"你就说是你向我借的。"

"我知道了,老爷……上帝……愿上帝……"

沃库尔斯基没有再听他说话,便向维斯瓦河那边走去,他在想:

"有些人对饥饿已经没有什么感觉了,他们唯一的痛苦是寒冷,这是一些多么幸福的人啊!要使他们幸福也不难!……就是我这笔并不宽裕的财产,也能解救几千个家庭,这看似不可能的,但实际情况就是这样。"

沃库尔斯基来到了维斯瓦河的岸边,他惊奇地发现,在一片面积有好几莫尔格的广阔的平地上,有一大堆令人恶心的垃圾,臭气熏天,在阳光照耀下,它几乎晃动起来了。可是华沙的饮用水,就蓄在距离它只有几十步远的地方①。

"这里是所有传染病的滋生地,"他想,"今天,如果有人从自己家里倒出了什么东西,那么明天,他又会喝到这些东

----

① 这里是指在卡罗瓦街和椴树巷之间称之为"龙"的那段引水设施,它主要给老城区供水(华沙其他城区没有这样的引水装置)。——原注

西。然后,他就会被抬到波翁茨基墓地①里去,而这反过来又将他的病传染给他依然活着的亲人。

"这里该修一条林荫道,铺设自来水管,山上有洁净的泉水可以饮用,每年可以防止好几千人死亡,好几万人生病……不是什么大工程,但受益却不可估量,大自然是知道如何回报的。"

他在那斜坡上和令人生厌的垃圾堆的缝隙里看见了一些人影:有几个醉汉或小偷在阳光下打盹,两个捡垃圾的女人;还有一对情侣,女的是麻风病患者,男的患了肺结核,连鼻子都烂掉了。看起来,他们简直不像人,而像是一些隐藏在这里的疾病的幻影,身上裹着从垃圾堆里挖出来的破布。所有这些生灵都觉察到来了一个生人,连那些半睡半醒的人都抬起头来,像野狗一样望着这个造访者。

沃库尔斯基不由得冷笑了一下。

"要是我晚上到这里来,他们一定会治好我的忧郁病,第二天,我也就可以在这堆垃圾下安息了,它是一个很舒适的坟墓,和所有别的坟墓一样。到那个时候,会有人喧闹,会有人迫害和诅咒这些善良的人。这大概也是对我的恩赐吧!

　　　　在坟墓中长眠的人们,

　　　　不知道人生的忧虑,

　　　　也没有精神上的痛苦,

　　　　没有思念和满足不了的渴望。②

---

①　波翁茨基墓地位于波翁茨基城区,是华沙最受人们敬仰的一块墓地,因为这里埋葬着许多为民族的复兴做出贡献的人们。——原注
②　引自扎古尔斯基的长诗《所罗门王》。——原注

"我真的开始变得多愁善感了吗？我的神经一定受到了很大的刺激。一条林荫大道也消灭不了莫希干人①。他们会迁到普拉加或者比普拉加更远的地方去，会继续干他们的本行，会像这对情侣一样相爱，甚至会生男育女，繁衍后代。祖国啊！你的子孙后代是多么漂亮啊！他们全都是一个全身长满了斑疹的母亲和一个没有鼻子的父亲生出来和养育大的。

"我的孩子不会是这样，他们将从她的身上继承美貌，从我的身上继承力量……可美貌和力量是不会有的，这个国家是疾病、贫困和犯罪产生的温床，它们会传给子孙后代。

"为几代人担忧……不过也还有一些很简单的良药：坚持分内的工作，正确的奖励制度。这不仅可以鼓励优秀的个体，而且也会把坏的除掉……然后我们的人民就会成为坚强的人民，而不是像现在这样忍饥挨饿，病体恹恹。"

过后，他不知为什么又想道：

"一个女人有点卖弄风骚有什么关系呢？……女人风骚就像花的颜色和香气一样。这是她们的天性，想讨得每个男人的喜欢，甚至连姆拉切夫斯基那样的人……

"对所有的人……卖弄风骚，对我却只有一句话：'把钱付给这位先生！……'她是不是认为，我收买银器的时候骗了他们？……这真是太好了！"

在维斯瓦河岸上有一堆原木。沃库尔斯基觉得累了，便坐下来向周围望了一下。在维斯瓦河平静的水面上，映出了

① 莫希干人是北美洲最强大的印第安部落之一，十八世纪被殖民主义者从他们原来的居住地赶走，后在英国人和法国人的战争中被彻底消灭。——原注

一片绿油油的萨斯基·肯帕①和普拉加的红屋顶房子的倒影。河中心有一艘驳船，一动也不动地浮在水面上。那条船看来并不比沃库尔斯基去年看见的那条因为发动机坏了在黑海上抛锚的船更大。

"那条船行驶得像飞鸟一样快，但这会儿开不动了，因为它的发动机熄火了。我当时问自己，我是不是有一天也会在奔跑的途中停住？是啊！我现在真的停住了。世界上的运动都是一些极为平常的动力所引起的。一点点煤就能使船开动起来，小小的心脏就能使人活动起来。"

这时有一只过早来到的黄蝴蝶从他的头上向市中心的那一方飞了过去。

"真有趣，它是从哪里来的？"沃库尔斯基心里想，"大自然变幻无常，但也有类似的东西。在人类中也有蝴蝶，他们的颜色很漂亮，在生活的表面上飞来飞去，以甜蜜的东西为食，没有这些他们就活不下去——这就是他们的活计。可是你这条小虫子，却在翻松土地，使土地变成可以耕种的沃土。他们寻欢作乐，你辛勤劳动；广阔自由的天地和阳光属于他们，你却只有那种当人们不小心把你踩死后能够再生的权利。

"你喜欢蝴蝶吗？笨蛋！……它讨厌你，你不觉得奇怪？……你和她之间有什么共同之处？

"蝴蝶的幼虫还没有变成蝴蝶以前，也很像毛虫。是啊！那么你这个服饰用品商人是不是也想变成一只蝴蝶呢？……为什么不呢？世界的规律不就是不断地自我完善吗！在英

①　萨斯基·肯帕当时是瓦维尔乡的一个村庄，在维斯瓦河中心的一个很大的洲上。——原注

国,有多少商人的家族被授予爵士的头衔?

"在英国,社会正处于创造的时代。那里的一切都在走向自我完善,已经到了较高的阶段。在那里,地位较高的人在努力培养新生力量。可是我们这里,上层阶级像水一样,遇到严寒就冻结成冰,它把自己当成一个特殊的种族,和其他社会阶层完全割裂开,对它们表示厌恶,它的惰性也妨碍所有社会下层进行创造性的活动。干吗要欺骗自己呢?她和我是两个不同种族的生物,真的像蝴蝶和虫子一样。难道为了她展开翅膀我就可以离开我的洞穴和别的虫子吗?躺在垃圾堆上的那些人都是我的人,他们的处境之所以那么悲惨,甚至以后还要悲惨,就是因为我每年不惜花三万卢布,变成蝴蝶去寻欢作乐。一个愚蠢的商人,下流汉。

"三万卢布可以建立六十个小作坊,或者使六十个家庭的生活都有了保障的那么多的铺子。我怎么能把他们消灭,剥夺他们的人的灵魂,把他们赶到这个垃圾堆上来呢?

"可是话又说回来,我要不是认识了她,会有今天这笔财产吗?……谁知道,要是没有她,我和我的这些钱会变成什么呢?这些钱也可能只有见到她,才具有创造力,至少可以让十几个家庭受益吧?……"

沃库尔斯基回过头,突然看见了自己在地上的影子。然后他又想起影子不是走在他的前面、旁边,就是跟在他的后面,不论何时何地都永远伴随着他,就像他对那个女人的思念,不论何时何地,也不论他清醒或者在梦中,都不离开他一样。这思念和他所有要达到的目的、计划和行动都混杂在一起了。

"我不能放弃她!"他把两手一摊,低声说道,好像要对谁进行解释一样。

他从那堆原木上站起来，回头往城里走去。

当他走过奥博什纳街①时，又想起了那个赶车人韦索茨基，他的马累倒了，沃库尔斯基仿佛看见了一大批运货的车子，在它们的前面都躺着累倒了的马；还有一大批马车夫，濒于绝望地望着他们的车子。他们每个人身边都有一群面黄肌瘦的孩子和一个靠给别人洗衣服为生的女人，可是那些让她洗衣服的人又付不起钱。

"一匹马？……"沃库尔斯基低声说，感到心里很沉重。

三月里，有一次，他走过耶路撒冷大街②时，看见一群人围着一辆黑色的运煤车，这辆车子横在大门前的马路上，距离它只有几步远的地方还有一匹卸下的马。

"出了什么事？"

"那匹老马摔断了腿，"在过路的行人中，有个脖子上围着一条紫色围巾的人，把两只手插在口袋里，幸灾乐祸地说。

沃库尔斯基随便望了一下那匹不幸的马。一匹瘦马，身子两侧的皮肤被擦破了，它向上抬起了一条后腿，一动也不动地站着，一只眼睛斜视着沃库尔斯基。由于疼痛，正在死命地啃咬着一根上面有霜的小树枝。

"为什么我到今天才想起这匹马呢？"沃库尔斯基心里想，"为什么我这么悲哀呢？"

~~~~~~~~~~

① 奥博什纳街是一条从维斯瓦河边的啤酒街往上延伸，在哥白尼纪念像附近通到克拉科夫大城郊街的小街。——原注
② 今天是华沙维斯瓦河左岸联结东西方向的主干线，它是在一八一五至一八三〇年间扩建华沙城时修建的。一八一五年以前，它原是一条通往一个称之为新耶路撒冷的犹太居民区的道路。——原注

他深思着沿奥博什纳街走去,感到在河边地区的这几个小时里,心里起了一种变化。过去——十年前,一年前,甚至就在昨天,他走过这些街道的时候,从来没有见到过什么特别的东西。有人在那里行走,出租马车从那里驶过,店铺打开大门,殷勤好客地迎接过往的行人。可现在他好像有一种新的感觉:每个衣裳褴褛的人都在向他呼救。由于他没有说话,只是以恐惧的眼光望着他们,就像那匹断了腿的马一样,他们的呼救声显得更大了。在他看来,那洗衣妇是个苦命的女人,用她一双被肥皂水泡坏了的手拼命地干活,使她的一家不致陷入贫困和破落的境地。那些可怜的孩子都注定夭折,或者注定要在好街附近的垃圾堆上,度过他们的日日夜夜。他不只是关心人,而且也感受到了那些马拉着沉重的运货车的痛苦,它们的脖子被颈轭磨出了血的疼痛。他深知那条狗是因为找不到主人而发出恐惧的狂吠,那条垂着奶头的瘦母狗从一条阴沟跑到另一条阴沟里,为自己和它的那些狗崽找食物,但它什么也没有找到,因而感到绝望。连没有树皮的树、像掉了满口牙齿一样的坑坑洼洼的路面、潮湿的墙壁、破旧的家具、破烂的衣裳都使他感到无限的痛苦。

　　他觉得,那些东西都处于病态,它们受到了残害。它们在诉苦:"看呀,我多么受罪呀!"这种诉苦也只有他才听得懂。而他也只是在今天,在一个小时前,才有了这种能够感受到别人痛苦的特殊的本领。

　　奇怪!外面的舆论已经把他看成是一个慷慨的慈善家了。一些穿大礼服的慈善协会的会员为了他给那个永远要救济的机关捐钱,向他表示感谢。伯爵夫人卡罗洛娃在所有的沙龙里都谈到过他给她的保育院捐的那笔钱。他的仆人和伙计也赞扬他给他们加了薪。可是这一切却没有使沃库尔斯基感到高兴，因为在他看来，这简直毫无意义。为了买个名声，他把几千卢布都扔到慈善机构的钱柜里去了，也不问那些钱以后会怎么样。

直到今天，他用十个卢布帮助一个人摆脱了困境，也没有人在社会上去宣扬他的这种高尚行为，他才认识到了什么叫牺牲。直到今天，他才感到惊异地看见了一个新的他一直不了解的世界——必须救助的贫困世界。

"怎么，难道我以前没有见到过贫困？"沃库尔斯基心里说。

于是他回想起了一大批衣衫褴褛、骨瘦如柴而又不断地寻找工作的人们，瘦骨嶙峋的马，饥饿的狗，剥掉了树皮的树和断了的枝丫。这一切他都遇见过，可是没有留下什么印象。直到他个人的剧痛在他的心灵上耕出了田畦，在这块田畦上用自己的血施肥，用所有的人都看不见的眼泪灌溉，才开出了一朵珍奇的花：一种对所有的一切——人、动物，甚至我们称之为无生命的东西——的普遍的同情。

"医生会说，我的脑子里不是产生了一个新的细胞，就是有几个旧的细胞结合起来了。"他想。

"是这样，可以后呢？……"

因为他以前只有一个目标：接近伊扎贝娜小姐。今后他就有两个目标了：帮助韦索茨基摆脱困境。

"小事情……"

"把他的弟弟调到斯凯尔涅维采附近……"有个声音补充了一句。

"小事一桩。"

但在这两个人之后，马上就有几个别的人站出来，他们的后面还有几个人，然后还有一大群在各种贫困的处境中拼命挣扎的人。最后——就是一片痛苦的汪洋大海。这种痛苦必须尽量地减轻，无论如何不能让它再加重了。

"幻想……抽象的概念……焦躁！"沃库尔斯基嘟哝道。

这是一条道路。在第二条道路的尽头，他看见了一个现实的、非常明确的目标：伊扎贝娜小姐。

"我不是要为全人类牺牲自己的耶稣。"

"那你首先要把韦索茨基忘掉！"他内心的一个声音说。

"嘿，愚蠢！今天我虽然很激动，但也不能做那些可笑的事情，"沃库尔斯基这么想，"我将为每个人做我能够做到的事情，但我不会放弃我的幸福，否则我会徒劳无功……"

就在这时候，他到了自己的店门口，于是走了进去。

沃库尔斯基在店里只遇见一个女顾客，那是一位身材修长的女士，穿着黑色的衣服，多大年纪看不出来。她面前有一堆梳妆盒，是用木头、皮革、绒布和金属做的，有的显得简单朴素，有的装饰得很漂亮，有的很贵，有的很便宜。所有的伙计都在为她效劳。克莱因还不断地把新的梳妆盒递过去，姆拉切夫斯基在夸奖货色，李谢茨基以他的手和胡须的动作给他助威。只有伊格纳齐先生一个人向老板跑了过去。

"从巴黎运来了一批货，"他告诉沃库尔斯基说，"我认为，明天一定要去提取了。"

"你看着办吧！"

"莫斯科订了一万卢布的货，五月初要交货。"

"这我早就想到了。"

“拉多姆①订了两百卢布的货,那个运货的马车夫说明天就来。”

沃库尔斯基耸了耸肩膀。

“总有一天要把这个杂货店关掉,”过了一会儿,他说,“没有一点好处,可要求很多。”

“那我们不就要和我们的同行脱离关系了吗?”热茨基惊奇地问道。

“不跟犹太人来往,”李谢茨基低声地插进来说,“要是老板断绝了那些坏透了的关系,那倒是再好也不过的事。有时候拿出去的钱有一股洋葱味,真不好意思。”

沃库尔斯基没有答话。他望着他的那本账簿又坐了下来,在假装算账,可实际上他什么也没有干,他连干活的力气都没有了。他只想到了他不久前是怎么设想为人类造福,他认为他的神经一定是很紧张的。

“感伤主义和幻想控制了我,”他想道,“这是一个不好的征兆。我在嘲笑我自己,我要破产了……”

他情不自禁地望着那位正在挑选梳妆盒的女士的脸,并没有什么特别的表情。她的衣装很朴素,头发向后梳得很光滑。她那张白中带黄的脸上,露出了极端悲哀的神色,从她嘴边上的纹路可以看出她心存怨恨,她那往下看着的眼睛不时闪出怒火,不时又显露出谦卑的神情。

她说起话来声音很低,很温柔,但买东西的时候,却像一百个吝啬鬼那样,喜欢讨价还价。这个太贵了,那个又太便宜,这块绒布褪了色,那个东西的皮子会磨掉,还有那一件,看

① 波兰的一个城市。

得出已经生锈了。李谢茨基按捺不住心中的火气,只好走了。克莱因在休息,只有姆拉切夫斯基好像把她当成他熟悉的女人一样,在和她谈话。

这时店门开了,来了一位特殊的顾客。李谢茨基说,这个人活像个痨病鬼,他的小胡髭和连鬓胡是在棺材里长出来的。沃库尔斯基注意到他像傻瓜似的张着嘴,一副黑色的夹鼻眼镜后面有一双大眼睛,看起来好像非常心神不安似的。

那顾客和街上一个什么人谈完话后,便走了进来,可他马上又出去了,要和那个人告别。然后他又走了进来,又再一次出去。这时候,他抬起头来,好像在看店里的招牌似的。最后他还是进来了,但是没有把门关上。他悲哀地看了一下那位女士,黑色的夹鼻眼镜从他的鼻子上掉下来了。

"哦……哦……哦!……"他叫了起来。

可那位女士猛然一转身,避开了他,然后去看那些梳妆盒,在一张椅子上坐下。

姆拉切夫斯基向这位来客走去,带着不很明确的微笑问道:

"男爵先生有什么吩咐?……"

"发卡,你看,有普通发卡,金发卡或钢发卡……只是,你知道,一定要骑师便帽上那种样式的发卡——还要一条鞭子——"

姆拉切夫斯基打开那个放发卡的玻璃橱。

"水!"那位女士微弱地喊了一声。

热茨基从长颈玻璃瓶中倒了一杯水,显露出很同情的样子。

"太太不舒服?……是不是请医生来……"

"我已经好些了。"她回答说。

男爵望着那些发卡，做作地转过身去，背对着那位女士。

"你是不是认为马蹄铁形状的发卡比较好？"他问姆拉切夫斯基。

"我以为这一副和那一副男爵先生都少不了。体育爱好者①只戴和运动有关的发卡，但他们是经常换的。"

"你说，"那女士突然问克莱因，"有些人连马都养不起，要马蹄铁干什么？……"

"好，先生，"男爵说，"请你再给我挑几个马蹄铁样子的小东西吧！"

"要不要烟灰缸？"姆拉切夫斯基问。

"要，来个烟灰缸！"男爵回答说。

"再来一个上面刻了马鞍、骑师帽和马鞭子的雅致的墨水瓶怎么样？"

"好，来一个上面有马鞍和骑师帽的好看的墨水瓶……"

"先生你说说，"那位女士提高了嗓门，对克莱因说，"在国家沦亡的时候，你们弄来了这么值钱的东西，不觉得有愧吗？……买竞赛的马，不是一种耻辱？……"

"亲爱的先生！"男爵同样以很大的声音冲姆拉切夫斯基叫道，"请你把这些衣服、烟灰缸和墨水瓶包起来，送到我家里去！你们这里有很漂亮的货色供人挑选……我衷心地感谢……再见！……"

他从铺子里跑出来后，又回顾了几次，看了看门上的

---

① 这里的体育爱好者是指骑马、航海、打猎和其他这种类型的娱乐活动的爱好者。以英国为例，俱乐部组织这种活动时，参加者必须穿戴合适的衣服和标志。——原注

招牌。

那个古怪的男爵走后,店里一片寂静。热茨基望着门口,克莱因瞅着热茨基,李谢茨基看着站在那女士背后、装出一副怪相、似要表示某种意思的姆拉切夫斯基。女士从椅子上慢慢站了起来,向沃库尔斯基的那张办公桌走去。

"我可以问问,"她用颤抖的声音说,"刚才出去的那位先生欠了您多少钱吗?……"

"尊敬的太太!如果那位先生在我这里赊了账,那也是他和我的事。"沃库尔斯基鞠了一躬,回答说。

"先生!"那女士有点生气地往下说,"我是克热索夫斯卡,那位先生是我的丈夫。他的债和我是有关系的,因为他侵占了我的财产,我们正为这件事在打官司呢……"

"对不起,太太!"沃库尔斯基打断了她的话,"夫妻间的不和我管不了。"

"哦,原来是这样?对一个商人来说,这倒是很省心的,再会。"

她离开了商店,砰的一声关上了店门。

过了几分钟,男爵又急急忙忙地跑了进来。他朝街上望了几眼,然后向沃库尔斯基走去。

"很对不起,"他说着又千方百计地要把那鼻子上的夹鼻眼镜扶正,"我是您的老主顾,出于对您的信任,我冒昧地问一下:刚才出去的那个女人说了些什么?……千万请您原谅我的冒失,但这是出于我的信任……"

"她说的话不值得重复。"沃库尔斯基答道。

"您知道,很抱歉,她是我的妻子……您知道我是谁……克热索夫斯基男爵……她是一个正直的女人,光明正大,但因为我们的女儿死了,她的性情有点急躁,有时候……您明白吗?……难道您一点也不明白?……"

"一点也不明白。"

男爵鞠了一躬。他走到门口,他的视线正巧和那个向他眨巴着眼的姆拉切夫斯基的视线碰到一起了。

"原来是这样?"男爵说着,向沃库尔斯基投去了锐利的目光。

然后他又跑到街上去了。姆拉切夫斯基依然一动也不动地站在那里,他脸上的红晕一直红到了发根上。沃库尔斯基的脸色有点苍白,可是他显得很平静,已经坐下来工作了。

"姆拉切夫斯基,你说,这两个鬼怪算个什么呀?"李谢茨基问道。

"唉,说来可真有一段故事!"姆拉切夫斯基抬眼望着沃库尔斯基说,"那是克热索夫斯基男爵,一个大怪人,和他那有点神经质的妻子。他们还是我的表亲,可那有什么用!……"他叹口气,照了照镜子,"我没有钱,我要来这里干活;可是他有钱,所以到我这里来买东西……"

"他们不干活,却有钱!"克莱因插嘴说,"在这个世界上,这是一个多么好的秩序啊,不是吗?"

"好啦,好啦……你不要再让我来相信你的秩序了,"姆拉切夫斯基回答说,"实际上,男爵先生和男爵夫人这些年来,一直在明争暗斗。他要离婚,她不同意;她不让他管理她的财产,他又不干。她不许他养马,特别不许他养赛马,他又不让她买文茨基家的房子,可克热索夫斯卡太太现正住在那里,她的女儿也死在那里。两个怪人……他们互相吵架,对骂,让人看戏啊……"

他很轻松地讲述着,并且在店里大摇大摆地走来走去,那神气就像一个公子少爷。他进来了一会儿,马上就要出去似的。沃库尔斯基坐在那张靠椅上,不断地变着脸色,姆拉切夫斯基的声音他再也听不下去了。

"克热索夫斯基家的表亲,"他想,"收到伊扎贝娜小姐的情书……哼,无耻之徒!……"

沃库尔斯基镇定了一下,又开始算账。店里来了些新的顾客,正忙于挑选货色,讨价还价,付钱。沃库尔斯基埋头工作,只看见了他们的影子。可是他统计的那一排排数字排得越长,数目越大,他越是觉得,有一团无名的怒火在他的心中燃烧。为什么生气?生谁的气?——那不重要。谁先找上门来,谁就得还这笔债。

七点钟左右,店里没有顾客了,伙计们在聊天,沃库尔斯基还在算账。这时他又听见姆拉切夫斯基在说些厚颜无耻的话,那调子真叫人受不了。

"克莱因先生,你别用那些愚蠢的东西来骗我了……所有的社会主义者都是盗贼和坏蛋,他们要分享别人的东西,他们两个人穿一双皮鞋,不相信用手绢可以擦鼻子。"

"你只要读过几本小册子①,"克莱因悲哀地说,"就不会这么说了。"

"胡说……"姆拉切夫斯基打断了他的话,把双手往口袋里一插,"我会读那些要消灭家庭、信仰和财产的小册子!……哼!那种愚蠢的货色你在华沙找不到。"

---

① 指宣传社会主义的小册子,其中包括菲迪南·拉萨尔的两篇著作:《间接税收和劳动阶级的状况》和《资本和劳动》。

沃库尔斯基合上账簿,把它放进办公桌的抽屉里。这时候,又来了三个女人要买手套。

　　这笔买卖拖了近一刻钟。沃库尔斯基坐在那张靠椅上,望着窗外。女人们出去后,他以平和的声调说:

　　"姆拉切夫斯基先生。"

　　"您有什么吩咐?"那英俊的小伙子问了一声,踩着对列舞①的舞步向老板的办公桌走去。

　　"从明天起,你到别的地方找工作去。"沃库尔斯基简单地说了一句。

　　"为什么,老板先生?……为什么?"

　　"因为我这里不要你了。"

　　"理由是什么?……我没有做过什么坏事呀?您这么突然辞去我的工作,叫我到哪里去呢?……"

　　"我们给你签署一个好的鉴定,"沃库尔斯基说,"热茨基把下一季度的薪水也付给你,一共——付五个月的……理由嘛,是这样,我和你合不来……完全合不来。我的伊格纳齐,请你和姆拉切夫斯基先生一起,把他的薪水算到十月一日止。"

　　沃库尔斯基说完就从那张靠椅上站起来,到街上去了。

　　姆拉切夫斯基的解雇给大家留下了很不愉快的印象,伙计们一句话也没有说,当时虽然还不到八点,热茨基就叫人把店门关了。他马上跑到了沃库尔斯基的家里,可是在那里没有碰上他。夜里十一点钟,他又去了一趟,窗子里又没有灯光,伊格纳齐先生沮丧地回到了自己家里。

---

　　①　一种社交舞,十八世纪开始盛行于欧洲。

第二天是耶稣复活节前的礼拜四,姆拉切夫斯基不再到店里来了,他的同事们都很难受,只是有时候轻声地议论几句。

快到一点钟时,沃库尔斯基来了。可他还没有在办公桌前坐下,店门就开了。克热索夫斯基先生跄跄跄跄地走进来,很吃力地将他的夹鼻眼镜推到鼻梁上。

"沃库尔斯基先生,"这位心神不定的顾客一进门就喊了一声,"我刚才听说……我是克热索夫斯基……我听说,那个可怜的姆拉切夫斯基因为我的过错被辞退了。可是沃库尔斯基先生,我昨天可一点也没有难为您呀……我尊重您对我和我妻子的事表示谨慎的态度。我知道您对她说的是,应当怎样才能成为一个绅士……"

"男爵先生,"沃库尔斯基说,"我没有请你证明我的行为是否合乎礼数。你还有什么事吗?"

"我到这里来,是要请您原谅那个可怜的姆拉切夫斯基,他甚至……"

"我对姆拉切夫斯基先生没有什么要求,我没有要求他回到我这里来。"

男爵先生咬了咬自己的嘴唇。他沉默了一会儿,好像被那生硬的拒绝搞昏了头似的。最后他鞠了躬,轻轻地说了一声"对不起……"便走了。

克莱因和李谢茨基两位先生躲在柜子后面,稍稍商议了一下,又出来了。他们不时向对方投去悲哀和有所表示的目光。

下午三点左右,克热索夫斯卡太太来了。她的脸色显得更加苍白、焦黄,身上的衣服也比昨天穿的那件颜色更深了。

她在店里很害怕地环视了一下,看见沃库尔斯基后,便向他那张办公桌走去。

"先生,"她轻声地说,"今天我听说,有个叫姆拉切夫斯基的年轻人,因为我的过错在您这里丢了差事。他那不幸的母亲……"

"姆拉切夫斯基先生已经不在这里了,他也不会再来了。"沃库尔斯基鞠了一躬,回答说,"您有什么吩咐吗?"

克热索夫斯卡太太本来准备好了许多话要说,可是很遗憾,她只望了望沃库尔斯基的眼睛……说了一句"对不起……"就从店里走了。克莱因和李谢茨基先生相互之间使了个眼色,耸了耸肩膀。这眼色表现出了比以前更加明确的意思。

直到下午五点左右,热茨基才走到沃库尔斯基跟前,双手撑在办公桌上,低声对他说:

"斯塔希库①!那个姆拉切夫斯基的母亲是个很可怜的妇人……"

"把他的薪水发到年底。"沃库尔斯基回答说。

"我认为……斯塔休,我认为,一个人只因为政治观点和我们不同,就那么严厉地惩处他,这是不应该的。"

"政治观点?"沃库尔斯基反问了一句,那声调伊格纳齐先生听了像有一种寒风刺骨的感觉。

"我还要告诉你,"伊格纳齐先生继续说,"丢了这个伙计太可惜。小伙子长得漂亮,女人们都很喜欢他……"

"漂亮?"沃库尔斯基说,"他要是那么漂亮,那就让他以

---

① 斯塔希库和斯塔休都是沃库尔斯基的爱称。

漂亮来养活自己吧!"

伊格纳齐先生退到后面去了,李谢茨基和克莱因先生这一次互相连望都没有望一下。

一个钟头以后,有个叫钱巴的先生来到店里,沃库尔斯基介绍说,这是一位新来的伙计。

钱巴先生三十光景,长得英俊漂亮,也许不亚于姆拉切夫斯基,但他看起来却很严肃、稳重。店里还没有到晚上关门的时候,他就和大家都认识了,甚至还交上了朋友。热茨基先生发现他是一个热心肠的波拿巴主义者。李谢茨基先生承认,和钱巴相比,他这个犹太人的反对者也自愧不如。克莱因还得出了一个结论:钱巴至少是一位社会主义问题的专家。

总之一句话,大家对他都很满意,而钱巴先生却依然是那么沉着冷静。

第九章　不同阶层的人相遇在独木桥上

在复活节前礼拜五那天早上,沃库尔斯基想到卡罗洛娃伯爵夫人和伊扎贝娜小姐今明两天将在教堂里的一些墓旁募捐。

"一定要到那里去,还得捐助点什么。"他考虑了一下,便从钱柜里拿出了五个俄国金币①。"虽然我,"过了一会儿,他往下说,"已经给他们送去了地毯、会唱歌的小鸟、能奏乐的首饰盒,连喷水池都送去了……这大概可以拯救一个人的灵魂了吧! 我不去了。"

可是到了下午,他又想,卡罗洛娃伯爵夫人也许以为他会去的。在这种情况下,不去或者只捐五个金币是不行的,因此他从钱柜里又拿出了五个金币,把这些钱都用一张薄纸包起来。

"是啊,伊扎贝娜小姐也在那里,"他对自己说,"在她面前只捐十个金币也不行。"于是他又把他那一包钱解开,再加上十个金币,可他还是在想,"去还是不去呢? ……"

"不,"他说,"我不是搞那种廉价买卖的善举的人。"

---

① 　一俄国金币当时值五卢布(一八九七年卢布贬值后,它的票面价额为七点五卢布)。——原注

他把那包钱扔进了钱柜,复活节前的礼拜五那天,他没有到教堂里去。

可是在复活节前的礼拜六那天,他对这件事又有了完全不同的看法。

"我简直疯了!"他自言自语道,"我要是不去教堂,我去哪里才见得到她呢?……如果不花钱,我怎么去引起她的注意呢?我失去理智啦!……"

可他还是犹豫不决,直到下午两点左右,热茨基因为过节,叫关了店门,沃库尔斯基才从钱柜里拿出了二十五个金币,往教堂走去。

他来到教堂后,却没有马上进去,好像有什么事情碍着,他还不能进去。他想见到伊扎贝娜小姐,却又害怕和她会面,他为自己带来了那些钱感到羞愧。

"抛下一大堆金子!……这在用纸币的时代①,确实是个了不起的举动——像个暴发户啊……如果她们正等着钱用,那怎么办呢?……这点钱是不是太少了?……"

他在教堂对面的那条街上走来走去,两眼始终没有离开教堂。

"进去,"他想,"马上进去……再等一会儿……唉,我这是怎么啦?"他觉得,他那痛苦的心思,在决定是否采取这么一个很普通的行动的时候,也不是没有犹豫的。

他想起自己已经很久没有进教堂了。

"过去什么时候进过教堂?……一次是结婚的时候……

---

① 俄土战争爆发时期,在俄国,为了填补预算的亏空,政府额外发行纸币,它跟金币和银币相比,就没有价值了。——原注

第二次是为妻子举行葬礼的时候……"

可那两次自己身边发生了什么事情，他至今也没有弄明白，因此他现在望着这座教堂，觉得它完全是个陌生的东西。

"这么一座高大的建筑物，上面没有烟囱，只有一座塔，里面没有人住，却保存了亡人的尸骨，这有什么用呢？为什么要浪费地面和墙壁呢？日以继夜地点着灯为了谁呢？人们为什么要聚集在这里呢？……

"人们到市场上去买食品，到商店里去买日用品，到戏院里去娱乐，到这里来干什么呢？……"

他不由自主地将站在教堂旁边的信徒们的渺小的身影和神圣教堂的巨大身躯加以比较，忽然产生了一个特别的想法：正像地球上由于一种伟大力量的作用，使得平坦的陆地上耸立起山脉，人类也有一种不可估量的力量，因而造起了教堂这一类的建筑物。如果你见到了这一类建筑物，你会认为在我们这个行星的内部有一些巨人，他们拼命地往外挣扎，最后突破了地壳，巨大的岩洞就是他们冲破地壳的时候造成的。

"他们要去哪里？据说是要到一个更高的世界里去。如果潮水的涨落证明月亮不是一种虚假的光辉，而是一个现实的存在的话，那为什么这些奇怪的建筑物不能证明另外一个世界的存在呢？……难道它对人的心灵的吸引力不及月亮对海洋上的波涛的吸引力吗？"

他走进了教堂，在这里马上就看见了一种新的景象：有几个男女乞丐在乞求布施，上帝会给这些可怜人以施舍，让他们能够生活下去。一些虔诚的信徒在吻着在罗马帝国受难的耶稣的脚，另外一些人在门槛上跪了下来，举起双手，抬起眼睛，就好像被一种超凡的幻象所迷住。教堂里一片昏暗，那银烛台上十多支点着了的蜡烛火光也不能把它照亮。在教堂的石板地上，这里那里都可见到一些不很清晰的人影，他们有的呈十字架形状躺在地上，有的把身子弯到了地上，好像要带着谦卑和虔诚把自己隐藏起来似的。望着这些一动不动的身影，可以想象，他们的灵魂这会儿一定离开了他们，到更加美好的世界里去了。

"现在我懂得了，"沃库尔斯基想，"为什么去教堂做礼拜会坚定信仰。这里所有的摆设都使人想起了永生。"

他的眼睛从那些专注于祈祷的人们的身上转到了烛光上。这时候，他看见了在各个地方都放着一些铺着绒毯的桌子。那上面摆着一些盘子，盘子里放满了纸币、银币和金币。桌子的四周有一些贵妇人，坐在舒适的靠椅上。她们身穿绸缎和天鹅绒、插着羽毛的衣服，身边围着一些快乐的年轻人。那些最虔诚的女人不断地拦着过路的行人，要他们捐助，大家都在聊天，取乐，像开娱乐晚会一样。

沃库尔斯基觉得他在这里好像见到了三种人：一种人（他们早已离开了这个世界）不仅祷告上帝，而且建造了宏伟的大厦，以赞美上帝的恩德。第二种人既贫寒又谦卑，他们懂得祷告和祈求的意义，但只能搭起一些小泥棚来栖身。第三种人给自己造了宫殿，却把祷告忘了，他们把神圣的教堂当作约会的场所，就像一群无忧无虑的小鸟，造好了鸟巢后，又假惺惺地到战死疆场的英雄的墓上去唱哭丧调。

"我是谁，为什么他们都把我当成陌生人？……"

"我要把他们所有的人都放在铁筛子上筛一筛，以分辨出哪个是谷粒，哪个是糠秕，你就是筛子上用来分辨的一个小孔。"有个声音说。

沃库尔斯基向四周望了望:"这是病态幻想所产生的幻影。"就在这时候,他在教堂的里进看见了卡罗洛娃伯爵夫人和伊扎贝娜小姐,她们就在第四张桌子的旁边,坐在一只放钱的盘子后面,手里拿着书,肯定是祈祷书。有个仆人站在伯爵夫人椅子背后,身穿黑色的仆服。

他向她们走去,路上不免撞上正跪着的人们,当他绕过别的桌子时,坐在那些桌子旁边的人们都一定要请他坐下。他走到盘子跟前,向伯爵夫人鞠了躬后,便把他那一包金币放在盘子里。

"上帝啊!"他想,"我拿着这些钱,一定是个笨头笨脑的样子!"

伯爵夫人把祈祷书放在一边。

"您好,沃库尔斯基先生,"她说,"您知道吗?我以为您今天不来了。告诉您吧,如果您不来,我会感到有点遗憾的。"

"姑妈,我不是告诉您了吗,他会来的,还带来了一包金币。"伊扎贝娜小姐用英语说。

伯爵夫人的脸红了,脑门上冒出了许多汗珠。侄女的话使她吓了一跳,她以为沃库尔斯基听得懂英语。

"对不起,沃库尔斯基先生,"她连忙说,"请您在这里坐一会儿,因为代表①现在不在我们这里。让我把您的金币放在最上面,叫那些把钱都花在香槟酒上的先生们自惭形秽吧。"

"姑妈您放心吧!"伊扎贝娜小姐又用英语说,"他真的听

---

① 代表是指慈善协会中负责带领人们去捐款的人。——原注

不懂……"

这一回,连沃库尔斯基也脸红了。

"贝卢,"伯爵夫人用严肃的声调说,"这位就是沃库尔斯基先生……他给我们的保育院捐了那么丰厚的钱财……"

"我听说了。"伊扎贝娜用波兰语回答,她垂下睫毛,向沃库尔斯基打了个招呼。

"伯爵夫人想使我日后在上帝那里得不到奖赏,"沃库尔斯基用略带玩笑的口吻说,"她夸奖我这一点小小的表示,实际上,它从我的盈利中,是完全拿得出来的。"

"这一点我也想到了。"伊扎贝娜小姐用英语低声说。

伯爵夫人差点晕了过去,因为她觉得沃库尔斯基即使不懂外国语,他也猜得中侄女话中的意思。

"沃库尔斯基先生,"她急忙说道,"您要在上帝那里得到奖赏并不难,只要您……能够原谅别人对您的无礼……"

"这我永远是原谅的。"他有点惊奇地回答说。

"不总是那样,请听我把事情告诉您!"伯爵夫人继续说,"我是个老妇人,是您的朋友,沃库尔斯基先生!"她又着重地补了一句,"我想您一定能够答应我的一个请求……"

"我听您的吩咐。"

"前天您解雇了一个伙计,一个姓姆拉切夫斯基的伙计……"

"为什么要那样做呢?……"伊扎贝娜小姐突然插进来说。

"我不知道,"伯爵夫人说,"好像是政治信念的不同,或者这一类的事情……"

"难道那个年轻人还有什么信仰?"伊扎贝娜小姐叫道,

"真有意思！……"

她说得那么好听，连沃库尔斯基都感到他对姆拉切夫斯基的厌恶消失了。

"那不是信仰的关系，伯爵夫人！"他回答说，"而是因为他毫无礼貌地瞎议论我们店里的一些顾客。"

"也许那些人自己就不懂礼貌吧！"伊扎贝娜小姐插嘴说。

"他们花了钱，可以那样，"沃库尔斯基心平气和地说，"但我们不行。"

伊扎贝娜小姐的面颊上泛起了强烈的红晕。她拿起那本祈祷书，开始念起来。

"不管怎样，沃库尔斯基先生，您还是求得动的。"伯爵夫人说，"我认识那个年轻人的母亲，请相信我，我一看见她那绝望的样子，便感到难受……"

沃库尔斯基想了一想。

"好吧，"他回答说，"我给他一份工作，不过在莫斯科。"

"他那可怜的母亲呢？"伯爵夫人恳求地问道。

"那我给他加薪，两百……三百卢布。"他回答说。

这时有几个小孩走到桌子旁边，伯爵夫人送给他们一些有圣像的小画片。沃库尔斯基为了不妨碍那虔诚的举动，站起来走到伊扎贝娜那边去了。

伊扎贝娜小姐从祈祷书上抬起眼睛，以奇怪的目光望着沃库尔斯基，问道：

"您从来不改变自己的决定吗？"

"不。"他答道，但这时候垂下了眼睛。

"可要是我替那个年轻人求情呢？……"

沃库尔斯基惊奇地望着她。

"这样的话,我的回答是,姆拉切夫斯基丢了差事,是因为他不该议论那些在谈话中夸奖了他的人……但要是您吩咐……"

伊扎贝娜小姐有些困惑地垂下了眼睛。

"嘿,那个年轻人待在哪里,和我有什么关系,就让他去莫斯科吧!"

"他会到那里去的。"沃库尔斯基回答说,"我要向夫人们表示我的敬意。"他加上一句,鞠了个躬。

伯爵夫人向他伸过手去。

"我感谢您,沃库尔斯基先生,感谢您想到了我们。我要请您到我家里去参加复活节的圣餐,千万请您光临,沃库尔斯基先生!"她特意补充了一句。

这时她突然发觉教堂中央有点动静,便转向仆人说:

"走吧,克萨维雷,到议长夫人那里去,请她把她的车子给我用一下。告诉她,我们的马病倒了。"

"夫人您什么时候走?"仆人问道。

"啊……一个半小时后,好不好,贝卢?我们不准备在这里待得太久。"

仆人走到了门口那张桌子的旁边。

"好,明天见,沃库尔斯基先生,"伯爵夫人说,"您会在我那里遇到许多熟人。慈善协会里的几位先生也会到那里去。"

"原来是这样!……"沃库尔斯基和伯爵夫人告别的时候这么想。这一瞬间,他觉得他应当感谢她,他愿意把他一半的财产捐给她那个保育院。

伊扎贝娜小姐老远就向他点了点头，又以一种使他感到很不平常的方式望着他。当沃库尔斯基的身影消失在教堂的昏暗中后，她对伯爵夫人说：

"姑妈，你怎么对那位先生献起殷勤来了？唉，姑妈，这真叫人怀疑了……"

"你父亲说得对，"伯爵夫人回答说，"这个人是有用的，他国外的那些关系都很不错。"

"但要是那些关系把他搞得晕头转向了呢？……"伊扎贝娜小姐问道。

"那就说明他的头脑不行。"伯爵夫人回答得很简单，正伸手要去拿那本祈祷书。

沃库尔斯基没有离开教堂，而在门的附近拐到侧屋里去了。在那间侧屋里，靠近耶稣墓①和伯爵夫人那张小桌对面的一个角落里，有一间空寂无人的忏悔室。沃库尔斯基走了进去，把小门关上，他可以望着伊扎贝娜小姐，别人却看不见他。

伊扎贝娜手里拿着那本书，不时朝教堂门口望去。她的脸上显得疲惫和烦闷。偶尔有些孩子走到那张小桌的近旁，向她讨小画片。她亲手把小画片送给了几个孩子，那动作就好像要说：唉，这种事到什么时候才有个完！……

"她这么做并不是因为她虔诚，也不是出于对孩子们的爱，而是要让人们宣扬出去，能嫁一个男人。"沃库尔斯基想，又补充了一句，"好啦，连我的所作所为也都是为了做广告和

---

① 在圣母马利亚和圣尤泽夫·奥布卢别涅茨升天教堂里有一间墓室，墓室里有一座耶稣在坟墓里的著名的雕像。这间墓室则是特意为这座雕像建造的。

结婚嘛！这个世界安排得多美妙啊！我没有直截了当地问她，你爱不爱我？或者你要我还是不要我？但我扔掉了几百卢布。她呢，好几个钟头百无聊赖地对着那只托盘，还假装是个虔诚的信徒。

"可是，如果她回答我说她不爱我呢？这些繁文缛节有好的一面：它们使大家有时间可以互相了解。

"糟糕的是，我不会讲英语……今天我知道她是怎么看我的了；我可以肯定，她在和她的姑妈议论我。我非得学英语不可……

"或者，就拿马车这么笨重的东西来说吧！要是我有一辆私人马车，我现在就可以送她和她的姑妈回家，这样又增加了我们之间的联系……是的，一辆私人马车不管怎样，对我是有用的。它虽然使我一年要增加一千卢布的开支，但这有什么办法呢？我要做好一切准备。

"私人马车……英语……一次募捐就支付了两百卢布！……我在做我自己都瞧不起的事情。可说真的，我花钱要不是为了得到幸福，那为了什么呢？如果我心里感到痛苦，那些厉行节约的道理对我有什么用呢？"

以下的思路被一支悲哀的曲调打断了。那是音乐钱匣奏出来的曲调。接着人造鸟也叽叽喳喳地叫起来。当鸟儿沉寂以后，又传来了喷水池轻微的咝咝声和男女教徒的叹息声。

在教堂侧屋的忏悔室的旁边和墓室的门边，有一些人跪在那里。其中有几个在地板上向耶稣受难像爬了过去，吻了它后，便从擦鼻子的手绢里，拿出一些零碎的小钱，放在托盘里。

在这间墓室的里进，在烛光的照耀下，躺着一个面色苍白的耶稣,他的周围摆着许多鲜花。沃库尔斯基觉得,那闪烁不定的烛光使耶稣的面孔变得更加富于生气,他一会儿显露出威严的表情,一会儿又表示出慈悲和怜悯。当那个音乐钱匣开始演奏《兰梅尔摩亚的露西亚》①的曲子的时候,当教堂中间响起了钱掉在盘子里的叮当声和用法语吼叫的声音的时候,耶稣像却暗淡下去了。但是有一个穷人走近耶稣受难像,把自己的悲伤告诉那钉在十字架上的受难者;受难者的两片没有生气的嘴唇这时又张开了,他给这个穷人以祝福和许诺,他的话在咝咝的喷水声中不断地说出来了……

"温柔的人有福了……悲哀的人有福了②……"

一个满脸脂粉的年轻的姑娘走到托盘跟前,往盘里放了一个二十戈比的银币,但她不敢碰那个十字架。那些跪在她旁边的人以厌恶的眼光望着她的那件天鹅绒长衫和艳丽的帽子。可是当耶稣低声说:"你们中间谁是没有罪的,谁就可以拿石头打她。"③的时候,她在砖地板上跪了下来,像抹大拉的马利亚④以前那样,去吻耶稣的脚。

"慕义的人有福了……哀恸的人有福了……⑤"

沃库尔斯基深受感动地望着那沉浸在教堂的昏暗中的人

① 意大利音乐家加埃塔尼·唐尼采蒂(1797—1848)的一出浪漫主义歌剧。

② 参见《圣经·新约·马太福音》第五章:"温柔的人有福了,因为他们必承受地土。"但是没有"悲哀的人有福了"这样的句子。

③ 参见《圣经·新约·约翰福音》第八章,原话是:"你们中间谁是没有罪的,谁就可以先拿石头打她。"

④ 参见《圣经·新约·路加福音》第七章。

⑤ 参见《圣经·新约·马太福音》第五章:"哀恸的人有福了,因为他们必得安慰……饥渴慕义的人有福了,因为他们必得饱足。"在小说中这些句子的先后次序都颠倒了。

群,他们一千八百年以来,就怀着虔诚的信仰,耐心地等候着上帝实现对他们的诺言。

"诺言什么时候实现呢?"他想。

"人子要差遣使者,把一切叫人跌倒的,和作恶的挑出来——将稗子薅出来,留着烧。①"

他不由自主地向教堂的中间望去,伯爵夫人在离他较近的那张小桌的旁边打盹,伊扎贝娜小姐也在打呵欠。在离他远一点的那张桌子旁边有三个他不认识的贵妇人,她们正在笑话一个文质彬彬的年轻人讲的故事。

"另一个世界……另一个世界呀!……"沃库尔斯基想,"是什么命运把我赶到这地方来了呢?"

这时候,一个穿着很讲究的年轻的女人带着一个小姑娘在忏悔室旁停住了脚步,跪了下来。

沃库尔斯基一望,就看出了她那超凡的美貌。特别是她脸上的表情给他留下了很深的印象,就像她来到这座耶稣墓前,不是要做祈祷,而是带来了一些问题,要诉怨一样。

她在胸前画个十字,当她看见了那献祭的托盘后,便把自己的钱包掏了出来。

"去吧,海卢修!"她轻声地对孩子说,"把这个放到盘子里去,吻吻主耶稣。"

"要我吻他哪里呢,妈妈?"

"吻手也吻脚……

---

① 参见《圣经·新约·马太福音》第十三章,原话是:"先将稗子薅出来,捆成捆,留着烧。唯有麦子,要收在仓里。""人子要差遣使者,把一切叫人跌倒的,和作恶的,从他国里挑出来,丢在火炉里。在那里必要哀哭切齿了。"

"还吻嘴吗?"

"不行。"

"啊,为什么……"女孩跑到盘子前,面对着十字架,躬下身来。

"你看,妈妈,"她回来的时候,大声喊道,"我吻了主耶稣,他什么也没有说。"

"海卢修,规矩点,"母亲说,"跪下来做祷告吧!"

"做什么祷告?"

"念三遍,我们的主,再念三遍,祝你健康,马利亚……"

"这么长的祷告……可我年纪这么小……"

"那么你就念一遍'祝你健康'吧……只是要跪下……看着那里……"

"我看着啦,'祝你健康,马利亚,慈悲的圣母!'这是不是小鸟在歌唱,妈妈?"

"人造的小鸟,祷告吧!"

"什么样的人造小鸟?"

"先做祷告吧!"

"我不记得我在哪里好像做了……"

"那就跟着妈妈念:'祝你健康,马利亚……'"

"'我们的死,阿门。'"那女孩念完了,"可人造鸟是用什么造的呢?"

"海卢妞①,别做声,要不我就再也不吻你啦!"充满了忧愁的妈妈轻声地说,"给你这本书,你看看那些画片,主耶稣是怎么受难的。"

~~~~~~~~~~~~~

① "海卢修"和"海卢妞"都是"海伦娜"的爱称。

小女孩拿起那本书,在忏悔室的台阶上坐下,不说话了。

"多么可爱的孩子呀!"沃库尔斯基想,"她要是我的孩子,我现在一天又一天失去的安宁也可以恢复了。她母亲是个漂亮的女人,那头发、侧影、眼睛……她恳求上帝让她重新获得幸福……漂亮,但是不幸,她想必是个寡妇。

"是啊,要是我一年前遇见了她。

"这世界上难道就没有秩序啦?两个不幸的人彼此只隔着一步,一个在寻求爱情,想有个家庭,另一个在贫困中挣扎,得不到照顾。每个人在另外一个人的身上都可以找到他需要的东西,但他们又见不了面……这一个恳求上帝的怜悯,那一个挥霍钱财,为了找关系。谁知道,几百卢布对那个女人来说,不是一种幸福?可是她却得不到这种幸福,上帝现在一点也不理睬那些可怜人的祈祷了。

"如果我能打听到她是谁的话……我就能帮助她。为什么耶稣崇高的诺言不能实现呢?既然那些信徒都干别的事情去了,就让我这个不信神的人来实现他的诺言吧!……"

这时候,沃库尔斯基心情十分激动……一个穿着打扮得很漂亮的年轻人挨近伯爵夫人的那张小桌子,把什么东西放在托盘里。伊扎贝娜小姐一看见他,就脸红了,她的眼睛露出的那种奇怪的神色总是能给沃库尔斯基留下深刻的印象。

那个穿着打扮很讲究的年轻人听到伯爵夫人的召唤,便在沃库尔斯基不久前坐过的那张靠椅上坐下,这样双方便开始了生动活泼的谈话。沃库尔斯基听不清他们在说些什么,只觉得那景象就像一团火,在他的脑子里燃烧起来了。那贵重的地毯,上面撒了一些金币的银盘,两个烛台,十根点燃了的小蜡烛,身上穿着又肥又大的丧服的伯爵夫人,眼睁睁地注视着伊扎贝娜小姐的年轻人和伊扎贝娜眉开眼笑的神情，还有在烛光照耀下伯爵夫人闪闪发亮的脸庞，那年轻人的鼻尖和伊扎贝娜小姐的眼睛，都引起了他的注意。

"他们相爱吗？"他想，"那为什么没有结婚呢？……大概是他没有钱吧……但是她的那种眼色是什么意思呢？……今天她给我使过这样的眼色。是的，一个要出嫁的女人总得有几个或者几十个崇拜者，而且对所有的人都有诱惑力，这样……便可以将自己卖给出价最高的人。"

慈善协会的代表来了。伯爵夫人从靠椅上站起来，伊扎贝娜小姐和那个英俊漂亮的年轻人也站了起来，三个人都带着衣裙拖在地上的巨大的响声朝门口走去，并在每张桌子旁边都停一下，那里每个年轻人都热情地向伊扎贝娜小姐致意，她给他们也投去了一种曾使沃库尔斯基神魂颠倒的眼色。最后所有的一切都沉寂下来，伯爵夫人和伊扎贝娜小姐离开了教堂。

沃库尔斯基清醒过来后，往近处望了一下，发现那个带孩子的漂亮女人已经不在了。

"太遗憾了！"他轻声地说道，心里略有一种难受的感觉。

可是那个穿天鹅绒衣服、戴着色彩鲜艳的帽子的年轻姑娘依然跪在那放在地上的十字架旁边。当她转过眼去，望着那被烛光照亮了的耶稣墓的时候，她那涂满了脂粉的脸上也映照出了一道亮光。她吻了一下耶稣的脚，然后艰难地站起来，走到外面去了。

"'哀恸的人有福了'……但愿那死去的耶稣至少对她信守诺言。"沃库尔斯基一边想着，一边也跟她一起，到外面去了。

他在教堂的门廊里看见那姑娘正在给乞丐施舍,他很痛苦地想起了两个女人,一个愿为一桩产业出卖自己,另一个在贫困中卖了身①。这第二个蒙受了耻辱,她在天国里虽然也会受到审判,但她大概比第一个还是要纯洁和善良一点吧!

他在街上赶上了她,问道:

"你到哪里去?"

她的脸上还有泪痕。她抬起那无神的眼睛望着沃库尔斯基,回答说:

"我愿跟你走。"

"这是你说的?……那就走吧!"

那时还没有到五点,白天很长,有几个过路的行人在后面望着他们。

"干这种事的人一定很傻,"沃库尔斯基心里想,一边往店里走去,"丢脸不要紧,我脑子里想的是什么计划呀?真见鬼,要完成使徒的使命吗?……真是蠢到了极点。"

"不过,对我来说什么都一样,我是照别人的意愿办事。"

他走进了铺子所在的那栋房子的大门,拐了个弯,来到了热茨基的那间房里,那姑娘也跟在他的后面。伊格纳齐先生在家,他看见这一对有点特别,惊讶地把手摊开。

"你能不能出去几分钟?"沃库尔斯基问他。

伊格纳齐先生没有回答,拿起店后门的钥匙,从他那间房里走了。

"两个人吗?"那姑娘轻声地问道,取下了帽子上的别针。

① 克拉科夫城郊街圣尤泽夫·奥布卢别涅茨教堂附近当时是妓女活动的地方。

"对不起,"沃库尔斯基打断了她的话,"你刚才到过教堂里,是吗?"

"您看见我了?"

"你做了祷告,还哭了,敢问这是什么原因?"

那姑娘感到惊奇,耸了耸肩膀,回答说:

"您问这些,您大概是个神父吧?"

随后她又很留心地望了一下沃库尔斯基,并且补充了一句:

"您要欺侮我?……真有意思。"

她要走,可是沃库尔斯基拦住了她:"等一下,这里有个人要帮助你,别着急,老老实实告诉我……"

她又留心地望着他,眼里突然显出讥笑的神情,脸也红了。

"我知道,"她叫了起来,"您一定是那个老贵族派来的!他答应过我好几次,说要娶我……他大概很有钱吧?……一定很有钱……他有私人马车,在戏院里又坐在最前排。"

"你听我说,"他打断了她的话,"你回答我:你为什么在教堂里哭了起来?"

"因为,您看……"那姑娘开始讲起一次和她的鸨母吵嘴的事,说那个鸨母是多么卑鄙无耻,以致沃库尔斯基听后,脸色变得苍白了。

"真是猪狗不如!"他低声说。

"我到教堂里去,"那姑娘往下说,"以为心情会好一点,可事情并不这样,我一想起那老太婆就恨得非大哭一场不可。我祈求上帝,要么让病魔把那个老太婆吃掉,要么我离开她。现在,既然那位先生要收留我,那一定是上帝听见了我的祷告。"

沃库尔斯基一动也不动地坐着,最后他问道:

"你多大啦?"

"说是十六岁,可实际上十九岁了。"

"你愿意离开那里吗?"

"他们是那么残酷地虐待我,我就是到地狱里去……不过……"

"不过什么?"

"那一定不会有好的结果。今天我即使跑了,过了节后,他们又会把我抓回去,而且会像那次狂欢节上一样,对我进行报复,后来,我不得不在床上躺了一个礼拜。"

"他们不会把你抓回去。"

"真的不会? 我还欠了债啊……"

"欠得多吗?"

"唉! ……差不多五十卢布。我甚至不知道,这债是怎么欠下的,因为我对什么都付了两倍的钱。可是……我们那里向来是这样,只要他们听到哪位先生有钱,就说我偷了他的钱,然后随意给我记上一笔账。"

沃库尔斯基觉得自己突然失去了勇气。

"告诉我,你愿意工作吗?"

"可我能够有什么工作呢?"

"你可以学裁缝。"

"一点用也没有。我在缝纫工厂里干过活,可是一个月只有八个卢布,谁都没法活。再说,我还不是那么贱到非给别人缝衣不可。"

沃库尔斯基抬起头来。

"你不愿从那里出来吗？"

"怎么不愿意呢？"

"那你马上就得决定下来，要么找一项工作，因为这个世界上，谁都不能白吃不干活……"

"事实上并不是这样，"她打断了他的话，"那位老先生什么也不干，却很有钱。他常常对我说，不要为什么事情去伤脑筋。"

"你不要去找那位先生，还是去找圣抹大拉的马利亚修道院①的修女吧，要不然你就回你的老地方去。"

"修道院不会要我。我还得还债，还得有担保。"

"这一切都没问题，只要你到那里去。"

"我怎么到她们那里去呢？"

"我给你一封信，你马上带过去，就留在她们那里，你愿不愿意呢？"

"好，您把信给我，看看到那里后会过得怎么样？"

她坐了下来，在房间里到处张望。

沃库尔斯基写了一封信，告诉她该怎么走，最后对她说：

"是好是坏决定于你，你要是守规矩，肯干，你的日子会好起来的；但你如果不想利用这个机会，你爱怎么样就怎么样吧！你可以走了。"

那姑娘笑了。

"那老太婆会大发雷霆……好，我要去耍她一下……哈哈！……可是……您不会欺骗我吧？"

"走吧！"沃库尔斯基指着门说。

<hr>

① 一个对道德堕落的女青年进行教育改造的场所。

她又留心地望了他一下,然后耸了耸肩膀,便出去了。

姑娘走后没多久,伊格纳齐先生就来了。

"是什么熟人?"伊格纳齐先生不高兴地问道。

"真的……"沃库尔斯基沉思地说,"我了解很多堕落的行为,但是像这么堕落的人还从来没有见过。"

"单华沙就有几千个。"热茨基说。

"我知道。把她们彻底消灭是不可能的,因为她们还会不断地产生。在这种情况下,我的结论是,这个社会或迟或早都非得从基础到顶层来一番彻底的改造,否则它就要完蛋了。"

"啊哈!……"热茨基轻轻地叫了一声,"我也这么想过。"

沃库尔斯基和他告了别。他觉得自己像个正在发烧的病人,被人浇了冷水似的。

"可是社会还没有得到改造,我的行善范围显然是很小的,"他想,"我的财产也不足以使那禽兽的天性变得高尚起来。我宁愿接近那些在募捐时打呵欠的贵妇人,而不愿见到那在祷告时哭起来的怪物。"

他觉得伊扎贝娜小姐的形象比以往任何时候都更加明显地围着一道闪亮的光圈。他一想到自己竟敢拿她和某个差不多的造物做比较,便满脸羞得通红,心里感到惭愧。

"我宁愿花钱去买私人马车和马,也不愿管那一类不幸的人……"

复活节那天,沃库尔斯基乘一辆出租马车,来到了伯爵夫人的家门前。他在那里正好遇见一长排各种各样的高级马车。有雅致的、服务于"黄金时代的青年"的轻便马车,也有普通的供退职人员租几个钟头的轻便马车;有古老的轿式马车,拉车的是老马,马具也是老式的,马车夫穿着破烂的仆服。但也有直接从维也纳来的小巧玲珑的新马车,车上的侍从在纽扣孔里插着花,马车夫将马鞭支在大腿上,就像拄着一根元帅杖一样。那里还有一些怪模怪样的哥萨克,穿着宽大的裤子,好像以这种姿势可以表现得和他们的老爷一样傲慢。

他一路走过来时,看见那聚集在一起的马车夫中,大贵族的家仆显得特别威风,银行家们的家仆想成为领头人,可他们遭到了斥责。只有那些轻便马车的马车夫的行为最果敢,他们所有的人都在一起,对其余的马车夫表示轻蔑,可后者也瞧他们不起。

当沃库尔斯基走进前厅的时候,一个佩了红肩带、头发灰白的看门人向他深深地鞠了一躬,给他打开了衣帽间的门,衣帽间里一个穿黑礼服的绅士便给他脱下了大衣。这时候,伯爵夫人的家仆尤泽夫向他迎了上来,他跟沃库尔斯基很熟,因为他在沃库尔斯基的店里拿过一些会奏乐的首饰盒和会唱歌的小鸟,把它们送到了教堂里。

“尊敬的太太在等您。”尤泽夫说。

沃库尔斯基把手伸向衬衫的口袋里,掏出五个卢布给他,觉得自己这个举动就像个大阔佬。

“唉,我多么傻呀!”他想道,“不,我并不傻。我是个暴发户,在这个国家里,暴发户每走一步都得给人花钱,要挽救那些犯罪的姑娘还得花更多的钱。”

他走上了那些摆上了鲜花的大理石台阶,尤泽夫走在前面。在第一个台阶上,他仍戴着帽子,到第二个台阶,就把帽子从头上摘下来了,也不知道这么做对不对。

"其实,我戴着帽子也可以来到所有这些人当中。"他自言自语地说。

他看到尤泽夫虽然中年已过,却仍然像一只小鹿那样,很快就跑到阶梯上头不知什么地方去了。留下了沃库尔斯基一个人,不知往哪里走,也不知找谁可以通报一下。这时间虽然等得不长,可沃库尔斯基却恼怒极了。

"他们筑了什么样的壁垒呀!"他想,"哼……要是我能够把它们全都推倒……"

没多久,他仿佛产生了一种幻觉:在他和这个隔着一道文明壁垒的高贵世界之间,正在开展一场斗争,不是那个世界灭亡,就是他死。

"如果我死了……我还可以留下一样纪念品!……"

"你会留下对他们的谅解和同情。"有个声音轻轻地说。

"难道我是那么卑鄙无耻?"

"不,你很高尚。"

当他从沉思中醒过来,托马斯·文茨基正站在他的身边。

"您好啊,斯坦尼斯瓦夫先生!"他以他所特有的那种庄严的神态说,"您来拜访我们,正赶上我们家里有一件很高兴的事情,所以我对您表示热烈的欢迎……"

"难道伊扎贝娜小姐订婚了?"沃库尔斯基想到这里,眼前发黑了。

"您想想看,因为您的拜访……您听见了吗,斯坦尼斯瓦夫先生?因为您的拜访,我跟我的妹妹约安娜太太和好了……您的脸色怎么那么苍白?……您在这里会遇到很多熟人……别把贵族阶级想象得那么可怕……"

沃库尔斯基战栗了一下。

"文茨基先生，"他冷冷地回答说，"还有许多更加高贵的先生们，到我在普列文①的帐篷里来过，他们对我是那么亲热，以致我再见到别的高贵，即便高贵得……在华沙都找不到的那种人，也不会那么激动了。"

"嗯……嗯！……"托马斯先生悄声说，对他鞠了一躬。

沃库尔斯基感到惊奇。

"这是个奴才！"他脑子里出现了一个想法，"我……跟这种人，还要讲什么礼数？……"

文茨基先生拉着他的手，很严肃地把他领到了第一个客厅里，那里都是男人。

"瞧，那就是伯爵……"托马斯先生说。

"我认得他，"沃库尔斯基回答，在心里又说，"他还欠我差不多三百卢布哩！"

"那个是银行家……"托马斯先生又向他介绍说。可是他还没有说出名字，那银行家就向他们走过来了。他向沃库尔斯基问好，说：

"上帝啊！巴黎方面在拼命地催促我们快点铺设那条林荫道……您回了他们的话没有？"

"我想首先跟您取得一致。"沃库尔斯基答道。

"那么我们约个地方再见一次面吧！您什么时候在家？"

"没有一定的时间，以后我会来找您。"

"那么请您礼拜三到我那里吃早饭，到时候我们把这件事谈妥。"

他们告别了，托马斯很亲热地抓了一下沃库尔斯基的

---

① 保加利亚北部巴尔干山脉下的一座城市。

肩膀。

"将军①……"他说。

那将军看见沃库尔斯基,向他伸过手来,他们像老相识一样互相问好。

托马斯先生对沃库尔斯基也越来越亲热了。他惊异地发现,这个服饰用品商人和城里最著名的人物都有来往,可对那些虽有头衔或财产却什么事也不干的人表示冷淡。

卡罗洛娃伯爵夫人正在另外一个客厅的门口迎候他们,那里还有几个贵妇人。仆人尤泽夫这时从她的身边走了过去。

"她们为了防止我这个暴发户遇到不礼貌的对待,放了观察哨,"沃库尔斯基想,"这是她们的好意,可是……"

"我真高兴,沃库尔斯基先生,"伯爵夫人说,把他从托马斯先生那里接过来,"您应我的邀请来了,我多么高兴啊……我们这里有人要结识您。"

在第一个客厅里,沃库尔斯基的来到几乎引起了一场轰动。

"将军,您看,"伯爵说,"伯爵夫人把一个服饰用品商人请到我们家里来了,您看那个沃库尔斯基……"

"是个商人,跟您和我没有什么不同。"那将军说。

"我的公爵,"另外一个伯爵说,"那个沃库尔斯基是怎么到这里来的?"

~~~~~~~~~~

① 在一八七八年,这里的将军已不可能是过去十一月起义时的波兰军队的将军,而是俄国的将军。这意味着伯爵夫人要和占领者当局搞好关系,这种情况当时在贵族中并不罕见。沃库尔斯基肯定是在供给军需的时候,也可能就在保加利亚认识了这位将军。——原注

177

"是女主人请他来的。"公爵答道。

"我对商人并没有什么成见,"那个伯爵接着说,"可是那个沃库尔斯基在打仗的时候做军需买卖,发了一笔财……"

"是的……是的……"公爵插嘴说,"那一类钱财总是来得不很正当,但我可以给沃库尔斯基担保,伯爵夫人跟我说过,我也问过一些上过战场的军官,其中还有我的外甥,他们对沃库尔斯基只有一个看法:他做军需粮秣的买卖是很正派的。士兵们每吃到好的面包都说,这是用沃库尔斯基的面粉烤出来的。我还要告诉你,"公爵往下说,"那个沃库尔斯基因为做买卖诚实守信,已经引起地位最高的人们的注意。他得到过许多有利可图的建议,今年一月,有人出二十万卢布,要和他合作,做一桩投机买卖,可是被他拒绝了……"

那伯爵笑着说:

"他拥有的也许不止二十万卢布……"

"要是有的话,他今天就不到这里来了。"公爵回答说,向伯爵点了点头,便走开了。

"一个老了的疯子。"伯爵轻声说,以鄙视的目光望着离去的公爵。

沃库尔斯基和伯爵夫人来到第三个客厅,那里摆着一个酒柜,还有许多大一点或者更小一点的桌子,客人们两个三个,或者四个一起,围坐在那些桌子旁。有几个仆人不断地送上菜肴和酒,伊扎贝娜小姐也在那里,显然是以女主人的身份在指挥他们。她身穿淡蓝色的裙衣,颈脖上戴着珍珠项链。她的相貌是那么美,行动举止是那么庄重得体,以至沃库尔斯基看见她后,都呆住了。

"我就别那么痴心妄想啦!……"他绝望地想道。

与此同时,他在窗龛里还看见了那个昨天到过教堂里耶稣墓旁的年轻人,他现在独自一人坐在一张小桌子旁,他的眼光始终没有离开伊扎贝娜小姐的身躯。

"当然,他很爱她!"沃库尔斯基想,他觉得好像有一股坟墓里的冷气笼罩住他。

"我失败了!"他心里又说了一句。

这一切只持续了几秒钟。

"您看见坐在主教和将军之间的那个老妇人吗?"伯爵夫人问他,"她是扎斯瓦夫斯卡议长夫人,是我最好的朋友,她一定要认识您,她很尊重您,"伯爵夫人笑着往下说,"她没有子女,但有几个长得很漂亮的孙女,您挑一个合意的吧!……您现在要盯着她,等那些先生们走后,我给您介绍一下。哦……公爵……"

"您好啊!"公爵对沃库尔斯基说,"表妹,能不能让我……"

"当然可以,请吧!"伯爵夫人答道,"这里有一张空的桌子,我可以让你们在这里单独地待一会儿……"

她走了。

"坐下吧,沃库尔斯基先生!"公爵说,"凑巧我有一件要紧的事正要找您。您瞧,您的计划在我们那些棉纺厂的厂主中,引起了极大的恐慌……棉纺厂厂主,我没有说错吧?……他们有一种看法,认为您要扼杀我们的工业……您的竞争真的是那么可怕吗?……"

"是的,"沃库尔斯基回答说,"我给莫斯科的厂商们贷了三百万甚至四百万卢布,可是我不知道他们的产品有没有销路。"

"一个惊人的……惊人的数目呀!"公爵嘟哝着,"您不认为这笔巨款使我们的厂家真的感到很危险吗?"

"啊,不会有危险。但我认为他们那巨大的收入会减少一点,这我就不管了。我关心的只是我的利润,对购买者要价不高,我们的货物比较便宜。"

"您作为一个公民考虑过如何发展国内工业这个问题吗?"公爵紧握着他的手说,"我们再也经不起损失了……"

"我认为,作为一个公民应尽的责任就是要给消费者供给便宜一点的货物,要打破那些剥削我们的消费者和工人们的厂主的垄断。"

"您是这么看的吗? ……我可不这么想,因为我关心的不是厂主,而是国家,我们的国家,我们这个可怜的国家……"

"先生们需要什么吗?"伊扎贝娜小姐走到他们的身旁,出其不意地问道。

公爵和沃库尔斯基站了起来。

"你今天好漂亮啊,表侄女!"公爵紧握着她的手说,"我感到遗憾的是,我不是我那个亲生的儿子……可这大概也不错,因为,你要是拒绝了我,这很可能,那我就太不幸了……哦,对不起! ……"公爵更加小心谨慎了,"表侄女,我要给你介绍一下这位沃库尔斯基先生。他是一个很刚强的人,一个刚强的公民……这你就满意了吧,是不是?"

"我们已经高兴地见过一次面了。"伊扎贝娜小姐嘟哝着,她对沃库尔斯基回了礼。

沃库尔斯基望着她的眼睛,看到她是那么惊恐,那么悲伤,他感到失望了。

"我干吗要到这里来呢?"他想道。

当他向窗笼望去的时候,看见那个年轻人依然坐在那里,面前放着那盘连动都没有动过的菜肴,他用手遮住了眼睛。

"唉,我干吗要到这里来呢? 我这个人真倒霉……"沃库尔斯基感到身上一阵剧痛,就像有人拿着钳子要把他的心挖出来似的。

"可以敬您一杯吗?"伊扎贝娜小姐问道,惊奇地望着他。

"听您的吩咐。"他机械地答道。

"我们彼此都要更多的了解,沃库尔斯基先生!"公爵说,"您要和我们这些人靠近一点,请相信我,我们这些人虽有理智,心地善良,但缺乏创业的精神……"

"我是个暴发户,没有头衔……"沃库尔斯基这么回答,他还想说点什么。

"正好相反,您有好几个头衔:一是工作,二是正派,三是能力,四是魄力。要恢复我们的国家,这些头衔是不可少的。您要是把这些头衔都送给我们,我们会把您当成我们的亲兄弟。"

伯爵夫人过来了。

"公爵,是不是可以? ……"她说,"沃库尔斯基先生,请您……"

她挽着他的胳臂,领着他往议长夫人坐的那张圈椅走去。

"尊敬的议长夫人,这是斯坦尼斯瓦夫·沃库尔斯基先生。"伯爵夫人对那老妇人说。议长夫人身穿一件黑色的、缝有非常珍贵的花边的裙衣。

"请坐!"议长夫人指着她旁边的那张椅子说,"你的名字叫斯坦尼斯瓦夫,是吗? ……可你是哪一家沃库尔斯基的后代呢？……"

"是……没有人知道的那一家，"他回答说，"我想，至少您不知道。"

"你父亲在军队①里服过役吗？"

"我父亲没有，我叔父服过役。"

"他在哪里服过役，您还想得起来吗？……他的名字是不是也叫斯坦尼斯瓦夫？"

"是的，他叫斯坦尼斯瓦夫，当过第七战斗团的中尉，后来升为上尉……"

"在第二师第一旅，"议长夫人插嘴说，"你看，我的孩子，你对我并不是那么陌生的……他还活着吗？"

"他五年前就死了。"

议长夫人那双手开始颤抖起来……她将一个小瓶子打开，闻了一下。

"你说他已经死了？……祝他永远安息！……他死了……没有给你留下什么纪念品？"

"留下了一个金十字架②……"

"哦，一个金十字架……没有别的东西？"

"还有叔父一八二八年镶在象牙上的一幅小画……"

议长夫人把那个小香水瓶越来越勤地凑到了鼻子前，她

① 这里是指一八三〇年以前和十一月起义时期波兰王国的波兰军队。——原注

② 金十字架是由斯坦尼斯瓦夫·奥古斯特·波尼亚托夫斯基（1732—1798）国王于一七九二年设立的勇敢战斗十字勋章，后曾被塔尔戈维采同盟取消，一八〇七年华沙公国建立后又得到恢复。一八二二年，这个勋章曾被沙皇尼古拉一世取消，一九一九年，波兰政府再度恢复。——原注

那双手抖得更厉害了。

"一幅小画……"她又说了一遍，"你知不知道那是谁画的？……此外就没有留下别的什么吗？"

"还有一个烟灰缸和另一幅画……"

"那些东西都到哪里去了？……"议长夫人紧跟着问道，越来越激动了。

"叔父在他死前几天把那些东西都包装好了，叫把它们放在他的棺材里。"

"啊……啊！……"那老妇人哼了两声，便伤心地大哭起来。

客厅里引起了骚动。伊扎贝娜小姐惊慌地跑了过来，伯爵夫人也过来了，她们把议长夫人扶了起来，慢慢地领到一个较为僻静的房间里去了。这时候，所有的眼睛都注视着沃库尔斯基，大家开始悄声地议论起来。

沃库尔斯基看见所有的人都在望着他，谈论他，感到很难为情。可他为了向在座的人表示他没有把这种特殊的礼遇放在心上，竟把放在小桌上的那两杯酒一杯接着一杯地都喝干了。这时候他才发现，盛着匈牙利葡萄酒的那一杯原是那位将军的，盛着红酒的另一杯原是主教的。

"我这么做倒也不错，"他自言自语道，"他们会以为，我让那老妇人出丑，是为了喝掉她邻座的酒……"

他站起来要走，因为他一想到两个客厅里正等着他的那些目光和向他示威的议论，便感到心里火辣辣的，可这时公爵却拦住了他，说：

"您和议长夫人谈的一定是那早已过去的年代，那些往事居然使她流下了眼泪。我没有猜错吧？……不过我们还是回到刚才中断了的话题上来吧！您认为可不可以在我们国内建一个生产廉价布的波兰工厂呢？……”

沃库尔斯基摇了摇头。

“我认为这做不到，”他回答说，“有些人对现有的企业做一点小小的改进都不愿意，又何谈建立大的工厂……”

“您指的是什么？……”

“我指的是磨坊，”沃库尔斯基接着说，“过几年我们就要把面粉运到这里来了，可我们的磨坊老板却不愿意用卷筒代替磨石。”

“这我是第一次听到……我们到这里来坐，”公爵说着便把他拉到了一个宽敞的壁龛里，“您说，这是为什么？”

这时候，大家在客厅里谈得很热闹。

“那位先生是个难以捉摸的人，”一个带钻石首饰的贵夫人用法语对另一个帽子上插着鸵鸟毛的贵妇人说，“我看见议长夫人哭还是第一次。”

“当然是个爱情故事，”那个帽子上插着羽毛的贵妇人说，“不管是谁，把那位先生领到这里来，都对伯爵夫人和议长夫人搞了一个恶作剧。”

“您是怎么看的？”

“我可以肯定，”她耸了耸肩膀，说，“您还是瞧瞧他这个人吧！风度极差，可那脸上的表情是那么傲慢，如果是高贵的出身，即便衣衫褴褛也是掩盖不了的。”

“不可思议，”带钻石首饰的贵妇人说，“连他那笔财产也是在保加利亚挣来的……”

“那当然，这也说明了为什么议长夫人虽然有钱，但她自己的花销还是很节省的。”

"公爵也喜欢他……"

"怜悯他,大概还不止……您仔细地观察一下那两个人吧……"

"我觉得他们没有一点相像的地方。"

"那是当然,可是……他是那么傲慢、自负……他们谈起话来也毫无拘谨。"

在另外一张小桌子旁有三个绅士,也在大发议论。

"好啊!伯爵夫人搞了一个大阴谋。"一个披着一头深棕色长发的绅士说。

"而且她搞成了。那沃库尔斯基有点生硬,但他还是有办法的。"一个花白头发的绅士说。

"终究是个商人……"

"怎么,一个商人就不如银行家?"

"他是个服饰用品商人,是卖钱包的。"那个深棕色头发的人又补充了一句。

"我们有时候不也出卖我们的纹章吗!"第三个绅士,一个留着花白连鬓胡的瘦老头插了进来。

"他还想在这里结婚哩!……"

"对小姐们来说,这是个好机会……"

"我要是有女儿,就把她嫁给他。我听说他是个规矩人,有财产,他不会把嫁妆挥霍浪费掉的……"

伯爵夫人急急忙忙从他们的身边走过。

"沃库尔斯基先生。"她用扇子指着一个壁龛,叫了一声。

沃库尔斯基跑到她那里,她便让他挽着她的胳臂,两人离开了客厅。绅士们马上把那个单独留下来的公爵围住,有几个请他介绍他们和沃库尔斯基认识。

"值得,值得!"公爵表示满意地说,"我们当中还没有一个像他这样的人,如果我们早些亲近他这样的人,我们这个不幸的国家就不会像今天这样了。"

正好从他们身边走过的伊扎贝娜小姐听到这些话,脸色发白了。昨天募捐会上的那个年轻人向她走了过来。

"您是不是很倦了?"他问道。

"有点,"她带着忧郁的微笑回答说,"我脑子里产生了一个奇怪的问题,"她歇了一会儿,往下说,"我是不是要进行斗争?……"

"思想斗争吗?"他问,"那没意思……"

伊扎贝娜小姐耸了耸肩膀。

"不,我说的不是思想斗争,而是要和强敌进行一场真正的斗争。"

她跟他握了手后,就离开了客厅。

沃库尔斯基由伯爵夫人领着,从一长排房间的门口走过。这时一间离宾客们很远的房里传来了歌声和钢琴声。他们一走进那间房,沃库尔斯基就发现那里的景象不一般:一个年轻的男人在弹钢琴。他身边站着两个很漂亮的贵妇人,一个装着正在拉小提琴的样子,另一个像在吹黑管。有几对人在音乐的伴奏下跳舞,他们当中只有一个男人。

"啊,你们太放肆了!"伯爵夫人训斥他们说。

他们听到后便大笑起来,没有停止娱乐。

沃库尔斯基和女主人从那间房里走过,上了楼梯。

"很遗憾,您看我们这些最高贵的贵族,"伯爵夫人说,"他们不愿坐在客厅里,跑到这里来发疯了。"

"他们真聪明。"沃库尔斯基想道。

在他看来,这些人的生活好像比那些妄自尊大的市民阶层和想成为大贵族的小贵族的生活更单纯,也更快活。

议长夫人在楼上一间听不见吵闹声和遮住了阳光的房间里,坐在一张圈椅上。

"我失陪了,"伯爵夫人说,"你们可以在这里尽兴地聊聊天,我要回到客厅里去。"

"谢谢你,约阿修①!"议长夫人回答说,然后她又转向沃库尔斯基,"请坐!"

现在只剩下了他们两个人,她往下说道:

"你不知道你在我的心中唤起了多少回忆。"

沃库尔斯基这才看出了这个贵妇人和他叔父之间,一定有过某种不寻常的关系,因而使他感到惊奇和不安。

"感谢上帝,"他想,"我毕竟是我父母合法的孩子。"

"对不起,"议长夫人说,"你说你叔父死了,那么他,这个可怜的人埋在哪里呢?"

"埋在扎斯瓦夫②,流亡③回来后,他在那里住过。"

议长夫人又将手帕拿起来擦眼睛。

"真的吗?唉,我这个负心人!……你去看过他吗?……他没有对你提起过什么事情?……他没有带你去哪里走走?……那山上有个城堡的废墟,是不是?那废墟还在吗?"

~~~~~~~~~~

①　约安娜·卡罗洛娃伯爵夫人的爱称。
②　扎斯瓦夫是一个虚构的地名,既不是乌克兰的城市扎斯瓦夫,也不是白俄罗斯那个扎斯瓦夫村。根据小说第二卷第八章的叙述,普鲁斯是把它放在卢布林省东南方的某个地方。——原注
③　指十一月起义失败后的大流亡。

"是的,我叔父那时候天天到那里去散步,我和他曾经整小时整小时地坐在那里的一块大石头上……"

"是吗?……我知道那块石头,当年我们一起也在那块石头上坐过,一起俯视过那条河,仰望过那一去不复返的浮云,那些浮云让我们知道,幸福就是这么离去的。今天我才真的有了感受。还有城堡里那口井,它还是那么深吗?"

"很深。但是很难找到它,因为井口被碎石遮盖了,是叔父指给我看的。"

"你知道吗?"议长夫人说,"我们最后告别的时候,曾想过是不是一起跳到那口井里去。要是跳进去了,谁也找不到我们,我们就永远不分开了。当然,那是年轻人的疯狂……"

她擦了擦眼睛,往下说道:

"我很爱……很爱他;我想,他也有点爱我……因为他提到过这一切。他是个没有钱的军官,不幸的是我很富有,并且还跟两个将军是近亲,因此我们被拆散了,也许还因为我们太善良……但这还是不说的好……不说的好啊!……"她又哭又笑地补上一句,"一个女人要到七十岁才可以说这样的事……"

饮泣中断了她的话,于是她闻了闻那个小瓶子,歇息了一会儿,又开始说:

"世界上有许多罪大恶极的事情,但最大的罪恶莫过于扼杀爱情。从那以后,又过了这么多年,差不多半个世纪了吧,所有的一切:财产、头衔、青春、幸福都烟消云散了……只有内心的痛苦没有消逝,它依然存在,告诉你吧,它是那么强烈,就像昨天才发生的一样。唉!要不是相信有另外一个世界的存在,我们在这里所受的痛苦在那里可以得到补偿的话,谁知道,我或许早就在诅咒生活和它那些繁文缛节了……可是你不懂我的意思,你们这一代人虽然意志比我们坚强,但你们的心灵却是很冷酷的。"

沃库尔斯基坐在那里,低下了眼睛。他感到一种压抑,胸口好像裂开了似的。他把指甲切入手掌,想着怎么尽快地离开那里,他不愿听那些又要揭开他那最疼痛的伤疤的怨诉。

"他这个可怜的人的坟前有没有墓碑?"议长夫人过了一会儿,问道。

沃库尔斯基的脸红了,他脑子里从来没有过这样的概念,说人死了之后,除了一堆黄土之外,还要什么别的东西。

"不,"议长夫人见他有点疑惑,便接着说,"我并不是对你没有想到墓碑感到惊奇,而是责备我自己把那个人忘了。"

她陷入了沉思,这时候,突然把一只骨瘦如柴、战战兢兢的手放在他的肩膀上,以压低的嗓音说:

"我对你有个请求……你说,你一定要做到……"

"一定做到。"沃库尔斯基说。

"我要给他立块墓碑,但我不能亲自到那里去,这件事就请你给我代办一下!你在这里带个石匠去,叫他把那块石头凿开,将它的一半立在他的坟上,你知道,就是山上城堡前我们坐过的那块石头。不管花多少钱,你先支付一下,我会还给你,我这辈子都对你感激不尽。你愿意这么做吗?"

"愿意。"

"这就好了,我感谢你……我相信,他在那块石头下面安息,一定会得到安慰,因为它听见过我们的谈话,见到过我们的眼泪。唉,想起这些是多么痛苦……还有那墓志铭,你知道

是什么吗?"她接着说,"就是我们分别的时候,他给我留下的密茨凯维奇的几句诗,你一定也读过:

> 它留下的悲哀圈也更广阔,
>
> 远处投下的影子,看起来更长,
>
> 我走得越远,你越是想念我,
>
> 这件厚厚的丧服,遮住了你的心灵。①

"啊,这说得不错……还有那口井,它把我们连在一起,我会永远记住它……"

沃库尔斯基战栗了一下,把眼睛睁得很大,在望着什么地方……

"你怎么啦?"议长夫人问。

"没什么,"他笑了笑答道,"死神瞅了我一眼。"

"你不要奇怪,死神就在我这个老太婆跟前,我跟前的人当然看得见它。那么我求你的事,你会去做吗?"

"会的。"

"过了节,你就到我这里来吧,以后……你还要经常来。你对这也许会感到无聊,但我这个没有用的人对你也可能是有用的。好,现在你到楼下去吧,去吧!"

沃库尔斯基吻了她的手,她在他的脑门上也吻了几下。随后她摇了摇铃,把仆人叫了进来。

"领着这位先生到客厅里去!"她吩咐道。

沃库尔斯基被弄得糊里糊涂,他不知道往哪里走,也不清楚自己和议长夫人谈了些什么。他只觉得自己已经陷入了混

---

① 这是密茨凯维奇于一八二三年写的《致 D》(玛蕾娜·维列什切库芙娜)一诗第二节中的诗句,但此处引诗的后两行与原诗有出入。

浊的旋涡中,周围是一些又宽又大的房间、古老的画像、轻微的脚步声和不知是什么样的香气。还有一些贵重的家具和他在梦里也没有见过的人们给他带来的温情。而首先是那贵族老妇人的回忆,像诗一样渗透着哀叹和眼泪。

"这是一个什么世界呀?……这是一个什么世界呀?"

但他总感到缺了点什么,他想,哪怕再看一眼伊扎贝娜小姐也好。

"是的,我在客厅里会看见她的……"

仆人拉开了客厅的门。所有的人头又都转向了他,谈话的声音像一群叽叽喳喳的鸟突然飞走了一样,很快就停住了。在沉默中大家都望着他,可是他谁都不看,只是以急切的眼光在寻找着那件淡蓝色的裙衣。

"她不在这里。"他想。

"喂,你们看,他一点不把我们放在眼里。"那个留着花白连鬓胡的老头笑着说。

"她大概在另一个客厅里。"沃库尔斯基自言自语道。

他看见了伯爵夫人,便向她走去。

"怎么样,你们谈完了吗?"伯爵夫人问道,"议长夫人是个多么亲热的人,是不是?她是您最好的朋友,但她也不比我更好。我这就给你介绍一下……沃库尔斯基先生!……"她又补充了一句,一面转身望着那个戴钻石首饰的贵妇人。

"我一说话就是要东西,"那贵妇人高傲地望着他说,"我们的孤儿院需要几捆麻布……"

伯爵夫人的脸有点红了。

"只要几捆?……"沃库尔斯基问道,一面望着那高贵女人的钻石首饰,因为那个钻石就值几百捆最细的麻布。"过了节，"他往下说，"我将很荣幸地派人将麻布送到伯爵夫人手里……"

他鞠了个躬，像是就要走开。

"您要离开我们？"伯爵夫人感到有点不知所措。

"一个粗里粗气不懂礼貌的人。"戴钻石首饰的贵妇人对她那个帽子上插鸵鸟毛的女伴说。

"我要和伯爵夫人告辞了，感谢您的盛情接待和给我的荣誉！"沃库尔斯基说着吻了一下女主人的手。

"我们还会见面的，沃库尔斯基先生，不是吗？……我们有许多共同的事业。"

伊扎贝娜小姐也没有在第二个客厅里，沃库尔斯基感到不安了。

"我非见到她不可……谁知道，我们什么时候能在这样的情况下见面呢？……"

"哦，您在这里，"公爵叫了一声，"我知道了，您和托马斯先生在谋划什么。一家跟东方做买卖的贸易公司，这个打算不错！可你们也得让我参加……我们彼此需要更多的了解……"他看见沃库尔斯基沉默不语，便接下去说，"沃库尔斯基先生，我这个人很厌烦，是不是？可是这也没有办法，您是离不开我们的，您和您周围的一些人都应当和我们更加接近，让我们走在一起吧！你们的商行就是纹章，我们的纹章也是商行，这在生意买卖上就保证了没有欺骗……"

他们互相握手。沃库尔斯基回答了他的话，可是他自己说了什么却记不清了。他更加感到不安了，因为他寻找伊扎贝娜小姐完全是徒劳的。

"也许在下一个客厅里。"他有点惶恐地低声说道,往最后一个客厅走去。

半路上撞见了文茨基先生,对他表现出从未有过的亲热。

"您就走?那我们再见吧!亲爱的朋友。过了节后,在我们家举行第一次会议,上帝保佑,我们的事业就开始了。"

"她不在!"沃库尔斯基这么想,他要和托马斯先生告别。

"您知道吗?"文茨基对他轻声地说,"您在他们中引起了很大的反应,伯爵夫人简直欣喜若狂了,公爵一个劲地在谈着您……还有议长夫人那个想不到的事件……真是……妙极了……绝对想不出比这更好的场面。"

沃库尔斯基已经站在门槛上。他再一次以痴呆的目光往客厅里扫了一下,就失望地走了。

"是不是该回去和她告别一下?……她代表女主人呀!"他慢吞吞地走下楼梯的时候,这么想道。

他突然战栗了一下,因为他听见走廊里有拖着衣裙的声音。

"是她……"

他抬头一看,原来是那个戴钻石首饰的贵妇人。

有人把大衣递给了他,于是他来到了街上,摇摇摆摆像个醉汉似的。

"既然她不在,好的场面对我有什么用呢?"

"沃库尔斯基先生的马车!"看门人在门厅里叫道,手里规规矩矩地握着一块三卢布的银币。那双噙满了泪水的眼睛和有点嘶哑的嗓音,证明这个穷人就是在最困难的处境中,也对这复活节的第一天是十分仰望的。

"沃库尔斯基先生的马车!……沃库尔斯基先生的马

车！……沃库尔斯基的，驶到这里来吧！……"那些站在台阶上的马车夫，也像看门人一样喊道。

在一条大街①的中间，有两行出租马车和私人马车在慢慢地行驶着，一行朝贝尔维德尔②驶去，另一行是从那里来的。车上有个人看见沃库尔斯基后，向他点了点头。

沃库尔斯基低低地说了一声"同事！"他的脸红了。

他的马车终于驶过来了，他正要上车，可是他又想了一下。

"伙计，你回去吧！"他对那马车夫说，同时付给他小费。

马车往城里驶去了。沃库尔斯基却混在过路的行人当中，朝乌雅兹多夫广场③那边走去。他走得很慢，望着那些乘车走过的人们。他们中很多人他都认得。这是那个制皮匠，他给沃库尔斯基提供过皮革制品，他正带着他那像糖桶一样粗壮的老婆和那确实很漂亮的女儿坐着车子来这里游玩。有人还想给沃库尔斯基做媒，要把他的女儿嫁给沃库尔斯基。这是那个屠宰夫的儿子，他过去是给霍普费尔的商店供应熏烤食品的。这是一个很有钱的木匠，把他那为数不少的家里人都带来了。一个同样拥有一大笔财产的酒厂老板的遗孀，她也想要嫁给沃库尔斯基。这里还有一个硝皮匠，那里有两个丝织品商店的伙计。此外还有一个男子服装店的裁缝，一个泥瓦匠，一个珠宝商人，一个面包师，还有他的竞争对手，一个服饰用品商人，都坐在一辆普普通通的轻便马车上。

～～～～～～～～～～

① 这里是指乌雅兹多夫大街。
② 贝尔维德尔是一座新古典派的宫殿，坐落在维斯瓦河岸边的斜坡上。
③ 乌雅兹多夫广场在乌雅兹多夫街的东边，在美丽街和今天的十字路口街之间。——原注

他们大部分人都没有看见沃库尔斯基，但有几个还是看见了他，而且跟他点头打了招呼。有一些人虽然见到了他，却不跟他打招呼，只是冲着他不怀好意地笑着。有许多商人、企业家和手工业者身份和他一样，其中有些人甚至比他更有钱，在华沙也早就闻名了，可是在复活节的今天，只有他一个人受到了伯爵夫人盛情的接待。他们中谁都没有受到这样的接待，只有他一个人！……

"我这么走运，是令人难以置信的，"他想，"半年内就发了一笔几十万的大财，再过几年就会有一百万了……甚至还会早些……今天我已经走进了大贵族的客厅，那么再过一年呢？……在那些几分钟前刚从我身边走过的人中，有的要是在十七年前，我还得在店里为他们效劳呢！只因为他们没有去过我那家商店，我才没有伺候过他们。从那个铺子旁边的一间小房，来到了伯爵夫人的府邸，这一下跳得多远呀！……我是不是升得太快了？"他心里有点担忧地往下想。

他已经来到了那宽阔的乌雅兹多夫广场，广场南边是平民老百姓的娱乐场所。手摇风琴的乐声和喇叭声以及成千上万的人群的喧哗声混杂在一起，就像突然卷来的潮水一样，将他团团围住。他看见一长排秋千在左右来回地摆荡，就像巨大的钟摆。后面另外一排是些迅速转动着的华盖，顶上是用五颜六色的条子布做成的。第三排是些售货亭子，有绿色的、红色的，也有黄色的，这些亭子的门前挂着一些看起来非常可怕的图画，顶棚上有一些穿着十分鲜艳的小丑和巨大的玩偶。在广场的中心，竖着两根很高的杆子，正好有两个好事者在爬杆，向那几件挂在上面的大礼服和一块值几个卢布的表爬上去。

欢乐的人群都拥在一些临时盖起来的、肮脏的建筑物中。

沃库尔斯基想起了自己的童年。那时候,小面包和灌肠对他这个饿着肚子的人来说,味道是多么鲜美;骑在旋转木马上,便以为自己是个伟大的战士,又是多么了不起。当他把秋千荡到了天空中的时候,他快活得简直要发疯了。想到自己今天什么也不干,明天什么也不干,一年到头什么都不干,那才开心呢!还有那个什么也比不上的决心:今天十点钟睡觉,如果愿意,明天也可以十点钟起来,在床上足足躺十二个小时。

"这就是我,就是我吗?"他感到奇怪地问自己,"那些我过去喜欢的东西现在使我感到厌恶。周围成千上万的穷苦人在寻找快乐,我这个阔富人到底享有什么呢?……除了苦闷就是无聊,无聊,苦闷……我本来可以得到我曾梦寐以求的东西,但我却什么也没有得到,因为我曾有过的渴望已经不复存在了。尽管这样,我还是相信我会得到一种意外的幸福!……"

就在这个时候,人群中发出了一阵高声的吼叫。沃库尔斯基醒悟过来,他看见杆子顶上有个人。

"哦,胜利者!……"他对自己说。人群在奔跑,在鼓掌,在欢呼,用手指着那个英雄,问他的名字。沃库尔斯基被他们挤得几乎站不住脚了。那个夺得大礼服的人好像要被人们抬到城里去,可这种欢腾的场面却突然消失了,人们放慢了脚步,甚至停了下来。喊声也减退了,终于消失了。刚才还受到人们热烈欢呼的胜利者从杆顶上滑了下来,过了几分钟,他就被人忘掉了。

"这难道是对我的警告?"沃库尔斯基低声说道,擦掉了脑门上的汗。

他对广场和那些欢乐的人们厌恶极了，于是转身往城里走去。

乌雅兹多夫大街当中，仍有一些出租马车和私人马车来来往往地行驶着，沃库尔斯基在一辆马车上见到了一袭淡天蓝色的裙衣。

"那是伊扎贝娜小姐？……"

他的心剧烈地跳动起来。

"不，不是她。"

他在几百步外又看见了一张女人的漂亮的脸和她那文雅的动作。

"是她吗？……不，她怎么会到这里来呢？"

就这样，他走过了整整一条乌雅兹多夫大街，经过亚历山大广场①和新世界大街，在这些地方，他总是要望着街上的某一个人，可这却一再地令他失望。

"难道这就是我的幸福？"他心里想，"我并不想要得到我能得到的东西，但我却拼命地去找那些我没有的东西，这难道是幸福？……谁知道，死亡是不是像人们想象的那么可怕？"

他第一次渴望睡眠，一种酣畅的、不被吵醒也没有任何期求或者希望的干扰的睡眠。

就在这个时候，伊扎贝娜小姐也从姑妈那里回到了自己家里，她一走进前厅，就对弗洛伦迪娜小姐叫道：

"你知道吗？……他也去了！……"

① 亚历山大广场过去叫金十字广场，一八一八至一八二六年间，在这里建立了圣亚历山大教堂后，才改名为亚历山大广场。

"谁呀?"

"唉,就是那个沃库尔斯基……"

"既然他被邀请了,为什么不去呢?"弗洛伦迪娜小姐回答说。

"真是厚颜无耻……还没有听说过……你想想,姑妈被他迷住了,公爵简直要扑到他身上,大家都把他看成是一个了不起的人物……你对这就没有什么话说的?"

弗洛伦迪娜小姐悲哀地微笑着。

"这我知道。他是这个季度的英雄……卡齐米日先生是冬季的英雄,十多年前,甚至……我。"她轻声地把话说完。

"可是你应当注意到,他是什么人?……一个商人……一个商人!……"

"我亲爱的贝卢!"弗洛伦迪娜小姐回答说,"我记得有些季节,我们这些人甚至对马戏团的演员们也很欣赏,但那已经成了过去。"

"那个人我很害怕。"伊扎贝娜小姐轻声地说。

第十章　老掌柜的回忆

……我们有了一个新的铺子：五个橱窗、两间库房、七个伙计和一个看门人。此外还有一辆像刚擦净了的皮鞋一样闪亮的马车，几匹栗色的马，一个车夫和一个穿了仆服的仆人。所有这一切都是在五月初，正当英国、奥地利和受拖累的土耳其要把自己武装起来的时候得到的。

"亲爱的斯塔休，"我对沃库尔斯基说，"所有的商人都笑我们在时局动荡不安的时候花了那么多的钱。"

"亲爱的伊格纳休①，"沃库尔斯基回答说，"时局一旦趋于稳定，我们就要嘲笑所有的商人，目前正是做生意的好时候。"

"欧洲的战争一触即发，如果打起来，我们肯定要破产。"

"这是开玩笑的说法，"斯塔希②回答，"那些吵吵闹闹几个月内都会平息下去，到时候，我们就把所有的竞争者都抛到后面去了。"

唉，其实并没有打仗。我们的铺子里热闹得像过感恩节那样，车子像上磨坊一样到我们库房里进货，又从那里出货，

---

① 　伊格纳休是伊格纳齐·热茨基的爱称。
② 　斯塔希也是斯坦尼斯瓦夫·沃库尔斯基的爱称。

钱就像糠谷一样塞满了我们的钱柜。不了解斯塔希的人会说他是一个天才的商人，可是我了解他，所以我越来越经常地产生怀疑，这一切到底有什么用呢？……你为什么要这么做呢①？

不错，也有人这么问过我。难道我真的有那个去世的老太婆②那么老吗？难道我不懂得时代精神，不了解比我年轻的人的意图吗？……唉，情况还不至于这么糟吧！……

我记得，路易·拿破仑（后来的皇帝拿破仑第三）一八四六年从监狱里逃出来的时候，整个欧洲一片混乱。谁都不知道以后会怎么样，可是所有的有识之士都做好了准备；拉切克姑父（拉切克先生和我的姑妈结了婚）也一再地说："我说过，波拿巴又会出来的，叫他们倒霉。最糟糕的是，我这双脚实在走不动了。"

一八四六年和一八四七年在大乱中过去了。各种文件不断地出现，可是许多人都不见了。我时常想，现在不正是可以把鼻子伸到一个更加广阔的世界里去的时候吗？每当我产生了怀疑，感到不安，我就在店里关了门后去找拉切克姑父，告诉他我有什么烦恼，求他像我父亲那样给我想想办法。

"你知道吗？"姑父回答说，一面用拳头捶着他那有病的膝盖，"我会像你父亲那样，给你想办法。如果你想去，我告诉你……你就去吧！如果你不去，我跟你说……你就留下……"

直到一八四八年二月，路易·拿破仑在巴黎的时候，有天晚上，我那死去的父亲突然出现在我面前，我看见他依然是他

①② 原文是德文。

躺在棺材里的那个样子。大衣的扣子扣到了脖子上,耳朵上戴了耳环,胡子染黑了(还是多曼斯基先生给他染的,这样他站在上帝的法庭里至少还体面一点)。他站在我那间小房的门前,对我只说了这么一句话:

"小家伙,要记住,我是怎么教导你的!……"

"梦是幻影,上帝是信仰。"我这么想了好几天。我对铺子已经感到厌烦了,连对那个死去的玛乌戈霞·费伊费尔,我也失去了好感。围墙街是那么憋闷,我再也忍受不了啦!我只好又去找姑父,请他给我想办法。

我记得他当时正躺在床上,身上盖着我姑妈的那床绒毛被,在喝用草药熬的热汤,用以发汗。我把所有的事情都告诉了他,他对我说:

"你知道吗?我和你父亲一样,会给你想办法的。如果你想去,你就去;如果你不去,你就留下。至于我,要不是这双该死的脚,我早就到国外去了。我告诉你,你姑妈那刀子样的利嘴,"说到这里,他压低了嗓音,"吵得太厉害了。我宁愿听奥地利炮队的大炮声,也不愿听她那没完没了的吵闹。我的脚涂上药膏本来好了一点,她一闹又坏了……你要不要钱花?……"他歇了一会儿,又问道。

"我攒了几百个兹罗提。"

拉切克姑父叫我关上房门(姑妈不在家),他把手伸到枕头下面,拿出一把钥匙。

"给你,"他说,"去把那个皮箱打开,箱里右边有个盒子,盒子里有个小钱包,给我拿过来……"

我拿出了一只鼓鼓囊囊、沉甸甸的钱包。姑父把它放在手上,一面叹气,一面点出了十五个金币。

"拿这些钱做路费，"他说，"你如果要走，你就走吧……我本来可以多给你一些，可是我也会有那种时候的……我总得给老婆留一点，这样的话，如果出了事，她还可以另找一个丈夫。"

我们哭着互相告了别。姑父从床上坐了起来，把我的脸转过去，对着烛光，低声说：

"让我再看看你……因为，我告诉你，从这里出去后，并不是每个人都回来的……再说，我已经不年轻了，我全身都感到麻木不仁，就像被子弹洞穿了一样……"

我回到店里的时候，已经很晚了，但我还是和扬·明采尔谈了自己的想法，并且感谢他给我安排了工作和照顾。其实一年来，这些事情我们都已经谈过了。他总是鼓励我去打德国人，所以我认为，我的想法一定会使他非常高兴。但明采尔听了我的话后，不仅不高兴，反而忧伤起来。第二天，他把我存放在他那里的钱还给了我，还额外添了一些。他还答应给我保存好被褥和箱子，如果我什么时候回来还可以用。可是他平常那种好战的情绪却不见了，他最爱喊出来的那句话："哼！要不是我的这个铺子，我非得给什瓦布人一点厉害不可……"现在一次也没有喊过。

晚上十点左右，我穿上了短皮大衣和厚实的马靴，和他拥抱以后，便伸手去拉门把手，想从那间我们同住了那么多年的房里出去。这时候，扬突然变得十分古怪，他一下子从椅子上跳起来，叉着手臂，大叫了一声：

"猪猡……你要去哪里？……"

然后他倒在我的床上，像个孩子似的呜咽起来。

我逃出了那间房,可是在那只有一盏油灯照得不很亮的门厅里,有人挡住了我的去路。我吓了一跳。原来是奥古斯特·卡茨,他穿的那身衣服,就好像要在三月去旅行似的。

"你在这里干什么,奥古斯特?"我问。

"我正等着你呢!"

我以为他要给我送行;他任何时候都不爱说话,于是我们默不作声地朝格拉博夫斯基广场①走去。我要乘坐的那辆犹太马车也已经准备好了。我吻了一下卡茨,他也吻了我。我上了车……他也跟着我上了车……

"我们一道走吧!"他说。

后来,我们过了爱情村②,他又说了一句:

"这座位硬邦邦的,又颠簸,睡不了。"

那次一同去旅行出人意料地花了很长的时间,因为它一直到一八四九年十月才结束。你记得吗,卡茨,我永远忘不了的朋友?你记得我们在酷热下的长途行军,不得不经常喝那池塘里的脏水吗?你记得在穿过沼泽地时,我们的弹药打湿了;在森林和田野里过夜时,这个人把那个人的脑袋从枕着的背包上推下去,有人偷偷地将大家用作被子盖的军大衣拉到自己身边来吗?……你记得我们四个人不让全连队知道,偷偷地烹煮过捣烂的土豆拌猪油吗?从那个时候起,后来我又不知道吃过多少土豆,可是再也没有那么好吃的了。到现在

① 格拉博夫斯基广场是国王街、界线街、硬街和巴格纳街交叉处的一个广场,距萨斯公园不远,当时是华沙市中心西部较热闹的集市贸易广场之一。——原注
② 爱情村坐落在华沙市中心往东十八公里处(现在华沙东部的城边上)。——原注

我还闻得到那土豆拌猪油的香味,看得见从锅里冒出来的那股热气。我还记得你,卡茨,为了节约时间,你一面做祷告,一面吃土豆,还凑到篝火边抽烟斗。

唉,卡茨,如果天上没有匈牙利步兵和捣烂的土豆,你就不用急急忙忙跑到那里去了。

你还记得那次大战吗?我们总是采取游击战术,打了一阵后就休息,在休息的时候,又想打大战。我就是进了坟墓,也不会忘记那次大战。要是有一天上帝问我为什么要活在这个世界上,我就说是为了有一天能够参加那种战役。卡茨,只有你理解我,因为我们两人都参加过那样的战役,可那时候,参加那样的战役却被认为是件微不足道的小事……

一天半以前,我们这个旅都集结在某个匈牙利的村庄附近,这个村庄的名字我记不起来了。村民们盛情地招待我们,他们拿出来的酒虽然不很特别,但其数量之多,可以用来洗澡了。猪肉和辣椒吃得太腻,以致什么别的东西,都没有人往嘴里塞了。还有音乐和姑娘!……吉卜赛人演奏得太好了,每个匈牙利姑娘都是一桶真正的火药,她们还不到二十个人,可是跳起舞来就像野兽一样,飞快地转动着,后来大家性子急了,我们这边的人刺死了三个农民,还把他们乱砍了一顿,那些农民也用棍棒打死了我们的一个轻骑兵。

在这个最混乱的时刻,要不是有个贵族乘着一辆由四匹口吐唾沫的马拉着的车子来到了司令部,天知道,那个开头很高兴的庆祝活动最后会怎么样。过了几分钟,部队里传开了一个消息,说附近有一大批奥国军队。集合号吹响了,那一场骚乱才平息下去。那些匈牙利女人也不见了,我们的队伍里开始有人议论,说是就要决战了。

"总算是要打了!……"你对我说过。

当天晚上,我们向前推进了一英里,第二天又前进了一英里。隔几个小时,后来甚至每隔一小时都有传令兵给我们送来紧急通知,这证明我们的司令部就在附近,正准备要干什么大事情。

那一夜,我们睡在光秃秃的地面上,连枪都没有支起来。第二天天刚亮我们就动身了:一个骑兵连带着两门轻炮领头,随后是我们营的队伍,然后又是一整个旅,带着大炮和由强大的哨兵队伍护送着的辎重。传令兵现在每半个小时来一趟。

太阳出来后,我们看见道旁有敌人最初留下的痕迹:剩下的稻草,熄灭的篝火,被敌人拆下来当柴火烧了的房子。随后我们又遇到了越来越多的难民:拖家带口的贵族,各种教派的神父,还有农民和吉卜赛人。所有的人脸上都露出了恐怖的神色,差不多每个人都用匈牙利话在喊着什么,并且用手往后面指去。

快七点钟了,在西南方发出了一声炮响,队伍里有人轻声地说:

"啊,战斗开始了!"

"不,这只是个信号……"

又是两声炮响,接连又响了两声。走在我们前面的那个骑兵连停了下来,两门炮和两辆运弹药的车子急忙赶了上去,几个骑兵催马迅疾地跑到了附近的小山上。我们也停下来了。在一瞬间是那么寂静,连在我们后面追上来的副官的那匹灰白色牝马的蹄声都听得见。那匹牝马气咻咻地向那些骑兵奔去,肚皮几乎触到了地面上。

这一下,远近大概有十几门大炮都轰隆隆地响了起来,每声炮响都分辨得出来。

"他们在练习射击！"我们的老少校说。

"他们差不多有十五门炮，"卡茨轻声地说道，他在这个时候变得爱说话了，"可我们只有十二门炮，会有一场恶战！……"

少校正骑在马上，他向我们转过脸来，他那斑白的胡髭下露出了笑容。我只有听到了一连串的炮声，就像有人在演奏大风琴那样，才懂得了他的笑是什么意思。

"他们的大炮不止二十门。"我对卡茨说。

"蠢家伙！"一个上尉军官笑着走来，踢了踢他的马。

我们站在一个高地上，从那里可以看见跟在我们后面的那个旅，一团火红色的尘云顺着那条公路绵延两三俄里①，成了他们的标志。

"多么可怕的一大群呀！"我喃喃地说，"他们去哪里安营扎寨呢？"

号声响了，我们营分成了四个连，列成了并排的队形，前面几排往前走去，我们留在后面。我回头一看，又有两个营从主力部队里分出来了，他们离开公路，快步穿过了田野，一个营朝我们的右边跑去，另一个跑向左边，只一刻钟，就和我们齐头并进了，他们又休息了一刻钟，然后我们三个营一起踏着坚实的步子往前走去。

这时候，炮火更厉害了，可以同时听到两声或三声炮响。最可怕的是，在那后面还可听到一种沉闷的回声，就像在不断地打雷似的。

~~~~~~~~~~~~~

① 一俄里等于一点零六公里。

"有多少门炮呀,同志?"我用德语问那个走在我后面的班长。

"大概有一百门吧!"他回答的时候,感到有点迷糊,可他又补充了一句,"他们很有本事,把所有的武器都拿出来了。"

我们离开了公路,几分钟后,有两个骑在马上慢慢跑着的轻骑兵连和四门大炮,带着弹药车从那条路上穿了过去。在我背后排成一排的那些士兵在胸前画着十字:"以圣父和圣子的名义……"有的人正在喝军用水壶里的水。

我们左边的轰隆声响更厉害了,那一声又一声的炮声已经连成一片。走在前面的队伍里面,突然有人喊了起来:"步兵……步兵!……"

我以为奥国军队来了,便不由自主地举起枪准备射击。可是在我们的前面只有一些山丘和稀疏的灌木,别的什么也没有。我当时在那几乎不再使我们关心的大炮声中,听见了一片喧闹声,像暴风雨一样,甚至比暴风雨还响亮得多。

"战斗打响了!……"前面有人尖声地叫了起来。

我觉得我的心跳停了一下。这不是因为害怕,而是对那个从小就给我留下不一般印象的召唤的回答。

尽管在行军,队伍里还是有些活动。大家互相敬酒,又检查了一遍武器,都说半个小时后我们就要接火了。有人粗野地嘲笑着那些奥国人,因为他们那时候很不走运。还有人吹着口哨,还有一个低低哼着的声音。军官们那种生硬又严肃的态度也没有了,变得像同志一样亲密无间。为了恢复队伍里的秩序,非得下一道命令:"注意,安静!……"

我们都不说话了,那原来有点乱的队伍现在排得很整齐。天空十分明朗,到处都可见到一朵朵一动也不动的白云。我们经过的那些道路旁边的灌木连一片细小的叶子都不动。在那长满嫩草的田野上，听不到受惊的百灵鸟的啼啭。但听得见一营人沉重的脚步声、人们急促的呼吸声，有时还传来了长枪碰撞的叮当声响和那个少校洪亮的嗓音，他走在前面，正在和军官们谈话。在我们左边，大炮齐声怒吼，枪弹像瓢泼大雨似的直泻而下。谁要是没有听到过那样的晴天霹雳，卡茨兄弟，那他就不懂得音乐！……你还记得吗，当时我们心里有一种奇怪的感觉，那不是恐惧，而好像是一种悲哀和好奇。

侧翼的那些营离我们越来越远，右翼那个营最后消失在一个小山头的后面。左翼那个离我们只有几百俄丈，他们已经跑到了一条宽阔的山谷里，我们不时可以看见他们的刺刀在闪闪发亮。骠骑兵、大炮和在后面拉得很长的预备队也在什么地方分散开了。最后只留下了我们一个营，于是我们从一个小山头上走了下来，又爬上了一个更高的山头。只是过些时候就有一个骑兵从前面、从后面或者从侧面跑过来，给少校带来一张纸条或者一个口令。奇怪的是，他并没有被那么多的命令弄得头脑发昏。

快九点了，我们终于爬上了最后那座荆棘丛生的小山。这时又传来了新的命令，原来一排紧跟一排的队形变成了并列的队形。当我们爬到了山顶上后，指挥官们命令我们躬下身子，把枪低低地放了下来，最后又要我们跪下。

当时（你记得吗，卡茨？）克拉托赫维尔正好跪在我们面前，他把脑袋伸进了两株幼嫩的松树之间，悄声地说：

"你们看吧！……"

一块平地在山脚下往南伸展而去，一直伸到了地平线的尽头。平地上有一道白色的烟雾，宽几百步，长——我看不准——也许一英里,像一条河一样。

"散兵! ……"老班长说。

在那条奇怪的河的两边,很明显,有几朵黑云和十几朵白云紧贴着地面。

"那是大炮,那里的村庄在燃烧。"班长解释道。

再仔细一点看,在那一长溜浓烟的两旁,有些地方露出了正方形斑块,靠左边的斑块是黑色的,右边是白色的①,活像一些长着闪闪发亮的尖刺的大刺猬。

"那是我们的团队,这边是奥地利的……"班长说,"太好了!"他又补上一句,"连司令部也没有我们看得这么清楚。"

从那道烟的长河中传来了啪啪啪的步枪声,连续不断。在白色的云雾中,也响起了大炮的轰隆声。

呸,卡茨! 你当时说:"这是不是会战?"……我也有点害怕……

"再等一等。"班长低声说道。

"把枪准备好! ……"队伍中传开了一道这样的命令。

我们跪了下来,拿出弹药包,咬掉它的盖子,用钢钎把弹药塞进枪筒②里,这时候,里面发出了叮当的碰撞声。然后把扳机拉紧,又发出了喀嚓的响声。等到我们把弹药倒进弹药槽里后,这才静了下来。

我们对面大概距离一俄里的地方有两座小山,山之间有一条小道。在那条小道的黄色的背景上,我看见有一些白点,这些白点又马上连成了一条白线,后来它又变成了白色的斑

---

① 那时候,奥地利步兵的军服是白色的,匈牙利军服是蓝色的。——原注
② 十九世纪中叶欧洲军队常用的一种火枪,枪筒里有一块火石,装上火药后,靠摩擦火石引爆火药。

点。一些身着深蓝色军服的士兵从我们左边一条距离几百步远的战壕里跑了出来，他们即刻排成了一支蓝色的队伍。这时候，我们的右边有门大炮开了一炮，发出轰隆的响声，随后在那身着白色军装的奥地利军队的头顶上，便出现了一小团灰白色的烟雾。这门大炮几分钟后又开了一炮，奥地利军队的头顶上又是一小团烟雾。再过半分钟又开一炮，又出现了一小团烟雾……

"主啊！"①老班长叫道，"我们的人是怎么打炮的呀！这究竟是贝姆②在指挥还是魔鬼在指挥呢？……"

从那时候起，我们这边便接连不断地开炮，连地面都震动了。那条小道上的白斑也变得越来越大。与此同时，在对面的那个山头上闪出了一道光，吐出一团烟雾，一颗榴弹呼啸着直往我们的大炮这边飞来。然后又是第二团烟雾……第三团烟雾……第四……

"这些畜生倒是很聪明！"班长低声说。

"营！……前进……"我们的少校用他洪亮的嗓门大吼了一声。

"连队！……前进！……排……前进！"其他的军官又用不同的声音再喊了一遍。

我们的队形又变了。中间的那四个排被调到末尾去了，另外有四个排让他们朝着右前方或左前方走去。我们锁紧了

---

① 原文是德文。

② 尤泽夫·贝姆（1794—1850），波兰爱国将领，参加过十一月起义。欧洲一八四八年革命爆发期间，在维也纳担任过波兰民族近卫军的统帅，后率领一支匈牙利军队在罗马尼亚西部一带，跟奥地利和沙皇俄国的军队进行过战斗。

背包,各人的枪爱怎么拿就怎么拿。

"快点跑下来! ……"卡茨,你当时这么喊了一声。

就在那一瞬间,一颗榴弹在我们的头顶上高高地飞过,在后面什么地方爆炸了,发出一声巨大的轰响。

我的脑子里当时闪出一个奇怪的念头:打仗是不是军队给老百姓演的一出又一出大吵大闹的喜剧,会不会伤害老百姓?……因为在我看来,这些戏演得不错,它们并不可怕。

我们来到了一块平地上。有个骠骑兵从炮队里骑着马来告诉我们,说有门大炮被毁坏了。就在这个时候,一颗榴弹落在我们的左边,但它钻进了土里,没有爆炸。

"他们开始向我们爬过来啦!"老班长说。

又有一颗榴弹就在我们的头上爆炸了,有块弹片正好落在克拉托赫维尔的脚跟前。他脸色变得苍白,可是他却笑了。

"啊呀! ……呀……"队伍里有人叫了起来。

在我们左边距离大约一百步远的地方,有几个排向前推进的时候出现了混乱。等到他们走过之后,我们看见了两个人:有一个人脸朝地面躺着,身子像根绷紧了的弦;另一个坐在地上,两只手捧着肚子。我闻到了硝烟味;卡茨在对我说话,但我却没有听见,因为我的右耳朵里在哗哗地响,好像掉进了一滴水。

班长往右边走去,我们跟在他后面。我们的队伍也分成了两个长条,在我们前方几百步远的地方,出现了一团烟雾。军号吹响了,但我却没有听懂吹的是什么信号,我只听见在我的头上和左耳朵旁边响起了尖厉的呼哨声。在我前面只有几步远的地方,有颗子弹钻进了地里,掀起一把沙土,撒在我的脸和胸脯上。我旁边的那个人开枪了,站在我后面的那两个人干脆把步枪架在我的肩膀上，接二连三地发射起来。我的耳朵虽被震聋了，可是我也开了一枪……随后我装上弹药，又开了一枪。不知是谁的一顶头盔和一支步枪掉在了我们的前沿阵地上，可是我们周围是一团团烟雾，远一点的地方什么也看不见。我只看见卡茨在不断地开枪，嘴角上还有泡沫，看起来像患了精神病。我耳朵里的哗哗声越来越响，以致我最后什么也听不见了，不论步枪还是大炮的响声都听不见了。

硝烟是那么浓密，真叫人受不了，我非得想尽一切办法，从里面脱身出来不可。最初我慢慢地往后退，以后便跑了起来，使我惊奇的是，我发现别的人也是这么干的。在我的眼前现在并不是拉出来的两支队伍，而是一群逃跑的人。

"见鬼，他们为什么要逃跑呢？"我这么想的时候，便加快了自己的步伐。那已经不是一个人在跑，而是一匹骏马在飞奔了。我们在半山腰停了下来，终于发现有一营人占了我们的阵地，山顶上已经开炮了。

"预备队也开火了！……向前，下流汉们！……得把你们这些猪猡喂得饱饱的。"那些被硝烟熏黑了的怒不可遏的军官们叫了起来，把我们赶回了队伍，并用马刀的刀背去砍那些被他们抓住的人。

少校不在他们中间。

在逃跑中乱成一团的士兵们又慢慢回到了自己的队伍里，掉队的也赶上来了，营里恢复了秩序，但少了四十来人。

"他们跑到哪里去了？"我问班长。

"哼，都散了。"他忧郁地答道。

我不敢想象他们都已经阵亡。

有两个辎重兵从山顶上下来了，他们每人都牵了一匹驮着一箱箱军需物资的马。我们的班长们向他们跑了过去,然后从那里搬回了许多箱的弹药。我拿了八发子弹,因为我的子弹袋正缺少这些。我也感到奇怪,我的那些子弹怎么就不见了呢?

"你知道吗?"卡茨问我,"十一点都过了……"

"你知道吗,我什么也听不见了?"我回答说。

"你在说傻话,我的话你听得见。"

"是的,但我听不见炮声,不,不,我听得见。"我留心地听着,又补上了一句。

大炮的隆隆声和步枪的噼啪声汇成了一片巨大的轰响,不仅把耳朵震聋,而且使人麻木了。我对什么都不感兴趣了。

在我们前面大约半俄里的地方,横着一根粗大的烟柱,但它忽而又被刮起的一阵风给吹散了。这时我们便可看见一长排士兵的脚和头盔,以及紧挨着它们的闪闪发亮的刺刀。榴弹在那些队伍和我们队伍的头顶上呼啸而过,其中有匈牙利炮兵的榴弹和从对面小山上发射来的奥地利炮兵的榴弹。

有一条烟河越过平原往南伸展,逐渐变成了一团团烟雾,呈现出弯弓的形状。在奥地利军队处于优势的地方,烟雾都弯向左边;在匈牙利军队占了上风的地方,烟雾就弯向右边。总的来说,那股烟雾更多的是弯向右边,看来我们已经打退了奥地利人。淡蓝色的轻柔的烟雾这个时候覆盖了整个平原。

奇怪的是,虽说现在的炮声比开初更厉害了,但对我却没有什么影响,而且我还要仔细地听,才能够听见。不过那给步枪上弹药的嚓嚓声和拉紧扳机的咔嚓声,我还是听得很清楚。

有个副官跑过来了,响起了号声,军官们开始说话了。

"弟兄们!"我们那不久前才离开课堂的少尉扯开嗓子大

声地叫道，"我们撤退了，因为德国人比我们多。但现在我们要从侧面突袭他们，那就是我们要攻击的部队，你们看见了吗？……第三营和预备队马上就会来支援我们……匈牙利万岁！"

"我还要活哩……"克拉托赫维尔怨恨地说。

"向左转，朝前走！"

我们往前走了几分钟，左转弯后，开始往下来到了一片平地上，想从这里往右走到在我们前面正在战斗的那支部队的侧翼那边去。周围的地势还是那么起伏不平，前面，透过烟雾可以看见一片丛生的荆棘，荆棘后面有一片小树林。

我突然看见那荆棘中有几团烟雾，后来又变成了十几团，就好像有人在一些地方吸烟似的。与此同时，子弹也从我们的头顶上呼啸而过。我想，诗人们歌颂子弹的呼啸声绝不会有什么诗意，它实际上很平常。去感受一下那没有生命的物体的愤怒吧！

一队散兵脱离了我们的队伍，向荆棘丛的那边直奔而去。我们则一直往前走着，好像那些斜着飞来的子弹并不是对准我们的。

就在那个时候，走在队伍右侧、嘴里吹着拉科奇进行曲的老班长把枪抛到一边，伸开两条臂膀，像个醉汉似的摇晃起身子。我在他的脸上看了一会儿，他头盔的左檐被打破了，额头上有一个红色的斑块。我们继续往前走去，在我们的右边作为补充又来了一个班长，他是一个淡黄色头发的年轻人。

我们已经来到了一个和那支正在战斗的队伍所在的山头一样高的地方，能够看见我们的步兵和奥地利步兵接火后的两道硝烟之间那片没有人的平地。奥地利步兵的后面出现了很长一排的军队。那支军队每秒钟都在一上一下地变换着位置，他们的腿像阅兵时那样不时闪着亮光。

他们停住了，头顶上闪着兵器的亮光。当它们斜下来的时候，我们终于看清了这是一百来支对准了我们的步枪，像插在纸板上闪闪发亮的针一样。然后冒出了浓烟，发出了像把链条从一块铁锭上拖过去的喀啦喀啦的响声。

子弹像旋风一样在我们的头上和我们的身边飞过。

"站住……开火！"

我把枪开得很快，我想我至少可以用硝烟来掩护自己。

虽然炮声隆隆，我却听见了我的背后有个人挨了一棍，倒在地上。他倒下去的时候，还碰了我的背包。一种愤怒而又无可奈何的情绪笼罩住我，我觉得我若不打死那个见不着的敌人，我自己就保不了命。我装上了弹药，像失去了理智一样发射着，后来我又把步枪放低了点，对自己的一招一式都特别满意，因为我一枪也没有打偏。我没有去看我的旁边，也没有看我的脚跟前，我怕见到躺在地上的死人。

可这时却发生了一件意外的事：我们附近突然响起了咚咚的鼓声和可怕的笛声①，我们的后面有个人喊了一声："向前冲啊！"这时候，我不知道有多少人，从胸脯里也发出了一种近似于呻吟或者咆哮的喊声。队伍行动起来了，由缓慢到快一点，最后跑了起来……射击几乎停止了，只有一些零星的响声……在快速的奔跑中，我的胸部碰到了什么东西，四面八方的人都向我挤过来了，我也跟着挤……

"把德国人刺死！……"卡茨用一种非人的声音吼叫着，

①　在过去的军队里，笛声曾作为战斗信号。

往前冲去。他因为从人群中挤不出来，便举起步枪，用枪托使劲地敲打着站在我们前面的同志们的背包。

最后我的胸腔骨都被挤弯了，我感到透不过气来。我被抬了起来，又放下去。这时我才发现我不是站在地上，而是站在一个人的身上，那个人还抓住了我的脚。怒吼的人群在向前移动，可是我却跌倒在地，左手在血中滑了过去。

我身边有个滚下来躺在地上的奥地利军官，他年纪很轻，面相显得高贵。他的一双黑眼睛露出了难以形容的悲哀，他望着我，以嘶哑的嗓门说：

"不要踩我……德国人也是人……"①

他把一只手伸到旁边，痛苦地呻吟着。

我跑在队伍的后面。我们已经到达了奥地利炮兵所在的那个山头。当我跟在别人后面爬上去后，我见到了一门翻倒在地的大炮，还有一门大炮驾上了马，被我们的士兵围在中间。

我遇到了一个特殊的场面：一些人抓住了大炮的轮子，另一些人把那个马夫从马鞍上拉了下来。一个奥地利士兵看见卡茨要用刺刀去戳那驾在马车前的第一对马，想用大炮的通条去砸他的脑袋。我马上抓住了那个士兵的衣领，冲他身子背后来了一个突如其来的动作，把他摔倒在地。卡茨要把他刺死。

"你干什么，疯子？"我叫着便夺过了他的步枪。

当时他发狂了，向我冲了过来，可是一个站在旁边的军官用马刀打掉了他手里的军刀。

〰〰〰〰〰〰

① 这里借用了波兰浪漫主义诗人亚当·密茨凯维奇（1798—1855）的长篇叙事诗《康拉德·华伦洛德》中的诗句，长诗中的原句是："复仇已经够了，德国人也是人。"小说借用时做了一点改动。

"要你管什么闲事？"卡茨对那个军官大吼一声，但他最后还是醒悟过来了。

缴获了两门大炮，但骠骑兵还在追击其余的炮兵。我们的队伍在前面很远的地方，正零星地或成群地向那些溃退的奥地利军队发动袭击。敌人的榴弹不是在我们的头顶上呼啸而过，就是钻进泥土，扬起一小片尘云。号手吹起了集合号。

下午四点左右，我们团集合了。战役已经结束，只有在西边的地平线上，还不时传来轻炮零星的炮声，就像那远去的雷鸣留下的回声。

一个小时后，各团军乐队在那宽阔的战场上的各个地方，开始奏起乐来。副官跑来为我们祝贺，号手和鼓手发出了祷告信号。我们于是摘下了头盔，旗手们高举着旗帜。全军将士都把枪放在脚跟前，为胜利的取得向匈牙利上帝表示感谢。

硝烟渐渐散尽了。在我们目力所及的那些地方，到处都可见到一些像白色和深蓝色的碎纸片样的东西，乱七八糟飘落在那片被践踏的草地上。战地上有十几辆车子在转来转去，一些人将一部分纸片装上了车，其余的都留下了。

"他们干吗要生在这个世界上？"卡茨拄着他那杆步枪，叹息地说，一种忧郁的情绪笼罩了他。

天知道，那是不是我们的最后一次胜利？因为从那时候起，那面三条河的旗帜①经常是在敌人面前撤退而不是追击了。最后在维拉哥什，它差点像秋天里的落叶那样，从旗杆上掉了下来。

~~~~~~~~~~

① 　这里是指匈牙利的国旗，因为它是由红、白、绿色三条平行的带状图形组成。但也可能是指匈牙利当时的国徽，它以三座山和四条河为象征，这四条河是多瑙河、蒂萨河、德拉瓦河和萨瓦河。

卡茨知道这件事后，把剑扔在地上（当时我们两人都是军官），他还说，我现在只有往自己的脑袋上开枪了。可是我记得，拿破仑已经到了法国，我鼓励过他。我们都偷偷地来到了科马尔诺①。

整整一个月，我们都在等待匈牙利、法国，甚至天上来的支援。但是这座要塞最后还是投降了②。

我记得就在那一天，卡茨曾在火药库旁边转来转去，他的脸部表情就像那次他要刺死那个躺在地上的奥地利士兵一样。我和几个人使劲抓住了他的手，把他从堡垒里拉出来，让他跟在我们的后面。

"你不愿跟我们去流浪，"有个同志对他轻声地说，"却要逃往西天去，这是为什么？……嗨，卡茨！匈牙利步兵不是胆小鬼，不违背自己的诺言，就是对……什瓦布人也这样……"

我们一共五个人脱离了剩下的队伍，砍断了刺刀，化装成农民，把手枪藏在衣服里面，往土耳其那方走去③，因为敌人在追赶我们，哈伊纳乌④的一帮匪徒在追赶我们。

我们在森林里和崎岖的小道上走了三个礼拜。脚底下的泥泞、头顶上的秋雨、背后的哨兵以及前面等着我们的永远的放逐，这些都是我们的旅伴。虽说这样，我们的情绪还是很

①　多瑙河上的一座城市，它一部分属于捷克，另一部分属于匈牙利。
②　一八四九年十月二十五日，匈牙利起义军最后一个重要据点也投降了。——原注
③　在一八四九年八月十八和十九两日，大约有八百个曾参加匈牙利民族起义的波兰士兵越过塞尔维亚边境，往土耳其那方去。
④　哈伊纳乌(1786—1853)，奥地利元帅，一八四八年，因残酷镇压意大利民族解放运动而臭名远扬。一八四九年春天，又对匈牙利革命进行了血腥镇压。

高的。

　　沙帕雷老是说,科苏特①还会想出办法来,斯泰因则深信土耳其会支援我们,利普塔克想有一个过夜的地方和热和的食物。我说:"谁离开我们都不要紧,拿破仑不会离开我们。"雨水打湿了我们的衣裳,使它们变得像黄油一样柔软。我们浸泡在深及踝骨的烂泥里,拖着鞋底艰难地走着,鞋子里发出了像吹小喇叭似的咕吱咕吱的响声。当地居民连一小壶牛奶都不敢卖给我们,有个村子的农民还用粪叉和镰刀驱赶我们。尽管如此,我们的情绪还是很好的。利普塔克因为走在我的旁边,也溅了一身泥,他气喘吁吁地说:

　　"匈牙利万岁②……现在我们要睡觉了……要是在我们枕头边有一杯李子酒喝就好了……"

　　在这个衣着破旧不堪,连乌鸦见了都要逃跑,但是却很快活的集体中,只有卡茨一人愁容满面。他休息的次数最多,而且很快就显得瘦了。他的嘴唇干裂,眼睛里露出了苍白的光芒。

　　"我担心他是不是患了肺炎。"沙帕雷有一次对我说。

　　我不知道是我们流浪的第几天,我们在离萨瓦河③不远的一个荒凉的地方找到了几家农舍,那里的主人很殷勤地接待了我们。暮色已降临,我们真是疲劳极了,可是旺盛的炉火和一瓶李子酒却给我们带来了许多乐趣。

　　"我敢发誓,"沙帕雷叫道,"最迟到三月,科苏特就会号召我们归队,把剑砍断是愚蠢的……"

---

①　科苏特(1802—1894),一八四八至一八四九年匈牙利革命的领袖。
②　原文是匈牙利文。
③　萨瓦河是多瑙河的一条支流,当时是奥地利和塞尔维亚的界河。

"土耳其也许十二月就会出兵，"斯泰因补充道，"但愿我们到那个时候身体会好起来……"

"我亲爱的！"蜷缩在豌豆秆上的利普塔克呻吟道，"他妈的，你们快睡觉去吧！要不然，不论科苏特还是土耳其都叫不醒你们啦。"

"一定叫不醒我们。"卡茨咕哝道。

他坐在壁炉对面的一张条凳上，忧郁地望着炉火。

"你，卡茨，不久后你就不会相信上帝的公正了。"沙帕雷皱着眉说。

"对那些不会拿着武器去战死的人来说，公正是不存在的。"卡茨叫道，"你们傻，我和你们一样……土耳其人和法国人会替你们打仗吗？你们自己为什么不去打仗呢？……"

"他发烧了，"斯泰因小声地说，"我们在路上遇到了麻烦……"

"匈牙利呀！……匈牙利已经不存在了，"卡茨低声地说，"平等……从来就没有过平等……公正……永远也不会有……一头猪尚且可以在水洼子里洗个澡，可是一个有良心的人呢……毫无办法。明采尔先生，我再也不去你的店里切肥皂了……"

我看出来了，卡茨病得很重，因此我走到他跟前，把他拉到那堆豌豆秆上，对他说：

"走吧，奥古斯特，走吧……"

"要我到哪里去？"他清醒了一会儿，问道。

然后又补充了一句：

"我从匈牙利被赶出来了，我决不会参加什瓦布人的军队……"

尽管这样,他还是在一床垫子上躺了下来。壁炉里的火灭了,我们喝完烧酒后,手里握着手枪,便排成一排地睡下。风从农舍的壁缝里飕飕地吹了进来,就好像整个匈牙利都在哭泣,但我们困倦得很快就进入了梦乡。我梦见我是个小男孩。在圣诞节的时候,桌上放着圣诞树,树上点燃了蜡烛,它装点得那么寒酸,就像我们当时的处境一样。我父亲、姑妈、拉切克先生和多曼斯基先生用变了调的嗓音唱起了圣诞颂歌:

　　耶稣诞生了,恶势力都害怕。①

我醒来后,为我不幸的童年而悲伤地哭了起来。这时有人猛地拉我的胳臂。

原来是那个农民,农舍的主人。他把我从豌豆秆上拉起来,指着卡茨躺的那个地方,慌慌张张地说:

"您看,兵老爷……那个人有点不好……"

他从壁炉里抽出一根烧着了的木头,把周围照亮。我借助火光,看见卡茨正蜷缩着身子,躺在垫子上,手里还握着那把射击过的手枪。一团团火花在我的眼前飞过,我晕过去了。

我醒来时,又躺在一辆大车上,已经到了萨瓦河边。天亮了,看来是个大晴天,河上笼罩着潮湿的雾气。我擦擦眼睛,数了一下……大车上有我们四个,还有赶车的,他是第五个。我们本来就是五个嘛!不,我们应当是六个……我在寻找卡茨,可是我没有见到他。我也没有去打听,呜咽哽住了我的喉咙,我以为,这会把我憋死。利普塔克在打瞌睡,斯泰因擦着

━━━━━━━━━━
①　这是波兰感伤主义诗人弗兰奇谢克·卡尔宾斯基(1741—1826)《耶稣诞生》(1792)中的诗句。——原注

眼睛,沙帕雷往旁边看去,嘴里只管吹着那首《拉科奇进行曲》,但总是把调子吹错了。

啊,卡茨兄弟,你干了什么最好的事呀?……我有时以为,你在天上已经找到了匈牙利步兵和你那被打垮的排……我还听到了咚咚的鼓声、部队前进急促的步伐和"把枪托上肩"的口令……我当时这么想,你,卡茨,是到上帝殿前换哨去了……如果匈牙利的上帝不愿跟你认识,那他准不是个好上帝!

……唉,我说了这么多,上帝,宽恕我吧!……我心里想的是沃库尔斯基,可我却在写我自己和卡茨。因此我现在要回到本题上来!

卡茨死后几天,我们到了土耳其。后来我在两年中,又走遍了整个欧洲,我到过意大利、法国、德国,还到过英国。不管到什么地方我都受到贫困的折磨,我想念我的国家。有时我听到那滔滔不绝的外国话,看不到同胞的面孔、家乡的装束和我们的土地,便觉得我会要发疯。我曾不止一次地打算豁出命来也要去看看那松树林子和用麦秸盖的茅屋。我常常像个孩子似的在梦中喊着我要回家!……醒来之后我泪流满面,又穿上衣服跑到了街上,因为我觉得那一定是老城街或者围墙街①。

要不是不断传来路易·拿破仑已当上总统,还要建立一个帝国的消息,我或许会在绝望中自杀。这个人会实现拿破仑第一的遗嘱,在世界上恢复秩序。我一听到他的胜利,便觉得要我忍受贫困和抑制那突发的悲哀也不难了。

---

① 这两条街都在华沙。

他虽然没有成功,但总算留下了一个儿子,克拉科夫也不是一天建成的嘛!……

最后,我还是忍不住走了。一八五一年十二月,我穿过加里西亚,来到了托马索夫①的关卡上,只有一件事使我担心:

"要是我从那里被赶走了呢?……"②

我永远也忘不了我在听到要把我送到扎姆希奇③去时的那种喜悦的心情,其实我连车子都不坐,我会走着去,高高兴兴地去。

我在扎姆希奇干了一年多的活。我劈木头劈得很好,所以每天都在室外工作。我在那里写了封信给明采尔,好像还收到了他的回信,甚至还有他寄来的钱。但我除了收款时拿到了收据外,这件事的更详细的情况就记不起来了④。

不过雅希⑤·明采尔好像还给我做了一件别的事,虽然他到死也没有提起过它,他也不喜欢谈论它。这就是他遍访了参加过匈牙利战役的各种各样的将军,向他们说明了他们应当拯救一个同志于危难。正因为他们救了我,我在一八五三年二月就能够到华沙去了。他们还给了我一份委任我当军官的状纸,如果不算我胸脯和脚上的两处伤疤,这个委任状就是我从匈牙利带回来的唯一的纪念品。情况甚至比这还好,

① 指卢布林省的托马索夫,当时是波兰王国边境上的一座小城。这里设有俄罗斯的税关和边关办事的机构。——原注
② 此处暗示一八四八年以后西方对波兰逃亡者的态度,他们在法国、比利时、瑞士、意大利和德国都被赶了出来,只有在英国对他们才比较宽容。
③ 扎姆希奇当时是一个有强大的俄国驻军的要塞。那里有一座监狱,里面长年关押(常常是不经判决)着许多政治犯。
④ 这是说,这些钱是用来贿赂监狱的行政部门和看守的,已经被他们拿走,因此他们赦免了许多囚犯。——原注
⑤ 即扬。

因为军官们还为我特设了午宴,在宴会上,我们为匈牙利步兵的健康频频干杯。从那个时候起,我就说,战场上建立的关系是最牢固的。

我刚走出我那临时的住所时,真像土耳其的胡椒一样,一无所有①。可是马上就有一个犹太人把我拦住,给了我一封信和一笔款子。我便把信拆开念了起来:

> 我亲爱的伊格纳齐!我寄给你两百个兹罗提当路费,这笔钱我们以后再算,你就直接到我在克拉科夫城郊街的店里来吧!上帝保佑!你可不要去波德瓦尔街,因为弗兰茨那个贼就住在那里。尽管他是我的兄弟,可连一条规矩的狗也不会伸出前爪去和他握手。我吻你,扬·明采尔!华沙,一八五三年二月十六日。

> 可是,可是……跟你姑妈结了婚的老拉切克,这你知道——已经死了。她也死了,比他还死得早。他们给你留下了一些旧的家具和几千个兹罗提。所有的东西都在我这里妥为保存,只有你姑妈那件大衣,因为卡希卡这鬼东西忘了在里面放黄花烟,被蛾虫蛀坏了点。弗兰茨嘱咐要吻你。华沙,一八五三年二月十八日。

那个犹太人把我带到了他的家里,交给我一捆铺盖、衣服和皮鞋。他先是给我喝鹅肉汤,然后吃煮鹅肉,最后还有烤鹅肉,到卢布林我还没有消化掉那些东西。临别时他还给了我一瓶非常好的蜜酒,把我带到了已经准备好的马车那里,但他怎么也不愿提起酬劳的事。

---

① 热茨基改变了"像土耳其的胡椒一样,一无所有"这句成语的意思,因为"土耳其胡椒"在俗话中并不意味着贫困。——原注

"我若接受一个流亡回来的人的东西,会感到惭愧。"他对我所有的恳求都这么回答。

一直到我要上车的时候,他才把我拉到一旁,四周环顾了一下,看有没有人在听我们说话,然后轻声地说:

"如果好心的老爷有匈牙利金币,我愿意买过来,价钱公道,因为我女儿在天主的新年①后要结婚,我要给她一些这样的金币……"

"我没有金币。"我答道。

"好心的老爷参加过匈牙利战争,您没有金币?"他奇怪地问道。

我的一条腿已经踏在车踏板上,可是这个犹太人又把我拉到了一边。

"好心的老爷大概有贵重的东西吧?……戒指、表、手镯?……我渴望健康,给公道的价钱,因为这是给我女儿的……"

"没有,老弟,我对你说的是实话……"

"您没有吗?"他重复了一遍,把眼睛睁得很大,"那您为什么要到匈牙利去呢?……"

我们走了,可他还站在那里,用手捏着胡子,表示惋惜地摇了摇头。

车子是给我一个人雇的。可是赶车的在下一条小巷子里马上就遇见了他的兄弟,他有很紧要的事要到克拉斯内戈斯塔夫②去。

①　天主的新年是指天主教的新年(一月一日)。
②　扎姆希奇往北三十二公里处的一座小城,在通往卢布林的道路旁边。——原注

"老爷能不能让我把他也带去?"他脱下便帽,请求道,"遇到路不好走的地方,他会下来徒步的。"

那个乘客上了车。我们还没有到那个碉堡①的大门口,就有个犹太女人提着一个包袱把我们拦住,马上和那个赶车人吵吵嚷嚷地说起话来。原来她是他的姑妈,有个孩子在法伊斯瓦维采②病了。

"大概老爷也会准她上车吧……她的身子很轻。"赶车人请求道。

从碉堡的大门里出来后,在马路上的一些地方,又遇见了赶车人的三个表兄弟。他又借口说他们和我们同行,一路上会更加快活,就把这些人也带上了。他们把我挤到车子的后座上,踩我的脚,还抽着那讨厌的烟斗,特别是他们都像发了疯似的大喊大叫起来。尽管这样,我却不会拿我这个最窄小的角落去调换法国邮车或英国车厢上最舒适的座位。我回到自己的国家了。

这么走了四天。我好像坐在一个移动的犹太教堂里,每次休息都会走掉一个乘客,同时又有一个乘客上来占了他的座位。来到卢布林附近后,有个很重的箱子掉在我的脊背上,我没有被砸死,倒是个奇迹。在库罗夫附近,我们在马路上停了好几个小时,这是因为丢了一口箱子,赶车人不得不骑着马又回到我们到过的那家酒店里去。我一路都感觉到,盖在我

〰〰〰〰〰〰〰

① 扎姆希奇在一六一七至一六一九年间修过城防工事,后来几经翻新改建,到十八世纪末成了一座难以攻克的碉堡。在一八六六年以前,它依然保持了原来的面貌。后来它的一部分城墙和大门被拆掉了,但大部分仍然保存了下来,今天成了中世纪的文物。——原注
② 法伊斯瓦维采是克拉斯内戈斯塔夫西北方十七公里处的一个村庄,在通往卢布林的路边上。

脚上的那床毛毯上坐了那么多的人，简直比比利时的人口还要稠密。

第五天太阳还没有出来，我们就在普拉加①停下来了。可是那里车辆很多，浮桥②拥挤，一直到十点左右，我们才进了华沙城。这里我还要补充一句，我所有的旅伴到了贝德纳尔斯卡街③后，都像醋酸或乙醚一样全都挥发了，只留下了一股强烈的气味。最后，我在和赶车人结账时才提到了他们，赶车人睁大眼睛望着我。

"什么乘客？"他惊奇地叫了起来，"老爷您才是乘客，那些——不过是些癞皮狗。我们待在城门口时，哨守要了一个兹罗提，就给了两个这样的下流货一个护照④，让他们通过了。老爷您看，他们算什么乘客！……"

"照这么说，就没有人上过车喽？"我回答说，"见鬼，我身边的那些跳蚤是从哪里来的呢？"

"大概是因为潮湿吧，我哪里知道！"赶车人答道。

我信服了，除了我外，没有别的人坐这辆车子，当然我要付全部车钱。这使赶车人特别感动，他问清了我的地址后，答应每隔两个礼拜给我送来一些走私的烟丝。

"现在，"他小声地说，"我的车上就有一百磅。要不要给老爷拿几磅来？……"

"见你的鬼去吧！"我不高兴地说，拎起我的包袱，"我还

① 普拉加是华沙市的一个区。
② 一八二九至一八六四年间，也就是在凯尔贝基桥建成之前，为了便于维斯瓦河上的通行，架有一道浮桥。
③ 贝德纳尔斯卡街是一条连接浮桥和克拉科夫城郊街的大街。
④ 在帕斯凯维奇统治时期，这种护照就是行政部门发给的通行证，不仅出国时必备，而且在王国范围内的旅行也是需要的。——原注

从来没有为走私被抓起来过。"

我很快就走过了一些街道,观察了市容,觉得它和巴黎相比,显得肮脏、拥挤,这里的人都带着阴郁的表情①。我很容易就找到了克拉科夫城郊街的明采尔商店。但我一看见我熟悉的那些地方和招牌,我的心就跳得更厉害了,以致我不得不休息一会儿。

我望了望那个店——几乎和围墙街上的那个店一样——门上挂着一把白铁皮军刀和一面鼓(大概是我小时候见过的那面鼓),橱窗里有碟子、马和那跳来跳去的哥萨克。有人把门打开,于是我看见了商店后进那悬挂在天花板上的一瓶瓶的颜料和网兜里的木塞,甚至还有鳄鱼标本。

扬·明采尔坐在靠近窗子的柜台后面的一张旧靠椅上,正在牵动着那个哥萨克……

我走了进去,全身像打摆子似的哆嗦起来。我站在雅希的对面,他看见我后(这小伙子开始发胖了),很吃力地从靠椅上站了起来,眯了眯眼睛,忽然对店里一个学徒叫了一声:

"维采克!快到玛乌戈扎塔小姐那里去,告诉她,过了复活节就结婚……"

随后他从柜台那边伸过手来,我们长时间地拥抱着,没有说话。

"你真的打垮了什瓦布人!我晓得,我晓得。"他对着我的耳朵轻声地说,"坐吧。"他指着一张椅子又说,"卡杰克!你马上到老奶奶②那里去……热茨基先生回来啦!……"

---

① 在一八五三年,"这里的人都带着阴郁的表情",当然是因为他们处在帕斯凯维奇统治下。

② 原文是德文。

我坐了下来,可是我们又不说话了。他悲哀地摇了摇头,我低下了眼睛。我们两人都在想着那可怜的卡茨和我们已经失去的希望。最后,明采尔大声地擦了擦鼻子,面对着窗子,喃喃地说:

"喂,你怎么样?"

维采克气喘吁吁地回来了。我注意到那个年轻人短外衣上的油渍闪闪发亮。

"你去过了?"明采尔问他。

"去过了。玛乌戈扎塔说同意。"

"你要结婚吗?"我问雅希。

"唉! ……我有什么办法!"他回答道。

"老奶奶①呢,她还好吗?"

"总是那样。如果有人打碎了她的那把咖啡壶,她才会生病。"

"弗兰茨呢?"

"别给我提那个坏蛋!"扬·明采尔哆嗦了一下,"昨天我赌咒,我的脚再也不跨进他家的门槛啦!"

"他怎么得罪了你呀?"我问道。

"这个卑鄙无耻的什瓦布人,他总是那么嘲笑拿破仑! ……说他违背了共和国誓言,说他是个耍把戏的,连一只驯养的鹰②都瞧不起他……不,"扬,明采尔说,"和这样的人

————————

① 原文是德文。

② 路易·拿破仑就职法兰西共和国总统后曾庄严地宣誓,忠于共和国的法律,但他在一八五一年七月二日发动政变后,确实违背了自己的誓言。婉转地以鹰作比喻,肯定和作为拿破仑第一皇帝象征的金鹰有联系。——原注

229

是没法打交道的。"

在我们谈话的时候,有两个学徒和一个伙计一直在侍候着那些我们根本就没有注意的顾客。店铺的后门吱呀一声开了。老奶奶从柜子后面走了出来,她穿一身黄色的裙衣,手里拿着一个小小的咖啡壶。

"你们好,孩子们!……咖啡已经……"①

我跑了过去,吻了一下她那干瘪的手,可我一句话也说不出来。

"伊格纳齐……耶稣……伊格纳齐!"她紧紧地抱着我,叫了起来,"这么长时间你到哪里去了,亲爱的伊格纳齐?……"②

"唉,老奶奶!您明明知道他打仗去了,干吗还要问他去了哪里呢?"扬插进来说。

"主啊!……你还没有喝咖啡吧?……"③

"那当然,他没有喝,"扬替我回答。

"亲爱的上帝啊!……现在已经十点钟了……"④

她给我倒了一杯咖啡,给了我三个新鲜的小面包,然后就像平常一样走了。

这时大门吱呀一声敞开了,弗兰茨·明采尔跑进店里,他比他的哥哥显得更胖,脸色也更加红润。

"你好吗,伊格纳齐?"他叫喊着和我拥抱。

"别跟那个蠢家伙接吻,他是我明采尔家门的耻辱。"扬对我说。

"哎哟!哎哟!……家门对我来说算什么,"弗兰茨笑着

①②③④　原文是德文。

230

说，"我们的父亲是坐两条狗拉的小车到这里来的……"

"我没有跟你说话！"扬叫了起来。

"我也没有跟你说话，我是对伊格纳齐说。"弗兰茨回答说，"我们的叔叔是个性情执拗的什瓦布人，为了那顶人们忘了给他放进棺材的睡帽，他甚至从棺材里爬了出来……"

"你在我自己家里也跟我过不去！……"扬大声叫道。

"我并没有去你的家里，我只是到你店里来买东西……维采克！"弗兰茨转身对那个学徒说，"给我一个格罗什的木塞……用软纸包好……再见，亲爱的伊格纳齐，今晚到我家里来，我们喝瓶好酒聊聊天，那位先生大概也会和您一起来吧。"他用手指着那气得脸色发青的扬，说完这句话，他已经到了街上。

"我的脚不会踩在一个卑鄙的什瓦布人的家门里面。"扬大声喊叫道。

但这并没有妨碍我们两人到了弗兰茨的家里。

我还记得这对明采尔兄弟那时候没有一个礼拜不吵架，一个礼拜至少有两次弄得不和。最特别的是他们的争吵从来不是为了物质利益。兄弟之间尽管存在极大的误会，但他们能担保期票的兑现，互相借钱、还债。争吵的原因在于他们性格的差异。

扬·明采尔是个幻想家，一个热心肠的人，弗兰茨却很冷静、苛刻。扬是个富于热情的波拿巴主义者，弗兰茨却拥护共和政体，而且他特别敌视拿破仑第三。弗兰茨·明采尔承认自己的德国出身，而扬却郑重地宣布，明采尔家是波兰古代明杜斯家族的后裔。这个家族大概在雅盖沃王朝①

---

① 雅盖沃王朝是波兰封建统治的第二个王朝，从一三八六年起，延续到一五七二年，国王是世袭的。

统治时期,或者自由选举国王的时期①曾经居住在德国人中间。

只要喝一小杯酒,就足以激起他用拳头猛击桌子或者捶打他身旁的人的后背。他大喊大叫道:

"我觉得我身上流的是波兰古代的血液!……德国女人是生不出我的!……我有身份证件……"

他给两个非常信得过的人看了两个旧的证件:一个说明了他和一个叫莫杰列夫斯基的人有关系,这是瑞典入侵时期②华沙的一个商人。另一个证件提到了一个叫米勒的人、科希秋什科军队里的中尉军官。至于这两个人和明采尔家庭是什么关系,我虽然已经不止一次地听到过一些说法,但我今天还是不清楚。

兄弟俩甚至因为扬的结婚,也发生过一件不愉快的事情:扬为婚礼准备了一套波兰古代贵族穿的紫红色的礼服、一双黄皮鞋和一把马刀。而弗兰茨则声明,说不允许结婚时戴那样的假面具,他甚至要到警察局里去告发③。扬听到这话后,赌咒说他只要见到那个告发的人,就把他打死。他穿了他祖先明杜斯家族的服装,出席了晚上的婚宴。弗兰茨最后还是参加了扬的婚礼,也参加了他的婚宴,他和他的哥哥虽然没有说话,但却忘乎所以地和嫂子跳起舞来,并且还像要自杀似的

---

① 从一五七三至一七九五年,也就是波兰在这一年被沙俄、普鲁士和奥地利瓜分以前,历届的国王是由贵族自由选举的。

② 一六五五至一六六〇年,瑞典封建主曾经入侵波兰。

③ 关于服装的问题,王国政府曾多次进行干涉。尤其是在一八六三年,如果有人响应起义政府的号召,穿了丧服,是会受到拘捕和严惩的。穿古波兰的服装,包括穿古波兰礼服也被视为不忠诚的表现,所以弗兰茨的告发可能造成严重的后果。——原注

拼命喝他哥哥的酒,直到喝得烂醉。

弗兰茨在一八五六年患疗疮死了,就在他临终之前,也不是没有风波的。在最后三天,兄弟俩互相指着鼻子骂了两次,扬的继承权也被郑重地剥夺了。尽管这样,弗兰茨在遗嘱中还是把自己的全部财产转让给了扬。由于兄弟死后的悲哀,扬也病了几个礼拜。他把他继承的财产(约二万兹罗提)的一半转赠给了三个孤儿,后来他还亲自照顾他们,一直到他死去为止。

那是一个奇怪的家庭。

可是我又离开原来的话题了:我本要写一些沃库尔斯基的事情,现在却在写明采尔的家了。要不是我感到精神爽快,我就会责备自己太好唠叨个没完了,这是老之将至的预兆。

我说过,我对斯塔希·沃库尔斯基的许多行为都不理解,每次我都想要问,这一切是为了什么……

我这次回来后,我们几乎每天晚上都聚在楼上老奶奶[①]那里,那里还有扬和弗兰茨·明采尔,有时玛乌戈霞·费伊费尔也在座。玛乌戈霞和扬坐在窗子上,手拉着手,望着天空。弗兰茨在用一只带把的杯子(带锡盖的)喝啤酒,那个老妇人织着一双长袜,我也讲了一些我这几年在国外的经历。

当然最经常谈到的是一个流亡者的思念,士兵生活的艰苦和战斗。在这个时候,弗兰茨已经喝完了双份的啤酒。玛乌戈霞总是依偎在扬的身上(从来没有人依偎着我)。老奶奶[②]在袜子上漏织了一针。当我讲完之后,弗兰茨叹了一口气,便伸开手脚躺倒在长沙发上。玛乌戈霞吻了扬,扬也吻玛

①② 原文是德文。

乌戈霞,那老妇人却摇了摇头,说:

"主啊!主啊!……好可怕啊……告诉我,亲爱的伊格纳齐,你到底到匈牙利干什么去了呢?……"①

"奶奶,您不是知道他到匈牙利打仗去了吗?②"扬不耐烦地插嘴说。

可是那老妇人却感到惊奇,她不停地摇着头,埋怨说:

"咖啡总是不错,中午饭也吃饱了,他为什么要去干那个呢?③"

"哦,老奶奶④只想着咖啡和吃饭。"扬生气地说。

可是在我谈到卡茨临终前的光景和他那可怕的死的时候,那老妇人甚至大哭起来,从我认识她,这还是第一次。尽管如此,她擦干眼泪后,又织起袜子来,并且还是那么抱怨地说:

"奇怪!咖啡总是不错,中午饭也吃饱了……他为什么还要干那个呢?⑤"

今天我也一样,几乎每时每刻都要谈到斯塔希·沃库尔斯基。妻子死后他本来不愁吃的,可以安安稳稳地过日子,可他为什么要到保加利亚去呢?他在那里挣得了一笔财产,可以把原来那个铺子关掉,可他为什么又要扩充它呢?他那家新的铺子收入十分可观,他为什么还要创办一家贸易公司呢?

他为什么要租一所新的住宅呢?为什么要买一辆马车和一些马匹呢?他为什么要挤到贵族阶层那里去,而不愿接触那些对他的这种行为表示不满的商人呢?

他关心那个车夫韦索茨基和车夫的那个当铁路巡道工的

---

① ② ③ ④ ⑤　原文是德文。

兄弟有什么目的呢？他干吗要给几个穷学徒开作坊呢？他干吗连一个妓女也要照顾呢？虽然她已经进了抹大拉修道院，但这对他的名誉却是大有损害的呀……

他是多么诡诈……我在交易所里听说霍德尔在行刺[①]，回到店里后，我盯着他的眼睛，对他说：

"你知道吗，斯塔休！一个叫霍德尔的刺客向威廉皇帝开了枪。"

他好像什么事也没有似的回答说：

"一个疯子。"

"可是他们要砍这个疯子的头呀！"我说。

"做得对，"他回答说，"这样才不会有更多的疯子。"

他那么说，至少有一根筋会颤动一下吧，没有。看到他那么冷淡，我惊呆了。

亲爱的斯塔休，你很诡诈，可我也不是草包，我知道的东西是你料想不到的，我伤心的是你不信任我。一个朋友和老兵的劝告是要让你不做那些蠢事，以免损害自己的名誉……

可我干吗要在这里表示自己的意见呢，还是让事情发生的经过来说话吧！

五月初，我们搬进了那家新的铺子，它有五个大厅。左边第一个厅里存放着全部俄罗斯织品：细棉布、一种又粗又厚的印花布、丝织品和天鹅绒。第二个大厅一半是同样的织品，另一半是为了配备服装的零星物品：帽子、衣领、领带和伞。正

---

① 艾米尔·亨利·马克斯·霍德尔，德国莱比锡人（生于1857年），无政府主义者，以洋铁匠为职业，一八七八年五月十一日对威廉一世皇帝（1797—1888）行刺。

中的那个大厅有最精美的饰物:青铜器、马略卡①陶器、水晶和象牙。右边另一个大厅里摆满了玩具以及木器和金属制品,最后一个大厅是橡胶和皮革制品。

这是根据我的意见摆设的,我不知道这种摆设合不合理,不过上帝可以证明,我是尽量想要摆得最好。过后我问斯塔希·沃库尔斯基有什么意见,可他并没有提建议,而只是耸耸肩膀,微微地笑着,好像要说:

这跟我有什么关系?

一个怪人! 他脑子里有过一个美妙的计划,并已大致把它完成了,但他却不注意它的一些细节。他把铺子变成了销售俄罗斯织品和外国装饰品的中心,为它建立了完整的管理机构。但他把这个完成后,就不再管这家铺子了。他去拜访一些大人物,或者坐着他那辆私人马车去浴室公园②,或者一下子又不知道到哪里去了。白天他在店里只待几个小时,也总是心神不定,就好像在等着什么,或者有什么让他很害怕似的。

可是他有一颗金子般的心啊!

我不好意思地承认,搬进那家新铺子,我真有点不高兴,它现在还不宽裕,我甚至愿在一家规模很大、照巴黎式样建的商店里工作,而不愿待在一家像我们先前那样的小杂货店里。但我对我曾经住了二十五年的那间房倒真的不舍得,正好我

①　马略卡是西班牙东边地中海上的一个岛,岛上制作的一种彩釉陶器称为马略卡陶器。

②　浴室公园是华沙最美丽的公园,公园里有宫殿群。公园是由十七世纪在斯坦尼斯瓦夫·赫拉克柳斯·卢博米尔斯基(1642—1702)公爵的动物园的一个水塘边有一座浴室楼而得名。

们的合同要到七月才到期,我到五月中还可以坐在我那间房里,望着墙壁,望着窗栅,它会使我想起我在扎姆希奇的最美好的时刻和那些旧的家具。

"我有什么办法能够把这些东西挪动一下呢?我怎么把它们搬走呢?仁慈的上帝呀!"我想。

直到大概是五月中的一天(当时传布着一些关于国际局势大为缓和的消息),斯塔希在铺子快要关门的时候来找我,他说:

"喂!老兄,是该搬进新房子里的时候了吧!"

我觉得我身上的血好像都流尽了,可他却依然往下说:

"跟我来,我带你看看我在这栋房子里给你租的一间新房。"

"是怎么租下的?"我问道,"我还得和房东议一下租金嘛!"

"租金已经付了。"他回答说。

他拉着我的手,把我从商店的后门领到了门厅里。

"可是,"我说,"那间房有人住呀……"

他没有回答,却推开了门厅另一边的一扇门,我走了进去……我敢担保……这是一个客厅!……家具都包上了乌得勒支①天鹅绒,桌上有一些纪念册,窗子上放着马略卡陶器……靠墙有一个书柜……

"这都是你的,"斯塔希指着那些装帧很豪华的书说,"三本拿破仑第一的历史,加里波第②和科苏特的生平,匈牙利

---

① 地名,在荷兰。
② 朱塞佩·加里波第(1807—1882),意大利民族解放运动革命民主派领袖,为意大利的统一和独立而战的战士。

历史……"

我对那些书感到很满意,可是我不得不承认,那客厅却使我很不痛快。斯塔希看到我这样,他微微地笑着,突然又推开了另一道门。

仁慈的上帝啊!……那第二间正是我住了差不多二十五年的那间房,几扇装了栅栏的窗子,绿色的窗帘,还有那张黑色的桌子……对面靠墙是我的那张铁床、双筒猎枪和装在盒子里的吉他。

"这是怎么回事?"我问道,"难道说,我已经搬家啦?……"

"是的,"斯塔希回答,"每件最细小的零碎东西,就连伊尔的一块桌布都拿到这里来了。"

看起来这也许很可笑,可我的眼睛里却浸透了泪水……我注视着他那副严峻的面孔和那双忧郁的眼睛,我几乎想象不出这个人有这么聪明和细致。要是我事先提示过他,那倒可以说……可他自己却猜到了我会留恋从前的住房,还十分体贴地把我一些旧的东西都搬过来了。

一个女人嫁给他,会很幸福的(我甚至已经替他找了个对象……),但他也许不会结婚。一些莫名其妙的想法出现在他的脑子里,可惜的是,他从来没有想过要结婚! ……多少重要的人物到过我们的店里,他们名义上是来买东西,实际上是来给斯塔希说媒的,可这一切全都白费了。例如斯贝尔琳戈娃太太,她拥有十万卢布的现金和一个蒸馏水厂,可她什么东西都要到我们店里来买,这都是为了问我:

"怎么,沃库尔斯基先生不想结婚?"

"是的,好心的太太。"

"可惜啊!"斯贝尔琳戈娃老太叹了口气说,"一个挺好的铺子,一大笔财产,可是没有个主妇,这都会花光的。如果沃库尔斯基先生给自己挑个令人敬重、有财产的女人,甚至可以提高他的信誉。"

"至理名言,好心的太太!"我回答说。

"再见①,热茨基先生!"她说(往柜台上放了二十或二十五个卢布),"可是请您别向沃库尔斯基提起我谈了婚姻的事,那样他会以为我这个老太婆在追求他呢……再见,热茨基先生!"

"那当然,我不会向他提起这件事的……"

我当时想,如果我是沃库尔斯基,我马上就会和那个有钱的寡妇结婚。她那个身段,耶稣主呀②!……

还有那个马具匠斯梅泰林,我和他结过多少次账,每次他都要说:

"那个人,先生! 那个沃库尔斯基,他不会不结婚吧?……他是个热心肠的人,颈项像公牛一样坚实……我愿把我的女儿嫁给她,每年还有一万卢布的货物作陪嫁,我如果做不到这一点,就让天打五雷轰……怎么样?"

还有参议员弗龙斯基。他并不很阔,也不爱说话,但他每礼拜都要到我们店里来买东西,哪怕买一双手套。他每次来我们店里都说:

"我的上帝啊!像沃库尔斯基那样的人如果不结婚,波兰都要亡了。他根本不需要女方的嫁妆,上帝啊! 他也许会给自己找一个少女,一个少女,会弹钢琴,又会管家,还懂得几

————————
① ② 原文是德文。

国外语……"

来过我们店里的这样的媒人有几十个,好些做母亲的、做姑妈的或者做父亲的干脆把到了年龄的姑娘带到我们这里来,母亲、姑母或者父亲买一卢布的东西,姑娘便在店里走来走去,然后坐下,把手叉在腰上,使她的身段引人注目。她们先是伸出那只细嫩的右脚,然后又伸出左脚,再举起一只小手……这一切的目的,都是为了勾引斯塔希。但他有时候却不在店里,他就是在店里,也从来不注意那些货色,好像要说:

"买卖的事是由热茨基先生管的。"

除了那些女儿已经成年的父母,那些似乎比匈牙利步兵都更勇敢的寡妇和已到出嫁年龄的姑娘们之外,我那可怜的斯塔希就引不起任何别的人的喜爱了。因此毫不奇怪的是,所有丝织和棉纺厂的老板以及销售他的货物的商人都反对他。

有一次,那是在礼拜天,我到一家小饭馆里去吃早点,在小卖部里要了一杯茴香烧酒和一小块鲱鱼,可是给我送上桌来的却是一盘下水和四分之一公升黑啤酒,这就是我的宴席(这种情况我很少遇到)。花了不到一卢布,可我在那里吸进的烟雾和听到的东西!……却够我受用好几年了。

在那间给我送来下水的气闷和阴暗得像熏制作坊一样的房间里,有六个绅士坐在一张桌子旁边,这些人大腹便便,穿着讲究,肯定是商人、地方上的名士,也可能是工厂主,他们每个人看来都好像有三千到五千卢布的年收入。

我不认识那些先生,他们肯定也不认得我,我不认为他们会以为我在捣鬼。您想想看,那是多么凑巧,我走进那间房的时候,他们正好在谈论沃库尔斯基,谁在说话,因为有烟雾我没有看清,我最终也不敢把视线从盘子上抬起来。

"他发迹了!"一个粗硬的嗓音说,"他年轻的时候,曾经为我们这样的人效劳,现在年纪大了,他反而向那些大老爷们献媚讨好。"

"如今的老爷们,"一个害哮喘病的男人插嘴说,"和他是一样的货色。从前哪有一个伯爵家里接待一个当过商人靠结婚发财的人呢……说起来好笑!……"

"结婚倒是小事,"一个因为喉咙里有点堵塞而发出嘶哑的声音说,"跟阔富人结婚并不丢脸,可是他在战争时期搞军需物资的供应,赚了几百万却是犯罪。"

"他这些钱并不是偷来的。"另一个人小声地说。

"如果没有偷,他就不会有几百万。"一个男低音叫了起来,"可是他为什么那样自以为了不起呢?……为什么他要挤进贵族阶层里呢?"

"有人说,"另一个声音插了进来,"他要建立一家全由贵族参加的贸易公司。"

"啊哈!……他会骗他们的钱,然后逃走的。"患哮喘病的人说。

"不,"那个男低音又说,"他搞军需供应的肮脏买卖,就是用灰肥皂也洗不干净。一个服饰用品商人去供应军需物资!一个华沙人到保加利亚去!……"

"你那个当工程师的兄弟为了找工作,跑得比这还远。"一个很小的声音说。

"那没有错!"那个低音打断了他的话,"他是不是连细棉布也要到莫斯科去订购?这又是犯罪,因为他扼杀了国内的工业！……"

"哈哈！"有个人一直没有说话，现在笑起来了，"商人是不管这样的事的，他只管买进便宜的货，卖出时多赚点钱就够了，是不是？……哈哈！……"

"不管怎样，他那点爱国心连三个格罗什都不值。"那个男低音回答说。

"但是这个沃库尔斯基好像不仅仅是用语言来证实他的爱国心……"

"那就更糟了，"那个男低音打断了他的话，"当他是个穷光蛋的时候，他证明了自己有爱国心；可是他只要在口袋里摸到了卢布，他就变得毫无热情了。"

"哎！我们为什么总要把一个人看成是卖国贼或小偷呢？这很不好！……"那个小声音埋怨地说。

"您为什么要这么使劲地为他辩护呢？"那个低嗓音的人移动着椅子，问道。

"我为他辩护，是因为我听说他做了一件好事，"那个小声音回答说，"我那里有个叫韦索茨基的车夫，是沃库尔斯基给他找了生路，他才没有饿死。"

"用他在保加利亚搞军需供应赚到的钱来救济别人……一个慈善家！……"

"先生！别的人在国民基金上发了财①，却什么事也不干，哈哈！"

"不管怎样，他是一个叫人弄不明白的人，"那个害哮喘病的人得出了一个结论，"他东跑西颠，一点也不关心那家铺

───────────

① 这句话暗示把一月起义期间社会为起义捐助的钱攫为己有。

子。他运来了细棉布,好像还要拉拢贵族……"

这时候,一个学徒又给他们送来了几瓶酒,我便趁机悄悄地溜走了。我没有在他们的谈话中插嘴,因为斯塔希小时候我就认识他,我要说也只能对他们说:

"你们是卑鄙的……"

他们谈到这一切的时候,我正在为他的未来担忧得发抖。我睡觉和起来的时候都要问自己:"他到底在干什么?他为什么要那么干?那么干会有什么结果?"今天这些人当着我的面这么议论他,可昨天我却看见那个巡道工韦索茨基扑倒在他的脚跟前,感谢他把他调到了斯凯尔涅维采,还周济了他……

这是个老实人,为人正直,他把他十岁的儿子也带来了,并且指着沃库尔斯基说:

"你看清楚啦,别特列克!这位先生,他是我们最大的恩人……如果有一天,他要你为他把手砍下来,你就要把你的手砍下来,因为你就是那样也没有还清你欠他的恩债……"

还有那个姑娘,她从抹大拉修道院写信给他说:"为了替你做祷告,我想起了我小时候念过的一段祷词……"

这些老实人,这些失足少女的情感,比我们这些穿大礼服的人不是高尚得多吗?我们在全城夸耀自己的美德,可是我们谁都不相信这种美德。斯塔希关心那些穷苦人的命运是做得不错的,只是……他还可以做得不那么声张一点……

唉!他那些新交的朋友都使我感到害怕……

我还记得五月初有个身份不明的人(火红色的连鬓胡子,眼睛很难看)来到店里。他把名片放在办公桌上,断断续续地说:

"请告诉沃库尔斯基先生,今晚七点钟我会来……"

就这样,我看了看他那张名片,念道:"威廉·科林斯,英语教师……"这是多么滑稽啊!……沃库尔斯基总不会学英语吧!……

到第二天,关于霍德尔行刺的电报来了之后,我才弄明白。

还有一个熟人,那就是梅利顿太太。自从斯塔希从保加利亚回来,承她赏光,曾多次来看望我们。她是个身材瘦小的女人,说起话来唠唠叨叨像磨磨子一样,但是你马上就会发现,她只顾说她想要说的话。五月底,有一次,她冲进店里,说:

"沃库尔斯基在吗?我想他一定不在……我不是在和热茨基先生说话吗?我一猜就没错……好漂亮的梳妆盒呀!……橄榄木的,我熟悉这个东西。请您告诉沃库尔斯基先生,要他把这东西给我送去,我的地址他知道;还有——让他明天一点钟左右到浴室公园去。"

"对不起,去哪个公园?"我对她的无礼很生气,便问道。

"您真逗……就是那个王室的公园嘛!"那女人回答我说。

是的,有什么办法呢!……沃库尔斯基给她送去了那个梳妆盒,他乘车去了浴室公园。从那里回来后,他告诉我说,为了结束东方战争,要在柏林召开一次会议……一次国际会议①……

就是这个女人,又冲进店里一次,我记得好像是在六月

---

① 这次会议是为了防止在俄国战胜土耳其后再次爆发战争的危险。参加者都是克里米亚战争结束后于一八五六年签订了《巴黎协定》的国家:英国、法国、德国、奥地利、意大利、俄国和土耳其。俾斯麦是这次会议主要组织者。

一号。

"哦!"她叫了起来,"好漂亮的花瓶呀!……一定是法国陶瓷,我熟悉这个东西。您告诉沃库尔斯基……要他把这东西给我送去……(她又小声地补充道)您还要告诉他,后天一点左右……"

她走后,我对李谢茨基说:

"你敢不敢打赌,后天我们会得到一个重要的政治消息。"

"是不是六月三日?……"他笑着问道。

您认为,当诺比林在柏林行刺①的电讯传来的时候,我们会有什么样的表现?我觉得我会突然地死去,李谢茨基不再开不体面的玩笑来敲我的竹杠了,可糟糕的是,他老是向我打听政治消息……

没错,名气大了会倒霉的。自从李谢茨基把我当作消息灵通人士以来就不断地找我,我也就睡不着觉了,连最后剩下的一点食欲都没有了……

我可怜的斯塔希跟那个科林斯和那个梅利顿太太保持频繁的联系,一定会出事的。

仁慈的上帝呀,请保佑我们吧!……

我虽然说了这么多(说实在,我真的是一个好讲是非的

① 《国外政治评论》(见《插图周刊》一八七八年六月八日第一百二十八期第三百六十二页)上写道:"柏林报道了对威廉皇帝生命的新的行刺。老态龙钟的君王这个月三日走过椴树下大街时,突然听到朝着皇帝御车发射来的两声枪响,是由装霰弹的枪发射的。三十粒霰弹打伤了皇帝的脸部、胳臂和脊背,他没有失去知觉。行刺的人叫诺比林(卡罗尔·爱德华·诺比林),他是哲学博士,一八四八年四月十日生于科隆。"——原注

人），但我还要补充一句：我们店里已经出现了一些不正常的现象。除了我之外，还有七个伙计（老明采尔想到过会出现这样的情况吗？），可大家却不能团结一致。克莱因和李谢茨基资格老，他们只看得起他们自己，我不愿说他们总是以一种轻蔑的态度去对待其他的同事，但他们确实有点居功自傲。三个新来的伙计：卖服饰品的、卖金属制品的和卖橡胶制品的，也成了一伙，终日闷闷不乐，态度生硬。虽然那好心的钱巴想让大家亲近一点，他从老伙计跑到新伙计那里，不断地对他们进行劝说，但那个可怜人却很不走运，在他每次去进行试探性的调解的时候，这两伙人的嘴反而噘得更难看了。

我们的店（当然是一个很大的商店，而且是第一流的大商店）因为是逐步发展起来的，每年只添一个新的伙计，所以新来的人也许会和老的相处得更融洽。可是现在，一进来就五个新的，一个人常常是连走路都碍着别人（因为时间这么短，既没法把货物安排好，也来不及明确每个人的职责），这样他们之间发生冲突，就不可避免了。唉，我对我们老板的举措怎么能够批评呢，更何况他还是一个比我们大家都更聪明的人？

只有在一点上，老伙计和新伙计能够采取一致的行动，而且也会得到钱巴的支持，那就是给我们的第七个伙计什兰格巴乌姆找麻烦。这个什兰格巴乌姆（我早就认识他）信奉摩伊热斯教①，他是个正派人。他个子矮小，皮肤黝黑，弯腰驼背，蓄着一大把胡子，总而言之，他总是坐在柜台后面，不像个能干的人。但只要来了一个顾客（什兰格巴乌姆在俄罗斯织

① 即犹太教。

品部工作),主啊,发发慈悲吧!① ……他就像陀螺一样团团转。刚才他还在右边最高的那个货架前,现在又到了中间最下面的那个抽屉旁了,就在这一瞬间,他还到过左边天花板下的什么地方。当他把那些布匹一捆捆扔过去时,看起来就好像他不是个人,而是一架蒸汽机;而当他打开布匹开始量尺码时,我又以为这鬼头一定长了三双手。他还是个优秀的会计师,他在给买主介绍货品时,对货品所有的方面都是用一种非常严肃的调子说出来的。讲句老实话,姆拉切夫斯基还是靠边站吧! ……遗憾的只是他是那么矮小,长得那么难看,为了招引女顾客,我们不得不给他一个虽然笨手笨脚但是长得很漂亮的小伙子当帮手。有个这样的伙计在那里,女人们会坐得久些,她们不会那么挑剔,也很少讲价钱。

(但我还是要请上帝保佑我们,别让那些想买东西的女人到这里来。我大概就因为在店里老是见到女人,才没有结婚的勇气,世界的创造者在创造称之为女人的这种大自然的奇迹的时候,一定没有想过她会给商人们造成多么大的麻烦。)

什兰格巴乌姆确实是个很规矩的公民,虽说如此,大家都不喜欢他,因为他不幸是个犹太教徒。

大概就在这一年来,我已经看到,一种对犹太教徒的厌恶感在不断地增加;几年前被称为信摩伊热斯教的波兰人今天也叫犹太人了。那些不久前还称赞他们热爱劳动、坚忍不拔、聪明能干的人现在只是说他们追求暴利和欺骗买主了。

我听到这些话,有时候就想,人类的精神已经像夜一样的

———————————

① 原文是希腊文。

黑暗了。白天一切都那么美好,既漂亮又充满了欢乐,到了夜里就变得肮脏和危险了。我只不过这么想,并没有说出来,因为面对一些著名的政论家的高见①,一个老掌柜的看法算得了什么。这些政论家要证明犹太人在帕斯哈节②用基督教徒的血来做他们的烤饼③,应当限制他们的权利。但是,子弹在我们的头上呼啸而过意味着喊出了别的口号,你记得吗,卡茨?……

这些事情的发生对什兰格巴乌姆产生了很不一般的影响,去年他叫斯兰戈夫斯基,过的是复活节和圣诞节,连最虔诚的天主教徒也没有吃过他那么多的香肠。我记得有一次,有人在糖果店里问他:

"你喜不喜欢冰淇淋,斯兰戈夫斯基先生?"

他回答说:

"我只爱吃香肠,但是不加大蒜,大蒜我受不了。"

他跟斯塔希和舒曼一起从西伯利亚回来后,虽然犹太人给了他一些更优惠的条件,但他马上就进了一家基督教徒的商店。从那个时候开始,他一直在基督教徒们那里工作,到今年才被辞退了。

五月初他第一次来求助斯塔赫,他的腰弯得更厉害了,他的眼睛也比往常更红了。

"斯塔胡!"他谦逊地说,"要不是你的关心,我非死在纳

----

① "著名的政论家的高见"暗示当时出现的反犹太政论。

② 帕斯哈节是犹太人庆祝他们从埃及人的奴役下获得解放的节日,在基督教中,只有东正教把帕斯哈节当成复活节。

③ 一种叫宗教屠杀的反犹太的谣传,说在帕斯哈节时,犹太人要杀害基督教徒,用基督教徒的血去做他们的硬面烤饼。——原注

列夫基街不可。"

"那你为什么不马上到我这里来呢?"斯塔赫问他。

"我害怕……我怕人说我,一个犹太人就是爱到处钻营。今天要不是为了照顾孩子,我也不会来。"

斯塔赫耸了耸肩膀,马上雇用了什兰格巴乌姆,给他年薪一千五百卢布。

这个新伙计就开始干起活来。半个小时后,李谢茨基对克莱因说:

"见鬼,这里怎么有大蒜味,克莱因先生?……"

又过了一刻钟,我不知道他凭什么还要加上几句:

"这些流氓坏蛋,这些犹太人怎么都挤到克拉科夫城郊街上来了。这些痢痢一个跟着一个在纳列夫基街和圣耶尔斯卡街①都待不下去了吧?"

什兰格巴乌姆没有说话,只有他那双发红的眼皮在抖动。

幸好这两次对他的攻击都让沃库尔斯基听见了,他在办公桌后面站起来,用一种我真的不爱听的声调说:

"李谢……李谢茨基先生! 亨利克·什兰格巴乌姆先生在我倒霉的时候是我的朋友;难道我现在境遇稍微好了一些,你就不让他做我的朋友了?"

李谢茨基惶恐不安了,他怕丢了自己的饭碗,因此他鞠了一躬,小声地说了点什么。沃库尔斯基这时向什兰格巴乌姆走了过去,紧紧地抱着他,说:

"亲爱的亨利克,你别把这些小小的讽刺放在心上,我们

_____

① 纳列夫基街和圣耶尔斯卡街都在当时华沙的西北部(今天在城中心),这里居住着犹太人。——原注

这里大家都讽刺惯了，是出于好意。我要告诉你的是，你什么时候如果要离开这家铺子，那我们也许该一起走了。"

什兰格巴乌姆的地位马上就明确了，现在他们一些难听的话（是呀！甚至骂人的话）也只是很快地对我说，而不会对他说了。可是有什么办法去对付那些不怀好意的暗示、难看的脸色和白眼呢？这给那个可怜的人造成了极大的痛苦，他曾不止一次地叹着气对我说：

"唉，我要不是怕我那些孩子也成为犹太人，我现在就回到纳列夫基街去…"

"见鬼，亨利克先生，"我对他说，"你为什么不马上就受洗呢？"

"许多年前我也许会那么做，可今天不会了。今天我已经懂得，我是一个犹太人，只有基督教徒仇视我，但我如果改宗受了基督教的洗，那不仅基督教徒，而且犹太人都会厌弃我了。我得和人生活在一起呀！说真的，"他接着低声地说，"我还有五个孩子和一个有钱的父亲，我会继承他的财产……"

有趣的是，什兰格巴乌姆的父亲是个放印子钱的，儿子宁愿在商店里当伙计，一贫如洗，也不愿拿父亲的一个格罗什。

我曾不只一次地和李谢茨基面对面地谈到过他。

"你们为什么要欺侮他呢？你们知不知道，他过的是基督徒的家庭生活，他甚至亲手给孩子们扎圣诞树……"

"因为他知道，"李谢茨基说，"吃硬面烤饼加香肠比不加香肠好处多些。"

"他到过西伯利亚，冒过险……"

"为了做投机买卖……为了做投机买卖，他也叫过斯兰戈夫斯基,现在,因为他父亲有哮喘病,他又叫什兰格巴乌姆了。"

"你们嘲笑过他,"我说,"说他用别人的华服来打扮自己,所以他又恢复了他过去的名字。"

"这么一来,他从他的父亲那里便可得到差不多十万卢布。"

我当时只耸了耸肩膀,没有说话。叫什兰格巴乌姆不好,叫斯兰戈夫斯基不好,做犹太人不好,做改宗的犹太人也不好……夜降临了,漆黑的夜晚,在这个夜里,所有的一切都成了灰色,都值得怀疑!

斯塔赫也感到难受,因为他不仅把什兰格巴乌姆留在店里,而且还向犹太商人供给了货物,让几个犹太人在他的买卖中分享利润。我们于是大喊大叫起来,对他进行威胁,可是他不怕。他紧咬着嘴唇,丝毫也不让步,你就是把他放到火里去烧烤,他也不改变这种态度。

这一切会怎么结束,仁慈的上帝呀!

可是,可是!……我总是偏离了话题,把几件非常重要的事情都忘了。我指的是姆拉切夫斯基,一段时间以来,他不是破坏我的计划,就是有意让我上他的当。

这个小伙子因为沃库尔斯基在的时候,稍微骂了社会主义者几句,被解雇了。但后来由于他的哀求,过了复活节,斯塔赫又立即把他送到了莫斯科的分店,还给他加了薪。

我对他那次旅行或者说流放的意义思考了不止一个晚上。

但在三个礼拜后,姆拉切夫斯基从莫斯科到我们这里来挑选货物,我马上就理解了斯塔赫的计划。

从外表看,这个年轻人没有很多的变化,他总是那么好说话,英俊漂亮,也许只是苍白了些。他说他喜欢莫斯科,尤其是那里的女人,比我们这里的女人更有知识和热情,也少些偏见。我也觉得在我年轻的时候,女人们比现在少些偏见。

这一切只是个开头。姆拉切夫斯基还带来了三个他称为"伙计"的非常可疑的人和一大包小册子。他说这些"伙计们"要来我们店里看一下,可是他们行动诡秘,我们谁都不知道他们要干什么。他们整天整天地晃悠,我可以发誓,他们肯定是为了一次革命,要在这里建立基地。后来他们看见我在注意他们,不管多少次来到店里,都装成喝醉了酒,和我只谈女人。他们对女人的看法正好和姆拉切夫斯基相反:波兰女人"都很漂亮",但她们很像犹太女人。

我假装相信他们所有的话,并以巧妙的问话探明了他们对齐塔德拉①附近一带的环境最熟悉,因为那里有他们的事业。有个事实可以证明我们这种猜测不是没有根据,这就是那些"伙计们"已经引起了警察的注意。在十天中,他们什么也没有干,只是被带到警察分局去了三次。可他们一定是有很多过硬的关系,因为每次都从那里被放出来了。

当我把我对"伙计们"的怀疑告诉斯塔赫后,他只是微微地笑了笑,回答说:

"这没什么……"

① 齐塔德拉是沙俄在镇压了十一月起义后于一八三二至一八三六年间在华沙北面城边上的若利博日建起的一个要塞。它作为一个驻扎军队和惩治爱国革命分子的地方起了很坏的作用。——原注

从这里我推断斯塔赫一定和虚无主义者①们有非同一般的关系。

有一次,当我把克莱因和姆拉切夫斯基请到家里喝茶的时候,你想象得出我是多么惊奇吗!我深信姆拉切夫斯基是一个比克莱因更坏的社会主义者……他因为咒骂社会主义,在我们这里丢了饭碗……我惊奇得整个晚上都张不开嘴,克莱因则暗自欢喜,姆拉切夫斯基又发表议论了。

那个年轻人为了向我证明他的以下观点,举出了一些大概是很聪明的人的名字,他说,所有的资本家都是贼,土地应当属于那些耕田的人,工厂、矿山和机器是公有财产。根本没有什么上帝和灵魂,这都是牧师们为了向人们收十一税而臆造的。他还说,等他们(跟那三个伙计)完成了革命,从那个时候起,我们大家一天就只需干八小时工作,其余的时间可以去娱乐休闲,每个人都会有养老金,死后免费安葬。他最后还说,只有土地、房屋、机器,甚至妻子这一切都公有后,才会出现人间天堂。我活到现在,还从来没有听说过这样的事情。

我因为是个单身汉(有人甚至叫我老光棍),写这本回忆又没有骗人,所以我承认,对这个公妻制我有点欣赏。我甚至要说,我对社会主义和社会主义者也产生了好感。但是,如果不用革命也能共妻的话,那为什么他们一定要革命呢?

我是这么想的,可是这个姆拉切夫斯基却又纠正了我的观点,他还彻底打破了我的计划。

---

① 　在十九世纪后半叶,俄国反政府运动的参加者被称作虚无主义者,他们敌视沙皇的专制主义和市民、贵族的风俗习惯。人们指责他们否定一切道德和社会规范,虚无主义者的名字就是从这里来的。——原注

顺便说一句，我衷心希望斯塔赫结婚。他要是有了妻子，就不会老是找科林斯和梅利顿太太出主意了；如果以后又有了孩子，也许他就会割断一切可疑的关系。一个像他那样有军人天性的人跟那些不能拿起武器去打仗的人混在一起，这是怎么回事呢？匈牙利步兵乃至任何步兵都不会向已经解除了武装的敌人开枪。可时代是要改变的。

所以我很希望斯塔赫能够结婚，我甚至这么想，我已经给他物色到了一个对象。有个漂亮得出奇的女人有时来到我们店里（也到了那个老店里），栗色头发，灰色眼睛，面孔特别漂亮，身材苗条，纤细的手和脚都很有品位……有一次，我看见她从出租马车上下来，我要说的是，我一看见她就激动得全身发热……是啊，她对老实的斯塔谢克①来说，是大有好处的，因为她那匀称的身段和像浆果一样的小嘴……还有那胸脯……如果她穿一件紧身衣进来，我就会以为这是从天上飞来的一个天使，她的胸前还紧贴着一双小翅膀……

她好像是个寡妇，因为我从来没有见过她带着丈夫出来，而只是和她那像糖果一样甜蜜和可爱的小女儿海卢尼娅在一起。斯塔赫如果和她结了婚，一定会马上和那些虚无主义者断绝关系。因为他除了为妻子效劳外，剩下的时间还得去爱抚那个孩子，一个像她那样的妻子是不会留给他许多空闲时间的。

我已经拟好了一整套计划，而且想好了以哪种方式去和那个女人相识，然后把她介绍给斯塔赫，可这时候，不知怎么，一些魔鬼突然把姆拉切夫斯基带到我们这里来了。这个花花

———————————

① 斯塔谢克是斯坦尼斯瓦夫·沃库尔斯基的爱称。

公子来到这里的第二天,就跟我说的那个寡妇一起来到了我们店里,你说叫我怎么不生气……他在她的身边跳来跳去,献媚讨好,滴溜溜转着一双眼睛,又想方设法猜测她的心思……幸亏我长得不胖,否则看到这种最无耻的调情,我大概要中风的。

几个钟头后,他回到了我们店里,我以最冷淡的脸色问他那女人是谁。

"您喜欢她,是吗?"他说,"……那是香槟酒,不是女人,"他补充了一句,不知羞耻地眯缝着眼睛,"可您却欣赏不了,因为那个女人在疯狂地追求我……啊,先生,那是什么气质,什么身段,您要是看到她穿上那件长衫是个什么样子就好了!……"

"我料想,姆拉切夫斯基先生……"我生硬地回答说。

"可我什么也没有说呀!"他回答道,一面搓着双手,我觉得那样子很淫荡,"我什么也没有说!……男人最大的美德是保持沉默,热茨基先生,特别是如果有互相信任的关系……"

我打断了他的话,因为我觉得他如果再说下去,我就不得不向他表示一种轻蔑的态度了。这是一个什么时代,一些什么样的人呀!……我会有幸引起一个女人的注意,这是我连想都不敢想的,我更不会在一个像我们这样的大商店里放开嗓子大声地叫嚷起来。

后来姆拉切夫斯基又对我提起了他那套公妻制的理论,我脑子里马上就出现了一个想法:"斯塔赫是虚无主义者,姆拉切夫斯基也是虚无主义者……如果沃库尔斯基结了婚,那么姆拉切夫斯基就马上会来和他共妻了……可是那样的女人跟着姆拉切夫斯基是多么可惜呀!"

五月底,沃库尔斯基决定让我们的新铺子正式开业。面对这个情况,我看到了我们的时代变了……我年轻的时候,商人们也为自己的商店举行过开张仪式,他们关心的是,让一个年长的和虔诚的牧师来主持这样的仪式,要用真正的圣水和新的洒圣水的刷子,还要有一个精通拉丁文的风琴师。等到每个柜子和每件货物上都洒了圣水,并为它们做了祈祷后,仪式才算完毕。一般都要在门槛上钉一块马蹄铁,以招徕顾客。然后才开始吃一点小吃,通常是一杯烧酒、香肠和啤酒。

可是今天(和老明采尔同辈的人对这会怎么说?),问题就出来了:首先,要多少个厨子和仆役?然后,要多少瓶香槟酒,多少瓶匈牙利葡萄酒?一顿什么样的饭?因为大摆筵席是那个仪式的主要部分,被邀请的人最关心的不是谁的铺子开张,而是席上有什么东西吃……

在举行仪式的前夕,有个矮胖个子、满脸汗水的男人跑到我们店里来了。对这个人,我说不出是他的领子把脖子弄脏了,还是他的脖子弄脏了领子。他从那件破烂的上衣里掏出了一个厚笔记本,把他那副被油泥弄脏了的夹鼻眼镜戴在鼻梁上,在一些房间里大摇大摆地走来走去,带着一副使我们感到惶恐不安的面部表情。

"见鬼,"我想,"难道是警察局来的?,也许是来登记存货的法院执行官的文书吧?……"

我两次走到他跟前,想尽量客气一点问他有什么事。第一次他抱怨说:"请不要妨碍我!"第二次他还无礼地把我推到一边。

使我更惊异的是,我们的一些伙计还非常谦恭地向他鞠躬,搓着手给他做各种说明,就好像他至少是一个银行的经理。

"嗯,这个可怜虫不会是保险公司来的吧! 他们那里不要穿得这么破烂的人……"我心里想。

到后来,李谢茨基才轻轻地对我说,那位先生是个很有名的记者,他会在报纸上报道我们。我一想到我在报上能够看到我的名字,心里便感到甜滋滋的,因为我的名字只在《警察报》①上出现过一次,那是在我丢失了那个小本②的时候。在这一瞬间,我看见那个人身上的一切都很伟大:伟大的脑袋、伟大的笔记本,连左脚穿的那只皮鞋上的补丁都很伟大。

他不断地在那些房里走来走去,高傲得像只火鸡。他一直在写,不停地写……最后他又问道:

"这些时候你们店里没有出过什么事故? ……小火灾、失窃、舞弊、丑闻? ……"

"上帝啊,你别这么说!"我大胆地插了一句。

"可惜,"他回答说,"要是有人上吊自杀,那对商店来说,是最好的广告……"

我听到他这么要求,大吃一惊。

"是不是请先生挑选一样什么东西。"我鼓起勇气向他鞠了一躬,说,"我们一定送到府上……"

"行贿吗? ……"他像哥白尼雕像那样很严肃地望着我,问道,"我们的习惯是,中意的东西都买,"说完他又补充了一

① 《警察报》实际上叫《华沙警察报》,是华沙警察局的机关报,一八四五至一八六六年作为日报用波兰文出版,后来用俄文出版。——原注
② 最大的可能是银行给的存款单。别的证件(如军人证、护照)那个时候不是以小本的形式出现。——原注

句，"但不接受任何人的礼物。"

他在商店中间戴上了那顶肮脏的帽子，把手插在口袋里，出去的时候，那样子像个部长。走到街那边后，我还看得见他鞋上那个补丁。

我再来谈开张的仪式。

主要的庆祝活动，也就是宴会，在欧洲宾馆①的大厅里举行。大厅里布置了鲜花，成马蹄形地摆了一些很大的桌子，准备了乐队，到晚上六点钟，那里聚集了一百五十多个人。所有的人都去了！……主要是华沙和来自外省和莫斯科，甚至还有来自维也纳和巴黎的商人和工厂主。此外还有两个伯爵、一个公爵和许多贵族也前来捧场。关于各种酒类我之所以没有提，是因为我真的搞不清是那些装饰着大厅的植物的叶子多，还是酒瓶子多。

这次娱乐花了我们三千多卢布，那么多人吃喝，场面确实豪华。当公爵在一片寂静中站起来为斯塔赫的健康干杯时，当乐队开始演奏我弄不清是一首什么曲子，反正是一首好听的曲子时，当一百五十个人齐声高呼"万岁！"时，我的泪水夺眶而出了。我向沃库尔斯基跑了过去，搂抱住他，低声地说：

"你看，他们多么爱你……"

"他们爱的是香槟酒。"他回答说。

我看出来了，他对那些喝彩一点也不关心。虽然有个人即席讲话（一定是个文学家，因为他讲了很多，但毫无意思），说这是他一生中最美好的一天，他也没有高兴起来。我不知

---

① 欧洲宾馆在华沙克拉科夫城郊街十三号，是当时华沙最漂亮的宾馆。它的大餐厅曾用作银行大厅，今天仍然是银行大厅。——原注

道那个人是代表他自己还是代表沃库尔斯基来讲的。

我也注意到斯塔赫最多是在文茨基先生身边打转转，据说那人在破产以前和欧洲的一些宫廷有过交往……老是这不幸的政治！……

宴会开始时，一切都表现得很严肃，宾客中不断地有人发表讲话，讲着讲着就好像他们要猜出喝的是什么酒、吃的是什么菜似的。可是等到搬出去的空酒瓶越来越多，这一群人就变得越不严肃了；最后形成一片喧闹，连音乐都几乎听不见了。

我当时像魔鬼一样愤怒，心想至少要把姆拉切夫斯基痛骂一顿。可是我把他从桌子那边拉开之后，只对他说了这么一句话：

"喂，为什么搞成这个样子？"

"为什么？……"他回答说，用一双神经错乱的眼睛望着我，"很简单，为了文茨卡小姐……"

"你疯了！……怎么个为了文茨卡小姐？……"

"没错……这些交际……这家铺子……这筵席……所有这一切都是为了她……我也是被她从店里赶了出来的……"姆拉切夫斯基一边说一边扶在我的肩膀上，因为他已经站不住了。

"什么？"我见他完全醉了，便说，"你既然是被她从店里赶出来的，那么你也是为了她到莫斯科去的喽？"

"那当……当然！她只是悄悄地说了句话……一句很短的话……我一年就多得了三百卢布。小青蛙对老头是爱怎么做就怎么做的……"

"你现在睡觉去吧！"我说。

"我可不睡觉……我要找我的朋友去……可他们在哪里呢？……他们很快就会有对付那只小青蛙的办法……她对他们也不会像对老头那么轻蔑……我那些朋友在哪里呢？……"他大声叫了起来。

我当然叫人把他送到楼上的一间房里去了。但我猜想，他假装酒醉是为了蒙骗我。

到半夜，那个大厅变得就像陈尸房或者医院了；厅里的人不得不一个又一个被抬到房间里或者出租马车上。最后，我找到了那个差不多还算清醒的舒曼大夫，便领着他到我那里去喝茶。

舒曼大夫也是犹太教徒，但他是个不寻常的人。过去他曾爱上一个女基督教徒，因此想要受洗；但她后来死了，他也就打消了这个念头。有人还说，他因为悲哀而服过毒药，被救活了。他已经完全放弃了他的医务工作。他有很大一笔财产，现在只从事人类和人类头发的研究。他个子矮小，黄色皮肤，目光锐利，什么都很难逃过他的眼睛。他很早就认识斯塔赫，一定知道他所有的秘密。

在那喧闹的宴会之后，我感到特别忧郁。我想试探一下舒曼的口气，如果他今天一点也不告诉我斯塔赫的情况，我以后大概就什么也不会知道了。

我们来到了我的住所后，茶炊已经准备好了，我便说：

"请您告诉我，大夫，坦白地告诉我，您对斯塔赫是怎么看的？……他使我感到不安了，我看他这一年来，干脆干起冒险的事来了……去保加利亚，现在又开这个新的铺子……贸易公司……私人马车……他的性情奇怪地变了……"

"我看不出有什么改变，"舒曼回答说，"他一向是个爱活动的人,他想要做的事或者对他的心灵有所触动的事,他马上就会去做。他决定上大学,就上了大学;他决心发一笔财,就发了财。所以,他如果想做什么蠢事,也决不会退缩,他会做出一桩了不起的蠢事来。这就是他的性格,改变不了。"

"这中间,"我插嘴说,"我看到他的行为有许多矛盾……"

"一点也不奇怪,"大夫说,"他是两种人的化身:六十年代从前的浪漫主义者和七十年代的实证主义者。在旁人看来这很矛盾,在他身上却是前后一致的。"

"他是不是又卷进了一场新的冒险?……"我问道。

"我什么也不知道。"舒曼生硬地答道。

我没有再说下去,可是过了一会儿,我又问道。

"这么下去,结果会怎么样呢?……"

舒曼皱起眉头,又着手说:

"会很糟糕,像他那样的人不是把他的一切都改变过来,就是在遇到大的障碍物时,碰得头破血流。他一直是很走运的,可是……任何人都不可能当一辈子赢家……"

"这样的话,会怎么样?"

"这样的话,我们就会见到一场悲剧了。"舒曼最后说。他喝了一杯柠檬茶,便回去了。

我一夜都睡不着觉。在取得胜利的今天,这样的预见是多么可怕……

是啊,上帝比舒曼知道得多些,他不会让斯塔赫虚度光阴的……

第十一章　旧的幻想和新认识的人

　　梅利顿太太经受过严酷的生活考验,从中甚至学会了蔑视人们普遍认同的舆论。

　　她年轻的时候,大家都说她是个既漂亮又心地善良的姑娘。她虽然没有财产,但还是嫁得出去的。她虽然美丽又贤淑,但她却没有出嫁。后来大家都说,一个受过高等教育的女教师会受到学生们的爱戴和家长们的尊敬。她受过高等教育,也是一个有爱心的教师。但尽管这样,学生总还是难为她,家长们也从早到晚地讥讽她。她读过许多描写爱情的小说,在那些小说里都证实了热恋中的王子、伯爵和男爵是些高尚的人,他们想要赢得一个贫穷的女教师的心,总是表示要和她结婚,可是当她向这个年轻和高贵的伯爵表露自己的心思后,他又不愿和她结婚了。

　　她刚过三十岁,就跟一个已经是老态龙钟的家庭教师梅利顿结了婚,为的是使这个爱酗酒的男人根除这种不良的嗜好。可是这个新婚的丈夫喝酒反而比过去喝得更多了,那个想要改变他这种嗜好的妻子为此还挨过鞭子。

　　丈夫死后,梅利顿太太好像把他送到公墓里去了。当她确信她的丈夫已被永远埋葬后,她便领着一条狗来饲养,人都说狗是一种最懂得感恩的动物。这条狗确实很忠实,但它后来得了狂犬病,还咬伤了一个女仆,这件事的发生,使得梅利顿太太大病了一场。

她在医院的一个单人病房里躺了半年,一个人孤孤单单,被她的学生们、家长们和她曾以心相许的那个伯爵遗忘了。她长时间地想了很多,因此她出院的时候变得又瘦又老,头发也白了,稀疏了,大家又说,疾病使她变得认不出来了。

"我变得聪明了。"梅利顿太太回答说。

她后来不当教师了,可她给人推荐了一个女教师;她不再想结婚的事,可她给一对年轻的男女牵了红线。她再也不把自己的心献给谁,但她以她的家给恋人的幽会提供了方便。不过每个人有事找她都要付钱,因此她积攒了些钱,就靠这些钱过活。

新的工作开始的时候,她很忧郁,甚至有点犬儒主义。

"神父在人们结婚的时候赚钱,"她对自己信得过的人说,"我在订婚上赚钱;伯爵……为方便种马的交配要钱,我介绍人们相识要钱。"

后来,她讲话变得谨慎了,有时候还有点说教,因为她发现,讲一些普遍认可的看法和意见,会促使收入的增加。

梅利顿太太早就认识沃库尔斯基。因为她爱看戏,对什么都习惯于留心地观察,所以她很快就注意到沃库尔斯基正以非常仰慕的眼光注视着伊扎贝娜小姐。但她发现了这个后,只是耸了耸肩膀,一个爱上了文茨卡小姐的服饰用品商人和她有什么关系呢?要是他看中了一个富商的女儿或者工厂主的女儿,梅利顿太太就会来做媒了。可是现在!……

直到沃库尔斯基从保加利亚回来,并且带回了一笔被人们说成是奇迹的财产,梅利顿太太这才亲自向他提起了伊扎贝娜小姐,表示愿意为他效劳。于是订了一个不言而喻的合同:梅利顿太太把一切有关文茨基的家庭以及和他们有联系的上层社会人物的信息提供给沃库尔斯基,沃库尔斯基则慷慨地给她付钱。通过她的中介,沃库尔斯基还买了文茨基的期票和伊扎贝娜小姐的银器。

梅利顿太太趁这个机会还到沃库尔斯基的私宅里去拜访了他,向他道贺。

"这些事您做得很明智,"她说,"虽然买那些银器和那套餐具对您来说,并不是一件很大的快事,但购买期票就是您的杰作了……看得出您是个商人!……"

沃库尔斯基听到这样的夸奖,就拉开写字台的抽屉,在里面找了一会儿,终于找出了那一包期票。

"是这些东西吗?"他问了一声便拿给梅利顿太太看。

"是的,这些钱我也想要呢!……"她叹了一声,回答说。

沃库尔斯基拿起那包期票,把它撕得粉碎。

"现在还看得出是个商人吗?"

梅利顿太太好奇地望着他,摇了摇头,低声说道:

"我为您感到遗憾。"

"敢问这是为什么?"

"我为您感到遗憾,"她又说了一遍,"我是个女人,我知道,男人要夺得女人不是用牺牲,而是用力量。"

"真的是这样?"

"用美丽、健康和金钱的力量……"

"智慧的力量……"沃库尔斯基用她一样的声调插了一句。

"智慧没有拳头那么快地奏效,"梅利顿太太带着轻蔑的微笑接下去说，"我对我们女性了解得很清楚，我也不止一次地对幼稚的男性表示过怜悯。"

"您对我请不要这么费心。"

"您认为没有这个必要吗？"

"好心的太太，"沃库尔斯基回答说，"如果伊扎贝娜小姐是我心目中那样的女人，那她总有一天会看得起我的。如果她不是那样的人，那我以后也会对她产生绝望的……"

"您该早一点失望，沃库尔斯基先生，越早越好！"她说着便站了起来，"请您相信我，从心里扔掉一点东西比从口袋里扔掉一千卢布还难，特别是它如果在心里生了根的话。可是您别忘了，"她接着说，"把我那笔小小的本钱也好好地投进去！如果您知道这几千卢布是多么难挣的话，您是不会把它们撕掉的。"

五月和六月，梅利顿太太来得更勤了。热茨基很担心，因为他怀疑她在搞阴谋。他没有猜错，那是个阴谋，不过是针对伊扎贝娜小姐的：那个老女人把跟伊扎贝娜小姐有关的重要消息都提供给了沃库尔斯基，譬如说，她告诉他，伯爵夫人在哪些天会带着她的侄女去浴室公园散步。

每当遇到这种情况，梅利顿太太便跑到店里来，在取得一样值几个或者十几个卢布的小东西作为报酬后，她便把日子和钟点告诉热茨基。

对沃库尔斯基来说，这是一个非常时期。他一知道太太们明天要去浴室公园，今天就安不下心了。他对店里的营业毫不关心，而且动不动就生气。他觉得时间好像不往前走，明天永远也不会来到似的。那一夜充满了莫名其妙的幻想，有时在半醒半睡中轻声地说：

"结果怎么样？……什么结果也没有！……唉，我是多么愚蠢啊！……"

可是天亮之后，他却害怕从窗子里往外看，因为他不愿看见外面阴霾的天空。到中午那段时间又一再地延长，就好像可以把他今天被可怕的痛苦摧毁了的整个一生都安排进去似的。

"这难道是爱情？……"他带着失望的情绪问自己。

到中午他再也等不及了，于是叫人套好马车，走了。他时时刻刻都觉得他遇见了伯爵夫人走在回家路上的那辆马车，他又觉得他虽然拉紧了缰绳，但他的马还是跑得太慢了。

他来到浴室公园，从车上跳下来，跑到那个小池塘的旁边。伯爵夫人一般都来这里散步，她爱给池塘里的天鹅喂食。他来得太早，只好随便在一条板凳上坐下，出了一头冷汗；他坐在那里一动也不动，两眼朝宫殿那边望去，把整个世界都忘了。

在林荫道的那一头终于出现了两个女人的身影，一个是黑色的，另一个呈灰色。在沃库尔斯基身上，一股热血涌上了脑门。

"是她们俩！……哪怕在我面前停留一下？……"

他从板凳上站了起来，气喘吁吁面对面地向她们走去，像个夜游人一样。不错，那是伊扎贝娜小姐，领着她的姑妈，在和她谈话。

沃库尔斯基注视着她，心里想道：

"哎，她身上真有什么特殊的地方吗？……跟别的女人一样……我似乎没有必要那么疯狂地去追求她……"

他对她们行了个礼，她们也答了礼。他往前走去，没有回头,为了不让人看见。最后他又回过头来一看,两个女人已经隐没在绿荫中了。

"我要回过来,再望她一下,"他心里又想,"不,这么做不好!"

这一瞬间,他觉得池塘里闪闪发光的水对他有一种不可抗拒的诱惑力。

"唉,如果我知道死亡就是忘却……但若不是那样呢?……不,大自然中是没有仁慈的……以无限的思念去折磨一个可怜的人心,在临死前心境极端空虚的时候,也不给予安慰,仁慈在哪里呢?"

差不多就在这个时候,伯爵夫人对伊扎贝娜小姐说:

"我越来越深信,贝卢!金钱并不能带来幸福。那沃库尔斯基已经很了不起地飞黄腾达了,可那又怎么样呢?……他不再在店里干活,而到浴室公园里来消闲解闷,你看见他那副多么无聊的神情了吗?"

"无聊的神情?"伊扎贝娜小姐重复说,"我觉得,那神情首先是滑稽可笑。"

"我倒没有看出这一点。"伯爵夫人感到奇怪。

"哼……首先是令人不快。"伊扎贝娜纠正了原先的说法。

沃库尔斯基舍不得离开浴室公园。他在池塘的另一边走着,从很远的地方注视着那件在树林中闪来闪去的灰色的裙衣。到后来他才发现,他见到了三件裙衣,有两件是灰色的,第三件是蓝色的,但哪一件都不是伊扎贝娜身上穿的那一件。

"我笨透了。"他想道。

但这却一点也帮不了他。

六月上半月的一天,梅利顿太太告诉沃库尔斯基,说伊扎贝娜小姐第二天中午会跟伯爵夫人和议长夫人一起去散步,这件事虽然不大,但有可能起最重要的作用。

沃库尔斯基从那永远也忘不了的复活节以来,因为拜访过议长夫人几次,他看出了议长夫人对他很好。他总是乐意地倾听着她讲述的过去那些年代的故事,他也对她谈到了他的叔父,最后他还约定了要给他叔父的坟前竖一块墓碑。有一次,在两个人的谈话中,她不知怎么提起了伊扎贝娜小姐的名字,而且提得那么突然,使沃库尔斯基无法掩饰自己的激动;他的脸色变了,声音嘶哑了。

老妇人戴上夹鼻眼镜,望着沃库尔斯基,问道:

"是不是只有我这么认为,文茨卡小姐对您来说,不是无关紧要的?"

"我几乎不认识她……我只跟她讲过一次话……"沃库尔斯基难为情地解释说。

议长夫人陷入了沉思,她点了点头,轻轻地说了一声:

"嗯……"

沃库尔斯基和她告辞后,只有那个"嗯"仍深深地铭刻在他的记忆中。不管怎样,他深信议长夫人对他没有恶意。那次谈话后不到一个礼拜,他打听到了议长夫人将跟伯爵夫人和伊扎贝娜小姐去浴室公园散步。她是不是已经知道,她们在那里会遇见他呢?……或者,她是不是想使他们更加接近呢?……

沃库尔斯基一看表,已经是下午三点钟了。

"好,明天,"他想,"二十四小时……以后……不,没有这么久……那么几个小时以后呢?……"

他算不出从今天下午三点到明天下午一点钟中间隔几个小时。他感到很烦躁,午饭也没有吃;他的幻想甚至有所发展,但受到了清醒理智的控制。

"倒要看看明天会出现什么情况。天会不会下雨,或者她们中会不会有人生病?"

他跑到了街上,毫无目的地走来走去,心里重复地说:

"倒要看看明天会出现什么情况。她们也许根本就不会理我……伊扎贝娜小姐本来是个很漂亮的姑娘,我们就这么说吧!她甚至非常漂亮,但她也只是一个姑娘,而不是一种超凡的现象。有成千上万个和她一样漂亮的姑娘漫步在这个世界上,我连其中一个的裙子都没有去碰过。她要是拒绝我呢?……那好啊!……我就可以全身心地投到另一个女人的怀里去了……"

晚上他到戏院里去看戏,可是看完第一幕他就走了。他在城里闲逛,但他不论走到哪里,明天要去散步的念头都跟踪着他。他有一种不很清晰的预感,就是他明天可以亲近伊扎贝娜小姐了。

夜晚和早晨都过去了。中午十二点,他叫人套好了马车,还写了一张条子送到店里,说他会来得晚点。接着他把一双手套撕得粉碎①。最后他的仆人进来了。

"马已经准备好了!"沃库尔斯基闪过一个念头。

他伸手去拿帽子。

"公爵来了!……"仆人通报道。

公爵走了进来。

~~~~~~~~~~~~~~

① 意指决心要做一件事情,这是当时的习惯。

"您好，沃库尔斯基先生，"他大声说，"您要出去？一定是到库房或者火车站去吧？可是您去不了啦，您被我扣留了，我要把您带到我那里去。我甚至很不客气地还要坐您的马车，因为我今天没有带马车来。不过我相信，您只要听到我最好的消息，就一切都会原谅我的。"

"您要不要休息一下，公爵？"

"好，就休息一会儿！您想一想，"公爵坐下来说，"我一直在对我们那些贵族老爷们进行威逼……我这样说对不对？……一直缠住他们不放，到后来，才有几个人答应到我这里来，听取您开那个股份公司的计划。所以我要马上把您带走，说实在的，就是要让您跟我一起到我家里去。"

沃库尔斯基听到这些话，觉得自己好像从高处摔了下来，胸部碰到地面上一样。

他那慌乱的神情公爵早就注意到了，但他微微地笑了笑，认为这是沃库尔斯基对他的拜访和邀请而感到高兴。他根本不会想到，对沃库尔斯基来说，去浴室公园散步比所有的公爵和股份公司都重要得多。

"那么，我们就这么说定了？"公爵站起来，问道。

要是多一秒钟时间，沃库尔斯基就会说他不愿意去，也不开什么股份公司。但就在这个时候，他又产生了一个念头：

"散步——是为了我，股份公司——是为了她。"

他拿着帽子，和公爵一起走了。他觉得车子好像不是走在马路上，而是在他脑子里颠簸似的。

"不能用牺牲，而只能用力量，也就是用拳头的力量去夺取女人……"他想起了梅利顿太太说过的这句话。在这句格言的激发下，他真想抓住公爵的衣领，把他扔到街上去，但是这种情绪一瞬间就消失了。

公爵半睁着眼睛,他看见沃库尔斯基的脸色一会儿红,一会儿变白了,他想:

"没想到,我使这个正直的沃库尔斯基感到这么欢乐。是啊,和新来的人还是要交朋友的……"

公爵在他那个集团中,享有炽热的爱国主义者的美称,但他几乎是个沙文主义者;他在他的集团之外,还被誉为最优秀的公民之一。他很爱讲波兰话,就是在他的法语讲演中,也是要谈公众利益的。

不论心灵和血统,他都是一个彻头彻尾的贵族。他深信,每个社会都是由两个部分组成的:普通群众和被选中的阶级。普通群众是大自然的造物,还可能是猴子进化来的,这是达尔文①所坚持的那种驳逆《圣经》的观点。可是被选中的阶级的出身就高贵多了,它即使不是诸神,也至少是和诸神有血缘关系的英雄、如赫拉克勒斯②、普罗米修斯③传下来的后代,在最坏的情况下,也是俄耳甫斯④的后代。

公爵在法国有个朋友,是个伯爵(最大限度地传染了民主流行病),他爱嘲笑贵族那些超自然的祖先。

① 恰尔列斯·罗伯特·达尔文(1808—1882),英国博物学家,进化论的奠基人,他于一八五九年出版了《物种起源》。
② 赫拉克勒斯是古希腊神话中著名的英雄,他在世时完成了超人的行动,如他完成了十二项危险的工作,死后被诸神接纳,上了奥林匹斯山,成了永生不灭的神。——原注
③ 普罗米修斯是希腊神话中的提坦神之一,阿特拉斯和厄庇墨透斯的兄弟。他从奥林匹斯山上盗来火,藏在芦苇管里带到人间,并教会人类用火。
④ 俄耳甫斯在希腊神话中是天才的诗人和歌手,他的歌声能使树木弯枝,顽石移步,野兽俯首。

"我的老表!"公爵对他说,"我认为,你对世系问题的看法是不正确的,伟大的家族是怎样的呢? 他们的祖先都当过统领①、参议员和省长。按照今天的说法,当过元帅、国会中的众议院和参议院的成员和省一级的行政长官。可是——我们对这些人并不了解,也许他们没有什么特别的地方……吃喝、玩牌、追逐女人和欠债——和凡人一样,有时候比凡人还蠢。"

公爵的脸上出现了一种病态的红晕。

"老表,你遇见过像我们在我们先辈的画像中看到的那种庄严神态的长官和元帅吗? ……"他问道。

"这有什么奇怪,"患了民主病的伯爵笑了,"画家们给那些画像的原型加上他们连做梦都想不到的表情,就像纹章学家和历史学家讲述那些原型的童话式的故事那样。这都是骗人的,我的老表! ……这不过是一些布景和戏装罢了,要把一个普普通通的沃伊泰克②变成公爵,把另外一个变成农奴……实际上,这个和那个都是一些蹩脚的演员。"

"老表,既然是侮辱的话,就不用争了。"公爵很生气,他走了。跑回家里后,在一张躺椅上躺下,两手交叠在头底下。他仰望着天花板,看见一些身材高大,显得强壮有力,具有无私无畏的精神和智慧的身影在上面移过。那都是他和伯爵的祖先,但伯爵却不承认,是不是他身上混杂了别的血缘呢? ……

公爵并不鄙视那些普通百姓,他对他们有好感,还和他们

---

① 波兰十六和十七世纪的军事统帅。
② 一个普通的波兰人名。

有过接触,对他们需要什么也很关心。他把自己看成是普罗米修斯再生,在一定程度上负有一个光荣的职责,要从天上把火取来送给那些可怜的人。实际上,他所信仰的宗教就教他爱贫贱的人,他一想到他那个集团中的大部分人在上帝的法庭上没有这种立功的表现,就羞得脸红。

为使自己避免这种耻辱,他经常到他们中间去,同时他也在自己家里举行各种会议。在各种公益事业的募捐活动中,他一次就捐了二十五卢布,另一次又捐了一百卢布。首先他总是那么为国家不幸的处境而忧虑,每次讲演都以这样一句话结束:

"所以,先生们,我们首先要想一想,怎么使我们这个不幸的国家得到复兴?"

他说了这些之后,便觉得把压在心上的一个重负卸下来了似的;而且他还觉得听他演讲的人越多,或者他捐给他们的卢布越多,这种负担就越重,他非得卸下来不可。

他认为,公民的职责是召开会议,促成事业和忍受痛苦。但是如果有人问,他栽过一棵树没有,让树荫给人们和土地挡住了阳光的烤晒没有,或者清除过一块会砸伤马蹄的石头没有?那他会感到奇怪的。

他的感受和思考都是和千百万人联系在一起的,他的期求和受苦都是为了千百万人,但他从来没有做过一件有益的事情。在他看来,不断地为整个国家担忧,比给一个肮脏的孩子揩鼻涕价值要大得多。

六月,华沙的面貌很明显地有了改变。先前空着的旅馆现在客满了,客房也涨价了。许多住所贴出了广告:"大宅院,家具齐备,招租几个礼拜。"所有的出租马车都租出去了,所有的听差都在奔跑忙碌。平时见不着的人都在街上、公园、戏院、饭店、展览会、商店和女子服装店里纷纷露面了。那都是一些长得很胖、皮肤晒黑了的男人,头上戴着有遮檐的深蓝色的便帽,脚上穿着过于宽大的皮鞋,手上的手套又显得太紧,身上的衣服都是外地裁缝设计制作的。他们由一群女人陪着,但是这些女人既不特别漂亮,也没有显示出华沙的时尚;此外还有许多孩子跟在他们身边,这些孩子的动作很不灵活,但他们把嘴巴张得大大的,却显得很健康。一些农村来的客商带着羊毛来赶集,另一些人来参加赛马,还有一些人则是来观看羊毛和赛马的。此外还有一些人走了一俄里路,想来首都和邻居会面,喝点这里的浑水,吸点这里的尘土,以清醒头脑。最后还有这样一些人,他们经过好几天的赶路,已经劳累不堪,却不知道来这里干什么。

公爵利用这次贵族大聚会的机会,让沃库尔斯基更加亲近了他们。

在他的公寓一层楼上有一间很大的房子。其中一部分包括主人的办公室、书房和吸烟室,也可以在这里开会。公爵就在那些会议上介绍他自己和别人办理公众事务的计划。那种会一年总要开几次。在春天里的最后一次会上,还讨论过维斯瓦河上使用气动螺旋桨推进的轮船的问题。当时出席的人分三派:第一派有公爵和他的一些朋友,他们极力主张用螺旋桨轮船;第二派是市民派,他们原则上肯定这是一个好的计划,但认为它的实施为时过早,不愿为此而掏钱;第三派只有两个人,一个是工程师,他硬说螺旋桨轮船在维斯瓦河上行驶不了,另一个是大贵族,他耳朵聋了,如果要他掏腰包,他就这么回答:

"请声音大点，我一点也听不见……"

下午一点钟，公爵和沃库尔斯基的马车到了。过了一刻钟，别的与会者也徒步或者乘车来了。公爵对每个人都很亲切和有礼貌地表示欢迎，他向他们介绍了沃库尔斯基。他还用一支很长的红铅笔在应邀到会的人的名字下画一条杠杠。

文茨基先生是最先来到的客人之一，他把沃库尔斯基拉到一边，再一次问他建立贸易公司的目的和意义何在。他把他的整个心思都投入了这家公司的建立上，但他根本不知道这是为什么。这当儿，其他在场的绅士都望着那个新来的人，用压低了的声音说出了他们对他的看法。

"那相貌真威武！"一个身材肥胖的元帅轻声地说，把眼光投向沃库尔斯基，"头上竖起的硬毛像野猪一样，那刚健的胸脯——我要拜倒在他的脚下，还有那敏锐的眼睛……这个人在打猎时是不会止步不前的！"

"还有那张脸，先生……"一个脸长得像靡非斯特①的男爵补充道，"那额头，先生……小胡髭，先生……那尖短的小胡髭，先生……完全是……先生……完全是……有些，先生……可是整个来看，先生……"

"我们要看看他办事怎么样。"一个有点驼背的伯爵插了一句。

"机灵，敢于冒险，不错。"另一个伯爵痴呆呆地坐在椅子上，用一种好像从地窖里发出的声音说道。他长着浓密的连鬓胡子，用一双像瓷器一样呆板的眼睛朝前望去，就像《娱乐

---

①　靡非斯特是德国中世纪民间传说中的魔鬼，也是歌德的长诗《浮士德》中的魔鬼。

《杂志》①里的英国人一样。

公爵站了起来,咳嗽了一声。到会的人都不说话了,正因为这样,大家才听清了元帅讲的那个故事的最后一部分:

"我们大家都望着一片树林,可马蹄下却有什么东西发出了一声尖叫。你想想看,好心的先生!原来是那只套上了皮带跟在马身边奔跑的猎狗在田沟里踩死了一只野兔!……"

元帅把故事讲完后,用他那巨大的手掌在大腿上拍了一下,从这条又粗又大的大腿上,他甚至可以给自己挖出一个秘书和他的助手。

公爵又咳嗽了一声,元帅觉得有点不好意思,他用一条特别大的绸围巾擦了擦浸透了汗水的额头。

"尊敬的先生们,"公爵说,"我大胆地来找你们的麻烦了,要请你们在一桩……非常重要的公益事业上给予支持。我们大家都感到,这个事业是应当受到我们高度重视的……我要说……我们的理想……就是……"

公爵似乎有点担心,但他很快就冷静下来,继续往下说:

"这里说的是……说的是一个计划,实际上……是为了促进贸易而建立一个公司的草案……"

"谷物买卖。"角落里有个人插嘴说。

"说真的,"公爵接下去说,"不是做谷物生意,而是……"

"做一种不十分精制的烧酒的生意。"那个插嘴的人赶忙又说了一句。

"唉,不是的!……是贸易,说得更确切点是方便俄国和

———————

① 原文是法文。法国杂志,专登幽默讽刺的作品。

国外的商品交易,是的……商品交易……要使我们这个城市成为这种交易的中心……"

"什么商品?"那个驼背的伯爵问道。

"专业方面的问题还是请沃库尔斯基先生给我们解答,他是一位……一位专家,"公爵最后说,"可是先生们,我们要记住,关心公众的利益和这个不幸的国家是我们的职责……"

"他娘的,我拿出一万卢布……"元帅叫了起来。

"为了什么?"那个装成是一个真正的英国人的伯爵问道。

"这无所谓!……"元帅大声回答说,"我既然说了,我就要在华沙花掉五万卢布,将一万卢布用于慈善目的,我们亲爱的公爵说得太好了!……又理智又热心,他娘的……"

"对不起,"沃库尔斯基打断了他的话,"这里谈的不是慈善机构,而是一家有利润保证的贸易公司。"

"是啊!"驼背的伯爵插了一句。

"那当然!……"英国伯爵证实道。

"可我这一万卢布有什么利润呢?"元帅反驳道,"靠那种利润,我就只有到尖门①前去讨饭了。"

那个驼背的伯爵生气了:

"我请求就应不应当轻视小数额利润的问题发言!……这会把我们毁了!……这,先生们!"他叫道,用手指甲敲着那张靠椅的扶手。

---

① 尖门是立陶宛维尔纽斯市的一个城门,十六世纪在城门上建了一个小教堂,每天除了来这里做祈祷的善男信女外,还有许多乞丐。

"伯爵！"公爵以亲热的口吻打断了他的话，"沃库尔斯基先生要发言了。"

"那当然。"那个英国伯爵表示支持他，一面摸着自己浓密的连鬓胡子。

"我们请尊敬的沃库尔斯基先生发言，"另一个声音说，"就是要他用他特有的简明的叙述，给我们介绍一下这桩公众的事业。我们就是为了它，才聚集在这位殷勤好客的公爵的沙龙里。"

沃库尔斯基望着那个说他的叙述很简明的先生，那是一个著名的律师，是公爵的朋友和不可缺少的帮手。他说话很漂亮，一边说一边用手打着拍子，并且仔细地听着和欣赏着自己用的那些词句，他总是能够找到一些最美的词句。

"只要我们大家都了解清楚了就行。"在那个小贵族坐的角落里，有人嘟哝道。那个小贵族最恨大贵族。

"先生们都知道，"沃库尔斯基说，"华沙是西欧和东欧之间的贸易转运站。一部分法国和德国的货物在这里集中，由我们经手销往俄国，这样我们从中便可获得可靠的利润，如果我们的贸易……"

"不是掌握在犹太人手中。"在商人们和工厂主们坐的那张桌子旁，有个人小声地插了一句。

"不，"沃库尔斯基答道，"如果我们的生意做得不错，那就会有利润。"

"有犹太人，贸易就不能很好地开展……"

"但是今天，"公爵的一个律师插嘴说，"尊敬的沃库尔斯基先生使我们能够用基督教徒的资本占领犹太教徒的资本的位置……"

“沃库尔斯基先生却把犹太人弄到他自己的店里去了。”商界一个持不同见解的人突然冒了出来。

房间里静下来了。

“至于我自己的商店采取什么经营方式,我没有必要对任何人说,”沃库尔斯基往下说,“我要给你们指明一条如何组织好华沙和国外的贸易的正确途径。这是我的计划的前一半,它为国内资本获得利润提供了一个来源。另一个来源是跟俄国的贸易。那里有我们最需要而又价格低廉的商品。一家贸易公司如果做这笔生意,每年获得的盈利有投入资本的百分之十五到二十。我把棉织品生意放在首位……”

“这破坏了我们的工业。”商界中那个持不同见解者又说道。

“工厂主我不管,我关心的是消费者……”沃库尔斯基说。

商人们和工厂主们都窃窃私语起来,那样子对沃库尔斯基并不十分友好。

“这样我们也顾及了公众利益!”公爵以激动的嗓音叫道,“问题在这里,这位尊敬的沃库尔斯基先生的计划对国家有没有好处?……律师先生……”公爵转向律师,因为他感到眼下有点尴尬的处境中,需要得到他的帮助。

“尊敬的沃库尔斯基先生,”律师说话了,“请以您所特有的那种全面深入的分析给我们解释一下:从那么远的地方弄来那些棉织品给我们的工厂会不会造成损失?”

“首先,”沃库尔斯基说,“那些所谓我们的工厂其实并不属于我们,而是属于德国人的……”

“哎哟!……”商界中那持不同见解者叫了起来。

"我可以，"沃库尔斯基说，"马上举出一些工厂，那里的全部行政管理人员和所有工资比较高的工人都是德国人，它们的资金是德国的资金，它们的董事会在德国；所以在那些工厂里，我们的工人在技能上就不可能提高，他们是奴仆，工资低，被人瞧不起，最后还会被德国人同化……"

"指出这一点很重要！……"驼背的伯爵插了一句。

"那当然……"那个英国人低声细语地说。

"他娘的，我确实很感动！……"那个元帅叫道，"我从来没有想过，这一类的谈话会这么有趣……我要出去一下，马上回来……"

他从会议室走出来时，地板都被他踩弯了。

"要我点那些工厂的名字吗？"沃库尔斯基问道。

这时候，商人和工厂主们都不愿听到那些名字，但他们表现出了一种少有的镇定自若。律师马上从靠椅上站起来，挥着手，大声地喊叫道：

"我想，我们不用再提本地工厂的问题了。现在，请尊敬的沃库尔斯基先生以他独具的那种明确的表达方式向我们解释一下，他的计划会有什么好处……"

"对我们不幸的国家有好处。"公爵把话说完了。

"先生们！"沃库尔斯基说，"我的细棉布每米比市价只要便宜两个格罗什，那么人们在我这里购买五十万米，就可以节省一万卢布……"

"一万卢布意味着什么？"……元帅问道。他虽然已经回到了开会的那间房里，但不知道现在在讨论什么。

"意味着很多……很多！……"驼背的伯爵叫道，"这一次我们也要重视一个格罗什的利润。"

"那当然……便士是基尼①的父亲……"那个假装英国人的伯爵补上了一句。

"一万卢布，"沃库尔斯基接着说，"这是一个使得至少有二十个家庭能够得到福利的基础……"

"只不过大海里的一滴水。"有个商人不满意地说。

"但是还有别的方面，"沃库尔斯基说，"这当然和资本家们有关。我每年掌握价值三百万至四百万卢布的货物，可供调配……"

"佩服！……"元帅低声说。

"这不是我个人的财产，"沃库尔斯基插嘴说，"我的财产比这少得多……"

"我喜欢这样的人！……"驼背的伯爵说。

"那当然……"英国人补了一句。

"那三百万是我个人的信贷，我这个经纪商能得到的利息是很低的，"沃库尔斯基说，"不过我声明，如果不搞信贷而支付现金的话，那么就会有百分之十五到二十的利润，可能还要多一点。这就和诸位有关了，你们把钱存在银行里，利率虽然不高，但别人用那些钱去周转，能够获得利润。与此同时，我也给了你们一个机会，可以直接利用它为自己增加收入。我说完了。"

"太好了！"那个驼背的伯爵叫了起来，"可是，我们能不能进一步了解一下其中的细节呢？"

"至于细节，我只能跟我的股东们谈。"沃库尔斯基答道。

①　基尼，旧时英国金币。一基尼合二十一先令，等于二百五十二便士。因此便士是比基尼小得多的货币单位，但它却成了基尼的"父亲"，说明这种小钱（一分钱）应该受到尊重。

"我入股。"那个驼背的伯爵把手向他伸了过去。

"那当然。"那个冒牌的英国人补了一句,也向沃库尔斯基伸出了两个手指。

"我的先生们!"在那群仇恨大贵族的小贵族中,有个剃光了胡子的男人叫了起来,"你们在这里谈细棉布生意,它和我们毫无关系……可是,先生们……"他用哭丧的声音接着说,"我们在仓里存了粮食,库里有烧酒,经纪商却以——我不愿说——不应有的方式剥削我们……"

他冲房里的四周环顾了一下。那一群蔑视大贵族的小贵族为他欢呼,鼓起掌来。

这时候,在公爵那容光焕发、喜气洋洋的脸上露出了真正受到了鼓励的神情。

"喂,先生们,"他叫道,"今天我们谈棉织品的贸易,可明天和后天,我们不是也可以议论一些别的问题吗?所以我建议……"

"他娘的,这位可爱的公爵说得太好了。"元帅叫道。

"我们也很爱听……我们也爱听!……"律师支持他,并且极力要表示他压制不住他对公爵产生的热情。

"所以,先生们,"公爵激动地接着说,"我建议再开如下的几次会:一次商议买卖粮食的事,另一次讨论非精制烧酒的买卖……"

"还有给农民的贷款呢?"那些势不两立的小贵族中有人问道。

"第三次会讨论给农民信贷的事,"公爵说,"第四……"
到这里他嗫嚅着说不下去了。

"第四和第五次会议,"律师接上去说,"可以用来研究一下总的经济状况……"

"……研究我们这个不幸的国家的状况。"公爵几乎是噙着眼泪把这句话说完的。

"先生们!"律师叫道,他擦着鼻子,好像很受感动,"让我们向我们的主人,一位优秀的公民、最正直的人致敬……"

"一万卢布,怎么样……"元帅叫了起来。

"我们站起来了!"律师抢先替他把话说完了。

"好啊!……公爵万岁!……"大家欢呼起来,伴随着一片踏脚声和移动靠椅的嘎吱声。

那群蔑视大贵族的小贵族的喊声最大。

公爵压抑不住他的激动,开始和客人们拥抱起来。律师也跟着他,和所有的人亲吻,并且不顾一切地哭了起来。有几个人聚集在沃库尔斯基身边。

"我先入五万卢布的股,"那个驼背的伯爵说,"到明年……我们再看……"

"三万,先生……三万卢布,先生……不少了! 先生……很多了!"那个有着一副靡非斯特容貌的男爵说。

"我也入三万……那当然! ……"那个英国伯爵点了点头,插进来说。

"我要拿出比可爱的公爵多……两倍……到三倍的钱。他娘的! ……"元帅说。

商界中的几个持不同见解者也走到了沃库尔斯基的身边。他们没有说话,可是他们那热情的目光比最甜美的话语都更能说明一切。

后来又有一个干瘦的年轻人走到沃库尔斯基跟前。他的脸上长着稀疏的胡子,全身上下都很明显地暴露出过早衰老的迹象。沃库尔斯基在各种各样的戏院里，在大街上都遇见过他，他总是乘坐走得最快的马车。

"我是马鲁谢维奇，"这个健康受到摧残的年轻人带着甜蜜的微笑说，"请原谅我这样毫不礼貌地自我介绍，而且我一认识你们就要提出请求……"

"您说吧。"

那个年轻人拉着沃库尔斯基的臂膀，把他带到窗子旁边，说：

"我这就把牌摊在桌面上，对您这种人没有别的办法。我没有财产，但有良好的禀性，我在找工作。您要开公司，我能不能在您手下工作？……"

沃库尔斯基仔细地打量着他，那人对他提出的这个建议和他那被损害的模样以及他那犹豫的目光是不相称的。沃库尔斯基虽然感到厌恶，但还是问他一句：

"您会干什么？您有职业吗？"

"职业，您看，我还没有择过职业，可是我能力很强，什么工作都能干。"

"您要多少薪水？"

"一千……两千卢布……"那个年轻人有点畏怯地说。

沃库尔斯基下意识地摇了摇头。

"我怀疑，"他说，"我们到底有没有一个符合您要求的职务，但您还可以来找我……"

那个驼背的伯爵在房中间发言了。

"这么说，"他说，"尊敬的先生们在原则上都赞同沃库尔斯基所倡议的这家公司。这买卖大概是很不错的。现在就是要进一步地制定一些细则，草拟一个文件，所以我请想要成为股东的先生们明晚九点到我家里来……"

"我会去你那里,亲爱的伯爵,他娘的!"那个肥胖的元帅说,"我可能还会带几个立陶宛人①去。可是请您告诉我:我们为什么非得创办一家贸易公司呢?就让商人们自己去……"

"这至少,"伯爵性急地插嘴说,"可以不让人说,我们什么事也不干,就靠剪息票过日子……"

公爵要求发言。

"实际上,"他说,"我们还有希望建立两家公司:一家经营粮食,另一家经营非精制烧酒,谁不参加这一家,可以参加那一家。此外,我们还请尊敬的沃库尔斯基先生今后能够参加我们其他的会议……"

"那当然!……"英国伯爵插了一句。

"也请他以他所特有的那种口才给我们说明一些问题。"律师把公爵提到的事情说完了。

"我不相信我对你们有什么用处,"沃库尔斯基说,"我虽然做过粮食和烧酒生意,但那是在一些特殊情况下,当时最要紧的是有很多的货物和周转迅速,价钱倒不重要……这里粮食买卖的情况我不熟悉……"

"我们这里也有一些行家,尊敬的沃库尔斯基先生,"律师打断了他的话,"他们会把一些细则告诉我们,只劳您驾去好好地安排一下,并以您所特有的天才去说明一下……"

"这是我们的请求……也是我们的恳求!……"伯爵们叫了起来。在他们后面,那些仇恨大贵族的小贵族的声音

---

① 这里是指立陶宛地主。

更大。

快到下午五点,到会的人才开始散去。就在那个时候,沃库尔斯基看见文茨基先生在一个年轻人的陪同下,从隔得较远的那些房间里走过来了。他见到过那个年轻人,他在那次募捐和伯爵夫人请客时,都曾站在伊扎贝娜小姐的身边。两位先生在沃库尔斯基面前停住了。

"请让我,沃库尔斯基先生,"文茨基说,"把这位尤利扬·奥霍茨基先生给您介绍一下:他是我们的表亲……这人有点古怪,不过……"

"我早就想和您认识,和您谈谈。"奥霍茨基紧紧地握着他的手说。

沃库尔斯基望着他,没有说话。那个年轻人还不到三十岁,他的仪表确实不平常,他的面貌有点像拿破仑第一,但却笼罩着一层梦幻的云雾。

"您要去哪个方向?"年轻人问沃库尔斯基道,"我想陪您走走。"

"那就劳累您了……"

"啊,我的时间很多。"年轻人回答说。

"他对我有什么要求?"沃库尔斯基心里想,并且大声地说,"我们就到浴室公园那边去吧……"

"好!"奥霍茨基回答说,"我还要去和公爵辞别一下,马上就会跟上您。"

他刚一走,律师就抓住了沃库尔斯基。

"我祝贺您获得了全胜,"他轻声地说,"公爵真的很喜欢您,两个伯爵和男爵也一样……这些人都很古怪,但就像您见到的那样,他们有良好的愿望……想干点什么,他们有智慧也有教养……就是没有魄力！……这是一种意志病，整个阶级都染上了这种病……他们什么都有：金钱、头衔、尊贵，甚至在女人那里也很走运，因此他们一无所求。但他们由于缺少一种自生的动力，沃库尔斯基先生，就只能成为那些后起的敢作敢为的人们手中的工具……我的先生，我们还有很多事情要做。"他又补上一句，声音更小了，"他们运气好，因为碰上了我们……"

沃库尔斯基因为什么也没有回答，律师把他看成是个非常狡猾的外交家，他后悔自己刚才过于坦率了。

"不过，"律师疑惑地望着沃库尔斯基，"他即使把我们的谈话都告诉公爵，那又怎么样？……我可以这么说，我是想看他的态度……"

"啊！他会不会猜测我有什么宏愿？"沃库尔斯基在心里问自己。

他和公爵告了别，答应今后所有的会议都来参加。他一走到街上，就让那辆私人马车单独地回去了。

"这个奥霍茨基先生想问我要什么？"他猜疑道，"当然和伊扎贝娜小姐有关……他是不是存心要吓退我……愚蠢……他要是爱她，那根本不用费什么口舌，我自动退让……她如果不爱他，那他就要注意，别想把我撵走……我这辈子大概还会干出一桩了不起的蠢事来，当然是为了伊扎贝娜小姐。但愿不要把他当作牺牲品，否则实在可惜了这个年轻人。"

大门里传来了匆忙的脚步声，沃库尔斯基回过头来，见是奥霍茨基。

"您在等我吗？……对不起！"那个年轻人叫道。

"我们去浴室公园好吗？"沃库尔斯基问道。

"好啊。"

他们缄默不语地走了一会儿。那个年轻人在沉思,沃库尔斯基看到这个样子,生气了。

他决定采取果断的措施。

"您是文茨基家的一个近亲?"他问道。

"有点亲戚关系,"那个年轻人回答说,"我母亲也姓文茨卡,"他讥讽地说,"但我父亲姓奥霍茨基。这使我们这个亲戚关系疏远了……托马斯先生就算是我的舅舅吧!可到今天,因为他丧失了财产,我才认识了他。"

"文茨卡小姐是个非常懂得礼貌的人。"沃库尔斯基两眼望着前面说。

"懂得礼貌?……"奥霍茨基重复了一遍,"您就说是个女神吧!……我跟她谈话的时候,觉得她好像能够使我这一辈子都很充实。只有在她身边,我的心情才会平静下来,才会忘掉折磨着我的那种思念。可那有什么用呢?……我既不能整天和她一起坐在客厅里,她也不会和我一起坐在实验室里……"

沃库尔斯基在街上停了下来。

"您在研究物理还是研究化学?"他惊讶地问他。

"啊!我哪样都不研究!"奥霍茨基回答说,"物理、化学和工艺学……我毕业于大学的自然科学系和工业大学的力学系……我什么都钻研,从早晨到夜晚都在不断地读书和工作,可我什么也没有干。我做成的事情有:把显微镜稍微改进了点,制造了一种新的电极和一种灯……"

沃库尔斯基越来越奇怪了。

"这么说,您,奥霍茨基是个发明家?……"

"我，"那年轻人回答说，"不错，可这算什么？……根本算不了什么。我一想到自己二十八岁才做了这么一点事，便感到很失望。我确实有这么一个愿望：要不把我的实验室毁掉，投身到上层社会的沙龙生活中去，这正是人们要领我去的地方，要不就朝着自己的脑袋开一枪……一种奥霍茨基元素或者一种奥霍茨基电灯……那是多么愚蠢！……从童年时起就要出头露面，以一盏孤灯为伴，那是多么可……怕……活到了中年，还没有找到自己想要走的那一条路，那是多么令人失望！"

年轻人不说话了。他发现他和沃库尔斯基已经来到了植物园①，便把帽子摘了下来。沃库尔斯基仔细地打量着他，又有了一个新的发现：这个年轻人看起来穿着打扮都很体面，可实际上他并不是一个爱穿着打扮的人。他好像根本就不关心自己的外表：头发蓬乱，领带也有点歪斜，背心上有个纽扣也没有扣上。可以想象，一定有人悉心照管他的内衣和外衣，他自己在这方面却是不很注意的。但他的这种习惯使他显得高贵，真的招人喜爱。他的每个动作都是那么毫无做作，那么潇洒，而且那么优美。就连他看人、听人说话，实际上并不在听，还有脱帽的姿势，也都显得十分优雅。

他们来到了一座小山②上，从那里可以看见那口叫作圆井③的水井。他们在所有的地方都遇到了许多散步的人，奥霍茨基并不因为有了这些人而感到拘束，他用帽子指着对面

①　植物园是一八一八年为了大学的需要建立的，在乌雅兹多夫大街的东边，邻近浴室公园。
②　小山实际上是一个小丘，确实在植物园和浴室公园交界的地方。——原注
③　这个名称是由它的外形得来的。但它不是一口井，而是一个蓄水池。

一条长板凳说：

"我常常读到这么一句话，一个有伟大抱负的人是幸福的。这是谎言。比如我就有一些不寻常的企求，可这却使我显得可笑，使和我亲近的人疏远了我。您看那条板凳……六月初，有天晚上，十点左右，我和我的表妹弗洛伦迪娜曾坐在那里。月亮照耀着，还有夜莺在歌唱。当时我沉醉于幻想。我表妹突然问我道：'表哥，你懂得天文吗？''懂得一点。''那么请你告诉我，那是颗什么星？''我不知道，'我回答说，'但有一点可以肯定，我们永远到不了它那里。人已经被锁在地球上，就像牡蛎被锁在岩石上一样……'就在那个时候，"奥霍茨基接着往下说，"我的脑子里出现了一个想法，但那也可能是一种妄想……我忘掉了漂亮的表妹，开始想起了能够飞行的机器。因为要思考，我必须走来走去，所以我从板凳上站了起来，没有和表妹告别就离开了她……第二天，弗洛娜说我不懂礼貌，文茨基先生还说我是个怪人，表妹整整一个礼拜不和我说话……我要是还能想出一点什么就好了，可我什么也想不出来，真的什么也想不出来。不过我发誓，我从这个小丘上走到井边以前，我的脑子里至少有了一个飞行机器的轮廓……这是不是愚笨？……"

"那么他们会不会在这里，在月光下和夜莺的歌声中度过这漫漫的长夜？"沃库尔斯基想到这里，便感到心里有一种剧烈的痛楚，"伊扎贝娜小姐大概已经爱上了奥霍茨基，她如果不爱他，那怪他脾气古怪……她做得对……但他是个很漂亮而且很不平凡的人……"

"当然，"奥霍茨基往下说，"这件事我一点也没有向我的姑妈提起过。她每次给我的衣服钉上佩针，都要对我这么说：'亲爱的尤尔库①,你要设法去讨得伊扎贝娜的喜欢,因为这个女人正好和你相配……她既聪明,又漂亮,只有她能够治好你的幻想病……'可是我在想,她对我来说,会是一个什么样的妻子呢?……如果她能够当我的助手,那还算不错……但她怎么会为了实验室而离开沙龙呢!……她说得对,只有沙龙才是她真正的天地;鸟儿需要空气,鱼儿少不了水……啊,一个多么美好的夜晚啊!"他歇了一会儿,又说,"我真很少像今天这么激动。可是……您怎么啦,沃库尔斯基先生?……"

"我有点乏了,"沃库尔斯基闷声闷气地说,"我们坐一会儿好吗? 就坐在这里……"

他们在浴室公园边上的一个小山坡上坐下。奥霍茨基把下巴支在膝盖上,陷入了沉思。沃库尔斯基望着他,怀着一种交混着惊奇和仇恨的感情。

"是愚蠢还是狡猾呢?……他为什么要把这一切都告诉我呢?"沃库尔斯基想。

但是他得承认,奥霍茨基那么唠唠叨叨就像他的行动,一直到他的整个人一样,都表现出了一种坦诚和富于热情的特点。他们是第一次见面,可奥霍茨基跟他谈话,就像他们从小就认识似的。

"我要结束这桩事。"沃库尔斯基心想。他深深地吸了口气,大声说:

"您要结婚了吧,奥霍茨基先生?……"

"除非我疯了。"那个年轻人嘟哝着,耸了耸肩膀。

"为什么?……您不是喜欢您的表妹吗?"

———————————

① 尤尔库,即尤利扬。

"甚至很喜欢,但这并不是一切,如果我认为我在科学上再也不会取得任何成就,我就和她结婚……"

在沃库尔斯基的心中,除了仇恨和惊奇,又闪过一阵喜悦的情绪。这时奥霍茨基就像刚从睡梦中醒来似的,擦了擦自己的额头,望着沃库尔斯基,突然说:

"可是,可是……我有一件很重要的事情要对您说,我竟然把它忘了……"

"他要说什么?……"沃库尔斯基想,他心中对他这位对手的聪明的目光和突然改变了的声调十分惊异,感到这好像是另一个人借他的嘴巴在说话似的。

"我要向您提一个问题……不……两个问题,特别需要保密的问题,还可能是很棘手的问题,"奥霍茨基说,"您不会不高兴吧?……"

"您说吧!"沃库尔斯基答道。

就是上断头台,他大概也不会有现在这么害怕的感觉。他深信是关于伊扎贝娜小姐的事情,在这里要决定他的命运。

"您曾经是一个自然科学家吧?"奥霍茨基问道。

"是的。"

"还是一个很热心的自然科学家。我知道您是怎么走过来的,您甚至受过苦,所以我很早就对您十分敬仰……这么说还不够,我要再说一点……这一年来,我因为想到了您是怎么和许多困难进行斗争的,这给我增加了勇气……我对自己说:我至少要取得这个人所取得的那么大的成就,我没有他那么多困难,我会有更大的发展……"

沃库尔斯基听到这些话后心想,他是在做梦,或者跟一个疯子说话。

"您怎么知道这些的?"他问奥霍茨基。

"从舒曼医生那里知道的。"

"哦,从舒曼那里,可这一切后来又怎么样呢?……"

"我马上就说,"奥霍茨基回答说,"您曾经是一个热心的自然科学家……可最后……您竟把自然科学抛到了一边。那么,您是在哪一年丧失了这种热情的呢?……"

沃库尔斯基觉得脑袋上好像被斧头砍了一下。问题是那么令人不快和出人意料地提了出来,好一会儿工夫,他不但不知道怎么回答,而且根本无法集中思想来考虑这些问题。

奥霍茨基把他刚才说的话又说了一遍,并以敏锐的眼光望着他的同伴。

"在哪一年?……"沃库尔斯基回答说,"去年……今年我四十六岁了。"

"这么说,到我完全丧失热情,还有十五年以上的时间,这总算给了我一点点勇气……"奥霍茨基好像在跟自己说话。

过了一会儿,他又说:

"这是第一个问题,现在说第二个,不过,请您别生气,男人们要长到几岁……才开始不关心女人?……"

又砍了一下。有一会儿工夫,沃库尔斯基真想掐住这个年轻人的脖子,把他憋死,但他保持着镇静,微微地笑了一下,说:

"我以为,女人任何时候都是需要关心的……而且,她们也越来越显得贵重了……"

"不对!……"奥霍茨基低声说,"好,我们要看谁更强有力些。"

"女人，奥霍茨基先生！"

"那要看对谁来说，先生。"那年轻人答道，又陷入了沉思。

后来他又好像在对自己说：

"女人，是个很重要的东西。我恋爱过，等等，恋爱过几次呢？……四次……六次……七次，是的，七次了……费了很多时间，结果令人失望……恋爱是一件蠢事……你认识她们，爱她们，你受罪……以后你就会感到厌倦，要不然就受骗上当……是呀，我这么厌倦过两次，受过五次骗……然后你又去找另一个女人，找一个更完美的女人，但她的所作所为跟那些比较不完美的女人毫无区别……哎，女人是多么下贱的动物品种呀！……她们玩弄我们，虽然她们那简单的头脑根本不可能理解我们……不错，一只老虎也会逗着一个人玩嘛……下贱，但又可爱……这倒不重要！如果一个人被一种思想控制，这种思想就不会离开他，永远都不会背弃他……"

他把手放在沃库尔斯基的肩膀上，以一种有点散乱和梦幻的目光望着他的眼睛，问道：

"您也想过飞行机器吗？……不是指驾驶比空气轻的气球，因为那不过是小丑玩的把戏，而是指如何使一台像装甲车那样沉重和坚固的机器飞起来……有了那么一种发明，世界会有什么改变，您知道吗？……再也没有战地堡垒、军队和国界……各民族的人民也不存在了，但却会有一些跟天使和古希腊诸神相像的生灵来到一些非尘世的宫殿里……我们已经控制了风、热、光和闪电……您不是也认为，我们也到了可以摆脱万有引力控制的时候吗？……这是我们时代的理想……许多人都在为此而努力，我是不久前才开始，但我已把全部身心都投入这项工作中去了……姑妈的劝告和优良的合乎规范的举止、风度对我有什么用……结婚、女人,甚至显微镜、电极杆和电灯对我有什么用？……我会发疯,不然的话……我会给人类添上腾飞的翅膀……"

"您就是给人类添上了翅膀,那又怎么样？……"沃库尔斯基问道。

"那我就会得到谁都没有得到过的荣誉,"奥霍茨基回答说,"那种荣誉就是我的妻子,我的女人……祝您健康,我要走了……"

他紧紧地握了一下沃库尔斯基的手,就跑下山去,消失在树林中。

黄昏已经降临在植物园和浴室公园。

"他是个疯子还是个天才？……"沃库尔斯基自言自语地说,觉得自己难受极了,"如果他是个天才……"

他站了起来,走到公园深处,混杂在那些散步的人中间。他觉得在他刚下来的那座小丘上,笼罩着一种回避不了的恐怖的气氛。

植物园里很拥挤,每条林荫道上都聚集着一群又一群的人们,或者至少有一排排的散步者在那里闲逛。每条长板凳都被人的重量压弯了。人群不时挡住了沃库尔斯基的去路,踩了他的脚后跟,用手肘碰了他。到处都可听到欢声笑语。沿乌雅兹多夫大街,在贝尔维德尔公园①的围墙下,在医院②

①　贝尔维德尔宫旁边一个篱笆墙围着的小公园,和浴室公园旁边的一块地接壤。——原注

②　指军队的大医院,从一八〇七年起(一直到一九四四年)就在乌雅兹多夫城堡街。

那边的篱笆墙附近,在一些平日很少有人去的小巷子里都挤满了人,到处都是一片欢乐。天色越暗,人们也越挤越闹了起来。

"我在这个世界上快要找不到容身之地了……"他低声细语地说。

他穿过公园的时候,在里面找到了个较为僻静的地方。天上有几颗星在闪烁,空气中传来了林荫道上游人们的低声细语,池塘里升起了潮气。不时在他的头上嗡嗡叫着飞过一只金龟子虫,或者无声无息地掠过一只蝙蝠;公园深处有只小鸟在悲哀地啼鸣,徒劳无益地呼唤着它的同伴;池塘里传来了远处的桨声和年轻女人的笑声。

他看见对面有一对互相依偎、窃窃私语的情侣。他们给他让了路,然后躲到树林的阴影里去了。可是他的心上却笼罩着一种痛苦和自我嘲讽的情绪。

"这是一对幸福的恋人!"他想,"他们在悄悄地说话,像小偷一样不声不响地溜走了……世界安排得真妙,不是吗?……有趣的是,如果卢采佩尔统治这个世界,它会不会更好呢?……但若有个强盗拦住了我,在这个角落里打死了我呢?……"

因此他想,要是有人用刀子刺进他那燃烧的心脏,那刀子的凉气会使他感到多么舒服。

"遗憾的是,"他叹了口气,"今天不能杀别的人,而只能自杀,要马上自杀,真的自杀,就可以了事。"

一想到有这么一个很周全的逃避现实的办法,他放心了。他觉得是他审视自己的良心,对自己一生的经验进行总结的时候了。

他想:"如果我是最高裁判官,有人问我,对伊扎贝娜小姐来说,奥霍茨基和沃库尔斯基这两个人谁更有价值? 那么我也不能不承认是奥霍茨基……他比我小十八岁(十八岁!……),又那么漂亮……才二十八岁,就读完了大学中的两个专业(我在他这个年纪差不多才开始念书),已经完成了三种发明(我什么也没有干!)。首先他是一个有伟大理想的人……飞行机器,这是一个新奇的事物,事实上,他对它的研究已经有了一个天才的唯一正确的起点。飞行机器一定比空气重,它不像气球那样,比空气轻。因为所有能飞的东西,从苍蝇到大兀鹫,都比空气重。他有正确的认识,富于创造的思维,至少他的显微镜和灯可以证明这一点,那么谁能说他造不成飞行机器呢? 要是这样,对人类来说,他比牛顿和拿破仑加起来还伟大……我怎么竞争得过他呢? 如果我们两个人有谁应当退避,我怎么能犹豫不决呢? ……如果我必须告诉我自己,说我这个人毫无用处,因此非得做出牺牲,去成全一个和我一样,会害病、会犯错误,首先是幼稚可笑的凡人,那是多么痛苦啊! 他是个孩子,把什么都告诉我了……"

一个奇怪的偶合。沃库尔斯基在杂货店里当伙计的时候,也设想过一种永动机①,那是一种能够自己开动的机器。可是他进了大学的预科班后,就认识到了那种机器的设想是很荒谬的。他希望找到一种能够操纵气球的办法,这是他那个时候最强烈但又最不愿公开表示的愿望,可是这种愿望只是他误入歧途所见到的一个荒诞的梦影。然而奥霍茨基已经提出了一个实际问题。

——————

① 原文是拉丁文。

“多么可怕的命运呀！”他很痛苦地想道，“两个人都有抱负，而且几乎是同样的抱负，只不过一个早出生十八年，另一个生得晚些；一个生活在贫困中，另一个很富有；一个还没有攀上知识的第一道阶梯，另一个已经毫不费力地登上第二道了……他不会像我这样被政治风暴从前进的路上清除掉，恋爱也阻挡不了他，因为他把它当成游戏；可是对我这个在孤独和寂寞中度过了七年的人来说，有了这种感情，我好像进入了天堂，得到了拯救……还不仅如此！……虽然我和他有同样的感受，虽然我和他一样，对自己的处境都很清楚，工作中更有信心，但他却在各个方面都胜过了我。”

沃库尔斯基对人们都很了解，他常常将自己和他们做比较，但他不管在什么地方，都认为自己比别人优越。他不论是当一个伙计，在书本中度过长夜的时候，还是作为一个大学生，在贫困中求得知识的时候，也不论是当一个士兵，冒着枪林弹雨的时候，还是当一个流放者，在冰雪覆盖的泥棚里研究科学的时候，心里总要想几年以后的事。可别的人一天天活下去，却只是为了填饱肚子和塞满钱包。

到今天他才碰到一个高于他的人，一个想制造飞行机器的狂人！……

“可是我，难道我今天就没有理想吗？为了这个理想的实现，我努力工作了一年，挣得了一笔财产，我帮助过别的人，也赢得了他们对我的尊敬……

“是的，但爱情却是私人的感情，为它的实现所做的一切努力，就好像海上起了风暴后被卷进旋涡中的鱼群。如果世界上有个女人失踪了，而你却老是忘不了她，你会成为一个什么样的人呢？……你会变成一个普普通通的资本家，为了解闷,去俱乐部里玩纸牌。可是奥霍茨基却有个理想,永远支持他往前走去,只要他没有丧失理智……

"不错,但要是他毫无成就,没有造出飞行机器,却进了疯人院呢?……相反的是,我要是真的有了一些成果:显微镜、电极甚至电灯,它们的意义虽然没有我给几百个人找到了生路那么大,那我干吗非得保持这种比基督教徒还要过分的谦虚呢?……谁成就更大,现在还很难说,但我今天是个实干派,而他却是个幻想家……一年之后再看吧!……

"一年!"沃库尔斯基战栗了一下,他好像看见在这一年要走的那条路的尽头有个深不可测的深渊,它要吞噬一切,可里面却什么也没有……

"真的什么也没有吗?……什么也……"

他本能地四周望了一下。他是在浴室公园的深处,在一条僻静的林荫道上,那里听不到一点嘈杂声,就连茂密的大树也没有发出沙沙声响。

"几点钟啦?"忽然有个嘶哑的声音问他。

"几点钟?……"

沃库尔斯基擦了一下眼睛。有个穿得破烂不堪的汉子从暗处来到了他跟前。

"有人客气地问,就应当客气地回答。"那汉子说道,他走得更近了。

"把我打死吧!你就可以看到我的表了。"沃库尔斯基答道。

那个穿得破烂不堪的汉子走了,林荫道的左边又现出了几个人影。

"你们这些蠢家伙!"沃库尔斯基一面往前走,一面叫道,

"我身上有块金表和几百卢布的现金……我不会反抗,来吧!……"

那些人影在树林中消失不见了,可是又有一个人用压低的嗓音说:"哪里来的狗崽子,真没想到……"

"畜生!……胆小鬼!……"沃库尔斯基有点昏头昏脑了,他叫了起来。

回答他的是那些匆忙逃跑的人的脚步声。

沃库尔斯基集中起自己的注意力。

"我在什么地方?……啊,在浴室公园,可是在哪个位置呢?……应当走另一个方向……"

他转了几个弯,还是不知道往哪里走。他的心跳得很厉害,额头上沁出了冷汗,这辈子第一次感到夜晚和迷路的可怕……

他毫无目标地跑了几分钟,累得几乎透不过气来,脑子里翻腾着乱七八糟的思想,最后他在左边看见了一堵墙,远处还有一栋房子。

"啊,暖房①……"

后来他又走到了一座小桥上,于是停下脚步,靠在栏杆上,想休息一下,心里想道:

"唉,我怎么到了这个地步?……一个危险的对手……神经错乱……今天,我大概可以写下这出喜剧的最后一幕了!……"

一条笔直的路把他引向了池塘,然后又到了浴室宫。二

① 这是指一八六九至一八七〇年耗资四万卢布建的一个暖房,位于新暖房公园的南部,暖房里有许多奇异和漂亮的树木,使华沙人惊叹不已。——原注

十分钟后,他来到了乌雅兹多夫大街,乘上一辆路过的出租马车,一刻钟后,就到了家里。

看见闹市上的灯火,他又高兴起来。他甚至微微地笑了一下,低声说道:

"这难道又是什么预兆?……一个奥霍茨基……自杀!……唉,真愚蠢……可我不是已经混进了贵族阶层吗?以后怎么样……等着瞧吧……"

他走进办公室,仆人递给他一封信,那是梅利顿太太写给他的,就写在他的私人用笺上。

"这位太太今天来过两次,"那个忠实的仆人说,"一次是五点来的,第二次是八点来的。"

第十二章　为别人的事业奔走

沃库尔斯基慢慢拆开了梅利顿太太的信,他想起了最近发生的一些事情。他觉得在这个办公室里没有照亮的地方,也看得见浴室公园那阴暗茂密的树林,和那些曾经挡了他的道,身上穿得破烂不堪的人的模糊的身影。后来,他又看见了那座小山上的那口井,奥霍茨基在那里曾经很诚恳地把自己的一些设想都告诉了他。但他一见到灯光,那些模糊的景象就全都看不见了。他望着那盏带绿罩的灯,那一堆纸,那些摆在写字台上的青铜器,一个时候,又觉得奥霍茨基和他的飞行器以及他自己的失望,全都是一场梦。

"他是什么天才呀?"沃库尔斯基对自己说,"不过是一个普普通通的梦想家罢了!……伊扎贝娜小姐也和别的女人一样……她和我结婚——很好;如果不和我结婚,我也不会痛苦得难以忍受。"

他打开那封信,念道:

> 先生!有个重要的消息要告诉您:文茨基家的房子过几天就要出卖了,只有一个买主,就是男爵夫人克热索夫斯卡,她是他家的表亲,也是他们的对头。我清楚地知道,她只出六万卢布,要是那样,伊扎贝娜剩下的那价值三万卢布的嫁妆就没有了。这是一个很好的机会,因为

伊扎贝娜小姐目前不得不在贫困和跟元帅结婚两者之间进行选择,所以任何一种别的交换条件她都会接受的。我想,您这次不会像上次对文茨基的期票那样,当着我的面把它们撕毁,而会很好地利用这个难得的机会。您别忘了,女人是很喜欢受到挤压的,为了加强效果,有时候就该用脚去踩她们几下,您越是毫无顾忌地这么去做,她就越爱您。您说是不是?……

其实,您可以让贝莉①稍微高兴一点,克热索夫斯基男爵日子过得捉襟见肘,不得不把那匹心爱的牝马卖给了自己的妻子,它这几天要参加比赛,男爵对它寄予了很大的希望。根据我了解的情况,到比赛那天,如果这匹马既非男爵也非他妻子所有,贝娜一定会很满意的。要是它跑赢了,男爵会感到惭愧,男爵夫人也会失望的,因为他卖掉这匹马给别的人带来了好处。上流社会中的互相牴牾是非常微妙的,您不妨去利用一下这个好机会。我还听说,有个叫马鲁谢维奇的人是克热索夫斯基夫妇的朋友,他也建议您买下那匹马。您可要记住,谁能够牢牢地掌握住女人,满足她们那变幻无常的要求,女人就会成为他的奴隶。

真的,我相信您是在一个幸福的世界上出生的。衷心的祝愿。

阿·梅

沃库尔斯基深深地吸了口气,两个消息都很重要。他把信又读了一遍,对梅利顿太太那大刀阔斧的作风颇为惊奇,读

----

① 即伊扎贝娜。

到她对女人的看法时，他笑了一笑。善于牢牢地控制人或者抓住机会，这是他天生的长处；除了伊扎贝娜小姐，他能够牢牢地控制住所有的人，抓住所有的机会。只有伊扎贝娜他愿让她为所欲为，让她支配一切。

他无意识地往旁边一看，那个仆人依然站在门口。

"睡觉去吧！"他说。

"我这就去，可是还有一位先生到这里来过。"仆人说。

"什么先生？"

"他留下了名片，在写字台上。"

写字台上放的是马鲁谢维奇的名片。

"啊！……这位先生说了什么？"

"他好像……是的，好像什么也没有说。他只问了您何时在家，我告诉他您早晨十点左右在家，他说他明天十点钟来，只待一会儿。"

"好，晚安！"

"我向您深深地鞠躬，好心的老爷。"

仆人走了。沃库尔斯基觉得自己完全清醒过来了。奥霍茨基和他那飞行机器在他看来，简直微不足道。他又有了当年去保加利亚那样的本领；当年他去保加利亚是要挣得一笔财产，今天他又有了机会，能为伊扎贝娜抛掉一部分财产了。梅利顿太太信里的话刺痛了他："不得不在贫困和跟元帅结婚两者之间进行选择……"不，她任何时候都不会落到这个地步……如果真的是这样，能够把她扶起来的也不是奥霍茨基的那个飞行机器，而是沃库尔斯基自己……他觉得现在浑身是劲，就是天花板连同上面的两层楼塌陷在他的头上，他大概也顶得住。

他从写字台里找出自己的记事本,开始算起账来:

"那匹赛马——一个笨蛋……我最多出一千卢布,而且至少要捞回一部分……买那栋房子出六万卢布,伊扎贝娜小姐的嫁妆三万卢布,共支付九万卢布,小意思!……几乎是我的财产的三分之一……不管怎样,我还可以拿那栋房子换回六万卢布,或者更多一些……但是……要让文茨基把他得到的那三万卢布托付给我,每年我给他五千卢布的红利……这大概可以满足他们了吧!……把马交给一个骑师,让他喂养,好参加比赛……马鲁谢维奇上午十点钟到我这里来,我十一点要到律师那里去……我按年息八厘,每年可以得到七千二百卢布,因此我肯定有百分之十五的利润……是的,那栋房子也会有些收入……可是我的那些股东会怎么说呢?啊,这跟我是很有关系的!……我一年有四万五千卢布,如果去掉一万二到一万三千卢布,还剩下三万二千卢布……妻子不会感到烦恼……一年之内,我准备放弃那栋房子,哪怕损失三万卢布我也放弃……到头来它会成为她的嫁妆,因此并没有损失掉……"

夜半,沃库尔斯基开始解衣,由于有了一个明确的目标,他那烦躁不安的神经恢复了平静。他把灯熄灭,躺了下来,望着窗帘,它们被从开着的窗子外面进来的风吹拂着。随后他便酣然入睡了。

早晨七点起身后,他是那么精神抖擞,兴高采烈,连那个在房间里转来转去的仆人也注意到了。

"你找什么?"沃库尔斯基问道。

"我什么也不找。不过,老爷,那个看门人……请您当他孩子的教父,可是他不敢说……"

"啊啊！……他问过我,是不是希望他有个孩子?"

"他没有问,因为您当时参加战争去了。"

"那好吧,我就当他的教父。"

"那您就把您那套旧礼服送给我吧,要不我怎么去参加洗礼呢?……"

"好的,你把它拿去。"

"那么修补呢?……"

"唉,你真笨,别再来烦我了……你自己去修补吧,我不管了。"

"我还想有一个天鹅绒领子,老爷!"

"你自己给它缝一个天鹅绒领子嘛,见你的鬼去吧!"

"老爷您完全没有必要发脾气,这也是为了衬出您的身份,而不是为了我。"仆人回答说。他走了出去,砰的一声把门关上。

他觉得他主人的情绪从来没有这么好过。

沃库尔斯基把衣服穿好后,便坐下来算账,还一边喝着一杯清茶。他算完了账后,拟了两个电报,一个发往莫斯科,向那里要一笔十万卢布的款项,另一个发给他在维也纳的代理人,要他们暂且不要订购某些货物。

马鲁谢维奇在十点差几分钟的时候来了,这个年轻人比昨天更加憔悴和胆小了。

"请让我,"马鲁谢维奇说了几句客套的话后说,"把要说的话都直截了当地说出来……这个提议是要标新立异的……"

"我要听最标新立异的……"

"克热索夫斯卡男爵夫人(我是男爵夫妇的朋友),"那憔悴的年轻人说,"要卖掉她那匹竞赛的牝马。我知道后马上想到,照您的情况,您大概很希望有一匹那样的马……它获胜的可能性很大,因为参加比赛的除了它外,只有两匹弱小得多的马……"

"为什么男爵夫人不让那匹马去参加比赛呢?"

"她吗?……她恨死了赛马!"

"那她为什么买了那匹赛马呢?"

"有两个原因,"那个年轻人答道,"一是男爵需要钱去还一笔赌账。他已经声明,如果他卖掉那匹心爱的牝马,连八百卢布都搞不到的话,他就开枪自杀;另一个原因是,男爵夫人不愿让丈夫去参加赛马,所以她从他那里买了那匹赛马,可是,那可怜的女人今天又感到十分惭愧,陷入了失望的痛苦中,她不管什么价钱也要把那匹马卖掉。"

"什么价钱?"

"八百卢布,"年轻人低下了眼睛,回答说。

"马在哪里?"

"在米勒的练马场上。"

"证件呢?"

"在这里。"那个年轻人略微高兴了一点,他回答说,从礼服侧面的口袋里掏出了一包证件。

"我们这就成交啦?"沃库尔斯基看了看那些证明文件,问道。

"当场成交。"

"午饭后我们去看看那匹马好吗?"

"哦,那没问题……"

"请您开个收据。"沃库尔斯基说着从写字台里把钱拿出来。

"开八百卢布的收据？……那没问题！……"那个年轻人说。

马鲁谢维奇马上拿起笔和纸就写。沃库尔斯基注意到他那双手有点哆嗦，还不断地变换着脸色。

收据是以通常的形式写的。沃库尔斯基把八张一百卢布的纸币放在桌子上，同时收起了那张收据。过了一会儿，那个一直有点难为情的年轻人离开了办公室，他跑下楼梯的时候，这么想：

"我真卑鄙，是的，真卑鄙……但我最后在几天内，还是要把两百卢布还给那个女人，我要告诉她，沃库尔斯基进一步了解了这匹马的长处后，又添加了这笔款子。他们不会碰到一起的，不论男爵和他的妻子，还是这个……商人和男爵夫妇俩都不会碰到一起……他叫我给他开了一张收条……太妙了！……什么都逃不过投机家和暴发户的眼光……哦！因为自己的轻浮，我受到了可怕的惩罚……"

沃库尔斯基在十一点钟要上街去找律师。

但他刚一出门，有三个赶出租马车的车夫就看见了他那件明亮的大衣和白色的帽子，他们同时勒住了马。有个车夫在赶着马车行驶时，他的车辕伸进另一辆敞开的马车里，第三个马车夫这时想绕过他们，可是他的车差点从一个扛着一个很重的柜子的脚夫身上轧了过去。他们吵了起来，用马鞭对打，警察吹起了笛哨，聚起了人群，结果，那两个吵得最厉害的马车夫，不得不驾着自己的马车，到这一地区的警察局去了。

"这个兆头不好！"沃库尔斯基想，他忽然拍了拍自己的额头,自言自语道,"这个买卖真不错! 我这就去找律师,托他给我买那栋房子,我不知道那栋房子是个什么样子,也不知道它在哪里。"

他又回到了自己家里,把帽子戴上,把手杖夹在腋下,便开始翻阅日历①,幸好他听说过文茨基家的房子就在乌雅兹多夫大街一带;虽说如此,他还得查出到底在哪条街,门牌号多少,这又过了几分钟。

走下楼梯的时候,他想:"我得在律师面前自我介绍一下才好。如果有一天,我能够说服人们,要他们把资本托付给我,第二天,我买东西就不用管是什么货色了。不过,这会有损我的名誉,或者……有损伊扎贝娜小姐的名誉。"

他跳上了一辆路过的马车,叫车夫拐到耶路撒冷大街上去。在街角下车后,他走上了那些横穿而过的街道中的一条②。

天气很好,天空中几乎没有云,路面上也没有尘土。家家户户的窗子都敞开着,有些窗子刚擦洗过;一股恶作剧的风把女仆们的裙子掀开,那时你可以看到,华沙的女仆敢于洗三层楼上的窗子,而不愿洗自己的大腿。许多房子里传来了钢琴声,在一些院子里,可以听到手摇风琴的乐声,或者卖河沙的小贩、制毛刷者、古玩商以及其他生意人单调无味的叫卖声。这里那里都有一些穿着天蓝色短衫的看门人在大门前打瞌睡;有几条狗在一条没有人走的街上奔跑着;孩子们剥着嫩栗树的树皮玩耍,这些栗树上新绿的叶子还没有变成深绿。

---

① 华沙当时有一种日历载有当地居民的住址。

② 那些横穿而过的街道中的一条指的是克鲁恰街。

总的来说,街上显得清洁、祥和,充满了欢乐。在街的另一头甚至可以看到地平线和一丛树木,可是这片和华沙不相称的乡村景象现在就要被人们用脚手架和一堵砖墙遮住了。

沃库尔斯基走在右边的人行道上,他看见在这条街差不多一半的地方,左边有一栋颜色特别黄的房子。华沙有很多黄色的房子,因此它大概是天下颜色最黄的城市了。可是这栋房子比别的房子颜色更黄,如果把它放在黄色物品展览会上展出(这种展览会我们总有一天会看到的),它也许会获得头奖。

沃库尔斯基走近一点后,便深信不仅他注意到了那栋很特别的房子,就连狗在那里也比在其他任何一堵墙下更经常地留下自己的名片①。

"见鬼!"他轻声说,"这好像就是那栋房子……"

的确,它就是文茨基的住宅。

他开始仔细地打量它。这是一栋三层楼的房子,有几个铁阳台,每层楼都是以不同的形式建造的,只有那座大门在建筑上具有统一的扇形风格。它上面的一部分像一把张开的扇子,大洪水之前的巨人倒是可以用它来扇凉风。两扇门面上雕着一些巨大的长方形的框子,它们的四个角上也以半张开的扇形作为装饰。但大门上最珍贵的装饰品却是装在两扇门中央那两个雕出来的钉帽,它们是那么巨大,就好像是它们把大门钉在房子上,把房子固定在华沙似的。

进到屋里后的那座门厅也确实很奇特,它的地面铺得很糟,可是墙上却有一些很漂亮的风景画。画中有那么多的小

_____

① 指狗在墙边撒尿。

山、树林、悬岩和洪水,这栋房子的住客们满可以不去找别的地方避暑了。天井的四周被三层楼的楼房包围着,看起来真像一口又大又深的井,冒着一股股香气。这里的每个角上都有一道门,有个角上还有两道门。在看门人住的那间房的窗子下面是垃圾箱和输水管。

沃库尔斯基顺便望了一下那些通往一扇玻璃门像格子一样的大阶梯,觉得上面很脏。阶梯旁边有个壁龛,壁龛里有个神女像,头上顶着一个水壶,鼻子被打掉了。那水壶是深红色的,可是神女的脸、胸脯和脚却是黄色、绿色和天蓝色的,因此可以猜出她的对面有一扇装有彩色玻璃的窗子。

“嗯,不错!……”沃库尔斯基喃喃地说,那声调表现出他对这里的一切并不十分赞赏。

就在这时候,右边的楼房里出来了一个漂亮的女人,她还带着一个小女孩。

“我们现在上不上公园,妈妈?”孩子问道。

“不,亲爱的! 我们先去商店里买东西,吃了午饭再去逛公园。”那女人用一种带喜悦的嗓音回答说。

她身材修长,栗色的头发,灰色的眼睛,一副古典式的容貌。沃库尔斯基和她面对着面地望着,她脸红了。

“我好像认识她?”沃库尔斯基从大门里走到街上时,这么想。

那女人四周张望了一下,她看见他后,又把头掉了过来。

“不错,”他想,“四月间我在教堂里见过她,后来在店里也见过。连热茨基都叫我留心她,他说她的脚生得很漂亮,的确很漂亮。”

他又回到了大门里面,开始细察那张住户的名录。

"怎么？……克热索夫斯卡男爵夫人住在二层楼上！怎么回事？……这是怎么回事？……马鲁谢维奇住在左边楼房的第一层……这么巧！三楼对着街的那面还住着一些大学生……可那漂亮的女人是谁呢？右边楼房的第一层住着雅德维加·米谢维奇，一个靠养老金生活的女人，还有海伦娜·斯塔夫斯卡带着一个小女儿。那肯定是她。"

他走进天井后，便四处张望着。几乎所有的窗子都是敞开的。在后楼下面有一家洗衣店，名叫巴黎洗衣店；从三层楼上，传来了鞋匠小锤的敲打声。位置低一点的屋檐上有几只鸽子在咕咕地叫着。在这栋后楼的二层楼上，那一阵阵有节奏的钢琴声已经响了好几分钟，有个尖厉的女高音伴着钢琴正在唱音阶。

"啊！……啊！……啊！……啊！……啊！……啊！……啊！……"

沃库尔斯基听见在他头顶上那高高的三层楼上，有个洪亮的男低音在说话：

"哦！她又服了玫瑰药粉……条虫就会出来了……玛蕾休！……到我们这里来……"

在这同一个时候，有个女人从二层楼的一个窗子里探出头来，叫了一声：

"玛蕾休！……快点回来……玛蕾休！……"

"我敢发誓，那是克热索夫斯卡太太。"沃库尔斯基低声地说。

就在这一瞬间，他听见了一阵奇怪的哗啦声响，原来是从三层楼上泼下的水，正好浇在克热索夫斯卡那探出的头上，并且洒满了整个天井。

"玛蕾休！……到我们这里来……"那个男低音叫道。

"一群流氓！"克热索夫斯卡太太把脸抬了起来,回答说,"社会主义者！……虚无主……"

三层楼上的水又泼下来了,使她没法把话说下去。与此同时,那上面有个留着黑胡子的年轻人露出了身子,他看见克热索夫斯卡太太正在缩回脑袋,便用漂亮的男低音叫了一声:

"啊,是好心的太太……非常对不起……"

回答他的是从克热索夫斯卡太太房间里传出来的一阵号哭。

"啊,我好命苦呀！……我赌咒发誓,就是他,这个流氓叫这些强盗来害我……我帮他脱了穷……我买了他的马,他这么来报答我！……"

这时候,楼下有个洗衣妇在洗衣服,三楼的鞋匠在敲锤子,后楼的二层楼上仍可听到叮叮咚咚的钢琴声和那女高音刺耳的唱音阶的声音:

"啊！……啊！……啊！……啊！……啊！……啊！……啊！……"

"一栋好热闹的房子,没说的……"沃库尔斯基抖掉了溅在手套上的几滴水,低声说。

他又从天井里来到街上,再一次望了一下他将拥有的那栋房子,随后便拐到了耶路撒冷大街上,在那里雇了一辆出租马车,到律师那里去了。

他在律师事务所的接待室里遇见了几个衣衫褴褛的犹太人和一个头上包了布的老妇人。通过开着的门可以看见那里面左边一些摆满了案卷的书柜,有三个助理员在迅速地书写,还有几个外地来的事主,其中一个长着一副罪犯的脸相,另外的都显得有一种腻烦的感觉。

一个长着灰白胡子、带着疑心的目光的老听差帮沃库尔斯基脱下了大衣，问道：

"老爷，您谈话要很长时间吗？"

"不，只需很短的时间。"

他把沃库尔斯基领到了右边的大厅里。

"我怎么为您通报呢？"

沃库尔斯基递给他名片后，自己便留下了。大厅里的家具蒙着紫红色丝绒，就像头等车厢里的座位一样。这里也有几个雕花的书柜，装着一些装帧很漂亮的书，看起来好像从来没有人读过。在一张桌子上摆着一些图片和纪念册，这好像又是每个来访者都看过似的。在大厅的一个角上，立着一尊正义和权利女神的石膏像，手捧黄铜制的天平，但是她的膝盖被弄脏了。

"律师先生有请！……"仆人从稍稍开着的门缝里叫道。

那个著名律师的办公室里摆着一些套上了铜色皮罩的家具，窗子上挂着铜色的窗帘，壁上糊着带铜色花纹的壁纸。主人自己也穿着一件铜色的礼服，手里拿着一根很长的烟袋，烟袋末端嵌着一块很重的琥珀和一根羽毛。

"我看准了您今天会来，"律师说着便把一张带轱辘的靠椅向沃库尔斯基推去，他还用脚把有点皱了起来的地毡弄平，"总而言之，"他接下去说，"我们的公司估计有约三十万卢布的股金。现在我们要尽快地去找公证人，哪怕一个格罗什的现金都要收进来，这些事您交给我去办好了，放心吧……"

他说到这些的时候，特别指出了它们的重要性。他紧握着沃库尔斯基的手，偷偷地望着他。

"哦……股份公司！……"沃库尔斯基在靠椅上坐下来，重复了一句，"那些先生能出多少钱，那是他们的事。"

"可那是一笔资金……"律师插嘴说。

"没有他们的股份我也有那么多的钱。"

"可那证明他们的信任……"

"我自己相信自己就够了。"

律师不说话了，从那羽毛管的烟嘴里开始急促地吸着烟。

"我有件事找您。"过了一会儿，沃库尔斯基说。

律师两眼睁睁地望着他，想要猜出这是怎么回事。因为对方要求什么是要你去听出来的。但他并没有发现什么严重的情况，因为沃库尔斯基脸上的表情虽然严肃但显得亲切，是善意的。

"我要买一栋房子。"沃库尔斯基接着说。

"马上就要买？……"律师皱着眉，低着头，问道，"我祝贺你，特别祝贺你……一家店铺并不是平白无故地称为一个店的……商人的住宅就像骑师的马镫一样，有了它，他做买卖更有信心。一家没有现实基础的商店只能是一个杂货店。如果尊敬的阁下真的愿意把这件事托付于我，那么请问是哪栋房子？"

"文茨基先生的房子这几天就要拍卖了……"

"这我知道，"律师打断了他的话，"那栋房子的墙壁一点也没有坏，只是木料应当逐步地更换一下，此外还有那个花园……克热索夫斯卡男爵夫人把价钱加到了六万卢布，肯定没有人和她竞争，因此，我们只需用比六万卢布高一点的价，就可以把它买下。"

"就是出九万卢布，甚至再多一点也可以。"沃库尔斯基插嘴说。

"这又为什么？……"律师突然站了起来，"男爵夫人不会出六万以上的价钱，现在又没有人买房子……一笔再好不过的买卖……"

"就是出九万，对我来说，也是一笔好买卖。"

"可是出六万五就够了……"

"我不愿让我这位未来的股东吃亏。"

"股东？……"律师叫了一声，"那位尊敬的文茨基先生是一定要破产的。您要给他几千卢布，那简直是对他的侮辱。我知道他的妹妹伯爵夫人对这件事是怎么看的……文茨基先生现在身无分文，他的那个我们大家都很崇拜的漂亮女儿就要嫁给男爵或者元帅了……"

沃库尔斯基眼里闪出了凶狠的目光，律师不说话了。他望着自己的客人在想……突然在自己的额上拍了一下。

"尊敬的先生，"他说，"您一定要花九万卢布去买那栋破烂的房子吗？……"

"是的。"沃库尔斯基话中有一种说不出的意思。

"九万里有六万是……伊扎贝娜的嫁妆……"律师小声地说，"啊哈！……"

他的面部表情和整个态度都变得使人认不出来了。他从那粗大的琥珀烟斗里吸了一大口烟，然后舒展着身子，端坐在圈椅上，向沃库尔斯基挥了挥手，说：

"我们互相之间都很了解，沃库尔斯基先生！我承认，在五分钟前，我对您还有怀疑，我不知道为什么，因为您做买卖是很诚实的。可现在请您相信我，我是个好心人……您的好伙伴……"

"我不懂您的意思。"沃库尔斯基垂下眼睛，低声说道。

律师的面颊上显现出一阵火红。他按了按铃，把仆人叫了进来。

"如果我没有叫谁，谁都不准进来。"他吩咐说。

"知道了，老爷。"仆人忧郁地回答说。

他们又只剩下两个人了。

"斯坦尼斯瓦夫……先生，"律师开始说道，"您知道，我们的贵族和它的附庸是些什么人？……他们有几千人，他们吸整个国家的血，把钱拿到国外去挥霍，又从国外把最坏的习惯带回来，传染给所谓保持了健康的中产阶级，自己则在经济上、肉体上和道德上无可挽救地走向衰亡。要是能够迫使他们去参加劳动，使他们能和别的阶层争斗一番，对他们也许是有好处的，因为这些人比我们更懦弱无能。您知道……争斗，而……不是用三万卢布去维持他们的局面。我支持您去和他们争斗，但我不会帮您去浪费那三万卢布！……"

"您的话我一点也不懂。"沃库尔斯基低声说。

"您懂得，只是您不相信我。怀疑，这是伟大的美德而不是疾病，我没有必要帮您去医治它。我要告诉您的是，那个破产的文茨基甚至会和……一个商人，特别是一个贵族商人结亲。他口袋里如果有三万卢布……"

"律师先生！"沃库尔斯基打断了他的话，"您愿不愿意替我出面去参加那栋房子的拍卖呢？"

"我出面，可是我的出价比克热索夫斯卡太太最多也只能多几千卢布。请原谅，沃库尔斯基先生，我不会自己给自己抬价的。"

"如果有第三个人要买呢？"

"嗬，如果那样，我就跟他拉开距离，以满足您那古怪的意愿。"

沃库尔斯基站了起来。

"谢谢您这么坦率，"他说，"您说得有道理，但我也有我的理由……我明天把钱交给您，好啦，再见！"

"我为您感到惋惜。"律师紧握着他的手说。

"为什么？"

"因为一个人要夺得什么，就必须把对手打败，把对手掐死，而不是拿自己小仓库里的东西去喂养他。您做错了，您不仅无法接近目标，反而离它远了。"

"您弄错了。"

"浪漫主义者！……浪漫主义者！……"律师微笑着重复地说。

沃库尔斯基从律师的那所房子里出来后，坐上一辆出租马车，吩咐朝选举者街①那边驶去。他很生气，因为律师揭露了他的秘密，尤其是批评了他的做法。当然，谁要夺得什么东西，就得把他的对手掐死，但这里的战利品是伊扎贝娜小姐！……

他在一个不起眼的小店铺前下了车，这个店门顶上挂着一块带黄字的黑招牌："斯·什兰格巴乌姆期票和彩票现兑事务所"。

事务所的门是开着的。在那张包着白铁皮的柜台后面，坐着一个秃顶的犹太老头。他的灰白的胡子就好像和那张

① 选举者街在华沙当时西北部的边界上，那个城区住的主要是犹太人。从市中心有过一条道路通往沃尔斯基广场，那里是选举国王的地方，街道也由此得名。

《信使》报粘在一起了,他前面的那个柜台也用铁丝格子和外人隔开了。

"你好,什兰格巴乌姆先生!"沃库尔斯基叫道。

那犹太人抬起头来,将架在额头上的眼镜移到了眼睛前面。

"啊,是先生您吗?……"他紧握着他的手说,"怎么,您也要钱用吗?……"

"不,"沃库尔斯基一屁股坐在柜台前那张藤椅上。但他不好意思马上就说明他的来意,便问候了一句:

"日子过得怎么样,什兰格巴乌姆先生?"

"过得不好,"老头回答说,"就要搜捕犹太人了,这大概也会有好处。如果有人要加害、侮辱和折磨我们,到时候,就是像我的亨利克这样穿礼服不信自己的宗教的年轻的犹太人也会醒悟过来。"

"谁搜捕你们?"沃库尔斯基问道。

"您要证据吗?"那犹太人问道,"这张《信使》报上就有证据。前天我给这家报纸寄去了一个字谜,您会猜字谜吗?……我寄去了一个这样的字谜:

第一加第二——是个有蹄动物,

第二加第三——一件女人的头饰;

所有的加起来,把所有的人

赶到可怕的战场上去,

愿上帝保佑我们。

"您知道这是什么吗?……第一加第二——这是山羊;第一加第三——这是鸡蛋;合起来——是哥萨克。您知道他们是怎么回答我的吗？……等一等……"

他拿起那张《信使》报，念道：

"'编辑部的答复。W.W.先生，《奥盖尔布兰德大百科全书》①……'不是这个……'莫迪列克先生，把大礼服放在……'也不是这个……哦，在这里！……'斯·什兰格巴乌姆先生：您的政治字谜有语法上的错误。'先生，这哪里是政治呢？如果我写一个关于狄·伊斯雷尔的字谜或者关于俾斯麦的字谜，那才是政治，但关于哥萨克的字谜不是政治，而是军事。"

"可这怎么说是加害于犹太人呢？"沃库尔斯基问道。

"我这就告诉您。您一定要亲自保护我那个亨利克，免得他受害。这我全知道，虽然他没有告诉我。现在再来谈谈字谜吧。半年前，我带着我的字谜去找希曼诺夫斯基②先生，他对我说：'什兰格巴乌姆先生，我们不会发表你的这些字谜，但我劝您还是多写字谜，不要去放高利贷。'我说：'编辑先生！如果写字谜您给我钱，有我收的利息那么多，我就写。'希曼诺夫斯基听了我这话，又说：'什兰格巴乌姆先生，我们没有那么多钱给您的字谜付稿费。'这是希曼诺夫斯基亲口说的，您听见没有？不错，他们今天在《信使》上说我的字谜是政治的，也不合语法……可在半年前，他们不是这么说的。现在他们在报纸上登起论犹太人的文章来了！……"

<hr>

① 《奥盖尔布兰德大百科全书》是一八五九至一八六八年由萨穆埃尔·奥盖尔布兰德（1810—1868）出版的一部二十八卷的大百科全书。——原注

② 瓦茨瓦夫·希曼诺夫斯基（1821—1886），政论家、剧作家、翻译家，华沙最有成就的小品文作家。——原注

沃库尔斯基听了这些加害于犹太人的故事后,一面望着那堵挂着中彩号码牌的墙壁,一面用手指头敲着柜台。但他想的却是别的事情,而且有点犹豫不决。

"那么你是不是一直在写字谜,什兰格巴乌姆先生?"

"至于我嘛……"老犹太人回答说,"先生,亨利克给我生了个小孙子,才九岁。他上礼拜给我来了封信,请您听听他是怎么写的吧,'我的祖父,'他,这个小米哈希写道,'我要这样的字谜:

> 第一个的意思是下面,第二——否定,
> 所有的加起来是斜纹布衣服。

"'如果祖父,'米哈希写道,'猜得出这个谜,就请您寄给我六个卢布,我要买那件斜纹布衣服。'我读完他那封信后,沃库尔斯基先生,禁不住流下了眼泪。因为这第一:'下面'意思是 spod①;第二:'否定'意思是 nie②;两个加在一起就是 spodnie③。我哭了,沃库尔斯基先生,这孩子多聪明,但由于亨利克固执,不让孩子穿裤子,我给孩子写了回信:'我亲爱的!我对你很满意,因为你向你祖父学会了编字谜。但你还需要学会节省,所以为了那套斜纹布衣服,我只寄给你四个卢布。如果你学习不错,你放假后,我会给你准备一个这样的字谜:

> 第一个,德文的意思是嘴巴,第二个,钟点。
> 如果孩子开始上中学,所有的都给他买。

———————

① 波兰文,意思是"从下面"。
② 波兰文,意思是"不"。
③ 以上两个波兰文单词加在一起也是一个波兰文单词,意思是"裤子"。

"这是制服,您是不是马上就猜中了,沃库尔斯基先生?"

"那么您全家都以猜字谜取乐吗?"沃库尔斯基反问了一句。

"不止我一家,"什兰格巴乌姆回答说,"在我们,先生,在我们犹太人那里,年轻人聚会不是像你们那样,只知道跳舞,互相恭维,穿漂亮衣服,干蠢事。他们不是算账,就是看有专门知识的书。或者彼此测验,猜字谜,猜画谜,切磋棋艺,我们常用脑子,所以犹太人很聪明,您别生气,他们会征服全世界。你们干什么都热心肠,都要通过战争去实现,我们靠的是聪明才智和耐心。"

最后这些话使沃库尔斯基感触很深,他实际上也想以智慧和耐心去赢得伊扎贝娜小姐……他鼓起了新的勇气,不再犹豫,突然说道:

"我有件事求您,什兰格巴乌姆先生……"

"您的请求对我来说,就意味着命令,沃库尔斯基先生。"

"我要买文茨基的房子……"

"我知道那栋房子,比六万多一点便可以买到。"

"我愿意出九万,只是要有人把价钱抬到这个数目。"

犹太人睁大了眼睛。

"为什么要这样?……您要多出三万卢布?"

"是的。"

"请原谅,我不懂这是什么意思。如果是您卖房子,文茨基想买的话,您把价钱抬高,倒是有利可图的。但现在是您要买房子,您把价钱压低才能得到好处啊……"

"我多出钱是有好处的。"

老人摇了摇头,歇了一会儿又说:

"如果我不了解您,我会以为您要做亏本的买卖;但因为我了解您,所以我觉得,您这个买卖……很奇怪。您不仅把现款藏在墙壁里,每年要损失一分的年利,而且您还要多出三万卢布……沃库尔斯基先生,"他抓住他的手,接着说,"您不要去干那种傻事,我求您哪……老什兰格巴乌姆请求您啦……"

"请您相信,这么做对我来说,会有好结果的……"

那个犹太人把一个手指突然伸到额头上,他的眼睛和那白得像珍珠一样的牙齿在闪闪发亮。

"哈哈!"他笑了起来,"我真是太老了,一下子想不到这一点……您给文茨基先生三万卢布……而他会让您做成一笔也许是十万卢布的买卖……不错……我给您介绍一个人,他替您把房价抬高,酬劳是十五卢布。他是个很正派的先生,一个天主教徒,但您不要事先把钱交给他……我再替您找一个体面的女人,她也会抬价,酬劳是十卢布……我还可以找几个犹太人,每人给五卢布……他们互相把房价哄抬,使您甚至要拿十五万卢布去买那栋房子,这中间谁都看不出究竟是一笔什么买卖……"

沃库尔斯基有点不高兴。

"无论如何,这件事只有您和我知道。"他说。

"沃库尔斯基先生,"那犹太人郑重其事地说,"我以为,这个您不用说,您的秘密就是我的秘密。您保护过我的亨利克,您不害犹太人……"

他们辞别后,沃库尔斯基回到了家里。马鲁谢维奇已经在那里等他,于是他们一起去了练马学校,要看看那匹他已经买了的牝马。

练马学校有两栋连在一起的房子,形成了一个整体,形状像个花结。练马场在那栋圆形的房子里,马厩在那栋长方形的房子里。

当沃库尔斯基和马鲁谢维奇进到这所学校时,那里正在教骑术。四个男人和一个女士骑着马,一前一后,沿着练马场的墙边跑。这所学校的校长站在场子中间,这是一个相貌像个军人的男子汉,身穿深蓝色的短上衣,白色的紧身裤和带马刺的高筒靴,他就是米勒先生。他用一根长长的马鞭指挥着骑手们,还不时用它来鞭打那演练得不好的马,可那骑师在这个时候,就不得不皱眉头了。沃库尔斯基很快就注意到,有位先生骑马不带马镫,把右手放在身背后,那样子像个浪荡公子;另一个骑手想坐在马的脖子和臀部之间的一个地方;第三个骑手看来好像时时刻刻都想要下马,而且这一辈子也决心不再练习骑术似的。只有那个穿女骑装的女人骑得又勇敢又灵活,使沃库尔斯基觉得,世界上的女人是不会陷入麻烦和危险的境地的。

马鲁谢维奇介绍自己的同伴和这位校长相识了。

"我正在等你们,我这就为你们效劳,舒尔茨先生!……"

舒尔茨先生也跑到场里来了。他是个年轻人,淡黄色头发,也穿着一件深蓝色的短上衣,只是他的马靴筒子还要高,裤子在腿上贴得更紧。他行了个军礼,把那根象征校长职权的鞭子接了过来。沃库尔斯基在离开练马场之前,一直认为舒尔茨虽然年轻,但使起那根鞭子比校长本人都更有力量。那第二个男子汉这时候却嘘了起来,第四个也开始叫骂。

"您要男爵的那匹牝马,是不是包括所有的配件:马鞍、马被等等?"校长问沃库尔斯基。

"当然包括。"

"那样的话,我还得向您收六十卢布的马厩费,因为克热索夫斯基没有付这个钱。"

"真没办法。"

他们走进了这间像住房一样明亮的马厩,它甚至铺了地毯,尽管不是很贵重的地毯。新的马槽装满了饲料,槽架上也堆满了草料,地上铺着新鲜的麦秸。虽说如此,校长敏锐的目光还是看出了不合适的地方,他叫道:

"这是什么摆法,克沙维雷先生,见你的鬼去吧!……您的卧室也放上这么一些东西吗?"

校长的第二个助手只出现了一会儿。他看了一下就走了,但他在走廊里却嚷了起来:

"沃伊切赫!……你是怎么搞的……马上给我把这里收拾好,要不然我就叫人把所有的东西都搬到你的桌子上去……"

"什切潘!……他妈的!"隔断墙的那边传来了第三个声音,"你这个坏蛋!如果你再在马厩里到处乱扔东西,那就要你用牙齿把这些东西一件件都拾掇干净……"

就在这时候,又传来了几下不很清晰的响声,好像有人抓住了另外一个人的脑袋,往墙上碰似的。过了不久,沃库尔斯基又见到了一个年轻人,他的短上衣上钉着金属纽扣。他跑到了院子里,要去找扫帚。找到扫帚后,就顺手往一个在街上看来看去的犹太人头上打了一下。沃库尔斯基是个自然科学工作者,可他对这种能量不灭规律的新的表现形式却感到惊奇,因为按这个规律,校长的愤怒可以以一种特殊的方式传到练马场外的一个人身上。

这时候，校长叫把那匹牝马牵到一条过道里。这是一头长得很漂亮的牲畜，四条腿很细，脑袋不大，一双眼睛露出了富于谐趣和热情的神色。当它走过沃库尔斯基身边的时候，便向他转过头去，打着响鼻，嗅了嗅，就像它已看出他是主人。

"它已经认识您了，"校长说，"您给它糖……这匹牝马很好看！……"

他一边说话一边从口袋里拿出了一个很脏的东西，略微散发着烟的气味，沃库尔斯基把它向那匹牝马递了过去，它不假思索地吃了。

"我愿拿五十卢布打赌，它会取得胜利！……"校长叫道，"您赌吗？"

"不用说。"

"它一定会赢。我给它一个最好的骑手，他会按照我的指令去驾驭它。但如果仍然是克热索夫斯基男爵的话，那我可以发誓，它只能爬到终点，最多第三名，说实在的，我根本就不会把它留在马厩里……"

"校长的气还没有消。"马鲁谢维奇带着甜蜜的微笑，插了一句。

"消气！……"校长气得满脸通红，嚷了起来，"好吧！那就请沃库尔斯基说说看，我到底还能不能和一个说我在卢布林卖了匹有晕头病的马的人保持关系！这种事情，"他叫着，越来越提高了嗓音，"我是忘不了的，马鲁谢维奇先生！要不是伯爵调解，克热索夫斯基先生的屁股早就吃子弹了……我卖有晕头病的马，真是岂有此理！……我愿再赌一百卢布，那马一定会获胜……就是让它跑后倒下来死去，它也会获胜……男爵先生这就会明白……那匹马有没有晕头病……哈哈哈！……"校长突然发出了魔鬼一样的狂笑。

他们仔细地看了看那匹马后，就到办事处去了。沃库尔斯基在那里结了账，他对自己发誓，决不再提有什么晕头病的马。临走时他还问道：

"校长，没有宣布马的业主，它能不能参加比赛？"

"能够。"

"可是……"

"啊，您放心好啦！"校长紧握着他的手，说，"对一个绅士来说，谨慎作为一种美德是最需要的。我想，马鲁谢维奇先生也……"

"噢！……"马鲁谢维奇点了点头，确认校长的话没错。他把手放在胸脯上，表明秘密都已经藏在那里面，用不着怀疑。

沃库尔斯基从练马场旁边走过的时候，又听见了挥动鞭子的呼哨声，随后那第四个男人又和校长的代理人吵了起来。

"这很不礼貌，我的先生！……"那第四个人叫道，"我的衣服破了……"

"还可以穿嘛！"舒尔茨先生冷漠地回答了一声，又把鞭子朝第二个男人那边挥了过去。

沃库尔斯基离开了练马场。

他和马鲁谢维奇告别后，坐上了一辆出租马车。这时候，他脑子里突然出现了一个奇怪的念头：

"如果那匹牝马跑赢了，伊扎贝娜小姐就会爱我了……"

可他突然叫马车掉过头来，重又回到练马场去；不久前他还没有把那匹马放在心上，现在却对它产生了好感，也很感兴趣了。

他再次走进马厩时，又听见了那人头碰撞着墙壁发出的特殊的嘭嘭声响，一个管马厩的小伙子满脸通红地从隔壁的马厩里跑过来了。他是什切潘，一头鬈发，就像被手抓过才放开似的。紧随其后是马夫沃伊切赫，他的短上衣被有点油腻的手指头揩过。沃库尔斯基给了那个年纪大一点的三个卢布，给那个年纪轻的一个卢布。他答应以后还会多给一点，只要他们不伤害那匹牝马就行。

"我对它会比对我老婆都照顾得更好，"沃伊切赫深深地鞠了一躬，说，"校长也不会欺侮它，相反的是……比起赛来，先生，这匹马会跑得像玻璃滑下去那么快……"

沃库尔斯基走进马厩，冲那匹牝马望了整整一刻钟。它那柔弱的腿子使他不放心，看见它那天鹅绒一样柔软的皮毛一阵阵的颤动，他自己也战栗起来，因为他想，它大概会生病。然后他抱着它的颈项，把它的小脑袋放在他的肩膀上，吻了吻它，轻声地说：

"要是你知道，有件事成败就决定于你就好了……要是你知道……"

从那时起，他每天都到练马场去好几次，给那匹牝马喂糖吃，抚摩它，他感到他那切合实际的思维中产生了一种近乎迷信的东西。如果那匹牝马兴高采烈地欢迎他，那就是个好的兆头；如果它闷闷不乐，那会使他心里不安的。他在往练马场走去的时候，对自己说："要是我遇见它兴高采烈，伊扎贝娜小姐就会爱我。"

有时他觉得他很明智，但就在这个时候他生气了，瞧不起自己。

"这是怎么回事，"他想，"难道我这一生非得受一个任性女人的摆布吗？……难道我就找不到一百个别的女人吗？……梅利顿太太不是答应给我介绍三四个也很漂亮的女人吗？……我总该有一天清醒过来呀，见鬼！"

但他不仅没有醒悟过来，而且越来越深地陷入了迷茫。在他清醒的时候，他觉得世界上大概还有魔法师，有个魔法师还对他念过咒语。那时他曾惶恐不安地对自己说：

"我已经不是原来的我了，我变成了另外一个人……我觉得，有人给我换了一个灵魂！"

有时候，那个自然科学家和心理学家在他的心中又说话了，他在他思想深处的一个地方轻声地说：

"你看，你看，大自然对人们违反它的规律是怎么报复的。年轻时你不重视感情，嘲笑爱情，把自己出卖给一个老大的女人，给她当丈夫，现在怎么样……长年积蓄的感情资本今天要连本带利地还给你了……"

"好啊，"他想道，"早知道这样，我就应当做一个浪荡公子，为什么只想着她一个人呢？"

"鬼才知道这是为什么，"一个反对者回答说，"也许那个女人对你是最适合的，也许像神话中说的那样，你们的灵魂在许多世纪以前，就真的结合在一起了。"

"所以她应当是爱我的……"沃库尔斯基说完又补充道，"如果那匹牝马胜利了，那将是伊扎贝娜小姐爱我的一个征兆……唉，你这个老傻瓜，疯子，你想到哪里去了？……"

赛马的前几天，他在公爵家开会时认识的那个英国伯爵到他家里来拜访。

在寻常的客套之后，伯爵很不自在地在一张靠椅上坐

下,说:

"我来拜访您,也是为了一件事——是的……行吗?……"

"我愿为您效劳,伯爵!"

"您买了克热索夫斯基男爵那匹牝马,"伯爵往下说,"这当然是合法的——是的——可现在,他冒昧地请求您把这匹马再转卖给他……价钱多少不计较……男爵发了誓……他愿出一千二百卢布……"

沃库尔斯基冒出了冷汗,如果他把那匹牝马卖了,伊扎贝娜小姐就会瞧不起他了。

"如果我也看中了那匹马呢,伯爵先生?……"他回答说。

"在这种情况下,您当然是可以优先的,是的。"伯爵慢吞吞地说。

"这桩事就说定了。"沃库尔斯基鞠了个躬说。

"是这样吗?……我为男爵感到很惋惜,但您的权利更大。"

他像弹簧上的一个自动装置那样站了起来,和沃库尔斯基告辞后又说:

"我们公司什么时候去找公证人呢,我的先生?……我考虑好了,加入五万卢布的股份……是的。"

"这由您自己决定。"

"我很希望看到这个国家走向繁荣,因此,沃库尔斯基先生,尽管您使男爵陷入了苦恼,但您还是赢得了我的好感和尊敬——是的——他也深信您会把马转卖给他……"

"我不会转让给他。"

"您明白吗，"伯爵最后说，"一个贵族如果披上了实业家的外衣，遇到某种情况，就应当把它脱下来。请恕我冒昧，您首先是个贵族，而且是个英国式的贵族，我们每个人都应当那样。"

他使劲地握了握他的手后，就走了，沃库尔斯基心里想，这是个怪人，他虽然装成一个傀儡，但还是有许多讨人喜欢的优点。

"不错，"他低声说，"跟这些先生相处比跟商人们相处要愉快些，他们真的是用另外一种泥土塑造成的……"

可是他又说：

"奇怪的是，伊扎贝娜小姐瞧不起像我这样的人，可我是在他们那样的人中受过教育的……而他们在这个世界上做了什么呢？他们为这个世界又做了什么呢？……他们只看得起那些给他们年息一分半的人……可这不是劳绩。"

"唉，见他的鬼去吧！"他埋怨地说，把手指弹了一下，"他们是怎么知道我买了那匹牝马的呢？——没什么了不起——要知道，我是经过马鲁谢维奇的介绍，从克热索夫斯卡太太那里买的呀……我去练马场也去得太勤了，所有的仆人都认得我……唉！我一开始就做了件蠢事，我太不慎重……我不喜欢那个马鲁谢维奇。"

第十三章　老爷们的娱乐

赛马的那天终于到了,天气晴朗,不太热,这正是人们所期盼的。沃库尔斯基早晨五点钟就起来了,他马上坐车去看他那匹马。马见了他十分冷淡,但它是健康的,米勒先生也精神抖擞。

"怎么样?"他笑着拍了拍沃库尔斯基的肩膀,"您很激动,是不是?……您成了一个运动员啦!……先生,我们在整个赛马期间情绪都是很高的。我们打了五十卢布的赌,怎么样?……我觉得钱就要到我的口袋里来了,您现在就可以支付。"

"我会很高兴地付钱,"沃库尔斯基说,但他心里却这么想,"那匹牝马会跑赢吗?伊扎贝娜小姐会爱我吗?……不会出什么事吧?万一那匹马跌断了腿呢?……"

早晨的时间在慢慢地爬着,好像公牛拉车一样。沃库尔斯基去店里待了一会儿,他吃不下午饭。然后他又去了萨斯公园①,还一直在想,那牝马会跑赢吗?伊扎贝娜小姐会爱他吗?但他保持了镇定,五点左右才离开了家。

①　萨斯公园是奥古斯特·萨斯二世国王于一七二七年建的一个公园,是以法国形式建成的,有林荫道、喷泉和雕塑。

乌雅兹多夫大街上的私人马车和出租马车是那么拥挤，因此有的地方车子走得比步行还慢。城门口实际上形成了一个关卡，焦急万分的沃库尔斯基不得不等了一刻钟时间，最后才突破重围，往莫科托夫广场驶去。

走到路上一个拐弯的地方，沃库尔斯基探出了身子，想透过黄色的尘雾，把整个赛马场都看清楚，这时迎面扑来的尘土在他的脸上和衣服上积了厚厚的一层。他觉到那场子今天简直大得没有边际，使人感到很不愉快，它的上空好像有个变幻莫测的幽灵在盘旋。他在远处就看见观众排成了一个半圆形的长长的队伍，由于人群的加入，这个队伍还在不断地扩大。

他终于来到了赛马场的门口，十分钟后，仆人在售票处买来了入场券。有一群不买门票的看客挤在他的车子旁边，成千上万个嗓门在喧叫。可是沃库尔斯基以为，所有的人都只谈他那匹牝马，都在嘲笑他这个以赛马取乐的商人。

车子终于进到了大门里面。沃库尔斯基跳下车，跑去寻找他的那匹牝马，还极力装成一个对什么都毫不在意的看客的样子。

找了很长时间，他才发现它在赛马场中间，它的旁边是米勒先生、舒尔茨先生和那个骑师，骑师嘴里叼着一支粗大的雪茄烟，头戴黄蓝两色相间的无边帽，肩膀上搭着一件大衣。他觉得他那匹牝马在那巨大的场子中，面对无数的人群，是那么渺小，那么可怜，他绝望得真想抛下所有的一切，回到家里去。可是米勒先生和舒尔茨先生的脸上却显露出了充满信心的亮色。

"您到底来了，"练马学校校长叫了起来，他两眼望着骑手，往下说，"我给先生们介绍一下，这位是容格先生，国内最著名的骑手,这位是沃库尔斯基先生。"

骑手用一只手的两个指头指着他的黄蓝色的无边帽,用另一只手摘下叼在嘴里的那支雪茄咽,啐了口吐沫。

沃库尔斯基心想,他这辈子还从来没有见过那么瘦小的人。这时他也注意到那骑手像察看一匹马那样从头到脚地察看他。与此同时,他还用他那双弯曲的腿做了个动作,好像要坐上去,骑着马走似的。

"你说说,容格先生,我们能赢吗?"校长问道。

"哦,没问题。"容格回答说。

"那两匹马并不坏,可是我们这匹牝马更出色。"校长回答说。

"没问题!"骑师证实道。

沃库尔斯基把他拉到一旁,对他说:

"如果我们赢了,除了已经谈好的报酬,再加五十卢布。"

"没问题。"骑师回答道。他望了望沃库尔斯基,接着说:

"您是个真正的运动员,但您有点紧张,明年您就会变得沉着冷静了。"

他远远地啐了口唾沫,便向看台走去,沃库尔斯基告别了米勒先生和舒尔茨先生后,又抚摩了一下那匹马,就回到自己的车上去了。

他现在要找到伊扎贝娜小姐。

他扫视了一下那一长排沿跑马道停着的马车,看了看那些马匹和仆人,仔细察看着那些撑伞的女人,可是没有发现伊扎贝娜小姐。

"她或许没有来?"他自言自语道,觉得整个挤满了人众的场子和他一起都陷到地里去了。她要是不来,花那么多钱有什么用！要不就是梅利顿那个阴险的老太婆和马鲁谢维奇一起来骗了我？……

他走上通向评判员看台的小台阶，四面张望了一下，但这也没有用。当他正要走下台阶的时候，有两个背对着他站着的男子挡住了他的去路。一个身材高大，具有运动员的一切特征，他高声说：

"这十年来，我在报上看见有人斥骂我们过于奢侈浪费，我想要改正，把马厩卖掉。可是我看见一个昨天发了财的人，今天就把马拿来参加比赛了……哼，我想，你们这些小家伙要干什么？……你们给我们讲修身之道，可你只要做得到，不也那么干吗？……所以我也不改了，马厩我不卖了，不，不……"

他那个同伴看见沃库尔斯基后，便碰了碰他，那人马上不说话了。沃库尔斯基本想利用这一瞬间，从他身边溜过去，但那高个子先生却拦住了他。

"请您原谅，"他用手触了一下他的帽檐，说，"原谅我冒昧地发表了那样的意见……我叫弗热辛斯基……"

"我很高兴听见你的意见，"沃库尔斯基微笑着答道，"我心甘情愿接受这些意见。但我参加赛马，这辈子还是第一次，也是最后一次。"

他们就像高尚的运动员一样，互相握了握手。当沃库尔斯基往前走了几步后，弗热辛斯基低声说了一句：

"一个有本事的男子汉……"

到现在沃库尔斯基才买了一张节目单，他有点不好意思地读道："马的名字叫阿利姆与克拉拉苏丹王后，业主 X.X.，容格骑师驾驭，穿一身带天蓝色袖子的黄紧身衣，参加第三轮竞赛。奖金三百卢布,获胜后当场把马卖掉。"

"我真有点发痴。"沃库尔斯基往看台走去,他嘟哝着说。他想,也许在那里会遇见伊扎贝娜小姐,但他做好了准备,如果找不到她,就马上回去。

他感到很失望。那些女人在他看来都长得丑陋不堪,她们五颜六色的衣着是那么古怪,她们卖弄风骚是那么令人恶心。男人们是那么愚蠢。所有的人群都是那么粗鲁,不懂礼貌,音乐也是吵吵闹闹的。他走上看台的时候,看到那些咯吱作响的台阶和那些看上去留下雨水痕迹的旧的墙壁,发出了一阵冷笑。熟人们问候他,女人们对他微笑,这里那里都有一些人在低声地叫道:"看啦,看啦!……"但是他没有注意,他在最上面一排的座位前停下,用望远镜从那形形色色的喧闹着的人群的头上,望着远处那条一直通往城门口的道路,但他只看见一大片黄色的尘土。

"这些看台一年到头干什么用的呢?"他想着,眼前便出现了一种幻象,好像所有那些死去的破产者、忏悔的娼妓、懒汉和寄生虫每天晚上都要坐在这些朽烂的板凳上。他们是从地狱里被赶出来的,现在在暗淡的星光下,正在观看那些死在跑马场上的马的骷髅的竞赛。他觉得,他这时候连那些腐烂的衣服都看见了,那腐臭的味道也闻到了。

人群的吼叫、铃声和喝彩声把他惊醒了……第一轮竞赛已经结束。他往赛场的进口处一看,突然看见伯爵夫人那辆私人马车驶进来了。她和议长夫人坐在后座,前面是文茨基先生和他的女儿。

沃库尔斯基弄不清楚,自己是什么时候跑下看台,又是什么时候跑进了场地里的。他撞上了一个人,有个人要查他的入场券……他一直往前跑去,很快就跑到了那辆私人马车的旁边。伯爵夫人的仆人在驭者的座位上向他欠身致意,文茨基先生叫了一声:

"沃库尔斯基先生也在这里……"

沃库尔斯基向贵妇们请安,这时候,议长夫人意味深长地紧握着他的手,文茨基先生问道:

"您真的买了克热索夫斯基那匹牝马吗,沃库尔斯基先生?"

"是的。"

"您可知道您给他开了个玩笑,给我女儿带来了没有料到的惊喜……"

伊扎贝娜小姐转过脸来对他露出了微笑。

"我跟姑妈打了赌,"她说,"男爵如果没有赎回他那匹牝马去参加竞赛,我就赢了。另外我跟议长夫人也打赌,我说那匹牝马会跑赢……"

沃库尔斯基从马车旁绕过去,只是为了更加靠近伊扎贝娜小姐,伊扎贝娜接着往下说:

"我们,议长夫人和我,真的是为了这场竞赛来的……姑妈却不是这样,她很讨厌这种赛马……唉,沃库尔斯基先生,您要赛赢才好。"

"如果您这么要求,那我会赛赢的。"沃库尔斯基回答说,很惊异地望着她……他觉得,她那急不可待的心情使她从来没有像现在这么漂亮。他也从来就没有想过,她会这么善意地和他谈话。他望了望在场的人。议长夫人特别高兴,伯爵夫人在微笑着,文茨基先生容光焕发,伯爵夫人的仆人在驭手座上正悄悄地和车夫打赌,说沃库尔斯基会赢。他们的周围一片欢声笑语,人群兴高采烈,还有那些看台、华贵的马车、身穿五颜六色衣服的女人都像花一样美丽,像鸟一样活泼可爱。音乐演奏得不合节拍,但很轻快。马在嘶鸣,运动员们在打赌,小贩们在夸耀他们的啤酒、橙子和蜜糖饼干。太阳、天空和大地都喜形于色,沃库尔斯基高兴得简直要拥抱所有的东西和所有的人。

第二轮竞赛已经过去,音乐又演奏起来。沃库尔斯基往看台跑去,正好碰到了容格,他手里拿着马鞭,刚去量了体重回来,沃库尔斯基轻声对他说:

"容格先生,我们一定要跑赢才行……除了谈好的报酬,再加一百卢布……就是把马跑死……"

"哦!"骑师沉吟道,带着一种冷淡的惊奇望着他。

沃库尔斯基吩咐驭者把车子靠拢伯爵夫人,他自己却到贵妇们那里去了,他感到惊奇的是,她们身边连一个人都没有。那个元帅和男爵也来到了她们的马车前,但因为伊扎贝娜小姐对他们表示冷淡,他们很快就告退了。一些年轻人在老远的地方向她们致意后,也马上离开了。

"我知道,"沃库尔斯基想,"房子拍卖的消息冷了大家的心。可是现在,"他望着伊扎贝娜小姐,心里说道,"你总可以相信,谁真正爱你,谁只是爱你的嫁妆!"

第三轮竞赛的铃声响了,伊扎贝娜小姐在座位上站了起来,她的面颊上泛起了红晕。但容格骑着苏丹王后离她几步远的地方走过时,她脸上却露出了烦闷的神情。

"要好好地骑,这匹马真不错!"伊扎贝娜小姐叫道。

沃库尔斯基跳到自己的车子上,拿起了望远镜。他完全被赛马吸引住,好一会儿工夫,竟把伊扎贝娜小姐都忘了。一秒钟在他看来竟像一个钟头那么长，而他自己也好像被捆在了那三匹参加比赛的马的身上，它们随便哪个动作都好像在撕扯着他的肉体。他认为他那匹牝马血气不够旺盛，而容格又太不把赛事放在心上，但他却无意中听到周围一些人这么说：

"容格一定会胜利……"

"那也未必……您看那匹枣红马！"

"如果沃库尔斯基赢了，我出十个卢布……让他教训教训那些伯爵……"

"克热索夫斯基会气疯的……"

铃声响了。那三匹马撒腿飞跑起来。

"容格领先……"

"这才傻呢！……"

"都拐弯了……"

"第一道弯，那匹枣红马紧跟在他的后面……"

"第二道弯……他还在前头……"

"可是那匹枣红马也跑得很快……"

"穿红色运动服的拉下了……"

"第三道弯……但容格对他们毫不在意……"

"枣红马上来了……"

"看呀，看呀！穿红运动服的追上枣红马啦……"

"枣红马跑到最后啦……先生，您输了……"

"穿红运动服的会赶上容格……"

"他赶不上他，他在抽他的马……"

"哦……哦……好啊，容格！……好啊，沃库尔斯基！……牝马跑得像飞一样！……好啊！……"

"好啊！……好啊！……"

铃声响了。容格胜利了。一个大个子运动员拉着那匹牝马的缰绳，把它牵到评判员台前，大声叫道：

"苏丹王后！……骑师容格……业主不明……"

"怎么说业主不明呢……沃库尔斯基的……好啊，沃库尔斯基！"人群喊叫起来。

"业主是沃库尔斯基先生！"一个身材也很高大的绅士重复了一句，他把那匹牝马拉去拍卖。

人群为沃库尔斯基的胜利而狂欢，还没有一次赛马在看客中引起这么大的轰动。大家都很高兴，因为一个华沙商人战胜了两个伯爵。

沃库尔斯基走到伯爵夫人马车近旁。文茨基先生和那两个年纪大的贵妇向他道贺；伊扎贝娜小姐沉默不语。

就在这时候，那大个子运动员跑过来了。

"沃库尔斯基先生，"他说，"钱在这里：三百卢布的奖金；那匹牝马我买了，出八百卢布……"

沃库尔斯基拿着那一小包钞票，转过身去，对伊扎贝娜小姐说：

"可不可以将我这笔捐给保育院的钱交给您呢？"

伊扎贝娜小姐微笑着接过了那个小包，以动人的眼光望了他一下。

这时有人在沃库尔斯基身上碰了一下，原来是克热索夫斯基男爵。他正向马车走去，气得脸色发白。他把手伸向伊扎贝娜小姐，用法语叫道：

"表妹，我为你的崇拜者取得了胜利感到高兴……但遗憾的是，他让我吃了亏……我向夫人们致敬！"他又补了一句,向伯爵夫人和议长夫人鞠了一躬。

一团乌云从伯爵夫人脸上掠过,文茨基先生感到很为难,伊扎贝娜小姐脸色苍白,男爵又把滑下来的夹鼻眼镜戴正,摆出了一副蛮横不讲理的架势,一直在望着伊扎贝娜小姐,接着说:

"是的……见到了表妹的崇拜者,我感到特别荣幸。"

"男爵!……"议长夫人插进来说。

"我并没有说什么坏话……我只是说,我感到荣幸……"

沃库尔斯基站在他背后,拍了拍他的肩膀。

"有句话要对您说,男爵先生。"他说。

"啊,是您。"男爵望着他,回答道。

他们走到了一旁。

"您冲撞了我,男爵先生。"他说。

"那很对不起……"

"这对我来说,是不够的……"

"您想要决斗吗?"男爵问道。

"正是。"

"那好,我愿奉陪。"男爵一面说,一面在衣兜里找名片,"唉,真见鬼!我身上没有带名片……您有没有铅笔和笔记本,沃库尔斯基先生?……"

沃库尔斯基给了他一张名片和笔记本,男爵把他的地址和名字写在笔记本上,在写名字的时候,还在字母上添了一些花边。

"如能替我把苏丹王后的账算清,"他向沃库尔斯基鞠了躬,说,"我会很高兴的。"

"我尽力满足您的要求,男爵先生!"

分手时,他们互相都很有礼貌地告了别。

"真是胡闹!"文茨基先生看见他们这么客气,反而不安了。

那有点恼怒的伯爵夫人没等赛完马,就吩咐马车回到家里去。沃库尔斯基差点没有来得及赶到那辆马车前,和贵妇们告别。但是在那辆马车的马还没有迈步之前,伊扎贝娜从车子里探出身子,向沃库尔斯基伸出了手指尖,低声说:

"谢谢,先生!……"①

沃库尔斯基快活得简直发呆了。他还留下来看了一轮比赛,可是周围发生了什么,他根本没有看见,后来在休息时刻,他终于离开了练马场,一直来到了舒曼家里。

医生穿着一件破了的棉睡衣,坐在敞开的窗子旁,在校对一本关于人种学的小册子。这本小册子只有三十面,但他花了四年时间,做了近千次的考察才把它写成。那是一部论波兰王国居民头发的颜色和形式的著作。这位医生和学者曾经公开地宣布:他这部著作最多只能印十几册,但他却秘密地印了四千册,而且还认定它会再版。他表面上嘲笑他所喜爱的这项专业,埋怨没有人对它感兴趣,但他内心深处,却深信在这个文明世界上,没有一个人对头发的颜色以及它的长度与直径的比例的问题不是最感兴趣的。他现在正在考虑,在这部著作的开头,要不要加上这么一句话:"给我看看你的头发,我便可以说出你是什么人。"

沃库尔斯基走进他的房里后,便困乏地倒在那张长沙发上,这时医生开始说:

"这些校对是多么不学无术呀!……我这里有几百个小

---

①　原文是法文。

数点三位的数字,你看,其中有一半写错了……他们认为,千分之一或者百分之一毫米都算不了什么。其实这些外行不懂,全部意义就在这里面。如果在波兰,不但能够造出对数表,而且能把它印出来的话,就让魔鬼来找我吧!一个健康的波兰人碰到小数点二位数就紧张,碰到小数点五位就发烧,碰到小数点七位就要中风啦……你日子过得怎么样?"

"我要跟人决斗。"沃库尔斯基答道。

医生从他那张靠椅上跳了起来,向那张长沙发跑去,因为他跑得很快,他身上那件睡衣的衣裾也飘了起来,就像一只大蝙蝠的翅膀。

"什么?……跟人决斗?"他叫了一声,眼里闪闪发光,"你大概想让我去当你的医生吧?……你以为我会看着两个傻瓜蛋对着脑袋互相开枪,也许还要替哪一个包扎一下吗?……我从来没有想过去干这样的蠢事!"他抱着脑袋,大叫起来,"而且我不是外科医生,我早就和医学告别了……"

"根本不是要你当什么医生,而只是要你在决斗时当我的证人。"

"哦……那就是另一回事了,"医生心平气和地说,"跟谁决斗?……"

"跟克热索夫斯基男爵。"

"他枪打得很准!"医生噘着下嘴唇,喃喃地说,"可你为了什么事要决斗呢?"

"他在赛马的时候冲撞了我。"

"在赛马?……可你在赛马的时候干了什么呢?……"

"我有一匹马参加了竞赛,还得了奖。"

舒曼用手掌拍了拍自己的后脑勺,他突然拨开沃库尔斯基一只眼的上下眼皮,对它进行仔细的观察。

"你以为我疯了吗?"沃库尔斯基问道。

"还不这么认为。可你这话是开玩笑还是当真呢?"

"我是很认真的。我不接受任何调解,我提出了最严厉的条件。"

医生回到自己的办公桌前坐下,用手支在下巴颏的胡须上,考虑了一下,说:

"为了女人,是不是? ……就是雄鸡争斗也是为了……"

"舒曼……你要小心!"沃库尔斯基从沙发上站立起来,以窒息的声音打断了他的话。

医生很注意地望着他。

"那么,非决斗不可了? ……"他喃喃地说,"好,我当你的证人。如果你要打破人的脑袋,你就当着我的面打吧,我也许还能帮你一下……"

"我马上叫热茨基到你这里来。"沃库尔斯基紧握住他的手,说道。

他从医生那里回到了自己店里,跟伊格纳齐先生简单地谈了一下,便回家去了。不到十点他就睡了,他睡得很死,像石头一样。他那狮子一样的性格需要强烈的刺激,只有这样,他那受到情欲冲击的心态才能保持平衡。

第二天下午五点左右,热茨基和舒曼一起到了英国伯爵那里,英国伯爵是克热索夫斯基的证人。沃库尔斯基的这两个朋友在路上一直没有说话,只有一次伊格纳齐先生问舒曼:

"医生,您对这件事是怎么看的?"

"就是我已经说过的那些,"舒曼回答说,"我们快到第五幕了,如果不是一个勇敢的结局,就是一系列蠢举的开始……"

"而且是最糟糕的蠢举,因为它是政治性的。"热茨基插嘴说。

医生耸了耸肩膀,两眼望着马车的另一边,伊格纳齐先生老谈政治,他真受不了。

那英国伯爵已经在等他们,还有一个绅士和他在一起,那人老是仰望着窗外的云彩,过一阵便抽动一下喉头,好像有什么东西哽在里面难以吞下去似的。他的表情显得有点神志不清,其实他这个人很了不起,他是一个捕猎狮子的猎手,一个对古埃及进行了深入研究的学者。

在英国伯爵办公室的中央有一张桌子,桌面上铺着绿台布,周围有四把很高的靠椅;桌上放着四张纸、四支铅笔、两支蘸水笔和一个大得像澡盆的墨水壶。

大家都坐下后,伯爵说:

"先生们,克热索夫斯基先生承认他冒犯了沃库尔斯基先生,那是他心不在焉,没有注意。是的,结果要按照我们的要求……"

说到这里,伯爵望着他那个同伴,那人表情很严肃,好像他已经吞下了那难以吞下的东西。

"按照我们的要求,"伯爵继续说,"男爵已经表示……他甚至要写信给我们大家都很尊敬的沃库尔斯基先生表示道歉,是的……先生们对这是怎么看的?"

"我们不能代表任何一方去进行调解。"热茨基回答说,这句话说明了他过去当过匈牙利军队的军官。

那位埃及学学者把眼睛睁得大大的,喉咙里又接连吞了两下。

伯爵的脸上闪过惊异的神情,但他马上镇定下来,以一种装腔作势的客气回答说:

"那就请您提出条件。"

"还是请先生们说吧!"热茨基回答。

"啊,不,还是请您先提吧!"伯爵说。

热茨基咳嗽了一声,说:

"既然这样,我冒昧地建议……双方相距二十五步,每个人向前走五步……①"

"好。"

"带瞄准器的手枪……各自朝着对方开枪,直到受伤倒下……"热茨基更加小声地把话说完。

"是的。"

"要是可能,决斗就定在明天上午。"

"好。"

热茨基点了点头,但他没有从靠椅上站起来。伯爵拿了一张纸,当所有的人都不说话的时候,他做好了笔录,舒曼也随即抄了一份,出席的人在两份文件上都签了字,不到三刻钟事情就办完了。沃库尔斯基的两个证人跟主人和他那个同伴告了别,那人又沉醉在对云彩的观赏中。

两个人走到街上后,热茨基才对舒曼说:

"这些贵族先生真可爱……"

"见他们的鬼去吧!……你们和你们那些笨拙的举动都见鬼去吧!"医生挥动着拳头,大声地叫道。

晚上,伊格纳齐先生带着手枪来到了沃库尔斯基家里,他

───────────

① 这是双方决斗当时允许的最短的间距。——原注

见他一个人在喝茶,便给自己也倒了一杯,说道:

"你觉不觉得,斯塔胡,这都是些非常可敬的人。那个男爵,你也知道,他总是那么心不在焉,他准备向您赔礼道歉……"

"我不要任何道歉……"

热茨基打住了话头。他喝了一口茶,擦了擦额头,隔了较长的时间才说道:

"当然,你肯定是在想你的生意……万一……"

"我不会有事。"沃库尔斯基气冲冲地说。

伊格纳齐先生在那里又默不作声地坐了一刻钟。他觉得那茶没有味道,他的头也痛起来了。他把那杯茶喝完后,看了看表,准备离开沃库尔斯基的宅邸,临走时还对他说了一句:

"我们明早七点半出发。"

"好的。"

伊格纳齐先生走后,沃库尔斯基在写字台旁边坐下。他在一张信纸上写了几十行字,在信封上写了热茨基的地址。他觉得他老是听见男爵那令人不快的声音:

"表妹,我为你的崇拜者取得了胜利感到高兴,遗憾的是,他让我吃了亏。"

不管他往哪里望,他都看见伊扎贝娜小姐那张漂亮的泛起了羞涩红晕的脸。

无名的怒火在他的心中燃烧,他觉得他的双手变得像铁一样坚硬,身体也是那么出奇的粗壮,恐怕没有一颗子弹能够穿透它。死这个字在他脑子里掠过,他微微笑了笑。他知道,死神是不敢扑向勇敢的人的,它只会像一条恶狗那样站在他们的对面,用一双绿色的眼睛望着他们,看他们是不是闭上了眼皮。

　　那一夜像别的夜晚一样,男爵一直在玩纸牌。同样在俱乐部里的马鲁谢维奇在半夜十二点、一点、两点都曾提醒过他,要他去睡觉,因为他在明天早晨七点要叫醒他。心不在焉的男爵回答说:"就睡,就睡!……"但他坐到了三点还没有动,这时候他的一个牌友说:

　　"够了,男爵,总得睡几个钟头嘛!要不然明天你的手发抖,就打不中了。"

　　这些话,特别是那些牌友离开了牌桌,使男爵清醒过来了。他从俱乐部里出来,回到自己家里,吩咐仆人康斯坦丁早晨七点叫醒他。

　　"老爷一定在干什么蠢事!……"仆人低声地埋怨道,"这又怎么啦?"他给男爵脱衣时,气愤地问道。

　　"哼,你这个笨蛋!"男爵火了,"你以为我会给你解释吗?我要决斗,怎么样?……我爱这么干。早晨九点,我要用手枪和一个鞋匠或者理发师决斗,怎么样?……你能够禁止我?……"

　　"老爷甚至可以和一个老魔鬼去进行决斗!……"康斯坦丁回答说,"我只是想知道,谁来支付老爷的期票?……还有房租……和家庭生活费用……老爷每个季度都要到波翁茨基墓地去一趟,房东已经找来了公证人,我看我都要饿死了……一个好差事呀!"

　　"你给我滚开!"男爵暴跳如雷,抓起一只鞋子,向正要退下的仆人扔了过去。鞋子打在墙上,差点把索别斯基①铜像

　　① 扬·索别斯基三世(1624—1696),波兰爱国将领,曾于一六七三年在霍奇姆打败土耳其入侵波兰的军队,翌年当选为波兰国王。

碰倒了。

男爵把情况对那个忠实的仆人说清后,便躺在床上,开始想着自己悲哀的处境。

"跟一个商人决斗,"他叹了口气,"非得走好运不可。如果我打中了他,那就好比一个猎手去猎熊,却打死了农夫的一头怀着牛犊的奶牛。如果他打中了我,那我就像被自己的马车夫用鞭子重重地抽了一下。要是两个人都没有打中呢……不会,因为一直要到受伤倒下。如果我不愿给那头蠢驴道歉,就是穿着大礼服,打着白领带在公证人的办公室里道歉也不愿意的话,那就让他们揍我一顿吧!唉,这个讨厌的自由平等的时代!……要是我的父亲,就会把这个家伙交给他那看狗的仆人去试鞭子。我就像要卖肉桂一样,一定要给他一个满意的答复……但愿那该死的社会革命马上到来,不是把我们消灭,就是消灭自由主义分子……"

他睡着以后,梦见他真的被沃库尔斯基打死了。他看见两个搬运夫把他的尸体抬到了他妻子的那间房里,他妻子昏了过去,扑到他那血肉模糊的胸脯上……她还替他还清了债务,花一千卢布安葬了他……然后他又活了过来,还把那一千卢布当零碎钱花了……

男爵那憔悴的脸上露出了安详的微笑,他像孩子一样睡着了。

康斯坦丁和马鲁谢维奇不到七点就叫醒了他,可他说什么也不肯起来,他埋怨地说,他宁愿遭受侮辱和欺骗,也不愿那么早爬起来。后来他因为看见了那个盛着冷水的玻璃杯,这才清醒过来。他跳下床后,不仅狠揍康斯坦丁,而且咒骂马鲁谢维奇,还在心里发誓,一定要打死沃库尔斯基。

可是当他穿好衣服走到了街上，看见天气那么好，想到他能看见太阳出来的时候，他对沃库尔斯基又不那么憎恨了，他决意只向他的脚开枪。

"是的！……"过了一会儿，他想道，"我要给他点颜色看，让他这一辈子都跛着脚走路，他将不得不对人说，这致命的伤是他跟克热索夫斯基男爵决斗时受的……事情就这么安排……可是我那些可爱的证人又在干什么呢？……如果有个商人硬要打我的话，那就请他在我散步的时候开枪，而不要在决斗的时候开枪……这太可怕了……可以想象，我的亲爱的妻子对人会怎么说，我在跟商人打架……"

马车来了。男爵和那个英国伯爵坐上了一辆，那个不言声的古埃及学家带着手枪和一个外科医生坐上另一辆。他们的车子朝着别拉努①那边驶去。过了几分钟，男爵的仆人康斯坦丁乘一辆出租马车在他们后面赶上来了。那个忠实的仆人诅咒着全世界，他一定要向主人加倍地索取他这趟车费，但他还是感到心神不安。

男爵和他的三个同伴来到别拉努树林后，就遇见了对方那一伙人，这两伙人便走进了维斯瓦河岸上的密林里。舒曼医生气冲冲的，热茨基毫无表情，沃库尔斯基有点忧郁，男爵抚摸着他那稀疏的胡子，留心地望着沃库尔斯基，心里想：

"他一定吃得不错，那商人，我在他身旁，看起来就像一支澳大利亚雪茄烟放在一头公牛旁边一样。如果我的子弹从那个小丑的头顶上飞了过去或者……我根本就没有开枪的

_____

① 别拉努当时是华沙北边林区的一个村庄，距华沙约五公里，在维斯瓦河左岸上，今天属于市区。——原注

话,那我是个笨蛋……但这也可能是最好的情况。"

不过他马上想到了这场决斗要使对方受伤倒下,因此他怒火燃烧,义无反顾地下定了决心,要当场击毙沃库尔斯基。

"这一次,要叫那些小市民再也不敢来向我们挑战……"男爵自言自语道。

沃库尔斯基在离他几十步远的地方,像个钟摆那样在两棵松树之间来回走动。他现在不再想伊扎贝娜小姐了。他只听见鸟儿的叽喳声响遍了整个林子,还有维斯瓦河河水从底下冲刷着河岸的哗啦声。那填充弹药的通条的叮当声和扣动扳机的咔嚓声在大自然美妙的恬静中,奇怪地引起了反响。沃库尔斯基好像变成了一头凶猛的野兽,整个世界都在他的眼里消失了,他只看见男爵一个人,他要把他的尸体拖到受了委屈的伊扎贝娜小姐的脚跟前。

他们被安置在双方议定的位置上。男爵一直因为拿不定主意,不知道该怎么对付那商人而心神不安,最后,他下定决心,要打中他的臂膀。沃库尔斯基的脸上显露出了狂怒的神色,感到惊异的英国伯爵这时想道:

"这件事跟那匹牝马和那赛马的冲突大概没有关系吧?"

那个一直没有说话的古埃及学家开始发布命令,敌对双方举枪瞄准,互相走近。男爵对准沃库尔斯基的右肩膀,把手枪放低了一点,然后轻轻地扣动扳机,可是在最后一刹那,他的夹鼻眼镜滑下来了,手枪偏到了靠近头发的一边,他射出去的子弹从离沃库尔斯基肩膀几寸远的地方飞过去了。

男爵用枪筒遮住了脸,从枪筒下朝前望去,他想:

"那蠢家伙打不中……他在瞄脑袋哩……"

他突然感到脑门上受到猛烈的一击;耳朵里轰隆隆地响

了起来,一层层的黑影在他眼前飞过……他放下了手中的武器,跪了下来。

"打中了脑袋!"有人叫了一声。

沃库尔斯基把手枪往地上一扔,便离开了自己的立定点。大家连忙跑到跪着的男爵那里,但他不仅没有死,而且大喊大叫地说:

"怪事,我的脸上给打了个窟窿,还打掉了一颗牙齿,却没看见子弹……我可没有把它吞下去……"

这时古埃及学家拾起男爵的手枪,将它方方面面仔细地看了一下。

"啊!"他叫了起来,"这就清楚了。子弹打在手枪上,枪闩穿进了颌骨里面……手枪被打坏了;这一枪真有意思……"

"沃库尔斯基满意吗?"英国伯爵问道。

"他心满意足了。"

外科医生给男爵包扎了脸。那个吓得要命的康斯坦丁这时从树林里跑了出来。

"怎么样!"他说,"我早就说过,老爷不会有好的结果。"

"闭嘴,你这个小丑!"男爵结结巴巴地说,"赶快到男爵夫人那里去,告诉女厨师,说我受了重伤……"

"请你们双方都伸出手来。"英国伯爵郑重其事地说。沃库尔斯基向男爵走过去,拥抱了他。

"你这一枪打得很漂亮,沃库尔斯基先生。"男爵很吃力地说,他使劲地握着沃库尔斯基的手,"我在想,这种行当的人……这么说是不是又冲撞了您?……"

"绝对没有!"

"想不到您这种行当,其实是一个非常值得尊敬的行当的人枪法这么好……我的夹鼻眼镜哪里去了?……啊,在这里……沃库尔斯基先生,我要求我们两人单独谈谈……"

他伏在沃库尔斯基的肩膀上,两人往树林里走了十几步。

"我已经破相了,"男爵说,"我的样子像个患了牙龈脓肿病的老猴子。我不想再跟您冒险,因为我看您走了好运……那么请您告诉我,您为什么要使我成为残疾?……是不是因为我冲撞了您……"他望着他的眼睛,又补充了一句。

"您伤害了一个女人……"沃库尔斯基轻声地答道。

男爵往后退了一步。

"啊……原来是这样!①"他说,"我明白了。我再一次向您道歉,至于那方面……我知道,我应当做些什么……"

"我也请您原谅,男爵!"沃库尔斯基说。

"小事情……不要紧……毫无关系,"男爵拉着他的手说,"只要我不特别破相就好,至于牙齿……我的那颗牙齿在哪里呢,医生?……请您用一张小纸把它包起来……说到牙齿,我早就该镶新牙了。您不会相信,沃库尔斯基先生,我的牙齿已被损坏到了什么程度……"

大家都很满意地互相告了别。男爵感到奇怪的是,一个买卖行当的人为什么枪打得那么准?那个英国伯爵现在却比任何时候都更像一个傀儡,古埃及学家又开始他对云彩的观察。在另一群人中,沃库尔斯基在沉思,热茨基对男爵的勇敢和礼貌赞叹不已,只有舒曼很不高兴。但一直到他们的马车从卡梅杜乌修道院旁边的小山坡上驶下来后,医生望着沃库

━━━━━━━

① 原文是法文。

尔斯基,才埋怨地说:

"哦,那都是些畜生! ……我没有叫警察来把那些小丑①……"

在这次稀奇的决斗三天之后,沃库尔斯基和一个叫威廉·科林斯先生的人关着门坐在他的那间办公室里。仆人对他们每个礼拜要开几次的这样的会早就有些好奇,他在隔壁房间里擦洗尘土的时候,不时将眼睛或耳朵贴在钥匙孔上。他看见桌子上有一些书,主人在一个本子上写字;客人向他提了一些问题,他有时马上就回答,声音很大,但有时声音很小,好像有点害怕……他们用这种不平常的方式谈话,说的又是外国的语言,因此仆人猜不出他们在说些什么。

"那肯定不是德国话,"仆人低声说,"因为我知道,德国话是这么说的:请吧,我的先生!② ……也不是法语,因为他们说的不是:先生,您好,礼拜天③……也不是犹太语,哪种语言都不是,那他们在说些什么呢? ……老爷把话说得谁也听不懂,他一定是异想天开地要做一桩美妙的投机买卖……他还找了个伙伴……他会倒霉的!"

这时铃声响了,机警的仆人踮着脚尖从办公室门口悄悄地溜开,然后他又带着响亮的脚步声走到了穿堂里,过了一会儿他又回来了,敲着主人的房门。

"你有什么事?"沃库尔斯基从两扇门之间伸出头来,不耐烦地问道。

① 俄国的法律和大多数欧洲国家的法律一样,禁止决斗,对决斗者判终身监禁。——原注
② 原文是一种波兰化的德文。
③ 原文是一种波兰化的法文。

"那位到过我们这里的先生又来了。"仆人回答说,把目光投向了办公室,可是除了桌上那个本子和科林斯先生脸上火红的连鬓胡之外,他并没有发现什么异样的东西。

"你为什么不说我不在家?"沃库尔斯基恼怒地问道。

"我忘了。"仆人皱着眉头回答说,他摆了摆手。

"那就请他到客厅里来吧!你这个笨驴。"沃库尔斯基说完便把办公室的门关上了。

没多久,马鲁谢维奇来到了客厅里。他一进来就觉得不好意思,当他看见沃库尔斯基接待他时带有明显的厌恶感后,就更难为情了。

"对不起……也许我打扰了……或者您有要紧的事……"

"我现在什么事也没有。"沃库尔斯基阴郁地说,他的脸却有点红了。马鲁谢维奇看到这个情况,深信房间里一定发生了什么事,也许来了个女人。不管怎样,他终于鼓起勇气,面对尴尬的人们,他总是很勇敢的。

"我只占您一点点时间,尊敬的先生,"那个形容憔悴的年轻人说起话来大胆些了,他还漂亮地挥动着他的那根小手杖和帽子,"只占一点点时间。"

"您说吧。"沃库尔斯基说。他马上在一张靠椅上坐下,对客人指着另一张靠椅。

"我是来向您道歉的,敬爱的先生,"马鲁谢维奇装模作样地说,"因为在拍卖文茨基的房子的时候,我未能为您效劳……"

"可您是怎么知道拍卖的事的呢?"沃库尔斯基十分惊奇而又严肃地问道。

"这个您没有想到?"那个快活的年轻人自由自在地问道,他稍稍地眯缝着眼睛,因为他还不敢肯定,"这个您没有想到,敬爱的先生?……还有那个正直的什兰格巴乌姆……"

他忽然停住了,好像这句没有说完的话,塞在他那张着的嘴里,说不下去似的。他拿着小手杖的左手和拿着帽子的右手也在靠椅的扶手上垂了下来。这时沃库尔斯基一动也不动,只是眼睁睁地望着他的客人。他悄悄地留心着马鲁谢维奇脸上的变化,就像猎人注视着一片休耕地,因为有一些受惊的野兔正在那上面跑了过去。他凝视着那个年轻人,心里想道:

"啊,难道这就是什兰格巴乌姆为了那次拍卖,用十五卢布雇来的那个老老实实的天主教徒?但他要我先别把钱预付给他呀!啊……他在收下克热索夫斯基那匹牝马的八百卢布时,也有些不好意思……他极力宣扬我买了那匹牝马……他同时服侍两个上帝:男爵和男爵夫人……是的,他对我的事情知道得太多了……什兰格巴乌姆太不谨慎。"

沃库尔斯基一面想,一面用一种平和的目光注视着马鲁谢维奇。那个形容憔悴的年轻人本来神经过敏,现在被沃库尔斯基两眼盯住,就像一只被眼镜蛇瞅见了的鸽子那样,害怕得想要躲开。他最初脸色苍白,后来又想把一双疲劳的眼睛盯住一样毫不相干的东西,因此他在天花板和墙壁上到处寻找,但是这种寻找是徒劳无益的,最后反而使自己出了一身冷汗。他觉得他那有点错乱的目光无法摆脱沃库尔斯基的控制,那个面色阴沉的商人就像用一把钳子钳住了他的心灵,他抗拒不了。于是他摇了几下头,不得不心服口服地听任沃库尔斯基目光的摆布。

"先生,"他用一种甜蜜的声音说,"看来我对您必须打开窗子说亮话……我现在就可以说……"

"不劳您费心了,马鲁谢维奇先生!我要知道的事情我全都知道。"

"先生,您被谣言骗了,所以对我产生了不好的印象……但我以我的荣誉担保,我的用意是最好的……"

"请您相信我,马鲁谢维奇先生,我的印象不是从谣言那里来的。"他站起来,朝另一方望去,使得马鲁谢维奇清醒了一点。那年轻人趁机马上告别了沃库尔斯基,很快就跑下了楼梯,他心里想:

"哼,有谁听说过这样的事?……一个小小的杂货商在我面前摆架子!讲句老实话,有一阵子,我真想用手杖揍他一顿……卑鄙无耻的家伙!他还以为我怕他……上帝呀,你对我的轻率,惩罚得多么厉害呀!……

"……那些卑鄙的高利贷者会给我派来法院的执行官,过几天,我就非得还那笔赌债了,至于那个商人,那个……流氓!……我只是想知道,这是怎么回事,他对我是怎么看的?……没别的,只有这一点……讲句老实话,他肯定杀过人,因为一个规矩人不会有那样的目光。不是吗,他差点把克热索夫斯基杀了。哼!这个厚颜无耻的家伙!……他竟敢那样望着我……望着我,真浑蛋!……"

尽管这样,第二天他又去拜访沃库尔斯基,因为在家里没有碰上他,便吩咐马车夫直接拉到了店里,还要他在店门口等他。

伊格纳齐先生伸开双臂迎接他,那慷慨大方的样子,就像要把整个店铺都交给他管理似的。可是有个内在的声音告诉老掌柜，这个顾客不会买比五个卢布更贵的东西，也许他还要赊账呢。

"沃库尔斯基先生呢？……"马鲁谢维奇问道，连帽子都没有脱下。

"一会儿就来。"伊格纳齐先生回答说，他深深地鞠了一躬。

"过一会儿，这就是说？"

"最多过一刻钟。"热茨基答道。

"我等他。请您叫人给马车夫送一个卢布去！"那年轻人说着就随便在一张椅子上坐下，但是当他想到老掌柜也许不那么干的时候，他觉得他的两条腿就好像冻僵了似的。热茨基给了那马车夫一个卢布，但没有再向这个顾客鞠躬。

过了几分钟，沃库尔斯基进来了。

马鲁谢维奇一看见他所厌恶的那个商人的形象，心中便产生了各种各样的感觉，他不知道该说些什么，甚至连自己在想什么都不知道。他只记得沃库尔斯基把他领到铺子后面的一间房里，那里放着一个铁制的钱柜。他知道自己看到沃库尔斯基时的感觉是一种混杂着轻蔑和厌恶的感觉。后来他还想到，他曾尽力用一种非常讲究的礼貌去掩饰那种感觉，可是他又认为，那是一种卑躬屈膝的礼貌。

"您有什么事？"他们都坐下来后，沃库尔斯基问道。马鲁谢维奇也不知道自己是什么时候坐下的，因此他只好嗫嚅地回答说：

"尊敬的先生！我向您表示我的好意……您是知道的，男爵夫人克热索夫斯卡想买文茨基家的房子……可是她丈夫男爵不准动用她财产里他享有的那一部分,如果不动她的财产,交易就谈不成……现在……男爵面临困境……他少……少一千卢布……他想要借一笔债,没有这钱,您知道,没有钱,他就不能有效地对抗他的妻子……"

马鲁谢维奇看见沃库尔斯基又在仔细地察看着他,便揩了揩额头上的汗水。

"那么是男爵需要钱?"

"是的。"那个年轻人马上回答说。

"一千卢布我不给,但三百……四百倒还是可以的……只是要有男爵签字的一张收据。"

"四百!"那年轻人痴呆呆地重复一遍,后又突然补上一句,"一个钟头后,我把男爵的收据送来……那时您还在这里吗?"

"在。"

马鲁谢维奇离开了那间房,一个钟头后,他果真带来了一张由男爵签了字的收据。沃库尔斯基看了那张文据,便把它放在钱柜里,随即给了马鲁谢维奇四百卢布。

"男爵会尽力在最短的时间内……"马鲁谢维奇含糊不清地说。

"那不急,"沃库尔斯基说,"男爵是不是生病了?"

"是的……有点……他明天或者后天就要出门……他很快就会把钱还给您……"

沃库尔斯基辞别他时,只是毫不在意地点了一下头。

那年轻人匆忙地离开了铺子,他甚至忘了把用于开销马车夫的那个卢布还给热茨基。他来到街上,舒了口气,开始想道:

"唉，这个卑鄙的杂货商！……他竟敢只给我四百卢布而不给一千……上帝呀，你对我的轻率惩罚得多么厉害呀……讲句老实话，如果我赢了钱，我就要把这四百卢布和另外两百卢布都塞到他眼睛里去……上帝呀，我摔得好厉害呀……"

在他的脑子里出现了各种饭店的堂倌、台球馆里的记分员、旅馆的门卫，他也曾以各种不同的方式索取他们的钱财，但他觉得，这些人都没有像沃库尔斯基那么讨厌，那么可鄙。

"讲句老实话，"他想道，"我是自愿陷进他那丑恶的爪子里了……上帝呀！你对我的轻率惩罚得多么厉害呀！……"

但在马鲁谢维奇走后，沃库尔斯基却感到很满意。

"在我看来，"他想道，"这真是个大坏蛋，但他很机灵。他要我给他一个职务，他自己却找到了另一个；他监视我，把我的情况告诉别人。我深信，他如果没有伪造一个签名，在我这里骗走了那四百卢布，他也会给我造成许多麻烦。克热索夫斯基虽然脾气古怪，游手好闲，但他到底还是个老实人……（一个游手好闲的人会不会老实？……）不管怎样，他不会为了他的事情或者他妻子的反复无常来向我借钱……"

他突然感到不高兴，用手撑着脑袋，闭着眼睛又想：

"可我究竟干了什么呢？……我有意支持一个坏蛋去行骗。如果我今天死了，克热索夫斯基就非得还那笔钱不可，因为那是我死后的遗产……不，马鲁谢维奇会坐牢的，哼，他逃不了……"

过了一会儿，一种更加可怕的悲观情绪笼罩了他。

"四天前，我差点杀死一个人，今天，我又给另一个人造了一座通往大牢的桥,这都是为了她呀,为了一声:谢谢①……但我为了她,也挣得了一笔财产,使几百个人有了工作,为国家创造了财富……要是没有她,我会怎么样呢? 只不过是一个小小的服饰用品商。可是今天,全华沙都在谈论我,岂不美哉! ……一点点煤就能推动装载着几百个人的船,爱情也推动了我。但它要是烧死了我,把我变成了一撮灰呢?……上帝呀,这个世界是多么卑鄙呀……奥霍茨基说得不错。女人是下贱的野兽,她们甚至要从她们自己一窍不通的东西中取乐……"

他因为陷入了痛苦的思虑中,连开门的声音和他背后那急促的脚步声也没有听见。一直到他觉得有一只手触到了他,这才醒悟过来。他转身一看,律师腋下夹着一个大皮包,脸色阴沉。

沃库尔斯基难堪地跳了起来,让客人坐在一张靠椅上。这位杰出的律师小心翼翼地把手放在桌子上,用一个手指急忙擦了擦后脑勺,低声说:

"我的先生……先生……沃库尔斯基先生! 亲爱的斯坦尼斯瓦夫先生! ……您这在……这在干什么? ……我抗议……我反对……我要起诉大老爷沃库尔斯基,这个轻佻的人,我亲爱的斯坦尼斯瓦夫先生。他从一个商店的学徒变成了学者,他要改善我们的对外贸易,我的先生……斯坦尼斯瓦夫先生——这么做是不行的!"

他一面说,一面擦着后脑勺的两侧,并且还撇着嘴,好像嘴里噙满了奎宁似的。

---

① 原文是法文。

沃库尔斯基低下了眼睛,沉默不语,律师接着说:

"亲爱的先生,一句话——情况不妙啊!萨诺茨基伯爵,您不会忘记他,那个守财奴要完全退出我们的公司……您知道为什么吗?有两个原因:第一是您以赛马取乐,第二是您在赛马中赢了他。他的马跟您的牝马一起参加竞赛,它输了。伯爵很不高兴,他在发牢骚:'见鬼,我干吗要去投资呢?难道是为了使这些商人来和我赛马,还当着我的面夺去了奖金?……'

"我想要说服他,可是白费了,"律师停了一下,又说,"其实赛马和别的交易一样,也是一种很好的交易,甚至比别的交易更好,以为您在几天中用八百卢布赚了三百,可是伯爵马上堵住了我的嘴,他说:'沃库尔斯基把全部奖金和卖马的钱都交给了那些贵妇人,要捐给保育院。除此以外,他们到底付给了容格和米勒多少钱,只有上帝知道……'"

"我连这么做都不可以吗?"沃库尔斯基插了一句。

"可以,先生,可以的,"那有名的律师甜言蜜语地附和着,"您可以那么做,但您那么做就犯了前人犯过的罪过,只是前人犯罪的手段比您高明得多。不管是我还是公爵和伯爵们跟您接近,都不是要您重蹈前人的覆辙,而是要您给我们指出新的道路。"

"那他们退出公司好了,"沃库尔斯基不高兴地说,"我不会阻拦他们。"

"您要是再犯一个错误,"律师问答说,他挥了挥手,"他们就会退出……"

"好像我已经犯了那么多错误似的……"

"您真够冠冕堂皇的,"律师生气了,他用手拍着自己的膝盖,"您知道那个李青斯基伯爵,那个冒牌的英国人,那个'是的'说了些什么吗?……他说:'沃库尔斯基是个道地的绅士,他的枪法有内姆罗德①那么准,但他……绝不是商贸的领导人。因为今天他给一个企业投资几百万,明天又要跟什么人决斗,这对什么都是很危险的……'"

沃库尔斯基连人带椅子往后挪动了一下,这种责难是他完全没有想到的。律师看见他的话生效了,便决定趁热打铁。

"亲爱的沃库尔斯基先生,如果您不想让这桩已经开始的美好事业半途而废,那就请您别再干您的那些事了,首先是——别买文茨基家的房子。因为,您要是为那栋房子抛出九万卢布,对不起,公司就会像烟斗里冒出的烟一样散掉了。如果大家看见您拿一笔大的资本去放年息六厘或七厘的利息,他们不仅不再相信您答应过给他们的利息,而且……您也知道……他们还会对您产生怀疑……"

沃库尔斯基从桌子旁边跳了起来。

"我不要什么股份公司!……"他叫道,"我不要别人给我任何恩赐,我可以帮助别人。谁不相信我,请他来检查我的全部业务好了……他会信服我是不搞欺骗的,可那时候,他也就不再是我的股东了。反复无常并不是伯爵和公爵们的专利,我也可以反复无常,我不喜欢别人干涉我的事情。"

"别急,别急!您消消气,亲爱的斯坦尼斯瓦夫先生!"律师把他按回到椅子上,安慰他说,"那么您是一定要买了?"

"是的。对我来说,那栋房子的价值比跟全世界所有的老爷合办的公司还大。"

~~~~~~~~~~

① 内姆罗德是传说中巴比伦国家的建立者,是位著名的猎手。

"好……好……这么说,您在一段时间,可以找另一个人替您出面。实在没有办法,我也可以把我的名字借给您用,您的财产是不会得不到保障的。要紧的是,不要使那些已经失望了的人更加失望。贵族一旦对公众事业产生兴趣,就会投入这些事业中,一年或者半年之后,您也就成了那栋房子一个名义上的房东了。这么说,同意吗?"

"就这么样吧!"沃库尔斯基答道。

"是的,"律师说,"这是最好的情况。如果您亲自出面买那栋房子,那也许会给文茨基他们留下不好的印象。我们通常都不喜欢那些想要继承我们财物的人,这是一点。另一点是:谁能担保,他们的脑子里会不会产生各种各样的想法?……比如说,他们会不会认为,他买得太贵或者太便宜了?……如果他买得太贵,那他们会想,他怎么敢给我们优惠;如果他买得太便宜,他们又会认为,他在剥削我们……"

律师最后这些话,沃库尔斯基几乎没有听见,他正全神贯注地思考一些其他的事务,客人走后,他更陷入这种沉思中去了。

"那当然,"他自言自语道,"律师说得不错。有人在责备我,甚至要审判我,但他们是在我背后这么做的,我什么也不知道。到今天,我才想到了许多具体的事情。一个礼拜以来,那些和我有联系的商人总是露着一副不高兴的脸面,他们的对手胜利了。铺子里出了什么事……伊格纳齐满面愁容地走来走去,什兰格巴乌姆在沉思,李谢茨基变得比以前更加蛮不讲理了,就好像他已经料到不久后他就要从店里滚蛋了似的。克莱因也露出了悲哀的面相(这个社会主义者! 他对赛马和决斗很生气……),那个机灵鬼钱巴已经在巴结什兰格巴乌姆了……他是不是已经料定他是未来的店老板呢?……哎,你们这些可爱的人呀……"

他站在房间的门槛上,向热茨基点了一下头;老掌柜却不明白是什么意思,他不敢望老板的眼睛。

沃库尔斯基指给他一张椅子,然后在那间狭小的房间里来回地走了几趟,说道:

"老朋友!坦白地告诉我,人家是怎样议论我的?……"

热茨基把手臂垂了下来。

"哎,上帝呀!人家说了些……"

"你就直说吧!"沃库尔斯基激励了他一下。

"直说……那好。有人说你发狂了……"

"太好了!……"

"还有一些人……还有一些人说你要搞欺骗……"

"那就让他们把我……"

"大家都认为你要破产了,要不了多久就会破产。"

"就让他们把我……"沃库尔斯基插嘴道,"可你,伊格纳齐,你是怎么看的呢?"

"我认为,"热茨基毫不犹豫地回答说,"你已经卷入一场大的冒险中去了……而且你也出不来了……恐怕你只有马上退出来才行,对这个问题,你应该有清楚的认识。"

沃库尔斯基大发雷霆。

"我不退出!"他叫了起来,"一个口渴的人是离不开泉水的。如果我真的要死,那也要喝了水才死……你们想从我这里得到什么呢?我从小就活得像一只被缚住的鸟那样:干活,被监禁,在不幸的婚姻中出卖了自己……可是今天,当我展开了翅膀的时候,你们却对我絮叨个没完,像一些古怪的家鹅对一只已经飞起来的野鹅那样……那个破烂的铺子或那家公司对我有什么用呢……我要生活,我要……"

这时有人敲门。文茨基的仆人米科瓦伊送来了一封信。沃库尔斯基急忙拿过来,把信封拆开,读了起来:

> 尊敬的先生!我的女儿定要进一步地结识您,女人的意愿是神圣的,所以我请您明天到我们这里来吃饭(六点左右),您千万别推辞,请接受我崇高的致敬。

托·文茨基

沃库尔斯基感到全身无力,不得不坐下来。他把那封信念了一遍又一遍……最后,他终于醒悟过来,给文茨基先生写了封回信,同时赏给了米科瓦伊五个卢布。

这时候,伊格纳齐先生到店里去了几分钟。等到米科瓦伊走后,他又来到了沃库尔斯基那里,重又开始了他们的谈话:

"亲爱的斯塔休,不管怎样,你也得看看你眼下的处境,也许你自己就会后退的……"

沃库尔斯基轻声地吹着口哨,戴上帽子,把一只手放在老朋友的肩膀上,回答说:

"告诉你吧,就是我脚下的土地陷了下去……你明白吗?就是我头顶上的天塌下来,我也不后退,你明白吗?……为了那种幸福,我愿献出生命……"

"为了哪种幸福呢?"伊格纳齐问道。

但沃库尔斯基已经从后门走了。

第十四章　少女的幻想

从复活节开始,伊扎贝娜小姐就常常想着沃库尔斯基了,有个非同寻常的情况的出现给她留下了深刻的印象:她觉得这个人在不断地变化。

伊扎贝娜小姐的熟人很多,她也很善于评论别人。她至今认识的那些人每个都有自己的特点,而且她都能够用一句话把他的特点说出来。公爵是个爱国者,他的律师很有心计;李青斯基伯爵爱装扮成英国人,他的姑妈很自负;议长夫人——善良,奥霍茨基——古怪,克热索夫斯基是个牌迷。总之,每个人都有优点或缺点,他们的优点有时表现为立过功,而最经常是表现为他们有头衔和财产,此外还有他们高贵的脑袋、手、脚和多多少少有些时髦的衣着。

一直到认识了沃库尔斯基,她才见到了一种新的个性,一种她料想不到的现象。这是无法用一句话来表达的,就是用一百句话也说不清楚。他跟谁都不像,如果要拿他跟什么东西比较的话,那就只能跟地区相比了。你在这个地方整天走来走去,你会见到平原和高山、森林和牧场、河流和沙漠、乡村和城市。在雾蒙蒙的地平线后面,显现出一片模糊不清的景色,它和人们以前看到的完全不一样。她感到很惊奇,她问自己道:这是一种激动人心的幻想,还是真的有一个超人类的生灵显灵了？在客厅里大概是见不着的吧？

于是她把自己的这些感受都记了下来。

最初的那一次，她根本没有看见他，她只觉得有个很大的影子在靠近她。

那时候，她知道，有人为慈善事业和她姑妈的保育院捐了几千卢布；后来，又有人在俱乐部里和她父亲玩牌，把钱天天输给她的父亲；最后，还有人买她父亲的期票（也许不是沃库尔斯基吧？……），完了又收购她的餐具，还拿出各种各样的东西，用来装饰耶稣墓。

这是一个自以为是的暴发户，一年来，不论她在戏院里，还是在音乐会上，他都以他的视线跟踪着她。这个人既粗暴又无耻，他靠一些可疑的投机取巧发了财，要在人们中赢得好的名声，从她父亲那里索取她，伊扎贝娜·文茨卡小姐！……

从那个时候起，她只记得他的粗壮的个子、一双红扑扑的手和那生硬的态度，跟其他懂得礼貌的商人相比，真叫人受不了。他周围全都是那些扇子、旅行皮包、伞、手杖和这类的装饰品——简直可笑。那是一个既狡猾又厚颜无耻的商人，他在店里却装得像个倒了霉的大官似的。她很讨厌他，甚至对他恨得要命，因为他胆敢用收买餐具和输钱给她父亲的办法来接济他们。

直到今天，伊扎贝娜小姐一想起那些事，还拼命地拉扯着自己的长裙。有时候，她突然扑倒在长沙发上，用拳头猛击坐垫，恶狠狠地叫道：

"坏蛋！……坏蛋！……"

她因为看见自己家里已经陷入不幸，感到很失望。可这时候，却有人胆敢闯进遮住了她最最秘密的隐私的帷幕后面，给她包扎伤口，这些创伤，她就是在上帝面前也是不愿公开的。她什么都可以原谅，但是如果有人伤害她的自尊心，她是不能原谅的。

然后，舞台上的布景换了，出现了另一个人。那人一点也不含糊其词，当面就对她说，他买那套餐具是为了赚钱。他也知道，援助伊扎贝娜·文茨卡小姐是不行的，不能那么做。因此，他如果援助了她，他决不会去大力宣传或者要求人家向他道谢，他连想都不敢这么想。

就是这个人，因为姆拉切夫斯基竟敢不怀好意地对她说三道四，他就把他从店里赶走了。伊扎贝娜小姐的死对头克热索夫斯基男爵和男爵夫人为这个年轻人辩护，不行；身为伯爵夫人的姑妈出来说话，也不行，姑妈本来不轻易向人道谢，更是很少求人的。沃库尔斯基对这些都没有让步……可是她，伊扎贝娜小姐一句简单的话就把这个执拗的人征服了；他不但让了步，还给了姆拉切夫斯基一个更好的职位。他对他不敬重的女人，是不会做这种让步的。

遗憾的是，几乎在同一时候，她的那个崇拜者又变成了一个自以为了不起的暴发户，又朝她的募捐盘里扔下一大包金币，唉，那是多么市侩呀！……再说他一点不懂英语，对这种摩登的语言竟一无所知！……

第三个阶段。在复活节假的第一天，她在姑妈家的客厅里就见到了沃库尔斯基，那时他已经成了一个风云人物。贵族中一些最显赫的人都急忙要结识他，而他，这个粗暴的暴发户就像在烟雾中冒出的火焰一样，更加出人头地了。他不很灵活但很大胆地走来走去，就好像那客厅无可争议地为他所有一样，他很不高兴地听着那些人对他说的那许多恭维话。

后来,在所有的贵妇人中那个最值得尊敬的议长夫人又把他叫了去,她跟他只谈了几分钟就悲哀地哭了……这难道也是为了这个有双红手的暴发户?……

这时候,伊扎贝娜小姐才看出沃库尔斯基那副脸相很不一般,因为它具有一种富于表情的斩钉截铁的意志特征。他的毛发像发怒似的竖了起来,还有一小撮胡子、下巴、明亮和尖利的目光……如果这个人享有的不是那个商店而是一大宗地产的话,那会是很体面的;如果他生下来是个公爵,那一定具有迷人的俊美。不管怎样,他使人想起那个陆军上校特洛斯蒂,还真的使人想起那个斗赢了的罗马角斗士的雕像。

那时差不多所有的人都远离了伊扎贝娜小姐。

上了岁数的老爷们虽然因为她的优雅和漂亮还向她表示一点客气,但年轻人,特别是那些有头衔或财产的年轻人对她很冷淡了,也不愿和她接触。可是她对寂寞和那些廉价的恭维话感到不好受的时候,又想和他们中的一个较为活泼地谈谈话,但这时候,她看中的那个人却只是望着她,而且显得很恐慌,好像怕她抓住他的脖子,马上拖他到祭坛前去和她结婚似的。

伊扎贝娜小姐爱沙龙生活胜过了爱她的生命,只有到进坟墓的时候她才会离开它,她也一年比一年,甚至一月比一月更加瞧不起别的人了。她不理解,为什么一个像她那样的女人,既漂亮、善良,又受过良好的教育,只因为没有财产,竟被人们遗弃了。

"哼,那是些什么人,仁慈的上帝呀!……"每当她在窗帘后面看见一些穿得很体面的人的马车驶过的时候,她总是这么说。可是那些人却故意装出各种各样的姿势,掉过头去,不愿看她的窗子向她表示问候。他们大概认为她正在望着他们吧？

她确实在望着他们！

这时候她眼睛里便涌上了一股热泪；她气得紧咬她那漂亮的嘴唇，然后拉着绳子，把窗帘扯上。

"这是些什么人呀！……这是些什么人呀！……"她重复地说，但她不好意思给他们取一个难听的外号，连自己偷偷地那么称呼也不好意思，因为他们究竟是上流社会的人。在她看来，只有沃库尔斯基可以叫作坏蛋。

在命运的捉弄下，过去那一大群崇拜她的人现在只剩下两个了。她并没有被奥霍茨基迷惑，而奥霍茨基更多的是在研究一种飞行机器（多么不清醒呀！），并没有理睬她。只有那个元帅和男爵总是挨在她的身边，但他们也没有提出更多的要求。那个元帅往往使她想起了她有时在街上见到的屠宰场的车子上运载的那种熏烤过的死猪；男爵在她看来，就像在一些车子上可以看到的那一堆堆没有硝过的皮张一样。现在只有他们两个和她仍有交往，如果他们真是人们所说的天使的话，那就可以成为她的一双翅膀了……这两个老人对她施展着各种可怕的手段，使她日以继夜地遭受折磨，就像生活在地狱中一样。

在这种时候，她就像一个溺水的人，眼睁睁地望着远方岸上的一道亮光，心里却依然想着沃库尔斯基。于是她在那无边无际的痛苦中感到了一点安慰，因为现在有个很不平常的人在疯狂地追求她，这个人在社交界是谈论得最多的。接着她又想起了一些著名的旅行家和一些美国富有的实业家，其实那些美国的实业家在矿山里也做过许多年的苦工，在巴黎的上流社会中，人们有时还指给她看过。

一个不久前从修道院里被赶出来的伯爵的女儿用扇子指着一个方向，叽叽喳喳地说："您看见那个模样像个载客大马车的车夫的先生了吗？据说他是个伟大的人物，他有过发现，但我不知道他发现了什么，是金矿呢，还是北极……我甚至连他叫什么都记不起来了。可是学院里有个子爵肯定地对我说，那位先生在极地住过十年，不……他是住在地底下……这个人真可怕！……我要是像他那样，定会被吓死的……你要是那样，会吓死吗？……"

如果沃库尔斯基是个那样的旅行家，或者至少是一个矿工，在地底下干了十年，挣得了几百万，那还可以……但他是个商人，而且是个做服饰用品买卖的商人……他连英语都不懂，时时刻刻都表现出他是个暴发户，在年少的时候，他还从饭店的厨房里给顾客们端过饭菜。这样的人最多也只能当个参谋，或者做个最珍贵的朋友（在没有客人的办公室里），甚至……做丈夫，因为一个人总会遇到可怕的不幸。可是做个情人……唉，那简直可笑！……在没有办法的时候，最高贵的夫人也不得不在泥塘里洗澡，但是在那里取乐的就只有疯子了。

第四个阶段。伊扎贝娜小姐在浴室公园遇到过沃库尔斯基几次，对他的鞠躬也还过礼。她觉得，那个粗鲁的人在绿树林中和雕像旁边跟他站在店里柜台后面完全不一样……他如果有一宗包括花园、宫殿和池塘的地产会不会更好一些？……不错，他是个暴发户，但他好像也是个贵族，是个军官的侄子……跟那个元帅和男爵相比，他看起来更像阿波罗，贵族们也越来越多地谈论他，还有议长夫人的眼泪……

此外,议长夫人还在她的女友伯爵夫人和她的侄女伊扎贝娜小姐面前对沃库尔斯基很自然地表示过支持。伊扎贝娜小姐因为感到跟姑妈在浴室公园几个钟头的散步十分无聊,关于摩登、保育院以及所有计划中的婚事的闲谈是那么令人腻烦,她甚至对沃库尔斯基在散步的时候没有和她们接近,跟她们哪怕聊一刻钟都没有,也埋怨起来。对一位社交场中的小姐来说,和那种人谈话是很有意思的。在伊扎贝娜小姐看来,农民们和他们那种特殊的语言和逻辑会引起人们很大的兴趣。

虽然一个服饰用品商人,一个有私人马车的人,并不一定像农民那么有趣……

有一天,议长夫人表示要跟她和伯爵夫人一起去浴室公园,中途把沃库尔斯基拦住,伊扎贝娜听到后,也不觉得有什么不快或者意外。

"我们都感到寂寞和无聊,让他给我们解解闷吧!"那个老妇人说。

她们一点左右来到了浴室公园,议长夫人意味深长地微笑着,对伊扎贝娜小姐说:

"我有一种预感,我们在这里的一个什么地方会遇见他……"

伊扎贝娜小姐的脸微微地红了,她决心不和他谈话,要以一种高傲的态度对待他,免得他存什么幻想。即使有那种"幻想",也谈不上什么爱,伊扎贝娜小姐连一点互相信任的友情都不要。

"火也逗人喜爱,特别在冬天,"她想道,"不过……要保持一定的距离。"

但沃库尔斯基却不在浴室公园。

"怎么,他没有在这里等着?"伊扎贝娜小姐自言自语道,"也许他病了……"

她不认为沃库尔斯基有什么事情比来看她更重要,她打定主意,不仅要以高傲的态度对待他,而且要对他表示不满。

"如果守时是国王们的礼貌①,"她仍自言自语地说,"那么对商人来说,至少是他们应尽的责任。"

半小时、一个小时、两个小时都过去了,该回家了,可是沃库尔斯基还没有来;最后,夫人们不得不上了马车,伯爵夫人像平常一样,对什么都很冷淡,议长夫人有些心神不定,伊扎贝娜小姐一直很生气,而且到了晚上,她的愤怒还没有减退。因为她的父亲告诉她,沃库尔斯基从中午起,就一直在公爵家里,参加了一个会。他在那个会上宣布了建立一个很大的贸易公司的计划,这个计划在那些百无聊赖的贵族中,确实激起了很大的热情。

"我早就料到,"文茨基末了说,"有了这个人的帮助,我们不用再为生活而发愁,而且还能恢复我们应有的地位。"

"不过加入公司是要钱的,爸爸!"伊扎贝娜小姐微微耸了耸肩膀,回答说。

"所以我要卖掉我们的房子,当然,要用六万卢布去还债,但我至少还能够留下四万卢布。"

"姑妈说,那房子没有人肯出比六万更多的价钱……"

"你姑妈……"托马斯先生生气了,"她总是说些使我担

---

① "守时是国王们的礼貌"是法国国王路易十八的一句名言,在拿破仑失败后,他统治过法国。——原注

心或者贬低我的话。克热索夫斯卡只给六万,她恨不得用一调羹水把我们淹死……这个小市民!唉……不过,你姑妈还是支持她,这是可以理解的,因为那关系到我的房子,关系到我的地位……"

他红着脸,呼哧呼哧地喘着气,但他不愿在女儿面前大发雷霆,因此吻了一下她的额头,就回到自己的房里去了。

"父亲大概说得不错吧?"伊扎贝娜想道,"也许他真比那些对他严厉指责的人更有办法。父亲不是最先认识那个……沃库尔斯基吗……那是个多么不懂礼貌的人呀!议长夫人肯定邀请过他,可他却没有到浴室公园来。不过,也可能不来还好些,要是有个熟人碰到我们和一个服饰用品商人一起散步,那多么不好看呀!"

在那以后的几天中,伊扎贝娜小姐发现到处都在谈论沃库尔斯基,他的名字响遍了许多沙龙。元帅发誓,说沃库尔斯基肯定出身于一个古代的大家族。可是男爵,那个男性美的鉴赏家(他在镜子面前照了半天)却断定他"绝对不是……绝对不是……"萨诺茨基伯爵打赌,说沃库尔斯基是国内最聪明的人;李青斯基伯爵宣称,这个商人在学英国实业家的榜样;公爵却只是搓了搓手,微笑地说:"是吗?……"

连那个奥霍茨基有一天去拜访伊扎贝娜小姐时也告诉她,说他和沃库尔斯基到浴室公园去散过步。

"你们谈了些什么呢?……"她很惊奇地问道,"大概不会谈飞行机器吧?……"

"噢!"正在沉思的表兄喃喃地说,"在华沙,也许只有跟沃库尔斯基才能够谈这些事情。这家伙……"

"独一无二的聪明人……独一无二的商人……只有他能

够跟奥霍茨基交谈，"伊扎贝娜小姐想，"这到底是个什么人呢？……啊，我知道啦！……"

她认为她已经看透了沃库尔斯基。这是个野心勃勃的投机家，他想钻进上流社会，要和她这个没落的名门小姐结婚。为了达到这个目的，他已经赢得了她父亲、她的姑妈伯爵夫人和整个贵族阶层的好感。可是他又认为没有她他也能够混到贵族里去，因此他对她的爱突然冷淡了……连浴室公园都没有去……

"我祝贺他，"她自言自语道，"他具有飞黄腾达所必需的一切长处：他长得不丑，他有才能，有魄力，首先是卑鄙龌龊，厚颜无耻……他怎么敢装成一个爱恋我的人，而且那么轻易地……要说玩弄欺骗手段，我们真的比不上那些暴发户……一个多么可耻的坏蛋！……"

她很生气，本想告诉米科瓦伊，任何时候都不能让沃库尔斯基跨进客厅的门槛……如果他有事来找他们，最多只准他到老爷那间房里去。但她这时候又想起了，沃库尔斯基从来没有表示过，非得到她家里来不可，因此她又羞得满脸通红了。

后来她在梅利顿太太那里打听到，克热索夫斯基男爵和他妻子又发生了冲突。她还听说男爵夫人用八百卢布买了男爵的那匹牝马，但她还是会把马还给他的，因为过几天就要举行赛马了。男爵打了一个很大的赌。

"遇到这个机会，男爵夫妇俩也许会相互和解。"梅利顿太太看出了这一点。

"啊，如果男爵得不到那匹马，他的赌打输了的话，我会付出什么代价呢！……"伊扎贝娜小姐叫了起来。

过了几天,她从弗洛伦迪娜小姐那里非常秘密地了解到,男爵并没有弄到那匹马,因为沃库尔斯基把它买走了。

由于这件事一直保密,所以伊扎贝娜小姐去看她姑妈时,发现伯爵夫人和议长夫人还在议论着男爵夫妇会不会因为那匹牝马而相互和解。

"不会有什么结果,"伊扎贝娜笑着插嘴说,"男爵得不到那匹马。"

"你打赌吗?"伯爵夫人冷冷地说。

"当然可以,如果我赢得了姑妈那只带蓝宝石的手镯……"

赌算是打定了。伯爵夫人和伊扎贝娜小姐因此对赛马也产生了极大的兴趣。

伊扎贝娜小姐一时还有点担心:有人告诉她,说男爵愿给沃库尔斯基四百卢布的转让费,由李青斯基出来调解。甚至在伯爵夫人的沙龙里,都有人在悄悄地议论,说沃库尔斯基不是为了钱,看在伯爵面上,他一定会同意那个调解的。可伊扎贝娜小姐当时却这么想:

"如果他是个贪得无厌的暴发户,那他就会同意,但他是不会同意的,要是……"

她不敢再想下去。沃库尔斯基帮了她的忙,他没有把那匹牝马卖掉,而让它参加了比赛。

"他还不是那么卑鄙无耻。"她对自己说。

由于这个看法的影响,她在赛马场上和沃库尔斯基还谈得很亲切。

可是伊扎贝娜小姐为了这么一点微不足道的善意,却暗中责备了自己一番:

"干吗要让他知道我们对他的赛马感兴趣呢？……我们的兴趣并不比别的人大嘛！我干吗要对他说'您非得跑赢不可'呢？……还有他的回答：'如果您这么希望，我就会跑赢。'究竟是什么意思呢？他已经忘了他是谁。如果克热索夫斯基因为她跟沃库尔斯基说了那几句客气话而气得生病，那也没什么。"

伊扎贝娜小姐恨克热索夫斯基，他曾经死乞白赖地追求过她，遭到拒绝后，便进行报复。她知道他背后叫她老处女，说她会嫁给她的仆人，这就使她一辈子也忘不了。可是男爵并不满足于这些损人的话，他甚至当着她的面也那么厚颜无耻，他嘲笑她过去的那些崇拜者，还含沙射影地揭露了他们的破产。伊扎贝娜小姐也曾无意识地提起过男爵那小市民的妻子，她说他是为了钱才和她结婚的，可是他从她那里什么也没有捞到。因此，这位贵族小姐便和他发生了激烈的冲突，有时甚至闹得很不愉快。

赛马那天是伊扎贝娜小姐的胜利，也是男爵的失败和耻辱。他虽说来到了赛马场上，也装得很高兴，但他心里却燃着一股怒火。当他看见沃库尔斯基把奖金和卖马的钱交到伊扎贝娜小姐的手里时，他再也忍不住了，便跑到那辆马车旁边，干了那桩丑事。

男爵那无礼的目光和他公开把沃库尔斯基称为伊扎贝娜小姐的崇拜者，对她是个残酷的打击。如果受过良好教育的贵族女子也可以这么无礼的话，那她非得把男爵打死不可。当她看见伯爵夫人听到他的号叫是那么不动声色，议长夫人虽然有点不好意思，但父亲却毫无反应的时候，她的内心更加痛苦了。父亲的这种态度是因为他早就把克热索夫斯基当作一个疯子,他认为,不应当刺激他,对他要宽容一点。

正是在这个时候(当时在别的马车上已经有人在望着他们),沃库尔斯基救助了伊扎贝娜小姐。他不仅堵住了男爵那连连不断地骂人的嘴,而且他还要跟他决斗。对沃库尔斯基这种坚决的态度,谁都没有感到疑惑:议长夫人只是为她喜爱的人有点担心,伯爵夫人的看法是,沃库尔斯基不可能采取别的办法,因为男爵向马车走去的时候,撞了他一下,也没有向他道歉。

"那么你们就说说看,"议长夫人说道,她的声音有些激动,"为了这么一件小事决斗值得吗?我们大家都知道,克热索夫斯基是个六神无主的人,是个蠢人。他对我们说的那些莫名其妙的话就是最好的证明……"

"不错,"托马斯先生说,"但沃库尔斯基并不非要知道男爵对我们说了些什么,他是一定要决斗的。"

"他们会和好的。"伯爵夫人随便插上一句,便叫马车返回家里去了。

当时伊扎贝娜小姐却冒冒失失做了一件违反自己意愿的最坏的事情……她有所表示地紧紧地握了沃库尔斯基的手。

走到城门口后,她还不能原谅自己的那种做法。

"我怎么那么做呢?……这个人会怎么想呢?"她暗暗地说道。但是她的心中很快就产生了一种认为这么做并没有错的感觉,因为她不能不承认,这个人很不一般。

"为了使我高兴(他肯定没有别的理由),他买了那匹马,因此给了男爵一个打击……他把所有赢得的钱都捐给了保育院(这是证明他大公无私的确凿的证据),还把这些钱放在我手里(这是男爵亲眼见的)。而首先是,他要和男爵决斗,这好像猜中了我的心意……没什么，现在的决斗一般都是以香槟酒结束的，男爵也总会相信我还不那么老……不，这个沃库尔斯基是有点什么名堂的……只可惜他是个服饰用品商人。如果他……如果他在世界上地位不一样的话，这样的崇拜者就会令人欢心了。"

伊扎贝娜小姐回到家里后，向弗洛伦迪娜小姐讲了赛马的经过，过了一个钟头，她就不再想那些事了。但是到了深夜，父亲告诉她，说克热索夫斯基挑了李青斯基伯爵当他的决斗的证人，那个伯爵则一定要男爵向沃库尔斯基赔礼道歉。伊扎贝娜小姐听了后，做了个鄙视的样子。

"这个人真走运！"她想道，"人家得罪了我，却要向他赔礼道歉。如果有人得罪了我所崇拜的女人，我不会要求他赔礼道歉，不用说，他也会……"

她躺在床上，正要入睡，可又突然出现了另一个想法：

"要是沃库尔斯基不接受道歉呢？……其实那个李青斯基伯爵曾和他商讨了一个处理那匹牝马的办法，但他没有接受！……啊，上帝呀，我在想些什么呀！"她对自己做了这样的回答，然后耸了耸肩，睡着了。

第二天上午，父亲、她和弗洛伦迪娜小姐都深信，沃库尔斯基会跟男爵和解，因为他不可能采取别的办法。托马斯先生下午才进了城，回来的时候却好像遇到了麻烦事。

"怎么啦，爸爸？"伊扎贝娜小姐一看他脸上的神情便大吃一惊，问道。

"一桩倒霉的事！"托马斯一屁股坐在那张皮靠椅上，回答说，"沃库尔斯基拒绝了赔礼道歉，他的证人提出了最严厉的条件。"

"什么时候？……"她更加轻声地问道。

"明早九点以前，"托马斯先生回答说，擦掉了额头上的汗，"一桩倒霉的事，"他接着说，"我们这帮人都感到恐慌，因为克热索夫斯基枪法极好……如果那个人死了，我们所有的打算都落空了。我将失去我的右臂……只有他能够完成我的计划。我也只能把我的资金托付给他，我本来坚信，我每年至少可以得到八千卢布的……命运把我害得好苦呀……"

家长心情不好，也影响了其他的人，因此谁都没有好好吃饭。托马斯饭后一个人关在房里，大步地踱着，说明他非常激动。

伊扎贝娜小姐也进到了自己房里，像往常一样，在她心神不安的时候，就躺在长沙发上，一种忧郁的情绪笼罩了她：

"我的胜利太短促了，"她对自己说，"克热索夫斯基的枪确实打得很准……如果他今天把唯一的一个能够保护我的人打死了，那怎么办呢？……决斗的确是一种野蛮的遗风。沃库尔斯基（从道德方面来看）比克热索夫斯基更有价值，但他……有可能丧命！……他是我父亲寄予希望的最后一个人……"

说到这里，一种高贵出身的自矜感在她心里又抬头了。

"是啊，我父亲其实不需要沃库尔斯基的恩惠；他把资金托付给他，在各个方面都袒护他，而他则付给我父亲利息，我觉得他很可惜……"

她想起了以前管理过她家财产的那个仆人，那个人在她家当了三十年差，她很喜欢他，也很信任他；现在他已经死了，也许沃库尔斯基能够顶替他，成为她的一个既聪明又可以信赖的人，可是他也要死了！……

她闭着眼睛躺了一些时候，什么也没有想，后来她的脑子里却又产生了一些特别奇怪的想法。

"这是一个多么奇怪的巧合！"她对自己说，"明天有两个人由于她的原因进行决斗，这两个人都不留情地侮辱过她：克热索夫斯基恶意的嘲笑，沃库尔斯基胆敢为她做出牺牲。她对他收购餐具和期票，玩纸牌时把钱输给她父亲，已经不怪罪了，因为他们用他输给他们的这些钱维持了全家几个礼拜的生活……（不，她并没有原谅他，她永远也不会原谅！……）不管怎样，上帝对她遭受的侮辱是不会不管的……那么今天谁会死去呢？……也许两个人都被打死。那个胆敢向伊扎贝娜小姐提供经济救援的人肯定活不成。他就像克列奥帕特拉①的恋人一样，非死不可。"

她这么想着便大声地哭了起来，她为这个百依百顺的仆人，也许还是个可以信赖的人感到惋惜，但她遵从天命的判决，天命是不会宽恕对文茨卡小姐的侮辱的。

这时候，如果沃库尔斯基能够察觉到她心里在想些什么，他就会感到害怕地逃避，他的痴迷症就会治好了。

总而言之，伊扎贝娜小姐那一整夜都没有睡。那个法国画家一幅画了决斗的画老是出现在她的眼前。在一丛绿树下，两个身穿黑衣服的男人用手枪互相瞄准着。

后来，其中一个倒了下来（这在画上没有画），他头上中了弹，那就是沃库尔斯基。伊扎贝娜小姐因为不愿让人看出她那激动的情绪，她没有去参加沃库尔斯基的葬礼。可是她夜里哭了好几次，她为那个很不平常的暴发户，那个忠实的奴

①　克列奥帕特拉七世（前69—前30），埃及托勒密王朝最后一个女王。

隶感到可惜,而他则为自己对她犯下的罪过以死来表示忏悔。

她到早晨八点才入睡,像根木头那样一直酣睡到了中午。快到十二点时,她的卧室门上突然响起急促的敲门声惊醒了她。

"谁呀?……"

"我,"她父亲以特别高兴的声调回答说,"沃库尔斯基没有被打着,男爵的脸上受了伤!"

"真的吗!……"

她患了偏头痛,所以在床上一直躺到下午四点钟。对男爵的受伤,她感到高兴,但奇怪的是,她为之悲哀的沃库尔斯基却没有死。

伊扎贝娜小姐因为起得很晚,她在饭前去林荫道上散了一会儿步。

晴朗的天空、美丽的树林、飞过的鸟群和欢乐的人们的景象消除了她夜间梦幻的残影。后来有一些人乘坐几辆马车路过的时候看见了她,向她问候,使她感到非常满意。

"上帝还是很仁慈的,"她想,"他救了一个对我们也许是有用的人。父亲是那么指望他,我也很信任他。如果我有一个这么聪明能干的朋友,我在生活中会少遇许多倒霉事。"

她不爱用"朋友"这个词。能够成为伊扎贝娜朋友的人,至少要有一宗地产。一个服饰用品商人只能当一个参谋和办事的人。

她回家后看见她父亲的情绪特别好。

"你知道吗,"他说,"我到沃库尔斯基那里去过,我向他表示祝贺。那是个刚强的人,一个真正的绅士!他再也不想那场决斗的事了,他好像还为男爵感到惋惜。毫无办法,不管处于什么地位，他贵族的血统总是要显露出来的……"

然后他把女儿带到自己的办公室里，往镜子里瞧了几眼，接着说：

"嗯，你倒说说看，我们能不依靠上帝的保佑吗？这个人要是死了，对我们可是一个沉重的打击。他终于得救了，我定要和他建立更亲密的关系，到那个时候，看谁的出路好些：是公爵和他的大法官，还是我跟我的沃库尔斯基。你是怎么看的？……"

"我刚才也这么想过，"她为她和她父亲的预感不约而同感到惊异，"你身边要有一个能干和可以信赖的人。"

"再说他自己也很想和我接近，"托马斯先生接着说，"这个人很机灵！他懂得，在他往前跑去的时候，帮助一个古老的世家重新站起来，比他一个人能够做出更大的贡献，赢得更好的声誉。他是一个非常聪明的人！"托马斯先生重复地说，"虽然他这一阵博得了公爵和整个贵族阶层的好感，但他对我还是最依恋的。等到我恢复了我的地位，他也不会对这感到遗憾……"

伊扎贝娜小姐望着书桌上的小摆设，心里想，父亲认为沃库尔斯基想和他亲近，这是他的错觉。但她并没有纠正他的错觉，相反的是，她还默默地认定，应当更多地接近那个商人，对他低贱的社会地位表示宽容。律师……商人……出身都差不多；如果一个律师可以成为公爵的心腹，那么一个商人（唉，多么不是滋味！）为什么不能成为文茨基家的心腹呢？

中午、晚上和后来的几天，伊扎贝娜小姐都是很高兴地度过的。但是有个情况的出现使她感到奇怪，即在这么短的时间内，前来拜访她的人比过去整整一个月还多。有些时候曾一度冷清的客厅又可听到欢声笑语了,就连那些好久没有使用过的家具看到那么拥挤的人群也很惊异。厨房里有人在悄悄地说,文茨基先生一定弄到了大批的款项。还有一些在赛马时还没有认识伊扎贝娜小姐的贵妇人,现在也来拜访她了。年轻的绅士们虽然没有上门,但在街上认出她后,也向她点头鞠躬,表示敬意。

现在,托马斯先生有客人了。萨诺茨基伯爵看望了他,并且赌咒发誓,说他一定要让沃库尔斯基不再以赛马和决斗为乐,而专心于公司的经营管理。李青斯基伯爵也来了,他讲过一些关于沃库尔斯基绅士风度的奇闻。但最重要的是公爵也来过几次,他请求托马斯先生对沃库尔斯基施加影响,要他别因为男爵的事而对贵族阶层产生厌恶,要他别忘了这个不幸的国家。

"还请您劝他不要再决斗了,"公爵最后说,"决斗是没有必要的,它适合于一些年轻人,但不适合于受到尊敬的有功勋的公民……"

托马斯先生兴奋极了,特别是他想到所有的捧场都发生在他出卖房子的前一天;一年前,如果出现这种情况,会把人吓跑的……

"我要恢复我原有的地位,"托马斯先生轻声地说,他突然环顾了一下周围,觉得沃库尔斯基好像就站在他后面,为了使自己定下心来,他把下面的话重复地说了几遍:

"我要给他回报,我要给他回报……他一定会得到我的支持。"

在沃库尔斯基决斗后的第三天,有人给伊扎贝娜小姐送来了一个很珍贵的小盒子和一封信,她认得出是男爵写的,使她感到震惊：

> 亲爱的表妹！如果你不责备我这不幸的婚姻，我就向你表示我要宽恕我的妻子，她已经给我带来了很多痛苦。我送给你我这颗被高贵的沃库尔斯基打掉的牙齿，它是我们之间言归于好的物证。在我看来，他是因为我在练马场上竟敢向你说出的那些话才把它打掉的。我向你发誓，亲爱的表妹，这就是我那颗直到今天还在咬你的牙齿，它不会再咬你了。你可以把它扔到街上去，但请你把这个小盒子作为纪念品留下来。请接受一个今天患了一点小病的人的这点小东西吧，相信他不是一个最坏的人！我希望你有一天把我那些荒唐的恶作剧忘掉！

> 爱你的、对你怀着深深敬意的表兄克热索夫斯基

> 又及：如果你没有把我这颗牙齿扔到窗子外面去，那就把它送还给我吧！我会把它献给我那忘不了的夫人。有了这个东西，她会苦恼几天的，这是医生们用来医治这个可怜人的一个好办法。那个沃库尔斯基先生是个很可爱和很懂礼貌的人，我承认我打心眼里喜欢他，虽然他使我遭受了这样的屈辱。

那个珍贵的小盒子里确实有一颗牙齿，用软纸包着。

伊扎贝娜小姐稍稍考虑了一下，便给男爵回了一封信，表示了非常好的意思，她说她不再生他的气，她收下那个小盒子，但是牙齿——为了表示应有的尊敬——还是退还原主。

由于沃库尔斯基的努力，男爵终于和她言归于好，向她赔

礼道歉,这一点是不用怀疑的。伊扎贝娜小姐为自己的胜利感到特别高兴,她对沃库尔斯基也产生了感激之情,于是她一个人关在房里,开始幻想了。

她想沃库尔斯基会卖掉自己的铺子,买进一份田产,他还是贸易公司的经理,公司带来了巨额利润。整个贵族阶层都接纳他,她、伊扎贝娜小姐更使他成了她的亲信。他为他们增加了财富,重现了他们往日的辉煌。她的吩咐他都照办;多少次为了满足她的需要,他都不怕冒险。后来他还替她物色了一个跟文茨基家显赫门第相当的丈夫。

他这么做,是因为他把他对她的爱看成是一种理想的爱,他爱她甚于爱自己的生命。她只要对他微笑,亲切地望着他,或者在他建立了特殊的功绩之后,热情地跟他握握手,他就感到十分幸福。当上帝赐给了她孩子后,他会替他们找保姆和教师,给他们增加财产。到最后,她如果死了(想到这里,伊扎贝娜小姐那漂亮的眼睛里涌出了泪水),他就在她的坟墓上自杀……不,由于她在他身上培养的讲礼貌的习惯,他不会在她的坟墓上自杀,而会死在和她隔几个坟墓的地方。

父亲进来,打断了她的幻想。

“我听说克热索夫斯基给你写了信?”托马斯先生好奇地问道。

女儿指着那封放在书桌上的信和那个小金盒子给他看。托马斯先生一边念信,一边摇着头,最后说:

“虽然是个好小伙子,但总是那么疯疯癫癫。不过……沃库尔斯基倒确实为你立了一大功,让你战胜了你的一个死对头。”

“爸爸,我想,是不是该请那位先生来进午餐? ……我愿进一步地结识他。"

"几天来,我正要为这件事来求你!"托马斯先生非常高兴地回答说,"和这种有好处的人交往不要过于拘礼。"

"当然!"伊扎贝娜小姐插嘴说,"就是对我们的忠实的仆人,我们也要给他们以某种信任。"

"我佩服你很聪明,待人接物有分寸,贝卢!"托马斯先生说道,他很激动地先吻着她的手,然后又吻了她的额头。

第十五章　热情和理智是怎么折磨着一个人的灵魂

沃库尔斯基接到文茨基先生的请柬后,就从店里跑到街上。

那间狭窄的房间使他感到窒息。在和热茨基的谈话中,这位老伙计老是警告他,谴责他,可是在他看来,这是特别愚蠢的。一个没有热情、只相信他的商店和波拿巴们的老光棍说他沃库尔斯基狂热,岂不可笑?……

"我谈恋爱,"沃库尔斯基想,"难道是在干什么坏事?……也可能恋爱谈得晚了一点,但我这辈子是不许自己过那种奢侈享乐的生活的。千百万人在相爱,整个感情世界在恋爱,为什么我就不能那么去做呢?如果这个基本出发点没错,那么我所做的一切也没有错。谁想结婚,就得有财产,为此我也挣得了一笔财产。谁想结婚,就得亲近他看中的女人,我也亲近了她。关心她的物质生活,遇到敌人的时候保护她——这两件事我都做到了。难道我对幸福的追求会给谁造成屈辱?难道我忽视了我对社会和亲近的人所负的责任?……唉,不论亲爱的还是我亲近的人,还是这个社会,都从来也没有关心过我,他们给我设置了各种各样的障碍,老是要求我做出牺牲……但也正是他们今天称之为狂热的东西促使我去追求那些虚妄的职责。要不是那种狂热,我今天就成了书呆子了,同时,几百个人的收入也就没有那么多了,那么他们还要求我什么呢?"他愤愤不平地问自己。

活动在新鲜空气里,他感到心境平和了一些。他走到耶路撒冷大街后,便转向了维斯瓦河那边。一阵和煦的东风吹来,使他精神爽快,使他产生了一种难以名状的感觉,他高兴地想起了自己的童年,觉得他还是个孩子,住在新世界大街,他身上年轻的血液像波浪一样翻滚。他看见有一辆车子从旁边走过,车上有个椭圆形的箱子装满沙子,由一匹瘦马拉着,沃库尔斯基对赶车人微微地笑了笑。还有一个要饭的老妪,他觉得这个老妇人很可爱。工厂①里传来的汽笛声也使他感到高兴。一小群男孩站在路边的一座山头上,向过路的犹太人扔石头,他也想找那些孩子谈谈话。

他决心不再想今天的信和明天去文茨基家的事,为的是保持一个清醒的头脑,但热情是胜过理智的。

"他们为什么要请我呢?"他问自己,觉得内心在微微地颤抖,"伊扎贝娜小姐想和我认识……这当然是叫我明白,我可以结婚了……如果他们看不到,因为她我起了什么变化,那他们不是瞎了眼,就是白痴……"

他开始哆嗦起来,连牙齿都碰得嗒嗒地响,这时候,那被压抑的理智说话了:

"说起来,一顿饭,一次拜访,跟长久的交往还差得很远。一千对认识得比较久的人,难得有一个向对方求婚;十次求

---

① 肯定是利尔波普、劳乌和勒文斯坦股份公司的工厂,它的主要车间在索列茨区的下树脂街,距公爵街和罗布拉特街不远,是波兰王国生产工具和机器的最大的工厂之一,后来还生产车厢和铁结构。——原注

婚,难得有一次被接受,在这些被接受的人中也难得有一半后来结了婚。所以认识时间长一点就想结婚,那简直是发了疯。有一个机会促成婚姻,就会有近两万种因素来破坏它⋯⋯这难道还不清楚吗?"

沃库尔斯基不得不承认那是很清楚的。如果每次结识都会导致结婚,那么每个女人就会有几十个丈夫,每个男人就会有几十个妻子,牧师们真不知道怎么应付那些要结婚的人了,整个世界也就变成了一个大疯人院。他,沃库尔斯基,不仅够不上一个和文茨卡小姐要好的熟人,而且还处在要和她认识的前夕。

"去保加利亚冒险,在华沙参加了赛马,还有决斗,可我又得到了什么呢?⋯⋯"他问自己。

"你有了更大的可能,"理智对他解释说,"一年前,你跟她结婚,只有一万万或者二万万分之一的可能,但在一年后,你就有二十万分之一的可能了。"

"一年后?⋯⋯"沃库尔斯基又说了一遍,他觉得全身笼罩着一股钻心的寒气,但他最后还是摆脱了它,他问道,"如果伊扎贝娜小姐会爱我或者已经爱上了我呢?⋯⋯"

"首先——一定要知道,伊扎贝娜小姐会不会爱上一个人⋯⋯"

"她难道不是个女人?"

"有些女人的性格有缺陷,她们有时候要耍一点脾气,不懂得爱任何事物,也不懂得爱任何人。像这样的男人也不少。这种缺陷和失聪、失明或者瘫痪是一样的,只不过表现得不那么明显。"

"我们来推测一下⋯⋯"

"好吧,"那个声音接下去说,它使沃库尔斯基想起了舒曼医生那讨厌的抱怨声,"如果那个女人真的能够爱上一个人,那就会产生另外一个问题,她会不会爱你呢?"

"我并不是那么令人讨厌的嘛!"

"不过,你也可能是令人讨厌的,就像最漂亮的狮子在奶牛看来,或者在鹰和鹅看来,都是很讨厌的一样。你看,我在对你说恭维话了,我把你比作狮子和鹰。虽然它们有各种各样的优点,但却使别的门类的雌性动物感到厌恶。所以它们要远离别的门类的雌性动物,而去接近和自己同一类的雌性动物⋯⋯"

沃库尔斯基终于醒悟过来,他四周张望了一下,看到自己已经离维斯瓦河不远了,附近有一些木制的仓库。那些从他身旁驶过的马车扬起一阵黑色的尘土,撒在他身上。他快步朝城里走去,又开始考虑自己的事情。

"我身上有两个人,"他说,"一个完全是有理智的,另一个是疯子。哪一个会胜利呢?唉,我不愿再为这些事费心思了。但要是那个有理智的人胜利了,我怎么办呢?⋯⋯把自己拥有的一大笔感情资本交给别的门类的雌性动物,奶牛、鹅或者其他更下贱的动物,那是多么糟糕!为一头公牛或者一只鹅的胜利而欢笑,同时又为自己那么痛苦地被撕裂了和那么可耻地被践踏了的心而哭泣,那是多大的屈辱呀!⋯⋯遇到这种情况,还活着干什么?"

想到这些,沃库尔斯基真的盼着马上死去,连一点残余的骨灰都不留在人世间。

他的心绪渐渐恢复了平静,回到家里后,他很冷静地考虑了明天去参加午宴是穿燕尾服,还是穿常礼服⋯⋯明天会不会有什么预料不到的障碍,不让他去和伊扎贝娜小姐接近?随后他还算了一下最近一些贸易周转的收入,给莫斯科和圣彼得堡发了几个电报。最后他还给那个老什兰格巴乌姆写了封信,表示要以他的名义去买文茨基的房子。

"律师说得对,"他想道,"借别人的商号去买这栋房子要好些。不然的话,人家会怀疑我要剥削他们,或者——更糟的是,他们还会认定我是特意要给他们好处……"

尽管忙于一些不重要的事务,却依然不能平息他内心的波动。理智大声地叫道,明天的午饭什么也说明不了,更不意味着将来有什么发展。可是希望却悄悄地……悄悄地说,也许她已经爱上你了,或者将来会爱上你。

可声音是那么轻……轻得沃库尔斯基必须集中最大的注意力,才能够听见。

对沃库尔斯基来说,这个具有重大意义的第二天不论在华沙,还是在自然界,都没有表现出任何特别的地方。街上的灰尘在一些地方被清道夫扬了起来,出租马车到处乱撞,或者毫无道理地停下来,无尽的人流朝着这个或者那个方向不断地移去,大概是想要永远保持城里这种熙攘的局面吧!有时也有一些衣衫褴褛、蜷缩着身子的人从一些房屋的墙边上溜过,把两只手拢在袖子里,就好像现在不是六月,而是正月似的。间或也有一辆农民的满载着白铁盒子的车子从街中心驶过,驾车人是个身穿蓝色短上衣、头上戴着一块红巾、动作有些莽撞的农妇。

这一切都挤在一些颜色模糊不清的房屋的两堵长长的墙壁之间,在这些房屋上面,耸立着教堂的顶部。在这条街①的

---

① 指克拉科夫城郊街。——原注

两头竖着两个纪念碑,就像护卫城市的哨兵一样。这头有根非常高大的圆柱,上面立着齐格蒙特国王的雕像,他把身子斜向贝尔纳尔迪尼教堂①,显然是有什么要通报给行人。另一头竖着一动不动的哥白尼,他背对着太阳,手中托着一个也是不动的地球,太阳不顾"他留住了太阳,震动了地球"②的名言,早晨从卡拉希屋③的后面升起,中午升到了科学之友协会宫的上空,然后又藏到扎姆伊斯基纪念馆④后面去了。沃库尔斯基站在自己住宅的阳台上,正好可以朝着这个方向望去。他忽然叹了口气,因为他想起了那位天文学家的忠实的朋友也都是些挑夫和锯木工,大家知道,他们并不十分了解哥白尼的功绩。

"但是有许多人,"他想,"在几本书中,称他为民族的骄傲! ……为幸福而工作,这我懂得,但是我再也不会承担那些虚幻的工作了,不管它被称之为社会也好,荣誉也好。社会只需要想想它自己,至于荣誉……我为什么不能想象我在天狼星已经有了荣誉呢? 哥白尼在我们这个世界上的处境也不好,华沙这个纪念碑对他来说,就像天琴座那颗最亮的星上的

---

① 圣安娜·贝尔纳尔迪尼教堂(今天的学院教堂)在克拉科夫城郊街的城堡广场附近,建于一四五四年。——原注
② 这是作家兼利沃夫剧院经理扬·内波穆岑·卡明斯基(1777—1855)一首名为《哥白尼》的诗中的诗句,原诗是:波兰民族提供了他,/他留住了大阳,推动了地球。普鲁斯这里将"推动了地球"一句改成了"震动了地球"。——原注
③ 卡拉希屋在克拉科夫城郊街二号的旁边,靠近哥白尼纪念碑,是斯坦尼斯瓦夫·奥古斯特·波尼亚托夫斯基国王的宫内大臣卡齐米日·卡拉希(1711—1775)在一七六九至一七七一年间建的。——原注
④ 在新世界大街六十九号旁边,和克拉科夫城郊街的交界处,斯塔希茨宫的对面,建于一八三九至一八四六年间。——原注

金字塔对我来说一样,毫无关系!……我愿为一瞬间的幸福,而舍弃三个世纪的英名。我为我的愚蠢感到惊异,因为我过去对这些事不是这么想的。"

就像找到了对这些问题的答案一样,他在街的那边看见了奥霍茨基,那个对什么都那么狂热的人在慢慢地走着,他低垂着头,手插在口袋里。

这么一次普通的遇见却深深地震动了沃库尔斯基,有一阵子,他甚至相信预感,他既高兴又惊异地想道:

"这不是预示着他将得到哥白尼的荣誉,而我将得到幸福吗?……你就造你的飞行机器去吧,只要你把你的表妹留给我!……这岂不又是一种幻想!"过了一会儿,他终于醒悟过来了,"我和我的幻想!……"

不管怎样,他很欣赏这样的看法:奥霍茨基将名垂千古,他却占有一个活生生的伊扎贝娜小姐。他的心中又鼓起新的勇气,他嘲笑自己,虽说这样,他觉得他的心绪比过去更加平静,觉得他更勇敢了。

"让我们来做一个假设,"他想,"我虽然做了一切努力,她还是拒绝了我……可那又怎么样呢?……说句老实话,我会马上把一个女人养在我的家里,我要带她上戏院,就坐在文茨基一家包厢的隔壁。那个好心的梅利顿太太,可能还有那个……马鲁谢维奇,他们会给我买一个面貌和她相像的女人(这样的女人花一万几千卢布就可以买到)。我要把她从头到脚都用花边装点起来,给她戴上许多首饰珠宝。到时候,我们大家就会相信,她比伊扎贝娜小姐毫不逊色。伊扎贝娜小姐要嫁给谁就嫁给谁吧,即便嫁给元帅或者男爵……"

可是一想起伊扎贝娜小姐要结婚,他就感到愤怒和失望。那一瞬间他真想给整个世界装上炸药,把它炸得粉碎。但他马上又清醒过来:

"如果她要嫁人,那我怎么办呢?……或者,如果她要有许多情人:第一次把我的伙计当她的情人,第二次把一个军官当她的情人,然后又把马车夫或者仆人当她的情人……我又怎么办呢?……"

出于对别人的个性和自由的尊重,他的幻想终于消失了。

"怎么办?……怎么办?"他用手掌按着发热的头,一再地说。

他走进了铺子里,在那里待了一个钟头,办了几件事,然后又回到自己家里。下午四点,仆人从五斗橱里给他拿出内衣,理发师也过来给他理发和刮脸。

"有什么新闻吗,菲图尔斯基?"他问理发师。

"现在还没有什么,但情况会更糟,柏林会议要窒息欧洲,俾斯麦要破坏会议①,犹太人要给我们剃光头。"那个年轻的理发师回答说。他长得像天使一样漂亮,他的动作是那么熟练,就像他是从时装杂志里出来的。

他在沃库尔斯基的脖子上系了块毛巾,像闪电般迅速地在他的腮帮上擦着肥皂,接着说:

"城里现在依然平安无事,我昨天和朋友们一起去了萨

①　这是当时俄国政论界一个普遍的看法,因为俾斯麦为了德国作为一个大国的利益,要求这次会议结束时,签订一个和平条约,以削弱俄国的力量,使德意志帝国在保证欧洲力量的平衡上能起一定的作用。——原注

斯岛①，那都是些多么不懂礼貌的年轻人呀，我的先生！……他们在跳舞的时候吵架了，先生您想想看……把头抬高一点，请②……"

沃库尔斯基把头抬高一点，他看见那个手术师③非常肮脏的袖口上还配上了金色的纽扣。

"他们在跳舞的时候吵了架，"那个好打扮的小伙子接着说，将剃刀在他的眼前晃了一下，"您想想看，当时有个人想踢另一个人的屁股，却没想到踢到了一个贵妇人的身上！……于是吵了起来……要决斗……当然挑了我做证人。半个小时前，我因为只有一把手枪，不知怎么办，可是那个想要踢别人一脚的人来找我，说他还不至于蠢得要用手枪来决斗，那个受到侮辱的人会回敬他一脚，但只一脚……把头偏到右边，请④……唉，您知道我是多么生气（才半个小时前），我抓住了那家伙的小走廊⑤，用膝盖顶住他的上层⑥——滚开！滚出门去！跟那样的小丑不值得决斗，难道不是这样？⑦……现在偏到左边，请！⑧"

他刮完了脸，给沃库尔斯基洗干净，然后把一件像死刑犯的囚衣一样的衣服裹在他身上，往下说：

"我在老爷您这里怎么从来没有见过女人的踪迹，我什么时候都来过呀……"

〰〰〰〰〰〰〰

① 在萨斯岛上，礼拜天经常举行舞会，华沙手工行业的年轻人都成群地来参加。——原注

②④⑦⑧ 原文是法文。

③ 指理发师，这是一种开玩笑的说法。

⑤ 这里是指衣领，理发师按华沙人的习惯用的一个比喻。——原注

⑥ 华沙方言中一个逗趣的比喻，"上层"指一间房的上半部分，这里是指一个人的上身。——原注

他拿起梳子和刷子,开始给他梳头。

"我什么时候都来过,老爷,我也留心过女人的东西,虽然如此,我连女人裙子边上的一小块布、一只小拖鞋,或者一小段饰带都没有见到!说真的,有一次,我在一个神父家里倒发现一个女人的奶罩,不错,他是在街上捡到的,他正想匿名地把它寄给编辑部。可是,老爷,您知道军官们,特别是骠骑兵那里是怎么样的吗?……(低下头,请①……)那真是一大群呀!……老爷,我在一个军官那里就见到了四个年轻的女人,所有的人都在笑着……从那时候起,讲句老实话,我在街上每见到他就向他问候,虽然他不理我,还欠了我五个卢布……可是,老爷!我既然能够花六个卢布买一张鲁宾斯坦②音乐会的票,那么为了那么一个花花公子,丢了五个卢布,我有什么不舍得呢?……把头发染黑一点,我想,该这么做吧?③"

"不,谢谢你。"沃库尔斯基答道。

"我也猜到了你不会同意,"理发师叹了口气,"尊敬的老爷没有一点要求,这不好!……我认识几个芭蕾舞女演员,她们都很想跟您建立关系,我敢担保,那是值得的!她们的身材美极了,像橡树一样结实的肌肉,像钢丝床垫一样的胸脯,动作十分优美,而且绝没有过分的要求,特别是因为她们年轻。一个女人,老爷,年岁越大就越值钱。可是一个六十岁的女人

---

① ②　原文是法文。

③　安东·格利戈利耶维奇·鲁宾斯坦(1829—1894),俄罗斯著名钢琴家、指挥家和作曲家。

就没有吸引力了,她已经卖不起价钱了。罗斯柴尔德①也可能因此而破产!……一个刚刚起步的女人,老爷每年给她三千卢布和几个小礼品,她就会忠于您……唉,这些风骚的女人!……我为她们患过坐骨神经痛的病,可是我不能对她们生气……"

他完成了他的手艺,以最漂亮的礼节鞠了躬,微笑着退了出去。别人一看他那张漂亮的面孔和那只装着刷子和剃刀的皮包,就会把他当成是一个部里的官员。

他走后,沃库尔斯基根本就没有去想那些年轻的、没有什么要求的芭蕾舞女演员;他要考虑的是一个非常重要的问题,它只要一句话就可以概括:穿燕尾服还是穿大礼服?

"如果穿燕尾服,就显得我特别拘于礼数,可是穿大礼服,又可能使文茨基一家人不高兴。更何况还邀请了别的什么人……毫无办法,既然我费那么大的劲,去干了像买私人马车和那匹赛马那样的丑事,我非得穿燕尾服不可了。"

他一面想,一面嘲笑自己那许多幼稚的行动。他就是因为跟伊扎贝娜小姐认识,才使他采取了那些行动。

"哎,我的老霍普费尔呀!"他说,"你们这些我在大学时的同学和西伯利亚人呀,你们当中有谁想得到我在考虑这么一些问题呢?……"

他穿上燕尾服,站在镜子面前一照,觉得很满意。这件贴身的衣服最能显出他那田径运动员的身材。

<hr />

① 罗斯柴尔德是一些犹太出身的著名的银行家的姓氏。美因河上法兰克福的梅耶尔·阿姆谢尔·罗斯柴尔德(1743—1812)是这个家族财政巨头的创始者。——原注

一刻钟前,马就在等着他了,已经是五点半了。沃库尔斯基披上一件轻便的大衣,走出了家门。上马车的时候,他脸色苍白,但是很镇静,就像一个朝着危险走去的人一样。

第十六章 "她""他"和别的人

沃库尔斯基要去吃饭的那天,伊扎贝娜小姐五点钟才从伯爵夫人的家里回来。她有点不高兴,还一直沉醉于幻想,但她显得很美。

今天她很幸运,但又感到失望。她和她的姑妈在巴黎就认识的那位伟大的意大利悲剧演员罗西①来华沙表演了。他来到后马上就拜访了伯爵夫人,同时也很关心地问起了伊扎贝娜小姐。今天他本来还要来一次的,伯爵夫人正是为了他,才把侄女请来。但罗西却没有来,他只是送来一封信,对这表示道歉,说是因为有个高职位的大人物突然来看望他。

几年前,就在巴黎,伊扎贝娜小姐曾经把罗西看成是她理想的人物,她爱上了他,甚至没有隐讳这种感情,当然,这只是表现在作为一个贵族小姐身份所许可的范围之内。那位著名的艺术家当时知道这件事,他每天都到伯爵夫人那里去,伊扎贝娜小姐要他演奏和朗诵的一切,他都完成了。他去美国旅行前,还送给她一本意大利文的《罗密欧和朱丽叶》,书上还题了一句话:"污秽的苍蝇都可以接触亲爱的朱丽叶的皎洁

---

① 埃内斯特·罗西(1829—1896),意大利杰出的演员,以演莎士比亚剧中的角色而闻名,他和他的剧团在欧洲和美洲巡游演出过多次。——原注

的玉手,从她的嘴唇上偷取天堂中的幸福……"伊扎贝娜小姐知道罗西来到了华沙,而且没有忘记她后,她很激动。下午一点钟的时候,她已经到了姑妈家里。她在那里,每时每刻都要来到窗口望一下,每一阵辘辘的车声都会使她的心跳得更快,只要听到铃响,她就会哆嗦起来;她在谈话时神思恍惚,脸上露出强烈的红晕……但罗西并没有来!……

今天她非常漂亮。她特意为他穿上了一件乳白色的绸衣裙(远看像皱了的麻布),戴着一双钻石耳环(和一粒豆种差不多大),肩上还有一朵鲜红的玫瑰花。这么多的东西罗西没有看见,他会后悔的!

等了四个钟头,她很生气地回到了家里。但尽管如此,她还是拿着那本《罗密欧和朱丽叶》,一面浏览一面想道:

"要是罗西突然到这里来了呢?……"

这里甚至比在伯爵夫人家还好些。没有人看见,他可以对她悄悄地说一句更亲热的话,他会相信她是多么珍重他的纪念品,相信她穿着那件裙衣,戴上那朵玫瑰花,坐在那张天蓝色的靠椅上,看起来真像一位女神(那面大镜子多么有力地说明了这一点)。

她想起了沃库尔斯基会到她家里来吃饭,便不由得耸了耸肩膀。一个服饰用品商人要和享誉全世界的罗西相比较,她觉得是那么可笑,以致对前者产生了怜悯心。如果沃库尔斯基这时跪在她的脚跟前,她甚至会把她的手指插进他的头发里,像逗一条大狗一样逗着他玩,给他朗诵罗密欧在劳伦斯神父面前的控诉:

> 朱丽叶居住的地方是天堂;这儿的每一只猫、每一只
> 狗、每一只小小的老鼠,都生活在天堂里,都可以瞻仰到

她的容颜,可是罗密欧却看不见她。污秽的苍蝇都可以接触亲爱的朱丽叶的皎洁的玉手,从她的嘴唇上偷取天堂中的幸福,那两片嘴唇是这样的纯洁贞淑,永远含着娇羞,好像觉得它们自身的相吻也是一种罪恶;苍蝇可以这样做,我却必须远走高飞,它们是自由人,我却是一个放逐的流徒。你还说放逐不是死吗?难道你没有配好的毒药、锋锐的刀子或者无论什么致命的利器,而必须用"放逐"两个字把我杀害吗?放逐!啊,神父!只有沉沦在地狱里的鬼魂才会用到这两个字,伴着凄厉的呼号;你是一个教士,一个替人忏罪的神父,又是我的朋友,怎么忍心用"放逐"这两个字来寸磔我呢?①

她叹了口气。谁知道,当那个伟大的流浪者想起她的时候,他把这些句子又念过多少遍呢?……也许他连一个值得信任的人都没有!……沃库尔斯基倒是一个值得信任的人,他大概知道男人是怎么渴求一个女人的,因为他曾经用生命去为她冒险。她往后翻了几页,又念道:

罗密欧啊,罗密欧!为什么你偏偏是罗密欧呢?否认你的父亲,抛弃你的姓名吧;也许你不愿意这样做,那么只要你宣誓做我的爱人,我也不愿再姓凯普莱特了。只有你的名字才是我的仇敌;你即使不姓蒙太古,仍然是这样的一个你。姓不姓蒙太古又有什么关系呢?……啊!换一个姓名吧!姓名本来是没有意义的;我们叫作

① 以上是莎士比亚的悲剧《罗密欧与朱丽叶》第三幕第三场中罗密欧对朱丽叶说的台词,这里借用了朱生豪的译文。见《莎士比亚全集》第八卷,第七十、七十一页,人民文学出版社,一九七八年版。

玫瑰的这一种花，要是换了个名字，它的香味还是同样的芬芳；罗密欧要是换了别的名字，他的可爱的完美也绝不会有丝毫改变。罗密欧，抛弃你的名字吧；我愿意把我整个的心灵，赔偿你这一个身外的空名。①

他们之间真是出奇的相似，他——罗西、演员，而她——文茨卡小姐。抛弃你的姓氏，扔掉你的职业吧……不错，可是到那时候会留下什么呢？……其实，就是一个真正的公主也会下嫁罗西的，全社会都会赞美她的牺牲精神……

嫁给罗西？……为了照管他的戏装，大概还要给他把纽扣缝在睡衣上吧？……

伊扎贝娜小姐浑身战栗起来，爱他，绝望地爱他——够了……爱他——有时候，又跟人谈谈这种悲哀的爱情……大概，就跟弗洛伦迪娜小姐谈吧？不，她没有这样的感受。沃库尔斯基则适合得多，会望着她的眼睛，为她也为他自己忍受痛苦；她也会告诉他，她在为自己也为他的痛苦而悲哀，他们在一起度过这样的时间多么惬意！一个服饰用品商人成为一个可以信赖的人……到时候也许他还会忘记自己的商务……

这时候，托马斯先生捻着灰白的胡须，在自己房里来回地踱着，也在想：

"沃库尔斯基是个特别善于随机应变的能干的人！我要是有这么一个全权代表（想到这里，他叹了口气），就不会丧失我的财产了……好啦，那是过去的事，今天我有了他……卖

<hr />

① 《罗密欧与朱丽叶》第二幕第二场中朱丽叶对罗密欧说的台词，这里也借用了朱生豪的译文。见《莎士比亚全集》第八卷第三十五、三十六页，人民文学出版社，一九七八年版。

掉房子,我还剩下四万,不——五万,也可能有六万卢布……不,别说得太多,就说五万,或者只有四万吧……把钱交给他,他每年会支付给我近八千卢布,余下的(如果像我预料的那样,他的生意做得不错的话),我就把余下的利钱加到本金里去……过了五年、六年,那笔钱的数目就会增加一倍;过了十年,还可能增加四倍……因为做生意是要拼命赚钱的……可是我在说些什么呀!沃库尔斯基如果真是一个天才的商人,那他应当,而且一定能够成倍地赚钱。到那个时候,我就会盯着他的眼睛,干脆对他说:'我的恩人,你可以付给别人一分五或者两分的年利,付给我这么点可不行,这种事我也懂得一点。'他,当然,一看见我在和谁打交道,心马上就软了,说不定还会给我一笔我做梦也想不到的款项……"

前厅的铃声响了两遍。托马斯先生退到了自己的房间里,在一张靠椅上坐下,把一本事先为此而准备好的苏平斯基的经济学①拿在手里。米科瓦伊打开房门后,过了一会儿,沃库尔斯基才走了进来。

"啊……欢迎您!……"托马斯先生叫道,把手向他伸去。

沃库尔斯基见到这个一头白发的人,便深深地鞠了一躬,他就是叫他一声爸爸,也是很乐意的。

"请坐吧,斯坦尼斯瓦夫先生!您抽烟吗?……请……有什么消息吗?……我正在读苏平斯基的著作,一个聪明脑袋呀!是的,那些既不能劳动又不会节约的民族应当从地面

---

① 苏平斯基的经济学是指《社会经济的波兰学派》,它是尤泽夫·苏平斯基(1804—1893)最重要的经济学著作之一。

上消灭掉①……只有节约和劳动！……虽然这么说，我们的股东们却在闹脾气，是不是？……"

"他们爱干什么随他们的便，"沃库尔斯基回答说，"我不会在他们身上赚一个卢布。"

"但我不会离开您，沃库尔斯基先生！"托马斯先生以肯定的口气说。过了一会儿，他又补充道："这些天，我在卖，这就是说，我要出卖我的房子。为了这栋房子，我遇到过不少麻烦：房客们不缴房租，管理人偷东西，我自己还得掏腰包付押款。到最后，我对什么都厌恶极了，这一点也不奇怪……"

"那当然。"沃库尔斯基插嘴说。

"我想，"托马斯先生往下说，"卖掉房子，我会剩下五万，或者至少四万卢布……"

"那栋房子您想卖多少钱呢？"

"十万，到十一万卢布……但不管我能得到多少钱，我都交给您，斯坦尼斯瓦夫先生！"

沃库尔斯基虽然点头表示同意。但是他想，托马斯先生得不到比九万更多的卢布，因为他沃库尔斯基目前只能调动这么些钱，他不能借款，怕影响信用。

"我要把钱交给您，斯坦尼斯瓦夫先生！"文茨基先生说，"我正想问您，愿不愿接受？……"

"那没问题……"

"您给我什么利息呢？"

---

① "那些既不能劳动又不会节约的民族应当从地面上消灭掉"是一句写在《社会经济的波兰学派》封面上的题词，这是法国著名经济学家让·巴普蒂斯特·萨伊（1767—1832）的一句名言。——原注

"我保证给二分的年息,如果生意做得好,那再增加。"沃库尔斯基回答说,但他心里想,要是别人,他给的年利是不会超过一分五的。

"真狡猾!……"托马斯先生心想,"自己十分,只给我两分……"

可是他却大声地说:

"好啊,亲爱的斯坦尼斯瓦夫先生!要是您能够预支,我同意年息二分。"

"我预支给您……每次预支半年。"沃库尔斯基回答说,他怕托马斯先生钱花得太快。

"这我也同意,"托马斯先生以非常诚挚的口气说,"此外所有的盈利,"他加重了一点语气,"所有二分以外的盈利,请您不用马上支付给我,我……恳求您……您明白吗?……请您把它加在本金上,让它利滚利的,行吗?"

"女主人有请。"米科瓦伊出现在房门口,叫了一声。

托马斯先生很正经地站了起来,迈着庄严的步子将客人领到了客厅里。

后来沃库尔斯基常常想起那个客厅,回想他是怎么走进去的,但是全部实情他却没法都想起来了。他只记得他在门口向托马斯先生鞠过几个躬,后来有一股醉人的芳香包围了他,于是他又向一位身穿乳白色裙子,肩上缀着鲜红的玫瑰花的贵妇鞠了一躬,然后又向另一位身材高大、穿黑衣服的贵妇鞠了一躬。那贵妇很害怕地望着他,至少他觉得是那样。

过了一会儿,他才看出那位穿乳白色裙衣的贵妇就是伊扎贝娜小姐。她坐在一张靠椅上,以无可比拟的妩媚把身子斜到了他那边,柔顺地望着他的眼睛,说:

"作为您的股东，我父亲还要经过长时间的实习，才能做得使您满意，我代表他求您宽恕。"

她向他伸过手去，沃库尔斯基几乎不敢碰它，他回答说：

"股东文茨基先生只要有一个他信得过的律师和一个算账的，过一段时间来检查一下账目就可以了，其他的事都由我们来做。"

他觉得自己好像说了很蠢的话，脸都红了。

"在那么一家大商店，您一定有许多事要做……"那个穿黑衣服的弗洛伦迪娜小姐插嘴说，她显得更害怕了。

"没有多少事，我要做的是提供用于周转的资本，跟购买者和消费者取得联系。要什么种类的商品，定什么价格，都由商店的管理部门来管。"

"不论在什么情况下，都可以放心大胆地把店交给别人管吗？"弗洛伦迪娜小姐叹了口气。

"我有一个最好的全权代表，他也是我的朋友，他比我更会做生意。"

"您是很走运的，沃库尔斯基先生！……"文茨基先生插进来说，"您今年到国外去吗？"

"我打算去巴黎，看博览会。"

"我很羡慕您，"伊扎贝娜小姐说，"两个月来，我真是梦寐以求地想去参观巴黎博览会，可是爸爸对旅行不感兴趣。"

"我们的旅行完全由沃库尔斯基先生来定，"父亲回答说，"所以你要尽量多地请他吃饭，让他吃得特别有味，保持很高兴的情绪。"

"您每次光临，我都一定亲自下厨，但是在这种情况下，难道仅仅表示一点诚意就够了……"

"我很感谢并接受您的邀请,"沃库尔斯基说,"这并不影响你们去巴黎的日期,因为这只看你们的意愿。"

"谢谢①。"伊扎贝娜小说低声说。

沃库尔斯基低下了头。"我熟悉这一声'谢谢②!'它是要用子弹去换取的……"

"是否请先生们入席?……"弗洛伦迪娜小姐插嘴说。

他们来到了饭厅,饭厅中间摆着一张圆桌,上面放了四副餐具。沃库尔斯基在伊扎贝娜小姐和她父亲之间坐下,弗洛伦迪娜小姐坐在他们的对面。他的心情完全平静下来了,这种平静连他自己也感到吃惊,疯狂的恋情消失殆尽,以致他甚至要问自己,她真的是他所爱的那个女人吗?……像他那样的热恋,又坐在离那个使他疯狂的女人仅一步远的地方,心里却是那么平静,真正彻底的平静,这可能吗?他的想象是那么自由,使他不仅能够看清和他一同进餐的人脸上每个细小的抖动,而且他在望着伊扎贝娜小姐(这已经很可笑了)的时候,还在想着下面的一笔账:

"一条裙子。七米半,真丝,两个卢布一米,共十五卢布……花边近十个卢布,缝制工钱近十五个卢布……这条裙子共值四十卢布。耳环近一百五十卢布,玫瑰花十个格罗什……"

米科瓦伊开始端来菜肴。沃库尔斯基毫无胃口,他喝了几匙清凉饮料,还喝了波尔图③红葡萄酒,然后才尝了尝猪肉灌肠,喝了点啤酒。他微笑着,可他自己也不知道为什么要

---

① ② 原文是法文。
③ 地名,在葡萄牙。

笑。由于一阵像大学生那样一时的冲动,他决定在吃饭时出点差错。他尝过猪肉灌肠后,故意把刀和叉子放在盆子旁边的托盘里。弗洛伦迪娜小姐大为吃惊。托马斯先生非常激动地叙述了在杜伊勒利①的一个晚上,他应欧根尼皇后②的请求,和一个元帅夫人跳了美女艾舞③。端上了鲈鱼,沃库尔斯基用刀和叉子双管齐下,弗洛伦迪娜小姐差点晕了过去,伊扎贝娜小姐怀着一种宽容的同情心望着她的这位邻座,托马斯先生也开始用刀和叉子吃起鱼来。

"你们是多么傻呀!"沃库尔斯基想。他觉得他对这些人很藐视,再加上伊扎贝娜小姐又对父亲说,虽然这是毫无恶意的:

"爸爸,您要不要教教我怎样用刀子吃鱼啊?"

沃库尔斯基觉得这句话简直俗气。

"看来,饭没有吃完,我在这里还是别谈恋爱的事为好……"沃库尔斯基在心里对自己说。

"我亲爱的,"托马斯先生回答女儿说,"不用刀子吃鱼,倒真的是因为有一种偏见……我说得对吗,沃库尔斯基先生?"

"有偏见?……我不那么看,"沃库尔斯基表示反对,"这

---

① 巴黎的一座公园,由著名建筑师安德烈·莱·诺特雷设计,建于十七世纪。——原注

② 欧根尼皇后即欧根尼·玛丽亚·德·蒙蒂约·德·古兹曼(1826—1920),出身于一个西班牙伯爵的家庭,一八五三年起为拿破仑第三的妻子,对丈夫支持教皇和奥地利,反对普鲁士的政治路线产生过很大的影响。色当失败后,拿破仑第三去了英国,她也就退出了政治舞台。——原注

③. 法国十八世纪流行于宫廷和贵族沙龙中的舞蹈。

只是把一种习惯从适合于它的环境移到了不适合于它的环境。"

托马斯先生在椅子上感到不安地动了起来。

"英国人认为这是不守规矩……"弗洛伦迪娜小姐郑重地说。

"英国人吃海鱼,用叉子就能吃;我们的鱼刺多,他们大概就要用别的办法了……"

"哦,英国人从来是守规矩的。"弗洛伦迪娜小姐为自己辩护。

"不错,"沃库尔斯基说,"在一般的情况下,他们不违反规矩,可是在特殊的情况下,他们却坚持这样的规矩:怎么方便怎么做。我亲眼见过一些很讲礼貌的爵士,他们用手抓羊肉炒饭吃,还干脆凑到锅里去喝肉汤。"

这堂课很俏皮,但托马斯先生还是听得很满意,伊扎贝娜小姐几乎大吃一惊,这个和爵士们一起吃过羊肉,而且大胆地提出用刀子吃鱼理论的商人,在她的眼中变得高大了。谁知道,也可能她还认为,这件事比跟克热索夫斯基决斗更重要呢!

"这么说,您反对礼节喽?"

"不,我只是不愿做礼节的奴隶。"

"不过在社交场合中,礼节总是要维护的。"

"那我不知道,但我见到过最上层的社交场面,在那里,在某些情况下,礼节甚至被人忘了。"

托马斯先生稍微低下了头,弗洛伦迪娜小姐的脸色苍白,伊扎贝娜小姐依然表示友好地望着沃库尔斯基,还不只是友好……她有时候,在一瞬间,把沃库尔斯基想象成哈伦·阿尔-拉斯基德①化装的商人。她对他十分敬仰,甚至产生了好感。这个人确实可以信赖,她可以和他谈谈罗西了。

吃过冰淇淋后,弗洛伦迪娜小姐觉得很不好意思,便留在饭厅里,其余的人都到主人的房间里喝咖啡去了。沃库尔斯基正好喝完一杯咖啡,米科瓦伊便用托盘给托马斯先生送来了一封信,他还说:"送信人在等着回信,老爷!"

"啊,伯爵夫人的信,"托马斯先生看了信上的地址,说,"请你们让我……"

"如果您不反对的话,"伊扎贝娜小姐打断了父亲的话,她对沃库尔斯基笑了笑,"我们到客厅里去吧,让父亲这个时候写他的回信!"

她知道,那封刚才送来的信是托马斯先生自己写的,自己写给他自己,因为他在饭后,至少要休息半小时。

"您不会不高兴吧?"托马斯先生紧握着沃库尔斯基的手,问他。

伊扎贝娜小姐和沃库尔斯基一起离开了那间小房,来到了客厅里。她以她所特有的娇媚的姿态在一张靠椅上坐下,并给他指了另一张,只隔她几步远。沃库尔斯基单独和她坐在一起了,一股热血涌上他的心头。他看见伊扎贝娜小姐以一种奇怪的目光凝视着他,好像要看透他的灵魂,把他和她钉在一起似的,他更加激动了。这已经不是复活节募捐时的那个伊扎贝娜小姐,更不是赛马时的那个伊扎贝娜小姐了;这是

---

① 哈伦·阿尔-拉斯基德(763 或 766—809),阿拉伯画家,出身于阿巴塞德家族,曾统治波斯省(今伊朗)和北非。以一个强有力又很开明的统治者闻名于世,他很关心经济、科学和诗歌的繁荣。历史和神话都把他描写为一个最好的君主。——原注

一个有理智有感情的女人,她要认真地问他一件事,对他说真心话。

沃库尔斯基很好奇,她有什么话要对他说呢?他再也控制不住自己,在这个时候,如果有人碍着他们,他非把他打死不可。他沉默不语地望着她,等待着。

伊扎贝娜小姐不知如何是好,她很久没有像现在这样感到慌乱了。她脑子里说出了这么一些话:"他买了那套餐具","他赌钱时有意把钱输给父亲","他欺侮我",但后来又"爱上了我","他买了那匹赛马","他决斗","他跟爵士们在最高级的宴会上吃过羊肉……"蔑视、愤怒、敬佩、好感像密集的雨点一样,轮番地叩打着她的心灵。而在她这像暴风雨一样动荡的心灵深处,却隐藏着一种感觉,她觉得有必要把她每天遇到的麻烦,她的各种各样的疑惑,还有她对那个伟大演员的悲剧式的爱向某个人坦率地说出来。

"是的,他能够成为……他也将成为我信赖的人!……"伊扎贝娜小姐想道。她用甜蜜的目光凝望着沃库尔斯基那双惊讶的眼睛,并把身子微微地往前倾斜,好像要去吻他的脑门似的。后来,有一种毫无理由的羞涩感笼罩了她,于是她在靠椅上退缩了一下,脸涨红了。她缓慢地垂下了长长的睫毛,就像正在昏昏欲睡似的。沃库尔斯基望着她脸上的表情,马上想起了那北极光的美丽的光波和那种既没有词又没有音调的奇妙的音乐,这种音乐像是另一个世界传来的回声,有时候在人的心灵中响了起来。他神思恍惚地倾听着台钟急促的嘀嗒声和自己脉搏的跳动声。他感到奇怪的是,这两种速度很快的运动和他奔驰的思想相比,却又显得缓慢了。

"如果有天堂的话,"他对自己说,"那些在天堂里的人,也不会比我现在感受到更多的幸福。"

缄默已经持续了很久，使他们都有些不自在了。伊扎贝娜小姐首先醒悟过来。

"您跟克热索夫斯基先生有过不和。"

"为了赛马，"沃库尔斯基急忙插嘴说，"我买了男爵的马，他不谅解……"

她带着一种温馨的微笑望着他。

"您后来决斗了，这……使我们感到很不安……"她小声地接着说，"那以后……男爵向我表示了道歉，"她很快把这句话说完后，便低下了眼睛，"男爵为了这件事给我写过一封信，他在信中对您表示很大的尊敬和友好……"

"我很……很幸福……"沃库尔斯基喃喃地说。

"为什么幸福，先生？"

"因为事情最后是这样……男爵是个很懂礼貌的人……"

伊扎贝娜小姐把手伸过去，放在沃库尔斯基那发热的手中，停留了一会儿，说：

"尽管男爵表示了真正的好意，但我要感谢的是您。我感谢您……有些效劳是不会马上忘记的，真的……"说到这里，她放慢了一些，声音也小了一些，"真的，如果您能向我提出一个要求，使我能够回报您的话……客气地说，我的良心也会得到安慰的。"

沃库尔斯基放开她的手，从椅子上站起来，他是那么神思恍惚，竟没有注意到"客气"这两个字。

"好的，"他回答说，"如果您这么要求，我也承认……我是有功的。但我能不能也向您提一个请求呢？……"

"可以。"

"那好，"他很激动地说，"我只求一件事：希望能尽我自己的一切力量为您效劳，在所有方面，永远为您效劳……"

"先生！……"伊扎贝娜小姐微笑着打断了他的话，"这不是坑人吗？我想偿还一笔债，您却要逼我再去欠债，这么做合适吗？"

"怎么不合适？……您不是把信差为大家送信也看成是效劳吗？"

"但他们是有报酬的。"她回答，怪模怪样地望了他一眼。

"我和他们只有一点不同，就是他们是要报酬的，对我则不用也不应当付报酬。"

伊扎贝娜小姐摇了摇头。

"我的请求，"沃库尔斯基往下说，"并没有超越人与人之间最普通的关系的界线。女人们向来是下命令的，我们向来是执行命令的，事情就是这样。您这个社会阶层的人们根本不用请求什么恩赐。对他们来说，那是日常的义务，甚至是一项法律。我曾经极力争取，今天又向您恳求，因为能够执行您的命令，我在某种程度上就成了贵族阶级的一员了。仁慈的上帝啊！如果马车夫和仆人都能够穿上您的色调的衣服，那么我为什么不该得到这样的荣誉呢？"

"啊，您为什么要说这些呢？……我不用亲自把我的绶带送给您了，您已经抢去了，您要把它拿走吗？……那已经太晚了，就因为男爵的那封信。"

伊扎贝娜小姐又把手递给他，沃库尔斯基恭恭敬敬地吻了它。隔壁房间里传来了脚步声，托马斯先生睡够了，容光焕发地走了过来。沃库尔斯基看见他那张漂亮的脸上显露出恳

切的神色,因此他这么想道:

"我如果不能使你那三万卢布每年增加一万,那我是个浑蛋。"

他们三个人又坐了近一刻钟,还谈起了不久前在瑞士谷①举行的慈善同乐会,和罗西的来到以及沃库尔斯基的巴黎之行。最后,沃库尔斯基依依不舍地离开了这些可爱的人,他答应常去看他们,要和他们在同一个时候去巴黎。

"您会看到那里是多么快活!"临别时,伊扎贝娜小姐说。

---

① 瑞士谷是一个小公园,里面有餐厅,还有一栋小房子,冬天在这里举行节目表演。这个公园建于十九世纪,在今肖邦街和乌雅兹多夫街的交会处。

第十七章　各种各样的种子和幻觉的萌芽

沃库尔斯基回到家里，已经是晚上八点半了。太阳落下不久，他那强有力的目光已经能够看清那布满了金光的浅蓝色的天空里闪烁着的大一点的星星。大街上响遍了行人们欢乐的喧闹声，沃库尔斯基心中感到一种惬意的安宁。

他回想起伊扎贝娜小姐的每个动作、每次微笑、每个眼色和每句话，带着怀疑和不安的心情去那里面寻查，看有没有丝毫不乐意和自傲的表现。但是他并没有发现，因为她把他看成是一个同等地位的人和朋友，她请他常去看他们，是啊！……她甚至要他向她提出请求……

"如果我那时候向她求婚的话，那会怎么样呢？"他突然这么想。

他努力细察着她留在他心里的身影，虽然他看见了她那戏谑的微笑，但他怎么也看不出她对他有丝毫的不满。

他想："当时她也许会这么回答，我们还了解不够。我一定要值得她爱才行……是的……她一定会这么回答。"他反反复复地这么想，而且他也想起了她对他所表现出的好感。

"总之，"他对自己说，"我对那些大老爷们抱有成见是不对的。他们不也是我们这样的人吗？说不定他们的感情更加奥妙。他们认为我们都是一些一味追求金钱的野蛮人，所以总是回避我们。但他们要是知道我们的心是正直的,就会欢迎我们⋯⋯那样一个女人会是一个多么美妙的妻子,当然,我要值得她爱,还有什么好说的呢!⋯⋯"

由于这些想法,他对文茨基一家人产生了更大的好感,后来他对他们家的亲戚,对他自己的铺子和在这里工作的所有的人,对所有和他打过交道的商人,最后对整个国家和全人类都产生了很大的好感。在沃库尔斯基看来,街上每个行人都是他的亲人,有的十分亲近,有的疏远一点;有的显得快活,有的悲哀。他几乎要在人行道上停下来,像个乞丐那样把他们拦住,问道:"你们需要什么吗?⋯⋯你们就要求吧,吩咐吧!我代表她⋯⋯求你们这样⋯⋯"

"我这辈子过得很不好,"他对自己说,"我这个人也很自私,奥霍茨基却是个了不起的人,他要让人类长上翅膀,为了这个理想他舍弃了自己的幸福。追求荣誉当然是很蠢的,为了大众的福利而劳动才是最重要的。"想到这里他微微一笑,"那个女人已经使我成了富翁,使我有了名誉,但要是她很固执,她会把我弄成什么样子呢?她也许会使我成为一个虔诚的殉道者,为了他人的幸福而劳动,甚至献出自己的生命,如果她要我这样,我也会献出⋯⋯"

铺子已经关门了,但从窗缝里可以看到里面有灯光。

"他们还在工作。"沃库尔斯基想。

他绕过大门,从后门走进店里,在门槛上就碰到了从里面出来的钱巴,钱巴和他分别时向他深深地鞠了一躬。铺子里还留下几个人。克莱因爬到了梯子上,在整理货架上的东西。李谢茨基在穿大衣,热茨基坐在办公桌后面,在翻阅账簿,他前面站着一个哭哭啼啼的男人。

"老板来了!"李谢茨基叫了一声。

热茨基用手遮着眼睛,望着沃库尔斯基。克莱因从梯子上向他点头,问候了几次。那个哭着的男人这时突然转过身来,趴在他的脚下,更是号啕大哭起来。

"这是怎么回事?……"沃库尔斯基认得那是老出纳员奥贝尔曼,惊奇地问道。

"他丢了四百几十个卢布,"热茨基很严肃地回答说,"这当然不是贪污,我可以用脑袋担保,但铺子也不能因此受到损失呀!特别是奥贝尔曼先生在我们这里还有几百卢布的存款。两条路他可以走一条,"热茨基气愤地说,"不是赔钱,就是丢差……如果我们的出纳员都像奥贝尔曼那样,那我们的生意可真的好做了……"

"我赔钱,先生!"那个出纳呜咽着说,"我赔钱,但请您允许我分期偿清,至少几年吧!我存在你们那里的几百卢布可是我的全部财产呀。我的孩子在学校里已经毕业,他要学医,我也要老了……只有上帝和您知道,要怎么样卖命干,才攒得了那么多钱……如果要再攒那么多钱,我非得下辈子了。"

克莱因和李谢茨基已经穿好衣服,在等老板的判决。

"是的,"沃库尔斯基回答说,"铺子不该受到损头,奥贝尔曼要赔偿。"

"我听您的裁决。"那个不幸的出纳低声说道。

克莱因先生和李谢茨基先生告别走了。他们走后,奥贝尔曼叹了口气,也要离开铺子。可是当只剩下他们三个人的时候,沃库尔斯基马上接下去说:

"奥贝尔曼,你先赔偿,我会把钱还给你的。"

出纳员扑过来,要在他脚前跪下。

"行啦!……行啦!……"沃库尔斯基拦住他,把他拉起来,"如果你对别人说了一句关于我们的默契,我就不会把钱还给你了,你明白吗,奥贝尔曼?……因为这样大家都会随便丢钱,你回去吧,别吱声……"

"我明白。愿上帝把所有最好的东西都赐给您!"那个出纳员说完就走了,他想尽力掩饰他的快活但掩饰不住。

"上帝已经赐给了我最好的东西。"沃库尔斯基想起了伊扎贝娜小姐,说。

热茨基却很不满。

"你知道吗,我的斯塔胡?"只留下他们两个人的时候,他说,"你最好不要管店里的事!我知道你不会要他赔偿全部款子,我也没有那个要求。可是得让那家伙拿出一百卢布来当罚金……他妈的,把钱都送给他也没什么了不得,不过至少该叫那家伙几个礼拜不得安心嘛……要不然就让这家店铺关门算了。"

沃库尔斯基笑了。

"我要是那么一天亏待了一个人,我怕上帝生我的气。"他回答说。

"什么样的一天呢?……"热茨基睁大了眼睛,问道。

"这并不重要。今天我才明白,一个人要有同情心。"

"你对人一直是很同情的,甚至太过分了,"伊格纳齐先生生气地说,"你会看到人家对你并不那样。"

"他们对我是那样的。"沃库尔斯基说着便伸过手去,和他握别。

"他们是那样吗?"伊格纳齐学他的样,又说了一遍,"他们是那样吗?我希望你不要成为考验他们同情心的对象。"

"不用考验我也知道,晚安。"

"你知道!……你知道!……那么等着瞧吧,将来会是一个什么样的局面!晚安,晚安!"老掌柜说着便把账本啪的一声合上。

沃库尔斯基进到自己的房里,他心里想:

"我该去拜访一下克热索夫斯基了……明天就去吧……他确实是一个很懂礼貌的人……他向伊扎贝娜小姐赔礼道歉。我明天要感谢他,我要是不想办法帮助他一下,那也太不像话了。虽说对这么一个懒汉和轻浮的人,要帮助他绝不是一件容易的事……可是没关系,我试试看吧……他向伊扎贝娜小姐赔礼道歉,我就给他偿还债务吧!"

这时候,沃库尔斯基心里十分平静,而且他也信心十足,回到家里后,他不再沉迷于幻想(平日他却是那样的),而马上投入了工作。他拿出一个练习本,其中大部分页面上都写满了字。然后他又拿出一个波兰文英文的作业本,开始抄写上面的句子。他低声地念着,力图更准确地模仿他的老师威廉·科林斯先生。

但是每隔几分钟,他就会想起明天去拜访克热索夫斯基男爵和给他偿还债务的事。另外他还想起了奥贝尔曼,他遇到不幸的时候是他救了他。

"如果人的祝福有什么价值的话,"他自言自语道,"那我愿把奥贝尔曼的所有这些价值连本带利地转让给她……"

然后他又想起,如果只让一个人得到幸福,这个礼物对伊扎贝娜小姐来说,并不是十分珍贵的。但要使全世界都得到幸福,他又做不到。不过为了他和伊扎贝娜小姐进一步地认识,他还是要帮助几个人解决一些困难的。

"下一个就是克热索夫斯基了,"他心里想,"但是援助那样的人,却没有什么功劳……哈哈!"

他用手拍了拍自己脑门,把英文练习本抛开,从卷宗里拿出私人来往的信件。这是一个山羊皮做的夹子,里面放着他收到的一些信,按日期顺序排列,前面有目录。

"啊哈!"他说,"我那个抹大拉修道院的修女和她的保护人的信,第六百零三页……"

他找到了那一页。他很注意地念着那两封信:一封的字迹很漂亮,另一封好像是一个孩子的手写的。第一封信告诉他,说有个玛丽亚过去是个品行不端的少女,现在已经学会了缝纫和裁剪。此外,她对信仰的虔诚,她的驯顺和温柔的性格,她的优良的作风也都表现得很突出。在另一封信里,玛丽亚感谢他至今对她的帮助,她只求他替她找个职业。

她这么写道:"由于上帝的恩赐,仁慈的老爷虽然拥有那么大的一笔财产,但也不要为我这个罪恶的女人再花钱了。我现在已经能够自立,只要我有个工作就好。在华沙,比我更加不幸需要救济的人和忍辱含垢的女人还有不少……"

沃库尔斯基感到很不安,几天来,这么一个请求一直在等着他的回答。他马上写了封回信,把仆人叫来。

"这封信你明天一早就送到抹大拉修道院去……"

"好的!"仆人回答说,他尽力忍住不打呵欠。

"你给我把那个赶车的韦索茨基也叫来,住在塔姆卡的那个,你知道吗?"

"哦,我怎么会不知道呢!可是您听说……"

"要他一大早就到这里来……"

"哦,那当然,可是您听说奥贝尔曼丢了一大笔钱吗?晚上他来过这里,他还赌咒发誓地说,如果您不怜悯他,他就要自杀,要不就要糟践自己。我对他说:'别那么傻,别自杀,你就等着吧……我们老板心肠软……'可是他说:'我也这么想,但这毕竟是一件很糟的事情,他至少会扣我的钱,可我儿子现在要学医,年纪到了再也不能拖了………

"你睡觉去吧!"沃库尔斯基打断了他的话。

"我去,我就去!"仆人气冲冲地说,"在您这里当差比坐大牢还苦,想睡觉的时候不能睡……"

他拿起那封信,走了。

第二天早晨九点左右,仆人叫醒了沃库尔斯基后,告诉他韦索茨基在等他。

"让他进来。"

过了一会儿,那赶车人进来了。他穿得很整齐,脸色很健康,神情也很高兴。他走到床边,吻了一下沃库尔斯基的手。

"我的韦索茨基,你家里是不是有间空房?"

"是的,老爷!我的叔父死了,他的那个不是人的房客不缴房租,我叫他滚蛋了,所以那间房是空的。那个无赖喝伏特加有钱,缴房租却没有钱……"

"我要租你的那间房,"沃库尔斯基说,"只是你先把它修整一下……"

那个赶车人惊讶地望着沃库尔斯基。

"有个年轻的女裁缝要住在那里,"沃库尔斯基往下说,"她就在你们家搭伙食,衣服也包给你妻子洗……叫你妻子看看,缺不缺什么东西?她用的家具和被褥我付钱……你们要注意她是不是接客……"

"不,"那赶车人神气活现地喊道,"如果老爷需要她,不

423

论多少次我都亲自把她送来,但若城里来了别的男人……绝对不让……不过这一类的事情会使老爷倒霉的……"

"你真蠢,我的韦索茨基,我不要见她,只要她在家里规规矩矩,干净又勤快,她爱上哪儿去都可以,只是不准别的人来找她。你明白了没有,房间要重新粉刷一下,把地板擦洗干净,买一些便宜的家具,但是要新的、好的,这个你在不在行?……"

"那还用说,我这辈子运过多少家具……"

"好的,叫你妻子看看那姑娘要什么样的被子和衣服,然后告诉我。"

"这我都懂,老爷。"韦索茨基又吻了一下他的手,回答说。

"你那兄弟过得怎么样?……"

"过得不错,老爷! 感谢上帝和老爷您,他住在斯凯尔涅维采,现在有了田地,还雇了个长工,是个大人物啦! 过几年他还要添置一些田产,因为有个铁路上的养路工,还有一个路警和两个加油工在他那里搭伙。现在铁路局又给他加了工资……"

沃库尔斯基打发走那个赶车人后,便开始穿衣服。

"在我跟她会面以前,我得好好地睡一会儿。"沃库尔斯基想。

他不想到铺子里去,于是随便拿了一本书,当他开始看书的时候,又想起了下午一点和两点之间要到克热索夫斯基男爵那里去。

十一点钟的时候,前厅里铃声响了,门吱呀一声开了,仆人走进来。

"有个小姐在等您……"

"请她到客厅里来。"沃库尔斯基说。

客厅里响起了女人衣裙的窸窣声。沃库尔斯基站在门槛上,看见是那个抹大拉修道院的修女。

他很惊奇地看到她身上起了很不平常的变化。那姑娘穿一身黑色的裙衣,脸色白皙,显得健康。但目光畏怯,她看见沃库尔斯基后,脸都红了,开始哆嗦起来。

"你坐下吧,玛丽亚小姐。"他指着一张椅子对她说。

她在一张天鹅绒椅子的边上坐了下来,显得很不好意思的样子。她老是眨巴着眼皮,眼睛望着地面,睫毛上还闪着泪珠。看起来和两个月前不一样了。

"你已经会缝衣了吗,玛丽亚小姐?"

"会了。"

"你想在哪里工作?"

"到一家百货公司里去,或者到俄国去……当差役……"

"你为什么要去那里?"

"那里好像容易找到工作,在这里……有谁会雇用我呢?"她轻声地说。

"如果这里有一家商店要向你定做内衣,那不是很值得留下吗?"

"哦,是呀! 可是在这里,自己就得有一架缝纫机,有个住处,还有其他一切的一切……要是没有这些,就只好给人当差了。"

她的声音甚至都变了。沃库尔斯基留心着她,最后说:

"你现在就留在华沙,住在塔姆卡那个赶车人韦索茨基的家里。他们都是一些很好的人。你在那里会有一个单独的房间,伙食也搭在他们那里。你所需要的缝纫机和一切缝纫所必备的东西都不会少。我给你介绍一个内衣工厂,几个月后,我们再看你能不能靠这项工作维持生活。这是韦索茨基家的地址,你马上到那里去,跟韦索茨卡太太一起去买家具。你要看看房间里一切是否都安排好了。缝纫机我明天就给你送来……这是你在那里的安家费,是我借给你的。如果你的活干得不错,可以分期还我。"

他将一些十卢布的钞票卷在一封给韦索茨基的信里面,向她递了过去,当她正在犹豫,要不要接受这些钱的时候,他把那一小卷东西已经塞在她的手里,说:

"请你,再一次请你马上到韦索茨基家里去。过几天,他会把那封介绍你去内衣工厂的信给你拿来。有事的话,你来找我好了。再见……"

他鞠了一躬,回到了自己的房里。

那姑娘在客厅当中还站了一会儿,然后她擦干了眼泪,心里感到十分惊异地走了。

"我们就看她在那个新的环境中会怎么样。"沃库尔斯基对自己说道,又坐下来看书。

下午一点,他动身到克热索夫斯基男爵家去了。一路上,他责备自己为什么这么晚才去拜访他过去的那个敌手。

"不要紧,"他又安慰自己道,"我没有去拜访他,是因为他病了,再说我给他送去了一张名片。"

沃库尔斯基走近男爵那栋房子后,他无意中发现,那栋房子的墙壁上有着一种病态的带点发绿的颜色,就像马鲁谢维奇那张黄脸一样。他家里的窗帘也卷起来了。

"他显然已经恢复健康了,"他想,"但是也不能一见面就问他债务的事。等到再一次或第三次来拜访的时候再问吧！然后替他给那些高利贷者还债，这样可怜的男爵就可以松口气了。对一个向伊扎贝娜小姐道过歉的人，我不能冷淡……”

他上了楼，拉了一下门铃。房间里传来了脚步声，可是没有人马上来开门。于是他又拉了一下，门里面有人走动，甚至移动了家具，但还是没有人开门。他再也耐不住性子，便猛烈地扯着门铃的绳子，差点把它扯断了。这时才有个人走到门口，慢腾腾地取下链条，转动钥匙，搬下门闩，嘟囔地说：

“看来是自己……犹太人是不会这么拉门铃的……”

门终于开了，仆人康斯坦丁站在门槛上。他看见是沃库尔斯基，便眯了眯眼睛，噘着下嘴唇问道：

“有什么事情？……”

沃库尔斯基猜想，他和男爵决斗的时候，那个忠实的仆人在场，他对他不会有什么好感。

“男爵先生在家吗？”他问道。

“男爵有病，谁都不见，因为医生在他那里。”

沃库尔斯基拿出一张名片和两个卢布。

“大概什么时候能够再来拜访先生呢？”

“要很长时间，马上不行……”康斯坦丁口气温和了一点，“老爷有枪伤，医生们要他今天或者明天到暖和的地方去，或者到乡下去。”

“这么说，他走之前我见不着他啦？”

“是的，根本不可能……医生坚决不让他会见客人……老爷老是发烧……”

两张放名片的小茶几一张断了一条腿，另一张铺上了一块写满了字的绒布。它们和那些留着蜡烛头的烛台使人对康斯坦丁所报的病情是否确切产生怀疑。

虽说这样,沃库尔斯基又给了他一个卢布,他离开的时候,对这次接见当然是很不满意的。

"也许男爵根本不希望我来见他?"他想道,"哈!既然是这样,那就让他自己给那些高利贷者还债,或者关起房门躲避他们吧!……"

他回家去了。

男爵真的想到乡下去,他确实没有恢复健康,但他的伤病并不那么严重。脸部伤口愈合得很慢,不是因为那里的伤势很重,而是因为他的整个机体受到了损伤。沃库尔斯基拉铃的时候,他像个冬天怕冷的老太婆一样,把被子裹在身上。但是他没有躺在床上,而是坐在靠椅上,陪着他的不是医生而是李青斯基伯爵。

他正在向伯爵诉说他那悲哀的健康状况。

"真见鬼,"他说,"日子是这么难熬。父亲给我留下了五十万卢布,同时也留下了四种病,每种病都得花一百万……没有夹鼻眼镜是多么不方便!……你想想看,伯爵,钱都花光了,病却留下了。除此以外,还染上了几种新的病,欠了一些债,因此落到了这种地步:只要用针在身上刺一下,就得叫人去备棺材,找公证人了。"

"是的,"伯爵回答说,"可是我以为,在这种情况下,您不要为公证人损害了自己的健康。"

"实际上,是法院的执行官损害了我的健康……"

男爵一面讲,一面急切地倾听着从前厅传来的声音,但他一点也听不清楚。等到他听清了关上大门,把门闩砰的一声

推上去和挂上铁链的叮当响声后,他突然大叫了一声:

"康斯坦丁!……"

过了一会儿,仆人进来了,但没有表现出特别匆忙的样子。

"谁来了?……肯定是戈尔德齐盖尔……我不是对你说过吗,你根本就不要跟那个流氓谈话,只有揪住他的脖子,把他扔到梯子下边。你想想看,"他转过身去,对李青斯基说,"那个卑鄙的犹太人拿来一张伪造的四百卢布的期票,厚颜无耻地要求付款!……"

"那得告他一状,是吧……"

"我不愿管……我不是检察官,去追查一个伪造者。我也不会千方百计去搞掉一个使劲模仿别人签字的可怜虫。我就等着戈尔德齐盖尔来起诉吧,我对谁都不会起诉,到那个时候,我就会证实那不是我的签字。"

"这个人正好不是戈尔德齐盖尔。"康斯坦丁回答说。

"那么是谁呢?是管家吗,也许是裁缝吧?"

"不……是这位先生,"仆人说着把名片递给了克热索夫斯基,"一个规规矩矩的人,但我叫他走了,因为男爵先生这么吩咐过……"

"什么?……"伯爵看了看名片,惊讶地问道,"您不是说过不见沃库尔斯基吗?……"

"是的,"男爵证实道,"一个微不足道的小人,至少……不适于社交场合……"

李青斯基伯爵在靠椅上坐正后,郑重地说:

"我真没想到在您这里……听到了对这位先生这样的看法……是的……"

"您别以为我这么说是瞧不起别人，"男爵连忙解释说，"沃库尔斯基先生没有干过坏事，只是……有这么一点小小的不道德行为，它对做生意也许没什么妨碍，但在社交中是不能那么做的……"

伯爵在靠椅上，康斯坦丁在门槛上都注意地望着克热索夫斯基。

"您就评评理吧！"男爵往下说，"我曾以八百卢布的价格，将我那匹牝马转让给克热索夫斯卡太太（就是在上帝和人们面前合法地嫁给了我的妻子）。克热索夫斯卡太太生我的气（我不知道为什么），她一定要把那匹牝马卖掉。正好当时有个买主沃库尔斯基先生，他利用这个女人一时糊涂，在那笔买卖上赚了……两百卢布……因为他只付了六百卢布……"

"他有这个权利，是的。"伯爵插嘴说。

"啊，上帝！我知道他有这个权利……可是一个人为了表示自己很了不起，一下子就挥霍掉几千卢布，与此同时，他又在一个阴暗的角落里，从一个神经质的女人那里赚百分之二十五的盈利，这种人绝不是好东西……这不是绅士风度……他虽然没有犯罪，可是……他待人是那么不公平，就像一个人把地毯和围巾送给他认识的人，可同时又扒走他不认识的人的手帕那样。您不反对我的意见吧……"

伯爵没有吭声，过了一会儿，他才说道：

"啊……真的是这样吗？"

"千真万确。克热索夫斯卡太太和那位先生签约由马鲁谢维奇主持，我是从他那里知道的。"

"不管怎样，沃库尔斯基是个好商人，他正领导我们的贸易公司……"

"如果他没有欺骗你们……"

这时候,那个一直站在门槛上的康斯坦丁表示惋惜地点了点头,最后他急不可待地说:

"喂,您在那里说什么呀……唉……真像个小孩……"

伯爵好奇地望着他,男爵火冒三丈:

"蠢货,没有问你,你胡说什么?……"

"我当然要说,因为您唠叨个没完,你的一举一动像个小孩……我是个仆人,我只相信那个来这里看望时给了我两个卢布的人,而不相信那个每次都要向我借三个卢布,却怎么也不急着还我的人……比如说,今天沃库尔斯基给了我两个卢布,可是马鲁谢维奇……"

"滚开!"男爵咆哮起来,伸手去抓那个玻璃杯。康斯坦丁看到这种情景,觉得还是站在门背后躲开主人好些,"这个仆人简直是个流氓!……"男爵显然很生气,他又补上一句。

"您大概很喜欢马鲁谢维奇吧?"伯爵问道。

"是的,这个小伙子很正直……他在哪种情况下没有援救过我!……他多少次证明过他对我差不多像狗一样忠实!……"

"是的!……"伯爵沉思着轻声地说。他又坐了几分钟,一句话也没有说,最后,他终于告辞了。

在回家的路上,李青斯基伯爵好几次想起了沃库尔斯基,他认为一个商人在一匹赛马上也要赚钱,这没什么奇怪,但他很讨厌这种行为,他对沃库尔斯基不满,主要是因为他跟马鲁谢维奇这个至少是值得怀疑的人凑到一起。

"一个很普通的、发了财的暴发户!"伯爵喃喃地说,"我们对他也赞扬得太早了,虽然……他能够领导贸易公司……当然是在我们这些人的严密监督之下。"

过了几天,沃库尔斯基在一个早晨的九点左右,收到了两封信,一封是梅利顿太太的,另一封是公爵的律师的。

他急忙拆开第一封,梅利顿太太在信里只写了一句话:

"今天在浴室公园,时间照旧。"他把它念了好几遍。随后他很不乐意地又看了一下律师的信,律师请他也在今天十一点钟,去参加一个为买文茨基的房子的事召开的会。沃库尔斯基深深地吸了口气,还有一些时间。

十一点整,他来到了律师的事务所,老什兰格巴乌姆已经等在那里。他无意中发现,那个满头白发的犹太人在褐色家具的映衬下看起来很严肃,律师穿的那双褐色羊皮拖鞋也很漂亮。

"您很走运,沃库尔斯基先生,"什兰格巴乌姆说,"您刚要买房子,房价就涨了。我告诉您,我敢打赌,只要半年,您就会把用于买房的那笔钱赚回来,而且还能够多捞一点,我和您……"

"你也想参加?"沃库尔斯基随便问道。

"我不想参加,"那犹太人说,"我已经赚了钱。昨天男爵夫人克热索夫斯卡的律师向我借了一万卢布,新年到期,他将给我八百卢布的利息。"

"这是怎么回事,她已经没有钱了?"沃库尔斯基问律师。

"她在银行里存了九万卢布,但男爵把那笔款项冻结了,这是根据他们俩结婚时定的美妙的契约,对不对?"律师笑了,"毫无疑问是妻子的钱,丈夫却不让取,他打官司,要和妻子分居……我,不用说,这样的婚约我从来没有写过,哈,哈！……"律师笑着,从他的大琥珀烟斗里吸了口烟。

"男爵夫人向您借一万卢布干什么用,什兰格巴乌姆先生?"沃库尔斯基问道。

"您不知道吗?"犹太人回答说,"房价在上涨,律师对男爵夫人说,要买文茨基先生的房子,价钱不会低于七万卢布,可她只肯出一万卢布,那就没有办法喽……"

律师在写字台前坐下,接着说:

"再说,尊敬的沃库尔斯基先生!不是我(说到这里,他稍稍地低下了头),而是在座的斯·什兰格巴乌姆先生(他鞠了个躬)要以您的名义买文茨基家的那栋房子……"

"我可以买,怎么不能呢?"犹太人低声说。

"但要出价九万卢布,不能少了,"沃库尔斯基提醒他说,"而且是以拍卖的方式。"他着重地补上一句。

"当然可以,又不是我花钱!……只要您愿意出钱,您在拍卖场上会有很多的竞争对手……如果我有那么多钱,在华沙又能雇用到一些正派人和天主教徒去替我做每一笔生意,那我会比罗斯柴尔德更阔了。"

"这么说,会有一些守规矩的竞争对手来参加,"律师重复地说,"那太好啦,我这就把钱交给什兰格巴乌姆先生……"

"那不必要。"那犹太人插嘴说。

"现在我们来签个合同,根据这个合同,斯·什兰格巴乌姆先生向尊敬的斯·沃库尔斯基借一笔数额为九万卢布的钱,以他新买进的那栋房子作抵押,如果斯·什兰格巴乌姆先生在一八七九年正月一日以前没有归还上述的款项……"

"我不会还的……"

"到那时，斯·什兰格巴乌姆先生购买的那栋尊敬的文茨基家的房子将归尊敬的斯·沃库尔斯基所有。"

"现在就归他所有，我看都不愿去看。"那犹太人摆摆手，回答说。

"那太好了！"律师叫了起来，"明天我们会有一个合同，再过一个礼拜……十天，房子就买下了。您不必为了这栋房子损失一万多卢布，尊敬的斯坦尼斯瓦夫先生。"

"我只会赚钱。"沃库尔斯基回答，辞别了律师和什兰格巴乌姆。

"可是，可是……"律师送沃库尔斯基到客厅里，又抓住了话题，"我们的伯爵们虽然创立了这家公司，但他们要缩减一点他们的股份，要对业务进行具体的监督。"

"他们那么做是对的。"

"李青斯基表现得特别小心谨慎，我不知道他为什么那样……"

"要他出钱，所以他很谨慎；如果只要他说话，他会大胆一些的……"

"不，不，不！……"律师打断了他的话，"这里面值得怀疑，我要查个明白……有人在对我们搞阴谋……"

"不是对我们，而是对我，"沃库尔斯基冷笑道，"可是到头来，什么都一样，如果先生们不参加公司，我绝不会生气……"

他再一次和律师告了别，跑到铺子里去了。那里有几项重要的买卖意外地缠了他很久，所以他直到一点半才来到浴室公园。

公园里刺骨的寒冷并没有使他平静下来，相反的是，他更激动了。他跑得那么快,使他不时想起了这会不会引起行人们的注意,因此他放慢了脚步,由于急躁,他感到他的胸脯简直要炸开了。

"我肯定碰不到她了!"他失望地对自己说。

他终于在池塘岸边的花坛前面看见了伊扎贝娜小姐那件浅灰色的大衣。她陪着伯爵夫人和她父亲,正站在岸边丢饼干给天鹅吃。有只天鹅甚至从水里爬了上来,踏着一双难看的脚掌,走到了伊扎贝娜小姐跟前。

托马斯先生首先看见了他。

"真巧!"他对沃库尔斯基叫喊道,"您怎么这个时候也到浴室公园来了?"

沃库尔斯基向贵妇们鞠躬致敬,他十分惊喜地注意到伊扎贝娜小姐的脸上泛起了红晕。

"好多次我工作累了,都到这里来……我是常来的。"

"您不要白费力气,沃库尔斯基先生!"托马斯先生很严肃地警告他说,还伸出手指做出一个吓唬人的样子,"顺便,凑巧①,"他低声地往下说,"您想想看,克热索夫斯卡男爵夫人表示要出七万卢布买我那栋房子……我肯定能拿到十万,也许还拿得到十一万……这种拍卖真不错……"

"见到您真不容易,沃库尔斯基先生,"伯爵夫人插嘴说,"所以我一见面就要请您办一些事情……"

"我为您效劳……"

"先生!"她带着一种可笑的谦恭把两只手拢在一起叫道,"我替我的那些孤儿讨一匹细棉布……您看,我是不是已

---

① 原文是法文。

经学会了募捐？"

"伯爵夫人愿不愿收下两匹？"

"这样的话，另一匹要厚实的麻布……"

"哎哟，姑妈，太多啦！……"伊扎贝娜小姐笑着打断了她的话，"您如果不愿损失您的财产，"她转身对沃库尔斯基说，"您就离开这里吧！我带您到暖花房那边去，就让他们在这里歇息一会儿吧……"

"贝卢，你不害怕吗！……"姑妈问道。

"姑妈您大概不会怀疑，在沃库尔斯基先生陪伴下，我不会遇到什么坏的情况吧……"

沃库尔斯基感到一股热血涌上心头，伯爵夫人的嘴边掠过一丝不易察觉的微笑。

于是来到了这么一个时辰，大自然在抑制它的伟大的力量，让那永远不息的劳动停了下来，以充分显示出微不足道的生灵获得了幸福。

微风轻轻地吹着，给那些睡在巢里的雏鸟增添了凉爽，方便了那些急忙赶去参加婚礼的小虫的飞翔。树上的叶子那么轻微地摆动着，好像不是微风，而是轻轻闪过的光线触动了它们。在潮湿的密林里，到处都闪着五颜六色的露珠，就像天上落下的彩虹。

最后，一切都回到了原来的位子上：太阳和树木，一束束的光线和影子，池塘里的天鹅，天鹅头顶上成群的蚊子，还有那天蓝色塘水闪烁的水波。沃库尔斯基感到，那迅速奔跑着的时间这一瞬间已经离开了人间，只在天空中留下了几条白色的云带。从这个时候起，一切都不会有丝毫的改变，将永远地保持原状。他和伊扎贝娜小姐将永远在阳光普照的草地上漫步,被像绿云一样的树丛包围着。在树丛中,有的地方可以见到鸟儿闪闪发光非常有趣的眼睛,就像黑钻石一样。他心中将永远充满着无限的宁静,而她也永远是那么沉迷于幻想,她的面颊上泛着娇媚的红晕,因此不管是现在还是将来,永远都有两只相亲相爱的蝴蝶在他的面前飞舞。

他们往暖花房那边已经走了一半的路了。伊扎贝娜小姐显然被他们之间这种大自然的宁静弄迷糊了,她开始说话:

"天空多么好,是不是?城里很热,而这里却很凉爽,令人感到舒适。我很喜欢这个时候的浴室公园:人很少,每个人都可以找到一个属于自己的小角落。您喜欢孤独吗?"

"我孤独惯了。"

"您看了罗西的表演吗?……"她接着问道,脸更红了,"您没有去看罗西的表演?……"她再问了一遍,很惊异地望着他的眼睛。

"我还没有去,不过……我会去的……"

"我和姑妈已经去看过两次了。"

"我每场都要去……"

"啊,那太好了。您会深信他是一位伟大的艺术家,他演罗密欧尤其出色,虽然……他已经不是很年轻了……姑妈和我在巴黎时就认识他……一个很可爱的人,但首先是一个天才的悲剧演员……他的表演是最真实的平凡和最富于诗意的理想主义的结合……"

"既然他在您那里引起了这么多的惊叹和好感,"沃库尔斯基插嘴说,"那他一定是很伟大的。"

"您说得不错。我知道,我这辈子没有做什么了不起的事情,可我至少懂得,应当尊敬那些不平常的人……在各个领

437

域中——甚至——在舞台上……可是您想想看,华沙对他没有表示应有的尊敬。"

"这可能吗?……他是个外国人……"

"噢,您好厉害,"她微笑着回答说,"不过我只能把您当作华沙的宝贝,而不能当作罗西的宝贝……真的,我为我们的城市感到羞耻!……我如果是个观众(如果是个男性的观众),我会送给他许多花环,我会鼓掌把手都鼓肿……可是这里的掌声实在太少了,花环的事没有人想到……我们真的是一些野蛮人……"

"鼓掌和花环都是些小事,在下次演出中,罗西得到的掌声和花环不会嫌少,而只会嫌多。"沃库尔斯基说。

"您能肯定会这样吗?"她以恳切的眼光望着他问道。

"我向您担保,一定能做到……"

"您的预言如果实现了,我会很满意的。现在我们回到父亲和姑妈那里去好吗?……"

"不管是谁,只要能够使您快乐,就应当受到最高的奖励……"

"对不起!"她笑着打断了他的话,"这一回,您在捧您自己了……"

他们离开了暖花房,往回走。

"罗西若是遇到热烈的捧扬,"伊扎贝娜小姐往下说,"我想象得出他会怎么激动。他已经在怀疑,而且几乎要后悔了,不该到华沙来……艺术家们,包括那些最伟大的艺术家,都是一些很特别的人,没有荣誉和崇拜,他们就活不了,就像我们没有食物和空气一样。不声不响的劳动,即便是最有收获的劳动,或者自我牺牲,都不属于他们。他们一定要站在第一排,把所有的视线都集中在他们身上,抓住所有人的心……罗西自己就说过,他宁愿面对着全场深受感动的观众在舞台上早死一年,也不愿面对寥寥无几的看客晚死一年。多么令人惊叹呀!……"

"如果剧院里客满对他来说是最大的幸福,那他说得没错。"

"您以为有那种值得短一些寿命去换取的幸福吗?"伊扎贝娜小姐问。

"也可以用这种方法去避免不幸。"沃库尔斯基回答。

伊扎贝娜小姐陷入了沉思,从这个时候起,两人在途中便再也没有说话。

那时候,坐在池塘边上的伯爵夫人仍在给天鹅喂东西吃,并且在和托马斯先生谈话。

"你不认为,那沃库尔斯基好像在追求贝娜吗?"她问。

"我不认为。"

"而且追求得很厉害。今天的商人们都能够制订一些大胆的计划。"

"从计划到实现还远得很,"托马斯先生有点生气地说,"就算是那样吧,这和我毫无关系。我不可能控制沃库尔斯基的想法,但对贝娜,我很放心。"

"说到底,我一点也不反对,"伯爵夫人接下去说,"不管碰到什么事,我都遵照上帝的意志,只希望可怜的人们能够得到好处。他们也常常得到了好处……我那个保育院在城里不久就要名列榜首了,这都是因为那位先生对贝尔丘有偏爱……"

"别说了……他们回来了!"托马斯先生打断了她的话。

伊扎贝娜小姐和沃库尔斯基先生当真出现在这条路的那一头。

托马斯先生注意地打量着他们,现在他才看清这两个人不论身材和动作都很协调。他比她高一个头,身体强壮,迈着有力的步子,像当过兵那样。她的身材小巧一些,但匀称秀美,像飘着似的往前走。就连沃库尔斯基那顶白色的大礼帽和浅色的大衣跟伊扎贝娜小姐那件灰色的外套也配得很好。

"他怎么能够戴那么一顶白色的大礼帽?"托马斯先生很苦恼地想着,这时他脑子里又产生了一个奇怪的看法:沃库尔斯基是个暴发户,他要取得戴那顶白大礼帽的权利,至少也得按存款的百分之五十付给他息金。想到这一点,他不由得耸了耸肩膀。

"那些林荫道真是太漂亮了,姑妈!"伊扎贝娜走得越近,声音就越大了,"我们以前没有到过那地方。浴室公园只有在里面走得又快又远,才使人感到高兴。"

"那就请沃库尔斯基常常陪着你吧!"伯爵夫人用一种特别甜美的声调说。

沃库尔斯基鞠了一躬,伊扎贝娜小姐略微皱起了眉头,托马斯先生说:

"我们可以回家了吧……"

"我想您还是留下吧,沃库尔斯基先生?"伯爵夫人说。

"是的,我送你们上车好吗?"

"谢谢。贝卢,把手拿过来,让我挽着你。"

伯爵夫人和伊扎贝娜小姐走在前面,托马斯先生和沃库尔斯基跟着他们。看见那顶白色的大礼帽,托马斯先生一下子感受到了那么多的辛酸和痛苦,以致他只是出于礼貌,才不得不微笑了一下。最后,他想采取一种办法让沃库尔斯基高兴一下,于是又跟他谈起了那栋房子的事,他想从中得到四万或者五万的纯利。

这个数字反而使得沃库尔斯基很不高兴,他心里对自己说,他绝不可能加到三万卢布以上。

直到马车驶了过来,托马斯先生让那两个女人就座,然后自己坐下,对马车夫喊了一声"走吧!"之后,沃库尔斯基才摆脱了那种不愉快的感觉,于是又对伊扎贝娜小姐产生了思念。

"那么短暂!"他望着浴室公园大道,叹了口气,轻声地说。这时来了一辆救火会的绿色的洒水车,正在给大道洒水。

他顺着这条道又往暖花房走去,首先是想在细微的沙土中寻找伊扎贝娜小姐的足迹。可是那里全都变了,风使劲地吹着,不仅搅浑了池塘里的水,而且把蝴蝶和小鸟都赶跑了,但是它也带来了许多云团,一次又一次地把太阳遮了起来。

"这里是多么令人乏味!"他低声说道,又回到了大路上。

他上了自己的马车,闭上眼睛,对那轻轻的摇晃有一种满足的感觉。他觉得他好像是一只栖息在树枝上的鸟,风把他吹得上下左右地摇摆。后来他又突然大笑起来,因为他想起了这轻轻的摇晃每年要晃掉他近一千卢布。

"我是个傻瓜,是个傻瓜!"他不断对自己说,"我干吗要挤到那些既不理解我的牺牲,又嘲笑我的愚笨的努力的人中去呢?我买了这辆马车有什么用呢?……我为什么就不能乘坐出租马车或者那辆挂着麻布窗帘辘辘而过的公共马车呢?……"

马车在他的家门口停下。他想起了他对伊扎贝娜小姐说的要给罗西捧场的诺言。

"当然会有人给他捧场，而且连怎么个捧场法都有了……明天有演出……"

黄昏时刻，他差仆人去把奥贝尔曼叫到店里来。那个花白头发的出纳员马上就跑过来了，他感到很不安，产生了怀疑：是不是沃库尔斯基有了别的考虑，要他归还那笔丢失的钱？

但沃库尔斯基却很亲热地迎接他，把他带到自己的房里，和他谈了差不多半小时，谈了什么呢？

沃库尔斯基跟奥贝尔曼谈了些什么，那个仆人非常感兴趣。当然是谈那笔丢失的钱……那个什么都想知道的仆人把眼睛和耳朵轮流地凑到钥匙孔上，他看见了很多，也听见了很多，可什么也没有弄懂。他看见沃库尔斯基给了奥贝尔曼一捆五卢布的票子，听见了这么一些话：

"在大剧院①里……包厢和正厅最后一排……给管理人一个花冠……给乐队一束花……"

"搞什么鬼名堂？难道我们老板要做戏票生意啦？……"

仆人看见房间里的人在鞠躬告别，便跑到前厅里，好在那里拦住奥贝尔曼。等到出纳员一出来，他便问道：

"喂，你那笔钱的问题解决了吗？我费了很多口舌，说服老板，要他对你宽容一点。后来我又强迫他，他才说了这么一句话：'我们试一试，看有没有办法！……'现在你跟他谈妥了……怎么样，老板情绪好吗？……"

~~~~~~~~~~~~~~~~~~~~

① 大剧院由科拉齐设计，在一八二五至一八三三年间建成，位于由此而命名的戏剧广场上。

"像往常那样。"出纳回答说。

"可你跟他谈了些什么？我想，绝不仅仅是跟银钱有关吧……大概还谈过戏院吧，因为老板爱上戏院。"

奥贝尔曼只是斜着眼睛望了他一下，没说话便走了。那仆人最初感到惊奇，把嘴巴张得大大的，等到他冷静下来后，他便举起拳头在奥贝尔曼身后对他进行威胁。

"等着瞧吧！"他咕噜着，"我要跟你算账……一个大人物，你瞧他……偷了四百卢布就再也不跟人说话啦！……"

第十八章　老掌柜的惊奇、幻想和观察

又是伊格纳齐·热茨基先生感到不安和惊异的时候了。

就是这个沃库尔斯基，一年前，他跑到保加利亚去过，可是在几个礼拜以前，他却像大贵族那样，在赛马和决斗中取乐。今天，他又对戏院里的演出，产生了极大的兴趣。要是对波兰人的演出感兴趣还说得过去，可他是对意大利人……他连一句意大利话也不懂呀！

这种新的狂热的出现已经将近一个礼拜了，对它感到惊异和愤怒的也不止伊格纳齐先生一个人。

举例说，有一次，老什兰格巴乌姆找沃库尔斯基找了半天，当然是为一件重要的事情。可是他来到店里时，沃库尔斯基派人给那个演员罗西送去了一只萨斯瓷做的大花瓶后，刚好从店里走了。于是他又跑到沃库尔斯基的家里，沃库尔斯基正好又离开家，到巴尔德特①那里买花去了。老犹太人为了赶上他，虽然很不愿意，但不得不换了一辆出租马车。按市价，乘出租马车去一趟巴尔德特的农场，本来付四十个格罗什就够了，他却付了一个兹罗提八个格罗什；等到他讲好价钱，

---

①　弗里德里克·巴尔德特（生于 1825 年），出生于瑞士，他和他的弟弟在扎姆伊斯基广场上的元老院街三十五和三十九号开过一家著名的花店。

赶到巴尔德特那里时,沃库尔斯基已经离开了农场。

"他又上哪里去了,您知道吗?"什兰格巴乌姆问一个花匠,那人用一把弯刀把树上那些最美丽的鲜花全都割了下来。

"我怎么知道,也可能到戏院里去了!"那花匠回答说,看他的样子,好像要用那把弯刀把什兰格巴乌姆的喉咙也割破似的。

那犹太人也起了这样的疑心,因此他尽快从那个暖花房里走了出来,像一块从弹弓里弹出的石头一样,往那辆出租马车跑去。可是那个马车夫(显然已和那个要制造流血事件的花匠有了默契)声明,如果乘客这一次不付足四十格罗什的车钱和退还他来的时候被克扣的两个格罗什,他就是得到了世界上的什么宝贝,也不再把他送去。

什兰格巴乌姆有点心软了。最初他觉得,要么下车,要么去叫警察。但他后来想起,这个信奉基督教的世界是一个充满了仇恨的世界,它是那么不公正,对犹太人是那么残酷无情,因此他不得不接受那厚颜无耻的马车夫的所有条件,不断地呻吟着,坐上他的车子,到戏院去了。

在那里,起先他不知道把这件事跟谁说才好,后来也没有人愿意跟他谈话,最后他才弄明白,沃库尔斯基先生刚才还到过那里,他现在到乌雅兹多夫大街去了,大门口还听得见他那辆马车的辘辘声响⋯⋯

什兰格巴乌姆垂下了双手,他步行回到了沃库尔斯基的店里。他不断地咒骂他的儿子,因为他儿子叫亨利克,爱穿大礼服,吃犹太教禁食的东西;因为他爱到伊格纳齐先生那里去诉苦。

"哎!沃库尔斯基干的什么好事呀!"他用哭丧的声音

说，"我有一笔生意,可让他在五天内赚三百卢布……我也可以赚一百卢布……可现在他在城里到处乱跑,而我呢,我光乘出租马车就花了两个兹罗提二十格罗什……唉,那些马车夫可真是强盗……"

当然,伊格纳齐先生既然委托什兰格巴乌姆做那笔生意,他不仅会把他乘马车用的钱补给他,而且他还会自己掏钱雇车,把那个老犹太人送到选举人街去。这使得那个老犹太深受感动,所以他走的时候没有再骂他的儿子了,而且还请伊格纳齐先生在犹太安息日①去吃饭。

"到戏院里去,"热茨基自言自语道,"无论如何是件蠢事,首先是,斯塔赫因此就不管生意了……"

还有一次,那位受到普遍尊敬的律师,公爵的好帮手,整个贵族的法律顾问跑到店里来,要请沃库尔斯基去他家里参加一个晚上召开的会议。伊格纳齐先生不知道该让这位显要的人物坐在哪里,对这位著名人士向他的斯塔赫表示敬意,也真是欢喜得不知该怎么办。可是斯塔赫对那荣幸的邀请不仅没有理睬,而且干脆拒绝了。这甚至有点触怒了律师,他马上往门外走去,冷淡地告辞了。

"你为什么不接受他的邀请?"伊格纳齐先生失望地问道。

"我今天要上戏院去。"沃库尔斯基回答说。

热茨基感到很害怕,因为就在这一天,那个出纳员奥贝尔曼晚上还不到七点又来找他,要他结算这一天的账目。

"八点钟以后……八点钟以后……"伊格纳齐先生回答

①　犹太教的安息日在礼拜六。

他说,"现在没时间……"

"可是八点以后我又没有时间了。"奥贝尔曼说。

"怎么?……这是怎么回事?……"

"哦,是这样,我七点半钟得和我们老板上戏院去……"奥贝尔曼喃喃地说,还略微耸了耸肩膀。

就在这个时候,钱巴先生也到店里来了,他笑眯眯地要和伊格纳齐先生告别。

"您要出去,钱巴先生?……六点三刻就要出去?"伊格纳齐先生睁大了眼睛,惊讶地问道。

"我去给罗西送花环。"钱巴先生露出了更加可爱的微笑,他很客气地回答说。

热茨基双手抱着脑袋。

"这些人进戏院都进疯了!"他叫了起来,"是不是还要把我拉到那里去呢?……可这就是我的事啦!……"

他还预感到沃库尔斯基总有一天会来对他进行劝说,因此他自己也编好了一套话,他不仅要说明他不去见那个意大利人,而且他还要用下面的这些话来制止斯塔赫:

"算了吧……这些愚蠢的行为对你有什么用!……等等。"

可沃库尔斯基并没有劝说他。有一次,他六点左右来到店里,遇见热茨基在算账,便说:

"我亲爱的,今天罗西演麦克白,你坐正厅第一排(这是你的戏票),第三幕演完后,请你把这本纪念册送给他……"

他也不讲什么礼数,不做进一步的说明,就把一本印着华沙风景和华沙女人照片的纪念册交给了伊格纳齐先生,这本纪念册差不多值五十卢布。

伊格纳齐先生觉得受了很大的侮辱,他从靠椅上站了起来,皱着眉头,张开大嘴,正要发火的时候,沃库尔斯基已经离开了铺子,连望都没有望他。

为了不使斯塔赫感到不快,伊格纳齐先生也只好到戏院里去了。

他在戏院里遇到了一系列他没有想到的事情。

首先,他莫名其妙地爬上了通往楼座的楼梯,这是因为他在往日那些美好的日子,总是在楼座上看戏。后来戏院里的服务员终于提醒了他,说他拿的是正厅第一排的票。这个服务员也一直在望着他,他向他投去的目光充分地说明了,在戏院下层管理人员看来,热茨基先生那件深绿色的大礼服、那本夹在他腋下的纪念册,甚至他的那副拿破仑第三的面相,都很令人疑惑不解。

伊格纳齐先生难为情地下了楼梯,往前厅走去。他将那本纪念册紧紧地夹在腋下,为他能够荣幸地从所有那些贵妇人的身边走过,向她们一一鞠了躬。这种华沙人不习惯的礼貌,在前厅里给人留下了深刻的印象。人们开始问他是谁。虽然大家都不认得他,但还是一眼就看出了他的那顶大礼帽是十年以前的,那条领带是五年前的,那件深绿色的礼服和那条方格子紧身裤的年代甚至更加久远。人们都把他当成是外国人,因此当他问一个服务员去正厅怎么走的时候,在他们中间爆发出一阵笑声。

"一定是沃文①来的一个土绅士,"一些举止文雅的人说,"可是他腋下夹的是什么东西呢?"

〰〰〰〰〰〰〰〰

① 沃文系地区名,在今乌克兰。

"也许是一包酸白菜或者一个气垫子……"

伊格纳齐先生受到嘲笑的刺激,出了一身冷汗,最后总算找到了他所期盼的座位。七点钟刚过,看客们就开始大批地来了,这里那里都有一些人一走进正厅,连帽子都不脱,就坐在自己的座位上;包厢都空着,只有楼座上有黑压压的一片人群,在最上层的楼座已经有人在咒骂和喊警察了。

"我觉得,这个聚会很活跃。"那个不幸的伊格纳齐先生在第一排坐下后,带着淡淡的微笑,含糊地说。

最初,他只是望着幕布右边的一个小孔,而且发誓不把视线移开。可是过了几分钟,他不那么激动了,却又开始兴奋起来。于是他到处张望,觉得这个大厅又小又脏,一直到他开始考虑这些变化发生的原因的时候,这才想起自己最后一次在戏院里看多布尔斯基在《哈尔卡》中的演出,已经是差不多十六年前的事了。①

这时候,大厅里客满了。见到那些坐在包厢里的漂亮的女人,伊格纳齐先生的脑子里产生了一种特别清新的感觉。他甚至拿出一个小小的望远镜,开始端详着那些脸面,可这时候,他很悲哀地发现一些坐在最好的座位上、坐在正厅的后排,甚至包厢里的观众也在望着他……当他开始集中他的视听于舞台时,却又偶尔听到了一些像黄蜂飞过时的嗡嗡响的话语:

"那是个什么怪人?"

---

① 《哈尔卡》是波兰著名音乐家莫纽什科(1819—1872)的一部歌剧。尤利扬·多布尔斯基(1811 或 1812—1886)是波兰著名歌唱家和演员,从《哈尔卡》一八五八年在华沙首演到一八六六年,他一直担任该歌剧的主角。——原注

"一个外省来的人。"

"可他那件华贵的大礼服是从哪里弄来的?"

"您看见他挂在表链上的那个东西吗?真丢人!"

"今天还有人剪那样的头发吗?"

伊格纳齐先生差点要把纪念册和大礼帽扔下,光着脑袋从戏院里逃出去。幸好他瞧见了在正厅第八排坐着他认识的一个糖果厂老板,那人看见热茨基后,为了回答他对他的问候,离开了自己的座位,向第一排走过来。

"愿上帝大发慈悲,皮弗克先生!"伊格纳齐先生满头大汗地轻声说道,"您坐在我这个座位上,把您的座位给我好吗?"

"我太高兴了,"那个红光满面的工厂老板大声回答说,"怎么,您不爱坐在这里?……一个挺好的座位呀!……"

"是不错,不过我宁愿坐到后面去……我觉得太热……"

"那里也很热,我倒是可以坐在这里。可您这个包里是什么东西呀?……"

到现在热茨基才想起了自己应尽的职责。

"您知道吗,皮弗克先生?有个……有个罗西的崇拜者……"

"啊,谁不崇拜罗西呢?"皮弗克回答说,"我有《麦克白》的台词,给您好吗?……"

"谢谢,可是您知道,那个崇拜者在我们店里买了一本很贵的纪念册,要我在演完第三幕后把它送给罗西……"

"我最乐意干这种事。"那个胖乎乎的皮弗克一面叫着,一面往热茨基的座位上挤去。

不过伊格纳齐先生在几分钟内还会遇到一些很难堪的场

面。他必须从正厅第一排走出来，那些举止文雅的人总爱带着讥讽的微笑盯着他的那件大礼服、那条领带和那件天鹅绒背心。然后他又非得到第八排去就座，那里虽然没有人讥讽地望着他的穿着打扮，但他却不可避免地又碰了一些贵妇的膝盖……

"非常对不起，"他抱愧地说，"这个地方太窄了……"

"您甭说这些难听的话。"有个贵妇回答他说，可是伊格纳齐先生却没有看出，在她那画了眼眶的眼睛里显露了对他的过错表示气愤的神情。他是感到那么愧疚，好像只要能够洗清因为那次碰撞给灵魂烙上的污点，就是去进行忏悔也心甘情愿。

他终于找到了那个座位，可以松口气了。这里再也没有人注意他，一是因为那是一个便宜的座位，二是因为戏院里已经挤得满满的，戏也开演了。

起先他对艺术家们的表演并不关心，他在大厅里到处张望，而且马上就看见了沃库尔斯基。他坐在第四排，两只眼睛根本就没有去看罗西，而是盯着伊扎贝娜小姐、托马斯先生和伯爵夫人坐的那个包厢。热茨基在他的一生中，见过几次被磁性吸引的人，他觉得沃库尔斯基那张脸的表情，就像被那个包厢的磁性吸住了似的。他一动不动地坐着，像一个睁大眼睛在睡觉的人。是谁把沃库尔斯基迷住了呢？伊格纳齐先生无法想象。可是他却注意到了另一个情况：每逢罗西不在舞台上的时候，伊扎贝娜小姐总是那么无所谓地望着大厅，或者跟她的姑妈谈话。当扮演麦克白的罗西登台表演时，她就用扇子遮住半边脸，好像要用她那双神奇和梦幻的眼睛把那个演员吞下去似的。她那把白羽毛扇子有时掉在她的膝盖上，这时候，热茨基在她的脸上，也看到了沃库尔斯基脸上那种使他感到惊奇的被磁性吸住了的表情。

此外他还见到了一些别的场面：当伊扎贝娜小姐那张漂亮的脸上显露出十分高兴的神色的时候，沃库尔斯基便用一只手去摸他的头顶，跟着就像有人下了指令一样，楼座里响起了暴风雨般的掌声和震耳欲聋的欢呼声："好啊，好啊，罗西！……"伊格纳齐先生觉得，他在那个欢呼的大合唱中，甚至听到了出纳员奥贝尔曼的困乏的声音，那个出纳员是第一个出来欢呼的，到最后才停止。

"见鬼，"他想，"这些雇来的捧场者难道都由沃库尔斯基来指挥？"

可是他很快就打消了他认为那不应有的怀疑。罗西演得太好了，所以大家对他热烈地鼓掌，而且鼓得最起劲的就是那个快乐的糖果厂老板皮弗克先生，他根据约定，在非常热闹的三幕演完后，把那本纪念册送给了罗西。

那个伟大的演员对皮弗克先生连头都没有点一下，但他却向伊扎贝娜小姐坐的那个包厢的方向，也许只是向着那一方，深深地鞠了一躬。

"这是幻觉，幻觉！"伊格纳齐先生看完了最后一幕，离开剧院时这么想，"斯塔赫说什么也不会那么傻呀！"

但是总的来说，伊格纳齐先生对自己看了那场戏还是挺满意的。他爱看罗西的表演，有些场面，如刺杀邓肯王或者班柯鬼魂的出现，都给他留下了强烈的印象。当他看见麦克白的决斗时，就完全被他迷住了。

所以他离开剧院时，觉得也不应当责备沃库尔斯基，相反的是，他甚至怀疑，亲爱的斯塔赫制造这出向罗西献礼的喜剧，就是为了使他高兴。

"正直的斯塔赫知道，"他想，"我是在不得已的情况下，才去看了那个意大利演员……但结果还是不错的。这家伙演得好极了，我一定要再去看他一次……"过了一会儿，他继续说，"说实在的，要是有斯塔赫那么多钱，谁都可以给演员们送礼。我宁愿去看一个身材漂亮的女演员，可……我毕竟是另一个时代的人了，人们都把我叫作波拿巴主义者和浪漫主义者……"

他一面这么想，一面低声说道，但他脑子里又冒出了一个他本想抑制下去的念头：

"为什么斯塔赫那么古怪地盯着伯爵夫人、文茨基先生和伊扎贝娜小姐的包厢呢？……难道是？……唉，我又在想些什么呢？……沃库尔斯基是个很聪明的人，他能够猜测到会有什么结果……就连小孩子都会一眼看出，那个完全像冰一样冷淡的小姐今天却醉心于罗西……她是那么目不转睛地望着他，有时候连自己都忘了，特别是在戏院里，在上千人的面前！……不，那么做很愚蠢。人们都把我叫作浪漫主义者是没有错的……"

他又尽力去想一些别的事情。他甚至还走进了一家餐厅（虽然夜深了），那里有一个乐队在演奏，由小提琴、大钢琴和竖琴组成。他吃了一份烤肉带马铃薯和卷心菜，喝了一杯啤酒，接着又喝了第二杯、第三杯、第四杯……甚至喝了七杯……他觉得精神爽快，便往碟子里扔了两个四十格罗什的银币给那个弹竖琴的女乐手，开始哼起曲子来。后来他想起了——一定要，一定要把自己介绍给那四个在旁边桌子上吃腌肉炒豌豆的德国人。

"为什么要我向他们做自我介绍呢？……让他们向我做自我介绍吧！"伊格纳齐先生心里想。

这时候，他一心想的是：那四位先生应当向他做自我介绍，把他当作较为年长的过去当过匈牙利步兵军官的人，他的那支步兵不止一次地狠揍过德国人。当那个由小提琴、竖琴和大钢琴组成的乐队演奏马赛进行曲的时候，他甚至叫来了女堂倌，要她去找那四位吃腌肉的先生。

伊格纳齐先生回忆起了匈牙利、步兵、奥古斯特·卡茨，他的眼里满是泪水，马上就要哭出来了；于是他从桌子上抓起自己那顶普法战争以前①的大礼帽，扔下一个卢布，便从餐厅里跑了出来。

他在街上呼吸着周围新鲜的空气，靠在一盏煤气路灯的灯柱上，自言自语地说：

"见鬼，难道我喝醉了？……呸！七大杯……"

他在回家的路上力图走一条直线，到现在他才体会到华沙的人行道真是太不平整了，每走十几步就不得不歪到排水沟或者一些房屋的旁边。后来（为了使自己相信自己的思维能力很强）他开始数着天上的星星。

"一……二……三……七……七……七是什么？……啊，七杯啤酒……真的喝了那么多吗？……这个斯塔赫干吗要把我送到戏院里去呢？……"

他很快就找到了自己的家，也很快就找到了门铃。可是他按了七次门铃还没有见到那个门房，他觉得他非得在大门挨着墙壁的那个角落里靠一下不可，他决心要算一算，看那个

---

① 普法战争以前即一八七〇年以前。——原注

门房要过几分钟才会来给他开门。其实这没有必要,他只是玩一玩罢了。为此他还掏出了那只带秒针的表,一看便知道已经是一点半钟了。

"这个卑鄙的门房!"他咕噜着,"我要六点钟起床,可他到一点半还让我待在街上……"

幸好那个门房马上打开了大门,伊格纳齐先生迈着稳健的步子,甚至比平常更加稳健、非常稳健的步子走过整个穿堂。他觉到那顶大礼帽戴得有点歪斜,但只有一点点歪斜。随后,他很容易就找到了房门,想把钥匙插进房门的钥匙孔里,他试了好几次,都没有成功。后来他用手指摸到了那个钥匙孔,便把钥匙紧紧地握在手里,从来没有像那么使劲地往里面插,但尽管这样,还是插不进去。

"难道我真的喝醉了?……"

就在那一瞬间,房门开了。他的只有一只眼睛的狮子狗伊尔还没有从他的床上爬起来,就高声地叫了一次:

"汪!……汪!……"

"安静点,你这个下贱的畜生!"伊格纳齐先生轻声地咒骂道。他没有把灯点燃,便脱下衣服,躺到床上去了。

他做了一些噩梦。但不知是做梦还是一种幻觉,他觉得他一直在戏院里,看见沃库尔斯基把眼睛睁得大大的,盯着一个包厢。那包厢里坐着伯爵夫人、文茨基先生和伊扎贝娜小姐。沃库尔斯基好像在凝视着伊扎贝娜小姐。

"不可能!"他喃喃地说,"斯塔赫不会那么傻……"

可那时候(全都在梦幻中),伊扎贝娜小姐却从座位上站起来,离开了包厢。沃库尔斯基跟在她的后面,依然像个被磁性吸引的人那样望着她。伊扎贝娜小姐从戏院里出来后,穿过戏院广场，以轻巧的步子登上了市政厅的那座塔楼。沃库尔斯基还是跟在她后面，一直像个被磁性吸引的人那样痴呆呆地望着她。后来，伊扎贝娜小姐忽然像一只鸟一样，从市政厅塔楼的走廊里飞上了天空，飞过了戏院的大楼。沃库尔斯基也想跟着她飞，但从十层楼那么高的地方摔到了地上。

"主啊，马利亚！……"热茨基呻吟了一下，从床上爬起来。

"汪！……汪！……"他在梦中听见了伊尔的吠叫声。

"是啊，我明白了，我完全喝醉了。"伊格纳齐先生嘀咕道。他又躺了下来，不耐烦地把那床他曾在它下面直打哆嗦的被子往头上拉。

他睁着眼睛躺了几分钟，又觉得好像在戏院里，正好第三幕演完后，在糖果厂老板皮弗克要把那本印有华沙风景画和美女像的纪念册送给罗西的那个时候。伊格纳齐先生集中了视力（因为皮弗克挡住了他），集中视力地望着，他感到最最惊讶的是，他看见那个卑鄙的皮弗克并没有把那本珍贵的纪念册送给罗西，而是给了他一个用纸包着、随随便便用绳子捆起来的小包。

伊格纳齐先生还遇到了更糟糕的事情：那意大利人讥讽地笑了一下，便解开绳子，打开包，当着伊扎贝娜小姐、沃库尔斯基、伯爵夫人和上千观众的面，从里面拿出……一条黄色的、前面带围身下面带套带的南京裤子①，原来就是伊格纳齐先生在那有名的塞瓦斯托波尔战争时期②穿过的那种裤子。

---

① 在南京用一种闪光的棉布缝制的裤子，常常是黄色的，夏天穿，它的名字来自中国的城市南京。——原注

② 意思是很遥远的时期。

最可怕的是,那个无耻的皮弗克还大喊大叫地说:"这是商人斯坦尼斯瓦夫·沃库尔斯基和他的经理伊格纳齐·热茨基的一件礼物!"整个戏院都哄堂大笑起来,所有的眼光和食指也都指向了正厅第八排和伊格纳齐先生坐的那张椅子。这个不幸的人想要抗议,但他觉得他的声音在喉咙里喊不出来。由于太多的不幸,他好像从什么地方掉下来了,掉进了那无边无际而又深不可测的虚无的海洋中,而且他将永远永远躺在那里面,根本没有办法向戏院的观众解释,说那条带围身和套带的南京裤子是人们从他收藏的私人纪念品中以罪恶的手段偷走的。

经过那凶险的一夜,热茨基到六点三刻才醒来。他不相信自己的眼睛,后来看了表,这才信服了。同时他也相信自己昨天喝得有点醉了,他的轻微的头痛、四肢无力就是最好的证据。

但是所有这些病态的表现,都没有下面这种可怕的表现使伊格纳齐先生更加担忧:他不愿到铺子里去了!……更糟的是,他不但感到他已经变懒了,而且完全丧失了自尊心,因为他不为自己的堕落感到羞耻,也不和他那闲散的本能进行斗争,而只是想找些理由,能够尽量多一些时间待在自己的房间里。

他还觉得伊尔好像病了,那支从来没有用过的双筒猎枪也生锈了,就连那块遮住窗子的绿色的窗帘布也出了毛病。最后他还发现茶水实在太烫,他不得不比平常喝得慢些。

结果,伊格纳齐先生到店里时晚了四十分钟,他低着头溜进了账房,觉得伙计们(所有的人今天都准时来到了店里,好像要给他难堪似的)都在以最大的轻蔑望着他的那双发青的眼睛、那土色的皮肤和微微颤抖的手。

"他们还以为我过的是荒淫无耻的生活呢!"不幸的伊格纳齐先生叹了口气。

然后他把账簿拿出来,用笔尖蘸着墨水,装着要算账的样子。他知道自己一身的啤酒味,就像一个从地窖里扔出来的旧桶。他很认真地考虑着,犯了一系列那么可耻的罪过,是不是应当提出辞职的事。

"我喝醉了酒……回家回得那么迟……起得那么晚……到店里又晚了四十分钟……"

这时候,克莱因拿着一封信走到他跟前。

"信封上写着'最急件',所以我把它拆开了。"那个可怜的伙计说着把信交给了热茨基。

伊格纳齐先生摊开信纸,念道:

> 愚蠢或下流的家伙!尽管给了你那么多好意的警告,你还是买了那栋房子,它会葬送你那笔以极不正当的手段夺得的财产……

伊格纳齐先生看了一下信的最后一行,在那里却没有找到署名,原来是封匿名信。他再看信封,上面写的是沃库尔斯基的地址,便继续往下念:

> 是什么凶恶的命运之神使你成了一个贵妇人的死对头呢?你差点杀死了她的丈夫,可你今天又要抢夺她亲爱的女儿曾经死在里面的那栋房子,你为什么要这样做呢?你为什么要付出九万卢布去买一栋连七万都不值的房子呢?如果是真的话,这都是你那黑心肠里的秘密,但是总有一天,正义的上帝会把它揭露出来,正直的人们会

要惩治它的。

　　还有时间,你考虑考虑吧! 不要毁了你自己的灵魂和财产,不要让一个正直的女人不得安宁。她因为失去女儿感到无限的悲痛,今天,她只有留在她那不幸的女儿断气的那间房里,才能够得到安慰。你冷静地想一想吧,我恳求你啦!

　　　　　　　　　　　　　　　一个好心的女人……

伊格纳齐先生念完信后,摇了摇头。

　　"我怎么一点也不懂?"他说,"但我对这个女人的好心,是很怀疑的。"克莱因惶恐不安地四周环顾了一下,看见没有人在听他们的谈话,便小声地说:

　　"您知道吗,我们老板好像要买文茨基的那栋房子,它明天就要被文茨基的债权人拿去拍卖了。"

　　"斯塔赫……就是……沃库尔斯基先生要买房子吗?"

　　"是的,是的……"克莱因点了点头,表示同意,"但他自己并不出面,而是由老什兰格巴乌姆替他出面……至少那栋房子里的人都这么说,我也住在那里。"

　　"出九万卢布?"

　　"是呀! 不过克热索夫斯卡男爵夫人也想用七万卢布买那栋房子,因此那封匿名信一定是她写的,我敢打赌,那封信一定是她那里来的,因为她是个魔鬼一样的婆娘。"

　　一个来店里买雨伞的顾客把克莱因从热茨基那里引开了,伊格纳齐先生的脑子里出现了一些古怪的念头。

　　他自言自语道:"如果说我一个晚上偷了懒,就在店里引起了那么大的混乱,那么斯塔赫整天整礼拜地把时间都浪费在意大利的戏剧上——我甚至不知道这是为什么——这在生意买卖上会造成多么大的混乱呢?"

但他马上就想到,他的过失在店里并没有引起很大的混乱,而且几乎没有引起什么混乱,生意买卖总的来说,还是做得很不错的。说真的,就是沃库尔斯基,尽管做了些怪事,也没有忽略他作为一个企业领导应尽的职责。

"可是他干吗要把九万卢布束之高阁呢? 文茨基那家人怎么也掺和到了这里呢? ……难道是……唉……斯塔谢克没有那么傻……"

虽说这样,他一想起买房子,还是感到不安。

"我要问一下亨利克·什兰格巴乌姆。"他说着便从办公桌旁站了起来。

在布匹部,那个矮小驼背的什兰格巴乌姆带着一双发红的眼睛和凶狠的面部表情,依旧在梯子上爬上爬下,或者沉没在一捆捆的细棉布中。他对这种忙忙碌碌的工作已经很习惯了,就是没有顾客,他也要不断地把一捆又一捆的细布拿出来,先摊开它,然后又卷起来,放在适当的位置上。

什兰格巴乌姆看见伊格纳齐先生后,便把他那徒劳无益的工作放下,擦掉了脑门上的汗。

"很累,是不是? ……"他问。

"店里没有顾客,您干吗要倒腾这些东西呢?"热茨基问道。

"哦! 我要不这么干,就不记得东西摆在哪里……我的手和脚关节也会生锈……实际上,我已经习惯了……您有什么事找我?"

热茨基有些慌乱。

"不……我只是想看看您这里怎么样。"伊格纳齐先生回答说,他的脸红到了他这个年龄所能达到的最高限度。

"难道他对我有怀疑,在监视我?"什兰格巴乌姆的脑子里闪电似的掠过这样一个念头,他很生气,"是呀,父亲说得不错……现在,所有的人都在骂犹太人,用不了很久,我一定要把我的长头发松开,戴上那顶无檐的小便帽。"①

"这个人也知道一点。"热茨基想了想,大声地说:

"听说……听说令尊明天要买一栋房子……文茨基先生的房子,是吗?……"

"我一点也不知道。"什兰格巴乌姆回答说。他垂下了眼睛,心里想:

"我父亲要替沃库尔斯基买一栋房子,他们会这么想,而且一定在说:你们看,又是一个犹太人、一个高利贷者把一个天主教徒和高贵的老爷弄得破产了。"

"他知道一些,只是他不愿说罢了,"热茨基想道,"犹太人总是这样……"

他还在店里转来转去,什兰格巴乌姆则认为他还在怀疑和监视他,因此他叹了口气,便回到账房里去了。

"可怕的是,斯塔赫对什兰格巴乌姆比对我都更加信任。"

"可他干吗要买那栋房子呢,干吗要跟文茨基家搞到一起呢?他不会买那栋房子吧?……那是不是谣传?"

他因为对沃库尔斯基将九万卢布束之高阁感到不安,整天就不想别的事了。有时候他想,干脆去沃库尔斯基那里问个究竟,可是他又没有这种勇气。

~~~~~~~~~~~~~~~~~~~~~~~~~~

① 这是犹太人习惯的穿戴和打扮。

他对自己说："现在斯塔赫只跟老爷们打交道,只相信犹太人,你老热茨基对他有什么用!"

因此他决定明天到拍卖场去,看老什兰格巴乌姆是不是真的买了文茨基的那栋房子,并且像不像克莱因说的那样,把房价抬到九万卢布那么高。如果这些都得到了证实,那就是说,所有其他的说法也是没有错的。

下午,沃库尔斯基跑到店里,要找热茨基谈话,问他昨天晚上看戏的事:为什么从正厅第一排的座位上溜走,叫皮弗克把那本纪念册送给罗西?可是伊格纳齐先生心里有那么多的痛苦,对他钟爱的斯塔赫有那么多的怀疑,因此他满面愁容很不乐意地只回答了几句话。

沃库尔斯基也只好一声不响,带着一肚子怨气离开了铺子。

他对自己说："所有的人都不理我了,连伊格纳齐先生也这样,连他……可是你会要回报我的……"他走到街上,又说了一句,然后朝乌雅兹多夫大街那边望去。

沃库尔斯基离开铺子后,热茨基仔细地问了那些伙计,房子将在哪个拍卖场拍卖,拍卖几点钟举行。然后他请李谢茨基从明天早上十点到下午两点在店里替他一下,自己就加倍努力地赶忙算起账来。他机械地(没有差错)把那一行行像新世界大街那么长的数字都加起来。可是在休息的时候,他想:

"今天我浪费了差不多一个钟头的时间,明天我差不多要浪费五个小时,这一切都是因为斯塔赫对什兰格巴乌姆的信任超过了我……他要那栋房子干什么?真见鬼,他为什么要跟那个破产的文茨基搞在一起呢?他怎么想起跑去看那意大利人的表演呢？还给那个外国人罗西赠送贵重的礼物？"

他在办公桌旁一直坐到了六点钟，从账簿上没有抬起过头。他是那么专心致志地工作，不仅没有去收钱，而且连那像蜂窝里大群大群嗡嗡叫着的蜜蜂一样的顾客都没有看见，也没有听见。他也没有注意铺子里来了一个不速之客，伙计们都大声欢呼着迎接他，跟他响亮地亲吻。

一直到那客人站在伊格纳齐先生面前，对着他的耳朵叫了声："伊格纳齐先生，是我！……"他才醒悟过来，于是他抬起脑袋、眉毛和眼睛，看清了是姆拉切夫斯基……

"是你？……"伊格纳齐先生望着那个年轻好打扮的人问道，他发现他皮肤晒黑了，身体健壮了，首先是长胖了。

"怎么，有什么事吗？……有什么新闻没有？"伊格纳齐先生继续说，把手向他伸过去，"政治局面怎么样？"

"没有什么新的情况，"姆拉切夫斯基回答说，"柏林会议做了努力，奥地利人得到了波斯尼亚。"

"好啦，好啦……这都是开玩笑，开玩笑！那个小拿破仑的情况怎么样？"

"他在英国一个军事学校里学习，听说爱上了一个女演员。"

"一下子就爱上了！"伊格纳齐先生讥讽地重复了一遍，"他不回法国啦？您过得好吗？您是从哪里来的？喂，您快点说！"热茨基高兴地叫了起来，拍着他的肩膀，"您什么时候来的？"

"这有一个过程！"姆拉切夫斯基回答说，一屁股坐在靠椅上，"我是今天十一点钟和苏津一起到这里来的。一点到三点我们都在沃库尔斯基那里。三点以后我在我母亲那里待了一会儿,后来又到斯塔夫斯卡太太那里去了一会儿……一个高贵的女人,不是吗?"

"斯塔夫斯卡?……斯塔夫斯卡……"热茨基擦了擦脑门,终于想起来了。

"您认识她。那个漂亮的女人有个小女儿……您以前那么喜欢她……"

"啊,是那个!……我知道……不是我喜欢她,"热茨基叹了口气,"我只觉得斯塔赫若娶了她,她会是个很好的妻子。"

"您这个人真好笑,"姆拉切夫斯基大笑起来,"她是有丈夫的……"

"有丈夫?"

"那当然。她丈夫的名字大家都知道,那个可怜的人四年前就逃到国外去了,因为他涉嫌打死了一个女人……啊,我记起来了……原来就是他……既然他已被证实是冤枉的,那他为什么不回来呢?"

"他确实是无辜的,"姆拉切夫斯基往下说,"可是自从他逃到美洲去后,至今毫无音讯。那个可怜人一定在什么地方死了,那女人现在既不是处女也不是寡妇,可怕的厄运呀!只得靠刺绣、演奏钢琴和教英语维持全家生活……整天像一头牛一样干活,又没有丈夫……真可怜!伊格纳齐先生,要是我和您,不会孤苦伶仃地守这么久吧!唉,这个老疯子!……"

"谁是疯子?"热茨基问道,他对姆拉切夫斯基突然改变了话题感到惊异。

"不是沃库尔斯基是谁!"姆拉切夫斯基回答,"苏津要到巴黎去,非得让他跟他一起去,因为他要去那里购买一大批货物。我们的老板这样不仅可以不花一个格罗什路费,还能过上王侯那样的生活,因为苏津越是远离他的妻子,就越肯花钱,此外,他还可以挣到差不多一万卢布哩。"

"斯塔赫……他就是我们的老板,他可以挣到差不多一万卢布吗?"热茨基问道。

"当然啦! 可是他却变得那么愚蠢,有什么办法呢……"

"哼,哼……姆拉切夫斯基先生!"伊格纳齐先生带着斥责的口气对他说。

"我说的是老实话,他已经变蠢了。因为我知道他要去参观巴黎博览会,这个礼拜就走……"

"是呀!"

"他会不会跟苏津一道走呢? 那样他什么钱也不用花,还能赚那么多钱啊! ……苏津求了他两个钟头:'跟我一道走吧,斯坦尼斯瓦夫·彼得罗维奇①!'他又是求,又行礼,都没有用……沃库尔斯基就是不肯,他说他这里有一笔生意要做。"

"是的,确实有一笔生意。"

"是呀,有的,"姆拉切夫斯基学着他的口气说,"对他来说,最大的事是不要惹苏津生气。这个人帮他发过一笔财,今天又贷给他一大笔款项。他曾不止一次地对我说,斯坦尼斯瓦夫·彼得罗维奇要是没有起码的一百万资金,他是安不下心的。可是他对这么一个朋友连这么一点小劳都不肯效,而且报酬还是非常好的。"姆拉切夫斯基很生气地说。

伊格纳齐先生张嘴想要说话,但马上又咬住了自己的嘴

———————————————

① 即沃库尔斯基。

唇,这一瞬间,他差点把沃库尔斯基买文茨基的房子和给罗西送厚礼的事都说出来了。

克莱因和李谢茨基走到办公桌近旁。姆拉切夫斯基见他们没有事,便跟他们聊了起来,伊格纳齐先生又独自一人面对着那本账簿了。

"真是不幸!"他想道,"斯塔赫可以不花钱,为什么不去一趟巴黎,还要让苏津不高兴呢?到底是哪个恶魔把他和文茨基一家人捆在一起呢……难道是……他没有那么傻呀……无论如何,放弃这次旅行的机会和一万卢布是很可惜的。上帝啊,人怎么会变成这个样子呢?"

他低下了头,用手指在账目上从下到上又从上到下地指点着,他把那有新世界和克拉科夫城郊这两条大街加起来那么长的一行行数字毫无差错地加在一起,一面低声地哼哼着,同时他还想到了他的斯塔赫误入歧途,会要葬送自己。

"那是没有办法的,"一个灵魂深处的声音轻轻地对他说,"那是没有办法的,斯塔赫又要进行大的冒险了……肯定是一场政治冒险,因为像他那样的人是不会为了一个女人那么发疯的,就说为了那位小姐吧……唉,真见鬼,我把账算错了。他拒绝,他轻视这一万卢布,这个八年前像叫花子一样,每月非得向我借十个卢布才能填饱肚子的人……现在却把一万卢布扔到垃圾堆里,把九万卢布投在一栋房子上,给一个戏子送价值几十个卢布的礼物……亲爱的上帝呀!我什么也搞不明白了,他本来是个实证主义者,一个想什么都很现实的人……人家把我叫作老浪漫主义者,可我却不会干那样的蠢事。他要是卷入了政治……"

他在沉思中度过了许多时间,一直到铺子关门。他因为有点头痛,便到新兹雅兹德街去散了散步,回到家里后,很早就躺下睡了。

他自言自语道:"明天我总要弄个明白,这究竟是怎么回事。如果什兰格巴乌姆真的出九万卢布买了那栋房子,那就是说,是斯塔赫叫他出面的,这家伙真的疯了……是不是斯塔赫并没有买那栋房子,这一切都是谣传呢?"

他睡着了,在梦中见到伊扎贝娜小姐站在一栋大房子的一个窗子里,他自己站在她的对面,旁边是沃库尔斯基。沃库尔斯基要跑到她那里去,伊格纳齐先生想拉住他,用尽全力,累得浑身是汗,但也没有把他拉住。沃库尔斯基挣脱了他后,便消失在那栋房子的大门里了。

"斯塔赫,快回来呀!"伊格纳齐先生看见那栋房子摇摇晃晃要倒下来似的,便大叫起来。

房子倒了,伊扎贝娜小姐微笑着,像鸟儿似的从里面飞出来,但沃库尔斯基不见了……

"也许他跑到天井里,逃了命……"伊格纳齐先生说。他醒来的时候,心跳得很厉害。

第二天,伊格纳齐先生在六点以前的几分钟就醒来了,他醒来的时候,想起了文茨基的房子今天就要拍卖;他要去看看那个场面,于是他像弹簧一样从床上跳了起来,光着脚跑到一个大脸盆旁边,用冷水泼洒全身,望了望那双瘦得像棍子一样的双腿,很得意地说:

"我好像稍微胖了一点。"

今天,在伊格纳齐先生那复杂的盥洗过程中的哗啦啦的水声把伊尔也闹醒了。那条肮脏的狮子狗睁开它留下的那只眼睛,显然看出了主人特别兴奋,便从箱子上跳到了地上,伸了一下懒腰,打了一个呵欠,把一条腿往后伸去,又伸了一下第二条腿,然后在窗子对面蹲了一会儿。这时窗外传来了一只被宰的母鸡的撕心裂肺的尖叫声,但它终于弄明白了并没有发生什么事后……又回到了自己的窝里。它或是出于小心谨慎,或是因为那虚假的警报,对伊格纳齐先生很生气,把背朝着他,把鼻子和尾巴对着墙壁,就像要对他说:

"我宁可不看你那瘦骨嶙峋的样子。"

热茨基很快就穿好了衣服,喝完了茶,他既没有看那把茶壶,也没有注意那个送茶壶的仆人。然后他跑到还没有开门的铺子里,在那里算了三个钟头的账,一点也没有注意顾客们的活动和伙计们的谈话,到十点整,他对李谢茨基说:

"李谢茨基先生,我两点回来……"

"世界的末日到了,"李谢茨基喃喃地说,"如果这个没有用的人这个时候进了城,那一定是发生了很不寻常的事情。"

伊格纳齐先生来到店门前的人行道上,他心里突然产生了一种愧疚感。

"我今天怎么会这样呢?"他想道,"拍卖跟我有什么关系呢?即便拍卖宫殿,而不仅仅是拍卖房子,跟我有什么关系呢?"

他犹豫不决,是去拍卖场,还是回店里去呢?正好在这个时候,他看见克拉科夫城郊街上来了一辆出租马车,马车上有个身材瘦长、穿黑衣服、一副可怜相的贵妇。那贵妇也正在望着他们的铺子,热茨基看见她那陷下去的眼睛和稍稍有点发青的嘴唇露出了极端仇恨的表情。

"糟糕,那是克热索夫斯卡男爵夫人呀!"伊格纳齐先生嘟哝着,"她一定是去参加拍卖的,这下可要出事了。"

但他还是有些怀疑："谁知道,男爵夫人究竟去不去拍卖场,这一切大概都是谣言吧?……要把它弄清楚才行。"伊格纳齐先生一面想,一面跟在那辆出租马车后面走去,把他这个铺里的掌柜和最老的伙计应尽的职责都忘了。那几匹可怜的瘦马因为拉得很慢,伊格纳齐先生一路上能够望着那辆车子,直到把它送到齐格蒙特圆柱下面,从那里往左拐去。他想:

"不错,那妖婆上密奥多瓦街去了,她要是骑着扫帚到那里去,会少花些钱的。"

伊格纳齐先生穿过列兹莱尔家的院子(他想起了前天在这里发生的一场闹剧),沿元老街,来到了密奥多瓦街。他路过诺维茨基的茶叶商店时,去里面待了一会儿,向那个老板道了一声好,然后马上就走了,但他仍不断地自言自语道:

"他要是这个时候见到我在街上,他会怎么想呢?他肯定会认为,我是一个最坏的掌柜,不守在店里,却在街上闲逛……这就是我的命!"

在去拍卖场那段剩下的路上,伊格纳齐先生觉得他应当受到良心的责备。良心变成了一个巨人,这个巨人留着胡子,身穿一件黄色的绸罩衫和一件同样是绸制的裤子,温厚地但又带讽刺地望着他的眼睛说:

"你告诉我,热茨基先生!你见过一个规规矩矩的商人这个时候在城里闲逛的吗?你这个商人,就真像我这个跳芭蕾舞的一样。"

伊格纳齐先生觉得,他对那个严厉的审判官一句话也回答不了。他脸红,冒汗,真想回去算他的账了(要让诺维茨基看见),这时他突然看见前面就是那过去的帕茨宫。

"拍卖就在那里举行!"伊格纳齐先生说道。他这时把他应当受到良心责备的事忘了，那个留着胡子、身穿黄色绸罩衫的巨人，在他心灵的眼睛前面，就像雾一样消散了。

伊格纳齐先生四周环顾了一下，他首先看见了通往法院大厦的两座大门和两扇小门，然后他又看见了四群数目不等但面部表情都非常严肃的犹太人。伊格纳齐先生不知道往哪里走，而只是一个劲地向那两扇前面犹太人站得最多的门走去，他猜想拍卖一定在那里举行。

就在这个时候，一辆私人马车驶到了法院大厦的前面，里面坐着文茨基先生。伊格纳齐先生看见他那撮漂亮的灰白胡须，便不由得对他产生了敬仰之情和对他的幽默感的钦佩。文茨基先生看来不像个要卖掉房子的破产者，而像一个百万富翁，乘着车子，要到公证人那里去接受一笔十几万卢布的款项，这些钱对他来说实在是微不足道的。

文茨基先生一副很严肃的样子，他从马车上下来，迈着胜利者的步子向法院门口走去。这时有个绅士从街的另一边向他跑了过来，看表面像是个游手好闲的人，但他却是一位律师。文茨基先生和他很简短，甚至是很随便地寒暄了几句后，便问那个绅士道：

"怎么样？什么时候开始？"

"一个小时后……也许还要晚一点。"那绅士答道。

"您想想看，"文茨基善意地微笑着说，"我的一个熟人一个礼拜前卖了一栋房子，得了二十万，他那栋房原先是花十五万买的。我那栋房子原先是花十万买的，按这个比例，我应当得到十二万五千。"

"嗯！嗯！"律师低声说。

"您认为这很可笑吗？"托马斯先生接着说，"你们认为预见和梦都很可笑吗？可我今天梦见我那栋房子以十二万五千元的价卖出去了。这是我在拍卖前对您说的，您要记住，再过几个钟头，您就会相信，梦幻并不可笑。天上和地上都有一些事情……"

"嗯！嗯！"那律师回答后，两个人一起走进了大厦的第一道门。

"感谢上帝，"伊格纳齐先生自言自语道，"如果文茨基卖那栋房子得了十二万五千，那就是说，斯塔赫不用为它去支付那九万卢布了。"

这时有人稍稍地碰了一下他的肩膀。伊格纳齐先生回头一看，原来是老什兰格巴乌姆在他的身背后。

"您是来找我的吧？"那个上了年纪的犹太人目光炯炯地望着他的眼睛。

"不是，不是。"伊格纳齐先生慌忙回答说。

"您没有一点事要找我？"什兰格巴乌姆又问了一遍，眨了眨他那双红眼睛。

"没有，没有。"

"那好！"什兰格巴乌姆轻轻地说了一声，又回到他的那些教友中去了。

伊格纳齐先生觉得一身冰凉，什兰格巴乌姆的来到使他又产生了怀疑。为了消除这种怀疑，他便询问那个站在门口的门房，拍卖将在哪里举行。门房给他指了指楼梯。

伊格纳齐先生跑到楼上，冲进一个大厅里。他在那里碰到了许多犹太教徒，他们正在集中注意力地听演讲。热茨基认出这里是法庭，此刻检察长在讲话，涉及一个巨大的诈骗案。大厅里很闷，检察长的话被那些路过的出租马车的车辖辘声压得有点听不清了。法官们都好像睡着了似的,律师在打呵欠,那个被告面对最高法院的审判,好像还在玩弄欺骗的手段。可是犹太教徒们却很同情地望着他,他们留心地听着那些诉讼。只要听见比较厉害的谴责,就有一些人撇着嘴,发出嘘叫声:"唉,喂呀!"

伊格纳齐先生离开了那个大厅,因为他来这里不是为了打官司。

他来到走廊里,打算上到二层楼去;正好这个时候,从楼上下来的克热索夫斯卡男爵夫人在一个男人的陪同下,从他的身边走过。那人表面上看,像个带着厌烦情绪的古希腊语教师,但他是个律师,戴在他那件非常破旧的大礼服的衣领上的银徽章可以证明这一点。这位主持公正的人身上穿的那条灰色的裤子在膝盖上被压皱得那么厉害,好像他来到这里并不是为他的当事人辩护,而一直跪在忒弥斯①面前,祈求她的救助似的。

"既然还有一个钟头才拍卖,"克热索夫斯卡太太呻吟地说,"那我现在就到卡普齐尼教堂②去一下,您认为可以吗?……"

"我认为,您去拜访一下卡普齐尼教士,对拍卖的进程不会有什么影响。"律师感到厌烦地回答说。

"只要律师先生真正愿意,能够照顾一下的话……"

那个穿破裤子的律师不耐烦地挥了挥手。

---

① 希腊神话中司法律、正常秩序和预言的女神。
② 卡普齐尼教派的一个教堂,它由扬·索别斯基三世国王引进。这座教堂是为纪念他在维也纳取得对土耳其的胜利,在一六八三至一六九四年间建造的。它坐落在密奥多瓦大街的帕茨广场旁边。——原注

"啊,好心的太太,"他说,"在这件拍卖的事上,我已经费了那么大的力气,今天至少要休息一下了。另外,再过几分钟,法庭还要我为一桩谋杀案进行辩护。您看见那些漂亮的贵妇人吗?她们都是来听我的辩护的,这个官司可轰动了!"

"这么说,您要扔下我不管啦,律师先生?"男爵夫人大叫起来。

"我既要出庭……到大厅里去,"律师打断了她的话,"又要去参加拍卖,只是请您让我有几分钟时间考虑一下我的那个杀人犯。"

他走进了一道开着的门里,要看门人别让人进来。

"啊,上帝!"男爵夫人放开嗓门大叫道,"一个卑鄙的杀人犯还有人为他辩护,可是一个可怜的孤独的女人却找不到一个能够维护她的荣誉、她的安宁和她的财产的人……"

伊格纳齐先生并不想当那样的辩护人,因此他急忙往楼下跑去,一路上跟那些年轻、漂亮、衣着打扮都很讲究的女人碰碰撞撞,她们都是想看那场闹得满城风雨的杀人官司到这里来的,因为它比演戏还好看;法庭上的演员虽然没有戏剧演员演得那么好,但他们却演得更加逼真。

楼梯上仍不断地传来克热索夫斯卡太太诉苦的声音和那些年轻、漂亮、衣着打扮得很讲究的女人的哄笑声。她们都急急忙忙地想要看那个杀人犯、那件血衣和他用来砍死遇害者的那把斧头,还有那些汗流浃背的法官。伊格纳齐先生从前厅里逃出来后,一直跑到了街的对面。他在卡皮杜尔拉街和密奥多瓦街的街角上进了一家糖果店,躲在店里一个很暗的角落里,就是克热索夫斯卡太太也看不出来。

他要了一杯冒着泡沫的巧克力,用一张破报纸把自己遮住。他看见在一间小房里还有一个很暗的角落,那里坐着一个仪表堂堂的绅士和一个驼背的犹太人。伊格纳齐先生想,那个仪表堂堂的绅士至少是个伯爵,是个乌克兰的大地产所有者,那个犹太人是他的经纪人。因此他很注意地听着他们的谈话。

"仁慈的先生,"那驼背的犹太人说,"要不是华沙没有人认得您,干这种买卖我连十个卢布都不会给您,但即便这样,您也挣得了二十五……"

"可是我在那个令人窒息的大厅里差不多要站一个钟头。"那绅士含含糊糊地答道。

"一点不错,"犹太人往下说,"在我们这个年纪,站起来很吃力,可是钱却不会自己来到您的手中。如果大家知道先生您愿出八万卢布买一栋房子,那您会有一个多么好的名声?"

"就这样吧。可这二十五个卢布要马上付钱……"

"这办不到!"犹太人回答,"先生您只能得到五个卢布,另外二十个卢布要用来还那个不幸的塞利格·库普费尔曼的债,这两年他从您那里连一个格罗什都没有拿到,虽然法院早已判您还他的债。"

那个仪表堂堂的绅士用手拍了一下大理石桌子,想要走。但那个驼背的犹太人抓住了他的礼服的衣裾,让他又坐在椅子上,表示愿给他六个卢布的现钱。

争了几分钟后,双方同意付八个卢布,其中七个在拍卖后付清,当场只需付一个卢布。那犹太人还想坚持自己的意见,但那个高雅的绅士只用一个证据就打消了他的怀疑:

"见鬼,我还得付茶和糕点的钱呢!"

那犹太人叹了口气,从他那沾满了油渍的钱包里拿出了一张破旧不堪的钞票,把它抹平后,放在大理石桌上。然后他站了起来,没精打采地离开了那间阴暗的小房。伊格纳齐先生通过报纸上挖出的小孔,看清了他就是老什兰格巴乌姆。

他连忙把巧克力汁喝完,从糖果店里跑到了街上。他的耳朵和脑子里都装满了拍卖,使他感到厌烦透了。他想,总得想个办法消磨剩下的时间。他看见卡普齐尼教堂的门开着,便往那里走去,他深信教堂里一定很安静,也很凉爽,至少那里没有拍卖的声音。

他走进教堂,那里确实很安静,凉快。此外,他在灵台上还发现了一具棺材,灵台周围插着没有点燃的蜡烛和已经没有香气的花。伊格纳齐先生有段时间不愿看到棺材了,因此他往左边拐去,在那里看见了一个穿黑衣的女人跪在石板地上。那是克热索夫斯卡男爵夫人,她很谦恭地弯着腰,拍着自己的胸脯,还不时用手帕擦擦眼睛。

"我敢肯定,她在祈求能用六万卢布买到文茨基的那栋房子。"伊格纳齐先生想道,但他觉得克热索夫斯卡太太的外貌并没有什么吸引力,因此又转到教堂的右边去了。

那里只有两个女人,一个在小声地祈祷,另一个在睡觉,此外就没有别的人了。但在柱子后面又露出了一个中等个子的男人,虽然他头发灰白,但身板挺得很直,显得硬朗,昂着头在小声地祈祷。

热茨基认得他是文茨基先生,他想:

"他一定在恳求上帝,让他的房子能够卖到十二万卢布。"

然后他很快就离开了教堂,想着仁慈的上帝会以什么方法使克热索夫斯卡男爵夫人和托马斯·文茨基先生两个互相对立的要求都能得到满足。

他不论在糖果店还是在教堂里，都没有找到他想要找的东西，因此，他只好在街上和法院大厦附近来回地踱着。他感到很不好意思，每个过路的人都好像带着嘲讽地望着他的眼睛说："你这个老家伙为什么不去管你的铺子呢？"他觉得，从驶过的每一辆出租马车上，都会有一个伙计跳下来，告诉他，说铺子被烧毁了，或者倒塌了。当他正在想着不看拍卖，回去算账，坐在办公桌前是不是还要好些的时候，突然听到一声绝望的号叫。

一个犹太人从法院大厅的窗子里探出身来，向他的那群教友在喊着什么，他们根据他的意旨向大门冲了过去，途中不得不推挤、冲撞着那些悠闲自在的行人，就像一群受惊的绵羊在狭窄的羊圈里正性急地跺着脚那样。

"啊，拍卖已经开始了！"伊格纳齐先生自言自语地说着，便跟着他们往前走去。

这时他觉得，有人在后面抓住了他的肩膀，他回头一看，原来是那个在糖果店里收下什兰格巴乌姆一个卢布定金的非常严肃的绅士。那绅士看来非常性急，他一面用两个拳头从那挤成一团的犹太人中打开了一条通道，一面喊道：

"我要去参加拍卖，你们这些家伙一边去！"

那些犹太人只好违背自己的习惯往后退去，很惊异地望着他。

"这个人一定很有钱！"他们中有个人对他旁边的人轻声地说。

伊格纳齐先生比那个仪表堂堂的绅士要胆小得多，他并不像他那样一个劲地往前冲去,而完全听从于命运对他是好是坏的安排。他被犹太人的人流从四面八方围在中间。他看见前面是沾满了油渍的衣领、肮脏的围巾和更脏的脖颈,感到身背后有一股新鲜洋葱的气味,右边有一撮灰白的胡须搭在他的一根肩胛骨上,左边有一个强有力的胳膊肘压在他的手上,难以忍受。

那些犹太人在挤他,把他往前推去,扯着他的衣服。有个人抓住了他的腿,还有人把手插进了他的口袋,还有人在拍打他的后背。有个时候,伊格纳齐先生觉得这些人都要把他的胸肋骨压碎了。他抬眼一看,自己已经到了门口。他们马上就要把他掐死……他突然看见前面有一块空地,脑袋碰到了一个人没有被大礼服下摆完全遮住的臀部上,就这样进到了大厅里。

他松了口气。他的背后传来了拍卖者的叫喊声和咒骂声,不时还可听到看门人在责骂:

“你们为什么要这么挤呀?先生们,难道你们都是些畜生?”

“我不知道来看一次拍卖是这么困难。”伊格纳齐先生叹了口气。

他穿过两个大厅,里面是那么空旷,地上连一把椅子也没有,墙上连一颗钉子都没有,它们好像是那个审判庭的前厅,但是非常明亮,一束阳光和一股夹杂着华沙尘埃的七月的热风通过开着的窗子涌了进来,令人感到惬意。伊格纳齐先生听见麻雀叽叽喳喳地叫着,出租马车不断响起的车辖辘声,因而产生了一种很奇怪的不调和的感觉。

他自言自语道:“一个法庭看起来像一所没有人住的房

子,里面是空的,又那么明亮,这可能吗?"

在这个关着被判无期或有期徒刑的人们的大厅里,如果窗子装上了木格栅,灰色的墙壁很潮湿,上面还挂着镣铐,那倒更合适一些。

但这是主要的大厅,所有的犹太人都拥到这里来了,整个拍卖都在这里举行。这个地方是那么宽敞,如果没有那道低矮的栅栏,四十对男女可以在里面跳舞,可是那道栅栏把它分成了两部分,一部分容纳观众,另一部分举行拍卖。在观众待的那个地方有几把藤沙发,举行拍卖的地方有个平台,上面放着一张马蹄铁形的桌子,桌上铺着绿色的绒布。伊格纳齐先生看见桌子后面站着三个官吏,他们的脖子上带着项链,脸上表情像枢密官那么严肃,这就是执行官。每个执行官面前都放着一堆有关不动产拍卖的文件。在桌子跟栅栏之间,还有栅栏的前面都挤着一群生意人。他们全都抬着头,注视着执行官们,他们那聚精会神的劲儿,就连那些望着神圣的幽灵的有灵气的修道士也会为之妒忌的。

大厅里虽然开着窗子,但升起了一股介乎风信子和旧的油泥之间的气味。伊格纳齐先生想到了这是犹太人身上的脏衣服的气味。

法庭里除偶尔可以听到街上马车的辘辘声外,是很安静的。执行官们都没有说话,而只是专心地看着文件。参加拍卖的人也沉默不语,两眼盯着执行官们。集中在大厅另一部分的观众分成一群群的,他们互相交谈,但声音不大,不愿把自己的事情让别的人知道。

克热索夫斯卡男爵夫人的叹息声更大了,她紧紧抓住律师的礼服的折领,急急忙忙地说:

"我恳求您,您别走开……是呀……您要什么,我都给您……"

"男爵夫人,您可不要威胁我!"律师回答道。

"我可不是威胁,只是要您别离开我!"男爵夫人真心实意地回答说。

"我现在要到我要辩护的那个凶手那里去,过一会儿再来参加拍卖……"

"原来是这样……在您看来,一个可恶的杀人犯比一个被遗弃的女人更值得同情喽!她的财产、荣誉、安宁……"

那个被逼迫的律师因为逃得很快,他的裤子膝盖上的那部分看起来更破了。男爵夫人想追上他,可她忽然撞到了一个戴深蓝色眼镜、面孔像一个教堂执事的先生的怀里。

"您干吗呀,高贵的夫人?"那个戴深蓝色眼镜的先生以甜蜜的口吻问道,"没有一个律师会提出比您更高的房价……我愿为您效劳,如果比原先的价格多一千卢布,您就得付百分之一,另外您还得付二十卢布的劳务费。"

克热索夫斯卡男爵夫人往后退了几步,她像个女演员扮演悲剧里的角色那样把身子往后仰去,只回答了两个字:

"魔鬼!"

那先生发现自己找错了人,便急忙告退了。可这时又有一个样子像个道地的流氓的人拦住了他,对他悄悄地说了几分钟话,还煞有介事地做着手势。伊格纳齐先生认为,那两个人定会打起来,但他们却和和气气地分别了。那个像流氓的人走到克热索夫斯卡男爵夫人跟前,低声说道:

"如果男爵夫人敢冒险,可以不让那房子的价钱超出七万卢布。"

"救命的恩人!"男爵夫人叫道,"您看,您面前是个被侮辱和遗弃的女人,还有她的财产、荣誉和安宁……"

"我真是太荣幸了,"那个像流氓的人说,"那就请您付十个卢布的定金,好吗?"

两个人走到法庭最远的一个角落里,躲在一群犹太人背后,伊格纳齐先生看不见了。但老什兰格巴乌姆就在那群人当中,还有一个没有蓄胡子的年轻的犹太人,他是那么苍白、虚弱,伊格纳齐先生一见到他,便认定他不久前才结婚。老什兰格巴乌姆向那个虚弱的犹太人在解释什么,那个人的眼睛却越来越像只羊的眼睛,但他们在谈什么事情,伊格纳齐先生猜不出来。

于是他转身朝大厅的另一方望去,看见文茨基和他的那个律师离自己只有几步远。律师看起来有一种厌倦的情绪,想要走开。

"好吧,就算十一万五千……唉,十一万吧!"文茨基先生说,"您这个律师也应该知道,该想想办法吧!"

"哼!哼!"律师说着,对那扇门简直望眼欲穿,"您要的价钱太高了……一栋人家只愿出价六万的房子您却要卖十二万……"

"可是,先生,这栋房子我过去是花十万买的呀!"

"是呀……哼!哼!您花得多了一些……"

"我也只要价十万嘛!"文茨基先生打断了他的话,"我以为,您在别的时候没有帮我的忙,在目前这种情况下,也该帮我一下!我不知道您能采取什么办法,因为我不懂得法律。"

"哼!哼!"律师低声地说,这时幸好他的一个同事(也在大礼服上佩着一枚银质徽章)把他从大厅里叫了出来。过了

一分钟,那个戴深蓝色眼镜、长着一副教堂执事面孔的先生走到文茨基先生跟前,问他:

"您有什么要求?伯爵先生!……没有一个律师会抬高您的房价。我愿为您效劳,伯爵先生,您就支付二十卢布的酬劳吧!超过六万的话,每一千卢布付百分之一……"

文茨基十分鄙夷地望着那个教堂执事,他甚至把双手插在裤子口袋里(这么做连他自己也感到奇怪)说:

"如果超过十二万卢布,每超过一千,我支付百分之一……"

那个戴深蓝色眼镜的执事鞠了一躬,耸了耸左肩膀,回答说:

"对不起,伯爵先生……"

"等一等!"文茨基先生打断了他的话,"超过十一万……"

"对不起……"

"超过十万呢?"

"对不起……"

"算了吧!……你到底要多少呢?"

"从超过七万的那个数额里抽百分之一,还有二十卢布的酬劳。"那个教堂执事说,他深深鞠了一躬,头都几乎碰到地面了。

"给你十个卢布行吗?"文茨基先生问道,气得脸色发紫了。

"我连一个卢布都看得很重。"

文茨基先生拿出一个很漂亮的钱包,从里面掏出一沓唰唰发响的十卢布的钞票,抽出一张给了那个教堂执事,那人又深深地鞠了一躬。

"老爷您马上就会看到……"那教堂执事轻声地说。

伊格纳齐先生旁边站着两个犹太绅士：一个个子很高，褐色的头发，胡子黑中带蓝；另一个光头，拖着一把长长的连鬓胡子，胡尖甚至垂到了衣襟上。那个留着连鬓胡的绅士因为看见了文茨基先生那些十卢布的钞票，便微笑着对那个漂亮的褐色头发的绅士说：

"您看见那个贵人身上的钱吗？您听见那些十卢布的钞票是怎么鼓掌对我表示欢迎吗？它们见到我是那么高兴……您明白这一点吗，齐纳德尔先生？"

"怎么，文茨基该不是您的主顾？"那个褐色头发的绅士问道。

"为什么他不该是我的主顾呢？"

"他有什么东西？"

"他有……他有一个姐姐在克拉科夫，您知道吗？她要赠送给他女儿……"

"要是她什么也不给她呢？……"

那个蓄连鬓胡的绅士有一阵子觉得不好意思。

"只是您别对我说这样的傻话！那个在克拉科夫的姐姐生了病，她为什么不该把她的遗产给他的女儿呢？"

"我一点也不知道。"那个漂亮的、褐色头发的绅士回答说。伊格纳齐先生心想，他从来没有见过这么漂亮的男人。

"他真有个女儿，齐纳德尔先生……"那个蓄着浓密的连鬓胡的人惶恐不安地说，"您认识他的女儿，那个伊扎贝娜小姐吗，齐纳德尔先生？不用讨价还价，我自己就给她一百卢布。"

"我给她一百五十,"那个漂亮的褐色头发的人说,"但文茨基这笔生意无论如何是靠不住的。"

"靠不住?沃库尔斯基先生干什么的?"

"沃库尔斯基先生,嗯……那是一笔大买卖。"褐色头发的人答道,"她很傻,文茨基也傻,他们都很傻。他们要毁掉沃库尔斯基,可他对他们却没有办法……"

伊格纳齐先生眼前发黑。

"耶稣!马利亚呀!"他低声说,"连拍卖场上,人们都在谈论沃库尔斯基和她……他们还预言,她会毁了他……耶稣!马利亚!……"

在执行官坐的那张桌子周围有点乱了起来,所有的观众都往那里挤去。老什兰格巴乌姆也走到了那张桌子近旁,他在半路上还向那个虚弱的犹太人点了点头,对那个不久前在糖果店里谈过话的、仪表堂堂的绅士眨了眨眼睛。

这时候,克热索夫斯卡太太的律师跑了进来,连看都没有看她一眼,就在桌子前面的一个位子上坐下,对一个执行官低声地说:

"快点,先生,快点,天知道,我可没有时间!"

律师进来几分钟后,又有一群人走进了大厅里,其中有一对夫妇,看起来好像都是屠宰行业里的人;还有一个老妇带着她的十几岁的孙子,此外还有两位先生:一个体格健壮,花白头发,另一个带鬈发,样子像害了结核病似的。两个人的脸上都带着谦和的表情,衣服破破烂烂的,但是那些犹太人一看见他们便悄悄地议论起来,而且用手指表示赞美和尊敬地指着他们。

那两个人站在伊格纳齐先生近旁,他就是不愿意听,也非得听那个花白头发对那个鬈发先生所提出的建议：

"告诉你，克萨维雷，照我这么办吧！当着上帝的面说，我不着急。我告诉你，三年来，为了我安度晚年，我就要买一栋小房子了，花十万或者二十万，可我并不急着买。我常常看报，注意有什么旧房子要拍卖。我慢慢地观察，在心里盘算，然后到这里来听听人家喊出了什么价。不过我要告诉你，当我有了经验，今年想买房子的时候，房价就真的不可想象地迅速涨上去了，他妈的，我不得不再算一下！……可要是我们两个人都留心一下的话，我告诉你，我们就会做成这笔生意的……"

"安静！"桌子那边有人喊道。

大厅里安静下来，伊格纳齐先生在听关于那栋房子的说明：它坐落的地方，它有三间厢房和三层楼，一个天井、花园，等等。在这个重要的一幕的演出过程中，文茨基先生的脸色一会儿发白，一会儿发紫，克热索夫斯卡太太不时把一个镶金边的小水晶瓶拿到鼻子上。

"我知道那栋房子！"那个戴深蓝色眼镜、脸面像教堂执事的先生突然大叫起来，"我知道那栋房子！闭着眼也知道它值十二万卢布。"

"您在这里是不是要玩弄我们！"站在克热索夫斯卡男爵夫人旁边那个流氓相的先生叫了起来，"这是什么房子呀？贫民窟！停尸房！"

文茨基先生的脸上发紫。他向那个教堂执事点头示意，小声地问他：

"那个无赖是谁？"

"那个？"教堂执事答道，"那是个流氓！您别理他，伯爵先生。"接着他又大声地叫道,"我敢发誓,尽可放心大胆地拿十三万去买那栋房子!"

"那个不要脸的家伙是谁?"男爵夫人问那个流氓相的人,"那个戴蓝眼镜的又是谁呀?"

"那个吗?"被问的人答道,"那是个臭名昭著的坏蛋……不久前还蹲在帕维亚克监狱里。您别理他,不值得为他生气……"

"那边安静点!"桌子那边有人严肃地喊了一声。

那教堂执事对文茨基先生眨了眨眼,亲昵地微笑着,并往桌子旁边那些竞买者当中挤了过去。竞买者有四个:男爵夫人的律师、那个仪表堂堂的绅士、老什兰格巴乌姆和那个虚弱的犹太人,教堂执事这时正好站在他的旁边。

"六万零五百卢布。"克热索夫斯卡太太的律师小声说。

"上帝啊,真不值得出更多的钱了……"那个流氓相的男人插嘴说。

男爵夫人神气十足地望着文茨基先生。

"六万五。"那个仪表堂堂的绅士抬价了。

"六万五千再加一百卢布。"那个脸色苍白的犹太人吞吞吐吐地说。

"六万六。"什兰格巴乌姆往上加。

"七万!"那教堂执事大声叫道。

"哎哟!哎哟!"男爵夫人的眼泪涌流出来,一下子倒在那张藤沙发上。

她的律师马上离开了桌子,跑去为那个杀人犯辩护去了。

"七万五!"那个仪表堂堂的绅士喊了起来。

"我完蛋啦!"男爵夫人呻吟地说。

大厅里出现了一片混乱。一个上了年纪的立陶宛人拉着男爵夫人的手,这时马鲁谢维奇来了,随即和她接应上了,但是大家都不知道他是从哪里来,为什么要来看这个隆重的场面。已经哭成了一个泪人儿的男爵夫人在他的搀扶下,走出了大厅,一路上不断地咒骂她的律师、法院,咒骂那些竞买者和法院的执行官。文茨基先生毫无表情地笑了。这时候,那个虚弱的犹太人却说:

"八万再加一百卢布。"

"八万五。"什兰格巴乌姆马上加了上去。

文茨基先生全神贯注地看着和听着,他看见只剩下三个竞拍者,还听见那个身材肥胖的绅士说:

"八万八!"

"八万八加一百卢布。"那个虚弱的犹太青年又加价了。

"九万吧!"老什兰格巴乌姆最后说,用手拍打着桌子。

"九万,"执行官说,"第一次……"

文茨基先生把规矩礼仪都忘了,他把身子倾到教堂执事那边,对他小声地说:

"您怎么不竞争一下……"

"您为什么这么烦恼?"教堂执事问那个虚弱的犹太人。

"您为什么要这么拼命地抬价呢?"另一个执行官责问那个教堂执事,"您难道要买那栋房子……滚开!"

"九万,第二次!……"执行官叫道。

文茨基先生的脸变成了灰色。

"九万卢布,第……三次。"执行官又说了一遍,用他的那个小锤子在绿色的呢子台布上敲了一下。

"什兰格巴乌姆买下啦!"大厅里响起了一个声音。

文茨基以惶恐不安的眼神四下张望,这时他才看见了自己的律师。

"哎,律师先生,"他用发颤的嗓音说,"这不合适吧?"

"怎么不合适?"

"这不合适……也不公道!……"文茨基很生气地又说了一遍。

"怎么不合适?"律师也有点发火地问道,"还了抵押的债款,您还可以得到三万卢布。"

"可我那栋房子是花了十万卢布买的,如果认真一点……可以卖到十二万……"

"是啊,"那教堂执事要证明这一点,"那栋房值十二万。"

"哦,您听见了吗,律师先生?"文茨基先生说,"如果认真一点的话……"

"先生,请您不要侮辱我!您听了帕维亚克监狱里出来的流氓的鬼主意……"

"哦,对不起,"那个受了委屈的教堂执事回答说,"不能说蹲过帕维亚克监狱的就是流氓,至于说出主意……"

"是啊……那栋房子真的值十二万!"那个流氓相的人没想到却站在他一边,说。

文茨基先生两眼痴呆呆地望着他,但是面对新的情况,他不知道怎么办。他没有向律师告别,在大厅里就戴上了帽子,一面往外走去,一面嘀咕说:

"由于犹太人和律师捣鬼,我丢了三万卢布,我本来是可以得到十二万卢布的。"

连什兰格巴乌姆都走了。这时候齐纳德尔拦住了他,就是那个伊格纳齐先生从来没有见过的那么漂亮的褐色头发的人。

"您这是做什么买卖呀,什兰格巴乌姆先生?"

那个漂亮的、褐色头发的人说:"那栋房子七万一就可以买到,它今天不值钱了……"

"对这个人不值钱,对那个人又很值钱,我只做赚钱的买卖。"什兰格巴乌姆想了一想,回答说。

最后热茨基也离开了大厅,那里已经开始进行另一场拍卖,又聚集了一群人。伊格纳齐先生慢慢往楼梯下走去,想道:

"什兰格巴乌姆居然买了那栋房子,而且就像克莱因所预见的那样,花了九万卢布。但什兰格巴乌姆不是沃库尔斯基,斯塔赫是不会做这种蠢事的,不会!关于伊扎贝娜小姐那些可笑的话不过是一些谣言……"

第十九章 最初的警告

当伊格纳齐先生既惭愧又不安地快要回到店里的时候，已经是午后一点了。怎么可以浪费这么多的时间呢？……而现在正是顾客进进出出最多的时候。再说还可能出大事呢？大热天在街上的尘土和晒得滚烫的柏油的臭气中晃悠，这有什么乐趣呢！

天气确实非常热，阳光特别刺眼。热气从人行道和街上的石头路面上升起，不论白铁皮招牌还是路灯柱子都不能用手去触摸，伊格纳齐先生的眼睛被强烈的阳光刺得流下了泪水，一个个黑圈遮住了他的视线。

"如果我是上帝，我就要把七月天一半的热量保存到十二月。"他想。

他忽然瞧见了一个橱窗（他正好从那里走过），他惊呆了，因为那里面陈列的货物已经一个礼拜没有换新了……还是那些青铜器、马约里卡陶瓷、扇子，还是那些化妆盒、手套、伞和玩具……有谁见过这么丢人的事呢？

"我这个人真无聊，"他自言自语道，"前天我喝醉了酒，今天到处闲逛……这个铺子真像在祈祷中碰到了魔鬼。"

他不知道是心脏病发作还是脚又痛了，刚一走进店里，姆拉切夫斯基就扶住了他。他的头发已经剪成了华沙式的发型,还像以前那样洒满了香水。他自己虽然是客人,而且是从那么远的地方来的客人,但他出于爱好,在为顾客效劳。伙计们看见他都很惊讶,不知怎么办才好。

"您不怕上帝的惩罚,伊格纳齐先生?"他叫道,"我等您都已经等了三个钟头了!这里所有的人都头昏眼花了!"

他抓住了伊格纳齐的肩膀,没有注意到那些顾客都在惊奇地望着他们,就急忙把他拉到那间放钱柜的小房间里。

到那里后,他把那个因为勤于职守而白了头的伙计按在一张坚硬的靠椅上,挽着胳膊站在老伙计面前,就像绝望的亚芒站在薇奥列塔①面前那样说:

"您知道吗……当时我就知道我走了后,店会垮,可我没想到会垮得这么快……您没有待在店里还不要紧,不会出什么事。不过要是老板做了什么蠢事,那才丢人呢!"

伊格纳齐先生惊讶地皱起了眉头。

"对不起。"他从靠椅上站了起来,说道。

但是姆拉切夫斯基又把他按了下去。

"对不……"

"请您别插嘴!"那个满身散发着香气的年轻人打断了他的话,"您知道是什么事吗?苏津今天晚上要到柏林去见俾斯麦,然后去巴黎看博览会。他一定要,你听见没有?一定要沃库尔斯基和他一起去。可是那个笨蛋……"

"姆拉切夫斯基先生!你这么大胆……"

"我生来就胆大,沃库尔斯基是个疯子。今天我才了解

---

① 意大利著名音乐家朱塞佩·威尔第(1813—1901)的歌剧《茶花女》中的两个主角:亚芒·阿尔弗莱特是男主人公,薇奥列塔是女主人公。

到真实情况……您知道,老板和苏津一起去巴黎做生意,能赚多少钱吗?不是赚一万,而是五万卢布呀,热茨基先生!这个蠢东西不但今天不肯走,他还说他根本不知道什么时候走。他说不知道,可苏津为这件事最多只能等几天啦!”

“苏津知道他这个态度后是怎么说的?”伊格纳齐觉得很难堪,低声问道。

“苏津吗?他很不高兴,更糟的是——他表示怨恨了。他说,斯坦尼斯瓦夫·彼得罗维奇不是以前那样了,他现在瞧不起我们了……总而言之,这是一次冒险!五万卢布的纯利,还不花旅费。唉,您说说看,有这些条件,就是圣斯坦尼斯瓦夫·科斯特卡①也不会不去巴黎的……”

“当然是这样,”伊格纳齐先生肯定地说,“斯塔赫在哪里……也就是说,沃库尔斯基先生在哪里呢?”他从靠椅上站起来,又问道。

“他在您的房间里,替苏津算账,您会明白,搞这种名堂,你们要付多么大的代价。”

小房间的门开了,克莱因站在门口,手里拿着一封信。

“这是文茨基家的仆人给老板送来的信,”他说,“请您交给他吧!我不知道他今天为什么那么大的脾气……”

伊格纳齐手里拿着那个印上了勿忘我花的浅蓝色的信封,是去还是不去,有点犹豫不决。这时候,姆拉切夫斯基从他的肩膀后面看见了信上写的地址。

---

① 圣斯坦尼斯瓦夫·科斯特卡(1550—1568),波兰华沙省扎克罗琴县县长的儿子,曾任波兰耶稣会的见习修道士,年轻时就去世了,一七二六年被贝内迪克特十三世教皇尊为圣者。在宗教的传道书和人物传记著作中被当成纯洁、理想主义的象征和抛弃尘世利益的典范。——原注

"贝娜给他的信,"他叫道,"我知道了!"

他笑了笑,从小房间里跑了出去。

"见鬼!"伊格纳齐先生抱怨地说,"难道所有这些传闻都是真的? 难道他在购买那栋房子上真的为她花了九万,在苏津那里又要失去五万卢布吗? 这样加起来就是十四万卢布呀! 还有那辆私人马车,那次赛马和那些慈善事业的捐献……还有那个罗西,文茨卡小姐两眼那么热情地望着他,就像犹太人望着十诫那样……唉! 我也不用跟他讲什么礼数了……"

他扣上了上衣所有的扣子,挺身站起来,带着那封信走进了自己的房间。这时他突然发现自己的皮鞋在走路时发出嘎吱嘎吱的响声,给他带来了一种轻松的感觉。

沃库尔斯基真的坐在伊格纳齐先生的房间里,他没有穿上衣也没有穿背心,正埋头于一堆纸中记账。

"啊哈!"他抬起头,一看见热茨基便叫道,"我在你这里干活,当成自己家里一样,你不会生气吧?"

"你太客气了,"伊格纳齐先生讥讽地说,"这里有一封信,是……是文茨基家里送来的……"

沃库尔斯基一看信封上的地址,便急忙把它拆开……他读了一遍,两遍,三遍。热茨基在自己的办公桌上翻东西,他看见他的朋友把信读完后,把头支在手上,陷入了沉思,便以生硬的语调问道:

"你今天跟苏津到巴黎去吗?"

"我根本就没有这么想过。"

"我听说,那是一笔很大的生意……五万卢布……"

沃库尔斯基没有说话。

"那么你明天或者后天可以去吗,听说苏津会等你几天吧?"

"我不知道什么时候去。"

"这就不好啦,斯塔胡!五万卢布,这是一笔财产,丢了很可惜……要是大家知道,你放过了这么一个好机会……"

"他们会说,我疯了。"沃库尔斯基打断了他的话。

他又沉默了一会儿,然后突然说道:

"如果我要担负一个比赚五万卢布更重要的任务呢?"

"政治上的任务吗?"热茨基小声问道,显现出害怕的眼神,但嘴角上却露出了微笑。

沃库尔斯基把信递给他。

"念吧!"他说,"你会相信有比政治更美妙的事情。"

伊格纳齐先生有点踌躇地接过信来,经过沃库尔斯基再一次催促,才念了起来:

> 花冠漂亮极了,我首先为那件礼物要以罗西的名义向您致谢。在金色的小叶之间镶上绿宝石,真是无可比拟的精致。明天您无论如何要到我们这里来吃饭,那样我们可商议一下告别罗西和我们的巴黎之行的事。昨天爸爸告诉我,说我们至迟不超过一个礼拜就动身。当然我们一块儿去,因为没有您那亲切的陪伴,对我来说,这次旅行的价值就少了一半。再见吧!
>
> 伊扎贝娜·文茨卡

"我看不懂,"伊格纳齐先生毫不关心地把信扔在桌子上说,"为了文茨卡小姐旅途中的乐趣,就要商量……给谁送礼的事……给她喜爱的人送礼,就把五万卢布扔到泥坑里……

即便只有……那些钱……"

沃库尔斯基站了起来,两只手撑在桌子上,问道:

"为了她我愿把全部财产扔到泥坑里,那又怎么样?"

他额上的青筋暴出来了,胸前的衬衣随着急促的呼吸在不停地波动着。他的眼里时而闪着亮光,时而又熄灭了。他的这种表现热茨基在他和男爵决斗的时候就见到过。

"那又怎么样?"沃库尔斯基又说了一遍。

"没什么,"热茨基心平气和地回答说,"我不得不承认我看错了,我不知道我这辈子已经是第几次看错了……"

"看错了什么?"

"今天是看错了你。我以为,一个人为了发财,去冒生命的危险,不管周围在说什么,总得有一个为了公众的目的……"

"别用你那个公众来打扰我啦!"沃库尔斯基一面叫喊,一面用拳头猛击桌子,"我知道我为公众做了什么,可是公众为我做了什么呢?要我永远永远地牺牲自己,而不给我任何权利吗?我总得有一次为自己做点什么吧!那些谁也不去实现的空洞的口号我听厌了。我有我自己的幸福,这就是我今天的责任……反过来说,如果除了那些虚幻的重负之外,我就一无所有的话,我宁愿朝自己的脑袋开一枪。成千上万的人都游手好闲,无所事事,但有一个人却要对他们负责,你听说过有这么不合理的事吗?"

"给罗西捧场这也是你的责任?"

"我这么做不是为了罗西……"

"而是为了讨好一个女人,这我知道。在所有的储蓄所中,这是最不可靠的一家。"热茨基说。

"你说话要小心一点！"沃库尔斯基不高兴地嘘了起来。

"你说吧！我不小心，你大概以为，谈恋爱是你的发明吧！其实，我对它也不陌生，哼！……我也曾有几年像个傻瓜一样爱过一个女人，可是我的爱洛绮丝①当时却和别人勾搭。上帝啊！我每次看见她跟别人眉来眼去，是多么痛苦啊——最后，他们甚至当着我的面拥抱。相信我，斯塔胡！我并不是别人想象的那么幼稚。我这辈子也见得不少，而且我还可以得出一个结论，就是在那称之为恋爱的游戏上，我们都把心思用得太多了。"

"你这么说，是你对恋爱一窍不通。"沃库尔斯基不高兴地指出。

"每一桩恋爱在它没有把我们毁掉之前，看起来都很稀奇。不错，我不知道你的恋爱是什么，但我知道别人的恋爱。要制服女人，就必须采取粗暴、野蛮和厚颜无耻的办法，这个你做不到。所以我警告你，冒险不要冒得太大，因为你要是不能采取厚颜无耻的办法，人家就会抛弃你。我过去从来没有跟你谈过这些事情，是不是？好像我连这样一门哲学都不懂，但我觉得你很危险，所以我要再说一遍：你要留心一点，不要一心只想着那些庸俗下流的乐趣，因为每个追逐她的人都会被人们唾弃。在这种情况下，我告诉你，就会产生不愉快的印象……希望你不要碰到！"

沃库尔斯基坐在沙发上，紧握拳头，但没有说话。这时有人敲门，李谢茨基站在门口。

---

① 被认为是理性主义先驱的法国中世纪的哲学家和神学家阿贝拉德（1079—1142）的恋人。她的名字成了高尚、忠贞和悲剧性的象征。

"文茨基先生想见您,让他进来吗?"那伙计问道。

"你请他进来。"沃库尔斯基说,连忙穿上了背心和礼服。

热茨基站起来,忧伤地点了一下头,从自己房里走了。

"我也想过,这是一件很糟的事,"他来到前厅里,还这么小声地说,"但我没有想到糟到这个程度。"

沃库尔斯基刚刚控制住自己的情绪,文茨基先生就进来了。店里的看门人跟在他后面。托马斯先生的眼里露出了血丝,面颊上出现了一块块紫色的斑。他倒在一张沙发上,把头靠在沙发的后背上,很吃力地呼吸着。那看门人感到很麻烦地站在门槛上,用手指拨弄着自己衣服上的金属扣子,在等待吩咐。

"请您原谅,斯坦尼斯瓦夫先生,但是……请您给我一杯柠檬水。"托马斯先生上气不接下气地说。

"快去拿苏打水、柠檬和糖来,快点!"沃库尔斯基对看门人叫道。

看门人往外跑去,可是他的那些很大的纽扣钩在了房门上。

"不要紧,"托马斯先生微笑着说,"我的脖子很短,加上天热,又生气……我要休息一下……"

感到吃惊的沃库尔斯基给他摘下了领带,解开了衬衫。然后他在热茨基的写字台上找了一瓶花露水,把它倒在手绢上,像儿子侍候父母那样擦着病人的脖子、脸颊和脑袋。

托马斯先生紧握着他的手。

"我已经好些了……谢谢您……"然后他又低声地往下说,"您担任了慈善护士的角色,我很喜欢这个。贝娜做起来也没有您这么温柔和细致……是的,她生来就是让人侍候的。"

看门人拿来了带吸管的汽水和柠檬,沃库尔斯基把柠檬水调好,给托马斯先生喝了下去,他脸颊上的紫斑便渐渐地消失了。

"到那边我的房子里去,"沃库尔斯基对看门人说,"叫人去套马车,把车子拉到店门口来。"

"亲爱的……您真是我亲爱的,"托马斯先生使劲地握着他的手,以他那发红的眼睛表示感激地望着他说,"这样的关心和体贴我还从来没有感受过,因为贝娜不懂得这些事情。"

伊扎贝娜小姐照顾病人上的无能使沃库尔斯基感到很不愉快,但他的这种感觉不一会儿就消失了。

托马斯先生又慢慢地恢复了体力。他的额头上大汗淋漓,声音变得响亮了,只有眼睛里那鲜红的血丝说明他不久前受到过打击。他在房间里来回走了几趟,伸了伸腰,说:

"唉……斯坦尼斯瓦夫先生,您不会想到我今天是多么生气,您信不信,我那栋房子九万卢布就卖掉了?"

沃库尔斯基战栗了一下。

"我本以为,"文茨基先生接着说,"我至少可以得到十一万……我在法庭里听到许多人都说那房子值十二万。可有什么办法呢——那个犹太人、那个卑鄙的高利贷者什兰格巴乌姆一心要买那栋房子,他和那些竞买者们都串通好了,谁知道,也许他跟我的律师也串通好了,这样我就损失了二万甚至三万。"

这时候,沃库尔斯基看起来像中了风似的,他还是没有说话。

"我算过这么一笔账,"文茨基先生又说,"本金五万,您

497

每年给我一万的息钱。我维持家庭生活需要六千到八千,余下的我和贝娜每年都可用于去国外旅游。我已经答应孩子,说我们一个礼拜后到巴黎去……可正好在这个时候!……六千卢布最多也只能维持一个很艰难的局面,旅游就不用想了。这个可恶的犹太人呀!这个社会也很可恶,它对高利贷者那么顺从,连在拍卖场上都不敢跟他们斗争。我要对您说的是,大概有个基督教徒,或者甚至是个贵族,在那个可怜的什兰格巴乌姆背后给他撑腰,这种情况的出现是我最痛心的……"

他开始压低他的嗓音,脸颊上的紫斑重又显现出来了。于是他坐了下来,喝了一口水。

"卑鄙!……可恶!"他低声地说。

"您安静一下,"沃库尔斯基劝他说,"您能给我多少现款呢?"

"我请过我们公爵的律师——因为我那个律师是个浑蛋——把属于我的那笔款子拿去,把它交给您,斯坦尼斯瓦夫先生……共三万。您答应我年息二分,这样我每年有六千卢布作为我全部的家用。可怜……毁了……"

"我可以把您的钱投放在一桩比较好的生意上,您每年可以得到一万卢布。"沃库尔斯基回答说。

"您说什么?"

"是啊,我遇到了一个特别好的机会……"

托马斯先生从靠椅上跳了起来。

"救命的恩人……慈善家啊!"他感动地说,"您在所有的人中是最高尚的……可是,"他垂下了手,往后退了一下,又说,"只是,这样您不会亏本?"

"我?我可是个商人呀!"

"商人！……您对我就这么说吧！"托马斯先生叫道，"由于您，我深深感到，'商人'这个词已经成了殷勤、慷慨和豪爽的代名词……一个正直的人啊！"

他扑到他的脖子上，感动得几乎流下泪来。

沃库尔斯基第三次让他在靠椅上坐下，就在这个时候，有人敲门了。

"请进来！"

亨利克·什兰格巴乌姆走了进来。他脸色苍白，目光炯炯，站在托马斯先生跟前，向他鞠了一躬，说：

"先生——我是什兰格巴乌姆，就是那个'卑鄙的'高利贷者的儿子，您是那么厉害地当着我的同事和主顾的面骂过我……"

"先生……当时我不知道……我愿向你赔礼道歉……首先请你原谅。我当时很气愤……"托马斯先生激动地说。

什兰格巴乌姆平和了下来。

"您不用，"他回答说，"不用向我赔礼道歉，只是请您听我把话说完。我父亲为什么买了您那栋房子，这跟我们没什么关系。但我父亲没有欺骗您，对这一点，我有确凿的凭据，可以证明。我父亲可以马上把那栋房子以九万卢布退还给您……我对您再说一遍，"他说走嘴了，"买主愿以七万卢布退还给您……"

"亨利克！"沃库尔斯基不让他再说了。

"我已经说完了，再见！"什兰格巴乌姆回答了一句，便向托马斯先生深深地鞠了一躬，然后出去了。

"一场多么不愉快的滑稽剧！"过了一会儿，托马斯先生又说，"我在店里的确说了几句关于什兰格巴乌姆的不好听的话,但我以名誉担保,我不知道他的儿子在场。他要把他花了九万买的那栋房子以七万退还给我……这太好了!您觉得怎么样,沃库尔斯基先生?"

"那栋房子大概真的只值……九万……"沃库尔斯基有点畏缩地回答。

托马斯先生把衣服扣上,重新打好了领带。

"谢谢您,斯坦尼斯瓦夫先生,"他说,"谢谢您的帮助,谢谢您那么关照我的利息……那个什兰格巴乌姆在演什么滑稽剧呀!啊……还有一件事……贝尔恰好明天请您吃饭。请您从我们公爵的律师那里把钱收下,关于利息,您会好好照顾的……"

"我这就预付半年。"

"我非常感谢您,"托马斯先生说着,便吻了吻他的两个面颊,"好啦,明天再见,请您别把请客的事忘了。"

沃库尔斯基陪着他穿过天井,一直走到了大门口,马车已经在那里等着他。

"热得真难受,"托马斯先生说,他在沃库尔斯基的帮助下,好不容易才坐到了车子里,"又是那些犹太人的滑稽剧吧?他花了九万,现在又愿以七万退让……真有意思……我敢打赌……"

拉车的马撒开蹄子,向乌雅兹多夫大街走去。

在回家的路上,托马斯先生几乎处于一种昏迷的状态。他不感到酷热,只觉得全身瘫软,耳朵里轰隆隆地响着。有时候,他觉得两只眼睛看东西不一样,比平常看得更不清楚。他靠在马车的一个角落里,遇到每一阵激烈的颠簸,他都像喝醉了酒那样摇晃着。

他的思想和情感很奇怪地缠绕在一起了。有时候，他想象自己如果被阴谋围困，只有沃库尔斯基能够救他。有时他觉得他好像又患了重病，只有沃库尔斯基能够照料他。他觉得他好像就要死去，扔下他那贫穷的、什么人都不理睬的女儿，只有沃库尔斯基会照顾她。最后他想到要是自己有一辆私人马车该多好，驶起来就像他现在坐的这辆一样轻快，如果他向沃库尔斯基提出这个请求的话，他是会把它作为礼品送给他的。

"热得真难受。"托马斯先生低声地说。

拉车的马在家门口停住了脚步，托马斯先生下了车，他对车夫连头都没有点，就上楼去了。他拖着那双沉重的腿，很勉强地爬到了楼上。当他走进自己的小房里后，连帽子都没有脱，就倒在一张靠椅上。他是那样痴呆呆地坐了好几分钟，使仆人感到十分惊异，认为现在非得把小姐请过来不可了。

"生意一定做得不错，"那仆人对伊扎贝娜小姐说，"因为老爷有什么……他好像有点什么……"

伊扎贝娜小姐虽然表面上很平静，但她心里却十分焦急，等不及父亲的归来，要知道房子拍卖的结果。她向小房间走去，在不失端庄礼貌的前提下，加快了步子。她永远记得，一个有名望的小姐即使面临破产，也不能把她一时感情的冲动表露出来。但她尽管想使自己镇定下来，米科瓦伊（从她那脸上强烈的红晕）还是看出了她很激动，因此他又低声地补了一句：

"生意一定做得不错，因为老爷……这个……"

伊扎贝娜小姐皱起了美丽的额头，吱呀一声把小房间的门关上。她父亲仍坐在那里，没有把帽子摘掉。

"怎么啦,爸爸?"她望着他那双红红的眼睛,有点不高兴地问道。

"不幸呀!……要命啊!"他很费力地脱下了帽子,回答说,"我损失了三万卢布。"

伊扎贝娜小姐脸色苍白,坐在那张皮躺椅上。

"一个卑鄙的犹太人、高利贷者,把那些竞买人都吓退了。他贿赂了律师,同时……"

"这么说,我们什么也没有了?"她问道,声音小得几乎听不见。

"怎么会什么也没有呢?我们还有三万卢布,那三万卢布的利息就有一万。沃库尔斯基那个人真好!我没想到他那么高尚。你要知道他今天是怎么照拂我的就好了……"

"他为什么要照拂?……"

"因为天热和生气,我又犯病了……"

"什么病?"

"我脑子里充血……但现在已经好了……那个卑鄙的犹太人……可是那个沃库尔斯基,我告诉你,他是个了不起的人,一个超凡的人。"

他哭了起来。

"爸爸,你怎么啦?我叫人找医生去!"伊扎贝娜小姐叫道,同时在靠椅前跪了下来。

"没什么,没什么,你不用担心!我只是想,我如果死了,只有沃库尔斯基才是你可以信赖的人。"

"我不明白……"

"你要说的是,你连我都不认得了,是吧?我把你的命运托付给了一个商人,你感到很奇怪吧?可是你看……在我们遭遇不幸的时候,有些人搞阴谋反对我们,有些人离弃了我们,可他却赶忙来帮助我们,也可以说救了我的命……我们这些容易患中风的人,有时和死亡几乎擦边而过。因此当我苏醒过来后,我就想,谁会真心诚意地照顾你呢?约阿霞不会,霍尔滕西亚不会,谁都不会……只有有产业的孤儿才找得到保护人。"

伊扎贝娜小姐看见父亲逐渐恢复了健康,便站起来,又在那张躺椅上坐下。

"那么爸爸,你要那位先生扮演什么角色呢?"她冷淡地问道。

"角色吗?"他留心地望着她,回答说,"一个出主意的人,我们家的朋友和保护人的角色……他是那笔就要留给你的小小的财产的保管。"

"哦,这方面我早就很看重他了。他能力很强,对我们忠心耿耿……但这并不重要,"歇了一会儿,她又问了一句,"房子到底怎么样,爸爸?"

"怎么样,我不是告诉你了吗?!那个犹太坏蛋给了九万的价,所以我们只剩下三万了。可是那个好心的沃库尔斯基就那笔三万卢布的款子也要付给我一万的利息……你想想看,年息三分三厘……"

"什么是年息三分三厘呢?"伊扎贝娜小姐打断了他的话,"一万,那是一分的利息呀。"

"怎么是这个呢?年息三分三厘就是三万块钱有一万的利息。百分率拉丁文叫 pro centum,'百分之一',你懂了没有?"

"我不懂,"伊扎贝娜小姐摇了摇头,回答说,"我只知道十就是十；如果在商人的用语中，十可以说成是三十三的话，那就让他们这么说吧！"

"你看，你还是不懂。我本来想马上给你解释一下，但我太疲劳了，要去稍稍躺一下……"

"是不是要派人去请医生？"伊扎贝娜小姐一面问，一面站了起来。

"上帝啊，千万别去请！"托马斯先生挥着手叫道，"如果我现在就由医生来摆布，那我一定活不长久了。"

伊扎贝娜小姐不再勉强，她吻了父亲的手和额头，便回到自己的闺房里，陷入了沉思。

几天来，她因为不知道拍卖会有什么结果，一直感到不安，现在这种不安也消失得无影无踪了。这样一来，他们每年还有一万卢布的息钱和三万卢布的现款，因此他们可以去参观巴黎博览会，还可以到瑞士去。冬天他们再回到巴黎，不！冬天要回到华沙，重新开始快乐的家庭生活。如果来了一个有产业的男人，年纪不大，长得也不难看（比方说，像男爵或者元帅那样……呸！），不是暴发户，也不愚笨（嗨，愚笨也没什么，在她那个圈子里，只有奥霍茨基聪明，可他是个很古怪的人），如果有这样一个男人，伊扎贝娜就会下定决心……

"爸爸和这个沃库尔斯基在一起真是再好也没有了！"伊扎贝娜小姐在自己的房里来回地踱着，她想。

"沃库尔斯基当我的保护人……沃库尔斯基也许是个非常好的参谋，一个全权代表，一个保管财产的人……但只有公爵才担得起保护人这个称号，他毕竟是我们的亲戚，是我们家的老朋友。"

她在房间里不断来回地走着，把双手交叉在胸前，突然想到,父亲今天为什么被沃库尔斯基感动?那个男人具有一种什么样的魔力,使他控制了她周围所有的人,现在又攻克了她父亲这个最后的据点。她父亲托马斯·文茨基先生哭了。自从母亲死后,到今天,他是一滴眼泪也没有掉过的呀!

"但我应当承认,他是一个很好的人,"她对自己说,"要是没有沃库尔斯基的关心,罗西就不会对华沙那么满意。不过要当我的保护人,就是在我倒霉的时候,也是不行的。如果说到财产,就让他管一下吧!但他不能成为保护人……父亲既然有这样的联想,那他一定是极度衰弱了。"

晚上六点左右,伊扎贝娜小姐在客厅里,听见前厅里的铃声响了,随后又传来了米科瓦伊急躁的声音。

"我说过了,明天来吧!今天老爷病了。"

"叫我怎么办!老爷有钱就病了,他健康的时候,又没有钱。"一个稍带犹太土话腔调的声音回答说。

这时前厅里传来了一个女人裙衣的塞窣声,弗洛伦迪娜小姐走了进来,说:

"别说了!看在上帝面上,别说了!什皮盖尔曼先生,您明天来吧,钱会有的,这您是知道的!"

"正因为这样,我今天已经来了三趟;明天别的人来了,我又得等了。"

伊扎贝娜小姐感到脑袋发烫。她不知道怎么办,忽然走到了前厅里。

"什么事?"她问弗洛伦迪娜小姐。

米科瓦伊耸了耸肩,踮着脚往厨房里走去。

"伯爵小姐,……我就是大卫·什皮盖尔曼,"一个小个子、留着黑胡子、戴黑边眼镜的男人回答说,"我有一件小事,要找伯爵先生。"

"亲爱的贝卢……"弗洛伦迪娜小姐叫了一声,想拉着她的表妹出去。

可是伊扎贝娜小姐挣脱了她的手,她看见她父亲那间房里没有人,便叫什皮盖尔曼进去。

"贝卢,你要考虑考虑你的行为。"弗洛伦迪娜小姐提醒她说。

"我想干脆,就把事实真相弄个明白。"伊扎贝娜小姐说。她关上了小房间的门,在一张靠椅上坐下,瞅着什皮盖尔曼,问道:

"您找我的父亲有什么事?"

"对不起,伯爵小姐,"客人鞠了一躬,回答说,"一件很小的事。我要来取我的钱。"

"多少?"

"总共大概有八百卢布。"

"您明天可以取到。"

"对不起,伯爵小姐……这半年来,我每个礼拜所得到的,都是这个'明天',既见不到利息,也不知道本金在哪里。"

伊扎贝娜小姐感到一阵痛楚涌上心头,有些透不过气来,但她很快就强忍住了。

"您知道,我父亲得到了三万卢布……此外(她虽然说了,但自己也不知道为什么要说这件事),我们每年还有一万卢布的收入……您那个小数目是不会不给的,这个您还不明白……"

"哪来的一万?"那个犹太人毫不礼貌地望着她,问道。

"干吗问这个呢?"她很生气地回答,"我们财产的利钱嘛!"

"是那三万的利息吗?"犹太人微笑着插了一句,他以为别人都在骗他。

"是的。"

"对不起,伯爵小姐,"什皮盖尔曼讥讽地说道,"银钱的交易我做了很久了,可是这样的利率我从来没有见过。伯爵先生从那三万里面只能得到三千的利息,而且还是非常不可靠的抵押。不过这跟我有什么关系……我最紧迫的是要回我的钱,因为那些明天来的人的境况会比我好。如果伯爵先生把剩下的钱拿去放利息,那我又得再等一年了。"

伊扎贝娜小姐马上从靠椅上站了起来。

"我向您保证,明天您可以拿到钱!"她大声地喊道,轻蔑地望着他。

"说真的?"那犹太人问道,暗自欣赏着她的美貌。

"真的,明天你们所有的人都能拿到钱。大家都有,一个格罗什不少!"

那犹太人深深地鞠了一躬,向后退去,离开了那间小房。

"我倒要看看伯爵小姐怎么兑现自己的诺言。"他临走时说道。

老米科瓦伊又来到前厅,他以那么优美的动作早就给什皮盖尔曼开了门,那个已经走在楼梯上的人见到他后,叫了一声:

"您怎么变得这样了,侍从先生?"

伊扎贝娜小姐气得脸色发白,往父亲的卧室里跑去。弗洛伦迪娜小姐途中拦住了她。

"安静点,贝尔丘!"她说着把双手交叉起来,"父亲病得那么厉害……"

"我向那个人做了保证,说所有的债都会还清,那些债是一定要还清的……就是我们不去巴黎也可以……"

女儿进来的时候,托马斯先生穿着一双拖鞋,没有穿外衣,正在卧室里慢慢地走来走去。她看见父亲一副非常可怜的样子,他的肩膀、他的灰白色的胡须和眼皮都垂下来了,走起路来像个老头一样弯腰驼背。可是这种情景只能使她一肚子火气不再发作,而不能阻止她把事情说清楚。

"对不起,贝卢,让你看见我穿了这么一件便服……出了什么事?"

"没什么,爸爸!"她回答说,尽力控制自己,"有个犹太人到这里来过……"

"啊,一定是什皮盖尔曼,这个讨厌的家伙像树林里的蚊子一样……"托马斯先生抱着头叫道,"叫他明天来……"

"正是这样,他明天会来,除了他,还有别的人。"

"好,很好,我早就要还清他们的债了。感谢上帝,我总算可以稍微凉快一点了。"

伊扎贝娜小姐十分惊诧地看到父亲是那么平静可又那么难看的样子,她觉得父亲午后好像老了好几年。她在一张椅子上坐下,环顾了一下父亲的卧室,好像很不高兴地问道:

"爸爸,您是不是欠了他们很多钱?"

"欠得不多……小事一桩……两千卢布……"

"这是不是姑妈说的有人三月份买了的那些期票?"

文茨基站在房中央,弹着手指头,叫了起来:

"你说得对……那些期票我全都忘了……"

"这么说,我们欠的债就不止两千喽?"

"是的,是的,稍微多一点。我想,大概是五千到六千吧!我要请求那好心的沃库尔斯基,让他来替我还清。"

伊扎贝娜小姐禁不住战栗了一下。

"什皮盖尔曼说,"歇了一会儿,她又说,"我们那笔钱不会有一万的利息,最多只有三千,而且都是些不可靠的抵押。"

"他说得不错,都是抵押,可做生意却不是抵押,做三万块钱的生意就可以赚三万。但什皮盖尔曼是怎么知道我们在放利的呢?"托马斯先生稍微想了一下,问道。

"是我无意中告诉他的。"伊扎贝娜小姐红着脸解释说。

"你告诉他的,遗憾……非常遗憾!……这一类事最好还是不说。"

"说出去不好吗?"她有点害怕地低声说。

"不好,啊,上帝,不好!但也没有什么大不了。只是,让别人既不知道我们有多少收入,也不知道我们的收入从哪里来的,总还是好些。如果男爵,还有元帅的所有秘密都让人知道了,那他们就不再被看成是百万富翁和慈善家了。"

"为什么会这样,爸爸?"

"你还是个孩子,"托马斯先生感到有点麻烦地说,"你是个理想家,因此,你对他们会感到厌恶。可是你很聪明,你看,男爵和那些高利贷者合伙了,元帅的财产则主要是通过一次幸运的火灾①而获得的,此外还有少量是他在塞瓦斯托波尔战争时期做牲口买卖挣来的。"

---

① 上了保险的建筑物的主人想要获得保险公司的高额赔偿费,故意把这个建筑物放火烧掉,这种火灾被戏称为幸运的火灾。

"难道向我求婚的都是这样的人?"伊扎贝娜小姐小声说。

"那不说明什么,贝卢!他们有钱,有好的信用,这才是主要的。"托马斯先生让她恢复了平静。

伊扎贝娜小姐摇了摇头,好像要驱散她那厌恶的感觉。

"这么说,爸爸,我们不去巴黎了……"

"为什么不去,我的孩子,为什么?"

"要是爸爸还给了那些犹太人五千或六千的债呢……"

"你不用担心,我会请求沃库尔斯基,要他替我弄到一笔年息为六厘或七厘的款子,我们为此每年大概要支付四百卢布。没什么,我们还有一万卢布嘛……"

伊扎贝娜小姐低下了头,用手指头敲着桌子,陷入了沉思。

"你对沃库尔斯基就那么相信,爸爸?"

"我吗?"托马斯先生叫道,用拳头捶着胸脯,"我不相信约阿霞,不相信霍尔滕西亚,连我们的公爵我都不相信,他们所有的人我都不信,但我相信沃库尔斯基。要是你看见他今天如何用花露水来擦洗我,并且很担心地望着我就好啦……他是我一生中遇到的一个最高尚的人。他对金钱根本无所谓,他在我身上也赚不到钱,但他很关心跟我的友谊。上帝把他派到我这里来,尤其是在这么一个时候……也就是我开始觉得我已经老了,大概……就要死了的时候。"

托马斯先生说完这些话后,开始眨巴着眼睛,他的眼睛里又掉下了几滴眼泪。

"爸爸,你病了!"伊扎贝娜小姐害怕地叫了起来。

"没有,没有!这是因为天热、烦恼,尤其是对一些人感到气愤造成的。你只要想一想,今天有谁来过我们家里吗?没有,他们以为我们什么都没有了。约安娜怕我向她借明天的午饭钱,男爵和公爵也这样。如果男爵知道我们还有三万,他就会到这里来了……为了你到这里来。他会这么想,你就是没有嫁妆,他也跟你结婚,因为他用不着在我身上花钱。你放心好了,只要有人说我们每年有一万卢布的收入,他们所有的人又会到我这里来,你又可以像过去那样,在你的客厅里当女皇了……上帝啊,我今天是多么激动啊!"托马斯先生一面说,一面擦拭着那双流着泪的眼睛。

"我叫人去请医生好吗,爸爸?……"

父亲想了一下。

"明天再说,明天……明天也许我自己就好了。"

这时候,外面传来了敲门的声音。

"是谁呀?什么事?"托马斯先生问。

"伯爵夫人来啦。"弗洛伦迪娜小姐在走廊里答道。

"约阿霞?!"托马斯先生又惊又喜地叫了起来,"出去见她吧,贝尔丘!我得打扮得漂亮点……是啊,是啊!我敢打赌,她已经知道那三万卢布了。去吧,贝卢……米科瓦伊!"

他开始在卧室里转来转去,寻找各种式样的衣服,这时候,伊扎贝娜小姐出去见到了姑妈,她正在客厅里等她。

伯爵夫人一看见伊扎贝娜小姐,就把她搂在怀里。

"一个多好的上帝,给了你们那么多幸福!"她叫道。"听说托马斯的房子卖了九万,你的嫁妆没有问题了,是这样吗?我真没想到。"

"姑妈,父亲本想要多得一些,可是有个犹太人,一个新来的竞买者,把别的竞争者都击退了。"伊扎贝娜小姐回答说,想激怒姑妈。

"唉,我的孩子,你怎么看不出你父亲是多么不切实际呢?他可以异想天开地认为那栋房子值一百万,可是我从一些内行的人那里知道,它最多值七万几千卢布。这几天,天天都有房子拍卖,大家都知道是些什么样的房子,值多少钱。所以,这一点是没有什么好说的了,你父亲以为自己受了骗就随他的便吧!可是你,贝卢!你可是应当为那个付给你们九万卢布的犹太人的健康祈祷啊!正好①,卡齐奥·斯塔尔斯基也回来了,你知道吗?……"

伊扎贝娜小姐脸羞得通红。

"什么时候?从哪里来的?"她不好意思地说。

"现在是从英国来的,他是从中国直接到那里去的。他还是那么漂亮,他要到他祖母那里去,他祖母好像要把一大片土地交给他。"

"姑妈,那土地和您的土地是连在一起的吗?"

"我要谈的正是这个,他经常问到你,我因为深信你那反复无常的脾气已经改好了,所以要他明天来看望你们。"

"那太好了!"伊扎贝娜小姐高兴地叫了起来。

"你看!"伯爵夫人回答后,吻了她一下,"姑妈总是想着你。对你来说,他是一个最好的对象。托马斯有笔资金虽然数目不大,但他自己已经够用的了。卡齐奥听说霍尔滕西亚姑妈还有一笔遗产要留给你,这样你就更好结这门亲事了。看得出,斯塔尔斯基是负了点债的。但不管怎样,他祖母给他留下的产业,再加上你继承的霍尔滕西亚的遗产,也够你们消

① 原文是法文。

受一些时候了。以后的事,我们瞧着办吧!他有个叔父,你也有我,所以你们的孩子是不会受苦的。"

伊扎贝娜小姐一声不响地吻着姑妈的手。这时候,她是那么艳丽,伯爵夫人不由得把她搂在怀里,带到镜子前,笑着说:

"好,你明天一定要像现在这样讨人喜欢,你会见到卡齐奥的伤口已经愈合,他的旧情又复燃了……虽然你当年很遗憾地抛弃了他。你们会有十万至十五万以上的财产。我想,那个可怜的年轻人在绝望中,一定耗掉了很多钱。啊!"伯爵夫人突然想起了另一件事,"你要和你父亲到巴黎去,是吗?"

"我们有这个想法。"

"贝卢,"姑妈要求她说,"我正要你们到我那里去,一起度过这残余的夏天。哪怕为了斯塔尔斯基,你也该去呀!你知道,年轻小伙子在乡下会感到寂寞,会梦想爱情……你们可以天天见面,在那种情况下,你把他缠住是不难的,甚至……还可以让他对你负责。"

伊扎贝娜小姐的脸比先前更红了,她深深地低下了秀美的头。

"姑妈!"她羞答答地叫了一声。

"哎,我的孩子,不要在我面前玩弄外交家的手段啦,一个像你这样年纪的小姐也该出嫁了,首先是别犯过去的错误。卡齐奥是个很好的对象,他不会很快就厌倦你的……即便厌倦了,他还是你的丈夫嘛!丈夫在许多事情上都是应当保持宽容的,相反的是,你对他也应当这样。你的父亲在哪里?"

"父亲有点不舒服。"

"上帝啊!大概是那没有料到的幸运使他太激动了吧!"

"不是,父亲是被那个犹太人气病的……"

"他永远沉迷于幻想中,"伯爵夫人从沙发上站起来,大声地说,"我要进去看他一下,谈谈你们的度假。至于你,我想你会很好地利用时间的。"

和托马斯先生亲密地谈了半个钟头后,伯爵夫人和侄女告辞,再一次向她举荐了斯塔尔斯基。

九点钟左右,托马斯先生一反过去的惯例,就睡觉去了。伊扎贝娜小姐则把表姐弗洛伦迪娜叫到自己房里,要和她谈话。

"你知道吗,弗洛罗?"她在那张躺椅上躺下,说道,"卡齐奥·斯塔尔斯基回来了,明天要到我们家来。"

"啊啊!"弗洛伦迪娜小姐把声音拖得很长地说,好像这件事她早已知道,"这么说,他已经不恨你啦?"她着重地指出了后面这一点。

"那是当然……但我也不知道,"伊扎贝娜小姐笑着说,"姑妈说,他还是那么漂亮。"

"他还是负了债……但这有什么关系,今天谁不负债!"

"你这是什么意思,弗洛罗,如果……"

"如果你嫁给他的话? 当然,我会向你们俩道喜。可是男爵、元帅、奥霍茨基,首先是……沃库尔斯基对这会怎么说呢?"

伊扎贝娜小姐猛然站了起来。

"亲爱的,你怎么又想起了那个……沃库尔斯基呢?"

"不是我想起了他,"弗洛伦迪娜小姐一面说,一面捏着那胸衣的宽边,"我只是想提醒你,你早在四月就对我说过……这个人一年前就盯着你了,从四面八方包围你。"

伊扎贝娜小姐突然大笑起来。

"啊,我没有忘记！我当时真以为他是那样……可是今天,我对他已经有了更多的认识,我觉得他不是那种十分可怕的人。是的,他心里对我十分崇拜,如果我出嫁了……嫁给了另一个男人,他依然会崇拜我,像今天的他那样崇拜我,对他我只要使一个眼色,握一握手就够了。"

"你真的这么认为。"

"那当然,我以为,他所有的圈套,都是为了做生意。父亲借给他三万卢布,谁知道,他的那些努力,大概就是为了这个吧?"

"如果不是那样呢?"弗洛伦迪娜小姐问道,依然捏着她那胸衣的宽边。

"亲爱的,别再说了！"伊扎贝娜小姐生气了,"你干吗非得让我心里难受呢?"

"你自己说过,那种人能耐心地等待,能迷惑人,什么险都敢冒,要毁掉一切。"

"沃库尔斯基不是那种人。"

"你想一想男爵吧！"

"男爵当众得罪过他。"

"但他却在你面前赔礼道歉。"

"唉,弗洛罗,你别折磨我啦！"伊扎贝娜小姐真的发火了,"你硬要把一个不值一提的商人当成强大的恶魔,大概是因为……我们卖房子损失了那么多……因为父亲生了病,因为……斯塔尔斯基回来了吧?"

弗洛伦迪娜小姐做了一个手势,好像还要说点什么,但她忍住了,没有再说下去。

"晚安,贝卢,"她说,"也可能你现在的态度是对的。"

她走了。

整个晚上,伊扎贝娜小姐都梦见斯塔尔斯基是她的丈夫,罗西是她精神上的第一个情人,奥霍茨基是第二个,沃库尔斯基是她的财产的全权代表。一直到上午十点左右,弗洛伦迪娜小姐才叫醒了她,告诉她,说什皮盖尔曼来了,还有一个犹太人。

"什皮盖尔曼?啊,对了,我把他忘了,要他晚一点再来!爸爸起来没有?"

"一个钟头前就起来了。我刚才正好也告诉了他,说来了两个犹太人,可是他要你给沃库尔斯基写封信。"

"为什么?"

"请他中午来我们这里,把犹太人的账目算清楚。"

"是的,他那里有我们的钱,"伊扎贝娜小姐说,"可是这件事由我给他写信是不合适的。弗洛罗,你写吧,以父亲的名义,啊,纸在那里,在我的写字台上。"

弗洛伦迪娜小姐写了那封要写的信。这时候,伊扎贝娜小姐便开始穿衣服,一想到沃库尔斯基她就感到不安。

"这么说,没有这个人,我们真的应付不了局面。"她心里想,"是啊,他既然拿了我们的钱,就理所当然地要给我们还债。"

"要恳请他,"她对弗洛伦迪娜小姐说,"请他尽快到这里来……因为让斯塔尔斯基在我这里遇到了那些可恶的犹太人……"

"他比我们更熟悉他们。"弗洛伦迪娜指出道。

"不管怎么说那是很可怕的。你不知道,那个人……昨天对我说话,是个什么腔调……"

"什皮盖尔曼,"弗洛伦迪娜插嘴说,"啊,那是个不懂礼貌的犹太人。"

她把信封好,来到了外房里,要把等在那里的犹太人打发走。伊扎贝娜小姐则在圣母石膏像前跪了下来,祈求她让听差碰到沃库尔斯基正好在他的家里,别让斯塔尔斯基在她们家里遇见那些犹太人。

那圣母石膏像听从了她的祈求:过了一个钟头,吃早饭的时候,米科瓦伊交给了她三封信。

一封信是姑妈伯爵夫人来的,她在信里通知侄女说,今天两点和三点之间,医生会来给父亲看病。卡齐奥·斯塔尔斯基傍晚前出来,他随时都可能到他们家里来。

"你要记住,亲爱的贝尔丘,"姑妈在信的结尾写道,"你的言行举止要使得小伙子一路上都想着你,到了乡下也想着你,你父亲和你过几天也会到乡下去。我已经安排好了:他在华沙见不到任何一个姑娘;在乡下,大概除了他那正直的祖母议长夫人和她那些人都不大喜欢的孙女之外,也见不到别的女人(除了你外,我的心肝)。"

伊扎贝娜小姐稍稍地噘起了嘴唇,她不爱听姑妈着重指出的这一点。

"姑妈这么关心我,"她对弗洛伦迪娜小姐说,"好像我毫无希望了似的……我不喜欢她这样。"

她心中的卡齐奥·斯塔尔斯基的模样,现在就不那么漂亮了。

第二封信是沃库尔斯基写的,他说准备下午一点钟来,为他们效劳。

"弗洛罗,你叫犹太人几点钟来?"伊扎贝娜小姐问道。

"一点。"

"感谢上帝!只要斯塔尔斯基不在那个时候来我们家就好,"伊扎贝娜小姐拿起了第三封信,说,"这字迹好熟悉,这是谁的信,弗洛罗?"

"你认不出来吗?"弗洛伦迪娜小姐往信封上看了一下,回答说,"克热索夫斯卡的信。"

伊扎贝娜小姐一下子脸都气红了。

"啊,真的!"她叫道,把信往桌上一扔,"弗洛罗,请你把信给她退回去,在信封上写上'没有读'。这讨厌的婆娘从我们这里还想得到什么呢?"

"你要知道并不难。"弗洛伦迪娜小姐低声说道,想要把信拆开。

"不,不,不,这个讨厌的女人的信我都不看……肯定又是一些损人的话,她没有写过别的……弗洛罗,请你马上把信给她退回去……或者你自己看一看,她写了些什么……这是我最后一次接受她那字迹潦草的信啦!"

弗洛伦迪娜小姐缓缓地把信封拆开,开始读起来。

她脸上的表情逐渐由好奇变成了惊异,接着她又好像感到不好意思了。

"这封信由我来读是不合适的。"她低声地说着,把信交给了伊扎贝娜小姐。男爵夫人在信中写道:

> 亲爱的伊扎贝娜小姐!我承认我到今天所做的一切使得您很不高兴,也惹得仁慈的上帝生气了,他是那么无微不至地关照你们。因此我收回我的一切,向您俯首称臣,恳求您原谅我。上帝派那个沃库尔斯基来照顾你们,

这难道不是他的恩赐的见证？一个跟别的人一样不道德的人成了至高无上的神手中的工具，用来惩罚我，奖赏您。因为他在决斗中打伤了我的丈夫（但愿上帝也饶恕他对我做的那些卑鄙的事情）还嫌不够，又买下了我那可爱的孩子死在里面的那栋房子，他现在一定会收很贵的房租。你们不仅目睹了我的失败，而且你们那栋房子还比原来值的钱多卖了两万卢布。

亲爱的小姐，作为您对我的忏悔的答复，求您在尊敬的沃库尔斯基（我不知道他为什么生我的气）面前说几句好话，请他把我的租约再延长三年，而不要以过分的要求把我从我唯一的女儿结束生命的那栋房子里赶走。但这件事要做得小心谨慎一点，因为我不知道是什么原因，那位尊敬的沃库尔斯基不愿让人家知道他买了房子。他不是（像一个正派人那样）自己出面去买那栋房子，而是让那个高利贷者替他出面，而且他为了能够比我喊出多两万卢布的价，还叫了一些冒充竞买的人到法院里去。他为什么做得那么诡秘？亲爱的，你们应当比我知道得更清楚，听说你们在他那里放了一笔小小的资金。虽然数目不大，但是有上帝的恩赐（他是那么理所当然地关照着你们）和那位尊敬的沃库尔斯基先生出名的善于周转，一定会给你们带来可靠的利息，那样就会改变你们到目前为止痛苦的处境。我衷心地祝亲爱的小姐平安，并请永远公正的上帝监督我们彼此间的关系。这样，我虽是一个人人都瞧不起的亲戚，但永远是忠于您和顺从您的仆人。

克热索夫斯卡

伊扎贝娜小姐念信的时候,脸色白得像纸一样。她从桌子旁边站起来,把信卷成一团,举起手,好像要把它朝谁扔去似的。她突然感到十分恐惧,想逃到什么地方去,或者呼唤什么人。但她很快就镇定下来,到父亲那里去了。

文茨基穿着一双拖鞋和一件亚麻布睡衣躺在长沙发上,正在阅读《信使》报,他很亲热地和女儿打了个招呼,她坐下来的时候,他很留心地望着她,说:

"不知道是这间房光线不好,还是我这么感觉,今天你的心情不大好吧?"

"是有点不好。"

"我认为,是天热的缘故。可是今天你要,"他笑着对她做出一副吓唬人的样子,接下去说,"今天你要,小调皮,把自己打扮得好看一点,昨天姑妈告诉我说,那个卡齐奥是可以得到的……"

伊扎贝娜小姐没有吭声,父亲继续往下说:

"那年轻人到处闲游,有点放纵自己,还负了点债,可是他年轻,漂亮,他在疯狂地追求你。约阿霞认为,议长夫人会留他在乡下住两个礼拜,剩下的时间就是你的了……你知道,也许这么做并不坏。他出身名门,我们要从各个方面把财产积攒起来。再说他什么地方都去过,见多识广,如果他真的周游了全世界的话,那还是个英雄呢!"

"我这里有一封克热索夫斯卡来的信。"伊扎贝娜小姐打断了他的话。

"啊啊……那疯婆子写了些什么?"

"她在信里说,买我们那栋房子的人不是什兰格巴乌姆,而是沃库尔斯基,他通过那些假冒的竞买者的推波助澜,比房子的原价多付了两万卢布。"

她说话时哽咽着喉咙,心神不安地望着父亲,怕他发脾气。但是托马斯先生只是从沙发上站了起来,一面弹着手指,一面叫道:

"等一下!等一下!你知道,她说得也许没有错……"

"怎么!"伊扎贝娜小姐从椅子上跳了起来,"原来他竟敢白送我们两万,可爸爸谈起来这么心平气和,这是为什么?"

"我心平气和!我不是急着要卖那栋房子,我得到的就不是九万,而是十二万了。"

"可是,房子已经拿去拍卖了,我们就等不上啦!"

"我们就是因为等不及,才吃了亏;沃库尔斯基能够等待,所以赚了钱。"

听了这个解释,伊扎贝娜小姐才平静了点。

"这么说,爸爸也认为他对我们并没有做什么好事喽,可你昨天谈起沃库尔斯基,就好像被他迷住了似的。"

"哈哈哈!"托马斯先生大笑起来,"你真了不起,我最亲爱的!昨天我心情有点不好,甚至很不好……脑子有点什么……有点什么……有点不舒服。可是今天……哈哈哈!我看,沃库尔斯基买房子要多付一些钱就让他多付吧!他是个商人,不会不知道他为它该花多少钱。他如果在这一笔上亏了本,在另一笔上会赚回来的。他参加我的财产的拍卖,我最多也只是不怪罪他罢了……虽然我有权怀疑例如他让什兰格巴乌姆出面……是一笔肮脏的买卖。"

伊扎贝娜小姐亲热地握着父亲的手。

"是的,"她说,"爸爸说得对。只是我当时不懂得这一点,这种以犹太人出面的把戏最清楚地说明了那位先生是表面上交朋友,实际上为了做生意。"

"那还用说!"托马斯先生说,"这么简单的道理你都不懂?也许他不是坏人,但他毕竟是个生意人……一个生意人……"

外房里传来了响亮的铃声。

"一定是他来了,我出去,爸爸,就留下你们两人吧!"

她离开了父亲的卧室,可是在外房里,她见到的不是沃库尔斯基,而是三个犹太人,在跟米科瓦伊和弗洛伦迪娜小姐大声地吵闹。她马上逃到客厅里,几乎说不出话来:

"上帝啊!他为什么没有来呢?"

她的思想与感情产生了尖锐的矛盾。她虽然附和父亲的观点,但她知道父亲的话是不对的,沃库尔斯基买那栋房子不仅没有赚到钱,而且亏了本,他只是想把他们从最可怕的境遇中救出来。她虽然有这种看法,但她还是很恨他。

"卑鄙!下流!"她唠叨着说,"他胆敢……"

这时候,那些犹太人在外房里跟弗洛伦迪娜小姐开始了实质性的争执。他们宣布,如果拿不到钱,他们就不走,因为昨天伯爵小姐做了这样的保证……当米科瓦伊给他们打开那扇通往穿堂的门时,他们便对他叫骂起来:

"这是抢劫!这是欺诈!大人先生们都晓得要钱,那时候都说:'我亲爱的大卫先生!'可现在呢……"

"这是怎么回事?"这时突然有一个声音问道。

那些犹太人都不说话了。

"这是怎么啦?您在这里干什么,什皮盖尔曼先生?"

伊扎贝娜小姐听出那是沃库尔斯基的声音。

"我没有什么……我是老爷忠实的仆人。我们到伯爵先生这里来只是为了一件小事……"刚才还吵吵嚷嚷的什皮盖尔曼现在的腔调完全变了。

"主人要我们今天来拿钱。"另一个犹太人插进来说。

"伯爵小姐昨天向我们保证,说今天要还清我们所有人的钱,一个格罗什不少……"

"你们会拿到钱的,"沃库尔斯基打断了他的话,"我是文茨基先生的全权代表,今天六点钟,都到我的账房里去,给你们结清账目。"

"不忙,老爷干吗要这么急呢!"什皮盖尔曼说道。

"请你们六点钟到我那里去。米科瓦伊,你不要接待任何客人,你家主人有病。"

"我知道,老爷! 我们家主人在卧室里等着呢!"米科瓦伊说。

等沃库尔斯基走后,他马上把那些犹太人赶出门,对他们叫道:

"走吧! 混账东西,滚!"

"哎! 哎! 您干吗这么生气呢?"那些犹太人感到很狼狈,叹气地说。

托马斯先生怀着十分激动的心情,迎候着沃库尔斯基,他的手有点颤抖,头也在不停地摇晃着。

"哦,您看,那些犹太人……那些破烂货……到我们家里来了……把我的女儿吓坏了。"

"我叫他们六点钟到我的账房里去,如果您同意,我马上去跟他们结清那些账目,数目很大吗?"沃库尔斯基问道。

"不大,也说不上什么……大概是五六千卢布……"

"五六千?"沃库尔斯基跟着又说了一遍,"您欠那三个人那么多钱？"

"不，我只欠他们两千，也可能还多一点。可是我要告诉您，沃库尔斯基先生（这真是莫名其妙！），有人在三月里收买了我过去的期票，我不知道是谁。但我还得准备应付一切可能发生的情况。"

沃库尔斯基的脸色明亮起来。

"您自己去偿还那些债权人提出的债吧！"他回答说，"今天我们可以还清那些比较近期的期票的债，总共两三千吧？"

"是的，是的……唉，可是您想一想，真是太可怕了！请您就付给我半年的利息五千好吗……您身上带了钱吗，沃库尔斯基先生？"

"当然带了。"

"非常感谢您，但是您看，我正要跟贝娜……和您一起去巴黎的时候，那些犹太人从我这里抢走了两千，这真是太可怕了，巴黎当然是去不成了。"

"为什么？"沃库尔斯基问道，"我给您还掉那些债就是，您不必动用您的利钱。你们也可以放心大胆地到巴黎去。"

"您真是太好了！"托马斯先生叫着和他拥抱，"亲爱的，您瞧，"他在自己心绪平静下来后，接着说，"我正在想，为了还犹太人那笔债，您能不能在什么地方替我借一笔钱，年息为……六厘或七厘？"

沃库尔斯基看到托马斯先生理财是那么无能，忍不住笑了。

"没问题，"他很高兴地说，"您可以借到一笔钱。我们把欠那些犹太人约三千卢布的债还给他们，但这也是要付利息的。您能付多少？"

"年息六厘……七厘……"

"好的,"沃库尔斯基说,"您只要付一百八十卢布的利钱就够了,本金就不必动用了。"

托马斯先生不知道第几次眨眼,眼眶里还涌出了泪水。

"好心人呀!高尚的人呀!"他说着又拥抱沃库尔斯基,"是上帝把您送到这里来的。"

"您会不会认为我还有别的办法呢?"

这时有人敲门,米科瓦伊进来通报说,医生们来了。

"啊哈!"托马斯先生叫了起来,"这是我的妹妹给我请来的医生。上帝呀!我的病从来就没有好好地治过,可是今天……对不起,斯坦尼斯瓦夫先生,现在请您到贝娜那里去吧!米科瓦伊,去告诉小姐,说沃库尔斯基先生来了。"

"哦,这是给我的赏赐,也许就是我的生命呀!"沃库尔斯基跟在米科瓦伊后面,这么想道。他在外房里遇见了医生,这两个人他都认识,他衷心地恳请他们把托马斯先生照顾好。

伊扎贝娜小姐已经在客厅里等候他。她脸色有点苍白,这倒使她显得更美了。他问候了她,高兴地说:

"我很幸福,因为我送给罗西的花冠合您的心意。"

他打住了话头,因为伊扎贝娜小姐那奇特的面部表情使他大为震惊。她望着他的时候,也有点感到奇怪,好像她这辈子还是第一次见到他似的。

两个人沉默了一会儿,最后,伊扎贝娜小姐抖掉了她那件灰白色裙衣上一点点尘土,问道:

"是您买了我们的房子吗?"她眯缝着眼睛望着他。

沃库尔斯基感到非常突然,以至他在最初的一瞬间简直

说不出话来,他觉得他的脑子已经无法思考了。他的脸上一会儿苍白,一会儿变红,但他最后还是镇静下来了,低声地答道:

"不错,那是我买的。"

"您为什么在拍卖的时候让一个犹太人出面呢?"

"为什么?"沃库尔斯基重复了一遍,他像一个孩子那样怯生生地望着她,"为什么?……您知道,我是个商人,……如果大家看到,我把资金固定在不动产上,会有损于我的信用。"

"您早就对我们的事情感兴趣了。好像在四月……是的,在四月,您就买了我们的餐具,不是吗?"伊扎贝娜小姐一直用这个声调说。

这个声调使沃库尔斯基醒悟过来,于是他抬起头,冷淡地说:

"你们的餐具随时都可以拿回去。"

这时伊扎贝娜小姐把眼睛垂了下去,沃库尔斯基看到后,又感到不好意思了。

"那您为什么要这么做呢?"她轻声地问道,"您为什么非得这样……让我们不得安宁呢?"

看来,她真的要哭了。沃库尔斯基实在忍不住了。

"我让你们不得安宁?"他说话的声音完全变了,"您找得到一个比我更忠实的仆人……不……一条更忠实的狗吗?两年来,我只想着一件事,那就是如何给您排除人生道路上的所有的障碍。"

这时候,门铃响了。伊扎贝娜小姐战栗了一下,沃库尔斯基不说话了。

米科瓦伊推开客厅的门,叫了一声。

"斯塔尔斯基先生来了。"

门槛上出现了一个中等身材的男人。他皮肤黝黑,动作灵巧,留着短短的连鬓胡子,稍稍有点秃头。他的脸上露出了一半高兴、一半讥讽的表情。他一进来就叫道:

"我又能够向您请安了,表妹,我是多么心满意足啊!"

伊扎贝娜小姐不作声地向他伸出了手;她的脸上泛起了强烈的红晕,眼里露出了妩媚的神情。

沃库尔斯基退到了旁边的一张桌子旁边。伊扎贝娜小姐给他们做介绍:

"沃库尔斯基……先生,斯塔尔斯基先生。"

沃库尔斯基的姓她是用这么一种声调说出来的,使得斯塔尔斯基只需向他点一下头,就可以马上在离他几步远的地方坐下来,并且侧着身子对着他。沃库尔斯基为了对这种行为做出回答,也在靠墙的那张小桌子旁边坐下,开始翻阅一本纪念册。

"听说表哥是从中国回来的,是吗?"伊扎贝娜小姐问道。

"这一次是从伦敦回来的,我总觉得我还在船上。"斯塔尔斯基回答说,很明显,他的波兰话说得很不通顺。

伊扎贝娜小姐开始讲英语。

"我想,表哥这一次,在家乡会玩得久一些吧?"

"这决定于……"斯塔尔斯基也用英语回答,"这位是谁?"他用眼睛瞟了一下沃库尔斯基,又问道。

"我父亲的全权代表,你说决定于什么?"

"我以为,表妹没有必要问这个,"那年轻人笑了笑,回答说,"这决定于……我祖母是不是很大方。"

"啊,那太好了……我倒想听一些阿谀奉承的话……"

"旅行者是不说奉承话的,因为他们知道,世界上不管什么地方,奉承话都会使得男人被女人们看不起。"

"这是表哥在中国发现的吗?"

"在中国,在日本,首先是在欧洲发现的。"

"表哥也要在波兰遵循这个原则吗?"

"我想试试,如果你允许的话,表妹,就在你的圈子里来试试。因为听说我们可以在一起度过假期,是这样吗?"

"至少姑妈和父亲有这个愿望。不过你要检查你对文化习俗的考察结果,我不高兴。"

"我这么做,是一种报复手段。"

"哦,还要吵架吗?"伊扎贝娜问道。

"偿还了旧债,最后总是要和解的。"

沃库尔斯基是那么聚精会神地翻阅那本纪念册,连额头上的青筋都暴出来了。

"采取报复手段,是不能和解的。"伊扎贝娜小姐说。

"不是报复,只是为了提醒表妹,你欠了我的债。"

"这么说,是要我还这笔旧债喽?"伊扎贝娜小姐笑了起来,"哦,表哥在旅途中没有白白浪费时间。"

"我倒以为在假期中不能白白浪费时间。"斯塔尔斯基说道,意味深长地望着她的眼睛。

"那就要看采取什么样的报复手段。"伊扎贝娜小姐说,她的脸又红了。

"老爷请沃库尔斯基先生过去。"米科瓦伊站在客厅门口,叫了一声。

谈话中止了。沃库尔斯基合上那本纪念册,从椅子上站起来,向伊扎贝娜小姐和斯塔尔斯基鞠了一躬,慢慢地跟着仆人走了。

"这位先生不懂英语吧?他不会因为我们没有和他谈话而见怪吧?"斯塔尔斯基问。

"不会!"伊扎贝娜小姐回答。

"那就好,因为我觉得,他对我们的交往似乎不满意。"

"所以他走了。"伊扎贝娜小姐毫不关心地说。

"把我在客厅里的帽子拿来。"沃库尔斯基走到隔壁的房里后,对米科瓦伊说。

米科瓦伊把帽子拿过来,送到了托马斯先生的卧室里。他在外房里听见那个沃库尔斯基双手抱着脑袋,在低声地说:

"仁慈的上帝啊!"

沃库尔斯基来到托马斯先生的房间里时,医生们已经走了。

"您想想看,"托马斯先生叫了起来,"这是多么不幸,医生们不让我去巴黎,他们以死来威胁我,要我到乡下去。讲句老实话,我根本不知道去哪里,才能躲避这场炎热。它也影响了您,因为您的脸色变了。瞧这房子多么热呀,是不是?"

"哦,是呀!我这就把钱交给您。"沃库尔斯基说着便从口袋里取出一个鼓鼓的小包。

"哦……真的……"

"这里有五千卢布,是您到一月十五日的利息,请您点一下数,这是收据。"

文茨基先生把那沓一百卢布的新票子点了几遍,在那张收据上签了名,然后放下羽毛笔说:

"好,这是一件事,现在我们再来谈债务的事……"

"您欠那些犹太人的三千卢布今天就可以还清。"

"可是对不起,沃库尔斯基先生,我不想白要。请您照样如数把利息扣去。"

"每年要扣去一百二十到一百八十卢布。"

"是的,是的!"托马斯先生连声应和道,"但是……如果,但是……如果我还要一些钱用的话,到您那里去找谁呢?"

"一月十五日以后您会拿到另一半的利息。"沃库尔斯基回答说。

"这我知道。可是您看,斯坦尼斯瓦夫先生,如果我要动用一部分本金……当然不是白用,您明白吗……我愿意付利钱……"

"年息六厘。"沃库尔斯基说。

"是的,六厘……七厘。"

"不,先生,您的本金的年息是三分三厘,所以我不能以年息七厘借给您。"

"好。可您无论如何不要扣除我的本金,因为……您知道,……我可能遇到意外的情况。"

"明年一月中您要收回您的本金也可以。"

"上帝保佑! 就是十年,我也不会从您那里收回我这笔本金的。"

"可是您的本金我只接受了一年。"

"怎么回事? 为什么?"托马斯先生感到奇怪,他的眼睛睁得更大了。

"因为我不知道一年后情况会怎样,并不是每年都有特别好的生意。"

"正好①，"托马斯先生很不高兴地想了一下，说道，"沃库尔斯基先生，您买了我的房子，城里的人是怎么说的？"

"是的，先生，我买了您的房子，但是用不了半年，我就可以以对您有利的条件转让给您。"

文茨基先生觉得自己的脸红了。但他不愿承认自己的失败，仍然以老爷的腔调问道：

"您要多少转让费呢，沃库尔斯基先生？"

"什么也不要。我只是以九万卢布的房价把它退还给您，就是……再便宜一点也可以。"

托马斯先生退到了后面，垂下双手，一下子便倒在那宽大的靠椅上，有几滴眼泪又流在他的脸上。

"真的，斯坦尼斯瓦夫先生，"他轻声地呜咽着说，"我知道，最好的友谊……也是能够被金钱毁掉的。您买了那栋房子，我怎么会怪您呢？我怎么会责备您呢？可是您对我说话就好像我委屈了您似的。"

"对不起，"沃库尔斯基插嘴说，"我确实有点不好受……定是天热的关系。"

"哦，一定是！"托马斯先生从靠椅上站起来，紧握着他的手，高声地说，"好吧……那些不愉快的话，我们就互相原谅吧。我不会抱怨您，我知道……是因为天热。"

沃库尔斯基跟他辞别后，走进了客厅。斯塔尔斯基已经不在，只有伊扎贝娜小姐一个人坐在那里。她见到沃库尔斯基后，马上站了起来，她的脸色也明朗些了。

"您走啦？"

---

① 原文是法文。

"是的,我正要和您告辞。"

"您没有忘记罗西吧?"她微微地笑了一下,问道。

"哦,没有,我叫人把花冠给他送去就是了。"

"您不亲自给他送去吗? 为什么?"

"我今天晚上要到巴黎去。"沃库尔斯基回答说。

他鞠了一躬,就走了。

伊扎贝娜小姐很惊异地站了一会儿,然后跑到了父亲的房里。

"这是怎么啦,爸爸? 沃库尔斯基和我告别的时候非常冷淡,还说今天晚上要到巴黎去。"

"什么? ……什么? ……什么? ……"托马斯先生两只手抱着脑袋,叫了起来,"他肯定是生气了。"

"啊,是的……我向他提起了我们房子的事。"

"主耶稣啊! 你干的好事呀? 唉,全都完了。现在我才明白,他当然是生气了……可是,"他歇了一下,又说,"谁想得到,他是那么容易见怪呢? ……一个普普通通的商人怎么会这样?"

外国文学名著丛书

〔波兰〕普鲁斯／著

玩　偶 下

张振辉／译

"外国文学名著丛书"编委会

人民文学出版社
PEOPLE'S LITERATURE PUBLISHING HOUSE

第 二 卷

第一章　老掌柜的回忆

他动身走了！……斯坦尼斯瓦夫·沃库尔斯基先生，一家国际贸易公司的伟大的创立者，一家年销售额近四百万卢布的商行的总经理，到巴黎去了，就像一个动作敏捷的邮车夫到米沃斯纳去了一样……他头一天还对我说，不知道什么时候走，可第二天，他就突然消失不见了。

他在显赫的老爷托马斯的府上吃了一顿精致的午餐，喝完了咖啡，剔净了牙齿，就走了。当然，沃库尔斯基先生不是一个无能的伙计，非得干了几年之后去恳求老板给他一次休假。沃库尔斯基先生是个资本家，每年有差不多六万卢布的收入。他跟一些伯爵和公爵关系亲密，他跟男爵们进行决斗，他想什么时候走就什么时候走。可是你们这些拿薪水的办事员，是那么埋头苦干，从老板那里也只能得到一点薪水和红利。

这就是商人吗？……不，商人不会做这种怪事，我认为，这不是一个商人该做的事！

当然，巴黎是可以去的，就是疯了也可以去，但现在不是时候。先生，你知道吗？柏林会议干了件蠢事，英国为了塞浦路斯①，奥国为了波斯尼亚……意大利人大喊大叫："给我们的里亚斯特②，否则不会有好结果……"我在这里听说，波斯尼亚已经血流成河了③，战争等不到冬天就会爆发（但愿能够把庄稼收到手），可是他却一走了之，到巴黎去了。

不用多说啦！他为什么突然要到巴黎去呢？去参观博览会？博览会跟他有什么关系呢？为了和苏津合伙的那笔生意？……奇怪的是，两手空空，做什么生意能够赚得到五万卢布呢？他们对我谈到过一些大型机器，开采石油用的，或者在铁路上用，糖厂里用。啊，我的小天使呀！你们这次去巴黎，并不是为了这些不寻常的机器，而是为了普普通通的大炮吧？法国已经看准了德国，要把它打败④。小拿破仑好像在英国，

<hr>

① 一八七八年六月四日，也就是柏林会议召开之前，土耳其在一个秘密条约中，把塞浦路斯让给了大不列颠。英国因为得到了塞浦路斯，在外交上要表示支持对圣斯泰凡诺条约的修改，迫使俄国在巴尔干对土耳其做出让步。在柏林会议结束时，英国和土耳其的默契公开化了。英国人向俄国人表示，他们进入塞浦路斯是为了监督土耳其，保证伊斯坦布尔的和平气氛。——原注

② 的里亚斯特是亚得里亚海北边的一个港口城市，当时属于奥地利。柏林会议后，意大利的共和主义者在加里波第的旗帜下，又提出了归还的里亚斯特的要求——在意大利，已经提出过多次。——原注

③ 奥匈帝国对波斯尼亚和黑塞哥维那的占领和占领军逼近萨拉热窝，在七月三十一日激起当地伊斯兰居民的起义，在八月和九月酿成了流血事件。直到一八七八年十月，奥匈帝国二十万大军，才把起义镇压下去。——原注

④ 在被色当战争的失败、丧失领土和给德国的赔款弄得低声下气的法国，一八七一年以后，出现了一种要进行报复的要求。柏林会议加强了德国在欧洲的统治地位，但同时也损害了他们和俄国的联盟。这次会议后，一些法国的政治家指望这个联盟破裂，但这并不预示着法德战争马上就要爆发，更不说明法国马上就要打仗。——原注

从伦敦到巴黎比从华沙到扎姆希齐还近①。

　　唉！伊格纳齐先生，你不要那么快就给 W② 先生（在这种情况下，还是不指名道姓为好）下判断，别过早地责备他，否则就要自己打自己的嘴巴了。这里正酝酿着一个很大的阴谋：那个见过拿破仑第三的文茨基先生，那个所谓的演员罗西，意大利人（意大利突然要求的里亚斯特），动身前在文茨基家里吃的那顿饭，还有买房子……

　　文茨卡小姐很漂亮，她的确很漂亮，但她只不过是一个女人，斯塔赫不至于为她采取那么多疯狂的行动……这里的问题好像出在这个 P 身上……（在这种情况下，应当用缩写），出在这个大写的 P 身上……

　　这个可怜的年轻人走后，差不多有两个礼拜了，也许他再也不回来了……他来过几封简短和枯燥无味的信，但他从来不谈自己，而我却是那么忧愁，有时候我甚至急得坐立不安。（嗯，也许不是因为怀念他，而只是出于一种习惯。）

　　我还记得他是什么时候走的。我正坐在这张桌子旁喝茶（我的伊尔总是有点小差），斯塔赫的仆人冲到了这间房里。"老爷有请！"他叫了一声，又跑掉了。

　　（这是一个多么粗野的痞子，一个多么不懂礼貌的二流子呀！……你瞧他站在门口的那个样子，说什么"老爷有请！"畜生！）

　　我本想骂他几句，小丑，你的老爷可只是你的老爷，可是

①　此处说法有误。从华沙到扎姆希齐二百四十七公里，从伦敦到巴黎的直线距离就有近三百四十公里，路程超过四百公里（一般走加来这条路——四百四十公里）。

②　W 是波兰文 Wokulski，即"沃库尔斯基"这个姓氏的头一个字母。

他已经溜走了,见他的鬼去吧!

我很快喝完了茶,在小碗里给伊尔倒了一点点牛奶,就到斯塔赫那里去了。我看见他的仆人站在大门里面,正在跟三个像小鹿一样漂亮的姑娘卖弄风骚。我想,这么一个流氓,我四个也对付得了,虽然……(魔鬼也拿这些姑娘没办法。比方说,雅德维加太太生得那么苗条、小巧和优雅,可她的第三个丈夫也害了痨病。)

我上楼去。房间的门没有关,斯塔赫在灯光下清理箱子,我觉得这一定出了什么事。

"这是什么意思?"我问。

"我今天要到巴黎去。"他回答说。

"昨天你还说不会走得那么快。"

"啊,那是昨天……"他说着便离开箱子往后退去。然后他考虑了一阵,又用一种奇怪的腔调说:

"那是昨天……我弄错了。"

这些话使我很不高兴。我目不转睛地望着斯塔赫,感到大为惊奇。我从来就不相信,一个应当说是健康的、至少没有受过伤害的人,在几个小时内会有这么大的变化。他脸色苍白,一双眼睛陷下去了,那模样一下子变得十分粗蛮……

"你为什么这么突然改变了计划?"我问道,但又觉得我问的并不是我想要知道的事情。

"亲爱的,"他回答说,"你不知道,有时候,一句话不仅可以改变计划,连人都是可以改变的……更何况整个谈话!"他又小声地补充了一句。

他继续清理着箱子,把各种各样的东西都放在一起,然后到客厅里去了。过了一分钟——他没有回来;两分钟——依然没有回来……我通过那扇斜着的门往里面望去,看见他把身子撑在那椅子的扶手上,正漫不经心地往窗外望去。

"斯塔胡……"

他醒悟过来后,又去清理东西,并且问道:

"你有什么事?"

"你有点不舒服?"

"没有什么。"

"我好久没见到你是这个样子了。"

他微笑着。

"的确,自从牙医没有把我那颗牙齿拔好以来……但我现在还是很健康的。"

"你这次旅行看来有点奇怪,"我说,"你有什么话要对我说吗?"

"说? ……啊,是的。银行里有约十二万卢布,你们不会缺钱的。还有……还有什么呢? ……"他问自己道,"啊……你也不用再为我买文茨基房子的事保守秘密。但你一定要到那里去,按原来的房租订好租约。你可以把克热索夫斯卡太太的租金提高十几个卢布,稍微气她一下;但你不要为难那些穷人。还有一个鞋匠和一些大学生住在那里,他们给多少,你就收多少,只要他们规规矩矩缴房租就行。"

他看了看表,还有时间,便在那张躺椅上一声不响地躺下,两只手交叉着枕在脑后,闭上眼睛,那样子真是不知有多少忧愁。

我坐在他的脚跟前,说:

"你出了什么事,斯塔胡? ……告诉我,你到底出了什么事。我早就知道,我帮不了你的忙,但是你应当懂得……烦恼像毒药一样，要把它吐出来才好。"

斯塔谢克又微笑着（我不喜欢他这种微笑），过了一会儿，他回答说：

"我记得（早先有一次），我跟一个机灵鬼坐在一间小屋子里，他跟我谈话出奇地坦率，他对我说了他家里发生的一些不可思议的事情，他还谈了他的一些关系和他的伟大的业绩，后来他又很注意地听我谈自己的经历。不错，我的话他是加以利用了的①……"

"这是什么意思？"我问。

"这是说，我的老先生，我并不想探听你的任何口实，所以我也没有必要对你施那种手段。"

"怎么，你是这么理解朋友之间的谈心吗？"我叫道。

"算了吧！"他说着，便从长沙发上站了起来，"对女学生们来说，谈心也许是一个再好不过的东西。可我没有什么好谈的，在你面前也没有。我好困啊！"他伸了个懒腰，嘟哝地说。

那个爱偷懒的仆人到现在才来，他提起斯塔赫的箱子，通知说，马车已经等在门口了。斯塔赫和我上了车，但我们在去火车站的路上，一句话也没有说。他只是昂首望着星空，从牙齿缝里吹着口哨，可我觉得我好像在送葬。

我们在维也纳车站②上碰见了舒曼医生。

---

① 这里大概是指告密。在一月起义期间被捕的沃库尔斯基曾经和一个间谍关在同一间牢房里，这个间谍假装成起义者，骗取了沃库尔斯基对他的最真诚的信任。

② 维也纳车站在耶路撒冷大街旁，距这条大街和元帅大街交叉处不远。它是华沙最早的车站。

"你到巴黎去?"他问斯塔赫。

"你怎么知道的?"

"哦,我都知道,连斯塔尔斯基先生也是坐你这一班车我也知道。"

斯塔赫战栗了一下。

"他是个什么样的人?"他问舒曼道。

"是个二流子,破了产……他们所有的人都是这样。"舒曼回答说,"噢,他过去还是个情场老手……"他补了一句。

"这与我无关。"

舒曼没有回答,只是斜着眼睛望着他。

铃声响了,汽笛叫了起来。旅客们往车厢里挤去。斯塔赫紧紧地握着我们的手。

"你什么时候回来?"医生问他。

"我打算……永远不回来。"斯塔赫回答,在空荡荡的头等车厢里坐下。

开车了。医生沉思地目送着车尾那盏远去的灯,而我差一点要哭了……

站上的值班员工关闭了那些月台上的出入口,我要医生和我沿着耶路撒冷大街散一会儿步。夜里很暖和,天空明净如洗;我记不起什么时候见过比今天晚上还要多的星星。斯塔赫告诉过我,他在保加利亚的时候,常常抬头望星星,所以我也决定(一个多么可笑的决定),今后每个晚上,都在这个时候仰望天空……(也许我们的目光和思想会在一些闪烁的星光上相遇,那他大概就不会像当时那样寂寞了吧?)

我突然起了疑心(我自己也不知道这是为什么),以为斯塔赫出人意料的出行和政治有关。我决定要向舒曼探听一下，于是采取了一个巧妙的办法，说道：

"我觉得沃库尔斯基好像在……闹恋爱了。"

医生在人行道上停住了脚步，把身子靠在那根手杖上，开始大笑起来，引起了行人的注意。幸好街上的行人还不是很多。

"哈哈！……您到今天才有这么了不起的发现吗？哈哈！……您这位老先生真可爱！"

这都是些蠢话，但我还是咬紧牙关，做了回答：

"发现这种事情，即使对那些比我更不机灵的人来说，也是不难的（我觉得我刺激了他一下）。但我爱小心翼翼地推测，舒曼先生……我不认为，一件像爱情那样普普通通的事情会把一个男人弄成这个样子。"

"您弄错了，老先生！"医生摆摆手，回答说，"在大自然面前，如果您愿意，也可以说在上帝面前，爱情本是一件普通的事。可是你们那基于早已消亡和被埋葬了的古罗马的观点、教皇的利益、吟游诗人、禁欲主义、等级制度以及这类毫无意义的东西之上的愚蠢的文明，使自然的感情……您知道，变成什么样子了吗？变成了神经病。你们那所谓的骑士、教堂和浪漫主义三结合的爱情，实际上是靠欺骗做起来的丑恶的买卖，这种买卖理应终身受到称之为婚姻的这种东西的惩罚。但不幸的是，一些人带着一颗赤诚的心到婚姻市场上去……可爱情白白地浪费了他多少时间、劳动、才干，甚至生命，这个我知道得很清楚。"医生因为愤怒已极，有点透不过气来地往下说，"我虽然是个犹太人，这辈子到死也是个犹太人，但我在你们中间受过教育，并且还跟一个女基督教徒订了婚。是的，为实现我们的愿望，人们给我们提供了那么多的方便，以宗教、道德、传统，还有一些不知叫什么的东西的名义给了我们那么殷切的照顾，以至我在她死之后，真想要自杀。我真是这么聪明，聪明得秃了顶！"

他又在人行道上停住了。

"伊格纳齐先生，请你相信我，"他用嘶哑的声音说，"就是在动物中您也找不到像人这样卑鄙的畜生。在自然界，雄性动物永远属于和它互相喜爱的那些雌性动物，因此在动物中没有白痴。可是我们这里又是怎样的呢？我既然是犹太人，就不能爱一个女基督教徒……一个商人，是没有权利去追求一个伯爵的千金小姐的……像您这样没有钱的人，那就连跟女人接触的权利都没有。你们的文明卑鄙无耻！我要是此刻想死，就会埋葬在它的废墟下。"

我们一直往城门口走去。在几分钟内，刮起了一阵又一阵潮湿的风，直对着我们的眼睛吹了过来。西边的星星被云彩遮住，看不见了，我们能够见到的路灯也越来越少了。不时有一辆车子在大街上辘辘驶过，一些看不见的尘土撒在我们身上，迟归的行人急急忙忙赶回家去。

"要下雨了！……斯塔赫快到格罗基茨克啦！①"

医生把帽子推到脑后，很生气地走着，一句话也没有说。我越来越感到忧愁，大概是因为天色渐渐昏暗了吧！我任何时候都不会把我的这种感受告诉别人，但我有时候却产生了这样一个想法：斯塔赫……真的不再过问政治了，他完全拜倒在那位小姐的石榴裙下。我前天好像还对他提到过这件事，

---

① 格罗基茨克是距离华沙市中心二十九公里的一座城市，华沙至维也纳铁路上的一个车站。——原注

但他的回答却没有消除我的怀疑。

"要说沃库尔斯基竟然把公众的事务,把政治和欧洲全都忘了,这可能吗?"我又开口说道。

"把葡萄牙都忘了。"医生插了一句。

这种无礼的态度激怒了我。

"您只会讥笑人,"我说,"可是您不能否认,斯塔赫不做文茨卡小姐的一个不幸的崇拜者,会变得好一些的。他曾经是一个社会活动家,而不是只知道长吁短叹的可怜虫。"

"您的话不无道理,"医生证实道,"但那是什么时候?一座蒸汽机不是小小的咖啡磨,而是一台大机器;如果它上面的那些小轮盘生锈了,它就会变成一堆毫无用处,甚至危害很大的破烂。沃库尔斯基身上也有这么一个小轮盘,锈了,坏了。"

风越来越使劲地吹着,我的眼睛里灌满了沙子。

"为什么要让他遭到这样的不幸呢?"我问道。但我用的是一种毫不在意的腔调,使舒曼不觉得我在向他探听情况。

"斯塔赫的天性和文明所创造的社会关系都是导致这种情况出现的原因。"

"天性吗?……他从来不是那么多情的。"

"就因为这样,他毁了自己,"舒曼接着说,"十万公斤的雪散成小雪片,可以把地面撒满,对最幼嫩的小草也没有妨害;但如果把十万公斤的雪变成雪崩,它就会毁掉许多房屋,伤害许多人命。如果沃库尔斯基在他的一生中不断地闹恋爱,每礼拜换一个对象,他就会像一束鲜花那样富于生机,思想不受约束,为世界做出许多好事来;但他却像一个守财奴那样,把感情的资本全都积攒起来,现在我们看到这种节省的后

544

果了……爱情只有像蝴蝶那么可爱的时候，才是美的；但它要是像一只老虎，在长时间的昏睡之后醒过来那样，那我真要感谢这种恶作剧式的玩笑了。一个人胃口好是一回事，一个人饥肠辘辘又是另一回事。"

云团越来越往上升去，而我们却快到城门口才往回走。我心想，斯塔赫该到古佐夫斯卡鲁达①了。

但医生却一直说着他的那些大道理，他越来越激动，越来越凶猛地挥舞着他那根手杖：

"有居住和衣着的卫生，也有饮食和劳动的卫生；下层阶级不注意这个，所以他们中的人死亡率高，寿命短，不健康。恋爱也有恋爱的卫生，知识分子阶层不但不注意这个，干脆就很粗暴地对待它，这就是他们堕落的原因之一。可是每当卫生呼唤'有胃口，就吃吧！'的时候，就会有千百条规章制度反对它，抓住你的衣襟大声叫道：'不能吃！……只有在我们允许你，只有你接受了道德、传统和时尚提出这样那样的条件后，你才能吃……'应当承认，在这方面，那些最落后的国家比那些最先进的社会走到前面去了，我是说它们的知识分子阶层走到前面去了。伊格纳齐先生，你看，幼儿园和沙龙，诗歌、小说和戏剧正在采取一致行动，要使人们变得更加愚蠢。它们命令你去寻求理想，却让你成了一个最理想的禁欲主义者，不但接受原来的条件，而且还提出了一些新的人为的条件。结果怎么样呢？……一个在这些方面训练不够的男人就成了一个训练有素的女人的猎物。这么一来，女人真的成为

---

① 古佐夫斯卡鲁达当时是个乡村和工厂区，它在华沙维也纳铁路旁有一个车站，距华沙四十二公里。

文明的统治者了。"

"这有什么不好吗?"我问。

"让她们见鬼去吧!"医生大叫起来,"伊格纳齐先生,您发现了没有?男人在精神方面,如果只是一只苍蝇的话,那么女人就是品种最差的苍蝇,因为她既没有腿,也没有翅膀。教育、传统,大概还有遗传,表面上是要把女人造就为高等的生灵,却使她变成了一个怪物。这种脚板变形、腰杆紧束、头脑空虚、游手好闲的怪物却负有教育人类下一代的责任。可是女人能给下一代些什么东西呢……教会孩子为了面包而工作吗?……不,教会他们漂亮地使用刀叉。教会他们认清那些将来会要跟他们生活在一起的人吗?不,教会他们以适当的眼色和客套去讨她们的喜欢。教会他们认清那些决定我们的幸福或者不幸的事情吗?不,教会他们闭眼不看事实,去做理想的梦。我们生活中的软弱无能,我们的不实际、懒惰、卑躬屈膝和几个世纪以来一直套在人类身上可怕的愚蠢的枷锁,都是贯彻女人的教育制度的结果。我们的女人又是教权、封建和诗歌三结合的恋爱理论的产物,这种恋爱是对卫生和健康理智的亵渎。"

医生的这些议论弄得我晕头转向,但他却像发了疯似的在街上到处乱跑。幸亏电光一闪,落下了最初的一些雨点,使那个暴跳如雷的演说家突然冷静下来;他跳上了一辆出租马车,叫车夫把他送回家去。

斯塔赫大概到罗果夫①附近了。他会不会想到我们都在

---

① 罗果夫是华沙至维也纳铁路旁的一个村庄,在科卢谢克附近。此处说法有误。

谈论他呢？这个可怜的人，暴风雨在他的头上咆哮，还有另一种也许是更可怕的暴风雨在袭击着他的心灵，他的感受如何呢？

嘿，多么可怕的瓢泼大雨和雷鸣电闪！伊尔缩成了一团，在梦中不断发出沉闷的吠叫声。我躺在床上，身上只盖着一床被单。夜里很热，上帝啊，保佑那些因为遭遇不幸，在这个夜里逃到国外去的人吧！

一个小小的恶作剧，能使过去的事情变得像人类的原罪一样，以完全不同的形式出现在我们面前。

比如说，我从小就熟悉华沙的老城，我总觉得它又狭窄又肮脏。直到我看见老城有一所房子被当作名胜画了出来（登在《插图周刊》上，附有说明！），我才发现老城是美的。从那时候起，我每个礼拜至少到那里去一次，并且越来越多地发现了一些新的名胜，我很奇怪，自己过去为什么没有看到。

沃库尔斯基的情况也是一样，我认识他差不多二十年了，我过去一直认为，他是一个地道的政治家。斯塔赫除了政治别的什么都不管，这一点我可以拿我的脑袋担保。后来他跟男爵决斗，给罗西捧场，才引起了我的怀疑：他大概在恋爱。今天，特别是跟舒曼谈话之后，我终于深信不疑了。

但这并不重要，因为政治家也可以恋爱。就说拿破仑一世吧，许多地方都有他的情妇，但他却把欧洲闹得天翻地覆。拿破仑第三也有许多情妇，听说他的儿子也在步其后尘，已经找到一个英国女人了。

因此，如果对女人的眷恋并未有损于波拿巴一家人的话，那么它对沃库尔斯基有什么妨害呢？

就在我这么想的时候，出现了一个并不重要的情况，这就是我想起了十几年来早已遗忘的那段历史，我对斯塔赫也曾有过另外一种看法。是啊，他本来不是个政治家，他完全是另一种人，为什么会这样，我自己也弄不明白。

有时候我觉得，他是一个被社会欺侮的人，但也不能这么说，社会不会欺侮任何人。如果人们不相信这一点，那会出现什么样的争斗局面，只有上帝知道。到那个时候，大概再也不会有人关心政治了，只要跟他最亲近的人把账目结清就行了。因此，最好还是不要接触这些问题。（我过去谈了多少年老的事情，那都不是我想要说的。）

有天晚上，我正在家里喝茶（伊尔还是那么打不起精神），门开了，有人走了进来。我一看，是个长得很胖的人，他的那张脸也很肥大，红扑扑的鼻子，一头苍发。我用鼻子嗅了一下，房间里好像有酒味，又像是霉味。

我想，这个贵人如果不是一具僵尸，就是一个管酒窖的，别的人不会有这种霉味。

"怎么回事，见鬼！"客人惊奇地说，"你骄傲得连朋友都不认得了吗？"

我擦了擦自己眼睛。这不是那个活生生的马哈尔斯基，霍普费尔店里品酒的吗！我们一起到过匈牙利，后又来到了华沙，可我们却有十五年没有见过面了①，因为他一直住在加里西亚，总是离不开造酒这个行业。

当然，我们就像一对孪生兄弟那样拥抱祝福，一次，两次，三次……

~~~~~~~~~~

① 马哈尔斯基一八六三年到国外去了，因此没有被捕。从热茨基下面的日记可以看出，他不仅参加过秘密活动，而且把他管的那个酒窖当成了秘密聚会的场所。——原注

“你是什么时候来的?”我问道。

“今天早上。”他说。

“你以前都在哪里?”

“我在捷坎卡①住过,但我对酒十分惦记,因此马上来到了列希什②,进了酒窖⋯⋯啊,朋友,那样的酒窖⋯⋯要活下去,我再也不想死了!”

“你在那里干什么呢?”

“给老板帮点忙,其实就待在那里。有那么一个酒窖,我就不会那么笨地跑遍全城了。”

这是一个真正的管酒窖的老把式⋯⋯不是那种只想去参加跳舞晚会,而不愿待在酒窖里的公子少爷,他们下地窖还要穿上带漆的皮鞋。有这么一些卑鄙的商人,波兰非灭亡不可。

我们就这么闲扯,坐到了夜里一点钟。

马哈尔斯基在我这里过了夜,但在早上六点,他就急忙赶到列希什那里去了。

“午后你准备干什么?”我问。

“我要到富凯尔③那里去一下,夜晚再到你这里来。”他回答说。

他在华沙待了一个礼拜,晚上都在我这里,白天在酒窖里度过。

“如果我一个礼拜非得到外面去闲逛,那我就会要上吊

① 捷坎卡是一个价格低廉的旅店,在克拉科夫城郊街五十六号。
② 列希什是卡罗尔·列希什的一个葡萄酒、白兰地、阿拉克酒、蜜酒和黑啤酒的零售商店。
③ 富凯尔是华沙老城的一个著名的酒窖,在老城市场二十七号,是富凯尔家族建立的,一八一〇年开业。——原注

了，"他说，"那么拥挤、酷热，还有尘土！……只有猪狗才能像你们这样生活，人可不行。"

我觉得他言过其实了。我虽然也愿意待在铺子里，而不愿去克拉科夫城郊街闲逛，但商店可不是酒窖，这家伙干造酒这一行，变得有些古怪了。

当然，我跟马哈尔斯基要是不谈过去的日子和斯塔赫，又谈什么呢？因此，斯塔赫年少时的故事便出现在我的眼前，好像那都是昨天发生的事情一样。

我记得有一次（那是一八五七年，也可能是五八年），我到霍普费尔店里去，那时候，马哈尔斯基也在他那里工作。

"扬先生在哪里？"我问那个小伙子。

"在地窖里。"

我下到地窖，看见那个扬先生在一支烛光下，用虹吸管将一个木桶里的酒灌到一些酒瓶子里。壁坑里有两个人影：一个穿一件沙土色的长袍，膝盖上挂着一包契约文据，是个白发苍苍的老头。还有一个理着寸头的少年，那样子像个强盗。那就是斯塔赫·沃库尔斯基和他的父亲。

我一声不吭地坐了下来（因为马哈尔斯基不喜欢有人妨碍他装酒），那个穿沙土色长袍的白发老头用一个声调对那个少年说：

"花钱买书干什么？……把钱给我，这场官司要是打不下去，那就全完了。书本不能使你改变这种卑贱的地位，只有打官司。我这场官司如果打赢了，我们就能收回祖先留给我们的产业。到那个时候，人们就会想起，沃库尔斯基这家人本来是旧的贵族世家，亲戚们又会来拜访我们了。上个月你花了二十五个兹罗提买书，我要付给律师的正好缺了这些……

书,老是那些书……你就是有所罗门那么聪明,你即便是个贵族,你的外祖父当过总督,你在店里干活,还是被人瞧不起。但如果我把官司打赢了,如果我们真有一天到了田庄上……"

"我们离开这里吧,爸爸!"那个少年斜着眼望着我,低声地说。

那老头像孩子那么顺从,他马上用一块红色的头巾将那包契约包好,便带着儿子出去了。上楼梯时,他的儿子还得搀扶着他。

"这两个怪人是谁?"我问马哈尔斯基,他正好干完了他的活,坐在一张小凳上。

"唉!"他挥了挥手,"那老头有些精神失常,可是那个小伙子很能干,他叫斯坦尼斯瓦夫·沃库尔斯基,是个机灵鬼……"

"他干过什么活?"我问道。

马哈尔斯基用手指把蜡烛剔亮了一些,他给我斟了一杯酒,说:

"他在我们这里快两年了,铺子和酒窖里的活不大会……但他是个机械师!他制造过一台能把水从下面抽上来的机器,水到了上面便漫在一个轮盘上,那个轮盘正好可以带动一个水泵。那台机器本来可以永不停息地转动和抽水,但因为里面有个东西坏了,它只开动了一刻钟。霍普费尔后来把它放在饭厅里,用来招揽顾客,可是近半年来,那台机器完全坏了。"

"你看,他多么了不起!"我说。

"啊,现在还不是那样,"马哈尔斯基回答说,"以前有个实科中学①的教师到这里来过,他察看了那个水泵,说它根本没有用,可那小伙子很聪明,应当让他去读书。从那个时候起,店里就乱糟糟的了。沃库尔斯基很骄傲,对顾客们说话也不耐烦。白天,他总是打瞌睡,夜里却一直在念书,还不断地购买新书。他的父亲却宁愿把钱花在那场为了继承祖父一笔财产的官司上。他的话,你不是都听见了吗?"

"他打算怎么学习呢?"

"他说他要到基辅去上大学②。好啊,就让他去吧!"马哈尔斯基接着说,"一个伙计走出去,也许会成为一个大人物的。我不阻拦他;他在酒窖里的时候,我也不催他干活,让他读书吧!可是上面那些伙计和顾客对他就很生气了。"

"霍普费尔对这怎么看的呢?"

"他认为没什么,"马哈尔斯基继续往下说,又把一根新的蜡烛插在那个带手柄的烛台上,"霍普费尔不想让他走,因为他的女儿卡霞·霍普费鲁芙娜有点迷上沃库尔斯基了,也许那小伙子真的能把他祖父的产业收回来……"

"他也喜欢卡霞吗?"我问道。

"他连看都不看她,这个不懂礼貌的家伙!"马哈尔斯基回答说。

我当时马上就想到,一个小伙子那么开放的头脑,他买书,对女孩子不感兴趣,将来也许会成为一个好的政治家;就

① 实科中学是一八四一年在华沙办的一所中等学校,旨在培养学生的职业技能。

② 指基辅的圣弗沃基米耶什大学,成立于一八三四年,在华沙和维尔诺的大学以及克热米耶涅茨的一所中学遭到迫害被取消之后,有许多波兰人曾在那里学习。

在那一天,我和斯塔赫相识了,从此我们生活在一起,相处得还不错。

斯塔赫在霍普费尔那里又待了差不多三年。在那段时间,他结识了一些大学生和各种机关里的年轻的官员,他们竞相给他提供书籍,使他能够考上大学。

在这些年轻人中,有一位列昂①先生非常出众。他还年轻(甚至不到二十岁),既漂亮,又聪明……而且很热情!在我对沃库尔斯基的政治教育中,他似乎成了我的帮手,因为每当我谈起拿破仑和波拿巴一家人的伟大使命的时候,列昂就谈马志尼②、加里波第和其他著名的人物。他是多么善于鼓动人心啊!……

"好好干吧!"他曾不止一次地对斯塔赫说,"要有信心,因为坚定的信念能使太阳停止转动,而不只是改善人们相互间的关系。"

"坚定的信念也能把我送到大学里去吗?"斯塔赫问道。

"我可以肯定,"列昂目光炯炯地回答说,"你只要一会儿工夫有最初的使徒那样的信念,你今天就在大学里了。"

"或者和疯人们在一起了。"沃库尔斯基含糊不清地说。

列昂开始在房间里跑来跑去,同时挥动着手臂。

"多么冷酷的心呀!……多么冷淡呀!……多么下贱

<hr/>

① 这里是指普鲁斯的哥哥列昂·格沃瓦茨基,他在基辅大学读过研究生,后在谢德尔采和凯尔采的一些中学里当过历史和其他科目的教员。一八六一年,他曾参与创建爱国组织"红党"华沙委员会,当时还在中学读书的普鲁斯就是在他的引导下参加了一月起义。——原注

② 朱塞佩·马志尼(1805—1872),意大利复兴运动民主派领袖,著名革命活动家,民主组织"青年意大利"(1831)的创立者和领袖,曾为意大利的独立和统一而战斗。

呀!"他大喊大叫起来,"如果像你这样的人都不相信,那怎么行呢!你回想一下,你在短时间内,已经做出了什么成绩:你学会的东西,今天使你能够考试及格了。"

"我该做些什么呢?……"沃库尔斯基叹了口气。

"你一个人不会有多大的作为。可是有几十个、几百个像你和我这样的人都干起来,你知道,我们能够成就什么吗?……"

说到这里,列昂的话声中断了,他激动得抽搐起来,我们几乎没法使他恢复平静。

还有一次,列昂先生责备我缺乏牺牲精神。

"你们知不知道,"他说,"耶稣一个人牺牲自己,就拯救了全人类?如果这个世界总是有人准备牺牲自己的生命,它会变得更美好的。"

"难道也要我为那些把我当狗一样斥骂的顾客,或者那些嘲笑我的学徒和伙计牺牲自己的生命吗?"

"你别胡搅蛮缠嘛!"列昂先生叫道,"耶稣甚至为他的刽子手们去死①。可是你们中间谁都没有灵魂,你们的灵魂都腐烂了……听听提尔泰奥斯②是怎么说的吧:

① 列昂这里提到的是使徒们的信仰,耶稣基督为了他视为理想的神圣事业准备牺牲自己的生命。这些话也代表了一月起义前和起义爆发时的秘密爱国组织,特别是"红党"的观点。这些秘密组织深信波兰浪漫主义时期一些爱国者提出的民族救世论,认为波兰民族将以自己受苦受难拯救欧洲,这也为她自己的复兴和胜利创造了条件。——原注

② 提尔泰奥斯,公元前七世纪的希腊诗人,一说他出生于拉科尼亚,一说他原籍雅典,斯巴达人处于困境的时候,曾请求雅典人派他去斯巴达。他的诗歌涉及斯巴达生活的各个方面,特别是对祖国的歌颂,赞美斯巴达的勇武精神,谴责希腊人之间的纷争,描绘逃亡者在异乡的悲惨生活,呼吁同胞同仇敌忾,不惜牺牲去和敌人战斗。——原注

哦,斯巴达人,死去吧,

会建立起你伟大的墓碑。

麦西尼亚人的祖先的坟墓毁掉了锤子,

把神圣的骨头抛去喂狗,

把祖先的亡灵从你的大门前赶走。

你,人民,趁敌人没有将你捆住之前,

就在你家门口把你父亲的武器折断,

扔到深沟里去吧!别让人们知道,

你们家里有剑,但你们没有灵魂。①

"你们没有灵魂。"列昂先生又说了一遍。

斯塔赫接受列昂先生的理论是很慎重的,那小伙子像德姆斯泰勒斯②一样,有本事使所有的人都信服他。

我记得有个晚上开会,有许多年轻和年老的人参加,当列昂谈起那样一个美好的世界,没有愚蠢、贫困和不公正的时候,我们大家都哭了。

"从那个时候起,"他很激动地说,"人与人之间就没有区别了,贵族和平民、农民和犹太人,大家都成了兄弟……"

"伙计们呢?"沃库尔斯基站在角落里问道。

但这句话并没有把列昂先生难住,他突然转过身来,向沃

~~~~~~~~~~

① 引自弗瓦迪斯瓦夫·卢德维克·安奇茨(1823—1883)的长诗《提尔泰乌斯》中描写提尔泰奥斯对斯巴达人说话中的最后两段,想要激起他们对他们自己的胆怯的愤怒。——原注

② 德姆斯泰勒斯(前384—前322),雅典著名的演说家和政治家。他的一篇反对菲利浦二世的激烈的讲话属于古希腊政治演说最优秀的典范。——原注

库尔斯基列举了他在店里遇到的许多不愉快的事情和科学研究工作中遇到的阻碍。最后他这么说：

"因此你要相信，你和我们是平等的，我们像兄弟一样爱你，你心中会消除对我们的愤恨。我……向你跪下，代表人类恳求你原谅使你遭受的屈辱。"

他真的在斯塔赫面前跪了下来，吻了他的手。到的人更加深受感动，把斯塔赫和列昂都高高地举了起来，发誓说他们中的每个人都准备为他们这样的人献出自己的生命。

今天我回忆起这些事情，有时候便觉得这是一场梦。说真的，我不论以前还是后来，都从来没有见过像列昂那么热心的人。

斯塔赫在一八六一年初辞去了霍普费尔店里的职务。他搬到我这里来（住在这间窗上带方格子、装上了绿色窗帘的小房间里），把生意买卖丢到一边，开始到大学的课堂里去做旁听生。

他离开店铺时表现得很奇怪，这些我都记得很清楚，因为我到他那里去过。他吻了霍普费尔，然后到酒窖里去，和马哈尔斯基拥抱，还在那里待了几分钟。我坐在餐室里的一张椅子上，听见伙计和顾客们又笑又闹，没想到他们给斯塔赫搞恶作剧了。

我忽然看见（那个通往地窖的入口就在这个餐室里）地窖里伸出了一双红手，紧紧抓住地板的边缘，然后冒出了斯塔赫的头，一会儿它又消失不见了，然后又冒出来一次。顾客和伙计们都大笑起来。

"啊哈！"有个在店里搭伙的伙计说，"你看，没有梯子，从地窖里爬出来是多么困难，可是你却想要一下子从店铺里跳到大学里去!……到你有那么聪明的时候,你再出来吧!"

斯塔赫又从下面伸出一双手,同时他又抓住了那个入口的边缘,并且撑出了半个身子。我想,鲜血会从他的腮帮里进射出来。

"他是怎么往外爬的……他爬得太棒了!"另一个搭伙的伙计说。

斯塔赫用一条腿钩在地板上,不一会儿,他就站在餐室里了。他没有生气,但他也没有跟任何一个同事握手,他只是拿着自己的行李,向大门走去。

"这是为什么,也不向客人们告别,博士先生?"霍普费尔店里一些搭伙的伙计在他的后面喊道。

我们走在大街上,彼此一句话也没有说。斯塔赫只是咬着嘴唇,可我当时已经想到,从酒窖里往外爬象征了他的一生,他的一生就是为了挣脱霍普费尔的铺子,走向广阔的世界。

这是一个具有预见性的事件,因为直到今天,斯塔赫还在不断地往上面爬,要不是人家步步抽掉了他的梯子,要不是他非得花费很多时间和精力,去争夺新的地位,上帝知道,像他这样的人,会替国家做出多少好事情。

搬到我这里来后,他整天整夜地埋头工作,甚至不止一次地弄得我很生气。他不到六点就起来读书,十点左右便跑去上课,然后又读书。四点钟后,他到几个家里去给人补课(主要是到舒曼给他介绍的犹太人的家里),回来后又读书,一直读到过了半夜很久之后,才瞌睡沉沉地躺了下来。

要不是他父亲时常来找他,他靠教书的收入本来是很不错的。他父亲只改变了一点,那就是他现在穿的是一件烟草色的长袍,而不是过去那件沙土色的袍子。他的那些契约文据现在包在一块天蓝色的头巾里。实际上,他还是我认识他时候的那个老样。他坐在儿子的一张小桌子旁,把那些文据放在膝盖上,用一种细微而又单调的声音说:

"书,老是这些书!你念书把钱都耗光了,可我却没有钱打官司。如果我们不能收回我们的家产,你就是念完两个大学,也改变不了目前这种微贱的处境。只有收回了家产,人家才会承认你是一个贵族,和别的贵族是平等的,那时候,亲戚们就会来拜访了……"

斯塔赫将课余的时间用来做轻气球试验。他拿一个大瓶子,用矾在里面造出一种气体(我甚至记不起是什么气体),把它装在一个不大但做得很精巧的气球里,球底下装一台小小的风力发动机……那轻气球只要不在墙上碰破,就可以在天花板下面不停地飞来飞去。

如果气球破了,斯塔赫就对它进行修补,然后把机器修好,在瓶子里装上各种各样丑八怪的东西,继续进行试验。有一次瓶子爆炸,矾差点烧着了他的一只眼睛。但他毫不在乎,因为他下定决心,要摆脱他那可怜的处境,就是利用一只轻气球也要这么干下去。

从沃库尔斯基在我这里住下的那个时候起,我们店里又来了一个新的顾客卡霞·霍普费尔。我不知道我们这里有什么东西使这个姑娘那么喜欢,是我的胡子呢,还是扬·明采尔肥胖的身躯?虽然她家附近有近二十家纽伦堡杂货商店①,

---

① 因为店中商品,如服饰用品和玩具等,都是在德国纽伦堡制造的,所以叫纽伦堡商店。

但她每个礼拜还是要到我们店里来几次。

"请拿一些棉线,再拿些丝线,再拿一根值十个格罗什的针……"为了买这些小东西,不管天晴或下雨,她都愿跑一俄里路。她就是买几个格罗什的别针,也要在店里坐半个钟头,跟我聊天。

"为什么你们和……沃库尔斯基从来不到我们那里去呢?"她问道,面颊通红,"父亲那么喜欢你们,还有我们大家……"

起初我对老霍普费尔这种意想不到的偏爱感到奇怪,因此我向卡霞小姐说明我不太熟悉她的父亲,不便去拜访他。但她却一再地提出了她自己的意见:

"斯坦尼斯瓦夫先生一定是恨我们,但我不知道为什么,至少爸爸和……我们大家都是出于好心。斯坦尼斯瓦夫先生总不能埋怨他遇到了来自我们这方面的不愉快吧……斯坦尼斯瓦夫先生……"

她这么谈到沃库尔斯基先生的时候,本来要买棉线却买了丝线,本来要买一把剪刀却买了一些针。

但最糟糕的是,一个礼拜又一个礼拜地过去,这个可怜的姑娘变得越来越消瘦了。那么多次她来到我们这里买一些零碎东西,我总是觉得她好了一些。但她脸上那一阵子激动的红晕消失之后,我便深信,她的脸会变得越来越苍白,她的眼睛会陷得越来越深,她会显得更加忧愁。

她又问起:"难道斯坦尼斯瓦夫先生从来不到这个店里来吗?"她老是凝望着通往前厅和我那间房的门,在这和她相隔只有几步远的房间里,沃库尔斯基正皱着眉头在看书,却没想到这里还有人在念叨着他。

我对这个可怜的姑娘突然产生了一种同情心,有一天晚上,我和沃库尔斯基一起喝茶,便对他说:

"别傻啦,你在什么时候要到霍普费尔那里去一趟!那老头很有钱。"

"我干吗要到他那里去呢?"他回答说,"我在他那里待得还不够吗……"

说这些话时他甚至哆嗦起来。

"卡霞已经爱上你了,所以你应当到那里去。"我说。

"别拿卡霞来烦我啦!"他插嘴说,"她的确是个好姑娘,她经常偷偷地把我大衣上掉了的纽扣给缝上,或者往我的窗台上扔鲜花,可是她跟我不相配,我也不配她。"

"是只小鸽子,不是个女孩子。"我也马上补了一句。

"整个不幸就在这里,因为我不是小鸽子。只有和我这种人一样的女人才能跟我在一起,可是这样的女人我还没有碰到过。"

(他在十六年后碰到了这样的女人,可是主啊,他并不感到高兴。)

卡霞后来渐渐不到我们店里来了,可是有一次,老霍普费尔却单独前来拜访扬·明采尔夫妇。他一定是对他们讲了斯塔赫的什么事,因为第二天,玛乌戈扎塔·明茨洛娃太太跑下楼来,对我表示大为不满:

"伊格纳齐先生,你这里住了一个什么房客呀,女孩子们都为他发疯了? 这个沃库尔斯基到底是个什么人? 雅休①!"她转身对她的丈夫说,"他为什么不到我们那里去呀? 我们

~~~~~~~~~~~~~~~~~~~~~~~~~~~~~~~~~~~~~

① 扬的爱称。

应当给他做个媒,雅休……叫他马上到楼上来!"

"他可以上楼来,"扬·明采尔回答说,"但是关于他的婚姻,我不准备插手。我是个正经的商人,不愿撮合男女的私通。"

玛乌戈扎塔太太吻着他那张被汗水浸透了的面孔,好像还在蜜月里一样;他温存地推开了她,用一条绸围巾擦了擦自己的脸。

"跟这些婆娘在一起真厌烦!"他说,"她们非得让人们遭到不幸。要说做媒,也可以给霍普费尔做嘛!不光是给沃库尔斯基做媒;可是要知道,我不会为这些事花钱的。"

从那时候起,只要扬·明采尔去喝啤酒或者到俱乐部去了,玛乌戈扎塔太太就请我和沃库尔斯基晚上到她家里去。斯塔赫总是很快就喝完了茶,对女主人看都不看一眼;然后他就把手插在口袋里,像木头一样一声不响,无疑是在想他的那些轻气球。可是我们的女主人却不断以委婉动听的话语,想赢得他的喜爱。

"沃库尔斯基先生,你从来没有恋爱过,这可能吗?"她问道,"据我所知,您快二十八岁了,和我差不多大……我早就认为自己是个老太婆了,可您总是一个天真的孩子。"

沃库尔斯基把一条腿搭在另一条腿上,还是没有说话。

"哦,卡塔日娜①小姐真是一盘美味佳肴,"女主人说,"她的眼睛很漂亮(我不知道,她的左眼还是右眼好像有点毛病?)她的身段也不错,虽然有个肩膀长得高了一点(更招人喜爱),那个小鼻子我确实不太欣赏,嘴巴也大了点,但这对

<hr />

① 卡霞的大名。

一个好姑娘来说，也没什么影响。只是她更聪明一点就好了……不错，沃库尔斯基先生，女人们要到三十岁左右，才会变得聪明。我自己像卡霞这么大时，就笨得像金丝雀一样。可我当时却爱上了我现在这个丈夫。"

我们第三次去拜访时，玛乌戈扎塔太太穿着一件睡衣接待我们（她那件睡衣很漂亮，镶着花边），第四次她根本没有请我，只请了斯塔赫。他们谈了些什么，我当然不知道。但有一点可以肯定，那就是斯塔赫回到家里，一次比一次更不高兴了，他抱怨说，那女人耗费了他宝贵的时间。可是玛乌戈扎塔太太却对她的丈夫说，这个沃库尔斯基非常笨，在给他做媒之前，还有许多事情要做。

"干吧，亲爱的，为他多做些事情！"她丈夫鼓励她说，"那个姑娘很可惜，沃库尔斯基也很可惜。一个多么规矩的小伙子，当了那么多年伙计，本来可以继承霍普费尔的那家铺子，却宁愿在大学里耗费生命，真是不可想象，唉！"

雅诺娃太太[1]于是下定决心，要为沃库尔斯基做些好事：她现在不仅请沃库尔斯基晚上去喝茶，也不管他在大多数情况下根本不去，而且她常常自己就跑到我的房里来，关怀备至地问斯塔赫是不是生病了，同时对他几乎比她还大的这个年纪（可我认为，她的年纪还是比他大一点）却还没有谈过恋爱感到惊异。可她自己却有点不正常了：一会儿哭，一会儿笑，一会儿诅咒那成天不着家的丈夫，有时她还骂我是个笨蛋，不懂得生活，收留这种值得怀疑的房客……

总之一句话，家里出乱子了，扬·明采尔啤酒喝得越来

---

[1] 即扬的妻子。

多,但他却消瘦了。我心里打定了主意:两者择一,不是我辞掉明采尔这里的工作,就是把斯塔赫赶走。

玛乌戈扎塔太太怎么知道我的顾虑,我确实搞不清楚。比如说有一次,她晚上跑到我的房里来,说我既然不让沃库尔斯基这么一个刚强的人住在这里,那就是与她为敌,那我定是个非常卑鄙的人。然后她还补充了一句,说她的丈夫也很卑鄙,沃库尔斯基也卑鄙,所有的男人都卑鄙,最后她便在我那张长沙发上像发了疯似的大喊大叫起来。

这种状态重复出现了好几天,如果不是一件我亲眼见到的非常奇怪的事件终止了这一切的话,真不知道结果会怎么样,这就是有一次,马哈尔斯基请我和沃库尔斯基晚上到他那里去。

九点过了很久我们才动身,和他见面当然在他喜爱的酒窖里而不会是别的地方。在那里,在三支蜡烛的照耀下,我看见已经有十几个人,列昂先生也在他们中间。我大概永远也不会忘记这里聚集的大部分是年轻人,他们的面孔有的映在黑色的墙壁上,有的从包钉好了的酒桶后面露出来,有的散乱在黑暗中。

那个热情好客的马哈尔斯基在楼梯上就用大杯大杯的酒来迎接我们(酒非常好),他对我尤其照顾,我不得不承认,我一下子被他灌得晕头晕脑了,几分钟后,我就毫无知觉了。后来我坐在深龛里,和他们的饮宴保持着一定的距离,半睡半醒地望着他们。

那里发生了什么事情,我不太清楚,可是我的脑子里掠过了一些最大胆的幻想:我觉得列昂先生就像往常那样,在谈论信仰的威力和精神的堕落,必须作自我牺牲,在座的人都大声地附和着他。可是当列昂先生说，应当把牺牲精神化为行动的时候，这种众口一致的附和声就静息了。大概是我喝得太醉，我总觉得列昂先生还提了个建议，要在座的人中的一个从新兹雅兹德跳到下面的那条街上去。大家一听这个提议，就不吭声了，许多人甚至躲到一些酒桶后面去了。

"难道就没有人决心试一下吗?"列昂先生手掌朝着上面，表示不高兴地大声叫道。

依然寂静无声，酒窖里好像没有人似的。

"没有人吗?……没有人?……"

"我来试一试。"有个声音回答说，我对它感到有点陌生。

可我看见，在那支将要熄灭的蜡烛旁站着沃库尔斯基。

马哈尔斯基的酒是那么厉害，就在这个时候，使我神志不清了。

在酒窖里那次痛饮之后，斯塔赫有好几天没有回家。最后他回来了，穿着一件我从来没有见过的衣服，有点消瘦，但高高地昂起了头。这时在他的声音中，我第一次听到了一种严厉的腔调，这种腔调到今天还使我感到很不愉快。

从那个时候起，他完全改变了他的生活方式。那个带风力发动机的轻气球被扔在一个角落里，它上面很快就结了蜘蛛网;那只制造气体的瓶子送给了看门人去盛水，那些书本他瞧都不瞧了。人类智慧的宝库就这么到处乱扔:书架上有几本，桌子上几本;有几本合上，有几本翻开，而他那时候……

有时他一连好几天不回家，甚至夜里都不回来，可在一个傍晚，他突然又跑了进来，连衣服都不脱，就倒在那张没有铺盖的床上。有时他没有回来，却来了几个我不认得的人，就在那张长沙发上，在斯塔赫的床上，甚至在我的那张床上过夜，既不向我道一声谢,也不说他们叫什么名字,在哪个部门工作。有时候,斯塔赫一个人回来后,一连几天把自己关在房间里,什么事也不做,却表现得很激动,还不断地偷听着什么,好像要跟一个有夫之妇幽会,又怕碰不到她而碰到她的丈夫似的。

我认为,那个有夫之妇就是玛乌戈霞·明茨洛娃①,因为她是那么烦躁不安,像被蚊子叮咬了似的。从早晨起,那女人差不多跑了三个教堂,显然是要从好几个方面去惊扰上帝②。刚吃完饭,就有一些女人聚集在她那里,她们在期待着一些非常重要的事件的发生,把丈夫和孩子们都抛到了一边,正在议论着一些谣言。傍晚一些男人来到了她的家里,可是他们还没有跟她谈话,就把她打发到厨房里去了。

毫不奇怪的是,屋子里那么乱,最后把我也弄得稀里糊涂了。我觉得,华沙好像变得狭窄了,所有的人都像喝醉了酒似的。我时刻在等待着一场突发的事变,尽管如此,我们大家的情绪都很好,脑子里装满了各种各样的计划。

这期间,扬·明采尔在家里被妻子折磨得不得安宁,他一大早就出去喝啤酒,要到晚上才回来。他甚至找到了一句谚语:"有什么关系……到头来就像山羊一样死了算。"后来他不断地重复这句话,一直到他死去。

有一天,斯塔赫·沃库尔斯基终于消失不见了。过了两

① 即扬·明采尔的妻子。
② 从一八六〇年十一月二十九日为纪念十一月起义三十周年,在列什诺的一座卡尔美利特教堂前举行的宗教爱国示威开始,各种不同的教堂里几乎每天都有爱国的示威和歌唱,越来越多的民众参加了这种示威。它一直坚持到了一八六一年十月十六日,有许多女人非常积极地参加了这些事件。——原注

年,他从伊尔库茨克给我来了封信,要我把他那些书给寄去。

后来在一八七〇年秋天,我刚从当时已经卧病在床的雅希·明采尔那里回来,坐在自己的房间里喝晚茶,突然有人敲我的门。

"进来①!"我说。

门吱呀一声开了。我看见一个留着大胡子,穿一件海豹皮翻毛的大衣,样子很可怕的人站在门槛上。

"没错,"我说,"如果你不是沃库尔斯基,那就是我被魔鬼弄糊涂了。"

"我就是。"那个穿海豹皮大衣的人说。

"对天父和他的儿子发誓……"我说,"你在戏弄我,你是不是来问路的? ……你是怎么来的? 这大概是你的幽灵吧!"

"我没有死,"他说,"我还想吃点东西呢!"

他脱下便帽和那件皮大衣,在一束烛光下坐下。一点不错,是沃库尔斯基。那一大把胡子像个强盗,嘴巴像那个拿枪扎了耶稣的肋旁②的隆京③,可他毫无疑问是沃库尔斯基。

"你真的回来了吗,"我问,"或者只是来一下还要走?"

"我真的回来了。"

~~~~~~~~~~

① 原文是德文。
② 引自《新约·约翰福音》第十九章第三十四节,这一节的原文是:"唯有一个兵拿枪扎他的肋旁,随即有血和水流出来。"
③ 一些传说和介绍圣者生平的书说隆京是一个罗马兵丁。据《新约·约翰福音》第十九章第三十四节记载,这个罗马兵丁用枪挑开了钉在十字架上的耶稣的肋骨。但另一种传说,又说隆京是个罗马的百夫长,他在耶稣钉在十字架上的时候,接受了基督教信仰。还有一些传说把这两个人说成是一个人:隆京是罗马人,他残害耶稣,本来是个渎神者,但在戈尔戈塔成了基督的信徒,后又成了一个殉教的圣徒。在十字架的画像上,通常把他画成一个窃贼,有一副可怕的面相。——原注

"那边情况怎么样?"

"没什么好说的。"

"哦……那里的人呢?"

"不坏。"

"哦……你在那里靠什么维持生活?"

"教书①,"他说,"我还带来了近六百卢布。"

"哦,哦,你有什么打算?"

"当然,我不会再到霍普费尔那里去了,"他回答说,用拳头猛击着桌子,"你大概不知道,我已经是个学者了,而且还受到过圣彼得堡科学协会好几次嘉奖。②"

"霍普费尔的伙计成了学者!斯塔赫·沃库尔斯基受到圣彼得堡科学协会的嘉奖,这真是天大的奇闻。"我想。

这还用多说吗?这小伙子在老城的一个地方住下,靠他带来的那点钱维持了半年,他买了很多书,但吃得很省。把那点钱花光后,他不得不开始找工作,可这时却出了一件怪事:商人们不雇用他,因为他是个学者;学者们不给他介绍工作,因为他以前当过伙计。那时候,他就像特瓦尔多夫斯基③一

---

① 教书这种挣钱的办法在西伯利亚流亡者的回忆录和传记中提到过。军队和文职官员在流放者中,选择一些人来担任他们孩子的家庭教师,有的给报酬,有的不给报酬。——原注

② 在伊尔库茨克有一个俄国皇家地理协会的东西伯利亚分会,它的总会在圣彼得堡。这个协会不仅设法让当局允许波兰的流亡者从事科学研究,而且通过宣传他们的成就,给予他们物质和道义上的支持。——原注

③ 特瓦尔多夫斯基是照波兰古代神话传说中的炼丹术士,借助魔术的力量他把灵魂献给魔鬼,可是当他这么做的时候,他从辽阔的大地飞到了地狱里,并在那里开始做祈祷,因此摆脱了魔鬼的控制,后来他被悬挂在月亮上,直到世界末日来到之前,都在忏悔中等待拯救。——原注

样,上不着天,下不着地,要不是我时不时地帮助他,也许他早已从新兹雅兹德的什么地方跳下来自尽了。他当时的生活是那么艰苦,我一想起来就感到难受。他消瘦了,变得那么忧郁和古怪……可他并不抱怨。只是有一次,人们对他说,像他那样的人,这里是没有他的地盘的。他低声地回答了一句:

"我受骗了……"

雅希·明采尔那时候已去世了。那个寡妇以基督教的仪式把他埋葬后,整整一个礼拜没有出门,下礼拜一开始,她就叫我去和她商量事情。

我想,我们会要谈谈店里的生意的,特别是我看见桌子上还放着一瓶上好的匈牙利葡萄酒,就更是这么认为了。可是玛乌戈扎塔根本没有问起铺子的事。她一看见我就哭,好像我使她想起了她在一个礼拜前就安葬了的那个死人似的,她给我满满地斟了一杯葡萄酒,呜咽着说:

"我那天使死了后,我想只有我才是最不幸的……"

"什么天使?"我打断了她的话,"你说雅希·明采尔是天使吗?对不起,尽管我是死者的挚友,可我也想不到,会把一个死后还有差不多三百磅重的人称为天使。"

"他生前有近三百磅重……你听说过一个人有这么重吗?"那个悲痛欲绝的寡妇插了一句。接着她又用一块手绢捂着脸,哭丧着说:

"唉,热茨基先生,你说话从来不会学得有点分寸……唉,这是一个多么大的打击啊!不错,确切地说,死去的人从来就不是天使,特别是在最近这些时候,更不可能成为天使,可是对我来说,这永远是一个可怕的不幸,一个无法弥补的损失。"

"是呀，在最后这半年里……"

"你说什么，只有半年？"她叫了起来，"我那不幸的雅希病了差不多三年，有八年……唉，热茨基先生！这可恶的啤酒给我们夫妻带来了多少不幸啊！八年来，先生，我好像没有丈夫一样。你知道他是个什么样的人吗？热茨基先生！今天我才感到我是多么不幸啊……"

"还有更大的不幸。"我鼓起勇气插了一句。

"是呀！"那可怜的寡妇呜咽道，"你说得太对了，更大的不幸有的是。比如说那沃库尔斯基，听说他回来了……是不是现在还没有找到工作？"

"什么工作也没有找到。"

"他在哪里吃饭？住在哪里？"

"他在哪里吃饭？……他到底吃不吃饭，我都不知道。要说他住在哪里……他根本就没有地方住。"

"太可怕了。"玛乌戈扎塔太太啜泣道，"我认为，"她歇了一会儿，接着说，"我是遵照我那亲爱的亡夫的遗愿，才有事要请您……"

"我一定照办。"

"请您让沃库尔斯基住在您那里，我每天把两顿午餐和两份早点送到您的楼下……"

"沃库尔斯基不会要的。"我说道。

听了这话，玛乌戈扎塔太太又哭了。由于丈夫的死而感到绝望，她甚至大发雷霆，一连三次骂我笨拙，不懂得生活，是个怪物……最后她要我滚蛋，说她自己能管理好这个铺子。可是她又跟着向我表示道歉，以所有圣物的名义恳求我，不要因为她刚才说的话生她的气，因为那都是她过度悲伤而失去理智说出来的。

那天过后，我就很少看见我们的老板娘了。可是过了半年，斯塔赫告诉我，他要和……玛乌戈扎塔·明采尔太太结婚了。

我眼睁睁地望着他……他摆了摆手。

"我知道，"他说，"我猪狗不如，可是……和那些公开受到你们尊敬的猪狗相比，我并不是最坏的。"

举行了有沃库尔斯基的许多朋友参加（我根本不知道，他们是从哪里来的）的那场非常热闹的婚礼（那些畜生狼吞虎咽……为新婚夫妇干杯——大罐大罐地喝）后，斯塔赫就搬到楼上他妻子那里去了。我记得，他的全部财产只有四大包书和一些科学仪器；要说家具，恐怕也只有那土耳其烟袋和帽子盒了。

伙计们都嘲笑（当然是偷偷地）这个新老板，可斯塔赫那么突然地抛弃了他那英雄的过去和贫困的生活，却使我感到不高兴。人的天性真奇怪：我们自己不愿殉难，却顽固地要求我们亲近的人去殉难。

"他把自己出卖给了一个老太婆，"他的熟人都这么说，"这是一个布鲁图斯①……他读过书，冒过险，想在……却扑通一声跌倒了。"

在那些最严厉的审判官中，有两个被玛乌戈扎塔太太毫

---

① 在古罗马历史上，有两个布鲁图斯，一个是被认为是忠于原则的典范的卢基乌斯·尤尼乌斯（公元前六世纪），他是罗马的执政官。另一个是马尔库斯·卢基乌斯（前85—前42），当不久前还是他的保护人和朋友的尤利乌斯·恺撒背弃共和原则的时候，他为了保卫共和思想，曾经参加秘密组织和暗杀恺撒的行动。此处肯定是说第二个布鲁图斯。——原注

不客气地拒绝过的求婚者。

斯塔赫为了不让人们议论这些事情,他马上就开始工作。大概在结婚后的一个礼拜,他早晨八点就来到店里,坐在办公桌旁已故的明采尔的座位上,照应顾客,算账,找钱,真的是个拿薪水的伙计了。

不仅这样,到第二年,他就和莫斯科的商人们取得了联系,这对我们的发展是很有利的。可以这么说,通过他的经营管理,我们的营业额增加了两倍。

当我看见沃库尔斯基并不想不劳而食的时候,我总算松了口气。伙计们看见他在店里比他们都干得多,而且除此以外,他在楼上还做了不少工作,也不再嘲笑他了。在假日里,我们至少还可以休息一下,但他这个可怜人却不得不一大早搀扶着他的妻子从家里出来,上午上教堂,下午问亲访友,晚上又到戏院里去。

玛乌戈扎塔太太有年轻的丈夫陪着她,她的精神状态都变了。她为自己买了一架钢琴,开始向一个老教授学习音乐,照她自己的说法,是"为了不让斯塔赫妒忌"。她要是不弹琴,就利用剩下的时间跟鞋匠、女裁缝、理发师和牙医们商讨一件事情,通过他们的帮助,把自己打扮得更漂亮。

她对她丈夫可真是温情脉脉呀!……她有时在店里要坐上好几个小时,目不转睛地望着她的斯塔休列克①。她因为看见来到店里的女顾客中,有一些长得很漂亮,就把斯塔赫从前厅调到柜子后面干活,还叫人给他在那里隔出了一间小房,斯塔赫在里面埋头写账,就像一头被关在铁笼子里的野兽。

---

① 即斯坦尼斯瓦夫·沃库尔斯基。

有一天,我听见那间小房里发出了一阵可怕的轰隆声。我冲了进去,伙计们也跟着进来了。那是什么样的景象呀!玛乌戈扎塔太太躺在地板上,身上洒满了墨水,压着那张已经倒下来的办公桌,那把椅子也被砸烂了,斯塔赫给弄得狼狈不堪,很生气……我们把痛得哭了起来的老板娘扶起来,从她的一些话中,我们意识到这场混乱都是她自己造成的,因为她突然坐在丈夫的膝盖上,以加倍的重压一下子把那张原已朽坏了的椅子压垮了,老板娘为了防止跌倒,抓住了办公桌,把它连同上面所有乱七八糟的东西全都翻倒在自己身上。

斯塔赫面对这种表示夫妻恩爱的吵吵闹闹,表现得很平静,他一心算账,处理各种商务信件,感到乐在其中。可是玛乌戈扎塔太太不仅没有冷静下来,而且越来越狂热了。当她丈夫坐得腻烦了,或者为了办事要到城里去的时候,她就跟在他的后面……看他是不是去幽会。

有时候,特别是冬天,斯塔赫从家里跑出来,到他认识的一个管林人那里去待一个礼拜,他在那里整天打猎,在林子里漫游。遇到这种情况,玛乌戈扎塔太太第三天就会去追赶她的那个亲爱的逃犯,穿过茂密的丛林,一直要把那小伙子带回华沙为止。

最初两年,沃库尔斯基默默地忍受着这种残酷纪律的约束。到第三年,他每天晚上都到我的房里来谈政治。有时候,他见我们谈起了过去的时代,便在房间里顾盼了一下,突然打断我们的话题,谈起了另一件事:

"听我说,伊格纳齐……"

可这时候,一个女仆像接受了命令一样,从楼上跑了过来,大叫道:

"太太有请！……太太病了！"

可怜的他只好摆摆手，回到老婆那里去了，他要对我说的话也没有来得及说。

过了三年这样的生活，虽然无可指责，但我发现，这个刚强的汉子在那婆娘的天鹅绒的拥抱中变得颓丧了。他脸色苍白，背也驼了。他把那些学习过的书本扔到一边，开始阅读报纸，一有空闲就和我谈论政治。有时候，他八点不到就离开铺子，带着女主人去看戏，或者去访亲问友，后来他晚上还在家里举行招待会，前来参加招待会的都是些老得像僵尸一样的妇人和靠养老金过活和玩纸牌取乐的男士。

斯塔赫没有跟他们玩过牌，他只是绕着牌桌子观战。

"斯塔赫，"我不止一次地对他说，"你要注意！你四十三岁了……俾斯麦在这年岁已经大大地高升了①。"

这些话或者类似这样的话曾经使他清醒过一阵。他当时倒在一张靠椅上，用手支着脑袋，沉思起来。但玛乌戈扎塔太太很快就跑来找他，大声地说：

"斯塔休列克，你又有什么心事了，这很不好。那些男客没有酒啦……"

斯塔赫站起来，从橱柜里又拿出一瓶酒，倒了八杯，然后又围着桌子团团转，观看那些男士玩纸牌。

一头雄狮就这样慢慢地、逐渐地变成了一头公牛。当我看见他穿着那件土耳其睡衣和那双镶了玻璃珠子的缎子拖鞋，戴着那顶上有一束流苏的睡帽时，我想象不出，这就是那个十四年前在马哈尔斯基的酒窖里喊了一声"我！"的沃库尔

━━━━━━━━━

① 俾斯麦四十三岁的时候，获得了普鲁士驻圣彼得堡公使的职位。

斯基。

科哈诺夫斯基曾写道：

> 你坐在凶猛的狮子身上不会被伤害，
> 你将骑着一条巨龙邀游四方。①

他在这里说的无疑是女人……她们是男性的驾驭者和驯服者！

在他们同居的第五年，玛乌戈扎塔突然开始打扮起来……起初还不显眼，后来越来越起劲，越来越采取一些新式的化妆方法。她听到过有一种香精，可以使年纪大的女人容光焕发，恢复青春的魅力，有个晚上，她从头到脚那么用心地擦了一身的香精，结果，就在当晚请来给她治病的医生也没有能够把她救活。那可怜的女人不到两天就死了，死于血液中毒，她在弥留之际，总算清醒片刻，招来一个公证人，把她的全部财产遗赠给了她的斯塔休列克。

遭到这个不幸之后，斯塔赫一句话也没有说，只是在精神上变得更加萎靡不振了。他因为有几千卢布的收入，便不再做生意，也不跟熟人们来往，而悉心地研读起科学书籍来。

我曾不止一次地对他说：到人们中去，找一点乐趣，你还年轻，可以再结一次婚……

可一点用也没有……

有一天（玛乌戈扎塔太太已经死了半年了），我见这个年轻人变得老态龙钟了，就对他说：

"去吧！斯塔赫，去看看戏吧！今天演《茶花女》，你最后

---

① 这是波兰文艺复兴时期著名诗人扬·科哈诺夫斯基（1530—1584）于一五七九年翻译的《大卫赞美诗集》中的一首赞美诗中的诗句。

一次是跟你的妻子去看的……"

他从他正读一本书而躺着的那张长沙发上站了起来，说道：

"你都知道……你说得不错……我要看它今天演得怎么样……"

他到戏院里去了……第二天我就认不出他了：老头变成了我以前的斯塔赫·沃库尔斯基，他腰身挺得笔直，眼睛闪闪发光，声音很有力量。

从那时候起，凡是演出、音乐会、讲演会，他没有不去的。

没多久，他就到保加利亚去了，在那里挣得了一大笔财产。他回来后，过了几个月，有个饶舌的老妇（梅利顿太太）告诉我，说斯塔赫闹恋爱了。

我对这种笨拙的谣言一笑了之，有谁闹恋爱的时候去打仗呢？到今天，很遗憾，我才相信，那女人说得不错。

不过，对这个即使重新振作起来了的斯塔赫·沃库尔斯基，什么都说不准。他会突然怎么样呢？……啊，我要笑话舒曼医生了，因为他跟政治开过玩笑……

第二章　老掌柜的回忆

政局是那么不稳定,战争就是在十二月前后爆发,我也一点不会感到惊奇。

人们总是认为,仗要到春天才能够打起来,他们显然忘了,普鲁士和法国的战争是在夏天打起来的①。我不明白,为什么出现了一个反对冬天出征的偏见……冬天,仓里装满了粮食,道路像城墙一样坚实;可是在春天,农民缺粮,道路像面团一样松软,要是有个炮队从那上面走过,你就可以在那里洗个澡了。

但另一方面——那些冬天的夜晚,长达十几个小时,军队需要保暖的衣服和住房,伤寒病……是的,我曾不止一次地感谢上帝,因为他没有使我成为毛奇②,那个元帅可真是伤透了脑筋,一个可怜虫……

奥国人,实际上是匈牙利人,已经进入了波斯尼亚和黑塞哥维那,在那些地方,他们遇到了很不客气的对待。有一个叫

---

① 普法战争是一八七〇年七月十九日开始的。

② 赫穆特·封·毛奇(1800—1891),普鲁士著名军事统帅,从一八五八年起任普鲁士军统帅,曾指挥普鲁士军在一八六四年和丹麦的战争,一八六六年和奥地利的战争,一八七〇至一八七一年和法国的战争,取得了胜利。德国统一后,他加强了德意志帝国的军事力量。写过一系列关于军事战略战术的著作。——原注

哈基·洛亚①的，据说是个了不起的游击队员，甚至给他们造成了许多麻烦。我为匈牙利步兵感到遗憾，但今天的匈牙利人却变得像魔鬼一样。当一八四九年那黑黄两色的国家②窒息他们的时候，他们大声疾呼："每个民族都有权利保卫自己的自由！"……可今天怎么样呢？……他们自己就撞进了波斯尼亚，那里并没有召唤他们，他们还把那些起来自卫的波斯尼亚人叫作窃贼和强盗。

讲句老实话，我对时下的政治越来越弄不明白了。谁知道，斯塔赫·沃库尔斯基不再关心政治（如果他真是这样），也许是有道理的。

既然我的生活已经发生了巨大的变化，我还来说这些政治干什么？有谁相信，一个礼拜以来，我已经没有管店里的事了。当然，这只是暂时的，要是长期这么下去，我会无聊得发疯的。

事情是这样：斯塔赫在巴黎写信给我，要我照管他买的文茨基家的那栋房子（这件事他在动身前就请求过我）。"碰到了这种麻烦事，"我想，"我有什么办法呢？"我把店里的事交给李谢茨基和什兰格巴乌姆去管，准备到耶路撒冷大街那里去察看一下。

我在去之前，曾向住在斯塔赫房间里的克莱因询问那里的情况。他抱着脑袋，没有回答。

---

① 在《插图周刊》一八七八年八月十七日第一百三十八期上发表的文章《对外政策评论》写道："有个叫哈基·洛亚的，是个狂热和残酷的土耳其人，他曾鼓动和武装整个伊斯兰民族去反对外国人，根本不问这些外国人喜欢苏丹还是欧洲。"——原注

② 指奥地利。但奥地利的国旗并非黑黄两色。

"那里有管房子的吗？"

"有一个，"克莱因装出不高兴的样子说，"他住在三楼，临街。"

"够了，"我说，"够了，克莱因先生！"（我没有亲眼见到，是不爱听别人评论的。尤其克莱因是个年轻小伙子，当他看见向他打听消息的是年纪大的人，就会自以为了不起。）

嗨，没办法……我准备花两个兹罗提，把帽子送去熨平一下。为了防备万一，我在口袋里还揣着一支手枪，后来我走到了亚历山大教堂后面的一个地方。

我在那里瞧见了一栋黄色的房子，三层楼，正是这个门牌号。令人惊奇的是，在那块牌子上，我甚至发现了斯坦尼斯瓦夫·沃库尔斯基的名字（这块牌子显然是老什兰格巴乌姆叫人钉上去的）。

我进到院子里……唉，不好，那里散发着像药房里那种气味。垃圾已经堆到一层楼那么高了，阴沟里都流着肥皂水。现在我才发现，在楼下的一间正房里开了一家巴黎洗衣店，那里有几个少女健壮得像双峰骆驼一样。这使我的胆子也大了。

"看门的在哪里？"我叫了一声。过了一阵，没有看见任何人，最后出来了一个胖女人，她身上的衣服是那么脏，真叫我无法理解，跟洗衣店打邻，而且跟一个叫得这么好听的巴黎洗衣店打邻，衣服上怎么会有那么多脏东西。

"看门的在哪里？"我问道，用手碰了一下帽子。

"找他有什么事？"那女人不高兴地反问了一句。

"我是代表房主来的。"

"看门的在蹲大狱。"那女人说。

"为了什么事？"

"啊！你这个人真有趣！"她大叫起来，"是为了房东没有付给他工钱。"

一开头，我就碰到这么一些好事情！

当然，找了看门人就得去找管理人，他住在三楼，我一到二楼就听见孩子们的喊叫声、拍打声和一个女人的呼唤声：

"啊，废物！啊，淘气鬼！你怎么啦？……怎么啦？"

门是开着的，有个穿一件带白色的长衫的女人，正在门口用一条皮带抽打三个孩子，那皮带甚至甩得呼呼响了起来。

"对不起，"我说，"我是不是打扰你们了？"

孩子们一看见我，就跑到屋子里面去了，那个穿长衫的女人把皮带藏到背后，不好意思地问了一句：

"您大概是房东先生吧？"

"不是房东，但……我是代表他来找您尊敬的丈夫的。我叫热茨基。"

那女人疑惑地瞅了我一会儿，最后说：

"维采克，快点到堆栈里去找你爸爸……请您在客厅里等一下！"

一个穿得很破烂的男孩从我和那扇门之间溜了过去，来到楼梯口后，便骑在扶手上溜到下面去了。我呢，我感到很不自在地走进了客厅，里面的主要摆设只有一张连马鬃都露出来了的长沙发。

"这就是管理人的生活，"女主人说着又把一张同样十分破旧的椅子指给我看，"我丈夫虽然替有钱的先生们效劳，但他要是不去煤栈里干活，不替律师们抄抄写写，我们连吃的都没有。您瞧，这是我们的住处，"她说，"这三间小房，我们每年要付一百八十卢布的租金……"

厨房里突然传来了令人不安的咝咝声。那个穿长衫的女人跑了出去,在途中叫了一声:

"卡久,到客厅里去,看着那位先生!"

当真有个非常瘦小、穿一身青铜色的裙衣和一双很脏的袜子的小女孩走了进来。她在门旁边那张椅子上坐下,用一种既表示怀疑又很悲伤的眼光望着我。我任何时候都没有想过这么大年纪会被人看成是小偷。

我们在这里坐了差不多五分钟,只是你望着我,我望着你,一句话也没有说。楼梯上突然传来了一阵叫喊声和吵闹声,那个叫维采克的穿得很破烂的孩子从过道里跑了进来,他后面有个人大发雷霆地喊道:

"哼,你这个坏蛋!……我让你瞧瞧……"

我猜想,维采克的性情一定很活泼,那个骂他的人就是他的父亲。真的,那个身上的上衣脏极了,裤脚也破了的管理员先生很快就来了。他还蓄着一把灰白色的浓密的胡子,他的眼睛也红了。

他走进来后,很客气地向我鞠了个躬,问道:

"请问您就是沃库尔斯基先生吗?"

"不,先生,我只是沃库尔斯基先生的朋友和办事的人。"

"啊,原来是这样!……"他打断了我的话,把手伸了过来,"我曾经很高兴地在店里看见过您。一个很不错的商店呀!"他叹了口气,"有了那样的店铺就有这么大的房子,可是……有田产却只有我这样的住处……"

"尊敬的先生有过田产?"我问他。

"咳,别提它……您大概是要了解一下房子收支的情况吧?"那管理人回答说,"我向你简单地介绍一下。我们这里有两种房客:一种半年来就没有缴过房租;另一种替房东向政府缴纳罚金和拖欠的税款。这么一来,看门的拿不到工钱,屋顶漏水,警察分局一再地催我们把垃圾运走。有个房客为了地窖在跟我们打官司,还有两个房客为了阁楼又告了我们……还有那,"他歇了一会儿,觉得不好意思地又补充了一句,"还有那九十卢布,我欠了尊敬的沃库尔斯基老爷……"

"你放心好了,"我打断了他的话,"斯塔赫,就是那个沃库尔斯基先生,一定会勾销你十月以前欠的债,然后再跟你签一个约。"

那可怜的过去的地主非常真诚地紧握着我的双手。

我觉得,这个曾经有过自己的地产的管理人很有意思,但是这栋不能带来任何收入的房子却使我感到更有趣味。我生性胆小怕事,跟不认识的人谈话很害臊,几乎不敢到别人屋里去(仁慈的主啊,我已经有多久没有到过别人的屋里了……)。可这一次,我身上好像附着一个魔鬼似的,我一定要跟这栋奇怪的房子的房客们认识一下。

一八四九年的天气要热一些,但我们依旧在往前挺进……

"先生,"我对那管理人说,"劳驾给我……介绍几个房客好吗?斯塔赫……就是那个沃库尔斯基先生,要我在他没有从巴黎回来以前,替他经营买卖。"

"巴黎啊,"管理人叹了口气,"我早在一八五九年就到过巴黎。我记得,皇帝①出征意大利②回来的时候,人们是怎么

---

① 皇帝是指拿破仑第三。——原注
② 意大利出征是指一八五九年法国和波兰王国联军在撒丁岛和奥地利打的一仗。——原注

欢迎他的……"

"先生，"我叫了起来，"你见过拿破仑胜利班师回到巴黎的盛况吗？"

他向我伸出了手，回答说：

"我见过比这更伟大的场面呢，先生！他出征的时候我在意大利，我看见过在马近他①战役爆发前夕，意大利人是怎么迎接法国人的。"

"在马近他附近？一八五九年？……"我问。

"在马近他附近，先生……"

我和那个下不了决心把上衣的污渍洗掉的贵族地主面对面地望着，我们互相望着对方的眼睛。马近他，一八五九年……啊，仁慈的上帝！

"请你说说，"我说，"在马近他战役爆发的前夕，意大利人是怎么迎接你们的？"

那过去的贵族地主在一张破旧的靠椅上坐下，说：

"在一八五九年，热茨基先生……我觉得尊姓是……"

"是的，先生，我叫热茨基，匈牙利步兵中尉，先生！"

我们依然互相望着对方的眼睛，啊，仁慈的上帝！

"你说下去，贵族先生！"我叫道，紧握着他的一只手。

"一八五九年那一年，"那过去的贵族地主说，"我比今天小十九岁。我每年有一万卢布的收入，是那时候的卢布啊，热茨基先生！……真的，我不但有利息，还取回了一些本金，所

---

① 　马近他是意大利北部伦巴第区的一个城市。一八五九年六月四日，法
　　国意大利联军和奥地利军在这里决战，奥地利遭到失败。——原注

以我在农奴制废除①后……"

"唉,"我马上接上了一句,"农民也是人嘛,先生是……"

"维尔斯基。"那管理人插嘴说。

"维尔斯基先生,"我说,"农民……"

"农民是什么,我并不感兴趣,"他打断了我的话,"我最忘不了的是我在一八五九年差不多有一万卢布的收入(包括借款在内),我还到过意大利。我怀着好奇心,要看看那个赶走了什瓦布人的国家是个什么样子。我既没有老婆,也没有孩子们,用不着为谁珍惜这条命。因此,我当时从兴趣出发,就跟着法国的先遣部队一起走了。虽然我们不知道到哪里去,也不知道我们中有没有人明天能够看到太阳落山,热茨基先生!可我们还是来到了马近他附近,一个人本来就不知道自己能不能活到明天,可他又在那些对明天同样失去了信心的人当中,这是一种什么感觉,您知道吗?"

"问我知道吗?……你还是往下说吧,维尔斯基先生!"

"如果那不是我一生中最美好的时刻,那我这一生就虚度了,"那个破了产的贵族地主说,"你年轻,快乐健康,没有老婆和孩子拖累。你喝酒,唱歌,你老是看见一堵黑色的墙,在墙的那边就是我们的明天。喂!你喊道,给我斟酒呀,因为我不知道那堵黑墙后面有什么东西。喂,酒呀! 还有接吻呀! ……热茨基先生!"那管理人把身子靠到我这一边,轻声

---

① 沙皇于一八六四年在波兰王国实行农奴解放,有关法令规定:农民现在耕种的土地归他们所有,废除封建农奴制和其他一切封建义务,但依然保存了地主的土地所有制。有些地主由于没有过去的农奴给他们种地,自己又不会采取新的资本主义土地经营的方式,遭到了破产,维尔斯基就是这样的地主。

地说。

"那你当时是怎么跟着法国先遣部队开到马近他附近的?"我打断了他的话。

"我是跟胸甲骑兵一起去的,"那管理人说,"您知道胸甲骑兵吗,热茨基先生?天上只照着一个太阳,但在一个胸甲骑兵连中,却有一百个太阳……"

"这种行军身披盔甲,十分笨重,"我插嘴说,"步兵嘲讽他们,说这就像用钢锭碾轧核桃一样……"

"热茨基先生,我们快要到达意大利的一座小城了,那里的农民告诉我们,离那里不远驻扎着一支奥国军队。我们就顺便派了他们到那座小城去,命令他们,确切地说,是请求他们去对城里的居民们说,他们如果看见我们来了,千万不要大声欢呼……"

"那当然,"我说,"敌人就在附近嘛!……"

"我们在半个钟头内,就进到了小城里,"那管理人继续说,"街道很狭窄,老百姓站在两旁。我们四个人一排,总算勉强从他们中走过去了。窗子和阳台上都是女人……那都是些什么样的女人呀,热茨基先生! 她们每个人手里都捧着一束玫瑰花。那些站在街边上的人连大声地出一口气都不敢,因为奥国军队就在附近……可是那些站在阳台上的女人,先生,她们却将手中的玫瑰花撕得粉碎,然后把那些撕碎了的叶子和花瓣像雪片一样撒在那些满头大汗、满身灰土的胸甲骑兵的身上……哎,热茨基先生,你要是看见那场大雪就好了,有紫红色的雪、粉红色的雪和白雪,还有那些纤纤小手,那些意大利女人! ……我们的上校只是不断地把手挨着嘴唇,向左右两边飞吻。玫瑰花也不断地撒在金色的胸甲、头盔和打着响鼻的马的身上……除此之外,还有一个挂着一根曲拐杖,灰白头发拖到了衣领上的意大利老人突然上前,挡住了上校的去路。他抱着上校骑的那匹马的脖子,吻它,还高喊:'意大利万岁!'①可是他喊完之后,就倒在地上死了……这就是我们到达马近他前夕的情况!"

那过去的贵族地主讲了这些话后,泪水马上从眼睛里涌流出来,掉在他那满是污渍的上衣上。

"维尔斯基先生,如果斯塔赫还要收你的房租,那就让魔鬼把我抓走吧!"我大叫道。

"可我每年要付一百八十卢布呢!"那管理人呜咽起来。

我们两个人都擦了擦眼睛。

"先生,"我说,"马近他是马近他,做生意是做生意,请你给我介绍几个房客吧!"

"跟我来,"那管理人从那张破烂的靠椅上一跃而起,回答道,"来吧,我让你看看那些最特殊的房客……"

他从客厅里跑了出来,把头伸到门里面,我觉得,这好像是一扇通厨房的门。他喊了起来:

"马纽! 我们走啦……维采克,晚上再跟你算账……"

"我不是房东,爸爸干吗要跟我算账?"一个孩子的声音回答说。

"您饶了他吧!"我恳求那个管理人。

"正好! 这孩子不挨一顿打是不睡觉的,"他又说,"是个好孩子,很机灵,就是有点流里流气……"

我们从管理人的住宅里出来,站在楼梯口旁边的一扇门

---

① 原文是意大利文。

旁。管理人小心翼翼地敲门，我全身的血却从头顶上流到了心里，又从心里流到了脚跟上。幸好房间里有人回答了一声"进来"，要不然，我的血也许还会流到鞋子里，然后沿着楼梯一直流到大门口呢！

我们走了进去。

房里有三张床。有张床上躺着一个年轻人，身穿大学生制服，下巴上长满了黑胡楂，手里拿着一本书，双脚搁在床头上。在另外两张床上，那些乱七八糟摆放着的床单和被褥，看起来就像这间房里刚刚刮过一阵台风，把所有的东西都刮了个底朝天似的。我还看见了一个柜子、一只空箱子以及许多散在橱格上、柜子上和地板上的书。房间里还有几把普通的和用曲木做的椅子、一张没有漆过的桌子；我仔细地看了一下，发现那上面还画着一个棋盘，还有一些翻了边的棋子。

就在这个时候，我突然感到头昏脑涨，因为我看见在那些棋子旁边有两个骷髅头：一个里面装着烟草，另一个里面……糖……

"有什么事？"那长着黑胡楂的年轻人问，他也没有从床上爬起来。

"这位是热茨基先生，房东的全权代表。"那管理人指着我回答说。

那年轻人用手肘把身子撑起来，目光炯炯地望着我，问道：

"房东的？……我现在就是这里的房东，可我怎么也想不起我指派过这位先生当我的全权代表。"

这个回答是那么干脆，我和维尔斯基两人都惊呆了。那年轻人这时好像很吃力地从床上爬起来，毫不性急地扣着裤子和背心上的纽扣,尽管他把这一切做得很有秩序,但我深信,至少他衣服上还有一半的纽扣没有扣上。

"啊呵!"他打了个呵欠。

"请坐吧,先生们!"他说着做了个手势,但我看不懂那是要我们坐在箱子上,还是坐在地板上。

"热啊,维尔斯基先生,"他补了一句,"是不是?……啊!"

"对面的邻居正要指控你们这些人呢!"管理人冷笑道。

"指控什么?"

"指控你们不该裸着身子……在房间里走来走去。"

那年轻人生气了。

"那老头是不是疯了?难道要我们在这样的大热天穿上皮大衣?真是岂有此理!"

"得啦,"管理人批评说,"你们应当想到他有个成年的女儿。"

"这和我有什么关系?我又不是她的父亲。一个老小丑!说实在的,他在造谣,因为我们并没有裸着身子。"

"我亲眼见过。"那管理人按捺不住了。

"我敢赌咒,那是造谣!"那年轻人大喊大叫,脸都气红了,"不错,马列斯基没有穿衬衫,但他穿了衬裤,帕特凯维奇没有穿衬裤,但穿了衬衫,列奥卡迪亚小姐不就看见一整套衣服了吗?"

"要是这样,那她非得把所有的窗子的窗帘都拉上不可。"那管理人说。

"要拉窗帘的是老头,不是她,"那大学生摆了摆手,表示不同意,"她在窗帘和窗子之间的缝隙里偷看呢!告诉你吧,先生!如果列奥卡迪亚小姐要吵得整个院子都不得安宁的话,那么马列斯基和帕特凯维奇也有权在自己的房间里随随便便地走来走去。"

那年轻人一面说,一面迈着大步来回地走着。每逢他背对着我们的时候,那管理人就对我眨眼睛,显露出不高兴的神色,表示他毫无办法了。沉默了一会儿,最后他说道:

"先生们已经欠了我们四个月的房租了……"

"唉,你又来这一套了,"那年轻人把双手插在口袋里,叫了起来,"我要对您说几遍,才能叫您不再跟我提起这些蠢事? 这些事您只有跟帕特凯维奇,或者跟马列斯基去谈! 马列斯基缴双月的房租:二月、四月、六月;帕特凯维奇缴单月:三月、五月、七月……这个总记得住吧?"

"可是你们谁也没有缴过房租呀!"那管理人忍不住叫了起来。

"您来得不是时候,这怪谁呢?"那年轻人大喊大叫,他的两只手颤抖起来,"我已经跟您说过一百遍了,马列斯基管双月,帕特凯维奇管单月,怎么还不记得呢?"

"您管什么,我的先生?"

"我嘛,好心的先生,哪个月都不管,"那年轻人叫道,捏着拳头对着我们的鼻子进行威胁,"我原则上是不缴房租的。要我缴给谁? 为什么要缴? 哈哈,我这样不挺好吗?"

他在房间里跑得更快了,依然不断地冷嘲热讽,怒气冲冲。最后他又吹起口哨,朝窗子外面望去,毫不理会地背对着我们。

这时候,我真的要发脾气了。

"请你允许我提个意见,"我说道,"这么不遵守租约也真够特别的了。人家给你房子住,你却认为不缴房租理所当然……"

"谁给了我房子住?"那年轻人咆哮起来,在一扇敞开的窗子上坐下,把身子使劲地往后靠,好像要从三楼上跳下去似的,"我占了这间房,只要人家不撵我,我就要在这里住下去。租约!你们讲的那些租约,算了吧……如果社会要我缴房租,那就得使我给人补课挣得的钱缴得起房租……你们真了不得,我每天教三节课,每月只得十五个卢布,可是我得付九个卢布的饭费,付三个卢布的洗衣费和仆役费……我穿衣上学的钱在哪里呢?还要我缴房租,你们就把我赶到街上去吧!"他很气愤地说道,"让刽子手把我抓住,用棍棒砸碎我的脑袋吧!你们有权这么做,但我不会听从你们的意见和责难的。"

"我不明白你为何这么生气。"我平心静气地说。

"我怎么不生气!"那年轻人答道,身子越来越朝着窗子下面的院子那边倾斜,"既然社会在我生下来时没有把我弄死,又叫我去上学,考试也考了十几次,就有责任给我工作,给我生活的保障,可事实上它并没有给我工作,就是给了,也要在报酬上欺骗我①。如果社会对我不履行契约,那它有什么理由要求我对它履行契约呢?不管别人在什么地方说什么,我原则上是不缴房租的,就这样。尤其是现在的房东并不是这栋房子的建造者,他没有烧过砖,没有拌过石灰,砌过墙,更没有冒过生命危险,我更不缴房租了。他带来的那些钱也许是偷来的吧!他把那些钱交给了一个大概也偷过别人的东西的人,在这个基础上,把我当成他的奴隶。只要有个健康的脑

---

① 这种说法说明了这个大学生接受了马克思在《资本论》第一卷(1867)中提出和当时一些社会主义的小册子和杂志宣扬的关于资本主义制度的观点。——原注

袋,没有不觉得可笑的。"

"沃库尔斯基先生没有偷过谁的钱,"我从椅子上站起来说,"他的财产是靠劳动和节约而攒得的……"

"算了吧!"那年轻人打断了我的话,"我父亲是一个很能干的医生,他白天晚上都工作,收入大概也不错,而且他很节省……一年最多也只能省下三百卢布!你们这栋房子值九万卢布,我父亲要是以实实在在的劳动所得来买这栋房子,他就得活三百年,开三百年处方。但是我不相信这个新的房主已经工作了三百年。①"

我被那些议论弄得晕头晕脑了,可那年轻人还在往下说:

"你们当然可以把我们撵走!……可那时候,你们就会知道,你们失去了什么。这栋房子里所有的洗衣妇和女厨子都会很不高兴,克热索夫斯卡太太就会毫无顾忌地监视着她的邻居,数着每个来访他们的客人,下到锅里的每一粒米。好啊,你们就把我们赶出去吧!到那时候,列奥卡迪亚小姐就会要吊嗓子了!大清早练女高音,下午练女低音……那栋房子就碰到魔鬼了,在这里,只有我们能够维持一下秩序。"

我们要走了。

"这么说,你是决心不缴房租了?"我问道。

"我想都没有想过。"

"你从十月起总可以开始缴了吧?"

---

①　这个结论是法国社会主义者皮埃雷·约瑟夫·普鲁东(1809—1865)的一本著名的书《什么是所有制?》中的观点的反映。普鲁东论证:资本主义物质财富享有的形式乃是一种类型的偷盗。这个观点和马克思的剩余价值论一样,也表现在一些社会主义的小册子中。普鲁东在他的《什么是社会主义?》的系列文章中,也提到了这个观点。——原注

"不，先生！我活不了多久了，我想我这辈子至少要遵循一个原则：如果社会要个人遵守他对它的承诺，那么它也应当履行它对个人的承诺。如果要我给谁缴房租，那么别人给我补课的报酬也得让我缴得起房租。您懂吗？"

"不完全懂，先生。"我回答。

"这一点也不奇怪，"那年轻人说，"年岁大了，脑子不行了，接受不了新的真理。"

我们对他点了点头，就出来了。他在我们走后马上把门关上，但是过了一会儿，他又跑到阳台上，大声地叫了起来：

"请法院的执行官带两个警察来，如果要我从这里出去，就非得把我抬出去不可。"

"那好啊，先生！"我说着便向他表示客气地鞠了一躬，心里想，还是不应当把这么一个怪人撵出去。

那个很特别的年轻人最后退到了自己房间里，把门关了后在里面锁上，以这种方式告诉我们，会谈已经结束了。我在楼梯下了一半时对管理人说：

"我看，你们这里有一些彩色玻璃，是不是？"

"啊，颜色很杂。"

"可都蒙上了尘土。"

"啊，有好多尘土。"那管理人答道。

"我以为，"我接下去说，"那年轻人不缴房租是说到做到的，你说是不是？"

"先生，"那管理人叫了起来，"他还不是最坏的，他说不缴就不缴。可是还有两个，什么也不说，照样不缴房租。这是一些很特殊的房客，热茨基先生！只要他们一来，就不会使我扫兴。"

我不知道为什么,禁不住摇起头来,但我同时也感到,我如果是这么一栋房子的业主,就非得整天摇头不可了。

"那么这里没有一个人缴纳房租,至少没有人按时缴房租了?"我问那过去的地主。

"这毫不奇怪,"维尔斯基答道,"债主们在这里收了那么多年的租金,就是最老实的房客也会变得桀骜不驯的。虽说这样,我们还是有几家住户房租缴得非常准时,比如说克热索夫斯卡太太………"

"什么?"我叫道,"啊,没错,男爵夫人住在这里。她还想买这栋房子哩!"

"她会买下它的,"那管理人小声地说,"先生们,你们可要慎重地对待这件事。她就是付出她的全部财产,也要买下它的。她有一笔很大的财产,虽然男爵先生已经挥霍了不少。"

我仍然站在楼梯中间那扇镶着黄色、红色和天蓝色玻璃的窗子下面。这时便想起了那个男爵夫人,虽然我这辈子只见过她几次,但她总是使我感到这是一个很古怪的女人。她善于表演:一会儿笃信上帝,一会儿心狠手辣,一会儿低声下气,一会儿粗暴无比……

"那是个什么样的女人,维尔斯基先生?"我问道,"那个女人可不一般,先生……"

"和所有的歇斯底里的女人一样,"那过去的地主嘟哝着说,"她失去了她那小小的女儿,她丈夫又遗弃了她,都是些伤心的事。"

"我们去找找她,先生!"我说着便下到了二层楼上。我觉得我现在有很大的勇气,男爵夫人不仅不使我害怕,而且几乎要把我吸引住了。

但是当我们来到了她的家门前,管理人按响门铃的时候,我的小腿上却抽起筋来。我一步也移动不了啦,这时候我又失去了勇气,只因为腿上抽搐,我才没有逃跑,我想起了拍卖场上的情景……

钥匙在锁孔里转动了一下,门闩响了,在微微开着的门缝里露出了一个年岁不大的女仆的脸,她的头上戴着一顶小白帽。

"谁?"那女仆问道。

"是我,管理人。"

"您要干什么?"

"我跟房东的全权代表都来了。"

"那他要干什么?"

"他就是全权代表。"

"那我怎么通报主人呢?"

"你说,"那已经发火了的管理人回答说,"我们来谈房子的事。"

"啊!"

她把门关上,走了。过了两三分钟,她回来后,便把大门的许多锁全都打开,领着我们走进了一间没有人的客厅里。

客厅里的景象很奇特。家具都套上了一些深灰色的套子,那架钢琴和悬挂在天花板上的枝形吊灯也是一样。就连那根立在屋角里的带雕像的圆柱也蒙上了一块灰布。总的来说,这间房给人的印象,像是它的主人已经外出,只留下几个仆人,非常注意房里的整洁。

门背后传来了男人和女人谈话的声音。那女人的声音听得出是男爵夫人；男人的声音我也很熟，但记不起到底是谁了。

"我敢发誓，"男爵夫人说，"他跟她的关系非常亲近，前天他还派人给她送去了一束花呢……"

"哼……哼……"那男人表示不满地哼了两声。

"可那丑恶的婆娘想要蒙混我，马上叫人把那束花扔到窗外去了。"

"男爵不是在乡下吗……离华沙那么远……"那男人不同意她的看法。

"但他在这里有许多朋友，"男爵夫人大声说，"如果我不是对您有所了解，我也会怀疑这些可耻的事情，是您介绍他去干的。"

"别那么说，"那男人表示反对地说。就在那一瞬间，传来了两个接吻的声音，我觉得，那是吻手。

"行了，行了，马鲁谢维奇先生，别那么假温情了！我了解你们，在一个女人不相信你们的时候，你们假惺惺地给她许多温情，然后你们挥霍掉她的财产，要跟她离婚。"

"原来是马鲁谢维奇！"我心里想，"多么称心的一对！……"

"我可不是那样的男人。"那男人略微不服气地说道，门后面又传来两声接吻，当然是吻手。

我看了看那过去的地主，他正仰望着天花板，肩膀耸得差不多齐耳朵高了。

"真滑头。"他指着门嘟哝道。

"您认得他吗？"

"太认得啦！"

"那好，"男爵夫人在隔壁的房里说，"请您拿着这九个卢布到圣十字教堂去做三次弥撒，恳求上帝清醒清醒他的头脑……不，"歇了一下，她说话的声调有点变了；"一次给他做，两次为了抚慰我那不幸的小女儿的灵魂。"

一阵轻声的抽泣，她再也说不下去了。

"您还是安静一点吧。"马鲁谢维奇温和地规劝她。

"您去吧，现在就去吧！"她说。

客厅的门猛地开了，马鲁谢维奇一动也不动地站在门槛上。在他的身后，我看见了男爵夫人那张黄色的脸和发红的眼睛。管理人和我从椅子上站起来。马鲁谢维奇来到了隔壁的一间房里，显然是从另一道门里出去了。男爵夫人依然很生气地叫唤道："玛蕾霞，玛蕾霞！"

就是先前那个女仆跑了进来，她依然戴着那顶白色的小帽，穿一件深色的裙衣，系着一条白色的围裙。她的这一身打扮，要不是眼里闪闪发光，看起来就像一个护士。

"你怎么把这些先生领到这里来了？"男爵夫人问她。

"夫人，是您叫我请他们来的……"

"你这个蠢家伙，滚开！"男爵夫人小声喝道。然后她转向我们说："您有什么事情，维尔斯基先生？"

"这位是热茨基先生，房东的全权代表。"管理人回答说。

"啊，那太好了"男爵夫人说着，便缓慢地走进了客厅，并没有招呼我们坐下。这女人的扮相是：身穿一件黑色的裙衣，苍白又有点发黄的脸，微微发青的嘴巴，哭红了的眼睛，梳得光溜溜的头发。她像拿破仑一世那样，把手叉在胸前，望着我说：

"啊，啊！这位是全权代表先生，我记得您像是沃库尔斯基先生的全权代表,对吗?请您转告他,要么我就从这栋房子里搬出去,我按时给他缴七百卢布的房租,好不好,维尔斯基先生?"

管理人鞠了一躬。

"要么请沃库尔斯基先生清除这屋子里的污浊和流氓行为。"

"流氓行为?"我反问了一声。

"是的,先生!"男爵夫人点头证实道,"那些洗衣妇在下面整天唱着令人生厌的小调。晚上又在我楼上……那些大学生在那里大声笑闹。那些坏蛋从楼上往我的身上扔烟头或者浇水……还有这个斯塔夫斯卡太太,我不知道她是什么人,是寡妇,还是离了婚的女人?也不知道她靠什么生活?可是她却勾引那些非常贤德又极为不幸的女人的丈夫。"

她眨了眨眼睛,放声大哭起来。

"可怕呀!"她呜咽地说,"我因为无法消除心中对孩子的怀念,像一颗钉子一样被钉在这栋悲哀的房子里……她不停地在所有的房间里跑来跑去……她在那边的院子里玩过……朝窗子外面望过,可今天就不让我这个孤苦伶仃的女人向外边望了……他们要把我从这里赶走,要把我赶出去!我碍了所有的人……可是我不能走,这里每一块地板上都留下了她那双小脚的印迹……每一堵墙上都可听到她的笑声和哭声。"

她倒在那沙发里,哽咽着大哭起来。

"啊!"她抽泣着说,"那些人比野兽还凶恶……他们要把我从这里赶出去,我的孩子就是在这里断气的……她的小床和所有的玩具都在原来的地方……我亲自在她的房间里擦净了尘土,就是最小的东西也没有移动……我跪着用双膝踏遍了每一俄尺①地板,在地板上吻了我小女儿所有的脚印,他们却要把我赶走!既然这样,你们就先来赶走我的痛苦、我的思念、我的绝望吧!"

她用双手捂住了脸,用一种揪人心肺的声调呜咽着。我看见管理人的鼻子红了,我自己也觉得眼睛里溢满了泪水。

男爵夫人因为孩子夭亡而产生的那种悲痛欲绝的神情使我的心也软了,我不愿再跟她提增加房租的事了。可是她也哭得我心里烦躁起来,如果不是在二楼,我就会从窗子里跳出去的。

最后,我说什么也得安慰一下这个不停地呜咽着的女人,于是尽可能亲切地劝她说:

"尊敬的夫人,请您安静一下……您对我们有什么要求吗?我们能够为您做些什么?"

我的声音透着那么多的同情,倒使得那管理人的鼻子变得更红了。可是与此相反,男爵夫人一只眼里的泪水已经干了,只有另外一只还在流泪,这表明她认为她的战斗并没有结束,也不认为我已经被她打倒。

"我要求……我要求……"她不断地叹着气说,"我要求,不要把我从我女儿死的这个地方赶走……这里所有的东西都使我想起她。我不忍……也不能离开她住过的房间……我不愿意动她的小家具和玩具。在我遭遇不幸的时候,还要来捞一把是一种卑鄙的行为。"

---

① 俄尺,长度单位。在波兰王国,从一八四九年开始使用这个单位。一俄尺等于二十五点四厘米。在这之前用的新波兰(华沙)俄尺等于二十四厘米。——原注

"谁要捞一把?"我问道。

"所有的人,从那个要我缴七百卢布的房东起。"

"对不起,男爵夫人!"管理人叫了起来,"七间那么漂亮的住房,两间厨房都有客厅那么大,还有两间密室……您就把那三间房让给别的人吧,那里有两扇出入的正门呀!"

"我什么都不让,"她断然回答说,"我深信,我那走了邪路的丈夫总有一天会醒悟过来,会回来的。"

"那您就得缴七百卢布。"

"如果不再增加的话……"我小声地补了一句。

男爵夫人凝望着我,好像想用目光把我烧死,用眼泪把我淹死似的。啊!这个女人真了不得!我一想起她,就浑身发冷。

"租金的多少并不要紧。"她说。

"您很聪明。"维尔斯基称赞她说,向她鞠了一躬。

"房东的要求也没什么……但我拿七百卢布的租金总不能住这样的房子吧?……"

"您对这栋房子有什么不满?"

"规矩的人住在这栋房子里是一种耻辱,"她大声叫道,做起了手势,"因此我不是为了自己,而是为了维护道德的尊严才请求……"

"请求什么?"

"请求把那些住在我楼上的大学生弄走,他们不许我从窗子里往外看,他们使所有的人都堕落腐化了……"

她突然从那张长沙发上站了起来。

"噢,你们听见了吗?"她说着指了指那间朝着院子的房间。

我真的听见了那个长着棕色头发的古怪的男子的声音，他在三层楼上大声喊道：

"玛蕾休,玛蕾休,到楼上来!"

"玛蕾休!"男爵夫人也叫了一声。

"我在这里嘛,您有什么事?"那个脸上微微发红的女仆回答说。

"告诉你,任何时候你都不要从家里出去! 你们看,"男爵夫人往下说,"天天都这样,那些洗衣妇晚上都到他们那里去……上帝啊!"她虔诚地把手合上,大声说,"你们快把这些虚无主义者赶走,这是干坏事的根源,对整栋房子都危害很大。他们把烟和糖放在骷髅头里,他们用人骨头拨着茶炊底下的炭火,他们还想什么时候把整副人骨头都搬到这里来!"

她又那样大哭起来,我怕她会变得精神失常。

"那些先生不缴房租,所以很可能……"

我还没有说完,男爵夫人的眼泪干了,她打断了我的话：

"那是当然,你们一定要把他们赶出去……不过,先生,"她叫道,"他们虽然很坏,很堕落,但是那个……那个斯塔夫斯卡却比他们更坏……"

我看见男爵夫人说出这个名字的时候,眼里闪出了仇恨的火焰,我感到很奇怪,不禁问了一句：

"斯塔夫斯卡就住在这里,那个漂亮的女人?"

"啊,又来了个牺牲者!"男爵夫人指着我叫了起来。随后,她又是那么目光炯炯地用一种低沉的嗓音说：

"您这个头发都白了的人,想想自己做些什么吧! 您知道,这个女人的丈夫被指控杀了人,逃到国外去了。可她靠什么生活? 靠什么那么打扮呢?"

"那可怜的女人像牛马一样干活。"管理人低声地说。

"噢,又是一个!"男爵夫人大声说,"我丈夫(肯定是他)从乡下派人给她送来了一束束鲜花……管理人爱上了她,到每个月底才向她收房租……"

"算了吧,夫人。"那过去的地主表示抗议,他的脸和鼻子一样红了。

"连那个正直的笨蛋马鲁谢维奇也整天整天地从窗子里望着她……"

男爵夫人那悲哀的话声又变成了呜咽的声音。

"你们想一想,"她呻吟道,"那个女人有个女儿……她教育女儿是为了把她送进地狱,可是我……哦,我相信正义……相信上帝的仁慈,我不知道为什么要夺去我的孩子,却给那个……那个女人留下一个活泼可爱的孩子,这到底是什么判决……先生?"她大声叫了起来,"你们可以留下那些虚无主义者,但一定要把那个女人……赶走!她的房子让它空着,房租我来缴,让她无处安身。"

她的这一阵号叫我并不爱听。我招呼那管理人,说我们该走了,然后我又鞠了一躬,冷冷地说了一句:

"男爵夫人,对不起,这件事怎么处理只有房东沃库尔斯基先生本人才能够决定。"

男爵夫人张开了手臂,好像她胸前中了子弹似的。"啊,原来是这样,"她轻声地说,"原来您跟这个……这……个沃库尔斯基和她也串通好了,好吧,在这种情况下,我就只有等待上帝的公正裁决了。"

我们没有再停留,就走了。在楼梯上,我的身子晃晃悠悠像喝醉了酒一样。

"您知道这个斯塔夫斯卡太太的情况吗?"我问维尔斯基。

"是个很正派的女人,"他回答说,"她年轻又漂亮,一个人维持全家的生活……她母亲的养老金只够缴房租……"

"她还有母亲?"

"是的,也是个好女人。"

"她们缴多少钱房租?"

"三百卢布,"那管理人答道,"先生,拿她这些钱,真的像从祭坛上抢东西一样。"

"我们到她们家里去看看。"我说。

"再好也不过了,"他叫道,"但那疯婆子关于她的那些胡说八道,您可不要听。她那么仇恨斯塔夫斯卡,我也不知道为什么。大概是因为她长得漂亮,还有个像天使一样的小女儿吧!"

"她们住在哪里?"

"在一层楼右边的厢房里。"

我记不清我们是怎么从楼梯上下来,经过天井,来到一层楼的那间厢房里的,因为在我眼前出现的总是那个斯塔夫斯卡和沃库尔斯基。上帝啊,这是多么美丽的一对啊!但她已经有丈夫,那有什么办法呢?其实我对这些事情,本来就不感兴趣。我认为是这样,他们认为是那样,命运也许是另一个样呢……

命运呀,命运!它很奇怪地使人们聚在一起,要不是我几年前到霍普费尔酒窖里去找过马哈尔斯基,我也不会认识沃库尔斯基。要不是我叫他到戏院里去,他大概也碰不到伊扎贝娜小姐。我无意中给他造成了麻烦,我再也不那么做了,愿上帝亲自去指引他的仆人吧……

当我们已经来到斯塔夫斯卡太太房子的大门外时，那管理人调皮地笑了一下，对我轻声地说：

"您要注意，我们先看那年轻女人在不在家，有您瞧的，先生！"

"我知道，我知道。"

那管理人没有按铃，却在门上敲了两下，门一下就开了。里面站着一个长得矮胖敦实的女仆，她的袖子往上卷着，胳膊上有许多肥皂水，那双胳臂就是一个大力士看了也会欣羡不已的。

"哦，是管理员先生！"她大声地说，"我还以为，又是那个……"

"难道又有人来找你们的麻烦了？"维尔斯基问道，声音带点发火的意味。

"没有人来找麻烦，"那女仆用乡下人的土话回答说，"只是今天有人送来了一束花，说那是对面马鲁谢维奇送的。"

"那个无耻之徒！"管理人恶毒地说。

"男人们都这样，他要是看中了谁，就会像蛾子见到火花那样扑过去。"

"两位太太都在家吗？"维尔斯基问。

那胖女仆疑惑地望着我。

"这位先生是跟您一起来的吗？"

"是的，他是房东的全权代表。"

"是年轻人，还是个老头？"她像法院的侦查员那样盯着我，查问下去。

"你这不是看见了吗，他年纪大了！"那管理人回答。

"是个中年人。"我赶紧更正了一下。(上帝啊,他们不久后就会把十五岁的后生叫作老头子的!)

"两位太太都在,"那女仆说,"年轻的太太在给一个到她这里来的女孩子补课,年老的在她自己房里。"

"好啊!"管理人含糊不清地说,"那就……给我们向那个年老的太太通报一下!"

我们走进了厨房,看见那里放着一个装满了肥皂水和孩子衣服和被单的洗衣桶。在一条系在烟道附近的绳子上,晾着孩子的小裙子、小衬衫和小袜子。(一看就知道这家有个小孩子!)

在那稍稍开着的门后边,传来了一个老妇人的声音。

"跟管理人一起来的吗? 是位先生?"那个看不见的女人问道,"大概是卢德维克①吧,我昨晚梦见了他。"

"先生们,请进来吧!"女仆打开了客厅的门,说。

那客厅虽然不大,却闪耀着珍珠一样美丽的光彩。一式浅蓝色的家具,钢琴,两个窗户上摆满了白色的和玫瑰红的花,墙上挂着一张美术协会②的奖状,桌上有盏灯,玻璃灯罩呈郁金香形状。到过克热索夫斯卡太太那间家具罩着暗色的套子、像墓穴一样的客厅后,这里使我倍感亲切,就好像它的主人天天都在接待客人。但那几把椅子在桌子旁边摆得那么整齐,说明客人还没有来。

过了一会儿,一个上了年纪的女人从客厅的正门外面走了进来,她身穿一件灰白色的裙衣。她那花白的头发,配着那

---

① 卢德维克·斯塔夫斯基是斯塔夫斯卡的丈夫。

② 美术协会实际上叫美术鼓励协会,一八六〇年成立于华沙,是一些艺术家和艺术爱好者为了扶植和普及美术创作而成立的。

张瘦削但不十分苍老而且长得很端正的脸,给我留下了很深的印象。我觉得这个女人我在哪里见过。

这时候,管理人把他那满是污渍的衣服上的纽扣扣上了两个,以一个真正贵族那种优雅的姿势鞠了一躬,说道:

"请允许我给您介绍一下:这位是热茨基先生,我们房东的全权代表,我的朋友。"

我对着他,他也对着我的眼睛看了一阵。我承认,我对我们如此迅速地交了朋友感到有点奇怪。维尔斯基也看到了这一点,他笑着往下说:

"我说朋友,是因为我们两人在国外的时候,见到过同样有趣的事物。"

"尊敬的先生您到过国外? 真了不起,"那老妇人说。

"一八四九年和稍后一点的时候。"我说。

"尊敬的先生在什么地方遇见过卢德维克·斯塔夫斯基吗?"

"唉,好心的夫人!"维尔斯基笑着叫了起来,然后又鞠了一躬,"热茨基先生早在三十年前就到过国外,令婿四年前才出去的。"

那老妇人把手挥了一下,好像赶走了一只苍蝇似的。

"是啊,"她说,"我说到哪里去了……因为我总是想着卢德维奇库①……对不起,先生们,请坐吧!"

我们坐了下来,与此同时,那过去的地主向老妇人又毕恭毕敬地行了一个礼,老妇人也给他还了礼。

现在我才发现,老妇人那件灰白的长裙许多地方都打了

———————

① 卢德维克的爱称。

补丁。一看见这两个人:一个穿着满是污渍的长衣,另一个身穿补过的衣裙,可是行为举止却像公爵夫人一样,我马上就产生了一种奇怪的忧郁感,时间的犁在她们身上犁过去时,把一切都铲平了。

"您当然不会知道我们的痛苦,"那个表情严肃的老妇人转过身来对我说,"我那女婿四年前遇到了一件不愉快的事,使他遭受了不白之冤。因为这里有个极其凶恶的放高利贷的女人被暗杀了!唉,上帝呀!没什么好说的。有个熟人曾经警告过他,说对他已经产生了怀疑……可他是无辜的,先生……"

"他叫热茨基。"那过去的地主提醒她说。

"……太冤枉了,热茨基先生!在这种情况下,这个可怜人不得不逃到国外去了。去年,因为抓到了真正的凶手,卢德维克被宣布无罪,可那有什么用呢,他在国外已经两年没有音讯了。"

说到这里,她从靠椅上把身子向我斜了过来,小声地说:

"海伦卡,我的女儿,先生……"

"热茨基。"那管理人又插进来说。

"我的女儿,热茨基先生,完全失望了……老实告诉你们,她在国外的许多报纸上都登过寻人启事,可是毫无结果,因此她彻底失望了……她还年轻啊,先生……"

"热茨基。"维尔斯基再一次告诉她。

"是个年轻的女子,热茨基先生,长得不丑。"

"漂亮极啦!"管理人很激动地说。

"她有点像我,"那个年老的妇人继续说,她叹了口气,对那过去的地主点了点头,"我的女儿确实长得不错,年纪很轻，已经有了一个孩子……也许她还想再生几个……虽然，维尔斯基先生，我敢发誓，她从来没有对我谈起过这件事。她很痛苦，但她默默地承受着。我想象得到她的痛苦，因为我也有过像她这样三十岁的年纪……"

"我们中有谁未曾有过这样的年纪呢？"管理人沉重地叹了口气。

门吱呀一声开了，一个小女孩跑了进来，她的手里拿着一副织针。

"外婆！"她叫道，"我给我的洋娃娃织不好那件衣服啦！"

"海卢纽！"老妇人严厉地责备她，"你还没有行礼呢……"

那女孩行了两个屈膝礼，我回礼的时候动作有点迟钝，维尔斯基先生却像一个伯爵那样灵巧。她把那副上面挂着一个正方形的黑色毛织品的织针指给祖母看，一面往卜说：

"外婆，冬天快到了，我的洋娃娃连上街的衣服都没有。外婆，你瞧，我又漏了一针啦！"

（好漂亮的孩子！仁慈的上帝呀，为什么斯塔赫不是她的父亲呢？他如果成了她的父亲，大概就不会像今天这么古怪了。）

外祖母拿起织物和织针向我们告别，正在这个时候，斯塔夫斯卡到客厅里来了。

坦率地说，我一见到她就保持了一种严肃的态度，可维尔斯基却变得六神无主了。他像个大学生一样从靠椅上站了起来，把上衣的扣子又扣上了一个，我可以说，他甚至脸都红了。然后他就含含糊糊地说：

"请允许我给您介绍一下，这位是热茨基先生，我们房东的全权代表。"

"我感到很高兴。"斯塔夫斯卡太太回答说,她垂下眼睛,向我点了点头。但她脸上那强烈的红晕和恐惧的神色却斩钉截铁地告诉我,我并不是一个使她高兴的客人。

"等着吧!"我想,同时我也在想象,沃库尔斯基要是在这间房里会怎么样,"等着吧,我马上就会让你相信,你根本不用害怕我们。"

这时候,斯塔夫斯卡太太在一张靠椅上坐下。她似乎有点心神不定,为了保持镇静,便开始给小女儿整理衣服。她母亲的情绪也不好,那管理人仿佛不知怎么办才好似的。"等着吧!"我想着,脸上露出了一副严厉的表情,问道:

"你们是不是早就住在这栋房子里了?"

"住了五年啦。"斯塔夫斯卡太太回答说,她的脸更红了。她母亲甚至在那张靠椅上哆嗦起来。

"你们缴多少房租?"

"每月二十五卢布。"那年轻的女人小声地说,她的脸色又变白了。她一面捏着她的裙衣,一面不由自主地向维尔斯基投去了恳求的目光。如果我是沃库尔斯基,见到这种目光,我马上就会向她求婚。

"我们,"她说话的声音更小了,"我们还没有缴七月份的房租。"

我像卢齐佩尔那样眉头一皱,深深地吸了口气,好像要把房间里的空气全都吸进去似的,然后说:

"十月份以前的房租……你们一点也不欠。斯塔赫……就是沃库尔斯基先生写信给我,说在这条街上,租三间房收三百卢布,这是敲诈勒索。沃库尔斯基先生决不允许这样的做法,他让我通知你们,这套房间从十月份起,每年只收二百卢布。如果你们还有什么要求……"

管理人听了后连人带椅子地往后退去。那老妇人把双手交叉成一个十字,斯塔夫斯卡太太则把眼睛睁得很大地望着我。这才是一双真正的大眼睛!她是多么善于用眼睛看人呀!我敢发誓,我如果是沃库尔斯基,我马上就向她求婚。她丈夫两年都没有给她写信,那他一定连尸骨都找不到了。再说要离婚这种制度干什么呢?斯塔赫的这笔财产又为了什么呢?

门吱呀一声又开了,进来了一个约莫十二岁的女孩,头戴一顶宽边帽,手里拿着一包练习本。这孩子脸长得很胖,红扑扑的,但并不显得很有文化。她向我们行了个礼,又向斯塔夫斯卡太太和她的母亲行了礼,然后吻了吻海伦卡的面颊,就出去了,当然是要回她家里去。可是她刚出去,又马上从厨房里回来,脸上的红晕红到眼睛上去了。她问斯塔夫斯卡太太:

"后天我什么时候可以来?"

"亲爱的,后天……你四点钟来吧!"斯塔夫斯卡太太也很不好意思地回答说。

女孩最后走了,斯塔夫斯卡太太的母亲表示不满地说:

"这也叫上课,主啊!海伦卡给她至少要上一个半钟头课,得到的却只有四十个格罗什……"

"妈!"斯塔夫斯卡太太打断了她的话,恳求地望着她。

(我如果是沃库尔斯基,就马上跟她结婚。这是一个多么好的女人呀!……她那个面相……那种表情……我这辈子也没有见过这样的女人!还有那双小手、那身段、个头、动作和眼睛,那双漂亮的眼睛!……)

一阵令人不安的沉默过后,那年轻的女人又说:

"我们非常感激沃库尔斯基先生,他以这么优惠的条件把房子租给我们。房东主动降低房租,这恐怕是绝无仅有的。可是我不知道……他这么客气,我们到底该不该享受?"

"这不是客气,太太,这是一个高尚人的正直的表现!"管理人插嘴说,"沃库尔斯基同样降低了我的房租,我也接受了。太太,这是一条很小的街,不热闹……"

"但房客还是有的。"斯塔夫斯卡太太说。

"我们宁愿租给过去的那些房客,他们能够保持安静,守秩序。"我回答说。

"您说得对。"那个灰白头发的女人赞同我的看法,"屋子里的秩序是最重要的,我们都要遵守。即便海卢尼娅有时剪纸,撒在地上,弗兰努西亚也会马上把它扫干净。"

"可是外婆,我只剪了几个信封,因为我要写信,叫爸爸快点回来。"女孩说。

斯塔夫斯卡太太的脸上掠过一丝又像痛苦又像疲劳的阴影。

"毫无结果,一点消息也没有吗?"管理人问。

那年轻的女人摇了摇头,我不敢肯定,她是不是叹了口气,因为声音是那么轻微……

"这就是一个年轻而且漂亮的女人的命运!"那老妇人大声说,"她既不是小姐,也不是个有丈夫的太太。"

"妈!"

"既不是寡妇,也没有离婚,一句话,不知道是什么,也不知道为什么会这样……海伦科①,你说吧,你想怎么样? 可是我要告诉你,卢德维克已经死了。"

---

① 即海伦娜·斯塔夫斯卡。

"妈！妈！"

"是的，"母亲激动地往下说，"我们大家都在这里等他，每天，每时每刻都在等他，可什么也没有等到。他不是死了，就是把你甩了，所以你对他也没有责任了。"

两个女人的眼里都噙着泪水：母亲是因为生气，女儿……谁知道呢？……也许是因为被破坏的生活给她带来的痛苦吧！

我的脑子里突然闪现出一个想法，如果不牵涉到我自己，我认为这个想法是很不错的。其实，到底是什么想法并不重要。我只要在椅子上把身子坐正，一条腿搭在另一条腿上，咳几声嗽，让所有的人都望着我，望着我的脸面和全身，让海伦卡也望着我，我就心安理得了。

"我们认识的时间太短，所以我不敢……"

"这都一样，"维尔斯基先生打断了我的话，"好的效劳即使是不认识的人提出来的，也可以接受。"

"我们认识的时间确实不长，"我向他投去了责备的目光，接着往下说，"但您与其让我，还不如让沃库尔斯基利用他在外面的影响，把您的丈夫找回来……"

"啊，啊！"老妇人呻吟道，我不认为这种声音是快乐的表示。

"妈！"斯塔夫斯卡太太又阻止她。

"海卢纽！"外祖母对外孙女坚决地说，"去把你的洋娃娃找来，给它织件衣服。我已经把那一针钩上了，去吧！……"

小女孩有点惊异，甚至感到好奇，但她还是吻了外祖母和母亲的手，拿着织针走了。

"先生，"那老妇人往下说，"坦率地说，这和我并没有什么关系……只是我不相信卢德维克还活着。有谁两年都不写信的……"

"妈妈,够啦!……"

"不!"母亲打断了她的话,"如果你还没有体会到你的处境,那我对它真是太熟悉了。带着这种永无终止的期待和恐惧,是活不下去的。"

"亲爱的妈妈,关于我的幸福和责任,只有我有发言权……"

"别跟我谈幸福,"母亲火气上来了,"当法庭查出了你丈夫跟那个高利贷女人有见不得人的关系,他逃避了审判之后,幸福就没有了。我知道他没有罪,这我可以发誓。但不管是我还是你,都不明白,他干吗上她那里去?"

"妈妈!这些先生都是生人呀!"斯塔夫斯卡太太失望地叫了起来。

"我是生人吗?"管理人用责备的口吻问道,但他还是站起来,鞠了一躬。

"您不是生人,这位先生,"老妇人指着我说,"我看也是一个很正派的人……"

这回我也鞠躬了。

"我告诉您,"老妇人以锐利的目光望着我的眼睛,继续说,"因为我的女婿不在,我们的生活朝不保夕,而这又使我们永远不得安宁。但我坦率地说,他如果回来,我倒是更害怕了。"

斯塔夫斯卡太太用手绢掩着脸,跑到她自己房里去了。

"哭吧,你就哭吧,"愤怒的老妇人以威胁的口吻说,"这种眼泪,虽然是痛苦的眼泪,也比你天天流出来的那些要好

611

一些……"

"先生，"她转过身来对着我，"凡是上帝赐予我们的，我们都接受，可是我觉得，如果她丈夫回来了，他会把她最后剩下的一点幸福都毁灭掉的。我敢发誓，"她更加轻声地往下说，"她已经不爱他了，虽然她自己感觉不到这一点。但是我也深信，只要他召唤她一下，她会马上到他那里去的。"

一阵哽咽使她再也说不下去了。我和维尔斯基互相对望了一下，便跟那年老的妇人告别了。

"尊敬的夫人，"我要走的时候说，"用不了一年，我就会给您带来您女婿的消息。也许，"我情不自禁地微笑了一下，又补充说，"事情会办得使……我们大家都很满意。大家……连那些今天不在这里的人。"

老妇人以怀疑的目光望着我，但我对这并没有做出反应。我再一次地向她告别，便跟管理人一起走了，也没有再问一声斯塔夫斯卡太太。

"你们要常常来看我们，晚上来也可以！"我们已经走进了厨房，那年迈的妇人又说了一句。

我当然会去的……我那个关于斯塔赫的谋划会不会成功，只有上帝知道。事情一涉及心灵，就没有什么希望了。但我还是要想想办法，给这个女人解开枷锁，这是很有意义的。

我们离开斯塔夫斯卡太太和她母亲的住所后，我和管理人也分手了，大家都感到很满意。他是一个好人。我回到家里后，便抱着自己的脑袋，想了想这次挨家挨户地拜访房客的收获。

我打算把这栋房子的房租调整一下，可是这一调整，它的年收入就要减少三百卢布。不过这样也好，也许很快就会促使斯塔赫产生不满的情绪,把这栋对他来说根本就不需要的房子卖掉。

伊尔总是有点毛病。政治局势也一直处于很不稳定的状态。

第三章 灰色的日子和血腥的时刻

在华沙搭上开往比得哥什的火车①走了一刻钟后,沃库尔斯基遇到了两种虽然完全不同但是都很特殊的情况:车厢里空气新鲜,可他自己却进入了一种奇怪的睡梦中。

他活动很自由,头脑也很清醒,思维明晰又迅捷,但他对什么都不关心,他既不管有谁和他同行,也不考虑他要到哪里去,走哪条路去。随着离开华沙越来越远,他这种淡漠的心情也表现得更加强烈了。过了普鲁什库夫②,雨点从敞开的窗子飘到车厢里,使他感到惬意;过了格罗齐斯克,一阵凶狂的暴风雨使他更加振奋起来,他甚至产生了一种渴望:让闪电把他打死。但是暴风雨过后,他又陷入了先前那种冷漠的心绪中,他对什么都不理睬,即使他右边的那个旅伴趴在他的肩膀上睡着了,坐在对面的那个乘客脱下皮鞋,把两只穿上还算是干净的袜子的脚搭在他的膝盖上,他也毫无反应。

---

① 华沙比得哥什铁路于一八六二年通车,保证了当时华沙和巴黎最迅捷的连接,比华沙维也纳铁路要方便些。一八七八年,乘邮车(相当于今天的快车)从华沙经比得哥什、柏林、科隆到巴黎要走三十七个小时(不算沿途停站的时间)。——原注

② 普鲁什库夫是华沙西边距离华沙市中心十六公里处的一个城市和火车站。——原注

将近午夜时分,他感到一种浓重的睡意在侵袭着他,对周围的一切更不关心了。他用窗帘遮住了车厢里的灯光,闭上眼睛一想,这种奇特的淡漠感会随着太阳出来而消失,可是它不仅没有消失,反而在第二天早晨,越来越增强了。这种状态既没有给他带来好处,也没有使他感到忧虑,就这么平平常常地过去了。

　　后来有人查看了他的护照①。然后他又进了早餐,买了一张乘坐另一列火车的车票②,叫人把行李送到那列火车上,又继续前进。又一个火车站,又一次换车③,再往前走……车厢不断地颠簸着,和铁轨碰撞,发出叮当声响,火车头每过一些时候便拉响汽笛,然后停了下来。车厢里开始进来了两三个说德国话的人……后来说波兰话的旅客就一个也没有了,车厢里全都是德国人。

　　这时候,窗子外面的风景也变了。一些树林被土墙围了起来,树木之间的距离像士兵的队伍那样整齐划一。盖着麦秸的农村的小木屋都看不见了,越来越多的是一些瓦顶的楼房,楼房周围是小花园。火车又停站了,又是吃饭。这是一座很大的城市……啊,这大概是柏林……然后继续前进……进到车厢里来的仍然是一些讲德语的人,但他们却带有另外一

---

①　华沙比得哥什铁路在波兰王国边境上的一站是库雅夫的亚历山德鲁夫,在普鲁士占领区一边是托伦附近的奥特沃琴。火车于二十点零五分到达库雅夫的亚历山德鲁夫,在奥特沃琴进行护照和海关的检查。——原注

②　华沙的火车开到比得哥什后停下来,旅客在这里要换乘去柏林的火车。——原注

③　这里是说比得哥什去柏林的邮车到了波兹南站,但是这里并不需要换车。——原注

种土腔①。然后到了夜晚,睡觉……不,那不是睡觉,还是那种淡漠的心绪控制了一切。

有两个法国人走进了车厢。窗子外面的风景完全变了,有广阔的空间,有山岗,有葡萄园。到处都可见到高大的楼房,这些楼房虽然古旧但很坚固,它们大都被树木遮掩,爬满了常春藤。又检查了一次行李②,换了一次车。又有两个法国人和一个法国女人走进了车厢,他们引起的那种喧闹,就像来了十个人似的。这些人看似受过良好的教育,但他们却毫不礼貌地大笑起来,还交换了几次座位,然后又向沃库尔斯基表示道歉,为了什么? 沃库尔斯基自己也不知道。

在一个车站上,沃库尔斯基给苏津发了个电报,地址是"巴黎,贵族大饭店③",他把电报稿和钱交给了列车员,既没有点他到底付了多少钱,也不管电报能不能送达。在下一个车站上,却有人把一沓钞票塞在他的手里,这时候,车子已经开动了。沃库尔斯基发现,又是夜晚了④,于是他又进入了一会儿瞌睡沉沉一会儿失去了知觉的状态。

他闭上了眼睛,但是他在想,他现在在睡觉,这种奇怪的漠不关心的状态到了巴黎就会改变。

"巴黎呀! 巴黎呀!"他自言自语道,依然是瞌睡沉沉的,

①　东部和北部地区的德语是所谓下德意志方言的一个分支,西部地区(莱茵河畔)的德语是中德意志方言。——原注

②　过了法国国境后,在热蒙特这个地方检查旅客的行李。

③　贵族大饭店是巴黎市中心最讲究和最昂贵的饭店之一,在卡普琴大街旁,离歌剧院不远,有七百间客房、七十间豪华客房。——原注

④　去巴黎的旅程没有这么远。如果沃库尔斯基选择了经过柏林的这条路,那么他在火车上只需要过两夜,而不需要过三夜。——原注

"这么多年，我只能在梦里见到它，但这已经成了过去……一切都成了过去。"

早晨十点，又到了一个车站。火车停在车站的房檐下；喧闹、喊叫、奔跑。有三个法国人马上向沃库尔斯基跑过来，表示愿为他效劳。可这时突然有人抓住了他的手。

"好啊，斯坦尼斯瓦夫·彼得罗维奇，幸好你来了……"

沃库尔斯基冲那个红脸和褐色胡子，长得很魁梧的汉子望了一阵，最后说：

"啊，苏津！"

他们互相拥抱。苏津是由两个法国人陪着来的，其中一个拿走了沃库尔斯基的行李票。

"幸好你来了，"苏津说着，又吻了他一下，"在巴黎没有你，我真不知道该怎么办啦！"

"巴黎？……"沃库尔斯基想。

"我倒没什么，"苏津继续说，"你跟你们的那些坏透了的贵族搞在一起，变得目空一切了，对我的事已经不关心了。但可惜你丢了那么多钱……你差不多要损失五万卢布。"

那两个陪同苏津的法国人又来了，告诉他们说，现在可以走了。苏津拉着沃库尔斯基的手，领他到了一个广场上，那里停着许多公共马车和由一匹马或两匹马拉的马车，那些马车夫有的坐在前面的驭者座上，有的在后面的客座上。苏津和沃库尔斯基走了几十步，就遇到了一辆由两匹马拉的马车，它的旁边站着车夫。他们上去后，车就走了。

"看哪，"苏津说，"这是拉法叶泰街，那是马真塔公园。我们的车子一直走在拉法叶泰街上，最后来到了歌剧院旁边的一家饭店的门前。我告诉你，这不是城市，是奇迹！是啊，如果你看见了香榭丽舍大道,然后又看看塞纳河和里沃利街①之间的那些地方,我告诉你,这不是城市,是一个奇迹……只是女人们打扮得有些过分。这里的风俗不一样……你来了,我真是太高兴了;五万卢布,或许还要多好几千,这不是小数目……你看,歌剧院就在这里,那里是卡普岑大街。这是我们的住处。"

沃库尔斯基看见了一栋高大的五层楼的楔形楼房,它的周围围着一道有两层楼高的铁栏杆。这栋房子面临着一条宽阔的,两旁种植着树木的街道,但是这些树还没有长大。街上到处都是公共和私人马车,步行和骑马的人们,非常杂乱和拥挤,就好像至少有半个华沙的人都跑到这里来看什么意外的事件。街道平滑得像镶木地板一样。他知道他已经来到了巴黎市中心,但他并不为之激动,也不感到好奇,好像这一切都跟他毫无关系似的。

那辆马车驶进了一座富丽堂皇的大门,仆人把车门打开,他们下了车。苏津拉着沃库尔斯基的手,把他领进了一个小房间,过了一会儿,这间小房便往上升去。

"这是升降梯,"苏津说,"我在这里租了两间房,一间在一楼,每天一百法郎,另一间在三楼,十法郎。还给你租了一间十法郎的。实在没办法……这里在开博览会。"

他们从升降梯里走出来,来到走廊里,过了一会儿,就到了一间布置得很讲究的房间里,那里摆着漂亮的木家具,一张宽床,床上挂着蚊帐。此外还有一个柜子,柜门上装着一面大

---

① 里沃利街是巴黎最热闹和漂亮的主干线之一,它经过市中心通往塞纳河边。在它和塞纳河之间有杜伊勒利公园、卢浮宫和其他一些名胜古迹。——原注

镜子。

"坐吧,斯坦尼斯瓦夫·彼得罗维奇!你想吃还是想喝,就在这里还是到饭厅里去?好啦,你得到了五万卢布,我很高兴。"

"告诉我,"沃库尔斯基第一次开口说话了,"凭什么我可以得到五万卢布?"

"也许还要多一些。"

"好,但这凭什么?"

苏津倒在一张沙发上,捧着肚子,大笑起来。

"哦,凭你这一问,就该得到这么多钱!有了钱,别的人是不问这个的,而只是说,快拿来吧!只有你想知道,这笔钱是怎么赚来的。啊,你真是个好心人!"

"这不是回答。"

"我这就回答你,"苏津说,"首先是为了你在伊尔库茨克那四年中,教会了我许多东西。如果没有你,我就不是今天的苏津了。好啦,斯坦尼斯瓦夫·彼得罗维奇!我不是你们这样的人,我以友善回报友善。"

"这也不是回答。"

苏津耸了耸肩膀。

"别要我在这间房里再说明什么了,你到楼下自己会明白的。我大概要买一点巴黎的装饰品,也可能还要买十几条商船,但我既不懂一句法语,也不懂德语,我要有一个像你这样的人①……"

---

① 当时在华沙中央大学预科班,法语和德语都是必修课,沃库尔斯基在那里学习时,一定学了这两种语言。——原注

"我不熟悉船舶。"

"这不要紧,我们在这里找得到铁路、航海和军事方面的工程师……我现在说的不是这些人,而是说我要有一个替我、为我说话的人。告诉你吧,到了下面,眼睛和耳朵都要灵活一点,可是一离开那里,你就要把什么都忘掉,斯坦尼斯瓦夫·彼得罗维奇,我想你是做得到的,其他就别问啦!我如果赚了百分之十,就把我赚的百分之十给你,事情就这样。至于这是为什么,为了谁,我要反对谁,就别问了。"

沃库尔斯基没有说话。

"四点钟,有些美国和法国的厂主会来找我,你能来吗?"苏津问道。

"能来。"

"你现在到城里去逛逛吗?"

"不,我要睡觉。"

"那好吧,我们就到你那间房里去。"

他们离开了苏津的这间房,走了十几步,就来到了一间和苏津的完全一样的房间。沃库尔斯基马上倒在床上,随后,苏津便踮着脚尖走了出去,把门关上。

苏津走后,沃库尔斯基闭上眼睛,想要入睡。实际上,他并不是想睡,而是想驱逐掉一个缠着他的讨厌的念头,他就是为了逃避这个念头,才从华沙到这里来的。有一阵,他似乎觉得这个念头已经消失,但它却依然留在华沙,游荡在从克拉科夫城郊街到乌雅兹多夫大街的马路上,正忐忑不安地到处找他。

"他在哪里? 到底在哪里?"那个念头的幽灵低声说。

"它是不是在跟踪我?"沃库尔斯基问自己,"可它即使来到这里,来到这么一座大城市里,来到一家这么大的旅馆里,大概也找不到我。"

"但它也可能找到我呀……"他突然这么想。

他更加紧闭着眼睛,身子开始在弹簧垫上摇来摇去,他觉得这弹簧垫又宽大又很有弹性。两种不同的喧哗声引起了他的注意:在门外,在饭店的走廊里,都有许多人在说话,在奔跑,好像刚发生了什么事似的。窗子外面,街上传来了各种各样的市声,有车辆的辘辘声、钟声、人声、号声、枪声以及只有上帝才知道的什么别的声音。这一片声音都是那么低沉压抑,好像是从遥远的地方传过来的。

后来,他觉得好像有个黑影望着窗子里面,过了一阵,又有一个人在那条长长的走廊里走来走去,挨家挨户地敲门,问道:

"他在不在这里?"

当真有人来到了那里,在那里敲门,还敲了他住的那间房的门,因为没有听到里面的应声,便往下一间房走去。

"他找不到我!……找不到……"沃库尔斯基这么想。

这时他把眼睛睁开,吓得毛发都要竖起来了。他看见对面有间跟他这间一模一样的房间,有一张挂着蚊帐完全一样的床,床上睡的就是他自己……他用两只眼睛向周围察看了一下,觉得自己在这里非常寂寞,只有一个永远不退让的见证人,即他自己陪伴着他,这个场面使他感受到了他这辈子还从来没有感受过的最大的震撼。

"这样的侦查是多么奇怪,"他厌恶地说,"这些装着镜子的柜子的样子是多么笨拙。"

他从床上跳了起来,那个相貌和他一样的人也马上跳了起来。他往窗口跑去——那个人也跑到了窗子旁。他急急忙忙打开箱子,要换衣服,那个人也开始换衣服,显然是要到城里去。

沃库尔斯基已经意识到非得从这间房里逃走不可。那个迫使他从华沙逃了出来的幽灵,现在又到这里来了,它就站在门槛的那边。

他洗了脸,换了干净的衬衣。这时才十二点半。

"还有三个半钟头!"他想,"这么多时间总得干点什么……"

他刚一开门,那个把先生①当成了口头语的仆人就已经来了。

沃库尔斯基叫他把自己领到了楼梯口,给了他一个法郎,然后就像一个被追缉的人那样从三层楼跑下来。他跑出了大门后,又站在人行道上。街道宽阔,两旁种了很多树。不一会儿,就有五六辆私人马车和一辆黄色的公共马车在街上驶过,这辆公共马车的车厢里面和车顶上都挤满了乘客。右边很远的地方显现出一个广场②,左边,在饭店前有一个不很大的布篷。布篷下面挨着人行道摆着一些小圆桌。一群群的男女坐在桌旁,正在饮咖啡。男人们都穿着敞领上衣,纽扣孔里插着鲜花,肩上披着饰带,高高地跷起二郎腿,这种姿势在旁边那栋五层楼房的衬托下,倒是挺不错的。女人们身材娇小、苗条,皮肤呈棕色,她们的目光充满了热情,但穿得很朴素。

---

① 原文是法文。
② 指旺多姆广场。

沃库尔斯基往左边走去,转过这家饭店的一个拐角,看见饭店前面有一个布篷,在它下面的人行道旁,有一群人在喝什么饮料。这里有近一百人:男人们样子很粗野,女人们则显得天真、活泼而又亲昵。街中央由一匹马和两匹马拉着的马车接二连三地驶过,人行道上每时每刻都有步行的人群奔向各方。还有黄色、绿色和一些棕色的公共马车从这里横穿而过。所有的马车里面都载满了乘客,连车顶上也坐了许多人。

沃库尔斯基站在广场①的中央,有七条街在这里交会。他数了一遍又一遍,还是七条街……往哪里去呢?……那么就到那枝繁叶茂的树林中去吧……正好有两条街成十字交叉,两旁种满了树……

"我就沿着饭店的围墙走过去吧。"沃库尔斯基想。

他向左边才拐了个半弯,就惊讶地停住了。

因为他看见前面有一幢巍峨的大厦。

它的底层有一排拱门和塑像,一层楼上有一些很粗大的石柱和小一点的大理石柱,上面安装着镀金的柱顶。大厦屋顶的四角竖立着雄鹰和金身的塑像,它们骑在一些同样是镀金,而且形似放荡不羁的骏马背上。前面的屋顶较为平坦,后面是个带圈的圆屋顶,再后边还有一个三角形的屋顶,它的顶尖上也竖着一组塑像。到处都是大理石、青铜、黄金,到处都有柱子、塑像和浅浮雕……

"这是不是歌剧院?"沃库尔斯基想,"这里的大理石和青铜可比全华沙的还要多呀!……"

***

① 指歌剧院广场。——原注

他想起了他的铺子，那就是城市的装点，不禁羞愧得脸都红了。他往前走去，刚迈出第一步就觉得巴黎对他是一种压抑，但这也使他产生了一种心满意足的感觉。

私人马车、公共马车和行人令人惊讶地大量增加。每走几步就可看到一些凉台、小圆桌和坐在人行道旁的人们。在一辆仆人坐在后座上的马车的后面，还有一辆狗拉着的车子。有辆公共马车赶过了它，它后面还有两个抬着重东西的挑夫。接着又是一辆两个轮子的大车，一个女人和一个骑马的男人，紧随其后的还有各种车子的队伍，没有尽头。靠近人行道还停着两辆手推小车，一辆上面摆着一束束鲜花，另一辆装载着水果。对面有一个做馅饼的，一个报贩，一个卖旧货的，一个磨刀的和一个书商。

"卖衣服！①"

"《费加罗报》！②"

"博览会！③"

"《巴黎指南》！④……三个法郎！……三个法郎！⑤"

有个人把一本书塞在沃库尔斯基的手里，他付给了他三个法郎，然后向这条街的另一边走去。他走得很快，但他看见，不管是马车，还是行人，所有的一切都赶到他前面去了。当然，这是一场大规模的激烈竞争，因此他加快了步伐，虽然他一个人都没有赶上，但已经引起了大家的注意。首先是报贩和书商对他进行指责，女人们也望着他，男人们则带嘲讽地笑话他。他，沃库尔斯基，在华沙引起了那么大的轰动，在这里却变得像孩子一样畏缩不前……但这却使他感到很满意。

~~~~~~~~~~~

① ②③④⑤　原文是法文。

是啊,他是多么想使自己又变成一个像当年那样的孩子,那时候,他父亲还跟朋友们商量,是把他送去当伙计,还是让他去上学?

街道在这里稍微向右弯了过去,沃库尔斯基在这里首次见到了一栋三层的楼房,他很激动。在那许多五层的楼房中有一栋三层楼房!这个意外的发现是多么令人高兴。

忽然有一个马车夫①驾着一辆私人马车从他身边驶过,里面坐着两个贵妇,一个他完全不认识,另一个……

"是她吗?"沃库尔斯基低声说,"不可能。"

虽说这样,但他一下子却感到全身无力了。幸好附近有一家咖啡店,他一屁股坐在紧靠人行道摆着的一张椅子上,堂倌②来了,问了他一句什么话,随后便给他送来了一杯马扎格兰咖啡③。与此同时,还有一个卖花女在他那带天鹅绒领子和小袖口的黑色的礼服上,插上了一朵玫瑰花,有个报贩在他面前的桌子上放了一张《费加罗报》。

沃库尔斯基扔给卖花女十个法郎,给报贩一法郎,便开始一面喝咖啡,一面看报。

"伊扎贝娜女王陛下④……"

他把报纸折起来,塞进衣兜里,没等喝完那杯咖啡,就付了钱,从桌子旁站了起来。堂倌⑤偷偷地望着他;有两个客人在玩弄着他们那细小的手杖,把两条腿跷得老高,其中一个不

<hr>

①②⑤　原文是法文。

③　一种加糖,兑以白兰地酒或甜酒的冰镇黑咖啡,以非洲摩洛哥的马扎格兰城命名。

④　指当时住在法国的西班牙女王伊扎贝娜二世(1830—1904),在位于一八四三至一八六八年间,在一八六八年革命风暴中被推翻了。后来逃到法国,让位于她的儿子阿尔丰斯十二世(1857—1885)。——原注

礼貌地用单眼镜注视着他。

"要是我扇这家伙一记耳光又怎么样呢？"沃库尔斯基想，"明天就来决斗一场吧，也可能他把我打死。但如果我打死了他呢？"

他从那家伙身边走过，望了望他的眼睛，竟使得那个人的单眼镜一下子掉在自己的背心上，他本想显露的一副讥讽的笑脸也收回去了。

沃库尔斯基继续往前走去，他集中最大的注意力观看着那些房子。那是多么豪华的商店呀！其中最不起眼的也比他那家铺子要气派得多，可他那家铺子还是华沙最漂亮的呢！房子都是由一块块石板砌成的，几乎每一层楼都有大的阳台或者绕着整层楼的铁栏杆。

"看来在巴黎，好像所有的居民都感到必须经常保持联系，如果不在咖啡馆里，就通过走廊保持联系。"沃库尔斯基想。

那些屋顶也有点古怪，高耸陡直，上面有许多烟道，耸立着铁皮烟囱和尖顶。街上每走一步路都会碰到树木或路灯，商亭或者顶上有圆球的柱子。生活的步伐是那么强有力，它不仅表现在马车永无终止的行驶，人们急急忙忙地奔跑和五层楼的石砌大厦不断地建立起来，而且也表现在有那么多的塑像或墙上的浅浮雕，屋顶上的尖突装饰以及街上那数不清的商亭。

沃库尔斯基觉得，他好像是刚从一潭死水里出来，又突然掉进了沸水里，它"在翻涌，在哗哗地响，在四溅……"①他本

---

① 引自德国诗人席勒(1759—1805)的歌谣《潜水者》，歌谣描写了意大利和西西里岛之间墨西拿海峡汹涌的波涛。这是普鲁斯自己翻译的。——原注

来是个已经成熟的人,按照自己的个性是个狂暴的人,但在这里,他觉得自己变成了一个无知的孩子,对所有的人和所有的东西都感到新奇。

这时候,他的周围依然在不断地"翻涌,沸腾,哗哗响和四溅"①;既看不见人群的尽头,也不知道那些车辆、树木和耀眼的橱窗,甚至街道到哪里才没有了。沃库尔斯基逐渐进入了一种昏昏沉沉的状态,他再也听不见人们大声的说话,听不见小贩的叫卖声,甚至连马车行驶的辘辘声都听不见了。后来他觉得,他好像在什么地方看见过这样的房子,这样热闹非凡的场景和这样的咖啡馆。但他后来又想,这些都没有什么了不起,他甚至想要对某些现象进行批评,因此他自言自语地说,在巴黎,虽然比在华沙能更经常地听到法国话,但是这里的声调不好听,发音也不太清楚。

他这么想着,便放慢了脚步,碰到向他走过来的人也不让路。他本以为那些法国人会不礼貌地对他指指点点,但他却很吃惊地看到,他们其实越来越不注意他了。在街上待了一个钟头后,他已变成了巴黎海洋中一滴很普通的水。

"这样还好些!"他低声说。

到这时候为止,他每走几步,左右两边的房屋就让开一个道口,现出了一条横街。现在道口没有了,一大片房屋的形状都一样的墙壁延伸数百步远。沃库尔斯基感到不安,他快步地走着,最后来到一条横街上,他稍微往右拐,看见那里标着菲亚克列街②的字样,这使他感到很高兴。

<hr>

① 这是上面那句引文的另外一种译法。——原注
② 原文是法文。

他想起了夏尔·保尔·德·科克①的一部长篇小说，不觉笑了起来。然后又是一条横着的街，它的名字叫小街②。

"我不熟悉。"他自言自语道。

再往前走几十步，是普瓦索尼耶大街③，这条街使他想起了一起刑事案件。然后还有一条又一条从体育馆④剧院对面通过的短小的巷子。

他看见左边有一幢巨大的建筑物⑤，它和他到现在所见到的房屋都不一样。"这到底是个什么呢？"他想。这是一幢由石板砌成的长方形的大厦，它的大门是拱式的，呈半圆形，位于两条街的交叉口上。旁边有一栋小房子，房前停着许多公共马车，对面有一家咖啡店，还有人行道，它跟街道隔着一道不长的铁栏杆。

和这相距三百步的地方，还有两个样子也差不多的大门⑥。它们之间横着一条宽阔的街道，向左右两边延伸。这里车水马龙，更加热闹，因为有三种不同形式的公共马车和电车从这里穿行而过。

沃库尔斯基往右边看，又看见了两排路灯和两排商亭，两排树木和两排五层楼的房子，它们排在一起，有克拉科夫城郊

---

① 夏尔·保尔·德·科克(1793—1871)，法国通俗小说作家。他的小说大都取材于小市民的生活，描写爱情和复仇，情节生动曲折，引人入胜，被译成多种文字，十九世纪在波兰很受欢迎。——原注

②③④ 原文是法文。

⑤ 巨大的建筑物是指圣德尼门，两个相距不远的大凯旋门之一，法国在一六七二年战胜了弗朗德里亚之后，为了纪念路易十四国王而建立的。——原注

⑥ 这是圣马丹门，也是路易十四国王在和弗朗德里亚的战争中再次取得胜利后，于一六七四年建立的。——原注

街和新世界大街加起来那么长,简直看不到尽头,只是在远处什么地方向天上升去,而屋顶却落到了地面上,最后什么都看不见了。

"是的,我就是迷了路,开会要迟到,我也要往那边走去……"他想。

在街角上,有个女人从他的身边走过,她的身材和行动举止给沃库尔斯基留下了很深的印象。

"是她?不是!她在华沙,再说我也是第二次遇到这样的人了。是个错觉……"

他感到全身无力,记性也消退了。他站在两条绿树成荫的街道的交叉口上,全不知道自己是从哪里来的。在森林里迷了路的人们有过的那种恐惧感突然攫住了他,幸好来了一辆一匹马拉着的马车,车夫对他非常友好地微笑着。

"贵族大饭店。"沃库尔斯基说着便坐了上去。那马车夫用手碰了一下帽子,叫道:

"快跑,利泽特卡①!这个高贵的外国人为你的辛劳会赏给你一夸脱啤酒。"

然后他转过来侧身对着沃库尔斯基说:

"公民,您不是今天才到这里,就是您刚吃过一顿美味的早餐,我猜得不错吧?"

"我是今天到这里的。"沃库尔斯基回答说,他看见车夫的那张脸既饱满又红润,而且没有长胡子,就放心了。

"您喝了点酒,我一看就看得出来,"那马车夫说,"可是您知道乘坐马车的规定价格吗?……"

① 马名。

"那无所谓。"

"快跑,利泽特卡!我很喜欢这个外国人,我以为,只有这样的人才可以到这里来,参观我们的博览会。可是公民,您去贵族大饭店一定有事,对吗?"

"一点不错。"

"快跑,利泽特卡!这个外国人令我肃然起敬。公民,您大概是从柏林来的吧?"

"不是。"

那车夫瞅了他一会儿,最后说:

"对您来说,这就更好了。虽然普鲁士人夺走了我们的阿尔萨斯州和洛林州的好大一块①,我并不恨他们,但我无论如何不愿意让德国人站在我的背后。公民,您是从哪里来的呢?"

"从华沙来的。"

"啊,原来是这样!② 那是一个美丽的国家……一个富有的国家呀!快跑,利泽特卡!那您是波兰人喽?我知道波兰人!那是歌剧院广场,这里就是贵族大饭店。"

沃库尔斯基扔给那马车夫三个法郎,就急忙跑进大门,上了三楼。等他来到自己的房门前时,那个带微笑的仆人已经出现在他的面前,他交给了他一张苏津的便条和一包信件。

"有许多男客来找您有事……还有许多女客!"仆人狡黠

〰〰〰〰〰〰

① 阿尔萨斯州和洛林州的好大一块在莱茵河畔法国和德国的边境上,是法国在一八七一年和普鲁士的战争中失败后失去的。这些地方的居民当时很快就德意志化了,直到第一次世界大战德国遭到失败后,根据一九一九年签订的凡尔赛和约,这些地方才归还法国。——原注

② 原文是法文。

地望着他说。

"他们在哪里?"

"他们有的在会客室里,有的在阅览室里,还有在餐厅里……朱马特先生等得不耐烦了。"

"朱马特先生是谁?"沃库尔斯基问道。

"是给您和苏津先生管事的人……一个很能干的人,如果他能得到一千法郎可靠的酬金,他会给您办很多事……"仆人仍然用调皮的腔调说。

"他在哪里?"

"在一层楼您那个会客室里。朱马特先生很能干,但我对阁下您也是有用的;虽然我姓米勒,其实我是阿尔萨斯人。讲句老实话,如果我们能把这些普鲁士人①全都赶走的话,我不但不要您的钱,而且每天还付给您十个法郎。"

沃库尔斯基走进了自己的房间。

"先生,您要特别注意那个男爵夫人……本来说好让她三点钟来,可她已等候在阅览室里了。我敢发誓,她是个德国女人……可我还是个阿尔萨斯人……"

米勒的最后几句话声音很小,他说着便到走廊里去了。

沃库尔斯基打开苏津的便条,念道:"会到八点钟才开,你有充分的时间,先接待一下那些客人吧,特别是那些女人。说真的,我年纪太大了,不能满足她们所有的要求。"

沃库尔斯基开始阅读那些信件。它们大部分都是商人、理发师、牙医的广告,有几封请求援助的信,另一些提出了公

---

① 德国人占领阿尔萨斯和洛林后,这些地方一部分居民不堪残酷的迫害,逃到了法国。米勒是个德国姓,就像大部分阿尔萨斯人一样,跟沃库尔斯基谈话的这个人觉得自己是法国人。——原注

开某些秘密的建议,此外还有一份救世军①的号召书。

在所有这些信件里,下面这一封引起了沃库尔斯基的注意:"一个年轻、摩登、俊俏的女子很想跟您一起游览巴黎,费用共同负担。请将回信交给饭店的门房。"

"这个城市可真有些与众不同。"沃库尔斯基低声说。

第二封信更有意思,是那个男爵夫人写的,约好了她三点钟在阅览室里和他见面。

"还有半个钟头……"

他按响了铃,吩咐把早餐送到房间里来。没几分钟,就有人给他送来了火腿、鸡蛋、煎牛排、一种不知叫什么的鱼,几瓶各种各样的饮料和一壶黑咖啡。他狼吞虎咽地吃了起来,喝咖啡时胃口也不错,完了又叫米勒领他到那个会客厅里去。

仆人跟沃库尔斯基来到走廊里,在铃钮上按了一下,对着送话器说了些什么,接着领他进了电梯。一分钟过后,沃库尔斯基到了一层楼上,他刚从电梯里出来,就碰到了一个身穿大礼服打白领带的绅士,这位先生留着小胡髭,行为举止彬彬有礼。

"朱马特。"那位先生自我介绍说,还鞠了一躬。

他们沿着走廊走了几十步后,朱马特便打开了那客厅的豪华的大门。沃库尔斯基一看那些镀金的家具、巨大的镜子和壁上的浅浮雕,吓得差点后退了。摆在客厅中间的那张大

---

① 救世军是一八六五年由威廉·布思(1829—1890)在英国成立的一个宗教组织,主要活动在盎格鲁-撒克逊国家。从一八七八年开始用救世军这个名称,从事慈善活动,进行典型的宗教宣传(打鼓吹号游行,印广告),内部组织模仿军队的形式(分为军团,其成员身着军服)。——原注

桌子铺了一块很珍贵的桌布,桌上放着一堆文件。

"我可以把那些客人领进来吗?"朱马特问道,"我觉得这些人并没有什么危险。但我冒昧地提请您注意……那个男爵夫人正在阅览室里等着呢!"

他行了个礼,很严肃地走进了另一个客厅,那好像是个接待室。

"见鬼,我是不是陷入了冒险的境地?"沃库尔斯基想。

沃库尔斯基在一张靠椅上刚刚坐下,开始阅读那些文件,就有一个身穿天蓝色绣金礼服的仆人走进来,把放在托盘里的一张名片交给他。名片上写的是"上校",旁边还有一个姓,别的什么也没有说。

"请他进来。"

没多久,进来了一个男人,身材匀称,留着花白尖短的胡子,他那上衣的衣领上缀着一条红色的小饰带。

"我知道,您时间不多,"那客人点了点头,说,"我的事情也占不了多少时间。不管是从娱乐来说,还是从学问来说,从各个方面来说,巴黎都是一个很了不起的城市,只是它要有一个有经验的向导。我对所有的博物馆、美术馆、戏院、俱乐部、纪念馆、政府机关和私人团体都很熟悉,总而言之,我什么都知道……如果您有什么要求……"

"请把您的地址留下来!"沃库尔斯基说。

"我掌握四种语言,在艺术界、文学界、科学界和实业界都有熟人……"

"此刻我答复不了您。"沃库尔斯基打断了他的话。

"那么我再来一次,还是等您的召唤?"那客人问。

"是的,我会写信答复您。"

"请别把我忘了!"那客人说完后,便站起来,行了个礼,走了。

仆人送来第二张名片,马上就出现了第二个男人。这人全身臃肿,脸色绯红,看来像个丝织品商店的老板。他从门口一直走到桌子旁边时,都在不断地行着礼。

"您有什么事情?"沃库尔斯基问道。

"怎么,您看了埃斯卡博这个姓,还猜不出这是谁? 是不是汉尼拔·埃斯卡博?"进来的人感到惊奇,"埃斯卡博步枪每分钟打十七发,我荣幸地给您带来了一支这样的枪,每分钟可以打三十发子弹……"

沃库尔斯基露出了非常惊讶的神色,使得汉尼拔·埃斯卡博①也感到惊讶了。

"我想,我是不是弄错了?"客人问。

"您真的搞错了,"沃库尔斯基回答说,"我是个做服饰用品买卖的商人,对枪一点也不感兴趣。"

"但是有人……私下对我说,"埃斯卡博强调说,"先生们……"

"别人对你说的话不对。"

"哦,那对不起啦! 可能是在另一间房里。"客人一面说,一面鞠着躬,往后退去。

那个穿天蓝色礼服和白裤子的仆人又来了,跟在他后面的是另一个客人。这人又矮又瘦,皮肤黝黑,眼睛里透着不安的神情。他几乎是跑到桌子前面,倒在一张靠椅上,两眼望了

---

① 埃斯卡博是一个法语的姓,意思是矮小的桌子或者长凳。把它和连罗马都害怕得发抖的伟大的迦太基领袖汉尼拔(前247—前182或183)的名字联系起来,有讽刺意味。——原注

一下客厅的门,然后凑到沃库尔斯基跟前,以压低的嗓音说:

"这一定会使您感到奇怪,但是……事情很重要,太重要了……最近几天,我在赌轮盘上有了重大的发现,只要一连六次到七次加倍地增加赌注……"

"对不起,我不赌博。"沃库尔斯基打断了他的话。

"您不相信我吗?……这一点也不奇怪,但我身边正好带了一个小轮盘,我们可以试试……"

"请原谅,我现在没时间。"

"只要三分钟,先生……一分钟。"

"半分钟也没有。"

"那么,我什么时候可以再来呢?"客人露出了失望的神情,问道。

"总而言之,最近是不可能的。"

"那您至少要借给我一百法郎,去做一些正经的试验。"

"我可以给您五个卢布。"沃库尔斯基说,开始掏口袋。

"不,先生,谢谢啦……我不是冒险分子。不过,您还是给我吧……明天我就还您。到时候,也许您会想好的。"

下一个客人身材魁伟,仪表堂堂,上衣的折领上挂着一串小型的勋章。他表示愿意让沃库尔斯基挑选下面一样东西:一张哲学博士的文凭、一枚勋章或者一个头衔。当他提出的这个建议被拒绝后,他好像觉得很奇怪,甚至没有告别就离去了。

这个人走后,客厅里沉寂了几分钟。沃库尔斯基听到接待室里好像有女人拖着裙衣的声音。他仔细地倾听着……就在那一瞬间,仆人进来通报,说男爵夫人驾到。

又歇了很长一段时间,随后在客厅里出现了一个女人,她是那么雍容华贵和彬彬有礼,连沃库尔斯基也不由得从靠椅上站了起来。她约莫四十岁,身材秀美,容貌非常端庄,充分显示了贵妇人的风度。

他沉默不语地给她指了一张靠椅。她坐下后,他看出了她有些激动,在拉扯着手里那条绣花手绢。忽然,她表现出一种高傲的样子,望着他,问道:

"先生认识我吗?"

"不认识,夫人。"

"我的相片您也没有见过吗?"

"没有。"

"那么您大概从来没有到过柏林或者维也纳吧?"

"没有,我没有到过那些地方。"

那夫人从容不迫地吸了口气。

"这样更好,"她接着往下说,"我说话可以大胆一点了。我并不是男爵夫人……我完全是另外一种人,但这并不重要。我只是这一阵陷入了困难的处境,需要两万法郎。但我不愿把我的珠宝抵押给本地的当铺,因此……您明白我的意思吗?"

"不明白,夫人。"

"那样的话……我有一个重要的秘密可以出卖。"

"我没有权利买人家的秘密。"沃库尔斯基回答,感到有点窘迫。

那女人在靠椅上忐忑不安地动来动去。

"您没有权利?那么您到这里来是干什么的?"她冷笑着问道。

"虽然来了,我还是没有这个权利。"

那女人站了起来。

"这里有个地址，"她很兴奋地说，"按照这个地址，二十四小时内可以来找我商谈；这是张便条，它也许会让您稍微考虑一下……再见。"

她带着裙衣的窸窣声走了出去。沃库尔斯基看了看便条，发现里面有关于他自己和苏津的详细资料，这些一般都是写在护照上的。

"是的，米勒看过我的护照，"他想，"这是他抄下来的，有的还抄错了……沃克卢斯基，真见鬼，难道他们把我当成了孩子？"

再也没有客人来找事了，因此沃库尔斯基把朱马特叫了过来。

"您有什么吩咐？"那个衣冠楚楚的管事人问。

"我想和你谈谈。"

"私人谈话吗？那就请您先让我坐下。戏已经演完了，服装进了库房，演员们相互之间又是平等的了。"

他说话略带讥讽的口气，行为举止看似受过很好的教育的人。沃库尔斯基越来越觉得奇怪了。

"你告诉我，"他说，"这都是些什么人？"

"您是说那些来找您的人吗？"朱马特问，"他们都是很普通的人：向导、发明家、掮客……他们每个人都在尽其所能地工作，总是想把自己的成果拿出去，卖个好价钱。希望拿到比他们的成果价值多少还要多一些的钱，这就是法国人的性格。"

"你不是法国人？"

"我吗？我出生在维也纳，在瑞士和德国受过教育，在意大利、英国、挪威和美国住过一段很长的时间……我的姓就最好地说明了我属于哪个民族，我就像栖息在牲畜圈里一样，和牛在一起就是牛，和马在一起就是马①。我知道，我的钱是从哪里来的，要把它们花在什么地方。人们都了解我，可实际上，什么都和我不相干。"

沃库尔斯基屏气凝神地望着他。

"我不懂你是什么意思。"他说。

"您看，"朱马特说道，他不耐烦地敲着桌子，"我到过的地方太多了，所以一个人属于哪个民族，对我来说并不重要。我认为，只有四种民族，不管他们说的是什么语言。第一种是那些我知道他们的钱是从哪里来的，又把它花在哪里的人。第二种，我知道他们的钱是从哪里来的，但不知道他们花在什么地方。第三种，他们的支出大家知道，可他们的收入却不清楚。第四种，我既不知道他们的收入来源，也不知道他们花在哪里。我知道埃斯卡博先生的收入是从一个针织厂来的，他的钱用在制造一种杀伤性很大的武器上，所以我很尊敬他。至于那个男爵夫人，我既不知道她的钱是从哪里来的，也不知道她花在什么地方，所以我不相信她。"

"我是个生意人，朱马特先生！"这一堂理论课惹恼了他，使他很不高兴。

"这我知道，但您还是苏津的朋友，这对您是有好处的。我的看法并不是针对您的，我把它作为教训说出来，我想，这对我也是有好处的。"

---

① 朱马特（jumart）这个词在今天的法语中的意思是"杂种"，在过去的法语中，这个"杂种"是指骡子。——原注

"你是个哲学家。"沃库尔斯基喃喃地说。

"还是两个大学的哲学博士。"朱马特补了一句。

"而你担任的角色……"

"一个仆人的角色,您是想这么说吧?"朱马特笑着打断了他的话,"先生,我工作是为了谋生,老了能够有一笔养老金。头衔我无所谓,我已经有了那么多的头衔!……世界像个戏剧爱好者的舞台,非得演主角而拒绝演配角是不对的。其实,只要演得有技艺,不把演什么角色看得太认真,哪个角色都不错。"

沃库尔斯基晃动了一下身子,朱马特站起来,彬彬有礼地鞠了一躬,说:

"我真心诚意地愿为您效劳。"

随后他离开了客厅。

"我是不是发烧了?"沃库尔斯基轻声地说,双手紧抱着脑袋,"我知道巴黎是个奇怪的城市,却没想到它有这么怪……"

他看了看表,才三点半钟。

"到开会还有四个多钟头,"他嘟哝着,一想到怎么打发时间,就感到特别不安。他看到了那么多新奇的东西,跟那么多陌生的人谈了话,可这时候才三点半钟。

一种莫名的烦恼给他带来了痛苦,他觉得好像缺了什么东西。"大概是又该吃点什么东西了吧?不是。看书?不是。和谁聊聊天?也不是,我已经厌了……"他对那些人很厌烦,其中最厌烦的是那些害发明狂的人,还有朱马特和他那对人种的莫名其妙的分类。

他不敢再回到那间有大镜子的房间里去,可现在除了去观光巴黎的名胜古迹外,还有什么事可干呢?他叫人领他来到了大饭店的餐厅里。那里的一切既豪华无比又十分庞大,从墙壁、天花板、窗子到桌子的数量和大小。可是沃库尔斯基并没有去观赏这些东西,他的眼睛只是盯着一盏巨大的镀金的枝形吊灯,心里想:

"当她到了男爵夫人这个年纪……她,一年习惯地要花几万卢布,到那个时候,谁知道,会不会走这位男爵夫人的老路?这位夫人当然也有过年轻的时候,一个像我这样患了精神病的人也可能会疯狂地追求她,她过去也不问她的钱是从哪里来的……今天她已经知道她的钱是哪里来的了,是以出卖私密换来的。这个该诅咒的环境,它养育了这么漂亮可又这么卑鄙无耻的女人。"

他觉得大厅里很憋闷,便从大饭店里跑出来,和街上的喧闹声融合在一起了。

"先前我往左边走,"他想,"现在我要往右边走了①。"

在这个巨大的城市里瞎逛,他感受到的只是一种苦涩的诱惑。

"要是我能隐没在这些人群中……"他想。

他向右拐了个弯,从一个小一点的广场②旁边走过,来到了一个很大,而且种了很多树的广场上③。广场中央耸立着一幢像希腊神庙那样的长方形的建筑物④,它的四边有柱子。

- ① 在贵族大饭店的右边是卡普琴大街,通往马德莱纳大街,然后通往马德莱纳广场。——原注
- ② 小一点的广场大概是奥林匹克剧院旁边的那个广场。——原注
- ③ 这是马德莱纳广场。——原注
- ④ 这是马德莱纳广场旁边的圣抹大拉教堂,在一七六四至一八四二年间以古希腊神庙的形式建成的。——原注

两扇青铜大门上满是浮雕,在三角墙的顶上也有浮雕,雕的大概是最后审判的景象①。

他围着那幢建筑物走了一圈,这时却突然想起了华沙。在那里,一些矮小的房子盖起来都那么艰难,它们既不高大,也不经久耐用。可是在这里,人的力量建造起这样的高楼大厦,就像制造玩具那么容易,他们因为一点也不感到劳累,还给它们增添了许多装饰。

他看见对面还有一条小街②,小街后面又有一个很大的广场③,广场上竖着一根细长的柱子。于是他向那边走去,他走得越近,那柱子就显得越高,那个广场也显得越大。柱子的前面和后面有一些大的喷水池在喷水;左右两边像公园里一样,有一排排叶子已经发黄了的树木;远处还可看见一条河,迅速驶过的汽轮喷出一股股浓烟,飘游在河面上。

广场上活动的马车相对地说要少一些,有许多孩子跟着他们的母亲和保姆在这里玩耍。还有一些不同兵种的军人在这里转悠,有个乐队正在附近什么地方奏乐。

沃库尔斯基往一块方尖形的石碑走去,他感到非常惊奇的是,这块碑竖在约两俄里长、半俄里宽的地面的当中。它后面有个公园④,前面是一条很长的街道⑤,街的两边有一排排

① 圣抹大拉教堂的三角墙高三十八米,上面有一幅浮雕,雕的是最后的审判。——原注
② 这是国王街,从马德莱纳广场往南延伸。——原注
③ 这是协和广场。在一七九二年以前,这里竖立过路易十五的纪念碑,后来又竖立了自由神像,也叫自由广场。一七九九年,广场取了今天这个名字。——原注
④ 指杜伊勒利公园。——原注
⑤ 这是香榭丽舍大道。——原注

的小公园和宫殿式的建筑物①,远处在一座高坡上,竖着一座很大的拱门②。沃库尔斯基觉得在这里,他简直找不到一个适当的形容词和最高级的词汇来加以形容了。

"这是协和广场,这是卢克索③来的方尖碑(是真品,先生!)。我们的后面是杜伊勒利花园,前面是香榭丽舍大街,这条街那一端是星门④……"

沃库尔斯基回头一看,有个先生在他的身边走来走去,他戴着一副墨镜和一双有点破了的手套。

"我们可以到那里去……多么惬意的散步!您看到那热闹的景象没有?……"那个陌生的人说。

但他忽然打住了话头,很快就走开了,并在两辆从这里驶过的马车中间消失不见了。这时又来了一个披着一件带风帽的短披肩的军人,他打量了一下沃库尔斯基,笑着说:

"您是外国人吧?您在巴黎交朋友要小心啊!"

沃库尔斯基不由自主地摸了一下上衣一边的口袋,发现他那个银制的烟盒子不见了。他脸红了,但他还是很有礼貌地向那个披着披肩的人表示感谢,没有提起他丢失了东西的

① 在这些宫殿式的建筑物中,最著名的是十八世纪的香榭丽舍宫(1720年建成),它最初是路易十五的宠妃蓬帕杜尔夫人的府邸。一八一五年,拿破仑在这里住过,从一八七三年到今天,是法兰西共和国历届总统的府邸。在沃库尔斯基那个时候,是麦克-马洪的住所。——原注
② 这是凯旋门,建于一八〇六至一八三七年间,为了纪念拿破仑统率的法国军队取得的胜利。它高五十米,位于星盘广场上,从这里星罗棋布地伸展出十二条街,香榭丽舍大街就是其中之一,这条街的另一端连着协和广场。——原注
③ 卢克索是埃及北部的一座城市,这块方尖石碑是拿破仑从卢克索运来的,竖在协和广场上。——原注
④ 即凯旋门,因为它在星盘广场上。

642

事。他想起了朱马特下的那些定义,心里默默地说,他已经知道那个戴破手套的先生的钱是怎么来的了,只是他不知道他把这些钱花在什么地方。

"朱马特说得不错,"他想,"比起那些不知道从哪里可以弄到钱的人来说,小偷似乎更有信心。"

同时他也想起,华沙也有许多这样的人。

"也许是因为那里没有高楼大厦和凯旋门吧……"

他走在香榭丽舍大街上,那像一条条永远没有终了的绳索一样的轿式马车和私人马车的车流,和在它们中间活动的骑士和亚马孙女人,使他看得头昏眼花了。他在向前走着的同时,也驱散了那像一群蝙蝠一样盘旋在他的头上的忧郁的思想。但他不敢向四面张望。在这条人声鼎沸的繁华和欢乐的大街上,他觉得自己不过是一只被踩伤了的虫子,拖着露出来的内脏在向前蠕动着。

他走到星门后,又从原路慢慢地走回来。当他再一次来到协和广场后,他看见杜伊勒利公园后面出现了一个巨大的黑球。它迅速往上升去,在空中停了一会儿,就慢慢地降下来了。

"啊,这是吉法尔的轻气球①,"他想,"遗憾的是,我今天没有时间观赏了。"

他从广场里出来,拐进了另一条街②,它的右边有一个公

---

① 亨利·吉法尔从一八六七年开始制造系留气球,一八七八年,他设计制造了一个体积为二万五千立方米的巨大的气球,系着它的那根绳索长五百四十米,在世界博览会期间,曾在杜伊勒利的大院当众试飞。——原注
② 这是里沃利街。——原注

园①,四周围着铁栏栅和顶端安装了花瓶的柱子;左边有一排石板房子,房顶呈半圆形,还有林立的烟囱、烟道和看不到尽头的栏杆……他慢慢地往前走着,心里感到不安,他想,来到巴黎才八个小时,这里就使他厌烦了……

"唉,还有博览会、博物馆和轻气球呢!"他叹了口气说。

他一直走在里沃利大街上,七点左右来到了一个广场上,那里孤单单像个手指一样屹立着一座哥特式的塔②,塔的周围种了许多树,围着一道低矮的铁栏栅。又有几条街从这里分了出去;但沃库尔斯基已经感到十分疲劳,他叫了一辆出租马车,经过那座他已经很熟悉的圣德尼大门,半个小时就回到了饭店里。

跟船厂主们以及有关的工程师们开的那个会一直开到了半夜,与会者还喝了许多瓶香槟酒。在谈判中,沃库尔斯基为苏津说了许多好话,同时也做了许多笔记,直到把这件事做完后,他才真正安下心来。他精神抖擞地回到了自己的房间里,再也不去看那面令他烦恼的镜子。他从枕头底下取出那本《巴黎指南》,翻开了巴黎地图。

"可真的了不起,"他喃喃地说,"约一百平方俄里③的面积,两百万居民、几千条街道和一万几千辆公共马车。"

后来,他看了一下那巴黎最著名的建筑物的长长的一览表,感到很惭愧,他想,他对这座城市大概永远也摸不透的。

～～～～～～～～～

① 这又是杜伊勒利公园。——原注
② 这是一座有五十二米高的富丽堂皇的高塔,坐落在圣雅克教堂的后面。——原注
③ 约一百一十四平方公里。——原注

"博览会……圣母院①……中央市场②……巴士底广场③……抹大拉教堂……大运河④……唉,真把我搞得晕头转向了。"

他熄了灯。街上很寂静,窗子里照进来路灯的光呈灰白色,好像从云中透出来似的。可是沃库尔斯基的耳朵里仍在嗡嗡地叮当地响着,他眼前又出现了那光滑得像地板一样的街道,那铁栏栅围着的树木,用石头建造的高楼大厦;过了一会儿,又是那些人群和马车,不知从哪里来的,也不知往哪里去。他望着那些一闪而过的景象,逐渐进入了梦乡,但是他想到了,来到巴黎的这第一天将一辈子都铭刻在他的记忆中。

他在梦中又看见了那房屋的海洋,林立的塑像和一排排看不到尽头的树木,全都倒在了他的身上;而他自己却睡在一座巨大无比的陵墓里,孤单、宁静,感到很幸福。他睡着,什么也没有想,什么人都不记得了。唉!要不是有一点痛苦,他就会永远永远地睡下去。可这点痛苦却隐藏在他的心中,在它的身旁;它是那么微小,连肉眼都看不见,可它又有很大的毒性,能毒害全世界。

━━━━━━━━━━

① 巴黎的圣母院教堂始建于一一六三年,到一三三〇年竣工,是欧洲最优秀的哥特式的文物古迹之一,教堂里面藏有数世纪以来积攒的许多价值连城的文物。——原注
② 中央市场在蒙马特尔大街附近,是在一八一三年市中心旧的市场被取消后新建起来的。——原注
③ 巴士底广场是为纪念十四世纪的巴士底城堡而建的。这座城堡在十七世纪改成了监狱。一七八九年七月十四日被巴黎人民夺取后,把它捣毁了,这个象征着封建压迫的巴士底狱是在法国大革命爆发期间毁灭的。——原注
④ 根据一八七八年的记载,大运河长八百公里,在十九世纪,这是堪称科学技术典范的成就。——原注

从沃库尔斯基投身到巴黎生活的第一天起,他就开始了一种常人无法理解的生活。他每天除了用几个钟头和苏津一起跟那些造船家商谈之外,其他的时候完全是空闲的,他把这些时间全都用在观光城市上。他的观光毫无计划,只是按照《城市指南》的字母顺序来选定某个城区,他连那个城区的地图都不看,就乘坐一辆敞篷马车到那里去。他爬上楼梯,走遍了所有的大厦,在各个陈列大厅都浏览一遍,驻足于那些比较有趣的展览品的面前。然后他又乘坐他全天租用的那辆马车,按照字母的顺序,去到另一个街区。他最怕的是闲着没事,所以他晚上就研究那张市区地图,在那些已经到过的地方下面划一道杠杠,做一点笔记。

有时候,朱马特陪他去游览,把他带到《巴黎指南》中没有提到的地方:货栈、工厂、手工业者的住所、大学生宿舍、下等街道上的咖啡馆和饭店。沃库尔斯基来到这里,才了解了真正的巴黎生活。

在整个游览的过程中,他攀登了雅克塔①,到过巴黎圣母院和万神庙②,乘电梯登上了特罗卡德罗③,后又来到巴黎运河边和那些用死人的头骨作装饰的地下墓穴,参观了博览会、卢浮宫、克吕尼博物馆、比东森林④、公墓、德·拉·罗通德咖

---

① 圣雅克教堂上面的塔。——原注
② 万神庙在古希腊和罗马是供奉所有的神的神庙,在新时代,是保存一些著名人物的坟墓或纪念碑的巨大建筑物。巴黎万神庙的圆屋顶有八十米高,里面有伏尔泰、卢梭和雨果的坟墓。——原注
③ 特罗卡德罗是塞纳河右岸一块丘陵地和一个展览馆的名称。
④ 比东森林是十九世纪中叶以巴黎西部城郊的一片森林为基础建立的一个森林公园,占地约九百公顷。——原注

啡馆、大阳台①咖啡馆和喷水池，还有学校、医院、索邦大学、剑术馆、市场和音乐学院，屠宰场、剧院、交易所②、七月纪念柱③和教堂。

有时候，当他把他所见到的东西：从占地两平方俄里的博览会到波旁王室王冠上那粒并不比豌豆大的珍珠，在脑子里回想一遍的时候，他就要问自己："我到底想要什么呢？"……其实他什么都不需要。什么东西都没有引起他的注意，使他的心跳得更快，或者促使他采取某种行动。如果有人要他鼓起劲头，行动起来，从蒙马特尔公墓④徒步走到蒙巴拿斯公墓⑤，表示愿将整个巴黎都送给他，以报赏他为此付出的辛劳的话，他也不会去走这五俄里路的。他一天走几十里路，只是为了不再去想那过去的事情。

有时候，他觉得自己是由于一种奇怪的巧合出生在巴黎马路上的一个人，而且就是在几天以前出生的。所有他记起来了的东西都只不过是一种幻觉，一种梦境，在现实中是从来没有的。他对自己说，他要是从巴黎的这一头乘车能够走到

---

① 原文是法文。
② 交易所位于交易所广场，是欧洲最重要的财经活动的中心之一。——原注
③ 七月纪念柱坐落在巴士底广场上，是为了纪念一八三〇年七月革命的牺牲者而竖立的，柱基下面有在七月革命和在一八四八年二月革命中牺牲的革命者的坟墓，六百一十五个牺牲者的名字被刻写在柱子下面的石头上。
④ 位于巴黎北部蒙马特尔山丘上的这个公墓是巴黎新时代的圣地之一，这里有许多著名的学者、作家、艺术家、政治家和实业家的坟墓。
⑤ 蒙巴拿斯公墓在巴黎南部的一个山丘上，在十九世纪，这个公墓和蒙马特尔公墓、祖先公墓一样，是巴黎最重要的坟地之一。——原注

那一头,像个狂人一样抓住一把路易多尔①到处乱撒,那他会感到非常幸福。

"这全都一样。"他低声说道。

啊,要是没有这种虽然很小但却那么折磨人的痛苦就好了。

有时候,他还觉得在这些单调腻味的日子里,仿佛所有的宫殿、喷水池、雕塑、绘画和机器都往他的头上塌下来了,而他自己也碰到了一种情况,使他想起他并不是幻觉,而是一个实实在在的人,只是灵魂深处患了癌症。

有一次,他来到了离他的旅馆只有数百步远的蒙马特尔街上那家五花八门②戏院,那里要演三出欢乐的小戏,其中有个小歌剧。他去那里,是想在那些丑角的表演中寻找刺激,可是当帷幕刚一升起,他就听到舞台上有一个哭丧的声音说道:

"一个情人可以原谅他的情妇的一切,但不会原谅他的情敌。"

"有时候,还得原谅三个或者四个情妇哩!"坐在他旁边的一个法国人笑着说。

沃库尔斯基简直透不过气来了。他觉得他脚下的地面已经裂开,天花板向他塌下来了。他在戏院里再也待不下去了,于是从座位上站起来,不巧他的座位在正厅中间,他冷汗直淌,不得不踩着邻座一些观众的脚,从剧场里跑了出来。

他朝着大饭店那边跑去,在路过开设在街角上的第一家

---

① 路易多尔是法国金币最初的名称。

② 原文是法文。这个剧院主要上演小型喜剧、滑稽剧、轻歌剧以及其他一些轻松愉快的节目,它坐落在蒙马特尔大街上。

咖啡店时，他走了进去。那里的人问了他什么，他回答了什么，他都不记得了。他只记得他们给了他咖啡和用一个细颈瓶装的白兰地酒，瓶上刻的度数可以看出，是给了他相当于一杯的容量。

沃库尔斯基一面喝酒一面想：

"斯塔尔斯基是第二个对手，奥霍茨基是第三个……那么罗西呢？我给他捧了场，还把礼品拿到戏院里送给他，可他是个什么人呢？我真是个傻瓜。这个女人本来是梅萨利娜①，即使肉体上不是，精神上也一定是，我，为了她，值得把自己弄得神魂颠倒吗？我？"

他觉得，愤怒反倒使他平静下来。在结账的时候，他清楚地看见那个细颈瓶已经空了。

"还是这瓶白兰地酒使人平静下来。"他想。

从那时候起，他只要想起华沙，或者碰到一个动作、服装或者容貌有些特别的女人，他就会进到一家咖啡馆里，喝上一瓶白兰地酒，而且只有在那个时候，他才敢于回想起伊扎贝娜小姐，他会感到奇怪，一个像他这样的人怎么会爱上她那样的女人。

"我大概算得上第一个，也是最后一个这样的人了。"他想。

他把那一细颈瓶的白兰地酒喝完后，便把头放在胳膊上，开始打起盹来，这倒是引起了堂倌和客人们极大的兴趣。

他又整天整天地去参观博览会、博物馆、自流井、学校和

①　瓦莱尼亚·梅萨利娜(卒于公元48年)，罗马皇帝克劳迪乌斯的第三个妻子，以淫荡和爱在宫廷里玩弄阴谋而出名，她的名字是荒淫无耻的象征。——原注

剧院,不是想去了解什么情况,而是为了不再回想他的过去。

于是他那抑郁而且带有一种不可名状的痛苦的心情逐渐地消失了,取而代之的是他在思想上产生了这样一些问题:巴黎的建设是否有一个系统的规划?世界上有什么东西可以和它相比?它属于哪一种社会秩序?

从万神庙、特罗卡德罗眺望,巴黎的景象显得单调划一:在茫茫一片房屋的海洋中,纵横交错地贯穿着几千条街道;高低不平的屋顶像海浪,烟囱像飞溅起来的泡沫,钟楼和柱子像汹涌澎湃的巨浪。"一片混乱!"沃库尔斯基说,"但也应当看到,几百万人的努力都表现在那里,要不乱是不可能的。一个大城市像一堆尘土,它偶然突现一个轮廓,不可能合乎逻辑。要是它合乎逻辑,早就被各种城市指南的作者们发现了,城市指南就是为了这个才编写的嘛!"

他仔细地看着市区图,觉得自己力图找到这个城市中的一些规律性的东西十分可笑。

"只有个别的人,而且必须是有天才的人,才能创造一种风格,制订一个计划。"他想,"但要使几个世纪以来就在建设这座城市,而彼此都不知晓的千百万人,创造一个合乎逻辑的整体,那是绝不可能的。"

可使他感到最惊奇的是,他终于发现,虽说巴黎是几百万人经过十几个世纪,互不知晓和毫无计划地建造起来的,但这座城市的建造,还是有一定的计划的,而且它形成了一个整体,一个非常合乎逻辑的整体。

首先,给他印象最深的是,巴黎很像一个巨大的盘子,从北到南九俄里宽,从东到西十一俄里长,这个盘子南面的那一部分有个裂缝,塞纳河从那里流过,它像一把弯弓,从城市的东南角弯过来,经过城中心,朝着西南角弯过去。一个八岁的孩子也画得出这张地图。

"好吧!"沃库尔斯基还有一点弄不清,"那些有名的建筑物的设计有没有统一的规划呢?圣母院在一边,特罗卡德罗山丘在另一边,还有卢浮宫、交易所和巴黎大学,真是一片混乱,没别的……"

但是,当他更仔细地观看了一下这幅巴黎市区图后,他终于发现了不仅巴黎的老住户没有发现(这还不怎么奇怪),而且连卡尔·贝德克①出版的旅游指南也没有提到的新东西,可是这位书商还以为自己对整个欧洲都已经很熟悉了。

在他看来,巴黎的景象表面上虽然显得很乱,几百万互不相识的人们经过十几个世纪的建造,从来没有考虑过逻辑和风格,但是这座城市的格局还是有一定的计划性和逻辑的。

因为巴黎有那种可以称为脊梁和轴心的东西,城市就是在它们的周围发展起来和定型的。

万塞讷森林②位于巴黎的东南方,比东森林的边界则在西北方。那条穿过市中心的轴心就像一条巨大的毛虫(差不多有六俄里长),它在万塞讷森林里感到烦闷,就往比东森林爬过去了。

它把它的尾巴放在巴士底广场上,把头靠在凯旋门上,它的躯干几乎贴近了塞纳河边,颈项是香榭丽舍大街,腰身是杜

① 卡尔·贝德克(1801—1859),德国书商和一些著名的旅游指南的出版者,他的姓氏常常被用作这类出版物的书名。——原注
② 万塞讷森林在巴黎过去的东门外,一八五七年被划在巴黎的范围内,成了一个很吸引游客的自然公园。

伊勒利和卢浮宫,尾巴是市政厅①、圣母院和巴士底广场上的那根七月纪念柱。

这条毛虫有许多或长或短的小脚。它脑袋下面的第一对小脚左边的那只伸向练兵场②、特罗卡德罗宫和博览会,右边的那只伸到了蒙马特尔公墓。第二对小脚比较短,一只向左伸到了军事学校、荣军院③和议院,另一只向右伸向了抹大拉教堂和歌剧院;然后又朝着尾巴的那方伸去,左边有美术学校,右边有王宫④、银行和交易所;左边是法国学会⑤、钱币收藏馆,右边是中央市场;左边有卢森堡宫⑥、克吕尼博物馆、医科学校,右边是共和国广场和广场上的欧仁公爵的兵营⑦。

此外沃库尔斯基还发现(旅游指南总算也提到了),巴黎有些地区并不依从于那根城市的中心轴和一般建筑形式的规律,它们的规划和秩序是由一些人自己制定和安排的。手工业制造都集中在巴士底广场和共和国广场之间;对面,在塞纳河的另一边是拉丁区,是学者和学生们的老家。歌剧院、共和国广场和塞纳河之间是出口贸易和财政金融的中心。那些贵族的遗老遗少都住在圣母院、法国学会和蒙巴拿斯公墓之间。从歌剧院到凯旋门一带是有钱的暴发户居住的地方。它的对面,塞纳河左岸的荣军堂和军事学校的旁边,是军营和环球博

---

① 一座漂亮的文艺复兴式的大厦,在里沃利街和塞纳河、卢浮宫和巴士底广场之间。它过去和今天都是巴黎市政府的所在地。

② 练兵场是塞纳河左岸上的一个长方形的大广场,用于练兵和阅兵。

③④ 原文是法文。

⑤ 原文是法文。这是法国科学和文化的最高机关,成立于一七九五年。

⑥ 卢森堡宫在塞纳河左岸,是卢森堡公爵们的府邸。

⑦ 欧仁公爵的兵营是以拿破仑前妻的儿子欧仁·博阿尔内公爵(1781—1824)的名字命名的一组兵营建筑物。——原注

览会所在地。

看到这些东西,沃库尔斯基又产生了一些新的观点,这是他先前没有,或者有也是不很明确的。在他看来,大城市也像植物和动物一样,有其特有的内部结构和生理作用。在他看来,千百万人是那么大声疾呼地要实现他们的自由意志,其实他们创造的劳动成果,和蜜蜂建造正规的蜂房,蚂蚁筑造尺寸合适的蚁冢或者化合物构成有规律的结晶体所付出的劳动并没有什么不同。

因此,社会生活的运转不是根据偶然事件,而有其永远不变的规律,它仿佛在嘲笑人类的自以为是,这很明显地表现在具有最最反复无常的性格的民族法国人的生活中。他们在墨洛维王朝①、卡洛王朝②、波旁王朝和波拿巴王朝的统治下,建立过三个共和国③,出现过好几次无政府主义状态,有过宗教裁判所④和无神论观点。他们的执政者和官僚像服装式样或天上的浮云一样不断地变换……尽管有那许多变换,而且从表面上看是那么彻底,巴黎却越来越明显地变成了一只被塞纳河划破了的盆子的形

---

① 法兰克王国的一个王朝,由墨洛维(卒于公元 457 年)创建,统治到公元七五一年。——原注
② 法兰克王国的另一个王朝,统治时期为公元七五一至九八七年。
③ 第一个共和国是一七九二年在法国大革命中成立的,延续到一八〇四年(拿破仑宣告了它的结束);第二个共和国从一八四八年二月延续到一八五二年十二月一日(拿破仑第三的军事政变宣告了它的结束);第三个共和国成立于一八七〇年,拿破仑第三被推翻后,一直延续到一九四〇年。——原注
④ 宗教裁判所是一二一五年成立的一个天主教教会机关,用于揭露和谴责异教邪说。宗教裁判所的法庭于一二五二年获得了使用酷刑的权力。在十三至十七世纪的法国,出现好几次宗教裁判的恐怖浪潮,有几十万人因信仰不坚或者相信异教被活活烧死或者被看成是妖魔而淹死。——原注

状,那根从巴士底广场通向凯旋门,所有的一切都在它的周围定了形的轴心也越来越清楚地显现出来。还有那些城区:教育区、工业区、贵族区、商业区、军事区和暴发户的住宅区也越来越明确地被划分出来。

沃库尔斯基在十几家巴黎最著名的家族史上,也看到了一系列和这一样不可避免的现象。曾祖是个质朴的手艺工人,每天在神殿①街工作十六小时;他儿子在拉丁区上过学,在圣·安东尼街开了一个大作坊。孙子有进一步的深造,后来成了个大商人,把家搬到了普瓦索尼耶大街;曾孙是个百万富翁,住在香榭丽舍大街附近的一个地方,为的是让他的……几个女儿能在圣热尔曼大街治疗神经病。这个家族的祖先拼命地干活,曾在离巴士底不远的地方致富了,可是却在杜伊勒利近旁耗尽了所有的精力,最后在圣母院的附近衰败了。城市的地形映衬着居民历史的发展。

沃库尔斯基思考着这些被认为不符合规律的现象的奇怪的规律性,他深深感到,如果要根治他那病态的淡漠心情,大概也只有进行这一类的研究。

"我是个野蛮人,"他自言自语道,"所以我丧失了理智,但是文明拯救了我。"

在巴黎度过的每一天,都使他产生了新的想法,也暴露了他灵魂的秘密。

有一次,他坐在一家咖啡店的门前喝咖啡掺白兰地酒,有个街头的歌手走近栏杆,在竖琴的伴奏下唱了起来:

春天里,树木又长出了嫩叶,

———————

① 原文是法文。

鲜花使牧场变得更美丽。

　　我亲爱的,让我们跑到草地上,

　　去追踪那色彩缤纷的蝴蝶!

　　你看,它们是怎么靠拢了玫瑰花!

　　我要像它们一样,

　　将我的嘴唇贴在你的嘴唇上,

　　偷偷地接一个甜蜜的吻。①

当场就有几个客人把最后四句又唱了一遍:

　　你看,它们是怎么靠拢了玫瑰花!

　　我要像它们一样,

　　将我的嘴唇贴在你的嘴唇上,

　　偷偷地接一个甜蜜的吻。②

　　"笨蛋!"沃库尔斯基含糊不清地说,"都是些无聊的东西,他们没有别的好唱吗?"

　　他阴郁地站起来,忍着心头的疼痛混进了那潮水般的人群中,人群是那么忙乱,有的大声喊叫,有的闲聊,有的唱歌,就像一群从学校里放出来的孩子。

　　"这些傻瓜,笨蛋!"他反复地说。

　　他突然想到,自己说不定也是一个傻瓜吧?

　　他自言自语道:"如果这里所有的人都像我一样,那么巴黎就成了一个收容可怜的疯人的病院了。每个人都会害一种幻想病,街道会变成水洼,房屋成为废墟。可他们并不是这样,他们根据实际情况安排自己的生活,追求实际的目标,因

---

　　①② 原文是法文。

而创造了优秀的成果,感到很幸福。

"我追求过什么呢?最初我想发明一种永动机和可以操纵的轻气球,后来想获得一个职位,可是我自己的朋友都不让我获得;最后我追求一个我几乎接近不了的女人。可我总是在牺牲自己,或者不得不接受一种想把我当成仆人和奴隶的阶级的思想。"

于是他假想,如果他不是在华沙,而是在巴黎出生的话,那又会怎么样呢?首先,因为这里有很多学校,他从小就会学到更多的东西。后来他当了商人,也会少碰到一些不愉快的事情,在学习上得到更多的帮助。此外他也可能不去制造那样的永动机,因为他知道,在巴黎的博物馆中就有许多类似这样的机器放在那里,从来没有发挥过作用。另一方面,如果他要学习操纵轻气球,他也可以找到现存的模型和一大群与他一样的理想家,只要他的理想被实践证明是正确的,他甚至还会得到帮助。

最后,如果他拥有一笔财产,爱上了一位贵族小姐,他能够亲近她,不会遇到那么多的阻碍。他能够了解她,使她清醒过来,或者赢得她对他的爱。不论在什么情况下,人们也不会把他当成一个美洲的黑人。

可是在巴黎,能够像他这样爱得发狂吗?

在这里,情人们不会失望,他们跳舞,唱歌,日子过得最快活。如果他们的结婚得不到政府部门的批准,他们就自由地同居;如果他们不能把孩子带在身边抚养,就交给保姆照顾。在这里,爱情绝不会把一个有理智的人弄得神魂颠倒。

"我最近两年,是在追求一个女人中度过的,"沃库尔斯基想,"如果我对她有进一步的了解,我也许会舍弃她的。只因为我是个商人,她是个贵族女人,我的全部精力、知识、才能和一大笔财产都在一厢情愿的爱恋中耗费掉了……这样的爱恋对我来说,难道不是一种委曲求全?"

想到这里,沃库尔斯基在思想上已经提高到了要做一番自我批评的高度,他明白他的一些做法是很荒唐的,他决心改变这些荒唐的做法。

"怎么办?怎么办?"他想,"好吧,我就看别人怎么做,我也怎么做吧!"

可别人是怎么做的呢?……首先,他们拼命地干活,每天工作十六小时,不管是礼拜天还是假日。因此,这里实行的是一种优胜劣汰的法则,按照这个法则,只有强者才能够活下去。在这里,病人过不了一年就会死去,没本事的人也活不了几年,最后只剩下那些强有力的人和最有才能的人。正是这些斗士,由于他们世世代代坚持不懈的劳动,使他们的一切需要终于得到了满足。

巨大的下水道防止了他们的疾病,宽阔的街道给他们送来了新鲜空气;中央市场给他们供应粮食,千百个工厂为他们生产服装和家具。一个巴黎人若想观赏大自然,就可以乘车到城外去,或者到森林里去;若想欣赏艺术,就到卢浮宫的画廊里去;若想获得更多的知识,那里还有许多博物馆和科学研究机关。

所有各方面都在为幸福而工作——这就是巴黎生活的内容。这里拥有数千辆车子以代替人力,减轻人们的劳累。这里造起了数百个剧院和表演场所以解除人们的无聊。这里开设了数百个博物馆、图书馆和讲座以消除人们的愚昧和无知。这里关心的不仅仅是人,而且对马也很关心,给它们铺设了平坦的道路。这里对树木也很爱护,用特制的大车把它们运到一个新地方种下后,要围上铁的护栏,以免它们受到侵害,还要给它们供给充足的水分;在它们受到病虫害的时候,给予细心的养护和治疗。

由于所有的一切都受到了保护,巴黎的每样东西都表现出许多优点。房屋、家具、器皿不仅实用,而且美观;不仅使人感到舒适,而且具有欣赏价值。从另一方面来说,艺术品不仅美观,而且具有实用价值。凯旋门和教堂的塔楼上装有扶梯,可以爬到顶上,俯瞰全城。雕塑和绘画不只是供艺术爱好者享受,艺术家和工匠们也可以到画馆里去临摹复制。

法国人创造一件东西,最关心的是它有什么用,同时也要把它做得好看,但这并没有完,因为还要看它是否经久耐用,是否清洁卫生。沃库尔斯基深信这个情况是真实的,因为他每走一步,在每一件东西上,从运垃圾的车子到用栅栏围着的米罗维纳斯的雕像①,都看到了对这一点的证实。他看到这些辉煌的成果后,知道人们的劳动没有白费,每一代人都会通过自己的劳动和创造,使前人的辉煌业绩变得更加完美,然后又把它们传给下一代。

这样,巴黎就成了一个保险柜,里面珍藏着即便没有几千年,也有一千多年的文明成就。那里什么都有,从可怕的亚述雕像、埃及木乃伊到力学和电工学的最新成就,从四千年前埃及女人盛水的瓦罐到圣莫尔的巨大的水力凿轮机。

"那些创造了这些奇迹,或者把奇迹收藏在这个地方的

---

① 米罗维纳斯雕像是古希腊罗马美丽和爱情女神最漂亮的雕像之一,是由公元前二世纪中叶一位不知名的艺术家雕的,一八二〇年在爱琴海的米罗岛上发现后,曾在卢浮宫里展出。——原注

人都不是像我这样精神失常什么也不干的人。"沃库尔斯基想。

他认识到这一点后,感到十分羞愧。

他用几个小时处理完苏津业务上的事情后,又在巴黎市区内闲游起来。他在那些陌生的街道上瞎逛,隐没在成千上万的人群中,陷入了对事物和事件表面出现的混乱的沉思,在其中找到了事物的秩序和规律。为了改变他目前的状态,他又开始喝白兰地酒,玩纸牌,赌轮盘赌,沉溺于放荡不羁的生活中。

他觉得在这个文明的中心,他会遇到不寻常的东西,他一生中会开始一个新阶段。同时他还发现,他至今获得的处于分散状态的信息和他的观点会融合成一个整体,变成一个哲学体系,给他阐明世界和他自己生活中的许多秘密。

"我是什么?"他曾不止一次地问过自己,并且慢慢地找到了这么一个答案:

"我浪费了自己的生命。我有巨大的聪明才智和能力,但我却没有给文明做出一点贡献。我在这里遇见的那些著名人物,连我一半的力量都没有,他们却留下了机器、高楼大厦、艺术作品和新的见解。可我留下了什么呢?⋯⋯恐怕就只有我的那个铺子了,要不是热茨基在支撑,它今天就要垮台了⋯⋯但我也没有偷闲,我曾拼命地工作,一个人比三个还强,要不是一次偶然的机会,我连现在这点财产都没有⋯⋯"

后来他又想到了一个问题:我的力量和生命是怎么耗费掉了?

在跟一个他不习惯的环境的斗争中耗费了。当他想要学习的时候,却没有机会学习,因为在他的国家,不需要学者,只需要学徒和伙计。当他要为社会服务,并且下定决心,就是牺牲生命也在所不惜的时候,人们给予他的不是纲领,而是一些荒唐的幻想,后来这个纲领也被遗忘了。当他找工作的时候,人们不给他工作,却让他走上了一条那时候被认为是前景广阔的道路:为了钱去和一个比他大许多的女人结婚。最后,他真的爱上了她,想成为一个合法的一家之主,一个大家称颂的献身于家庭的圣者,可这时候,人们又使他陷入了没有出路的绝境。真的,他那时候根本不知道他为之神魂颠倒的那个女人是一个头脑简单的普通女人,而且和他一样,迷失了方向,找不到自己生活的道路。从她的行为来看,这是一个要出嫁的姑娘,她在寻觅最合适的对象。从她的眼睛可以看出,她有一个天使的心灵,人情世俗是不会让她远走高飞的。

"我只要每年有两万卢布的收入和一套穿了可以去打牌的礼服,我就感到心满意足了,我也就是华沙最幸福的人了,"他对自己说,"可是我除了胃外,还有一个渴望知识和爱情的灵魂,在这种情况下,我在那里非把自己毁了不可,在那个地带,不管什么种类的植物和人,都是不能生长的。"

那个地带呀!……有一次,他在观象台,在欧洲气象图上看了一下,突然想起巴黎的平均温度比华沙高五度。那就是说,巴黎比华沙每年多了两千度的热量。热量是一种力量,即便不是唯一具有创造力的力量,也是一种非常强大的力量,因此……谜底揭开了。

"北方天气冷些,"他想,"植物和动物都不那么丰富,因此那里的人也难以找到食物。而且不仅如此,他们还得付出大量的劳动来建造保暖的住宅,制备暖身的衣服。法国人却比那些北方的居民有更多的空闲时间和多余的力量,他们既然没有必要把那些时间和力量用在满足物质的需求上,那就可以把它们用来创造精神财富了。

"除了天气不好所造成的困难外,还有那些贵族常常把老百姓积聚起来的所有财富抢了过来,随心所欲地挥霍掉,这就清楚地说明了,为什么一些特别能干的人在那里不仅毫无发展的可能,而且非灭亡不可。

"可是我不会灭亡!"他愤恨地咕噜道。

这时候,他第一次很清楚地想出了一个不回家的计划。

"我要把店卖掉,"他想,"收回我的资本,在巴黎住下。我不再去找那些不喜欢我的人。我要在这里参观博物馆,也许还要钻研一个专门的学科,那样我这辈子即使不是在幸福中度过,但也不会有什么痛苦……"

只有一件事,一个人能够使他回家,把他留在家里……但这件事并没有发生,相反的是,却发生了另外一些事情,它们使他越来越疏远了华沙,越来越被巴黎牢牢地吸住了。

第四章 幽 灵

有一天,像平常那样,沃库尔斯基在会客室里接待客人。他已经谢绝了一位要为他去进行决斗的先生,另外一位表示想以自己的腹语才能在外交上发挥一点作用,第三位先生答应给他指出拿破仑第一的司令部埋在别列津纳河畔的金银财宝在什么地方。这时那个穿天蓝色礼服的仆人又来通报说:

"盖斯特教授。"

"盖斯特?"沃库尔斯基又说了一遍,心里产生了一种特殊的感觉。他认为,这种感觉就像把铁移近磁铁所发生的作用一样。

"请他进来……"

过了一会儿,来了一个非常矮又非常瘦、面色蜡黄的汉子,他头上连一根毛发都没有。

"他大概有多大年纪?"沃库尔斯基想。

这时客人眼睁睁地望着他,他们就这样坐了一两分钟,相互打量着。沃库尔斯基想要估出客人的年纪,盖斯特好像在研究主人的神色。

"有什么吩咐吗?"沃库尔斯基终于问了。

客人在椅子上不安地晃动了一下。

"我能吩咐什么?"他耸耸肩,回答说,"我是来乞讨的,不是来吩咐的。"

"那么我能为您做些什么?"沃库尔斯基问道,客人的那张脸很奇怪地引起了他的好感。

盖斯特用手摸了一下脑袋。

"我来这里有一件事,"他说,"但我先得谈一件别的事情,我有一种新的炸药,想卖给您。"

"我不买炸药……"

"不买?"盖斯特问道,"不过有人告诉我,说您正在设法要给海军搞到这一类的东西。但这并不重要……我还为您准备了另一样东西。"

"为我?"沃库尔斯基问道,他惊异的倒不是盖斯特的这几句话,而是他的目光。

"前天您乘一个系留气球上了天。"客人说。

"是的。"

"您是个很有钱的人,而且懂得自然科学。"

"是的。"沃库尔斯基回答说。

"可当时有那么一阵,您想从那个吊篮里跳出来,是吗?"盖斯特问道。

沃库尔斯基吃惊地连人带椅子往后移了一下。

"您不要对我的问话感到奇怪,"客人说,"我这辈子见到过上千个自然科学家,在我那个实验室里就有四个人自杀了,所以我对这种人是很了解的……您那么经常地看那个气压表,因此我发现您也是一个自然科学家。是的,一个想自杀的人,连一个女学生都看得出来。"

"我能为您做些什么呢?"沃库尔斯基擦了擦脸上的汗,又问了一句。

"我不会谈得很多了，"盖斯特说，"您知道，什么叫有机化学吗？"

"那是碳化物的化学。"

"您对氢化物的化学有什么看法？"

"没有那种东西。"

"不对，它是有的，"盖斯特说，"它不是醚，也不是脂肪和香料，它会产生一种新的化合物。苏津先生，一种新的化合物，具有非常有趣的属性。"

"这和我有什么关系？"沃库尔斯基闷声闷气地说，"我是个商人。"

"您不是商人，而是一个失意的人，"盖斯特答道，"商人不会想到从轻气球上往外跳。我一看见您就心想，'这是我的人'。不过您从那吊篮里出来后，就在我的眼里消失了。今天我们又很偶然地碰到一起了，苏津先生，我们一定要来谈谈这个氢化物，如果您有钱的话……"

"首先我不是苏津。"

"这都一样，我只是要有一个有钱可又失意的人。"盖斯特说道。

沃库尔斯基几乎是惶恐地望着盖斯特。他脑子里产生了一些问题：这个人招摇撞骗，还是个密探，是个狂人，还真的是个幽灵①？……谁知道，魔鬼到底是不是神话里的东西？它在某个时候会不会在人们面前显现出来？可事实上，这个年龄搞不清的老头已经猜透了沃库尔斯基内心深处的秘密，他在那些时候真的想要自杀，但却没有那个胆量，他连怎么个自

①　盖斯特，德文为 Geist，有幽灵的意思。

杀法都不敢想。

客人的眼睛始终没有离开他，并且带着一种并不很厉害的讥讽微笑了一下。可是当沃库尔斯基正想张嘴问他问题的时候，客人却抢先说了：

"不劳您费心了……我跟那么多人谈过他们的性格和我的发明，所以我事先就可以回答您想问的问题。我是盖斯特教授，是个老疯子，就像人们在大学和工业学校附近所有的咖啡馆里说的那样。我曾经被说成是一个伟大的化学家，但是在我超越了当时必须遵循的一些化学观点以后，就没有人这么说了。我写过论文，我打出我的名字或者我的合作者的名字搞过发明，我的那些合作者甚至还分享了我的利润。可自从我指出了学院年鉴上没有说明的一些现象后，我不仅被当成狂人，而且被说成是个异教徒和叛逆。"

"在这里，在巴黎吗？"沃库尔斯基感到奇怪。

"啊哈！"盖斯特大笑起来，"就是在这里。在任何一个阿尔特多夫或者诺伊施塔①，那些不相信牧师、俾斯麦、《圣经》十诫和普鲁士宪法的人都是异教徒和叛逆。这里可不一样，人们可以嘲笑俾斯麦和宪法，但若不相信乘法表、波动理论、比重守恒定律等这一类的东西，就会被看成是叛逆。请您给我指出一个城市，如果那里的人的思想没有被某些教条所约束，我要尊它为世界的首都和未来人类产生的摇篮。"

沃库尔斯基心绪平静了一些，他认定，自己是在跟一个疯子谈话。

---

① 原文是德文。音译，意思是旧的乡村和新的城市。这都是德国，特别是德国南部一些地区常用的地名。这里象征那些偏僻的、充满了宗教狂热和野蛮习俗的省份。——原注

盖斯特望着他，一直微笑着。

"我就要说完了，苏津先生，"他往下说，"我在化学领域中有许多重大的发现，我创立了一种新的学说，我造出了许多现在无人知晓的工业材料，这些东西在我之前，人们是连想都不敢想的。但是……我还缺少几种非常重要的资料，而我的钱却已经用完了。我为我的科学研究耗费了四笔财产，使用过十几个人，今天我还需要一笔财产和另一些人。"

"您为什么这么信任我呢？"沃库尔斯基问道，已经心平气和了。

"这个不难理解，"盖斯特答道，"想要自杀的人不是疯子就是坏蛋，要不就是一个非常有本事，觉得世界过于狭小，他的本事无法施展的人。"

"您怎么知道我不是个坏蛋呢？"

"您又怎么知道，马不是奶牛呢？"盖斯特回答说，"我在我那不幸延长了好几年的被迫的休假中，研究过动物学，还专门研究过人的种类。通过研究两只脚和两只手的动物，我发现了几十种动物，从牡蛎和蚯蚓，到猫头鹰和老虎。我还要告诉您更多的东西：我发现了一些动物的杂交种，如长着翅膀的老虎，长着狗头的蛇，背着乌龟壳的隼鹰。其实，这些动物或怪物在一些天才诗人的想象中，早就出现过。但是在它们中，我却偶然地发现了一个真正的人，一个有理智、感情和能力的生灵。您，苏津先生，无疑是具有人的特性的，所以我才跟您开诚布公地谈话，您是一万个，甚至十万个中的一个……"

沃库尔斯基皱起了眉头，盖斯特却火了：

"怎么？您是不是以为我夸您是为了骗几个法郎？明天我还要到您这里来一趟，我要让您心服口服，您现在很不讲理,很愚蠢。"

他从椅子上站起来,但沃库尔斯基又把他按了下去。

"您别生气,教授!"他说,"我并不是要和您过不去,但是我这里几乎每天都有各种各样找上门来的骗子手。"

"明天我要让您相信,我既不是骗子,也不是疯子,"盖斯特说,"我要给您看一件只有六七个人看过的东西,这些人现在……都死了……啊,要是他们还活着的话……"他叹了口气。

"为什么非得明天呢?"

"因为我住得很远,又雇不起一辆马车。"

沃库尔斯基紧握着他的手。

"您别生气好不好,教授? 要是……"

"要是您能够给我钱雇一辆马车……不,其实我一开始就说了,我是个乞丐,有谁知道,我可能还是巴黎最穷的人呢?"

沃库尔斯基给了他一百法郎。

"算了吧,"盖斯特冷笑了一下,"现在十法郎就够了。谁知道,明天您也许还会给我十万法郎呢……您不是有一大笔财产吗?"

"近一百万法郎的财产。"

"一百万!"盖斯特抱着头,又说了一遍,"过两个小时,我再到这里来,但愿我是您需要的,就像您是我需要的人一样……"

"既然这样,教授,以后就请您到三楼我的房间里来吧!这里是会客室。"

"好啊,好啊,最好在您自己的房间里……两个小时以后我再来。"盖斯特说完很快就离开了会客室。

过了一会儿，朱马特来了。

"那老头使您厌烦了，是不是？"他问沃库尔斯基。

"他这个人怎么样？"沃库尔斯基随便问了一句。

朱马特噘起了下嘴唇。

"他是个疯子，"他回答，"但我还是个大学生的时候，他就是一个伟大的化学家了。他有过一些发明，好像还有几个奇怪的样品，可是……"

他用手指敲了敲自己的额头。

"您为什么叫他疯子呢？"

"对一个认为自己有办法减轻物体比重的人，没有不叫他疯子的。可他说是要减轻所有物体的比重，还是单要减轻金属的比重，我就记不清了……"

沃库尔斯基和他告别后，回到了自己的房里。

"一个多么奇怪的城市呀，"他想，"这里有寻找财宝的人，有受雇于为名誉而辩护的人，有风度翩翩却又做秘事买卖的女人，有谈论化学的堂倌，还有要减轻物体比重的化学家。"

不到五点盖斯特就来了，他好像有点气恼，把门随手关上了。

"苏津先生，"他叫了一声，"我们互相都能够谅解才好，这对我很重要。告诉我，您有没有家庭负担：妻子、孩子们？……虽然……不，我以为……"

"一个也没有。"

"您有财产吗？一百万……"

"差不多。"

"那么请您告诉我,"盖斯特说,"您为什么想自杀?"

沃库尔斯基摆了摆手。

"这不过是我一刹那间的念头,"他回答说,"我当时在气球上头很晕……"

盖斯特摇了摇头。

"您有财产,"他低声说,"您不争名誉,至少现在是这样……看来,这里一定有个女人……"他说道。

"也可能。"沃库尔斯基有点窘迫地回答。

"有个女人,"盖斯特说,"那就糟了,我们永远也不可能知道她会干些什么,她要把人引到哪里去。总而言之,您听我说,"他望着他的眼睛接着说,"如果您想干什么……您明白吗?……您决不要自杀,到我这里来好了。"

"我可能马上就来。"沃库尔斯基说着,眼睛朝地下望去。

"别马上来!"盖斯特很兴奋地说,"女人不会把一个人一下子就毁掉,您跟那个女人断绝来往了没有?"

"好像已经……"

"啊哈,才好像,那就糟了。无论如何要听我的话,在我的实验室里,很容易丧命……"

"您带来了什么东西,教授?"沃库尔斯基问他。

"糟了,糟了!"盖斯特咕噜道,"我非得为我的炸药找一个买主,我本来以为,我们可以合作的……"

"您先把您带来的东西给我看看。"沃库尔斯基打断了他的话。

"说得不错,"盖斯特说,他从衣兜里拿出一个不大不小的盒子,"您看,"他说,"这就是为什么人们把我叫作疯子……"

那是一个白铁做的盒子,它的开关很特别,盖斯特一个接一个地揿着那装在盒子上面不同地方的按钮,不时向沃库尔斯基投去心神不安和猜疑的目光,有一阵他还有点迟疑,做了一个动作,好像又要把那盒子放回到衣兜里去似的,可他终于镇定下来,又揿了几个按钮,那盒子的小盖弹开了。

就在那一瞬间,那老头又产生了怀疑,他一下子倒在长沙发上,把盒子藏在背后,有点害怕似的环顾房间的四周,又很不安地望着沃库尔斯基。

"我做了一件蠢事!"他低声说,"为了方便一个什么人,却冒犯了所有的人,这真是荒唐。"

"您不相信我?"沃库尔斯基也很激动地说。

"我谁都不相信,"那老头尖刻地回答说,"谁能给我什么保证? 是发誓还是以名誉担保? 我太老了,不再相信那些信誓旦旦了,只有共同的利益才多少可以防备一下最卑鄙的背信弃义,而且这也不是永远都靠得住的……"

沃库尔斯基耸了耸肩膀,在一张靠椅上坐下。

"我并不是非得要替你分忧,我自己的烦恼已经够多的了。"

盖斯特两眼一直望着他,但他逐渐平静下来了,最后说道:

"您向这里,向桌子靠拢一点,您瞧,这是什么?"

他给他看了一个黑色的金属小球。

"我看这是一种铸铅字的合金。"

"您用手把它拿起来!"

沃库尔斯基抓起那个圆球,好重呀,他感到奇怪。

"这是白金。"他说。

"是白金吗?"盖斯特讥讽地笑了一下,"您看,这才是白金呢……"

他又递给他一个同样大小的白金球。沃库尔斯基把它们放在两只手中换来换去,掂了掂两个球的重量,他感到更奇怪了。

"这个球比白金大概还要重两倍?"他说。

"是呀……是呀!"盖斯特大笑起来,"我的一个朋友,科学院院士,把它叫作'压缩的白金',一个多么好的名称,是不是?说明这是一种比重达三十点七的金属。他们永远是那样,只要给一样新的东西想出了一个名称,他们就说,这个名称的含义只有根据已知的自然法则,才能对它做出正确的解释。这是一些了不起的蠢材,是所有那些聚集在一起称之为人类中的最聪明的人……您懂得这一点吗?"

"哦,这是一块玻璃。"

"哈哈!"盖斯特大笑起来,"您把它拿起来,仔细地看看……这种玻璃挺有意思,对吗?它比铁还重,表面上有颗粒状的东西,是热和电的良导体,还可以加工改造……可以当金属用,是不是?您也许想给它加加热,或者用锤子锤打锤打吧?"

沃库尔斯基擦了擦眼睛,毫无疑问,世界上未曾有过这样的玻璃。

"那么这个呢?"盖斯特问道,又给他看了另一块金属。

"这大概是钢吧!……"

"它是不是钠,或者钾?"盖斯特问。

"都不是。"

"那就请您把这块钢拿起来吧!"

沃库尔斯基从惊奇变成了不安,因为那所谓的钢竟然轻得像一张薄纸一样。

"它中间大概是空的吧!"

"那您就把那东西切开来看看,如果您没有用来切它的工具,那就来找我吧!在我那里,你会看到许多类似这样有些特殊的东西,您可以拿其中任何一件您喜欢的东西来试试。"

沃库尔斯基依次看了一块比白金还重的金属,一块像玻璃那么透明的金属,还有比绒毛还轻的金属……他把它们拿在手上后,甚至觉得它们是天下最自然的东西,难道有什么东西比感官能够感觉到的物体更自然吗?但是他把这些他试过的东西还给盖斯特后,又感到吃惊和怀疑,奇怪和害怕了。于是他把它们又仔细地看了看,但他仍然摇了摇头,一会儿相信,一会儿怀疑。

"喂,您对这些东西是怎么看的呢?"盖斯特问。

"您给化学家们看过没有?"

"看过。"

"他们是怎么看的呢?"

"他们看了后,摇摇头,说这是胡说八道,是骗人的东西,严肃的科学是不会对它们进行研究的。"

"怎么,他们连试验都没有试验一下吗?"

"没有,他们有几个干脆说,如果不是违反了'自然法则',就是我的感官产生了错觉,要是这样,我就要怀疑自己的感官了。他们还说,对这一类骗人的东西进行严格的试验,有损于健康的理智,因此,他们坚决拒绝试验。"

"您没有写文章介绍过这些东西?"

"这我想都没有想过,我这个不管用的脑袋,也最好不过地保证了我不会泄露我的那些发明的秘密。可是人们迟早会把它们弄清楚的,然后想个办法,把我们不愿给他们的东西弄出来。"

"什么东西?"沃库尔斯基问他。

"一种比空气还轻的金属。"盖斯特心平气和地说。

沃库尔斯基在靠椅上一屁股坐下,两个人沉默了一会儿。

"您为什么不对人们公开那些神奇的金属呢?"沃库尔斯基最后问道。

"原因很多,"盖斯特说,"首先,我要这种金属是在我的实验室里造出来的,至于是不是我自己造出来的,倒不要紧;第二,不能让这种能够改变世界面貌的物质归所谓现代的人类所有。因为一些发明没有经过慎重的考虑,在这个世界上造成的灾难实在太多了。"

"我不懂您的意思。"

"那么我告诉您,"盖斯特说,"在这个所谓的人类中,有许多仅仅具有人形的牛、羊、老虎和爬虫,它们和真正活着的人的比例,大约是一万比一。早在石器时代就是这样,而且将永远是这样。许多世纪以来,这个所谓的人类有各种各样的发明。铜、铁、火药、磁针、印刷术、蒸汽机和电报毫无选择地被天才和白痴,高尚的人和罪犯掌握。结果怎么样呢?愚蠢和犯罪的行为不仅没有被消除,而且大量地增加,因为他们可以利用他们掌握的愈来愈强有力的工具,干那些更愚蠢和更加罪孽深重的勾当。我,"盖斯特往下说,"不愿重犯这样的错误,如果我终于发现了一种比空气还轻的金属,我要把它交给真正的人们,愿他们有一天能够用来制造他们需要的武器,愿他们的种族繁衍,愿他们更加强大。那些人形动物和怪物都会慢慢地死光。如果英国人能够把他们岛上的狼群赶走的话①,那么真正的人至少也有权利把那些像人的老虎从地球上赶出去……"

"这个人有怪癖。"沃库尔斯基心里想。接着他大声地说:

"那么有没有什么妨碍您实现您的这些意图呢?"

"缺乏金钱和助手。这个东西要进行近八千次试验,才能够制造出来。大致估计一下,一个人的话,要干二十年;如果四个人,用五年到六年的时间就可以完成了。"

沃库尔斯基从靠椅上站起来,一面沉思一面在房间里来回地踱着。盖斯特的眼睛一直盯着他。

"假如说,"沃库尔斯基说,"我给您钱和一个,甚至……两个助手怎么样?可有什么可以证明您要发明的什么金属不是一种离奇的神话,您的希望不是幻想呢?"

"您到我那里去亲眼看看,自己动手做几次试验,就会相信了。我看没有别的办法。"盖斯特回答说。

"什么时候能去呢?"

"您想什么时候来就什么时候来。只是请您给我几十个法郎,要不我连买一些必备的仪器的钱都没有。这是我的地址。"盖斯特说完,递给了他一张肮脏的纸条。

沃库尔斯基随即给了他三百法郎。老头把样品放在盒子里,把盒子关好后,临别时说:

"您来的前一天给我写封信。我总是待在家里,要给我

---

① 十七世纪,英国人在打猎中,把狼作为他们岛上的一种祸害消灭掉了。——原注

的那些曲颈瓶擦去灰尘!"

盖斯特走后,沃库尔斯基好像有点晕头晕脑。他忽而望着那扇房门,化学家就是从那里走出去的;忽而瞅着那张桌子,他刚才还在上面给他展示那些神奇的东西;忽而又抱着脑袋,搓着双手,或者在房间里踱来踱去,用鞋跟大声地跺着地面,使自己相信,他不是在做梦,他很清醒。

他想:"这个人给我看了两种物质:一种比白金还重,另一种比钠还轻得多,这可是事实。他甚至还对我说,他在找一种比空气还轻的金属!"

"如果这里面没有莫名其妙的欺骗的话,"他大声地说,"那就真有那么一种理想,值得为它把所有的岁月都用来做苦工。那样我不但有了工作,而且眼前就有一个奋斗的目标,能够包揽一切,实现我年少时有过的那些最大胆的梦想,它们比任何时候人在精神上追求的目标都要高尚。到那个时候,飞行的问题解决了,人便长上了翅膀。"

但他又耸了耸肩膀,松开两只手,低声地说:

"不,这是不可能的。"

寻求新的真理或者新的幻想成了一个沉重的负担,压在他的身上,使他感觉到至少要让别人部分地替他分担一下,因此他跑到了一楼那个豪华的会客室里,请来了朱马特。

当他正在考虑怎样开始这场特殊的谈话时,朱马特就主动地给他解决了这个问题,因为他一走进客厅,便很客气地微笑着问道:

"那个老盖斯特从您那里出来时很兴奋,是他说服了您,还是您战胜了他?"

"算了吧,光靠嘴巴恐怕任何人都说服不了,只能用事实。"沃库尔斯基回答说。

"那么有没有事实呢?"

"现在只能说有个预告……请您告诉我,"沃库尔斯基往下说,"如果盖斯特叫您看一种在各方面都很像钢,但却比水轻两三倍的金属,您会怎么样呢?……如果您亲眼看见了那种材料,又亲手触摸过它,您又会怎么看呢?"

朱马特微笑的脸变成了一副讥讽的怪脸。

"仁慈的上帝呀! 我还有什么好说的呢? 帕尔梅利教授只收五个法郎,还能给你看更奇妙的东西呢!"

"帕尔梅利是什么人?"沃库尔斯基惊奇地问道。

"催眠术教授,"朱马特回答说,"一个很了不起的人。他就住在这家饭店里,每天都在一个勉强能容纳近六十个人的客厅里表演三次催眠术。现在正好八点钟,夜场已经开始,您想看的话,我们就到那里去,我有那里的免费入场券。"

沃库尔斯基脸上的红晕是那么强烈,连额头和脖子都红了。

他说:"我们就到帕尔梅利教授那里去吧!"但是他心里想:"这个伟大的思想家盖斯特原来是个骗子,我真傻,一场只值五个法郎的表演我花了三百法郎。我怎么被他骗了呢!"

他们上了二楼,来到了那间客厅里,客厅就像这家饭店别的房间一样,布置得非常阔气,里面大部分地方已经挤满了男女老少的观众,他们穿得都很讲究,正在聚精会神地听帕尔梅利教授讲解,他刚好结束了他那有关催眠术的简短的开场白。这是一个中年男子,褐色头发,胡子散乱,显得憔悴,但有一双富于表情的眼睛。两个漂亮的女人和几个面部神情显得冷漠,一副可怜相的年轻的男子围住了他。

"那是一些通灵者,"朱马特小声说,"帕尔梅利正在他们身上表演他的技艺。"

表演持续了将近两个小时,它是这么进行的:帕尔梅利使眼色让通灵者入睡,他们能走路,回答问题,做各种不同的动作。此外,那些被催眠入睡的人按照他的指令,一会儿表现出他们的肌肉特别有力量,一会儿又一反常态地全身失去了知觉,或者感觉异常灵敏。

沃库尔斯基因为是初次看到这样的表演,没法掩饰自己对它的怀疑,帕尔梅利便请他坐在前排的靠椅上。在那里,经过几次测试性的表演,沃库尔斯基亲眼见到,这不是虚假,而是神经系统某些尚未可知的特性的表现。

但是最引起他的注意甚至使他大吃一惊的,是两次和他自己在生活中已经有了体会的那些事情有关系的试验,因为这两次试验要使通灵者相信那些不存在的东西。

帕尔梅利把一个曲颈瓶的软木塞递给一个被催眠的人,对他说这是一朵玫瑰花。那通灵者便开始闻那个木塞,同时表现出了非常高兴的样子。

"您在干什么?"帕尔梅利对那个通灵者叫道,"那是阿魏胶嘛……"

那通灵者很生气地马上扔掉了那个木塞,擦了擦手,抱怨那双手不该给弄臭了。

他又给了另外一个被催眠入睡的人一条手帕,对他说,那手帕有一百磅重,那个人被它压得直不起腰,开始哆嗦起来,还出了汗。

沃库尔斯基看到这个样子,他自己也出汗了。

"我知道盖斯特的秘密了,"他想,"他在给我催眠……"

但使沃库尔斯基最难受的，是他看到帕尔梅利把一个瘦弱的青年催眠入睡后，用一条手巾包住一个煤铲，向他暗示，这是他应当爱恋的一个年轻漂亮的姑娘。那个被催眠的人居然拥抱和亲吻那把铲子，还在它面前跪下，露出了最最宠爱它的神色。随后有人将那把铲子放在一张长沙发底下，那个被催眠者又像狗一样手脚着地向它爬了过去。当四个壮汉想要阻拦他时，他还把他们推开了。最后，帕尔梅利把铲子藏了起来，说那个女人已经死了，那年轻人甚至绝望地在地上打起滚来，还用头去碰壁。

这时候，帕尔梅利向他的眼睛吹了口气，那年轻人在观众的鼓掌和欢笑声中，泪流满面地醒了过来。

沃库尔斯基非常气愤地跑出了那个大厅。

"看来所有的东西都是骗人的！盖斯特的所谓发明和他的智慧，还有我的疯狂的爱，甚至连她也是骗人的！她不过是我那绝望意识中的一种幻觉……恐怕只有死才是最现实的，它不会使人误入歧途，它不会骗人。"

他从饭店里跑到了街上，冲进一家咖啡馆，叫上白兰地。这一次他喝了一瓶半。他一面喝一面想，他在这个巴黎获得了最丰富的知识，看清了最大的骗局，他完全失望了，巴黎大概就是他的坟墓。

"我还等什么呢？我还要知道什么呢？如果盖斯特是个卑鄙的骗子，如果可以像我爱上她那样去爱一把煤铲子，那我还有什么好说的呢？"

他喝完酒后，又沉入了幻想，回到饭店里，便和衣睡着了。他早晨八点钟醒来时，首先想到的是：

"毫无疑问，盖斯特用催眠术骗我，要我相信他的那些金属。但是当我疯狂地追求那个女人时，是谁在对我催眠呢？"

他忽然闪出了一个念头，要去问问帕尔梅利，于是他换了衣服，马上来到了二楼。

那神秘戏法的表演大师正在等待客人；但客人们还没有来，所以他向沃库尔斯基预收了二十法郎的咨询费后，接见了他。

"您能使每个人都相信一把煤铲是女人，一块手帕有一百磅重吗？"沃库尔斯基问。

"能使每个被催眠的人相信这一点。"

"那么您就给我催眠，在我身上再变一次那个手帕的戏法看！"

帕尔梅利便开始操作起来，他望着沃库尔斯基的眼睛，敲了敲他的额头，擦着他手臂，从肩膀一直擦到手心……最后，他却很不高兴地离开了。

"您做不了一个通灵者。"他说。

"要是我像那个被催眠的人一样，背过手帕的话，那又怎么样呢？"

"那不可能，您是催眠不了的。退一步说，您即便被催眠入睡了，梦见一条手帕有一百磅重，您醒来后，也记不得了。"

"您认为一个真的有技巧的人能对我催眠吗？"

帕尔梅利发怒了。

"比我高明的催眠师还没有，"他叫了起来，"其实我也可以让您催眠入睡，但那要花好几个月的时间和两千法郎的费用，我不打算白白耗费我的精神流质①……"

---

① 根据十九世纪催眠术的理论，精神流质是一种流体或者心理的能量，来自催眠术者，能够作用于通灵者。——原注

沃库尔斯基很不满意地离开了那个催眠术家。但他对于伊扎贝娜小姐有可能把他迷住并不怀疑，因为她有足够的时间，可以做到这一点。只是这个盖斯特不可能在几分钟内让他催眠入睡。再说，帕尔梅利也曾断言，被催眠的人是记不起自己有过的幻觉的；可是他连那个化学家来访的每个细节都记得很清楚。

这么说来，如果盖斯特没有让他催眠入睡，那他就不是个骗子，他的那些金属也不是子虚乌有，发现一种比空气还轻的金属也不是不可能的。

"好一座城市！"他想，"在这里，我一个钟头的感受比在华沙一辈子的感受还多。好一座城市！"

有几天，沃库尔斯基非常忙。

首先是苏津买了十几条船，他动身走了。那笔交易完全合法的利润数目很大——大到分给沃库尔斯基的那一点点就足够弥补他在华沙最后几个月的所有开支。

在告别前的几个钟头，苏津和沃库尔斯基在他们那布置得很富丽的房间里进早餐，谈的当然是利润。

"你交了神话般的好运。"沃库尔斯基说。

苏津饮了一口香槟酒，把戴着戒指的双手搁在腹部，回答说：

"这不只是好运，斯坦尼斯瓦夫·彼得罗维奇，这是百万钱财。你可以用小刀割下柳枝，但要砍倒橡树就得用斧头。谁有戈比，谁就做戈比的生意，赚的也是戈比；谁有一百万，他也一定赚得到一百万。斯坦尼斯瓦夫·彼得罗维奇，卢布就像一匹疲惫不堪的瘦马，你必须等它几年，它才能给你生出新的卢布；可是一百万却像一头母猪一样，有很大的繁殖力，一年可以生好几次小猪。斯坦尼斯瓦夫·彼得罗维奇,只要两三年,你也会积攒百把万的,到那时你会看到,钱是怎么滚滚而来,虽然对你……"

苏津叹了口气,皱着眉头,又饮了一口香槟酒。

"我怎么样呢?"沃库尔斯基问道。

"你吗,要我说的话,"苏津回答说,"你在这里并没有趁机会做点生意,而是什么也不干。你整天瞎逛,时而瞅着地上,时而抬头望天,实际上什么都没有注意,甚至还乘轻气球飞到天上去了(对一个基督教徒要这么说,我感到羞耻)。你心里究竟是怎么想的,你是不是要做一个走绳索卖艺的人?最后我还要告诉你,斯坦尼斯瓦夫·彼得罗维奇,你惹得一个很讲体面的女人生气了,那就是男爵夫人。大家都可以在她那里玩纸牌,见到一些漂亮的女人,知道许多事情。我劝你在动身前,把你挣得的钱也给她一些:你要是不给律师一个卢布,他是不会替你弄来一百卢布的。唉,我的天啊!"

沃库尔斯基注意地听着,苏津又叹了口气,接着说:

"你有事却要去找那些魔法师(哼,这都是些卑鄙龌龊的家伙),这么一来,告诉你吧,你连一个破旧的戈比也赚不到,你会触怒上帝的。这可不妙啊!但最糟的是,你是怎么想的,你以为没有人知道你心里不安吗?其实大家都知道,你精神上很痛苦,只有一个人认为你在收买假钞票,还有一个人猜想,你如果还没有破产的话,你是宁愿破产的。"

"你相信这些吗?"沃库尔斯基问。

"唉,斯坦尼斯瓦夫·彼得罗维奇,谁都可以把我当成一个笨蛋,但你却不应该。你以为我不知道你的事和女人有关吗?当然,女人是一种迷惑人的东西,她甚至会把一个很正经的人弄得晕头转向。你要是有钱,你就去玩一阵吧! 但我要对你说几句话,斯坦尼斯瓦夫·彼得罗维奇,你愿意听吗?"

"你说吧!"

"谁要是请人替他剃胡子,他不会对剃刀生气。亲爱的,我给你讲一个寓言吧! 在法国某个地方,有一种奇妙的水能治百病①,我记不起它的名字了。你听我说,有那么一些人跪着往它那里爬去,可是连看都不敢看它一眼,另外一些人却肆无忌惮地喝它,还用它来刷牙……唉,斯坦尼斯瓦夫·彼得罗维奇,你不知道,那些喝水的人是怎么嘲笑那些跪拜的人……你先看看你自己是不是那种跪拜的人,如果你是那种人,你对什么都不必在意! 你怎么啦? 有点不舒服? ……来,尝尝这葡萄酒吧!"

"你听说过她的一些情况吗?"沃库尔斯基闷闷不乐地问道。

"我发誓,我没有听到过任何特别的消息,"苏津拍着胸脯回答说,"商人少不了伙计,女人需要男人的顶礼膜拜,而且要多几个这样的男人。这样的话,即使有个自负的小伙子不向她顶礼膜拜,她也看不见。这是很自然的。但是你,斯坦尼斯瓦夫·彼得罗维奇,你不要混到那些下贱货中去,你要是进去了,就得自重一点。五十万卢布的资金,不是个小数目。一个拥有五十万卢布资金的商人,没有人敢取笑。"

沃库尔斯基站起来,伸了伸腰,像刚做完了用烧红的铁来

———————

① 指法国西南部比利牛斯山麓的一座城市卢尔德里的一处泉水,那里有个山洞叫马萨比耶勒,传说一八五八年圣母曾经在那里显圣,于是在显圣的地方建了一座柱廊教堂,以供朝圣之用。教堂附近的泉水便以奇妙的药用而闻名于世。——原注

烫烧那样的手术一样。

"也许情况不是他说的那样,但也可能……是那样,"他这么想,"要是他说得不错,我就把我的财产分一部分给那个幸运的情敌,感谢他医好了我的病。"

他回到了自己的房里,第一次以十分平静的心情想起了伊扎贝娜的那些崇拜者,有的他看见过和她在一起,有的他只是听说过。他想起了他们那些情意绵绵的谈话,那些传情的眼色、特殊的暗示,还有梅利顿太太所有的说法,以及那些崇拜她的人对她的一些看法。他总算松了口气,因为他觉得他已经找到了一根能够引导他走出迷宫的细线。

"我一定要走出去,也可能到盖斯特的实验室里去。"他觉得,他心里已经产生了一种蔑视一切的念头。

"她有权利,她完全有权进行选择!"他含笑低声说道,"可她到底是看中了一个还是看中了好几个呢?……唉,我是个多么下贱的畜生,而盖斯特却把我当人看待。"

苏津走后,沃库尔斯基把那封就在这天收到的热茨基给他的信又念了一遍。老掌柜的信中没有谈多少生意的事,可关于斯塔夫斯卡太太却谈得很多,那个不幸的漂亮女人的丈夫失踪了。

"如果你想想办法,能够把卢德维克·斯塔夫斯基的生死弄清楚的话,我一辈子都对你感激不尽。"热茨基写道。

后面还附了一个表格,列举了那个失踪者离开华沙后到过的一些地方和来到这些地方的日期。

"斯塔夫斯卡?……斯塔夫斯卡?"沃库尔斯基想道,"我知道了!……就是那个带着一个小女儿的漂亮女人,她也住在我那栋房子里。这些情况都是在同一个时候发生的,好怪呀！我买文茨基的那栋房子，也许就是为了认识她吧？我既然留在巴黎，她当然和我毫无关系，但热茨基在信中那么请求，我怎么能不给她帮帮忙呢！啊，太妙了！这样我就有理由给那个男爵夫人送礼了，苏津那么极力地要把她推荐给我。"

他拿出了男爵夫人的地址，坐车到圣热尔曼区去了。

在她住的那栋房子的前厅里有个旧书店。沃库尔斯基在和门房谈话的时候，无意中向那些书望了一下，他特别惊喜地发现了一本密茨凯维奇诗集①，这个版本他在霍普费尔店里当伙计时就读过，一看见那破旧的封面和褪了色的纸张，他的整个少年时代又浮现在他的眼前了。他马上买了那本书，几乎要把它当成一件珍贵的文物来亲吻了。

一个法郎更是打动了那个门房的心，他一直把他领到了男爵夫人那些豪华住房的房门口，到那里后，他微笑着祝愿沃库尔斯基有一次高兴的会见。沃库尔斯基按了一下门铃，一进去就看见一个身穿红礼服的仆人。

"啊哈！"那仆人叫了声。

客厅里的陈设理所当然地有镀金的家具、绘画、地毯和鲜花。没多久，男爵夫人就出来了，她的面部表情就像受了委屈但却准备宽恕人那样。

她真的宽恕了他。沃库尔斯基在简短的谈话中说了自己的来意，同时写下了斯塔夫斯基的名字和他到过的那些地方，还极力请求她通过她那许多关系帮他了解那个失踪者的详细情况。

---

① 这大概是在巴黎出的一个版本，最大的可能是密茨凯维奇生前在巴黎出的最后一个四卷集作品的版本。——原注

"这没问题，"那高贵的妇人回答说，"您愿不愿花钱？我非得找德国、英国和美国的警察厅不可……"

"要多少？"

"您拿出三千法郎怎么样？"

"好，这里是四千，"沃库尔斯基把一张写上了这个数目的支票交给她，"我什么时候能够得到答复呢？"

"这个我说不准，"男爵夫人说，"也可能一个月后，也可能要到一年后。不过我认为，"她很正经地问道，"您对将要采取的各种寻找的办法不会有疑问吧？"

"没有问题，我在罗斯柴尔德银行里还存了两千法郎，就是在得到这个人的消息后用来支付的酬金。"

"您不久就要离开这里？"

"不，我还要待一些时候。"

"啊，您迷上了巴黎，"男爵夫人微笑着说，"从我这个客厅的窗子往外望，您会更喜欢它。我每天晚上都有客人。"

他们两人都很满意地辞别了：男爵夫人是因为主顾给了她那么多钱，沃库尔斯基则以他的这次拜访既履行了苏津的建议，又满足了热茨基的请求。

沃库尔斯基现在在巴黎可真是寂寞了，他根本没有什么事干，因此他又去参观博览会，进戏院，去那些不熟悉的街道上瞎逛，参观那些没有去过的博物馆。法国伟大的力量、城市的建设和百万居民生活的规律性，还有温和的气候对文明迅速发展的巨大影响都使他赞叹不已。他又开始喝白兰地酒，吃高贵的菜肴或者在男爵夫人的客厅里玩起纸牌来，而且他总是输钱。

这种消磨时间的办法耗费了他许多精力，却没有给他带来一点欢乐。钟点就像昼夜那样慢悠悠地爬着，白天好像永远没有完，夜里也不能安稳地睡觉。他虽然睡得很熟，没有陷入那使他感到不快或者痛苦的梦境，但他却无法消除那一点轻淡的哀愁，他的心灵就浸泡在那种哀愁中，既够不着底，也找不到边。

"给我一个目标……不然就让我死去吧！"他曾不止一次地望着天空这么说。但是过了一会儿，他又笑了起来，想道：

"我在对谁说话呢？在这个各种自发势力进行着盲目较量的世界里，我已经成了人们手中的玩物，谁还会听我的？毫无牵挂，一无所求，却又懂得那么多，这是多么可怕的命运呀！"

他仿佛看见了一个无比巨大的工厂，这里造出了新的太阳、新的行星、新的物种、新的民族，这些民族的人们和他们的心遭到了希望、爱情和痛苦这些狂犬的撕咬。它们中谁最阴险呢？不是痛苦，因为它至少不欺骗人。而是希望，它把人捧得越高，就越是要把他抛进无底的深渊……说到爱情这只蝴蝶，它有一只翅膀叫犹豫，另一只叫欺骗……

"全都一样，"他低声说，"如果我们非得用什么东西来麻醉一下自己，那么用什么来麻醉都可以嘛，可是到底用什么东西呢？"

这时候，在称之为大自然的黑暗的深处，似乎有两颗星星出现在他的眼前，一颗呈灰白色，形状永远不变，那是盖斯特和他的那些金属；第二颗像太阳那样光芒万丈，但它的光突然又熄灭了，那就是"她"。

"如果这个值得怀疑，那个又难以接近和不可靠的话，"他想，"那我选择哪一个呢？这里还有一个问题：我即使得到了她,我会相信她吗? 我能够相信她吗?"

他已经意识到理智和感情进行决战的时候就要来了。理智要把他拉到盖斯特那里去,感情要让他回华沙。他觉得总有一天非得在这两者之中选择一个,不是选择艰苦的但能获得一种特殊荣誉的劳动,就是选择火热的爱情,这种爱情对他只能做这样的承诺:它会把他烧成灰烬。

"如果这个和那个都是幻觉,就像那把铲子或者那块一百磅重的手帕呢? ……"

他又到催眠术家帕尔梅利那里去了一次,在缴过了必须缴纳的接谈费后,他向他提出了几个问题:

"您肯定我这个人催不了眠吗?"

"就是催不了眠!"帕尔梅利生气了,"没办法马上给您催眠,因为您不通灵。不过可以使您变成一个通灵者,要是几个月办不到的话,那就要几年。"

"这么说,盖斯特确实没有欺骗我。"沃库尔斯基想了想,然后又大声地补充了一句:

"帕尔梅利先生,一个女人能够催眠一个男人吗?"

"不仅女人,就连树木、门把手、水都能够催眠,一句话,凡是催眠术家用得着的东西,都能够催眠。我可以用一根针给我的通灵者们催眠,我对他们说:'我把我的精神流质贯注在这根针上,你们只要望着它,就会入睡。'把我的控制能力传授给女人就更容易了,当然,这里有个条件,就是那个被催眠的女人必须是通灵者。"

"到那时,我和那个女人的关系是不是就像您的通灵者们要依从那把煤铲一样呢?"沃库尔斯基问道。

"那当然。"帕尔梅利答道,他看了看表。

沃库尔斯基从他那里出来后,一直在街上闲逛,他心里想:

　　"说到盖斯特,我自己就可以证明,他没有用催眠术来欺骗我,他也没有足够的时间来玩弄这种欺骗的手段。但若提到伊扎贝娜小姐,我就不敢说她没有以这种方式来迷惑我了。她有足够的时间,不过……是谁把我变成了她的通灵者呢?"

　　他愈是把自己对伊扎贝娜的爱和一般男女的爱做比较,就愈是感到他的这种爱很不自然。一见钟情就热恋起来这合适吗?对一个在几个月中只能见到一次,而且还得不断地了解她是不是倾心于自己的女人竟然想得发疯,这合适吗?

　　"啊,几次偶然的见面,我就把她当成了一个理想的人物。如果我对她有了进一步的了解,我会不会彻底失望呢?"

　　盖斯特那里没有任何消息,使他感到奇怪。

　　"难道那个化学家拿了我三百法郎,就不见我了吗?"

　　但一会儿,他对自己的猜疑又感到惭愧了。

　　"他大概是病了吧?"他嘟哝地说。

　　他雇了一辆马车,按照盖斯特提供的地址,到远在城外的沙朗通区①去了。

　　马车来到了他要去的那条街上,停在一堵石砌的围墙前。围墙后面露出了他那栋房子的屋顶和窗子的上半部分。

　　沃库尔斯基下了车,走到一扇小铁门前,看见门旁挂着一个小锤子。他敲了几下,门突然开了,沃库尔斯基走进了院子里。

---

　　①　沙朗通区当时是巴黎的郊区,今天属于巴黎城区,在马恩河流入塞纳河处,那里因为有一个防治心理病的科学研究机关而闻名。——原注

那是一栋两层楼的房子,很旧,墙壁上满是霉斑,窗子被尘土覆盖,窗玻璃有几处破碎了。房子的正中有一道门,跨上几级破旧的石台阶就到了门口。

小铁门砰的一声关了,刚才开门的那个门房也不知到哪里去了。沃库尔斯基站在院子中间,他感到很奇怪,因而心神不安起来。这时从楼上的窗子里忽然伸出一个戴红色便帽的脑袋,同时传来了一个熟悉的呼喊声:

"是您吗,休增①先生? 您好啊!"

那脑袋不见了,可是那里开着一个通风的小窗说明他没有看错。几分钟后,房子的正门吱呀一声开了。盖斯特站在门里面,他身穿一条破旧的蓝裤子和一件很脏的法兰绒长衣。脚上穿着木平底鞋。

"您要向我道喜啊,休增先生!"盖斯特说,"我把我的炸药卖给了一家英美公司,这笔生意看来是做得不错的。我先是预收了五万法郎的现款,然后每卖掉一公斤炸药都得到了二十五生丁②。"

"是啊,这么一来,您把您的那些金属都扔掉了吧?"沃库尔斯基笑着问道。

盖斯特用一种既宽容又带轻蔑的眼光望着他。

"这笔收入改变了我的处境,"他回答说,"今后几年,我不用费那么多心思去找有钱的伙伴了。至于那些金属的研究,我正在进行,您看……"

他打开前厅左边的门,沃库尔斯基看见里面有一个正方

---

① 这里是说苏津先生,盖斯特把沃库尔斯基当成苏津,但他称呼这个名字的时候,发音不准
② 法国钱币,一百生丁合一法郎。

形的大厅,它很宽大,里面很冷。大厅中间放着一个巨大的、像个大桶样的汽缸,它的钢壁约有半米厚,边上有四个地方紧套着一些强有力的轴环。汽缸的盖上也有一些装置:有个装置像安全阀,里面不时冒出小股的蒸汽,在空气中很快就消散了;另一个大概是压力计,上面有个指针在不停地颤动着。

"是蒸汽锅炉吧?"沃库尔斯基问道,"为什么炉壁这么厚?"

"您去碰它一下吧!"盖斯特说。

沃库尔斯基用手碰了它一下,马上痛得叫了起来。他的手指上起了水泡,但不是烫坏的,而是冻伤的。那个大桶冷极了,这在整个大厅里都感觉得到。

"里面有六百个大气压力。"盖斯特补充了一句,他并没有注意沃库尔斯基刚才遇到的意外;但沃库尔斯基听到这个数字,竟吓得战栗了一下。

"一座火山!"他说了一句。

"所以我劝您到我这里来工作,"盖斯特说,"您也看到了,这里很容易出事,我们到楼上去吧!"

"您把这锅炉留在这里不管行吗?"

"啊,这东西不用保姆来照顾,它自己会运转,不会发生意外。"

到了楼上,他们走进了一间有四扇窗子的大房间里。这里的家具只有几张桌子,桌上摆的全都是用玻璃、瓷,甚至铅和铜做的曲颈瓶、坩埚和试管。在桌子下面的地板上和房间的一些角落里放着十几颗炮弹,有几颗表面已经裂开了。窗子下面放着一些小的石盆或铜盆,盆里装满了五颜六色的液体。紧靠着一面墙壁,摆着一条长凳,也可能是沙发床,上面放着一个巨大的蓄电池。

沃库尔斯基转过身来，又看见门旁边的墙里面嵌着一个铁柜。还有一张床，上面铺着一条破烂的棉被，里面露出了肮脏的棉絮。紧靠着一扇窗子有一张小桌，桌上放着一些纸，桌子前面有一张皮靠椅，上面的皮子磨损了，有许多裂缝。

沃库尔斯基望着那个穿木底鞋，样子像个打短工的老头，然后又看了看那些透着清寒生活的家具，想道："这个人凭他的发明，可以拥有几百万家财。可是为了给未来的、更加完美的人类谋福利，他舍弃了他的一切。"盖斯特在他看来，现在就像那个摩西①一样，要把那些还没有出生的后代引向福地。

可是这一次，老化学家没有猜出沃库尔斯基在想些什么，他忧郁地望着他说：

"怎么样，休增先生！一个不愉快的地方，不愉快的工作，是不是？四十年来我就这么生活。为了购买和使用这些仪器，我已经花了一百万，大概就因为这样，它们的物主就没法玩乐，也没有仆人，有时候连吃的都没有……这个职业您是干不了的。"他向他摆了摆手，又补上了一句。

"您错了，教授！"沃库尔斯基说，"其实，在坟墓里也不会更愉快的……"

"说什么坟墓，无稽之谈……不必要的感伤主义！"盖斯特咕噜道，"自然界既没有坟墓，也没有死亡，只有各种各样的生存方式。采取一种生存方式，我们可以当化学家；采取另一种生存方式，我们只能当化学配剂师。这里的全部智慧表现在善于抓住偶然的机会，不把时间浪费在做一些蠢事上，要

~~~~~~~~~~~~~~

① 摩西相传是古代犹太人民的领袖，使他们从埃及的奴役下获得了解放。

真的有所作为。"

"我明白您的意思，"沃库尔斯基说，"可是……请您原谅，您的发明是那么新奇……"

"我也知道您的意思，"盖斯特打断了他的话，"我的发明是那么新奇，所以……您认为这是欺骗！从这一点来看，连科学院的院士也没有您那么聪明，您是上等社会的人，哈哈！……您大概要看一看我那些金属，想试验一下吧？好，太好了。"

他马上往那个铁柜跑了过去，用一种很复杂的方法把它打开，从里面依次拿出一块比白金还重的金属和一块比水还轻的金属，然后又拿出一块透明的……沃库尔斯基看了看它们，称了称它们的重量，给它们加热，锻打，通电流，用剪刀来剪。做这些试验，花了好几个钟头，最后他不得不信服，至少以物理学的观点来说，这是真正的金属。

沃库尔斯基检查完毕后，十分疲劳地倒在一张靠椅上。盖斯特于是把那些样品都收藏好，然后关上柜子，哈哈大笑地问道：

"怎么样，是事实还是欺骗？"

"我实在不懂，"沃库尔斯基两手按在脑门上，嘟哝着，"我的脑袋要爆炸了！……一种金属只是水的三分之一重……不可理解！"

"也许还有一种比空气差不多轻百分之十的金属？"盖斯特笑着说，"比重定律被推翻了，自然法则被埋葬了，是不是？……哈哈……完全不是这样，据我了解的情况，我的那些金属的试验并没有违反自然法则，我们应当更加广义地理解物体的性质和它们的内部结构。这样一来，人类技术的领域也扩大了。"

"可是比重呢？"沃库尔斯基问道。

"您听我说嘛！"盖斯特说，"您马上就会明白，我的发明有什么根据。我一定要说明，这些东西您是仿造不了的。这里既没有创造奇迹，也没有进行欺骗；这些东西是那么简单，连一个小学生都看得懂。"

他从桌子上拿了一个六面体的东西，递给了沃库尔斯基，又说：

"这是一个体积为一立方分米的六面体，是一个用钢铸造的实心体，您把它拿在手里，有多重？"

"大概有八公斤。"

盖斯特又给了他一个同样大小的六面体，也是钢铸的，问他：

"这个有多重呢？"

"啊，这个大概有半公斤……它是空心的。"沃库尔斯基答道。

"太好了！还有这个钢丝编的六面笼子有多重呢？"盖斯特把它递给沃库尔斯基，问道。

"十几克……"

"您看，"盖斯特插嘴说，"我们这里还有三个六面体大小一样的东西，也是用同一种材料做成的，但它们的重量却不一样。为什么？因为实心的六面体里含钢颗粒最多，空心的少一些，钢丝编的最少。您想想看，我创造了'方形颗粒'的物体，用来代替'实心的颗粒'，这样您就会弄明白这个发明的秘密了，它就是在物质内部结构的变化中找到的。其实这个发明在现代化学的研究中，并不是什么新鲜事。现在，您觉得怎么样？……"

"看到您的样品，我是相信的，"沃库尔斯基回答说，"您说的话，我也很明白，但我一离开这里……"

他失望地垂下了双手。

盖斯特又打开柜子，拿出一小块金属，从颜色看像黄铜。他把它递给了沃库尔斯基，说：

"您把它当作护身符放在身边，免得怀疑我的理智和我那些话的正确性。这种金属差不多是水的五分之一重，它会使您清楚地记起我们是怎么相识的。此外，"他笑着往下说，"它有一个很大的优点：不怕任何化学试剂。它也可以很快就化为灰烬，这样就不会泄露我的秘密……现在您走吧！休增先生！回家好好休息，考虑一下自己该怎么办。"

"我到您这里来。"沃库尔斯基低声说。

"不，别马上来！"盖斯特回答说，"您跟别人的一些关系还没有了结；我这里在几年内也不缺花销，所以我不强求您。当您彻底消除了过去的幻想后，您再来吧！"

他不耐烦地跟他握了手，把他往门口推去，在台阶上又和他告别了一次，便退到实验室里去了。沃库尔斯基走到院子里时，那扇小铁门已经开了，他跨到门外，站在那辆马车的旁边，这时门吱呀一声自动关上了。

沃库尔斯基回到了城里，他首先买了一个金颈饰盒，把那块金属嵌在盒子里，然后把它像一个护身符那样挂在脖子上。他本来想散一散步，但是街上的拥挤使他感到难受，就回到了自己的住地。

"我为什么要回去，而不去盖斯特那里工作呢？"他低声问自己。

他在一张靠椅上坐下,沉湎于往事的回忆中。他好像看见了霍普费尔的那个铺子、那些餐厅和嘲笑他的食客,看见了那台永动的机器,还有他极力想要操纵那个轻气球的模型。他还看见了卡霞·霍普费尔,她因为爱他而憔悴了……

"干吧!为什么不干呢?"

他不由自主地望着那张桌子,上面摆着他不久前买来的那本密茨凯维奇诗选。

"我读过多少次了呀?"他拿起那本书,叹了口气。

他翻开那本书,随便念了一首:

> 我跳了起来,往外跑去,
>
> 脑子里想起了一些话语,
>
> 要诅咒你的残暴,
>
> 那些话呀,我思考了一百万次,
>
> 又忘了一百万次。
>
> 可是当我见到你时,
>
> 我不知道为什么又冷静下来,
>
> 比岩石还冷静。
>
> 为了重新鼓起热情,
>
> 我不得不像过去一样保持沉默。①

"现在我才知道,把我迷住的是谁……"

他感到眼皮下面有泪水,但他尽力抑制着,不让它流下来。

"你们毁了我一生……你们害了两代人!"他埋怨道,"这

---

① 这是密茨凯维奇于一八二六年在敖德萨写的一首十四行诗的最后几句。

就是你们的感伤主义爱情观造成的结果。"

他合上那本书,使劲往房间的一个角落里扔去,把书页都扔散了。

书从墙壁上弹回来,落在洗脸盆上,又发出一片悲哀的沙沙声,滚到地面上。

"这样也好,那里就是你要去的地方!"沃库尔斯基想,"是谁对我把爱情说成是一种神圣的秘密呢?是谁教我看不起普通的女人,而去寻找根本就找不到的理想人物呢?爱情本来是世上的快乐,是生命的太阳,沙漠中欢乐的乐调,可你把它当作什么了呢?……当作悲哀的祭坛,人们在祭坛前为被践踏的人的心灵唱起了哀歌。"

这时,他的脑子里出现了一个问题:

"如果诗歌毒害了你的生命,那么是谁毒害了诗歌呢?为什么密茨凯维奇不能够像法国的歌者那么大声地欢笑,那么自由自在,却永远是那么思念和绝望呢?

"因为他和我一样,也爱上了一个出身高贵的小姐①,他用他的智慧、劳动和牺牲,甚至天才都无法赢得她的回报,而只有……金钱和头衔才……"

"可怜的受难者呀!"沃库尔斯基轻声地说,"你把你最好的东西献给了人民,你向他们倾诉你的衷情的时候,把你遭受的痛苦也注入了他们的心灵,这难道是你的过错?你和我以及我们共同的不幸,都是他们的过失造成的……"

他从靠椅上站起来,怀着对诗人的崇敬把那些散乱的书

①　诗人密茨凯维奇年轻的时候曾经爱上大贵族出身的小姐玛蕾娜·维列什恰库芙娜,但因为他出身低微,他的爱被拒绝了,玛蕾娜的父母把她嫁给了一个伯爵。

页拾掇起来。

"你被他们折磨得还不够,还要对他们的罪行负责吗?由于他们的过失,你的心没有唱歌,而是像一个破钟那样在呻吟……"

他躺在长沙发上,仍在思索着:

"一个奇怪的国家,这里自古以来就有两种完全不同的人,这就是贵族和平民,可他们互为邻居。第一种人宣称自己是一种高贵的植物,有权占有所有的土地和肥料;第二种人不满那种野蛮的霸占,但是没有力量反抗他们遭受的侵害。

"于是便造成了这样一种局面:一个阶级的特权将永远保存下来,所有其他的阶级从一开始就是被压迫的阶级。人们是那么深信高贵出身的价值,连手工业者和商人的子弟也争相购买纹章,或者假冒他们是破落贵族出身。

"谁都不敢承认自己是仆人的儿子,连我这样的蠢人也花了几百卢布买了一张贵族出身证书。

"我该回到那里去吗?为什么要到那里去呢?在这里,我至少可以看到那些靠自己所有的才能养活自己的平民。在这里,担任最高职位的不是那些衰颓腐朽的遗老遗少,而是那些走在前面的真正的力量:劳动、智慧、意志、创造、知识,甚至美、熟练的技术和真诚的感情。在那里,劳动被人看不起,荒淫无耻却占了上风!谁挣得了财产,就给谁戴上守财奴、吝啬鬼、暴发户的帽子;谁把财产挥霍掉,就美其名为慷慨、大公无私、宽宏大量。在那里,朴素被认为是怪僻,节俭是一种耻辱,渊博的学识等同于癫狂,有窟窿的衣袖象征艺术。在那里,你想获得一个人的身份,就必须有头衔加金钱;或者有本事,能够撞进贵族府邸的前厅里。我该回到那里去吗?……"

他在房间里走来走去，数了一下：

"盖斯特是一个，我是第二个，奥霍茨基是第三个……再找两个人，在四年或者五年内，我们就可以完成八千次试验，要发现那种比空气还轻的金属，这些试验是一定要做的。到那个时候会怎么样呢？世上的人们看见第一台没有翅膀，结构也不复杂，却坚固得像装甲舰一样的飞行器，会怎么说呢？"

他觉得窗外嘈杂的市声好像在扩展，增大，笼罩了整个巴黎、法国和欧洲，所有的人声都融合成了一个强大的喊叫声：

"荣誉！荣誉！荣誉！"

"我是不是疯了？"他自言自语道。

他马上解开背心上的扣子，把衬衫底下那个金颈饰盒子拿出来打开。那一小块像黄铜似的，跟羽毛一样轻的金属还在原来的地方。盖斯特并没有骗他，那条通向伟大发明的道路是完全敞开着的。

"留下吧！"他低声说，"如果我对这样的事情一点也不关心，不论上帝还是人们都不会宽恕我。"

暮色已降临，沃库尔斯基于是点亮了桌子上的煤气灯，拿出纸和钢笔，开始写道：

> 我的伊格纳齐！我要和你谈一些非常重要的事情：我不会回华沙了，因此请你尽快地……

他突然把钢笔扔到一边，一看见他在纸上写的那些字："我不会回华沙……"便觉得有一种不安的情绪笼罩了他。

"我为什么不回去呢？"他反问自己。

"可是回去又干什么呢……难道又去会见伊扎贝娜小

姐,又去浪费我的精力？……该彻底抛弃这些愚蠢的打算啦……"

他来回地走着,心里又想:

"这里有两条道路,一条能够极大地改善人类的生活,另一条则是赢得一个女人的好感,或者比如说,把她攫为己有。我选择哪一条呢?

"事实上,任何一种新的重要物质、任何一种新的力量的产生都意味着已经登上了一个新的文明的台阶。青铜器创造了古希腊文明,铁器开创了中世纪,火药结束了中世纪,煤又开创了十九世纪。毫无疑问,盖斯特的那些金属意味着人类从来没有梦想过的那种文明的来到,谁知道,它或许会使人类变得更加高尚……

"可是另一方面又怎么样呢?……一个在我这样的暴发户面前洗澡也不害臊的女人。在她的眼里,我跟那些好打扮的公子哥儿相比,又算得了什么?可是那些人生活的主要内容却只有空谈,说俏皮话和互相吹捧。他们也包括她自己在内,如果见到了穿得那么破烂的盖斯特和他那些了不起的发明,会怎么想呢?他们是那么愚昧无知,甚至根本不会感到惊奇。

"最后,就说我跟她结了婚吧!那又会怎么样呢?……所有她的那些公开或者秘密的崇拜者,各种各样或亲或疏的表兄表弟,以及天知道还有些什么人,都会马上拥到我这个暴发户的客厅里来……我也就不得不看他们的眼色,不得不听他们虚假的恭维话,或者有礼貌地避开他们那些亲密的谈话了——他们在谈什么呢?是不是在谈我的屈辱或愚蠢呢?像这样生活一年,我也会变得卑鄙无耻,也会堕落到对那些卑鄙无耻的人表示羡慕……

"啊,我把我的心与其献给那样一个女人,还不如扔给一条饿狗,她根本就不会想到我和她的那些人有多么大的区别。想得够啦!"

他又在桌子旁边坐下,开始给盖斯特写信,但他突然又不写了。

"我这个人真是太好啦,"他大声地说,"自己的生意还没有安排好,就去签协议。"

"时代变了!"他想,"要是过去,像盖斯特这样的人会被认为是魔鬼,一个具有女人形体的天使在跟这个魔鬼抢夺人的灵魂。可是今天……究竟谁是魔鬼,谁是天使呢?"

这时有人敲门。进来一个侍役,交给沃库尔斯基一封很厚的信。

"华沙来的,"沃库尔斯基低声说,"热茨基的信?他给我的第二封信……啊,原来是议长夫人的!她大概是要把伊扎贝娜小姐结婚的消息告诉我吧?"

他撕开了信封,但有一阵有点犹豫不决,到底念不念它,他的心跳得更剧烈了。

"反正一样!"他咕哝了一声,便开始念信:

> 我亲爱的斯坦尼斯瓦夫先生!您在巴黎看来玩得很不错,连自己的朋友都忘了。您那可怜的亡叔的坟墓一直在等待您答应给他竖的那块石碑。有人还要我在晚年建个糖厂,关于这件事,我也很想听听您的意见。您没有看见贝娜脸上的红晕,斯坦尼斯瓦夫先生,您应当感到惭愧,首先应当感到惋惜。她现在在我这里,因为听说我在给您写信,她的脸更红了。是个可爱的孩子!她住在附

近她姑妈的家里,经常来看我。我猜到了,您有什么事情使她很不高兴,您赶快向她道歉吧！您要尽快地直接到我这里来。贝娜还要在这里待几天,我也许有办法使你们之间得到谅解……

沃库尔斯基跳了起来,打开窗子,在窗前站了一会儿,把议长夫人的信又念了一遍,他的眼睛闪出了光芒,脸上泛起了红晕。

他按了一下铃,又一下,第三下……最后,他自己跑到走廊里,叫了起来:

"侍役！喂,侍役！"

"先生有什么事?"

"要账单。"

"什么账单?"

"最近五天的全部账单,全部,你明白吗?"

"马上就要?"那侍役很诧异。

"马上要！还要……叫一辆去北火车站的马车。马上去叫！"

第五章 一个幸福的情人

沃库尔斯基从巴黎回到华沙后，就接到了议长夫人的第二封信。

那老妇人一定要他马上去她那里玩几个礼拜。

信的末尾是这么写的："斯坦尼斯瓦夫先生，您别以为我邀请您是您有了新的成就，我想在众人面前炫耀我跟您相识。有的人有时候爱这么做，但我不会这样的。我只是想让您在劳累之后，来这里休息一下。在我家里，您也许可以娱乐和消遣一下，这里除了我这个没意思的老太婆外，还会有一些年轻漂亮的女人和您相伴。"

"年轻漂亮的女人跟我有什么关系呢!"沃库尔斯基咕噜着。可是他马上想到：议长夫人信里写的究竟是什么成就呢？难道省城里的人都已经知道他赚了钱，这件事他可没有对任何人说呀？

他马上在铺子里到处望了一下，这时他对议长夫人的话就不感到奇怪了。自从他去了巴黎，他那家铺子的交易额每个礼拜、每天都在上升，有几十个新来的商人跟他建立了关系。在那些早有来往的商人中，只有一个不再跟他做生意了。那个人给他写了一封信，很尖锐地说明了因为可敬的沃库尔斯基没有开兵工厂，只有一家普通的丝织品商店，如果再跟他的商行保持联系，就无利可图了。他打算到新年和商行结一下账①。由于铺子里的货物销路大增，伊格纳齐先生自己做主，租了一间新的库房，还雇了第八个伙计和两个进货的工人。

沃库尔斯基把账簿翻阅了一遍之后（由于热茨基的强烈要求，他从火车站回来后的几个小时，一直在看账簿），伊格纳齐先生便打开那个能防火的保险箱，带着严肃的表情，从里面拿出了一封苏津的信。

"干吗要这么郑重其事呢？"沃库尔斯基笑着问道。

"对苏津的信要特别重视。"热茨基加重语气回答说。

沃库尔斯基耸了耸肩膀，念着那封信，原来是苏津向他建议，到冬天再跟他做一笔生意，规模跟巴黎做的那笔差不多大。

"你觉得这个建议怎么样？"他向伊格纳齐说明了这是怎么回事后，问道。

"我的斯塔胡！"那老掌柜低下了头，回答说，"由于我对你的信任，你就是在城里放火，我也深信，你这是要达到一个高尚的目的。"

"你是个无可救药的梦想家，老朋友！"沃库尔斯基叹了口气，他把话说完了。当然，伊格纳齐又认为他在搞政治阴谋。

持这种观点的人还不止热茨基一个。沃库尔斯基走进自己的房间，发现了一大堆名片和信。这就是说，他不在家里的那段时间，大约有一百个有声望、有头衔和产业的人来拜访过他，那些

---

① 这个商人要让沃库尔斯基明白，他跟他脱离关系是出于政治原因，因为沃库尔斯基和苏津一起做的是军火生意。——原注

人至少有一半他不认识。更引人注目的是那些信,那都是些求助的信,有的请求救济,有的希望他对各种各样军事和非军事团体给予支持,其中还有一些匿名信,大都是指责他的。有封信还说他是叛徒,另一封又称他奴才,说他在霍普费尔的店里那么奴颜婢膝还不够,现在又心甘情愿地去为贵族效力,甚至不是为了贵族,而不知道为了一些什么人。另一封匿名信说他不该照顾一个作风不好的人。还有一封信说斯塔夫斯卡是个风骚的女人和冒险分子,热茨基是个骗子,他冒领沃库尔斯基新购买的那栋房子的房租,跟一个叫维尔斯基的管理人私分了。

他望着那一堆信,不禁产生了这样的想法:"看来,我可是被许多颇有分量的流言蜚语包围了。"

在街上,只要他有工夫留心一下,他就会发现自己已经引起了普遍的兴趣。许多人向他点头,问候。有时候,他从什么地方走过,那里就有一些完全不相识的人指着他。但也有这样的人,他们一看见他就带着一种明显的厌恶感,把头掉了过去。使他感到最痛苦的是,他在他们中间发现了两个早在伊尔库茨克就认识的熟人。

"这是怎么回事?"他抱怨地说,"他们是不是有精神病?"

他回华沙后的第二天,就给苏津回了信,说他同意那个建议,十月中就去莫斯科。夜晚他乘车去了议长夫人那里,她的庄园和不久前新修的铁路相距只有几英里。

在火车站①上,他看见自己在这里也引起了人们的注意。站长向他做了自我介绍,还吩咐在车厢里给他一个单

① 这肯定是科韦尔斯基车站,一八七八年初启用,它的位置靠近扎克罗奇姆斯卡大街,比今天的格但斯克车站距维斯瓦河要近几百米。——原注

704

独的小间,列车长把他领到车厢里后,又对他说,他只有一个愿望,就是要让他坐一个舒适的位子,他在那里可以睡觉,工作,也没有人去打扰他交谈。

火车停留了很长的时间,然后慢慢地开动了。那时候已经是深夜,天上没有月亮,也没有云彩,可是星星却比往常要多一些。沃库尔斯基拉开车窗,望着那些星斗,他回想起了西伯利亚的那些夜晚,在那里,天空有时候几乎是黑的,上面布满了像雪花一样闪烁的星星。小熊星座几乎就在我们的头顶上盘旋。武仙座、正方形的飞马座和双子座则闪烁在地平线上,比在我们这里的位置要低一些。

"我,一个霍普费尔店里的伙计,如果没有到过那里,我今天能够懂得天文学吗?"他痛苦地想道,"要不是苏津硬把我拉到巴黎去,我能知道盖斯特的发现吗?"

他用心灵的眼睛看见了他那广阔而又不平凡的生活的层面,它从遥远的东方已经扩展到了遥远的西方。"我会的一切,我所有的一切,我还能做到的一切,都跟这里无关。在这里,我只会受到轻视,被人妒忌,就是在顺利的时候,那些喝彩也是值得怀疑的;如果遇到逆境,今天这些向我点头哈腰的人就会用脚来踩我了。"

"我要离开这里,"他低声说道,"我要走!……也许她会要留住我……如果我不能完全照我的意愿去支配我的财产,那它对我有什么用呢?在俱乐部、铺子和客厅里混日子,不是造谣生事,就是赌牌,不是赌牌,就是说人家坏话,这样的生活有什么价值呢?……"

"我感兴趣的是,"歇了一会儿,他又自言自语地说,"议长夫人为什么这么刻意地邀我到她那里去呢?说不定,这是伊扎贝娜小姐的意思……"

他感到身上热了起来，心里也慢慢地发生了变化。他想起了父亲、叔父，还有卡霞·霍普费尔，她曾那么深深地爱他；想起了热茨基、列昂、舒曼、公爵和许多别的确实向他表示过深切友好的人。他身边要是没有这些充满善意的心灵，他的知识和财产有什么用呢？盖斯特的最伟大的发现如果不能保证高尚和优秀的人种取得最后的胜利，那它又有什么用呢？

"我们这里有不少事情要做，有些人也是应当给予提升和支持的，"他低声说道，"我年纪太大，不可能有划时代的发明，就让奥霍茨基们去做这项工作吧……我希望别的人得到幸福，这样我自己也是幸福的……"

他闭上眼睛，仿佛看见伊扎贝娜小姐就在他面前；她以一种奇怪的她所特有的眼神望着他，以温柔的笑脸对他的意图表示赞同。

有人敲着车厢里他那个小房间的门，过了一会儿，列车长进来，问道：

"达尔斯基男爵先生叫我问一声，可不可以来这里看您，他也坐在这节车厢里。"

"男爵先生？"沃库尔斯基感到奇怪地重复了一遍，"那好，请他来吧！"

列车长退了出去，把门关上。沃库尔斯基想起来了，这个男爵是他的东方贸易公司的股东，是那并不很多的伊扎贝娜小姐的求婚者之一。

"他来找我干吗？"沃库尔斯基想道，"他是不是也要到议长夫人那里去，好在那里新鲜的气氛中最后一次向伊扎贝娜小姐求婚？……如果斯塔尔斯基没有赶在他前面的话……"

从车厢的过道里传来了脚步声和谈话声；沃库尔斯基的那个小间的门开了，列车长又出现在门口，他的身旁有一个长得十分瘦弱的先生。这位先生鼻子下面留着一小撮灰白的胡髭，下巴上还有一把更小和更白的尖下须，头发全都是灰白的。

"这好像不是他？"沃库尔斯基想，"他的须发完全是黑的呀！"

"我打扰您了，非常对不起！"男爵说，随着车厢的颠簸，他的身子也在不停地摇晃着，"非常对不起……我本来不敢妨碍您一个人的自由自在，只因为我要问您是不是到我们可敬的议长夫人那里去，她已经等了您一个礼拜啦！"

"我正是要到她那里去。欢迎您，男爵先生，请坐吧！"

"啊，那太好了，"男爵大声说道，"我也到那里去。我在那里住了差不多两个月啦！我是说……先生……我实际上并没有住在那里，而是经常到那里去，从我的家里，也就是从华沙到那里去。我家的房子在翻修……我去维也纳买了家具，是从那里回来的，但我在议长夫人那里只待几天，因为我要回去给我那栋大厦的墙上换壁纸，虽然那里所有的壁纸都只是在两个礼拜前裱的，可现在又得更换了。有什么办法呢……它们不讨人喜欢，就得全都撕下来，毫无办法……"

他笑着眨了眨眼睛，可是沃库尔斯基却觉得冷了半截。

"家具是给谁买的呢？……谁不喜欢那些壁纸呢？"他有些不安地问自己。

"尊敬的先生!"男爵往下说,"您已经完成了您的使命,我祝贺您!"说着他紧握他的手,"我第一次见到您,就对您产生了敬仰和好感,现在我对您真是无上地敬仰了……是的,先生,由于脱离政治生活,我们遭受了很大的损失。您首先打破了那过于约束自己的不合理的原则,为了这个,先生,您也是值得尊敬的……我们一定要关心国家的大事,我们的财产和未来都在这里啊……"

"我不知道您的话是什么意思,男爵先生。"沃库尔斯基突然打断了他的话。

男爵觉得不好意思,坐在那里既不说话,也不动弹。最后他才结结巴巴地说:

"对不起! ……我个人并没有什么奢望……但是我认为,先生,我跟可敬的议长夫人之间的友谊,它是那么……"

"先生,我们不用这么一再地解释啦!"沃库尔斯基紧握着他的手,笑着说,"您对您在维也纳买的东西满意吗?"

"很满意,先生,很满意……虽然,您相不相信,有个时候,我曾想要按照可敬的议长夫人的建议,麻烦您在巴黎……"

"我很愿意为您效劳,什么事呢?"

"我本想在那里买一整套钻石首饰,"男爵说,"可我后来在维也纳也找到了漂亮的蓝宝石……我正好带在身边,如果您愿意的话……您对宝石很内行吗?"

"这宝石是给谁买的呢?"沃库尔斯基想道。他想让身子在座位上坐正,但他感到既抬不起手臂,又伸不了腿。

这时候,男爵已经从各个口袋里掏出了四个山羊皮的小盒子,他把它们放在一张小凳上,挨个地一一打开了。

"这是手镯，"他说，"是不是？只有一粒宝石，好朴素呀！胸针和耳环都有一些装饰，我还叫人做了一个漂亮的边框……这是项圈……既朴素，又招人喜爱，这大概就是美吧……还保持了光泽，是不是，先生？"

他一面说，一面将那些蓝宝石在沃库尔斯基眼前晃来晃去，它们在那闪烁不定的烛光下熠熠生辉。

"您不喜欢这些东西？"男爵看见他的旅伴没有回答，突然问道。

"怎么不喜欢呢，它们都很好看，男爵要把这些礼物送给谁呢？"

"给我的未婚妻，"男爵带着惊异的语调回答说，"我想，议长夫人已经把我们家庭的幸福告诉您了吧？"

"一点也没有告诉我。"

"我求婚和得到应允之后，今天正好五个礼拜了。"

"您向谁求婚呢？向议长夫人吗？"沃库尔斯基用一种惊奇的语调问道。

"不是，"男爵叫着往后退去，"我向议长夫人的孙女埃韦莉娜·扬诺茨卡小姐求婚……您不记得她了？今年复活节，她到过伯爵夫人家里，您没有注意到？"

过了很长时间，沃库尔斯基才弄清楚，男爵爱的是埃韦莉娜·扬诺茨卡小姐，而不是伊扎贝娜·文茨卡小姐，他并没有向伊扎贝娜小姐求过婚，这些蓝宝石也不是送给她的。

"对不起，"他对心神不安的男爵说，"我有些精神失常，简直不知道自己在说些什么。"

男爵马上站起来，尽快把那些小盒子塞回到口袋里去。

"我是多么不礼貌啊！"他叫道，"我明明看见您很疲劳，却贸然来打扰您,不让您睡觉……"

"不,先生,我不想睡觉,在余下的旅途中,有您的陪伴,我感到很高兴。那是一时的虚弱,已经没事了。"

男爵先是做个姿态想要离开,但他看见沃库尔斯基确实清醒过来后,又坐了下来,还保证说,他只要再逗留几分钟,因为他总是想,一定要把自己的幸福告诉别的人,随便哪个都行。

"她是个什么样的女人呢?"男爵说道,越来越明显地做着各种手势,"我认识她的时候,觉得她像雕像一样冷漠,一心想的只是漂亮的衣着。今天我才看到,她的感情是多么丰富啊……当然,她和别的女人一样,爱梳妆打扮,可她又是多么聪明啊!我对您说的这些话,是不会告诉别人的。沃库尔斯基先生,我很年轻的时候,头发就白了,我不得不常常用染发水来把它染黑。没想到,她一看见我染发,就马上阻拦,她说她特别喜欢白头发,在她看来,只有白发苍苍的男人才真正漂亮。'一个男人,花白的头发,您看怎么样?'我问她。'挺有意思的。'她回答说。她就是这么说的。我一定使您心烦了吧,沃库尔斯基先生?"

"不,先生!……遇到一个幸运的人,我感到很高兴。"

"我确实很幸运,而且这种幸福的获得对我来说,有些意外,"男爵接着说,"我老是想着要结婚;好几年前,医生们就劝我结婚。嗯,我想好了,先生!我要娶一个漂亮的、受过良好教育、有名望和善于交际的女人,我绝不会向她要求罗曼蒂克的爱情。可是您看,爱情却自己来找我了,它望了我一眼就把我的心点燃了……真的,沃库尔斯基先生,我在恋爱了……不,我简直发疯了。我不会把这些话对别人说的,而只是告诉您。从最初的一瞬间,我对您就有了好感,几乎像亲兄弟一样……我发疯啦!我心里想的只有她,一睡觉——就梦见她,如果见不着她,我就要生病,我的先生,我吃不下饭,情绪沮丧,而且总是感到害怕……

"我恳求您,沃库尔斯基先生,千万别把我现在对您说的这些话说给别人听!我想试试她,这很卑鄙,是不是,我的先生?可有什么办法呢?一个人不能轻易相信自己的幸福。我的试探是(您可一句话也不要对别人说,先生!),先叫人拟一个婚约,根据这个约定,如果最后没有结婚,不论是哪一方的过错(您明白吗?),我都付给那小姐五万卢布,以赔偿她因爽约而遭受的损失。我的心既紧张又害怕……如果她抛弃了我呢?可是,您猜怎么着?当议长夫人向她谈到这份婚约时,她哭了。'怎么,他以为我会为了五万卢布而抛弃他吗?'她说,'如果他怀疑我贪财,认定女人的心中没有任何高尚的目的,那他怎么不明白,我当然要一百万,而不要这五万卢布呢?'

"议长夫人把这些话告诉我后,我马上跑到埃韦莉娜的房间里,一句话也没有说,就跪倒在她面前……现在,我在华沙立了遗嘱,指定她为我的财产唯一合法的继承人,我即使没有结婚就死了,这个遗嘱也有效。这个姑娘几个礼拜给我的幸福,比我所有的亲属在我这一辈子给我的幸福还多。以后会怎么样呢……以后会怎么样,沃库尔斯基先生?我不会向别的人提这样的问题。"男爵把话说完后,使劲地握着他的手,说了句,"好啦,再见!"

"一个可笑的故事,"男爵走后,沃库尔斯基低声说,"这个傻老头真的是什么也不知道。"

他简直无法驱散男爵的身影,这个身影一直停留在那紫红色的丝绒座位上。他看见他那张瘦削的脸上泛起了砖红色的红晕,他的头发像撒满了面粉一样,他的一双深深凹陷的大眼睛隐现着一种病态的微光。他的激情的爆发却给人留下了滑稽可笑的、悲哀的印象。他总是用围巾围着颈脖,察看窗子是否都已经关得很紧。他因为害怕穿堂风,所以不断地调换着座位。

"他受骗上当啦!"沃库尔斯基想,"一个青春少女能爱上这么一个木乃伊吗?他肯定比我还要大十岁,而且这么迂腐,这么幼稚!但如果那位小姐真的爱上了他呢?毕竟难以认定,她真的骗了他。因为一般来说,女人总比男人要高尚些,她们的犯罪率比男人们低,她们比我们更经常地做出自我牺牲。如果说要找到一个整天为了金钱而行骗的卑鄙的男人都很难的话,那么怎么可以怀疑一个在规规矩矩的家庭里教养长大的少女会干出那样的事呢?毫无疑问,她的神经是受了点什么刺激,而且看来她也是被什么迷住了,不是他的魅力就是他的地位。要不然,她就像在演喜剧一样。男爵也一定会注意到,恋爱双方的观察,像用显微镜那么仔细。如果说,一个青春少女能够爱上这么一个老态龙钟的人,那么为什么我心中的那个女人不会爱上我呢?"

"我总是要想到那件事上的,"他唠叨着,"这永远改变不了。"

他把男爵关上的窗子又推开,为了摆脱那些使他厌烦的回忆,他又望着天空。那正方形的飞马座已经偏到西边去了,东边升起了金牛座、猎户座、小犬座和双子座。他聚精会神地瞧着天空密布的繁星,却想到了那神奇的、见不着的万有引力,它把所有的遥远世界都连成了一个整体,比任何物质材料做的锁链都连得更加牢固和紧密。

"万有引力,依附力,这实际上是一种物质,一种强大的力量,能把什么都吸引住,能够创造所有的生命。要是太阳失去了对地球的引力,地球就会飞到太空中不知什么地方,经过几年就会变成冰块。要是把一颗在宇宙中游弋的星扔到太阳系的空中,也许那颗星上就会出现生命。万有引力定律适用于整个大自然,为什么男爵要违反它呢?难道他跟埃韦莉娜小姐之间的距离比地球跟太阳之间的距离还大吗?如果宇宙间各个星球都像发了疯似的相互吸引在一起,那么对于人的疯狂行为有什么奇怪的呢?"

火车仍在缓慢地行驶,靠站的时间也很长。空气变冷了,东边的星星逐渐暗淡下来。沃库尔斯基关上窗子,在那摇晃着的沙发座位上躺下。如果一个少女会爱上男爵的话,那么为什么我……她并没有欺骗他……总的来说,女人们比我们都高尚些……她们很少欺骗……

"先生,您要在这里下车了……男爵先生早就在站上的小饭店里喝茶了。"

沃库尔斯基醒过来时,列车员正站在他身旁,很有礼貌地在叫唤他。

"怎么,已经天亮了吗?"他惊异地问道。

"噢,九点钟了,我们在车站上停了半个钟头了。我没有叫醒您,因为男爵先生不让,可现在火车就要开了……"

沃库尔斯基连忙下了车。这是一个新建的火车站,还没有全部完工,但还是有人端来了洁净的水给他洗脸,给他擦干净了衣服。他完全清醒过来了,便向那小饭店走去,男爵满面红光,在那里已经喝完了第三杯茶。

"早晨好!"男爵说道,带着很亲热和诚挚的神情握着沃库尔斯基的手,"老板,给这位先生来杯茶! 天气真好,是不是? 乘车出游最合适,可是这里却经历了一段曲折。"

"怎么回事?"

"我们非得等马车不可,"男爵回答说,"因为我前天从华沙给议长夫人发了个电报,约他们明天来接。车站上的站长告诉我,说我弄错了。幸亏我昨天夜里两点发了个电报,说您快到了,今天在路上我又发了个电报,三点钟这里已经派出了专差,六点钟议长夫人收到了电报,他们最迟八点钟就会派马车来……我们在这里还要等一个钟头。但是您也可以借此机会熟悉一下这一带的环境,这是一个非常漂亮的地方,先生……"

早饭后,他们来到了月台上。从这里远看,周围的地势显得平坦,光秃秃的,只有一些地方留下了一些树桩,中间耸立着几栋石砌的房子。

"这是不是庄园?"沃库尔斯基问道。

"是的,这一带住着许多贵族,土地非常肥沃,您看,这是羽扇豆,那是苜蓿……"

"可见不到村庄。"沃库尔斯基插嘴道。

"因为这里都是贵族的土地。您大概知道这句俗话吧:'地主的田里多禾垛,农民的田里多庄稼汉。'"

"我听说,议长夫人家里有许多客人。"沃库尔斯基忽然说。

"是的,先生!"男爵说道,"那里遇到礼拜天,天气好,就会像俱乐部里那样开跳舞会,有几十个人参加。今天我们甚至可以碰到一些常来的人。啊,首先是我的未婚妻,还有翁索夫斯卡太太,一个逗人喜欢的寡妇,三十岁,有很大一笔财产。我觉得,斯塔尔斯基总是围着她转。您知道斯塔尔斯基吗?一个很可恶的人:既粗暴,又卑鄙。先生,我真奇怪,一个像翁索夫斯卡太太那样聪明的有鉴赏力的女人怎么会乐意跟那么一个轻薄子弟混在一起。"

"此外还有什么人?"沃库尔斯基问。

"还有费娜·扬诺茨卡,我未婚妻的堂妹,一个非常可爱的姑娘,十八岁。哦,还有奥霍茨基……"

"奥霍茨基?他在那里干什么?"

"我离开那里的时候,他整天钓鱼。可是他的兴趣经常改变,我说不准,我现在见到他,他是不是又成了个猎人。这个年轻人是多么高尚,多么有学问啊!……是的,他已经很有成就了:他有过几次发明……"

"是的,他这个人很不平常,"沃库尔斯基说,"议长夫人那里还有谁呢?"

"常去的人就是这些,但文茨基先生和他的女儿有时也去几天,或者去一个礼拜。他女儿是个很懂礼貌的小姐,"男爵往下说,"有许多少见的优点。您大概认识她吧?她嫁给谁,谁就幸福了。多么可爱,多么聪明啊!真的,可以把她当成一个女神那样地崇拜……您不认为这样吗?"

沃库尔斯基四面张望,不知道怎么回答才好。幸好车站上这时候来了一个侍役,他告诉男爵,说马车已经来了。

"太好了!"男爵叫道,赏给了他几个兹罗提,"把我们的行李拿过来,先生,我们走吧!再过两个钟头,您就会认识我的未婚妻了。"

第六章　乡下的乐趣

大概花了一刻钟时间，才把东西装上了马车。等到沃库尔斯基和男爵上车后，那个穿沙土色仆服的马车夫才挥起了鞭子，于是，一对灰色健壮的马就不急不忙地跑起来了。

"哦，我现在要给您介绍一下翁索夫斯卡太太，"男爵说，"她是一粒钻石，不是一个女人，真怪！她很喜欢周围有一些人狂热地追求她，但她从来没有想过要再结婚。先生，不崇拜她是很难做到的，但崇拜她又很危险。斯塔尔斯基向她献媚讨好，今天遭到了她的报复。您知道这个斯塔尔斯基吗？"

"我见过他一次。"

"一个文雅人，可使人厌烦，"男爵说，"我的未婚妻很反感他。由于他对这个可怜的女人神经上的刺激，使她感到和他在一起毫无兴味。我对这并不奇怪，因为他们的个性是绝然不同的：她很严肃，他却是个轻薄的人，她容易激动，多愁善感，他却厚颜无耻。"

沃库尔斯基一面听着男爵那没完没了的废话，一面望着周围逐渐变换的景色。走了半小时后，在一条靠近小山的地平线上，出现了一片树林，道路在山间蜿蜒，有时爬到山顶上,有时又下到谷地里。

到了一个山头上,马车夫用鞭子指着前面说:

"啊,他们乘大马车从那里来啦!"

"哪里?谁呀?"男爵叫着,差点爬到了驭手座上,"一点不错,就是他们……那辆黄色的大马车,由四匹枣红马拉着……有趣的是,谁坐在那辆车上?您看看吧,先生!"

"我看见好像有一个穿红衣的。"沃库尔斯基回答说。

"哦,那是翁索夫斯卡太太。但我想知道的是,车上有没有我的未婚妻?"他悄声地补了一句。

"有好几个女人,"沃库尔斯基说着,便想起了伊扎贝娜小姐,"如果她也在车上,那可是个好兆头。"他心里想。

两辆马车很快就靠近了。大马车上的驭者猛地扬起了鞭子,有人在叫喊,在挥手帕;而男爵则越来越频繁地从车里探出身子,激动得哆嗦起来。

出租马车停住了,但那辆奔驰着的大马车却带着笑声和叫喊声,在出租马车面前冲过去几十步,才停了下来。很明显,车上的人在大声地议论着什么,最后当然做了决定,因为人们都下了车,那辆大马车则继续往前驶去。

"您好,沃库尔斯基先生!"驭者座上有人挥着一根很长的鞭子,叫了一声。沃库尔斯基认得他是奥霍茨基。

男爵向那些人跑了过去。对面也有一个扎着白头巾、撑着一把带花边的白阳伞的女人走过来了。她一面走一面伸开两条臂膀向男爵迎上去,那宽阔的衣袖好像要从她的膀子上滑下来似的。男爵老远就脱下了帽子,跑到他未婚妻跟前,一下子几乎要把头钻到她的衣袖里。他在经过一阵在别人看来时间很长而他自己却觉得非常短促的情感发

泄之后,突然清醒过来说:

"请允许我给您介绍一下我最要好的朋友沃库尔斯基先生……他在这里要待一段较长的时间,所以我请他在我不在的时候,替我来陪伴您一下。"

在她那宽大的袖口里面又传来了几次接吻的声音,随后又从那里向沃库尔斯基伸出了一只纤丽的手。沃库尔斯基握着它,却感到一阵冰冷。他对这个扎着白头巾的小姐看了一眼,那是一张苍白的脸,一双大眼睛明显带着悲哀和恐惧的神色。

"这个未婚妻很特别。"沃库尔斯基想。

"沃库尔斯基先生……"男爵向朝他走来的两个贵妇和一个男人转过身来后,喊了一声。"斯塔尔斯基先生……"他又补了一句。

"我很高兴地已经和他见过一面了。"斯塔尔斯基说着把帽子掀到了一边。

"我也一样。"沃库尔斯基答道。

"我们现在该怎么坐呢?"男爵看见那辆大马车驶过来,便问道。

"我们都坐在一辆车上吧!"那个淡黄色头发的年轻女士说道,沃库尔斯基猜到了她就是费利茨娅·扬诺茨卡①小姐。

"我们的车里也有两个空位子。"男爵以甜蜜的口吻说了一句。

"我知道,但那绝对不行,"那个穿红衣服的贵妇以漂亮

① 费娜的全名。

的女低音说,"未婚夫妇跟我们同车,奥霍茨基先生和斯塔尔斯基先生如果愿意,就上那辆出租马车吧!"

"为什么要我上那辆车?"奥霍茨基在驭手座上叫了起来。

"为什么也要我去?"斯塔尔斯基补了一句。

"因为奥霍茨基先生不会赶马车,斯塔尔斯基的行动举止实在让人受不了。"那个很坚决的寡妇回答说。

沃库尔斯基现在才看清这位贵妇的头发呈栗子色,漂亮极了,还有一双黑眼睛;她的脸色既愉快又神采奕奕。

"这么说,您是不要我啦!"斯塔尔斯基带着一副滑稽可笑的样子叹了口气。

"您知道,那些我感到厌烦的崇拜者我是不欢迎的。好啦,我们坐下吧,先生们! 未婚夫妇坐在前面,费娜,你就坐在埃韦琳卡①旁边。"

"啊,不!"那个淡黄色头发的姑娘表示反对,"我要坐在边上,因为奶奶不许我坐在未婚夫妇身边。"

男爵以一个自认为很优美但是并不灵巧的动作把未婚妻扶到车上,自己就在她对面坐下。随后那寡妇在男爵旁边,斯塔尔斯基在那未婚妻旁边,费利茨娅小姐在斯塔尔斯基旁边一一坐下。

"请坐吧!"那寡妇把她那件摊开后占了半条板凳的裙衣折起来,对沃库尔斯基说。

沃库尔斯基在费利茨娅小姐的对面坐下,他发现那姑娘正非常心醉和惊异地望着他,脸上不时泛起了红晕。

① 埃韦莉娜的爱称。

"能不能请奥霍茨基先生把缰绳交给马车夫？"那寡妇问道。

"我的太太，您怎么老是对我搞这种突然袭击呢？"奥霍茨基不高兴地说，"我现在就是要亲自赶这辆马车嘛！"

"那好，我们就说定了，如果您把我们翻了下来，我就揍您一顿。"

"我们回头瞧吧！"奥霍茨基不服气地说。

"先生们，你们听见了吗，这个人在威胁我呀！"那寡妇说道，"这里就没有一人来保护我吗？"

"我来替您报仇，"斯塔尔斯基用相当差劲的波兰语叫道，"我们两人换到那辆马车上去吧！"

那漂亮的寡妇耸了耸肩膀。男爵又吻了一下他的未婚妻的手，她微笑着跟他细声细气地谈话，但她那悲哀和恐惧的神情始终没有消失。

当斯塔尔斯基正和那寡妇逗趣，费利茨娅小姐脸红了的时候，沃库尔斯基一直在望着那个未婚妻。她察觉到这一点后，向他投去了轻蔑的一瞥，并从她那极度的悲哀一下子变得像孩子一样高兴起来。她自己把手伸给男爵再吻了一下，甚至无意识地用脚碰了他一下。这样便使得她那个情人激动得脸色变白，嘴唇发青了。

"您连什么叫赶马车都不懂。"那寡妇叫了起来，极力想用阳伞柄去戳奥霍茨基。

就在这一瞬间，沃库尔斯基跳下了马车。前面那两匹马于是向路中间拐去，驾在车辕旁边的两匹马也跟着拐了过去，那辆大马车因此向左边倾斜得很厉害。沃库尔斯基马上把它撑住，马车夫拉住了缰绳，让几匹马都停住了。

"我不是说过吗,这个魔鬼会把我们翻在地上的!"那寡妇叫了起来,"这又怎么啦,斯塔尔斯基先生?"

沃库尔斯基望了那大马车一眼,此时此刻,他看见了这样一个场面:费利茨娅小姐在哈哈大笑,斯塔尔斯基把脸紧贴在那漂亮寡妇的膝盖上,男爵抓住了马车夫的脖子,他的未婚妻吓得脸色发白,一只手抓住了驭者座的扶手,另一只手扶着斯塔尔斯基的肩膀。

一眨眼工夫,那大马车又恢复了平衡,一切都正常了,只有费利茨娅小姐仍在咯咯地笑着。

"我不理解,费卢①,在这个时候,怎么会大笑起来。"那未婚妻说。

"我为什么不能笑?……难道出了什么事?……有沃库尔斯基先生跟我们在一起嘛!"那小姐答道。但她马上感到自己说话太唐突,因此脸比什么时候都红了,她用手掩着脸,随后把目光投向沃库尔斯基,表示她受到了很大的委屈。

"至于我,我已经准备好了,以后会遇到这样的事故。"斯塔尔斯基说道,他用恳切的目光望着那寡妇。

"但有一个条件,您要保证不再向我表现您的温情,因为这会给我带来损害。费卢,你坐到我的位子上来。"那寡妇皱着眉头回答后,又坐到沃库尔斯基对面去了。

"这又是什么意思呢?今天您自己都说过,寡妇什么事都可以干嘛!"

"但是寡妇并不是什么事都愿意干的。不,斯塔尔斯基

----

① 费利茨娅的爱称。

先生,您必须戒除您那些日本的习气!"

"这是全世界流行的习气。"斯塔尔斯基说道。

"无论如何不是我习惯的这半个世界的习气。"那寡妇望着路上,撇着嘴,不满地说。

大马车里静下来了,男爵心满意足地摸了摸他那灰白色的八字胡,可是他的未婚妻却显得更加忧愁了。费利茨娅坐到了沃库尔斯基旁边寡妇的那个座位上。她几乎是背对着他,但她却不时地转过身去,向他投掷着鄙夷和忧郁的目光。而他却不知道这究竟是为什么。

"您大概很会骑马吧?"翁索夫斯卡太太问沃库尔斯基。

"您怎么会有这样的看法呢?"

"唉,上帝啊,待会儿您再问这个吧,请先回答我的问题!"

"我会骑马,但骑得不特别好。"

"是的,您一定骑得不错,因为您马上就看出了,一匹马在像尤利扬①这样的能手的驾驭下会成什么样子。我们就一同出去骑马⋯⋯奥霍茨基先生,从今天起,我准您的假,您就不用参加我们的散步了。"

"这我很高兴。"奥霍茨基答道。

"这么回答女人的话,真是回答得太好了!"费尔恰②小姐叫了起来。

"我要这么回答,因为我不愿跟她们去骑马。我最近一次跟翁索夫斯卡太太去骑马,骑两个钟头却下了六次马,连

①　奥霍茨基的名字。
②　费利茨娅的爱称。

五分钟的安稳都没有。就让沃库尔斯基先生去尝尝那种滋味吧！"

"费卢，告诉那个人，说我不愿跟他说话。"那寡妇指着奥霍茨基说。

"喂，先生，先生！"费尔恰叫道，"太太不愿跟您说话。太太说，您很粗暴。"

"啊，您想见到那些懂得礼貌的人吗？"斯塔尔斯基自以为很得意地说，"您试试看吧，也许我能够跟您和好如初的。"

"您离开巴黎已经很久了吧？"那寡妇问沃库尔斯基。

"到明天一个礼拜。"

"我已经有四个月没有见到它了，一座可爱的城市……"

"扎斯瓦维克村①！"奥霍茨基大喊一声。他把鞭子高高挥起，想抽一下，但是没有抽成，因为他把鞭子甩到后面去的时候，鞭子上的皮带不走运地缠在了太太们的阳伞和先生们的帽子上。

"不，我的先生们，"那寡妇叫道；"如果你们要跟我一起乘车，那就把这个人捆起来吧！他妨害我们大家的安全。"

大马车里又吵闹起来，因为奥霍茨基有个支持他的人，那就是费利茨娅小姐。她认定，一个初学者像他这样，已经赶得很不错了；事实上，就是最有经验的赶车人，也是常常出事的。

---

① 这是作者虚构的一个地方。——原注

"我亲爱的费尔丘①，"那寡妇说，"在你这种年龄，见到每个眼睛漂亮的人，都会是个好车夫。"

"到今天我的胃口才好啦……"男爵突然对他的未婚妻说，但他察觉到自己的嗓门太大，又把声音压低了。

这时候，他们已经到了属于议长夫人的地区，沃库尔斯基正好看见了那座府邸。在一个相当高但是坡度却较平缓的山岗上，耸立着一座两翼带有平房的楼房。它后面的公园里，古老的树木依然透出一片翠绿。公园前面展现出一大片草地，中间有一些小径从那里穿过。到处都可见到一些作为装点的花坛、雕像或凉亭。山脚下有一大片水面在闪光，显然是个池塘，上面游荡着一些舟楫和天鹅。

在一片翠绿的背景的衬托下，那座淡黄色的大楼连同它的那些白色的柱子看起来富丽堂皇，赏心悦目。在它的左右两边的树木之间，还有一些筑起了围墙的发展经济的适用房。

奥霍茨基终于成功地挥动了一次马鞭，随着它的响亮的抽击声，那辆大马车有只轮子在草地上碾了一下后，便沿着用石头铺的通道驶到了大楼前。车上的人都下来了，可是奥霍茨基却还没有交出缰绳，他一直把马车赶到了马厩里。

"您别忘了，一点钟进早餐！"费利茨娅对他大声地说。

一个穿黑礼服的老仆人向男爵走来。

"尊敬的太太在储藏室里，"他说，"先生们愿不愿意到房间里去？"

---

① 费利茨娅的爱称。

724

他把他们带到了右边的侧屋里,给沃库尔斯基指定了一间宽敞的房,房里的窗子是敞开的,面对着公园。过了一会儿,有个穿仆服的年轻小伙子跑了进来,他送来了水,又打开了行李包。

沃库尔斯基从窗口往外望。他面前是一片草地,草地上长着许多古老的枞树、落叶松和椴树。在它们后面,远处可以看见一大片有许多森林的丘陵地。窗子底下长着一丛丁香,里面还有一个鸟巢,麻雀都飞到这里来。九月的暖风不时吹进房里,送来了令人心醉的芳香。

沃库尔斯基望着那好像是碰到了树梢的云朵和透过枞树的黑色枝丫射进来的一束束阳光,心情格外舒畅。他不再想念伊扎贝娜小姐了,她那烙在他的心灵上的形象,面对着大自然朴素美的魅力,变得暗淡无光了。他那遭受了创伤的心沉默不语了。长时期以来,他第一次感受到了欣慰和宁静。

但他想起了自己是来这里拜访和做客的,于是马上把衣服穿上。他刚刚穿好衣服,就有人在轻轻地敲门,进来的是那个老仆人。

"尊敬的太太请您进餐。"

沃库尔斯基跟在他的后面,经过走廊,不一会儿,就来到了一个宽敞的餐厅里,餐厅一半的墙面上装了深色的护板。费利茨娅在窗口跟奥霍茨基谈话,翁索夫斯卡太太和男爵已经入座,议长夫人就坐在他们之间一张扶手很高的靠背椅上。

她一看见客人便站了起来,向他迎上几步。

"欢迎您,斯坦尼斯瓦夫先生!"她说,"谢谢您应邀光临。"

沃库尔斯基低下头吻了她的手后,她也在他的额头上吻了一下,这给在座的人留下了印象。

"您就在这里,在卡齐娅①旁边坐下吧!卡齐娅,我请你照应他一下!"

"沃库尔斯基先生应当受到殷勤的款待,"那寡妇说,"要不是他很沉着,奥霍茨基先生早就摔断我们的骨头了。"

"又出了什么事?"

"他连两匹马都驾不了,却硬要去赶四匹马的马车。我看他还是整天钓鱼去吧!"

"上帝啊,我没有跟这个女人结婚,可真是幸运!"奥霍茨基叹了口气,但他向沃库尔斯基表示了衷心的问候。

"啊,先生!……您还是当您的马车夫吧,别妄想做我的丈夫了!"翁索夫斯卡太太叫了起来。

"他们永远是这么吵闹的。"议长夫人含笑说。

埃韦莉娜小姐来到了餐厅,过了几分钟,斯塔尔斯基也从另一扇门进来了。

他们向议长夫人请了安,她既慈爱又严肃地给他们还了礼。

早点端上来了。

"沃库尔斯基先生,"议长夫人说,"我们这里有个习惯,就是大家吃饭的时候定要在一起,别的时候,每个人都任其自便。您如果怕寂寞的话,我建议您还是和卡齐娅·翁索夫斯卡在一起吧!"

---

① 翁索夫斯卡的名字。

"我马上就可以把沃库尔斯基先生俘虏过来。"那寡妇回答说。

"哎呀!"议长夫人对客人急忙望了一眼,叹了口气。

费利茨娅小姐的脸又红了,不知道她今天已经是第几次红脸了。她叫奥霍茨基给她斟酒。

"不,不……我要水。"她纠正了自己说的话。

奥霍茨基摇了摇头,绝望地把双手垂了下来,但他还是照她的吩咐做了。

吃早点时埃韦莉娜小姐只跟男爵谈话,斯塔尔斯基则不停地向那黑眼睛的寡妇献媚讨好。吃过点心,大家和女主人告别后,都散了。奥霍茨基来到了阁楼上,他在一间特意为观测气象而修建的小室里安装了一个气象观测台。男爵和他的未婚妻到公园里去了,议长夫人却把沃库尔斯基留在自己身边。

"您告诉我,"她说,"您喜欢翁索夫斯卡太太吗?第一个印象是真实的。"

"看来她是一个又坚强又快乐的女人。"

"是这样,男爵呢?"

"我不太了解他,他是个上了年纪的人。"

"对呀,他老了,很老了,"议长夫人叹了口气,"虽然如此,他还是想结婚。可您对他的未婚妻有什么看法吗?"

"我根本不认识她。只是她看中了男爵,使我感到很奇怪,也许他是一个最善良的人吧?"

"是的,这个姑娘很怪!"议长夫人回答说,"我告诉您吧,我开始不喜欢她。我不干预她的婚姻,既然姑娘们都妒忌她,大家都说她找到了一个非常好的对象,我还管这个干什么呢?但是

727

在我死后,应当由她继承的东西,就会转到别人手里去。谁要是得到了男爵几十万的财产,还要我的两万干什么呢?"

听这老妇人的声音,显然在生气。她很快就辞别了沃库尔斯基,还劝他到公园里去散散心。

沃库尔斯基走到院子里,绕过左边那间当厨房用的厢房,拐到公园里去了。

后来,他常常想起他在扎斯瓦维克最先注意到的两件事。

首先,他看见离厨房不远的地方有个狗窝,窝前有一条用链子拴着的狗,一看见生人便大声地狂吠,好像得了狂犬病似的。沃库尔斯基看见它尽管这样,但眼睛里却透出了快乐的神情,还不停地摇着尾巴。他抚摸着它,这使那个凶猛的家畜兴高采烈,从此它再也不让客人离开它了。它哀嚎着,抓住沃库尔斯基的衣襟,在地上打滚,好像要求他再给一点抚爱,或者至少让它多看一下人的面孔。

"这条看家狗真奇怪!"沃库尔斯基想。

这时候,厨房里又出现了一个新的怪物:一个非常肥胖的老长工,沃库尔斯基还从来没有见到过这么肥胖的农民,他居然跟他交谈起来了。

"你们为什么要用链子把这条狗拴起来?"

"让它老是发怒,以防小偷进家里来。"那长工微笑着回答。

"那你们为什么不干脆养一条恶狗呢?"

"女主人见到恶狗就受不了。我们这里,连养狗也得养温顺的。"

"你们在这里干什么农活?"

"我是养蜂的,以前我在这里当长工,种地,后来那条公牛撞折了我的肋骨,太太才叫我养蜂。"

"你们日子过得好吗?"

"起初没活干,我感到很无聊,后来我习惯了,也就没什么了。"

沃库尔斯基告别了那个长工后,拐进了公园,在一条两旁长着椴树的路上徘徊了很久,什么也没有想。他感到,来到这里后,那巴黎的喧嚣、华沙的闹声、火车轮的轰隆声给他造成的烦恼,以及他过去所有的惶恐不安、所有的痛苦全都消失了。如果有人问他:"乡村是什么?"他会回答说:"是宁静。"

这时他听见后面有人在快步地跑着,原来是奥霍茨基,肩上扛着两根钓鱼竿追上来了。

"费利茨娅小姐在这里吗?"他问道,"她讲好她两点半到这里来,和我一起去钓鱼……唉!女人就是这么遵守时间的。那么您就和我们一起去好吗?看来您对这没有兴趣。您大概要和斯塔尔斯基玩辟开纸牌①吧?玩这种牌,他什么时候都乐意,除非他找到了一帮人玩朴烈费兰斯牌。"

"斯塔尔斯基先生在这里到底有什么事?"

"您怎么不知道?扎斯瓦夫斯卡议长夫人是他的姨祖母,也是他的教母,因此他是住在他的姨祖母家里。他正担心继承不到她的财产。很像样的一笔财产,将近三十万卢布!……可是议长夫人认为,与其把它拿到摩纳哥赌场里去,还不如用来救济孤儿。可怜的小伙子。"

"这个人这么糟糕吗?"

---

① 旧时一种纸牌游戏。

"可不是！跟老妇人把事情搞砸了，跟卡齐娅的关系也断了，糟得该向自己的脑袋开枪了。"

"您应当知道，"奥霍茨基一面修整自己的鱼竿，一面往下说，"今天的翁索夫斯卡太太早在她是个闺阁小姐的时候，就爱上了斯塔尔斯基。卡焦①和卡齐娅，天生的一对。看来，卡齐娅太太就是为了这个，在三个礼拜以前就到这里来了（她的亡夫也给她留下了一笔钱，大概也有议长夫人的那么多）。有几天他们还相处得不错，卡焦考虑置办嫁妆，甚至向高利贷者贷了一笔新的款项。但事情……办砸了……翁索夫斯卡太太干脆笑话他，而他却装得一切都很不错的样子。总之一句话，事情办砸了。他不得不取消旅行，在这个简陋的山庄里住下，事实上，他在这里一直要等到他那早就害胆结石症的叔父最后死去。"

"斯塔尔斯基先生在干什么？"

"啊，首先是借债，赌一点钱，或者到外面去玩玩（我以为，主要是去巴黎和伦敦的那些下流酒馆。他说他去过中国，这我不相信），但他最突出的是爱勾引那些有夫之妇。他在这方面是个能手，可以说名噪一时，而那些有夫之妇对他的引诱也从不拒绝。那些小姐都深信，只要斯塔尔斯基对她们中的哪一个献殷勤，她马上就可以得到一个丈夫。干这门职业和别的职业一样，不是也很好吗！……"

"毫无疑问，这个人不会勾引伊扎贝娜小姐。"沃库尔斯基这么想，他对这个劲敌稍微放心了。

他们边走边聊，一直走到了公园的尽头；公园的围墙外面

———————————

① 斯塔尔斯基的名字。

出现了一排砖砌的房屋。

"哦，您看，议长夫人是个多么了不起的女人呀！"奥霍茨基指着那围墙说，"您看见那些很大的房子吗？那都是长工们住的房子。那边还有一栋是他们子女的保育院，那里有三十来个孩子在玩耍，穿得整齐又干净，像贵公子一样。那边还有一幢别墅是养老院，现在有四个老人住在那里，他们在给客房里的床垫清洁马鬃，从中寻找他们在这里度假的乐趣。我到过这个国家各种各样的地方，看见长工们都像猪一样住在圈里，他们的孩子也和小猪一样在泥潭里嬉戏。可是当我第一次来到这里之后，我擦亮眼睛一看，便以为自己到了一个乌托邦岛上，或者在看一本虽然枯燥无味但却是讲道德的小说①。作者在小说中描写贵族到底应该是个什么样子，但他们又从来不是这个样子。这位老妇人令我十分敬佩……您要是能够了解一下，她有一个什么样的图书馆，看看她读一些什么书就好了……有一次，她要我给她解释一下进化论的一些观点，我简直给弄糊涂了，她讨厌这种理论，因为它认定生存竞争是基本的自然法则。"

在那条路的尽头，出现了费利茨娅小姐。

"怎么样，我们走吧，尤利扬先生？"她问奥霍茨基。

"走吧，沃库尔斯基先生也和我们在一起。"

"啊！"那姑娘非常惊异。

"你不愿意吗？"沃库尔斯基问道。

"正好相反，可是……我想，您要是有翁索夫斯卡太太陪

① 指波兰启蒙运动时期著名诗人和作家伊格纳齐·克拉西茨基（1735—1801）的长篇小说《波德斯托里先生》，小说描写了一个最为理想的贵族庄园的经济，但其中过多的道德说教使读者感到枯燥无味。

同,会更高兴的。"

"我的费利茨娅小姐,"奥霍茨基叫道,"你还是别那么挖苦人好吗?因为你不会这一套。"

那姑娘受了委屈,一怒之下抢先走到池塘那边去了;先生们都跟在她后面。他们在烈日的烤晒下又钓起鱼来,由于天气很热,奥霍茨基终于钓着了一条两英寸长的鲍鱼,可是费利茨娅小姐却把她的衣袖上的花边撕破了。这么一来,他们之间又争吵起来,争吵的话题是年轻的小姐们根本不会掌握钓钩,而先生们却不能不那么唠叨没完地坐一会儿。一直到听到了催吃饭的钟声,他们才言归于好。

饭后男爵回到他那距离较远的房间里去了(在这个时候,他总是害偏头痛)。其余的人都要在公园里集合,一般就在凉亭里吃水果。

半个钟头后,沃库尔斯基也来到了这里。他以为自己是第一个到这里的人,没想到他在这里遇到了所有的女人,斯塔尔斯基正在给她们讲授什么东西。这个人懒懒散散地坐在一张桦木的靠椅上,露出一副感到厌倦的神色,一边说话,一边用马鞭子敲着鞋尖:

"在历史上起过重大作用的婚姻绝不是爱情的婚姻,而是为了利益的婚姻。雅德维加①或者玛丽亚·列什琴斯卡②这些女人如果没有考虑到利益的选择,今天关于她们能够知

---

①　雅德维加(1374—1399),波兰女王。
②　玛丽亚·卡塔日娜·列什琴斯卡(1703—1768),斯坦尼斯瓦夫·列什琴斯基的女儿,一七二五年嫁给十五岁的法国国王路易十五,但是她的婚姻并不幸福。——原注

道什么呢？斯泰凡·巴托雷①或者拿破仑一世②如果没有跟有权势的女人结婚，会是什么样子呢？终身大事太重要了，要办好这件事，必须请教理智。这不是两个心灵富于诗意的结合，这对许多人来说，都是一件涉及许多利害关系的重要的事情。如果今天我跟一个侍女或者即使跟一个女教师结婚，明天我在自己的阶层里就会没有地位。谁也不会问我，我的爱情热度怎么样？但会有人问我，用来维持生活的收入怎么样，把什么人领到了我的家里？"

"为了政治目的的婚姻跟为了金钱和自己不喜爱的人结婚是不同的，"议长夫人回答说，她两眼望着地上，用指头敲着桌子，"但这都糟践神圣的感情。"

"啊，亲爱的奶奶！"斯塔尔斯基叹了口气说，"如果每年有两万卢布的收入，那随心所欲地谈爱就不难了。大家都喊：'卑鄙的金钱，丑恶的金钱！'但为什么所有的人，从长工到大臣，都用自己的职业来限制自己的自由呢？矿工和海员拿他们的生命去冒险，为了什么？当然是为了那卑鄙的金钱，因为卑鄙的金钱给人以自由，哪怕一天只有几个钟头，一年只有几个月，一生只有几年。大家都假惺惺蔑视金钱，但我们每个人都很清楚，金钱是土地，个人的自由、科学和艺术，甚至理想的爱情都是从这里长出来的。骑士和吟游诗人的爱情是在哪里

---

① 斯泰凡·巴托雷(1533—1586)，波兰国王。曾和比自己大十一岁的女王安娜·雅盖隆卡结婚，这样他便赢得了贵族选民对他的支持，于一五七六年当选为国王。
② 拿破仑曾于一七九六年和比他大六岁的约瑟菲拉·博阿尔内结婚。这是一次爱情的婚姻，也使这个未来的皇帝进入了贵族社会，方便了他提高自己的地位。——原注

产生的呢？当然不可能在鞋匠们和铁匠们中间产生，而且也不会在医生们和律师们中间产生。它是有产阶级培育的，这个阶级创造了皮肤细嫩、双手洁白的女人，也创造了有足够的时间去崇拜女人的男人。

"我们中有个具有代表性的活动家，沃库尔斯基先生，像奶奶说的那样，他曾不止一次地表现了他的英雄气概。是什么东西使他走上了危险的道路呢？当然是金钱，今天，金钱在他的手里成了强大的威力。"

随后便沉默下来，所有的女人都望着沃库尔斯基。他有一阵也没有说话，现在回答说：

"是的，您说得不错，我为挣得我这笔财产遇到过许多艰难险阻，您知不知道，我为什么要挣得这笔财产吗？"

"对不起，"斯塔尔斯基打断了他的话，"我并没有指责您，相反的是，我还认为您给大家树了一个值得赞美的榜样。但是您怎么知道，为了金钱的结婚或者出嫁就没有一个更加高尚的目的呢？我父母的结婚，说是出于纯真的爱情，但他们却一辈子也没有得到过幸福；至于我，他们爱情的结果，也就不值一提了……我这位就在这里的可敬的奶奶，她的出嫁违背了自己心愿，可她今天却是这周围最有福气的人。不仅如此，"他吻着议长夫人的手，接着说，"她还批评过我父母的错误，因为他们太专心于爱情了，根本没有想过替我积聚一笔财产……此外我们这位漂亮极了的翁索夫斯卡太太也是一个很好的例证……"

"啊，我的先生，"那寡妇红着脸插进来说，"您说话那种态度，就像您就是法庭终审的检察官。我也要像沃库尔斯基那样对你做出回答：您知道，我为什么那样做吗？……"

"您那样做了,我的奶奶那样做了,我们大家都会那样做,"斯塔尔斯基带着一种冷漠的嘲讽说,"沃库尔斯基先生当然例外,他有那么多的钱,可以随心所欲地谈情说爱了……"

"我也那样做过。"沃库尔斯基闷声闷气地说。

"您为财产而结过婚吗?"那寡妇睁大了眼睛问道。

"不是为了财产,而是想有个工作,不致饿死。斯塔尔斯基谈的原则我清楚得很……"

"怎么样?"斯塔尔斯基望着奶奶,插了一句。

"我正是因为知道那条原则,所以我很可怜那些不得不屈从于它的人,"沃库尔斯基最后说,"那也许是人生最大的不幸。"

"您说得不错。"议长夫人说。

"我觉得您很有意思,沃库尔斯基先生。"翁索夫斯卡太太添上一句,向他伸过手去。

在整个谈话过程中,埃韦莉娜小姐一直在埋头刺绣,这时她突然抬起头来,带着绝望的神情向斯塔尔斯基瞥了一眼,沃库尔斯基见到后也吃了一惊。但斯塔尔斯基却毫不在意地依然用那马鞭敲着鞋尖,嚼咬着雪茄,半讥讽半苦涩地微笑着。

凉亭后面传来了奥霍茨基的声音。

"你看,我已经告诉你,太太在这里嘛……"

"是啊,她在凉亭里,不在树丛里呀!"一个手里挎着篮子的村姑回答说。

"啊,你真傻!"奥霍茨基走进凉亭,有点心神不安地望着那姑娘。

"哎呀,尤利扬先生又以胜利者的姿态来到我们中间啦!"那寡妇叫道。

"不过说实在的,我越过花坛,是为了抄近道。"奥霍茨基解释说。

"可您就像早上给我们赶车那样,不走正道。"

"我保证……"

"就领我们好好地走吧,别再申辩了。"议长夫人打断了他的话。

奥霍茨基用胳膊挽着她,可是他的脸上却表现出为难的神色,头上的帽子也滑到一边去了。翁索夫斯卡看到这种情景,便忍不住哈哈大笑起来,这使得费利茨娅脸上又泛起了一阵红晕,奥霍茨基也不得不向那寡妇投去了愤怒的一瞥。

一行人都往左边拐,沿着旁边的一条林荫道,向一些庄园的建筑物那里走去:议长夫人和奥霍茨基走在前头,跟着他们的是那个手里挎着篮子的姑娘,然后是寡妇和费利茨娅小姐,沃库尔斯基,他后面是埃韦莉娜小姐和斯塔尔斯基。走在前面的两个人来到那便门口时,听到了很大的喧哗声。这时候,沃库尔斯基听到背后有人在细声细气地说话。

"有时候,我痛苦得真想躺在坟墓里……"埃韦莉娜小姐轻声地说。

"坚强些,坚强些!"斯塔尔斯基也很轻声地说。

一行人来到了一个院子里,议长夫人把篮子里的谷粒撒给了一大群向她飞扑过来的母鸡。到这个时候,沃库尔斯基才明白了这次出来的目的。在那一群母鸡后面出现了那管鸡的女人马泰乌索娃老大娘,她告诉太太们说,一切都好,只是早上有一只鹞鹰在院子上空盘旋了一阵,下午有只母鸡被一块石头压了一下,但一切都过去了,总算没出事。

巡视了禽场后,议长夫人又去看了一下牲畜圈和马厩,在这些地方,多半是一些年长的长工向她报告情况,可这一次却差点出了一个事故,因为有只高大的小马突然从马厩里跑了出来,它像一条狗一样,将两只前蹄一跃而起,向议长夫人身上扑了过来,幸亏奥霍茨基把那淘气的牲畜使劲地勒住,议长夫人才得到机会像平常那样喂了它一些糖。

"它还会伤害奶奶的,"斯塔尔斯基不满地说,"豢养一匹以后要长大的马驹子享受这样的温存,有谁见过?"

"你总是说得那么有意思。"议长夫人一面回答,一面抚摸着那匹小马。那马把头搁在她的肩膀上,后来又跟在她后面跑,以致长工们不得不立即把它牵回马厩。

就连几头奶牛也认得自己的女主人,它们用一种近似于说话的低沉的哞叫声对她表示欢迎。

"一个奇怪的女人。"沃库尔斯基望着那个老妇人想道,她不但善于在动物心里激起对她的爱,而且也善于唤起人们的爱心。

晚饭后,议长夫人睡觉去了,翁索夫斯卡太太想让大家在公园里散一会儿步。男爵虽然不太乐意,但也赞同了这个计划。他穿上了一件厚实的大衣,脖子上围着一条围巾。他让他的未婚妻挽着他的手臂,跟她一起走在前头。谁也不知道他们在谈些什么,大家只看见她脸色苍白,他的脸上好像被烧红了的似的。

夜里十一点左右,大家都散了,男爵咳嗽着把沃库尔斯基送到了他的房间里。

"怎么样,您仔细地看过我的未婚妻了吧?……她是多么美呀！一幅贞尼①的像，您看是不是，我的先生？尤其是她那张小脸上有时显露出一种很奇怪的忧郁表情，那是多么迷人，您注意到了没有，为了她我甘愿献出我的生命。除了您，我不会把这些告诉任何别的人。但是您知道，我觉得她是那么高贵，我不知道，我有没有那种胆量去亲热她一下……我只是想为她祈祷……我的先生，我简直要跪在她的脚跟前，望着她的眼睛，如果她允许的话，我就是吻她那裙衣的衣襟，也会感到幸福的……但我现在是不是使您感到厌烦了？"

他一下子咳嗽得很厉害，眼睛里都充血了，歇了一会儿后，他又往下说：

"我不时有点咳嗽，今天是着了点凉。我并不总是那么容易着凉的，只是在秋季和月初的时候容易着凉。啊，不要紧，马上就好了，因为我前天刚刚请哈乌宾斯基②和巴兰诺夫斯基③给我会诊过，他们告诉我，只要我好好保养，我一定会康复的。我也问过他们（这话我只对您说），对我的婚姻怎么看。他们说，婚姻，这是个人的事情……我特意让他们知道，柏林的医生们早就要我结婚了。他们于是想了一下，最后有个医生说：'您没有马上照他们说的去做，这很遗憾，太遗憾了……'因此，我告诉您，我现在已经下定了决心，要在圣诞节以前把这件大事办好。"

---

① 贞尼是古罗马神话中维斯塔女灶神神庙里的女祭师，当贞尼的条件是处女，贞尼便以她那处女的贞洁而受到人们的尊敬。——原注
② 蒂图斯·哈乌宾斯基（1820—1889），著名的自然科学家和医生，内科疾病的专家。
③ 伊格纳齐·巴兰诺夫斯基（1833—1919），哈乌宾斯基的助手，后来自己单独在中央大学和俄罗斯华沙大学医学系授课。他是华沙最优秀的医生和健康服务最有成就的组织者之一。

他又咳了一阵,然后歇了口气,突然问沃库尔斯基,连声音都变了:

"您相信未来的生活吗?"

"您为什么提这样的问题?"

"因为,您知道,信念使人不至陷入绝望。譬如说,我现在很明白,我不会像以前那么幸福,也不可能使她完全幸福,在这种情况下,只有当我想到我们会在另外一个更加美好的世界里相遇,我们俩在那里又会变得年轻,我才能得到安慰。要知道,她,"他一面思考一面往下说,"那里是属于我的,因为《圣经》教导说:'凡你们在地上所捆绑的,在天上也要捆绑。'①您也许像奥霍茨基那样,不相信这一点,但您应当承认,有时候……您还是相信的,您不会说您不是这样吧?"

隔壁的钟打午夜十二点了,男爵吃惊地一跃而起,他和沃库尔斯基辞别后,过了几分钟,在一间厢房的另一头,又响起了他剧烈的咳嗽声。

沃库尔斯基打开窗子。一些加尔各答公鸡在厨房附近高声地啼鸣着,公园里有一只猫头鹰在吱吱地叫着。有颗星脱离了天空,掉到树林后边什么地方去了。男爵仍在不停地咳嗽。

"难道所有的恋人都像他那么无知?"沃库尔斯基想,"这里不仅我,而且每个人都看得出来,那姑娘根本不爱他。也许她爱的是斯塔尔斯基吧?……情况究竟怎么样,我也弄不清楚,最大的可能是,那姑娘要出嫁是为了钱,斯塔尔斯基则用他的理论去支持她的这种意图。也许他也迷上了她吧?不,

<hr />

① 见《圣经·新约·马太福音》第十九章第十八节。

那不大可能,其实他早就厌倦她了,可他却硬要催着她出嫁,虽然……不,这太可怕了,只有妓女才有那种做买卖的情人。多么愚蠢的推测呀……也许斯塔尔斯基真是她的朋友,他在劝她做他深信不疑的事情,因为他自己就当众说过,他只会跟一个有钱的女人结婚。奥霍茨基也可能认为,这个原则和别的原则一样,并没有什么不好。议长夫人说得不错,今天这一代人具有坚强的意志和冷酷的心。我们的例子使他们对多愁善感感到厌恶了,所以他们相信金钱的力量,这证明他们是很有理智的。这个斯塔尔斯基其实是个很机灵的人,他虽爱游手好闲,放荡不羁,但他绝不是笨人。有趣的是,翁索夫斯卡太太为什么老那么跟他斗嘴,她一定是偏爱他,她很有钱,两个人到最后会结婚的。但这和我有什么关系呢……奇怪的是,议长夫人今天为什么一点也没有提到伊扎贝娜小姐?这个我就要问了……要不然,人家马上会对我们说三道四的……"

他睡着了,梦见自己就是那个恋爱的男爵,身患疾病,而斯塔尔斯基却扮演了他家里的一个朋友的角色。

他醒来后,又大声地笑了起来。

"这会马上把我的病医好的。"他低声地说。

早晨他又和费利茨娅小姐以及奥霍茨基一起去钓鱼。下午一点,大家在一起吃饭的时候,翁索夫斯卡太太对议长夫人说:

"奶奶答应给我和沃库尔斯基的两匹马套上鞍子,是不是?"随后她转向沃库尔斯基,又说:

"半个钟头后,我们去骑马。从现在起,您就是我身边的侍从。"

"只有你们两个人去骑马吗?"费利茨娅小姐问道,她的脸又红了。

"你是不是也想要和尤利扬先生去骑马呢?"

"对不起……您别想让别人来支配我!"奥霍茨基抗议道。

费利茨娅小姐满脸血红,眼里噙着泪水。起先她气愤地后来又以轻蔑的眼光望着沃库尔斯基,末了便装着要去找头巾,从房里跑出去了。她回来的时候,小鼻子红红的,看上去就像那个饶恕了杀害自己的刽子手的玛丽·斯图亚特①。

两点整,牵来了两匹漂亮的坐骑。沃库尔斯基站在他那匹马的身旁,过了几分钟,翁索夫斯卡太太也来了。她穿一件贴身的女骑装,那样子活像朱诺②;她那头栗色的头发盘成了一个发髻。她用脚尖踮在马车夫的手上,像弹簧一样,轻轻一跃便到了鞍上,她手里的马鞭还震了一下。

这时候,沃库尔斯基正在心平气和地试着马镫。

"快点,我的先生,快点!"她把马勒住,叫了起来。那匹马便提起前腿,在原地打转转。"我们出了大门就快点跑吧……向前跑,去萨伏伊!"③

沃库尔斯基终于跨上了马背,翁索夫斯卡太太已经急不

---

① 玛丽·斯图亚特(1542—1587),苏格兰女王(1542—1567)和法国女王(1559—1560),还想夺得英国的王位。因为卷入政治斗争和宫廷阴谋,将苏格兰王位让给了她的儿子,躲在英国,但在这里仍被囚禁,过了十九年后被杀。她在死前宽恕了她的敌人、迫害过她的人以及杀害她的刽子手。——原注

② 罗马神话中主神朱庇特的妻子,画家和雕塑家常常把她画成或者雕塑成一个既漂亮又庄严的女人。

③ 原文是意大利文。萨伏伊是法国东南部的一个省。

可待地用鞭子抽着她的马了,他们骑着马出了庄园。那是一条两旁种满了椴树的林荫道,差不多有一俄里长。两边是灰不溜秋的田地,田里到处堆放着一堆堆有茅屋那么高的麦秸。天空是晴朗的,太阳露出了笑脸,远处传来了打禾机的哒哒声响。

马小跑了几分钟后,翁索夫斯卡太太把马鞭的柄咬在嘴里,身子往前倾着,疾速地奔跑起来。她帽子上的纱带就像灰色的翅膀一样在后面飘飞着。

"向前跑,去萨伏伊!①"

他们又飞驰了几分钟。那贵妇突然勒马停了下来,她满脸通红,有些透不过气来了。

"够了,"她说,"现在我们走慢些吧!"

她在马鞍上挺着身板,聚精会神地眺望着那远远显现在东方的一片蓝色的森林。林荫道已经到了尽头,他们骑着马走过了一片田地,上面有许多绿色的梨树和灰色的禾垛。

"您说,发财是不是非常快活的事情?"她问道。

"不是。"沃库尔斯基想了一会儿,回答说。

"那么把钱花掉快活吗?"

"我不知道。"

"您不知道吗?但人们都说您那笔财产是个奇迹,说您每年有近六万的收入……"

"今天我的钱还多得多,可是我却花得很少。"

"究竟花多少呢?"

"差不多一万。"

---

① 原文是意大利文。

"很遗憾,去年我下了决心,要花掉很多钱,我的全权代表和出纳员都肯定地说,我花了二万七千卢布……我做了那么多疯狂的事情,可是我的疯狂并没有驱散我的烦闷……今天我本来要问您一下,一个人在一年中要是花掉了六万卢布,那会有什么感觉? 但是您没有花那么多,很遗憾。您知道吗? ……如果您一年花掉六万,不……十万,那就请您告诉我,这会不会引起某种轰动?"

"我可以一开始就告诉您,这不会引起轰动。"

"不会吗? 那么钱有什么用呢? 如果每年有十万卢布都不能给一个人带来幸福,那么什么地方才能得到幸福呢?"

"花一千卢布就可以得到幸福。每个人身边都有幸福。"

"但这幸福是从哪里来的呢?"

"不,我没有幸福,太太。"

"像您这样一个不平凡的人怎么会说这样的话呢?"

"如果我是一个不平凡的人,那也是我的痛苦而不是幸福造成的,更不用说花钱啦!"

森林边上升起了一片尘烟。翁索夫斯卡太太向那里望了一会儿,然后突然对马抽了一鞭子,让它拐向右边,不管有路无路朝着那片尘烟疾驰而去。

"向前跑! 向前跑!"①

他们跑了十分钟左右,这一次可是沃库尔斯基首先勒住了自己的马,他站在一个山头上,看见山下展现出了一片梦幻般美丽的草地。它的美究竟在什么地方,在翠绿的小草、弯弯曲曲的小溪、垂在小溪上的树木上,还是在晴朗的天空里? 沃

---

① 原文是意大利文。

库尔斯基不知道。

但翁索夫斯卡太太对这一切并不欣赏。她策马加鞭,不顾一切地从山上疾驰而下,好像要用她的勇敢精神博得同伴的佩服似的。

当沃库尔斯基骑着马慢慢地走下山后,她又把她的坐骑向他调了过去,不耐烦地叫道:

"唉,先生,难道您总是这么令人腻味吗?我带您出来骑马,可不是要您来打瞌睡的!请您来跟我谈谈,马上就来……"

"马上?好的!斯塔尔斯基这个人很有意思。"

她在马鞍上把身子往后仰,好像要栽倒似的。她久久地望着沃库尔斯基。

"唉!"她哈哈大笑地叫道,"我没想到,您会说出这么无聊的话……斯塔尔斯基先生有意思……谁认为他有意思呢?……大概只有那样……那样……像埃韦莉娜小姐那样的轻薄女人才觉得他有意思,对我来说,他已经没意思了。"

"但是……"

"没有什么但是,有一次,我有意要为婚姻做出牺牲,倒觉得他很有意思。好在我丈夫也很懂得礼让,他很快就故去了。可斯塔尔斯基先生是那么简单,凭我那么一点点生活经验,在一个礼拜中就把他看透了。他总是留着鲁道夫公爵①那样的胡子,采取他的那种方法去诱惑女人。我对他的眼色,吞吞吐吐的言谈和见不得人的行为真是太熟悉了,就像熟悉

---

① 鲁道夫公爵(1858—1889),奥地利皇帝弗朗齐谢克·约瑟夫一世的儿子,曾被正式宣布为皇位的继承人。他很自负,但也轻浮,有关他的恋爱的传闻曾经引起人们的惊讶,正是由于这些事情,他于一八八九年自杀了。——原注

他的上衣那样。他总是那样不愿见到没有嫁妆的姑娘,却恬不知耻地跟一些有夫之妇鬼混,一见到妙龄女郎要出嫁便长吁短叹。上帝啊,这种情况我一生中真不知遇到过多少次……今天我需要一些新的东西……"

"那么奥霍茨基先生怎么样……"

"是啊,奥霍茨基倒很有意思,但他很可能是一个很危险的人,要跟他交往我非得再投一次胎不可。这个人不属于我的心灵所能寄托的那个世界……啊,他是多么天真,多么美妙呀!他相信理想的爱,他要把这种爱和他自己一起关在他的实验室里,他深信这种爱不会欺骗他……不,他不是我的……"

"我的马鞍又出问题了!"她突然喊了起来,"先生,马肚带松开了……请您查看一下……"

沃库尔斯基从马上跳下来。

"您也下马吗?"他问。

"我根本就没有想过要下马,您去看一下好了。"

他从右边走过去——马肚带扣得很紧。

"不是那里呀……哦,在这里……这里好像有什么毛病,马镫坏了。"

他犹豫了一下,最后还是撩开了她的骑装,用手插到马鞍下面。突然间,血涌上了他的脑门;那寡妇动了一下腿,她的膝盖碰到了沃库尔斯基的脸上。

"喂,怎么啦?……有什么问题吗?"她有点急躁地问道。

"没什么,"他回答说,"马肚带扣得很紧。"

"您吻了我的膝盖,是吗?"她大声喊叫。

"没有。"

她用鞭子抽着马,飞奔起来,还不停地嘟哝着:

"一个呆子,要不就是一块石头。"

沃库尔斯基慢慢地跨到马上。

"伊扎贝娜小姐也骑马吗? ……谁来给她扶正马鞍呢?"他这么想的时候,一种难以言状的悲哀便啮咬着他的心。

他赶上翁索夫斯卡太太后,翁索夫斯卡对他大笑起来:

"哈哈! 您太好了!"然后她用低低的像金属一样清脆的声音说,"在我的一生中终于写下了美好的一页:我扮演波提乏的妻子,找到了约瑟①……哈哈! 只有一件事使我感到悲哀,您不知道我为什么能够把人弄得神魂颠倒。遇到这种情况,一百个人也会对我说,没有我他们就活不下去,我使他们不得安宁,等等……可您却只是简简单单地回答了一声:'没有!'……为了这个'没有',您真应该在天国里那些天真无邪的小天使中享有一个座位。那么一张高高的围椅,前面还有一块挡板……哈哈哈!"

她在马鞍上笑得前仰后合。

"我要是像别的人那么回答,您以为怎么样呢?"

"那我又得到了一次胜利。"

"这种胜利对您有什么用呢?"

"使我的生活不致感到空虚。我从十个向我求婚的男人中挑选一个我认为最有趣的,我玩耍他,幻想他是一个……"

"那以后呢?"

〰〰〰〰〰〰〰〰〰

① 根据《圣经·旧约·创世记》记载,约瑟是雅各的十二个儿子中的一个,他被他的兄弟卖到埃及,在法老的大臣波提乏的府里当内侍,被波提乏的妻子看中,但约瑟拒绝了她的爱。后来,她反而在丈夫面前责怪他对她如何卖弄风骚,叫丈夫惩罚他。

"我观察随后来到的十个,再从中挑选一个。"

"您常常这么做?"

"至少每个月有一次。您想要什么?"她耸了耸肩,接着说,"这是蒸汽和电气世纪的恋爱呀!"

"是呀,它还使人想起了火车呢!"

"因为它像一阵暴风雨那样掠过,而且喷射着火花吗?"

"不,它行驶得很快,而且尽其所能地携带了更多的乘客。"

"啊,沃库尔斯基先生!……"

"我不想侮辱您,我不过是把我听到的话对您再说一遍罢了。"

翁索夫斯卡太太咬着自己的嘴唇。

他们骑着马走了一些时候,没有说话。

过了一会儿,她又说起来了:

"我已经确认您是个什么样的人啦,您是个很古板的人。每天晚上,我不知道几点钟,但肯定在十点以前,您结完账,然后上床睡觉,睡觉前您念祈祷文,还要把'不要觊觎你的朋友的妻子'这句话大声地说好几遍,是这样吗?……"

"您往下说吧!"

"我不再说什么啦,跟您谈话我实在太累。唉,这个世界给我们带来的全都是失望! 当我们穿上第一件带后襟的长衣,第一次参加大型舞会的时候,当我们初恋的时候,我们感到这一切都很新鲜……可是过了一会儿,我们就会知道,这些都是过去的事,即便是现在的事,也毫无价值。

"记得去年在克里米亚,我们有几个人在一条非常荒凉的、过去是盗贼出没的道路上旅行。正当我们谈着这次旅行的时候,有两个鞑靼人从一道岩壁后面走了出来……感谢上帝,我以为他们要杀我们,因为他们虽然举止端庄,彬彬有礼,但他们的相貌却非常可怕。您知道,他们对我们提出了什么要求吗?……要我们买他们的葡萄!先生!他们要把葡萄卖给我们,我还以为他们是强盗,出于对他们的愤恨,我真想揍他们一顿。您看,今天您叫我想起那些鞑靼人来了,几个礼拜以来,议长夫人一直在对我说,您是个不平凡的人,和别的人不一样,可是在我看来,您就是个最普通的古板人。您说是不是?”

“是的。”

“您看,我对人们知道得多么清楚。我们骑马再跑一阵好吗?要么就不跑了,我也不想跑了,因为我累了。要是我这辈子哪怕有那么一次碰上一个真正不平凡的人……”

“那又怎么样呢?”

“他的行为举止都将以一种新的面貌出现,他会告诉我一些新鲜的事。有时他会气得我流眼泪,对我表示极大的怨恨,最后当然又会来求我的宽恕。啊,他会疯狂地爱上我,我会深深地印在他的心上和记忆中,他就是走进坟墓也忘不了我……我要的是这种爱。”

“您将怎么报答他呢?”沃库尔斯基问道,心里感到越来越沉重和悲哀了。

“我哪里知道,也许我也会下决心去干一件疯狂的事……”

“现在我可以告诉您,这个不平凡的人会从您那里得到什么,”沃库尔斯基心里感到更加痛苦了,“首先他会得到您以前的那些情人的一张很长的名单,然后又会得到一张跟着他来的情人的同样是很长的名单。在这两幕戏之间,他可以去检查一下马背上的鞍子是不是安好了。"

"您这些话说得很卑鄙!"翁索夫斯卡太太大叫一声,将鞭子在空中使劲地抽着。

"我只是把从您嘴里听到的话重复了一遍而已,不过,如果在我们这么短暂的相识中,我说得太冒昧了的话……"

"不要紧,您往下说吧……也许您这些粗野的话,比我早就耳熟能详的那些冷若冰霜的恭维话倒更有意思。当然,一个像您这样的人是瞧不起我这样的女人的……好啊,您就大胆地说吧……"

"对不起,首先我们不想用那些太厉害的措辞,这完全不符合我们骑马出游的情况。我们之间交谈的不是感情,而是观点。照我看,在您的恋爱观中存在着无法统一的矛盾。"

"真的是这样吗?"那寡妇惊异地说,"您称为矛盾的东西,在我的生活里会很好地统一起来。"

"您说的是要经常更换情人……"

"如果您不反对,我们就把他们叫作崇拜者吧!"

"此外您还要找一个不平凡的、非常杰出的人物,要他即使进了坟墓也不把您忘掉。以我所了解的人的天性,您这个要求是实现不了的。您一向对人都很了解,那么您就应当清楚地看到,一个杰出的人是不愿和平凡的人在一起的……"

"他用不着知道这些。"寡妇打断了他的话。

"啊,那我们在欺骗人了,可是,只有当您的主人公是个瞎子和蠢货的时候,您才能骗得了他。您要是选中了那样的人,他是那么爱您,您忍心去欺骗他吗?"

"那好,我把什么都告诉他,最后我对他说:'别忘了,耶稣宽恕了抹大拉,我比她罪要轻些,我的头发至少有她那么漂亮……'"

"他会满足于这个吗?"

"我认为没问题。"

"要是他不满足呢?"

"那我就不理他了,我会离他而去的。"

"可是您一开始就已经深深地印在他的心上和记忆中了,他在坟墓里也忘不了您!"沃库尔斯基突然生气了,"你们的世界真漂亮,你们的女人真可爱,那些最真心实意地爱上她们的人,在她们身边,还不得不时时看表,以免碰到比他们先来的人,或者阻挡了后继的人!太太,就是做糕点发酵,也需要长一点时间,这么匆忙,这样的买卖交易,怎么能培养伟人的情感呢?……

"不要对伟大的情感抱什么希望了,这会使人失眠,败坏人的胃口。干吗要玷污一个您今天肯定还不认识的人的生活呢?干吗要破坏您自己本来很高兴的情绪呢?您最好还是走您那条既快速又经常获胜的路去吧!它既不损害别人,又能够充实您的生活。"

"您说完了吗,沃库尔斯基先生?"

"大概说完了吧……"

"我现在就要对您说几句了。你们都很卑鄙……"

"又是一句厉害的话。"

"您的话更厉害。你们都是一些无耻之徒。一个女人在她生活中的某个阶段会梦想一种理想的爱,你们却嘲笑她这是痴心妄想,你们要她去卖弄风情。在你们看来,一个女人不卖弄风情,就枯燥无味,如果她出嫁了,那是很愚蠢的。一直到由于你们共同的努力,迫使她允许你们向她来那一套俗不

750

可耐的表白,以妩媚的眼光望着她的眼睛,情意绵绵地握着她的小手。那时候,才会有个戴着阿明斯的彼得①的便帽的怪人从一个黑暗角落里走出来,很严肃地责骂这个根据亚当子孙的模样造出来的女人。'你不能再恋爱了,而且你也永远得不到真诚的爱了,因为你曾不幸地陷入了买卖交易中,已经失去了你的幻想。'是谁让她们失去了幻想呢? 就是你们这些浪荡公子! 首先你们剥夺了一个人的美丽的幻想,然后又来谴责这个被剥夺了幻想的人,这是什么世道呀?"

翁索夫斯卡太太从口袋里掏出一块手帕,紧紧地咬住它。她的眼睫毛上闪着泪水,然后又掉落在马的鬃毛上。

"您走吧,"她叫道,"您是那么肤浅,真叫人生气! 您走吧,把斯塔尔斯基叫来! 他的厚颜无耻比您那神父一样的严厉要有趣些……"

沃库尔斯基鞠了一躬,骑着马往前走了。他垂头丧气,充满了忧虑。

"您往哪里去? ……别往那里去……哎呀,您会迷路的,等到吃饭的时候,您又会对大家说我把您引入了邪道。还是跟着我走吧……"

沃库尔斯基骑马跟在翁索夫斯卡太太后面走了几步,思索着:

"这是什么世界呀? 在这个世界上,一些女人差点要把自己卖给衰颓不堪的老头,还有一些女人把人的心当成了牛腰。可是这个女人却很怪,她不是坏女人,她那情感的冲动甚

---

① 阿明斯的彼得(约 1050—1115),法国修道士、传教士,晚年是一个禁欲主义的僧侣。

至是很高尚的……"

半个小时后,他们又来到了一个山头上,那里可以看见议长夫人的农庄。翁索夫斯卡太太突然掉转马头,目光炯炯地望着沃库尔斯基,问道:

"我们是继续吵架还是和好?……"

"我可以坦白地说吗?"

"请吧!"

"我要深深地感谢您,仅一个小时,我从您那里知道的东西比我一辈子知道的还多。"

"从我这里?……您以为,我有几滴匈牙利人种的血,一骑到马上,就像疯了似的,净说胡话。可您要记住,我说的话是一句也不会收回的。您如果认为您对我已经有所了解,那您就错了。现在您吻一下我的手吧!您确实是个很有意思的人,一个坚强的人。"

她伸过手去,沃库尔斯基吻了一下,惊讶得大睁着眼睛。

第七章　在一个屋顶下

就在沃库尔斯基和翁索夫斯卡太太在草地上奔跑,又互相争吵的时候,伊扎贝娜小姐从伯爵夫人的庄园到扎斯瓦维克来了。昨天她收到了议长夫人一封由专差送来的信。今天,她虽然不愿意,但由于她姑妈的强烈要求,她还是来了。她确信,那个受到议长夫人高度赏识的沃库尔斯基已经在扎斯瓦维克,她这么急急忙忙地到那里去是不合适的。

"就说有一天我不得不嫁给他,我也没有理由这么急忙地去欢迎他。"她对自己说。

但是东西已经收拾好了,车子也来了,伊扎贝娜小姐看见那侍女正坐在马车的前座上等她,她不得不决定动身了。

她跟家里人的告别是令人深思的,总是那么心神不安的文茨基先生擦了擦眼睛。伯爵夫人把一只天鹅绒的小钱袋塞到她的手里,吻了吻她的额头,说:

"我既不赞成也不反对。你很聪明,知道自己的处境,因此你应当自己做出决定,考虑到会有什么样的后果。"

做什么决定呢?会有什么后果呢?伯爵夫人没有提起。

今年在乡下逗留期间,伊扎贝娜小姐对一些事情的看法,有了深刻的改变。但这并不是新鲜空气和美丽风景的影响造成的,而是由于一些事件的发生和她对这些事件能够心平气和地思考的结果。

她是遵照姑妈的强烈要求，为了斯塔尔斯基来的，因为大家都说，他会继承议长夫人的庄园。但是议长夫人对她这个侄孙的言行观察了一段时间之后，宣布最多只给他一千卢布，这笔钱等他老了之后一定是够他用的。此外，她决定把她所有的财产赠送给那些被遗弃的婴儿和他们可怜的母亲。

从那个时候起，斯塔尔斯基在伯爵夫人的眼里就一文不值了。后来有一次，他又声明，他宁可跟一个只有几万卢布年收入的中国女人或日本女人结婚，也决不跟一个"没有陪嫁的小姐"结婚，他在伊扎贝娜小姐的眼里同样什么也不是了。

"为了那么一点点收入，不值得冒那种可能丧失前途的危险。"他说。

伊扎贝娜小姐听到这句话后，就不再把他看成是一个严肃的求婚者了。但因为他这么说的时候，轻轻地叹了口气，还看了她一眼，所以伊扎贝娜小姐想，这个英俊的卡焦一定有什么隐私，为了找到一个有钱的女人，他要做出牺牲。找谁呢？……也许是找她……可怜的年轻人，这就难啊！也许有一天，他的痛苦会得到缓解，但今天得和他离得远远的。正好斯塔尔斯基在起劲地追求翁索夫斯卡太太，又在远处窥视埃韦莉娜·扬诺茨卡，要远离他不难。他那样做，肯定是要彻底消除他爱过伊扎贝娜小姐这一事实所造成的影响。

"可怜的年轻人，这就难啊！要生活就得承担义务，即使是艰难的义务也要承担。"

就这样，这个可能是伊扎贝娜小姐最适合的情人斯塔尔斯基，便从她那求婚者的名单上消失了。他不能跟一个穷姑娘结婚，他一定要找一个有钱的女人，这就成了他们之间一条不可逾越的鸿沟。

她原来的另一个求婚者男爵,后来因为和埃韦莉娜小姐订了婚,自己把名字删掉了。在男爵原先那么千方百计向她献媚讨好的时候,她对他感到厌恶,可是当他突然要离开她时,她又几乎吓了一跳。怎么,世界上还有这么一些女人,为了她们可以把她抛弃?怎么,一个年纪那么大的崇拜者居然把她扔掉?

伊扎贝娜小姐觉到,她脚下的地面在震动,由于笼罩着她的一种说不清的不安情绪的影响,她向议长夫人表示了她对沃库尔斯基很有好感。谁知道,她也许会说出这样的话:

"沃库尔斯基近来怎么样?他可能怨恨我,我很抱歉,我常常责备自己,我怎么没有像应该对待他那样对待他呢?"

她低下眼睛,脸涨得那么红,使得议长夫人也觉得不能不把沃库尔斯基请到乡下,请到她这里来。

"愿他们两人在这里呼吸到新鲜的空气,互相了解一下!以后怎么样,就听上帝的安排了,"那老妇人想道,"在男人们中,他是一块真正的宝石;她也是个好孩子,他们是能够和好的。我敢打赌,他很喜欢她。"

过了几天,伊扎贝娜小姐那些不愉快的感觉消失之后,她又后悔自己不该在议长夫人面前提起沃库尔斯基。

"也许他还以为我会跟他结婚哩。"她想。

这时候,议长夫人当着在她家做客的翁索夫斯卡太太的面,说了沃库尔斯基要到扎斯瓦维克来,说他是个很阔气的鳏夫,一个在所有方面都很不平凡的男人;伊扎贝娜小姐会和他结婚,谁知道,也许他已经爱上了她呢!

对于沃库尔斯基的财产、他是个鳏夫和他想要结婚的情况,翁索夫斯卡太太并不关心,可当议长夫人称他是个不平凡的人时,便立即引起了她的注意;特别是听到他也许爱上了伊扎贝娜小姐后,她就像一匹品种优良的马被人不小心地用马刺刺了那样暴跳如雷了。

翁索夫斯卡太太是个最好的女人,她并不想再嫁,更没有想夺取别的女人的未婚夫。可是她只要活在这个世界上,就不会让一个男人不爱她,而去爱别的女人。一个男人可以为了钱而结婚,在这方面,翁索夫斯卡太太甚至愿意帮他的忙,但她只允许他崇拜她而不允许他崇拜别的女人,这并不是因为她认为自己是最漂亮的女人,而是因为她向来就有这么个脾气。

她知道伊扎贝娜小姐当天就要来到后,就把沃库尔斯基硬是拉去骑马。当她看见她那个情敌的车子在树林边扬起的尘土后,她就拐到了一片草地上,在那里用马鞍演了一场好戏,但是演得很不成功。

这时候,伊扎贝娜小姐来到了庄园里,所有的人都来到走廊上迎接她,差不多都用同样的话问候她。

"您知道吗?"议长夫人对她轻声说,"沃库尔斯基也到这里来了。"

"扎斯瓦维克是个乐园,就缺您一个人了。"男爵叫道,"我们这里来了一个非常令人高兴,而且很有名望的客人。"

费尔恰·扬诺茨卡小姐把伊扎贝娜小姐拉到旁边,用哭丧的声音告诉她说:

"你知道,沃库尔斯基到这里来啦。唉,你要是知道他是个什么样的男人就好啦!……可我却什么也不愿跟你说,因为你会认为我要打他的主意。嗯,你想一想,翁索夫斯卡太太叫他单独跟她一起去骑马……你要是看见那个可怜人怎么脸红的就好啦！……但我却替她脸红。当然,我也和他一起钓过鱼,但只是在这里,在池塘边,而且还有尤利扬先生和我们在一起。我会跟他一个人去骑马吗？……无论如何不会……我就是死……”

伊扎贝娜小姐跟迎接她的人打了个招呼,就往那个指定给她的房间走去。

“这个沃库尔斯基叫我很生气。”她想。

实际上,那不是生气,而是另外一回事。伊扎贝娜小姐来到这里的时候,她对议长夫人很不满意,因为她是议长夫人强迫邀请来的;她对姑妈也不满意,因为姑妈曾经催她马上动身,但她最不满意的是沃库尔斯基。

“他们难道真要把我嫁给这个暴发户?”她自言自语道,“好吧,你们等着瞧吧！”

她深信沃库尔斯基会第一个来迎接她,因此她决心对他表示高傲的态度。

可是沃库尔斯基不但没有来迎接她,而且还跟翁索夫斯卡太太骑马去了。这对伊扎贝娜小姐是个令人不快的刺激。她想:

“这位太太虽然三十岁了,却还是个风骚的女人！”

当男爵说沃库尔斯基是个有名望的客人时,伊扎贝娜小姐觉得自己也为之骄傲,但那只是一瞬间的感觉。而当费利茨娅小姐明确表示她很妒忌沃库尔斯基时,伊扎贝娜小姐又感到不安了,但那也只有一会儿工夫。

“这个费尔恰很幼稚。”她自言自语道。

总之,她一路上产生的那种要向沃库尔斯基表示高傲的想法,由于轻微的愤怒、轻微的满足和轻微的不安这些复杂感情的影响,全都消失不见了。现在,沃库尔斯基在伊扎贝娜小姐的眼中,和以前完全不同了。他已经不是一个服饰用品商人了,他是一个从巴黎回来的人,拥有巨大的财产和使男爵佩服得五体投地的人际关系,连翁索夫斯卡太太都向他献媚讨好。

伊扎贝娜小姐刚刚换了衣服,议长夫人就到她的房里来了。

"我亲爱的贝卢,"那老妇人说着又吻了她一下,"为什么约阿霞没有到我这里来呢?"

"爸爸有病,她不愿离开他。"

"我请你……请你别这么说。她不来,是不愿见到沃库尔斯基,所有的秘密都在这里,"议长夫人有点激动了,"只有当他给她的保育院捐钱的时候,她才认为他是个好人。我告诉你,贝卢,你姑妈任何时候都不会理智一点的……"

议长夫人的话触发了伊扎贝娜小姐过去的痛苦,因此她红着脸说:

"姑妈大概认为对一个商人不应当有那么多的好感吧!"

"一个商人!……一个商人!"议长夫人生气了,"沃库尔斯基和斯塔尔斯基,甚至和扎斯瓦夫斯基一样,都出身于很好的贵族家庭。至于说他的买卖……我亲爱的贝卢,沃库尔斯基可没有卖过你姑妈的祖父卖过的那种东西,有机会你可以把这个情况告诉她。我以为,一个规矩的商人强似十个奥地利伯爵①。他们的头衔有什么用,我很清楚。"

---

① 奥地利伯爵是指那些用金钱买了头衔的人,是对那些新升上来的值得怀疑的贵族一种轻蔑的称呼。——原注

"但是您承认，出身……"

议长夫人轻蔑地笑着。

"你应当知道，贝卢，对于生长在这个世界上的人们来说，出身是最不重要的。要说纯洁的血统……上帝啊，我们对这个东西可没有认真地研究过。告诉你吧，跟我这么老的人谈谁的出身，是不必要的。我们这样的人一般都记得自己的祖父和父亲，我们常常感到惊异的是，为什么儿子长得不像父亲，倒像男仆，是的，这在很大的程度上，只能解释为母亲深深地恋上了另一个人。"

"您很喜欢沃库尔斯基吧？"伊扎贝娜小姐悄声地问道。

"是的，很喜欢！"那老妇人大声回答说，"我爱过他的叔父，可是我们被拆散了，这也是今天你姑妈对沃库尔斯基为什么那么轻视的那个理由造成的，这是我一辈子的不幸。但沃库尔斯基不容许别人践踏他，不容许，"议长夫人叫了起来，"谁能够像他那样设法摆脱了贫困，无可非议地挣得了财产，也锻炼了自己，他完全可以不管贵族社会有什么看法。你大概知道他今天所起的作用，他为什么要到巴黎去吧……我可以肯定地告诉你，不是他要到贵族沙龙里去，而是沙龙来找他；如果有什么生意要做的话，第一个来找他的就是你姑妈。对贵族沙龙，我了解得比你清楚，我的孩子，你要相信我的话，那些沙龙里的名流很快就会出现在沃库尔斯基的前厅里。他不是斯塔尔斯基那样的懒汉，不是公爵那样的幻想家，也不是克热索夫斯基那样的白痴，他是一个干实事的男人，被他选为妻子的女人是幸福的。遗憾的是，我们年轻的姑娘要求很高，可她们的经验和真心实意的态度却是不够的，虽然不是所有的人……嗯，如果我的话说得严厉了一点，那很抱歉。待会儿就要吃饭了。"

议长夫人说了这些话后就走了，留下伊扎贝娜小姐陷入了深深的沉思。

"他当然可以代替男爵，可那又怎么样呢！……"伊扎贝娜小姐对自己说道，"那个男爵老态龙钟，十分可笑，可沃库尔斯基至少是受到人们尊敬的。卡齐娅·翁索夫斯卡很懂得这一点，所以她特意带着他出去骑马。好啊，我们就来看看吧，沃库尔斯基是不是忠实可靠……跟另一个女人出去骑马，多么美妙的忠实呀！太有骑士风度了！"

几乎在这同一个时候，沃库尔斯基跟翁索夫斯卡太太游玩回来了。他在院子里看见那刚刚卸套的马车后，突然产生了一个模糊不清的预感，可他不敢问那是怎么回事，他甚至假装没有看见那辆马车。

他走近台阶，把马让一个仆人牵去，叫另一个仆人送水到他的房间里来。当他正要问是谁来了的时候，又觉得有什么东西哽在喉咙里，说不出话来。

"多么愚蠢呀！"他想，"就算是她，有什么不得了的呢？她是个和翁索夫斯卡太太、费利茨娅小姐、埃韦莉娜小姐一样的女人……可我却不是男爵那样的男人……"

但他这时候也感到，对他来说，她和别的女人还是不一样的。如果她要求的话，他会把他的财产甚至生命都奉献在她的脚跟前。

"愚蠢，愚蠢！"他在房间里来回地踱着，低声说道，"她的崇拜者斯塔尔斯基先生不是也在这里吗，她以前就跟他约好了，要一起愉快地度过假期。那些眉来眼去的神情我没有忘记，唉……"

他生气了。

"瞧着吧,伊扎贝娜小姐!你是什么人?你有什么价值?现在我要审判你了。"他想。

有人敲门,进来的是那个老仆人。他在房间里四周环顾了一下,用压低的声音说:

"太太叫我通知您,文茨卡小姐来了,如果先生准备好了,请您去吃饭。"

"请你告诉她,我这就来,愿为她效劳。"沃库尔斯基回答说。

仆人走了后,他在窗前站了一会儿,望着那斜阳照亮了的花园和丁香花丛。鸟儿在花丛中叽叽喳喳快活地叫着。当他想到他该怎么和伊扎贝娜见面的时候,他的心中便隐约地产生了一种恐惧感……

"我对她说些什么话,表示什么态度呢?"

他觉得所有的眼睛都会盯着他们俩,那时候,他一定会有什么不合适的举动给人留下不好的印象。

"我不是对她说过,我是他们忠实的仆人……像一条狗那么忠实吗!……我现在该到那里去了……"

他从房间里出去,又转身回来了一下,然后来到了走廊里。他慢慢地往大门口走去,感到浑身无力,就像一个平民百姓见到国王那样十分害怕。

他伸手去抓门把手,但又停住了脚步。餐厅里传来了女人们的笑声。他感到眼前一片漆黑,想离开这里,让仆人去告诉她们,他生病了。这时候,他听见背后有脚步声,便把门推开。

所有的人都聚集在餐厅里了,他第一眼就看见伊扎贝娜小姐在和斯塔尔斯基谈话。她像上次在华沙那样望着斯塔尔斯基,斯塔尔斯基也是那样讥讽地微笑着。

这一瞬间,沃库尔斯基又恢复了他那失去的力量,一阵愤怒涌上心头。他昂着头走了进去,向议长夫人请安,又对伊扎贝娜小姐鞠了一躬;她的脸红了,向他伸出了一只手。

"您好,文茨基先生好吗?"

"爸爸近来好一些了……他让我问候您。"

"承他好心的惦记,我十分感谢。还有伯爵夫人呢?"

"姑妈也很健康。"

议长夫人在她那张靠椅上坐下后,所有的客人也都围着桌了坐下来。

"沃库尔斯基先生,您就坐在我旁边吧!"翁索夫斯卡太太说。

"我太高兴了,就像一个士兵被允许坐在他的司令官面前一样。"

"她是不是要让您听她的指挥,斯坦尼斯瓦夫先生?"议长夫人微笑地问道。

"可不是,这种训练是不常见的……"

"他要报复,因为我们出去骑马的时候,给他带错了路。"翁索夫斯卡太太插了一句。

"走错了路是最好玩的。"沃库尔斯基回答说。

"我知道,肯定会出现这样的事,但没想到会这么快……"男爵说着,露出了他的两排漂亮的假牙。

"表哥,劳驾把盐递给我。"伊扎贝娜小姐对斯塔尔斯基说。

"愿为你效劳……哎哟,盐撒了!……这下我们就要吵起来了。"

"争吵对我们大概并不可怕吧!"伊扎贝娜小姐带着一种可笑的认真回答说。

"我们不是说好了永远不吵架的吗?"翁索夫斯卡太太说。

"不,我们并没有说永远不吵架。"伊扎贝娜小姐回答说。

"好啊!"翁索夫斯卡叫道,"我要是在您那种情况下,卡齐米日①先生,是不抱任何希望的。"

"难道我敢抱什么希望吗?"斯塔尔斯基叹了口气。

"这对我们两个人来说,倒真是幸运!"伊扎贝娜小姐轻声地说。

沃库尔斯基在察言观色。伊扎贝娜小姐谈话时的神情泰然自若,而且她很心平气和地跟斯塔尔斯基开着玩笑。斯塔尔斯基对什么都不在乎,只不时偷偷地望一下埃韦莉娜·扬诺茨卡小姐。她正在和男爵低声地说话,脸上一会儿通红,一会儿又变白了。

沃库尔斯基觉得心上卸释了一个沉重的负担,他想:

"很清楚,如果斯塔尔斯基对这伙人当中的谁真的感兴趣的话,那就只有埃韦莉娜小姐了,她对他也……"

他心里突然感到高兴了,对那个受骗的男爵倒是非常同情的。

"我不会去提醒他,"他心里这么说,但他随后又补充了一句,"把自己的欢乐建筑在别人的痛苦上是卑鄙的。"

吃完饭后,伊扎贝娜小姐走到沃库尔斯基那里,对他说:

① 斯塔尔斯基的名字。

"您知道，我见到您的时候是什么心情吗？我感到很遗憾，记得当初本来是我、父亲和您三个人一起去巴黎的，可是只有您的命好些。您在那里玩得很高兴，至少……也要代表我们吧？……现在您得把您在那里的三分之一的感受告诉我。"

"如果是不愉快的感受呢？"

"为什么不愉快？"

"因为您不在那里，我们本来要一起去的。"

"我知道，我就是不在，您也会尽情地玩乐。"伊扎贝娜小姐说完就离开了。

"沃库尔斯基先生！"翁索夫斯卡太太叫了一声，对他和伊扎贝娜小姐瞧了一眼，很不高兴地接着说：

"不，没什么了不起……今天我准您的假。先生们，我们上花园去，奥霍茨基先生……"

"奥霍茨基先生今天要给我讲气象学。"费利茨娅小姐替她把话讲完。

"气象学？"翁索夫斯卡太太问了一声。

"是呀，我们这就上楼到观测台上去吧！"

"先生，您只想讲讲气象学吗？"翁索夫斯卡问道。"不管怎样我首先要问问奶奶，她对这气象学是怎么看的？"

"您总要跟我为难！"奥霍茨基很不高兴地说，"您可以跟我一起，骑马走在泥塘里，却不让费利茨娅小姐去看观测台。"

"你们可以去看嘛，我亲爱的！只是现在我们要到花园里去。男爵……贝卢……"

大家从饭厅里出来，向花园走去。走在前面的两个是翁索夫斯卡太太和伊扎贝娜小姐,沃库尔斯基跟在她们后面,紧接着是男爵和他的未婚妻,最后是费利茨娅小姐和奥霍茨基,他挥了挥手,说:

"您什么新的东西都接受不了,除非有一顶怪模怪样的帽子,或者哪个笨蛋设计制造出的第七或第八个舞俑。不,您什么也不懂!"他用一种奇怪的声调又说了一遍,"因为老是有那么一个女人……"

"呸,尤利扬先生,谁这么说话呢?"

"是呀,那婆娘真让人受不了,您若跟我一起到观测台去,她就说这太不像话……"

"也许这的确不好。"

"是啊,不好!……只有穿着袒胸露背的上衣,到一个留着脏指甲的意大利人那里去学唱歌才好……"

"可是您知道……如果年轻的姑娘和年轻小伙子在一起,他们就会相爱……"

"相爱又怎么样?就让他们相爱吧!难道让他们不相爱,变得那么愚蠢还好些?您这个人真怪,费利茨娅小姐。"

"哦,先生……"

"好啦,别再叫来叫去了,真烦人!您想不想听气象学?要是想听,就上去吧!"

"要和埃韦莉娜或者翁索夫斯卡太太一起去。"

"得啦,得啦……别再谈那些事啦!"奥霍茨基双手向口袋里一插,表示出很生气的样子。

这两个年轻人那么大喊大叫地吵着,整个花园都听得见,翁索夫斯卡太太却喜欢他们这样,她禁不住哈哈大笑起来。当大家都静下来后,沃库尔斯基只听见男爵和埃韦莉娜小姐在窃窃私语。

"那斯塔尔斯基倒了霉了,是不是?"男爵说,"那位先生天天遭倒霉。翁索夫斯卡太太嘲笑他,伊扎贝娜小姐根本看他不起,就连费利茨娅小姐也对他不感兴趣。你注意到了没有?"

"我知道。"那未婚妻小声地回答。

"有些年轻人,他们全身上下都表白了他们希望得到一大笔遗产,斯塔尔斯基也是这样。我说得对吗?"

"你说得不错,"埃韦莉娜小姐叹了口气,回答说,"我在这里坐一会儿,"她大声地往下说,"请您给我把房间里的围巾拿来好吗……对不起啦!"

沃库尔斯基回头一看,埃韦莉娜小姐躺在一条长凳上,脸色苍白,显得很疲劳,男爵在她旁边正百般地向她献殷勤。

"我去。"他说。"沃库尔斯基先生……"他看见沃库尔斯基后,又补上了一句,"您来替我一下好吗? ……我这就去,马上回来……"

他吻了一下未婚妻的手,便往宅邸走去。

到现在,沃库尔斯基才发现男爵的腿很长,走起路来很不灵便。

"您早就认识男爵吧?"埃韦莉娜小姐问沃库尔斯基,"我们到亭子那边去吧……"

"我是在这几天才很高兴地和他有了进一步的交往。"

"他很尊敬您。他说他是第一次遇到了一个说起话来这么亲热的人……"

沃库尔斯基微微笑了一下。

"那当然是因为他总爱对我谈起您。"

埃韦莉娜小姐的脸上泛起一片强烈的红晕。

"是的,他是一个有德行的男人,他非常爱我……我们之间的年龄差距确实很大,但这有什么妨碍呢?有经验的女人都认定,男人年岁越大就越忠实,对女人来说,丈夫的献身精神是最重要的,不是吗,先生?我们每个人都在生活中寻找爱情,可是谁能担保,我还能遇到一次和这一样的爱情呢?……比男爵年轻、漂亮,也许还更聪明一些的男人并不少见,但没有一个人会像他那样诚恳和热情地说他一生中最后的幸福在我的手中。照我们这方的要求,爱情是要付出牺牲的,这个他们能做到吗?您倒是说说看!"

她在林荫道上停了下来,望了望他的眼睛,心绪不安地等待着他的回答。

"我不知道,这是个人感情的事。"他回答。

"您这么回答不好。奶奶说,您是一个秉性刚强的人,我过去没有遇到过刚强的人,我自己就很软弱。我没有反抗的能力,我不敢拒绝别人……我要嫁给男爵也可能是一件坏事,至少是有人劝阻过我,说我这么做很蠢。您也这么认为吗?如果有人对您说,有个女人爱您超过爱她自己的生命,要是得不到您的爱,那她的后半辈子有限的生命就会陷入孤独和绝望,您能忍心离开她吗?如果您看见有人掉进了深渊,在呼救,难道您不向他伸手,把他拉住,一直等到救援的来到吗?"

"我不是女人,从来没有人要我为了别人把自己捆住,所以我也没有想过,遇到这种情况我该怎么办。"沃库尔斯基很恼怒地回答说,"我只知道,作为一个男子汉,我绝对不会去乞求别人,就是为了爱情也不那样。"

她噘着嘴,痴呆呆地望着他。他接着往下说:"我还要告诉您,我不但不会乞求,而且也不接受出于怜悯施舍给我的东西,这样的东西差不多都是残缺不全的……"

从侧面的一条路上,斯塔尔斯基好像有什么急事一样向他跑了过来,说:

"沃库尔斯基先生,太太们都在那边一条椴树林荫道上等您……有我的奶奶,翁索夫斯卡太太……"

沃库尔斯基有些犹豫,不知该怎么办。

"啊,您别因为我有什么不便,"埃韦莉娜说这话的时候,脸更红了,"男爵马上就回来,我们三人赶得上他们……"

沃库尔斯基鞠了一躬,就走了。

"好事情!"他想,"埃韦莉娜小姐跟男爵结婚是对他的怜悯,跟斯塔尔斯基卖弄风骚也是出于怜悯……我知道,一个女人会为了金钱而结婚,即使那笔钱是用愚蠢的方法挣来的,她也会那样。我也懂得,一个有夫之妇在过了一段幸福的共同生活之后,会突然爱上别的男人,会欺骗自己的丈夫。有时候,因为害怕暴露自己的丑行,因为孩子和其他千百种的束缚,她不得不欺骗自己的丈夫。但是一个姑娘欺骗自己的未婚夫,这就是新鲜事了。"

"埃韦莉娜小姐,埃韦莉娜小姐!"男爵一面叫着,一面往沃库尔斯基那边走去。

沃库尔斯基突然拐了个弯,往草地上跑过去了。

"有趣的是,我要是碰到了他,我对他说些什么呢?"他轻声地说,"见鬼,我干吗要陷进这个泥潭呢?"

"埃韦莉娜小姐,埃韦莉娜小姐!"男爵在很远的地方就叫唤起来了。

"雄鸟在逗引雌鸟,"沃库尔斯基想,"不过说实在的,怎么可以全都怪这个姑娘呢？她自己就公开地承认，她生性软弱；她也悄悄地说过，她需要钱，没有钱就像一条鱼没有水那样，没法生活，那怎么办呢？这个可怜的姑娘找了一个有钱的老头。但她不是一个没有感情的人，她的情人也劝她马上和他结婚，两个人都认为，丈夫虽然上了年纪，并不妨碍他们美满的婚姻。就这样他们发明了一个新的产品：结婚前先互相背叛，连新产品的专利证书都不要。但他们也可能是有德行的人，因为他们事先就约定了，等到结了婚后再叛变……这样的结合真是太妙了！社会上有时候会出现一些有趣的现象……想想吧！我们每个人都可能见到这样的现象，说真的，诗人们最爱赞颂爱情，说它是人生最大的幸福，还是少相信他们一点为好……"

"埃韦莉娜小姐，埃韦莉娜小姐！"男爵很悲哀地叫唤道。

"多么卑贱的角色呀！"沃库尔斯基低声说，"当那样的小丑，我宁愿朝自己的脑袋开一枪。"

他在靠近一畦菜地的一条侧路上找到了那些太太，她们中有议长夫人和她的一个手提篮子的侍女。

"啊，您在这里！"那老妇人对沃库尔斯基说，"那太好了，您就在这里等一下埃韦莉娜和男爵吧！他也许能找到她的。"她稍微皱起了眉头，"我跟卡齐娅去看马。"

"沃库尔斯基也可以拿一点糖去喂他的马嘛！它今天真是跑得太好了。"翁索夫斯卡太太有点自以为是地说。

"你不要干涉他，"议长夫人打断了她的话，"男人们只喜欢骑马，可不爱护它们。"

"这是不懂得知恩图报！"翁索夫斯卡太太轻声地说道，把手伸向议长夫人，挽着她的胳膊往前走去，不一会儿，就在小便门的后面消失不见了。可是翁索夫斯卡回头一看,发现沃库尔斯基一直在看着她,就连忙把头掉了过来。

"我们要不要去找那对未婚夫妇呢?"伊扎贝娜小姐问道。

"听您的吩咐。"沃库尔斯基答道。

"还是不去打扰他们为好,幸福的情人大概不愿意让别人看见的。"

"您从来没有过幸福吗?"

"嗯,我吗……当然有过……但不是埃韦莉娜和男爵那样的幸福。"

沃库尔斯基留心地望着她。

而她却陷入了沉思,脸色平静,像一尊希腊女神的雕像。

"不,她不会欺骗人。"沃库尔斯基想道。

有一些时候,他们缄默不语地朝着花园中最荒凉的那一方走去。在那些古老的树木中,不时闪现出一扇映照着红彤彤的落日余晖的窗子。

"您是第一次去巴黎吗?"伊扎贝娜小姐问道。

"第一次。"

"那是一座多么美妙的城市,是不是?"她突然叫了起来,望着他的眼睛。"不管人家怎么说,巴黎就是被征服①了,它是世界的首都,它给您留下过这样的印象吗?"

"印象很深。我在那里待了几个礼拜,便觉得增长了许多力量和勇气。真的,我为我自己能够工作而感到骄傲。"

---

① 在一八七〇至一八七一年的普法战争中,普鲁士军围困了巴黎四个月后,攻陷这座城市。——原注

"请您给我解释一下。"

"很简单。在我们这里，人们的劳动所获得的成果是很有限的，大家都那么贫穷，那么被人瞧不起。可是在那里，劳动就像太阳一样光辉灿烂。那是什么样的高楼大厦呀，从屋顶到人行道上都有琳琅满目的装饰品，就像珍贵的宝石箱一样。还有那许多的绘画和雕像，像茂密的森林一样数不清的机器，还有大量的工厂和手工产品。我在巴黎才懂得了人只是表面上显得渺小和脆弱，而实际上都是天才和不朽的巨匠，他能轻易地把岩石扳倒，在它上面镌刻精致的花纹。"

"是的，"伊扎贝娜小姐说，"法国的贵族阶级有能力也有时间去创造这些艺术的杰作。"

"贵族阶级吗？"沃库尔斯基问。

伊扎贝娜小姐在路上停住了。

"您总不会认为，卢浮宫里的画廊是国民公会①或巴黎的厂商创造出来的吧？"

"当然不是，但也不是大贵族创造出来的。那是法国的建筑师、泥瓦匠、木匠，还有全世界的画家和雕塑家们集体创作的作品，他们和贵族毫无共同之处。这倒是个巧妙的办法，把有天才的，或者至少是劳动的人们的贡献和劳动成果归之于懒汉。"

"懒汉和贵族！"伊扎贝娜小姐叫了起来，"我觉得，您这话对不对且不说，倒是很有力量。"

---

① 国民公会是在一七九二年八月的人民起义后通过全民选举产生的一个立法会议，在一七九五年以前，也就是在轰轰烈烈的法国大革命期间，是法国的执政机关。这个国民公会曾宣布推翻波旁王朝，建立法兰西共和国。——原注

"您能让我向您提个问题吗?"

"提吧!"

"首先,如果'懒汉'这个词您不爱听的话,那我收回。再者,请您从我们谈的这个贵族社会中,指出一个真正做了些什么事的人来!在这个社会中,我认识大约二十位先生,他们也是您的熟人。他们都干了些什么呢?从公爵这个世界上最诚实的人一直到斯塔尔斯基先生,前者什么也不干倒还可以说因为年纪太大,后者有那么多的财产却永远是那么休假就说不过去了……"

"啊,我的表兄吗?他也许从来没有想过要在某个方面当个榜样。事实上,我们谈的并不是我们的贵族阶级,而是法国的贵族。"

"他们又干了些什么呢?"

"哦,沃库尔斯基先生,他们做了很多事情。首先是他们创建了法国,他们是法国的骑士,法国的领袖,法国的大臣和祭司。他们还收藏了那么多的艺术珍品,您对那些艺术品不是也很欣赏吗!"

"您应该说,他们只不过下了许多命令,花了很多钱,而法国的艺术却是另外一些人创造出来的,是那些所得到的劳动报酬极少的士兵和水手、那些身上压着沉重的赋税的农民和手工业者,最后还有那些学者和艺术家创造出来的。我是一个有经验的人,我可以肯定地对您说,订计划比完成计划容易,花钱比挣钱容易。"

"您是贵族势不两立的敌人。"

"不,我的小姐,我并不想跟那些对我没有妨害的人为敌。我只是认为,贵族没有功绩却享有特权的地位,他们为了维护这种地位,在社会上宣扬鄙视劳动,尊敬奢侈浪费和游手好闲。"

"您对贵族有偏见,其实,就像您所说的那些游手好闲的贵族在社会上也起很重要的作用。您所说的奢侈,只不过是追求舒适、欢乐和一种优雅的仪表,就连下等阶级的人也在向贵族学习这些东西,这么一来,所有的人都走向文明了。我听那些有自由思想的人说过,社会上必须有一些阶级来扶植科学和艺术,提倡文明的风俗习惯,一是给其他的阶级提供生动的范例,二是鼓励他们采取高尚的行动。不论在英国还是法国都有一些这样的人,他们甚至是些出身很普通的人,只要发了一笔财,便首先给自己盖一栋漂亮的大房子,在里面接待上等社会的人们,极力使自己的行为举止赢得他们的欢心,最后使自己被接纳到上等社会里去。"

沃库尔斯基的面颊上泛起了强烈的红晕。伊扎贝娜虽然没有看他,但她发觉了这一点后,继续说:

"最后,您所说的那个我称之为高等阶级的贵族,它是一个优越的种族。这个种族中可能有一部分人太游手好闲,但他们中如果有谁要干点什么事情,那他马上就会显示出他的魄力、智慧或者至少是他的高尚品德。对不起,我在这里要引用一下公爵在谈到您时常说的一句话:'沃库尔斯基要不是个真正的贵族,就不会像今天这样。'"

"公爵弄错了,"沃库尔斯基冷冷地说,"我享有的东西和我会的东西不是贵族身份给我的,而是通过我的艰苦劳动得来的。我比别人干得多,所以我比别人的钱要多一些。"

"可您如果出身于另一个阶层,是不是还会做得更多一些呢?"伊扎贝娜小姐问道,"我的表哥奥霍茨基像您一样,也是一个自然科学家和民主派,虽然如此,他却像公爵一样,相信有优等和劣等种族之分。他还把您当作一个例子证明种族的属性是可以遗传的。他说:'命运使沃库尔斯基获得了成功,他所隶属的那个种族使他在精神上得到了全面发展。'"

"我非常感谢所有那些给了我荣誉,把我列入特权阶级的人,"沃库尔斯基说,"虽说这样,可我从不认为一个什么也不干的人应当享有特权,我始终把出身微贱的人的业绩看得比出身高贵的人的横行霸道要好得多。"

"那么在您看来,培养温柔的感情和文雅的习惯就不算立功吗?"

"当然是功劳,可是在社会上,这个任务是由女人来担当的。大自然赋予了她们较为柔弱的心肠、丰富的想象和细致的感觉,她们,而不是贵族阶级,能够保持高雅的生活方式和温和的习性,她们甚至能够唤起我们最高尚的情感。女人是一盏灯,她们的光芒照亮了文明的道路。女人也是一个看不见的弹簧,她们给那些需要非常强大的动力才能完成的事业以动力……"

伊扎贝娜小姐现在脸红了。他们沉默不语地向前走了一会儿。太阳已经沉落到地平线的下面去了。在西边,一弯新月在花园的树木之间放射着光芒。沃库尔斯基深深地陷入了沉思,他拿今天的两次谈话做比较,一次是和翁索夫斯卡太太的谈话,另一次是和伊扎贝娜小姐。

"这些女人是多么不一样呀!我现在追求这个女人难道不对?"

"我可以向您提一个不好听的问题吗?"伊扎贝娜小姐突然用温和的声音问道。

"再不好听也无所谓。"

"您到巴黎去,是不是对我很生气?"

他很想回答,说那种情况比生气更坏,因为他怀疑她有欺骗,但是他没有吭声。

"我对您有错,我怀疑过您……"

"是不是因为我让犹太人出面买了您父亲的房子?"沃库尔斯基微笑着问道。

"不是,"她很兴奋地回答说,"相反,我当时怀疑您想采取一种高尚的基督式的行动,因为不管是谁采取这种行动,我都不会原谅。有一阵我也认为,您买我们的房子……买得太贵了。"

"您今天可以放心了吧!"

"是的,我已经得知,克热索夫斯卡男爵夫人想以九万把它买过来。"

"真的吗?她还没有和我谈起这件事,虽然我已经料到,迟早会有这种事的。"

"这使我很高兴,因为您一点也没有遭受损失。我现在要真心诚意地感谢您,"伊扎贝娜小姐说着把手向他伸了过去,"我知道您对我们的帮助是很大的。我父亲差点被男爵夫人欺负,甚至被她抢去;您在他濒于破产的时候救了他,也许还救了他的命……这样的事情是忘不了的……"

沃库尔斯基吻了一下她的手。

"天已经黑了,"她不知道该怎么办,"我们回去吧……他们一定都离开花园了。"

"她如果不是天使,那我就是一条狗。"沃库尔斯基想。

的确,所有的人都已经在餐厅里了,晚餐马上就会送上来。那个晚上大家都过得很高兴。十一点左右,奥霍茨基陪沃库尔斯基来到了他的房间里。

"怎么样?"奥霍茨基问道,"听说您和伊扎贝娜表妹谈论过贵族阶级,是吗?这是一群社会的寄生虫,您让她相信了这个没有?"

"没有!伊扎贝娜小姐很好地维护了自己的观点,她说得冠冕堂皇……"沃库尔斯基回答说,竭力掩饰自己的窘境。

"我想她一定会对您说,贵族阶级扶植科学和艺术,代表了优良的风俗习惯,他们的地位是民主派争夺的目标,因为有了这个地位,民主派就会变得高尚了……我经常听到这样的谬论,耳朵都听腻了。"

"但您自己却相信优越的血统。"沃库尔斯基有点不快地说。

"当然,优越的血统也得不断地新陈代谢,否则很快就会腐败的。"奥霍茨基说道,"好吧,晚安,我还要去看看气压表,男爵感到关节痛,明天大概是个阴雨天。"

奥霍茨基刚一走,男爵先生就来了。他不停地咳嗽着,又发烧,但还是满面笑容。

"唉,唉,好啊!"他叫道,神经质地抖着眼皮,"好啊,您骗了我……您让我的未婚妻一个人留在花园里……我不过开了个玩笑……开了个玩笑,"他握着沃库尔斯基的手,连忙补充说,"我要不是回去得很早,而且……正好碰到了从一条林荫道的那一头向我们这边走来的斯塔尔斯基先生,我真要责怪您了……"

沃库尔斯基这个晚上又一次像小孩一样脸红了。

"我为什么要跳到这阴谋和欺骗的罗网里呢?"他想,奥霍茨基的话一直使他很生气。

男爵咳了一阵，然后歇息了一下，用压低了的声音接着说：

"您可别以为我在吃醋……要是这样，那我就太低级了……这不是女人，而是天使，我随时准备把我的全部财产和生命都献给她……我这么说，生命算得了什么，我要把我死后那永远不灭的生命献到她的手中，我的心里很平静，我也深信明天太阳会升起……但我看不见太阳，啊，上帝，因为我们每个人都会死的……但我对她并不感到忧虑，一点也不忧虑。说句老实话，沃库尔斯基先生，我不仅不相信怀疑和暗示，我连亲眼所见的东西都不相信……"他大声地把话说完。

"可是，您瞧，"他歇了一会儿，又说，"那个斯塔尔斯基是个卑鄙的家伙。这种话我不会对任何别的人讲，但是您知道，他跟女人在一起干些什么吗？……您以为他在长吁短叹，在跟她们调情，央求她们的甜言蜜语，握一下手吗？不，他以最粗暴的方式对待她们，把她们当成雌性的动物，他用谈话和眼色去刺激她们的神经。"

男爵咬牙切齿，眼睛里充血了。沃库尔斯基一直在听着他说话，这时他突然用一种苦涩的腔调说：

"我亲爱的男爵，谁知道，斯塔尔斯基也可能做得很对呢！有人教我们把女人当成天使，我们就那么去做。但她们如果只是一种雌性动物，那我们在她们的眼里就会显得很笨，什么也不会，而不是我们原来那个样子，斯塔尔斯基当然也就获得胜利了。谁掌握一把合适的钥匙，那个珠宝箱就是谁的，男爵先生！"他笑着把话说完了。

"这是您说的话，沃库尔斯基先生？"

"是的,先生,我有时候也问自己,我们是不是太崇拜女人了,是不是太严肃地对待她们了,比对我们自己还严肃,认真……"

"埃韦莉娜小姐是个例外!"男爵叫了起来。

"我不否认会有例外,但是,谁知道,也许斯塔尔斯基那样的人已经有了一个普遍的标准呢?"

"那也可能,"男爵生气地回答说,"但这个标准不适合埃韦莉娜小姐。如果我保护她……说得更确切一点,不让她跟斯塔尔斯基进一步接触——其实,她自己也能保护自己——那是因为我不愿让斯塔尔斯基那样的人玷污她的纯洁的思想……看来您已经很疲劳了,请原谅,我的拜访来得不是时候。"

男爵走了,轻轻地把门带上。留下沃库尔斯基一个人,陷入了忧郁的沉思。

"那奥霍茨基是怎么说的,伊扎贝娜小姐的论调他再也不想听了。那么她今天对我说的那些话,就不是她那受了刺激的感情的发泄,而是她早就学会了的说教?她的论证,她的振奋,甚至激动都是一些手段,那些受过良好教育的年轻小姐大概就是用这些手段来迷惑像我这样的笨蛋吧?……也许他就是爱上了她,也要糟蹋她在我心目中的形象?可他既然爱上了她,干吗又要糟蹋她的形象呢?他可以说出来,可以选择嘛!当然,奥霍茨基比我的机会要多一些,我还没有失去理智到不明白这一点。他年轻、漂亮,是个天才……好吧!看他怎么选择,要荣誉还是要伊扎贝娜小姐?

"实际上,"他继续想道,"即使伊扎贝娜小姐在辩论中永远采取这些论调,那和我有什么关系呢?她不是圣灵,不可能永远想出一些新的论点来,我也不是那种能够永远提供新奇之物的人。她爱怎么说就怎么说吧……重要的是,用于衡量女人的普遍的标准对她用不上。翁索夫斯卡首先是个漂亮的女人,伊扎贝娜小姐是另一种女人……男爵不也是这么说他的埃韦莉娜小姐吗?"

灯快熄灭了,沃库尔斯基把它吹灭后,便倒在床上。

后来下了两天雨,扎斯瓦维克的客人们在住宅里出不来。奥霍茨基一直在读书,几乎没有露面,埃韦莉娜小姐害了偏头疼,伊扎贝娜小姐和费利茨娅小姐在看法国的插图刊物,其余的人由议长夫人领头,都坐下来打牌。

沃库尔斯基注意到了翁索夫斯卡太太已不再向他献媚讨好,虽然这样的机会有的是,但她对他一直表现得很冷淡。使他更惊奇的是,有一次,斯塔尔斯基想吻她的手,她却愤怒地把手抽了回去,并且警告他,以后任何时候都别来这一套。这位太太的愤怒是那么认真,就连斯塔尔斯基也感到惊异,不知道怎么办才好。男爵打牌很不走运,可他的情绪却好极了。

"您也不允许我吻您的手吗?"在斯塔尔斯基这个意外事件发生后不久,男爵问道。

"您当然可以。"她回答后,向他伸过手去。

男爵像吻圣物那样吻着她的手,并以一个胜利者的姿态望着沃库尔斯基。沃库尔斯基想,他大概没有理由这么过分地高兴吧!

斯塔尔斯基是那么专心地望着纸牌,但他好像并没有注意周围发生的一切。

第三天开始放晴,第四天阳光明媚,天气干燥,费利茨娅小姐提议到树林里去采蘑菇。

这一天,议长夫人叫把第二次早餐提早一点,午餐可以晚一点。十二点半左右,有一辆敞篷马车驶到了住宅前,翁索夫斯卡太太请大家上车。

"我们快一点吧,时间浪费了太可惜……你的围巾在哪里,埃韦琳科①?……女仆们把篮子带好,都上那辆小马车!现在,"她向沃库尔斯基瞅了一眼,接着说,"每位先生都可以挑选一个自己的女伴。"

费利茨娅小姐正要表示反对,但男爵这时候已经跳到了埃韦莉娜小姐身边,斯塔尔斯基也往翁索夫斯卡太太那边走去,她紧咬着嘴唇,气冲冲地说:

"我以为您永远不会来邀请我了。"

她向沃库尔斯基投去了轻蔑的一瞥。

"那我们就一起走吧,表妹!"奥霍茨基对伊扎贝娜小姐说,"可是你得坐到御者座位上去,因为是我赶马车。"

"翁索夫斯卡太太不让您赶车,因为您会翻车。"费利茨娅小姐叫了起来,可命运却让她跟沃库尔斯基坐在一起了。

"不,就让他赶车,让他把车翻了吧!……"翁索夫斯卡太太说,"今天我心情特别好,就是摔断了腿也没关系,这朵可怜的蘑菇,落到了我的手里。"

"您如果能吃掉的话,我愿意做第一朵蘑菇。"斯塔尔斯基说。

"那好啊,如果您同意我先把您的头砍掉的话。"翁索夫斯卡太太说。

"我早就没有头了。"

"我也早就看见你没有头了……现在我们上车,走吧!"

---

① 埃韦莉娜的爱称。

第八章　森林、废墟和魔法

他们动身走了。男爵还像往常一样,跟他的未婚妻悄声地交谈着。斯塔尔斯基则拼命地向翁索夫斯卡太太献媚讨好,使沃库尔斯基感到惊异的是,她也很乐意地接受了这种献媚。奥霍茨基在赶车,可这一次,因为伊扎贝娜小姐坐在他的身旁,他这方面的兴趣不那么大了,他还不时转过头去看她。

"奥霍茨基这个快活的小鸟儿,"沃库尔斯基想,"他对我说过,他不爱听伊扎贝娜小姐的那些论调,可现在却一个劲地跟她聊起来了……毫无疑问,他这是要我对她产生厌恶感……"

沃库尔斯基的心情很不愉快,因为他已经断定,奥霍茨基爱上了伊扎贝娜小姐,跟这样的情敌争斗几乎毫无胜利的希望。

"他年轻、漂亮,又有才能……"他自言自语道,"如果要在我和他之间挑选一个,只有瞎子或者丧失了理智的人,才不把他放在首要的位置。但就是在这种情况下,我也应当承认,她的品德是高尚的,因为她看中的是奥霍茨基,而不是斯塔尔斯基。男爵虽然不幸,但他却还没有他的未婚妻那么不幸,因为她很明显被斯塔尔斯基迷惑了,她的头脑和心灵一定是很空虚的。"

他望着秋天的太阳，庄稼收了后的灰秃秃的田地和在慢慢翻耕着土地的犁头，心里充满了悲哀。有一阵，他以为自己毫无希望了，不得不让位于奥霍茨基。

"怎么办……如果她看中了他，怎么办呢？我认识她，那是我的不幸……"

他们来到了一个山头上，那里可以看见四周的风景：几个村庄、森林、小河和一个有教堂的小城市。敞篷马车一左一右地摇晃着。

"美妙的景色呀！"翁索夫斯卡叫了起来。

"像在奥霍茨基先生驾驶的气球上看到的那种景色一样。"斯塔尔斯基抓住座位的扶手，补了一句。

"您乘坐过气球吗？"费利茨娅小姐问。

"乘坐奥霍茨基先生的气球？"

"不，真的气球。"

"很遗憾，我什么气球都没有乘过。"斯塔尔斯基叹了口气，"不过我想，我能坐上一个很差的气球。"

"沃库尔斯基先生一定乘坐过气球。"费利茨娅以很自信的口气说道。

"啊，费卢，你又迫不及待地评论起沃库尔斯基先生来了！"翁索夫斯卡太太责备她说。

"我当真乘过。"沃库尔斯基惊异地回答说。

"您乘过气球？……啊，那太好了！"费利茨娅小姐叫道，"您给我们讲一讲吧……"

"您乘坐过？"奥霍茨基在御者座上问道，"您等一会儿讲，我马上到您那里去……"

他把缰绳扔给了马车夫，虽然车子走的是下坡路，他还是从御者的座位上跳了下来,不一会儿,就坐在沃库尔斯基的对面了。

"您乘过吗?"他又问了一声,"在哪里乘过?……什么时候?……"

"在巴黎,但只乘过系留气球,升到了半俄里高,这根本不是旅行。"沃库尔斯基有点不好意思地回答说。

"您讲吧……那里一定有广阔的风景?您当时的感觉怎么样?"奥霍茨基紧接着又问,他很奇怪地改变了自己的面相:眼睛睁得大大的,面颊上泛起了红晕。大家看见他这样,不能不认为他这时候连伊扎贝娜小姐都忘了。

"那一定是非常快乐的事情……您讲吧……"他用手抓住沃库尔斯基的膝盖,提出了坚决的要求。

"景色真的美极了,"沃库尔斯基回答,"几十俄里的视界好像在火中燃烧,整个巴黎城和它的四郊看起来像一幅立体地图。可是那次旅行并不愉快,也许这因为是第一次……"

"感觉怎么样?"

"一种奇怪感觉,当时想的是人在往上飞,可是突然看见,不是人和气球往上飞,而是脚下的土地在迅速地下沉。这使我感到失望,一种没有料到和令人不快的失望……我想从篮子里跳出去。"

"后来呢?"奥霍茨基仍加紧问道。

"第二个奇怪的感觉是地平线,它总是停留在视线的高度上,因此地面看起来好像凹进去了,像一个又大又深的汤盆。"

"还有人们呢?……房屋呢?……"

"房屋看起来像盒子,街上的车子像大苍蝇,人们像一些黑色的点子,急急忙忙向各个不同的方向奔跑而去,背后还拖着顾长的影子。总之,那次旅行充满了意外。"

奥霍茨基望着前面不知什么地方,沉思起来。有好几次,他都想要从敞篷马车里跳出去,他觉得旅伴们触怒了他,可是他们什么话也没有说。

最后他们来到了一片林子里,坐在小马车里的两个女仆跟在他们后面也来了。女士们把篮子接了过来。

"现在每个女士带着她的男伴各走一条路,"翁索夫斯卡太太发布命令道,"斯塔尔斯基先生,我要提醒您,我今天的情绪有些反常,这是为什么呢?沃库尔斯基先生知道得很清楚,"她神经质地笑着补充道,"奥霍茨基先生,贝卢,请你们到林子里去!在没有采满一篮蘑菇以前,不要出来……费卢!"

"我要跟米哈琳卡和约阿霞一起去!"费利茨娅小姐连忙说。她很害怕地望着沃库尔斯基,好像把他当成了一个敌人,非得带两个女仆去防备一下。

"好,我们走吧,表哥!"伊扎贝娜小姐看见所有的人都到林子里去了,便对奥霍茨基说,"你把我的篮子拿去,自己去采吧!因为我,老实说,我对采蘑菇毫无兴趣。"

奥霍茨基接过篮子,把它扔到了那辆小马车上。

"你们的蘑菇跟我有什么关系?"他阴郁地说,"我已经在钓鱼、采蘑菇、和女士们一起玩乐以及这一类的蠢事上浪费了两个月的时间……别的人都乘气球飞上了天……我本来要到巴黎去,可是议长夫人定要我到她这里来休息……我可是休息得很不错呀,这下子完全变笨了,我现在想认真地思考一下也思考不了啦……我丧失了我的能力……哎,别用你们的蘑菇来打破我圣洁的平静了……我是多么生气啊!"

他一只手挥了一下,然后双手插进口袋里,低下了头,低声细语着走进了树林里。

"一个亲切的同伴!"伊扎贝娜小姐微笑着对沃库尔斯基说,"他到假期结束都会是这样。我可以肯定,只要斯塔尔斯基一谈起气球,他就情绪不好。"

"给这些气球祝福吧!"沃库尔斯基想道,"对我来说,这样的情敌就是在伊扎贝娜小姐身边,也没有危险。"

这时候,他觉得他很喜欢奥霍茨基。

"我深信您的表哥会有一个伟大的发明,"他对伊扎贝娜小姐说,"谁知道,他的发明或许会在人类历史上开创一个新纪元……"他这时候想起了盖斯特的计划,于是补充了一句。

"您这么认为吗?"伊扎贝娜小姐很冷淡地反问道,"这也可能……但他现在不是鲁莽,就是感到无聊,有时候他鲁莽得可爱,可他的无聊是不适合于一个发明家的。我一看见他,就会想起一个关于牛顿的小故事。这个牛顿好像是个很伟大的人物,不是吗?虽说这样,但有一天,他坐在一个女人身旁,抓住了她的手,要用她的小手指去抠掉他的烟斗里的烟渣,您相信吗?唉!如果天才叫人那么去干,那我没有嫁给这样的天才,真要谢天谢地了。我们去林子里走一走,好吗?"

伊扎贝娜小姐的每句话都像一滴甜蜜的酒,滴在沃库尔斯基的心上。"这么说,她虽然喜欢奥霍茨基(有谁不喜欢他呢?),但不会嫁给他!"

他们沿着一条把两片林子分隔开的狭窄的小径走去,右边长着橡树和山毛榉,左边是松树。

在松树中间,一会儿闪现出翁索夫斯卡太太那件红色的胸衣,一会儿又是埃韦莉娜小姐那件白色的斗篷。沃库尔斯基走到一个分岔的路口,正想拐过弯去,可是伊扎贝娜小姐拦住了他。

"不,不,"她说,"别往那里走,否则我们就看不见大伙了。我觉得,当我看见森林里有人的时候,那森林才是美的。比如说,只有在这个时候,我才懂得了它是美的……您瞧……这一部分像个巨大的教堂,是不是?……那一排排的松树,像是教堂的柱子,那里是侧堂,这里是大祭坛……您瞧,您瞧,那透过树梢照下来的阳光就像从哥特式的窗子里照进来似的。这里的景色可真是变幻多端……我们面前现在又展现出一个太太们的客厅,那些矮小的灌木丛都是些小板凳。这里连镜子都不缺少,它是前天下雨留下的……这里还有一条街,是不是?虽然有点弯曲,但确实是一条街。那里还有一个市场,一个广场……您都看见了吗?"

"您指给我看的,我都看见了,"沃库尔斯基微笑着答道,"可是,要看出这些相像的地方,还得具有诗的想象力。"

"真的吗?我总以为,我只能体现散文。"

"您大概还没有遇到机会表现出您所有的优点。"沃库尔斯基说,这时他很不高兴地看到费利茨娅小姐向他们走过来了。

"怎么,你们没有采蘑菇?"费利茨娅小姐感到很惊异,"那么好的蘑菇,多得我们的篮子都装不下了,我们不得不把它们倒在小马车里了。要不要给你一只篮子,贝卢?"

"不,谢谢您。"

"先生,您呢?"

"我不知道我能不能看出普通蘑菇和毒蝇蕈的不同。"沃库尔斯基回答说。

"那太好了！"费娜①小姐叫了起来，"我没想到您会这样回答我……我要把这句话转告奶奶，请她不准任何一位先生吃蘑菇，至少不准吃我采的蘑菇。"

她对他们点了点头，就走了。

"您惹得费利茨娅生气了，"伊扎贝娜小姐说，"这要不得……她对您是出于好意。"

"费利茨娅小姐对采蘑菇兴趣很大，而我却宁愿听您不断地讲树林。"

"这使我很开心，"伊扎贝娜小姐回答，脸有点红了，"但我可以肯定，我的讲述很快就会使您感到腻味的，因为在我看来，树林并不总是那么美的，有时候很可怕。如果我一个人待在这里，我一定看不出这里有街道、教堂和太太的客厅；如果只有我一个人，树林会叫我害怕。它不再是装饰品，而变成了一种不可理解的、令人毛骨悚然的东西。鸟叫得那么粗野，有时候就像有人突然痛得大声喊叫，有时候又像在嘲笑我怎么会落到这些怪物的手中。我觉得每棵树都是有生命的东西，它用它的枝丫把我缠住，要把我勒死；每根野草都死死地绊住了我的脚，不肯放我走……这一切都怪我的表哥不好，他对我这么解释，说大自然不是为了人们创造的……根据他的理论，所有的生物活着都是为了自己。"

"他说得很对。"沃库尔斯基轻声地说。

"怎么，您也那么认为？照您的看法，树木的生长难道不是因为对人们有用，而是因为对它们自己有用，而且这种用处

① 费利茨娅的爱称。

也很重要?"

"我见过一些巨大的森林,过了许多年才有人进去一次,它们长得比我们这里的森林更茂密。"

"唉,您不要这么说!这是贬低人的价值,甚至违背《圣经》的观点。要知道,上帝把土地赐给了人们,使他们有地方居住,把植物和动物赐给了人们,使他们可以利用。"

"简单地说,照您的理解,大自然应当为人们服务,人们就该为那些享有特权和头衔的阶级服务喽? 不,小姐! 大自然和人们的生存都是为了自己,只有那些有更大的力量和劳动得更多的人才有权支配它们。在这个世界上,只有力量和劳动享有特权。那些已经衰萎了的千年古树有时会被殖民者和拓荒者的斧头砍倒,可是大自然却不会改变。最重要的力量是劳动,我的小姐,而不是头衔和出身。"

伊扎贝娜小姐被激怒了,她说:

"在这里,您可以把您要说的都说出来;在这里,我什么都相信,因为我见到周围都是您的同伙。"

"他们永远也不会成为您的同伙?"

"我不知道……可能……我经常听到他们的论调,也许我将来会相信他们的威力。"

他们来到了一块被丘陵环抱着的林中空地上,丘陵上长着歪歪斜斜的松树。伊扎贝娜小姐在一个树桩上坐下,沃库尔斯基坐在旁边的草地上,紧靠着她。这时候,在林中空地的边缘上,出现了翁索夫斯卡太太和斯塔尔斯基。

"贝卢,你要不要这个小伙子?"那寡妇叫道。

"我抗议!"斯塔尔斯基表示反对,"伊扎贝娜小姐对她的同伴十分满意,我对我的女伴也很满意。"

“是这样吗,贝卢?”

“是的!是的!”斯塔尔斯基叫了起来。

“就算是这样吧!”伊扎贝娜小姐玩弄着那把伞,两眼瞅着地上说。

翁索夫斯卡太太和斯塔尔斯基往丘陵地上走去,随后就见不着了。伊扎贝娜小姐越来越性急地玩弄着那把伞,血液冲到了沃库尔斯基的脑门上,发出鸣钟一样的轰隆声。因为沉默持续得太久,伊扎贝娜小姐又开始说话了:

“差不多一年前的九月,我们也到这里来郊游过……有近三十位邻居参加……啊,在那边还燃过篝火……”

“您那次玩得比今天快活吧?”

“不,那次我也坐在这个树桩上,不知为什么感到很悲哀,我身上好像缺了什么东西……我想,一年后会怎么样呢?我是很少这么想的。”

“奇怪的是,”沃库尔斯基低声说,“大约在一年前,我也曾住在树林中的一个帐篷里,但我是在保加利亚……当时我想,一年后我还会活着吗?还有……”

“还有什么?”

“还想到了您。”

伊扎贝娜小姐不安地颤动起来,脸色苍白。

“想到了我?您那时候就认识我吗?”伊扎贝娜小姐问。

“是的,我认识您已经好几年了,有时我觉得很早就认识您了。如果我们在清醒时和梦中老是想着一个人,时间就会变得很长……”

她从树桩上站起来,好像要逃走似的。沃库尔斯基也站起来了。

"如果我无意中给您造成了不愉快，请您原谅。也许在您看来，像我这样的人是没有权利想您的？在您的世界，甚至会有这样的禁令。但我是在另一个世界，那里的蕨类植物和苔藓跟松树或蘑菇一样，都有权利享受太阳的光照。因此请您直截了当地告诉我，我可以想您，还是不可以？我现在没有别的要求。"

"我对您几乎一点也不了解。"伊扎贝娜小姐显得十分窘迫，她轻声地说。

"我今天也没有更多的要求。我只问，您是否把我想您——只是想您，没有别的——看成是对您的侮辱。我知道，您曾受过教育的那个阶级对像我这样的人们是怎么看的，也知道我现在说的这些话被认为是野蛮无礼的。因此请您坦白告诉我，如果我们之间存在这种无法改变的区别，那我就不再努力去博得您的欢心了。今天或者明天我就离开这里，我不会责怪您，相反的是，我自己的毛病也可以完全治好了。"

"每个人都有想的权利……"伊扎贝娜说，她越来越不知道怎么办了。

"我感谢您，您这句简短的话使我明白了在您看来，我的地位并不低于斯塔尔斯基先生、元帅们和这一类的人……我知道，即使这样，我现在也还不能使您产生好感……而且到那一步还差得很远。可我也知道，我已经有了人的权利，从现在起，您将以我的行为而不是以我不具备的头衔来审视我的为人。"

"议长夫人说，您本来是个贵族，并不比斯塔尔斯基家差，甚至比得上扎斯瓦夫斯基家。"

"如果您这么祝愿的话，我当然是个贵族，甚至比我在贵族沙龙里碰到的不止一个那样的人还高贵些。但不幸的是，我在您的眼里，总还是个商人。"

"哦，可以做商人，也可以不做商人，那决定于您自己……"伊扎贝娜小姐较为大胆地回答说。

沃库尔斯基沉思起来。

这时候，林子里传来了互相招呼的声音，几分钟后，所有的人带着女仆、篮子和蘑菇都来到了林中的空地上。

"我们回家吧！"翁索夫斯卡太太说道，"我对这些蘑菇已经厌烦了，而且也到了吃饭的时候。"

以后几天，沃库尔斯基是以一种奇特的方式度过的。如果有人问他，这几天意味着什么？他一定会回答，说这意味着一场幸福的梦，大自然让一个人来到这个世界上，大概就是为了这段生活吧！

一个对什么都不关心的旁观者也许会把这些日子称为单调，甚至无聊。奥霍茨基老是那么忧郁，从早到晚不是糊一些怪模怪样的风筝，就是放风筝。翁索夫斯卡太太和费利茨娅小姐一会儿读报，一会儿又忙着替当地的神父做一件法衣。斯塔尔斯基和议长夫人、男爵在玩牌。

这么一来，沃库尔斯基和伊扎贝娜小姐因为都感到孤独，便经常在一起了。

他们在花园里散步，有时候到田野里去，或者坐在院子里那株几百年的椴树下，但最经常的是在池塘里划船。他荡桨，而她则向那些跟在他们后面悄悄游来的天鹅不时扔去一些面包屑。行人时常在池塘边的小径上停住脚步，惊异地望着那不平常的景色：一条白色的小船，船上坐着一对男女；两只白天鹅，它们展开的翅膀像风帆一样。

过后沃库尔斯基甚至想不起他们那时候在谈些什么。他们多半是都不说话。有一次她问他,蜗牛为什么在水底下游泳,第二次她又问:云为什么有那么多种色调?他给她做了解释。她当时觉得,她把整个大自然,从地球到天空都抱起来了,然后她又把它放在自己的脚跟前。

有一天,他突然想到,如果她命令他去投水自杀,要他去死,他会祝福她,为她去死的。

当他们在水上划船,在花园里散步,也就是说,两个人在一起的时候,他心里就感到无限的平静,好像他的整个心灵,整个世界,从东部到西部边陲都充满了宁静。在那个宁静中,就连车子的辘辘声、狗的吠叫声,或者树枝的沙沙声也变成了非常优美的曲调。他觉得他不是在行走,而是在一个神秘的自我陶醉的海洋中游泳,他既没有思念,也没有感觉,也不感到饥渴,而只是沉醉于爱情中。时间像远处天边忽明忽灭的闪电一样逝去。天刚刚亮,转瞬就已经是中午,已经是晚上了。这个夜晚却是在时而醒过来时而长叹中度过的。有时候他想,一昼夜可以分为两个不等长的时段:白天比一眨眼的工夫还短,可夜晚就像囚犯心中永远消失不了的痛苦一样没有终止。

有一天,议长夫人把他唤到了自己的房里。

“您坐下吧,斯坦尼斯瓦夫先生,”她说,“怎么样,您在我这里玩得好吗?”

他战栗了一下,好像一个从梦中醒来的人。

“我吗?……”他问道。

“您感到很苦闷?”

“为了一年中能有这么一些苦闷,我甘愿献出我的生命。”

那老妇人摇了摇头。

"有时候好像是这样，"她指出说，"我不知道是谁写过这么一句话：'一个人如果看到他周围有他自己身上的东西，那他是最幸福的。'可我认为：'一个人为什么幸福并不重要，重要的是他为人怎么样！'我这么提醒，您不会见怪吧？"

"您说吧，我听着呢！"他回答说，脸色不禁变得苍白了。议长夫人目不转睛地望着他，还稍稍地摇着头。

"可是您不要以为，我会用坏消息来刺激您，我只是很随便地提醒您一下，您曾经建议我在这里建一个糖厂，这事您后来考虑了没有？"

"还没有。"

"那倒是不着急。可您把您的叔父全都忘了。他这个可怜人，埋在一个离这里不远的地方，大约三英里，在扎斯瓦夫……您明天能不能到那里去一趟？那一带风景很漂亮，还有城堡的废墟……你们可以很愉快地度过一段时间，同时商量一下竖立墓碑的事……"

"您知道，"那妇人叹了口气，接着说，"这事我考虑过了……没有必要把城堡下面那块石头砸碎，让它放在那里，只要叫人把下面几行字刻在上面就可以了：'在每个地方，每个昼夜①……'您知道这两句话吗？"

"是的，我知道。"

"去城堡的人比去墓地的人多，他们能够更早地看到这

---

① 这是密茨凯维奇于一八二二年写的一首与他对玛蕾娜·维列什恰库夫娜的爱情有关的诗《致D》的第三段中的一句诗，整段是：在每个地方，每个昼夜，/我在哪里和你在一起，/就在哪里和你乐在一起。/我永远、到处都和你在一起，/因为到处都有我的心灵。

块墓碑,也许他们已经想到了世界上一切的最后结局,甚至爱情的最后结局……"

沃库尔斯基感到非常难受地离开了议长夫人。"她跟我说这些话是什么意思呢?"他想。幸好他遇见了正向池塘那边走去的伊扎贝娜小姐,就把一切都忘了。

第二天,真的是所有的人都到扎斯瓦夫去了。他的车子从森林、翠绿的山岗、两边是土黄色陡坡的隘口旁边走过。周围的景色很美,而天空则显得更美,但沃库尔斯基对什么都不感兴趣,他陷入了忧郁的沉思中。他不再像昨天那样单独和伊扎贝娜小姐在一起了,在敞篷马车上也没有坐在她的近旁,而是坐在费利茨娅小姐对面。这主要……不,这只是他的幻觉,而且他自己也认为这些幻觉十分可笑。但他觉得斯塔尔斯基正以一种奇怪的眼光望着伊扎贝娜小姐,她脸红了。

"愚蠢,"他自我谴责道,"她有什么必要来欺骗我呢?我连她的未婚夫都不是啊!"

他终于摆脱了那些幻觉,不过斯塔尔斯基坐在伊扎贝娜小姐身旁,却使他有点不快,但也只是稍微一点点。

"其实,她要坐在谁旁边都可以嘛!"他想,"我决不会去阻拦她。我也不至于堕落到去妒忌人,妒忌无论如何是一种很卑鄙的感情,它多半是由猜疑引起的。如果她想跟斯塔尔斯基眉来眼去,他们也不会做得那么明显。我真是疯了。"

几个钟头后,他们到了那个地方。

扎斯瓦夫以前是个小城市,现在却成了一个贫穷的居民区,它坐落在一块洼地上,周围都是潮湿的草地。除了教堂和以前的市政厅外,其他都是一些木头造的古旧的平房。在以前的市场而今天已经成了一块长满杂草的坑坑洼洼的荒地的当中,有一堆垃圾堆得很高,还有一口水井,井上盖着一个百孔千疮、用四根朽了的木柱子撑着的棚子。

今天是安息日,这里没有人,杂货店都关门了。

出了城大约一俄里,南边有一片丘陵地。其中一个高地上,屹立着城堡的废墟,看起来像两座六角形的塔楼,楼顶上和窗洞里到处垂挂着密密丛丛的青草。在另一个高地上长着古老的橡树。

旅行者们在荒地上停了车,沃库尔斯基下车去找神父,斯塔尔斯基担任指挥。

"我们驱车到橡树那里去吧!"他说,"在那里可以吃到上帝赐予的和厨师做好了的东西,然后再让马车回头来接沃库尔斯基先生。"

"谢谢,"沃库尔斯基回答说,"但我不知道我需要多少时间,我宁愿走着去。再说我还要到城堡那里去看看……"

"我跟您一起去,"伊扎贝娜小姐打断了他们的话,"我想看看议长夫人钟爱的那块石头,"她悄声地补上一句,"您要是到了那里,请通知我一声!"

那辆敞篷马车走了。沃库尔斯基来到了神父的住地,只用了一刻钟,就把事情商量好了。神父对他说,在城堡底下的石头上刻碑文,只要不是不体面的,或者亵渎神明的,城里不会有人反对。神父知道这是为了纪念他本人就认得的已故的沃库尔斯基上尉后,答应帮忙把这件事办好。

"这里有个叫文盖维克的人,"他说,"他整天没事干,可是很聪明,既会一点铁匠活又会木工,可能还会在石头上刻字,我马上派人找他来。"

过了一刻钟,文盖维克就来了,他是个二十几岁的小伙子,脸上带着快乐的很有礼貌的表情。他因为听神父的仆人说可以赚点钱,便特意穿上了那件短袖和长襟的灰色礼服,而且在头发上擦了很多脂油。

沃库尔斯基因为急着要办好这件事,便辞别了神父,跟文盖维克到城堡的废墟那里去了。

他们来到今天已经没有用的城门口,沃库尔斯基问道:

"你字写得好吗,老弟?"

"哦,虽然我的书法还不熟练,但也常从法院里拿一些东西来抄写。奥特罗奇①的一个管家写给林务官的女儿的那些诗,都是由我誊清的。他仅仅买了一张纸,直到现在还欠了我四十格罗什的抄写费。他当时非要我写那种花体字不可……"

"你也会在石头上刻字吗?"

"是刻凹进去的字,不是雕凸起来的字吧?……我怎么不会!我还会在铁板上刻字,就是在玻璃上也行,要什么字体就写什么字体:书写体、印刷体,德文、犹太文。不是夸口,这地方所有的招牌都是我写的。"

"挂在酒店大门上的那个克拉科夫人也是你画的吗?"

"不错。"

"可你在哪里见到过那样的克拉科夫人呢?"

"兹沃尔斯基家里有个马车夫,爱穿克拉科夫人的衣服,我是照着他画的。"

"你看,他的两只脚怎么都在左边呢?"

---

① 奥特罗奇是扬诺夫·卢贝尔斯基近郊一个村庄,过去是扎姆伊斯基家族的产业,《玩偶》产生的那个时候是一个典型的村庄。——原注

"先生，外省的人不看脚，只看酒瓶子。一个外省人如果看见了酒瓶和小酒杯，就会一直到酒店里喝酒。"

那个刚强的小伙子越来越逗沃库尔斯基喜欢了。

"你有没有结婚？"他问道。

"没有，我不愿跟戴头巾的女人结婚，可是戴帽子的女人又不会喜欢我。"

"没有招牌画的时候，你在这里干什么呢？"

"唉，先生，干一点这个，干一点那个，结果什么也挣不到。以前我做过木工，那时订货很多，我的活简直跟不上。几年后，我本来积攒了将近一千卢布。可是我去年遭了一场火灾，从此再也恢复不了啦！木材、我的作坊，全都化为灰烬。我告诉您，好心的先生，在那场大火中，就是最硬的钢锉也会像油脂那样熔化掉。我当时向那火烧的地方瞧了一眼，气得我直吐白沫，后来，我觉得那些唾沫都吐得太可惜了。"

"你又造了房子吗？你现在有作坊吗？"

"唉，先生……我只是在花园里盖了一间小木房，让母亲有个地方做饭，可是要重建作坊……就非得有五百卢布的现款不可，先生！向上帝发誓，我说的是实话。我那死去的父亲为了建造我先前的那栋房子，为了凑齐那些工具，干了多少年的苦活呀！"

他们走近了废墟，沃库尔斯基在沉思着。

"我告诉你，文盖维克，"他突然说，"我觉得你这个人很不错。我在这个地方，"他轻声地叹了口气，接着说，"还要待一个礼拜……如果你把那碑文刻好了，我会带你到华沙去一些时候。在那里，我要看你有什么本事，说不定……那里还会有你的作坊。"

那小伙子望着沃库尔斯基，一会儿把头偏到右边，一会儿又偏到左边。他突然想到，这一定是一位非常有钱的老爷，也许就是上帝什么时候派来关照穷苦人的那些老爷中的一个……他摘下了便帽。

"你为什么还站在这里呢？把帽子戴上。"沃库尔斯基说。

"对不起，老爷……也许我说过不好听的话吧？在我们这里，这样的老爷是没有的……据说古时候有过。我那死去的父亲还曾说他见过一位老爷，他在扎斯瓦夫收了一个孤苦伶仃的女孩，把她抚养长大后，成了一位高贵的夫人。他还留下了许多钱，后来用这些钱建造了一座新的钟楼。"

沃库尔斯基微笑地望着那小伙子很不自在的样子，感到很奇怪，他想，自己每年的收入可以使一百几十个像站在他面前的这样的人得到幸福……

"金钱真是一种伟大的力量，但定要知道好好地使用它。"

他们到了那座城堡所在的高地的下面，这时，从毗邻的一座小山上传来了费利茨娅小姐的声音：

"沃库尔斯基先生，我们在这里呢！"

沃库尔斯基抬眼一看，在那边的一些橡树中间燃起了熊熊的篝火，扎斯瓦维克来的那些人都围火而坐。在十几步远的地方，有一个仆人和一个女侍在伺候茶炊。

"请您等一下，我就到您那里去！"伊扎贝娜小姐喊了一声，从毯子上站起来。

斯塔尔斯基跳到她跟前，说：

"我陪表妹去。"

"谢谢,我自己会下山。"伊扎贝娜小姐说,表示不愿让他来纠缠。随后她是那么自由自在地以优美的姿态从那陡峭的山坡上走下去,就像走在花园里的一条林荫道上一样。

"我那些猜疑是可耻的!"沃库尔斯基轻声说。

他忽然觉得有个神秘的声音在向他下一道命令,要他在几千个像文盖维克那样需要他帮助的人和那个已经走下山来的女人之间进行选择。

"我已经选择好了。"沃库尔斯基想。

"可我一个人爬不上城堡,您得搀我一下。"伊扎贝娜小姐站在沃库尔斯基面前,对他说。

"你们可不可以让我送你们走一条比较好走的路呢?"文盖维克问道。

"你带路吧!"

他们绕山走了一圈,然后从一条干涸了的小溪的河床里爬到山顶上。

"这些石头的颜色好怪啊!"伊扎贝娜小姐望着那一块块带深棕色印迹的石灰岩说。

"那是铁矿石。"

"哦,不是,"文盖维克插嘴说,"那不是矿石,是血。"

伊扎贝娜往后退了一步。

"血?"她重复了一遍。

他们爬上了山顶,但被一堵快要倒下的墙挡住了,别的游客看不见他们。从这里可以看见城堡里的庭院,但已长满了乌荆子和伏牛花。在一座塔楼下,有一块巨大的花岗石靠在它的墙边上。

"就是这块石头。"沃库尔斯基说。

“啊，是它……奇怪的是，怎么把它弄到这上面来的？伙计，你刚才谈到血是什么意思？”伊扎贝娜小姐接着问文盖维克道。

“那有一个古老的故事，”文盖维克回答说，“还是爷爷讲给我听的……其实这里所有的人都知道这个故事。”

“给我们讲讲吧！”伊扎贝娜小姐催促他，“我很喜欢在废墟上听别人讲传说。莱茵河畔就有很多这样的东西①……”

她走进了里面的庭院，小心地绕过了许多荆棘丛，然后在那块石头上坐下。“把那个血的故事讲给我们听听吧！”

文盖维克听到这个请求一点也不慌张，相反，他满面笑容，开始讲了：

“很久以前，那还是我爷爷在橡树林中打鸟的时候，刚才我们走过的那条石子路原来是一条小河。现在，它只有在春天或者下了一场大雨之后才涨水。可是我爷爷年轻的时候，那里是长年有水的。在这个地方，也曾有过一条小溪。

“爷爷小的时候，小河底上有一块很大的石头，像是有人用它来填一个洞似的。事实上那里真有一个洞，它甚至是一个地窖的窗口，里面藏有全世界都找不到那么多的财宝。在那些财宝中有一张赤金做的床，床上睡着一位小姐，也许她还是一位伯爵夫人呢！她很美丽，穿着打扮也很阔气。相传她头上的一件首饰就可以买下从扎斯瓦夫到奥特罗奇一带所有的地产。

---

① 莱茵河畔，特别是在它的上游和中游的岸边，有许多古老的城堡，也有很多和这些城堡有关的传说，向导们很乐意(今天也这样)把这些传说讲给旅游者们听。——原注

"有人在那小姐的头上插了一根金针，使得她长睡不醒，这可能是恶作剧，也可能是出于对她的仇恨，到底为什么？只有上帝知道。她一直沉睡，要等到有人拔掉她头上的那根针才会醒来，这个拔针的人就可以和她结婚。但这是一件很难做到的事情，甚至有危险，因为地窖里有各种各样的鬼怪，看守着财宝和这位小姐。那是一些什么样的鬼怪，这我知道得很清楚，因为在我那栋房子没有烧掉以前，我珍藏过一颗有拳头那么大的牙齿，它是我爷爷在那里找到的（我说的是实话，一点也没有撒谎）。如果一颗牙齿像拳头一样（我亲眼见过，还在手里放了很长时间），那么脑袋就一定像个火炉了，整个身子大概该有谷仓那么大了。要降伏这样的鬼怪很难，而且它不止一个，有很多，就更难了。如果有人看中了那美丽的小姐，特别是她的财产，他就是胆子再大，也不敢闯到地窖里去，怕在那里被鬼怪吃掉。

"很长时期以来，人们就知道那位小姐和那些财富了，"文盖维克往下讲，"因为那块躺在河底上的石头，每年有两次，在复活节和圣约翰施洗礼者节会自动移开，如果有人那时站在河边上，往那深坑里望一眼，就会看见里面那许多稀奇古怪的东西。

"有一次复活节（当时爷爷还没有出世），扎斯瓦夫有个年轻的铁匠到城堡来了。他站在小河边，心里想：'小姐的财宝难道不会出现在我的面前？要是那样，我就是通过最狭窄的洞口，也会马上钻到那里面去，我要把我的口袋塞得满满的，以后不再拉我的风箱了。'他刚刚这么一想，那块石头就移开了，铁匠看见一些装满了钱的大袋子，赤金做的碗和有集市上那么多的贵重衣服。

"可是他首先注意到的是那位睡着的小姐。正像我爷爷说的,她是那么美丽,使得铁匠一看就呆得像根柱子一样,立在地上一动也动不了。她睡着了,只是不断地淌眼泪,这些眼泪掉在衬衣上、掉在床上、掉在地板上后,马上就变成了一颗颗宝石。由于那根针给她带来的痛苦,她在睡梦中不断地呻吟;每呻吟一声,那河边树上的叶子出于对她的痛苦的同情,也发出簌簌声响。

"铁匠正要下到地窖里去,可是时间到了,那块石头又把洞口封上,只有那小河的水仍在汩汩地流着。从那天起,那铁匠好像在这个世界上找不到自己的位置了,他扔下手中的活不干了;他不管往哪里看,都看见一片河水,像玻璃一样,后面映出了那位小姐,泪水从她的眼里流了出来。他甚至消瘦了,因为他觉得他的心好像被一把烧红了的钳子钳住似的,特别难受。他像往常一样,充满了忧虑。

"他再也忍受不了对那位小姐的思念,便跑到一个懂得草药的女巫那里,给了她一个银卢布,请她帮忙。'唉,'那老婆婆说,'我这里是没有办法啊!你非得等到圣约翰施洗礼者节,当那块石头自动移开的时候,你就钻进深坑里去;你只要拔掉那公主头上的针,她就会醒来,你和她结婚后,会成为世界上到现在还没有过的那么伟大的人物,只是到那个时候,别忘了我给你出过这么好的主意。此外你还要记住,当你被鬼怪包围,感到害怕的时候,你马上在胸前画个十字,求上帝来救你……但最好还是别害怕,胆大的人鬼怪是不敢惹的。''可你告诉我,'铁匠问,'怎么知道一个人害怕了呢?''你这还不懂?'老婆婆说,'好啦,你就下到深坑里去吧,回来的时候可别把我忘了!'

"此后铁匠常常到小河边去，这样持续了两个月，到圣约翰施洗礼者节前的一个礼拜，他就再也不离开小河边了，一直在那里等着。他终于等到了那个时刻，就在正午，那块石头自动地移开了，铁匠手里拿着一把斧头，跳进了地窖里。我爷爷说，在那里，他周围发生的一切，真是令人毛骨悚然。那么一些怪物都把他围了起来，要是换个别的人，一看见就要吓死。爷爷说，一些大得像狗一样的蝙蝠在他的头上拍着翅膀；他在路上还遇到了一只癞蛤蟆，有那块石头那么大；还有一条蛇盘着他的脚，他用斧头砍了一下，那蛇竟发出像人一样的号哭声；几条野狼是那么恶狠狠地向他扑了过来，口里吐出的唾沫都变成了熊熊大火，把岩石都烧穿了。那些怪物都爬到他背上坐下，抓住他的衣襟和袖口，但没有一个敢伤害他，因为它们看见，铁匠什么都不害怕。鬼怪见到不害怕的人，就像影子在人面前那样，会躲藏起来。'铁匠，你要在这里丧命的！'那些鬼怪嚎叫起来了，但他只是紧握着他那把斧头，对不起，我真羞于把他回复它们的那些话在你们面前说出来……

　　"铁匠好不容易才走到了那张金床旁边，那里连鬼怪都去不得，它们只得站在四周围，嘎吱嘎吱地磨着牙齿。他马上见到了小姐头上的那根金针，拔了一下，只拔出了一半……血就流出来了……这时小姐用手抓住他的衣襟，大哭大叫道：'你这个人，干吗弄得我这么痛呀？'铁匠大吃一惊，浑身战栗起来，双手垂了下去。鬼怪们要的就是这一着。一个嘴巴最大的鬼怪便向铁匠猛扑过去，把他毒打了一顿，他的血涌到了地窖的口上，染红了石头，就是你们亲眼见到的那块石头。但那个鬼怪这时也掉落了一颗有拳头那么大的牙齿,后来我爷爷在小河里找到了它。从那时候起,石头就堵在地窖的口上,谁也找不到它。小河干了,那小姐留在深坑里,总是处于半睡半醒的状态,她是那么大声地哭着,有时连牧场上的牧人都听得见,她会永远永远地哭下去。"

文盖维克讲完了。伊扎贝娜小姐低下头,用伞柄的尖在碎石地面上画着一些记号。沃库尔斯基也不敢望她。

经过长时间的沉默后,他对文盖维克说:

"你的故事倒很有趣……可你告诉我,你准备怎么刻写那碑文?"

"我连什么碑文都不知道,怎么去刻写呢?"

"对啦。"

沃库尔斯基掏出笔记本和铅笔,把议长夫人让他刻的那几句诗写好后,交给了小伙子。

"只有四行!"文盖维克说,"三天后刻好,老爷!这块石头上可以刻一英寸大小的字母。哎哟,我忘了带量尺寸的绳子。我去找马车夫看看,他们大概会给我一根吧!"

文盖维克跑下山去了。伊扎贝娜小姐望着沃库尔斯基,她很激动,脸色苍白。

"是什么诗呀?"她说着便向他伸过手去。

沃库尔斯基递给了她一张纸条,她低声地念了起来:

> 在每个地方,每个昼夜,
>
> 我在哪里和你哭在一起,
>
> 就在哪里和你乐在一起。
>
> 我永远、到处都和你在一起,

因为到处都有我的心灵。①

最后一句她念得很轻。她的嘴唇在颤动,眼里噙着泪水。她用手指把那纸条揉了一会儿,随后慢慢地转过头去,把纸条扔在地上。

沃库尔斯基跪了下去,想要拾起那张纸。可这时候,他碰到了伊扎贝娜小姐的裙衣,一下子不知道该怎么办,便抓住了她的手。

"你会醒来吗,我的公主?"他说。

"我不知道……"她回答。

"赶快跳下来,赶快跳下来!"斯塔尔斯基在山下大叫,"快下来呀,先生们,饭要凉了!"

伊扎贝娜小姐擦干了眼泪,连忙离开了废墟。沃库尔斯基跟在她后面。

"你们在那里待了那么久,究竟在干什么呀?"斯塔尔斯基笑着问道。他向伊扎贝娜小姐伸过手去,她马上挽住了它。

"我们听了一个不寻常的故事,"伊扎贝娜小姐回答说,"我真没想到,在乡下有这样的传说,而且一个普通人会把它讲得那么好听……你给我们吃什么呢,表哥?啊,那小伙子谁也比不上他!……请他给你们再讲一遍吧!"

对伊扎贝娜小姐这时候跟斯塔尔斯基挽着胳臂走,靠在他身上,甚至对他献媚,沃库尔斯基不再感到气愤了。她刚才所表现的激动和她说的那句毫无意义的话也不再使他担心了。他陷入了安闲的沉思,对他来说,不仅斯塔尔斯基,而且所有的旅伴都不存在了。

———————

① 波兰文原来是四行,中文译为五行。

他记得自己上了山,在一棵橡树下,津津有味地吃了一些东西,他还记得自己当时很高兴,爱说话,还跟费利茨娅小姐纠缠不休。但他们谈了些什么,自己又说了些什么,他再也记不起来了。

太阳西落了,天空中出现了云霞,斯塔尔斯基于是叫仆人收拾餐具、篮子和绒毯,要太太小姐都回家去。

他们登上了那辆敞篷马车,每个人坐的位子跟先前一样。男爵给埃韦莉娜小姐围上了披肩,把身体斜到沃库尔斯基那边,微笑着对他轻声地说:

"如果您再有一天像今天这么好的情绪,您会叫所有的女人都晕头转向。"

"哦,不错!"沃库尔斯基耸了耸肩膀。

他坐在马车最后面的一个座位上,在费利茨娅小姐的对面。奥霍茨基坐在马车夫的旁边。随后他们就动身走了。

天空阴云密布,夜幕越来越迅速地降临大地。虽然如此,但因为翁索夫斯卡太太和那个忘了拿风筝的奥霍茨基吵了起来,敞篷马车里还是很热闹的。奥霍茨基把两条腿放在驭手座的扶手上,转过身去,面向着大家;他突然想起要抽烟,便划了一根火柴,这样就把整个马车,特别是斯塔尔斯基都照亮了。

可沃库尔斯基这时猛然退了一下,好像有什么东西在他眼前闪过。

"愚蠢,"他想,"我喝得太多啦!"

翁索夫斯卡突然笑了一声,但她很快就忍住了,说:

"您坐的姿势真怪,奥霍茨基先生!哼,您明天非跪下不可!唉,这个无赖,他很快就要把他那两条腿搁在别人的膝盖上了！您马上把身子转过去,不然我就叫马车夫把您赶下车啦！"

沃库尔斯基额头上冒出了冷汗,可是他耸了耸肩膀,想道:"这是幻觉……幻觉……好荒唐啊!"

他以超人的毅力终于把幻觉驱走了。他恢复了原来的情绪,开始和翁索夫斯卡太太高高兴兴地聊起天来。

直到深夜,他们才回到了扎斯瓦维克。他睡得像死了一样,甚至还梦见了一些开心的事情。

第二天,沃库尔斯基在早饭前就出去散步。他在天井里首先就碰到了伊扎贝娜小姐的侍女,她手里拿着几件裙衣,背后还有一个仆人扛着一口箱子。

"这是为什么?"他想,"今天是礼拜天,她不会走吧!不,她不可能在礼拜天动身的,要动身她或者议长夫人昨天会告诉我的……"

他绕着花园往池塘走去,以为在路上,那不祥的预感一定会消失。可并不是这样,伊扎贝娜小姐可能要走的念头死死地抓住他不放。他竭力想把它压下去,但只能压得它不再公开在他的眼前露面,然而在心灵深处却依然给他带来了些微的烦恼。

吃早饭的时候,他觉得议长夫人对他的问候比平时更亲热了,大家的行动举止也更加严肃了,而费利茨娅小姐却在死死地盯着他,好像是要责备他似的。早餐后,他又觉得议长夫人给翁索夫斯卡太太打了个什么暗号。

"我很明显是病了。"他想。

可是当伊扎贝娜小姐表示要到花园去散步的时候,他很快就恢复了健康。

"你们哪一位想跟我一起去散步?"她问。

　　沃库尔斯基立即跳了起来,其他的人都坐着不动。于是他又单独地和伊扎贝娜小姐来到了花园里,又恢复了以往和伊扎贝娜小姐在一起时常有的那种平静。

　　他们走了一半的路后,伊扎贝娜小姐说:

　　"我就要离开扎斯瓦维克了,觉得很可惜……"

　　"可惜?"沃库尔斯基想道。可她却很快地接下去说:

　　"我非得动身走了。姑妈礼拜三就来了信,要我回去,可是议长夫人没有把信给我看,她留住了我。昨天有个专人来了,才知道……"

　　"您明天要走?"沃库尔斯基问道。

　　"今天,第二次早餐后……"她低下了头,回答说。

　　"今天?"他重复说。

　　他们走过了一道通往院子里的篱笆墙后,看见伊扎贝娜乘过的那辆马车就停在院子里。站在车辕旁的马车夫甚至把马都套好了。但这一次,动身的消息和动身的准备在沃库尔斯基那里,都没有引起很大的反应。

　　"那有什么办法,"他想,"一个人来了,是一定要走的……这是理所当然的。"

　　他对自己的平静甚至感到惊异。

　　他们在一些垂挂着的树枝下又走了几十步,这时突然一阵可怕的失望笼罩了他。他觉得,如果有一辆马车来接伊扎贝娜小姐的话,他会扑倒在马车前面,不让她走。他宁愿让那些马车从他身上碾过去,因为这样就可以使他永远不受痛苦的折磨了。

　　但是,他很快又恢复了平静,而且他又感到奇怪,怎么会有这种莫名其妙的想法。伊扎贝娜小姐想什么时候走,到哪里去,跟哪个她喜欢的人在一起,随她的便,这是她的权利。

"您在乡间还要住很久吗?"他问。

"最多一个月。"

"一个月,"他重复地说,"等您回去后,我可以去拜访您吗?"

"那当然,我们很欢迎,"她回答,"我父亲是您最好的朋友。"

"您呢?"

她脸红了,没有说话。

"您不回答,"沃库尔斯基说,"您甚至想象不到,我是那么少而又少地能够听到您的每一句话,对我来说是多么珍贵……您今天就要走了,连一线希望都不给我留下吗?"

"也许时间会给您这个的的。"她轻声地说。

"但愿如此吧!可是不管怎样,我要对您说几句话:您知道,在生活中您能遇到一些比我更有乐趣、更殷勤、有头衔,甚至更富有的人……但是您恐怕找不到像我这样忠实的人。因为,要是以遭受痛苦的大小来说明爱的话,那世界上还没有一种像我这样的爱。

"但是我连对任何一个人倾诉的权利都没有,这可是命运造成的。这个命运通过一些多么奇怪的途径,把我带到了您的身边,而我这个可怜人又不得不熬过了多少苦难,才获得了今天能够跟您谈话的那种教养。一个偶然的机会把我带到了剧院里,我在那里初次见到了您,它使我获得了我现在拥有的这笔财产,这一切难道不是一系列奇迹造成的? 今天,我一想到这些事情,就觉得我好像生来就注定要和您相聚似的。

如果不是我那叔父年轻时谈过恋爱,又寂寞地死去了,我今天也不会来到这个地方。这难道不奇怪吗?我自己并不像别的人那样,跟许多女人寻欢作乐,我向来回避她们,而有意识地等待一个女人,等待您……"

伊扎贝娜小姐稍微擦干了眼泪,沃库尔斯基并没有看她,而只是往下说:

"不久前,我去巴黎的时候,曾经有两条路摆在我面前:一条要领我走向伟大的发明,它能改变世界的历史;另一条走向您。我没有走第一条路,因为有一条无形的链带把我和您锁在一起了,这就是我寄托的您会爱我的希望。如果这是可能的话,为了获得跟您在一起的幸福,我宁愿放弃没有您的最大的声誉。因为声誉是个赌注,为了获得它,我们要为别人牺牲自己的幸福。可是,如果我痴迷一种幻想:只有您能够解除我的灾祸,您却说您对我不管现在还是将来什么也不会有的话……那我就回到那里去,也许我应当马上在那里留下。是这样吗?……"他握着她的手问。

她什么也没有回答。

"这么说,我留下……"歇了一会儿,他又说,"我耐心地等待着,如果我的希望能够实现,您要亲自告诉我一下。"

他们回到了住屋里。伊扎贝娜小姐连脸色都有点变了,但她依然在高高兴兴地跟大家谈话。沃库尔斯基又恢复了平静,他不再因为伊扎贝娜的离开感到失望了,他对自己说,一个月之后他就可以见到她,这在目前的情况下,已经使他心满意足了。

早餐后,马车来了,大家开始互相告别。伊扎贝娜小姐在走廊里对翁索夫斯卡太太轻声地说:

"卡久①,你也别再折磨那个可怜人了。"

"谁呀?"

"和你同名的人。"

"啊,斯塔尔斯基,我们走着瞧吧!"

伊扎贝娜小姐向沃库尔斯基伸过手去。

"再见。"她加重语气地说。

马车走了。所有的人都站在走廊里目送着它。它先是直着往前驶去,到了池塘那边拐了个弯,消失在一座小山的后面;后来它在远处又出现了一次,最后就完全消失了,只看见路上一片黄色的尘埃。

"天气太好了。"沃库尔斯基说。

"哦,太好了。"斯塔尔斯基回答。

翁索夫斯卡太太在垂着的睫毛下面望着沃库尔斯基。

大家逐渐分散开了,只留下了沃库尔斯基一个人。他走进了自己的房间,觉得房间里很空虚,又想到花园里去,可是又有什么留住了他。他总是觉得,伊扎贝娜小姐一定还在这里,他实在无法理解她已经走了,已经离开扎斯瓦维克一英里了,而且每分钟都在远离着他。

"可她终究是走了!"他轻轻地说,"她走了,那又怎么样?"

他走到池塘边,望着那艘白色的小艇,它周围的水在闪闪发光,把他的眼睛都刺痛了。一只在对面岸边游来游去的天鹅忽然瞧见了他,就张开翅膀,啪啪地向小艇飞去。

这时沃库尔斯基才感到一阵悲哀,一阵没有尽头和无比

---

① 即卡齐娅。

深沉的悲哀,就像他要和生命告别了似的。

沃库尔斯基充满了痛苦的思绪,没有注意周围发生了什么事。虽然如此,他在傍晚的时候,还是看出了大家从花园里回来后,情绪都不好。费利茨娅小姐跟埃韦莉娜小姐一起关在自己的房里,男爵心绪不安,斯塔尔斯基老是讽刺人,说话很粗野。

饭后,议长夫人把沃库尔斯基请到她那里,那老妇人也表现出她在生气,只是她在竭力克制自己。

"斯坦尼斯瓦夫先生,您已经考虑过建那个制糖厂的事了吗?"她问道,同时嗅着那只小瓶子,这是她很激动的表示,"请您考虑考虑,跟我正式谈一谈,因为我很讨厌别人说闲话。"

"您是不是有什么事很烦恼?"沃库尔斯基问道。

她摆了摆手。

"唉,烦恼?我只是希望埃韦莉娜和男爵之间的婚姻快点撮合成,要不就马上分手……或者请他们马上离开我这里,不是他们,就是斯塔尔斯基……都一样……"

沃库尔斯基低着头,没有说话,他猜想,斯塔尔斯基一定在极力跟男爵的未婚妻纠缠不休,可这跟他有什么关系呢?

"这些年轻的姑娘真傻,"歇了一会儿,议长夫人说,"她们认为,只要抓住一个有钱的丈夫,再加上一个漂亮的情夫,这辈子就够了……这真是傻透了!……她们不知道,那年老的丈夫和头脑空虚的情夫很快就会使她们厌腻的,因此她们中的每个人迟早都会想要找到一个真正的男人。如果她真的找到了这样的男人,那她反而要遭倒霉了,因为到那个时候,她能给他什么呢?是她先前出卖过的美色,还是被斯塔尔斯基那样的男人践踏过的心灵呢？……你想想,她们几乎每个人都必须积累许多经验,才能够对人们有所了解。在她对人们没有了解之前,她就是遇到一个最高尚的男人,也不会尊重他。她宁愿选择一个有钱的老头,或者一味胡作非为的二流子,为了他们毁掉自己的一生,到那时她才想到要在这个世界上获得新生,但已经晚了……

"但使我感到奇怪的是,男人们看不透这样的玩偶,"她接着说,"埃韦莉娜到现在为止,不论是理智,还是心灵都没有醒悟过来,她身上的一切还处于沉睡状态,这对哪一个女人,从翁索夫斯卡开始,到我的侍女为止,都不是什么秘密……可是那个可怜的男爵却把她当成女神,他还异想天开地以为她会爱他。"

"您为什么不提醒他呢?"沃库尔斯基把声音压得很低地问道。

"算了吧,那一点用也没有。我难道只给他说明过一次,那埃韦莉娜是个已经惯坏了的孩子,是个玩偶? 也可能有一天她会成长起来,可是现在……正好有个斯塔尔斯基合她的意。那有什么办法呢?"

她歇了一下,接着往下说:"您对建这个糖厂有什么想法? 明天您叫人鞴一匹马,您一个人骑着马到田野上去走走,跟翁索夫斯卡一道去更好……告诉您,那是个很了不起的女人。"

沃库尔斯基很惊异地离开了议长夫人。

"她干吗要谈男爵跟埃韦莉娜的事情呢?"他想,"这不是干脆在警告我吗? 斯塔尔斯基显然不只是纠缠着埃韦莉娜小姐一个人。那敞篷马车上当时是个什么样子啊? 唉,我宁愿朝自己的脑袋开一枪……"

但是他很快就恢复了平静。

"在那辆敞篷马车里,"他想,"那所有的一切不是幻觉就是事实。要是幻觉,那我就冤枉了一个天真的少女;如果是事实……我当然不会跟滑稽歌剧中那种诱骗女人的小丑去竞争,也不会为了一个水性杨花的女人毁了自己的一生。她要跟谁谈情说爱,随她的便,但她不能去欺骗一个男人,那男人错就错在不应该爱她。我该离开这个卡普亚城①开始工作了。在盖斯特的实验室里,我的生活比在客厅里会充实得多。"

晚上十点左右,男爵来到沃库尔斯基的房里。他脸色大变,起初还边笑边说着逗趣的话,然后就有些喘不过气来了,倒在一张椅子上,歇了一会儿,他才说道:

"可敬的沃库尔斯基先生,您知道,我有时候想,我的未婚妻是个最高尚的女人,这不是凭我自己的经验……不过我有时也想,女人们不止一次地欺骗过我们。"

"是的,她们有时候也欺骗我们。"

"这大概也不能怪她们,"男爵说,"但应指出的是,她们有时候也会被一些狡猾的骗子手勾引去的。"

"哦,是这样。"

男爵浑身哆嗦得那么厉害,连他的牙齿有时候也咬得咯咯地响。

"您不认为,应当防止这种情况发生吗?"他想了一下后,

---

① 卡普亚是意大利中部的一座城市,在古代当地居民崇尚娱乐,在公元前二一一年曾经被罗马征服。

问道。

"用什么方法防止呢?"

"至少可以让一个女人不与那些骗子手来往嘛!"

沃库尔斯基大笑起来。

"可以让一个女人不受骗子手的欺骗,但她的本能可以改变吗?如果一个男人在您看来是浪荡公子或者骗子手,她却认为是她最合适的对象的话,您有什么办法呢?"

他渐渐狂怒起来,在房间里来回地踱着,气冲冲地说道:

"就是最优良的品种的母狗也不会去追求狮子,而只会去追求公狗,这是自然规律,面对这样的自然规律,怎么去和它进行斗争呢?一条母狗为了几条公狗,就是把整个拥有许多最珍贵的动物的动物园都送给它们,它也愿意的。这一点也不奇怪,因为母狗和公狗是同类嘛!"

"那么在您看来,就没有改变的办法了?"男爵问。

"今天还没有,但将来会有一个办法,就是人与人之间建立一种真诚的关系,进行自由的选择。如果一个女人无须假装恋爱,也不用对所有的人卖弄风情,那她当然不会跟那些她不喜欢的人接近,而会去追求和她情投意合的男人。到那时候就没有受骗和欺骗了,人的关系就很自然地恢复正常了。"

男爵走后,沃库尔斯基便躺下睡了,但他一整夜都没有睡着,而只是恢复了平静。

"我能责备伊扎贝娜小姐什么呢?"他想,"她并没有说过她爱我,在这方面,她连一线希望也没有给我留下,而且她也没有暗示过将来会有这种希望。这很正常嘛,因为她几乎不认识我,我的脑子里全都是一些幻想。斯塔尔斯基呢?……她想把他跟翁索夫斯卡太太撮合在一起,因此她大概不会爱他。议长夫人呢？……议长夫人喜欢伊扎贝娜小姐，这是她自己对我说的，她还要我到这里来……时间还来得及，我要进一步地和她相识，她如果爱我，我会感到很幸福的，我的心情也会平静下来。她如果不爱我，我就回到盖斯特那里去。不管怎样，我都要把房子和铺子卖掉，只留下那家对俄贸易公司。过几年，我每年差不多可以赚十万卢布，她也不会因为有一个服饰用品商人妻子的称呼而感到委屈了。"

第二天，吃过早饭后，他叫人鞴了马，说是要了解一下周围环境，便出去了。他不假思索地拐到了昨天伊扎贝娜小姐乘坐的那辆马车走过的那条路上，他总觉得他还看得见她那辆车行驶过后留下的辙迹，随后他又很机械地拐进了那片不久前他们在里面采过蘑菇的树林。她在那里笑过，跟他谈过话，跟他一起观赏了风景……

他的怀疑和愤怒在这里全都消失了。

取而代之的是涌上心头的悲哀，像泪水一样汇成一条细流，又像那永不熄灭的祭神的火焰一样炽烈。

他进到了林子里后，便跳下马来，牵着它。

这里有一条他们一同走过的小路，可现在他觉得它变成另一条了。树林的这一部分本来像一座教堂，现在一点也不像了。周围一片灰蒙蒙、静悄悄。只听得见此刻在树林上空飞过的乌鸦呱呱的鸣叫和受惊的松鼠的叫声，它爬上树干，像小狗那样吱吱地叫着。

沃库尔斯基来到了那片林中的空地上，那天他在这里和伊扎贝娜小姐谈过话，他甚至还找到了她坐过的那个树桩。一切都和以前一样，只是没有她……那一丛丛榛树的叶子已经变黄，垂挂着的松枝笼罩着一片像蛛网一样的忧愁。它是那么不可捉摸,可又是那么死死地缠住了他。

他想:"让自己去依赖别的人,那是多么愚蠢啊!可我却只是为她而工作,我想念她,为她而活着。更糟的是,为了她,我放弃了盖斯特那里的工作。那么在盖斯特那里会怎么样呢?我依然像今天这样,依赖别的人,只不过不是依赖一个漂亮的女人,而是依赖一个德国老头罢了。我同样要工作,甚至还有更繁重的工作,不同的是,我今天是为自己的幸福而工作,在那里却是为了别人的幸福,他们依靠我的劳动成果,可以奢侈享乐,谈情说爱。

"我究竟有没有权利来诉说一番呢?一年前,我是做梦也不敢想伊扎贝娜小姐的,今天我已经认识她了,甚至在争取她对我的爱了……可是我真的了解她吗?她是个冷酷无情的贵族女人,是这样的,她世面也见得太少。她也可能具有诗的灵魂,或者只是表面上那样……她很风骚,但她如果爱上了我,就会改变的。总之一句话,情况不坏,再过一年……"

就在这个时候,他的马昂起头嘶鸣起来;作为回响从树林深处也传来了马嘶声和马蹄声。没多久,在那条小路的尽头出现了一个女骑手,沃库尔斯基认得她是翁索夫斯卡太太。

"下来,快下来!"她笑嘻嘻地叫道,随后便从马上跳了下来,让沃库尔斯基牵着那匹马。

"您把它拴上,"她吩咐他,"啊,我对您已经是这么熟了!一个钟头前我问议长夫人:'沃库尔斯基在哪里?''他骑马到田野里为建糖厂看地方去了。'我想:'正好,他不是到林子里去回忆他的那些甜蜜的往事去了吗!'我叫人给了我一匹马,在这里找到了您,您是那么激动地坐在树桩上。哈哈!"

"我样子是那么可笑吗?"

"不，在我的眼里，您的样子并不可笑，不过，我怎么说才好呢？……出乎我的意料，因为您在我的想象中本来完全不是这个样子的。当有人告诉我，说您是个商人，而且很快就挣得了一笔财产的时候，我就想：'一个商人吗？……他到乡下来，不是为了找一个有丰厚嫁妆的小姐，就是要从议长夫人那里搞到钱去办企业。'总而言之，我认定您是一个冷酷的、善于算计的人；您到树林里去，也是为了给树木定价格；您从不抬头去望天空，因为那里没有利息。可是我今天看见的您又是个什么样的人呢？一个梦想家，一个中世纪的吟游诗人，钻到树林里去长吁短叹，寻找她上个礼拜留下的脚印！一个忠实的骑士，不要命地爱着一个女人，对别的女人却粗暴无礼。啊，沃库尔斯基先生，这是多么滑稽可笑……这不是现代人的样子！"

"您讲完了吗？"沃库尔斯基冷冷地问道。

"讲完了，现在您要发言了吧？"

"不，太太！我建议，我们还是回家去吧！"

翁索夫斯卡太太满脸涨得通红。

"对不起，"她抓住马笼头说，"您是不是认为，我这么谈论您的恋爱，是因为我自己想跟您结婚呢？……您不表示您的态度。可我们还是来认真地谈一谈吧！以前有个时候，我也曾喜欢过您；有过，但这已经是过去了。即便没有过去，即便为了对您的爱，我可以死去——这肯定是不可能的，因为我既没有失眠，也没有丧失食欲——您听着，即使您爬到我的脚跟前，我也不会嫁给您。我不能跟您这样爱过另外一个女人的男人生活在一起。我是很傲的，您相信我说的吗？"

"相信。"

"我想也是这样。今天我的这些戏言如果触犯了您,那我也是出于好意。我很佩服您的那些疯狂的行为,我希望您幸福,因此我劝您还是不要装成中世纪吟游诗人的那个样子,我们已经到了十九世纪,现在的女人不是您所想象的那样,就连二十岁的小伙子对她们都很了解。"

"那她们是怎样的呢?"

"她们漂亮,可爱,喜欢摆布你们这些男人,只有恋爱使她们快乐的时候,她们才恋爱。没有一个女人赞成那充满激情的恋爱,至少不是每个女人都赞成⋯⋯只有调情使她厌倦了,她才会去寻求那种激动人心的恋爱。"

"简单地说,您在诽谤伊扎贝娜小姐,说她是这样的人。"

"哦,我这里说的不是伊扎贝娜小姐这样的人,"翁索夫斯卡太太提出了强烈的抗议,"她是一个坚强的女子,被她爱上的人是幸福的。但她还没有爱过谁⋯⋯您扶我上马吧!"

沃库尔斯基扶她上了马,他自己也上了马。翁索夫斯卡太太有些不高兴,她在前面走了一会儿,没有说话,但她后来突然掉过头来,说:

"最后一句话,我对人们了解得很清楚,这是你想不到的⋯⋯我担心您会感到失望。如果您什么时候真的失望了,那您要记住我的话,千万不要一时心血来潮就行动起来,要等待,许多事情表面上看比它们的实际情况还要糟。"

"魔鬼!"沃库尔斯基嘟哝着。他感到整个世界都在他面前旋转,陷落在血腥的海洋中了。

他们走了,没有再说一句话。沃库尔斯基回到扎斯瓦维克后,就去找议长夫人。

"我明天就走。"他说,"要说那个糖厂,您还是不建为好。”

“明天就走?”老妇人反问了一句,“那块石碑怎么样了?”

“我正要说这件事,如果您同意,我就到扎斯瓦夫去一趟。我要去看看那块石碑,此外我在那里还有一些别的事情。”

“好,那您就去吧……您在这里没有什么事了。到了华沙后,您一定要来看我呀!我会跟伯爵夫人和文茨基一家同时回到华沙的。”

那天晚上,奥霍茨基来看他。

“见鬼!”他叫道,“我有那么多的事情要跟您谈……可有什么办法呢?您老是和那些婆娘在一起,而现在又要走了。”

“您不喜欢女人吗?”沃库尔斯基冷笑地问道,“也许您是对的!”

“我不是不喜欢女人,只是从我深信高贵的夫人和侍女没有什么区别之后,我就只喜欢侍女们了。那些高贵的夫人,”他往下说,“都蠢得像鹅一样,在她们中,就是最聪明的也不例外。比如说,昨天我对翁索夫斯卡解释了半个钟头可以操纵的氢气球有什么用。我还对她讲了国界的消失,民族间兄弟般的亲密友谊,文明的巨大进步,可她是那样望着我的眼睛,我可以用我的脑袋担保,她没有听懂我的话,但是我说完后,她却问道:‘奥霍茨基先生,您为什么不结婚呢?’您听说过这样的事吗?

“当然,我又给她讲了半个钟头:我根本不想结婚,我既不会跟费利茨娅结婚,也不跟伊扎贝娜小姐结婚,更不会跟她翁索夫斯卡结婚。见鬼,我要那种拖着长裙在我的实验室里大摇大摆地走来走去,只知道拉着我出去散步、访客和看戏的女人干什么？说真的,我还没见过一个这样的女人,如果和她交往,你在半年之内不会变成笨蛋才怪。"

他没有再说下去,想离开了。

"等我说一句,"沃库尔斯基留住他,"您回华沙后,到我这里来一下！也许我能向您提出一件有关发明的事情,这件事虽然要耗费您半辈子的精力,但它一定会合您的意。"

"轻气球吗?"奥霍茨基问道,眼里透出了明亮的目光。

"比那还要好,晚安!"

第二天,大约正午的时候,沃库尔斯基离开了议长夫人的住所。几个钟头以后,他来到了扎斯瓦夫。他去看望了神父,并叫文盖维克准备行装,到华沙去。办完这些事后,他又到城堡废墟那里去看了一下。

那块石头上已经刻上了四行诗。沃库尔斯基念了几遍后,他的目光停留在下面一行上:

> 我永远、到处都和你在一起……

"要不是那样呢?"他低声地说。

想到这里,他完全失望了。这时他只希望土地在他的脚底下裂开,把他跟废墟、那块石头和碑文一起,全都吞下去。

他回到扎斯瓦夫时,马已经喂过了;文盖维克正提着一只绿色的小箱子站在车子旁边。

"你知道你什么时候才能够回到这里来吗?"沃库尔斯基问他。

"听上帝安排,老爷!"文盖维克回答说。

"那就上车吧!"

他坐到马车的坐垫上后,马车就走了。远处有个老妇人在胸前画了个十字,向他们祝福。文盖维克望着她,脱下了便帽。

"祝老妈妈身体健康!"他在御者的座位上叫了一声。

第九章 老掌柜的回忆

今年是一八七九年。

我要是迷信,特别是对倒了霉后会来到一个美好的时刻理解不了的话,那我会对这个一八七九年感到害怕的。因为去年如果过得不好,那么今年一开始就会更糟了。

去年年底,英国和阿富汗打起仗来,到十二月份,英国人的情况简直糟透了①。奥国在波斯尼亚遇到了许多麻烦,在马其顿又爆发了一次起义②。在十月和十一月,有人还曾行刺西班牙国王阿尔丰斯和意大利国王乌贝尔特。两个国王算是幸免于难。同样在十月,沃库尔斯基伟大的朋友尤泽夫·扎姆伊斯基伯爵去世③。我

~~~~~~~~~~~~~~~

① 一八七八年,阿富汗的酋长西尔—阿利不准为英国效劳的印度的使团来到自己的国家,英国便以这作为借口在一八七八年十一月二十一日发动了对阿富汗的战争。华沙的报纸报道了罗伯茨将军和布朗将军进军喀布尔和他们宣布要在圣诞节前夺取这座城市的消息,但是在十二月中旬,却传来了他们的进攻意外地遭到了那里的山民顽强抵抗的消息。英国人的处境很不好。——原注

② 一八七八年十月底,当俄国人根据柏林会议的决定,从马其顿和东鲁梅里亚开始撤离的时候,土耳其的军队来到了这里。可是这里的斯拉夫族人要求和保加利亚合并,也就是实现《圣斯特凡诺条约》的决定,他们为此举行了起义。——原注

③ 尤泽夫·扎姆伊斯基伯爵死于一八七八年十月二十三日,终年四十几岁。他曾任华沙信贷协会主席、商人俱乐部主任和商业银行副理,是当时颇有影响和受到人们尊敬的人物。——原注

甚至以为,他的死在斯塔赫许多要做的事情上破坏了他的计划。

一八七九年刚刚开始,奇怪的是……英国人还没有摆脱在阿富汗的困境,又在非洲好望角的什么地方和祖卢人打起仗来了①。在我们这里,在欧洲也出了一些事情,如在阿斯特拉罕一带发生了鼠疫②,随时都有可能传染到我们这里。

鼠疫要是传染到了我们这里怎么办? 我不管遇到了谁,都这么说:"你们干得不错,从莫斯科运来了细布,可是瞧吧! 你们把鼠疫和细布一起都运过来了。"还有那么多的匿名信在咒骂我们,说世界怎么变成这个样子? 可是我认为,那些写信的人主要是商人,他们是我们的竞争者,还有罗兹的细布厂老板。

退一步说,就是没有鼠疫,他们也是想要把我们淹死在一汤勺的水中的。当然,这些诽谤我连百分之一都没有告诉沃库尔斯基;可是我想,他自己会听到的,匿名信他也会看得比我多。

说实在的,我本来要在这里说一件谁都没有听说过的事情,这就是克热索夫斯卡男爵夫人提出的那个刑事诉讼的案件。她控告谁呢? 谁也猜不到! ……说明白了,就是那个既漂亮又心肠好的、可爱的海伦娜·斯塔夫斯卡太太。我知道后,气得简直无法集中我的思想。在这种情况下,为了分散我的注意力,我要写一些别的东西了。

男爵夫人要起诉斯塔夫斯卡偷了东西,告她犯了盗窃罪。当然,我们也成功地查清了这到底是怎么回事,可是为此我们

<hr />

① 　在一八七九年年初,英国人开始对东南非洲进行殖民主义的征讨,那里祖卢部落的黑人举行了暴动。——原注
② 　阿斯特拉罕是伏尔加河流入里海出海口上的一座城市,那一带在一八七九年一月发生过鼠疫。

又付出了多么大的代价啊！我敢对上帝发誓,我有整整两个月的时间,每天晚上都睡不着觉。我从来不上酒店,可我今天却要到酒店里去了,甚至要在那里坐到半夜,这只是为了借酒浇愁。控告她这样一个圣洁的女人偷东西,这也只有像男爵夫人那样半疯癫的女人才做得出来,上帝会给我做证的。

可那疯女人为此却付给了我们一万卢布。要是由我做主,我非要她出十万卢布不可。让她号啕大哭吧!让她大吵大闹,甚至活不成吧!……这个卑鄙无耻的婆娘!

但我们还是想些别的吧!别老是忘不了人的那些卑鄙的行为。

说实在,斯塔夫斯卡的这个麻烦也许就是正直的沃库尔斯基无意中给她造成的;而且还可以说不是他,而是我……是我硬要把他带进了她的家里,我还劝过斯塔赫,要他不要去看男爵夫人那个怪物。后来,沃库尔斯基在巴黎的时候,我又写信给他,要他在那里打听卢德维克·斯塔夫斯基的消息。总之,是我而不是别人,惹恼了克热索夫斯卡那个妖婆。两个月,我就自食其果了,唉,有什么办法呢?“上帝啊!如果你在这里,而且我也是一个有灵魂的人的话,那就请你拯救一下我的灵魂吧!”法国革命时一个士兵这么说过①。

(啊,我变得好老了呀,我变老了呀!我不是一开始就谈正经的,而是东拉西扯,拐弯抹角,说一些无聊的事情……可

① 这些话出自扬·波托茨基(1761—1815)的著名小说《在萨拉戈萨找到的手稿》,在一八○四至一八一四年间,在圣彼得堡和巴黎,曾发表过它的一些片段,由埃德蒙德·霍耶茨基翻译的波兰文译本出版于一八四七年,其中有这样的句子:“上帝啊,如果您在什么地方,而且我也有自己的灵魂的话,那就请您怜悯它吧!”——原注

是,如果我一来就写这场可怕而又无耻的官司,上帝知道,这会把我气死的。)

我希望能把我的思想马上集中起来。

整个九月沃库尔斯基都在乡下,住在扎斯瓦夫议长夫人那里。他为什么要到那里去?在那里干什么?我猜测不到。可是从他给我的几封信中,我看出了他在那里过得并不很愉快。是什么魔鬼把伊扎贝娜·文茨卡小姐领到那里去的呢?唉,他对她其实已经不感兴趣了。我如果不能把他和斯塔夫斯卡小姐撮合在一起,我甘愿让别人说我做不了正经事。我一定要给他们做这个媒,把他们领到教堂里去行结婚礼,而且我还要监督他们,看是不是正规地起了誓,然后……我是不是要朝自己的脑袋开一枪呢?

(老傻瓜!你怎么配去想念那样一个天使呢?可实际上,我一点也没有想她呀!尤其是在我深信她已经爱上了沃库尔斯基之后。只要他们两个人都很幸福,那就由她去爱吧!我呢?……啊,卡茨,我的老朋友,你大概比我更勇敢一些吧?)

十一月,正巧在公共街上那栋房子倒塌的那一天①,沃库尔斯基从莫斯科回来了。这次我又不知道他在那里干了些什么,可我知道他赚了近七万卢布,这对我来说,已经很满意了……对这样的盈利,我真是毫无概念,但是我敢发誓,斯塔赫做的绝对是一笔正当的买卖。

他回来几天后,有个信得过的商人来找我,他说:

---

① 华沙公共街(在耶路撒冷大街南边和它平行的街道之一)三十六号那栋房子正面的一堵墙,在一八七八年十一月二十七日倒塌了。这是当时因为企业家们用劣质的建筑材料盖房子所造成的几起灾祸之一。

"亲爱的热茨基先生,我本来不管别人的事情,可是,请您提醒一下沃库尔斯基先生(您不要说是我说的,只说是您听到的),他的那个合伙人苏津是个流氓,不久后,他一定会破产的……您要告诉他,人家都替他惋惜……沃库尔斯基虽然误入歧途,总还是值得同情的。"

"您说他误入歧途指的是什么?"我问道。

"您看,热茨基先生,"他说,"到巴黎去,在跟英国的关系非常紧张①的时候购买船只,一个有道德的公民是不应当那么去做的。"

"尊敬的先生,"我说,"购买船只跟购买啤酒花有什么不一样呢? 大概就是利润大一些吧?"

"唉,热茨基先生,"他回答说,"我们不谈这些啦! 要是别的人那么干,我一点也不反对,可这是沃库尔斯基……我们两人对他的过去其实都很了解,我也许比您还了解得更多,因为那个我还记得的霍普费尔曾经不止一次地叫我去找他订货。"

"您怀疑沃库尔斯基?"我对那商人说。

"不,先生!"他回答说,"我只是把全城的议论再说了一遍。我至少没有想要做有损于沃库尔斯基的事情,特别是我知道您作为他的一个朋友对他的看法后(我持这个态度是没有错的,因为当他还没有今天这样的地位的时候,您就很看重他了)。可是……您应当承认,这个人损害了我们的工业……我同样也不愿意说他是否有爱国心,热茨基先生,但是

①　这里是指英国和俄国的关系,这两个国家在俄国、土耳其战争爆发和柏林会议期间就已经很紧张了。——原注

我坦率地告诉您(在您面前我不愿意言不由衷),那些莫斯科细布……您明白吗?"

我很生气。因为我虽然当过匈牙利步兵少尉,我还是不知道,为什么德国细布比俄国细布要好些?但我跟那个商人没有争论这个问题。那个畜生竖起眉毛,耸了耸肩膀,两手一摊,使我最终还是相信他是一个伟大的爱国者,而我却是个没有用的人。即使他口袋里塞满了卢布和金币,而我的头上却有几百发子弹飞了过去,我依然相信他是个爱国者。

当然,我把这件事告诉了斯塔赫,他听了后,回答说:

"算了吧,我亲爱的! 就是那些提醒过我,说苏津是个流氓的人在一个月前还给苏津去过信,说我破了产,是个骗子,过去的起义者。"

我跟这个正直的、我连他的名字都记不起来的商人谈过话,并且读完了我收到的所有匿名信后,我决心把这些好人对沃库尔斯基的各种不同的意见全都记下来。

这是我当时见到的第一条意见:斯塔赫不爱国,他用廉价的细布损害了罗兹厂主们的利益。好!① 让我们瞧瞧,他还会干些什么?

十月,大概就在马泰伊科②画完那幅《格龙瓦尔德战役》的画的时候③(那是一幅伟大的、很著名的画,只是不要给那

① 原文是拉丁文。
② 扬·马泰伊科(1838—1893),波兰杰出的现实主义画家。
③ 马泰伊科的《格龙瓦尔德战役》这幅画不是在十月完成的,据《华沙信使》报道,它在八月就完成了,一八七八年九月二日,曾在克拉科夫市议会厅向公众展出。十月——华沙的报刊做了广泛的报道——在克拉科夫举行了隆重的庆典,向马泰伊科表示祝贺。——原注

些参加过这次战役的士兵们看①），克热索夫斯卡男爵夫人的那个朋友马鲁谢维奇跑到我们店里来了。我一看，完全是一副贵族的打扮：在肚子上，实际上是在人们的肚皮所在的地方挂着一条有半个手指那么粗的金链子，长得简直可以用来牵一条狗。领带上夹着一个镶了钻石的夹子，手上戴着一副新手套，脚上穿了一双新皮鞋，身上（他是那么瘦弱，上帝呀，可怜可怜吧！）穿的也是新的。但他的脸上却露出了一副坚毅的神情，好像他连一根线也不愿赊账，所有的一切都要付现似的。（后来，跟马鲁谢维奇住在一栋房子里的克莱因告诉我，说他常常玩纸牌，最近一段时间老是赢钱。）

就这样，这个花花公子头戴一顶帽子，手里拿着一根乌木小手杖，闯进店里来了。他慌里慌张地四下张望着（一种带疑惑的目光），一面问道：

"沃库尔斯基先生在吗？啊，热茨基先生！我有句话要说。"

我们走到了柜子后面。

"我带来了一个最好的消息，"他很动情地握着我的手说，"你们可以把文茨基那栋房子卖掉啦！克热索夫斯卡男爵夫人要买，她的官司打赢了，从她丈夫那里把她的财产要回来了。如果你们善于做买卖，她会给九万卢布，此外，也许还能给一笔赔偿费……"

他一定是在我的脸上看出了满意的神色（买这栋房子我

---

① 　这是普鲁斯一句开玩笑的话，因为格龙瓦尔德战役是发生在一四〇一年波兰和立陶宛联军反抗当时侵占了波兰北部领土的一个德意志骑士团的压迫的战役，它以波兰、立陶宛联军的胜利结束，因此参加过这次战役的士兵是不可能看到马泰伊科在十九世纪画的这幅画的。

本来就不赞成），因此他更使劲地握着我的手，使出了一个痨病鬼能使的最大的劲；同时他还假装甜蜜地微笑着（那么令人恶心），轻声说道：

"我可以为你们效劳……而且是个重要的效劳。男爵夫人很想听我的意见，如果我……"

说到这里，他有点咳嗽了。

"我知道了，"我懂得了我在跟什么人打交道，便说，"您愿意效劳，沃库尔斯基先生当然会付给您佣金的。"

"唉，先生！"他叫道，"要花钱干吗！男爵夫人的律师会来找你们，要向你们提出一个坚决的要求，但这和我却没有什么关系……我的钱是完全够我花的。可我认识一个贫困的家庭，我把它介绍给你们，你们总要给一点吧……"

"对不起，"我打断他的话，"我倒想把一笔款子直接交到您的手里，当然，如果是您的生意能够做成的话。"

"我的生意做得成，一定做得成，我以名誉向您担保！"马鲁谢维奇态度很坚决。

但是，由于我没有说把这笔款子马上就交给他，他在铺子里随便逛了一阵后，就吹着口哨走了。

到了傍晚，我把这件事告诉了斯塔赫，可他一声不响就离开了我，使我大为惊异。第二天我跑到我们的律师（他也是公爵的律师）那里，把马鲁谢维奇对我说的那些话告诉了他。

"她会给九万卢布？"律师感到惊奇（他是个有声望的人），"可是，亲爱的热茨基先生，房子一直在涨价，所以明年又有两百栋房子要盖起来……在这种情况下，我们把房子就以十万卢布卖给他们，也还是便宜了他们……既然男爵夫人是那么急着要买那栋房子（如果我对像她那样很懂礼貌的夫人能够这样形容的话），我们可以敲她一笔更大的数目，亲爱的热茨基先生！"

我辞别那个有名的律师后，回到了店里，决心不再管那卖房子的事了。到这个时候我才想到，马鲁谢维奇是个爱吹牛的大骗子，可实际上，我这么想已经不止一次了。

现在，我的心情十分平静，可以集中精力来叙述男爵夫人对那个天使、那个最完美无缺的女人斯塔夫斯卡太太的可恶的控告了。要是我现在不说，那么在一年或者两年后，我就不会相信我还记得这种魔幻般可怕的事件的发生了。

亲爱的伊格纳齐先生，您要记住，首先，克热索夫斯卡男爵夫人早就嫉恨斯塔夫斯卡太太了，因为她认为，所有的男人都爱她；再者，也就是这个男爵夫人想尽量便宜地向沃库尔斯基买那栋房子。这是两件很重要的事情，到今天我对它们才有所了解。（我怎么变得这么老了，仁慈的上帝啊，我怎么变得这么老了啊！……）

我从认识斯塔夫斯卡太太那个时候起，就常到她家里去。我不是说，我天天都去那里，有时候，我好几天才去一次，但有时候，我一天还去过两次。我是看护这栋房子的人嘛！这是一。其次，我得把我已经写信给沃库尔斯基谈了寻找她丈夫的事告诉她。我可以对她说，沃库尔斯基也没有打听到一点确切的消息。除了这些，我去拜访她，是想从她房间的窗子里去看看那个马鲁谢维奇有什么习惯，因为他就住在她对面的那间厢房里。最后，我还要去了解一下男爵夫人，以及她和她楼上那些大学生的关系，为了那些大学生，她老是诉苦。

要是外人，就会认为我到斯塔夫斯卡太太家里去得太多了。可我经过反复思考，却认为她那里还是去得太少了。要知道,我在她那间房里确实有过能够观察整栋房子的最好的据点,再说我在那里也受到了热情的接待。我每次去,米谢维乔娃太太(海伦娜太太可敬的母亲)都很热烈地欢迎我,小海卢尼娅跳到我的膝盖上,就连斯塔夫斯卡太太看见我也兴高采烈,她说,我在她家里的那些时候,她把忧愁全都忘了。

我受到了那么热诚的接待,难道不该常到那里去吗?我对上帝发誓,我觉得我到那里去得太少了,我要是多一点骑士精神,就一定会从早到晚都坐在那里的。就让斯塔夫斯卡太太当着我的面穿衣服吧!这对我有什么妨碍呢?

在访问她那里的时候,我对整栋房子都做了几次重要的考察。

首先,住在三层楼正面的那些大学生真的是些不安分的人。他们唱歌、叫喊,有时候甚至号叫起来,一直要闹到早晨两点,总而言之,就是要想尽办法尽量多地发出一些粗野的吵闹声。白天,那里总有一个人一直留在家里,只要克热索夫斯卡男爵夫人从那个小风窗里探出头来(她一天要这么探十几次),就总有人想方设法要把水浇到她的头上。

我甚至可以说,她跟她楼上的那些大学生之间的这种关系已经创造出了一种运动的形式:她把头伸出去后,总是想要尽量快地缩回来,而他们则尽可能更经常和更多地把水浇在她的头上。

晚上,那些年轻人利用他们上面没人住,不会有人把水浇到他们的头上,便放心大胆地把这栋房子所有的洗衣妇和女仆都叫到他们那里,这么一来,男爵夫人的房间里就会发出巨大的叫喊声和可怕的哭闹声。

我看到的第二个现象跟马鲁谢维奇有关,他的房间几乎就在斯塔夫斯卡的那间房对面。这个人的生活方式很特殊，表现在具有一种很不寻常的规律性。他有规律地不付房租，有规律地过几个礼拜就把一些废旧物品从房里搬出去:什么雕像啦,镜子啦,地毯啦,旧钟啦……但更有意思的是,他同样有规律地把一些新的镜子、新的地毯、钟和雕像搬进自己的房里来。

每一次把东西搬走后,马鲁谢维奇都要在一个窗子前待好几天。他在那里刮胡子、梳头、给头发擦油,甚至穿衣服,同时不知何故老是盯着斯塔夫斯卡太太的窗子。可是他的房里重新摆满了舒适、豪华的家具后,他又好几天用窗帘把窗子遮上。

那时候,他整天整夜地点着灯(令人很难相信的事情),他的房间里可以听到许多男人的声音,有时还有女人们的声音。

可是别人的事情跟我有什么关系呢!

十一月初的一天,斯塔赫对我说:

"你好像常常去看望斯塔夫斯卡太太,是吗?"

我听了很恼火。

"对不起,"我叫道,"你这是什么意思?"

"意思很简单,"他回答,"你拜访她大概不会从窗子里进去,而只能从门里进去吧! 实际上,你爱怎么进就怎么进,只是你如有机会,就要告诉他们,说我收到了一封巴黎来的信……"

"和卢德维克·斯塔夫斯基有关的吗?"我插进去问了一句。

"是的。"

"终于找到了他?"

"还没有,但是已经发现了他的踪迹,想必在不久的将来会搞清楚他所在的地方。"

"那个可怜人可能已经死啦!"我叫了一声,拥抱着沃库尔斯基,"我请求你,斯塔赫!"我稍微抑制了一下自己的激动,接着说,"你给我一个面子,去拜访她们一次,亲自去把消息告诉她们。"

"难道我是个报丧的人,要给人们带去这样的乐趣?"沃库尔斯基生气了。

可是我给他讲了她们都是些很有德行的女人,她们还问过我,他会不会在什么时候去拜访她们。此外我还提醒他,应当去看看那栋房子,他听了后,开始动摇了。

"我不大在乎那栋房子,"他说着耸了耸肩膀,"总有一天我会把它卖掉的。"

他终于被我说服了。我们中午一点钟左右到了那里。走进天井后,我看见马鲁谢维奇房间里的窗帘都仔仔细细地放下了,很明显,他又有了一套新的家具。

斯塔赫随随便便地看了一下屋里的一些窗子,并没有用心地听我关于修理翻新的报告:大门里换了新地板,修了屋顶,刷新了墙壁,每礼拜都叫人擦洗楼梯。总而言之,我们把这栋破旧不堪的房子弄得很漂亮了。一切都恢复了正常,包括天井和水管子,一切都好,只是收不到房租。

"关于这方面的详情,"我接着说,"就让你的房屋管理人维尔斯基跟你说吧!我就派看门的人去把他找来。"

"唉,你别再提那房租和管理人啦!"斯塔赫抱怨地说,"我们这就到斯塔夫斯卡太太那里去,然后再回店里吧!"

我们走进了一层楼上左边的一间厢房，那里有一股炒菜花的气味。斯塔赫皱起眉头，我敲了厨房的门。

"太太们在家吗?"我问那个胖厨女。

"既然是您光临，她们怎么能不在家呢?"她眨巴着眼睛，回答说。

"你看，她们是怎么欢迎我们的!"我用德语对斯塔赫轻声地说。

他的回答只是点了点头，把下唇噘起。

斯塔夫斯卡太太的母亲像往常一样，在客厅里织袜子。她看见我们后，便从那张靠椅上稍稍欠起身来，很惊讶地望着沃库尔斯基。

海尔恰①也从隔壁的房里瞅着我们。

"妈妈，"她的这一声呼唤是那么响亮，斯塔夫斯卡太太就是在天井里也一定能听得见，"热茨基先生来啦，还有另外一位先生。"

斯塔夫斯卡太太随后也进来了。

我看见两位太太后，便说:

"我们的房东沃库尔斯基先生来访问你们，向你们表示敬意，并且要告诉你们一个消息……"

"卢德维克的消息?"米谢维乔娃太太接上来问道，"他还活着吗?"

斯塔夫斯卡太太脸色变得苍白，随后又泛起了一片红晕。这时候她是那么漂亮，使得沃库尔斯基若非出于敬佩，也至少是出于好意地望着她。我深信，要不是厨房里冲来的那股讨

---

① 海卢尼娅的爱称。

厌的菜花的气味,我在这里就会马上爱上她的。

我们坐了下来。沃尔尔斯基问她们对房子是否满意。随后他又告诉她们,卢德维克·斯塔夫斯基两年前到过纽约,后来他又化名到了伦敦。他还轻声地提起,说斯塔夫斯基那时候生了病,再过两个礼拜,就有关于他的确切的消息了。

米谢维乔娃听到这番话,有好几次不得不用她那块手帕把面孔遮住。斯塔夫斯卡较为镇静一些,但她的脸上也滚落下了几滴眼泪。为了掩饰她的激动,她微笑着向她的小女儿轻轻地说:

"海卢纽!要感谢这位先生,他给我们带来了你爸爸的消息。"

她的眼里又闪着泪花,可是她克制住了自己。这时海卢尼娅在沃库尔斯基面前行了个屈膝礼,又睁大眼睛瞅了他一会儿,突然扑过去抱着他的脖子,在他的嘴上吻了一下。

遇到这种意想不到的温情,沃库尔斯基脸上所起的那种变化,我不会很快忘掉的。因为我知道,过去还没有一个孩子吻过他,所以他在最初的一瞬间,还吃惊地后退了一下,然后他就把海卢尼娅抱在怀里,激动不已地望着她,吻她的头。我真的要发誓,他一定会从椅子上站起来,对斯塔夫斯卡太太说:

"您就让我来替代这个可爱的孩子的爸爸吧!……"

但是他没有这么说,而只是低着头,像往常那样,陷入了沉思。我如果能够知道他当时在想什么,我就是付出我年收入的一半也愿意。大概在想文茨卡小姐吧?……哎,这个情况的出现,又说明我实在太老了!……文茨卡小姐是什么东西,她怎么比得上斯塔夫斯卡呢?

沉默了几分钟后,沃库尔斯基问:

"你们对你们的邻居满意吗?"

"那要看哪个邻居。"米谢维乔娃太太回答说。

"是的,很满意。"斯塔夫斯卡太太急忙插了一句,同时望了沃库尔斯基一眼,她的脸又红了。

"克热索夫斯卡太太是不是一个合得来的邻居?"沃库尔斯基又问。

"哎哟,先生!"米谢维乔娃太太叫道,把食指往上一指。

"那个女人很不幸,"斯塔夫斯卡太太插了一句,"她失去了女儿。"

她一面说,一面用手指捻着手帕的边缘。她的两只眼睛在美丽的睫毛下面偷偷地瞧着……当然不是瞧着我。她的眼皮想必有铅那么沉重,她的脸色越来越红了,神情越来越严肃了,好像我们中有谁伤害了她似的。

"那个马鲁谢维奇先生到底是个什么人?"沃库尔斯基往下说,好像根本就没有理会在场的那些女人。

"是个轻浮的人,浪荡公子。"米谢维乔娃连忙回答说。

"不,妈妈,他是个很怪的人。"女儿纠正她。她眼睛这时候依然睁得那么大,她的瞳孔也变得那么大,我真是从来也没有见过。

"那些大学生听说很爱闹事。"沃库尔斯基说,向那架钢琴望了一下。

"年轻人都那样!"米谢维乔娃太太说,大声地擦了一下鼻子。

"你看,海卢纽! 你那个花结子又散了。"斯塔夫斯卡太太说着,向小女儿躬下身去,大概是为了掩饰她的不安,因为只要一提起大学生的闹事,她就不知怎么办才好。

这样的谈话我再也听不下去了,真的,只有脑子有毛病的人或者没有受过教育的人,才会向这么一个漂亮的女人去查问她的邻居们的事。我不愿再听了,于是呆呆地望着天井。

我在那里看见了什么呢?马鲁谢维奇家有个窗户上的帘子掀开了一点,在那条缝隙的边上可以看出,有人在望着我们。

"那人一定在侦察我们!"我想。

我抬头往二层楼看,有趣的是,在克热索夫斯卡男爵夫人最靠边的那间房里,两个小风窗都打开了。在房间的深处,可以看见是她本人,正在用望远镜望着斯塔夫斯卡太太的那间房。

"上帝怎么不惩罚这个坏女人呢?"我自言自语道。我深信,通过这个望远镜的侦察,会出现一些丑恶的事情。

我祈求上帝没有白费,上帝的惩罚变成了一条鲱鱼,已经高悬在那个狡猾女人的头上。一只神秘的手提着那条鲱鱼,从一个装点着银色饰带的深蓝色的袖子里伸出来,出现在三层楼上那个风窗里;在它的下面,每隔几秒钟就露出一张瘦削的、带着狰狞微笑的脸。

根本就不需要我去深入调查,就可以猜出,这就是那些不缴房租的大学生中的一个,他一直在等着男爵夫人从风窗里探出头来,以便把那条鲱鱼扔到她的头上。

可是男爵夫人却非常小心谨慎,那个瘦削的大学生感到无聊极了,他把那条上帝保佑的鱼换到另一只手上,当然是为了拖时间。他还对巴黎洗衣店的姑娘们做着非常下流的鬼脸。

正当我想到那个大学生要以鲱鱼对男爵夫人行凶大概不会成功的时候,沃库尔斯基站起来,开始和太太们告别了。

"先生们这么快就要走了!"斯塔夫斯卡太太小声地说,觉得很难为情。

"请先生们常来惠顾……"米谢维乔娃太太补充了一句。

可是斯塔赫这个傻瓜却没有请求太太们让他天天到这里来,或者干脆就在这里搭伙食(我要是他的话,一定会这么做的),相反的是,他……他还怪里怪气地问她们要不要把房子修理一下?

"哦,凡是要做的,这位好心的热茨基先生都已经做了。"米谢维乔娃对我露出了亲切的微笑,回答说。(老实说,我并不喜欢一个上了年纪的女人对我这么微笑。)

斯塔赫在厨房里待了一会儿,那菜花的气味显然使他很不高兴,他转过身来对我说:

"这里得装个通风设备或者别的什么……"

走到楼梯上,我实在忍不住了,便叫了起来:

"如果你经常一点来到这里,你自己就会知道,这栋房子该怎么修理。可是这房子,或者就连这么一个漂亮的女人,都跟你有什么关系?"

沃库尔斯基站在前厅里,望着大街上,低声说:

"嗨!我要是早一点认识她,也许就跟她结婚了。"

我一听到这话,就产生了一种奇怪的感觉:我很高兴,可同时又觉得有人用利剑刺进了我的心里。

"啊,原来是这样,那你现在就不想结婚了?"我问道。

"谁知道呢?"他回答,"也可能我还要结婚……但不是跟她。"

听到这些话,我感到更奇怪了,斯塔夫斯卡太太不能嫁给斯塔赫,我当然很惋惜,但我也觉得,压在我胸口上的一个沉重的负担也卸下来了。

我们刚刚走到天井里,我就看见男爵夫人从风窗里探出了身子在喊叫,显然是冲着我们来的:

"先生! 等一等!"

这一瞬间,她突然发出了一声撕心裂肺的号叫:"哎哟!这些虚无主义者……"就退进房里面不见了。

那条鲱鱼掉在了离我们只有几步路远的地方,那看门人像猛兽扑食样地向它扑了过去,连站在旁边的我都没有看见。

"你去不去访问一下男爵夫人?"我问斯塔赫,"她好像有事要找你。"

"那就算了吧!"他不耐烦地挥了挥手,回答说。

他在街上叫了一辆出租马车,路上一句话也没有交谈,我们就回到了店里。但我深信他是在想着斯塔夫斯卡太太,要不是那讨厌的菜花……

我因为感到很不自在,也很发愁,在铺子关了门后,就去喝了一杯啤酒。在饭店里我碰到了参议员文格罗维奇,他虽然老是诽谤沃库尔斯基,但他的政治见解却是非常明智的……我跟他一直争到了半夜。文格罗维奇说得不错,从报纸上看,欧洲真的准备要干什么事情。谁知道,那个小拿破仑(人们叫他露露,他真的会给你们一个露露①!)是不是会从英

① 欧根·路易确实有个爱称,叫露露(法语叫 loulou,意思是小猫),它在波拿巴主义的反对者的嘴里说出来,带有轻蔑的意思。——原注

国回到法国①……麦克-马洪总统支持他,布罗伊公爵②支持他,大多数的人民都拥护他。我可以打赌,他会被立为皇帝,称为拿破仑第四,在春天真的要跟德国人干起来。现在德国人不到巴黎去了,一套把戏是玩不了两次的。

这么一来,就是说……我要说什么来着?……啊哈!

我们拜访斯塔夫斯卡太太后的第三天,也可能是第四天,斯塔赫到铺子里来,交给我一封信,是别人写给他的。

"念一念吧!"他微笑着说道。

我拆开信念道:

> 沃库尔斯基先生! 对不起,我没有称呼您"尊敬的",因为对于一个大家都讨厌得极力回避的人,是很难这么称呼的。您这个倒霉的人,您过去的过失还没有洗刷干净,现在又加上了新的污点。今天,全城的人真是没有别的可谈,而只是谈论您去拜访像斯塔夫斯卡那样作风不良的女人。您在城里跟她约会,夜晚偷偷地溜到她家里去,这虽然可以证明您还没有完全丧失廉耻,但您甚至在光天化日之下,当着仆役们、年轻人和这栋被您毁了名声的房子里的正派房客的面去拜访她。

> 可是您这个倒霉的人,不要以为跟她谈爱的只有您一个人;在这方面,您那个管理人,可怜的维尔斯基,和

① 法国的波拿巴主义者们曾极力准备让公爵回来,但根本没有这种可能,法国的形势朝着不利于波拿巴主义者复辟君主制的方向发展,这一点在一八七九年一月参议院的选举中可以得到证实。——原注

② 雅克·维克多·阿尔贝·布罗伊(1821—1901),当时著名的政治家和作家,是拥护君主制一派的领袖,要在第三共和国开头的几年复辟奥尔良王朝,可是这个王朝的支持者反对波拿巴主义者。——原注

您那个全权代表,在放荡的生活中把头发都熬白了的热茨基都在帮您的忙。

我还要补充一点,热茨基不仅诱骗您的情妇,而且还窃取了您这栋房子的收入。他降低了一些房客的租金,首先是那个斯塔夫斯卡的租金,这么一来,您这栋房子真是一文不值了,而您却还站在深渊的边缘上。现在,只有一个高尚的慈善家,想要买下您从文茨基家接过来的这栋破旧的房子,您从文茨基家把它接过来时,也曾遭受过一点对您来说虽然并不很大的损失,可是这位慈善家赐给您的却是大恩大德了。

因此,如果真有这么一个慈善家,您就卸掉您的重担吧!您要以感激的心情接受您能得到的一切,在人类正义的裁判没有把给你戴上枷锁,抛到监狱里去之前,逃到国外去吧!您自己要小心一点,听听一个对您一片好心的朋友的忠告吧!

“一个胆大包天的婆娘,是不是?”沃库尔斯基看见我念完后,问道。

“见她的鬼去吧!”我猜到了他说的是那个写信的女人,便叫了起来,“照她的胡说,我在放荡的生活中熬白了头,我偷盗,我在谈爱,这个该死的妖婆!”

“嘿,嘿,你安静点,你瞧她的律师到我们这里来啦。”沃库尔斯基说。

真有一个穿一件旧皮大衣、戴一顶褪了色的大礼帽、穿一双大套鞋的人来到了店里,他一进来,就像一个探子那样四处张望,他问克莱因,沃库尔斯基什么时候在店里?然后他又突然装出到现在才看见我们的样子,他走到沃库尔斯基跟前,小声地问道：

"您大概是沃库尔斯基先生吧？我可以跟您稍微谈几句话吗？"

斯塔赫对我眨了眨眼睛，我们三人就往我的房里走去。客人脱下大衣，我马上就注意到了他的裤子比那件皮大衣还要破旧，他的胡子比那件皮衣的领子被虫咬得更厉害。

"我先向先生们自我介绍一下，"他说着向沃库尔斯基伸出了右手，向我伸出左手，"我是律师……"

到这时，他又说出了自己的名字。可是他那双手却悬在空中，因为这时出现了一个奇怪的巧合：不论斯塔赫还是我都不愿跟他握手。

他看出了这一点，但并不感到窘迫。相反的是，脸上还露出美好的神情，他擦了擦手，笑着说：

"你们连我为什么到这里来都不问一下吗？"

"我们想，你自己会说的。"沃库尔斯基答道。

"不错！"客人说道，"那我就简单地说说，有个有钱的，但是很吝啬的立陶宛人（立陶宛人本来就很吝啬），她请我给她介绍一栋值得买的房子。我有十五栋房子可以介绍给她，但我知道，您为国家做了那么多的事情，出于对您的尊重，我要她买您的房子，就是以前文茨基的那栋房子；为此我给她做了两个礼拜的工作，她同意了……现在你们猜猜，她愿出多少钱……八万卢布……怎么样，这是一笔很不错的买卖，是不是？"

沃库尔斯基气得满脸通红，我想了一会儿，以为他会把客人赶出门外，但是他克制住自己，并用那种他所特有的尖刻和厌恶的语调回答说：

"我认识那个立陶宛人,她叫克热索夫斯卡男爵夫人。"

"怎么?"那律师很惊异。

"那个吝啬的立陶宛人不是出八万,而是出九万,来买我那栋房子。您对我说了一个低的价钱,自己想多赚一点。"

"哈,哈,哈,"律师大笑起来,"谁干我这一行不这么做呢,尊敬的沃库尔斯基先生?"

"好吧,那就请告诉您那个立陶宛人,"沃库尔斯基打断了他的话,"说房子我打算卖,但要卖十万卢布,而且限在新年以前。过了年我就要涨价了。"

"算了吧,这不像人说的话!"客人大怒道,"您想把那苦命女人最后一文钱也搜刮掉!请您考虑一下吧,人们对这会怎么说呢?"

"别人怎么说与我无关,"沃库尔斯基反驳道,"如果有人像您这样,想教训我,那就请他先把他该出去的那道房门看清楚!哦,那里是房门,您看见了没有,律师先生?"

"我给您出九万二千的价,一文也不加了!"律师回答说。

"那您还是把皮大衣穿上吧,不然出去会着凉的。"

"九万五。"律师插了一句,急忙穿上了衣服。

"好啦,再见……"沃库尔斯基说着便推开了门。

律师深深鞠了一躬,走了,但他到了门槛外边,又以甜美的声调补充了一句:

"我过几天再来。到那时候也许先生您情绪会好一点……"

斯塔赫冲着他把门砰的一声关上了。

那可恶的律师来过之后,我对这件事已经很清楚了。男爵夫人非要买斯塔赫的房子不可,她使尽了一切手段,想要压低房价。我知道那些手段是什么，其中之一就是写匿名信，她在信中辱骂斯塔夫斯卡太太，还说我在放荡的生活中，把头发都熬白了。

如果她真的买了那栋房子，为了报仇雪恨，她首先就会把那些大学生赶走，然后，她也会把那可怜的海伦娜太太撵走的……

现在，我马上就可以把后来发生的所有事情都说出来了。

律师来过之后，我忽然有一种不祥的预感，因此我决定当天就去看望斯塔夫斯卡太太，要她小心一点，要对男爵夫人有所提防，首先是尽量不要坐在窗口上。

因为这些女人虽有许多美德，但有一种要命的习惯：老是坐在窗口上。米谢维乔娃太太爱这么坐，斯塔夫斯卡太太爱这么坐，海卢尼娅，甚至连厨女马里安娜也这么坐。她们不仅白天在那里要坐一整天，而且夜晚在灯光下也要坐在那里，连窗帘都不放，大概一直要到就寝前才离开。这么一来，她们房间里的一切就像映在幻灯上一样，谁都看得见了。

要是好邻居看到这种消磨时间的办法，就会认为这足以证明她们都是一些很规矩的人：所有的东西都可以公开，就没有见不得人的。每当我想起马鲁谢维奇和男爵夫人老是窥视她们，想起男爵夫人是怎么憎恨那个斯塔夫斯卡太太的时候，我就摆脱不了一种很糟的预感。

当天晚上，我本想跑到我的那些高贵的女朋友那里去，恳求她们不要老是这么坐在窗口上，冒着男爵夫人对她们进行侦察的危险。但不凑巧，在八点半的时候，我很想喝点什么，因此我没有去太太们那里，而到酒店里去了。

我在那里遇见了参议员文格罗维奇和代理商什普罗特。

他们正在谈论公共街上那栋倒塌的房子；文格罗维奇马上跟我碰杯，说：

"新年来到以前，还会要倒一些房子的。"

可是什普罗特却对我眨了眨眼睛。

我不爱看他使眼色，我也从来不跟任何一个小丑互使眼色，所以我问道：

"先生，您这不张嘴的戏是什么意思？"

他傻里傻气地笑着说：

"是什么意思，您比我知道得更清楚嘛！沃库尔斯基要卖他的铺子……"

唉，受难的耶稣呀！我感到奇怪的是，我怎么没有用酒杯子去砸他的脑袋。幸亏我忍住了那最初的性急，接连喝了两杯啤酒，才以好像是镇静了一点的声音问道：

"沃库尔斯基为什么要卖铺子，卖给谁呢？"

"卖给谁？"文格罗维奇说，"华沙的犹太人还少吗？他们三个或者十个人聚在一起，把克拉科夫城郊街弄得又脏又臭，这都是因为他们得到了尊敬的沃库尔斯基先生的好处，而他自己则备有私人马车，可以经常到贵族的别墅里去休闲。上帝啊！我还记得这个可怜的孩子不久前在霍普费尔店里给我端过牛肉饼呢……至于到战场上去搜土耳其人的钱包，现在也不可能了。"

"那么他为什么要把铺子卖掉呢？"我在自己的膝盖上拧了一下，以免向这个讨厌的叫花子发火。

"把铺子卖掉也好嘛！"文格罗维奇喝了一杯啤酒后，回答说，我不知道那是第几大杯了，"一个这样的大人物……外交家，能够从外国输入新的货色。善于创新的人会跟商人们为伍吗?"

"我看那有别的原因,"什普罗特插嘴说,"沃库尔斯基要跟伊扎贝娜小姐结婚,虽然马上被拒绝了,可他现在还是经常到他们那里去,看来又有希望了。但他如果是服饰用品商人,伊扎贝娜小姐是不会嫁给他的,哪怕他是一个外交家、一个革新者也不行。"

我的眼前飞舞着一些火星。我用我的杯子敲打着桌面,大声地说:

"您撒谎!全是撒谎,什普罗特先生!这里有我的地址!"我扔给了他一张名片。

"您把您的地址告诉我干什么呢?"什普罗特有点奇怪,"要我送给您一匹斜纹布吗,要不是什么意思呢?"

"我要跟您决斗!"我叫了起来,不停地拍着桌子。

"胡说八道!"什普罗特说着用手指在空中划来划去,"您要决斗是不难的,因为您是个匈牙利军官。杀死一个或两个人,然后在自己身上砍一刀,这对您来说,不过是在一块面包上抹点黄油而已……先生,可我是个代理商,我有老婆和孩子,我还有紧要的事情要办。"

"我一定要跟您决斗!"

"一定要跟我决斗,这是什么意思?您是不是要把我押送到监狱里去?……您说这些话如果脑子是清醒的,那我就上警察局去,给您看看决斗的厉害……"

"您这个人厚颜无耻!"我叫道。

现在他也捶起桌子来了。

"谁厚颜无耻?您这是说给谁听?难道我没有支付期票,出售了劣货,难道我破产了?到法庭上再说吧,看谁是正义的,谁无耻!……"

"算了吧!"文格罗维奇参议员恳求道,"决斗是以前的风俗,现在过时了。你们互相握手吧!"

我从那张溅满了啤酒的桌子旁站起来,到柜台上付了账后,就走了。我的脚再也不会跨进这个下流酒店的门槛了。

生了这么一肚子气,我当然不会到斯塔夫斯卡太太那里去了。最初我以为我会整夜睡不着觉,但我后来还是睡着了。第二天,斯塔赫来到店里,我就问他:

"你知道别人都在说些什么吗? 说你要卖掉铺子。"

"就是把它卖了,又有什么不好呢?"

(是啊,有什么不好呢? 我连这么一个简单的道理都想不到。)

"可你知道,他们还说,你要和文茨卡小姐结婚。"我轻声地往下说。

"要是结婚……那又怎样呢?"他回答说。

(这也说得不错! 如果是他喜欢的人,他怎么不能跟她结婚呢,就是跟斯塔夫斯卡太太结婚,有什么不可呢? 这一点我又没有想到,根本没有必要跟那个什普罗特去瞎闹嘛!)

这天晚上,我非得到那家酒店里去不可,当然,不是去喝啤酒,而是要跟那个受了委屈的什普罗特言归于好,因此,我没有到斯塔夫斯卡太太的家里去提醒她们别坐在窗口上。

在这种情况下,我很不高兴地终于了解到了商人们对沃库尔斯基越来越不满了;我们的铺子要卖掉,斯塔赫还要跟文茨卡小姐结婚。我说"结婚",是因为他如果没有十足的把握,是不会表现得那么坚决的,特别是在我面前。

今天,我已经知道得很清楚,他在保加利亚时惦念的是谁,他为谁那么张牙舞爪、凶相毕露地夺得了一笔财产⋯⋯哦,这也许是上帝的旨意吧!

　　瞧,我怎么又离题了⋯⋯现在我要好好地叙述一下去斯塔夫斯卡家里的那次冒险,要以最快的速度把它说出来。

第十章　老掌柜的回忆

有一天晚上，刚过八点钟，我就到那些太太们的家里去了。斯塔夫斯卡太太照她的习惯，这个时候总是在最后面的那间房里给别人家的姑娘们上课，米谢维乔娃带着海卢尼娅依然坐在窗口上。我不知道，她们在黑夜中能见到什么，但大家都看得见她们，那是毫无疑问的。我甚至可以赌咒，男爵夫人一定拿着一个望远镜坐在一个没有灯光的窗子边，正注视着一层楼的动静，因为那里的窗帘这时候总是打开的。

我躲在窗帘后面，至少不要让那个怪物看见我吧！我开门见山地问米谢维乔娃太太道：

"好心的太太，对不起……你们为什么老是坐在窗口上呢？这不好啊！"

"我不怕穿堂风，"那尊敬的妇人回答说，"它使我感到很愉快。您猜猜看，海卢尼娅发现了什么？那些窗子里的灯光有时候亮了，使它们变成了一个字母表的形状……海卢尼娅！"她转过身来对孩子说，"那里好像有个什么字母？"

"是呀，奶奶，还有两个呢：一个是 H，另一个是 T。"

"对！"老妇人证实道，"那是 H，还有一个 T，先生，您也看看吧！"

不错，对面三层楼上有两个窗子，二层楼上有三个，一层

楼上也有两个窗子,全都透着灯光,形成了如下的图像:

后进侧房的三楼有五个窗子,二楼有一个,一楼一个,底层还有一个,形成这样的图像:

"虽然这些窗子不太容易构成一个字母的形状,"老奶奶解释说,"但海卢尼娅却对字母表很感兴趣,直到现在,她要是能把那些有灯光的窗子拼成一个字母,她会感到很高兴。所以,我们就是晚上也不放下窗帘。"

我也只好耸耸肩膀。我怎么能不让这女孩往窗外看呢,如果她这样玩得很开心的话。

"为什么不往窗外看呢?"米谢维乔娃太太叹了口气,"这是我们唯一的乐趣呀!我们能到哪里去呢?有谁会到我们这里来呢?自从卢德维克走后,我们就和所有的人断绝了来往。对一些人来说,我们太穷了,对另一些人来说,我们都是一些可疑的人。"

她用手帕擦了擦眼睛,往下说:

"啊,卢德维克不该走的!他们就是把他关起来,那又怎么样?查明了他无罪,我们又会在一起。可现在,他究竟在哪里,只有上帝知道。斯塔夫斯卡呢?您说,要她别往外面看!可是这个可怜的人,她总是那么等待,她仔细地听着,不断地往外看着，想知道卢德维克回来没有，或者至少有没有他的信？只要有人快一点跑过了天井，她马上就会赶到窗前，去看是不是送信的来了。当信使真的到我们这里来了（我们是很少收到信的，热茨基先生！）的时候，您要是看见她，就会发现她的样子完全变了，脸色苍白，全身不停地战栗起来。"

我不敢开口说话，那老妇人歇了一下，接着往下说：

"我自己也爱坐在窗口上，特别是当天气晴朗、天空明净的时候，我就会想起我那死去的丈夫，好像他还活着一样。"

"是的，天空使您想起了他现在住在哪里？"我轻声地说。

"不，我想的不是他在天上，热茨基先生，"她插嘴说，"因为我知道，像他这样一个忠厚老实的人不在那里，还会在哪里呢？只是我望着天空，望着这栋房子的墙壁的时候，我就想起了我们举行婚礼那幸福的一天……我那已故的克列门斯当时穿一身蓝宝石色的大礼服和黄色土布裤子，它的颜色跟我这栋房子的颜色完全一样……"

"啊，热茨基先生！"老妇人呜咽起来，"请相信我，对我们这样的人来说，窗子完全可以代替戏院、音乐会和熟人。除了窗子外面，我们还要看什么呢？"

当我是那么无聊地探望着窗外，听到她的这一番话后，我简直无法形容我是多么悲哀了……突然，从另一间房里传来了窸窸窣窣的声音，原来是斯塔夫斯卡太太的女学生上完了课，正收拾东西，准备回家。我看见她们的女教师那美妙绝伦的形象，感到无比的欣慰。

当我向她问候的时候，我发现她的手很凉，她的天使般的脸上显露出了疲倦和悲哀的神色。但她一看见我，还是微笑着。（可爱的天使呀！她好像已经猜出，她那甜蜜的微笑整整一个礼拜会把我那黑暗的生命照得亮堂堂的。）

"妈妈跟您说了吗,我们今天是多么荣幸?"斯塔夫斯卡太太说。

"哎哟,是的,我忘了……"米谢维乔娃太太突然记起来了。

女孩子们这时候行了个屈膝礼,都出去了。我就像她家里的人一样,在这里留下了。

"您想想看,"斯塔夫斯卡太太说,"今天男爵夫人来拜访过我们。她刚来的时候,我一看差点吓了一跳,因为那可怜的女人外表很难看:她脸色苍白,老是穿着那件黑衣服,眼色也不好……可她马上使我感动了,因为她一看见海卢尼娅就哭了,而且跪在她的膝前叫道:'我那可怜的小女儿就是这个样子,但她已经死啦!'"

我听见这些话,就打了个寒噤。我不愿让斯塔夫斯卡太太遭受那种可能是虚假的惊吓,我也不敢把我的预感告诉她,而只是问了她一句:

"她来找您有什么事情吗?"

"她是来请我帮她干活的:整理床单、裙子、花边,总之,整个衣柜里的东西。她料定她丈夫很快就会回来,想要修补和翻新一些东西,另外再添置一些。但因为像她自己所说的那样,她没有这方面的鉴赏力,所以请我帮忙,每天干三小时,答应给我两个卢布。"

"您准备怎么样呢?"

"上帝呀,我有什么办法呢? 我自然很感激地接受了她的请求。那虽然是个临时性的工作,但来得正是时候,因为就在前天(我根本不知道是什么原因),我这里走了一个学音乐的女学生,每小时本来要付五个兹罗提的。"

我叹了口气,猜想这件事可能跟一封匿名信有关。写这种匿名信,克热索夫斯卡太太最有本事,可是我没有说过什么呀!我不会叫斯塔夫斯卡太太辞掉那每天两个卢布的工作吧?

啊,斯塔胡,斯塔胡!你为什么不跟她结婚呢?文茨卡小姐把你弄得晕头转向了,你可不要后悔啊!

从那以后,我到那尊敬的女友家里不知去过多少次,每次斯塔夫斯卡太太都尽量详细地把她跟克热索夫斯卡男爵夫人接触的一些事情说给我听。她每天都待在她那里,当然不是干三小时,而是干五六个小时,但始终只能够得到那两个卢布。

斯塔夫斯卡太太是个很宽厚的女人,虽说这样,但我从她那小心谨慎的谈话中,还是猜得出她对男爵夫人的住处和周围环境的面貌感到奇怪,而这也使她很不愉快。

首先,男爵夫人根本就不使用她那些宽敞的房间。客厅、主妇客厅、卧室、餐厅、男爵的房间里都没有人。放在那里的家具和镜子套上了布套,花盆里种的植物只剩下了枯萎的茎梗,里面全都是腐烂的东西,而不是泥土;一些值钱的壁布也沾满了尘土。她当然也吃东西,但怎么吃,只有上帝知道。有时候,她好几天一点热的东西都不进口。她那么大一栋房子,却只用了一个女仆,还老是骂她是淫妇和小偷。

有一次,斯塔夫斯卡太太问她,一个人住在这么一栋空荡荡的房子里,会不会感到悲伤,她回答说:

"我这个孤苦伶仃、几乎成了寡妇的女人有什么办法呢?除非仁慈的上帝能够教育好我那个不道德的丈夫,使他痛悔自己的罪过,回到我身边来,到那个时候,也许我这隐居的生活会有一点改变吧!从我热情地祈祷的时候上帝赐给我的梦境和预感来看,我丈夫很快就要改邪归正了,因为这个不幸的、丧失了理智的人不仅身无分文,而且连借贷都不可能了……"

斯塔夫斯卡太太听到这些话后心想,就是男爵改邪归正,他的命运也未必令人羡慕。

那些常来拜访男爵夫人的人斯塔夫斯卡太太是信不过的。来这里最勤的是一些外表令人生厌的老太婆,男爵夫人常常在前厅里跟她们小声地谈论她的丈夫。有时候马鲁谢维奇也来了,还有一个穿旧皮大衣的律师。男爵夫人把这些先生总是带到餐厅里,但她一跟他们谈话就哭了起来,还大声地咒骂,闹得整个屋子都听得见。

斯塔夫斯卡太太曾经鼓起勇气提出了这样一个问题:为什么她不跟她的亲戚住在一起,男爵夫人回答说:

"跟什么亲戚呢,亲爱的太太?我已经没有什么人了,就算有个把人,如果是那种贪婪和卑鄙的人,我也不会让他到我家里来。另一方面,我丈夫的亲戚都不认我,因为我不是贵族出身,虽然如此,他们却从我这里骗走了差不多二十万卢布。当我借钱给他们的时候,他们就给我耍滑头,想永远不还;如果我看出了他们的阴谋,他们就和我断绝关系,甚至唆使我那不幸的丈夫来冻结我的财产。哎哟,这些人害得我好苦呀!"她哭着把话说完了。

男爵夫人整天待在(斯塔夫斯卡太太说)她那死去的女儿唯一住过的那间房里。这个地方不仅非常凄凉而且奇怪,因为那里的一切都保持着孩子在世时的样子:有一张小床,床上的被褥每隔几天就换一次。有个小衣柜,柜里的衣服也经常拿到客厅里去拍打和洗刷干净,因为男爵夫人不让把这些神圣的纪念品拿到天井里去。有一张小桌,桌上放着一些书和一个练习本,在练习本翻开的那一页上,那可怜的孩子最后一次写上了"圣母……"的字样。末了还有一个木架子,上面放满了大大小小的洋娃娃和那些娃娃的小床和小衣服。

斯塔夫斯卡太太也在这间房里织补花边和绸缎衣服。这一类东西男爵夫人有很多,但她会不会把它们穿上,斯塔夫斯卡太太却弄不清楚。

有一天,男爵夫人问斯塔夫斯卡太太认不认识沃库尔斯基。斯塔夫斯卡太太说她不太认识,可是男爵夫人却向她提出了这么一个要求:

"亲爱的太太,如果您在一件重要的事情上能够在沃库尔斯基先生那里给我说几句好话,那就是您对我最大的恩赐,也是您做的一件真正的善事。我想向他买下这栋房子,愿出九万五千卢布的价钱。可是他太顽固,没有别的原因,他就是太顽固,非得要价十万,他要毁了我,这个人……您告诉他,他杀人不见血……上帝为他的贪婪会惩罚他的!"男爵夫人又哭又叫了起来。

斯塔夫斯卡太太感到十分为难,她回答男爵夫人,说她对沃库尔斯基无论如何不能提起这件事。

"我不认识他。他只不过到我们这里来过一次。实际上,要我干预这样的事情也不合适吧?"

"啊,您跟他是什么事情都办得成的!"男爵夫人回答说,"您要是对我见死不救,好吧,这也许是上帝的旨意……那您至少要履行一个基督教徒的义务:告诉那个人,说我对您是友好的。"

斯塔夫斯卡太太听到这些话,就站起来要走。但是男爵夫人马上扑过去,搂着她的脖子,又连声咒骂自己,向她赔礼道歉,恳求她原谅,使得那菩萨心肠的斯塔夫斯卡太太眼里又涌出了泪水,她留下了。

斯塔夫斯卡太太把话讲完后,带着请求的声调问道:

"这么说,沃库尔斯基先生不愿卖房子啦?"

"正好相反,"我很恼怒地回答说,"他不仅要卖掉房子,还要卖掉铺子……把所有的东西都卖掉。"

斯塔夫斯卡太太的脸马上涨得通红;她把椅子掉转过来,让椅背对着灯光,小声地问道:

"为什么要这样呢?"

"我怎么知道?!"我一面说,一面对我亲近的人受到了折磨感到特别高兴,"我怎么知道! 人们都说,他要结婚啦……"

"哦!"米谢维乔娃插嘴说,"有人说,对象是文茨卡小姐。"

"是真的吗?"斯塔夫斯卡太太轻轻地问了一声。她突然把一只手按在胸脯上,像透不过气来似的,然后她走到隔壁的一间房里去了。

"太妙了!"我不觉想到,"她只见过他一次,就已经头脑不清醒了。"

"我不知道,他怎么会结婚?"我对米谢维乔娃说,"他在女人那里不一定很走运吧?"

"哎,您这是什么话,热茨基先生!"那老妇人有些生气地说,"他在女人那里怎么不走运呢?"

"唉,他长得不漂亮嘛!"

"他？他是个非常漂亮的男人！那身材,那高贵的仪表,还有那双什么样的眼睛呀！这个您大概还不很懂得,热茨基先生！我坦白地告诉您(像我这样的人,可以说这种话),我见过许多漂亮的男人(卢德维克也是长得很漂亮的),但是像沃库尔斯基那么漂亮的男人我以前却没有见过。在一千个人中间,他也是最引人注目的。"

我对这种赞扬感到惊异。我知道斯塔赫长得很漂亮,但怎么会好到那种程度……哈哈！只可惜我不是女人！

晚上十点左右,我离开她们的时候,斯塔夫斯卡太太的脸色变了,她显得很悲哀,她说她头很痛。啊,斯塔赫这个笨蛋！这样一个女人一见面就狂热地爱上了他,而他这个疯子却去追求伊扎贝娜小姐。世界上的秩序怎么是这么安排的呢？

我要是上帝的话……还谈这干什么,谈也没有用。

人们都在谈论华沙开凿运河的事。连公爵都到我们这里来了,为了这件事①他还请斯塔赫去开会。谈完了运河的事后,公爵又问起了他的房子。当时我也在,我记得很清楚。

"您向克热索夫斯卡男爵夫人要价十二万(对不起,我也问起了这件事),是真的吗？"

"不对,"斯塔赫回答,"我只要十万,可是一文不能少。"

---

①　这个问题当时确实成了开会议论,有时也在报刊上进行热烈讨论的对象。一八七七年,华沙市政局委托英国在这方面的著名专家威廉·林德利工程师做一个相应的设计方案。林德利的设计一出来就引起了争论,由于公众舆论的参与,这种争论就更激烈了。反对这个计划的都是一些房产主,因为他们为此要付出一部分费用。他们不仅认定这个工程耗资太大,而且说它有碍维斯瓦河的清洁卫生。普鲁斯一八七九年四月和五月在他的"记事"上曾对林德利的计划表示热烈的拥护。——原注

"男爵夫人是个怪人,歇斯底里,但她……很不幸,"公爵说,"她要买那栋房子,一是因为她那可爱的小女儿是在那里死去的,二是她怕她丈夫把她剩下的那笔财产挥霍掉,她丈夫最爱花钱。您总可以给她一点优待吧!给苦命人做好事是多么高尚啊!"公爵说完后,叹了口气。

讲句老实话,我虽是个伙计,但对这种从别人的腰包里掏出钱来做好事的举动也很惊奇。斯塔赫则更明显地有这种感觉,因此他生气地回答说:

"这么说,因为男爵的挥霍无度,他的妻子看中了我这栋房子,我就该损失几千卢布喽,这是什么道理?"

"唉,您别生气嘛,尊敬的先生!"公爵紧握沃库尔斯基的手说,"我们大家都和别的人生活在一起,别人帮了我们,我们也应当为他们做点什么……"

"有没有谁帮助过我,我不知道,可是阻拦我的却非常多。"斯塔赫打断了他的话。

他们很冷淡地告别了。我也注意到了公爵对这很不满意。

这些人真怪,沃库尔斯基创立一家对帝国的贸易公司,使他们有了机会,可以用他们的资本赚到百分之十五的利润,可他们嫌这不够,他们还要他按他们的一句话,给男爵夫人好几千卢布……

那婆娘可真够机灵的,什么地方她钻不进去?甚至还有一个神父来找斯塔赫,要他按照上帝的旨意,把房子以九万五的价钱卖给她,但斯塔赫拒绝了,这么一来,我们不久后就一定会听到有人说他不信上帝了。

现在要谈主要的事情了,我想尽快地把它介绍一下。

有天晚上（就是威廉皇帝被诺比林行刺后，重又开始执政的那天①），我到斯塔夫斯卡太太家里去，我的女神，那个最宝贵的女人心情特别好，因此她对男爵夫人也大为称赞起来。

"您想一想，"她说，"那个克热索夫斯卡太太虽然古怪，但她是个正直的女人。她看到海卢尼娅不在，我就愁容满面，就请我到她家里去，把海卢尼娅带去，在那里待几个小时……"

"就是那只给两个卢布的六小时吗？"我插嘴问。

"不，不到六小时，最多四个小时。海卢尼娅在那里玩得挺好，虽然不准她碰一下什么东西，但她可以看看那死去的孩子的玩具。"

"那些玩具真的很漂亮吗？"我这么问的时候，在心里就拟订了一个计划。

"漂亮极啦！"斯塔夫斯卡太太很活跃地回答，"特别是那个深色头发的大洋娃娃，要是在它……这里，胸脯上按一下……"说到这里，她脸红了。

"是不是在小肚子上？……对不起，我的太太。"我问。

"是的，"她赶忙说，"只要按一下，它就眨着眼睛，喊一声：'妈妈！'真好玩，我自己也想有一个。那洋娃娃叫咪咪，海卢尼娅第一次看见它，就拍着小手，站在那里像座雕像一样，再也不离开了。而当克热索夫斯卡男爵夫人按了一下，那洋娃娃开始说话时，海卢尼娅就叫了起来：'啊，妈妈，您看它多么漂亮，多么聪明呀！我在它的小脸上吻一下好吗？'她就

---

① 威廉一世皇帝于一八七七年六月二日被诺比林刺伤后，在他疗养期间，委托他的皇位继承者弗雷德里希·威廉执政。他恢复健康后，在一八七八年十二月二日，又重新开始执政。——原注

在洋娃娃一只小漆皮鞋的鞋尖上吻了一下。从那时候起，她在梦中也会含混不清地说着那个洋娃娃；等到她一醒来，就马上跑到男爵夫人家里去，站在那洋娃娃面前，双手合起来，像做祷告一样，那么虔诚地注视着它。说真的，"斯塔夫斯卡太太最后小声地说（海卢尼娅就在隔壁房间里玩），"我要是能给她买一个那样的洋娃娃，我该多么高兴啊……"

"那一定是一个很贵的玩具。"米谢维乔娃太太插嘴说。

"亲爱的妈妈，不管它怎么贵，谁知道，我什么时候能够也像今天一样，有这么一个洋娃娃，使她那么高兴……"斯塔夫斯卡太太说。

"我们那里好像有一个和那一样的洋娃娃，"我说，"如果您愿光临我们店里的话……"

我不便给她送这个礼，因为我懂得，做母亲的只有使自己孩子高兴，她自己才会高兴。

虽然我们谈话的声音压得很低，海卢尼娅很明显还是听清了我们在谈什么，她从隔壁房里跑了过来，眼里闪着光。为了把她的注意力引到别的方面，我问她：

"怎么样，海卢纽，你喜欢男爵夫人吗？"

"随便。"孩子靠在我的膝盖上，望着她的母亲，回答说。（上帝呀，为什么我不是她父亲呢？）

"她跟你谈了话吗？"

"谈得不多，她只问过我一次，沃库尔斯基是不是喜欢我？"

"是吗？那你怎么回答呢？"

"我说，我不知道沃库尔斯基先生是谁。男爵夫人又说……啊，您的表走得好响啊，拿出来看吧……"

我掏出表来,交给了海卢纽。

"男爵夫人说了些什么?"我要她说出来。

"男爵夫人说:'你怎么不知道沃库尔斯基先生呢? 他到你们家里去过,跟那个⋯⋯那个好色之徒热茨基一起去的⋯⋯'哈,哈! 您是个机灵人,您给我看看表里面的东西吧⋯⋯"

我向斯塔夫斯卡太太望了一眼,她好像很吃惊,本来要责备一下海卢尼娅她也忘了。

在喝完茶,吃了没有抹黄油的小面包后(女仆说,今天买不到黄油),我和这些可敬的太太们告别了。我心里发誓,如果我是斯塔赫,要把房子卖给男爵夫人,决不会低于十二万卢布的价。

这期间,那妖妇耍尽了各种各样的手段,她因为害怕沃库尔斯基提高房价,或者把房子卖给别人,最后下了决心,出十万卢布。据说有几天她像得了癫狂症一样:全身抽搐,她打过女仆,在公证人事务所里大骂她的律师,但最后还是签了购买的契约。

买了那栋房子后,她总算平静了几天。那是说,我们再也没有听到她的声音了,但是她的房客们却跑到我们这里来诉苦了。

最早是住在后进侧屋三楼上的那个鞋匠,他一来到这里,就哭哭啼啼地控告新女房东每年要增加他三十卢布的房租。我向他解释了半个小时,说这事跟我们毫不相干,他只好擦了擦眼睛,皱起了眉头,在向我告别的时候,还抱怨说:

"沃库尔斯基先生既然把房子卖给了一个欺侮人的女人,那说明他心里没有上帝。"

先生们,你们听到过这样的话吗?

第二天,巴黎洗衣店的女店主来了。她身穿一件天鹅绒大衣,一进来就装出一副很了不起,特别是遇事果断的样子。她在一张靠椅上坐下,四处张望了一下,好像有意要买几个日本花瓶,可她接着就发起牢骚来了:

"我很感激您,先生,您干了件好事呀,没说的……七月份买了这栋房子,十二月又把它卖掉,这么个买卖,事先对谁都不说……"

她脸都红了,接着说:

"今天,那个臭女人派了个什么家伙来要回我租的那间房子,她脑子里又有什么鬼打算,我弄不明白,因为我从来是按期付房租的……可是那婆娘却非得要回我的房子不可。她还诽谤我的那个洗衣店,说我的那些女工和那些大学生有不正当的来往,那是造谣。她满以为我在十二月中会去找另一个店址……可我怎么会从一个顾客已经熟悉了的地方搬走呢?……如果我从这里搬走,就要损失几千卢布,谁来赔偿我的这些损失呢?……"

当我不得不在顾客们面前,倾听她用强有力的女低音发出的这一番议论时,我的身上真是一阵冷一阵热的。我使出浑身解数,总算把她请到了我的房里,我告诉她,她可以为损失和赔偿的事来起诉我们。

那女人走后几个钟头,那个原则上不缴房租、长着大胡子的大学生又闯进来了。

"啊,您好吗!"他问道,"克热索夫斯卡那个魔鬼买了你们的房子,是真的吗?"

"是的。"我说,同时心里想,这家伙一定要揍我一顿。

"哎，见鬼!"那大胡子不断地弹着手指头，说，"沃库尔斯基是个多么好的房东啊(请注意，他们租赁了斯塔赫的房间，斯塔赫从来没有见过他们付过一个格罗什房租)，可他把房子卖了，这么一来，克热索夫斯卡大概要把我们撵出去了?"

"嗯，嗯!"我回答说。

"她会撵我们走的，"他叹了口气，接着说，"已经有那么一个人到我们这里来过，要我们搬走……可是我敢发誓，他们不打官司是撵不走我们的，如果她一定要那样做……那整个这栋房子就有好看的啦，再见!"

我心里想："也罢，他至少不是对我们有什么不满，可他们好像真的要跟男爵夫人开什么玩笑了……"

第二天，维尔斯基也来了。

"您知道吗，朋友，"他很生气地说，"那婆娘辞掉了我这个管理人的职务，叫我新年就搬出去。"

"沃库尔斯基已经想到了您的事，"我回答，"他要让您在那家跟帝国贸易的公司里工作。"

这样我终于听到了一些人的好话和歹话，平息了一些人的火气，也给一些人带来了宽慰。我抗住了来自各方的袭击。我知道那婆娘对房客们是那么霸道，就像帖木儿一样①，我情不自禁地为那个美丽和善良的海伦娜感到不安了。

在十二月下半月的一天，我看见门突然开了，斯塔夫斯卡太太走了进来。她比平日显得更美了(她总是那么美丽，不论是她高兴的时候，还是烦恼的时候)。她用她那双迷人的

---

① 帖木儿(1336—1405)，帖木儿帝国的创立者，曾经占领中亚和印度的大片疆土。

眼睛望着我,悄声地说:

"您可以把那个洋娃娃给我看看吗?"

洋娃娃(甚至有三个)早就准备好了,可我一时忙乱,找了几分钟却没有找到。克莱因对我使了个眼色,那样子很可笑,他还以为我爱上了斯塔夫斯卡太太呢。

我终于把那个盒子取出来了——里面有三个大洋娃娃:一个头发是棕色的,另一个是金黄色,第三个是黑色的,这些头发都是真的。要是在洋娃娃的肚皮上按一下,它就转动着眼睛,发出声音,斯塔夫斯卡太太听起来,觉得它在叫"妈妈",克莱因觉得它在叫"爸爸",可我觉到它在发出"呜呼"的声音。

"太好玩了!"斯塔夫斯卡说,"但一定是很贵的。"

"太太!"我说,"这是我们早就要脱手的货品,所以我们卖得很便宜。我马上去找老板。"

斯塔赫在柜子后面工作,可是当我把斯塔夫斯卡太太来了和她的来意都告诉了他后,他就高高兴兴地跑到店堂里去了。我甚至看见他友好地望着斯塔夫斯卡太太,就好像她以前就给他留下了很不错的印象似的。好啦,至少现在……感谢上帝!

我们向她做了详细的解释,最后达成一致:洋娃娃是次品,销不出去,一个只卖三卢布,金黄头发的,还是棕色头发的随便挑。

"我要这个,"她拿了那个棕色头发的,"它跟男爵夫人的那个完全一样,海尔恰一定很喜欢。"

到了付钱的时候,斯塔夫斯卡还是认为有问题,她觉得,一个这样的洋娃娃一定值十五个卢布左右;后来经过我、沃库尔斯基和克莱因的共同努力,才使她相信,我们就是卖三个卢布,也还是盈利的。

沃库尔斯基回去干他的活去了。我却问斯塔夫斯卡太太,家里有什么新闻,跟男爵夫人的关系怎么样。

"什么新鲜事也没有,"她红着脸回答说,"克热索夫斯卡太太怪我没有在沃库尔斯基面前给她说情,使她买房子不得不付了十万卢布,……我在她那里的活不干了,也不到她那里去了。当然,从新年起,她也不让我租她的房子住啦。"

"她把应当付给您的钱付给您没有?"

"唉!"斯塔夫斯卡太太叹了口气,她的暖手笼掉在地上,克莱因马上把它拾起来。

"难道没有付给您?"

"没有……男爵夫人说,她现在没有钱,而且她也不相信我开的账单。"

我们两人都笑男爵夫人古怪,我们告别的时候心情也很愉快。她出去的时候,克莱因还特别殷勤地给她开了门,他的这个举动使人感到,要么他把她当作了我们的老板娘,要么他自己就爱上了她。这个笨蛋!……他也住在男爵夫人那栋房子里,有时他也去拜访斯塔夫斯卡太太,可他总是那么愁眉苦脸地坐在斯塔夫斯卡太太那里,有天晚上,他去拜访的时候,海卢尼娅甚至问她的奶奶,克莱因先生今天是不是喝了蓖麻油?……真是白日做梦,他怎么可以想要得到这样一个女人呢?

现在我来描述一下这出悲剧吧!一想到它我就气得要命。

一八七八年除夕那天下午,我在铺子里收到斯塔夫斯卡太太的一封信,要我晚上到她那里去。它使我吃了一惊,看来她很激动,我想她一定是得到了她丈夫的消息。

"他一定回来了,"我想,"那些迷了路的男人几年之后突然醒悟过来了,见他们的鬼去吧!"

晚上维尔斯基急急忙忙跑了过来,喘着气,慌里慌张地把我拉到我的房间里,关上门,连皮大衣都没有脱,就倒在一张靠椅上,说:

"您知道吗,昨天克热索夫斯卡在马鲁谢维奇家里一直坐到半夜?"

"坐到半夜,在马鲁谢维奇那里?"

"是呀,好像还跟她的律师,那个无赖在一起。马鲁谢维奇那个流氓从窗子里瞧见了斯塔夫斯卡太太在给一个洋娃娃穿衣,男爵夫人知道后,带着望远镜立即走到他那里,想要证实这一点。"

"那又怎么样呢?"我问道。

"有这么一个情况,男爵夫人几天前把她死去的女儿的那个洋娃娃丢了,这个疯女人现在怀疑是斯塔夫斯卡太太……"

"怀疑斯塔夫斯卡太太什么?"

"怀疑她偷了那个洋娃娃!"

我在胸前画了个十字。

"您不用担心!"我说,"那洋娃娃是在我们店里买的。"

"我知道,"他回答说,"虽说这样,可今天九点钟,男爵夫人甚至带着警察局的警察闯进了斯塔夫斯卡太太家里,叫把那个洋娃娃拿走,她还写了状纸,上法院起诉去了。"

"您疯了,维尔斯基先生! 那洋娃娃是在我们店里买的!……"

"我知道,我知道,这样的丑闻听起来真没意思。"维尔斯基说,"最糟糕的是(我从警察那里知道的),斯塔夫斯卡太太本来不愿让海卢尼娅知道洋娃娃的事,因此她起初不肯把它拿出来,她求大家说话小声一点,她还哭了……那警察说,他自己也很狼狈,因为他并不知道,男爵夫人为什么要把他拉到斯塔夫斯卡太太家里来。可是这个泼妇却大喊大叫起来:'她偷了我的东西!……就是在她最后一次来到我家的那天,洋娃娃丢了。把她抓起来,我以我的全部财产担保,这个起诉是没有错的。'警察就这样把那洋娃娃拿到警察局去了,还请斯塔夫斯卡太太一同去。一大丑闻,真是骇人听闻的丑闻!"

"那么你们为什么听之任之呢?"我气得大叫起来。

"我现在不住在那里了。是斯塔夫斯卡太太的女仆把事情弄糟的,因为警察出来后,她在大街上骂了他,这么一来,连她也要去坐牢。可是那个巴黎洗衣店的女老板为了讨好男爵夫人,又恶毒地咒骂斯塔夫斯卡太太……只有那些正直的大学生把令人恶心的什么水倒在了男爵夫人的头上,使她永远也洗不干净,才是值得庆幸的……"

"不错,但法院总要……主持公道吧!"我叫道。

"法院应判斯塔夫斯卡太太无罪,这是毫无疑问的,"他说,"可这毕竟是一个耻辱,坏了那可怜的女人的名声;今天她不让她的学生再来了,她也不去给她们上课了,而只是跟她母亲两人在家里整天地哭泣。"

当然,我没有等到店铺关门(我现在越来越这样了),就跑到斯塔夫斯卡太太那里去了。我甚至还租了一辆出租马车,在路上我想了一个最好的主意,就是把这件事告诉沃库尔斯基,因此我到他那里去了,虽然我不知道能不能遇上他,因为他最近总是待在文茨卡小姐家里,衷心地为她效劳。

沃库尔斯基在家,可他好像有些忧郁。给伊扎贝娜小姐效劳并没有给他带来什么好处,但是我把斯塔夫斯卡太太和洋娃娃的事告诉他后,他却兴奋起来了,他抬起了头,眼里闪着光(我不止一次地发现,别人的不幸能够治好自己的忧郁病)。

他很留心地听着(忧郁的情绪逐渐消失了),然后说道:

"男爵夫人真厉害……可是斯塔夫斯卡太太也不用担心,她的事情像阳光一样清白,人类的卑鄙岂止欺侮她一个人。"

"你说得轻巧,"我回答说,"因为你是个男人,首先是你有钱。可那个可怜的女人由于这一次打击,她今天失去了所有授课的收入,说得更确切一点,她是被迫放弃的,如今她靠什么活下去?"

"唉!"沃库尔斯基拍着自己的额头,说,"这个我倒是没有想到……"

他在房间里来回走了几趟(紧皱着眉头),碰倒了一张椅子,敲了敲窗子上的玻璃,突然在我面前停住。

"那好,"他说,"你先到她们那里去,我过一个钟头再来。看来,我们要跟米列罗娃太太交涉一下。"

我很高兴地望着他。米列罗娃太太的丈夫不久前死了,他也是个服饰用品商人;但是她的铺子、财产和信贷,现在都是由沃库尔斯基支撑着。因此我已经猜到,斯塔赫要给斯塔夫斯卡太太想个什么办法了。

我马上跑到街上，跳上一辆出租马车，像三个火车头拉着一节车厢那样，以康格里夫火箭①的速度，赶到了那美丽、高尚，可是被人们遗弃的不幸的海伦娜太太的家里。我心里充满了欢乐，当我打开门时，我真想兴高采烈地大喊："你们对所有的人都别理睬！"可是我一进去，我所有的欢乐就全留在门槛外面了。

您想一想我看到了什么呢？马里安娜在厨房里，脑袋包扎着，脸肿得很厉害，这毫无疑问地说明了她到过警察局。炉子里没有生火，午饭后餐具没有洗，茶炊也没有拿出来。还有那个扫院子的女人、两个女仆和卖牛奶的女人都坐在那个挨了打的可怜的女人身边，哭丧着脸。

我觉得好像有一阵刺骨的寒气袭来，但我还是走进了客厅。

这里的景象也差不多。米谢维乔娃太太坐在当中的一张靠椅上，脑袋上也扎着一块布巾，她旁边坐着维尔斯基先生和维尔斯卡太太，那个又跟男爵夫人吵了架的巴黎洗衣店的女老板，还有几个别的女人，她们都在低声地说话，还不断地擦着鼻涕，她们擦鼻涕的声音比平常高了八度。我还看见斯塔夫斯卡太太坐在炉子前的一张小凳上，脸色像粉笔一样苍白。

总而言之，这是一个送葬的情景，人们的面孔不是苍白就是枯黄，眼里噙着泪水，鼻子都是红的。只有海卢尼娅随便一点，她抱着她那个旧的洋娃娃坐在钢琴旁，不时用洋娃娃的小手去按着琴键，一面说：

---

① 英国威廉·康格里夫将军(1772—1828)当时发明的一种火箭，一八〇四年起在军事上用作一种发信号的工具。——原注

"别出声,卓休,别出声……不要弹了,奶奶头痛呢!"

如果加上那盏被烟熏黑了的灯发出的幽暗的微光和拉起的窗帘,谁都猜得出,我当时是一种什么样的心情。

米谢维乔娃太太一看见我,眼泪便泉涌般地流了出来,这大概是她最后的眼泪了。

"啊,可敬的热茨基先生,您来啦?您不鄙视我们这些受了侮辱的可怜的女人?哦,您不要吻我的手啦!我们这个家庭是多么不幸呀!卢德维克涉嫌没有多久,又怀疑起我们了。我们不得不离开这里了,哪怕就是去世界的尽头。我有个妹妹住在琴斯托霍瓦附近,我只好到那里去,了却我这被残害的一生了。"

我对维尔斯基小声地说了几句话,要他有礼貌地让客人们离开,然后我便走到斯塔夫斯卡太太身边。

"我真的不想活了。"她没有问候我,只说了这么一句话。

我承认,经过这几分钟,我已经被弄得晕头转向了。我敢发誓,斯塔夫斯卡太太、她的母亲,甚至那些来这里看望她们的熟人都真的受了侮辱,他们所有的人除了死以外,没有别的出路。但是那种死的气氛并不妨碍我去把那冒着油烟的灯芯剪掉一些,因为整个房间都已经散发着细微的,但是很黑的油烟了。

"好啦,我的太太们,"维尔斯基突然说道,"我们走吧,热茨基先生要跟斯塔夫斯卡太太谈话。"

但那些怀有同情心的客人们的好奇却有增无减,她们说可以跟我们一起谈话。然而维尔斯基那么大摇大摆地把大衣都递给了她们,这些可怜的女人也不知如何是好,她们只好吻了吻斯塔夫斯卡太太、米谢维乔娃太太、海卢尼娅和维尔斯卡太太（我想，最后还要吻一下那把椅子吧！），准备要走，而且她们还要逼着维尔斯基夫妇跟她们一起走。

"如果是秘密的话，那么对所有的人都是秘密，"她们中一个态度最坚决的说，"你们夫妻俩在这里也没有必要。"

跟着又是一阵告别、接吻和安慰，虽然那一大群很快就走了，但她们来到门口和楼梯上时，还是有礼貌地谦让了一番。啊，这些女人呀！有时候我想，上帝创造夏娃，是为了使亚当对天堂的生活产生厌恶。

最后就只有这一家人了，客厅里有那么多的煤烟和哀愁，我实在打不起精神了，我也用一种悲哀的声调恳请斯塔夫斯卡太太让我把风窗打开，而且不由自主带着一种责备的口吻，劝她至少从现在起把窗帘拉上。

"您记不记得，"我对米谢维乔娃太太说，"我跟您提起这窗帘的事，有多长时间了？您如果把窗帘拉上，那克热索夫斯卡太太就偷看不到您家里的事情了。"

"不错，可谁料到会这样呢？"米谢维乔娃太太叹了口气。

"这就是我们的命运。"斯塔夫斯卡太太轻声地说。

我在一张靠椅上坐下，把手指骨节捏得咯咯直响。我怀着濒于绝望的心情，静静地倾听着米谢维乔娃太太的哭诉。她诉说了她家每隔几年就要遭受一次侮辱，诉说了那结束人类痛苦的死亡，还诉说了已故的米谢维奇先生那条南京土布裤子和其他许许多多类似这样的事情。

过了一个钟头，我终于确信，这洋娃娃的案子会以所有的人全都自杀而结束，那时候，我即使在斯塔夫斯卡太太的脚跟前死去，我也会鼓起勇气最后向她表白我对她的爱。

这时突然有人在厨房里使劲地按着门铃。

"警察!"米谢维乔娃太太尖叫道。

"太太们在家吗?"客人以那么坚决的口吻问马里安娜,使我也马上有了信心。

"沃库尔斯基来啦。"我捻着小胡髭对斯塔夫斯卡太太说。

海伦娜夫人那张秀美的脸上泛起了红晕,好似落在雪上的浅色玫瑰花的花瓣。天仙样的美人呀! 哦,我为什么不是沃库尔斯基呢? 我要是他……

斯塔赫进来了,海伦娜太太向他迎了上去。

"您不鄙视我们吗?"她用哽在喉咙里的声音问道。

沃库尔斯基很惊异地望着她的眼睛,连着望了两下,先望了一下,后又望了一下。我怀疑,他还吻了她的手,而且吻的时候,听起来不是平常那种声音,这就足以证明他吻得多么亲热。

"啊,可敬的沃库尔斯基先生,您来啦? 您不鄙视受了侮辱的不幸的女人!"米谢维乔娃太太又念起她的欢迎词来了,我不知道这已经是第几遍了。

"对不起,"沃库尔斯基打断了她的话,"你们的情况肯定是不好的,但我觉得也不必灰心丧气。过几个礼拜,事情就会弄清楚,到那个时候,才真的会有人绝望的,但不是你们,而是那个发了疯的男爵夫人。海卢组,你好吗?"他补了一句,吻了那个小女孩。

他的声音是那么平和、坚定,他的举止是那么自然,使得米谢维乔娃太太也不再悲叹了,斯塔夫斯卡太太看着我的时候,也好像高兴点了。

"那么我们怎么办呢,可敬的沃库尔斯基先生? 您不鄙视……"

"非得打官司不可,"沃库尔斯基打断了她的话,"在法庭上证实男爵夫人搞了欺骗,然后控告她的诬陷罪。如果她坐了牢,那她在里面的时间是一个小时也不能少的。在牢里待上一个月对她很有好处。我已经找律师谈了,他明天会到你们这里来。"

"您是上帝派来的,沃库尔斯基先生?"米谢维乔娃太太用一种完全是自然而然的声调喊道,同时把头巾摘了下来。

"我来这里有一桩更重要的事情,"斯塔赫对斯塔夫斯卡太太说(他这个傻瓜,很明显是要和她告别了),"您不教课了吗?"

"是的。"

"那您就永远也别教了。那工作吃力不讨好,再说收入也少,您还是来经商吧!"

"我?"

"对,说的是您,您会算账吗?"

"我学过会计。"斯塔夫斯卡太太低声说,她是那么激动,非坐下不可。

"太好啦!情况是这样,我因为还支撑着另一家铺子,那店主是一个寡妇,但店里的资金差不多全是我的,所以我要有个人在那里才行;考虑到那是个女店主,我想用一个女人。您愿意在那里当一个出纳员吗?薪水……每月暂定为七十五卢布。"

"你听见了吗,海伦科?"米谢维乔娃太太转过身去,对女儿说,她的脸上露出了非常惊异的神色。

"这么说,您要把您的钱托给我保管,托给我这个被起诉

874

的人……"斯塔夫斯卡太太说着便流下泪来。

但那两个女人很快就恢复了平静。半个钟头后,我们一边喝茶,一边闲聊,甚至高兴得笑了起来。

沃库尔斯基立了大功,像他这样的人在世界上可真是独一无二,怎么不叫人喜爱呢!是的,其实就我来说,我也是有这样一个好心肠的,只是要我那么做,却还缺少一点东西……这就是亲爱的斯塔赫拥有的那五十万卢布。

圣诞节一过,我就把斯塔夫斯卡太太领到了米列罗娃的店里,那女人对她表示衷心的欢迎,还专门用了半个钟头的时间,跟我谈了沃库尔斯基的高尚、聪明和漂亮……说他在她的铺子要破产的时候是怎么救助了它,同时也使她和她的孩子没有陷入贫困的境地,还说一个女人要是嫁给了他这样的男人,该多么好啊!

一个轻佻的女人,虽然她已经三十五岁了,但她刚刚把一个丈夫送到波翁茨基公墓去(要不是这样,把我的手砍断),又在找第二个丈夫了,目标当然是沃库尔斯基。有多少女人在追求沃库尔斯基(大概也是追求他的十万卢布吧?),我无法统计。

对斯塔夫斯卡太太来说,一切都是那么令人欣喜:这么多薪水的工作,她从来没有得到过;此外,维尔斯基还给她找了一所新的房子。

那房子还真不错:有前厅,一间有泄水池和自来水的厨房,三间住房也很精致,特别是那里还有一个小花园。那花园里现在虽然只有三株枯树和一堆砖瓦,但斯塔夫斯卡太太认为,只要一个夏天,她就可以把它建成一个乐园,一个可以用一块手帕遮起来的小乐园。

一八七九年，英国人在阿富汗取得了胜利①，他们在罗伯茨将军②的统率下，开进了喀布尔。喀布尔的酱油现在一定涨价了！那罗伯茨真能干，虽然少一只胳膊，他还是征服了阿富汗人，其实，要打败那样的野蛮人并不难，可是罗伯茨先生，您就来跟匈牙利步兵比一比吧，我倒要看看您到底有什么本事！

对沃库尔斯基来说，过了年，他就要跟他的这个俄国贸易公司干仗了。我认为，如果再开一次会，他就会把他的股东们全都赶走，这些人虽然都是知识分子：实业家、商人、贵族和伯爵，但他们是多么古怪呀！他给他们创立了一家公司，他们却视他为公司的仇敌，把所有的功劳都归于自己。他半年之中，就付给了他们七厘的息金，他们还不满意，还要降低公司职工的薪水。

啊，那些可爱的职工呀，沃库尔斯基不得不常常跟他们吵架！……他们对他说了些什么呀！说他是剥削者（可是在我们店里职工的薪水和奖金都是最高的），他们暗中还陷害他。

我很痛心地看到，一段时间以来，原先不为人知的一些恶习，却在我们中间风行起来了：活干得少，却大声抱怨，还悄悄地策划阴谋，散布谣言，可别人的事跟我有什么相干？

现在，我要尽快地结束这场一定震撼了每一颗高尚的心的悲剧的叙说了。

~~~~~~~~~~

① 这个说法并不确切，从早先报刊的报道来看，很难断定英国人在阿富汗的情况到底是怎么样的。——原注
② 弗雷德里克·罗伯茨将军（1832—1914）是当时殖民战争最权威的军事专家。

我甚至把克热索夫斯卡夫人那卑鄙的起诉给忘了,它是针对那个无辜而又纯洁的,美如天仙的斯塔夫斯卡太太的。正月底,我们突然遭到了两个有如晴天霹雳式的打击:一是我们听到了在维特兰卡①发生鼠疫的消息,二是法院传沃库尔斯基和我明天出庭。我的两只脚麻了,这种感觉从脚跟传到了膝盖上,后又传到了胃里,并且直逼心脏。我怀疑:"这是鼠疫还是中风呢?"可是沃库尔斯基对于那种传讯根本就无所谓,所以我也胆大了一些。

到了晚上,我依然很大胆地去了太太们那里,她们已经住在新房子里了。可我在街中心,突然听到了"叮当——叮当……叮当——叮当"的响声,上帝呀,这不是在押解囚犯吗?多么可怕的预兆呀!

哎,我的思想是多么悲哀呀!"如果法院不相信我们(错判完全是可能的),如果他们把那个最高尚的女人投进了监狱,让她在那里即便待一个礼拜,待一天,那怎么办呢?不仅她受不了,而且我也受不了。如果我熬过来了,那也只是为了照顾可怜的海卢尼娅。"

我走进她们的家门后……又见到了一个可怕的景象!斯塔夫斯卡太太坐在一张小凳上,脸色苍白;米谢维乔娃太太头上包着一条浸了镇静药水的布巾,这个老妇人身上还散发着樟脑的气味,她大声地哭诉道:

"哦,尊贵的热茨基先生,您不鄙视受了侮辱的不幸的女人!您想一想,这是多么大的灾难:明天就是海伦娜的事了。

———————

① 维特兰卡是阿斯特拉罕省一个哥萨克村镇,那里最早出现了一种不为人知的流行病。——原注

您想,如果法院错判了她,让我这个苦命的女儿去做苦工①,那怎么办呢?……不过你不用担心,海尔丘,要勇敢些,也许上帝会要来关照你的……虽然我昨夜做了个可怕的梦……"

(她做梦,我碰到了因犯……看来灾祸是不可避免了。)

"可这有什么了不起呢!"我说,"我们这场官司是真金不怕火,打得赢的……实际上,这个案子本身又算得了什么;最糟的还是那一场鼠疫……"我补上这句话,是要让米谢维乔娃太太心里想到别的方面去。

这一招果真见效了!……因为那老妇人突然大叫起来:

"鼠疫?在这里吗?就在华沙?你看,海伦科,我不是说了吗?啊!啊!……我们全都要完啦!要是鼠疫来了,都得把自己关在家里。吃的东西用竿子通过窗子递进去……死尸用钩子往土坑里拖……"

哎哟,我看见这个老妇人兴头来了,为了止住鼠疫的话题,又提起打官司的事,这个可爱的女人看到我这样,又马上对我大发议论地说起了那迫害她的家庭的卑鄙行为,说起了斯塔夫斯卡太太可能被捕坐牢,还说她们家的茶炊焊接的地方熔化了……

简单地说,在开庭审讯前的一个晚上,本来最需要养精蓄锐,可这个晚上却是在谈论着鼠疫和死亡、耻辱和坐牢中度过的。我脑子里是那么混乱,当我来到街上的时候,甚至不知道往哪里走,到底是往左边还是往右边呢?

---

① 做苦工是十九世纪初一种惩罚囚犯的形式,主要是用在军队里,后来也用来惩罚其他的囚犯,其中包括政治犯。干这种苦活要遵守严格的规章和纪律,在沙俄的刑罚制度中,这是最严厉和最带侮辱性的刑罚之一。——原注

第二天（规定九点开庭），我八点钟就到太太们那里去了，但是谁也没有碰上。所有的人：母亲、女儿、孙女和女厨子都忏悔去了，她们跟上帝一直谈到了八点半钟。我这个倒霉的人却只好在大门外的严寒中（要知道当时是正月天呀！）来回地踱步。我想：

"真糟糕，如果她们不按时到庭，或者已经迟到了，法庭就会做出缺席的判决；当然，不仅要判斯塔夫斯卡太太的罪，而且还会认定她畏罪逃跑，对她下逮捕令……对女人总是这样！"

最后，这四个女人跟维尔斯基一起来了（难道这个笃信上帝的男人今天也忏悔去了？），我们雇了两辆马车，准备上法庭去：斯塔夫斯卡太太、海卢纽和我坐一辆，维尔斯基和米谢维乔娃以及女厨子坐一辆，可惜的是，她们怎么没有把蒸锅、茶炊和煤油炉全都带去……到了法庭前面，我们见到了沃库尔斯基的马车，他和律师就是乘那辆车来的。他们正在阶梯旁等我们，阶梯上泥泞杂沓，就像有一营的步兵从上面走过了似的。他们的脸上显得十分平静，我可以打赌，他们现在并没有谈论斯塔夫斯卡太太，而是在谈别的事情。

"哦，可敬的沃库尔斯基先生，您不鄙视受了侮辱的可怜的女人……"米谢维乔娃太太开始说。

斯塔赫伸过手去握着她的手，律师也跟斯塔夫斯卡太太握了握手。维尔斯基牵着海卢尼娅，我陪伴着马里安娜，我们一起走进了这个和平法庭①。

~~~~~~~~

① 波兰王国的和平法庭建于一八七五年，主要是用来解决民事纠纷的，波兰的立法制度被取消后，由沙俄当局派人管理这样的法庭，他们对波兰人往往采取敌对的态度。——原注

这个法庭使我想起了学校:法官坐在一个较高的地方,就像教师坐在讲台上一样。他的对面有两排板凳,被告人和证人都坐在那里。这时候,我那少年时代的情景又活生生地浮现在我的眼前,我不由自主地朝火炉那边望了一下,是的,我看见了拿着鞭子的学督和那条我们在上面受过皮肉之苦的长板凳。我真不知道怎么办,我甚至想大声地喊起来:"老师,我再也不这样了!"但我马上就清醒过来了。

我们首先让女人们都坐在板凳上,为此还跟那里的犹太人吵了一架。后来有人告诉我,说他们其实都是法庭审案的最耐心的听众,特别是在审理偷盗和诈骗案的时候。我们还替那个正直的马里安娜找到了一个座位,她坐下的时候,脸上露出的那种表情,就像她马上要在胸前画个十字,念祈祷文似的。

沃库尔斯基、我们的律师和我则在第一排长凳上坐下,我们的旁边有个身穿一件破旧的外套,有只眼睛被打伤了的汉子,在场的一个警察厌恶地望着他。

"一定又是跟警察吵了。"我这么想。

我突然惊讶得张开了嘴巴,因为我看见那和平法官的公案前全都是我的熟人:桌子的左边是克热索夫斯卡夫人、她那个卑鄙的律师和马鲁谢维奇那个流氓,右边是那两个大学生。他们中的一个身穿破旧的制服,但口齿流利而显得出众;另一个身上的那件衣服更破旧,脖子上围着一条花围巾,看起来像从太平间里跑出来的。

我仔细地瞧了瞧他。是的,这就是他,那个瘦弱的年轻人,他在沃库尔斯基第一次去拜访斯塔夫斯卡太太时,把一条鲱鱼扔在男爵夫人的头上。一个可爱的小伙子!……可我从来没有见过这么又瘦又黄的人……

最初我还以为这些可爱的年轻人和男爵夫人是为了那条鲱鱼在这里打官司,但我很快就领会到了,他们是为了别的事情。因为克热索夫斯卡太太成为那栋房子的业主后,要把她的那些最凶恶的敌人和最不愿缴房租的房客撵走。

我们走进那个大厅,正是男爵夫人跟那些年轻人争吵得最厉害的时候。

有个大学生,就是那个鼻子下面留着小胡髭,下巴上蓄着连鬓胡的漂亮的小伙子一会儿踮起脚尖,一会儿又让脚跟落地,在向法官说着什么。与此同时,他还用右手做着画圆的动作,用左手颇为潇洒地捻着那小胡髭,将那个戴着没有镶宝石的戒指的小手指高高地往上指去。

另一个年轻人神情忧郁,没有说话,只是躲在他的同学背后。我发现他的姿势有些特别:他把两只手紧贴在胸脯上,两个手掌好像抱着一幅圣像或者一本书一样。

“那么先生们叫什么名字?”法官问道。

“马列斯基,”那个蓄着连鬓胡子的人鞠了一躬,回答说,“和帕特凯维奇……”他用手指做了一个优雅的动作,指向那个神情忧郁的同伴,补上了一句。

“还有一个被告在哪里呢?”

“他生病了,”马列斯基装模作样地回答,“他跟我们住在一个地方,但很少到我们那里去。”

“那为什么,他很少来? 那他整天待在什么地方?”

“在大学里,在解剖室里,有时候,又去吃午饭。”

“哦,夜里呢?”

“这个吗,我只能单独地给法官讲啦!”

"他的户口报在什么地方？"

"哦，报在我们这里，一直没有变动，因为他不愿给政府机关添麻烦。"马列斯基先生装着一副英国爵士的派头解释说。

法官转向克热索夫斯卡夫人问道：

"怎么，您一直不愿把这些先生留在自己的屋里吗？"

"绝对不留，"男爵夫人呜咽地说，"他们整夜整夜地号叫、顿脚、唱歌、吹口哨……把这栋房子里所有的侍女都诱到自己的房里……唉，上帝呀！"她转过身去，突然叫了起来。

法官对她的叫喊非常惊异，但我并不感到奇怪……我看见，帕特凯维奇先生那双手依然贴在胸脯上，但他突然转动着眼睛，往下垂着下巴，看起来像个立着的僵尸。他那张脸和那个举动一个健康人看了也会吓一跳。

"最可怕的是这些先生常从窗子里倒水……"

"难道倒在您身上了？"马列斯基先生贸然问她。

男爵夫人气得满脸发青，可又不好说出来，因为她如果承认了，会很难堪的。

"还有什么？"法官问。

"最要命的是，这些先生一天总有几次用骷髅头敲我的窗子，使得我真要得精神病啦！"

"你们真的是这么干的吗？"法官问大学生道。

"法官先生，我能不能把这件事解释一下？"马列斯基说着便站起来，做了一个姿势，好像要跳法国的美女艾舞似的，"我们要住在楼下的那个扫院子的人给我们做一些杂事，是这样，为了免得三层楼上上下下的麻烦，我们在楼上吊了一根长绳子，如果手里有什么东西，就系在绳子上放下去或者提上来（或许也挂过骷髅头），这样……就会碰上她家的窗子。"他用那么动听的声音把话说完，使人很难认为这种轻轻的碰撞会吓着人。

"上帝呀！"男爵夫人又叫起来，她的身子摇摇晃晃，好像站不住了。

"啊，这个女人有病。"马列斯基嘟哝地说。

"不，我没有病！"男爵夫人叫道，"法官先生，您听我说，我看不得那个人；他那副脸老是装成死人的样子……我的女儿是不久前死去的。"她眼泪汪汪地把话说完。

"我发誓，这个女人患的是错觉病，"马列斯基说，"这里有谁像死人呢？帕特凯维奇吗？这么英俊的小伙子！"他补充说，随即将那个瘦弱的同伴往前推去，那个人这时候又装成个死人样，这已经是第五次了。

法庭里响起了一片笑声，法官为了保持庄严，把头埋在那些状纸里，过了较长的一段时间，他才严厉地宣布不许笑，如果有人破坏法庭的秩序，是要罚款的。

帕特凯维奇趁这一阵混乱，拉了拉他同学的袖子，很不高兴地轻声说道：

"你是怎么啦，马列斯基，你这个猪猡，你怎么在大庭广众之中出我的洋相？"

"你确实很英俊，帕特凯维奇，女人们都在疯狂地追求你呢！"

"那不是因为这个……"帕特凯维奇用一种已经平静得多的声调说。

"先生们究竟什么时候付你们一月份应当支付的十二卢布五十戈比的房租？"法官问。

这一次,帕特凯维奇装作他的左眼患了白内障,左边脸麻痹了的样子,马列斯基却陷入了沉思。

"我们如能住到放假的话,那就……那好,就让男爵夫人把我们的家具搬走好了。"过了一会儿,他回答说。

"唉,我什么也不要,我什么也不要……只要你们搬出去,我连房租也不要了。"

"那婆娘名誉扫地了,"我们的律师轻声地说,"她来法院里胡闹,还请那么一个流氓当顾问。"

"可我们要求赔偿损失!"马列斯基说,"在这个时候,把守规矩的房客赶走,有谁听说过? 我们就是找到了一间房子,那也一定是很差的,住在那样的房子里,我们至少会有两个人得痨病死去。"

一定是为了给那个演说家这段精彩的演说助兴,帕特凯维奇先生开始扇动着耳朵,他的头皮也跳动起来,这又引起了法庭里一阵哄堂大笑。

"这样的把戏我真还是第一次看见。"我们的律师说。

"您是说法院审理的那个案件吗?"沃库尔斯基问道。

"不,是说一个人会那么扇耳朵,真是妙极了!"

这时候,法官写下并且宣读了判决书,马列斯基先生和帕特凯维奇先生被判支付十二卢布五十戈比的房租,同时在二月八日以前从他们现在的住房里搬走。

这时突然发生了一件意外的事。帕特凯维奇先生听到这个判决后,精神上受到了极大的打击,他的脸色顿时发青,并且晕了过去。幸亏倒在马列斯基的怀里,要不然,那可怜人会摔成重伤的。

法庭里自然发出了一片表示同情的声音,斯塔夫斯卡太太的女厨子哭了,那些犹太人都用手指指着男爵夫人,并且咳嗽起来。法官遇到了麻烦,不得不中止了审讯,他向沃库尔斯基点了点头(他们是怎么认识的呢?),就走进了他自己休息的那间房里。两个警察几乎是用手把那个不幸的年轻人抬出去的,这一次,他可真像一具死尸了。

一直抬到前厅里,才把他放在一条长板凳上,有一个人嚷着要给他浇水,可这时,病人突然跳了起来,恶狠狠地说:

"喂,喂!别开这种愚蠢的玩笑啦!"

随后他自己马上披上大衣,使劲地穿上了那双破旧的套鞋,踏着轻盈的步子离开了法院,使警察们、被告们和证人们都惊奇不已。

这时有一个法院的职员向我们坐的长板凳走来,对沃库尔斯基轻声地说,法官请他去吃早饭①。斯塔赫出去了,米谢维乔娃太太便对我做了个暗示,表明她感到非常失望。

"耶稣,马利亚!"她唉声叹气地说,"法官干吗要把这个高贵的人叫去呢,您知道吗?他肯定是要告诉他,说海伦娜完蛋了!唉,这个卑鄙的男爵夫人一定有很大的关系网……她已经打赢了一场官司,她跟海伦娜这场官司也会赢的……啊,我这个苦命的人啊!您有镇静水吗,热茨基先生?"

"您觉得难受?"

"虽然这里很憋闷,但也没什么……只是我为海伦娜担忧得很。法官要是判她有罪,她会晕倒的,到那个时候,如果我们不能赶快把她救醒,她就会死去。亲爱的先生,您以为,我可不可以向法官下跪,去求求他呢?"

---

① 意思是法官索取贿赂,这在沙俄的法院里是一种普遍的现象。——原注

"哎哟，太太，那根本没有必要。我们的律师刚才还说，男爵夫人大概想撤回她的起诉，但现在不行了。"

"难道我们同意她的起诉？"那老妇人喊道。

"啊，不是这样，可敬的太太，"我简直有点不耐烦地回答说，"我们要么把我们的耻辱洗清后才出去，要么……"

"您是要说我们去死吗？"那老妇人打断了我的话头，"哎，您别那么说！您不知道我这样的年纪，听人说起死是多么难受啊！"

我离开了这个濒于绝望的老妇人，走到斯塔夫斯卡太太那里。

"您觉得怎么样？"

"很好！"她很坚决地回答说，"昨天我还非常害怕，但我做了忏悔之后，就觉得舒畅些了，现在我完全恢复了平静。"

我长时间……长时间地握着她的手，只有真正的情侣才会这样做。当我看见沃库尔斯基和跟在他后面的法官走进大厅后，又立即回到了我的板凳上。

我的心好像在捶打似的剧烈地跳动着。我朝四周围望了一下。米谢维乔娃太太很明显在闭着眼睛做祷告；斯塔夫斯卡太太脸色苍白，但神情坚定；男爵夫人似乎很急躁地扯着她的大衣；可我们的律师却满不在乎地望着天花板，还忍不住打呵欠。

沃库尔斯基这时候正好望着斯塔夫斯卡太太，我在他的眼睛里要是连他那受感动的表情都看不出来，那我真是该死。

这样的官司要是再打几场，我深信，他会至死都爱上她的。

那法官用几分钟写了些什么，完了他向在座的人们宣布，现在审理克热索夫斯卡起诉斯塔夫斯卡偷洋娃娃一案。

与此同时，他把当事人和证人也叫到前面去了。我站在长凳旁边，因此听得见有两个爱搬弄是非的女人在谈话：一个年纪较轻，红扑扑的面孔，对另一个年纪较大的女人说：

"你看，这个漂亮的女人偷了那个女人的洋娃娃。"

"她对这样的东西也那么贪！"

"那有什么办法，不是每个人都偷得到熨衣棍的……"

"你们自己就偷过熨衣棍，"一个粗里粗气的声音在这两个女人背后很生气地说，"把自己的东西拿回来不是偷，那个只付了十五卢布的定钱，就说自己已经买了的人才是贼呢！"

法官依然在写，我则希望能回想起昨天我准备为斯塔夫斯卡太太辩护和羞辱男爵夫人先想好的那一番话。但是那些词句在我的脑子里都乱七八糟地混在一起了，难以理清，因此，我不得不在大厅里到处张望起来。

米谢维乔娃太太仍在那条板凳上轻声地祷告着，马里安娜坐在她背后哭了起来。克热索夫斯卡太太的脸变成了灰白色，她紧咬着嘴唇，两眼往下看，可是她的衣服上的每一道褶子都呈现出一副凶相……马鲁谢维奇站在她旁边，眼睛盯着地面，他背后是男爵夫人的女仆，她是那么恐惧，好像要把她送上断头台似的。

我们的律师还在打呵欠。

沃库尔斯基紧捏着拳头，斯塔夫斯卡太太用一种温柔平和的眼光望着我们，我若是个雕刻家，我就以她为原型，雕出一个被侮辱的贞女的塑像来。

这时海卢尼娅不顾马里安娜的阻拦，突然跑到前面，抓住母亲的手，小声地问她：

"妈妈,这个叔叔为什么把你叫到这里来?我悄悄地告诉你吧!你一定是不听话,现在让你在角落里罚站。"

"你瞧,这是有人教她去这么做的。"那个红脸的爱搬弄是非的女人对那个年纪较大的说。

"你说有人教她这么做,你会病得要死的。"她背后那个粗里粗气的声音骂道。

"你这么冤枉我,你才会病得要死⋯⋯"那个爱搬弄是非的女人愤怒地反驳。

"您会痉挛地死去,在地狱里,魔鬼还会让我用熨衣棍把你碾压一下。"她那个死对头回答说。

"安静!"法官叫道,"克热索夫斯卡夫人对这个案子有什么话说?"

"您听我说,法官先生!"男爵夫人往前伸出一条腿,便开始宣讲起来,"那洋娃娃是我那死去的孩子留下来的最珍贵的纪念品,这个女人和她的女儿非常喜欢它⋯⋯"她指着斯塔夫斯卡说。

"被告到过您家里吗?"

"是的,我雇过她做针线活。"

"可她没有付过她一文钱!"维尔斯基从大厅的另一头大叫一声。

"安静!"法官斥责他,"那么,后来怎么样呢?"

"就在我辞退这个女人的那天,"男爵夫人往下说,"洋娃娃不见了,我以为我会伤心地死去,但我马上对她产生了怀疑⋯⋯我并没有怀疑错,因为过了几天,我的好朋友马鲁谢维奇先生从他的窗子里看见了(她住在他对面)我那个洋娃娃就在她那里,为了不让人认出来,她还给它换了一件小裙衣。

就在那个时候，我跟我的法律顾问也来到了他那间房里，我用小望远镜一望，发现我的洋娃娃真的在她家里。第二天，我来到她家，就把那个洋娃娃拿走了，现在放在桌子上的这个就是，于是我呈了诉状。"

"马鲁谢维奇先生，您能肯定地说，这个洋娃娃就是克热索夫斯卡太太有过的那个吗？"法官问。

"那是……可说实在的……我也不能肯定。"

"那您为什么对克热索夫斯卡夫人那么说呢？"

"说实在的……我不是那个意思……"

"您别撒谎！"男爵夫人叫道，"您跑来找我，一边笑一边说，斯塔夫斯卡偷了那个洋娃娃，她那个跟我那个一模一样。"

马鲁谢维奇脸色一会儿红，一会儿白，浑身冒汗，左右两只脚交替地站着，这说明他心里很懊悔。

"无耻之徒！"沃库尔斯基颇为响亮地说了一句。

但我发现，这句话并没有使马鲁谢维奇鼓起勇气。相反的是，他好像显得更慌乱了。

法官开始问克热索夫斯卡夫人的女仆。

"你们家里有过这样的洋娃娃吗？"

"我不知道是哪个……"女仆轻声回答说。

法官把她拉到洋娃娃跟前，但那女仆一句话也没有说，只是眯着眼睛，拧着双手。

"啊，那是咪咪呀！"海卢尼娅叫了起来。

"哦，法官先生！"男爵夫人大声叫道，"女儿的见证是反对她母亲的。"

"你认得这个洋娃娃吗？"法官问海卢尼娅。

"是的,我认得它。跟男爵夫人房间里那个完全一样。"

"就是那个吗?"

"哦,不是,不是那个……那个穿一件灰白色的小裙子和一双黑色的小皮鞋,这个穿的是褐色的小皮鞋。"

"好啦,"法官说着把洋娃娃放在桌子上,"斯塔夫斯卡太太有什么要说的吗?"他又补了一句。

"这个洋娃娃我是在沃库尔斯基的店里买的。"

"您花了多少钱?"男爵夫人狠狠地问道。

"三卢布。"

"哈哈哈!"男爵夫人大笑起来,"这洋娃娃价值十五卢布。"

"是谁卖给您的?"法官问斯塔夫斯卡。

"热茨基先生。"她回答说,脸涨红了。

"热茨基先生对这有什么说的吗?"法官问。

现在是我说话的时候,我开口了:

"尊敬的法官先生! 我感到痛心和惊讶的是……那就是……我看见在我面前狠毒是那么趾高气扬,而这个被侮辱的……"

但这时候我的喉咙里不知为什么忽然变得干极了,一句话都说不出来,幸亏沃库尔斯基插了一句嘴:

"洋娃娃是我卖给她的,热茨基当时只是在场罢了。"

"只卖了三个卢布吗?"男爵夫人问,她那双凶恶的眼睛闪着光。

"是的,只卖了三个卢布,因为那是我们早就想要卖出去的次品。"

"这样的洋娃娃您也会以三个卢布卖给我吗?"男爵夫人

探究地问道。

"不,我们店里再也不会卖东西给您了。"

"您有什么证据,证明这个洋娃娃是您店里卖出去的?"法官问。

"对呀!"男爵夫人叫道,"有什么证据呢?"

"安静!"法官斥责她。

"那么您的洋娃娃在哪里买的呢?"沃库尔斯基问男爵夫人。

"在莱塞尔的店里①。"

"既然是这样,我们就有证据了,"沃库尔斯基说,"这些洋娃娃都是我从国外进的货,进来的时候先把它们都拆开,头和头,身子和身子放在一起。法官先生!请您把这个洋娃娃的头拆下来,里面可以看见我那家铺子的商标。"

男爵夫人有些不安了。

法官把那个给大家带来那么多烦恼的洋娃娃拿在手里,用法院公用的小刀先把它的紧身衣剥开,然后小心翼翼地把它的头从身子上拆下来。海卢尼娅望着这个手术开初感到很惊奇,随后便转过身去,小声地问母亲道:

"妈妈,那个叔叔为什么要剥掉咪咪的衣服呢?咪咪要害臊的。"

但她突然明白了这是怎么回事,因此掉下了眼泪,把脸埋在斯塔夫斯卡太太的裙子里,叫道:

"哟,妈妈,他为什么要切它呀?那太痛了!哎呀!妈

---

① 达涅尔·莱塞尔在马具街经营了一家多部门的大商店,叫"莱塞尔兄弟市场"。

妈,妈妈,我不让他们切咪咪……"

"不要哭,海卢纽,咪咪不会受到损害,而且它还会变得更漂亮。"沃库尔斯基安慰海卢尼娅,可是他的激动也不亚于她。

这时咪咪的头掉在了案卷上。法官往里面看了一下,然后把它递给男爵夫人,说:

"您读一下那里写的是什么吧?"

男爵夫人紧咬着嘴唇,一声不吭。

"现在请马鲁谢维奇先生把那里面写的字大声地念出来!"

"扬·明采尔和斯坦尼斯瓦夫·沃库尔斯基。"马鲁谢维奇结结巴巴地念道。

"那么这不是莱塞尔铺子里的货品了?"

"不是。"

在整个审讯的过程中,男爵夫人的女仆的表现都很奇怪,她的脸一会儿红,一会儿白,而且她一直躲在长凳后面。

法官在偷偷地望着她,他突然对她说:

"现在请这位小姐告诉我们,那洋娃娃是怎么回事?但您要发誓,说您说的是真话……"

那女仆大吃一惊,她抱着头,马上跑到法官的桌子旁边,对他说:

"那洋娃娃破啦,先生……"

"你是说你们家那个,克热索夫斯卡太太的那个吗?"

"是的。"

"那好,如果只有头破了,那身子在哪里呢?"

"都放在阁楼上了,先生……哎哟,我不会有什么事吧?"

"你什么事也没有,但你如果没有说真话,那你就糟了。原告听见了这些话没有,情况是不是这样?"

男爵夫人眼睛看着地上,两只胳膊交叉在胸脯上,活像个女殉道者。

法官开始写起来。有个坐在第二排的男人(他显然有一根熨衣棍)对那个红脸的女人说:

"怎么样,她偷了没有?瞧,现在您可是输了!"

"一个女人只要长得漂亮,她进了监狱也出得来。"那红脸的女人对她旁边的一个女人说。

"可您是出不来的。"那个有熨衣棍的男人说。

"您真蠢……"

"您比我还蠢……"

"安静!"法官叫道。

法官叫我们站起来,他当众宣判了斯塔夫斯卡太太无罪。

"现在,"法官宣判之后,又对斯塔夫斯卡太太说,"您现在可以呈递起诉诬告罪的状纸了!"

他走下审判台,紧握着斯塔夫斯卡太太的手,补充说:"我很抱歉,不得不对您进行了审讯,现在我感到很高兴,我向您表示祝贺。"

克热索夫斯卡太太全身像抽筋似的哆嗦起来,那个红脸的女人又对她旁边的那个女人说:

"碰到一个漂亮的女人,连法官也那么贪婪……可是到了最后审判的时候,就不能那样了!"旁边的那女人叹息说。

"可恶……这是亵渎神明……"那个有熨衣棍的人不满地说。

我们要走了。沃库尔斯基挽着斯塔夫斯卡太太的胳膊,和她走在前面,我则小心地领着米谢维乔娃太太走下了那肮脏的阶梯。

"我早就说过,结果会是这样的,"那老妇人神气十足地说,"可您还不相信我。"

"谁,我不相信?"

"是呀,您整天那么悲哀的样子……耶稣马利亚……是怎么回事?"

最后这句话是对那可怜相的大学生说的,他和他的同学都站在门外,显然在等着克热索夫斯卡太太,而且他认为现在出来的就是她,因此对米谢维乔娃太太又装了个死人的样子。

但他马上发现自己弄错了,不好意思地往前跑去。

"帕特凯维奇! 等一等……她来了! ……"马列斯基赶上去喊道。

"见你的鬼吧!"帕特凯维奇生气了,"你总是要坏我的名声。"

可是马列斯基一听大门里有喧闹声,转过身来,又做了个鬼相……这一次又让出来的维尔斯基看见了……

那两个年轻人可真是狼狈不堪了,他们大吵了一顿,就各走各的路,回自己的家里去了。

但是,当我们的出租马车赶上他们时,他们又走在一起了,并且很有礼貌地问候了我们。

第十一章　老掌柜的回忆

我知道,我为什么要那么详尽地叙述斯塔夫斯卡太太的这场官司,那是因为……

世界上有许多人没有信心,连我自己有时候也缺少信心,对上帝的旨意都产生了怀疑。我一见到政局恶化,看见了人们卑鄙的行径,流氓势力占了上风(如果可以这么说的话),我就这么想:

"你这个叫伊格纳齐·热茨基的老傻瓜呀!你是不是以为拿破仑的子孙会复辟,沃库尔斯基有能力,他很幸福,为人正直,会做出什么了不起的大事呢?你这个傻瓜,你是不是认为坏蛋们最初能够得逞,正直的人们反而倒霉,但坏人总归是要受到责骂,好人会要得到赞扬呢?你是这么想的吗?这都是你的愚蠢的幻想。世界上乱糟糟的,没有公道,只有斗争。在这个斗争中,如果好人取得了胜利,那当然会好起来,如果坏人胜利了,那就不妙了。你不要妄想会有一种力量只是保护好人。人就像树叶一样,风把它们吹走,落在草地上,它们就在草地上,落在泥塘里,就留在泥塘里……"

当我产生怀疑的时候,我总是这么想;但斯塔夫斯卡太太这场官司使我产生了一个完全不同的看法:相信正义在善良人那里,迟早会得到伸张。

那么我们可以做出这样的判断:斯塔夫斯卡太太是个正直的女人,她一定会获得幸福;斯塔赫是个了不起的男人,他也会幸福的。但事实上,他总是被弄得非常气恼,发愁(有时我望着他,简直要哭了),斯塔夫斯卡太太则被诬告偷窃。

哪里还有报效好人的正义呢?

你这个缺乏信心的人,马上就会见到正义了!但是为了使你更确切地相信,这个世界并不是那么乱糟糟的,我在这里愿把下面这些预言记下来:

一、斯塔夫斯卡太太会嫁给沃库尔斯基,跟他在一起很幸福。

二、沃库尔斯基放弃文茨卡小姐,跟斯塔夫斯卡小姐结婚,会很幸福的。

三、今年,那个小露露会当法国的皇帝,称为拿破仑第四,他会把德国人打得一败涂地,在全世界树立正义,这一点我那死去的父亲早就说过。

对沃库尔斯基跟斯塔夫斯卡太太结婚,会做出了不起的大事,我今天一点也不怀疑了。当然,他还没有跟她订婚,而且根本就没有向她求过婚……连他自己也不知道怎么办。可是我已经看见……已经看得很清楚,事情是怎么发展的,我用脑袋担保,事情的发展就像我预料的那样……我的嗅觉特别灵敏。

现在让我们来看看情况是怎么样的吧!

打完官司后的第二天晚上,沃库尔斯基就到斯塔夫斯卡太太家里去了,在那里坐到了夜里十一点钟。第三天,他来到了米列罗娃太太的店里,查了账簿,又大大地称赞了斯塔夫斯卡太太一番,这使得米列罗娃太太都有点伤心了。可是第四天……

他既不到米列罗娃店里去,也没有去斯塔夫斯卡太太的家里,而我这里却发生了一件怪事。

上午(店里不知为什么没有顾客),没想到有个人来找我,是谁?……原来是那个年轻的什兰格巴乌姆,那个在俄国织品部里工作的犹太人。

我见那什兰格巴乌姆搓着双手,翘着胡子,目中无人的样子,心想:"这个人是不是疯了?"他问候我,但头是昂着的,他对我说了下面这些话:

"我料定,热茨基先生,不论发生了什么事情,我们都将是好朋友……"

我想:"这是怎么回事,见他的鬼去吧!是不是斯塔赫把他辞掉了?"因此我回答说:

"请您相信我的一片好心,什兰格巴乌姆先生!不论发生什么事都不要紧,只是您不要贪得无厌……"

我特别强调地说明了最后这一点,因为从什兰格巴乌姆先生的表情看,好像他有意要吞掉我们的店铺(他未必会这样),或者想偷我们的现款似的……虽然他是个诚实的犹太教徒,但我认为他想偷钱也不是不可能。

他显然明白了我的意思,因此稍稍地微笑了一下,就回到织品部去了。一刻钟后,我装成无意中到了他那里,发现他还是像往常一样在工作,我甚至可以说,他比平常更努力了:他爬到梯子上,把那一捆捆棱纹平布和天鹅绒拿下来,都放回到柜子里,忙得简直团团转。

"不,这个人也许不会偷我们的东西。"我想。

同时我还惊异地发现,钱巴先生对什兰格巴乌姆低声下气,毕恭毕敬,对我却有点傲气,虽然还表现得不很明显。

"是啊,"我想,"这个人委屈过什兰格巴乌姆,现在想以此弥补自己的过失了,可是他在我这个最老的伙计面前,却要保持个人的尊严。他这么做是对的,在上司面前本来就应当稍稍地昂起头,对手下的人也应当客气一点⋯⋯"

傍晚,我来到了一家饭店里喝啤酒。我看见什普罗特先生和文格罗维奇参议员也在那里。自从我讲过的那场风波发生以来,我对什普罗特一直很冷淡,但我还是衷心地问候了那参议员。他对我说:

"怎么,已经?"

"对不起,"我说,"我不明白您的意思(我以为他在说斯塔夫斯卡太太那场官司)。我不明白,参议员先生!"

"店要被卖掉了,您怎么不明白?"他说。

"您在胸前画个十字吧,参议员先生!"我说,"是哪个铺子?"

那好心的参议员已经喝了六杯啤酒了,因此他开始大笑起来,说:

"嗨!我可以在胸前画个十字,可您是不允许在胸前画十字的,因为您已经不吃基督教徒的面包,而改吃犹太人的甜面饼了。人们都说,犹太人已经买去了你们的那家店铺。"

我想我要中风了。

"参议员先生,"我说,"您是个很严肃的人,一定会告诉我,这消息是从哪里来的?"

"全城的人都在谈这件事,"参议员回答说,"可以请什普罗特先生给您说说嘛!"

"什普罗特先生,"我向他鞠了一躬,说,"我不愿为难您,特别是我要跟您决斗的时候,您却像个无赖那样拒绝了我,我就再也不为难您了。像个无赖,什普罗特先生!但我还是要说,您现在不是在散布谣言,就是在制造谣言……"

"这是什……么意思?"什普罗特大叫起来,同时像以前那样用拳头猛击桌子,"我拒绝了,因为我根本就不想跟您也不想跟任何人决斗。我现在当着众人的面再说一遍:犹太人买了你们的店。"

"哪几个犹太人?"

"鬼才知道,是什兰格巴乌姆还是狗巴乌姆,我怎么会认得他们?"

我非常生气,马上叫了啤酒,可是文格罗维奇参议员说:

"跟这些犹太人还会有一场愚蠢的较量。他们欺侮我们,到处排斥我们,收买我们的企业,在这方面我们很难对付他们。采取欺骗的手段没有用,因为他们很狡猾,但若动起拳头来,那瞧着吧,看谁取得最后的胜利。"

"参议员先生说得很对,"什普罗特说,"这些犹太人掌握了一切,为了保持各方的均势,最后就非得用暴力,把所有的一切从他们那里夺回来。先生,你们只要看看这些斜纹布的生意是怎么做的……"

"那好,"我说,"如果犹太人真的要买我们的店铺,那我就跟你们联合起来,我这个拳头还是有一定分量的……不过现在,看在上帝的面上,你们不要散布沃库尔斯基的谣言,不要激起人们去反对犹太人,因为他们的心中,本来就有很多怨恨的情绪。"

我回家的时候头很痛,因为我对整个世界都感到愤怒。夜里我要醒来几次,可是我一睡着了,就梦见犹太人真的买了我们的店,而我为了不至于饿死,背着手摇风琴走遍了各家各户,在手摇风琴上写着:"可怜可怜一个贫穷潦倒的匈牙利老军官吧!"

天刚一亮,我又想起了一个唯一可行、简单而又聪明的办法:坚决要和斯塔赫谈谈,如果他真要把店铺卖掉,那就要他给我另找一个地方。

这么多年的服务,美好的一生。对一条狗来说,老了还有人开枪打它的脑袋。可我是个人,却只能整天躲在别人的墙角下,说不定有一天,会倒毙在阴沟里。

沃库尔斯基上午没有到铺子里来,所以我在两点钟左右要到他那里去,他是不是病了?

我来到他家的大门口时,却碰到了舒曼医生。我告诉他,我要去看斯塔赫,他回答说:

"别去找他,他情绪不好,还是让他安静安静吧!您最好跟我去喝杯茶……顺便问一句,我那里有没有您的头发?"

"我觉得,用不了多久,我就会把我的头发连同这张皮都送给您的。"

"您要把自己做成标本?"

"我本来是个标本,世界上的人还没有见过像我这样的傻瓜。"

"您不用担忧,"舒曼说,"比您更傻的人有的是,可您到底出了什么事?"

"我出了什么事倒不要紧,但我听说,斯塔赫要把店卖给犹太人,我不愿在犹太人手下干活。"

"怎么,您也相信反犹太主义?"

"不,反犹太是一回事,给犹太人做事是另一回事。"

"那么是谁在给他们做事呢? 比如我,虽然是个犹太人,却不愿给这些讨厌的家伙当差。可您怎么会有这样的想法呢?"他补充说,"如果铺子卖掉了,您会在那家跟帝国的贸易公司里得到一个最好的职务……"

"那家公司靠不住。"我插了一句。

"很靠不住,"舒曼回答说,"因为那里面贵族太多,犹太人太少,可这您不用担心……只是您不要出卖我的秘密……铺子和公司里出了什么事,您根本就不用管,沃库尔斯基已经说了,要留给您两万卢布……"

"给我?……他说了?……这是什么意思?"我惊讶地叫了起来。

这时我们走进了舒曼的屋里,医生叫人把茶炊拿来。

"他说了,这是什么意思?"我问道,甚至感到有点不安。

"他说了,他说了!"舒曼在房间里走来走去,摸着自己的后脑勺,喃喃地说,"他这是什么意思,我不知道,但沃库尔斯基已经这么说了。很明显,他作为一个有远见的商人知道,对于各种情况的发生都要有所准备……"

"是不是又有一场决斗?"

"嗨,什么决斗!……沃库尔斯基是个非常聪明的人,那样的蠢事他不会再干一次的。不过,亲爱的热茨基先生,谁跟那样一个女人来往,就得准备……"

"跟什么样的女人?……跟斯塔夫斯卡太太吗?"我问。

"怎么会是她呢?"医生说,"我要说的是一个地位很高的人物,文茨卡小姐,这个疯子已经无可挽回地陷入了对于她的深情的爱中了。他知道她是个什么人,他痛苦,也很难受,可是他摆脱不了她。晚恋是最糟糕的事情,特别是沃库尔斯基那样的魔鬼又正好遇到了这样的事。"

"难道又出了什么事？昨天他不是还参加了市政厅的舞会①吗？"

"那是因为她也在那里。我也到那里去了，是因为他们俩都在那里。一段有趣的历史啊！"医生嘟哝地说。

"您能不能说得明白一些？"我忍不住问道。

"当然可以，其实这件事大家都看见了。沃库尔斯基在疯狂地追求她，而她却很机智地向他卖弄风骚，她的情人们……则在等待。"

"这真是一件怪事！"舒曼在房间里来回走着，摸着后脑勺，接着说，"当伊扎贝娜小姐身无分文，也没有人向她求婚的时候，连狗都不理她。但因为沃库尔斯基有钱，名声显赫，交游广阔，甚至使人对他产生了过高的估计，所以他一来到，伊扎贝娜小姐马上被一群多少有点愚蠢的、破产的、可是生得漂亮的公子哥儿所包围，他们多得现在谁都挤不进去了。每个人都在不断叹息，暗送秋波，轻声地说一些甜蜜的情话，在跳舞时轻柔地握着她的小手……"

"那她怎么样呢？"

"一个可耻的女人！"医生挥了挥手，回答说，"她不是瞧不起那一群和她鬼混了几次后就把她抛弃的流氓，而是陶醉于他们的陪伴中。这种情况大家都看得很清楚，最糟的是，沃库尔斯基也看到了这一点。"

"见鬼，那他为什么不抛弃她呢？别的人可以忍受人们的嘲笑，可他是不容许别人嘲笑他的。"

〰〰〰〰

① 市政厅的大礼堂（官方称之为亚历山大礼堂，是为了纪念沙皇亚历山大二世）是华沙城里最大和装点最漂亮和雅致的礼堂之一，这里经常举行音乐会、学术报告会、舞会和其他类似这样的活动。——原注

茶炊送上来了，舒曼让仆人走了后，自己倒了茶。

"您看！"他说，"他如果对待这件事能够理智一点，他一定会抛弃她的。昨天晚上的舞会上，我们的斯塔赫有一阵表现出了狮子那样坚决的态度，当他走到文茨卡小姐跟前，要跟她说几句话时，我担保，他会这么对她说：'晚安，我的小姐，我已经看清您的牌了，我不容许您用这种牌来赢我。'他向她走过去时，脸上也露出了这种不满的表情。可她当时望了他一眼，跟他小声地说了些什么，紧握着他的手，我的斯塔赫就一整夜都想着自己是多么幸福，多么幸福，以致他……要不是正等着她再望他一眼，等着她再一次的窃窃私语和握他的手，他今天就会朝自己的脑袋开一枪。可是那个蠢家伙却看不见她也把同样的妩媚送给十个以上其他的人，而且对那些人更加妩媚。"

"那究竟是个什么样的女人？"

"就像千百个其他女人一样，漂亮、娇生惯养，但是没有灵魂。对她来说，沃库尔斯基有了钱和地位，才配做她的丈夫，当然，也是因为在这方面没有比他更好的；但要当她的情夫，她就非得挑选那种最合她胃口的人。"

"可是他，"舒曼接着说，"不论是在霍普费尔的酒窖里，还是在草原上，都曾受到过阿尔多娜[1]、格拉任娜[2]和玛蕾娜[3]以

①　波兰浪漫主义诗人亚当·密茨凯维奇的长篇叙事诗《康拉德·华仑洛德》中的女主人公。

②　密茨凯维奇的叙事长诗《格拉任娜》中的女主人公，她在十字军骑士团进犯她的家乡立陶宛诺沃格罗德克的时候，率领守城军兵奋起抵抗，最后身受重伤，牺牲了生命。这是一个热爱祖国的巾帼英雄的形象。

③　密茨凯维奇年轻时初恋的对象，但她出身大贵族家庭，而他当时只不过是一个中学教师，不门当户对，因此密茨凯维奇的爱情遭到了拒绝，玛蕾娜的母亲把她嫁给了一个大地主瓦任涅茨·普特卡梅尔。

及其他幽灵们的思想精神的影响，因此他把文茨卡小姐看成是女神。他不仅爱她，而且崇拜她，他要为她祈祷，拜倒在她跟前……但他如果清醒过来，他一定会很痛苦的！斯塔赫虽然是个彻里彻外的浪漫主义者，但他不会像密茨凯维奇那样，不但原谅那个嘲笑他的女人，而且在她背叛他后，他仍然思念着她，甚至还要让她的名字永远活在他的心中……对我们的女人们来说，这是一个很好的经验：如果你想名噪一时，那就背弃你的那些最热烈的崇拜者吧！我们波兰人命里注定都是一些傻瓜，就连在处理爱情这样简单的事上也表现得很傻。"

"医生，您认为沃库尔斯基也是这样的傻瓜吗？"我问道。我觉得我的血沸腾起来了，就像来到了维拉戈斯酒厂一样。

舒曼突然从椅子上跳起来。

"见鬼，不是！"他叫道，"今天，他还在发疯，因为他还在自言自语地说：'她是不是还爱我，是不是像我所想象的那样？'但如果他看到大家在嘲笑他，却还不醒悟过来……我作为一个犹太人，首先就会吐他的唾沫。像他这样的人也许是不幸的，但绝不是一个卑鄙的人。"

我已经很久没有见过舒曼这么激动了。犹太人，一个犹太人浑身上下都是这么表现出来的，但他是个忠实的朋友，是个有荣誉感的人。

"喂，"我说，"您放心好了，医生！我有药能治斯塔赫的病。"

我便把我知道的关于斯塔夫斯卡太太的所有事情都告诉了他，最后说：

"告诉您吧，医生！我宁愿死，我如果不能让斯塔赫和斯塔夫斯卡太太结婚，我宁愿死去。这是一个既聪明而又有良心的女人,她会以爱情报答爱情,他需要这样的女人。"

舒曼点了点头,扬起了眉毛。

"好吧,您试试看……对一个女人的相思病,只有一种药能够治好它,那就是另一个女人。虽然我担心,要治好他的这种病是不是为时已晚了。"

"他是一个像钢铁那么坚强的男子汉。"我说。

"所以很危险,"医生说,"在这么一个男子汉的心中,一旦留下了什么东西,就不容易抹掉,破碎了的东西,也不容易弥补。"

"斯塔夫斯卡太太会补上它。"

"但愿如此!"

"斯塔赫会幸福的!"

"哦!……"

我非常高兴地离开了医生。我本来爱,本来爱上了海伦娜夫人,可是为了斯塔赫,我决心放弃她。

只要不是太晚就行。可是不……

第二天中午,舒曼跑到店里来,从他的微笑和他咬着嘴唇的那个样子,我看出了有什么事情使他担忧,因此他说话的时候,带有讽刺的情调。

"您找过斯塔赫吗,医生?"我问道,"他今天好吗?"

他把我拉到柜子后面,气咻咻地说:

"您看,女人把沃库尔斯基那样的人都引诱到哪里去了,您知道他为什么生气吗?"

"因为他确信,文茨卡小姐有个情人。"

"他要是确信倒好了!……也许这倒真的会把他的病治好呢!可是她太狡猾了,一个像他那样天真的崇拜者看不出幕后发生的事，再说现在情况也变了，讲出来让人笑话，难以启齿……"医生噘着嘴说个没完。

随后他拍了拍他的脑门，又轻声地说：

"明天公爵家举行舞会，文茨卡小姐当然会去，可您知不知道，公爵到现在还没有邀请沃库尔斯基，可是别的人在两个礼拜前就邀请了？您信不信，斯塔赫因此生病了？"

医生嘻嘻哈哈地笑着，露出了他那些坏了的牙齿，而我，说实在的，我真是羞得满脸通红了。

"一个人是这么误入歧途，您现在看清了吧！"舒曼说，"公爵没有邀请他参加舞会，他苦恼了一天多啦！这就是他，我们亲爱的，我们引以自豪的斯塔赫……"

"这是他自己告诉您的吗？"

"怎么会呢！"医生嘟哝说，"他才不说哩！如果他有勇气把这说出来，那么在公爵那里，这么长的时间，即便给他发出邀请，他也会要拒绝的。"

"您想，他们会邀请他吗？"

"哼，如果不邀请他，公爵在公司里那笔资金的一分五厘的年息就没有了。他会邀请他的，一定会邀请他，因为，感谢上帝，沃库尔斯基的确是一股强大的势力。公爵知道他偏心于文茨卡小姐，他想先激怒他一下，把他当成一条狗一样逗着玩，把一块肉放在它跟前又拿开，想训练它用后脚站起来走路。您不用担心，他们是不会放走他的，因为他们实在太聪明了：他们要训练他，使他能够好好地为他们效劳，寻找猎物，咬那些他们不喜欢的人。"

他拿起那顶海狸皮帽子，向我点头，告别后，就走了，他永远是个怪人。

我一整天都感觉不好,甚至有好几次把账都算错了。后来我正想要关门的时候,斯塔赫来了。我觉得他这几天变得消瘦了,他随随便便地向伙计们问了好,就开始在办公桌里乱翻了一阵。

"你找什么东西?"我问道。

"公爵有没有来信?"他望都没有望我,却反问了我一句。

"我把所有的信都送到你家里去了。"

"我知道,但你也可能没有注意,在这里留下了一封,或者把它扔到什么地方去了。"

听到这样的话,我宁愿让人家拔掉我的牙齿。看来,舒曼说得不错,公爵的确没有邀请斯塔赫,他很难受。

铺子关门了,伙计们都走了,沃库尔斯基却问道:

"今天你干了什么? 你不请我喝杯茶?"

我当然很高兴地请他喝了茶,并且回忆起了过去那些美好的时代,那时候,斯塔赫几乎每个晚上都在我这里,那些晚上已经相距多么久远了呀! 今天他是那么愁容满面,而我却不知怎么办才好,虽然我们两人都有许多话要说,但谁也没有去望一下对方的眼睛。我们甚至谈起了寒冷的天气,直到喝了一杯掺了半杯阿拉克烧酒①的茶,我的话匣子才稍微打开了些。

"人家都说你要把铺子卖掉。"我说。

"我差不多已经把它卖了。"沃库尔斯基回答。

"卖给了犹太人?"

他从椅子上一跃而起,把手插进口袋里,在房间里来回地

---

① 由椰子、米和糖汁酿造的一种烧酒。

踱着。

"不是犹太人,我要把它卖给谁呢?"他问道,"是不是要卖给那些虽然有钱但不买铺子的人,或者卖给那些想要买但又没有钱的人呢?这铺子差不多值十二万卢布,是不是要把它扔到垃圾堆里去呢?"

"犹太人在拼命地排挤我们,这是多么可怕呀!"

"在哪里排挤我们?……在我们没有占领的阵地上排挤我们,在那些我们要把他们赶走然后自己占领的地方排挤我们,或者我们恳求他们占领的阵地上排挤我们?没有一个贵族会来买我的房子,可是每个人都把钱交给犹太人,好让他来买,然后要求他付给他优厚的利息。"

"是这样吗?……"

"当然是这样,我就知道,谁把钱借给了什兰格巴乌姆。"

"这么说,是什兰格巴乌姆买了。"

"不是他还有谁?是克莱因、李谢茨基或钱巴吗?这些人借不到钱的,即使借到了,也会把它挥霍掉。"

"跟那些犹太人会大闹一场的。"

"过去十八个世纪有过这样的情况,结果怎么样呢?那些最高贵的人物在对犹太人的迫害中自己也丧了命,只有那些避免了灾祸的人们才留了下来。你看,今天,我们这里是些什么样的犹太人,他们坚强、有耐心、机灵、狡猾,他们团结一致,善于运用他们所掌握的唯一的武器——金钱。可我们不仅铲除了那些优秀的人才,而且通过自己的选择,把那些品德作风最坏的人全都培植起来了。"

"可你想过没有,如果你的铺子到了他们的手里,我们就会有几十个人丢了工作,而犹太人就会有几十个得到待遇不错的工作？"

"这不是我的错，"沃库尔斯基不高兴地回答说，"那些跟我有关系的人都要求我把铺子卖掉，这不是我的错。是的，大家有损失，但他们愿意。"

"责任呢？"

"什么责任？"他大声叫了起来，"你是说要我对那些叫我剥削者，或者那些盗窃了我的东西人的负责吗？一个人担负了责任就应该得到相应的回报，否则就不是负责，而是牺牲了。任何人都没有权利去强求别人付出牺牲。可是我得到了什么回报呢？从一个方面，来的是憎恨和诽谤，另一方面，来的是蔑视。你自己说说，有哪一种罪名没有加在我的头上，那是为什么？……因为我挣得了财产，使几百个人有了生活的保障。"

"诽谤者到处都有。"

"不过像我们这里那样的诽谤，却什么地方也没有见过。在别的地方，像我这样以合理合法的手段挣得了财产的暴发户可能被敌视，但也会得到赞赏，受委屈还有个补偿嘛！可是这里……"

他摆了摆手不说了。

为了鼓起勇气，我一口气又喝了半杯掺茶的阿拉克酒。斯塔赫这时听到了前厅里有脚步声，便站在门边上，我猜他还在等公爵的请柬。

我脑子里已经在轰轰地响了，我下决心问了一句：

"难道那些你为了他们连铺子都卖掉了的人会对你评价要高一些？"

"如果他们对我评价要高一些又怎么样呢？"他考虑了一

下,问道。

"他们会比你抛弃的那些人更爱你吗?"

他马上跑到我跟前,目光炯炯地盯着我的眼睛。

"如果他们更爱我呢?"

"你深信这一点?"

他在一张靠椅上坐下。

"谁知道?"他轻声地说,"谁知道……这个世界上有什么事情是靠得住的?"

"难道你没有想过,"我越来越大胆地说,"你不但会被人利用,受骗上当,而且会被人笑话,被人瞧不起?说吧,你从来就没有想过这一点吗?世界上什么事都可能发生,这样就必须采取防备的措施,如果免不了受骗上当,至少也不要让别人笑话你。"

"见鬼!"我用杯子敲着桌子,最后说,"如果你有钱,你可以付出牺牲,但绝不能让别人嘲笑你。"

"谁嘲笑我?"他跳了起来,大声叫道。

"就是那些没有按照你应当享有的尊重来尊重你的人。"

我对自己的大胆直言都感到害怕了,可是沃库尔斯基却没有回答。他躺在躺椅上,把双手叉着放在脑后面,这表示他非常激动。然后他开始谈起了店里的生意,说话的声调很平和。

九点钟左右,门开了,他的仆人走了进来。

"有封公爵的来信!"仆人通报说。

斯塔赫咬着嘴唇,没有站起来,便伸手去拿信。

"给我,"他说,"你去睡吧!"

仆人走了。斯塔赫慢慢拆开信封,看了一遍后,就把那信撕成了几片,扔到炉子里去了。

"那是什么?"我问。

"明天舞会的请柬。"他毫无表情地回答。

"你不去吗?"

"我想都没有想过。"

我愣住了……可我突然想出了一个最美妙的办法。

"你知道?"我说,"明天晚上,我们是不是到斯塔夫斯卡太太那里去走走?"

他从躺椅上坐起来,笑着回答说:

"好吧,这个提议不错……她真是个可爱的女人,我也很久没有到那里去了,要借此拿几个玩具送给那个小女孩。"

把我们隔开的那堵冷冰冰的墙坍倒了,我们又恢复了我们过去那种心心相印、以诚相待的感情。我们谈着过去那些美好的时光,一直谈到了深夜。斯塔赫在告别时对我说:

"一个人有时候很蠢,但有时候又会变得聪明。你的好心会有好报的,我的老朋友!"

我最宝贵的、亲爱的斯塔赫!我就是粉身碎骨,也要让他和斯塔夫斯卡太太结婚!

公爵家举行舞会的那天,不论斯塔赫还是什兰格巴乌姆,都不在店里。

我猜想,他们一定是在商谈卖掉我们铺子的事。

要是遇到别的情况,这会使我整天的心情都不好。可是今天,我却没有想到我们的铺子就要关门,就要换上犹太人的招牌了。咳,管他什么铺子,只要斯塔赫幸福,或者至少不再烦恼就好了。就是闪电把我打死,我也要让斯塔赫结婚!

早晨,我给斯塔夫斯卡太太送去了一封短笺,告诉她,今天我们俩,沃库尔斯基和我要去喝茶。我还冒昧地随信给海卢纽附去了一小盒玩具,其中有动物和小树林,洋娃娃用的一整套家具设备,一套小餐具和一个小黄铜茶炊。所有的东西连包装一起,共值十三卢布六十戈比。

我还得想一想也给米谢维乔娃太太送点什么礼物,我用这种办法使老奶奶和外孙女也负起她们的责任,一定要想办法抓住那漂亮妈妈的心,使得她在圣约翰施洗礼者节就缴械投降。

(哼,去你的! 还有那个在国外的丈夫怎么办呢? ……丈夫也没什么了不起,让他去守着吧……实际上,只要用一万卢布左右,就可以跟一个不在场的人、一个肯定已经死了的人把婚离掉。)

店里关门后,我去到斯塔赫那里。仆人拿着一件浆过的衬衫,给我开了门。我走过卧室的时候,看见在一张椅子上摆着大礼服、背心……唉! 难道他认为,我们的访问一点也没有用?

斯塔赫在房间里念英文。(鬼知道,英文对他有什么用? 连聋哑人不都可以结婚吗!)他虽有点踌躇,但还是很亲热地和我打了招呼。

“必须开门见山地把事情说出来。”我想。还没有把帽子放在桌子上,我就说:

“好啦,大概不必再等了吧,我们走吧! 不然她们要睡觉了。”

沃库尔斯基把书合上,考虑了一下。

“讨厌的夜晚,”他说,“暴风雪……”

“暴风雪没有妨碍别人去参加舞会,它怎么能破坏我们的夜晚呢?"我装着傻里傻气地回答说。

我的话好像刺了他一下似的,他从椅子上跳起来,叫人把皮大衣给他拿来,仆人帮他穿上的时候,对他说:

"可是请您快点回来,该换衣服了,理发师马上就来。"

"那没必要。"斯塔赫回答。

"头发没梳理好,您可不能去跳舞!"

"我不是去参加舞会。"

仆人惊讶地垂下了双手,又开了两条腿。

"您今天是怎么啦?"他叫了起来,"您这么做好像脑子里出了毛病。文茨基先生那么盛情的邀请……"

沃库尔斯基很快就走出了房间,当着那个说话粗鲁但很忠实的仆人的面砰的一声把门关上。

"啊哈!"我想,"公爵已经注意到,斯塔赫有可能不去,要他那个未来的岳父给他道歉……舒曼说得对,他们不会放弃他,但我们一定要把他从他们的手里夺回来!"

一刻钟以后,我们来到了斯塔夫斯卡太太的家里。她们是那么热情地接待我们呀,令人高兴极了!马里安娜在厨房里的地上撒了沙子,米谢维乔娃太太穿着一件烟褐色的绸裙。斯塔夫斯卡太太的眼睛,红扑扑的面颊,嘴唇是那么娇媚动人,碰到这样华容绝世的女人,就是死也要去吻她的。

我不愿事先就说出来,可上帝知道,整个晚上,斯塔赫都像着了迷似的望着她,甚至没有发现海卢尼娅戴上了一块新的头巾。

那是一个多么美好的夜晚呀!……斯塔夫斯卡太太感谢我们馈赠的玩具,给沃库尔斯基的茶加了糖,还用衣袖碰了他几下……今天我可以肯定地说,斯塔赫以后会常到这里来,开始和我一起来，以后就不要我了。

我们正在进晚餐时，《信使报》上有个不知是邪恶还是圣洁的精灵引起了米谢维乔娃太太的注意。

"你看，海伦科，"她对女儿说，"今天公爵家举行盛大的舞会。"

沃库尔斯基变得满面愁容，他不再望斯塔夫斯卡太太，而把视线移到了碟子上。我鼓起勇气，不无讽刺地对他说：

"在那么一个公爵的府邸里，那一定是一次很体面的社交。华美的衣着，高雅的气派……"

"好像并不那么体面，"那老妇人打断了我的话，"那些衣服经常是没有花钱就拿来的，至于高雅的气派……毫无疑问，伯爵和公爵客厅里的气派，跟贫苦的女工家里是不一样的。"

（啊，那老妇人可真及时地用她的批评帮了我呀！）"你听听吧，斯塔休！"我这么想，又问道：

"难道那些贵妇人找女工们给她们做事，态度不好？"

"先生，"米谢维乔娃太太摆了摆手，回答说，"我认识一个女缝工，她手艺好，做活收费也不多，所以那些贵妇人老是找她缝制衣服，可是她每次从她们那里回来，都泪流满面。在量尺寸和修改式样的时候，她要等很久，到了算账，她还会听到那么难听的话、见到那么粗鲁的态度和凶相毕露的讨价还价……那个女缝工说（我向她表示美好的祝愿！），她宁愿为四个犹太女人效劳，而不愿给一个贵妇人干活。虽然那些犹太女人现在变坏了：她们有了钱，就只讲法语，做投机买卖，甚至胡作非为，她还是愿意为她们效劳。"

我本来想问：伊扎贝娜小姐在那个女缝工那里做过衣服没有？可是我对斯塔赫产生了怜悯，因为他这时候脸色大变，这个可怜的人。

喝完茶后,海卢尼娅开始把她今天得到的玩具都摆在地毯上,她摆来摆去,不时还乐得叫了起来。米谢维乔娃太太和我都坐在窗口下面(这老妇人改变不了她要坐在窗口的习惯)。沃库尔斯基和斯塔夫斯卡太太坐在那张长沙发上,她在做编织,他在抽烟。

由于那老妇人以极大的热情在谈着她那去世了的丈夫,说他曾是一个非常优秀的县长①,我听不很清楚斯塔夫斯卡太太和沃库尔斯基在谈些什么,但我想他们一定是谈得很有趣的,只是他们的声音很低:

"我去年在卡尔美里特教堂的地下圣堂里见过您。"

"我也清楚不过地记得,您夏天到我们住的那所房子里去过。我不知道为什么,我觉得……"

"那些护照引起了多大的麻烦……谁得到了,发给了谁,写上了谁的名字? 天知道……"米谢维乔娃太太接着说。

"当然,只要您方便,什么时候都可以来。"斯塔夫斯卡太太红着脸说。

"……我不会使人感到厌烦吧?"

"多么好的一对!"我对米谢维乔娃太太轻声地说。

她望了他们一眼,叹气地回答说:

"那有什么用呢? 即便那不幸的卢德维克死了也没有用。"

"我们要相信上帝……"

━━━━━━━

① 在波兰王国,这是一个县最高级的行政长官,沙俄当局往往委派那些政治上可靠的人来担任,报酬是很不错的(年薪高于一千卢布)。——原注

"相信他还活着吗？……"那老妇人问道，一点也不显得高兴。

"不，我不是说这个……而是……"

"妈妈，我要睡了。"海卢尼娅叫着。

沃库尔斯基从沙发上站起来，我们向太太们告别。

"谁知道，"我想，"这条鲟鱼是不是已经上了钩呢？"

外面还下着雪。斯塔赫用雪橇把我送回家，我不知道，他为什么在雪橇上一直要等到我走进大门。

我进到门里后，在前厅里停留了一下。到看门人锁上大门的时候，我才听见街上那辆雪橇驶离的铃声。

"原来你是这样的人？"我心里想，"我们瞧着吧，现在你到底要往哪里去………"

我走进房里，穿上那件旧的大衣，戴上大礼帽，这么一化装，半个小时后我又来到了街上。

斯塔赫的屋子里是黑的，因此他不在家，可他到哪里去了呢？……

我向一辆路过的雪橇招了招手，几分钟后，就在离公爵府邸不远的地方下来了。

大门口停着几辆豪华的贵宾车，还有几辆是刚到的，但一层楼已经灯火通明，乐队在演奏，窗口不时闪过舞侣们的身影。

"文茨卡小姐在那里。"我想。不知为什么我的心有一种紧缩的感觉。

我四周望了一下，唉，雪大片大片地纷纷落下！……被风吹得闪烁不定的路灯里的煤气灯火简直看不清楚。是睡觉的时候了。

我想找一辆等待雇用的雪橇，便走到街对面的人行道上，在那里，几乎是跟沃库尔斯基撞了个满怀，他站在一棵树底下，身上洒满了雪，正注视着上面那些窗子。

"不过就是这样嘛！……亲爱的，你就是死，也要跟斯塔夫斯卡太太结婚！"

面对这种危险的出现，我决定采取断然的措施，因此第二天，我就到了舒曼那里，对他说：

"医生，您知道斯塔赫发生了什么事吗？"

"怎么，是不是折断了一条腿？"

"比那更糟。虽然他两次接到邀请，都没有去参加舞会，可是他却深更半夜溜到公爵公馆的附近，站在暴风雪中，盯着公馆里的那些窗子。您知道这是什么意思吗？"

"我知道，要了解这一点并不需要一个精神病医生。"

"因此我义无反顾地下了决心，"我接着说，"一定要在今年，甚至就在圣约翰施洗礼者节以前，让斯塔赫结婚。"

"跟文茨卡小姐结婚吗？"医生插嘴说，"我劝您不要管这件事。"

"不，不是跟文茨卡小姐，而是跟斯塔夫斯卡太太结婚。"

舒曼在自己的脑门上拍了几下，抱怨地说：

"一个疯人院，你们全都是疯子……您，热茨基先生，您也害了脑水肿病。"

"您这是侮辱我！"我忍不住叫了起来。

他站在我面前，抓住我上衣的衣领，带着生气的语调说：

"您听我说……我打个比方，您就会明白：如果您的抽屉里已经摆满了钱包，那您在那里面还放得进领带吗？……放不进去。同样，如果沃库尔斯基心里只有文茨卡小姐，您能让斯塔夫斯卡太太也进到他心里去吗？……"

我把他那只手从衣领上拿下来，回答说：

"我从抽屉里首先拿出那些钱包，再把领带放进去，您懂吗？学者先生？"

我说完就走了，因为他是那么自以为是，我很生气。他大概以为世界上所有的智慧都在他那里。

我从医生家来到米谢维乔娃太太那里，斯塔夫斯卡太太到铺子里干活去了，我让海卢尼娅到隔壁房间里去玩她那些玩具，自己便挨在那老妇人身边坐下，直截了当地问她说：

"好心的太太，您认为沃库尔斯基是个值得敬爱的男人吗？"

"唉，好心的热茨基先生，您怎么可以这么问呢？我们住他那栋房子，他给我们减了房租，他使我家海伦娜的名声没有受到损害，给了她一个薪金七十五卢布的职务，还送给海卢尼娅那么多玩具……"

"对不起，"我插嘴说，"如果您同意我的看法，认为他是个值得敬爱的人，那我就要告诉您一个最大的秘密，他是很不幸的。"

"以上帝和基督的名义，"那老妇人在胸前画了个十字，"他，一个拥有一家铺子、一家公司和一笔那么巨大财产的人会不幸吗？他不久前卖掉了房子，这就算是不幸吗？是不是他还负了一些债我不知道？"

"一个格罗什的债也没有负，"我说，"他虽然丢了那家铺子，但他还有近六十万卢布，而他在两年前却只有三万卢布，当然不算那家铺子……可是，好心的太太呀！金钱并不等于一切，一个人除了钱袋外，还有一颗心。"

"不是听说他要结婚,甚至跟一个漂亮的女人,跟文茨卡小姐结婚吗?"

"这就是他的不幸。沃库尔斯基不能,也不应当结婚……"

"难道他有生理缺陷?……那么一个健康的男子汉。"

"不应当跟文茨卡小姐结婚,那不是他的对象。他需要这样的妻子……"

"像我家的海伦娜那样……"米谢维乔娃太太连忙插嘴说。

"一点不错!"我叫了起来,"不仅是像她这样的女人,而且就是她!只有她,斯塔夫斯卡夫人才是他所需要的妻子。"

那老妇人大哭起来。

"您知道吗,亲爱的热茨基先生,"她呜咽地说,"这就是我梦寐以求的理想……我可以用我的脑袋担保,我那正直的卢德维克已经死了……我不知多少次梦见过他,他不是光着身子,就是变成了另一副样子,不再是原来的他了……"

"是的,"我说,"即使他没有死,他们也离得了婚。"

"当然,有了钱,什么都可以得到。"

"正是这样!……现在的事情就是希望斯塔夫斯卡太太不要反对!"

"可敬的热茨基先生!"那老妇人叫道,"我向您发誓,她,这个可怜的女人,已经爱上沃库尔斯基了……她情绪不好,夜里睡不着觉,只是叹气,这个少妇变得憔悴了。昨天你们来到这里的时候,她是个什么样子?我这个做母亲的,都认不出来了。"

"好,就这么说定了!"我打断了她的话,"我想办法让沃库尔斯基尽可能经常地到这里来,而您……您要使海伦娜太太高兴一点。我们把斯塔赫从伊扎贝娜小姐的手中抢过来……这样他们在圣约翰施洗礼节以前就可以结婚了。"

"上帝呀!那卢德维克怎么办呢?"

"他死了,他肯定死了,"我说,"我以我的脑袋担保,他已不在人世了。"

"如果是这样,那是上帝的旨意。"

"不过……我请您严守秘密,这是很重要的事!"

"您把我当成什么人了,热茨基先生?"那老妇人委屈地叫道,"我们这里……这里……"她拍着自己的胸脯往下说,"每个秘密都像藏在坟墓里一样,我的女儿和那个高贵的人的秘密就藏得更深了。"

我们两个人都非常激动。

"不过,"我本来想走了,可是歇了一会儿又说,"有人会不会认为,只要洋娃娃那样的小东西,就能够使他们两个人过上幸福的日子?"

"洋娃娃?"

"可不是!如果不是斯塔夫斯卡太太在我们店里买了个洋娃娃,就不会有那场官司,斯塔赫也不会那么热情地关心海伦娜太太的命运,海伦娜太太也不会爱上他,他们就不可能结婚……说得更确切一点,如果斯塔赫对斯塔夫斯卡太太真的产生了热烈的感情,那也是到打官司时才产生的。"

"您说产生了感情?"

"是啊!您没有看见,昨天他们俩在那张长沙发上窃窃私语吗?沃库尔斯基很久没有像昨天那么兴奋,甚至那么激动了。"

"是上帝派您来的,亲爱的热茨基先生!"那老妇人叫了一声,临别时吻了一下我的脑门。

今天,我对自己的表现很满意,不管你愿不愿意,你也得承认我有梅特涅那样的头脑,是我想到了要让斯塔赫爱上海伦娜夫人,也是我做好了一切安排,使他们没有妨碍……

今天我一点也不怀疑,斯塔夫斯卡太太和沃库尔斯基都已经陷进了为他们设的陷阱。她在几个礼拜中变得消瘦了(可是这么一来,她却显得更漂亮了,这个小精灵),而他看来却好像昏了头似的。如果有个晚上他不到文茨卡家里去,那他就会到斯塔夫斯卡太太家里去。实际上,他并不总是能够遇到文茨卡小姐,因为她常去参加舞会。可是他如果到了斯塔夫斯卡太太的家里,就一直要坐到深夜。他在那里是多么兴奋呀!他给她讲在西伯利亚、莫斯科和巴黎的故事。我为了不妨碍他们,晚上从不到那里去,但那里的事情我全知道,因为米谢维乔娃太太会把一切都告诉我,当然会很秘密地告诉我。

可是有一件事我不高兴。

我知道,维尔斯基有时候也到我们的太太们那里去,当然会惊动那悄悄地说着情话的小两口,这时候,我马上就会去找他,向他提出警告。

当我穿好衣服,正要出门的时候,却在前厅里碰上了他本人。当然我只好又回到家里,把灯点燃,我们谈了谈政治……之后我又换了话题,毫不拘礼地对他说:

"我想老老实实地告诉您一件事……"

"我已经知道啦,知道啦!"他笑着说。

"您知道什么?"

"不就是沃库尔斯基爱上了斯塔夫斯卡太太吗!"

"上帝啊!"我叫道,"是谁告诉您的?"

"那好,首先您别担心我会泄露秘密,"他一本正经地说,"我们家里的人是最守密的。"

"可是谁告诉您的呢?"

"您看,是我妻子告诉我的,她是从科列罗娃太太那里知道的。"

"科列罗娃太太又是怎么知道的呢?"

"是拉京斯卡太太告诉她的。拉京斯卡太太则是德诺娃太太出于对她的信任告诉她的,她曾发誓,不把这件事讲出来。您知道,德诺娃太太是米谢维乔娃太太的好朋友。"

"米谢维乔娃太太多么粗心大意啊!"

"可是,"维尔斯基说,"如果德诺娃早就告诉了她,说沃库尔斯基在她们家里一直要待到天亮,这可是件不干不净的事,那可怜的女人有什么办法呢……当然,她害怕了,会告诉她,他们不是秘密的调情,而是正当的结婚,他们的婚礼大概在圣约翰施洗礼节就要举行。"

听到这些话,我感到头昏脑涨了,可有什么办法呢。唉,这些女人,这些女人呀!……

"城里情况怎么样?"我拉开话题,想要结束这场令人心烦的谈话。

"又闹事啦,"他说,"男爵夫人又闹事啦!请您给我一支雪茄,因为这两件事说来话长。"

我递给他一支雪茄,他对我说的那些事情使我终于相信,坏人迟早要受到惩罚,好人定会得到好报,最狠毒的铁石心肠也会良心发现的。

"您早就到过我们的太太们家里吗?"维尔斯基问道。

"我在她们那里,大概有四五天了,"我回答,"您知道,我不愿意打扰沃库尔斯基……我劝您也不要打扰他。比起我们这些老头儿,年轻人的相处会更快地达到水乳交融的地步。"

"对不起!"维尔斯基插嘴说,"一个五十岁的男人正年富力强,不能说老……"

"像一个熟透了快要掉下来的苹果一样。"

"您说得不错,一个五十岁的男人要不是有妻子和孩子,是很容易颓丧的……伊格纳齐先生!……热茨基先生!……我如果不跟年轻人竞争一下,就让我见鬼去吧!可是一个结了婚的男人如果是残废,女人们是不屑一顾的,虽然……伊格纳齐先生……"

说到这里,他的眼里冒出了火花,他脸上的神情,就像他真是个虔信上帝的人,明天非得去忏悔不可。

一般来说,我认为,贵族就是这样:既没有学问,也不懂得做生意,什么正经的事也干不了,可是对酗酒、斗殴和海淫海盗的行为却趋之若鹜,即便已经把棺材摆在他们面前,也还是这样……这些下流坯!

"这一切都好,维尔斯基先生,"我说,"可是您要告诉我些什么呢?"

"对!我正在想这个,"他一面说,一面抽着雪茄,吐出了像沥青锅里冒出的那种烟,"您还记得当时住在我们那栋房子里男爵夫人楼上的那些大学生吗?……"

"马列斯基、帕特凯维奇,还有一个家伙,我怎么会不记得这些捣蛋鬼呢?都是些永远开心的小伙子!"

"太开心啦,太开心啦!"维尔斯基证实道,"要是有人能让一个年轻的厨娘在这些胡作非为的年轻人那里干八个月的活,我愿意受到上帝的惩罚。我告诉您,热茨基先生!只要他们三个人就可以使我们所有的警察局人满为患……很明显,他们在大学里只学了这门课。我年轻的时候,在乡下,如果地主有个小儿子,他每年就得拿出三四头乳牛来赔偿别人的损失①……呸!呸!连神父都生气了,因为糟蹋了他那么多的牝羔羊。可是这些家伙啊,我的先生!"

"您不是要谈男爵夫人的事吗!"我提醒他说,因为我不喜欢一个头发白了的人老这么胡说八道。

"是的……就是那个……他们中那个最坏的家伙帕特凯维奇,那个装鬼脸的。天一黑,那个吊死鬼就爬上了楼梯,我告诉您,那一阵吱吱的尖叫,就像一大群耗子跑过来了。"

"可您原来是要谈男爵夫人的……"

"是的……就是那个,尊敬的先生……那个马列斯基倒没有什么不是……是这样,像您所知道的,男爵夫人起诉后,法院判决那些年轻人八日那天搬出去,可是他们没有搬。八日、九日、十日,他们还是赖在那里不走,男爵夫人气得肚子鼓鼓的,最后,她跟那个所谓的律师和马鲁谢维奇商量了一下,在二月十五日,让法院的执行官带着警察到他们那里去了。执行官和警察爬到了三层楼上,嘭——嘭!房门是锁着的,不过里面有人问:'是谁?''法院里的人,开门!'执行官回答说。'法院就法院,'房里的人说,'有人把我们锁在里面了,可我

---

① 在波兰农村,农奴解放前,地主如果欺骗和玩弄了一个农村姑娘,然后把她抛弃,他可以随意把她嫁给自己的奴仆、农奴或者别的什么人,但他为此要给她乳牛作为陪嫁。这个地主的儿子一年玩弄和抛弃一个姑娘,他父亲每年都得拿出三头或四头乳牛作为赔偿。

们没有钥匙,肯定是男爵夫人锁的。''你们是不是要跟法院开玩笑?'执行官说,'你们明明知道是应当搬走的。''不错,'房里的人说,'可我们从钥匙孔里是出不去的呀,除非……'不用说,法院执行官叫那个看门的去找修锁的,他和警察在楼梯上等候。半个小时后,修锁的来了,如果是普通的门锁,他用他那把万能钥匙马上就能够打开,但那是一把英国的弹簧锁,他打不开。他往里面转着,旋着都没有用……于是他又跑回去找工具,这样又耽误了半个钟头;这时候,天井里来了一大群人,吵吵嚷嚷,在第二层楼上,男爵夫人气得全身都最最可怕地抽搐起来了。法院执行官仍在楼梯上等候,可是马鲁谢维奇突然向他跑过来了。'先生!'他叫道,'您看看吧,他们在那里干什么……'法院执行官跑到天井里,看见了这么一番景象:三层楼有个窗子是开着的(请注意,先生,现在是二月天呀!)一些褥子、被子、书本、骷髅头都从那里飞落到天井里。没过多久,有一只箱子用绳子吊了下来,跟着又下来一张床。'喂,您看怎么办?'马鲁谢维奇叫道。'必须写个实地调查的记录,'法院执行官说,'他们要是真的搬走了,大概不应当阻止他们吧!'这时又开始了一场新的表演:三层楼上那个开着的窗子里出现了一把椅子,帕特凯维奇坐在上面,他那两个同伴把他一推,他便连同他那把拴在绳子上的椅子一起掉了下来……法院执行官看了吓得差点晕了过去,有个警察则在胸前画了个十字。'他会把脖子扭断的,'女人们叫了起来,'耶稣呀!圣母马利亚呀!拯救他的灵魂吧!'神经衰弱的马鲁谢维奇跑到克热索夫斯卡太太那里去了。这时候,帕特凯维奇和载着他的那把椅子突然在二层楼停住了,正好在男爵夫人的窗子前。'请你们结束这种玩笑吧,我的先生们!'法院执行官对帕特凯维奇那两个同伴喊道。他们正在把他往下放,因此回答说:'奇怪,你难道不知道我们的绳子要断了吗?''你逃命吧,帕特凯维奇!'马列斯基在楼上叫道。天井里一片混乱,女人们(她们中有许多人对帕特凯维奇的安全都很担忧)开始号叫起来,警察们都惊呆了,法院执行官一下子不知道怎么办才好。'你站到窗檐上去,敲敲窗子!'他对帕特凯维奇喊道。这句话跟帕特凯维奇不用再说,他已经开始捶着男爵夫人的窗子了,而且他捶得十分凶猛,以致马鲁谢维奇不得不亲自给他打开了窗子,还亲手把他拖进了房间里。连男爵夫人都惶恐不安了,她跑到帕特凯维奇跟前,对他说:'仁慈的上帝呀!您不要耍这些鬼把戏好吗?'帕特凯维奇回答说:'不这样我就不能高高兴兴地跟尊贵的夫人告别了。'他对她装出一个死人的样子,那婆娘吓得身子往后一仰,倒在地上,喊叫起来:'没有人保护我呀!男人们都不在!男人!'她叫得那么响,天井里所有的人都听得见,法院执行官甚至把她的喊叫理解错了,他对警察们说:'我们到底弄清了那可怜的女人害的是什么毛病啊!跟丈夫差不多分居两年了,不容易。'帕特凯维奇是个医科学生,他给男爵夫人号了脉,给她服了缬草酊,然后便安安静静地出去了。这时候,修锁的已经撬开了那把弹簧锁。他虽然完成了这个任务,可是把门也彻底破坏了。这时马列斯基突然想起,那两把钥匙——一把普通的和一把开弹簧锁的——原来都在自己的口袋里。男爵夫人刚刚清醒过来,律师就怂恿她对帕特凯维奇和马列斯基起诉,但她对于诉讼已经厌恶极了。她把她的那个参谋痛骂了一顿,并且发誓,从今以后,再也不把房间租给任何一个大学生,哪怕让它永远空着。后来有人告诉我,说她又哭又叫地请求马鲁谢维奇，要他劝说男爵向她表示悔过，回到她身边来。'我知道，'她呜咽地说，'他身边一个格罗什也没有了，房租付不起，连吃饭都在他的仆人那里赊账。虽说这样，我还是会忘掉过去的一切，替他还债，只要他能够痛改前非，回到自己家里来。没有丈夫，我管不了一栋这样的房子……在这里，我活不到一年了……'我看是上帝在惩罚她，"维尔斯基说完后，吹掉了雪茄的烟灰，"男爵就是上帝用来惩罚她的工具。"

"那么第二个故事呢?"我问。

"第二个故事要短一些，但是更有趣。您想想看，那男爵夫人，克热索夫斯卡男爵夫人昨天拜访了斯塔夫斯卡太太……"

"唉，见鬼去吧! 这下可坏了……"我吓了一跳。

"绝不是那样，"维尔斯基说，"男爵夫人到斯塔夫斯卡太太那里后，就痛哭流涕，歇斯底里大发作，几乎跪倒在地，恳求她忘掉那场不光彩的洋娃娃官司，要不然，她这辈子到死也会感到不安的。"

"她们答应把事情忘掉吗?"

"她们不仅答应了她，而且还吻了她。她们还说要替男爵夫人给沃库尔斯基表示道歉，她一说起他来，就是那么称赞不已。"

"唉，真见鬼!"我叫了起来，"她们干吗要跟她谈起沃库尔斯基呢? 这可糟了。"

"您说什么?"维尔斯基驳斥我说，"那婆娘对自己的罪过痛心疾首，后悔不已，毫无疑问，她会改正的。"

已经是午夜时分，维尔斯基走了。我没有留他，因为他是那么相信男爵夫人的悔过,使我感到很讨厌。不过,话又说回来,谁知道,也许她真的悔过自新了呢?……

附带地说:我本来深信,麦克-马洪让小拿破仑上台的政变会成功的,可现在我了解到,他失败了①。一个平民格雷维当了共和国的总统②,那个小拿破仑到非洲的一个叫纳塔尔的地方③参加战争去了。

那就毫无办法了,就让那小子去学一学打仗吧!半年之后,他载誉归来,法国人就是采取强制的手段也会把他接回去。我们在这个时候,就让斯塔赫跟海伦娜太太结婚。

就我来说,我要是做什么事情,就一定会采取梅特涅的办法,懂得事情自然发展的过程。

法国和拿破仑的子孙们万岁,沃库尔斯基和斯塔夫斯卡太太万岁!

---

① 一八七九年一月五日,法国参议院举行大选,共和派对君主派和保守派占了绝对优势,麦克-马洪处于困难的境地,因为新的参议院最初召开的几次会议开始反对他的干部政策。——原注
② 朱尔·弗朗索瓦·保尔·格雷维(1807—1891)在麦克-马洪当总统的时候是国民公会主席。他是一个君主派的反对者,坚决反对欧仁·路易·拿破仑公爵的复辟。麦克-马洪于一八七九年一月三日离职后,格雷维当选为总统,执政到一八八七年。——原注
③ 拿破仑公爵于一八七九年二月二十七日从英国去了东南非洲的纳塔尔。纳塔尔当时是英国的殖民地,那里爆发了黑人祖卢部落的起义。

第十二章　夫人们和女士们

在过去了的狂欢节和现在的大斋期中,幸福女神用仁慈的眼睛已经是第三或者第四次注视着文茨基先生的家庭了。

他的客厅里宾朋满座,在门房里,名片像雪花一样飞了进来。托马斯先生又处在幸福有加的境遇中了,他不但接待客人,甚至还可以在来访者中进行挑选。

"我肯定是活不了多久了,"他曾不止一次地对女儿说,"在我死去以前,只要人们还看得起我,我就心满意足了。"

伊扎贝娜小姐微笑地听着,但她不想打破父亲的幻想;她深信,那成群结队的来访者在向她,而不是向她父亲表示敬意。

尼文斯基先生,这位舞会的组织者彬彬有礼,他经常是跟她,而不是跟她父亲跳舞。马尔博格先生,这位言谈举止的典范和时髦的倡导者也只跟她,而不是跟她父亲谈话。沙斯塔尔斯基先生是上面两人的朋友,他也是因为她,而不是因为她父亲感到自己很不幸,很痛苦。关于这一点,沙斯塔尔斯基先生向她清楚地解释过。虽然他不是像尼文斯基先生那样懂得礼貌的舞伴,也不是马尔博格那样的时髦的倡导者,但他总是尼文斯基先生和马尔博格先生的朋友嘛!他跟他们住得很近,跟他们一起定做过英国和法国式的服装。那些上了年纪的夫人,在他身上如果找不到其他的优点,也一定要称他具有诗人的气质。

但由于一件小事或者一句什么话的关系,伊扎贝娜不得不从另一方面去探寻自己取得胜利的秘密。

有一次,在舞会上,她对潘塔尔凯维丘芙娜小姐说:

"我在华沙过去从来没有像今年玩得这么高兴。"

"因为你很迷人。"潘塔尔凯维丘芙娜小姐简单地回答了一句。她用扇子把脸遮住,好像不想让人看见她无意中正在打呵欠似的。

"姑娘们到了'这个年纪',就知道该怎么讨人喜欢。"一个娘家姓德·京斯的乌帕达尔斯卡太太大声地对另一个娘家姓费尔塔尔斯卡的维夫罗特尼茨卡太太说。

潘塔尔凯维丘芙娜小姐用扇子遮脸的动作和娘家姓德·京斯的话引起了伊扎贝娜小姐的注意。她很聪明,不会弄不清她目前的处境,她的处境是那么明白。

"年纪有什么关系呢?"她想,"二十五岁还没有到'这个年纪',她们在谈什么呢?"

她往边上一望,发现沃库尔斯基在注视着她,她不知道自己胜利的取得是由于"这个年纪",还是由于沃库尔斯基的努力,她……考虑了一下,还是由于沃库尔斯基。

人们在各方面都很崇拜她;谁知道,他对她是不是真心诚意地崇拜?

她开始思考起来。

首先是尼文斯基的父亲在沃库尔斯基创办的那家公司里有一笔资本(这连伊扎贝娜小姐都知道),并且获得了很大的利润。然后那个技术学校毕业的马尔博格先生(他从来没有说过他是技校毕业的),想通过沃库尔斯基的帮助,在铁路上找到一个职位(这件事他也严守秘密),而且他还真的找到了一个职位。这个职位有个很大的优点,就是不用干活,但也有很大的缺点,就是年薪不到三千卢布。马尔博格先生为此甚至还埋怨过沃库尔斯基,但他考虑到他跟他的十分密切的关系,只有在说到沃库尔斯基的名字时,才露出讥讽的微笑。

沙斯塔尔斯基先生在公司里没有资本,在铁路上也没有职务,只是因为他的两个朋友,尼文斯基先生和马尔博格先生对沃库尔斯基有成见,他对沃库尔斯基也表示不满。他站在伊扎贝娜小姐的身旁叹息说:

"有些人走运,他们……"

这些"走运的人"是些什么人,伊扎贝娜小姐根本就无法得知,但是她一听到"走运的人"这几个字,就会想起沃库尔斯基,就要捏紧拳头,对自己说:

"专制者……暴君!……"

其实沃库尔斯基一点也没有表现出想做专制者和暴君的样子,他只是望着她,心里想:

"难道你是一个这样的人,或者……你不是?……"

有时候,伊扎贝娜小姐一看见围在她身边的那些不论年轻年老都好打扮的男士,她的眼睛就像宝石或星星那样闪着光芒,而沃库尔斯基心中那美丽的蓝天却笼罩着一片乌云,投下了一抹怀疑的阴影。但是沃库尔斯基闭上了眼睛,不愿看到那一抹阴影,伊扎贝娜小姐是他的生命,他的幸福,他的太阳,一片偶尔飘过的乌云是遮不住太阳的,而且这一切也许只是他的一种幻想。

他有时也想起了盖斯特,那个古怪的智者有许多伟大的思想,他给他指出了一个不同于伊扎贝娜小姐的爱的目标。可是,沃库尔斯基一遇到伊扎贝娜小姐的目光,他的这些念头就马上像梦幻一样变得无影无踪了。

"人类在我看来算得了什么呢!"他耸耸肩,自言自语道,"即便为了全人类、为了世界的整个未来,为了我那不朽的名誉,我也不愿放弃她的一吻。"

想到这一吻的时候,在他那里便会出现一个奇特的情况。他的意志消退了,自己也好像失去了知觉,非得瞧见伊扎贝娜小姐跟那些花花公子卖弄风情,才会清醒过来。他一听见她那真情的笑声和坚决的话语,看见她对尼文斯基、马尔博格和沙斯塔尔斯基投去的火一样的目光,就马上感到眼前落下了一块遮布,他在遮布那边看到的是另一个世界和另一个伊扎贝娜小姐。这时候,不知为什么在他眼前出现了他那充满了巨人伟力的青年时代的形象。他瞧见他以自己的努力从困苦中挣扎出来,听见了过去那些时候子弹在他头上飞过的呼啸声。他还看见了盖斯特的实验室,那里制造出了非常重要的东西,当他望着尼文斯基、马尔博格和沙斯塔尔斯基先生的时候,就想道:

"我在这里干什么呢?……我为什么要跟他们在一个祭台前做祷告呢?"

他想大笑,但他又陷入了一种神志不清的状态。他又觉得,就是把自己的生命放在伊扎贝娜小姐的脚跟前,也是很值得的。

不管怎样,由于那个娘家姓德·京斯的乌帕达尔斯卡太太不留神地做了一个什么表示,伊扎贝娜小姐的态度出现了有利于沃库尔斯基的转变。她很注意地听着她父亲的那些客人的谈话,结果发现,他们不是要把自己一小笔资金投在沃库尔斯基那里,"哪怕年息只有一分五厘也好",就是想替自己的表兄弟找个职业,或者为了什么别的目的,要结识一下沃库尔斯基。那些女人呢?她们不是想要关照她们的某个熟人,就是她们自己有女儿要出嫁,她们甚至毫不掩饰她们想要从伊扎贝娜手里把沃库尔斯基抢过来,如果年龄相当,她们自己就很想享受这种幸福。

"做这么一个男人的妻子是多么幸福啊!"娘家姓费尔塔尔斯卡的维夫罗特尼茨卡说。

"就是不做妻子也行!"封·普雷斯男爵夫人微笑着说,她的丈夫已经瘫痪五年了。

"暴君……专制者……"伊扎贝娜小姐因为看见她瞧不起的那个商人引起了许多人的注目,他们对他抱有希望,表示妒忌,便反复地这么说。

尽管那残存的蔑视和厌恶的情绪还在她心中起作用,但她也不得不承认,这个既生硬又忧郁的男人比那个元帅·达尔斯基男爵,甚至比尼文斯基、马尔博格和沙斯塔尔斯基,在上流社会都占有更重要的地位,他的仪表也好些。

但是她对沃库尔斯基的态度主要是受了公爵的影响。

公爵因为沃库尔斯基在去年十二月没有听从他的请求:送给克热索夫斯卡夫人一万卢布,今年一月和二月,他又没给公爵关照的那些穷人捐过一个格罗什,他对沃库尔斯基已经失去了信任。他感到很失望,他认为也相信自己有权利提出这样的观点:一个像沃库尔斯基那样的人,一旦受到他这样的公爵的宠爱,就必须放弃他的爱好和生意买卖,甚至抛弃他的财产和个人。他必须爱公爵之所爱,恨公爵之所恨,他只服务于公爵的目的,满足公爵的喜好。可相反的是,这个暴发户(虽然他无疑是个好贵族)根本不想做公爵的仆人,而且他甚至还胆大妄为地要做一个独立自主的人。他曾不止一次地跟公爵争吵,更恶劣的是,他干脆就拒绝了公爵所有的要求。

"一个粗暴的人……贪财……自私自利!"公爵这么想,他对这个暴发户的蛮横无理越来越感到吃惊了。

事情到了这个地步,文茨基先生对沃库尔斯基追求他的女儿已经回避不了啦,因此他请公爵表示一下对沃库尔斯基的看法,并给他想个对付的办法。

尽管公爵有各种各样的缺点,但他还是一个很正经的人,他在评论别人的时候,并不以他个人的喜好为准,他要看公众的舆论是怎么说的。

因此他请求文茨基先生等两三个礼拜,以便"确定一个自己的看法",由于他有各种各样的关系网,这些关系网就像自己的侦察兵一样,能够打听到各种各样的事情。

他首先注意到,那些贵族虽然讽刺沃库尔斯基,说他是暴发户和民主派,但暗地里却称赞他:

"这不是明摆着吗,他是我们贵族的血统,虽然他总是向着商人。"

每逢有人提出要跟犹太银行家们针锋相对地干起来的时候,那些最不讲情面的贵族就要沃库尔斯基去打头阵。

商人们,尤其是那些厂主,都很憎恨沃库尔斯基,但他们对他最多也只是指责"他是个贵族……一个大人物……政治家……"这种情况的出现,公爵说什么也怪不了他。

但那些女修道士却告诉了公爵一些最有趣的消息。在华沙有个赶车的人,还有他的兄弟,是个铁路工人,在华沙维也纳铁路线上干活,他们常为沃库尔斯基祝福。一些大学生还大张旗鼓地宣扬,说沃库尔斯基给了他们助学金。一些手艺工人也说他们有了自己的作坊是他的功劳。沃库尔斯基还帮助一些摊贩建起了商店。

甚至还有一个堕落的女人(女修道士们谈起她时带着非常愤怒的神情,脸都红了),沃库尔斯基也把她从火坑里救出来,让她进了修道院,使她最终变成了一个守规矩的人。这些女修道士还说,这样的女人一般都能变得守规矩的。

这些事实不仅使公爵奇怪,而且干脆叫他大吃一惊。在他的眼里,沃库尔斯基马上变得高大了。他这个人有他的计划,甚至还有一套自己的方针政策,在平民中有很大的声望。

因此,公爵照约定的时间来到文茨基先生家里后,他也没有忘记表示要跟伊扎贝娜小姐见面。他一见到她就意味深长地拥抱她,说了一些像谜一样的话:

"尊贵的表侄女,你手里抓住了一只不平常的鸟……要紧紧地抓住它,爱抚它,使它长大后有益于不幸的祖国。"

伊扎贝娜小姐脸红得很厉害,她猜到了那不平常的鸟就是沃库尔斯基。

"暴君!专制者!"她想。

不管怎样,沃库尔斯基跟伊扎贝娜小姐的关系在走向密切的道路上,总算克服了第一道障碍,她已经决定要跟他结婚了。

有一天,文茨基先生感到有点不舒服,伊扎贝娜小姐在自己的房间里读报,突然通报说翁索夫斯卡太太正等候在客厅里。她马上跑到客厅里一看,那里除了翁索夫斯卡太太外,她那满面愁容的表兄奥霍茨基也来了。

两个女友非常亲热地吻着。奥霍茨基并没有留心地去打量她们,但他已经看出她们彼此都有一些不满,虽然不是什么大的不满。

"难道跟我有关?"他想,"不要多管闲事……"

"啊,表哥也在这里!"伊扎贝娜小姐说着,把手伸给了他,"你为什么这么不高兴?"

"他应当很开心嘛!"翁索夫斯卡太太插嘴说,"因为从银行到你这里来,路上他一直在向我献殷勤,而且得到了好的回报。在大街的一个拐角上,我允许他解开了我手套上的两粒扣子,吻了我的手。贝卢,你要是知道他是多么不会接吻就好了……"

"是这样吗?"奥霍茨基叫着,从脸上一直红到耳根子上,"好!从今以后,我再也不吻你的手了。我发誓……"

"今天不到晚上,你还会吻我的手。"翁索夫斯卡太太非常肯定地回答说。

"我可以拜会文茨基先生吗?"奥霍茨基很郑重地问道,没等伊扎贝娜小姐回答,就从客厅里走了。

"你让他不好意思了。"伊扎贝娜小姐说。

"他要是不会,就别做出那种献殷勤的样子。在这种场合,笨拙就是无可救药的犯罪,你说是不是?"

"你是什么时候来的?"

"昨天早晨,"翁索夫斯卡太太回答说,"可是我不得不到银行里去了两次,还要去商店里买东西,把家里收拾一下。在我没有找到一个更有趣味的人以前,奥霍茨基得暂时留在我身边。您要是能把您的那些崇拜者让给我一个……"她加重语气说。

"你哪里来的这些传闻！"伊扎贝娜小姐红着脸说。

"我在乡下就听说了。斯塔尔斯基很嫉妒地告诉我，说你今年依然是女王，永远是女王。沙斯塔尔斯基好像已经晕头转向了。"

"还有他那两个同样令人厌烦的朋友，"伊扎贝娜小姐微笑着插嘴说，"那三个人每天晚上都来表示爱慕，每个人都认为，自己是在没有妨碍别人的情况下向我求婚的。他们三个人还互相诉说自己的痛苦。总之，这些先生干什么都在一起。"

"那么你采取什么态度呢？"

伊扎贝娜小姐耸了耸肩膀。

"你问我吗？……"

"我听说，沃库尔斯基也向你求过婚……"

伊扎贝娜小姐在玩弄着她的裙子上的花结。

"他马上就会来向我求婚，有多少次，不管是他望着我还是没有望着我，不管是他跟我谈话还是保持沉默，他都在向我求婚……和他们平时一样。"

"你呢？"

"我这时候便按我的计划行事。"

"可以说说你有什么计划吗？"

"当然可以，我就是不把它当成秘密。可是首先，还是来谈谈议长夫人吧……她现在身体怎么样？"

"很不好，"翁索夫斯卡太太回答说，"斯塔尔斯基几乎没有离开过她的房间，公证人也天天来，但好像是白跑了……好，你就来谈谈你的计划吧！"

"早在扎斯瓦维克的时候，"伊扎贝娜小姐往下说，"我就提到过把那家店铺卖掉(她的脸又红了),它是要卖掉的,至迟到六月。"

"太好了,后来怎么样呢?"

"后来这家贸易公司有点麻烦,他当然是要马上就放弃它,可是我想,公司一年有差不多九万卢布的收入,没有这笔钱就只有三万了。你不会不明白,这里有一些问题是要考虑的。"

"我看,你对数字倒很在行。"

伊扎贝娜小姐鄙夷地摆了摆手。

"唉,我大概永远也不会懂得这一套,他对我全都谈了,父亲也谈了一些……还有姑妈。"

"你是这么直接跟他谈的吗?"

"不,不……因为有许多事情我是不能问的,所以我们采取谈话的方式,就必须让别人把所有的事情都说出来,这个你难道不明白?"

"我明白,后来又怎么样呢?"翁索夫斯卡太太追问道,她的声调有点不耐烦了。

"最后一个条件纯粹是道义性的。我已经打听清楚了,他没有任何亲属,这是他最大的优点,可我首先声明,我要保持我至今所有的社交关系……"

"他不吭声就是同意啦?"

伊扎贝娜小姐有点高傲地望着她的女友。

"你不相信?"她说。

"我怎么会不相信呢,这么一来,斯塔尔斯基、沙斯塔尔斯基……"

"是呀! 斯塔尔斯基、沙斯塔尔斯基、公爵、马尔博格……这些都是,都是我在今天和以后都很愿意挑选的人,他们一定会经常到我家里来。难道还会有什么变化吗?"

"不错,可是你不怕争风吃醋吗?"

伊扎贝娜小姐笑了。

"我,争风吃醋,沃库尔斯基!……哈哈!世界上还没有一个男人敢对我吃醋,更不用说他了。你根本就想不到他是怎么崇拜我,顺从我的……可是他对我那种无限的信赖,甚至把他个人的意志和观点全都抛弃,也使我缴械投降了。谁知道,也许正是他这么一来,使我对他也恋恋不舍了。"

翁索夫斯卡太太轻轻地咬了咬自己的嘴唇。

"你们将来会很幸福的,至少……你,"她说道,本要叹息一声,但又忍住了,"虽然……"

"你看出有什么'虽然'?"伊扎贝娜小姐带着一种毫不伪装的惊异的神情问道。

"我要告诉你一件事,"翁索夫斯卡太太用一种她所特有的异常平和的声调回答说,"议长夫人非常喜欢沃库尔斯基,我觉得,她跟他好像很熟,但我不知道他们是怎么熟起来的。她跟我也经常谈起他,你知道,有一次她对我说了什么吗?……"

"有意思……"伊扎贝娜小姐回答说,她越来越惊讶了。

"她对我说:'我怕贝娜根本不了解沃库尔斯基。我觉得她好像在玩弄沃库尔斯基,沃库尔斯基是玩弄不得的。我还以为,等到她知道要尊敬他,那已经太晚了。'"

"议长夫人这么说过吗?"伊扎贝娜冷冷地问。

"是的!我要把所有的都告诉你。她最后的一番话特别使我感动:'卡久,会这样的,因为一个快要死去的人看得更清楚,到那个时候,你会想起我这些话的。'"

"议长夫人的情况有这么坏?"

"总而言之,是不好的。"翁索夫斯卡太太不高兴地把话说完,她觉得谈话已无法进行下去了。

随后便是一段长时间的沉默,幸好奥霍茨基进来,才打破了这种沉默。翁索夫斯卡太太很亲热地跟伊扎贝娜小姐辞别后,对她的男伴挑逗地望了一眼,说:

"现在到我家里吃饭去吧!"

奥霍茨基露出了一个很明显的神态,表示他不跟翁索夫斯卡太太一起走,而且他也显得更忧郁了,但他最后还是拿起帽子,跟在她后面出去了。

他上车后,背对着翁索夫斯卡太太,一面望着街景,一面说道:

"要让贝娜快点决定跟沃库尔斯基的事情,要么嫁给他,要么跟他断绝关系。"

"当然,您是希望她嫁给他,然后你成为她的老相好,可这根本是不可能的。"翁索夫斯卡太太说。

"对不起,太太!"奥霍茨基生气了,"我不会来这一套……我宁愿把她让给斯塔尔斯基以及和他类似的人。"

"那么要贝娜快一点做出决定,跟您有什么关系呢?"

"关系很大!我可以用脑袋担保,沃库尔斯基知道一项科学上的秘密,但我也可以肯定地说,他在陷入恋爱狂的时候,是不会把它向我公开的……唉,女人和她们的卖弄风骚是多么讨厌。"

"你们就不讨厌吗?"翁索夫斯卡太太问。

"我们可以卖弄。"

"你们可以卖弄……太妙了！"她气愤地说，"在妇女解放的世纪里，一个进步人士说这种话。"

"妇女解放，见它的鬼去吧！"奥霍茨基讥讽地说，"美妙的解放呀！你们想要享受所有的特权，男人的和女人所有的特权，却不愿负一点责任……给她们开门吧！把座位都让给她们吧！都爱上她们吧！可她们……"

"因为我们会给你们幸福嘛！"翁索夫斯卡太太讥讽地说。

"什么幸福？一百零五个女人配一百个男人，这算抬高了男人的身价？"

"您的那些情妇、侍女跟您在一起，肯定是抬不高您的身价的。"

"那是自然，但是最叫人受不了的还是那些贵妇人和饭店里的女仆，她们是那么贪得无厌，那么任性……"

"您可是得意忘形啦！"翁索夫斯卡太太傲慢地说。

"好啦，现在我来吻吻您的小手好吗？"他回答后，马上就要实现他的愿望。

"不要吻这只手……"

"那就吻那一只……"

"怎么样，我不是说过，不到晚上您还会要吻我的两只手吗！"

"啊，没错……可我不愿到您那里去吃饭了……我就在这里下车。"

"您叫车子停下来吧！"

"为什么？"

"您不是说要在这里下车吗？！……"

"我说的是不在这里下车……哦,我这个不幸的人还有这么一个不好的脾气……"

沃库尔斯基每隔几天就到托马斯先生家里去一趟,他经常只碰得到托马斯先生,托马斯像亲生父亲那样慈爱地和他打招呼,然后就要用好几个钟头的时间跟他谈自己的病或者生意买卖来,在谈话中,他还暗示沃库尔斯基,他已经把他当成自己的家庭成员了。

伊扎贝娜小姐一般都不在家里,她不是在姑妈伯爵夫人的家里,就是上朋友家或铺子里去了。沃库尔斯基如果侥幸地遇到了她,两人也只是谈一些无关紧要的事情,而且时间很短,因为伊扎贝娜小姐总是那么忙忙碌碌,她不是准备要到什么地方去,就是接待来访的客人。

在翁索夫斯卡太太来访后的几天,沃库尔斯基遇到了伊扎贝娜小姐。她向他伸过手去,他像往常一样,带着宗教的敬仰之情吻了一下,然后她说:

"您知道吗,议长夫人的情况很不好……"

沃库尔斯基吃了一惊。

"一个可怜而又正直的老妇人……要是可以肯定,我到她那里去不会惊动她,那我一定跑上一趟……那里有没有很好的照顾?"

"啊,有的,"伊扎贝娜小姐答道,"达尔斯基男爵和他的夫人都在她身边,"她微笑着说,"埃韦琳卡已经跟男爵结了婚。此外费娜·扬诺茨卡和……斯塔尔斯基也在那里……"

她的脸上泛起了一阵淡淡的红晕,没有再说下去。

"这是我表现得不好啦,"沃库尔斯基想,"她看到我不喜欢这个斯塔尔斯基,因此一提到他,她就感到不好意思,我是多么无聊啊！"

他原想说几句斯塔尔斯基的好话，但还是没有说出来。为了打破那难堪的沉默，他问道：

"今年夏天，你们全家准备去哪里旅游？"

"还不知道。霍尔滕西亚姑妈身体不太好，所以我们也可能到克拉科夫她那里去。可是我以为，如果事情由我决定，我还是想去瑞士旅游。"

"那么这件事究竟由谁来决定呢？"沃库尔斯基问。

"爸爸……不过，我还不知道会怎么安排。"她回答的时候，依然红着脸，同时她以她那特有的目光望了他一眼。

"假如一切都照您的意思安排，那您到那时候，允许我当您的旅伴吗？"

"如果您值得的话……"

她用一种使沃库尔斯基一听就会神魂颠倒的声调说，这在今年已不知道是第几次了。

"我该怎样才有资格得到您的恩赐呢？"他抓住她的手问，"也许是以同情的方式……不，不是同情，同情不论对给予者还是对接受者来说，都不会使他们满意。我不喜欢同情，不过请您想一想，我这么长的时间看不见您，该怎么办呢？实际上，就是现在，我们也很少见面；您甚至不知道，对那些等待的人来说，那停滞不前的时间是多么难熬……不过只要您在华沙，我就会对自己说：后天我就可以见到她了……明天……实际上我什么时候都能见得到，如果见不到您，那至少也见得到您的父亲、米科瓦伊，或者这栋房子……哦，您只要做一件好事，只要说一句话，就可以结束我的痛苦或者幻想……我不知道，是痛苦还是幻想。您大概知道这么一句名言吧，知道最坏的情况比不知道好……"

"如果情况不是最坏的呢?"伊扎贝娜小姐问道,根本就没有望他。

前厅里有人按铃,过了一会儿,米科瓦伊送来了雷泽夫斯基先生和别恰尔科夫斯基先生的名片。

"请!"伊扎贝娜小姐说。

两个打扮得非常漂亮的年轻人走进了客厅。其中一个细脖子,光秃的脑袋十分显眼,另一个目光意味深长,言谈不俗。他们并排地走进来,帽子拿得一样高。他们一起鞠躬,一起坐下,同时把一条腿搁在另一条腿上。随后雷泽夫斯基先生尽全力地伸直了脖子,别恰尔科夫斯基则没完没了地大发议论。

他讲了目前信基督教的人在举行盛大的宴会,以庆祝大斋期;在斋期以前有过一个狂欢节,大家玩得很痛快。过了大斋期,才是最不愉快的日子,人都不知道干什么才好。然后他还告诉伊扎贝娜小姐说:"在大斋期期间,除了宴会外,还要举行讲演会,在那些会上,如果坐在一些贵族名媛的身边,就可以很愉快地度过一段美好的时光。"他还说:"在大斋期里,热茹霍夫斯基家里的宴会是最奢华的。告诉您吧! 那令人赞叹的东西,那稀奇古怪的东西! 当然,晚餐照例是:牡蛎、龙虾、鱼、野味,在那些美食家看来,到最后,您知道,应当上什么吗? ……麦糊……真正的麦糊……什么样的麦糊? ……"

"鞑靼麦糊。"雷泽夫斯基第一次也是最后一次插嘴说。

"不是鞑靼麦糊,而是荞麦麦糊。一种神奇的东西,童话世界里的东西呀! 看起来,每一个麦粒都是分开煮熟的。我、凯乌比克公爵、希莱津斯基伯爵都很正经地吃了起来,这种麦糊是我们从来没有见过的,把它盛在银碗里,照常端到桌上来了……"

伊扎贝娜小姐是那么醉心地望着讲话的人,她用她的动作、微笑和眼色又再一次地演示出他的每一句话的含意。可是沃库尔斯基眼前发黑了,他站起来,告别了那伙人,跑到了街上。

"我对这个女人还不了解!"他心里想,"她什么时候才会显露她的本来面貌,跟谁在一起才会显露出来呢?"

他在寒冷中走了几步后,终于冷静下来。

他想:"这里总还是有一些特殊情况吧?她一定要和她习惯的人生活在一起,既然跟那样的人在一起,就不得不听他们那庸俗的谈话。她像女神那样美丽,不论对谁,她都是一尊女神,这难道是她的过错?……尽管她……和那一伙人趣味相投……可我就显得多么卑鄙啊!我总是那么卑鄙!"

他每次去拜访伊扎贝娜小姐的时候,怀疑就像苍蝇一样总是缠着他不放,于是他就赶快以工作来解脱自己。他检查账本,学英语,阅读新书,如果这也不行,就去找斯塔夫斯卡太太,在那里耗掉一个晚上。奇怪的是,有她的陪伴,且不说能够彻底地安静下来,可至少也得到了安慰。

他们谈的是一些最平常的事情。她老是告诉他,米列罗娃店里的生意做得越来越好了,因为大家都知道,这家店铺的大部分是由沃库尔斯基先生投资开设的。她还说,海卢尼娅也更懂礼貌听话了,如果她淘气,外祖母就吓唬她,说要告诉沃库尔斯基先生,这时孩子马上就安静下来。她还提到了热茨基先生,他有时候也来,母亲很喜欢他,因为他跟她谈到过沃库尔斯基先生生活中的许多细节。她说母亲也很喜欢维尔斯基先生,沃库尔斯基对他也很不错。

沃库尔斯基惊讶地望着她,最初他觉得这些话是逢迎他,他听了不舒服。但是斯塔夫斯卡太太说的时候,态度是那么诚恳,使他渐渐认识到她真的是一个最好的女朋友,虽说她对他估计过高,但是她的话一点也不虚假。

　　他同样也看到了,斯塔夫斯卡太太从来不管自己。她一下班就想到照顾海卢尼娅,服侍母亲,关心女仆和许多她很陌生的,大都是穷苦的人的生活处境,他们是无法回报她的。如果暂时没有这些操心的事,她就去逗逗笼子里的金丝雀,给它换水,或者撒一些米粒。

　　"天使的心肠呀!"沃库尔斯基这么想。有个晚上,他对她说:

　　"您知道我望着您的时候,心里是怎么想的吗?"

　　她惶恐地望着他。

　　"我觉得,您只要接触一下一个受重伤的人,那您不但能够驱散他的痛苦,而且您也会治好他的伤。"

　　"您以为我是个女巫吗?"她很窘迫地问道。

　　"不,我觉得您像圣女一样。"

　　"沃库尔斯基说得对。"米谢维乔娃太太证实说。

　　斯塔夫斯卡太太大笑起来。

　　"哦,我是个圣女!"她说,"如果有人能够探究我的心,他就会看到,我真是要受到谴责的。唉,可现在对我来说,什么都无所谓了。"她说到最后,露出失望的神情。

　　米谢维乔娃太太在胸前轻轻地画了个十字,沃库尔斯基对这并没有注意到。

　　他在想另一个女人。

　　斯塔夫斯卡太太弄不清自己对沃库尔斯基是一种什么

感觉。

几年来,她只是从面相上认识他,她认为他很英俊,但这跟她毫无关系。后来沃库尔斯基在华沙不见了,于是消息传开,说他到保加利亚去了,还发了一笔大财。人们关于他谈得很多,斯塔夫斯卡太太见大家都那么好奇,她对他也感兴趣了。有一次,她的一个熟人在谈到沃库尔斯基时,说他是个"恶魔样有能耐的人",斯塔夫斯卡太太欣赏"恶魔样有能耐"这句话,她下定决心,要仔细地观察一下沃库尔斯基的行为和举止。

她曾不止一次地带着这个意图走进他那家店铺,可是有好几次她根本就没遇见沃库尔斯基。有一次她只是在旁边看见了他,另外一次她跟他只谈了几句话,就给她留下了不一般的印象。那句"恶魔样有能耐"的话跟他的行为举止的对照使她大为震惊。他绝不像恶魔那样,相反的是,他显得文静和忧郁。此外她还看出了一点,这就是他有一双梦幻般的大眼睛。

"一个漂亮的人!"她不由得这么想。

夏季有一天,她在她家的大门口遇见了他。沃库尔斯基是那么好奇地望着她,使她臊得脸一直红到眼睛上面去了。因为害臊和脸红,她对自己很生气,但是她在很长一段时间也对沃库尔斯基不满,怪他不该那么好奇地望着她。

从那时起,每当有人在她面前提起他的名字,她就总是感到很不自在。她感到某种遗憾,只是不知道是对他的遗憾,还是对她自己?但更大的可能还是对她自己,因为斯塔夫斯卡太太从来没有怪罪过谁,更何况她那时的举动是那么可笑,而且无缘无故地害臊,这也不能怪他……

沃库尔斯基买了她住的那栋房子后,热茨基经他的同意,减低了她们的房租,斯塔夫斯卡太太因此对沃库尔斯基充满了感激之情(尽管大家都向她解释,说那个有钱的房东不仅能够,而且他也有责任减租)。后来热茨基开始来拜访她们,在谈话中对她们讲了斯塔赫许多生活中的细节,使得她由感激又渐渐变成了对沃库尔斯基的敬仰。

"他是一个不平常的人。"米谢维乔娃太太也经常对她说。

斯塔夫斯卡太太默默地听着,她逐渐深信,沃库尔斯基是这个世界上最了不起的人。

沃库尔斯基从巴黎回来后,那老掌柜也更经常地去看望斯塔夫斯卡太太了,他对她们也表现得更加坦诚了。他说,当然是背后说,沃库尔斯基爱上了文茨卡小姐,他,热茨基坚决反对。

斯塔夫斯卡太太开始对文茨卡小姐感到厌恶,而对沃库尔斯基则表示同情。当时她想到沃库尔斯基一定非常不幸,如能把他从对一个风骚女人的迷惑中救出来,就是立了一大功,但是她的这种想法一瞬间就消失了。

后来斯塔夫斯卡太太遭到了两场大祸:被诬告偷了洋娃娃和失去了收入。沃库尔斯基并不像许多有他这种地位的人那样,跟她断绝来往,相反的是,他还在法庭上替她做证,证明她无罪,给她在他的一家商店里安排了一个很好的职位。

当时斯塔夫斯卡太太就承认,这个男人对她很热情,觉得他和她就像海卢尼娅和母亲那样的亲密。

从那时起,她的生活方式就变得很奇怪了。不管是谁到她们家来,她对他如果不是开门见山地谈起沃库尔斯基,那就转弯抹角也要提到他。德诺娃太太、科列罗娃太太和拉京斯卡太太都对她说,沃库尔斯基是华沙最好的对象;母亲也曾向她提到,卢德维克已经不在人世了,就算他还活着,也不值得她去想他。还有热茨基每次来都要提起,他的斯塔赫多么不幸,一定要救他一下,只有她能够救他。

"有什么办法救他呢?"她问道,可这时连她自己也不明白自己在说些什么。

"您爱他吧,这就是最好的办法。"热茨基回答说。

她什么也没有回答,但心里却在做痛苦的自我谴责,谴责自己没法爱他,就说她愿意爱也办不到,因为她的心已经枯萎,而且她究竟有没有一颗心,自己也弄不清楚。可实际上,她总是在想着沃库尔斯基,不论在店里工作的时候,还是在家里;她等着他的来访,如果他不来,她还要生气和悲哀。她也常常梦见他,但这并不是爱情,她已经没有爱了,说真的,她连对丈夫的爱都消失了。她一想起丈夫,便觉得他像是秋天里的一棵树,叶子都掉落了,只剩下一根光秃秃的黑树干。

"我心里还会有爱吗?"她想,"我的热情再也没有了。"

可是,热茨基却不断地采取一些机智的办法:一开始他就对她说,文茨卡小姐要毁掉沃库尔斯基,后来他又说,只有另外一个女人能够使他清醒过来,再往后,他又说,沃库尔斯基有她的陪伴,心里就平静得多。最后他指出,沃库尔斯基已经爱上她了,尽管他在提到这一点时,还只是一种猜测。

由于这些谈话的刺激,斯塔夫斯卡太太变得消瘦了,脸色也不好,她甚至感到害怕,因为她老是有一个想法:如果沃库尔斯基向她表白他爱她,她怎么回答呢? 她的心确实很早就麻木了,但她有没有勇气疏远他,对他说她跟他已经毫无关系了呢？像他这样一个人——不是因为她要感激他，而是因为他不幸，他爱上了她——又怎么会跟她毫无关系呢？"一个女人，"她想，"见到一个受到严重创伤，默默地忍受着痛苦的心灵能不表示同情吗？"

内心斗争十分激烈而又不能告诉别人的斯塔夫斯卡太太，并没有注意到米列罗娃太太行为举止的变化，她对她的微笑和那半吞半吐的言谈似乎毫不关心。

"沃库尔斯基先生过得好吗？"那个商人的妻子有时对她说，"哦，今天您的脸色很不好……沃库尔斯基先生不应当让您这么不顾疲劳地干活嘛！"

大概是在三月下半月，有一天，斯塔夫斯卡太太回到家，见到母亲在哭。

"这是为什么，妈妈？出了什么事？"她问。

"没什么，没什么，我的孩子。干吗要听信谣言使你过得不愉快呢？……仁慈的上帝，那些人是多么卑鄙啊！"

"妈妈，您一定收到了匿名信。我每隔几天就会收到一封，那些信甚至把我说成是沃库尔斯基的情妇，那有什么不得了？……我猜这是克热索夫斯卡太太策划的阴谋，我把那些信都扔到火炉里去了。"

"没什么，没什么，我的孩子……要是些匿名信倒也没什么……可今天，那位尊敬的德诺娃和拉京斯卡到我这里来了……我干吗要使你过得不愉快呢！……她们说（据说全城都那么说），你没有到铺子里去干活，而是到沃库尔斯基那里去了。"

斯塔夫斯卡太太有生以来有了狮子般的胆量，她昂起头，眼里闪闪发光，很坚决地说：

"要真的那样,有什么不得了呢?"

"上帝呀,你在说什么?"母亲把双手放在一起,唉声叹气地说。

"哦,即使真的那样,有什么不得了呢?"斯塔夫斯卡太太又说了一遍。

"那么你的丈夫呢?"

"他到底在哪里呢? 他把我打死好了!"

"你的女儿呢,海卢尼娅?"那老妇人又嘟哝地说。

"不要谈海卢尼娅,只谈我。"

"海伦娜,我的孩子,你不是……"

"他的情妇吗? 不,我不是,因为他没有要我做他的情妇。德诺娃、拉京斯卡或者那个遗弃了我的丈夫跟我有什么关系……我不知道我自己是怎么回事……我只知道一件事情:这个男人夺去了我的心。"

"你可要理智一点,因为……"

"如果我能控制自己,我就是理智的……可我并不喜欢这个世界,只因为两个人相爱,就让他们遭受痛苦的折磨。"

"人们可以互相憎恨,"她苦笑着往下说,"可以盗窃,杀人……什么都可以干,就是不准相爱……啊,妈妈,如果我的看法错了,那么为什么耶稣基督对人们并没有说'你们要理智一点',而只是说要'相亲相爱'呢?"

米谢维乔娃太太被这阵她无论如何也料想不到的大发泄惊呆了,当这些话语像水珠一样从这个可爱的女人嘴里接连不断地喷射出来的时候,她觉得天都要塌下来了。这些话她从来没有听到过,在书本里也没有读到过,心里更没有想过,就是在她害伤寒病的时候也未曾想到。

第二天，热茨基带着一种忧郁的神情来到她这里，当她把这一切都告诉了他后，他真是心灰意懒了。

正好在今天中午，他遇到了这么一个情况：

有个人到店里来找什兰格巴乌姆，是谁呢？马鲁谢维奇，他跟他谈了将近一个钟头。别的伙计从知道什兰格巴乌姆要买铺子那时候起，就对他毕恭毕敬了。热茨基因为瞧不起那个马鲁谢维奇，等他一走，他就问道：

“您干吗要跟这个流氓办事，亨利克先生？”

但什兰格巴乌姆这时候也觉得很为难，他噘起了下嘴唇，回答说：

“城里已经议论纷纷，说沃库尔斯基要把贸易公司转让给我，所以马鲁谢维奇想给男爵借钱，还要给自己找个职位。为此他向我保证，男爵和男爵夫人会到我家来拜访我。”

“您愿意接待那么一个妖妇吗？”热茨基问道。

“为什么不呢？男爵要拜访我，男爵夫人拜访我的太太。我是个全心全意的民主派，但是在一些蠢人们看来，在一个客厅里，有男爵和伯爵们比没有他们要好得多的话，那我有什么办法呢？所以在社交上要多下一点功夫呀，热茨基先生！”

“恭喜您！”

“可是，可是……”什兰格巴乌姆又说，“马鲁谢维奇还说，城里传出了这么一个谣言，说斯塔谢克把那个……那个斯塔夫斯卡弄到自己家里养了起来。这是真的吗，热茨基先生？”

那老掌柜朝他的脚跟前吐了一口唾沫，就到自己的办公桌那里去了。

傍晚，他去了米谢维乔娃的家里，要跟她商量一下，他从这位母亲的话中得知,斯塔夫斯卡太太并不是沃库尔斯基的情妇,因为他根本没有向她提出这么一个要求。

他很不高兴地离开了米谢维乔娃太太。

"就让她当他的情妇好了,"他心里想,"唉!……有多少贵妇名媛当了那些一无所长的纨绔子弟的情妇,最糟的是,沃库尔斯基根本就没有想到过她,这就难办了!哈哈,得想个办法啊!"

但他自己已经想不出办法了,于是去找舒曼医生。

第十三章　眼睛是怎么睁开的

医生坐在那盏绿罩子灯下，正在细看一堆材料。

"怎么，"热茨基问，"医生又在研究头发啦！嘿，那么多数字，像商店里的账目一样。"

"不错，这也是你们店里和你们贸易公司里的账目。"舒曼回答说。

"您怎么会有我们的账目？"

"我已经有很多账目啦！什兰格巴乌姆要我把资金托给他投放。我因为每年要有六千卢布的收入，而不是四千，所以我接受了他的建议。但我总得有个根据，因此要了这些写了数目的证明材料，我一看这些材料，就知道我们可以一起做生意了。"

热茨基感到非常惊奇。

"我可没有想到您会研究这样的问题。"他说。

"我真傻！"医生耸了耸肩膀，回答说，"我亲眼见到沃库尔斯基发了笔财，什兰格巴乌姆又要发财，而我却守着几个格罗什不动，就像一块石头永远摆在一个地方那样。不往前走，就要后退。"

"可是赚钱并不是您的专长。"

"为什么不是？不是每个人都能成为诗人或者英雄，可钱却是谁都不能少的。"舒曼说，"金钱是大自然中最高贵的力量，是人类劳动的储藏室。金钱是全能的咒语①，一念所有的门都自动打开；是一个魔桌，它上面永远有东西吃；是阿拉丁的神灯，摸它一下，就能得到想要得到的一切②；是神奇的花园、华贵的宫殿、美丽的公主、忠实的仆人和随时准备做牺牲的朋友，这一切有钱都可以得到。"

热茨基咬着嘴唇。

"您过去不这么看的。"他说。

"时间不同，我们也在跟着它变。"③医生心平气和地说，"我研究头发研究了十年，我印那些一百页一本的小册子花了一千卢布，但是没有一个家伙提起过我的这些努力，提起过我。在今后的十年中，我要试一试做生意买卖，我一开始就有这样的信心，只要我布置一个漂亮的客厅，买一辆华贵的马车，人们就会喜爱我，敬佩我。"

他们沉默了一会儿，互相望都不望一下。舒曼突然显出闷闷不乐的样子，热茨基感到有点不好意思。

"我想跟您谈谈斯塔赫。"他终于说明了他的来意。

医生不耐烦地推开了那些材料。

"我帮得了他什么忙呢，"他抱怨地说，"他是个无可救药的梦想家，永远清醒不了，命里注定在物质和精神上都将走向

① 《一千零一夜》中的一个故事《阿里巴巴和四十大盗》，说的是在一座大山中藏有一个极其美妙的宝库，如果你知道"芝麻开门"这个咒语，宝库就给你打开。
② 《一千零一夜》中的一个故事，说的是一个裁缝的儿子阿拉丁，他得到了一盏神灯，他只要把这盏灯摸一下，就会出现一个精灵，这个精灵能够实现他的一切愿望。
③ 原文是拉丁文。

灭亡,就像你们所有的人和你们的体系那样。"

"什么体系?"

"你们,波兰的体系。"

"您能拿什么去代替它吗,医生?"

"我们犹太人的体系。"

热茨基从椅子上跳了起来。

"一个月前,您不是还叫犹太人瘌痢头吗?"

"因为他们害了头癣病嘛!不过他们的体系还是很伟大的,当你们的体系破产的时候,他们的体系就胜利了。"

"这个新的体系表现在什么地方?"

"表现在犹太人群那攀上了文明顶峰的思想中,例如海涅①、博尔内②、拉萨尔③、马克思④、罗斯柴尔德、布莱希罗德⑤,你可以从他们那里看到世界上的新的道路,这是犹太人,也就是那些被蔑视和迫害,但仍然有耐心和天才的人们开辟的道路。"

热茨基擦了擦眼睛,他觉得好像在梦境中,又好像已经醒来。歇了一会儿后,他才说:

"请原谅,医生,可是……您不是在跟我开玩笑吧?半年

①　德国著名诗人海涅(1797—1856)出身于一个犹太商人的家庭。
②　德国作家、政论家和戏剧评论家勒布·巴鲁赫(1768—1837)的笔名,出身于犹太家庭。
③　菲迪南·拉萨尔(1825—1864),德国著名社会主义活动家,出身于犹太家庭。马克思和恩格斯尊他为无产阶级运动的领袖,但批评过他的改良主义道路。
④　马克思也出身于莱茵河上一个犹太人的家庭。
⑤　格尔松·布莱希罗德(1822—1893),十九世纪德国最有影响的银行家之一,出身于犹太家庭,曾经受到俾斯麦的信任,给他的政府提供过经济上的支持。

以前,我听您说的可完全不是这样……"

"半年前,"舒曼生气地说,"您听到的是对旧秩序的抗议,今天您听见的是一个新的纲领。人不是牡蛎,那么紧紧地贴在岩石上,要用刀才能把它割下来。人会看见周围发生的一切,会思索、判断,最后,当他认识到那些过去的幻想确实是一些幻想后,就会把它们抛弃。不过不论您还是沃库尔斯基都不懂得这一点。你们都会破产,都会……有幸的是,会有一种新生的力量代替你们。"

"我根本不懂您的意思。"

"您就会懂的,"医生越来越性急地说,"就拿文茨基一家人来说,他们干了些什么呢?挥霍钱财,祖父、父亲和儿子都在挥霍,最后给儿子只剩下了三万卢布,还是沃库尔斯基给他挽回的;还有一个漂亮的女儿,用来填补亏空。

"可这时候,什兰格巴乌姆一家人在做什么呢?赚钱。祖父、父亲和今天的儿子都在赚钱,不久以前,他还是个很普通的伙计,到明年,他就会以他的辉煌业绩震动我们的商业界。他们是懂得这一套的,老什兰格巴乌姆正月里就写了一个字谜如下:

"'第一部分德语的意思是蛇,第二部分是植物,两部分加起来的意思是上升。'他马上给我做了解释,这就是什兰格巴乌姆①的意思。字谜不怎么样,但他们干得的确是很不错的!"舒曼笑着补充了一句。

热茨基低着头,舒曼继续说:

---

① 什兰格巴乌姆是德语 Schlangbaum 的音译。Schlange 意思是蛇,Baum 意思是树。

"就说公爵吧,他干了什么呢?他只知道哀叹'这个不幸的国家'。还有克热索夫斯基男爵先生,他想的是怎么从他妻子那里搞钱。达尔斯基男爵呢?因为怕他妻子背叛他,都消瘦了许多。马鲁谢维奇先生到处借钱,哪里借不到,他就在哪里造谣生事。斯塔尔斯基先生守在他那临终的祖母身边,要把那份按照他的意思草拟的遗嘱塞给她签字。

　　"还有一些更高贵和不很高贵的先生,因为料到沃库尔斯基的全部生意马上就要转到什兰格巴乌姆的手里,已经去拜访那个犹太人了。可那些可怜虫并不知道,他至少会减少他们百分之五的收入。他们中最聪明的人,奥霍茨基,不利用他发明的电灯去造福社会,却想造飞行机器。哼……我看他这几天已经跟沃库尔斯基在商讨这件事了。梦想家和梦想家,永远是分不开的。"

　　"好啦,您对沃库尔斯基总不会有什么指责吧?"热茨基忍不住插嘴道。

　　"没有什么,他只有一个缺点,就是他从不关心自己的事业,而永远追求那无法实现的幻想。当他是个伙计的时候,他想成为一个学者;当他上了学后,又决意要当一个英雄。他要挣得那笔财产并不是因为他是个商人,而是因为他狂热地爱上了伊扎贝娜小姐。今天,他已经和她接近,虽然这种关系还很不可靠,可他又跟奥霍茨基谈起话来了。我实在不明白,一个金融界的人跟奥霍茨基那样的人能谈些什么!……都是一些梦游症患者!"

　　热茨基在自己的大腿上拧了一把,才按捺住了没有向医生发动攻击。

　　"您知道,"过了一会儿,他说,"我来这里是有件事要找您,它不仅跟沃库尔斯基有关,还跟另一个女人……另一个女人有关。舒曼先生,这个您大概不会拒绝吧!"

"你们的女人和男人都是一样的货色。沃库尔斯基本来可以在十年内成为百万富翁,代表这个国家的威力,但他却把自己的命运跟文茨卡小姐拴在一起,因此他要卖掉他那家生意兴隆的铺子,放弃那家一点也不比铺子逊色的贸易公司,将来还会耗掉他的全部财产。还有那个奥霍茨基……如果换了个别的人,有了他那样的发明,早就开始制造电灯了。可是他却跟那个漂亮的翁索夫斯卡太太在华沙寻欢作乐。因为对她来说,就是最伟大的发明家也比不上一个顺从她的好舞伴。

"可是犹太人就不会这样。如果是个犹太电气工程师,他要娶的是这样的女人,她不是跟他一起在实验室里工作,就是去做电气材料的买卖。如果是个沃库尔斯基那样的富商,那他不会盲目地爱恋,而会找一个有钱的老婆。要是他偶尔找了一个没有钱的老婆,只要她长得漂亮,她的美貌也会给他带来好处,因为她是客厅里的女主人,会吸引住一些客人,她对有钱的人亲切地微笑,对那些最显赫的人物卖弄风骚。一句话,她会以各种方式维护公司的利益,而不会损害它。"

"对这些事,您半年前不是这么看的。"热茨基插了一句。

"不是半年前,而是十年前,是啊,那时我的未婚妻死了,我服毒自杀过,这样我又多了一个论据用来反对你们的体系了。今天,我一想起当时我如果毫无意义地死了,或者跟一个那样的女人结了婚,把我的财产都花光了,我是多么后怕。"

热茨基从椅子上站起来。

"那么现在,您把什兰格巴乌姆看成是最高尚的人啦?"

他问道。

"高尚？不，但他是个有本事的人。"

"因为他给了您商店的账目……"

"他有权这么做，因为从七月开始，他就是这个商店的主人了。"

"这不是现在就在教他未来的伙计不守纪律吗？"

"他会把他们撵走！"

"您这个高尚的人在请求斯塔赫给他安排一个工作的时候，他大概就想霸占我们的商店了吧？"

"他不是霸占它，而是买它！"医生叫了起来，"您大概希望这个店找不到一个买主，让它倒闭吧？……你们当中谁聪明一些：是您这个干了几十年仍然什么也没有的人，还是他这个在一年中就占领了一个要塞的人呢？老实说，他不仅没有欺侮过谁，而且给沃库尔斯基支付过现金。"

"您说的也许不无道理，可我不爱听这一套。"热茨基不满地说，摇了摇头。

"您不爱听，因为您是那种认为人应该像石头一样长上苔藓，一步也不挪动的人。在您看来，什兰格巴乌姆这一辈子都只能当伙计，沃库尔斯基们永远是老板，文茨基们永远是老爷……不，先生！社会就像沸水，昨天在底下的，今天会翻到上面来……"

"明天又会沉到下面去。"热茨基替他把话说完，"晚安，医生！"

舒曼紧握着他的手。

"您生气了吧？"

"不……但我不把金钱看得那么神圣。"

"这只是一种暂时的现象。"

"可谁敢对您说,沃库尔斯基或者奥霍茨基的幻想不是暂时的呢?飞行机器这种东西表面上看好像很可笑,但只是表面上,它的用处我也知道一点,因为斯塔赫多年来,向我详细地介绍过。如果奥霍茨基真的把它造出来了,您想一想,是什兰格巴乌姆的狡猾还是沃库尔斯基和奥霍茨基的幻想对世界有益呢?"

"荒谬绝伦!"医生打断了他的话,"他结婚,我不会去参加他的婚礼。"

"但您要是参加了,您一定会改变自己的看法。"

医生有些窘迫。

"我们且不谈这个,您找我到底有什么事?"他说。

"就因为那个可怜的斯塔夫斯卡……她真的爱上了沃库尔斯基啦!"

"呸!……您要我来管这样的事情干吗?"医生抱怨地说,"一些人发了财,势力越来越大,另一些人却破产了,在这个时候,您却用斯塔夫斯卡太太恋爱的事来打扰我,您根本就不应该当这个媒人。"

热茨基是那么不高兴地离开了医生,以致对他最后那几句蛮不讲理的话根本没有理睬。

一直到他走到了街上,这才意识到他对舒曼的表现感到痛心。

"哼,这就是犹太人的友谊!"他怒气冲冲地说。

大斋期①并不像上流社会所担心的那么没有趣味。

① 一八七九年的大斋期从二月二十六日开始,比平常早一点。——原注

首先,老天爷让维斯瓦河水泛滥成灾①,因此就非得由公众举办一次音乐会和由私人举办几次音乐和朗诵晚会,以募捐救灾。后来,有个克拉科夫人,贵族党把他看成是自己希望的人在农业移民协会②举行的一系列演讲会上做了报告③,上流社会一些最高贵的人物都跑去听了他的报告。后来,塞格德也遭受水灾④,募捐所得虽然不多,但在上流社会引起了很大的震动。伯爵夫人在家里甚至举行了一次客串演出,用法语演了两出戏,用英语演了一出。

所有这些慈善活动,伊扎贝娜小姐都是积极的参加者。她参加过音乐会,给那个克拉科夫学者献过花,她扮演过一个活生生的仁慈天使的角色,还参加过缪塞的《勿以爱情为戏》⑤的演

① 一八七九年二月中旬,维斯瓦河涨水,淹了华沙郊区的一些乡村。当时成立了救济灾民委员会,它为了筹集资金,组织了节目演出,由这个委员会提议,一八七九年三月二日,在华沙大剧院还举行了音乐会。——原注

② 农业移民和保护手工业者协会成立于一八七一年,它的办公处设在华沙国王街三十三号,旨在关心那些年轻的罪犯和在思想道德上堕落的孩子。——原注

③ 米哈乌·博布任斯基(1849—1935)在一八七九年四月三日举行的演讲会上做过题为《中世纪的维斯瓦河》的报告,他在政治上属于当时称之为"斯坦奇克"的保守派,著有《波兰史》。雅盖沃大学教授斯坦尼斯瓦夫·塔尔诺夫斯基(1837—1917),加里西亚保守派的代表人物在四月九日至十二日做了关于密茨凯维奇的《塔杜施先生》的报告,受到了很大的欢迎。——原注

④ 塞格德是匈牙利最大的城市之一,位于穆列什河和蒂萨河汇合处。一八七九年三月十一日至十二日晚上,蒂萨河发大水,根据当时华沙报刊的报道,在一万栋房子中有八千二百栋被毁,死了一千九百人。在奥匈帝国所有的城市和国外,都开展了募捐活动,以赈济灾民。——原注

⑤ 阿尔弗雷德·德·缪塞(1810—1857),法国浪漫主义时期诗人、作家和剧作家,著有长篇小说《世纪儿忏悔录》、长诗《罗拉》和喜剧《任性的玛丽亚娜》《勿以爱情为戏》等。

出。尼文斯基、马尔博格、雷泽夫斯基和别恰尔科夫斯基先生简直要把花撒满了她的一身，但是沙斯塔尔斯基却告诉几个女人，说他大概今年就会结束自己的生命。

这个想要自杀的消息传开后，沙斯塔尔斯基先生就成了晚会上的英雄人物，但伊扎贝娜小姐却被冠以残酷女人的绰号。当先生们都出去玩纸牌后，一些年龄差不多的女人都想以开玩笑的办法，使伊扎贝娜小姐更加亲近沙斯塔尔斯基，因为这对她们来说，也是最大的乐趣。这些女人还带着一种难以言状的同情心，用单筒望远镜去观看那个年轻人的痛苦的表情，这在她们简直抵得上看一场音乐会。可是与此同时，她们也看到了这么一个情况：伊扎贝娜小姐知道自己与众不同的高贵地位，她的每个动作和眼神都好像在说："你们看吧，他是多么爱我呀，因为我，他是多么不幸呀！"因此她们对她也很不满。

沃库尔斯基有时候也参加过那样的活动，他虽然看见那些女人用单筒望远镜对准了沙斯塔尔斯基和伊扎贝娜小姐，听见那些像黄蜂一样在他耳边嗡嗡响着的议论，但他一点也没有听明白。自从大家都知道他是一个真诚的求婚者后，就没有人再去找他的麻烦了。

"不幸的爱情有更多的好处。"有一次，热茹霍夫斯卡小姐对翁索夫斯卡太太轻声地说。

"谁知道，不幸的爱情，或者说爱情的悲剧到底在哪里呢？"翁索夫斯卡太太望着沃库尔斯基回答说。

过了一刻钟，热茹霍夫斯卡小姐叫人介绍她认识了沃库尔斯基，再过一刻钟，她对他说（这时她把眼睛往下看），在她看来，女人最了不起的作用在于她能安慰那些受了创伤、默默忍受着痛苦的心。

三月底的一天,沃库尔斯基到伊扎贝娜小姐家里去,发现她心情很不错。

"一个非常好的消息!"她特别热情地问候他,并大声地叫道,"著名小提琴家莫利纳里来了,您知道吗?"

"莫利纳里?"沃库尔斯基跟着说,"哦,是的,我在巴黎看过他的演奏。"

"您谈起他为什么这么冷淡?"伊扎贝娜小姐感到奇怪,"您不喜欢他的演奏?"

"老实告诉您,我根本没有认真地听。"

"这不可能……您大概没有听过他的演奏吧?……沙斯塔尔斯基说过(他总是爱夸大),只要听到了莫利纳里的演奏,他死而无憾。维夫罗特尼茨卡太太对他也称赞不已,热茹霍夫斯卡还要为他举行盛大的招待会。"

"据我了解,他是一个很平常的小提琴家。"

"唉,您怎么这样!……雷泽夫斯基先生和别恰尔科夫斯基先生有机会看过他的纪念册,上面都是赞美的评语。别恰尔科夫斯基先生说,纪念册是莫利纳里的崇拜者送给他的。欧洲所有的评论家都称他为天才。"

沃库尔斯基摇了摇头。

"我在一个音乐厅听过他的演奏,那里最贵的座位只卖两个法郎。"

"不会,那大概不是他吧……他获得过教皇和波斯国王的勋章,他有头衔……平常的小提琴家是不会有这种荣誉的。"

沃库尔斯基望着伊扎贝娜小姐那红扑扑的面颊和亮闪闪

的眼睛,感到十分奇怪,但他也认为这是有力的凭证,因此他不由得对自己的记忆产生了怀疑,他回答说:

"那也可能。"

可是他对艺术那么冷淡却使得伊扎贝娜小姐感到不快。她变得阴郁了,整个晚上,她跟沃库尔斯基谈话都很勉强。

"我真蠢!"他走的时候这么想,"我总是避免不了要蹦出几句使她伤心的话。如果她是个音乐爱好者,那她也许会认为我的话是对莫利纳里一种庸俗的曲解。"

第二天,他整天都在进行痛苦的自责,责备自己对艺术一窍不通以及简单和粗暴的态度,甚至还责备自己对伊扎贝娜小姐不够尊敬。

"毫无疑问,"他说,"这个小提琴家在她那里比在我这里留下了更加美好的印象。可我这么丝毫也不考虑地把自己对他的看法告诉了她,而且我一定是在自己并没有懂得他的演奏的情况下告诉了她,我是不是太妄自尊大了……"

他感到很不好意思。

第三天,他收到了伊扎贝娜小姐一封短信,信中写道:

> 我的先生!您一定要介绍我跟莫利纳里认识,一定要介绍,一定……我答应过姑妈,要请他为她的孤儿院演出一场。这样您就会知道,这对我来说,是多么重要。

沃库尔斯基在最初的一刻,觉得跟那个天才的小提琴家接触,是那些要他完成的任务中最难的一个。幸好他想起了他认识的一个音乐家,那人不但认识莫利纳里,而且老是跟他在一起,简直形影不离。

他真心诚意地把自己的难处告诉了那个音乐家,那人先

是大睁着眼睛,后又皱起了眉头,经过长时间的考虑后,他回答说:

"唉,这件事难办,很难办,但是为了您,我也得想想办法。我必须事先跟他说好,取得他的同意……您知道该怎么进行吗?明天您下午一点钟到旅馆里去,我会在他那里吃早饭,那时您悄悄地叫侍役来找我,我就介绍您去晋见他。"

音乐家那么小心谨慎和他说话的那种口吻使沃库尔斯基很不愉快,尽管这样,他还是在约定的时间到旅馆里来了。

"莫利纳里先生在家吗?"他问门房。

那门房是沃库尔斯基的熟人,他马上把他的助手支派到楼上去,自己便和沃库尔斯基闲聊起来:

"是啊,老爷,我们这里这么热闹,就是因为有了这个意大利人……老爷太太们都来找他,把他当成了一个奇迹,而且找他最多的是女人。"

"是这样吗?"

"是的,老爷!先是有这么一个女人,她给他寄来一封信,然后送来一束花,最后便亲自登门拜访了,罩着面纱,以为这样别人都认不出来……先生,这里的侍役都觉得好笑。他并不接见每一个女人,有的女人就是给他的仆人三个卢布,他也不见。但是他如果高兴,他又会再开两间房,走廊两头一头一间,他在这些房里跟那些女人们寻欢作乐,贪得无厌,一个恶魔!"

沃库尔斯基看了看表,已经过了十分钟。他辞别门房,上了楼梯,心里感到很恼火,"吹牛都不会,"他想,"可那些婆娘却忙着献殷勤……"

走到半路上,他碰到了那个跑得上气不接下气的门房的助手。

"莫利纳里先生,"他说,"请老爷稍等一下。"

沃库尔斯基真想抓住那个听差的脖子,但他克制住了自己,又从楼梯上下来。

"老爷要走吗? 那么我怎么对莫利纳里先生说呢?"

"告诉他,要他……你懂不懂我的意思?"

"老爷,我会告诉他的,只是他听不懂这句话的意思。"那个侍役满心欢喜地回答说,随后他跑到门房那里,对他说:

"终于有个老爷认清了这个意大利骗子……他目中无人,态度傲慢,可是要他给点赏钱,他连十个格罗什的铜板都要翻来覆去地看上三遍……这个狗日的,丑八怪。无赖……流氓……不得好死!"

这会儿,沃库尔斯基突然对伊扎贝娜小姐感到气愤,怎么可以对一个连旅馆侍役都瞧不起的人那么五体投地呢! 怎么可以把自己列入他的那些崇拜者们的长长的名单里呢! ……最后,又那么无聊地逼着他沃库尔斯基设法让她去结识那个骗子! ……

但他很快就冷静了下来,因为他脑子里产生了他认为是很正确的看法:她不认识莫利纳里,一定是被他的名声迷惑住了。

"她认识他后,就会对他冷淡的,"他想,"但我怎么也不能当他们的介绍人呀!"

沃库尔斯基回到家里,碰见了文盖维克,他在这里已经等了快一个钟头了。

小伙子看起来完全是一副华沙人的打扮,但显得消瘦了一点。

"你瘦了,脸色也苍白了,"沃库尔斯基仔细察看着他说,"你是不是找姑娘寻欢去了?"

"不,先生,我病了十天。我颈子上长了个讨厌的东西,医生给我割掉了,从昨天起,我又开始工作了。"

"你要钱吗?"

"不,老爷,我只是要告诉您,我已经回到扎斯瓦夫去了。"

"你在那里待不下去了!你学会了什么吗?"

"哦,我学会了干钳工的活,还有一点木工的手艺。我还会编织篮子,编出来很好看,还会绘图、画画,都没问题……"

他说着便鞠了一躬,他的脸红了,一直在揉着手里的便帽。

"好的,"过了一会儿,沃库尔斯基说,"给你六百卢布买工具,够吗? ……你什么时候回去呢?"

那小伙子的脸更红了,他吻了一下沃库尔斯基的手。

"只是我还有个请求,希望得到老爷的帮助,因为我想结婚……但我不知道……"

他搔着自己的脑袋。

"跟谁结婚呢?"沃库尔斯基问道。

"跟马里安娜①小姐,她现住在马车夫韦索茨基家里,我也住在那栋房子里,在他们楼上……"

"他要跟我那个抹大拉结婚?"沃库尔斯基想。他在房间里来回地踱着,一边说:

① 这就是在小说第一卷第九章和第十章中,沃库尔斯基救助过的那个曾"在贫困中卖了身"的少女玛丽亚,沃库尔斯基替她赎了身,让她进了抹大拉修道院。

“你对马里安娜小姐很了解吗？”

“怎么不了解？我们每天要见三次面；碰到礼拜天，这一整天不是我在她那里，就是我们两人都在韦索茨基的家里。”

“那好，可你知道她在一年前是个什么人吗？”

“我知道，先生！我承您关照，刚到这里来，韦索茨卡太太就提醒过我：‘当心啊，年轻人，她卖淫。’因此，我来这里的第一天就知道了，她是个什么样的女人；她自己也从来没有瞒过我。”

“那你为什么要跟她结婚呢？”

“上帝知道，先生，是这个原因，还是那个原因，说不清楚。起初我还嘲笑过她，一有人从窗前走过，我就说：‘这一定又是马里安娜小姐的熟人，我们这位小姐靠多少人吃饭呀？’但她一声不吭，只是低着头，踏着她那架缝纫机，轧轧轧地响个不停，脸上像烧了火一样红。

“后来我注意到，有人在给我补衣服；于是我在圣诞节送给了她一把十个兹罗提的伞，她回赠给我六条印花布手绢，上面绣上了我的名字。可是韦索茨卡太太对我说：‘您可不要被她迷住了，年轻人，她见过的世面多着呢！’因此我再也不想她了，可是话又说回来，如果她不是妓女，我在谢肉节①就会跟她结婚。韦索茨基刚好在圣灰礼仪日告诉我，她，也就是马里安娜小姐是怎么干起那种勾当的。他说有个穿天鹅绒的贵妇雇她来当女仆，上帝啊，那是什么样的工作呀！她经常逃跑，可每次都被他们抓住，他们吓唬她：‘你如果不愿待在这里，我们就告你偷东西，把你送到监狱里去。’‘我偷了什

———————
① 大斋前的一个礼拜。

么?'她问道。'偷了我们的钱,你这个臭婊子!'那贵妇嚷了起来。韦索茨基说:'如果不是沃库尔斯基先生在教堂里发现了她,她在那里就会等到审判的那天。沃库尔斯基为她赎了身,把她救了出来。'"

"说下去,说吧!"沃库尔斯基看到文盖维克有点犹豫,便鼓励他。

"我当时就明白,她不是那种下贱坯,这是她的不幸。我问韦索茨基:'要是您,会跟马里安娜结婚吗?''有一个婆娘已经够烦的啦!'他回答说。'假如您还是个单身汉,那会怎样呢?''唉,我对女人已经不感兴趣了!'我见老头儿不愿谈这件事,就不断地催促他,最后他说了:'不,我不会娶她,我不相信她那老毛病不会再犯。一个女人要是能够保持贞洁,那当然很好,但若肆无忌惮起来,就成了一个彻头彻尾的魔鬼。'

"到了大斋期的头几天,仁慈的上帝罚我长了一个脓疮,我不得不躺在床上,医生还给我开了刀。马里安娜小姐马上来看我,替我换洗被单,包扎伤口……医生说,如果没有她的照料,我就要多躺一个礼拜。但有时候我也生气,特别是在我发烧,身上忽冷忽热,哆嗦起来的时候。有一次,我对她说:'马里安娜小姐,你干吗要这么缠着我呢?你是不是想要跟我结婚?可我大概还没有蠢到这个地步,会跟一个伺候过几十个男人的女人结婚……'她什么也不说,只是低着头,眼泪一滴又一滴地掉下来。'我自己也明白,您怎么会跟我结婚呢?'她说。我听了之后,实在对不起,出于对她的同情,我心里难受极了。我马上告诉韦索茨卡太太说:'韦索茨卡太太,您知道,我大概会跟马里安娜小姐结婚……'可她对我说:

'你别傻,当心……'不,老爷,我不敢把以后的事讲给您听。"文盖维克吻了吻沃库尔斯基的手,突然补充了一句。

"你大胆地说下去!"

"'当心啊!'韦索茨卡太太对我说,'你要是跟马里安娜小姐结婚,就会得罪那个沃库尔斯基先生,他对我们所有的人都有过照顾……谁知道,马里安娜也许常到他那里去……'"

沃库尔斯基在他面前站住了。

"因此你害怕了,是不是?"他问,"老实告诉你,我任何时候都不会让她到这里来!"

文盖维克舒了口气。

"那就好了,感谢上帝,一方面,您给了我那么多好处,我怎么也不敢妨碍您,另一方面……"

"另一方面怎么样?"

"您看,她是被坏人强迫,不幸失了身,这不能怪她。可是她看到我生病是那么痛哭流涕,却又跑到您那里去,这是个坏蛋,一条疯狗,应当把她杀死,免得再去咬人。"

"现在怎么样呢?"沃库尔斯基问道。

"哦,过了节我就跟她结婚,"文盖维克回答说,"她不该为别人的罪过而受苦,她是不愿干那一行的。"

"你还有什么要求吗?"

"再也没有了。"

"那再见吧,结婚以前再来我这里一下,我给她五百卢布的嫁妆,还有她需要的衣服和家具。"

文盖维克非常感动地离开了他。

"蔑视罪恶,同情不幸,这就是普通人的思维逻辑。"沃库尔斯基想。

在他的眼里，一个朴实的平民变成了正义永恒的使者，他使那个被蹂躏的女人获得了平安和宽恕。

三月底，在热茹霍夫斯基家里，为莫利纳里举行盛大的宴会。沃库尔斯基也收到了请柬，请柬上的姓名和地址都是热茹霍夫斯卡小姐亲手用她漂亮的书法写的。

他去那里已经很晚，正好遇上那位大师应邀准备演奏几首自己的时髦乐曲给与会者欣赏。一个本地的音乐家在钢琴旁坐下，要为他伴奏，另一个给他送来了一把小提琴，第三个替那个伴奏者翻乐谱，第四个站在提琴大师的背后，要通过他的面部表情和手势，向听众指出乐曲中那些较为优美或者比较困难的乐段。

有人提议在场的人安静下来，女人们坐成一个半圆形，先生们都聚在她们椅子的背后，音乐会开始了。

沃库尔斯基望了一下那位小提琴家，马上发现他跟斯塔尔斯基有些相像，他也留着那一样的连鬓胡和小八字胡，有那一样玩女人都玩腻味了的面部表情，这都是那在漂亮女人身上走了好运的男人的特征。他演奏得不错，外表也显得很有礼貌，可以看出，他很善于扮演那个对崇拜他的人施加恩惠的半神半人的角色。

小提琴不时发出响亮的乐声，站在大师后面的那个音乐家也露出赞叹不已的神情，这时大厅里传出了一阵轻轻的、没有持续多久的低语声。在那些表情严肃的男人和那些在倾听，在沉思，或者神志不清和昏昏欲睡的女人当中，沃库尔斯基发现一些女人的脸上带有奇特的表情。她们都很激动地昂起了头，满脸通红，眼里射出光芒，嘴唇噘起，微微地颤动，好像都吃了麻醉药似的。

"可怕呀！"沃库尔斯基不由得想，"这些病态的生灵都被套在这位先生的胜利的战车上了。"

这时他往旁边一看，突然觉得一身冰凉……他发现伊扎贝娜小姐比别人更如痴如醉，激动不已。他真不敢相信自己的眼睛。

那艺术大师表演了近一刻钟，但沃库尔斯基一点也没有听进去，一直到大厅里响起了连续不断的掌声，他才清醒过来。后来他又忘了自己是在哪里，但他却很清楚地看见，莫利纳里在热茹霍夫斯基耳边悄悄地说了些什么，热茹霍夫斯基握着他的手，把他介绍给了伊扎贝娜小姐。

她红着脸，以无法形容的钦慕的眼色向他问好。正好这时主人邀请宾客入席，那艺术大师就挽着她的胳臂，领她到餐厅里去。他们还从沃库尔斯基的身边走过，莫利纳里甚至用胳膊肘撞了他一下，但是这一对是那么专心一致，伊扎贝娜小姐连沃库尔斯基都没有看见。后来沙斯塔尔斯基和热茹霍夫斯基、莫利纳里和伊扎贝娜小姐四人在一张小桌边坐下，都觉得在一起很惬意。

沃库尔斯基觉得他眼前的那张帷幔落下来了，他看见在它那边完全是另外一个世界和另外一个伊扎贝娜小姐。就在这一瞬间，他觉得他脑子里乱糟糟的，胸口疼得很厉害，神经极度紧张，他害怕他失去理智，便急忙跑到了前厅里，从那里来到了街上。

"仁慈的上帝呀！"他低声说，"把那该诅咒的东西从我身上取走吧！"

翁索夫斯卡太太跟奥霍茨基坐在距离莫利纳里只有几步远的一张更小的桌子旁。

"我的表妹越来越不讨我喜欢了,"奥霍茨基望着伊扎贝娜小姐说,"您见到她了吗,太太?"

"我注意她已经一个钟头了,"翁索夫斯卡太太回答说,"但我觉得,沃库尔斯基好像发现了什么情况,因为他脸色完全变了,我也为他感到遗憾。"

"哦,对沃库尔斯基您不用担心。不错,他今天被打败了,但他只要醒悟过来……像他那样的男人是不会被女人捉弄的。"

"那就会发生悲剧……"

"不会的,"奥霍茨基说,"感情专注的人只有在没有退路的时候,才是危险的。"

"您指的是那个太太……她怎么啦……斯塔……斯塔尔?"

"哦,上帝!不是指她,她不是那种人。一个热恋的男人,在别的女人那里,是找不到他的退路的。"

"那又是怎么回事呢?"

"沃库尔斯基有高度的智慧,他知道,有一种神奇的东西如果能够发明出来,就会让这个世界产生天翻地覆的变化。"

"您也知道这种发明?"

"我知道它的一些内容,见过关于它的论证,但不了解它的详细情况。我敢发誓,"奥霍茨基激动地说,"为了那个发明,就是十个情妇也是可以放弃的。"

"您这个忘恩负义的人,难道您也要把我抛弃?"

"您哪里是我的情妇呢?我可没有患夜游症呀!"

"可是您爱上了我呀!"

"是不是就像沃库尔斯基爱上了伊扎贝娜那样?……我

根本没有那么想过……虽然我时时刻刻都在准备着……"

"您时时刻刻都表现出您缺乏教养……您不爱我,还要好些。"

"我知道,为什么还要好些,因为您已经跟沃库尔斯基好了。"

翁索夫斯卡太太脸唰地红了,她慌得连扇子都掉在镶木地板上。奥霍茨基把它捡起来。

"我不想跟您演这幕喜剧,您这个讨厌的怪物!"过了一会儿,她回答说,"他所以关心我,是因为我……在尽我所有的能力,使他能够得到贝娜……那疯子爱上了她。"

"我敢发誓,在我认识的女人中,只有您才是真正值得敬重的。这也就够了。自从我了解到沃库尔斯基爱上了贝娜——他是多么爱她呀——我对我这个表妹就产生了一个奇怪的印象。过去我认为她很了不起,今天我觉得她变庸俗了;以前她很出众,现在平淡无奇了……不过我只是偶尔有这种感觉,而且我还要说明一下,我的感觉不一定正确。"

翁索夫斯卡太太微笑了一下,她说:

"据说,一个男人要是望着一个女人,魔鬼就会给他戴上玫瑰色的眼镜。"

"但有时他也把眼镜摘下来。"

"这是很痛苦的。您知道,"她补充道,"我跟您是亲戚,就让我们彼此都称呼'你'吧!"

"那就谢谢你啦!"

"为什么要谢呢?"

"因为我不想做你的崇拜者。"

"我向你建议,我们交个朋友。"

"那好啊,交朋友是搭桥,从上面跨过去……"

就在这时候,伊扎贝娜小姐突然从桌子边站起来,向他走过来,一副很生气的样子。

"你扔下这个艺术大师不管了吗?"翁索夫斯卡太太问她。

"一个粗鲁和不懂礼貌的人!"伊扎贝娜小姐带着愤怒的声调说。

"表妹,我很高兴,你这么快就认出了那是一个波利希内尔①。"奥霍茨基说,"你坐下好吗?"

可是伊扎贝娜小姐却向他投去了一个严厉的眼色,开始跟那个正好走到她跟前的马尔博格谈了起来,然后到大厅里去了。

在门口,她用扇子半遮着脸,朝莫利纳里那边望了一下,那人正在高高兴兴地跟热茹霍夫斯卡太太谈话。

"奥霍茨基先生!"翁索夫斯卡太太说,"我看你很快就会成为我们的哥白尼,却学不会事事要小心谨慎一点。你怎么可以当着伊扎贝娜小姐的面,说那先生是波利希内尔呢?"

"她不是说他粗鲁和不懂礼貌吗?"

"那不要紧,她对他还是很感兴趣的。"

"是啊,你不要跟我开玩笑。如果她对崇拜她的人不感兴趣……"

"那她就会对瞧不起她的人感兴趣啦!"

"爱吃辣酱油是身体不很健康的表现。"奥霍茨基说。

"这里的女人有哪个是健康的?"翁索夫斯卡太太说着,鄙视地对所有的在场者扫了一眼,"你挽着我,我们到大厅里去吧!"

他们正要过去的时候,却遇到公爵向他们走过来了,他很高兴地向翁索夫斯卡太太问好。

"尊敬的公爵,您对莫利纳里有什么看法?"她问。

"他演奏得很漂亮……很……"

"我们是不是要在家里款待他一下?"

"是啊,在前厅里……"

公爵的逗趣没几分钟就在整个大厅里传开了。热茹霍夫斯卡太太由于偏头痛突然发作,只好离开了客人。

翁索夫斯卡太太一路上跟熟人们谈话,跟奥霍茨基一起走进了大厅,她看见伊扎贝娜小姐又在莫利纳里身边坐下了。

"我们是谁说得对呀?"她用扇子碰了碰奥霍茨基,问他,"可怜的沃库尔斯基呀!……"

"我可以肯定地告诉你,他并没有伊扎贝娜小姐那么可怜。"

"为什么?"

"如果女人们只爱那些瞧不起她们的人,那么我的表妹很快就会疯狂地追求沃库尔斯基的。"

"你要把这告诉他吗?"翁索夫斯卡太太生气了。

"绝对不会告诉他!我是他的朋友,我的责任不是提醒他说有危险。但我也是个男人,我深深感到,如果一个男人和一个女人之间发生了这种争斗……"

"那男人会输的。"

"不,太太,你说得不对,女人不仅要输掉,而且会彻底完蛋。女人依从那些瞧不起她们的男人,所以总是男人的奴隶。"

"你别骂人!"

翁索夫斯卡太太看见莫利纳里开始跟维夫罗特尼茨卡小姐交谈,便趁机走到伊扎贝娜小姐跟前,挽着她的臂膀,两人一起在大厅里漫步。

"你又跟那个粗鲁的人和好了吗?"翁索夫斯卡太太问道。

"他向我道了歉。"伊扎贝娜小姐回答。

"这么快? 他至少也要改正一下吧?"

"我认为他没有必要改正。"

"沃库尔斯基到过这里,"翁索夫斯卡太太说,"可是他很突然地走了。"

"走了很久吗?"

"是你们坐下来吃饭的时候走的,在那个门口还站了一下。"

伊扎贝娜小姐皱起了眉头。

"我亲爱的卡久,"她说,"我知道,你的意思是什么。我再一次也是最后一次告诉你,我根本没有想过要为沃库尔斯基牺牲我的所爱和趣味。婚姻不是监牢,我比别的女人更加不受管束。"

"你说得不错。但是为了一时的任性去伤害那种感情,这合适吗?"

伊扎贝娜小姐感到很窘迫。

"照你的意思,我怎么办呢?"

"这决定于你自己,因为你并没有把自己跟他拴在一起嘛……"

"啊,不错,我明白啦!"伊扎贝娜小姐冷笑道。

马尔博格先生和尼文斯基先生站在窗子旁边,用单筒望远镜注视这两个女人。

"这些女人真漂亮!"马尔博格先生叹了口气,说。

"各有各的风度,"尼文斯基补上了一句,"您喜欢哪一个呢?"

"两个都喜欢。"

"我喜欢伊扎贝娜,也喜欢……翁索夫斯卡太太。"

"她们怎么紧挨在一起……她们怎么冷笑!这都是在向我们示威。这些婆娘很狡猾。"

"实际上,她们很憎恶我们。"

"可至少现在不是这样。"尼文斯基把话说完。

奥霍茨基走到那两个漫步的女人近旁。

"表哥,你也串通别人来反对我吗?"伊扎贝娜小姐问道。

"我串通谁?从来没有过!我跟你会公开地打一仗。"

"跟一个女人?公开地打仗!……这是什么意思?宣战的目的是要达到有益的议和!"

"这不是我的目的。"

"真的吗?"伊扎贝娜小姐冷笑道,"我们打个赌吧,表哥,你会放下武器投降的,我认为,这一仗已经打起来了。"

"输的是你,表妹,你就是算定自己会获得全胜,也会输的。"奥霍茨基很郑重地说。

伊扎贝娜小姐脸变得阴沉了。

"贝卢,"这时伯爵夫人走过她的身边,轻声对她说,"我们走吧!"

"怎么,莫利纳里同意了吗?"伊扎贝娜小姐同样轻声地问道。

"我根本没有邀请他。"伯爵夫人高傲地回答。

"为什么呢,姑妈?"

"他给人留下了不好的印象。"

如果有人告诉伊扎贝娜小姐,说沃库尔斯基因为莫利纳里的关系而自杀了,这在伊扎贝娜看来,不会有损莫利纳里的形象;但是说他给人留下了坏的印象,就使她感到不快了。

她冷淡地、有点傲慢地跟那个艺术家告了别。

尽管才认识几个钟头,莫利纳里却引起了她浓厚的兴趣。

回到家里已经不早了,伊扎贝娜望着一尊阿波罗的雕像,觉得那大理石神像的姿态和面貌跟那小提琴家有共同之处。她脸红了,因为她这时想起了那雕像老是变换它的面相,有过短暂的时候,它甚至变得像沃库尔斯基。但是她很快就冷静下来了,因为她已经明白,今天的变化是最后一次变化,自己过去迷恋的对象都弄错了,如果说谁能成为阿波罗的象征的话,那就只有莫利纳里了。

她睡不着觉,各种矛盾的感情:愤怒、担心、好奇、温情在她的心里互相争斗。当她回想起小提琴家那些粗莽无礼的举动时,她甚至感到惊讶,因为他在最初对她说的那些话中就告诉她,她是他认得的最漂亮的女人。当他们一起去吃饭的时候,他亲热地将她的手臂紧贴在自己身上,还表示他很爱她。在进餐的时候,他也不管沙斯塔尔斯基和热茹霍夫斯卡在场,就那么毫不礼貌地在桌子下面去找她的手,在这种情况下……她还有什么办法呢?

她还从来没有碰到过这么强烈的感情冲击波,看来,他真是对她不仅一见钟情，而且疯狂地一直到死都爱上她了。他还对她轻声地说过（这使得她不得不站起来），为了跟她在一起度过几天，他可以毫不犹豫地献出自己的生命。

"他说这些话的时候，是要冒险的呀！"伊扎贝娜小姐这么想，可是她却没有想到，对他来说，最大的危险也不过是这个时候被迫中途退席罢了。

"这是什么感情呀！为什么这么热情呀！"她在心里不断地说。

伊扎贝娜小姐有两天没有出门了，也没有接待一个人。到第三天，她觉得阿波罗依然像莫利纳里，但有时候，它又使她想起了斯塔尔斯基。那天下午，雷泽夫斯基先生和别恰尔科夫斯基先生前来拜访她，告诉她说，莫利纳里已经离开了华沙，他对华沙上流社会很失望，他还说那本写了评语的纪念册是骗人的，因为里面没有对他不好的批评。最后他还说，一个很普通的小提琴家，一个平平常常的人，也只有在华沙才会引起那样的轰动。

伊扎贝娜小姐听了后很生气，她对别恰尔科夫斯基先生说，不是别人，而正是他在大肆吹捧那个艺术家。别恰尔科夫斯基先生装出很惊讶的样子，他说，在这里的雷泽夫斯基和不在这里的沙斯塔尔斯基都可以证明，他见到莫利纳里的最初的一刻就觉得这个人不可靠。

在以后的两天，伊扎贝娜小姐又觉得那个伟大的艺术家已经成了妒忌的牺牲品。她不止一次地对自己说，只有他，只有他一个人值得她同情，她任何时候也不会忘记他。就在这个时候，沙斯塔尔斯基给她送来了一束紫罗兰花，伊扎贝娜小姐虽然受到良心的责备，但她觉得，那个阿波罗变得又像沙斯塔尔斯基了,而且她已记不清莫利纳里是个什么样子了。

音乐会后差不多一个礼拜了。伊扎贝娜小姐坐在自己的房间里,没有点灯,可她眼前却突然地出现了那幅早就忘记了的景象。她看见她跟父亲一起,乘着马车从山顶上向一个充满了烟雾和水汽的山谷里驶去。那烟雾里还伸出了一只巨大的手,拿着一张纸牌,托马斯先生望着那张纸牌,感到不安又好奇。"父亲在跟谁玩牌呢?"她想。就在这个时候,刮起了一阵风,把烟雾吹散,又出现了沃库尔斯基那张看起来也很巨大的脸庞。

"一年前我就见过跟这一样的幻景,"伊扎贝娜小姐自言自语道,"这是什么意思呢?"

到现在她才想起,沃库尔斯基已经有一个礼拜没有到她家里来了。

在热茹霍夫斯基家参加宴会后,沃库尔斯基怀着一种特殊的心情回到了家里。狂乱和浮躁在他那里已经不复存在,取而代之的是对一切都很冷淡。他一整夜都没有睡,但是这种状态并不使他感到难受。他一声不响地躺着,什么也不想,只是倾听着那时钟的打点:一点……两点……三点……多么有意思!……

第二天他起身很晚,正午以前一直在喝茶,依然倾听着钟响:十一点……十二点……一点……多么腻烦!……

他本来想看看书,可是又不愿跑到图书馆里去借书,于是他躺在躺椅上,想起了达尔文的理论。

"自然淘汰是什么?那是生存竞争的结果。在这种情况下,那些不具备一定生活能力的生灵被淘汰和灭绝了,那些能力较强的取得了胜利。哪一种能力最重要呢?是性的本能吗？不，是怕死的本能，因为那些不怕死的生灵首先会遭到灭亡。人是最聪明的动物，一个人如果不怕死，他就不会带着生活的枷锁痛苦地活下去，而会立即去死。在古代印度的诗歌中也反映过这种情况，说古时候有过一个种族，他们不像我们那样怕死，可是他们后来却灭种了，留下来为数不多的后代也都沦为奴隶，或者成了苦行者。那么怕死是什么呢？毫无疑问，这是一种由误解而产生的本能。有些人连老鼠都害怕，其实老鼠是一种很善良的动物；还有一些人对草莓都感到厌恶，其实它是一种非常好吃的水果。（我什么时候吃过草莓呢？……啊，去年九月底在扎斯瓦维克吃过……那扎斯瓦维克真是个好玩的地方；我最关心的是，议长夫人是否还活着？她有没有怕死的感觉？）那么对死亡的恐惧是什么呢？……是错觉！一个人死了，就是不存在，毫无感觉，什么也不想。今天我有那么多地方没有去过，既没有去过美国、巴黎，也没有去过月亮，就连我自己的铺子都没有去过，但我一点也不担忧。在这一瞬间以前，我有那么多的事情想都没有想过，而现在，还有多少事情没有想到呢？我只想到了一件事，千百万其他的事情都没有想到，我甚至不知道那是些什么事情，因为它们跟我毫不相干。如果我有一百万个地方没有去，而只去过一个地方；有千百万件事情没有想到，而只想到了一件事，那我就不在那个地方停留，不想那件事情得了，又有什么令人不快的呢？事实上，对死亡的恐惧是一种最可笑的误解，但多少世纪以来，人类却摆脱不了它。野蛮人害怕雷鸣闪电、枪炮的轰隆声，连镜子都害怕，我们这些看来已经文明化的人却害怕死亡……"

他站了起来，把头伸到窗外，带着微笑观察那些过路行人,他们急急忙忙地往什么地方跑去,跟熟人点头行礼,或者陪伴着一些女人。他看到了一些猛烈的动作和极大的兴趣的表现,看到了男人们无意识地大献殷勤和女人们习惯性的卖弄风骚,他还看见了马车夫冷淡的脸色,他们驾驭的马匹已经疲惫不堪,心里不禁想到,这就是生活,充满了不安和痛苦的最愚蠢的生活。

他就这样整整坐了一天,第二天热茨基来了,提醒他今天是四月一日,要给文茨基先生付两千五百卢布的利钱。

"是啊,"沃库尔斯基说,"把钱给他送去……"

"我想还是你亲自送去吧!"

"我不去送……"

热茨基在房间里转了一会儿,咳嗽了几声,最后说:

"斯塔夫斯卡太太今天愁眉苦脸的,你去看看吧?"

"是的,我好久没有到她那里去了,我晚上就去。"

热茨基听到这个回答,就不再停留了。他很亲切地跟沃库尔斯基告了别,跑到店里去拿了钱,然后坐上一辆出租马车,到米谢维乔娃太太家里去了。

"我只待一会儿,因为我还有急事要办,"他很高兴地说道,"您知道,斯塔赫今天还要到你们这里来。我认为(可我告诉您的这个情况是绝对保密的),沃库尔斯基已经跟文茨基家彻底地断绝关系了。"

"真的吗?"米谢维乔娃太太叫道,把手掌合在一起。

"我可以肯定,不过……再会吧,我的太太。斯塔赫今天晚上来。"

沃库尔斯基晚上真的去了,而且更重要的是,以后他每天晚上都要到那里去。他总是去得很晚,海卢尼娅已经睡觉,米谢维乔娃太太也到自己的房间里去了。他跟斯塔夫斯卡太太在一起要待好几个钟头,他总是不说话,静听着她讲米列罗娃的那家商店或者街上发生的一些事情。他很少插话,要说也只是说一些格言,甚至跟她对他说的那些毫无关系。

有一次,他不知为什么说:

"人就像灯蛾一样,虽然灯火烧得它痛,虽然它会烧死在火焰中,它还是向它飞扑过去。"但是,他想了一下,接着说,"人只有在失去理智的情况下,才会这么去做,这就是他和灯蛾的区别。"

"他是在谈文茨卡小姐!"斯塔夫斯卡太太想,她的心跳得更快了。

另一次,他又给她讲了一个奇怪的故事:

"我听说有两个朋友,一个住在敖德萨①,另一个住在托博尔斯克②,他们有好几年没有见面了,彼此都很惦念。

"后来住在托博尔斯克的那个人再也忍受不了,决意给敖德萨的那个朋友来一个意外的惊喜,他事先没有通知他,就到敖德萨去了。可是他并没有遇见他那个朋友,因为后者同样忍受不了思念的痛苦,到托博尔斯克去了……

"在他们各自返回自己的住地的时候,一些事情又使他们没有得到相遇的机会,一直到过了好几年,他们才见了面,您知道,是怎么见面的吗?……"

斯塔夫斯卡抬起头来望着他。

"原来他们在互相寻找的时候,在同一天来到了莫斯科,

<hr />

① 乌克兰南部黑海海滨的港口城市。
② 俄国西伯利亚的一座城市。

又在同一个旅馆住在相邻的两间房里。命运有时候会跟人们开玩笑的……"

"在生活中,这样的事大概不会经常发生……"斯塔夫斯卡太太轻声地说。

"谁知道……谁知道呢?"沃库尔斯基回答。

他吻了一下她的手,好像在想着什么似的走了。

"我们不会这样!"她想道,心情十分激动。

在斯塔夫斯卡太太家里度过的那些晚上,沃库尔斯基是比较活跃的,他吃点东西,也谈话。

但在别的时候,他对一切都很冷淡。他几乎什么也不吃,而只是大量地喝茶。他不关心生意买卖,连公司里一个季度开一次的会议也不参加,他既不看报也不看书,什么也不看,什么也不想。他觉得,有一种他叫不出名字的力量把他抛到了一切要干的事、希望和企求的范围之外,他的生命成了一个死亡的躯体,滚到了空虚的世界。

"虽说这样,我也不会朝自己的脑袋开枪,"他心里想。"如果是因为破产,那倒……如果说丢了一个女人就要到那个世界去,那我连自己都会瞧不起的……当时待在巴黎就好了……谁知道,我现在也许就掌握了那样一种武器,它迟早会把披着人皮的恶魔消灭掉。"

热茨基猜出了他发生了什么事,于是白天不管什么时候他都去找他,想方设法要跟他谈话。但沃库尔斯基既不关心天气,也不关心生意,不关心政治。只有一次,伊格纳齐先生因为提起了米列罗娃是如何排斥斯塔夫斯卡太太的事,他显得很激动。

"她为什么排挤她?"

"大概是出于妒忌,因为你看望过斯塔夫斯卡太太,给了她不错的待遇。"

　　"我要是把铺子交给斯塔夫斯卡,让米列罗娃当出纳员,她就会老老实实了。"沃库尔斯基说。

　　"上帝呀! 你可别这么做!"热茨基吃惊地叫了起来,"这样会害了斯塔夫斯卡太太的。"

　　沃库尔斯基开始在房间里踱步。

　　"你说得不错,两个吵架的女人无论如何要将她们分开。让斯塔夫斯卡自己开一个店吧,我们可以给她一些资金。我一开始就想过这一点,现在看来,这件事不能再拖下去了。"

　　不用说,伊格纳齐先生马上跑到太太们那里去,把这条特大的新闻告诉她们。

　　"我不知道,我们该不该接受这样的大礼?"米谢维乔娃太太感到为难地说。

　　"这算什么大礼物?"热茨基叫了起来,"太太,您在几年中给我们还清,不就行了吗? 您觉得怎么样?"他又问斯塔夫斯卡太太。

　　"沃库尔斯基先生想要怎样我就怎么做。他要我开一个店就开,他要我留在米列罗娃太太那里我就留下。"

　　"算了吧,海伦科!"母亲责备她说,"你自己处于什么地位,怎么敢这么说? 幸亏没有外人听见。"

　　可是斯塔夫斯卡太太一句话也没有回答,这倒使得米谢维乔娃太太大为不安了。她对女儿坚决的态度感到吃惊,因为她以前的脾气从来是温柔和顺和的。

　　有一天,沃库尔斯基穿过街道时,遇到了翁索夫斯卡太太那辆华贵的马车。他向她致意后,又毫无目的地向前走去;就在这个时候,她的仆人追上了他。

"太太有请……"

"您出了什么事啦?"当沃库尔斯基来到那辆马车跟前时,那漂亮的寡妇叫了起来,"上车吧,我们上大街去走走!"

他上了车,马车又走了。

"这是怎么啦?"翁索夫斯卡太太接着说,"您样子真可怕,您差不多有十天没有去贝娜那里了。哎呀,您说话呀!……"

"我没什么好说的。我没有生病,我也不认为,对伊扎贝娜小姐来说,我的拜访有什么必要。"

"如果真的有那种必要呢?"

"那种幻想我从来就没有过,今天更没有了。"

"唉,唉……我的先生……我们把话说清楚。您在妒忌,这在女人看来,会降低一个男人的价值。您因为莫利纳里的关系而生气了。"

"您弄错了,太太!我一点也不妒忌,我根本没有想过不让伊扎贝娜小姐在我和莫利纳里之间做选择。虽然我知道,在这种情况下,我们两人是享有同等权利的。"

"哦,先生,您把这件事看得太严重了!"翁索夫斯卡太太责备他说,"这是怎么啦,一个可怜的女人,如果承蒙你们中的哪一个对她表示仰慕,难道她就不可以跟别的人谈话吗?我不相信像您这样的男人,会像阿拉伯人对待妻妾那样地去看待一个女人①。可您到底是指哪件事呢?就说贝娜给莫利

---

① 在一个信伊斯兰教的阿拉伯人的家里,女人是和外界隔离的,她就像奴隶一样,一切都得听从丈夫的旨意,没有外出的自由。

纳里献殷勤,那又怎么样呢?才一个晚上,后来贝娜是那么瞧不起地跟他分了手,连我们看了都不好受。"

沃库尔斯基的怨气解除了。

"好心的翁索夫斯卡太太,我们不要装得我们好像互不了解似的。您知道,对一个热恋中的男人来说,女人就像祭坛一样神圣。这个比方恰当不恰当我不知道,但我就是这样看的。当第一个冒险家像亲近一张椅子那样去亲近那个圣物,像跟一张椅子打交道那样去跟它打交道的时候,那个圣物简直会受宠若惊。那时候……您知道,那个祭坛原来只不过是一张椅子。我的话不知道说清楚了没有?"

翁索夫斯卡太太把身子往后靠在座背上。

"啊,先生,说得太清楚了。但贝娜的献殷勤如果只是一种并无恶意的报复,说得更确切点,只是一个警告的话,您怎么看呢?"

"对谁的警告?"

"对您!您不是一直在追求斯塔夫斯卡太太吗?"

"我?谁说的?"

"我们可以设想,克热索夫斯卡太太、马鲁谢维奇先生,这都是一些亲眼见过的证人……"

沃库尔斯基抱住了自己的头。

"您也相信这个?"

"我不相信,因为奥霍茨基向我保证过,根本没有那么回事,但有一个人是不是安抚了贝娜的心,贝娜是不是接受了他的安抚,这就不知道了。"

沃库尔斯基抓住了她的手。

"亲爱的太太,"他轻声地说,"我收回我对这个莫利纳里发表的所有意见。我向您发誓,我很崇拜伊扎贝娜小姐,我在上面说的这些话没有经过慎重的考虑,这是我最大的不幸。现在我才发觉,我已经放任到了什么地步……"

他的激动倒使翁索夫斯卡太太感到惋惜了。

"唉,唉!"她说,"您放心吧,别太过分啦!我以人格担保(虽然女人据说是没有人格的),我们谈的这些话,只限于我们知道,绝对不外传。但我深信,对于您的这一阵发泄,贝娜也不会怪罪。这只是一种不礼貌的行为,对于相爱的人来说,就是比这更不礼貌的行为,也是不会怪罪的。"

沃库尔斯基吻了吻她的手,但她立刻抽了出来。

"您别跟我献媚了,对一个女人来说,那个爱她的男人是祭坛……现在您下车吧,到贝娜那里去,请……"

"请什么,我的太太?"

"请相信,我一定会信守诺言。"

她的声音发颤,但沃库尔斯基并没有注意到,他从马车上跳了下来,向文茨基先生住的那栋房子跑去,这时候,那辆马车也离去了。

米科瓦伊给他开了门,叫人通报伊扎贝娜小姐。伊扎贝娜小姐一个人在家,马上迎候了他,她脸红了,感到有些窘迫。

"您好久没有到我们家里来了,"她说,"您生病了吧?"

"比生病还坏,我的小姐!"他没有坐下就回答说,"我侮辱您了,真是毫无道理。"

"您侮辱我?"

"是的,小姐,我因为猜疑侮辱了您。我参加,"他用压低了的声音说,"参加过热茹霍夫斯基家的音乐会,在那个会上,甚至没有和您告别就走了。以后的事我也不想再谈了……我只是觉得，您有权不见我，不见我这个得罪了您的人，他竟认为……"

伊扎贝娜小姐注视着他的眼睛，把手伸了过去，说：

"我原谅您……请坐下吧！"

"请您别忙着说原谅，因为这会使我产生一些希望。"

她沉思起来。

"上帝啊，那我怎么办呢？……如果您真的抱有希望，那您就去希望吧！"

"这是您说的，伊扎贝娜小姐？"

"看来，这是命中注定的。"她笑着回答说。

他热情地吻着她的手，她也没有拒绝。然后他走到窗子边，从脖子上解下了一件东西。

"请您收下我这件东西！"他说完送给她一个带细链的金颈饰。

伊扎贝娜小姐好奇地望着它。

"这个礼物很奇怪，是不是？"沃库尔斯基说着便打开了那个颈饰，"您瞧见这块像蜘蛛网那么轻的薄片没有？……它是世界上哪个宝库里都找不到的一件珍宝，这里会产生一个能够改变人类未来的伟大发明。谁知道，用这个薄片也许能造出飞艇来。但这还不是最重要的，我把它交给您，就是把我的未来也交给您了。"

"那么这是个护身符吧？"

"差不多，为了这件东西，我离开了家乡，我要把我的全部财产和我的下半辈子都投入一项新的工作中去。这项新的工作也可能是浪费时间，出自幻想，但不管怎样，它却是您唯一的敌手想出来的……唯一的……"他加强语气重复了一遍。

"您要离开我们吗?"

"就在今天早晨还这么想过。因此我把这件宝物交给您,从现在起,在这个世界上,除了您,我就没有别的幸福了;我只剩下了您一个人,没有您,我会死去的。"

"要是这样,我就要管住您啦!"伊扎贝娜小姐说着把那颈饰挂在自己的脖子上,后来她又把它塞进内衣里面,这时候她垂下了眼睛,脸唰地红了。

"我是多么卑鄙呀,"沃库尔斯基想,"对这样一个女人我也产生怀疑⋯⋯唉,我太可耻了!"

在回家的路上,他顺便到铺子里去了一趟。他是那么红光满面,春风得意,使伊格纳齐先生也吃了一惊。

"你怎么啦?"他问道。

"你怎么不祝贺我? 我是伊扎贝娜小姐的未婚夫啦!"

热茨基不但没有祝贺他,而且脸色变得苍白了。

"我收到了姆拉切夫斯基的一封信,"过了一会儿,他说,"苏津,你是知道的,早在二月就被派到法国去了⋯⋯"

"后来怎么样呢?"沃库尔斯基接着问道。

"他从里昂①给我来信,说卢德维克·斯塔夫斯基还活着,住在阿尔及利亚,只是化名埃尔内斯特·瓦尔泰尔,听说他在做酒生意,一年前有人见过他。"

"我们要查实一下。"沃库尔斯基回答,然后从容不迫地把地址抄录在他的姓名地址目录表上。

从那天起,他每天下午都在文茨基的家里,甚至还常被邀

〰〰〰〰〰〰〰

① 法国南部城市。

请到他家里吃饭。

过了几天,热茨基来找他。

"怎么样,老朋友!"沃库尔斯基兴高采烈地说道,"露露公爵怎么样?你还因为什兰格巴乌姆胆敢买下这个铺子而生气吗?"

老掌柜摇了摇头。

"斯塔夫斯卡太太已经不到米列罗娃店里去了,"他说,"她有点小病,她说她要离开华沙,你是不是可以到她那里去看看?"

"对,我应当去一趟,"他擦着额头回答说,"你跟她谈过开店的事没有?"

"当然谈过了,我还借给她一千两百卢布。"

"从你那可怜的储蓄中拿出钱来?她干吗不向我来借呢?"

热茨基没有回答。

不到两点,沃库尔斯基就到斯塔夫斯卡太太家里去了。她消瘦多了,那双可爱的眼睛好像变得更大,也更忧郁了。

"这是怎么啦?"沃库尔斯基问,"我听说您要离开华沙,是吗?"

"是的,先生,我丈夫大概要回来了。"她用嘶哑的声音回答。

"热茨基跟我谈过这件事,请让我设法把这消息查实一下!"

斯塔夫斯卡太太眼眶里噙着泪水。

"您对我们是这么好,"她轻声地说,"愿您幸福……"

就在这同一时候,翁索夫斯卡太太去拜访了伊扎贝娜小姐,她从她那里知道,沃库尔斯基已经取得了她的同意。

"终于有了今天,"翁索夫斯卡太太叫道,"我原以为,你永远是拿不定主意的。"

"那么,我给你来了个意外的惊喜,"伊扎贝娜小姐说,"不管怎样,他是个理想的丈夫:有钱,也有本事,首先是有一副好心肠。他不仅毫不妒忌,而且为猜疑而道歉。这样终于解除了我的武装。真正的爱情是盲目的。你怎么不说话呢?"

"我在想。"

"想什么?"

"如果他像你认识他那样认识了你,那么你们两个人实际上并没有认识。"

"那我们的蜜月就会过得更好了。"

"但愿你过得好。"

第十四章　和好如初的夫妻

从四月中起,克热索夫斯卡男爵夫人忽然改变了她的生活方式。

以前她每天都要骂马里安娜,给房客们写信,说他们弄脏了楼梯;讯问扫院子的,有没有人撕掉了她贴在外面的招租条子,巴黎洗衣店的洗衣女工夜晚在不在家里睡觉,区警察局是否有事来找她。她还提醒他,要注意那些争着来租三层楼的房间的人,特别是那些年轻人,要是大学生找上门来,就说房间已经租出去了。

"记住我对你说的这些话,卡斯佩尔,"她最后说,"如果这里混进了一个大学生,你就要丢差事。我对那些虚无主义者,那些荒淫无耻的家伙,那些把骷髅头弄来的坏蛋已经够受的啦!"

每次谈话后,扫院子的回到自己的小屋里,总是把帽子往桌上一扔,大声喊道:

"他妈的,我真要上吊了,对这个女东家我再也受不了啦!每到礼拜五,就叫我到市场上去,一天要跑两次药房,还要把衣服拿去熨平,鬼才知道,她还要我到什么地方去!她还说了,要我跟她上公墓去,把一个坟墓整理一下……世界上哪有这样的事?……我在圣约翰施洗礼者节一定要离开这里,就是出二十卢布的赔偿费也要走……"

但是从四月中起，男爵夫人变得和气了。

这是由几种情况造成的。

首先是有一天，有个不认识的律师来拜访她，关心地问她，是否清楚男爵先生的钱财？如果他有钱放在什么地方——对这律师是有怀疑的——就该把它拿出来，免得男爵先生的名誉说起来不好听，因为那些债权人就要采取最后手段了。

男爵夫人很正经地向那律师保证，说她丈夫男爵虽然对她凶恶狡猾，但他并没有什么钱财。说到这里，她突然全身抽搐起来，律师见到她这样，不得不连忙告退。但是这位正义的裁判官离开后，她马上就恢复了平静。她把马里安娜叫来，用特别沉着的口吻对她说：

"马蕾休，该把洗净的窗帘挂起来了，因为我觉得，我们家那个不幸的老爷就要浪子回头了。"

过了几天，公爵亲自来到了男爵夫人家里。两个人关在最边上的一间房里，做了长时间的谈话。在谈话中，男爵夫人哭了好几次，还昏过去一次。可是他们谈了些什么，连马里安娜都不知道。只是在公爵走后，男爵夫人马上差她去叫马鲁谢维奇先生。他来了后，她说话时很奇怪地带着一种柔和的声调，可有时又插进一些叹气：

"我觉得，马鲁谢维奇先生，我那迷了路的丈夫终于醒悟过来了……麻烦您去买一件男式睡衣和几双拖鞋来……就照您的尺寸，因为您和他这两个可怜人长得一样瘦。"

马鲁谢维奇皱了皱眉头，但他还是拿了钱，把事情办了。睡衣花了四十卢布，拖鞋花了六卢布，男爵夫人认为，这个价钱高了一些,马鲁谢维奇回答说,他不懂得价钱,可是东西是在一些高级商店里买的。后来就不再谈这件事了。

又过了几天,来了两个犹太人,问男爵先生在不在家?男爵夫人不像平常那样,对这种人劈头盖脑地大声叫骂,而是以非常平和的口气叫他们出去。然后,她把卡斯佩尔叫来,对他说:

"我以为,亲爱的卡斯佩尔,我们家那可怜的老爷今天或明天就会到我们这里来了。得在楼梯上铺一条地毯,从二层楼铺起……可是要注意,我的孩子,别叫人偷了地毯上的压条……那地毯每隔几天也要拍拍上面的尘土。"

从那时候起,她再也没有骂过马里安娜,没有给房客写过信,也没有找过那扫院子的人麻烦了……而只是一个人把手臂交叠在胸口,整天在她那间宽敞的房里走来走去。她脸色苍白,一句话也不说,显得很激动的样子。一听见有出租马车在房子前面停下来,她就跑到窗子边;如果铃声响了,他就跑到客厅里,在关着的门背后听着,是谁跟马里安娜说话。

这种生活方式使她过几天后脸色更苍白了,也更容易激动了。她在房间走的范围越来越小,但同时也走得越来越快了,并且经常由于心跳得太厉害而倒在椅子或围椅上,最后就睡到床上去了。

"叫人把楼梯上的地毯撤掉吧!"她用嘶哑的声音对马里安娜说,"一定是哪个坏蛋又借钱给老爷了。"

她刚一把话讲完,门铃就使劲地响起来了。男爵夫人让马里安娜去开门,自己则出于预感,也顾不得头痛,就穿起衣服来。她手里的东西全都掉在地上了。

这时候,马里安娜微微地开了一点那拴着链条的房门,她瞧见前厅里有个先生手里拿着一把绸伞,还提着一个小手提箱,显得非常温文尔雅。他虽然留着经过细心修剪的小胡髭和茂密的连鬓胡,看起来还是有点像侍役。他背后还站着一些搬箱子和行包的挑夫。

"您有什么事情?"那女仆不禁问了一句。

"开门,两扇都打开,"那个提着手提箱的先生回答说,"这是男爵先生和我的行李。"

门敞开了,那先生叫挑夫把箱子和行包都放在前厅里,然后问道:

"老爷的房间在哪里?"

这时候,男爵夫人穿在身上的睡衣还没有扣好,头发也没有梳,就跑了过来。

"这是怎么啦?"她激动地叫了起来,"啊,是你,列昂……老爷在哪里?"

"他好像在斯滕佩克的店里①。我要把行李留下,可我既不知道哪间房是老爷的,也不知道哪间是我的。"

"你等一等,"男爵夫人有些忙乱地说道,"马里安娜马上从厨房里搬出去,你住在那里好了……"

"我住在厨房里?"列昂先生问,"太太大概是开玩笑吧!我跟老爷已经谈好了,我要有一间单独的房间。"

男爵夫人感到有点为难。

"咳,我刚才是怎么说的?"她马上补了一句,"那就这样吧,列昂,你暂时住在三层楼大学生们以前住过的那间房

---

① 这是安东尼·斯滕普科夫斯基一家食品杂货商店的通称,在剧院广场附近的垂杨大街九号。——原注

里吧!"

"好,那倒是可以的,"列昂回答说,"如果那里有好几间房,我还可以跟厨师住在一起。"

"跟什么厨师住在一起?"

"太太,没有厨师你们是没有办法的。把行李都搬到楼上去!"他对那些挑夫说。

"这是怎么啦?"男爵夫人看见挑夫们拿走了所有的箱子和行包,便尖声叫了起来。

"这都是我的行李,走吧!"列昂吩咐说。

"男爵先生的行李在哪里呢?"

"哦,请吧!"列昂回答说,把他手里的小手提箱和伞都交给了马里安娜。

"还有被褥呢?衣服呢?家具呢?"男爵夫人把十个手指叉在一起,叫道。

"太太,请您别在仆役们面前吵吵嚷嚷的!"列昂责备她,"这些东西老爷到家后全都有了。"

"对,对!"受辱的男爵夫人只好低声地说。

列昂先生在楼上布置房间,还得给他送去一张床、一张桌子、几把椅子、一个洗脸盆和一壶水。完了他便穿上一套礼服和一件对他来说小了一点但是洗得很干净的衬衫,打上一条白领带,又回到了男爵夫人那里,并且很严肃地在外房里坐下。

"再过半个钟头,老爷就该回来了,"他看了一下那块金表,对马里安娜说,"他每天要从四点睡到五点钟,怎么,您在这里等烦了吗?"他接下去说,"那好,我让您活动活动……"

"马里安娜!……马里安娜,到我这里来!"男爵夫人在她的房里叫道。

"您干吗要马上就跑过去?"列昂感到奇怪地问道,"那老太婆难道又受了什么损失? 让她等一等吧!"

"我很怕她,她凶恶极了。"马里安娜挣脱了他的手,轻声地说。

"凶恶极了,这是您自己把她惯坏了。她这种人要是放任一点,就会把你折磨得要死……在老爷身边您会轻松一点,因为他懂得以善待人,不过您得穿得漂亮一点,不要穿得像个修女一样,因为我们不喜欢修女。"

"马蕾霞! ……马蕾霞!"

"那您就去吧,不过您走慢点!"列昂最后提醒她。

男爵没有像列昂预期的那样,四点钟回到他妻子那里,而是差不多五点才来。

他身穿一件新的短大衣,戴一顶也是新的帽子,手里挂着一根上端有个马蹄形银镶头的手杖。他的神情显得安详,但他那个忠实的仆人透过外表却看出他非常激动。才走进外房,他的夹鼻眼镜就已经掉下过两次,他的左眼皮的跳动比决斗前或者比他玩纸牌的时候都要快得多。

"给我向男爵夫人通报一下!"克热索夫斯基用稍微压低了的声音说。

列昂推开客厅的门,几乎是带威胁地喊了一声:

"老爷到!"

男爵进去后,列昂随后把门关上。他把从厨房里跑出来的马里安娜打发走后,自己便开始偷听起来。

男爵夫人拿着一本书坐在长沙发上,一看见她丈夫便站了起来。男爵向她深深地鞠了一躬,她本想还礼,但又倒在那张长沙发上。

"我的丈夫呀!"她用双手掩着脸,低声地说,"啊,你干了什么呀?"

"对不起,我只能在这种情况下问候您!"男爵说完,又行了一个礼。

"我什么都可以原谅,如果……"

"这对我们两人来说,都是值得赞美的,"男爵打断了她的话,"因为我也会忘掉您跟我个人有关的一切。但不幸的是,您用我的名字去进行过赌博,尽管在世界史上,我这个名字并没有什么了不起,但也是应当珍惜的。"

"名字?"男爵夫人问。

"是的,我的太太!"男爵回答说,他鞠了第三个躬,手里依然拿着那顶帽子,"请原谅,我提起了这件不愉快的事,可是……一段时间以来,在所有的法庭里都提到了我的名字……比方说现在,您很欣赏同时打三场官司:两场跟房客打,还有一场跟您过去的律师打。那个律师,说他是个道地的流氓,一点也不错。"

"哎呀!"男爵夫人从长沙发上跳了起来,叫道,"就在这个时候,你不是也为三万卢布的债务打了十一场官司吗?"

"对不起! 我记得我是为三万九千卢布的债务打了十七场官司。但那都是债务的官司,其中没有一项用来指控一个正直的女人,说她偷了洋娃娃。我虽然犯了那么多罪,但我从来没有写过匿名信,去中伤一个无辜的女人。在我的债权人当中,也没有一个因为受到诽谤,不得不逃离华沙,就像有个叫斯塔夫斯卡太太的女人,由于克热索夫斯卡男爵夫人的诽谤而遭遇的那样。"

"斯塔夫斯卡以前是你的情妇。"

"请原谅,我不否认,我以前想要博得她的好感,我以我的名誉担保,她的确是我这辈子所遇到的最高尚的女人。我把这个最高级的赞词用在一个外人的身上,您不会生气吧?同时请您相信我,斯塔夫斯卡太太这个女人对我的……我的追求其实是不予理睬的。亲爱的男爵夫人,我要说的是,我只是很荣幸地认识了一个普通的女人……我的看法还是有些道理的。"

"那么你要干什么?"男爵夫人以坚决的口气问道。

"我要……维护我们两人共有的名誉,我要……在这栋房子里对克热索夫斯卡男爵夫人表示尊敬,我要结束那些诉讼,给男爵夫人以关心和照顾。为此我也得请夫人给我殷勤的招待。等到我把这些事都办好后,我就……"

"你又要离开我吗?"

"那是当然。"

"你的债呢?"

男爵站起来。

"您不要管我的债,"他以十分自信的口气回答说,"如果沃库尔斯基先生,一个普通的贵族,仅几年就挣得了几百万,那么一个有我这样的名字的人也是能够还清四百万债务的,我会以行动证明我是有工作能力的。"

"你有病,我的丈夫,"男爵夫人说,"你知道,我出身于一个有财产的家庭,可是我要告诉你,你甚至都无法养活你自己……唉,你更养活不了一个最贫困的女人!"

"看来,您是不要我的照顾了,由于公爵的请求,也是为了挽回您的声誉,我本来是想要照顾您的。"

"我没有拒绝,你就开始照顾吧! 因为到现在为止……"

"就我来说,"男爵打断了她的话,又鞠了一躬,"我会把过去的一切全都忘掉……"

"你老早就把它忘了,连我们女儿的坟上你都没有去过……"

就这样,男爵又跟他妻子住在一起了。他结束了跟房客们的诉讼,他向她以前的那个律师宣布,如果他对自己的女当事人表示意见,态度不恭敬的话,他就要叫人揍他一顿。他还写信给斯塔夫斯卡太太表示道歉,给她送去了一大束鲜花(一直送到了琴斯托霍瓦)。最后他还雇了一个厨师,跟他妻子一同去拜访了上流社会各种各样的人物。他事先还叫马鲁谢维奇在城里散布言论,说是哪个女人如不回拜他们,他就要跟她的丈夫决斗。

在上流社会,大家对男爵这种无理的要求感到气愤,但他们还是回拜了克热索夫斯基夫妇,而且几乎所有的人跟他们的关系都更加密切了。

男爵夫人还是给她丈夫还清了债,而且她跟谁都没有谈起这件事,这说明她遇事是考虑得很周到和细致的。她谴责了一些债权人,对另外一些人哭丧着脸。几乎每个债权人的属于高利贷的利息都被她扣减了一些,她虽然发过脾气,但她把债还是都还清了。

在她的办公桌的一个特殊的抽屉里有几十张期票,可这时却发生了下面这桩事。

亨利克·什兰格巴乌姆定在七月份接收沃库尔斯基的铺子,但是这个新老板不肯受理旧商号欠了别人和别人欠了它的债务,所以热茨基不得不亲自来清理账目。

克热索夫斯基男爵也欠这个店的债，所以热茨基给他写了一封短信，要他快点偿还他所欠的那几百卢布的债款。

这封信，像所有这一类的文件一样，被男爵夫人扣住了。她不仅不还债，而且给热茨基去了一封蛮不讲理的信，信里说他在进行诈骗，说他买那匹牝马太缺德了，等等。

正好在那封信寄出去二十四小时之后，热茨基来到克热索夫斯基夫妇的家里，要跟男爵见面。

男爵一看上次决斗对方的副手是那么生气，不免感到惊奇，但他还是很友好地接见了他。

"我到您这里是来讨债的，"老掌柜开口说，"前天我给您寄来了一份账单……"

"哦，是的……我欠了你们铺子一点钱……一共多少？"

"二百三十六卢布十三戈比。"

"明天我设法还清。"

"但事情到这里还没有完，"热茨基打断了他的话，"昨天我收到了尊夫人这封信……"

男爵念完了那封递过来的信，想了一下，回答说：

"男爵夫人用了这么不礼貌的措辞，我感到很遗憾，可是……那匹牝马的事，她还是说得不错。沃库尔斯基买那匹牝马（我没有怪他）事实上只付给了我六百卢布，但他却拿到了一张八百卢布的收据。"

热茨基气得脸发青。

"男爵先生，对于这件事的发生，我感到很难过。不过……我们两人中有一个受骗上当了……上了很大的当，先生！证明就在这里！"

他从口袋里拿出两张收据，递给克热索夫斯基一张，男爵

看了一下,便叫了起来:

"这个马鲁谢维奇原来是个骗子?不过我以我的名誉担保,他当时只给了我六百卢布,还说了许多沃库尔斯基贪财的话。"

"还有这张呢?"热茨基接着说,给了他另一张收据。

男爵从上到下,又从下到上看了好几遍,他的嘴唇发白了。

"我现在都明白了,"他说,"这张收据是假的,是马鲁谢维奇伪造的,我没有向沃库尔斯基先生借过钱。"

"可是男爵夫人却说我们是骗子。"

男爵从椅子上站了起来。

"对不起,"他说,"我代表我的妻子郑重地向您道歉,除了准备满足您的一切要求外,我会采取必要的行动,以消除给沃库尔斯基造成的不快……是的,先生,我要去会见我所有的朋友,向他们说明沃库尔斯基的光明正大,他为那匹牝马付了八百卢布,我们两人都中了马鲁谢维奇那个骗子的诡计。克热索夫斯基夫妇……先生……先生。"

"我叫热茨基。"

"尊敬的热茨基先生,克热索夫斯基夫妇从来不中伤别人,他们可能有错误,但心是好的,先生。"

"热茨基。"

"尊敬的热茨基先生呀!"

谈话就此结束,因为那老掌柜不顾男爵的请求,既不愿见男爵夫人,更不听他们的辩白。

男爵把热茨基送到门口后,再也抑制不住心中的激动,他对列昂说:

"商人都是正人君子。"

"他们有现款,还能够贷款,老爷!"列昂说。

"笨蛋,我们没有钱,就不光彩了吗?"

"我们有,老爷,只是采取了不同的方式。"

"我知道,和商人的方式不同!"男爵骄傲地说。

他马上叫人把他那件访友的上衣拿出来。

热茨基从男爵那里出来,就直接去了沃库尔斯基家里。他把马鲁谢维奇侵吞款项和男爵道歉的事一五一十地都告诉了他,然后又把那张假收据也交给了他,叫他起诉。

沃库尔斯基虽然很严肃地听着他说话,甚至还点了点头,但是他的眼睛却不知道望着什么地方,心里也不知道在想些什么。

老掌柜终于明白了自己在这里没有什么事好做,于是跟他的斯塔赫告了别,临走的时候还对他说:

"我看,你忙得要命,最好把事情马上交给律师去办。"

"好的,好的。"沃库尔斯基回答说,但他并没有听清楚伊格纳齐先生对自己说了些什么。他这时候想的是扎斯瓦夫那座城堡的废墟,他在那里第一次看见了伊扎贝娜小姐眼里的泪水。

"她是多么高贵呀!她的感情是多么温柔呀!我不可能很快就熟悉这个美丽的灵魂里的所有财宝。"

他每天都要到文茨基先生家里去两次,要是没有去他那里,那也至少要去那些可以遇到伊扎贝娜小姐的地方,他在那里能够见到她,跟她谈几句话。现在,这已经使他感到心满意足了,可是以后怎么样,他是不敢想的。

"我觉得,我会死在她的脚跟前,"他对自己说,"可那又怎么样呢？……我在望着她的时候死去，我大概会永远望着她。谁知道，未来的生活也许就是一个人临终时的感觉吧？"

他又引证了密茨凯维奇的一首诗：

> 在那许多岁月许多时日过去之后，
> 有人叫我离开坟墓，那时候，
> 你会想到你那睡意蒙眬的友人，
> 你从天上下来，要把我叫醒。
>
> 你又把我放在你那洁白的胸脯上，
> 你又用你亲爱的臂膀把我拥抱。
> 我沉思着醒过来，但又瞌睡了一阵；
> 我吻着你的面孔，望着你的眼睛。①

几天之后，克热索夫斯基男爵来到了沃库尔斯基的家里。

"我已经到您这里来过两趟了！"他一面说，一面修理他那副夹鼻眼镜，看来，这副眼镜是他这辈子遇到的唯一的麻烦。

"是您？"沃库尔斯基感到惊异。他忽然想起了热茨基对他说过的话和他昨天在桌子上发现的男爵的两张名片。

"您想知道我为什么到这里来吗？"男爵问，"沃库尔斯基先生，您能宽恕我对您无意中的冒犯吗？"

"别再提那事了，男爵！"沃库尔斯基打断了他的话，和他拥抱，"那是微不足道的。就算我在您那匹牝马上赚了两百卢布，我有什么必要把这件事隐瞒起来呢？"

---

① 这是密茨凯维奇一八二五年在敖德萨写的一首爱情诗《梦》中最后两段。

"这是真的!"男爵回答说,拍了拍自己的额头,"可我怎么没有早就想到这一点呢?顺便谈谈赚钱的事,您能告诉我一个能够迅速致富的办法吗?我在一年内非得有十万卢布不可。"

沃库尔斯基微微地笑了笑。

"您笑我,表兄弟(我想,是不是已经可以这么称呼您?),您在嘲笑我,您不是在两年内以正当的途径挣到了几百万卢布吗?"

"还不到两年,"沃库尔斯基纠正说,"但这笔财产不是挣来的,而是赢来的。我像个赌棍一样,十几次地不断增加赌注,赢了钱。我的全部本事都表现在我打的是真牌,没有虚假。"

"那么这又是运气喽!"男爵嚷道,同时把夹鼻眼镜摘下来,"哎哟,表兄弟,我连一个格罗什的运气都没有。一半的财产我赌输了,剩下一半被女人们吞掉了,现在,我只有朝着自己的脑袋开一枪啦!不,我肯定是不会走运的!我现在这么想,马鲁谢维奇那头蠢驴想要勾引男爵夫人……那我们家里就安静了,她对我犯的那些小的过失是多么宽容啊……可怎么会这样呢?男爵夫人根本没有想过要对我变心,监狱的大门却在等着那个小丑进去。无论如何,请您一定把那家伙送到监狱里去,因为他的流氓行为使我都感到厌恶极了。这么一来,"他最后说,"我跟他之间的矛盾就可以解决了。我还要说一句,我去找过所有能够听到对我买马一事的那些很不慎重的说法的熟人,向他们很详细地说明了事实真相……马鲁谢维奇还是请他到监狱里去,那个地方最适合他。他如果不在,我每年就能挣得几千卢布……我也到托马斯先生和伊扎贝娜小姐那里去过,向他们解释了我跟他们之间的误会……那个骗子是那么善于勒索我的钱财呀,真是太可怕了!虽然我这一年来一个钱也没有了,他却还是那么没完没了地向我借钱。一个天才的无赖! 我深感,要是不把他送去做苦工,我就摆脱不了他。再见,表兄弟!"

男爵走后不到十分钟,沃库尔斯基的仆人就来通报,说是有位先生一定要见他,但是没有说出自己的姓名。

"难道是马鲁谢维奇?"沃库尔斯基想。

果真是马鲁谢维奇来了,他脸色苍白,眼睛发红。

"先生!"他把房门关上,带着阴郁的口吻说,"您现在见到的这个人决心……"

"您下了什么决心?"

"我决心结束自己的生命……这个时候是痛苦的,可是没有别的办法,为了名誉……"

他歇了一下,又很气愤地往下说:

"我本来可以先把您打死,您给我招来了那么多不幸……"

"那您就别客气了,打吧!"沃库尔斯基说。

"您开玩笑了,我身边真的带了武器,而且准备好了……"

"您就试试您的准备吧!"

"先生! 不要对一个站在坟墓边上的人这么说话嘛! 我来只是要向您证明,我虽然犯了许多错误,但我的心地却是高尚的。"

"那您为什么要站在坟墓边上呢?"沃库尔斯基问。

"是为了保全您想要夺去的我的名誉。"

"哦！……您就保全您的那个宝贝去吧！"沃库尔斯基说，从办公桌里拿出那些要命的收据，"您是为了那些票据吗？"

"这是您问的？……我陷入了绝境，您还嘲笑我。"

"听着，马鲁谢维奇先生，"沃库尔斯基浏览了一下那些收据说，"我现在可以对您进行一些道德的教育，或者在一段时间让您拿不定主意，我们两个都已经是成年人了，所以……"

他把那些票据撕得粉碎，然后又把那些碎纸交给马鲁谢维奇。

"您就拿去，放在身边留作纪念吧！"

马鲁谢维奇在他面前跪了下来。

"先生呀！"他喊起来，"您给了我又一次生命！我的恩人……"

"别那么可笑啦，"沃库尔斯基打断他的话，"对您的生命我是完全放心的，就像我深信，您总会要进监狱一样，只是我不愿给您开通这条道路。"

"哎，您一点同情心也没有！"马鲁谢维奇说，机械地掸掉裤子上的灰尘，"一句好心的话，一次热情一点的握手就可以引我走上一条新的道路，可是您不那么去做……"

"好啦，再见，马鲁谢维奇先生！只是您不要妄想什么时候可以用我的名字去签字，否则……您明白吗？"

马鲁谢维奇委屈地退了出去。

"亲爱的，为了您，"沃库尔斯基想，"为了您，今天我没有把一个人送到监狱里去。把人送进监狱，即便把一个贼，或者一个犯有诬告罪的人送进监狱，也都是一桩可怕的事。"

在他的思想上，又斗争了一会儿。他谴责自己没有给社会除掉一个流氓，但他又想，如果他自己被关起来了，他不得不跟伊扎贝娜小姐分开几个月，甚至几年，他会怎么样呢？

"永远见不到她，那是多么可怕……谁知道，仁慈是不是正义的最好的表现？……我变得多么多愁善感了。"

第十五章　时间流逝，永远继续*

虽说马鲁谢维奇的事是两个人私了，但消息还是传出去了。沃库尔斯基把这事告诉了热茨基，叫他把男爵那笔所谓的欠款从账簿上勾掉。马鲁谢维奇也向男爵认了错，他还对男爵说，既然那笔债已经勾销，而且他，马鲁谢维奇也想要改正错误，那男爵现在就不应该生他的气了。

"我觉得，"他叹了口气说，"我要是每年有近三千卢布，我就会成为另外一个人。这个世界是卑鄙可恶的，像我这样的人在这里也只好苟且偷生。"

"好啦，别说了，马鲁谢维奇！"男爵想让他平静下来，"我喜欢你，可是大家都知道，你是个无赖。"

"您了解我的心思吗？男爵，您知道，我心里怀的是什么感情吗？啊，要是有个善于洞察人的心灵的法庭，那就可以看出，我和那些判我有罪和责骂我的人相比，哪一个更优秀一些。"

总而言之，不论热茨基、男爵、公爵，还是几个知道马鲁谢维奇的"新伎俩"的伯爵都表示，沃库尔斯基的做法虽然表现了他很高尚，但是缺少一个大丈夫的气度。

---

　　* 　原文是拉丁文。

"他做得很漂亮，"公爵说，"但……不像是沃库尔斯基的气派。在我看来，他是那种有能力创造美好事物和惩治坏人的人。像他对马鲁谢维奇的那种做法，随便哪个律师都做得到……我担心的是，他会丧失自己的魄力。"

事实上，沃库尔斯基并没有丧失魄力，只是在许多方面有了一些改变，比如说，他不再管那家铺子了，甚至对它产生了厌恶感，因为在伊扎贝娜小姐面前，这个服饰用品商人的称号有损于他的尊严。但是他对那家跟帝国贸易的公司却很热心，因为它所带来的巨大收益，可以增加他的财产，以便献给伊扎贝娜小姐。

差不多从他向她求婚并且取得同意的那时候起，他就很奇怪地多愁善感起来，而且产生了一种同情心。他觉得，他不仅不会给任何人造成不快，而且面对强加给他的屈辱，连保卫自己的能力都没有了，除非那件事跟伊扎贝娜有关。

但他却感到要对别人做些好事，这一定是要做的。他除给了一笔款项给热茨基外，还给了他以前的伙计李谢茨基、克莱因每人四百卢布，以补偿他把铺子卖给什兰格巴乌姆使他们遭受的损失。此外他还要拿出将近一万二千卢布，赏给出纳员、差役、信使和车夫们。

沃库尔斯基不仅给文盖维克举行了热热闹闹的婚礼，而且他除了答应过的那笔款项之外，又给那对年轻夫妇添了几百卢布。正好这个时候，赶车人韦索茨基生了个女儿，于是他又做了孩子的教父，机灵的父亲马上给她取名伊扎贝娜，沃库尔斯基高兴之余，又给他这个教女存下了五百卢布，以做她将来陪嫁之用。

这个名字对他来说是非常珍贵的。有时候，他一个人单独地坐着,拿起纸和铅笔,没完没了地写着:"伊扎贝娜……伊扎……贝娜……"然后又把那张纸烧掉,不让情人的名字落到别人手中。他要在华沙附近买一小块地,在那里造一所别墅,给它命名为伊扎贝琳①。有一次,他想起了他在乌拉尔山流浪的时候,有个学者发现了一种新的金属,沃库尔斯基因为认识他,他曾向他请教,该怎么给它命名。沃库尔斯基责备自己,虽说当年还不认识伊扎贝娜小姐,但他却没想到给它起一个伊扎贝利特的名字。最后,他在报纸上看到关于发现一颗新的小行星的消息,可是那位发现者也不知道给它取个什么名字,于是他又准备给那个发现这个新的天体,而又愿意给它取名"伊扎贝娜"的人一大笔奖金。

但是,对伊扎贝娜小姐这种近于痴迷的忠诚并没有杜绝他去想着另外一个女人。因为他有时候也想起了斯塔夫斯卡太太,他知道她会为他牺牲自己的一切,感到自己应当受到良心的责备。

"那么,我该怎么办呢?"他自言自语道,"我既爱这个女人,又爱那个……有什么过错呢?……要是她能够把我忘掉,她就会幸福了。"

他决心想尽一切办法为她将来的生活提供保障,并且一定要弄清她丈夫的下落。

"至少叫她不要为明天而担忧……还要为她的女儿准备嫁妆……"

每隔几天,他总是看见伊扎贝娜在社交场合被一大群年

---

① 用情人或妻子的名字给一个地方或者别墅命名的情况,在贵族和富有的市民中是常见的。——原注

轻和年老的人包围着。但是他对那些男人们的献媚讨好和她的眼色和微笑已不感到刺眼了。

"这是她的天性,"他想,"她只会这么笑,这么看人。她像一朵花,又像太阳,不知不觉就给所有的人带来了幸福,带来了美。"

有一天,他收到了扎斯瓦维克的来电,请他去参加议长夫人的葬礼。

"她死啦?"他轻声说,"多么可惜啊,一个可敬的女人!她死之前我为什么没有在那里呢?"

他既忧郁,又悲哀,但他还是没有去参加那生前给了他那么多慈爱的老妇人的葬礼。他就是离开伊扎贝娜小姐几天也不敢。

他深深感到他已经身不由己了,感到他自己所有的思想、情感和愿望,所有的意图和希冀都跟这么一个女人拴在一起了。如果她死了,那他也不用自杀;他的灵魂会像一只站在树枝上的小鸟一样,在那里只歇息片刻,就要跟着她飞去。他甚至没有向她倾诉过自己的爱,就像大家不谈自己的体重,不谈对人来说不可缺少,并且从四面八方包围着的空气那样。他如果在一天中有时没有想到她,而想起了别的人,他会惊慌得全身发抖,就像一个人想要寻找奇迹,来到了一个陌生的地方那样。

那不是爱,而是心醉神迷。

五月的一天,文茨基先生来找他。

"您想想看,"他对沃库尔斯基说,"我们要到克拉科夫去。霍尔滕西亚病了,她想跟贝娜见一面(好像是为了遗嘱的事),当然,她一定很高兴跟您认识……您能不能跟我们一道去呢?"

"我随时都可以去,"沃库尔斯基回答,"你们什么时候动身?"

"本该今天走,但肯定要拖到明天了。"

沃库尔斯基答应明天走。当他跟托马斯先生告别,到里面见到了伊扎贝娜小姐后,他从她那里了解到斯塔尔斯基在华沙。

"那可怜的年轻人呀!"她笑着说,"他从议长夫人那里只继承到了一万卢布的现金和每年两千卢布的租金。我劝他跟一个有钱的女人结婚,但他却要到维也纳去,肯定是要从那里去蒙特卡罗①……我要他跟我们一起去,那样更有乐趣,您说是不是?"

"那当然,"沃库尔斯基回答,"我们要一个特等车厢,那乐趣就更大了。"

"那么明天见!"

沃库尔斯基把他那些最紧要的事办完后,在开往克拉科夫的火车上预订了一个包厢。晚上八点钟左右把自己的行李送去后,他来到了文茨基的家里。他们三个人一起喝了茶,不到十点就到火车站去了。

"斯塔尔斯基先生在哪里?"沃库尔斯基问道。

"我哪里知道?"伊扎贝娜小姐回答道,"也许他根本就不走……这个人做事很轻率。"

他们已经坐在车厢里,斯塔尔斯基还是没有来。伊扎贝娜小姐咬着自己的嘴唇,不时往窗外望一望,响了第二遍钟声

---

① 摩纳哥著名赌城。

后,斯塔尔斯基终于出现在月台上。

"这里,这里!"伊扎贝娜小姐叫了起来。但因为那年轻人没有听见她的声音,沃库尔斯基便跑出车厢,把他领了进来。

"我以为您再也不会来了。"伊扎贝娜小姐对他说。

"差点不来了,"斯塔尔斯基一面回答,一面向托马斯先生请安,"我到克热索夫斯基先生那里去了,表妹你想一想,我们一起玩牌,从下午两点一直玩到了九点……"

"你又赌输了?"

"那是自然,像我这样的人,玩牌总是不走运。"他望着她,回答说。

伊扎贝娜小姐的脸微微红了。

火车开动了。斯塔尔斯基在伊扎贝娜小姐左边坐下,开始跟她一半用波兰语一半用英语交谈,但后来却越来越多地用英语交谈了。沃库尔斯基坐在伊扎贝娜小姐右边,他不愿妨碍他们的谈话,于是站了起来,坐到托马斯先生身边那个座位上去了。

托马斯先生觉得有点不舒服,他用披风和毛毯把自己裹了起来,还用一床被子盖在腿上。他叫人关上了车厢里所有的窗子,把那些他觉得刺眼的灯光弄暗些。现在他决心要睡着,而且已经感到自己渐渐入梦了;但这时候,他却跟沃库尔斯基谈了起来,他多方面地跟他谈起了他的妹妹霍尔滕西亚,她年轻的时候跟他的关系十分亲密。他还谈到了拿破仑第三的宫廷生活,拿破仑第三还跟他谈过几次话,他们谈到了维克多·厄马努尔彬彬有礼的风度和爱情故事以及其他许多事情。

沃库尔斯基直到普鲁什科夫,都在注意地听着。过了普鲁什科夫后,托马斯先生那打不起精神的单调的声音使他也感到困倦了。可是伊扎贝娜小姐和斯塔尔斯基用英语的谈话他却听得越来越清楚了。其中有几句话甚至引起了他的注意,他问自己,是不是要警告他们,说他沃库尔斯基也懂英语?

他想站起来,但偶尔向对面的窗子一望,就望见了那窗玻璃像镜子一样,里面映照出了伊扎贝娜小姐和斯塔尔斯基的身影。他们挨得很紧地坐着,虽说两人谈话的声音很轻,而且谈的好像都是些无所谓的事情,但两个人的脸都红了。

可是沃库尔斯基注意到了那无所谓的声调并不符合谈话的内容,他甚至觉得他们那种自由自在的谈话会引起对他们的错觉。就在那一瞬间,他忽然想起了"欺骗!欺骗!"这个可怕的词儿。自从认识伊扎贝娜小姐,他还从来没有这么想过。

他紧靠着软座的靠背上,望着玻璃窗倾诉,他觉得斯塔尔斯基和伊扎贝娜小姐的每句话,都像铅一般沉重的雨点一样,狠狠地打在他的脸上、头上和胸脯上……

他现在已经不想去警告他们,说他听得懂他们的话了,他只是倾听着,倾听着……

火车刚一离开拉吉维沃夫,下面这第一句话就引起了沃库尔斯基的注意:

"你什么都可以谴责他,"伊扎贝娜小姐用英语说,"他既不年轻,也不文雅,他太多愁善感,有时显得腻味,但他真的那么贪得无厌吗?……连爸爸都称他太慷慨了,这还不够吗？……"

"可是 K① 先生的那件事呢?"斯塔尔斯基插嘴道。

"是说那匹赛马吗？这就可以看出,你是从外省来的。男爵不久前来我们家,谈到了我们现在谈的这位先生,说他处理这件事有绅士派头。"

"没有一个绅士会放过一个骗子,除非他们背后有什么秘密的交易。"斯塔尔斯基微笑着答道。

"可是男爵却放过了他多少次?"伊扎贝娜小姐问。

"正因为这样,男爵犯了各种各样的过错,关于这一点,马先生是清楚的。你替那个你保护的人辩护得并不怎么好,表妹!"斯塔尔斯基讥讽地说。

沃库尔斯基把身子更紧地贴在软座的靠背上,免得冲过去揍那个斯塔尔斯基。他克制住了。"每个人都有权对别人指手画脚,"他想,"我们就看看,事态会怎么发展吧!"

有一会儿,他只听见车轮的滚动声,也看到了车厢在不断地摇晃。

"我从来没有感到车厢这么剧烈地摇晃过。"他想。

"这个颈饰难道就是他结婚的全部礼物?"斯塔尔斯基又挖苦地说,"不像个慷慨的未婚夫,倒很像个吟游诗人在谈爱,可是……"

"我向你保证,"伊扎贝娜小姐插嘴说,"他会把他的全部财产都给我……"

"把它收下吧,表妹,借给我十来万吧……怎么,那块神奇小铁板找到了没有?"

_____

① 波兰文的"牝马"一词的第一个字母是"K"。

"没有，说真的，没有找到，我很担忧。上帝呀，如果有一天他知道了……"

"知道我们丢了他的那块小铁板，还是知道我们在找那个颈饰呢？"斯塔尔斯基紧挨着她的肩膀，轻声地说。

沃库尔斯基眼前发黑。

"我大概失去知觉了吧？"他抓住窗子上那条皮带，想道。他觉得车厢好像在跳来跳去，随时都有可能出轨。

"你知道吗，你太粗暴无礼啦！……"伊扎贝娜小姐以压低的声音说。

"这就是我的本事。"斯塔尔斯基回答。

"可怜可怜吧……他会看见的……我恨你！"

"不，你会疯狂地追我，因为没有一个人追得上我……女人们都爱恶魔似的男人。"

伊扎贝娜小姐往父亲那边移过去，沃库尔斯基望着对面那个窗子在听着。

"我向你宣布，"她生气地说，"不许你跨进我家的门槛。如果你胆敢……我就把所有的事都告诉他。"

斯塔尔斯基笑了起来。

"你不亲自来找我，我是不会去的，表妹！但我深信，你很快就会来找我的。一个礼拜后，你那个特别崇拜你的丈夫就会使你腻味的，你会要找一个更加快活的男人，那时候，你就会想起你这个厚颜无耻的表兄了。他这辈子从来没有严肃过，永远是那么俏皮，有时候甚至胆大妄为……但是对于那个永远崇拜你，从来不吃醋，懂得对别人让步，能够忍受你那古怪的脾气的人，你会感到惋惜的……"

"但他会在别的地方得到赏赐，"伊扎贝娜小姐给他把话说完，"是的，如果我不这么做，我就不用你的宽恕了，但你却很害怕我对你的谴责。"他没有改变姿势，就用右臂搂抱着她，用左手紧握着她那只藏在大衣底下的手。

"是的，表妹，"他说，"像你这样的女人，不管是用维持生计的口粮对你表示尊敬，还是用一小块蜜糖饼干对你表示崇拜，都不能使你得到满足……有时候，你需要香槟酒，一定要有一个人使你陶醉，哪怕用厚颜无耻的办法……"

"要做一个无耻之徒是不难的。"

"但不是个个都敢。你问问那位先生吧，他想没有想过，我亵渎神明比他那种爱的祈祷更有价值？"

沃库尔斯基听不见下面的谈话了；他的注意力转向另一件事上，那就是他身上发生的剧烈的变化。如果昨天有人对他说，他听到这话会装聋作哑，他是不会同意的，因为他觉得，这每一句话都要他的命，或者逼得他发疯。但事情既已发生，他也不得不承认，比不忠实、失望和屈辱更坏的事情有的是。

那是什么呢？……是乘火车旅行。这个车厢是怎样地震颤呀！……是怎样地飞奔呀！火车的震动使他的双腿、小肺和脑子都震动起来，他身上的一切都在颤动，每个骨节，每根神经……

火车在无垠的田野上和辽阔的天空下奔驰……它非得这么不停地奔跑，也不知道还要跑多久……也许五分钟，也许十分钟！

斯塔尔斯基，或者伊扎贝娜小姐算什么东西……这两个人倒是很相配的……可是这火车呀，火车呀，震得多难受呀！

他觉得自己会大哭起来，他要大声喊叫，把窗子砸碎，从车厢里跳出去……比这更糟的是，他似乎非得哀求斯塔尔斯基来救他……救他免遭什么？……有个时候,他还想要躲在座位底下,请他的旅伴们都坐在他的身上,这样一直走到目的地……

他闭上了眼睛,紧咬着牙齿,双手使劲地抓住坐垫的毛边;汗水在他的额头上沁出,从脸上流下来;火车在剧烈的颠簸中飞驰……终于响起了一声汽笛,接着又响了一声,火车在一个车站上停了下来。

“我得救了。”沃库尔斯基想。

这时候,文茨基先生也睡醒了。

“这是什么车站?”

“斯凯尔涅维采。”伊扎贝娜小姐回答。

列车员拉开了包厢的门。沃库尔斯基突然跳了起来,他碰着了托马斯先生,差点摔倒在对面的座位上。随后他在踏板上绊了一下,此后他朝着车站上的那个酒店跑去。

“伏特加!”他叫了一声。

女侍者很惊异地递给了他一杯伏特加酒,他把它拿到嘴边后,却感到喉咙里锁得很紧,而且也有些恶心,于是他把那杯没有沾唇的酒放在一边。

这时候,斯塔尔斯基和伊扎贝娜小姐依然在车上谈话。

“哦,对不起,表妹,”他说,“在女人面前这么急地离开车厢不大好吧!”

“他大概病了?”伊扎贝娜有些不安地回答说。

“绝不是那种危险得一点也不能耽误的病……表妹,你想要点什么东西吗?”

“给我点汽水。”

斯塔尔斯基也到那酒店里去了。伊扎贝娜小姐望着窗外,她越来越感到不安了。

"这里有问题,"她想,"他样子好奇怪呀?"

沃库尔斯基从酒店里出来,走到了月台的尽头。他好几次深深地舒着气,在一个圆桶边喝了些水,圆桶旁边还站着一个穷苦的女人和几个犹太人。

他渐渐清醒过来后,见到了列车长,便对他说:

"亲爱的先生,请您拿一张纸来……"

"您怎么啦,先生?"

"没什么。您到办公室去随便拿一张纸来,再去我那节车厢前通知说,沃库尔斯基有电报。"

"给您的?"

"是的……"

那列车长感到特别奇怪,但还是到电报局去了。几分钟后,他从那里出来,向托马斯先生跟他女儿乘坐的那节车厢走去,一面叫道:

"沃库尔斯基先生有电报!"

"这是什么意思?拿来看看!"托马斯先生不安地问道。

就在这时候,沃库尔斯基出现在列车长的身旁。他接过那张纸,平心静气地把它展开,尽管那地方已经完全黑了,他还是装着在看电报。

"是什么电报呀?"托马斯先生问他。

"华沙来的,"沃库尔斯基答道,"我得回去。"

"您要回去?"伊扎贝娜小姐吃了一惊,"真有什么不幸的事?"

"不,我的小姐。我的股东要我回去。"

"是赚钱还是亏了本?"托马斯先生把身子斜到窗外,轻声地问。

"赚了一大笔!"沃库尔斯基也很轻声地答道。

"啊……那您就走吧!"托马斯先生劝他。

"可您为什么要在这里下车呢?"伊扎贝娜小姐说,"您必须等回华沙的火车,既然这样,您最好跟我们去下一站换车,那我们还有几个钟头可以在一起。"

"贝娜的建议真不错!"托马斯先生插嘴说。

"不,我的小姐,"沃库尔斯基说,"为了不耽误几个小时,我就是坐火车头也要走。"

伊扎贝娜小姐睁大了眼睛望着他。这一瞬间,她看见他身上有一种完全是新的东西,这使她很感兴趣。

"多么复杂的天性呀!"她不由得想。

在几分钟内,沃库尔斯基在她的眼里变得高大了,斯塔尔斯基既渺小又可笑。

"他为什么要停留在这里呢?电报怎么打到这里来了呢?"她问自己道。在一种弄不明白的不安情绪产生之后,她又被一种恐惧感所笼罩了。

沃库尔斯基又到那家酒店去了,他要找一个挑夫,把行李从车上搬下来,在路上正好碰到了斯塔尔斯基。

"您怎么啦?"斯塔尔斯基利用候车室里的灯光的照射,注视着他,问道。

沃库尔斯基拉着他的膀子,把他领到月台上。

"我要对你说几句话,斯塔尔斯基先生,你不要生气。"他以一种憋闷的声音说,"你把自己看错了。你身上的毒素有火柴上那么多。你也没有香槟酒的魅力。实际上,你倒很像一块陈干的奶酪,可以激起有病的胃的食欲,但对健康人来说,却会引起恶心和呕吐。对不起,先生……"

斯塔尔斯基简直惊呆了。他什么也没有听懂,但又好像明白了一点。"我面前大概是个疯子吧!"他猜想。

铃声响第二遍了,旅客们从酒店里纷纷跑回了车厢。

"我想再给你提个意见,斯塔尔斯基先生,要博得女人的欢心,采用惯常的谨慎比你多少有点恶魔式的大胆要好一些。你的大胆会揭掉女人的假面具,但因为女人不愿被人揭掉假面具,所以你就会失去她们的宠爱,这不论对你还是对你追求的女人都是很悲哀的。"

斯塔尔斯基一直没有领会他说的这些话是什么意思。

"如果我有什么得罪了你的话,"他说,"我准备跟你决斗……"

铃声响第三遍了。

"先生们,请上车吧!"列车员们叫道。

"不,先生,"沃库尔斯基说着便向文茨基那节车厢走去,"如果我觉得有必要跟你决斗的话,也不用多余的手续,你就不在人世了。你也有权向我提出决斗的要求,因为我贸然撞进了你养植了鲜花的那座花园……我将随时接受你的挑战……你知道我住在什么地方吗?"

他们靠近了那节车厢,列车员已经站在门边上了。沃库尔斯基使劲把斯塔尔斯基推到铁梯上,又把他推进车厢,列车员砰的一声关上了车门。

"这是怎么啦,您也不跟我们道别,斯坦尼斯瓦夫先生?"托马斯先生惊异地问道。

"一路快活!"沃库尔斯基行了个礼,回答说。

伊扎贝娜小姐站在窗子旁,列车长吹了声哨子,火车头便呜呜地叫起来了。

"再会，伊扎小姐，再会！"①沃库尔斯基叫道。

火车走了。伊扎贝娜小姐冲到她父亲对面的那个座位上，斯塔尔斯基走到包厢的另一个角落里。

"好啊……好……好！"沃库尔斯基自言自语地说，"不用到皮奥特科夫，你们又可以挨得更紧了。"

他望着那辆开出的列车，大笑起来。

他一个人孤单单地留在月台上，倾听着那轰隆而去的火车声；那轰隆声有时候小了，有时听不见了，但接着又响了起来，到最后才静寂下去。

然后他听见了车站上员工们散去的脚步声和酒店里搬移桌子的声音。酒店里的灯光熄灭了，那打着呵欠的堂倌吱呀一声把玻璃门关上。

"他们在寻找颈饰时，把我那块小铁板丢了！……"沃库尔斯基想，"我多愁善感，我腻味……除那维持生计的口粮的尊敬和蜜糖饼干的崇拜外，她还需要香槟酒……蜜糖饼干……的崇拜，多好听的俏皮话！可是什么香槟酒合她的胃口呢？啊，厚颜无耻！……厚颜无耻的香槟酒，也是一句好听的俏皮话呀！就为了这一点，学习英语也是很值得的。"

他毫无目的地游荡着，不知怎么却来到了两节空车厢的中间。有一阵，他不知道往哪里去才好。他的脑子里突然出现了幻觉，觉得自己好像站在一座高大的宝塔里面，这座宝塔已经倒了下来，但却没有发出轰隆的响声。他虽没有被砸死，可身上却压着许多破碎的砖瓦，没法从里面爬出来。没有

~~~~~~~~~~

① 原文是英文。

出路……

他把身子抖动了一下,那幻象不见了。

"显然是困倦把我压倒了。"他想,"老实说,我并没有遇到什么意外,一切都是一开始就可以料到的,我甚至早就知道了。她过去跟我谈的那些话是多么平庸啊!她最感兴趣的是什么呢?舞会、宴会、音乐会、时装……她爱的是什么呢?她只爱她自己。在她看来,整个世界都是为她而存在的,她活着就是为了寻欢作乐。她卖弄风情……一点不错,她以最无耻的方法对所有的男人卖弄风骚。她要在生得漂亮、受到男人的崇拜和梳妆打扮上胜过所有别的女人。她干什么呢?什么也不干。她是上流社会社交场合的装饰品。她赖以生存的唯一的东西是她的爱情——一种冒牌的爱情!那个斯塔尔斯基……斯塔尔斯基是个什么东西呢?和她一样,都是寄生虫。在她那见多识广的生活中,他只是一个插曲。对他不必过多地苛责,他们都是一路货色。她很富于幻想,是个梅莎林娜,谁对她感兴趣呢?就连那个斯塔尔斯基,那个因为无所事事便一味勾引女人的可怜虫,都可以紧紧地搂抱她,为她去寻找那个颈饰……

> 我以前相信,在这里,在这块土地上,
> 有些长着明亮翅膀的洁白的天使。①

"好漂亮的天使呀!……明亮的翅膀!……莫利纳里先

---

① 波兰女作家纳尔齐扎·日米霍夫斯卡(1819—1876)的长篇小说《女异教徒》中的两句诗,但普鲁斯在这里做了一点改动,原诗是:有人告诉我,在这里,在这块土地上,/有些长着明亮翅膀的洁白的天使。——原注

生,斯塔尔斯基先生,究竟还有多少人,只有上帝知道。这就是诗中对女人的认识。

"要了解女人,不能用密茨凯维奇、克拉辛斯基和斯沃瓦茨基的办法,而要看那些统计数字的资料,那些数字表明,每个这样的天使都有十分之一卖淫的成分,因此,你就是受骗而陷入了绝望,也会感到愉快的……"

这时传来了哗啦啦的水声,因为在给锅炉和水槽加水。沃库尔斯基站住了。他从那舒缓和忧郁的声音中,好像听见了整个乐队在演奏《恶魔罗伯特》①的序曲。"你们这些人安息在这里,在这凄冷的墓石下……"②笑声、哭声、呻吟声、尖叫声,不愿屈从的叫喊声都会成为一个大合唱,可是还有一种声音凌驾于一切之上,它充满了绝望的痛苦,显得十分响亮。

他发誓,说那是个乐队。这时他又产生了一个幻觉:他觉得自己好像在一处墓地上,四周都是敞开的坟墓,坟墓里出现了一些可怕的鬼影。过了一会儿,每个鬼影都变成了美女,伊扎贝娜小姐在她们中小心地移动着,用手势和眼色招引着他……

他因为害怕,便在胸口上画了个十字,那些幽灵就不见了。

"够啦,"他想,"这样下去我要失去理智的……"

他决心把伊扎贝娜小姐忘掉。

已经是夜里两点钟了。电报局里,那盏绿罩子的灯依然

---

① 由卡西米尔·德拉维涅和欧仁·斯克利贝作词、G.迈耶贝尔作曲的三幕歌剧。——原注

② 这是这个歌剧第三场第七场中主人公贝尔特拉姆的咏叹调开头的两句。——原注

亮着,可以听到电报机的嗒嗒响声。有个人在车站旁边走来走去,一见到沃库尔斯基,便摘下了帽子。

"去华沙的火车什么时候开车?"沃库尔斯基问他。

"五点钟,老爷,"那人回答说,他还做了个手势,好像要吻他的手似的,"我,老爷,我是……"

"要到五点才开!"沃库尔斯基重复了一遍,"骑马也走到了……从华沙来的车几点钟开呢?"

"再过三刻钟,老爷,我是……"

"再过三刻钟,"沃库尔斯基低声说,"一刻钟……一刻钟……"他重复地说,感到自己"r"这个音发不清楚。

他转过身来背对着那个陌生人,沿着铁路线朝华沙那方走去。那人凝视着他的背影,摇了摇头,消失在黑暗中。

"一刻钟……一刻钟……"沃库尔斯基轻声地说,"我怎么连话都说不清了?……一些事情是多么奇怪地都缠在一起了。我学习英语,是为了得到伊扎贝娜小姐,可我学会了英语后,却又失去了她……或者说盖斯特,他有伟大的发明,他还把钱存在我这里,让斯塔尔斯基到处去找……可她让我失去了一切,连最后的希望也失去了……如果现在有人问我,我是否真的了解盖斯特,是否见过他那奇怪的金属?我真不知怎么回答。我甚至不知道,我对他的认识是不是一种错觉……唉,如果我不再想她……哪怕几分钟不那么想……"

"好吧,我这就不想她了……"

夜里满天星斗,但田野里却一片漆黑,沿着铁路线,每隔一大片空地都点着信号灯。沃库尔斯基沿着路基走去,突然碰到了一块大石头,就在那时候,他的眼前出现了扎斯瓦夫城堡,出现了伊扎贝娜坐过的那块石头和她的眼泪,但是这一次,她的眼泪后面已经露出了她那充满虚伪的眼色。

"我再也不会去想她了……我到盖斯特那里去,我将从清晨六点工作到夜里十一点,一定要注意压力、温度和电压的每一点变化……那样我就一会儿空都没有了……"

他觉得有人在后面跟着他,但回头一看,却什么也没有看见。然而他发现了自己的左眼看得不如右眼清楚,这不知为什么使他恼怒起来。

他想回到车站去,但是他觉得,他不愿看见人们的脸色,他一想起那就感到难受,甚至感到痛苦。

"我不知道,一个人的心灵竟成了他的负担。"他喃喃地说。

"唉,我要是能不想她……"

在东方的远处闪着淡白的光,一弯镰形新月升了上来,把它那难以描述的忧郁的微光洒在大地上。沃库尔斯基忽又陷入了幻想:他在一个静寂的没有人的树林里,那些松树干弯弯扭扭,奇形怪状。那里听不到一声鸟叫,也觉不出一丝微风,就连最细小的枝丫也纹丝不动。周围笼罩着一片朦胧的暮色。沃库尔斯基觉得,这暮色、悲伤和忧郁是他心里发出来的,这一切大概要跟他的生命一同结束,如果他的生命不会结束的话……

他不论在哪里往上看,透过松树的枝叶都能见到一小块灰色的天空。那一小块天空又变成了车厢上震颤着的窗玻璃,上面映照出了斯塔尔斯基搂抱着伊扎贝娜小姐的淡淡的身影。

沃库尔斯基已经摆脱不了这些幻象了,它们控制了他,扼杀了他的意志,扭曲了他的思想,毒化了他的心灵。他失去了独立自主的精神,什么印象都能够控制他,这些印象以千百种形式出现,像一个空无一人的建筑物里发出的回声一样,使他感到越来越忧郁,越来越痛苦。

他又碰到了一块石头,这个毫无意义的事件却使他产生了一个可怕的想法:他觉得,以前什么时候……他自己也曾经是一块石头,冷冰冰的,没有光彩,也没有知觉。它是那么僵硬,看起来好像很傲慢地躺在那里,世上最巨大的变动也不能使它觉醒,但这时候不知是他心里,还是头顶上却有个声音在问他:

"你想变成一个人吗?"

"人是什么呀?"石头反问道。

"你想看见,听见,你想有知觉吗?"

"什么是知觉呢?"

"你想了解全新的事物吗? 你想有一种活着的感受吗?活一瞬间的感受要比所有的石头在百万个世纪中的感受还多。"

"我不懂,"石头回答,"我什么都想。"

"但你如果活了一段时间后,这段时间给你留下永远摆脱不了的痛苦呢?"那个超自然的声音说。

"什么是痛苦呢? 我什么都想。"

"你想要变成人。"这是回答。

于是它变成了一个人,他活了几十年,在这几十年中,他有过那么多的愿望和痛苦,那是没有生命的东西永远也感受不到的。他追求一个目标,却发现了数千个其他的目标。他想消除痛苦,却反而落入无边的苦海。他有那么多的感受,那么多的考虑,吸取了那么多无意识的力量,最后却引起整个大自然来反对他。

"够啦!"四面八方都有人在大喊,"够啦!在这幕戏里,你就把角色让给别的什么吧!"

"够啦!够啦!够啦!"石头、树木、空气、土地和天空都在大喊大叫,"让给别的什么吧!也让它们尝尝这活着的滋味吧!"

"够了……于是他自己又要彻底消失掉了,而且是在那万物的主宰把失望的痛苦当作纪念品赠送给他的时候。他正是因为失去了一切而陷入了绝望的境地,因为目的没有达到而感到痛苦!……"

"啊,要是太阳已经升起来就好了,"沃库尔斯基轻声地说,"我回华沙去……开始进行一项工作,结束这些让我精神失常的愚蠢的行动……她要斯塔尔斯基,那就让她拥有那个斯塔尔斯基吧!我在她那里赌输了,那有什么,我在别的东西上赌赢了嘛!……人不能全都占有。"

他觉得自己的胡子上早就已经沾了什么湿的东西。

"血吗?"他一面想,一面擦了擦嘴唇。他划燃火柴一看,手帕上有泡沫。

"我发狂了吗,要不是什么?见鬼?"

他忽然看见远处有两道亮光在慢慢地向他移过来,灯光后面有一个黑的东西,它的后面又拖着一束浓密的火花。

"是火车吗?"他问自己。他觉得那就是伊扎贝娜小姐乘的那列火车,他又看见了那个包厢,是包厢外面用天蓝色的厚毛布遮着的路灯的灯光把它照亮的。在包厢的一角,伊扎贝娜小姐躺在斯塔尔斯基的怀里。

"我这么爱她……我这么爱她……"他嘟哝着说,"我忘不了……"

一阵悲哀笼罩了他,用人类的语言是无法表达的。疲惫的思想,痛苦的感情,被损害的意志,他的整个生命的存在都在折磨他……他突然感到的不是期求,而是饥饿和对死的渴望。

火车慢慢驶近了,沃库尔斯基扑倒在铁轨上,但他自己却不知道自己在干什么。他在哆嗦,他的牙齿咬得咯咯直响,他用双手抓住枕木,满嘴都是沙土……路灯的光照射在铁路上,在滚动着的机车的轮子下,铁轨发出轻轻的震动声……

"上帝呀,发发慈悲吧!"他轻声地说,闭上了眼睛。

他突然觉得身上一阵热,有人猛地把他从铁轨上推开了……火车从距离他的脑袋只有几英寸远的地方驶过,把蒸汽和热灰喷撒在他的身上。有一段时候,他失去了知觉,醒过来后,他看见一个人躬身在他的胸脯上,抓住了他的两只手。

"老爷,您到底想干什么?"那人问,"谁瞧见过这样的事……上帝呀……"

没等他讲完,沃库尔斯基就把他从自己身上推开,然后抓住他的衣领,把他一下子摔在地上。

"你要我的什么,无赖?"他吼道。

"老爷……我是韦索茨基呀?"

"韦索茨基?韦索茨基?"沃库尔斯基不断地说,"你骗人,韦索茨基在华沙。"

"我是他的兄弟,是个巡道工。这个差使就是老爷您去年复活节后在这里给我找到的……我怎么能让老爷遭这样的惨祸呢?再说,铁路上是禁止爬到车子下面去的……"

沃库尔斯基沉思了一下,把他放了。

"我做过的好事,都转过来反对我。"他抱怨地说。

他感到疲劳已极,便在一棵小野梨树近旁的地面上坐下,这棵梨树的个头,并不比一个小孩更大。风刮起来了,吹动着树木的枝叶,发出了簌簌的响声;这簌簌声不知为什么使他想起了那些早已逝去的岁月。

"我的幸福在哪里呢?"他想。

他觉得有个什么东西紧压在他的胸口上,而且渐渐升到喉头上来了。他想吸一口气,但办不到,他知道,自己已经处于窒息的状态,于是双手抓住那棵仍在簌簌作响的小树。

"我要死啦!"他呼叫着。

他觉得他的血都要流出来了,他的胸脯要炸开了,他痛得扭转着身子,突然忍不住哭了起来。

"仁慈的上帝啊……仁慈的上帝!"他抽泣着不停地叫道。

那巡道工爬到他跟前,将手臂小心地垫在他的脑袋下面。

"老爷,哭吧!"他向他躬下身去,说道,"您哭吧,老爷!呼唤上帝的名字吧!您的呼唤是不会白费的……'谁受到上帝的关心,全身心地信赖上帝,他就可以大胆地说,我有上帝的保护,不会感到恐惧……他使你不致陷入那卑鄙的陷阱……'富裕有什么了不起,老爷,金银财宝再多也不算什么!所有的人都欺骗您,只有上帝不会欺骗……"

沃库尔斯基把脸贴在地上,他仿佛觉得,随着每滴掉下的眼泪,悲伤、挫折和绝望也都离他而去了。那极端沮丧的精神状态开始恢复了正常,现在,他很清楚记得他干了些什么,他也明白,在那最不幸的一瞬间,当一切都背叛了他,这块土地、这个朴实的人和上帝,总还是忠于他的。

他慢慢平静下来,抽泣不再是那么撕心裂肺,但他感到全身无力。便酣然入睡了。

等他醒来的时候,天已经亮了。他坐起来,揉了揉眼睛,认出了身边的这个人是韦索茨基,于是过去的一切都记起来了。

"我睡了很久了吗?"他问。

"大概有一刻钟了吧……大概有半个钟头了。"那巡道工回答说。

沃库尔斯基把钱包掏了出来,从里面拿出几张一百卢布的票子,送给韦索茨基,说:

"你要注意……我昨天是喝醉了。你什么也不要说,不要把这里发生的事告诉别的人。这些你拿去……给孩子们……"

那巡道工跪倒在他的脚跟前。

"我觉得,"他说,"老爷已经失去了一切,所以……"

"是的!"沃库尔斯基一面沉思,一面回答说,"我已经失去了一切……只剩下了财产。我忘不了你的,虽然……我宁愿死去!"

"我马上就想到,像您……这样一位老爷就是彻底破了产,也不会去寻死的。是人类的罪恶把您弄到了这个地步……可是罪恶终究要结束的。上帝的判决虽然来得很迟,但他一定会要做出公正的判决,请您相信吧!"

沃库尔斯基从地上站了起来,向车站走去。可他忽然转过身来,对韦索茨基说:

"如果你到华沙来,就来找我吧!……可是这里发生的事,一句也不要跟人说……"

"上帝可以做证，我什么也不会说。"韦索茨基摘下了帽子，回答说。

"可你如果再一次……"沃库尔斯基将手放在他的肩膀上，接着说，"再一次……碰到一个这样的人……如果你碰到了，你不要救他！如果有人愿意带着自己的屈辱去接受上帝的审判，你也别阻拦他……别阻拦他！"

第十六章　老掌柜的回忆

政治局势越来越明朗化了。出现了两个同盟:一方是俄国和土耳其,另一方是德国、奥国和英国。如果真的是这样,那就是说,战争随时都可能爆发,一些非常非常重要的问题都会在这场战争中得到解决①。

难道只有战争吗? 我们总是要受骗上当的,不过这一次肯定是要打起来了②。李谢茨基对我说,我每年都预料有战争,可是我的预料没有一次证明是对的。他这个傻瓜,脑子太不灵,过去那些年是那些年的事,现在是现在的事嘛!

例如我在报纸上看到,加里波第在意大利鼓动人民反对奥地利③。他为什么要那么做呢? ……因为他料定有一次大

① 热茨基这里提到的当然是恢复波兰独立的大事,它在各占领国跟别的欧洲国家结成联盟和出现冲突的时候,又变得很现实了。——原注
② 和热茨基的看法相反,战争当时并没有爆发,虽然在一八七九年春天和夏天确实出现了许多奥地利、匈牙利、普鲁士和英国亲近以反对俄国的表现。——原注
③ 一八七九年四月,加里波第从卡普列瓦来到罗马,由于奥地利占领的里雅斯特的原因,加紧了反奥宣传,并且批评了乌贝尔特国王的君主政府。——原注

战。这还没有完,过几天,我又听说,蒂尔将军①恳求加里波第,不要给意大利人制造麻烦……

这是什么意思呢?翻译成普通的话,就是说:"意大利人,你们不要动,如果奥地利打赢了,它自然会把的里雅斯特给你们,反过来说,如果由于你们的过错使他们输了,你们就什么也得不到。"

尤焦·加里波第的这种鼓动和图尔息事宁人的态度都是很重要的预兆。前者说明他看见战争马上就要爆发了,图尔的态度说明他看到了以后的局面。

但战争是不是马上就要爆发呢?在六月底或者在七月初?……只有没经验的政治家才这么想,我可不。德国人从法国那里得不到安全的保证,他们是不会打的。

可是他们如何保证自己的安全呢?……什普罗特说,这是没有办法的,不过我看有,而且很简单。哦,俾斯麦是个狡猾的家伙,现在我更这么认为啦!

德国和奥国为什么要英国参加自己的联盟呢?……当然是为了安慰法国,并以下面这种方式,促使它也参加联盟:

那个年轻的小拿破仑露露在英国军队里服役,他学他祖父拿破仑大帝的样,在非洲跟祖卢人打仗,英国人打完了仗后,会封小拿破仑为将军,会对法国人这样说:

"亲爱的朋友们,你们有个波拿巴,他在非洲打过仗,而且像他祖父那样获得了不朽的荣誉。你们就把他当成他祖父

———————————

① 伊什特万·蒂尔(1825—1908),匈牙利将军,在一八四八至一八四九年间参加过反奥地利的战争,后来是意大利军队里的将军,加里波第的亲密战友。

一样,立他为你们的皇帝吧!要是这样,我们就会采取政治手段,替你们将阿尔萨斯和洛林从德国人手里弄回来。你们就付给他们几十个亿吧!这毕竟比挑起一场新的战争要好一些,因为那要耗费一百个亿,而且谁胜谁负也说不定。"

法国人当然会立露露为他们的皇帝,他们会给德国人钱,跟他们缔结同盟,收回自己的土地。到那个时候,俾斯麦有了那么多钱,就要显示一下他的手段了。

噢,这个机灵鬼,世界上没有别的人,而只有他能够完成自己的计划。我早就看出那家伙很机灵,我很喜欢他,虽然我没有说出来。告诉你们吧,他是根小草!他跟普特卡梅尔结了婚①,她的一家是密茨凯维奇的亲戚②,这是大家都知道的。他好像还特别喜欢波兰人,曾经劝说德国皇储的儿子学习波兰语③。

好,要是今年不打仗……那我就给李谢茨基讲一个傻瓜的童话故事,那个可怜虫以为,政治上的明智就是对什么都不相信。愚蠢!政治就是根据事物的规律制订的策略。

拿破仑第四万岁!虽然今天谁都不会想起他,但我深信,

---

① 俾斯麦的妻子约安娜·普特卡梅尔是他的朋友、普鲁士容克地主亨利·封·普特卡梅尔的女儿。普特卡梅尔曾任德国教育部长,是当时最保守的政治家之一。他的家庭跟早就波兰化的立陶宛的瓦夫日涅茨·普特卡梅尔一家没有任何亲戚关系。——原注

② 这当然是热茨基的想象,德国的普特卡梅尔一家不是密茨凯维奇的亲戚,密茨凯维奇只认得立陶宛的瓦夫日涅茨·普特卡梅尔伯爵,在密茨凯维奇钟情于玛蕾娜·维列什恰库夫娜的时候,他是密茨凯维奇的情敌。——原注

③ 这里说的德国皇储是弗里德里希·威廉,他的儿子威廉公爵是未来的皇帝,在位于一八八八至一九一八年间,说俾斯麦劝说他学波兰语是一种错误的谣传。——原注

为了整顿这个混乱的局面，他会要起主要的作用。如果他能够解决所有的问题，那他不但可以收回阿尔萨斯和洛林，不用付出任何代价，而且还能把法国的疆界扩展到整个莱茵河。但愿俾斯麦不要过早地认定利用波拿巴主义的威力就等于给一辆小手车套上了一头狮子。我甚至以为，俾斯麦在这个问题上，会做出错误的估计，说实在，我对他也不会感到惋惜，因为我从来就不相信他。

我的健康状况并不好。我不是说我有什么毛病，而是说……我不能多走路，我的食欲减退了，就连写点东西也不太愿意了。

我在店里几乎没有工作了，因为是什兰格巴乌姆当家，我只是顺便处理一下斯塔赫的一些事情。在十月以前，什兰格巴乌姆就要跟我们结账了。我在生活上倒不会有什么困难，因为好心的斯塔赫每年要给我一千五百卢布的养老金。可是我一想起我在店里很快就变得什么也不是，一点权利也没有……

不值得活下去……有时候，我在这个世界上感到那么痛苦，要不是斯塔赫和小拿破仑，我真的要自寻短见了……谁知道，老战友卡茨，你是不是会比我更聪明一点？你虽然对什么都不抱希望，可你也不害怕失望……我当然不是说我怕失望，因为不论沃库尔斯基，还是波拿巴特都不……但我总是……有点什么不太好……

我是多么累呀，连写字都感到很吃力。我真想到哪里去走走……上帝呀，我有二十年没有到华沙的城门外去了……有时候，我真是想在我死之前，能够再去看一看匈牙利，哪怕再去一次也是好的。也许我在往日的沙场上还能找到战友们的遗骨。哎，卡茨，卡茨，你还记得那到处弥漫的硝烟、那子弹的呼啸声和冲锋号的响声吗？当年绿油油的草地上，太阳是多么明亮啊！

没有别的办法，我非得出去旅行，看看青山和森林，沐浴在阳光中，在辽阔的平原上呼吸新鲜空气，开始一种新的生活。也许我还要到外省的什么地方去，到靠近斯塔夫斯卡太太的地方去，一个靠养老金过活的人还有什么别的可干呢？……

这个什兰格巴乌姆是个怪人；我认识他的时候，他还很穷，我真想不到他今天这么傲慢。我清楚地看见，他通过马鲁谢维奇结识了一些男爵，通过男爵们又结识了一些伯爵，但是还攀不上公爵，因为公爵对犹太人虽然非常客气，但总是跟他们保持很远的距离。

每当什兰格巴乌姆表现得那么傲慢的时候，城里就有人大声咒骂犹太人。我每次去喝啤酒，都有人攻击我，指责斯塔赫不该把商店卖给犹太人。那个参议员怨气很大，他说犹太人夺去了他三分之一的养老金；什普罗特在诉苦，说犹太人破坏了他的生意；李谢茨基哭丧着脸，因为什兰格巴乌姆从圣约翰施洗礼者节起就辞退了他，只有克莱因没有说话。

在报纸上，也有人开始写反犹太人的文章了①。更奇怪的是，就连自己是个犹太教徒的舒曼医生，有一次，也跟我做了一次这样的谈话：

〰〰〰〰〰〰〰

① 一八七九年春天，在报纸上对犹太人的怀疑和讽刺不是开始，而是继续，因为这早就开始了。——原注

"您瞧,用不了几年,犹太人就会闹事的。"

"对不起,"我说,"不久前,医生还亲口夸奖过他们呢!"

"我夸过他们,因为那是个天才的种族,可他们品性却很卑鄙下流。您想想看,那什兰格巴乌姆父子想要骗我……"

"哦,"我心里想,"当他们对您的钱袋垂涎三尺的时候,您才开始转变……"

说真的,从此以后,我对舒曼一点也不相信了。

可他们是怎么说沃库尔斯基呀!……梦想家、理想主义者、浪漫主义者……也许是因为他从来没有做过卑鄙的事情。

当我把我跟舒曼谈的这些话告诉克莱因后,我们这个瘦弱的同事说:

"他说要几年后,犹太人才会闹事,您放心好了,会早一些的……"

"主啊!"我说,"为什么会早一些呢?……"

"因为我们了解他们,即使他们对我们说一些好听的话,也骗不了我们,"克莱因回答说,"这些狡猾的家伙,他们估计错了……我们知道,如果他们势力大了,他们什么坏事都干得出来。"

我以前认为克莱因是个很进步的人,甚至太进步了。可现在我又觉得他太落后了。实际上,分"我们,对我们"有什么意思呢?

这真的是跟在十八世纪,跟在那个在自己的旗帜上写上了自由、平等、博爱的十八世纪后面来到的一个世纪吗?见鬼,我干吗要去跟奥国人打仗呢?我的战友们又是为了什么而牺牲的呢?

愚蠢!荒谬!拿破仑第四皇帝会要改变这一切的。

到那时候,什兰格巴乌姆不会再那么自以为了不起了,舒曼也不会再来夸耀他的犹太血统,克莱因也不会对他们进行威胁了。

这个时代不久就会来到,因为就连斯塔赫·沃库尔斯基……

啊,我是多么疲倦……我非得到外面去走走。

我至少还没有老到成天想起了死的地步,我的上帝啊!如果有一条鱼被从水里拖了出来,即使是一条正当青春年华的最健康的鱼也会死去,因为它离开了它赖以生存的环境。

我大概也是一条从水里拖出来的鱼吧!什兰格巴乌姆在店里开始作威作福了,为了显示他的权威,他撵走了店里的门卫和出纳员,只因为他们对他不够尊敬。

当我替那两个可怜人求情时,他很生气地回答说:

“您仔细观察一下,他们是怎么对待我,又怎么对待沃库尔斯基的!虽然他们对他鞠躬的时候腰没有弯得那么低,但是他们的每个动作、每个眼色都表明了他们为他不惜牺牲自己的一切……”

“这么说,什兰格巴乌姆先生,您也想让他们为您牺牲一切吗?”我问道。

“那当然,他们吃的是我的饭嘛!我给他们工作,发给他们薪水……”

李谢茨基听到这些胡说八道,气得脸都发青了,我以为他会扇他一耳光的,但是他忍住了,只这么问了一句:

“您知道我们为什么愿为沃库尔斯基做出牺牲吗?”

“因为他更有钱。”什兰格巴乌姆回答。

"不,先生,因为他具有一种您没有而且也不会有的东西。"李谢茨基拍了拍自己的胸脯说。

什兰格巴乌姆涨红了脸,活像一只吐绶鸡。

"这是什么意思?"他叫了起来,"我什么没有?我们再也没法在一起工作了,李谢茨基先生,您对我们的宗教仪式①进行了诬蔑。"

我抓住李谢茨基的胳膊,把他拉到柜台后面,大家都在笑话什兰格巴乌姆遭受的侮辱……只有钱巴(只有他还留在店里)愤愤不平地叫了起来:

"老板说得对……信仰是不可以嘲笑的,因为它是神圣的。信仰自由在哪里呢?进步在哪里呢?文明呢?独立和解放呢?"

"不要脸的马屁精!"克莱因咕哝着骂道,然后又对着我的耳朵说:

"舒曼说他们会大闹一场,这不是说得很对吗?你不记得这个什兰格巴乌姆刚来我们这里是什么样子,可现在他又是什么样子吗?"

我当然斥责了克莱因,他有什么权利拿闹事去吓唬别人呢?但我心里也不得不承认,什兰格巴乌姆在这一年里,真的变得太厉害了。

以前他是那么顺从和听话,现在却妄自尊大、目中无人;以前他受了委屈都不说话,现在他无理取闹;以前他自称是波兰人,现在他吹嘘自己的犹太出身;以前他甚至相信过高尚和无私,现在他成天唠叨的是他的钱和他那些关系。这样下去,

---

① 这里是指犹太教的割礼仪式,即用石刀割损男婴阴茎的包皮。

后果是很严重的!

在顾客面前他毕恭毕敬;给伯爵们甚至给男爵们舔鞋底他都愿意。但是对自己手下的人,他却是一匹真正的河马,鼻子里扑哧扑哧地喷气,总想把人踩在自己的脚下,甚至这还不够……可是参议员、什普罗特、克莱因和李谢茨基也不能拿吵架去威胁他。

今天,在这个铺子里,有这么一个专横跋扈的人,我算得了什么呢?我算账的时候,他就站在我的背后监视我;我有什么安排,他马上要大声地把它再说一遍。他越来越想把我从店里弄走,他老是对那些老主顾说:“我的朋友沃库尔斯基……我的熟人克热索夫斯基男爵……我的伙计热茨基……”但我们单独在一起的时候,他就叫我:“亲爱的热茨基!”

有好几次我以最客气的方式,向他表示了他对我的这种酸溜溜的称呼使我感到不快。可是他这个可怜虫连这个都不懂,我一忍再忍,到时候非痛骂他一顿不可。李谢茨基有意见就提,倒真的受到了什兰格巴乌姆的尊敬。

无论如何,舒曼的话是不错的,他说我们一代又一代的人只知道把钱花光,他们却想着怎么赚钱。如果一个人的价值决定于有多少钱的话,那他们这方面,在世界上可是最有价值的了。可这跟我有什么关系呢……

我因为在店里事情不多,就越来越经常想到匈牙利去旅行。二十年没有见到那里的庄稼和森林了……这太可怕了!

我正设法要弄到一个护照,我想这大概要个把月的时间吧!可维尔斯基只用了四天,就替我把这件事办成了。这使我又吓了一跳。

没有别的办法,非离开这里不可,哪怕只是离开几个礼拜也好。我原以为,出去旅行总是要准备一些时候的……可哪里是这样!维尔斯基又来帮忙了,昨天他给我买了一个行李箱,今天又来替我收拾东西,还对我说了声:"走吧!"

我甚至有点生气了。见鬼,这些人为什么要赶我走呢?我出于怨恨,叫他们把东西从箱子里又拿了出来,还在里面铺了一条毯子,因为旅行这件事太刺激我啦!但不管怎样,还是要到哪里去走走……去走走嘛……

但我首先要恢复自己的体力。我的食欲一直不好,人也瘦了,虽然整天想睡,却睡不着。我感到头昏,心跳得更剧烈了……哼,这一切都会过去的!

克莱因也开始懈怠了。他老是迟到,身边带着一些小册子,常常去参加一些会议,不知道他跟什么人在一起。最糟糕的是,他从沃库尔斯基要给他的那笔款子里已经拿出了一千卢布,一天就把它花掉了。花在什么地方呢?

虽说这样,他还是个好小伙子。最能说明他为人正派的有这样一个事实,这就是连克热索夫斯卡男爵夫人也没有把他从她那栋房子里撵走,长期以来,他一直住在那栋楼的三层楼上,而且总是那么温文尔雅,不爱说话,从来没有打扰过别人。只要他能断绝那些不必要的关系就好了;犹太人也许不会闹事,可是他……

愿上帝启示他,保佑他!

克莱因给我讲了一个很有趣味也很有教益的故事。我笑得眼泪都流出来了,同时我也看到了一个事实,就是在一些细小的事情上，也还是有上帝的公正的。

"恶人的胜利是短暂的。"这句话我记得好像是《圣经》或者某个教父①说的。不管是谁说的，它都是正确的，男爵夫人和马鲁谢维奇的例子就证明了这一点。

我们知道，男爵夫人赶走马列斯基和帕特凯维奇之后，曾经吩咐扫院子的人，不论在什么情况下，也不能把三层楼的房子租给大学生，宁愿让它空着，那间大学生住过的房子确实空了几个月，男爵夫人对这是感到满意的。

这期间，她的丈夫男爵回来了，这栋房子自然就由他来管理，他老是需要钱，可是男爵夫人不准把那间房租给大学生的禁令却使他减少了一百二十卢布的年收入，这给他带来烦恼。

于是马鲁谢维奇又来挑动男爵了（他们两个人已经和解了），他趁这个机会不断地向男爵借钱。

"这是怎么啦，男爵？"他曾不止一次地问过他，"您要考虑房客是不是大学生？您干吗要把事情弄得这么复杂呢？如果来的人没有穿制服，那就不是大学生；如果他愿意预付一个月房租，你就把它收下，不就完了吗！"

男爵牢牢记住了这个建议，他吩咐扫院子的人，让他只要遇到有房客找上来，不问是什么人就把他带上楼来。扫院子的人把这件事当然告诉了他的妻子，他的妻子又告诉了克莱因，克莱因希望的是有个和他趣味相投的邻居。

这样规定好后，过了几天，男爵家里来了个花花公子，可他长着一副怪脸，他那一身衣着就更奇怪了：裤子跟背心、背

----

① 这里是指基督教历史上在西方各国对基督教教义的发展有过重大贡献的一些主教。

心跟上衣都配不上，那领带跟什么都配不上。

"男爵先生家里有间单身汉住的房间出租，"那个人说，"听说是月租十卢布吧？"

"是呀！"男爵说，"您可以去看看那间房。"

"哦，那不必要。我深信，男爵先生是不会出租破旧的房间的，我现在就交定金，好吗？"

"好啊！"男爵回答说，"您既然相信我，我也就不用问您的详细情况了。"

"哦，如果您需要了解的话……"

"受过良好教育的人们，只要彼此信任就够了。"男爵说，"我认为，不论我，还是我的妻子，首先是我的妻子，对您是不会感到不满意的。"

那年轻人很热情地握着他的手。

"我发誓，"他说，"我们绝对不会使您的太太不高兴，她大概有一些成见，那是不对的。"

"行了！行了！……我的先生。"男爵打断了他的话，他收下定钱，开了收据。

那年轻人走后，他把马鲁谢维奇叫了过来。

"我不知道我这件事是不是做得太蠢了？"男爵有点担心地说，"我虽然有了这个房客，可是从他的外表来看，我觉得他好像就是被我妻子赶走的那些年轻人中的一个。"

"那没有关系，"马鲁谢维奇回答，"只要他们预付房租就行了！"

第二天早上，有三个年轻人搬进了三层楼的那间房里，他们搬进来的时候可真是一声不响，因此根本没有引起大家的注意。晚上，他们还跟克莱因一起开了一个会。可是过了几

天,马鲁谢维奇却气冲冲地来到男爵那里,大声叫道:

"您知道吗,他们真的是男爵夫人赶走的那些流氓:马列斯基、帕特凯维奇……"

"谁都可以来住,"男爵回答说,"他们不冒犯我的太太,现在又付了房租……"

"可他们侵犯了我!"马鲁谢维奇大发雷霆,"我一开窗,他们就用气枪装上豆子打我,讨厌极了。只要有几个人来到我的家里,"他用小一点的声音补充说,"或者来了个女人,他们就把豆子打在我的窗子上,使大家都不敢坐下。这妨害我……他坏了我的名声!我要到警察局去控告他们!"

男爵当然把这事跟他那些房客说了,请他们不要再打马鲁谢维奇的窗子。他们不再射击了。可是,每当马鲁谢维奇家里来了一个女客,这是常有的事,他们中就有一个马上把身子探到窗子外边,大声喊道:

"扫院子的!扫院子的!您知道马鲁谢维奇家里来了个什么女客吗?"

其实,扫院子的根本不知道有女人来了。可是那年轻人这么一问,这栋房子里所有的人都知道了。

马鲁谢维奇气坏了,而男爵对他的诉苦所做的下面的回答,使他更加火上浇油了:

"您自己劝过我别让房间空着。"

连男爵夫人也谦逊些了,因为她一是怕她的丈夫,二是怕那些大学生。

这么一来,男爵夫人因为她的狠毒和报复心,马鲁谢维奇由于他玩弄阴谋诡计,都受到了惩罚;而为人正直的克莱因则有了他最合意的同伴。

哦,世界上还是有公正的!

这个马鲁谢维奇,上帝知道,是个无耻之徒!

今天他跑到什兰格巴乌姆那里控告克莱因去了。

"先生,"他说,"你们那里有个伙计住在克热索夫斯卡男爵夫人那栋房子里,他坏了我的名声……"

"他怎么坏了您的名声呢?"什兰格巴乌姆大睁着眼睛,问道。

"他经常待在那些大学生那里,他们房间的窗子正对着我的窗子,因此他们老是盯着我的窗子,还用豆子打我。遇到我房间里聚了几个人,他们就大叫大嚷,说我家里开了赌场!"

"从七月起,我们这里就要辞退克莱因先生了,"什兰格巴乌姆回答,"还是请您把这件事和热茨基先生谈谈,他早就认识克莱因。"

马鲁谢维奇又跑到我这里来,把那些大学生的事情又说了一遍,他还说他们骂他是赌棍,侮辱那些常去他家里的女人。

"也许是一些规矩的女人吧!"我想了想,然后大声地回答说:

"克莱因整天都在店里,不能对他的那些邻居负责。"

"可是他跟他们一起搞什么秘密活动。他还唆使他们又搬进我们那栋房子里。他常常去他们那里,也让他们到他那里去。"

"年轻人总是爱跟年轻人交往嘛!"我回答说。

"可是我却因此而遭罪了! ……请他们别那么胡闹

了……否则我就要起诉他们。"

要克莱因叫那些大学生别胡闹,真是莫名其妙的要求,大概还要他在他们面前给马鲁谢维奇美言几句,以博得他们对他的好感吧!虽说这样,我还是对克莱因提出了警告,并且补充了一句,如果他,沃库尔斯基的伙计,因为参加那些大学生的闹事而被起诉,那是很不好的。

克莱因听我讲完后,耸了耸肩膀。

"这跟我有什么关系!"他回答说,"我可以把这个坏蛋绞死,但不会用豆子打他的窗户,不会称他为赌棍。他赌博跟我有什么相干?"

他说得不错,所以我也就不用再说什么了。

我一定要去旅行……我一定要去旅行! ……只希望克莱因不要去参加那些愚蠢的活动。这些年轻人不懂事,真是太可怕了,他们想要改造世界,却又干那种幼稚的恶作剧。

如果我的估计没有大错,一些非常的事件马上就会在我们面前发生。

五月里有一天,沃库尔斯基和伊扎贝娜小姐、文茨基先生一同去克拉科夫,他明确地告诉我,不知道什么时候能够回来,也许要一个月后。

但他却不是一个月后,而是第二天就回来了,看样子好像受到了很大的委屈似的,大家都以同情的眼光看着他。怎么会在一天之内变成那副样子呢?真是太可怕了。

当我问他这是怎么回事,为什么回来的时候,他开始有点犹豫,但随后就告诉我,他收到了苏津的电报,他要去莫斯科。然而第二天,他一再考虑,又表示不准备去莫斯科了。

"如果那是一笔重要的买卖呢?"我问他。

"买卖,见它的鬼去吧!"他说,不满地摆了摆手。

现在他整天待在家里,大部分时间都躺着。我到他那里去过,他对我也发脾气。我从仆人那里知道,他谁都不见。

我叫舒曼到他那里去,但他不跟舒曼谈话,只对他说了一句,他不需要医生。然而舒曼却不满足于这个回答,他很机灵地开始调查起来,终于弄清了一些稀奇古怪的事情。

他说,大概到了半夜,沃库尔斯基借口收到了一个电报,在斯凯尔涅维采下了车,后来就在车站上不见了,一直到天亮才回来,满身泥巴,就像喝醉了酒似的。车站上的人都以为他真的喝醉了,然后在野地里睡了一觉。

可是这个说法不仅我,而且舒曼自己都不相信。医生认为,斯塔赫跟文茨卡小姐一定是决裂了,他也许会干出什么荒唐的事情来……可是我认为,他确实是收到了苏津的一封电报。

就是为了健康,我也得出去旅行了。但我现在并不是一个残废,不能为了一时的虚弱放弃我的未来。

姆拉切夫斯基来了,就住在我这里。他看起来像个修道士;他长胖了,显得很壮实,皮肤也晒黑了。在最近几个月,他跑了多少地方?

他到过巴黎,去过里昂;从里昂又来到了当时住在琴斯托霍瓦附近的斯塔夫斯卡太太那里,并且跟她一起来到了华沙。后来他又陪她回到了琴斯托霍瓦,在那里大约待了一个礼拜,好像是帮她筹建了那家铺子。后来他就赶到莫斯科,从那里回到琴斯托霍瓦后,又去找斯塔夫斯卡太太,在她那里待了一阵,就到我这里来了。

姆拉切夫斯基认为,苏津根本就没有给沃库尔斯基打过电报,而且他还断定,沃库尔斯基已经跟文茨卡小姐决裂了。他不知对斯塔夫斯卡太太说了什么话,因为这个天使般的女人两个礼拜前来到了华沙,首先来看望我,并向我仔细地打听了斯塔赫的情况。

"他身体好吗?样子是不是已经变了很多,是不是还那么悲伤?难道永远也跳不出那绝望的深渊?"

他为什么绝望?……要是他真的跟文茨卡小姐决裂了,那还要感谢上帝呢!女人有的是,只要他愿意,他就是跟斯塔夫斯卡太太结婚也可以嘛!

这个像金子和钻石一样高贵的女人啊!她是那么热烈地爱过他,难道现在就不爱了吗?上帝知道,要是斯塔赫回到她那里去,我该是多么高兴啊!那么漂亮,那么高尚,那么愿意做出牺牲……如果世界上还有正常的秩序(我曾经怀疑这一点),那沃库尔斯基就应当跟斯塔夫斯卡太太结婚。

不过他得赶快行动起来才行,因为我没有看错的话,姆拉切夫斯基正想打她的主意呢!

"先生,"他曾不止一次叉着双手对我说,"先生,她是个多么好的女人呀,她是个多么好的女人呀!要不是她那个不幸的丈夫还在,我早就向她求婚了。"

"她会答应您吗?"我问道。

"唉,我不知道。"他叹了口气。

他倒在一张靠椅上,压得椅子嘎嘎直响,然后说:

"她迁离华沙后,我第一次看见她,她给我的美好的印象就像闪电一样震撼了我。"

"是呀,她大概早就给您留下了这个印象吧?"

"但没有到今天这种程度。我这次是带着对幸福的向往从巴黎到琴斯托霍瓦去的,可她脸色是那么苍白,眼睛是那么忧郁,我马上就想,我到底能不能成功呢?……于是我向她倾诉我的爱慕之情,可是我才开口,就被她顶了回来。当我在她面前跪下,发誓说我深深地爱着她的时候……她甚至激动得流下了眼泪……唉,伊格纳齐先生,那些眼泪呀!我真不知道怎么办才好……要是魔鬼能够马上把她的丈夫带走,或者我有钱让他们俩离婚就好了。伊格纳齐先生!……跟那样一个女人同住一个礼拜,我不是死去也会和这差不多的……真的,先生!我今天才感到,我是多么爱她呀!"

"可她要是爱上了别人呢?"

"爱上谁?是不是说爱上了沃库尔斯基呢?哈哈!谁能喜欢这么一个性情孤僻的人呢?一个女人需要的是向她倾诉感情、热情和爱情,紧握着她的双手,如果可以的话,那还要……这个铁石心肠的人能做得到吗?他追求伊扎贝娜小姐就像猎狗追赶一只牝鸭那样,因为他觉得,这样他就可以和贵族发生关系,而且文茨卡小姐也有一份嫁妆。可是后来他看清了这究竟是怎么回事,便从斯凯尔涅维采跑掉了。啊,先生,和女人们交往不能够这样。"

我坦率地说,我很讨厌姆拉切夫斯基的那种狂热,如果他真跪下来哭诉,哀求,最后就会把斯塔夫斯卡太太弄得晕头晕脑。那时候,沃库尔斯基就会后悔了,我愿以我的军官荣誉来担保,只有她才是他最理想的女人。

我们就等着瞧吧,现在我要去旅行……旅行……

好啦,我就要走啦。我买了一张去克拉科夫的火车票,坐上了华沙到维也纳的火车,可是等到铃声响了三遍之后,我又从车上跳了下来……

我一瞬间都离不开华沙,离不开商店……离开它我就活不下去……

可是我的行李已经运到皮奥特科夫去了,要到第二天才能从车站上取回来。

如果我所有的计划都能够以这种方式得到实现的话,那我真是要庆祝一番了……

第十七章　麻木的灵魂

沃库尔斯基躺在或者是坐在自己的房间里,不由自主地回想起,他是怎么从斯凯尔涅维采回到华沙的。

早晨五点钟左右,他在车站上买了一张头等车票,但他自己也弄不清楚,是他自己买的,还是他并没有买,而是别人给他的。但后来,他却上了二等车厢,在那里发现一个神父在整个旅途中都一直望着窗子外面,还有一个火红色头发的德国人,他脱掉了长筒靴,把一双穿着脏袜子的脚搁在对面的座位上,睡得像死人一样。他对面坐着一个老妇人,她因为牙痛得厉害,所以对邻座冲着她来的一双臭袜子脚也没有生气。

沃库尔斯基想算一下他那间车厢房间里有多少同行的旅客,他很吃力地算出了一个结果,除了他是三个人,加上他是四个人。后来他又想,为什么三个人加上一个人是四个人呢?最后就睡着了。

到了华沙,又在耶路撒冷大街坐上了一辆出租马车,沃库尔斯基这才清醒过来。可是他不知道,是谁给他拿的箱子,他是怎么坐上那辆出租马车的。而且他对这也不感兴趣。

虽然快到早晨八点了,但他却在门口按了差不多半个小时的铃。那睡意未消的仆人还没有穿好衣服,就跑来给他开门,看见他突然回来,感到非常惊奇。沃库尔斯基走进自己的卧室,发现那忠实的仆人原来是睡在自己的床上,但他没有责备他,只叫他把茶炊拿来。

仆人明白之后,连忙把床单、被单和枕套全都换了。沃库尔斯基看见那张新铺上的床,连茶也没有喝,就解衣睡了。

他一直睡到了下午五点钟。然后他洗了脸,穿好衣服,就像要出去一样,可是他却不由自主地在客厅里的一张靠椅上坐下,在那里又瞌睡到了晚上。等到街上燃起路灯,他才吩咐把灯拿来,叫人在饭店里给他要来煎牛排。他津津有味地吃完牛排,又喝了些葡萄酒,大概是午夜时分,他又睡了。

第二天,热茨基来看他,可热茨基在他那里坐了多久,他们谈了些什么,他后来却想不起来。只是当天夜里,他从睡梦中醒过来的一刹那间,仿佛看见了热茨基那张忧郁的面孔。

那以后,他完全失去了时间的概念,不知道白天和黑夜有什么区别,也不注意时间过得太快还是太慢。他根本就不关心时间,对他来说,时间好像不存在似的。他只感到他的内心和周围都是一片空虚,他似乎觉得,他的房间都变大了。

有一次,他不知为什么产生了一个幻觉,仿佛自己躺在一具很高的棺材上,因此他想到了死,他觉得他一定会死于心脏麻痹,但他对这并不害怕,也不感到高兴。有时候,他在靠椅上因为坐得太久而双腿发麻,他就想到了死已临近,于是他既冷漠又好奇地看他的心脏怎么很快就变得麻木了。这种观察曾给他带来过一点喜悦,但它很快就被一种淡漠的心情冲散了。

他叫仆人不要让任何人进来,但舒曼医生还是去看过他几次。

第一次去,他诊了诊他的脉,看了看他的舌苔。

"用英语谈好吗?"沃库尔斯基问道,但他马上就想起了火车上的事,把手缩了回来。

舒曼目光炯炯地望着他的眼睛。

"您身体不好,是哪儿不舒服?"

"没什么,您是不是又开业了?"

"是啊!"舒曼说道,"第一个药方是给我自己开的,我治好了我的梦想病。"

"太好了!"沃库尔斯基说,"热茨基也提到过您治好了您自己的病。"

"热茨基是个傻瓜,老牌浪漫主义者,这种人快要绝种了!谁要活下去,他就得对这个世界有个清醒的认识。请注意,您把两只眼睛轮流闭上,照我说的:左眼……右眼……右眼……又开两条腿……"

"你在干什么,亲爱的?"沃库尔斯基问道。

"给你检查。"

"哦!你查得清楚吗?"

"查得清楚。"

"然后呢?"

"把你的病治好。"

"治我的梦想病吗?"

"不,治你的神经衰弱症。"

沃库尔斯基微笑着,过了一会儿,他问道:

"你能把一个人的脑子取出来,给他换上另外一个吗?"

"现在还不行。"

"那你就别来给我治病了。"

"我能使你产生新的愿望。"

"我已经有了，我恨不得钻到地缝里去，它就是深得像……扎斯瓦夫城堡里的井那样，我也要钻进去，让瓦砾把我覆盖起来，把我的财产覆盖起来，使我的存在不留下任何痕迹。这是我现在的愿望，是我所有的往事产生的后果。"

"浪漫主义呀！"舒曼拍着他的肩膀，叫了起来，"可是这一切也会过去的。"

沃库尔斯基再也没有说什么。他责备自己不该说出最后那几句话，他对自己突然那么坦白感到奇怪。愚蠢的坦白！他的愿望跟别人有什么相干呢？他说这个干什么呢？他怎么像个不知羞耻的乞丐那样，要露出自己的伤疤呢？

医生走后，他注意到自己身上起了某种变化，从那心中一直是绝对的淡漠变得有了一点感触了。那是一种莫名的痛楚，开初还很轻微，但很快就变得剧烈了。在最初的一瞬间，它好像是轻轻的针刺，后来他觉得像是一个塞在心中的并不比榛子更大的异物。当他想起福伊希特斯莱本下面这些话的时候，他对自己过去的那种淡漠的态度感到遗憾了：

"我在我的痛苦中尝到了乐趣，因为我似乎看到了这里在进行斗争，一种富于创造性的斗争，它过去和现在都创造了这个世界的一切。这个世界上的无穷无尽的力量在永无休止地进行斗争。"[1]

"可这是怎么回事呢？"他问自己道，因为他感到那无声

<hr />

[1] 奥地利医生和诗人恩斯特·福伊希特斯莱本（1806—1849）的一部名为《灵魂的卫生》中的一章卷首的题词。这个题词又是引用德国哲学家和作家弗里德里希·施莱格尔（1772—1829）的一句话，他的作品对德国和其他欧洲国家浪漫主义文化的形成产生过真正的影响。——原注

无息的痛苦已经替代了他心中的淡漠,但他很快就回答说:

"啊,这是意识的觉醒。"

在他的脑子里,直到现在还仿佛隐在雾中的画面开始慢慢地显现出来了。沃库尔斯基好奇地看着这个画面,他看见了其中有个男人抱着一个女人的身影。那画面起初闪着微微的磷光,后来又变成黑色了。

与此同时,他的痛苦也增加了。

"我感到痛苦,说明我还活着!"①沃库尔斯基想到这里,便笑了起来。

就这样,有好几天,他一直在望着那不断改变着颜色的画面,感受着那时轻时重的痛苦。有时候,那画面完全消失不见了,但后来又出现了,小得像原子一样,随后又变大了,塞满了一颗心,一个人体,塞满了整个世界……而当它超过了所有的限度之后,它又消失不见了,被无限的安宁和惊异所替代。

他心里逐渐产生了一种新的东西,那就是想要消除那些痛苦和那些画面的愿望,它像夜里微微闪烁的火星,一种微弱的精神上的振奋在他的身上闪现出来了。

"我到底还会不会思考呢?"他自言自语道。

他要试一试自己,便想起了乘法口诀表,用两位数跟一位数相乘,用两位数跟两位数相乘。他不相信自己,便把两种得数都记了下来,然后进行核对,看到纸上记下的得数和脑子里算出来的得数完全相符,这才松了口气。

"我的脑子并没有失去思考的能力。"他很高兴地想道。

---

① "我感到痛苦,说明我还活着!"是对法国伟大的哲学家、被认为是新时代理性主义的创始人勒内·笛卡儿(1596—1650)的《论方法的著作》中的一句名言"我在想,说明我还活着!"的模仿。——原注

他想起了自己住宅的位置,想起了华沙的街道、巴黎……他更加振奋了;因为他发现自己不但记得很准确,这种练习也使他感到欣慰。他越是回想起巴黎,那热闹的景象、建筑物、市场、博物馆越是活生生地展现在他的眼前,那躺在男人怀抱里的女人的身影就越模糊……

他开始在房间里走来走去,他的视线偶尔停在一堆插图上。这些都是在德累斯顿和慕尼黑①的美术陈列馆里复制的,其中有多内②给《堂吉诃德》绘制的插画和霍格思③的画。

他想起了那些被判上断头台的人,把看画当成他们在等待最后时刻来到中的最能减少痛苦的办法……从那个时候起,他就整天翻阅书上的图画。他翻完一本,又拿起第二本,第三本……然后又来翻第一本。

痛苦逐渐消失了,幻象出现得越来越少,精神更加振奋了。

他最经常翻阅的是那本《堂吉诃德》,它给他留下了很深的印象。

他想起了这个人奇特的经历,他跟他一样,十几年来一直生活在诗的氛围中,跟他一样,冲向风车;跟他一样,被碰得头破血流;跟他一样,追求一个当成理想的女人,耗费了自己的一生;也跟他一样,公主没找到,却找到了一个满身脏臭的放牛姑娘。

"可是这个堂吉诃德比起我来,还是要幸福一些,"他想,

①　这是德国的两座城市。
②　古斯塔夫·多内(1832—1883),法国画家,曾为但丁的《地狱》和塞万提斯的《堂吉诃德》作过精彩的插画。
③　威廉·霍格思(1697—1764),英国画家、铜版雕塑家。

"因为他一直来到坟墓前才从幻想中醒过来……可是我呢?"

他越是久久地望着那些图画,越是对它们熟悉,它们也越不再引起他的注意了。在多内画的堂吉诃德、桑丘·潘沙①和那些驴夫,在霍格思的《斗鸡》②和《喝酒街》③的下面,他越来越经常地看见那节车厢的内部,那块震动着的玻璃,还有它上面照出来的斯塔尔斯基和伊扎贝娜小姐的身影……

后来,他抛开了那些插画,又阅读起那些他在童年时代,或者在霍普费尔地窖里就已经很熟悉的书来,他以难以言状的激动心情回想起了他当年就读过的《圣格诺韦法传》④《坦嫩堡的玫瑰》⑤《里纳尔迪尼》⑥《鲁滨孙漂流记》,最后,他还想起了《一千零一夜》。他觉得,不论时间还是现实都不存在了,他那受了创伤的灵魂已经逃离了人间,流浪在某个神秘的国度里。在那里跳动着高尚的心灵,那里的卑鄙行为并没有戴上欺骗的面罩,那里正义永远决定一切,它能减轻痛苦,给遭受屈辱的人以补偿。

① 堂吉诃德持盾的侍从。

② 霍格思的铜雕。

③ 霍格思的木雕。

④ 《圣格诺韦法传》是德国神父克里斯多夫·斯密德(1768—1854)根据神话和传说写的一部宗教道德性的传记作品,充满了传奇色彩和不平常的情境的描写。由扬·康特·东布罗夫斯基翻译的它的波兰文译本于一八三五年在赫乌姆诺出版。——原注

⑤ 《坦嫩堡的玫瑰》,即《儿童爱情的胜利》,一部最受年轻人欢迎的多愁善感的小说,它十九世纪在波兰读者中的普及,几乎跟《圣格诺韦法传》一样。——原注

⑥ 即《里纳尔多·里纳尔迪尼,意大利大盗》,克里斯蒂安·奥古斯特·武尔皮乌斯(1762—1827)在一七九七年创作的一部惊险小说,描写一个高尚的强盗。武尔皮乌斯是歌德的姐夫,他这部小说在欧洲非常普及,布鲁诺·基庆斯基于一八一五年将它翻译成波兰文。——原注

在这里,有一个奇怪的现象给他留下了很深的印象:波兰文学中的幻想伤害了他的心灵,可是外国文学却给了它医治和安慰。

"难道我们真是一个幻想家的民族,难道天使永远也不下来,去搅动那四周有那么多病人的毕士大池子里的水⋯⋯①"他很担忧地想道。

第二天,他从邮局里收到了一包很厚的信件。

"从巴黎来的吗? 是呀,巴黎来的,有趣的是,这里面写了些什么?"

但他的好奇心还没有强到使他马上要拆开那封信。

"这么厚的信,见鬼,今天谁要写这么多呢?"

他把那包信扔在写字台上,继续读《一千零一夜》。

"那宝石造的宫殿、结满珠宝的树木给受尽折磨的心灵带来了多么大的喜悦呀! 那些神秘的咒语连城墙都为之退避,那些神奇的灯可以战胜敌人,使人在一瞬间飞到几百英里之外⋯⋯可是那些神通广大的魔法师呢? 但这种魔力却给予了险恶和卑鄙的人,多么遗憾啊!"

他把那本书放到一边,虽然取笑自己,却又陷入了幻想,他想到了他是一个魔法师,有两个本事:能够控制大自然的力量和隐身。

"我相信,"他自言自语道,"经过我几年的治理,世界会大变样⋯⋯最大的流氓也会变成苏格拉底和柏拉图那样的圣哲。"

---

① 毕士大水池在耶路撒冷,根据《新约·约翰福音》第五章二、三、四节记载,池里的水能治百病。

这时候,他望着那封巴黎的来信,想起了盖斯特和他下面的这些话:

"人类是由爬虫和老虎组成的,在它们的一个群体中也只能找到一个人。今天灾难的发生是因为伟大的发明全都被怪物掌握。我如果最终发现了一种比空气还轻的金属,我不会把它交给怪物,我一定要交给真正的人。愿他们至少有一次能够掌握一种武器用于自己特殊的目的,愿他们的种族繁荣昌盛,越来越强大……"

"如果是像奥霍茨基和热茨基,而不是斯塔尔斯基和马鲁谢维奇那样的人掌握了权力,那毫无疑问要好得多。"他喃喃地说。

"这是一个要达到的目的!"他想,"如果我年轻一点的话……不过……这里也有许多人,这里也有不少的事要做。"

他又开始读《一千零一夜》的故事,但他觉得,这些故事已不那么吸引他了。先前的痛苦又在他的心里翻腾起来,与此同时,斯塔尔斯基和伊扎贝娜小姐的身影在他眼前也越来越清晰地显现出来了。

他想起了穿木板拖鞋的盖斯特,后来又想起了他那栋用围墙围起来的房子……他眼前突然出现了一个幻象,仿佛这栋房子是一个很大的台阶的第一级,那台阶的顶层上耸立着一尊直入云端的雕像。那是一个女人的雕像,她的头和胸脯都看不见,只看得见青铜雕的裙子的褶子。在她那双脚踩着的一级台阶上,他看见了有黑色的题词:"忠贞和纯洁"。他不懂这是指什么。但他觉得,那雕像上有一股伟大的充满了宁静的气息涌进了他的心中。他感到奇怪的是,自己还有这种感受,还能够爱或者痛恨伊扎贝娜小姐,或者因为她而妒忌斯塔尔斯基。

房间里虽然没有人，他的脸却羞得通红。

幻象消失了，沃库尔斯基清醒过来，他又成了一个久病缠身的衰弱的人，但他的心灵里有一个强大的声音在轰隆隆地响着，就像四月的暴风雨和雷声似的，预告着春天来到，万物复苏。

六月一日，什兰格巴乌姆去看他，这个犹太人走进他的家门时还有些担心，但他一见到沃库尔斯基，就不怕了。

"我一直没有来看望您，"他开始说，"因为我知道您身体不适，不愿见任何人。啊，感谢上帝，现在一切都过去了。"

他虽然坐了下来，但在椅子上心神不安地摇晃着；他偷偷地细看着房间，也许他以为在房间里会发现更多杂乱的地方。

"你有什么事情？"沃库尔斯基问他。

"要说事情，还不如说是个建议……这是因为我知道您生病才想起的。您认为……您需要一个较长时间的休息，要放下您所有的业务工作，所以我想，您能不能把您那十二万卢布存放在我这里……可以毫不费事地得到年息一分的利息。"

"啊哈！"沃库尔斯基插嘴说，"我自己就毫不费事地给我的股东们付了一分五的年息。"

"可现在时候更艰难了。但您如果把您的商号转让给我，我也会很高兴地付给他们一分五厘的年息。"

"不管是商号还是钱都不会给你，"沃库尔斯基再也按捺不住了，"那铺子已经不存在了，说到钱吗……我有那么多钱，股票的利息就够我用了，就连这些也太多了。"

"那您是不是在圣约翰施洗礼者节前抽回您的资金？"什

兰格巴乌姆问道。

"我可以把它存放到十月份,甚至不要利息,条件是,你得把那些想要留在店里的人留下来。"

"条件很苛刻,不过……"

"随你的便吧!"

两个人沉默了片刻。

"那家对俄贸易公司,您打算怎么办?"什兰格巴乌姆问,"因为您曾经说过,好像要退出那家公司似的。"

"那很可能。"

什兰格巴乌姆脸红了,原想再说点事,但是没有开口。他们又随便聊了一阵,什兰格巴乌姆依然很热情地和他告辞,走了。

"我看他要把我在这里的一切都继承下来,"沃库尔斯基想,"好,那就让他继承去吧!谁想霸占这个世界,这个世界就是他的。"

在这个时候,什兰格巴乌姆跟他谈赚钱的事,在他看来,是很可笑的。

"店里所有的人都抱怨他,"他想,"他们说他自高自大,态度傲慢,说他剥削人……可实际上,他们也这样谈论过我呀!"

他把眼光又投向那写字台,几天来,那包巴黎的来信就一直摆在那里。他把它拿起来,打了个呵欠,终于拆开了封口。

这都是那个跟外交界有关系的男爵夫人的信件,此外还有几件政府机关的文件。他翻看了一下,才知道那都是一些关于那个埃尔内斯特·瓦尔泰尔,又名卢德维克·斯塔夫斯基已在阿尔及利亚死去的证明文件。

沃库尔斯基陷入了沉思。

"假如我在三个月前就收到了这些文件的话,谁知道,今天会怎么样呢?斯塔夫斯卡,很漂亮,首先是那么高尚……那么高尚……说不定她真的爱我?……斯塔夫斯卡爱我,我却爱那个女人,命运就是这么嘲弄人。"

他把那些文件扔在写字台上,马上想起了斯塔夫斯卡那个整洁的小客厅,他在那里跟她一起,度过了那么多的夜晚,总是能够保持着一种宁静的心态。

"是呀,"他自言自语地说,"幸福已经落到了我的手里,我却抛弃了它。但如果它不是我希望得到的,也算是幸福吗?她如果像我这么痛苦,哪怕只有一天像我这么痛苦,那又会怎么样呢?"

这个世界是多么残酷,两个由于同一个的原因而遭受不幸的人都不能互相帮助。

斯塔夫斯基死亡的证明文件在那里已经放了好几天了,但沃库尔斯基还拿不定主意,该怎么处理它们。

开初他根本就没有想到它们,后来他的眼睛越来越经常地见到它们,他的双手也越来越经常地触到它们,他开始感到自己应当受到良心的责备了。

"总之,"他对自己说,"我给斯塔夫斯卡太太弄来了这些东西,我就应当全都交给她,可是她在什么地方呢?我哪里知道。我如果跟她结了婚,那倒是挺有意思的,因为我有了伴侣,海卢尼娅呢,是个可爱的孩子,我就有了生活的目的。不过,那样对她却不一定有什么好处。我对她怎么说呢?说我有病,要个女人照顾,我每年给您一万卢布吗?或者说,我甚至会爱上您,尽管我自己……我自己已经尝够了爱的辛酸。"

日子一天天过去,沃库尔斯基却不知道如何把那些文件给斯塔夫斯卡太太寄去。他必须先打听到她的住址,然后写一封信,连同文件用挂号付邮。最后他又想起了把热茨基叫来(他有好几个礼拜没有和他见面了),把文件交给他,这是最简便的办法。但要叫唤热茨基就得按铃把仆人叫来,差他到店里去……

"唉……还是让我安静一点吧!"他小声地说。

他又开始读书了,这一次读的是游记,在阅读这些游记的过程中,他访问了美国和中国。可是斯塔夫斯卡太太的那些文件却使他不得安宁,他明白,这些文件他非得处理一下不可,但他感到自己根本就处理不了。

这种心情的产生使他自己都有些奇怪。

"我的脑子并没有出问题,"他自言自语道,"是呀!只要回忆不妨碍我的思维,我的感觉也不会有问题……而且是太没有问题了!只是……我不想干这件事,实际上,我什么事也不想干了……这就是害了今天最风行的意志衰颓症①……这真是一个了不起的发明……不过很遗憾,我对时髦永远也适应不了……说实在,时髦不时髦,跟我有什么关系,我在时髦中即使得到了好处,又怎么样呢……"

刚读完中国游记,他就产生了一个想法:如果他有坚定的意志,那他不论迟早都会把一些事件或者人物忘掉。

---

① 在《玩偶》产生的时候,即在一八八七至一八八九年间,人们已经多次提到社会生活和文化中的颓废现象。法国心理学家泰奥迪勒·里博的一本叫《意志病》的书引起了争论。尤利扬·奥霍罗维奇在《阿泰内乌姆》一八八四年第十二期上发表了题为《意志病》的文章。沃库尔斯基的状况就是心理学家多次提到的那种意志缺乏症,是当时贵族社会和知识阶层中的思想和道德危机的表现。——原注

"这使我受尽了折磨……受尽了折磨……"他低声说。

他已经失去了时间观念。

有一天,舒曼突然跑到他家里来了。

"喂,你过得好吗?"他问,"我看,你是在读书。长篇小说,不错,游记——太好了。你想不想出去散散步?那么好的天气,你大概有五个礼拜关在家里想自找乐趣吧……"

"你在自己的房间里已经快活了十年。"沃库尔斯基回答。

"你说得不错,但我有事做:我研究过人的头发,也想望过荣誉。首先是我没有考虑别人和自己的利益。再过几个礼拜,那家和帝国做买卖的贸易公司就要开会了。"

"我要退出那家公司。"

"那好啊,你这个想法不错!"舒曼讥讽地说,"此外,你如果要得到他们更好的评价,还得准许他们把什兰格巴乌姆选为经理,让他来管他们,就像他管我一样。犹太人是个天才的种族,但也是一些流氓……"

"好啦,好啦,好啦……"

"你不要在我面前替他们辩护,"舒曼生气地叫了起来,"我不但了解他们,而且对他们有亲身的感受。我用我的脑袋担保,现在,什兰格巴乌姆已经在公司里争夺你的势力范围了,我认为,他肯定会打进去的,因为那些波兰贵族,没有犹太人就维持不了那样的局面。"

"我看,你不喜欢什兰格巴乌姆吧?"

"正好相反,我对他感到惊讶,我想模仿他,可是我不会!恰恰现在,我那祖先喜欢做买卖的天性又在起作用了。哦,这个天性,我是多么想有一百万卢布啊!用这个一百万再去赚第二个和第三个一百万……就能成为罗斯柴尔德的一个小兄弟。可是什兰格巴乌姆也欺骗了我。我在你们那个世界里逗留的时间太久,最后丧失了我自己种族的最珍贵的特性。这是一个伟大的种族,他们会夺得整个世界,可是我不知道,他们是不是单用欺骗和卑鄙无耻的手段去夺得它……"

"那你就跟他们断绝关系,去接受洗礼吧!"

"我没有那么想过。首先,接受洗礼并不等于要和他们断绝关系,我也是个不一般的犹太人的子孙,我不爱自我吹嘘。再说我在他们弱小的时候,都没有跟他们断绝关系,现在他们强大起来了,我怎么反而跟他们断绝关系呢?"

"我觉得,他们现在依然是弱小的。"沃库尔斯基插嘴说。

"是不是因为大家都憎恨他们?"

"不,我以为用憎恨这个词过分了。"

"算了吧,我既没有瞎眼,也不痴呆。我知道,在作坊里,在酒馆和商店里,甚至在报纸上,关于犹太人都说了些什么。我深信,不到一年,又会来一次迫害,可那样的结果,会使我那些以色列兄弟变得更聪明、更强大,也更团结。总有一天,他们会对你们实施报复的!他们都是最坏的骗子,可是我不能不承认他们的天才,我也不否认我很喜欢他们,我觉得我对一个浑身脏臭的犹太人比对一个干干净净的贵族公子更有好感。二十年前,我第一次参观犹太教堂,听见那赞美歌的声音,说真的,我流下了眼泪……用不着多说了!胜利的以色列是美丽的,想到那些被压迫者的胜利的取得,也有你的一份小小的功劳,是令人高兴的。"

"舒曼,我看你发烧了。"

"沃库尔斯基,我确信,不是你的眼睛而是你的脑子里长了白内障,使你神志不清了。"

"你怎么可以对我说这样的事情呢?"

"我这么说,首先是因为我不愿做一条毒蛇,恶狠狠地去咬人,再者……你,斯塔胡,也不会再跟我们斗争了。你已经被打败了,你是被你自己的人打败的。你卖掉了铺子,现在你连公司都不要了。你的事业完啦!"

沃库尔斯基把头低到了胸前。

"你想,"舒曼往下说,"今天是谁站在你的身边呢? 是我,一个犹太人,一个跟你一样被歧视和遭受屈辱的人,而且歧视你和我的都是那些人……那些大老爷们。"

"你变得多愁善感了。"沃库尔斯基插嘴说。

"这不是感伤! 他们在我们面前夸耀他们的伟大,宣扬他们的德行,叫我们接受他们的理想……可现在你说说,他们那些理想和德行有什么价值呢? 那种需要从你的口袋里捞东西的伟大算什么伟大呢? 你跟他们在一起生活一年了,好像跟他们的地位一样,可他们把你弄到了什么地步呢? 你想想,他们会把那些许多世纪以来被他们奴役和践踏的人弄成什么样子? ……因此我劝你,还是去联合犹太人吧,你的财产会成倍地增加,而且像《圣经·旧约》说的那样,你会看见'你仇敌作你的脚凳'①。为了那个商号和几句好话,我们把文茨基一家、斯塔尔斯基,甚至还有别的人都交给了你……什兰格巴乌姆不能做你的股东,这是个小丑。"

"但要是你们咬住了那些大老爷们,那怎么办呢?"

---

① 见《圣经·旧约·诗篇》第 110 篇。全文是:"耶和华对我主说:'你坐在我的右边,等我使你仇敌做你的脚凳。'"

"我们只是想跟你们的平民联合起来,因为这是很必要的。我们将成为他们的知识分子,他们现在还没有知识分子……我们要把我们的哲学、我们的政治和经济都教给他们。他们和我们在一起,比在到今天为止的那些领导人的手下,生活肯定要好得多……"他笑了起来。

沃库尔斯基摆了摆手。

"我以为,你想把所有害梦想病的人都治好,可你自己就害了梦想病。"

"这又是什么意思?"舒曼问。

"是的……你们自己没什么根底,却想去控制别的人,还是多想想怎么老老实实地跟别人处在平等的地位上吧,别梦想征服世界!如果你们自己的缺点都没有改正,就不要去说别人的缺点,你们的缺点只会给你们多树一些敌人。实际上,你自己也不知道根据什么,一会儿蔑视犹太人,一会儿又把他们估计过高。"

"我蔑视个别的犹太人,但很尊重他们群体的力量。"

"我就完全相反,我蔑视那些群体,但有时候却又尊重某些个人。"

舒曼沉思起来。

"你想怎么办就怎么办吧!"他说着便伸手去拿帽子,"事实是,你如果退出那家公司,它就会落到什兰格巴乌姆和他那一群坏透了的犹太人的手里。你若能留下来,你就可以让那些正直和规矩的人进来,他们的缺点不多,跟犹太人有广泛的联系。"

"不管怎样,犹太人要主管那个公司了。"

"要是没有你的帮助,那些上过初等教会学校的犹太人就可以管理那个公司,但若有了你的帮助,就得由上过大学的犹太人来管理了。"

"这不都一样吗?"沃库尔斯基耸耸肩,回答说。

"绝对不一样,种族和相同的处境使我们和他们连在一起,但是我们和他们又有不同的看法。我们有科学知识,他们有犹太教的《圣法经传》①;我们有智慧,他们很机灵;我们把整个世界都当成自己的家,他们的视野狭窄,除了犹太教堂和长老会,就没有见过别的东西。如果说到对付敌人,那他们是我们最好的同盟者。但要使犹太教能够走向进步的话,他们就成了可怕的障碍!如果前进的方向由我们来确定,那才有利于文明的发展。他们只会用他们的长袍和洋葱把世界弄脏,而不能把世界推向前方……想一想这一点吧,斯塔胡!"

他紧握着沃库尔斯基的手,和他告别,走的时候还吹着口哨,吹的是一段咏叹调:"拉谢洛,您的善举无法理解……"②

"看来,"沃库尔斯基想,"为了争取我们的支持,在这些进步和落后的犹太人之间还有斗争,那么我究竟是站在哪一边呢?……一个漂亮的角色!……可这一切又是多么无聊和令人厌烦啊……"

他仿佛进入了梦幻,在梦幻中又见到了盖斯特那栋房子的破旧了的墙壁,那无数的阶梯,房顶上那座青铜的女神雕像,她的头高耸入云,她的底座上的那个题词"坚贞和纯洁"不知是什么意思?

他望了一会儿那女神穿的裙子的褶子,觉得伊扎贝娜小

---

① 产生于公元二至四世纪一部犹太人的宗教和法律的典籍。

② 这是法国作曲家雅克·弗罗芒塔尔·哈莱雷(1799—1862)的歌剧《犹太人》第四幕主人公埃莱亚萨的咏叹调中的唱词。

姐和那些赢得了她的欢心的情人非常可笑,觉得自己那么痛苦也很可笑。

"这可能吗?这可能吗?"他低声说,"要我……"

但那雕像很快就消失了,痛苦又回来了,它像一个谁都对付不了的大老爷那样占领他心中所有的地盘。

舒曼走后过了几天,热茨基来了。他很消瘦,手持一根拐杖,才爬上一层楼,就累得喘不过气来,倒在一张椅子上,连话都说不出来了。

沃库尔斯基非常害怕。

"你怎么啦,伊格纳齐?"他叫了起来。

"哎,没什么!只是有点老了,有点……没什么!"

"可你该去治治病,我亲爱的,到外面去走走……"

"我告诉你,我本要出去旅行……而且已经上了火车。可是我又那么不舍得华沙,不舍得我们的铺子,"他声音更轻地补充说,"所以我……说这些有什么意思呢?……对不起,我到你这里来了。"

"亲爱的老朋友,你对我说对不起?我还以为你会生我的气呢!"

"我干吗要生你的气呢?"热茨基很亲切地望着他,回答说,"我干吗要生你的气呢?那有什么好生气的?……生意买卖和一件很麻烦的事让我跑到你这里来了。"

"一件麻烦事?"

"你知不知道,克莱因被捕了。"

沃库尔斯基连人带椅子后退了一下。

"克莱因和那两个……你还记得吗?那个马列斯基和帕特凯维奇……"

"为什么抓他们?"

"他们住进克热索夫斯卡男爵夫人那栋房子里后,说真的,他们侵害过那个……那个马鲁谢维奇……他虽然警告过他们,可他们却干得更凶了……最后,他跑到警察局里去控告。警察来了,和他们大吵了一顿,就把他们关到牢里去了。"

"像孩子一样幼稚,幼稚!"沃库尔斯基小声地说。

"我也这么说过,"热茨基接着说,"当然,他们不会有什么事,但终究是很不愉快的。马鲁谢维奇那个蠢家伙听说他们进了监狱,也很害怕,他跑到我这里来赌咒发誓,说那不能怪他。我也忍不住了,我马上对他说:'我也认为这不能怪您,但是在我们这个时代,上帝总是保佑流氓们,这也是实际情况。讲句老实话,您假造签名,应当坐牢的是您,而不是那些不懂事的小家伙……'他突然大哭起来,并发誓从现在起,要走上正道,他还说,他之所以到现在还没有走上正道,那要怪你。'我曾有过最美好的愿望,'他说,'可是沃库尔斯基先生不仅没有向我伸出手来,肯定和支持我的善良的愿望,而且太鄙视我了。'"

"多么诚恳的心地呀!"沃库尔斯基大笑道,"还有别的新闻吗?"

"城里在议论,说你要退出那家公司。"热茨基说。

"是的……"

"还说你要把公司转让给犹太人。"

"那倒不会,我的那些股东并不是一些破旧的衣服,可以随便不要的,"沃库尔斯基生气了,"他们有钱,脖子上长着脑袋,他们能够找到合适的人,他们自己有办法。"

"他们会去找谁呢？就算他们找到了什么人，可他们真正信得过的，不还是那些犹太人吗！那些犹太人确实很想来公司里做生意。舒曼和什兰格巴乌姆没有一天不到我这里来，个个要我在你走后领导这个公司。"

"实际上，你现在已经在领导这个公司了。"

热茨基摆了摆手。

"可这是按你的方针，用你的钱去经营的，"他说，"问题不在这里，我已经看出，舒曼是一派，什兰格巴乌姆是另一派，他们都需要一些追随他们的人。在我面前，他们总是互相指责，可是昨天我听说，那两派又要和解了。"

"那他们很聪明！"沃库尔斯基轻声地说。

"但我已经不相信他们了，"热茨基说，"我是个老商人，我告诉你，他们所干的一切都是自我吹嘘、欺诈，在买卖中以次充好。"

"别太责骂他们了！"沃库尔斯基插嘴说，"其实他们都是我们培养出来的。"

"不是我们培养出来的，他们到处都是一样的，"热茨基生气地说道，"不管我在什么地方见到他们，在佩斯①、在君士坦丁堡②，在巴黎和伦敦，他们都只有一个原则：尽量少地付出，尽量多地拿进来，在物质和精神上都这样！欺骗，全都是欺骗！"

沃库尔斯基在房间里来回地踱着。

"舒曼说得对，"他说，"大家对他们的厌恶感在增加，就

---

① 佩斯是布达佩斯在多瑙河左岸的城区，一八七二年以前是个独立的城市，称佩斯城。
② 今伊斯坦布尔。

连你也……"

"我没有什么厌恶感……我已经离开了战场。可是你看一看，这里是怎么样的？……他们什么地方没有去？他们哪个地方没有开店？他们哪里没有插手？一个人只要有了地位，就一定要给一大批他自己的人也封个一官半职，这些人绝不比我们好什么，而是比我们差得多。你看，他们要把我们的铺子弄成什么样子，他们要的是什么样的伙计，哪一类的货物？他们刚刚把店夺了过去，就要钻进贵族阶级里来了，就要来抢你的公司了……"

"是我们的过错，我们的过错！"沃库尔斯基一再地说，"我们无法剥夺别人享有更高地位的权力，可我们还是能够保住自己的地位的。"

"你自己就舍弃了你的地位。"

"这也不是因为他们，他们对我还是很诚恳的。"

"因为他们需要你，他们要用你和你的关系作为他们向上爬的阶梯。"

"嗯，算了吧！"沃库尔斯基打断了他的话，"我们两人谁都说服不了谁。你瞧……我已经收到了证明卢德维克·斯塔夫斯基死亡的官方文件。"

热茨基马上跳了起来。

"海伦娜太太的丈夫吗？在哪里？"他非常激动地问道，"这可救了我们大家啊！……"

沃库尔斯基把那些文件都交给他，热茨基双手颤抖着把它们接了过来。

"感谢上帝，赐给他永远的安息！"他一面看，一面说，"喂，我亲爱的斯塔胡，现在没有任何障碍了，跟她结婚吧！

哎,你要是知道她是多么爱你……我马上将这个情况告诉那个可怜的女人,而这些文件你还是自己送给她吧!……你要当场向她求婚!现在,我终于看到了,公司得救了,也许铺子也……你使那几百人有了生路,他们会祝福你们……这是一个多么好的女人呀!你在她那里会得到安宁和幸福的。"

沃库尔斯基在他面前停住,摇了摇头。

"她跟我在一起会幸福吗?"他问道。

"她疯狂地爱你呀!你甚至想都不会想到的……"

"可她知道她爱的是什么吗?难道你没有看见,我这里已经是一片废墟?而且最糟糕的是精神上的废墟。我只会破坏别人的幸福,而不是给别人带来幸福……如果我还能给人们一点什么的话,那就只有钱和工作了,不过我不会给今天的这些人,而会给完全不同的另一些人。"

"哎,算了吧!"热茨基叫道,"你只要跟她结婚,你就会看到一个不同的世界了。"

沃库尔斯基感伤地笑了笑。

"是呀,结婚!拴住一个善良无辜的人,骗取她的最高贵的感情,而自己想的却是别的东西……是不是过了一年或者两年之后还要埋怨她,说我就是为了她把我那些宏愿都抛弃了呢?……"

"政治吗?"热茨基神秘地轻声问道。

"政治有什么用?我有过不少时间和机会接触政治,但我对它感到失望了,还有比政治更重要的事……"

"那大概是盖斯特的发明吧?"

"这你是怎么知道的?"

"舒曼说的。"

"啊,不错,我忘了,舒曼是什么事情都知道的,这是一个天才……"

"他还是个很乐于助人的天才。但不管怎么样,我劝你还是想想斯塔夫斯卡太太吧,因为……"

"你是不是要把她从我这里抢走呢?"沃库尔斯基笑了笑,"那你就抢去吧!你就抢去吧!我向你们保证,你们不会遇到什么障碍的。"

"呸!你不要这么说,要是像我这么一个老家伙还奢望那样一个女人,那世界的秩序也就要乱起来了。可这里有个很危险的人:姆拉切夫斯基。他在疯狂地追求她,我告诉你,他已经到她那里去过三四次了。女人不是铁石心肠……"

"哦,姆拉切夫斯基?他已经不玩社会主义了吗?"

"可不是,他说,一个人只要积攒了一千卢布,再结识一个像斯塔夫斯卡那么漂亮的女人,他就再也不会想到政治了。"

"可怜的克莱因却有不同的看法。"沃库尔斯基说。

"那个克莱因吗?是个胆大妄为的人,他虽然是个好小伙子,但当不了伙计。姆拉切夫斯基才是颗珍珠!俊俏,又会说几句法国话,他怎么深情地望着那些女顾客呀!他是怎么风度翩翩地捻他的那些小胡髭呀!这个人什么地方都去做买卖,他会把你的斯塔夫斯卡太太抢走的,你等着瞧吧!"

他本来想走,但又停了下来,又说:

"跟她结婚吧,斯塔胡!你跟她结婚,就使一个女人得到了幸福,也挽救了公司,也许还救了铺子。发明有什么用!我认为,在当今这样的时代,一些具有最重大意义的事件的发生总是为了达到某种政治目的,可是那些飞行机器……难道会有什么用处吗?"他想了一想,又补充说,"好吧,你爱怎么办就怎么办吧!可是斯塔夫斯卡的事情,你得赶快做出决定,因为我觉得,姆拉切夫斯基是不会放过她的,那个人很狡猾。至于飞行机器……唉,谁知道……也许……也许它还有些别的用处吧?"

只剩下了沃库尔斯基一个人。

"去巴黎,还是留在华沙?"他在考虑,"那里有伟大的奋斗目标,但不知能否实现,这里有几百个人……"过了一会儿,他又自言自语地说,"我根本不能去见他们!"

他走到窗前,朝街上望了一会儿,想使自己的心情平静下来。但一切都使得他很恼怒:来往的车辆、行人的奔走,他们那忧愁或者带笑的面孔……特别是他一见到女人就难受极了。在他看来,每个女人都是愚蠢和欺骗的化身。

"每个女人或迟或早都会找到她的斯塔尔斯基,"他想,"每个女人都在找斯塔尔斯基这样的人。"

那以后不久,舒曼又去看望沃库尔斯基。

"我亲爱的,"他一走到门口就笑着喊了一声,"你就是把我赶走,我也会不断以拜访的名义来找你的麻烦。"

"一点也不麻烦,欢迎你常来这里。"沃库尔斯基说。

"那么你同意啦?太好了,你的病已治好了一半。这就是一个健康脑子的含义。经过不到七个礼拜的悲观厌世,你现在又不反对人类,其中也包括不反对我的存在了……哈哈哈!……现在,如果把一个漂亮的姑娘放在你的笼子里,你会怎么样呢?"

沃库尔斯基脸色苍白。

"是的,是的……我知道,现在还为时过早。虽然已经到了你重新在人们中亮相的时候。但你的病是可以彻底治好的。拿我做例子吧，"舒曼接着说，"我待在我那间房子里，就像困在钟楼里的魔鬼一样，感到无聊，今天呢，我一出来，就像有几千种娱乐活动可以选择，感到快活极了。什兰格巴乌姆本来要嘲笑我，但他一天比一天更加清楚地看到，我外表虽然看起来很幼稚，但他所有的措施事先都被我料到了，因此他感到惊异，甚至还对我表示尊敬。"

"这种娱乐没什么意思。"沃库尔斯基说。

"你再来看看，我那金融界的教友也很有趣，他们本来认为，我做生意很机灵，但他们却要随心所欲地控制我……当他们弄清楚，我做生意并不是那么机灵，但也不至于笨得只能做他们手中的工具的时候，我想，他们一定会感到痛苦和失望。"

"你不是还要说服我跟他们合作吗？"

"那是另一回事，今天我还要告诉你，在跟那些聪明的犹太人合作的时候，要小心谨慎一点，只有这样，才不会有损失，至少不会有钱财上的损失。当股东是一回事，当工具是另一回事，他们就是要把我当他们的工具。哼，那些犹太人，他们不管是穿他们的长襟衫，还是穿上礼服，都是一些流氓！"

"可你还是非常崇拜他们，甚至还要和什兰格巴乌姆联合起来嘛！"

"这又是另一回事，"舒曼回答说，"照我的看法，犹太人是世界上最天才的种族，我敬佩他们，爱这个民族。至于跟什兰格巴乌姆和解的事……斯塔胡，上帝是怎么说的，难道我们为了拯救一家像对俄贸易公司那样好的企业，只有跟他大吵大闹才是最好的办法？你要是退出公司，那它不是倒闭，就是被德国人占有。不管怎样，都是国家的损失。如果跟什兰格巴乌姆和解，那么这个国家和我们都可以得到好处。"

"我越来越不懂你的意思了，"沃库尔斯基插嘴说，"犹太人很伟大，可又是流氓和无赖。非得把什兰格巴乌姆从贸易公司里赶出去，又非得把他请回来。一会儿说犹太人会得到好处，一会儿这个国家又得到好处。真是乱七八糟！"

"斯塔胡，你脑子里不清楚。这不是乱七八糟，这是最清楚不过的事实。只有犹太人才能使这个国家的工业和商业的发展出现繁荣的局面，所以他们在发展经济上所取得的每个胜利对国家都是有好处的。我说得不对吗？"

"我要考虑考虑，"沃库尔斯基回答说，"那么，你另外还有什么有趣的事吗？"

"最有趣的是，有人因为知道我将来会发财，要跟我结婚，你想象得到吗？跟我这个秃头的犹太人结婚！"

"谁呀？跟谁结婚？"

"当然是我的熟人，要说我跟谁结婚？我想跟谁就跟谁。要是我愿意受洗，我甚至可以跟一个女基督教徒，一个出身名门的小姐结婚。"①

"那你又怎么样呢？"

"你知道，我会这么做的，这是出于好奇：我想知道，一个年轻漂亮、受过良好教育，首先是出身于一个规规矩矩家庭的女基督教徒是怎么向我倾诉爱情的……这里有无穷的乐趣，

————————

① 在十九世纪下半叶，有钱的犹太人特别是犹太资本家跟女基督教徒结婚并不罕见，但有一个没有见之于文字的条件，就是这个犹太人要接受基督教的洗礼，将他的犹太名字改为基督教的名字，当时最常用的是斯坦尼斯瓦夫这个名字。——原注

瞧着她为了我的同意和欢心,跟她的情敌是那么争风吃醋,我觉得很有意思。听到她夸夸其谈地说她为了家庭的利益,甚至为了祖国,如何做出伟大的牺牲,我又会乐上一阵。最后,我最感兴趣的是,看她到底用什么办法来补偿自己做出的牺牲,是按照老的办法,偷偷摸摸地在外面另觅新欢,来欺骗我,还是按照新的办法,明目张胆地这么干,也许她还要求我放任她去这么干呢……"

沃库尔斯基抱着自己的头。

"可怕……"他小声地说。

舒曼偷偷地望着他。

"老牌浪漫主义者! ……老牌浪漫主义者!"他说,"你抱着你的头,是因为在你那不健康的头脑中,还经常出现理想的爱和心灵像天使一样纯洁的女人的幻象。其实,在十个女人中也难得有这样一个女人,所以,这就是九与一之比,你碰不到这样的女人。可是你想不想知道那些普通的女人是什么样的吗?你如果想知道,就去看看人与人之间是怎么处理关系的吧! 要不是一个男人像只公鸡一样,在十多只母鸡中晃来晃去,就是一个女人像二月里的母狼那样,诱着一大群愚笨透顶的公狼或公狗跟在她后面①……我告诉你吧,没有比在那一大群中去追求和依从一只母狼更下贱的了。在那样一种关系中,他会要失去财产、健康、心灵和能力,最后连理智都会失去的。他如果不从那样的泥潭里爬出来,是很可耻的。"

沃库尔斯基坐着没有说话,眼睛睁得老大,最后他轻声地说道:

①　一月底和二月上半月是狼发情的时期。——原注

“你说得有理。”

医生抓着他的手，使劲把它摇来摇去，大声地说：

“我说得有理吧？这是你说的？你有救了！是呀！你还会有成就的……唾弃那过去的一切吧！把自己的悲伤和别人的卑鄙行为全都忘掉吧！选择一个目标，不管是一个什么目标，重新开始你的生活吧！继续去挣一笔财产，或者搞一项神奇的发明，跟斯塔夫斯卡结婚，或者再创办一家贸易公司，只要你努力奋斗，去干点什么就行，你明白吗？绝不要拜倒在石榴裙下。有你这种魄力的人不是听人指使，而是指挥人，不是被人领导，而是领导人。如果有人在你和斯塔尔斯基之间进行选择却挑选了斯塔尔斯基的话，那说明他连斯塔尔斯基都不如。这是我的药方，你明白吗？再见吧，祝你健康，你好好地想一想吧！”

沃库尔斯基也没有留他。

“你生我的气啦？”舒曼问，“我对这并不奇怪。我给你去掉了一个很厉害的毒瘤，剩下的伤疤，它自己会消失，祝你健康！”

医生走后，沃库尔斯基把窗子打开，解开了衬衫的扣子，他觉得又闷又热，好像要中风似的。他想起了扎斯瓦维克和那个受骗的男爵，舒曼今天在自己面前的表现跟自己当时在男爵面前的表现几乎是一样的。

他又陷入了幻想，在斯塔尔斯基拥抱着伊扎贝娜小姐的那个影像的旁边，现在有一群公狼气喘吁吁地追着一只母狼，在雪地上狂奔……而他自己也是其中的一只。

他觉得内心产生了一种无法忍受的痛苦，同时他对自己也感到厌恶极了。

"我是多么卑鄙和愚蠢呀！"他拍着自己的脑门叫了起来，"虽然有那么多的见识，却还是这么堕落，我……我怎么会堕落到跟斯塔尔斯基，天知道还有什么样的人竞争的地步呢？"

这一次，他鼓起勇气，回想起了伊扎贝娜小姐的那副模样，望着她那雕像般美丽的面孔、浅灰色的头发、那双不断地变换着颜色，从蓝色变为黑色的眼睛。他觉得她的脸上、脖子上、肩膀和胸脯上，都有许多斯塔尔斯基吻过的痕迹。

"舒曼说得不错，"他想，"我的病真的治好了。"

他的愤怒虽然慢慢平息下去了，但他依然感到非常惋惜和悲哀。

在以后的几天中，沃库尔斯基什么也没有阅读，他跟苏津不断地通信，还考虑了许多问题。

他想，两个月来，他一直关在自己的房间里，已经不是一个人了，倒像是个牡蛎那样的东西，老是待在一个地方，不管外界发生了什么事件，都能够决定他的命运。

"那么外界发生的事件给他带来了什么呢？"

他认为首先是书，有些书告诉他：他是个堂吉诃德；另一些却引起了他去向往一个奇幻的世界，在那个世界上，人们能够掌握一切自然的力量。

但他不愿做堂吉诃德，他要掌握大自然的力量。

什兰格巴乌姆和舒曼先后来找过他，他从他们那里得知，有两个犹太人的集团都想夺得他走后的公司的领导权。整个国家除了犹太人外，别的人都不能实现和发展他的宏愿。那些犹太人充分地表现出了他们那带有种族特性的傲慢、机智和残酷无情；他们还要逼迫他承认，他的失败和他们的胜利对国家有利。

现在他对买卖、公司和盈利的事都感到厌腻了。他自己也很奇怪，这样的工作他怎么会干了差不多两年这么长的时间？

"我为她挣得了一笔财产，"他想，"做买卖……我也做买卖！我在两年中赚得了五十万以上的卢布，我在进行赌博，以工作和生命作为赌注，可是……我赢了。我是一个理想主义者，一个学者，我知道，一个人靠劳动一辈子也挣不到五十万卢布，就连三辈子也挣不到……在这场赌博中唯一使我得到安慰的是，我确实没有偷盗，没有欺骗……显然，愚蠢的人是会得到上帝保佑的……"

后来，又发生了一件意外的事，这就是一封巴黎的来信，告诉他斯塔夫斯基已经死去的消息。从那个时候起，先后引起过他对斯塔夫斯卡太太和盖斯特的回忆。

"说真的，我应当把我在赌博中赢得的这些钱交还给大众。我们这里到处都是贫困和愚昧，但是那些贫困和愚昧的人们也是最值得尊敬的……为了对他们表示尊敬，只有一个办法，就是跟斯塔夫斯卡结婚。她肯定不会妨碍我的愿望的实现，而且她在这方面还会成为我的一个最忠实的女助手。她自己就从事过劳动，经历过贫困的生活，她是那么高尚……"

他虽然这么想，但他却有另外一种感觉：他要造福于一些人，却又轻视他们。他觉得，舒曼的悲观主义不但使他失去了对伊扎贝娜小姐的热情，而且也毒化了他的生活。他也很难摆脱舒曼的这些话对他的影响：人类不是那些诱惑公鸡的母鸡，就是那些追求母狼的公狼。不管你往哪里看，你都会有十次以上的机会看到野兽,而看不到人。

"这样的治疗方法,见他的鬼去吧!"沃库尔斯基嘟哝地说。

他开始考虑舒曼说的那些话。

三个人:他自己、盖斯特和舒曼都发现人类具有强烈的兽性。不过他认为,像野兽一样的人到底还是少数例外,整个人类还是由优秀的个体组成的。盖斯特的观点正好相反,他认为,人类全都是畜生,优秀的个体是例外,可是他又相信,优秀的人们在不断地增加,他们会统治全世界,因为他几十年来一直在从事一种新的发明,这种发明能使得那些优秀的人获得胜利。

舒曼也断言,大多数的人都是野兽。他既不相信美好的未来,也不要任何人对未来寄予希望。在他看来,人类命中注定永远是畜生,只有犹太人例外,就像狗鱼混在鲫鱼中,却不同于鲫鱼一样。

"漂亮的哲学!"沃库尔斯基想。

但他还是感到,他那受了创伤的心灵就像一片新开垦的田地一样,舒曼的悲观主义在里面迅速地蔓延起来了。他感到,不管是他对伊扎贝娜小姐的爱,还是对她的恨,现在全都没有了。因为,如果全世界都是畜生的话,那既没有理由去疯狂地追求她们中的一个,也没有理由抱怨她是个畜生,因为这个畜生虽不比别的畜生好,但也不比别的坏。

"地狱里的疗法!"他反复这么想,"但是谁知道,这也许是一种正确的疗法呢?……我的那些观点虽然很不幸地破产了,但是谁能肯定,盖斯特就没有弄错,舒曼说的就没有道理呢?热茨基是个畜生,斯塔夫斯卡是个畜生,盖斯特是个畜生，我也是个畜生……理想——那是一个画出来的马槽，里面有些画出来的青草，这些青草给谁都塞不饱肚子！既然是这样，那么干吗要为一些人做出牺牲，又去追求另一些人呢？应当把病彻底治好，然后轮流地品尝熏猪肉灌肠，享受漂亮女人，畅饮上等的葡萄酒。有时候阅读点什么，有时去哪里走走，听听音乐会，这样一直到老！"

在召开决定公司命运的那次会议前的一个礼拜，沃库尔斯基家里的访客越来越多了。来的有商人、贵族、律师，他们都恳求他不要离开他的职位，不要使那个机构遇到危险，那个机构本来是他自己创立的嘛！沃库尔斯基对这些有利害关系的来访者态度是那么冷淡，使得他们最后给他把凭据拿出来的兴趣都没有了。他对他们说，他太累了，他有病，他一定要退出。

那些公司对他们有好处的人失望地走了。大家都认为，沃库尔斯基一定病得很重。他消瘦了，他的答话既简单又粗暴，他的眼睛烧得通红。

"他被疯狂的利欲害了！"商人们都说。

在最后期限来到之前的几天，沃库尔斯基叫来了自己的律师，请他告诉他的股东，说是他将要按照他跟他们签订的合同，抽出自己的资本，退出那家公司，别的人也可以这么做。

"那么钱呢？"律师问道。

"已经给他们存在银行里了，我还要跟苏津把账目算清。"

律师有点忧郁地离开了沃库尔斯基，就在这一天，公爵也去找他。

"我听到了一些难以相信的事情，"他紧握沃库尔斯基的手说，"律师不知为什么做出那么一个样子，就好像您真的要离开我们似的。"

"您是不是以为我在开玩笑？"

"不……我觉得，您是对我们的合同不满意，所以……"

"照您看，是不是说要我跟你们讲讲价钱，逼你们再签一个合同，减少你们的利息，以增加我的收入呢？"沃库尔斯基接上去说，"不，公爵，我要完全退出这家公司！"

"那您就会使股东们大失所望的。"

"为什么？你们跟我只订了一个为期一年的合股的契约，还要求以这种方式经营业务，即每个合股者可以在解除契约后的一个月，收回他所投入的资本。这是你们明确提出来的。我只有一点不合要求，就是我不是把我的资本在一个月后才收回来，而是在公司关门的时候就收回来。"

公爵倒在一张靠椅上。

"公司还在，"他低声说，"只是犹太人替代了您的位置……"

"这就是你们的事了。"

"犹太人在我们的公司里！"公爵叹了口气，"他们在开会的时候甚至用他们犹太的语言来说话……不幸的国家呀！不幸的语言呀！"

"不要怕，"沃库尔斯基插嘴说，"我们大多数股东在开会的时候都习惯于讲法语，对我们的语言并没有损害，因此讲几句犹太话也无妨嘛！"

公爵脸红了。

"但他们到底是犹太人嘛，先生……一个外来的种族……现在大家对他们都很厌恶……"

"群众的厌恶并不说明什么。可你们就不能像犹太人那样，凑一笔相当的资本，不把它信托给什兰格巴乌姆，而把它信托给一个信基督教的商人吗？"

"我们不知道有谁信得过。"

"可是你们知道什兰格巴乌姆吗？"

"我们这里没有一个比较能干的人，"公爵插嘴说，"他们只能当伙计，当不了金融家。"

"我过去是什么呢？也是个伙计，我还在一家饭店里干过活，可是我在公司里，公司还是给我带来了预期的收入。"

"您不一样。"

"您能肯定，在地窖里和柜台后面，就再也找不到像我这样的人吗？你们去找一找看吧！"

"犹太人会自己找到我们这里来。"

"情况就是这样，"沃库尔斯基叫道，"不是犹太人来找你们，就是你们去找他们，但信基督教的暴发户却不会来找你们，因为他们在路上遇到的障碍太多了，这个我多少也知道一点。你们的大门对商人和实业家们关得太紧，非得用几十万卢布才能够把它轰开，要不就只能像一只臭虫那样，从门缝里钻进去。把门开一点吧，那样你们没有犹太人，也许还能维持一下的。"

公爵用双手捂着脸。

"哦，沃库尔斯基先生，你的话说得有道理，但很刺耳……不讲情面，然而问题不在这里。我理解您对我们的不满，但您……对整个公司总还是要负责的。"

"可是，我不认为我从我的本金中收到了一分五厘的年息，我就要对公司负责。我如果只给你们五厘的年息，也不能说我是个很坏的公民。"

"可是这些钱我们是要花的,"公爵委屈地回答说,"我们周围的人都靠这些钱维持生活。"

"我也要把这些钱花掉,夏天我要去奥斯坦德①,秋天到巴黎,冬天去尼斯②。"

"对不起,我们不仅去国外的人靠这些钱维持生活,而且这里的许多手工业工人也靠我们维持生活……"

"等自己应当得到的东西等了一年多,"沃库尔斯基接着说,"尊敬的公爵,我们两人都认识这些致力于保护本国工业的人,我们的公司里就有这样的人。"

公爵从那靠椅上跳了起来。

"可您不能这么做,沃库尔斯基先生!"他上气不接下气地说,"我们确实有许多缺点,有许多罪行,但我们不论是谁,对您都没有做错过什么事情,而且您也得到过我们的支持,受到了我们的尊敬……"

"尊敬?"沃库尔斯基笑着叫道,"公爵,您以为我不明白这种尊敬是从何而来的吗?不明白它使我在你们当中处于什么地位吗?沙斯塔尔斯基先生,尼文斯基先生……还有那个什么也不干,谁也不知他的钱是哪里来的斯塔尔斯基先生,却受到你十倍于我的尊敬。我还有什么好说的呢!只要是外国来的,进你们的客厅都没有问题,可是我却先得付出信托给我的资本的一分五厘的利息才进得去!受到你们尊敬的那些人,享有无可比拟的特权。可是他们中的任何一个,连我的商

---

① 比利时西部一座港口城市,十九世纪也是著名的疗养胜地。
② 法国南部靠地中海的一座城市,也是一个著名的疗养胜地。

店的看门人都不如,因为我那个看门人至少还干点活,而不是危害整个社会的寄生虫。"

"沃库尔斯基先生,您委屈了我们。我明白您的话的意思,讲句老实话,我也感到羞耻,但我们不能为那些人的罪过负责呀!"

"正好相反,你们所有的人都要负责,因为那些人都是在你们中间长大的。你所说的罪过都是由于你们的偏见,由于你们对什么劳动都很厌恶和不负任何责任的态度造成的。"

"您说话带有很大的怨气,"公爵回答说,站起来准备要走,"您要发泄您的怨气并没有错,但您大概找错了对象。再见吧!您是不是一定要让我们被那些犹太人吃掉呢?"

"我认为,你们跟他们之间若能谅解,比我们之间的谅解还要好些。"沃库尔斯基语带讥讽地说。

公爵眼里满噙着泪水。

"我原以为,您会在我们和那些越来越疏远我们的人们之间搭一座金桥,让我们沟通起来。"他很激动地说。

"我倒很想搭一座这样的桥,但是它被锯断了,坍塌了。"沃库尔斯基鞠了一躬,回答说。

"这么说,我们就必须撤退到圣三位一体的战壕①里去了……"

"那并不是撤退,而是跟犹太人一起,开公司做买卖。"

"这是您说的?"公爵问道,脸色苍白,"既然是这样,我也

<hr />

① 在乌克兰西南部和摩尔多瓦交界的卡缅涅茨—波多利茨基城附近。一六九二年,波兰统领雅布沃诺夫斯基在这里和当时的土耳其占领军打了一仗,双方在六个礼拜的交战中,摧毁了这座城市的城墙和防御工事,于是形成了称之为圣三位一体的战壕。

不留在这个公司里了……不幸的国家呀!"

他点了点头,走了。

最后举行了一次会议,以决定那家贸易公司的未来。

首先,由沃库尔斯基建立的董事会提出了一个介绍过去一年公司经营状况的报告。结果是营业总额超过了资本的十几倍,获得的盈利不是百分之十五,而是百分之十八。股东们听到这个之后,都深受感动,于是由公爵建议,大家都站立起来,向董事会和没有到会的沃库尔斯基表示感谢。

然后,沃库尔斯基的律师起立宣布,他的当事人因为有病,不但退出董事会,而且也不再参加公司的管理了。尽管大家对于这个结果的到来,在思想上早有准备,但还是感到十分沮丧。

公爵利用休息时间要求发言,他当着那些到会的人说,由于沃库尔斯基的离开,他也宣布退出公司。随后他便走出了会议大厅。但他走的时候,对他的一个朋友说:

"我根本就没有做买卖的本事,沃库尔斯基是我可以以名誉担保的唯一的人。今天公司没有了他,我在这里也没有事可干了。"

"那么红利呢?"他那个朋友轻声地说。

公爵鄙夷地瞧了他一眼。

"我做的一切都不是为了红利,而是为了不幸的国家,"他回答说,"我原来想给我们的阶层灌输一点新鲜血液,赋予一些比较新的观点,但我不得不承认,我失败了,这不是由于沃库尔斯基的过错……这个国家真可怜呀!"

公爵的退席虽然是大家没有想到的,但给到会的人并没有留下很深的印象,因为他们知道,不管有什么变化,公司是不会倒闭的。

现在却有一个律师走上台来，用发颤的声音发表了一篇非常漂亮的讲话，他说的是由于沃库尔斯基的退出，公司不但没有领导的人，而且还失去了六分之五的资本。"所以它非倒闭不可，"那个人往下说道，"它的倒闭会葬送几千个职工和几百个家庭，葬送整个国家……"

说到这里他停了一下，看有什么反应，可是在座的人对他却很冷淡，他们早就知道他往下要说些什么。

律师继续往下说，他鼓励在座的人别丧失勇气。"因为沃库尔斯基有个朋友和股东，是个正直的公民，也是个行家，他下定了决心，要撑住这个摇摇欲坠的公司，就像阿特拉斯把天顶住那样①。这个人会给几千人擦干眼泪，使国家不致遭到毁灭，把振兴商业引上新的道路……"

这时，所有的人都把头转向什兰格巴乌姆，只见他红着脸，满头大汗。

"这位先生，"律师叫道，"是……"

"我的儿子，亨利克。"有人在大厅的一个角落里发出了声音。

这个答话因为来得很突然，引起了大厅里一阵欢笑。主持会议的人也装出又惊又喜的样子，他询问在座的人，是否同意什兰格巴乌姆先生当公司的股东和经理？这个动议得到了一致通过后，新的经理便被请到了主席台的座位上。

这时又出现了一阵小小的混乱，因为什兰格巴乌姆马上

---

① 阿特拉斯是希腊神话中肩扛天宇的提坦神，阿特拉斯因为参加提坦神反对奥林匹斯诸神的斗争，被罚支撑天宇。

要求发言,他说了几句称赞他的儿子和董事会的话后,提出了一个议案,即公司不能答应给股东们超过百分之十的年利。

在场的人听到后都闹了起来,有十几个人同时起来发言,经过激烈的争论,决定接受什兰格巴乌姆推荐的一些新的成员,委托他管理公司的业务。

舒曼医生的发言是最后一个插曲。他被提名为董事会成员,但他不仅拒绝了这个荣誉的职位,而且嘲笑这个贵族和犹太人的结合。

"这像是一次没有举行婚礼的结婚,"他说,"这样的结合有时候还生出过天才的孩子,所以我们希望,我们这个结合能结出不平常的果实。"

董事们感到不安,有少数几个人甚至生气了,但大多数的人却给医生热烈地鼓掌。

沃库尔斯基对会议的全过程,是了解得很清楚的,因为后来整整一个礼拜,都一直有人去看他,还有许多签名或匿名的信送到他那里。

在这种情况下,他产生了一种奇怪的心情。他觉得,所有把他跟人们连在一起的线都已经断了,他再也不关心他们,一切和他们有关的事情都跟他毫无关系。他像个演员似的,刚才还在舞台上大笑、大怒和大哭,因为演完了自己的角色,现在坐在观众当中,又看他的同伴们表演,好像看孩子们的游戏似的。

"他们为什么那么激昂慷慨?那是多么愚蠢呀!"他想。

他觉得,他是在另一个世界上察看人间,从一个新的他过去不知道的角度审视人间的事物。

那些在最初几天去拜访他的公司的股东们、职工们或者主顾们都对什兰格巴乌姆的进来很不满意,他们大概还在为自己的未来担忧。其中大部分人还在劝他回到公司里来,重新担任他辞去的那个职务,因为跟什兰格巴乌姆的合同还没有签署。

有些人用那么凄凉的色调来描写自己的处境,有些人甚至哭了,使沃库尔斯基深受感动。但他很快也很惊异地发现,自己对一切都是那么漠不关心,对别人的不幸是那么缺乏同情心。

"我心里少了一点什么东西。"他想道,同时把那些向他提出要求的人都打发走了。

可是后来又有一批客人拥了进来,他们名义上是对他为他们提供的服务表示感谢,实际上是出于一种好奇心,要看看这个曾经很坚强有力的人现在是什么样子,但人们此刻一谈起他,都说他什么也干不了啦。

他们不再请求他重新回到公司了,但他们称赞他过去的活动,并且说在短期内,是找不到像他这样地活动家的。

第三批客人又来拜访他,但不知道他们的来意是什么。他们不仅对他没有说什么奉承的话,而且越来越多地谈到什兰格巴乌姆,谈起他的魄力和本事。

在这一群来访者中有赶车人韦索茨基。他是来向他以前的这个东家告别的,他本想说一些话,但他突然大哭起来,随后他吻了吻沃库尔斯基的手,就从房间里跑出去了。

在那些被送来的信件中,有些是熟人写给他的,有些是生人写的。其中的内容大致是一样的,有的人恳求他不要退出公司,因为这会给国家造成很大的不幸;另一些人赞扬他从前的活动,或者对他退出公司表示遗憾;还有一些人劝他跟什兰格巴乌姆联合起来,把他看成是一个很能干,要为社会谋福利的人。可是那些匿名信却毫不留情地责骂他,说他不该在一年前引进那些外国产品,扼杀了本国的工业,而今天又把商店卖给犹太人,破坏了买卖。那些信中甚至还提出了一些数据。

沃库尔斯基在考虑这些问题的时候,抱着一种完全是心平气和的态度。他觉得自己已经成了个死人,正看着自己的葬礼。他看见了那些对他表示遗憾,以及赞扬他和咒骂他的人;他看见了他的继任者,今天,大家都对这个人表示亲热了;他终于明白自己已经被遗忘了,谁都不需要他了。他像一块被扔进水里的石头,在最初的一瞬间,使水面变得混浊,引起了旋涡,但后来只有一圈圈越来越细的水纹向四面扩散。最后,在他掉进去的那个地方形成了一个平滑的水镜,镜面上又涌起了一些波浪,但它们是在另一个地方,由另外一个人引起的。

“那么,以后怎么样呢?”他问自己道,“我不跟任何人接触……我什么也不干……以后怎么样呢?”

他回想起了舒曼曾向他提出,在生活中要看准一个目标。这个意见提得不错,可是……如果自己没有任何欲望,既没有力量,也没有兴趣的话,那又能够看准什么目标呢?他像一片枯干的树叶,风儿把他吹到哪里他就到哪里。

“我对这种情况的发生也曾有过预感,”他想,“可我今天还是不知道这是怎么回事。”

有一天,他听见外房里有人在大声争吵。他往外一看,原来是文盖维克,因为仆人不让他进来。

“啊,是你呀!”沃库尔斯基说,“进来吧!你们那里情况怎么样?”

开始文盖维克带着不安的神色望着他,后来他渐渐活跃起来,精神抖擞,微笑着说:

"人都说,老爷快要死了,可是我看见,他们都在造谣。老爷您虽然消瘦了一点,但您是决不会跑到坟地里去的。"

"你怎么样?"沃库尔斯基问道。

文盖维克把他的情况一五一十地告诉他,说他已经有了一栋新的房子,比那栋烧毁了的房子好得多。他的活儿太多,简直顾不过来了,所以他这次来华沙,虽是来买材料的,但还要雇两个助手回去。

"老爷,我跟您说,我正要开一家工厂呢。"文盖维克最后说。

沃库尔斯基一声不响地听着,然后他突然问道:

"你和你的妻子生活得很幸福吗?"

文盖维克的脸上掠过一道阴影。

"她是个好妻子,老爷,但是……我要像对上帝说话那样坦白地告诉您……我们的情况已经有了一点改变。有什么东西如果没有看见,心里不会感到痛苦,这个道理永远没有错;可一旦看见了呢?"

他用衣袖擦干了眼泪。

"出了什么事吗?"沃库尔斯基感到惊异。

"唉,没什么。我知道,我娶了个什么样的女人;我很放心,因为她善良、不爱说话、勤劳,对我又像一条狗那么忠实。可是这有什么用? 在我碰到她过去的情人以前,我一直是很放心的。"

"在哪里?"

"在扎斯瓦夫,先生!"文盖维克接着说,"有个礼拜天,我带着玛蕾霞到城堡那里去,我原想把铁匠死在那里的那条小溪和老爷叫我在上面刻过字的那块石头指给她看,可我这时却突然看见了达尔斯基男爵先生的那辆马车,他娶了那已故的扎斯瓦夫斯卡夫人的孙女。那老夫人是个善良的女人,愿上帝赐给她永久的安息吧!”

“你也认得男爵?”沃库尔斯基问。

“那当然,”文盖维克回答说,“男爵现在经营和管理着那已故的老夫人的产业,可那里有些事情不太好办。我在他的指挥下裱糊过房间,修好了窗子。我了解他⋯⋯是个诚实和慷慨的先生。”

“后来怎么样呢?”

“您听我说,老爷,当我跟玛蕾霞站在城堡上,望着那条小溪的时候,男爵夫人,就是已故的老夫人的孙女,还有那个狗日的斯塔尔斯基突然从梨树中走了出来⋯⋯”

沃库尔斯基一下子倒在椅子上。

“谁?”他轻声地问。

“这个斯塔尔斯基就是那已故的扎斯瓦夫斯卡夫人的孙子,他在她生前一直对她奉迎讨好,现在却想要推翻她的遗嘱,他说,因为他祖母在去世前已经疯了⋯⋯他就是这么一个人!”

歇了一会儿,他接着说下去:

“他跟男爵夫人手挽着手,望着我们那块石头,便闲聊起来,还咯咯地笑着。后来斯塔尔什恰克①到处张望,他看见了我的妻子,对她稍稍地笑了笑,她的脸色马上变得像块夏布那

---

① 即斯塔尔斯基。

样苍白。

"'你怎么啦,玛蕾霞?'我问。她说:'没什么。'这时候,男爵夫人和那个流氓从城堡里一个山头上跑了下来,到榛树丛里去了。'你怎么啦?'我又问玛蕾霞,'你就对我说实话吧!我知道,你认识那个家伙。'她当时坐在地上,哭了起来:'愿上帝惩罚他!'她说,'他是第一个毁了我的人。'"

沃库尔斯基闭上了眼睛,文盖维克用愤怒的声调往下说:

"我一听见那句话,老爷,就想追上他,就是当着男爵夫人的面,也要用脚把他踢死。我心里多么痛苦呀!而且脑子里马上出现了一个念头:'你这个蠢东西,你干吗要跟她结婚呢?你明明知道她是个什么样的女人……'我当时心脏几乎停止了跳动,我甚至不敢从那个山头上跑下来,对我的妻子连望都不望一眼。她问:'你生气了吗?'我说:'你们一定在这里有过约会。'她回答说:'上帝可以做证,我只见过他一面。''可你们是那么娇媚地互相望着,'我说,'为了不想见到你,我宁愿瞎掉一只眼睛,我还不如在没有认识你以前死去。'可是她哭着问道:'你为什么这么生气呢?'当时我第一次也是最后一次对她说:'你是个猪狗不如的东西!'因为我再也忍受不了啦。这时候,我看见男爵先生跑来了,他不停地咳呛着,脸色发青,问我:'文盖维克,你看见我的太太没有?'好像有人给了我当头一棒似的,我昏昏沉沉地回答说:'我见过她,老爷,她跟斯塔尔斯基到丛林里去了。他已经没有钱去嫖处女,现在想抓住一个有夫之妇了。'虽说他是位男爵先生,可当时却老是盯着我呀!"

文盖维克偷偷地擦了擦眼睛。

"是呀,我的日子就是这么过的,老爷!在没有看见她的情夫以前,我的生活本来是很平静的;可是现在,我一看见谁,就觉得那个人是她的情夫。至于我的妻子,我虽然没有跟她谈起这件事,但我非常讨厌她,就像我跟她之间已经有了深深的裂痕。我再也不会像以前那样吻她了,告诉您吧,如果我们不是做过神圣的宣誓,我早就扔下这个家,跑到外面去了。这一切都是因为我爱她,我如果不喜欢她,我会怎么样呢?……她是一个很勤勉的家庭主妇,菜烧得好,针线也做得不错,在家里安静得像蜘蛛一样,可就是要在外面找姘头。我爱她,因此我也特别伤心,简直恨不得要把一切都烧成灰才好。"

文盖维克气得发抖。

"老爷,当初我们结婚的时候,我只想看到我们的孩子,可现在我很害怕,我看到的可能不是我的孩子,而是她那个姘头的孩子。众所周知,一只母猎狗只要跟一只劣种的公狗生过小狗,那它以后就是跟最优良的公猎狗交配,也只能生下劣种的小狗,那是因为那条母狗过后老是想要接触那只劣种的公狗的缘故……"

"我要走了,"沃库尔斯基突然说,"祝你健康……你离开华沙之前,再到我这里来一下……"

文盖维克非常亲热地跟他告辞,但在前厅里他对仆人说:

"你们家老爷有病。我先以为,他虽然脸色不好,但还是健康的,不过,看来还是有些毛病的。愿上帝保佑你们吧!"

"你看,我不是一来就对你说过,不要溜到里面去,不要跟他唠叨个没完吗!"那仆人很不高兴地说,把他推出了门外。

文盖维克走后,沃库尔斯基陷入了深深的沉思。

"他们曾站在我那块石头前面大笑!"他低声说,"他甚至非要玷污那块石头不可,那无辜的石头呀!"

有一阵,他觉得他在生活中已经找到了一个新的目标。他现在面临着一个重要的抉择:是首先给斯塔尔斯基列出一个被他毁掉了幸福的人的名单,然后朝他的脑袋开一枪呢,还是留住他这条命,让他陷入极端的贫困和堕落?

但他很快就恢复了理智,觉得为了对一个那样的人进行报复,把自己的财产、精力和安宁都耗费掉,那是很幼稚的,也是不应该的。

"我宁愿把我的精力用在消灭那些田鼠或马铃薯甲虫上,因为它们确实会造成灾害;至于斯塔尔斯基那样的种……天知道是个什么东西!再说,一个连起码的人都不够资格的家伙也绝不可能单独地造成那么多的不幸,他只是一个把许多燃料都点燃了的火花。"

他躺倒在长沙发上,又想:

"他害了我……为什么他能够害我?一是因为他找到了一个跟他完全一样的女同谋,二是我的愚蠢。我怎么没有马上认清这个女人的本来面目,而且一看到她装得那么高贵,就把她奉为天仙呢?他也害了达尔斯基,可是达尔斯基这么老了,还疯狂地爱上一个道德品质大家都很了解的女人,这又能够怪谁呢?世界上的不幸并不是斯塔尔斯基和他这一类的人造成的,而是因为他们的牺牲者太愚蠢。不论斯塔尔斯基,还是伊扎贝娜、埃韦莉娜小姐都不是从天上掉下来的,他们都生长在一定的环境和时代中,受过某种教育。他们像斑疹一样,虽然不是疾病本身,但他们表明社会的机体已经染上了疾病。干吗要对他们进行报复呢,干吗去诅咒他们呢?"

当天晚上,沃库尔斯基第一次走到了街上,他知道自己非常衰弱。他一听见那出租马车的车轱辘声和行人的喧哗声就感到头昏脑涨,他简直不敢走得离家太远。他觉得,他已经走不到新世界大街,也找不到回家的路了,他或许会不知不觉地干出一件不体面的蠢事来。但他最怕的是碰上一个熟人。

他既疲倦又很生气地回到家里,可是那一夜他睡得很好。

文盖维克来访之后,过了一个礼拜,奥霍茨基又来了。他长得更加健壮了,皮肤也晒黑了,样子像个年轻的贵族。

"您从哪里来?"沃库尔斯基问他。

"从扎斯瓦维克来,我在那里差不多待了两个月了,"奥霍茨基回答说,"所有那些人,见他们的鬼去吧!我也卷到一场不知是什么样的风波里去了。"

"您?"

"我,先生,是我,但我是无辜的!说出来会使您气得毛发竖起来。"

他点燃一支烟,往下说:

"我不知道您听说过没有,那已故去的议长夫人把她的财产,除小部分外全都捐献给了慈善事业,捐给了医院、育婴堂、补习学校和农村的养老院等等。公爵、达尔斯基和我负责执行她的遗嘱。好得很……我们已经开始执行了,实际上,就是要尽力实现这个遗嘱。那时候(到现在近一个月了),斯塔尔斯基从克拉科夫回来,向我们宣称,他要以受到不公平待遇的家属的名义起诉,推翻那个遗嘱。当然,不管是公爵还是我都不会听他那些话。可是男爵总是听他妻子的话,而男爵夫人又受到斯塔尔斯基的挑唆,所以男爵并不反对斯塔尔斯基。由于这个原因,我们甚至跟他交换过好几次意见,公爵干脆跟他断绝了关系。"

"以后是怎么样的呢?"奥霍茨基往下说的时候压低了声音,"有个礼拜天,男爵带着他的妻子和斯塔尔斯基一道,去扎斯瓦夫游玩。那里究竟发生了什么事,我不知道,但很明显,情况有了改变,因为后来男爵坚决表示,他不同意推翻遗嘱。而且这还不够,他甚至突然跟他那个被捧上了天的妻子离了婚(您听说过没有?)……这也不够,十天前,他还跟斯塔尔斯基进行了决斗,结果他的肋骨被一颗子弹打伤了,告诉您吧!好像还有人用钩子把他胸脯上的皮从左到右划了一道裂口。那老头很恼怒,他又叫又骂,还发了烧,他叫他的妻子马上回娘家去,我断定,他是不会再要她了……这个顽固的老头,他是那么凶恶,为了对妻子表示不满,他在病榻上竟然吩咐理发师把他的头发和胡子染上了颜色,他今天看起来简直像个二十岁的年轻人死后的尸身。"

沃库尔斯基笑了笑。

"他那样对待他的妻子并没有错,"他说,"但他染头发就没有必要了。"

"是呀!肋骨也不该去让人打伤嘛!"奥霍茨基插嘴说,"不过他差点也打穿了那斯塔尔斯基的脑袋,子弹是不长眼的!告诉您吧!由于这件事的发生,我还病了一场。"

"那个决斗的英雄现在在哪里?"沃库尔斯基问道。

"斯塔尔斯基吗?逃到国外去了,他不是为了逃避人们对他的咒骂,而是要逃避他的债权人。上帝呀,这真是个花钱的能手!他欠了差不多十万卢布的债。"

接着是长时间的沉默。沃库尔斯基低下了头,背靠窗坐着。奥霍茨基在沉思,同时小声地吹着口哨。

他突然明白了什么,便自言自语地说:

"人的生活是多么奇怪而又复杂呀！谁想得到,斯塔尔斯基那个小丑会干出那么多好事来……就因为他是个小丑。"

沃库尔斯基抬起头来,表示不明白地望着奥霍茨基。

"真的是那么奇怪吗?"奥霍茨基接着说,"实际上,如果斯塔尔斯基是个很规矩的人,不跟年轻的男爵夫人一起胡作非为,达尔斯基毫无疑问会同情他对遗嘱的不满;他甚至还会给他打官司的钱,因为他妻子在这中间也能得到好处。可是斯塔尔斯基是个小丑,他惹得男爵十分恼怒……因此那笔遗产便没有让他拿走而保存下来了。扎斯瓦夫的农民那些没有出生的后代甚至还应当为斯塔尔斯基追求男爵夫人而向他祝福哩!"

"这真是莫名其妙!"沃库尔斯基插嘴说。

"莫名其妙吗?可这都是事实呀!斯塔尔斯基使男爵摆脱了那样一个女人,你不认为他为他立了一大功吗?我们私下说,她不是个女人,她是只青蛙。她只想时装、娱乐和卖弄风情。我也不知道她读过书没有,或者注意过什么事情没有?那是一块贴在骨头上的肉,她假装她有灵魂,可她只有追求物质的欲望。您不知道她,您也想象不出她是个什么样的自动机器,想象不到她虽然戴上了人的假面具,却一点人的东西也没有。男爵终于认清了她,这无异于中了大奖!"

"仁慈的上帝呀!"沃库尔斯基低声说道。

"对不起,你说什么?"奥霍茨基问。

"没有什么?"

"但保全那去世的议长夫人的遗产,让男爵从那个女人那里解脱出来,这只是斯塔尔斯基功劳的很小一部分。"

沃库尔斯基在椅子上直起身来。

"你想想看,那个流氓的好色也许真会促成一件大事,"奥霍茨基接着说,"事实上,我曾不止一次地对达尔斯基(实际上,我对所有有钱的人)都提到过,要在华沙建立一个化学和机械工艺实验工厂。你知道,我们之所以没有发明,首先是我们没有地方进行创造发明的实验。当然,男爵在听到我这些建议的时候,虽说是一只耳朵进,另一只耳朵出,但他的脑子里还是记住了一些;因为斯塔尔斯基在他的心上和肋骨上抠了一下之后,那男爵便想着如何不让妻子继承他的财产,整天跟我谈实验工厂的事,那会有什么好处呢?如果给人们办一个实验工厂,真的会使他们变得更加聪明和更加优秀吗?可这要花多少钱呢?我能不能来创办这样一个工厂呢?……我走的时候,男爵已经叫来了公证人,我从他们细声细语的话中听出,他们已经写好了一个文件,就是关于那个实验工厂的。最后,达尔斯基还请我向他提供一些能够指导那桩事业的专门家。您看,像斯塔尔斯基那样的坏蛋,一个专供无聊的女人取乐的男妓,一个纨绔子弟,倒成了创办实验工厂的由来,这难道不是对命运的讽刺吗?现在,会不会有人要向我证明,在这个世界上,有些事情的发生是完全没有必要的呢?"

沃库尔斯基擦干了脸上的汗,跟那块白手绢一比,他的脸有些发灰。

"我是不是使您疲倦了?"奥霍茨基问。

"一点也没有,您谈吧!不过我觉得,您好像对这位先生的功劳的评价稍高了一点,而且您完全忘了……"

"忘了什么?"

"忘了那实验工厂是在痛苦中,在人类幸福的废墟中创办起来的。此外还有一个问题您根本就没有提到:男爵从对妻子的爱转到对实验工厂的爱,走过了一条什么样的道路?"

"这跟我有什么关系?"奥霍茨基挥着胳臂,叫了起来,"以个别人的痛苦的代价,即便是最痛苦的代价,去换取社会的进步,这也是一个很合算的买卖。"

"您至少应当知道那些人的痛苦是什么样的痛苦吧?"沃库尔斯基说。

"我知道,我知道!人家不用哥罗芳麻醉剂就拔掉了我一个脚指甲,而且那还是个大拇指的指甲呢!"

"一个趾甲?"沃库尔斯基在沉思中重说了一遍,"您知道这么一句老话吗:'人的内心有时发生矛盾和斗争……'谁知道,那也许比拔掉一个趾甲,或者剥去一层皮更痛苦吧?"

"但那不是男人的痛苦!"奥霍茨基撇着嘴回答说,"也许女人生孩子时有那种痛苦的感觉。可是一个男人……"

沃库尔斯基大声笑了起来。

"您是不是笑我?"奥霍茨基叫了一声。

"不,我在笑男爵。可是您为什么不担负起创办那实验工厂的领导工作呢?"

"算了吧!我想进一个现成的工厂,而不愿再办一个新的,因为我在那里等不到成果出来,就会耗费掉自己一生的精力。同时那还要有管理和教育的才能,根本就不可能考虑去制造飞行机器。"

"所以……?"沃库尔斯基问。

"怎么个'所以'?我本来有一小笔资金,但三年来一直放在外面做抵押,收不回来。我要到国外去,认认真真地做一点工作。在这里,一个人不但会变得懒散,而且会变得愚蠢和无能。"

"一个人在哪里都可以工作的。"

"莫名其妙!"奥霍茨基回答说,"且不说这里没有实验工厂,就连科学研究的气氛都没有。这是个暴发户的城市,他们视真正的研究家为粗野的人和疯子。人们学习并不是为了获得知识,而是为了地位。他们通过各种关系,利用女人,参加宴会,或者采取天知道还有一些什么手段,能够夺得地位和名誉。我也曾陷入这个泥塘。我对一些学者,甚至一些有天才的人都很了解,他们发展遇到了阻碍,便教起书来,或者写一些普及科学知识的文章,可是这些文章没有人读,即使读了,也读不懂。我曾经跟一些大实业家进行交谈,想促使他们支持科学的发展,哪怕就是为了一些实用性的科学发明也好。您知道我发现了什么吗?他们想象科学就像鹅想象对数一样,荒谬绝伦。您知道,他们对什么样的发明感兴趣吗?只有两样:一样能够增加他们的红利;另一样能教会他们写订货合同,他们用这种合同,可以在价格和货品上欺骗顾客。如果他们看到您在对俄贸易公司的买卖中,进行了欺诈,他们甚至会称您是天才;可是今天,那些人说您的心肠软了,因为您付给他们的红利比原先许诺的还多了百分之三。"

"这我知道。"沃库尔斯基说。

"那好,您就试一试到这样一些人中去从事科学研究工作吧!您在他们中间不是饿死,就是变成白痴!但要是您会跳舞,会演奏什么乐器,会登台表演,首先是会玩弄女人,那您就会飞黄腾达,会马上被宣布为名流。这样您也会有个职位,它带给您的收入会超过您劳动应得的十倍。宴会和女人,女人和宴会。但我并不是仆人,对参加宴会也不感兴趣,我认为,虽然女人很有用,但也只用于生孩子,所以我要离开这里,到苏黎世①去。"

"您去不去盖斯特那里呢?"沃库尔斯基问道。

奥霍茨基想了一想。

"去那里需要几十万卢布,我没有那么些钱,"他回答,"我就是有钱,也得先证实一下,那物体比重的变小究竟是怎么回事?因为我觉得,那简直是童话。"

"我已经给您看过那张小薄片了。"沃库尔斯基回答。

"哦,不错,您就再拿出来给我看看!"奥霍茨基说道。

沃库尔斯基的脸上出现了一片病态的红晕,但很快就消失了。

"已经没有了。"他闷声闷气地回答说。

"那东西怎么啦?"奥霍茨基惊讶地问道。

"那不要紧!您就假定它掉到运河里去了吧!只是您如果有钱的话,去不去盖斯特那里呢?"

"那是当然,但首先要看那是不是事实。因为,请您原谅,根据我对化学物质的了解,物体比重的变化不能超过一定的限度。"

两个人没有再谈什么了,不久奥霍茨基就走了。

奥霍茨基的拜访给沃库尔斯基打开了一条新的思路。他不但很感兴趣,而且马上就回想起他做过的那些化学实验。就在当天,为了购买曲颈甑、管子、试管以及各种化学药品,他跑到街上去了。

---

① 苏黎世是瑞士最大的城市,经济和科学中心。在十九世纪,曾经有许多波兰人来这里求学深造。

在这种思想的影响下,他不仅鼓起勇气跑到了街上,而且坐上了一辆出租马车。他毫不在意地望着人群,当他发现一些人好奇地望着他,另一些人不认识他,还有一些人一看见他就对他不怀好意地微笑的时候,他也并不感到不快。

但是一到玻璃器皿商店里,特别是到了药店里,他就深深感到,跟奥霍茨基的谈话使他想起了他在几年前研究过的化学,而最近一些年来,他确实再也没有接触过它,因此他的魄力,他的人格的独立性都削弱了许多。

"那不要紧,"他低声说,"只要能把时间好好地度过就行。"

第二天,他买了一架精密天平和几件较为复杂的仪器,像一个刚上学的学生那样开始工作了。

起初他造出了氢气,这使他想起了在大学里读书时,他用皮鞋油盒放在一只用手帕包着的瓶子里,也造出了氢气。那是个多么幸福的时代呀!后来他又想起了他过去设想的氢气球,想起了盖斯特,此人断言,氢化物化学反应可以改变人类的命运。

"要是我过几年能够造出盖斯特正在寻找的那种金属,那会怎么样呢?"他对自己说,"盖斯特认为,能不能发现,要看那几千个实验做得怎么样,这就像抽彩票一样,我会走好运的……如果我发现了那么一种金属,伊扎贝娜小姐那时候会说些什么呢?"

他想起这些火气就上来了。

"不错!"他低声说,"我非得有名望和权威不可,只有这样,我才能向她表示,我是多么瞧不起她……"

但是他又想到,蔑视并不等于生气,也不是要某个人对他卑躬屈膝。于是他又开始工作了。

他最感兴趣是氢元素的一些基本实验,因此他也做得最多。

有一天,他造出了一种乐器:排箫。他响亮地吹奏着它,房东听到后,第二天就亲自来拜访他,并且很有礼貌地问他是否同意下个季度就把他住的房子退出来。

"您是不是有了新的房客?"沃库尔斯基问。

"那是……好像……差不多有了。"房东很为难地回答。

"既然这样,我就搬家。"

看到沃库尔斯基这么干脆,房东惊异起来,但他对他的态度还是很满意的。房东走后,沃库尔斯基笑了。

"毫无疑问,他把我当成一个怪人或者破了产的人……"他想,"那正好!说实在,住两间房比住八间房好得多。"

后来,他有时候又对自己放弃了那房子感到惋惜,而这是什么原因他自己也弄不明白。他这时候却想起了男爵和文盖维克。

"男爵跟他妻子离了婚,"他对自己说,"因为她跟别的男人好上了。文盖维克亲眼见到他的妻子有个情夫,所以他不爱她了……那么我该怎么办呢?"

他又开始做化学分析了,并且很高兴地看到,自己做起来还很熟练。

他全身心地投入他的工作,有时候,他好几个钟头都没有想起伊扎贝娜小姐,他的大脑也真的得到了休息。他也不怕上街和见到街上的人了,他越来越经常地到城里去了。

有一天,他乘车来到了浴室公园,老远就看见了他曾跟伊扎贝娜小姐散过步的那条林荫道,他决心去那里看看。这时有些天鹅在一个人的引逗下,展开它们的翅膀,拍打着水,飞到了岸边。这个平常的景象却给沃库尔斯基留下了可怕的印象,使他想起了伊扎贝娜小姐是怎么离开扎斯瓦维克的。他像发了疯似的从公园里跑了出来,登上一辆出租马车,闭着眼睛回到了家里。

这一天他什么也没有干,可夜里却做了个怪梦。

他梦见伊扎贝娜小姐站在他跟前,眼里噙着泪水,问他为什么抛弃了她。的确,那次去斯凯尔涅维采的旅行,跟斯塔尔斯基的谈话,以及斯塔尔斯基的风骚,都不过是一场梦,对他来说,这是一场噩梦。

沃库尔斯基从床上一跃而起,点燃了灯。

"我梦见了什么呀?"他问自己,"是斯凯尔涅维采之行,还是她的悲哀和愧疚呢?"

一直到天亮他都没有睡着,一些非常重要的问题和疑窦给他带来了烦恼。

"一个人坐在光线很暗的车厢里,能够在窗玻璃上照出自己的影子,还是我当时看到的,只不过是一种幻觉?"他想,"我的英语是不是已经到了不致误解那些话的意思的水平?我会毫无道理地对她表示那可怕的轻蔑态度,她对我会怎么看呢?从小就熟悉的表兄妹要是谈一些富于刺激性的问题,会不会引起别人的猜疑?

"这些事我若是在一种非正义的嫉妒心的影响下干的,那我可是干了一件不幸的蠢事!伊扎贝娜小姐明明知道斯塔尔斯基追求男爵夫人,她要是再跟别人的情人调情,那真是太无耻了。"

这时他又想起了他现在的生活,它是多么空虚,空虚得可怕！他放下了他现在的工作，跟有过交往的人都断绝了关系，他什么，什么也没有了。以后怎么办呢？读富于幻想的书吗？做那些毫无目的的实验吗？到什么地方去吗？跟斯塔夫斯卡结婚吗？但不管他做出什么选择，不管他到哪里去，他永远摆脱不了痛苦和寂寞。

"哦，还有男爵嘛！"他对自己说，"他跟埃韦莉娜小姐结了婚，那又怎么样呢？他想开一个工艺实验工厂，可是他连工艺是什么东西都不知道。"

白天，沃库尔斯基洗了个淋浴澡，他的头脑清醒了，又想到了一个新的方向。

"我每年至少有三四万卢布的收入，可我只需要两千到三千。其余的我怎么支配呢？那些简直把我压得透不过气来的财产怎么办呢？我可以用那笔钱维持一千个家庭的生活。可是，如果有些人依然像文盖维克那么不幸，另一些人只能像铁路工人韦索茨基那样对我表示感谢的话，我又怎么办呢？"

他又回想起了盖斯特和他那个神秘的实验室，那里诞生了新的文明，投入的资金和劳动会取得亿万倍的效益。那里目标宏伟，能够充分地利用时间，将来还会有人们在世上从未见过的荣誉和伟力，军舰飞到了空中，有什么东西能产生这么了不起的效果？

"但如果我没有发现那种金属，而是另外一个人发现了呢？这完全是可能的……"他对自己说。

"不过那也没有关系，退一步来说，我也应当是促成这种发明的几个人中的一个。为了这种发明，牺牲一笔本来没有用的财产和没有目的的一生，是很值得的。争取伟大的荣誉难道不比在狭窄的天地里耗费一生，或者在牌桌上变成白痴更好吗?"

在沃库尔斯基的心里,越来越明显地产生了一个意图,但是他对这个意图想得越多,对它的优点发现得越多,他就越是感到,他没有能力去实现它,而且他对这也缺乏一定的积极性。

他的意志已经麻木了,要唤醒它非得有剧烈的震动不可。但这是没有的,而每天发生的事情却越来越使他对一切都漠不关心了。

"我没有遭到毁灭,而是变得腐朽了。"他自言自语地说。

热茨基来看他也越来越少了,但他总是很惊奇地望着他。

"你弄得很糟,斯塔胡,"他不止一次地对他说,"很糟,很糟,很糟! 要是这样活着,还不如死去。"

有一天,仆人交给了沃库尔斯基一封信,信封上的字是一个女人的笔迹。他拆开了,念道:

我要跟您见面,今天下午三点钟在家等您。

翁索夫斯卡

"她对我有什么要求?"他惊异地问自己。

三点不到,他就到她那里去了。

沃库尔斯基三点整来到了翁索夫斯卡的前厅里。仆人也没有问他是谁,就打开了客厅的门。那漂亮的寡妇正急速地在客厅里走来走去。

她穿一件深色的裙衣,极其美妙地衬托出了她那雕像般的体形。她的红棕色的头发像平常一样,总是盘着一个大发髻,但发髻没有插发簪,却插着一个带金柄的细长的匕首。

沃库尔斯基看见她这个样子,便产生了一种很特殊的快乐和激动的感觉。他朝她跑了过去,热情地吻着她的手。

"我本来是不应当跟您说话的。"翁索夫斯卡太太说着,把手缩了回去。

"那您为什么把我叫来呢?"他奇怪地问道,觉得有人劈头盖脑地给他浇了一盆冷水。

"您坐下吧!"

沃库尔斯基没有吭声,坐了下来;翁索夫斯卡太太仍在客厅里走来走去。

"您干得挺不错,这没说的,"过了一会儿,她很生气地说,"您让一位贵妇人遭到了谣言的攻击,使她的父亲害了一场病,给她的全家带来了不快。您好几个月都把自己关在家里,使十几个对您无限信任的人感到失望;现在,就连那个正直的公爵也把您那所有古怪的行为称为:'女人影响的结果。'我祝贺您! 如果有个大学生也像您这么做的话……"

她突然不说了,沃库尔斯基的脸色一下子变得很厉害。

"啊,这又是怎么啦,您总不至于晕过去吧?"她有些害怕地喊道,"我这就给您拿水或者酒来。"

"谢谢您。"他回答说,他的脸色很快就恢复了正常,"您看,我是真的不舒服。"

翁索夫斯卡太太留心地望着他。

"是呀,"她说,"您消瘦了一点,可那胡子还留得不错。您不要剃掉它,这很好看……"

沃库尔斯基像小孩一样脸红了,他听了翁索夫斯卡太太的话后,觉得自己在她面前有些胆怯,还几乎有点害臊,这使他自己也感到奇怪。

"我这是怎么啦?"他想。

"无论如何您要马上到乡下去一趟，"她接下去说，"八月初还待在城里，谁听说过这样的事？哦，别说啦，我的先生！我后天就接您到我家里去，要不然，那去世的议长夫人的亡灵是不会让我安宁的。从今天起，午饭和晚饭您都到我这里来吃；午饭后我们出去散步，后天……再见吧，华沙！够啦！"

沃库尔斯基听到这些话后大吃一惊，不知怎么回答才好。他不知道要把自己的手摆在哪里，感到脸上烫得像火烧一样。

她按了按铃，仆人进来了。

"拿酒来！"翁索夫斯卡太太说，"知道吗，是那种匈牙利酒。沃库尔斯基先生，您自己点烟吧！"

沃库尔斯基马上点了一支烟，心里在祷告，想控制住那只手不发抖。仆人拿来了酒和两只杯子；翁索夫斯卡太太斟了酒。

"您喝吧！"她说。

沃库尔斯基一口气干了一杯。

"好啊，我就喜欢这样！为您的健康干杯！"她说着便喝了起来，"现在您该为我的健康干杯了。"

沃库尔斯基又喝了一杯。

"现在您为实现我的意图干杯吧，请……请呀……马上就干。"

"对不起，"他回答说，"我可不想喝醉了！"

"这么说，您不希望实现我的意图吗？"

"那怎么会呢！只是我首先要了解一下是什么意图。"

"真的吗？"翁索夫斯卡太太嚷了起来，"这可真是太新鲜了！好，那您就别喝了。"

她开始望着窗子，用脚跺着地板。沃库尔斯基在沉思，于

是沉默了几分钟,最后,还是她打破了这种沉默:

"您听说男爵干了什么吗?您喜欢他那么做吗?"

"他做得对。"沃库尔斯基以完全恢复了平静的声调回答。

翁索夫斯卡太太从靠椅上跳了起来。

"怎么?"她叫道,"一个使女人蒙受了耻辱的男人,您要为他辩护吗?一个粗暴的、自私自利的人,为了报复,不惜采取最下流的手段。"

"他究竟干了什么呢?"

"啊,原来您什么也不知道!您想想看,他要跟他妻子离婚,他还跟斯塔尔斯基决斗了一场,把这桩丑事闹得人人皆知了。"

"是的,"沃库尔斯基考虑了一下说,"他本来可以先把他的财产赠送给他的妻子,然后对谁都不说,就朝自己的脑袋开一枪。"

翁索夫斯卡太太大发雷霆。

"毫无疑问,每个有点清高和荣誉感的男人都会这么干的。"她说,"他损害了一个可怜的女人,一个弱者的名誉,还不如死去。一个人如果有财产、地位,社会舆论也护着他的话,要对一个女人进行报复是不难的……可是我没有料到您会说出这样的话,哈哈哈!这是个新的人物,是个英雄,他忍受着痛苦,什么话也没有说……哦,你们都是一样的人!"

"对不起,您到底要指责男爵什么呢?"

翁索夫斯卡太太的眼睛闪闪发光。

"男爵爱过埃韦莉娜没有?"她问道。

"简直是疯狂地爱过她。"

"不对,那是假装的,他装着爱她,把她捧为天神,用以混淆视听……但即便在一件最最微不足道的事情的处理上,也足以证明他并没有平等地对待她,而是把她当成一个奴婢,为了一时表现出来的不足,他可以用绳索套着她的脖子,把她拖到市场上去,让她蒙受耻辱。哦,你们这些主宰世界的人,这些伪君子,当禽兽的本能使你们变得愚笨和可笑的时候,你们就爬到我们脚跟前,什么卑鄙的勾当都干得出来。你们假惺惺地说:'我最亲爱的,你是我最崇拜的女神……我愿为你牺牲自己的生命。'而当那可怜的牺牲者对你们的假誓言信以为真的时候,你们又开始厌倦了,如果她那被糟蹋的本能觉醒过来,你们又用脚去践踏……唉,这是多么令人气愤,多么下流呀!您还有什么好说的呢?"

"男爵夫人跟斯塔尔斯基谈过爱,是不是?"沃库尔斯基问道。

"是啊……她马上爱上了,跟他调情,实际上,已经把他看成是自己的意中人。"

"意中人?原来是这样!既然她对斯塔尔斯基迷了心窍,那么她为什么要嫁给男爵呢?"

"因为他跪下来哀求过她……以自杀来威胁过她。"

"对不起……他除了求她接受他的姓氏和财产外,是不是也求过她别跟别的男人卖弄风情呢?"

"你们……男人是怎么样的呢?你们在婚前和婚后干了些什么呢?所以女人……"

"对不起,太太!小时候就有人说我们是禽兽,只有对女人的爱才使我们变成了人,女人的高尚、纯洁和忠诚能使这个世界不致完完全全地变成禽兽。我们相信这种高尚和纯洁,把女人捧为天神,对她们顶礼膜拜。"

"那是不错的,因为你们远不如她们那么有价值。"

"不管怎样,我们不仅承认这一点,而且断言:虽然男人创造了文明,可只有女人才使它变得神圣,给它盖上了象征理想的烙印。但女人如果要模仿我们的兽性的话,那她们有什么比我们好的呢?首先是,我们干吗要把她们捧为天神呢?"

"为了爱。"

"爱情当然是件很美好的东西。但如果斯塔尔斯基先生用他的小胡髭和眼神就换到了爱情,那么别的人干吗要去为爱情牺牲自己的名誉、财产和自由呢?"

"我越来越不懂您的意思了,"翁索夫斯卡太太说,"您认为女人跟男人是平等的呢,还是不平等的?"

"大多数女人跟男人是平等的,但也有个别的不平等。普通女人的智慧和工作能力不及男人,但是她们的作风和情感却高尚些,这样就各有所长了。至少人家经常是这么告诉我们的,我们也相信这一点。尽管女人在许多方面比我们差,我们还是把她们看得比我们高尚。如果男爵夫人糟践自己的长处——她早就在糟践了,这我们大家都是看见的——毫不奇怪的是,她已经丧失了自己的特权,她丈夫已经把她当成一个不守贞操的妻子,给遗弃了。"

"男爵可是个衰颓不堪的老头呀!"

"那她为什么要嫁给他,要听他那些爱情的倾诉呢?"

"难道您不知道一个女人有时会被迫出卖自己吗?"翁索

夫斯卡太太问道,她的脸上一会儿红,一会儿又变白了。

"我知道,太太,因为……我自己就曾出卖过自己,但不是为了挣得一宗财产,而是因为贫困……"

"这是怎么回事?"

"首先,我的妻子一开始就对我有成见,认为我不忠贞,说真的,我也没有发过誓爱她。我那时是个很穷的丈夫,但我出卖了自己后,倒成了一个最好的伙计,是她最忠实的仆人。我跟她上教堂,参加音乐会,进戏院,帮她招待客人,还真的使她的铺子增加了三倍的收入。"

"您当时有没有恋人?"

"没有,我的太太!我就是这样感受到了被奴役的痛苦,我简直不敢看别的女人。因此您得承认,我有充分的权利,可以当男爵夫人的严正的审判官,她出卖自己的时候,知道人家把她买过来……不是要她干活。"

"多么卑鄙无耻!"翁索夫斯卡太太望着地上,轻声地说。

"是的,买卖人口是很卑鄙的事情,出卖自己就更卑鄙无耻了。那些不合法的成交的买卖也是很可耻的。如果这样的事被揭露出来,被揭露的当事人一定很狼狈。"

两人都不言声地坐了一会儿。翁索夫斯卡太太依然很生气,沃库尔斯基闷闷不乐。

"不!"她突然叫了起来,"我一定要知道您的真正的看法。"

"对什么的看法?"

"对各种问题的看法,您要给我讲得清楚和明确一点。"

"这难道是一场考试?"

"有点像。"

"那您就问吧！"

看来她有点犹豫,但她还是鼓起了勇气,问道:

"那么您认为男爵有权抛弃和侮辱一个女人吗?"

"您说的是那个欺骗他的女人吗? 他对她有这个权利。"

"您把什么叫欺骗呢?"

"她像您所说的那样,本来有一个意中人斯塔尔斯基,却接受了男爵的求婚。"

翁索夫斯卡太太咬着嘴唇。

"男爵就没有这样的意中人吗?"

"如果他有这样的愿望和机会,他当然会有,"沃库尔斯基回答说,"但男爵并没有装成道貌岸然的样子,也不自称是作风正派的模范,并且他也没有受到大家的尊敬……如果男爵赢得了一个人的心,又说他从来没有过情妇,可实际上他有的话,那他也是个骗子。但情况并不是这样。"

翁索夫斯卡太太笑了笑。

"您真了不起! 哪个女人向您断言或者保证她没有个情夫呢?"

"啊哈,这么说,您也有个情夫了……"

"尊敬的先生!"那寡妇火了,她跳了起来。

但她很快就恢复了平静,冷冷地说:

"我提醒您不要专门挑选那些不能容忍的论点。"

"那为什么? 我们两个人不是有同样的权利吗? 如果您问我有多少情妇,我绝不会生气。"

"我对这并不感兴趣。"

她开始在客厅里走来走去。沃库尔斯基事实上也很生气,可是他控制住了自己。

"是的，我承认，"她又说，"我不是没有成见的。我是个女人，像你们的人类学家断定的那样，脑子要轻一些①；此外我还受到一些社会关系、不合理的习俗以及天知道还有什么东西的约束！但如果我是您这么一个聪明的男人，像您这样相信进步，那我就会去除这些本来不属于我们的东西，并且指出，女人迟早要享有平等权利。"

　　"就是我在以上提到的享有几个情夫的权利吗？"

　　"就是……就是！"她照他的样说，"我说的就是这个。"

　　"啊，进步的成果是不可信的，我们有什么必要期待它呢？今天在这方面已经有许多女人享受了同等的权利，她们甚至形成了一个强大的阶层，称之为风骚女人的阶层。奇怪的是，这些女人虽然博得了男人的欢心，却没有表现出她们的善良。"

　　"我没法跟您谈话，沃库尔斯基先生！"寡妇对他说。

　　"没法跟我谈平等的权利吗？"

　　翁索夫斯卡太太的眼睛像着了火似的闪闪发光，她脸上由于充血而变红了。她跌坐在一张靠椅上，用手捶着桌子，说道：

　　"好吧！我不怕您的咒骂，我就是要跟您谈谈这些风骚女人。您知道，把那些卖身的女人跟那些正直、高贵，为爱情而献身的女人混在一起的做法是多么下流和卑鄙……"

———〰〰〰〰〰———

　　① 这里引用的是爱德华·赖希的《妇女研究》这一类著作的观点，它由克拉姆什迪克从德文翻译过来，于一八七六年在华沙出版。书中有许多解剖生理学的论述，其中还有关于女人和男人脑子重量比较的统计数字。这些统计数字说明，女人的脑子毫无疑问比男人的脑子轻些。——原注

"那些卖身的女人还经常装得很天真纯洁的样子。"

"就算是这样吧！"

"结果就让那些相信她们的人受骗上当了。"

"欺骗对她们有什么妨害呢？"她大胆地望着他的眼睛。

沃库尔斯基咬紧着牙齿，但他控制住了自己，心平气和地往下说：

"太太，如果我不是人们所说的那样，拥有六十万卢布的财产，而只有六千卢布，但我对他们的这种造谣却没有加以反驳的话，那我的股东们会说些什么呢？要知道这中间的差别就像两个零啊！"

"我们在这里不要谈钱的问题！"翁索夫斯卡打断他的话。

"那好！比方说，假如我不叫沃库尔斯基，而叫沃尔库斯基，把这个姓氏中的字母稍稍颠倒一下，就博得议长夫人的喜欢，而且能够钻进她家里去，又在那里很荣幸地认识了您的话，您会怎么说我呢？您会把这种偶然的相识和这种博得别人喜欢的方式称为什么呢？"

翁索夫斯卡太太那变幻不定的神色中露出了一种厌恶感。

"这跟男爵和他妻子的事有什么关系呢？"她回答说。

"我的太太，一个人在世界上不要给自己安一个称号。一个风骚的女人也可能是个有用的女人，谁都没有权利去指责她那种特殊的本领；可她如果假装贞洁，那就是个骗子，就应当受到谴责了。"

"太可怕了，"翁索夫斯卡脱口说，"我们暂且不谈这个，但是请您告诉我，这样的欺骗会给世界造成什么样的损失呢？"

沃库尔斯基耳朵里嗡嗡地响了起来。

"有时候还会得到好处。例如一个幼稚和轻信的人，他
因为追求理想的爱情而患了精神病，为了这个理想，他冒着极
大的危险，挣得了一笔财产，这对社会是有好处的。但这个精
神病患者如果发现自己受骗上当，变得颓丧，什么事也干不
了，那对社会来说，也是一个损失。或者……他连自己的财产
都没有安排和处理，就要反抗，这就是，跟斯塔尔斯基先生决
斗，肋骨上挨了一枪。那样，社会也会遭受损失，因为幸福被
破坏了，思想被扰乱了，还失去了一个能够做点好事的人。"

"那是这个人自己不好。"

"您说得对，如果他没有醒悟过来，不照男爵那么去做，
依然是那么痴心，那么忍辱负重，这就要怪他了。"

"简单地说，"翁索夫斯卡太太说，"男人们不会自动放弃
对女人行使野蛮的特权……"

"这就是说，他们不承认女人有伪装和欺骗的特权。"

"谁拒绝调解，"她激动地说，"谁就要斗争。"

"斗争吗？"沃库尔斯基笑着重复了一遍。

"是的，一场斗争，胜利将属于较强的一方。谁比较强
呢？等着瞧吧！"她挥动着拳头吼道。

这时出了一件令人惊异的事。沃库尔斯基突然抓住翁索
夫斯卡的双手，用三个手指紧紧地掐住它们。

"您为什么这样？"她脸色苍白地问道。

"我们来试试，谁比谁强一些。"他回答说。

"嗨……别开玩笑啦！"

"不，我的太太，这不是开玩笑。我只是要证明一下，跟

您这个斗争一方的代表,我爱怎么做就能够怎么做,是不是这样?"

"您放开我吧!"她叫了一声,使劲想挣脱,"不然我要喊仆人了。"

沃库尔斯基放开了她的手。

"哦,原来女人要靠仆人的帮助才能跟我们斗争。我倒很想知道,你们的那些同党要求什么样的报酬? 如果你们不给予报酬,他们干不干?"

翁索夫斯卡太太眼睁睁地望着他,起初感到有点不安,后来她很愤怒,最后又耸了耸肩膀。

"您知道我想起什么了吗?"

"想起我疯了?"

"有点像。"

"跟一个这么漂亮的女人争论这么一些问题,当然要发疯的。"

"唉,多么庸俗的讨好呀!"她讥讽地说,"但我必须承认,您使我产生了一点好感,一点……可是这个角色您没有扮完,您放开了我的手,我很失望。"

"哦,不放手,我也能够扮这个角色。"

"我会喊仆人。"

"可是对不起,太太,我有办法封住您的嘴。"

"什么? 什么?"

"我已经说了。"

翁索夫斯卡感到惊异。

"您知道,"她像拿破仑那样叉着胳膊①,"您不是脾气古怪,就是……教养太差。"

"我根本就没有受过教育。"

"这么说,您真是个怪人,"她轻声地说,"可惜贝娜没有看到您这方面。"

沃库尔斯基惊呆了,不是因为他听到了这个名字,而是因为他发觉自己身上起了变化。伊扎贝娜对他来说根本就无所谓了,他现在感兴趣的是翁索夫斯卡太太。

"您对她应当像对我这样,马上阐明您的这些理论,那样你们之间就不会有误会了。"

"难道是误会?"沃库尔斯基睁大了眼睛,问道。

"是的,因为据我所知,她是要原谅您的。"

"她要原谅我?"

"我看您的身体现在……还很虚弱,"她以毫不在意的口吻说,"如果您自己不觉得您的行为是多么粗暴……跟您的乖戾相比,男爵也显得文雅些。"

沃库尔斯基笑得那么真诚,使他自己也有点不安了。翁索夫斯卡又说:

"您笑啦? 对不起,我知道,您笑是什么意思……这是最大的痛苦……"

"我对您发誓,最近十个礼拜,我可从来没感到过这么自由……上帝呀! 甚至几年来没有这么自由了。我觉得整个这段时间,好像有个可怕的梦影映在我的脑子里,直到一瞬间前才消失。现在我得救了,要感谢您呀!"

---

① 把手交叉在胸脯上是拿破仑第一最爱摆的一个姿势。

他的声音在发颤。他捧着她的双手，热情地吻着。翁索夫斯卡太太看见他的眼里满噙着泪水。

"得救了！自由了！"他重复地说。

"我告诉您，"她把手缩回去，冷冷地说，"你们之间发生的事我全知道。您偷听谈话，就不应该，其实那些谈话我知道得一清二楚，而且我还知道得更多……那是最普通的卖弄风情。"

"嗯，那是卖弄风情吗？"他打断她的话，"难道一个女人是饭厅里的一块餐巾，可以用来擦每个人的嘴巴和手？……如果这就叫卖弄风情，那好得很！"

"您别说啦！"翁索夫斯卡太太叫起来，"我不否认，贝娜做得不对，可是……您也要看看您自己吧！如果我说，她……"

"她爱我，是吗？"沃库尔斯基接她的话说，一面摸着胡子。

"啊，她确实爱您！现在她为您感到惋惜。可我不愿纠缠在一些细小的事情中，我要告诉您的是，这两个月我几乎天天看见她，您是她谈话唯一的内容，她最喜欢在扎斯瓦夫城堡里散步……她不知有多少次坐在那块刻了字的大石头上，我也不知道有多少次看见她的眼里满噙着泪水。有一次，她甚至号啕大哭起来，反复地念着刻在石头上的那两行诗：

> 无论在什么地方，我都永远伴随着你，
> 因为我在你那里，留下了我的灵魂。①

---

① 这是波兰浪漫主义诗人密茨凯维奇《致 M＊＊＊》一首诗中的最后两句。

"您对这怎么说呢？"

"我有什么说的？"沃库尔斯基复述了一遍，"老实说，我现在只有一个愿望，就是抹掉我跟伊扎贝娜小姐认识的任何一点痕迹。首先是那块石头，使她那么伤感的石头。"

"如果您这是真话，那我就有了一个很好的证据，证明男人是忠贞不贰的。"

"不，您那个证据，只能证明有一个神奇治疗的方法，"他激动地说，"上帝啊！好像我被人弄得熟睡了好几年，又有人在十个礼拜前要把我弄醒，可惜那种方法他不会，以致我直到今天才真正醒来。"

"您这是认真说的吗？"

"您没看见我是多么快活吗？我重新认识了自己，我是属于我自己的。请您相信我，这是一个奇迹，连我自己都不理解；它好比让一个已经躺在棺材里的人从死亡中活过来。"

"您认为这是怎么造成的呢？"她问道，眼睛望着下面。

"首先因为您，其次是有这么一个情况，那就是我终于把那些我早就明白，但没有勇气承认的事情对别人讲清楚了。伊扎贝娜小姐跟我不是同一类的人，除非我疯了，我是不会跟她拴在一起的。"

"您很有趣地发现了这个之后，怎么办呢？"

"我不知道。"

"您是不是已经找到了一个跟您同一类的女人呢？"

"也可能是这样。"

"那肯定是那个斯塔……斯塔……太太。"

"斯塔夫斯卡吗？不。那不如说是您。"

翁索夫斯卡太太带着很严肃的神色站了起来。

"我懂了，"沃库尔斯基说，"我该走了吧？"

"您认为怎么样就怎么样。"

"我们一起去乡下好吗？"

"噢，要我一起去，那绝不可能，但我……并不阻止您去乡下。贝娜大概会到我那里去。"

"要那样我就不去了。"

"我没有说她肯定会去。"

"那我以后只会遇到您一个人啦？"

"可能是这样。"

"我们可以像今天这样谈话吗？可以像以前那次一样一同骑马出去走走吗？"

"我们之间会有一场斗争。"翁索夫斯卡太太回答说。

"我警告您，我会取得胜利的。"

"真的吗？您大概要把我当成您的奴隶吧？"

"是的，开始我要让您相信我拥有权力，然后我在您跟前跪下，恳求您把我收留下来，当作您的奴隶。"

翁索夫斯卡太太转过身，从客厅里走了出去。她在门口停了一会儿，稍稍点了点头，说：

"再见，乡下见！"

沃库尔斯基像喝醉了似的离开了她的寓所。他来到街上，轻声地说：

"我真的变傻了。"

他转过身来，看见翁索夫斯卡正从拉起的窗帘下面望着他。

"见鬼，"他不禁想道，"我是不是又卷入另一场冒险的事件中去了？"

沃库尔斯基走在街上，依旧思考着他自己所发生的变化。

他仿佛从一个由黑夜和疯狂统治着的深渊里来到了明亮的白天里。他的脉搏跳得更加有力，呼吸也舒畅多了。他的思想变得非常活跃了，整个机体都充满了活力，心里处于一种无可言状的平静的状态。

街上的杂乱不再使他烦恼了，看到那一群群的人甚至感到很高兴。天空变得更蓝了，房子也新了，就连映照在阳光中的灰尘也漂亮了。

但是那些年轻的女人，她们温柔的动作、笑眯眯的嘴唇和迷人的眼神都给他带来了最大的愉快。有几个年轻的女人直望着他的眼睛，向他投去了饱含着柔情蜜意和卖弄风骚的目光。沃库尔斯基心跳得更快了，一股使人振奋的电流从头顶一直传到了脚跟。

"漂亮！"他不由得想。

但他马上就想起了翁索夫斯卡太太，他不得不承认，在那些漂亮的女人当中，她是最漂亮的，特别是她最具有女性的魅力。那苗条的身段，那造型优美的大腿，还有那红润的脸色和那双有如钻石和天鹅绒的眼睛……当他闻到她的肌肤的芳香、听到她的爽朗的笑声的时候，他真的要对她发誓了，他的脑子里不断萦绕着一个念头，就是要接近她。

"那定是个疯狂的女人！"他低声说，"我非得给她点颜色看……"

翁索夫斯卡的形影老是离不开他，是那么诱惑着他，他突然产生了一个想法，晚上就再去看她一下。

"她不是请过我去吃中饭和晚饭吗！"他自言自语地说，感到全身热血在沸腾，"她会不会把我赶出门去呢？可她为什么要向我献殷勤呢？她并不讨厌我，这个我也不是今天才知道的；我对她产生了一种欲望，这是很值得的……"

这时候，有个长着栗色头发、一双紫罗兰的眼睛和孩子一样的脸蛋的女人从他身边走过，沃库尔斯基惊异地发现，自己很喜欢她。

在离他家大约十几步远的地方，他听见了有人叫他：

"喂，喂！……斯塔胡！"

沃库尔斯基回头望了一下，瞧见舒曼在一家糖果店门前的凉棚下。医生把那杯还没有吃完的冰淇淋放下，将二十戈比的银币扔在桌子上，就向他跑过来了。

"我跟你一道走，"舒曼说着便抓住了他的胳臂，"你知道，你好久没有这么好的气色了。我敢打赌，你会回到公司里去，把那些犹太人赶走……多么好的脸色……多么炯炯有神的眼睛，今天我又看到了以前那个斯塔赫了！"

他们走进了大门，上了阶梯，来到了住所里。

"我现在觉得，又有一种病在侵害我了，"沃库尔斯基笑着说，"你抽不抽雪茄？"

"有什么病在侵害你呢？"

"你想想看，就在这么一个小时的时间，女人们给我留下了这么深的印象，连我自己都感到害怕……"

舒曼哈哈大笑起来。

"你这个人真怪，不请人吃一顿中饭来高兴高兴，却害怕……你以为，当你疯狂地追求一个女人的时候，你才是健康的吧？其实你今天才是健康的，因为你今天喜欢所有的女人了，对你来说，恐怕没有比讨得你最中意的女人好感的事情更迫切的了。"

"嗨,如果我中意的是一位高贵的夫人呢?"

"那更好嘛……那更好嘛……高贵的夫人远比那些侍女更有魅力。女人们有了文化修养,特别是有了高贵的风度,就更显现出她们的温柔。你会听到最优美的谈话,见到那充满了自尊和自信的神情……告诉你,跟她们交往是加倍值得的……"

沃库尔斯基的脸上掠过一丝阴影。

"啊!"舒曼叫了起来,"现在我已经看见耶稣基督骑到耶路撒冷去的那匹毛驴的长耳朵了,它是你的保护者,它就在你的身边。① 你为什么要做出那讨厌的样子呢? 你正可以去追求那高贵的夫人嘛! 她们对平民阶层现在很感兴趣。"

前厅里有人按铃,奥霍茨基走了进来,他望着那激动的医生,问道:

"我妨不妨碍你们?"

"不!"舒曼回答说,"您对我们甚至可以有一些帮助。因为我正建议斯塔赫用恋爱来治他自己的病,但……不是用空想的恋爱,那些空想的恋爱使他受尽了折磨。"

"您知道,我也很想听听您的看法。"奥霍茨基点上了给他递过来的一支雪茄,说。

"莫名其妙!"沃库尔斯基嘟哝地说。

"绝不是莫名其妙,"舒曼说,"一个有你这样一笔财产的人肯定是很幸福的,但要聪明一点就得每天都更换食物,穿上干净的衣服,每个季度都换一个住的地方和情妇。"

"那女人就没有吃的了。"奥霍茨基插嘴说。

~~~~~~~~~~~~~

① 关于耶稣基督骑着毛驴去耶路撒冷的故事在《新约·马太福音》第二十一章第二至第十节、《马可福音》第十一章第二至第七节和《路加福音》第十九章第三十至第三十五节上都有记载。

"这是女人的事,您不要管! 女人们自己会想办法,"医生讥讽地说,"她们需要的饮食是不会缺少的。"

"每个季度都有她们的饮食吗?"奥霍茨基问道。

"当然,为什么在这方面她们的待遇要比我们差呢?"

"可是到第十或者第二十季度,人们对这些事情就不感兴趣了。"

"偏见……偏见……"舒曼说,"以后的事情您既料想不到,也看不到,特别是当人们告诉您,您已经是女人早就深刻感受到了的第二个或者第四个真正的恋人的时候……"

"你没有到热茨基那里去过?"沃库尔斯基问舒曼。

"哼,我才不去给他开这张治恋爱病的方子呢!"医生回答说,"那老头的病治不好了。"

"看来他的情况确实不太好。"奥霍茨基补上了一句。

谈话转到了热茨基的健康状况上,后又转到了政治上,末了舒曼跟他们辞别,走了。

"厚颜无耻的畜生!"奥霍茨基嘟哝道。

"他不喜欢女人,"沃库尔斯基解释说,"此外他谈论那些异教邪说,也曾有过痛苦的时候。"

"有时候,他说得也不是没有道理,"奥霍茨基补充说,"因为他的一些论点真是一针见血,就在一个钟头前,我跟我姑妈很认真地谈过一次话,她一定要我结婚,还向我证实,没有一样东西像一个善良女人的爱那样,使人变得高尚起来。"

"舒曼在劝导我,并没有劝导您。"

"我听到他那些论述的时候,我也想到了您。如果您每一个季度换一个情妇,如果有一天,所有那些为了您的利润而拼命干活的人都来到您面前,问道:'你该怎么答谢我们的辛劳？我们为你卖命,自己不仅陷入了贫困,而且缩短了生命,你又怎么答谢我们？是用你的工作,你的忠言,还是以你自己做出一个榜样来答谢我们?'到那个时候,我可以想象出,您会是个什么样子。"

"今天有什么人在为我的利润干活呢?"沃库尔斯基问道,"我不再做生意了,我的财产已经变成有价证券了。"

"如果那是土地抵押债券,那就由雇农们按照这些债券付息;如果那是一种股票,就由铁路、糖厂、纺织厂的工人,谁知道还有些什么人来偿还股息。"

沃库尔斯基更加闷闷不乐了。

"对不起,"他说,"我还要考虑这些吗？成千上万的人靠利息生活,从来没有担心过得不到利息。"

"啊,那是别人,不是您,"奥霍茨基嘟哝道,"我每年有一千五百卢布的收入,但我时常想,我这一笔钱是可以维持三个或者四个人的生活；为了保证我的消费,有些穷人甚至活不下去,他们那些本来就很有限的要求还要受到限制。但有什么办法呢？既然有那么多收入,就应当有所付出。"

沃库尔斯基在房间里走来走去。

"您什么时候出国呢?"他突然问。

"我也不知道,"奥霍茨基闷闷不乐地回答,"我那个债务人不到一年是不会把钱还给我的,他要等新借到一笔款项才能还我的债,可今天要借到一笔款项是很难的。"

"他付给您的利息很高吗?"

"年息七厘。"

"那个投资靠得住吗?"

"除了信托公司①,他的抵押借款是最靠得住的。"

"如果我给您现款,享受您给我的权益,那您会出国吗?"

"马上走!"奥霍茨基跳起来喊道,"我待在这里干什么呢? 也许在我找不到出路的时候,我不得不跟一个有钱的女人结婚,然后按照舒曼的建议安排自己的生活。"

沃库尔斯基想了一下。

"结婚有什么不好呢?"他低声说。

"算了吧! 跟一个没有钱的女人结婚,我养不起她,跟一个有钱的女人在一起,又会使我奢华起来,不论跟哪个在一起都会葬送我的计划。对我来说,需要一个与众不同的、能够跟我一起在实验室里工作的女人,可我到哪里去找这样的女人呢?"

奥霍茨基觉得不知怎么办才好,他站起来要走。

"那么,亲爱的,"沃库尔斯基在送别他时说,"至于如何处理您的资金,我们以后再说吧! 我准备给您现款。"

"就照您的意思办吧! 我不会这么请求,但对您的好意,我非常感谢。"

"您什么时候到扎斯瓦维克去?"

"明天,我这就是来向您告别的。"

"那好,现在事情也谈妥了,"沃库尔斯基紧握着他的手,最后说,"十月份您就可以拿到钱。"

奥霍茨基走后,沃库尔斯基就睡了。这一天他有那么多非常强烈而又自相矛盾的感受,竟无法把它们梳理清楚。他

① 指华沙土地信贷公司。该公司成立于一八二五年,一九三九年以前一直存在,是波兰最重要的信贷机关之一。

觉得,自从跟伊扎贝娜小姐决裂以来,他好像爬上了一座周围都是悬崖的险峻的高山,到今天才越过了山顶,来到另一面的山坡上。在那里,他看见了一条完全是新的但又显得不很清晰的地平线。

有时在他的眼前,出现了一大群女人的形象,其中翁索夫斯卡太太出现的次数是最多的;有时他又看见了一大群雇农和工人,他们问他,他们使他得到那么多的收入,他又给了他们什么呢?

最后,他酣然入睡了。

早上六点才醒来,一开始就有种自由和爽快的感觉。他虽然不想起床,但并不感到悲哀,也没有想伊扎贝娜小姐。这就是说,他想过,但他是可以不想的;总而言之,他现在即便想起她,也不会像以前那样感到痛苦了。

这种没有痛苦的感觉甚至使他有些不安了。

"这该不是幻觉吧?"他不由得这么想。

他回想起了昨天的事情,说明他的记忆和逻辑思维都没有问题。

"我还能不能恢复我的意志的力量呢?"他轻声地说。

他想试一试,于是决心在五分钟内从床上爬起来、洗完澡、穿好衣,马上到浴室公园里去散步。他望着表上那根慢慢转动着的指针,不安地问自己:"我连这些都做不到了吗?"

指针走了五分钟,沃库尔斯基不慌不忙,但也毫不迟疑地从床上爬起来。他自己在浴盆里放了水,洗完澡,擦干了身子,穿上衣服,半个钟头后,他到浴室公园去了。

他印象最深的是,他整个这段时间都没有想到伊扎贝娜小姐,而一直在想翁索夫斯卡太太。事实上,他昨天就起了一些变化,大概他脑子里有些已经麻木了的细胞又开始起作用了吧? 伊扎贝娜小姐已经不是他思想的主宰了。

"这是多么奇怪又多么错综复杂呀!"他自言自语道,"那个女人被翁索夫斯卡太太赶走了,翁索夫斯卡太太又可能被任何一个别的女人所取代。看来,我的精神病真的给治好了。"

他沿着那个池塘走着,漫不经心地望着那些小船和天鹅。后来他又转到了那条通往橘园的林荫道上,他和她两个人以前也到过这里。他对自己说,今天这顿早餐一定是很有胃口的。不过他走这条路回来的时候,突然生气了,而且像个调皮捣蛋的孩子那样,自以为很得意地把自己的脚印全擦掉了。

"如果我能够像这样把所有的痕迹全消灭掉……那石头,还有那废墟……所有的一切!"

就在这一瞬间,他觉得自己产生了一个非满足不可的要求,这就是要破坏某些东西,但他同时也很明白,这是一种病态的表现。他感到很高兴的是,他不但能平心静气地想到伊扎贝娜小姐,而且能够给她公正的评价。

"我为什么要生气呢?"他想道,"要不是她,我就不可能去挣得一笔财产。要不是她和斯塔尔斯基,我就不会去巴黎,也不会认识盖斯特;也不会在斯凯尔涅维采附近治好自己的愚蠢病。总之,他们俩对我是有恩的……我应当把这一对被挑选出来的男女撮合起来,至少也该使他们能够约会一下……要把这看成是肥料,有一天它会使盖斯特的发明开花结果!"

植物园里静寂无声,几乎没有人。沃库尔斯基绕过那口井后,慢慢走上了一个被树荫遮住了的山头,一年前,他在那里第一次跟奥霍茨基谈过话。他觉得,那山头像是一些巨大的阶梯的底部,它们的顶上有一个神秘女神的雕像。他还看见了她,并且大为惊奇地发现,那缠绕在她头上的云散开了一会儿。他看见了一副十分严厉的面相、飘散的头发和在青铜色的额头下面的一双炯炯有神的眼睛,那双眼睛也正带着一种要压倒一切的神情望着他。他挡得住那锐利的目光,而且他还感到自己的身子在往上长……往上长……他的头有公园里最高的那些树那么高了,几乎可以够到女神光着的脚了。

现在他懂得了,这纯洁的永恒的美就是荣誉,在它的峰顶上,除了劳动和冒险之外,再也没有别的东西能够使人感到快乐了。

他回到家里更加感伤了,但他依然是心平气和的。他觉得,在他散步的那个时候,好像有一条线把未来跟他那永久的过去连起来了,在过去那个时代,他曾经是一个伙计和大学生,制造过永动机或可以操纵的气球,但是最近十几年来,他一直在休息,虚度光阴。

"我一定要去旅行,"他对自己说,"要有充分的休息,以后……再看吧!"

下午他给莫斯科的苏津发了一个很长的电报。

第二天一点钟左右,沃库尔斯基正在吃早饭,翁索夫斯卡太太的仆人来了,他的女主人在马车里等他。

"您跟我一起走。"她说。

"去吃午饭?"

"不,到浴室公园去。因为在野外当着别人的面跟您谈话,我放心些。"

但沃库尔斯基脸色阴郁,没有说话。

他们在浴室公园下了车,从那宫殿式的凉台旁走过后,便在邻近露天剧场①的那条林荫道上散起步来。

"您要多跟一些人接触和交往,沃库尔斯基先生!"翁索夫斯卡太太说,"您一定要改变您对一切都漠不关心的态度,否则您就得不到最好的回报了。"

"噢,竟然是那样?"

"那当然,所有的女人都很关心您的烦恼,我愿打赌,有好些女人都想安慰您一下。"

"是不是想从我那所谓的烦恼中取乐,就像猫逗着一只受伤的老鼠玩那样?不,太太,我不需要女人来安慰我,因为我并没有烦恼,女人对我也没有罪过……"

"对不起,"翁索夫斯卡太太叫起来,"您是要说,您真的没有受到过温柔的小手的袭击吗?"

"我要说的是,"沃库尔斯基回答说,"如果有人袭击了我,那决不是女性,但我也不知道是谁?也许是可怕的命运吧!"

"但总是和女人有关。"

"首先是我太幼稚。差不多从小时候起,我就在寻找,想要发现伟大和未知的事物。因为我常用诗人的眼光去看女人,而诗人又无限地吹捧她们,所以我也以为,女人就是那伟大和未知的事物。可是我弄错了,我那一时的冲动,秘密就在这里,由于那种冲动,我发了大财。"

翁索夫斯卡太太在林荫道上停了下来。

"您知道,我感到奇怪的是,不知道为什么,我们从前天

---

① 露天剧场在浴室公园中的宫殿附近。这是一个露天的石制舞台,有一千五百个观众席位,是对古希腊罗马的露天剧院的仿造。整个露天剧场是由扬·赫·卡姆塞泽尔设计,在一七九〇至一七九一年间建成的。——原注

起就没有见过面了,而今天您又好像完全变成了另外一个人,变成了一个瞧不起女人的老头?"

"这不是瞧不起,而是在观察。"

"观察到了什么呢?"翁索夫斯卡问道。

"有这么一种女人,她们活在这个世界上,只是为了激起和诱发男人的情欲。这么一来,聪明人就变成了傻瓜,有德行的人堕落腐化,但蠢汉却依旧是蠢汉。她们有许多崇拜者,因此她们对我们的影响就像土耳其深闺中的女人那样。这一下您应当明白了,太太!女人既没有必要对我的痛苦表示同情,也无权来玩弄我,我不属于她们的管辖范围。"

"您已经跟爱情断绝关系了吗?"翁索夫斯卡太太讥讽地问道。

沃库尔斯基听到后非常愤怒。

"不,太太!"他回答说,"我有个悲观厌世的朋友,他曾经对我说,每年用四千卢布去购买爱情,再用五千卢布去购买忠贞,比用那种称之为感情的东西去购买要可靠得多。"

"一个漂亮的忠贞呀!"翁索夫斯卡太太脱口而出。

"至少可以事先知道她以后会怎么样!"

翁索夫斯卡太太咬着嘴唇,转身朝着马车所在的那个方向。

"您倒应当像个使徒那样,去传布自己新的观点。"

"我认为这是浪费时间,太太,因为有些人永远也理解不了,另一些人没有亲身体验,也不会相信。"

"感谢您的教导,"过了一会儿,她说,"它给我留下了那么深的印象,我简直不想让您送我回家了。您今天情绪特别不好,但我认为,那会过去的。这里……还有一封信,"她往下说,把那封信塞在他的手里,"您念一念吧！我没有注意保守秘密,但我相信您不会出卖我。我下定决心,要消解您跟贝娜之间的误会。如果我这个愿望能够实现,您就把这封信烧掉,如果不成……您就把它带到乡下去,再见！"

她坐上了那辆私人马车,让沃库尔斯基一个人站在路上。

"见鬼,我是不是得罪她了?"他产生了疑问,"可惜啊,她确实是很诱人的。"

他朝着乌雅兹多夫大街那边走去,心里想着翁索夫斯卡太太。

"愚蠢……我并没有对她说我倾心于她嘛……就说她偶尔对我表示好感,我又怎么去回报她呢？我总不能说我爱她吧！"

到了家里,沃库尔斯基才拆开了伊扎贝娜小姐的那封信。

一看见那对他来说曾经很珍贵的笔迹,他突然感到一阵心酸;但是信纸的香味使他想起了过去,已经成了很远很远的过去的时日,当时她还曾要他给罗西捧场。

"这是伊扎贝娜做祷告时用的念珠中的一粒！"他冷笑道。

他开始念信:

> 我亲爱的卡久！我对什么都不感兴趣,而且也无法集中思想,所以直到今天才拿起笔来,向你通报在你走后我们这里发生了什么事情。
>
> 我已经知道,霍尔滕西亚姑妈遗赠给了我多少钱:六万卢布,因此我们一共有九万卢布,以这些钱作为资金,好心的男爵答应付给七厘的利息,每年大约有六千卢布。没办法,要学会节省了。

我跟你说不清我是怎么感到无聊的,也许是一种思念吧……但这也会过去的。那年轻的工程师还是每隔几天到我们家来一次。起先他那关于建造铁桥的谈话我觉得很好,现在他却告诉我,说他爱上的那个姑娘嫁给了别人,他是怎么陷入了绝望的境地,再也没有可能第二次热恋了,可他又多么希望能以新的更好的爱情来医治自己的创伤啊!他还对我说,他有时候写写诗,但在那些诗中,他只歌颂大自然的秀美……有时候我无聊得要哭了,没有人陪伴我真活不下去,因此我装着在倾听什么,有时还让他吻我的手……

沃库尔斯基脑门上暴出了青筋……他歇了一会儿,又往下念:

　　爸爸越来越衰弱了。他一天要哭好几次,我们交谈五分钟,就会受到他的责备,这为了谁,你是知道的,可你不会相信,那使得我多么难受。

　　每隔几天我就要到扎斯瓦夫遗址去一次。为什么要去那里我自己也弄不明白,也许是美丽的大自然在吸引我,或者因为我感到寂寞。在我很悲伤的时候,我用铅笔把各种各样的事情都记在那些断裂的墙上。

　　我很高兴地想,要是下一场雨,把这些都冲洗掉该多好,可我把最重要的事情忘了!你知道:那元帅给我父亲致信,非常郑重地表示了向我求婚。我激动得哭了一整夜,不是因为我要成为元帅夫人了,而是……因为这件事这么容易就成了。

　　钢笔从我的手中掉下来了。祝你健康,希望你有时候也能想起你不幸的贝娜！

沃库尔斯基把那封信揉成了一团。

"我虽然瞧不起她⋯⋯却还是爱她。"他脱口而出地说道。

他感到头部发热,于是紧握着拳头,来回地踱着,觉得自己的那些梦想很可笑。

晚上,他收到了从莫斯科发来的电报,随后他又给巴黎发了个电报。第二天,从清晨到深夜,他都是跟他的律师和公证人一起度过的。

在睡觉的时候,他想起了:

"我没有干什么蠢事吧? 不过,我还要去那里检查一下⋯⋯到底有没有一种比空气还轻的金属,这是另一个问题,但这里面肯定是有一些道理的。事实上,人们在寻找点金石时就发现了化学,谁知道,现在还会发现什么呢? 但对我来说,什么都一样,只要我能够从这个泥坑里爬出去⋯⋯"

第二天下午,沃库尔斯基才接到了巴黎的回电,他把它念了好几遍。过了一会儿,仆人又给他送来了一封翁索夫斯卡太太的信,信封上那盖印的地方有个狮身人面像。

"不错,"沃库尔斯基微笑着低声说,"人面和兽身,在我们的幻想中,还给你添上一双翅膀吧!"

翁索夫斯卡在信中这样写道:

> 请您到我这里来几分钟,因为我有一件非常紧要的事要告诉您,我今天就要走。

"我们就来看看,是什么要紧的事!"他自言自语道。

半个钟头后,他到了翁索夫斯卡太太那里。箱子都已经装好,放在前厅里,好像就要动身了似的。翁索夫斯卡太太在工作室里接见了他,但那里根本不像是有人工作过的地方。

"噢,您太客气了,"翁索夫斯卡太太有点委屈地说,"昨天我等了您一整天,您都没有出来。"

"您不是不让我来您这里吗?"沃库尔斯基惊异地说。

"这是怎么啦?我不是明明白白地邀请您到乡下去吗?但没有关系,我认为这是您的古怪。亲爱的先生,我找您有件很重要的事情,不久我就要去国外旅行,我想让您给我拿个主意,什么时候买法郎最好,现在就买,还是走之前再买?"

"您什么时候走?"

"大概……在十一月……十二月。"她回答说,脸红了。

"动身前买好些。"

"您这么认为?"

"大家都是这么做的。"

"我就是不愿像所有的人那样!"翁索夫斯卡太太叫了起来。

"那您现在就买吧!"

"如果法郎在十二月要落价呢?"

"那您就到那个时候再买吧!"

"您知道,"她撕着一张纸,说道,"您是唯一有好主意的人,说黑就是黑,说白就是白。您到底是个什么样的男子汉呀?一个男子汉不论什么时候都是说一不二的,至少他知道自己要干什么。怎么,您把贝娜的信给我带来了吗?"

沃库尔斯基沉默不语地把信交给了她。

"您真的不爱她了?"她很兴奋地叫道,"既然是这样,谈谈她的事情不会使您不高兴吧?因为我要……使你们和好才行,或者……让那可怜的姑娘别再那么折磨自己。您现在对她有成见……您冤枉了她……这要不得……对人先百般地献媚讨好,然后又把她像一束枯萎的花那样扔掉,一个诚实的人不能这么做。"

"要不得!"沃库尔斯基重复地说,"太太,请您告诉我,一个人一辈子受够了痛苦和屈辱,或者屈辱和痛苦,他还有什么要得要不得的?"

"但是除了这些,您还有快乐和幸福的时候呀!"

"有,几个好看的眼色和几句动听的话,但我以为,它们有一个最大的缺点,那就是可耻的虚伪。"

"但她今天感到懊悔了,要是您回去的话……"

"回去干什么?"

"得到她的心和手。"

"然后把她的另一只手留给那些相识和不相识的求婚者吗? 不,太太,那些竞争对我来说已经够了,我被斯塔尔斯基先生、沙斯塔尔斯基先生,天知道还有什么人打败了。我不能在我认为是理想的女人旁边扮演太监的角色,不能把每个男人看成是我谋取幸福的敌人或者不愿见到的表兄弟。"

"这真是太低级了,"翁索夫斯卡太太说道,"为了一点过错,而且是无意中的过错,您连您爱过的女人都瞧不起了吗?"

"那些过错已经犯了多少次,对不起,我有我自己的看法,至于说到无意……仁慈的上帝啊! 我的处境是多么可怜,她的无意到了什么程度,连我也弄不清楚了。"

"您有什么看法?"翁索夫斯卡很严肃地问道。

"我现在什么也不想了，"沃库尔斯基很冷淡地回答，"我只知道，在我的眼前，一场最庸俗的恋爱，是以所谓友好的形式出现的，这对我已经够受的了。一个妻子欺骗她的丈夫，还可以理解，因为她可以说她无法忍受婚姻加在她身上的枷锁。可是一个完全是自由的女人欺骗一个男人……哈哈哈！这就真的是一场恋爱的游戏了。她当然有权利从我这里转移到斯塔尔斯基和所有别的人那里去……而且这还不够，她还需要在她的随从中有一个真正爱她，愿为她牺牲一切的傻子……她在玩弄那恋爱的把戏的时候，还要把我当成一块挡箭牌，这是对人性的最大的侮辱……您想想看，那些能够廉价地博得她的宠爱的人会怎么来嘲笑我……像我这样一个让人嘲笑的人，一个不幸的人，一个清楚地知道自己低声下气被人瞧不起，但认为不该受此待遇的人该多么痛苦？"

翁索夫斯卡太太的嘴唇在发抖，她很艰难地忍住了自己，没有流下泪来。

"这大概全都是您的幻想吧？"她问道。

"噢，不是，太太！这是因为一个人的尊严受到了伤害，这不是幻想。"

"以后怎么样呢？"

"以后怎么样？"沃库尔斯基回答，"我醒悟过来了，恢复了我原来的状态，我今天只感到高兴，因为我那些竞争者至少还没有获得完全的胜利。"

"您的态度是不可改变的吗？"

"对不起，太太，一个女人献身于爱情，或者因为贫困而出卖自己，是可以理解的。可是对于这种精神上的卖淫，我怎么也理解不了！她们并不贫困，可打着贞洁的招牌，显得非常冷酷。"

"这么说，有些事情是不能原谅的？"她低声问道。

"要谁原谅，又原谅谁呢？斯塔尔斯基先生在这样的事情上，大概永远不会受到委屈，也许他还会把他的事情告诉他的朋友们。对其他的人就不用操心了，他们自有不少情投意合的伙伴。"

"再说一句，"翁索夫斯卡太太站了起来，说，"可不可以知道，您还有什么打算？"

"要是我自己知道就好了。"

她向他伸出手来。

"再会。"

"我祝您幸福。"

"唉！"她叹了一声，马上走到隔壁的房里去了。

沃库尔斯基走下阶梯时想道："我好像一会儿就办好了两件事……谁知道，大概舒曼说得不错吧？"

他从翁索夫斯卡太太那里乘车来到热茨基的家里。那老掌柜显得很憔悴，身子虚弱得连站起来都很吃力。他的容貌使沃库尔斯基大吃一惊。

"老朋友，我这么久没有来看你，你不会生气吧？"他紧握着他的手。

热茨基悲哀地摇摇头。

"难道我不知道您发生了什么事吗？"他回答说，"可怜……可怜的世界……越来越糟了。"

沃库尔斯基坐下后，沉思起来。热茨基开始说道：

"你看，斯塔赫，我想，我是该到卡茨和我那些步兵那里去了,如果再拖延下去,他们会对我不满的。我知道,凡是你决定要做的事情,都一定是明智和美好的,可现在……你要是跟斯塔夫斯卡结婚,不是很实际吗? 她其实是你的牺牲品呀!"

沃库尔斯基抱住了自己的头。

"仁慈的上帝呀!"他叫道,"我什么时候才能摆脱这些娘儿们呀! 一个女人吹嘘自己,说我成了她的牺牲品;再有一个女人又愿意做我的牺牲品,还会有十个这样的女人,她们都愿意为了我和我的财产牺牲自己。一个可笑的国家,统治这个国家的是女人,那里除了幸运或不幸的爱情外,就没别的了。"

"好啦,好啦,好啦,"热茨基有点不满地说,"我还不至于揪着你的脖子把你拖了去! 可是你看,舒曼也说,你非得马上谈恋爱不可……"

"唉,不! 我现在更需要换换气候条件,我已经替自己开了个药方。"

"你要出去旅行?"

"最晚后天,到莫斯科去,以后……上帝让我去哪里就去哪里。"

"你有什么打算吗?"热茨基很神秘地问道。

沃库尔斯基考虑了一下。

"我还没有想好;我好像坐在十层楼那么高的秋千上那样,总是摇摆不定。有时候,我觉得我还要为世界做点什么事情。"

"噢,好啊……好啊!"

"不过我有时感到失望,我真想让大地把我和我接触过的一切全都吞下去。"

"那毫无道理……那毫无道理。"热茨基插嘴说。

"我知道,我现在告诉你吧,如果我的名字将来还能轰动一时,如果我要自杀,这都是不奇怪的。"

两个人在一起一直坐到了深夜。

几天后传出了一个消息,说沃库尔斯基突然到什么地方去了,大概永远不会回来了。

他所有的动产,从家具一直到那辆马车和那些马匹,都以相当低廉的价格被什兰格巴乌姆买去了。

第十八章　老掌柜的回忆

几个月来一直有这样的传闻,说是皇帝的儿子、路易·拿破仑公爵今年六月二十六日已经死在非洲了,还说他是在跟一个野蛮民族的战争中阵亡的,大家都不知道那野蛮民族住在哪里,也不知道它叫什么名字,因为任何一个民族都不会自称为祖卢。

大家都这么说,欧仁皇后会亲自到那里去①,把她儿子的遗体运回英国。是不是真的这样?我不知道,因为从七月以来,我就不看报了,而且我也不爱谈政治了。

政治是件蠢事。从前没有电报和社论,世界照样前进,每个明智的人都对政治局面会有一个清醒的认识。今天有了电报、社论和最新的消息,这一切反倒使人受骗上当。

甚至比使人受骗更坏,因为它们使人们丧失了良心。要不是凯尼格②和苏利茨基③的宣传,真的没有人相信上帝的

---

① 欧仁皇后当时并没有去非洲,她是第二年(一八八〇年)到那里去的,想看一下儿子死的那个地方。——原注

② 尤泽夫·凯尼格(1821—1900),政论家和戏剧评论家。一八四三年起跟《华沙报》合作,一八五一至一八五九年间和安东尼·列什诺夫斯基一同主编该报。列什诺夫斯基死后,他一个人主编该报至一八八九年。《华沙报》在他的方针指导下,具有适度的自由主义特性。——原注

③ 埃德蒙德·苏利茨基(1833—1884),《波兰报》政治栏目的主编,这是一家具有保守性质的日报。——原注

公正了。

今天，一些事情写在报纸上使人感到莫名其妙。

至于说到路易·拿破仑公爵，他当然有可能丧命，但他为了逃避甘必大的侦探们，也可能躲到别的什么地方去了。我并不注意这些谣言。

……

克莱因仍然没有回来，可李谢茨基却迁居到伏尔加河边的阿斯特拉罕去了。他临走的时候对我说，这里不久就会成为犹太人的天下，所有别的人都会变成犹太人。

李谢茨基一讲话就头脑发热，爱犯糊涂。

……

我的健康状况也不好，特别是容易疲劳，不拄拐杖上不了街啦！实际上，我根本没有病，只是有时候肩膀上有一种奇怪的疼痛，而且还感到憋气。但这会过去的，要是不过去，对我来说也一样。世界正在变坏，我用不了多久就跟人谈不了话啦，我什么都不相信了。

……

七月底，作为商店老板和公司经理的亨利克·什兰格巴乌姆做生日。虽然他连沃库尔斯基去年那样一半的排场都没有，但是沃库尔斯基的朋友和对手全都聚集在这里，为什兰格巴乌姆的健康干杯……那喧闹声把玻璃窗都震响了。

啊，世人，世人呀！为了一盘菜和一瓶酒，你们会跳到河里去，为了一个卢布，还不知道你们会干出什么蠢事来！

……

哼！……今天有人给我看了《信使》，男爵夫人因为给一个保育院捐了两百卢布，在那上面被称为我们女界中最正直和最仁慈的人。大家显然都忘了她跟斯塔夫斯卡打过的那场官司和跟房客们的那场闹剧。

难道丈夫真把那婆娘管住了？

……

人们反对犹太人的情绪越来越厉害了，甚至出现了这样的谣言，说犹太人捉了基督教徒的孩子，把他们杀死，用来做他们节日吃的硬面薄饼。

我一听见这样的故事，上帝知道，我只好擦擦眼睛，自己问自己，我是头脑发热，还是我的整个青年时代不过是一场梦？

但最可气的是舒曼医生反以这一类的事情为乐。

"那些家伙干得不错！"他说，"让他们去冒险吧，这样可以学得更聪明一点。这是个天才的种族，但这也是一些坏蛋，没有鞭子和马刺管不了他们。"

"医生，"我对他说，因为我不耐烦了，"如果犹太人都像您说的那样，是一些流氓，那马刺也帮不了他们的忙。"

"马刺也可能改变不了他们的天性，但可以给他们长一点智慧，教他们如何更紧密地团结在一起，"他回答说，"如果犹太人更团结了，您看！……"

这个医生是个怪人，他很正直，首先是很聪明，但是他的正直并不是出自内心，谁知道出于什么呢？也可能就是一种习惯的表现吧！他的聪明是这样一种聪明，他可以很容易地嘲笑和破坏一百件事，但一件事也做不成。我跟他谈话，有时候也想，他的心像一块冰，虽然火光能把它照亮，但它自己却永远也得不到温暖。

……

斯塔赫到莫斯科去了，我觉得，他是去跟苏津结算账目的。他在那里存了将近五十万卢布（两年前，谁想得到有这样的事呢！），可这么多钱他怎么用，我无法知道。

斯塔赫从来是很古怪的，他会给我们做出一件意想不到的事情来。他是不是现在就准备要做什么了不起的大事呢？我真有点害怕。

这期间，姆拉切夫斯基向斯塔夫斯卡太太求了婚，经过短时间的犹豫，她接受了。如果他们能像姆拉切夫斯基所计划的那样，在华沙开一家铺子，我也要在里面入股，而且我还要住在他们家里。上帝呀！我要给姆拉切夫斯基照顾孩子了，虽然我从来认为我只能给斯塔赫的孩子当保姆。

生活实在是太艰难了……

……

昨天，根据路易·拿破仑亲王的意愿，我花五卢布去为他做了一次祈祷。这是根据他的意愿，因为他也许没有阵亡，虽然大家都那么说。如果他……虽然我不懂神学，但给他在那个世界上找一点关系总还是稳当一些吧！说不定我突然……

……

我确实有病，虽然舒曼说我一切正常。他不让我喝啤酒、葡萄酒、快步行走和发怒。他真了不起！这种药方我也能开，可是他倒自己那样去做一做吧！

他跟我谈话，就好像他怀疑我很担忧斯塔赫的命运似的。这个人真可笑！难道斯塔赫还没有成年，难道我不是已经跟他离别了七年之久！那些岁月过去了，斯塔赫回来了，现在他又出去冒险去了。

这一次大概又是一样，突然失踪又突然回来……

可生活在这世界上是艰难的。我有时候想:是否真的有个计划,按照它去执行,全人类就会走向美好?或者一切都是偶然的结果,人类完全靠占优势的力量把它推向哪里它就走向哪里?如果好人占优势,那么世界就朝着好的方向;如果坏人占优势,它就会偏到坏的方向。到头来,所有的好人和坏人都会化为一小撮灰烬。

要是这样,我对斯塔赫也不会感到奇怪了,他曾不止一次地对我说,他要尽快地死去,抹掉自己留下的所有痕迹,但我却有一种预感,事情不会这样。

虽说这样……但我不是也曾有过一种预感,认为路易·拿破仑亲王会成为法国皇帝吗?嗨,让我们再等一等吧!我总觉得他跟那些赤膊上阵的黑人打仗会死去,是不可理解的。

第十九章 ……？……

热茨基先生真的有病；照他自己的看法，是因为他没事可干，但舒曼认为，他这是突发的心脏病，再加上忧虑，病情很快就恶化了。

他的事情确实不多了。早晨他来到以前属于沃库尔斯基，现在是什兰格巴乌姆的店里，但是他在那里只待到伙计们，特别是顾客们来到的时候，因为不知道为什么，那些顾客一看见他都很惊异。伙计们中除了钱巴，都是犹太人，他们非但不像他过去习惯了的那样尊敬他，而且不顾什兰格巴乌姆的训斥，对他表示轻蔑的态度。

面对这样的局面，伊格纳齐先生越来越经常地想念沃库尔斯基了。不是因为他害怕会有什么不幸，而是他没法不想念他。

早晨六点钟左右，他想：沃库尔斯基起床了，还是依然在睡觉，他现在在哪里？是在莫斯科，还是已经离开了那里，正要回到华沙呢？到下午，他又想起了那些早已逝去的岁月，那时候，几乎没有一天斯塔赫不是和他一起进午餐。到晚上他还这么想，特别是在躺下睡觉的时候，他还说："斯塔赫一定在苏津那里，他们一起享受……但他是不是也可能在返回华沙的路上，在车上正要睡觉呢？"

虽然伙计们对他感到厌恶,还有那什兰格巴乌姆使他生气的假客气,他还是一天总有几次到店里去。可是每次去到那里,他都想起了沃库尔斯基在的时候,那里可不是现在这个样子。

沃库尔斯基至今没有消息,他有点担忧,但也只是有一点,因为他认为这是沃库尔斯基脾气古怪的表现。

"斯塔赫身体健康的时候也不爱写信,更何况现在,他的情绪是多么沮丧,"他心里想,"哎哟,女人啊,这些女人啊!"

就在什兰格巴乌姆去买沃库尔斯基的家具和私人马车的那天,伊格纳齐先生痛苦地病倒在床了。不是因为他觉得可惜,其实他认为那辆马车和那些奢华的家具完全是不需要的,而是因为平常只有人死了后才出卖这一类的东西。

"啊,感谢上帝,斯塔赫现在很健康。"他自言自语地说。

有天晚上,伊格纳齐先生穿着睡衣坐着,他想,为了战胜什兰格巴乌姆,该怎么让姆拉切夫斯基那个店发展起来?可这时他听见前厅里传来了急遽的铃声和走道里刺耳的吵闹声。

正要睡觉的仆人开了门。

"主人在家吗?"一个声音问道,热茨基觉得很熟悉。

"主人病了。"

"怎么说是病了呢?他在躲避人。"

"也许我们吵了人家,参议员先生!"另一个声音插进来说。

"什么吵不吵!谁在家里怕吵闹,那就到酒店里去吧!"

热茨基从靠椅上站起来,这时候,在他卧室的门口,出现了文格罗维奇参议员和代理商什普罗特。在他们的身后,还伸出了一个蓬头散发的脑袋和一副脏极了的面孔。

"您不愿到我们那里去,我们就自己来了!"参议员叫道,"热茨基先生……伊格纳齐先生,我最好的朋友,您在干什么啊?从我们最后一次和您见面到现在,我们又发现了一种新的啤酒。"他转向那个肮脏的蓬头散发的人,又补充了一句,"你把它放在这里吧,亲爱的,明天再来!"

遵照这个命令,那个头发蓬乱、身上系着一条大围裙的汉子把装在一个篮子里的一些长颈酒瓶和三只酒杯放在洗脸盆里,就消失不见了,好像他只是一团云雾和空气,而不是一个两百来磅重的躯体。

伊格纳齐先生看到那些酒瓶,感到很奇怪,但这并不是一种不愉快的感觉。

"上帝保佑,您出了什么事?"参议员问道,他张开双臂,好像要把整个世界都抱在自己的怀里似的,"您好久没有到我们那里去了,什普罗特连您是个什么样子都记不起来了。我想,您一定是受了您那个朋友的感染,他不是也有些怪脾气吗?"

热茨基脸上现出了忧郁的神色。

"正好在今天,"参议员接着说,"我就您的朋友的事跟德克莱夫斯基打赌,赢了他一篮子新品牌的啤酒,我对什普罗特说:'我们带上这些啤酒到老头儿那里去,也许能够帮他提提精神。'您这是怎么啦,难道您让我们坐下都不说一声吗?"

"噢,很对不起。"热茨基醒悟过来了。

"这里有一张桌子,"参议员在屋子里扫视了一下,"看来,这是一个宁静舒适的地方,嗨,嗨!我们每天晚上都可以到病人这里来喝几杯……什普罗特,把起瓶塞的起子拿出来,开瓶吧！让尊敬的热茨基先生熟悉熟悉这新的品牌。"

"参议员先生，您在赌什么上赢了？"热茨基问道，他的脸色又明朗起来了。

"赌的是沃库尔斯基。您看，是这样，那还是在去年正月，沃库尔斯基在保加利亚冒险，我那时就告诉什普罗特，说沃库尔斯基是个疯子，他会破产，没有好结果的。可今天，您猜怎么着，德克莱夫斯基硬说这句话是他说的！当然，我们只好打赌，赌了一篮子啤酒，什普罗特判我赢了，因此我们就到您这里来了。"

就在他说这番话的时候，什普罗特先生已经把三只酒杯在桌子上摆好了，还起出三个酒瓶的瓶塞。

"喂，您看一看吧，伊格纳齐先生！"参议员端起那只斟得满满的酒杯说道，"这颜色像陈蜜酒，泡沫像酸乳脂，味道就像个十六岁的姑娘！您享受一下吧，这味道多美呀。您要是闭上眼睛，您就会赌咒发誓，说它一定是浓啤酒①。哦！您是不是觉得这样？我认为，在喝这样的啤酒之前，得先漱漱口。您坦白地说，您喝过这样的酒吗？"

热茨基喝了半杯。

"不错，"他说，"可是参议员先生，您为什么认为沃库尔斯基已经破产了呢？"

"因为城里没有人不这么说的。一个人有钱，头脑清醒，没有害过别人，他干吗要从城里逃到天知道什么地方去呢？"

"沃库尔斯基到莫斯科去了。"

"这绝不可能……他那样对您说，就是要把您弄糊涂，他

---

① 英国一种含酒精成分较多的啤酒。

连自己的钱都不要了,说明他自欺欺人。"

"他不要什么了?"伊格纳齐生气地反问道。

"那些存在银行里的钱,首先是存在什兰格巴乌姆那里的钱,加起来共约二十万卢布,他都不要了。一个人留下这么多的钱不要,干脆把它们扔到茅坑里,要不是疯子,就是干了什么事,再也不要钱了……全城的人对这个人……这个人……都在愤怒地声讨,我就不提他真正的名字了。"

"参议员先生,您太不理智啦!"热茨基叫了起来。

"伊格纳齐先生,如果您要替那么一个人辩护,那才是没有理智呢!"参议员恶狠狠地回答说,"您想想看,为了发财,他到哪里去了?去参加土耳其战争!参加土耳其战争!您懂得这是什么意思吗?他在那里发了财,可这财是怎么发的呢?一个人有什么办法能够在半年内赚到五十万卢布呢?"

"当时他有一千万卢布用于周转,"热茨基回答说,"他本来还可以多赚一些的。"

"可那是谁的?"

"是那个商人苏津……他的朋友的。"

"问题就在这里,不过我们暂且别谈这个;我们就算他在那种情况下没有干什么卑鄙的勾当吧!但他在巴黎,后来又在莫斯科做的是什么买卖呢①,不是从中也捞了一大笔吗?为了钻进贵族圈子里,给他们中的几个人付年息一分八厘的红利,就扼杀本国的工业,这样做合适吗?把整个公司卖给犹太人,自己溜走了,让几百个人陷入贫困和朝不保夕的生活状态,这很光彩吗?一个好公民和正直的人会这么做吗?喂,伊

---

① 这里是指沃库尔斯基跟苏津一起,在俄国做军火生意。

格纳齐先生,您喝吧!"他说道,跟伊格纳齐碰了杯,"为我们这些单身汉干杯!什普罗特先生,显显您的本事吧,可别在病人面前坏了名声!"

"喂!"舒曼医生叫了一声,他在门槛上已经站了几分钟,帽子还没有脱,"喂!你们来干什么呀,我的先生们!你们是不是代表殡仪馆来的,要这么害我的病人?卡齐米日!"他叫仆人,"马上给我把这些酒瓶拿出去……先生们,请你们走吧!一个医院即使只住一个人,它也不是酒馆,您就是这样对待我的嘱咐的吗?"他转身对热茨基说:"您害心脏病还要酗酒吗?是不是还要叫一些姑娘来呢?晚安,我的先生们!"他转过去对参议员和什普罗特说:"下一次不准你们在这里开酒店,否则我就要告你们的杀人罪。"

参议员文格罗维奇先生和代理商什普罗特先生赶紧逃跑了,要不是他们的雪茄烟留下了一股浓烟,还以为房间里根本没有人来过。

"打开窗子!"医生对仆人说。"瞧,您这是怎么啦?"他望着热茨基,讥讽地说,"脸那么红,眼睛发呆,脉搏跳得连街上都听得见。"

"您听见了他是怎么说斯塔赫的吗?"热茨基问。

"他说得不错,"舒曼回答说,"全城的人都在谈论他。不过说他破产是不对的,他是一个疯子,一个称之为浪漫主义者的疯子。"

热茨基几乎有点害怕地望着他。

"您别这么望着我,"舒曼平心静气地往下说,"您还是想一想,我说得对不对?这个人一辈子做事没有一次是头脑清醒的。他当伙计的时候,就想搞发明,想着上大学;进了大学后,他又玩起政治游戏来。后来他没有去赚钱,却成了个学者,可他回到这里的时候却身无分文,要不是明采尔的女人,他非饿死不可。后来他开始挣钱了,但是他并不愿当一个商人,而要去追求一个多年来都是以卖弄风骚而出名的女人。最后呢,他本来已经得到了那位小姐,也拥有了一笔财产,可他又把两者全都扔掉……他现在在干什么,躲在什么地方呢?您不是很聪明吗?您告诉我吧!一个疯子,一个真正的疯子!"舒曼挥着胳膊,骂道,"一个纯波兰血统的浪漫主义者,永远在寻找超出于现实之外的东西。"

"如果沃库尔斯基回来了,您会把这些话再说给他听吗?"热茨基问。

"这我对他已经说过一百遍了,我现在没有对他说,那只是因为他没有回来。"

"为什么他不回来呢?"热茨基脸色苍白,声音轻得几乎听不见地问道。

"他不会回来了,因为他如果恢复了理智,他会把脑袋在什么地方撞得粉碎,要不又去追求新的乌托邦,比如去追求那个神秘的盖斯特的发明,这也是个道地的疯子。"

"医生,您从来没有追求过乌托邦吗?"

"追求过,那是因为在你们这个环境中丧失了理智。但我及时地清醒过来了,正因为这样,我才能给类似这样的病症做出最精确的诊断。好啦,您把睡衣脱掉,让我们来看看这个跟伙伴们一起度过的快活的夜晚造成了什么结果吧!"

他给热茨基检查了一下,叫他马上躺在床上睡觉,以后别把自己的房间变成酒店。

"您也是个很标准的浪漫主义者,只是您没有那么多干傻事的机会。"医生最后说。

他走了,留下了热茨基,情绪十分忧郁。

热茨基心里想:"你的废话对我来说,也许比啤酒更加有害。"可是过了一会儿,他又小声地补充了一句:

"其实斯塔赫也是应当写封信来的,哪怕就几句话呢!鬼知道,他脑子里又在想些什么?"

卧病在床的伊格纳齐先生感到无聊极了。为了消磨时间,他读起了执政时期和帝国的历史,而且这也不知道是读第几遍了,要不他就想着沃库尔斯基。

可他这么做不仅没有使他平静下来,反而更加刺激了他。那段历史使他想起了那些最伟大的胜利者之一的不平凡的经历,热茨基曾经相信世界的未来是属于这位胜利者统治的朝代的,可是现在,这个朝代已经毁在祖卢人的矛尖下了。另一方面,他在对沃库尔斯基的想念中也得出一个结论,那就是他亲爱的朋友、那么一个不平凡的人也走上了精神崩溃的道路。

"他有那么多事情想做,有那么多事情可以做,可是他却一件也没有做!"伊格纳齐先生一遍又一遍地说道,心里非常痛苦,"要是他写一封信来,说他在哪里,有什么打算……要是他让我知道他还活着……"

一段时间以来,热茨基脑子里就有一种模糊不清的但却是不祥的预感,使他特别难受。他记得他曾经做了个梦,梦见罗西登台后,沃库尔斯基跟在伊扎贝娜小姐后面,从市政厅的塔楼上跳了下来。然后他又想起了沃库尔斯基说过的那句奇怪的、兆头不好的话:"我想死,我要把我存在的所有痕迹都消灭掉!"

一个人感觉到了什么就说什么,而且能够实现他所说的话,那他要把他的愿望变为现实就不难了。

舒曼医生每天都来看望他,可一点也没有鼓起他的情绪,他对他不断重复的那些话已经很厌倦了:

"真的,把那么多钱丢在华沙不管,甚至到哪里去了也不通知一下,这不是个道地的破产者,就一定是疯子。"

热茨基和他争执,但心里却不得不承认他说得有理。

有一天,医生在一个不寻常的时间,也就是早上十点钟,来到了他的家里。他把帽子往桌上一扔,便叫了起来:

"我说他是个疯子,难道不对吗?"

"这是怎么啦?"伊格纳齐先生问道,其实他早就知道,这说的是谁了。

"那疯子一个礼拜前就已经离开了莫斯科……您猜他到哪里去了?"

"到巴黎去了吗?"

"怎么会去那里? 他到敖德萨去了,打算从那里去印度,再从印度去中国和日本,然后横渡太平洋到美国去。我知道,这是一次环球旅行,是一件好事,要是我见到他,我也会劝他这么做。可是他连一个字也没有写,把几个真挚的朋友和二十万卢布弃在华沙不加理睬,上帝知道,这是精神病的极其严重的表现。"

"您这消息是从哪里来的?"热茨基问。

"它的来源是最可靠的,因为是从什兰格巴乌姆那里来的,知道沃库尔斯基的行踪,对他来说,真是太要紧了,因为他必须在十月初付给沃库尔斯基十二万卢布,要是亲爱的斯塔休朝自己的脑袋开枪自杀,或者淹死,或者得黄热病死去……您可知道? 这个什兰格巴乌姆就可以把那些资金全都攫为己有,或者至少将它周转半年,不付利息。您不会不了解什兰格巴乌姆吧? 他连我都要欺骗。"

医生在房间里跑来跑去,使劲地挥动着手臂,就像他自己也有点精神失常似的。他突然在伊格纳齐先生面前停住,望着他的眼睛,握着他的手。

"怎么? ……怎么? ……怎么? 脉搏好像超过了一百跳? 您今天发烧了吧?"

"没有。"

"怎么说没有? 我看您就是这样……"

"那没什么!"热茨基马上接上去,"但斯塔赫是不是也那样做了?"

"我们过去的那个斯塔赫虽然受到浪漫主义的影响,但他也许不会那么做;可是爱上了尊贵的伊扎贝娜小姐的沃库尔斯基先生就什么也做得出来了。是啊! 他就像您见到的那样,只要能干的他都干。"

医生这次探访之后,伊格纳齐先生也不得不承认,他自己是不行了。

"如果我就这么死去,那才可笑呢!"他不由得想,"哼,比我情况好的人也发生过这样的事嘛……拿破仑第一……拿破仑第三……小露露……斯塔赫,哦,斯塔赫又怎么啦? 他现在到印度去了呀……"

他沉思着从床上爬起来,整整齐齐地把衣服穿上,到店里去了,但这却使得什兰格巴乌姆很不高兴,他知道,医生是不让伊格纳齐先生起床的。

这么一来,他第二天的情况更糟糕了,他一连躺了二十四小时,后来又到店里去了几个钟头。

"他是怎么想的,难道他认为这铺子是太平间?"一个新来的犹太伙计对钱巴说,钱巴也以他那特有的坦诚,说那伙计的比方真是妙极了。

九月中,奥霍茨基来看望热茨基,他是从扎斯瓦维克来的,要在华沙住几天。

伊格纳齐先生见到他后,心情又好了些。

"您是怎么到这里来的呀?"他叫了起来,他热情地拥抱着那个受到大家爱戴的发明家。

但奥霍茨基却显得十分忧郁。

"不都是因为一些麻烦的事情吗!"他回答说,"文茨基死了,您知道吗?"

"是那个……那个……的父亲吗……"伊格纳齐先生感到惊异。

"没错,是他! 大概就是因为她的关系……"

"以上帝和耶稣的名义……"热茨基在胸前画了个十字,"那女人到底还要毁多少人呢? 我知道,这对您来说,也肯定不是什么秘密。如果斯塔赫遭到不幸,那也是她的缘故……"

奥霍茨基点了点头。

"您可以告诉我,文茨基是怎么回事吗?"伊格纳齐先生好奇地问道。

"这没有什么秘密,"奥霍茨基回答说,"夏天一开始,那元帅就向伊扎贝娜小姐求婚。"

"是那个……那个……他可以做我的父亲啦!"热茨基插嘴说。

"也许正因为这样,那小姐就答应了他,她至少没有拒绝吧！于是那老头把他两个前妻留下来的东西全都收拾起来，到乡下伯爵夫人，也就是伊扎贝娜的姑妈那里去了，因为托马斯一家人当时也住在她那里。"

"那老头发疯了！"

"比他聪明的人也有过这样的事，"奥霍茨基接着说，"那时候，虽然元帅认为自己是一个成功的求婚者，但伊扎贝娜小姐却有一个工程师每隔几天，后来甚至每天都陪着她，到扎斯瓦夫城堡的废墟那里去。她说，那样可以使她不致感到寂寞和无聊。"

"元帅一点意见也没有？"

"元帅当然是一句话也没说，可是有些女人批评那位小姐，说那么做不应该。而她每遇到这种情况却只有一个回答：'我跟他结婚，他该满足了，但我也不会因此而放弃我的快活。'"

"他们在废墟那里干什么，是不是被元帅碰上了？"热茨基插嘴说。

"噢……不！他根本就没有到那里去过，他如果真的去看了，那他一定会深信，伊扎贝娜小姐要让那个幼稚的工程师跟她在一起，是因为在他身上能够想起沃库尔斯基。"

"想起沃——库尔——斯基？"

"大家至少都这么猜想，"奥霍茨基说，"为此我还亲口说过要她注意，有一个恋人陪在身边，却又去想着另一个恋人，这是不应该的。可她还是那么回答说：'我允许他来看我，他就该满足了。'"

"那工程师是个蠢东西！"

"也不那么蠢，虽然他很幼稚，但是有一天，他终于看明白了是怎么回事,后来他就再也不跟那小姐到废墟上去悼念了。可就在那时候,元帅却忌恨那工程师,也不再向她求婚了,而且他还像示威一样,一下子就跑到立陶宛去了,把伊扎贝娜小姐和伯爵夫人气得浑身直打哆嗦,那个老实的文茨基连手指头都没有来得及动一下,就中风死了。"

奥霍茨基说完后,双手抱着脑袋,大笑起来。

"我心里想,"他补上一句,"一个这样的女人竟会把那么多的人弄得晕头转向。"

"真是个怪物!"热茨基叫道。

"不!她并不愚蠢,本质上也不坏,只不过……和她那个阶层里千百个其他的女人一样罢了。"

"千百个?"

"很遗憾,"奥霍茨基叹气说,"您想想看,那些整天山珍海味,但没有什么事可干的富翁,或者说那些有钱的人吧,一个人总得有什么办法去消耗他的精力,如果他不干活,就一定会去寻欢作乐,或者至少去刺激一下神经……要寻欢作乐和刺激神经就少不了漂亮、穿着豪华、风趣、受过良好教育,并且为了他的这种需要还受过特殊训练的女人……这本来就是她们飞黄腾达唯一要做的事情。"

"伊扎贝娜小姐也在她们的行列中吗?"

"是的,但说实在的,也不是她自己要进去的……说起这件事我很不愉快,但是我要告诉您,要让您知道,沃库尔斯基就是在那个女人身上跌倒的……"

谈话中断了,后来奥霍茨基发问,谈话又开始了:

"他什么时候回来呢?"

"沃库尔斯基吗?"伊格纳齐先生问,"他到印度、中国、美洲去了。"

奥霍茨基从椅子上跳了起来。

"这不可能,"他叫道,"虽然……"他考虑了一下,本想再说,但又沉默了。

"您是不是有什么消息,说没有到那里去?"热茨基以压低的声音问道。

"完全没有,我只是对这个突如其来的决定感到奇怪……我最后一次到这里来的时候,他对我说他要办一件事情,可是……"

"要是过去那个沃库尔斯基,那毫无疑问会把它办好。可是现在这个不但忘掉了您的事,而且连他自己的事也都忘了。"

"他出去旅行,"奥霍茨基像在对自己说话,"是无可非议的,但我不喜欢弄得这么突然。他写信给您没有?"

"不仅没给我,他给谁都没有写过。"老掌柜回答说。

奥霍茨基摇了摇头。

"这是必然的。"他低声说。

"为什么必然呢?"热茨基生气地说,"是因为他破了产,还是没有事干了呢?一个铺子,一家公司,这难道是小事?他难道不能跟一个漂亮的、正直的女人结婚吗?"

"这样的女人也不少见,"奥霍茨基插嘴说,"一切都那么美好,"他显得很兴奋地往下说,"可她们对他这样习性的人来说,是不合适的。"

"您怎么理解呢?"热茨基问。他谈到沃库尔斯基就像谈到他的情人一样,感到非常高兴,"您怎么理解呢?您对他有进一步的了解吗?"他固执地问道,眼睛在闪光。

“认识他不难，一句话，他是个心胸开阔的人。”

“一点不错，”热茨基表示同意地说，一面用手指在桌子上敲打着拍子，像注视一幅名画那样地注视着奥霍茨基，“可是您怎么理解这心胸开阔呢？话说得很漂亮！那就请您解释一下，要解释清楚！”

奥霍茨基笑了一笑，说：

“您看，那些胸襟狭窄的人只关心自己的利益，他们的思想超不出今天的范围，也不愿意了解他们不了解的事情……他们只要能够过上安安静静、饱食终日的生活就够了。可是像他那样的人却关心千百人的福利，有时候，还能预见到几十年以后的事情。对于每件他不了解和没有解决的事情他都要去进行了解和解决，谁都阻挡不了。这甚至可以不算是他的功劳，而是他的需要。就像一块铁被磁石吸引他不得不那么去做，或者蜜蜂出于本能，要建造它们的蜂房那样。这一类人都在拼命地为实现他们伟大的思想和不平凡的事业而奋斗。”

热茨基紧握着他的双手，激动得发抖了。

“舒曼，”他说，“就是那个聪明的舒曼，说斯塔赫是个疯子，是波兰的浪漫主义者！”

“舒曼和他那种犹太人的讲究实际是很愚蠢的，”奥霍茨基回答说，“他根本就想不到缔造文明的并不是那些市侩，也不是生意人，而是沃库尔斯基这一类的疯子。如果智慧只用于想方设法增加收入，那人类到今天依然是猴子。”

“金玉良言……说得太好了……”老掌柜称赞道，“但是请您解释一下，像沃库尔斯基这样的人怎么会……误入歧途？”

"对不起,我感到奇怪的是,他没有早那样,"奥霍茨基耸耸肩膀,回答说,"我了解他的一生,他从小时候起,就在这里受到压抑。他想要求知,可是办不到;他具有多方面的社会工作的才能,但他所做的社会工作都白费了。就连他创立的那家公司,给他带来的也只有谴责和仇恨。"

"您说得不错,说得不错!"热茨基重复地说,"可现在,那伊扎贝娜小姐……"

"是的,她倒可以使他安下心来。如果他个人获得了幸福,那他就比较容易和周围环境协调一致,把他的精力用于发展那些在我们这里能够发展的事业上。可是……这个目的他没有达到。"

"那以后怎样呢?"

"我哪里知道?"奥霍茨基轻声地说,"今天他像一根连根拔起的树。如果能够找到合适的土壤,其实他在欧洲能够找到合适的土壤,如果他还有精力的话,那他就可以开始工作,说不定也就可以开始真正的生活了。但要是他已经精疲力竭,这在他那个年岁也是完全可能的……"

热茨基将一个手指按在嘴唇上。

"别那么说! 别说!"他打断了他的话,"斯塔赫还有精力……哦,他有精力! 他会摆脱困境……这……摆脱……"

他从窗子边走开,把身子靠在门框上,开始呜咽起来。

"我病得这么厉害,"他说,"我神经受到这么大的刺激……我的心脏好像还有病……虽说会好的……就会好的,但他为什么要那么逃走……躲起来……不写信呢?"

"哦,一个遭受过苦难的人一旦想起过去时代的那些东西,就会产生厌恶的情绪,这是可以理解的,"奥霍茨基大声说，"我也有这个经验，虽然我的经验不多……您想想看，我在中学为了毕业考试，要在五个礼拜内背熟七个年级的拉丁文和希腊文课，因为我过去从来没有很好地学过。好，我总算考及格了，可是由于在考试前太用功，现在过度劳累了。因此，从那时候起，我再也不看拉丁文或希腊文书了，甚至连想都不愿意想它们了。我再也不望那栋教学大楼了，我回避了所有和我一起准备过考试的同学，最后，我甚至从我白天和夜晚都曾复习过功课的那间住房里搬了出去。有好几个月都是这样的情况，我真没法安下心来，一直到……您知道我怎么办吗？我把所有的希腊文和拉丁文教科书全都扔到炉子里烧了，烟雾腾腾地整整烧了一个小时。不过后来，当我叫人把灰烬倒到垃圾箱里的时候，我的心情马上恢复了平静。可是今天，当我看见希腊文或拉丁文字母中的这种特殊的变化，例如panis, piscis, crinis①……我的心还是跳得很厉害，唉……这些东西是多么讨厌！"

"这么看来，沃库尔斯基从这里跑到中国去，您也不必奇怪了……长时间的折磨会使一个人精神失常……但这会过去的……"

"然而他毕竟有四十六岁了，先生！"热茨基告诉他。

"还有那么强壮的身体，聪明的脑袋嘛！……嗯，我谈了这么多啦……祝您身体康复……"

"怎么，您要走吗？"

"是的，我要到圣彼得堡去，"奥霍茨基回答，"我得守住

---

① Panis, piscis, crinis 均是拉丁语名词（意思是面包、鱼、头发），它们的词尾"is"通常是阴性的词尾，但在这三个词中却例外地属于阳性。——原注

那去世的扎斯瓦夫斯卡的遗嘱,因为那些感激涕零的亲戚要推翻它①。我在那里大概要待到十月底。"

"我一有斯塔赫的消息,就马上告诉您。请把您的通讯处给我寄来!"

"我只要打听到什么,即使还有点怀疑的东西,也一定会通知您……再见!"

"但愿您快点回来!"

跟奥霍茨基的谈话使伊格纳齐先生精神了许多。因为他觉得,通过这次谈话,他获得了新的力量,奥霍茨基不但理解亲爱的斯塔赫,而且也使他想起了斯塔赫的许多个性和脾气。

"他就是这么一个人,"热茨基想,"精力充沛,头脑清醒,永远充满了实现理想的激情。"

可以说,伊格纳齐先生的病从这一天起开始康复了。他下了床,脱掉睡衣,换上了一件长衣,到铺子里去了,他还常常上街。舒曼也为自己正确无误的治疗而欢欣鼓舞。正是由于他的治疗,热茨基的心脏病的恶化被控制住了。

"今后会怎么样?"他对什兰格巴乌姆说,"这很难说。但这几天来,老头的情况好了一些却是事实。他胃口好了,也睡得着,首先是克服了那些冷漠的情绪。我给沃库尔斯基治病也遇到过这种情况。"

说真的,热茨基正是因为抱有一种迟早会要收到他的斯塔赫的信的希望,才康复起来的。

"也可能他已经到了印度,"他想,"那样我要到九月底才

---

① 一月起义后,波兰王国被剥夺了最后一点关于处理民事诉讼事务的自主权,因此继承遗产的纠纷非得跑到圣彼得堡去诉诸法庭。——原注

能得到他的消息。此外,在这种情况下,信件还可能耽误,但是在十月,我想一定会有信来了。"

果不其然,关于沃库尔斯基的消息就在他所说的那段时间里来了,不过那消息很怪。

九月底的一个晚上,舒曼来看望伊格纳齐先生,他笑着说:

"您知不知道,那疯子怎么引起了人们注意的呀!扎斯瓦维克来的一个佃户告诉什兰格巴乌姆,说那去世的议长夫人的马车夫不久前在扎斯瓦夫的森林里见到过沃库尔斯基。他还形容了他穿的是什么衣服,骑的是什么样的马。"

"那也可能!"伊格纳齐先生活跃起来,插嘴说。

"真滑稽!克里米亚在哪里,罗马在哪里,印度在哪里,扎斯瓦维克又在哪里?"医生反问道,"尤其在差不多这同一个时候,有个做煤炭生意的犹太人在东布罗沃①也见到了沃库尔斯基。而且还不只是见到了,据说他还知道那个沃库尔斯基从一个喝醉了酒的矿工那里买到了两包炸药。好啦,这样的胡说八道,您总不会再说它是对的吧?"

"可那是什么意思呢?"

"没什么。什兰格巴乌姆显然答应过那些犹太人,他们中有谁打听到了沃库尔斯基的消息,就发给他一笔奖金。这下每个人都会看见沃库尔斯基了,哪怕在一个老鼠洞里……神圣的卢布要创造千里眼了!"医生讥讽地笑着,把话说完

---

① 这里是指产煤的东布罗沃,它是波兰王国西南边境上的一座城市,当时是王国最重要的煤矿开采中心,也是重要的冶金中心。——原注

了。热茨基也不得不承认,那些谣言是毫无意义的,而舒曼对它们的分析,却很有道理。虽说这样,他对沃库尔斯基却越来越感到不安了。

但是后来发生了一件再也不容置疑的事情,使得他的不安变成了真正的惶恐。那是在十月一日,有个公证人把伊格纳齐先生叫去,给他看了一份沃库尔斯基在去莫斯科之前口述的记录。

那是一份正式的遗嘱,在那上面,沃库尔斯基说明了他将如何安排他留在华沙的那些钱:其中七万卢布存在银行里,十二万卢布存在什兰格巴乌姆那里。

在陌生人看来,这份遗嘱证明沃库尔斯基已经失去了自制的能力,但热茨基认为,这完全是合情合理的。立遗嘱的人还写明了,要赠给奥霍茨基一笔十四万卢布的巨款,给热茨基两万五千卢布,给海伦娜·斯塔夫斯卡两万卢布。剩下的五千卢布他要分送给他从前的仆人以及跟他有过交往的穷苦人,如文盖维克、扎斯瓦夫的那个木匠、韦索茨基、华沙运货的马车夫、韦索茨基的兄弟,也就是斯凯尔涅维采的那个扳道工,他们各得五百卢布。

沃库尔斯基以热情的语言,请受赠的人像接受一个死者的遗物那样接受那份遗嘱;此外他还要求公证人负责,不要在十月一日以前将它公布出来。

那些认识沃库尔斯基的人议论纷纷,出现了许多谣言,有人在诽谤,还有人进行人身攻击……舒曼在和热茨基的谈话中则表示了这样的看法:

"这个给您的遗嘱我早就知道了。他送给了奥霍茨基将近一百万兹罗提①,因为他发现了他是跟他一种类型的疯子。给那漂亮的斯塔夫斯卡的小女儿送礼,当然也是可以理解的,"他笑着补上了一句,"只有一件事我倒是不很明白……"

"什么事?"热茨基咬着小胡髭问道。

"扳道工韦索茨基怎么也成了这些受赠者之一呢?"舒曼最后说。

他记下了他的姓名,沉思地走了。

热茨基感到最不安的是,沃库尔斯基到底出了什么事呢?他为什么要立遗嘱,为什么遗嘱里都是像一个就要死去的人说的话呢?可此后不久又发生了一些事情,它们在伊格纳齐的心里又点燃了希望的火花,甚至在某种程度上,也说明了沃库尔斯基那古怪的行为究竟是什么意思。

首先是奥霍茨基,他知道要遗赠给他钱后,马上从圣彼得堡来了回信,说他接受赠款,想在十一月初就把全部现款提出来,他还在什兰格巴乌姆那里存留了他十月份的利息。

此外他给热茨基也写了封信,问他是否愿意从他的资金里拿出两万卢布的现款借给他使用,因为他,奥霍茨基的钱被别人以乡下的产业为抵押借走了,要到圣约翰施礼者节才能收回来。

"对我来说,要紧的是把所有的资金都放在自己的手里,"奥霍茨基在信的结尾写道,"因为我在十一月无论如何要出国,这一点我们在面谈时再向您说清楚……"

"他为什么这么突然要出国呢? 为什么要把所有的钱都带走呢?"热茨基问自己道,"为什么要在面谈的时候才说明

***

① 大约合十四万卢布。——原注

这些情况呢?"

他很自然地接受了奥霍茨基对他的要求,因为他在他那突然的出国和那些还没有完全说出来的话中,似乎看到了一线希望。

"谁知道,"他想,"斯塔赫是不是带着他那五十万卢布到印度去了? 他和奥霍茨基两个人也许会在巴黎那个古怪的盖斯特那里会面? 什么金属……什么轻气球……很明显,他们是要暂时保密。"

但是这一次,舒曼说的一个情况否定了他的估计,他说:

"我在巴黎对那个有名的盖斯特有过一些了解,因为我想到了沃库尔斯基会跟他接触。据我所知,那个盖斯特以前是个很聪明的化学家,今天却完全疯了,全科学院①的人都在笑话他的那些痴心妄想。"

整个科学院的人都在嘲笑盖斯特,使得热茨基的希望又变得十分渺茫了。恐怕只有法国科学院才有资格对他的那些金属或轻气球做出评价了……如果那些智者认定盖斯特是个疯子,沃库尔斯基就是去他那里也干不了什么!

"那么他到哪里去了呢,为什么要去呢?"热茨基不由得想,"哈,他在这里感到不好受,当然是到外面旅游去了。如果奥霍茨基不得不从那个他感到希腊语语法在折磨他的房间里搬出去的话,那么沃库尔斯基不是更应该离开这个曾经有个女人使他遭受痛苦的城市吗? ……而且只有她那么一个……难道世界上还有比他受到更大的侮辱的人吗?"

"可为什么他要立一个差不多是遗嘱那样的东西,而且

---

① 指法国科学院。——原注

要在上面提到死呢?"伊格纳齐又感到惶恐起来了。

姆拉切夫斯基的来到总算消除了他的疑虑。那年轻人出乎意料地来到了华沙,他来找热茨基的时候还带着一种为难的神色。他说话断断续续,吞吞吐吐,最后提到了斯塔夫斯卡太太对于是否接受沃库尔斯基的赠款还犹豫不决,因为这使她感到很不安……

"我亲爱的,你真是个孩子!"伊格纳齐先生生气了,"沃库尔斯基遗赠给她也就是遗赠给海尔齐①两万卢布,是因为他忘不了这个女人,他忘不了这个女人,是因为他在他一生中最痛苦的时候,在她家里得到了安慰……你不是知道他爱过伊扎贝娜吗?"

"这我知道,"姆拉切夫斯基稍微平静了点,他回答说,"但我也知道,斯塔夫斯卡太太是喜欢沃库尔斯基的。"

"这有什么用? 对我们所有的人来说,沃库尔斯基今天实际上已经死了,我们还能不能见到他,只有上帝知道。"

姆拉切夫斯基的脸色明朗了。

"对,"他说,"说真的,一个死去的人的遗赠,斯塔夫斯卡太太还是可以接受的,我也不必害怕提起这件事了。"

沃库尔斯基大概活不了啦,因此,他也就感到很满意地走了。

"斯塔赫用这种形式给人送礼,是有道理的,"伊格纳齐先生想,"这样他可以为受礼者减少麻烦,特别是为正直的海伦娜太太减少了麻烦……"

热茨基好几天才去店里一次,他唯一的工作是布置橱窗,

---

① 海伦娜的爱称。

通常是从礼拜六夜里到礼拜天,顺便说一句,这是没有报酬的。老掌柜很喜欢这项工作,但什兰格巴乌姆并没有请他去干这个,他只是希望伊格纳齐先生把自己的资金以较低的利息存放在他那里。

虽然去店里的次数不多,伊格纳齐先生也感觉到店里的情况越变越坏了。那些商品表面上好看,而且价格也降低了一些,但都是些劣质次品。伙计们对待顾客蛮横不讲道理,滥用职权,这些都逃不过热茨基的眼睛。最后,还有两个新来的出纳员竟擅自挪用了一百几十个卢布的公款。

当伊格纳齐向什兰格巴乌姆谈到这些的时候,他听到了这样的回答:

"对不起,先生!顾客们并不需要高档的商品,他们要便宜货……至于挪用公款,这到处都有,我到哪里去找不这么做的人呢?"

什兰格巴乌姆虽然装得若无其事,但心里却感到十分忧虑。舒曼看到这样子,甚至无情地嘲笑他。

"说真的,什兰格巴乌姆先生,"医生说,"如果国内只剩下了犹太人,那您和我都会破产,因为有些人要欺诈我们,而我们又治不了别的人。"

伊格纳齐先生有许多空闲的时间,他想得很多,他感到奇怪的是,不知为什么有些从来没有过的问题,现在他整天都想到了。

"为什么我们的铺子衰败了?"他问自己道,"因为是什兰格巴乌姆经营,而不是沃库尔斯基。为什么沃库尔斯基没有在这里经营?因为,正像奥霍茨基所说的那样,斯塔赫小时候在这里就几乎被窒息致死,最后,他非得跑到外面去呼吸新鲜空气不可。"

于是他想起了沃库尔斯基一生中那些最引人注目的时刻。他在霍普费尔店里当伙计的时候想念书，大家都阻拦他。他进了大学后，人们又要他做自我牺牲。他回到了自己的国家，连工作都找不到。当他挣得了一笔财产后，又被人怀疑。他热恋的时候，那被他视为神圣的女人却以最卑鄙的方式欺骗了他。

"应当承认，"伊格纳齐先生自言自语道，"在这些条件下，他做了他能做到的最好的事情。"

但如果是现在这种情况，沃库尔斯基不得不到国外去的话，那为什么他，热茨基没有把那家铺子接过来，而让什兰格巴乌姆拿去了呢？

因为他，热茨基从来没有想过自己要一家铺子。他为匈牙利人的利益战斗过，也曾等待拿破仑的子孙来改造世界，可事实是怎样的呢？不仅世界没有变好，而且拿破仑的子孙都死光了，什兰格巴乌姆倒成了商店的老板。

"可怕呀，我们这里有多少正直的人都白白地耗费了自己的一生，"他想，"卡茨冲自己的脑袋开了一枪，沃库尔斯基走了，克莱因在哪里，只有上帝知道。就连李谢茨基也不得不一走了之，因为这里已经没有他待的地方了。"

想到这里，伊格纳齐先生觉得自己应当受到良心上的责备，因此他脑子也开始想到了一个未来的计划。

"我要跟斯塔夫斯卡太太和姆拉切夫斯基合伙，他们有两万卢布，我有两万五千卢布，用这些钱可以开一个很不错的商店，而且就开在什兰格巴乌姆那家店的旁边。"

他对这个计划是那么向往，就连他的病也好多了。虽然他仍感到肩膀越来越疼痛，还经常喘气，但他并没有特别在意。

"我可以到国外去疗养，"他想，"我一定要根除这讨厌的气喘，实实在在地工作。怎么，难道只有什兰格巴乌姆才可以在这里赚钱吗？"

他觉得自己年轻了些，精神爽快，但舒曼要他不要上街，避免激动。

然而医生自己却常常把这个忘了。

有一次，他早晨跑到了热茨基那里，他是那么激动，以致来的时候连领带都忘记打了。

"您知道吗？"他叫道，"我了解到沃库尔斯基一些美好的事情。"

伊格纳齐先生把刀和叉子都放在桌上（他正在吃煎牛排和越橘），感到肩膀上又疼起来了。

"怎么回事呀？"他以微弱的声音问自己道。

"斯塔赫真了不起，"舒曼说，"我在斯凯尔涅维采找到了那个扳道工韦索茨基，我很详细地问了他一些事情，您知道我发现了什么吗？"

"我怎么知道呢？"热茨基说，他感到眼里突然发黑。

"您想想看，"舒曼生气地说，"这个畜生……这个野种……五月跟文茨基一家人到克拉科夫那一次，竟在斯凯尔涅维采卧轨要自杀，是韦索茨基救了他。"

"唉！"热茨基表示怀疑地叹了口气。

"'唉'什么，这是确有的事……这里可以看出，亲爱的斯塔谢克除了浪漫主义外，还有自杀的癖好。我以我的全部财产打赌，他已经死了。"

这时他看见伊格纳齐先生的脸上起了可怕的变化，便马上住口了。他简直慌乱极了，一个人勉勉强强地把他抱到床上，心里发誓，永远不再提起这些问题。

可是命运并不是这么安排的。

十月底，邮差给热茨基送来了一封要寄给沃库尔斯基的挂号信。

信是从扎斯瓦夫来的，字迹功夫差。

"大概是文盖维克来的吧？"伊格纳齐想了想，把信封拆开。

尊敬的老爷！首先我们对老爷还记得我们，又赠给我们五百卢布表示感谢。我的母亲、妻子和我对我们从老爷慷慨的手里得到的一切恩赐都感激不尽。其次，我们三个人都想问一问老爷身体健康吗，生活得好吗？是不是已经平安地回到了家里？您一定是很平安的，不然您也不能赠送给我们这么好的礼物。只是我的妻子很为您担忧，晚上都睡不着觉，她甚至要我亲自去华沙一趟，女人就是这样。

老爷！九月份，就在您到城堡去，在马铃薯地里碰到我母亲的那一天，我们这里发生了一件大事。我母亲从田里回来，正准备晚饭，城堡里像打雷一样可怕地响了两下，震动了小城里的窗玻璃。我母亲吓得手里的锅子都掉下来了，她马上对我说：

"快到城堡那里去，沃库尔斯基大概还在那里玩，但愿他没有遭到不幸。"我立即往那里跑去。

主耶稣呀！那座山我差点认不出来了。城堡的那四道围墙本来是很坚固的，现在只剩下了一道，其他三道已经倒下来,几乎彻底粉碎了。还有那块石头,一年前我们在上面刻了诗,现在被炸成了二十多块。那个曾经有一口井被填了的地方被炸成了一个坑洼,满是破砖碎石,比谷仓里的麦粒还多。我以为那些围墙是因为太古旧了自己坍塌的;可是我母亲说,也许是那已经死去的铁匠的恶作剧,这个人我向尊敬的老爷谈到过。

我没有向谁说过老爷当时到城堡那里去了,我在碎石堆里找了整整一个礼拜,上帝啊,我真怕发生了什么不幸。一直到我没有发现一点痕迹,我才真的高兴得要在那地方竖一个圣十字架,十字架用整块的橡木做,不刷油漆,以纪念老爷幸免于难。可是我的妻子仍放心不下,女人就是这样。因此,恳请老爷告知我们安然无恙的消息。

我们教区的神父建议我在十字架上刻上这样的字:

我不会完全死去①

让人们知道,那古老的城堡,那远古时代的纪念物即使倾倒了,变成了废墟,也不会全都湮没掉,有许多东西会留下来,以供我们后世子孙的凭吊。

"这么说,沃库尔斯基到过那里……"热茨基高兴得叫了起来,于是派人去找医生,请他马上来。

不到一刻钟,舒曼就来了。他把那封信读了两遍,看见伊格纳齐先生脸上非常兴奋的表情,他感到很奇怪。

"医生对这怎么看?"热茨基得意扬扬地问。

舒曼更奇怪了。

---

① 原文是拉丁文。引自古罗马诗人贺拉斯(前58—前8年)的《歌集》第三卷第三十首。这首歌的内容表现诗人的荣誉是永恒的。

"我对这怎么看吗？"他重复了一遍，"我在沃库尔斯基去保加利亚以前就对他说过，会发生今天的事情。很明显，他在扎斯瓦夫自杀了。"

热茨基笑了一下……

"可是您想想，伊格纳齐先生，"医生说，他很勉强地抑制住了自己的激动，"有人见过他在东布罗沃买炸药，有人在扎斯瓦夫近郊又见过他，在扎斯瓦夫也见过他。我想他在城堡里，跟那个……该死的小姐之间一定发生了什么事！因为有一次他对我说，他宁愿深深地埋到土里去，就像掉到扎斯瓦夫的那口水井里一样。"

"如果他要自杀，他早就可以这么干了……而且一支手枪也够了，连炸药都不需要。"热茨基回答说。

"他确实自杀过。可他是个名副其实的疯狂的魔鬼，一支手枪满足不了他的要求，他要死在火车轮下！自杀的人是很苛求的，这个我知道。"

热茨基摇了摇头，又笑了笑。

"您为什么摇头，见鬼？"舒曼不耐烦地喊道，"您有另外的想法？"

"是的。我认为，斯塔赫一想起那城堡就非常痛苦，因此他要把它毁掉，就像奥霍茨基学习古希腊语法劳累过度，就把那本语法书烧掉一样。这也是对那位小姐的回答，因为她好像是每天都要到废墟那里去缅怀凭吊的。"

"那种举动是多么幼稚！一个四十岁的男人总不会像个小学生那样吧！"

"这是一个性格的问题，"热茨基平心静气地回答说，"有些人把纪念物送给别人，他却把自己的纪念物炸毁……只可惜那杜尔西内娅①没有被埋在碎石下面。"

医生想了一想。

"这个疯狂的魔鬼……如果他还活着,现在在哪里呢?"

"现在他正好是轻轻松松地旅行去了。他不写信,很明显,是因为他讨厌我们所有的人,"伊格纳齐先生更加小声地往下说,"可是,他要是死在什么地方,总还是要留下一点痕迹的。"

"总而言之,虽然您说的……我不相信,但我也不能肯定您说得不对。"舒曼喃喃地说。

他感伤地点了点头,接着说:

"浪漫主义者都会死去的,那毫无办法,今天的世界不属于他们。一些到处可见的公开的事实表明,我们既不相信女人有天使一样的贞洁,也不相信有什么理想可以实现。谁不懂得这一点,就一定要丧命,或者自动地引退……

"可这是个什么类型的人呀!"舒曼最后说,"他死了,是封建主义的残余葬送了他……他的死,大地为之震动……一个有趣的典型,有趣的……"

他突然抓起帽子,从房间里跑出去,还不停地说:

"都是些疯子!……疯子!……他们也许会把他们的疯癫症传染给全世界。"

热茨基仍然笑了笑。

"关于斯塔赫,我要是说得不对,那我就死了算了!"他自言自语道,"他对那小姐说了声'再见!②'就走了。这就是全

---

① 堂吉诃德给他的情妇取了这个名字,以后就成了情人的代称。
② 原文是法文。

部秘密。等奥霍茨基回来，我们就会知道这里面的真实
情况。"

他的心情很好，因此把床底下吉他也拿出来了。他紧了
紧琴弦，自己给自己伴奏，哼唱起来：

> 春天在大自然中苏醒过来，
> 夜莺以深情的歌声在迎候它。
> 在绿色的林子里，在一条小溪畔，
> 盛开着两朵美丽的玫瑰花。

胸口上一阵剧痛使他想起了自己不应当这么折磨自己。
但他还是感到自己精力充沛。

"斯塔赫正在做一项伟大的工作，"他想，"奥霍茨基到他
那里去了，所以我也要显一显我的本事。滚开吧，梦想！拿破
仑的子孙改善不了这个世界，如果我们今后还像梦游症患者
那样，那就没有人能改善它了。我要跟姆拉切夫斯基合伙开
公司，把李谢茨基也请来，我还能找到克莱因，以后我们就来
比一比，什兰格巴乌姆，难道只有你一个人聪明……见鬼，只
要想挣钱，比什么都容易……

"再说还有这么一些资金和这么一些人嘛！"

礼拜六晚上，伙计们都回去后，伊格纳齐先生从什兰格巴
乌姆那里拿了店后门的钥匙，要布置下个礼拜的橱窗。

他点燃了一盏灯，打开了那个最大的橱窗，在卡齐米日的
帮助下，搬出了一盆花和两个萨克森花瓶，在腾出的地方摆上
了一些日本花瓶和一张古罗马的小桌。然后他叫仆人去睡
觉，因为那些小东西，特别是那些自动玩具，他都非得亲手陈
列不可，这已经成了他的习惯。说实在的，他也不愿让人发

现,那些店里的玩具他是最会玩耍的。

这一次,他也像往常那样,把那些玩具全都拿了出来,摆满了柜台,还上紧了它们的发条。在他的一生中,这已经是第一千次听到那能奏乐的鼻烟壶的旋律,看见那只熊如何爬上杆子,从玻璃器皿中流出的水推动着磨坊里的水轮车,一只雄猫追着一只老鼠,克拉科夫的青年男女跳舞,一个骑师骑在一匹拉紧了缰绳的马上奔驰。

他瞧着那些没有生命的玩的活动,在他的一生中,也是第一千次重复地说:

"玩偶呀!……全都是玩偶!……我原以为,它们的行动是按照自己的意愿,但它们却是由发条来驱使的,那些发条也和它们一样,是盲目的。"

看到那个骑师因为没有驾驭好坐骑而跌倒在舞侣们身上,伊格纳齐先生感到悲哀了。

"它们和人一样,一个没有办法帮助另外一个,使它得到幸福,"他想,"可是要毁掉别的生命,却很有办法。"

他听到背后突然响起了窸窸窣窣的声音,回头一看,原来店铺后面有一个人正从柜台下爬出来。

"是不是贼?"他的脑子里马上出现了这么一个印象。

"很对不起,热茨基先生,可是……我要出去一会儿。"那个橄榄色的脸和一头黑发的人说。他跑到门边上,急忙把门打开,就消失不见了。

伊格纳齐先生从靠椅上都站不起来了,他的双手垂了下来,两条腿也不管用了。他的心跳得像一口破了的钟,眼里发黑了。

"该死,我干吗这么害怕呢?"他低声说道,"他不是那个……那个伊齐多尔·古特莫尔根吗？……一个新来的伙计。当然,他总是偷了什么东西,逃走了。可我干吗要那么害怕呢?"

过了一段较长的时间,伊齐多尔·古特莫尔根又回到店里来了,这使得热茨基更加奇怪了。

"您怎么到这里来的? 您要干什么?"伊格纳齐先生问他。

古特莫尔根先生觉得很为难,他把头低了下来,像是一个戴罪的人一样,用手指敲着柜台,说道:

"对不起,热茨基先生! 您大概以为我偷了东西吧? 您检查吧!"

"您究竟在这里干什么?"热茨基问,他又想站起来,但还是不行。

"什兰格巴乌姆叫我今天晚上留在这里。"

"为什么?"

"您知道,热茨基先生……卡齐米日先生也是跟您一起来布置橱窗的……所以什兰格巴乌姆叫我注意一下,别让他拿走什么东西,可我有点不舒服,请您……多多原谅!"

热茨基终于站起来了。

"哼,你们这些恶狗!"他大发雷霆地吼了起来,"你们是不是把我当成了小偷? 我白白替你们干活,这就是回报吗?"

"请您原谅,热茨基先生!"古特莫尔根很恭顺地回答说,"可是……您为什么要白干呢?"

"你们这些人都见鬼去吧!"伊格纳齐先生尖声喊道。他从铺子里跑了出去,小心翼翼地把门锁上。

"您既然不舒服,就在这里坐到天亮吧! 给您的老板留个纪念。"他怨声怨气地说。

伊格纳齐先生一整夜都没有睡着。因为他住的那间房跟铺子只隔着一条通道,两点左右,他听见铺子有人在轻轻地敲门,传来了古特莫尔根那央求的声音:

"热茨基先生,请您把门打开,我要出去一下!"

随后又是一片沉寂。

"哼,你们这些坏蛋!"热茨基在床上翻来覆去,他心里想,"你们把我当贼看……那好,等着瞧吧!"

早晨九点左右,他听见什兰格巴乌姆把古特莫尔根放走了,然后又来敲他的门。可他没有理睬,等到卡齐米日来了之后,他还叫他永远不让什兰格巴乌姆进来。

"我要走了,"他说,"大概过了年后。住在阁楼里,或者在旅馆里开个房间也比这里好些。人家把我当成贼!斯塔赫把几十万交托给我,可什兰格巴乌姆这个畜生连那些廉价的次货都不放心。"

午后他写了两封长信,一封给斯塔夫斯卡太太,请她搬到华沙来,跟他一起开一个铺子;第二封给李谢茨基,问他是想回去,还是在他的铺子里担任职务?

他在写信和写完之后再看一遍的整个过程中,脸上始终带有不满的冷笑。

"要是我在什兰格巴乌姆跟前开一个铺子,跟他竞争,那我也想象得出他那张脸会是什么样子!"他想,"哈!……哈!……哈!……他叫人监视我……我这是自作自受,干吗要让这个坏蛋那么飞扬跋扈呢……哈!哈!哈!"

这时他的袖子碰到一支钢笔,它从办公桌掉到了地板上。热茨基躬下身去,想把它捡起来,可突然感到胸口一阵奇怪的疼痛,好像有一把尖细的刀子戳穿了他的肺似的。他眼里有一会儿发黑了,感到一阵轻微的昏晕。他没有捡起钢笔就站起来,躺倒在那张长沙发上。

"如果过几年什兰格巴乌姆还没有从纳列夫基滚出去,那我就太没有能耐了……"他不由得想,"我这个老傻瓜!我为波拿巴的后代操过心,为全欧洲操过心,可这时候,我身边却有一个陈货贱卖的商人发达起来,他派人监视我,把我当成贼。好啊,我至少从中取得了经验教训,够我一辈子受用了。你们也不会再来叫我浪漫主义者和梦想家了。"

他觉得好像有什么东西在刺着他的左肺。

"哮喘病吗?"他低声说,"我非得认真地治一下不可了,不然的话,五六年后,我会变得衰颓不堪的。唉,要是在十年前,我早就想到这一点就好了。"

他闭上眼睛,仿佛看见了自己整个一生,从童年时代到现在,就像一幅展开了的全景式的画面,这个画面很奇怪,十分安静地在他面前慢慢地移过。他惊异的是,移过之后没有多久,那幅画就在他的记忆中消失了,他说什么也记不起来了。那是为庆祝新店开张在欧罗巴旅馆举行的一次午宴;那是那个老店,文茨卡小姐在店里正跟姆拉切夫斯基谈话……那是他的那间房,房里的窗子装上了栅栏,沃库尔斯基从保加利亚回来后,刚刚走了进去。

"等等……我刚才看见了什么呢?"他想。

那是霍普费尔的酒窖,他就是在那里认识沃库尔斯基的……那是战场,在身穿深蓝色和白色军服的部队的上空,弥漫着淡蓝色的烟雾……那是老明采尔,坐在一张靠椅上,拉着那根一头系着橱窗里的哥萨克人的线。

"我确实见到过这一切,还是在这里做了个梦?仁慈的上帝呀!"他轻声地说。

现在他觉得自己是个小男孩;他看见他父亲在跟拉切克谈论拿破仑皇帝,便一个人溜到了阁楼上,从天窗里望着维斯瓦河,河那边是布拉加区……可是城郊的景色却在他眼前渐渐消失了,只留下了那个天窗。那天窗起初像个大脸盆,后来又像个碟子,最后就只有十分钱的银币那么大了。

与此同时,他也陷入了昏昏沉沉的状态,什么也记不起了,黑暗笼罩了他,实际上他周围是一团漆黑。在黑暗中,只有那天窗像星星一样闪着亮光,但那亮光也越来越减弱了。

末了,那最后一颗星也熄灭了……

也许他还看见过它,可已经不在人世间的地平线上了。

……

下午两点钟左右,伊格纳齐先生的仆人卡齐米日提着一篮碗碟和汤盆来了,他把它们叮叮咚咚地摆满了一桌,准备开饭;他看见主人还没有醒来,便叫唤道:

"老爷,饭要凉了!"

可伊格纳齐先生还是没有动;卡齐米日便走到那躺椅近旁,又叫了一声:

"老爷……"

他突然退了出来,跑到走道里,开始敲那铺子的后门,什兰格巴乌姆和一个伙计还在里面。

什兰格巴乌姆把门打开。

"你干什么?"他态度生硬地问那仆人。

"先生……我们家老爷出了点事!"

什兰格巴乌姆小心翼翼地走进了那间房,他往那躺椅上一看,也退了出来……

"快去找舒曼医生!"他喊道,"我不进去。"

奥霍茨基正好这时候在医生那里,他告诉医生,说他昨天早晨从圣彼得堡回来后,中午就送他的表妹伊扎贝娜小姐去了通往维也纳的铁路火车站,因为她要出国。

"您想想看,"他最后说,"她进修道院啦!"

"伊扎贝娜小姐吗?"舒曼问,"这是怎么啦?她是想跟上帝卖弄风情,还是要在过分的冲动之后休息一下,以便往后好好地出嫁呢?"

"您就别再提她了……她是个怪女人。"奥霍茨基低声说。

"在我们没有认清女人们都是愚蠢或者丑恶的之前,"医生非常生气地说,"我们还以为她们都很古怪……嗯,您听到过沃库尔斯基的消息吗?"

"正好听到了一点儿……"奥霍茨基刚说出口,又打住了,再也不说了。

"怎么,您知道他在哪里?您是不是要把这当成一个国家的秘密?"医生追问道。

就在这时候,卡齐米日跑了进来,叫道:

"医生先生,我们家老爷出了点事!快去,先生!"

舒曼马上跑了出来,奥霍茨基跟在他后面。他们乘坐一辆出租马车,迅速赶到了热茨基的家里。

马鲁谢维奇已在大门前迎候他们,面带不安的神色。

"啊,您想想吧!"他冲医生嚷道,"我有要紧的事情找他,和我的名誉有关……可他却死了……"

医生和奥霍茨基在马鲁谢维奇陪同下,走进了热茨基的寓所。什兰格巴乌姆、参议员文格罗维奇和代理商什普罗特已经在进门的第一间房里。

"他要是喝了拉齐科夫的啤酒①，"文格罗维奇说，"那就会活到一百岁……可是……"

什兰格巴乌姆一看见奥霍茨基，就拉着他的手问道：

"您非得在这个礼拜取钱吗？"

"是的。"

"为什么这么急？"

"因为我要到外面去。"

"去很久吗？"

"也许就不回来了。"奥霍茨基生硬地回答，随后跟在医生后面，走进了热茨基死后遗体躺着的那间房里。

其他的人也踮着脚尖跟了进去。

"可怕呀！"医生说，"一些人死了，你们又要走，还有谁留在这里呢？"

"我们！"马鲁谢维奇和什兰格巴乌姆异口同声地答道。

"留下的人有的是。"参议员文格罗维奇补了一句。

"不错，人有的是……不过先生们，现在还是请你们出去！"医生大叫道。

所有的人都带着气愤的神色退到了那进门的第一间房里，只剩下了舒曼和奥霍茨基两个人。

"您看看他吧，"医生指着那遗体说，"这是最后一个浪漫主义者！他们可全都走了……全都走了呀……"

----

① 当时在华沙附近的拉齐科夫一家啤酒厂生产的一种无色啤酒。——原注

他捻着胡髭,转过身去,面对窗口。

奥霍茨基抓住热茨基那只冰冷的手,向死者躬下身去,想要凑到他耳朵边说点什么似的。他突然在死者侧身的口袋里看见了文格罗维奇那封露出了一半的信,他无意识地念着那用大写字母写的一句:不会全都死去①……

"你说得不错。"他像在对自己说话一样。

"我说得不……错吗?"医生问,"这一点我早就知道了。"

奥霍茨基没有说话。

---

① 原文是拉丁文。

附　录*

几乎就在热茨基研究如何拍卖文茨基家的房子的时候，在他的房间里有两位先生：一位是沃库尔斯基，另一位是莫斯科来的商人苏津，他们也在议论着这件事。

苏津是个矮胖个子，他的头很大，肩背显得强壮有力，一双胳膊又粗又大，给人留下的印象就像一个坚实的保险柜，套上了一个用薄呢子缝制但裁剪得不很整齐的套子。他的整个形体显示出无穷的力量，他那副有点奇形怪状的红脸庞也显得很健康。淡褐色的长头发中掺杂着许多苍白的发丝，它从额头上分开，拖到衣领上后被剪掉了。一大把带状的胡须也是白里带淡褐色。在粗大的手指上戴着几个镶着一些巨大的宝石的戒指，脖子上那金项链不是用来挂表的，它简直可以锁住一条木船。在那像璎珞柏果树丛似的眉毛下面，可以看见一双虽然不大却显露着机灵光辉的白眼睛。

沃库尔斯基沉思地坐在一张靠椅上。苏津一面看文件，一面喝着已经加热了的掺了白兰地酒的汽水，他说：

"斯坦尼斯瓦夫·彼得罗维奇，你的伙计们都是一些规

规矩矩的绅士,波兰的贵族……可他们跟我们有什么关系呢!……这个犹太人,他叫什么名字?是不是叫什拉伊曼斯?他好像在你之后,也要开一个铺子。(你把那些犹太人撵走吧,斯坦尼斯瓦夫·彼得罗维奇!其实你也想这么干……)可是这个克莱因,他——一个虚无主义者……姆拉切夫斯基也是个虚无主义者,但他却是个一味追求姑娘的人。克莱因是个个子瘦小的虚无主义者,一副可怜相,上帝啊!他总是做一些不应该做的事情。"

他又看起那些文件,喝起那些掺了白兰地酒的汽水来,同时往下说:

"我对自己的人说的就是那个罗马的总督(你还记得吗?)说的那句话:要毁灭迦太基①……我对你只有一句话:今天晚上跟我一起到巴黎去吧!我马上就可以保证,给你一万五千卢布,如果我有件事办成了,我还会给你五万卢布……唉,沃库尔斯基先生,把这些钱丢了多可惜……可怜可怜我吧!也要怜惜你自己,今天就走,怎么样?……还坐在这里干什么?老是待在这里干什么?你已经不是过去的你了,你的脑子是不是出了毛病?莫斯科你也不去看一下,收到那么多信你都不回答,那么多钱你也不放在眼里……老苏津在你看来连狗都不如,他难道要把医生们都叫到卡尔斯巴德②去,难道他自己也要到那里去?哈哈……"

---

① 这是古罗马政治家、作家和演说家老卡通(前234—前149)说过的一句话。这句话是有预见性的,因为迦太基后来果真被罗马征服和灭亡了。卡通是古罗马的执政官,苏津在这里称他总督,借用了当时沙皇俄国一种官职的名称;在俄国,总督是管理一个省或者几个省的行政长官。

② 当时是捷克著名疗养胜地。

这时候,房门轻轻地开了,进来的是那个可怜相的克莱因,他递给沃库尔斯基一封信,信封是淡蓝色的,上面印了一束勿忘我花的图案。沃库尔斯基马上接过信来,他的脸色一会儿红一会儿白,把拆开的信封扔到桌上,便开始看信:

> 花环很漂亮,我现在还给您,首先以罗西的名义表示感谢!请您明天一定,一定到我们这里来吃午饭,关于这个问题,我们还要谈一谈。

> 好心的伊扎贝娜·文茨卡

"她会等您的回信吗?"克莱因小声地问道。

"不会。"

克莱因就像舞台上幕布后面的鬼魂一样,消失不见了。沃库尔斯基则一直在读着那封信,第二遍、第三遍、第四遍。苏津推开那些文件,开始用他那双小眼睛聚精会神地望着他,然后他把那个淡蓝色的信封拿在手里看了一下,又一个劲地凝视着沃库尔斯基,而且带有一种温和的讽刺意味微笑着。

当沃库尔斯基把信收藏起来,像一个刚刚醒来的人那样,往房间的四周望了一下的时候,苏津指着信封说:

"当然,这是一个女人的来信……让那些婆娘见鬼去吧……她没有进房就知道,这是……你的鼻子闻出来的。有一次,有个神父对我说,亚当在天国里要吃禁果,是因为那株长了禁果的树散发着女人的香气……让那些婆娘见鬼去吧!……但这样的东西她总是要给你的,斯坦尼斯瓦夫·彼得罗维奇!"

"你说的是谁?"

"那个给你写信的女人。我感到奇怪的是,你变了。快跟那个女人了结吧！不然你会遭到不幸的……"

"如果能够了结的话……"沃库尔斯基叹气地说。

苏津笑了起来。

"哦,你,好心人！……有什么不能够呢？……什么都能够……有一次,我看一个歌剧,是德国人写的（对不起,德国人很聪明）,魔鬼要找到一个女人,认为宝石是最好的法宝……它送给了那个女人很多宝石（大概值一万卢布,或者一万五千卢布）,因此一切都好了……①"

"你在胡说些什么呀,苏津?"沃库尔斯基用手支着脑袋,低声说。

"啊,你,我的先生,你,一个愚蠢的波兰贵族！"苏津笑道,"你们那里的一切:贸易、政治和女人,一切的一切的出发点是心和心……你们蠢就蠢在这里,这种愚蠢会使你们所有波兰人遭到灭亡。不论办什么事,你口袋里非得有钱,心是给自己用的,你用钱买了东西后,心里会很高兴。女人就是这样一种造物,你用心在她那里什么也买不到,就像用祈祷在犹太人那里什么也买不到一样……因为她把你的心当成家具和摆设,如果来了一个没心没肺的男人,她就会和他恋爱,吻他的眼睛……斯坦尼斯瓦夫·彼得罗维奇,你让我到她那里去吧！我会简单地对她说:'哦,小姐！你夺走了贵族沃库尔斯基的智慧,可你给了他什么呢？把智慧还给他吧！我给你成打成打的卡捷琳娜票子②……是不是少了……再加倍地给你,够了吧?'"

---

① 这里说的是法国作曲家夏尔·古诺（1818—1893）于一八五九年根据歌德的话剧《浮士德》创作的一部同名的歌剧。——原注

② 印有女皇叶卡捷琳娜二世头像的一百卢布面值的钞票。

沃库尔斯基样子是那么可怕,苏津也不得不停了一下,然后他改变了话题。

"你知道吗,玛丽亚·谢尔盖耶芙娜在走之前对我说了她的女儿?"他接着说,"她说:'唉,那个傻卢博奇卡总是惦念,惦念着卑鄙的沃库尔斯基。我对她说,你不要想沃库尔斯基先生啦!沃库尔斯基先生在华沙弹钢琴,弹的是:波兰还没有亡!① ……傻姑娘,他并没有想你呀!可是卢博奇卡像块石头一样,对我的话毫无反应……'玛丽亚·谢尔盖耶芙娜又说:'他们那坏透了的波兰跟我有什么关系,但愿她不要亡国,只可惜了我的孩子……'

"你想想,斯坦尼斯瓦夫·彼得罗维奇!一个那么漂亮的姑娘,在树脂贵族女子学校②毕业,获得过奖章。她当着你的面马上把三百万卢布摆在桌子上,她跳舞,绘画;有个近卫军上校向她求过婚……你跟她结婚吧!你会得到三个这里的贵妇人拥有的那么多的钱,上帝也会赐予她健康,因为女人们没有害过参孙③……"

房间的门又打开了。

"文茨基先生有请。"克莱因指着一个袖套和一个头罩说。

---

① 这是波兰爱国将领扬·亨利克·东布罗夫斯基(1775—1818)于一七九六至一七九七年在意大利创立"波兰志愿军团",为恢复波兰民族独立而战斗时,由军团战士、著名诗人尤泽夫·韦比茨基(1747—1822)于一七九七年七月创作的一首《军团之歌》的头一句。它后来成了波兰的国歌。

② 又叫斯莫尔尼贵族女子学校。原校址在圣彼得堡的斯莫尔尼宫,斯莫尔尼俄语的意思是"树脂",因为在十八世纪,这里有过一个树脂仓库。

③ 《圣经》故事中古代犹太人的领袖之一,曾遭受非利士女子大利拉欺骗、加害。

沃库尔斯基战栗了一下，苏津很勉强地从长沙发上站了起来。

"好啦，斯坦尼斯瓦夫·彼得罗维奇！我睡觉去了。把一切都抛开吧！我劝你今天就跟我到巴黎去，如果不是今天，那就明天或者后天。我还要到柏林去拜访俾斯麦，你也去吧……"

他们吻别了。苏津又点了点头，就出去了。

"文茨基先生在哪里？"沃库尔斯基问克莱因。

"在你的书房里。"

"我马上去。"

克莱因走了。沃库尔斯基立即把桌子上那些文件收在一起，也离开了伊格纳齐先生的住处。

"外国文学名著丛书"书目

第 一 辑

书　名	作　者	译　者
伊索寓言	〔古希腊〕伊索	周作人
源氏物语	〔日〕紫式部	丰子恺
堂吉诃德	〔西班牙〕塞万提斯	杨　绛
泰戈尔诗选	〔印度〕泰戈尔	冰　心　石　真
坎特伯雷故事	〔英〕杰弗雷·乔叟	方　重
失乐园	〔英〕约翰·弥尔顿	朱维之
格列佛游记	〔英〕斯威夫特	张　健
傲慢与偏见	〔英〕简·奥斯丁	王科一
雪莱抒情诗选	〔英〕雪莱	查良铮
瓦尔登湖	〔美〕亨利·戴维·梭罗	徐　迟
欧·亨利短篇小说选	〔美〕欧·亨利	王永年
特利斯当与伊瑟	〔法〕贝迪耶	罗新璋
巨人传	〔法〕拉伯雷	鲍文蔚
忏悔录	〔法〕卢梭	范希衡　等
欧也妮·葛朗台　高老头	〔法〕巴尔扎克	傅　雷
雨果诗选	〔法〕雨果	程曾厚
巴黎圣母院	〔法〕雨果	陈敬容
包法利夫人	〔法〕福楼拜	李健吾
叶甫盖尼·奥涅金	〔俄〕普希金	智　量
死魂灵	〔俄〕果戈理	满　涛　许庆道

书　名	作　者	译　者
当代英雄	〔俄〕莱蒙托夫	草　婴
猎人笔记	〔俄〕屠格涅夫	丰子恺
白痴	〔俄〕陀思妥耶夫斯基	南　江
列夫·托尔斯泰中短篇小说选	〔俄〕列夫·托尔斯泰	草　婴
怎么办？	〔俄〕车尔尼雪夫斯基	蒋　路
高尔基短篇小说选	〔苏联〕高尔基	巴　金　等
浮士德	〔德〕歌德	绿　原
易卜生戏剧四种	〔挪〕易卜生	潘家洵
鲵鱼之乱	〔捷〕卡·恰佩克	贝　京
金人	〔匈〕约卡伊·莫尔	柯　青

第 二 辑

荷马史诗·伊利亚特	〔古希腊〕荷马	罗念生　王焕生
荷马史诗·奥德赛	〔古希腊〕荷马	王焕生
十日谈	〔意大利〕薄伽丘	王永年
莎士比亚悲剧五种	〔英〕威廉·莎士比亚	朱生豪
多情客游记	〔英〕劳伦斯·斯特恩	石永礼
唐璜	〔英〕拜伦	查良铮
大卫·科波菲尔	〔英〕查尔斯·狄更斯	庄绎传
简·爱	〔英〕夏洛蒂·勃朗特	吴钧燮
呼啸山庄	〔英〕爱米丽·勃朗特	张　玲　张　扬
德伯家的苔丝	〔英〕托马斯·哈代	张谷若
海浪　达洛维太太	〔英〕弗吉尼亚·吴尔夫	吴钧燮　谷启楠
哈克贝利·费恩历险记	〔美〕马克·吐温	张友松
一位女士的画像	〔美〕亨利·詹姆斯	项星耀
喧哗与骚动	〔美〕威廉·福克纳	李文俊
永别了武器	〔美〕欧内斯特·海明威	于晓红

书　名	作　者	译　者
波斯人信札	〔法〕孟德斯鸠	罗大冈
伏尔泰小说选	〔法〕伏尔泰	傅　雷
红与黑	〔法〕司汤达	张冠尧
幻灭	〔法〕巴尔扎克	傅　雷
莫泊桑中短篇小说选	〔法〕莫泊桑	张英伦
文字生涯	〔法〕让-保尔·萨特	沈志明
局外人　鼠疫	〔法〕加缪	徐和瑾
契诃夫小说选	〔俄〕契诃夫	汝　龙
布宁中短篇小说选	〔俄〕布宁	陈　馥
一个人的遭遇	〔苏联〕肖洛霍夫	草　婴
少年维特的烦恼	〔德〕歌德	杨武能
德国，一个冬天的童话	〔德〕海涅	冯　至
绿衣亨利	〔瑞士〕戈特弗里德·凯勒	田德望
斯特林堡小说戏剧选	〔瑞典〕斯特林堡	李之义
城堡	〔奥地利〕卡夫卡	高年生

第 三 辑

埃斯库罗斯悲剧二种	〔古希腊〕埃斯库罗斯	罗念生
索福克勒斯悲剧二种	〔古希腊〕索福克勒斯	罗念生
欧里庇得斯悲剧二种	〔古希腊〕欧里庇得斯	罗念生
神曲	〔意大利〕但丁	田德望
西班牙流浪汉小说选	〔西班牙〕克维多 等	杨　绛 等
阿拉伯古代诗选	〔阿拉伯〕乌姆鲁勒·盖斯 等	仲跻昆
列王纪选	〔波斯〕菲尔多西	张鸿年
蕾莉与马杰农	〔波斯〕内扎米	卢　永
莎士比亚喜剧五种	〔英〕威廉·莎士比亚	方　平
鲁滨孙飘流记	〔英〕笛福	徐霞村

书 名	作 者	译 者
月亮与六便士	〔英〕威廉·萨默塞特·毛姆	谷启楠
萧伯纳戏剧三种	〔爱尔兰〕萧伯纳	潘家洵 等
红字 七个尖角顶的宅第	〔美〕纳撒尼尔·霍桑	胡允桓
汤姆叔叔的小屋	〔美〕斯陀夫人	王家湘
白鲸	〔美〕赫尔曼·梅尔维尔	成 时
马克·吐温中短篇小说选	〔美〕马克·吐温	叶冬心
老人与海	〔美〕欧内斯特·海明威	陈良廷 等
愤怒的葡萄	〔美〕斯坦贝克	胡仲持
蒙田随笔集	〔法〕蒙田	梁宗岱 黄建华
悲惨世界	〔法〕雨果	李 丹 方 于
九三年	〔法〕雨果	郑永慧
梅里美中短篇小说选	〔法〕梅里美	张冠尧
情感教育	〔法〕福楼拜	王文融
茶花女	〔法〕小仲马	王振孙
都德小说选	〔法〕都德	刘 方 陆秉慧
一生	〔法〕莫泊桑	盛澄华
普希金诗选	〔俄〕普希金	高 莽 等
莱蒙托夫诗选	〔俄〕莱蒙托夫	余 振 顾蕴璞
罗亭 贵族之家	〔俄〕屠格涅夫	陆 蠡 丽 尼
日瓦戈医生	〔苏联〕帕斯捷尔纳克	张秉衡
大师和玛格丽特	〔苏联〕布尔加科夫	钱 诚
茨威格中短篇小说选	〔奥地利〕斯·茨威格	张玉书 等
玩偶	〔波兰〕普鲁斯	张振辉
万叶集精选	〔日〕大伴家持	钱稻孙
人间失格	〔日〕太宰治	魏大海

第 五 辑